Olivia Goldsmith

Der Bestseller

Das Buch
Davis & Dash gehört zu den ältesten und renommiertesten Verlagshäusern New Yorks. Nun aber steht der Bücherriese wirtschaftlich nicht mehr ganz so gut da wie noch vor ein paar Jahren – was D & D braucht, ist ein Bestseller, und zwar bald, denn das entscheidende Herbstprogramm befindet sich bereits in der Vorbereitung! Zur Auswahl stehen:
* der neue Herz-Schmerz-Roman der alternden Bestsellerkönigin Susann Baker Edmonds. Problem: Ihre Verkaufszahlen sinken so schnell wie die Schwerkraft an ihrem schönheitschirurgisch gestählten Körper zerrt, sie fühlt sich alt und einsam – und genau das sind eben keine idealen Voraussetzungen für einen neuen Schmacht-Schinken.
* ein mitreißendes Faction-Buch von Jude Daniel, hinter der sich eigentlich zwei Personen verbergen, nämlich Judith und Daniel Gross. Ihr erstes gemeinsames Buch war ein Riesenerfolg – aber nun versucht Daniel, seine Frau auszubooten.
* der einfühlsame, ruhige Roman um ein paar ältere Frauen, die durch die Toskana reisen, geschrieben von einer britischen Reiseleiterin namens Camilla Clapfish. Eigentlich hatte sie nur die Fertigstellung ihres Manuskriptes bei einem Martini feiern wollen – und ahnte damals nicht, daß sie dabei nicht nur dem Mann ihrer Träume, sondern auch der Chance ihres Lebens über den Weg laufen würde.
* das intellektuelle Erstlingswerk einer sensiblen Buchhändlerin, die sich – nach der 37sten Ablehnung durch einen Verlag – umgebracht hat, aber durch die fanatischen Bemühungen ihrer Mutter zu posthumem Ruhm gelangen soll.
* der neue Skandalroman des D & D-Verlegers höchstpersönlich. Sein Name ist Programm – denn Gerald Ochs Davis kürzt sich einfach GOD ab …

Die Autorin
Olivia Goldsmith konnte direkt mit ihrem ersten Buch, *»Der Club der Teufelinnen«*, einen Bestseller landen, der mit Bette Midler, Goldie Hawn und Diane Keaton meisterhaft verfilmt wurde.
Weitere Erfolgsromane der Autorin: *»Die Rache der Frauen«* und *»Die schönen Hyänen«*.

Olivia Goldsmith

Der Bestseller

Roman

Aus dem Amerikanischen
von Kirsten Nutto

NEUER HONOS VERLAG

Titel der Originalausgabe
THE BESTSELLER

NEUER HONOS VERLAG, Köln
Sonderausgabe

Titelmotiv: AGB/Superbild
Gesamtherstellung: NEUER HONOS VERLAG, Köln

Für Larry Ashmead,
den genialen Verleger
und Tomatenzüchter …

… dessen Erzählungen über
Schriftsteller, Agenten, Lektoren und Verleger
mich inspirierten, mit Ehrfurcht erfüllten und amüsierten.
Dies ist ebenso Ihr Buch wie meines. Soll man *Sie* dafür
verantwortlich machen …

Dieser Roman ist frei erfunden. Wenn Ähnlichkeiten mit tatsächlichen Personen oder Orten bestehen, dann nur, damit die Handlung in eine realistische Umgebung eingebettet ist. Alle anderen Namen, Personen, Orte und Ereignisse sind der Fantasie der Autorin entsprungen. Ähnlichkeiten mit lebenden oder toten Personen, Begebenheiten und Orten sind rein zufällig.

Dank

An diesem Buch haben so viele Menschen mitgewirkt, daß ich einen Index erstellen mußte. (Ich hoffe, daß alle das Buch auch lesen; wer nur seinen Namen lesen möchte, findet ihn am Ende des Buches.) Ein besonderes Dankeschön geht an alle, die mir trotz meines Gejammers Tag für Tag beigestanden haben. Mein Dank gilt: Paul (No Coast) Mahon für seinen unverwüstlichen Humor, seinen Witz, seinen unendlichen, ungerechtfertigten Optimismus und seine gute Laune. Vergiß nicht, deine Medikamente zu nehmen, Paul! Nan Robinson, die mir das Leben schwermachte, allerdings im positiven Sinne. Linda Grady, eine große Schriftstellerin, wunderbare Freundin und *echte* Blondine. Diana Hellinger, die alles, was ich schreibe, liest, kommentiert und nicht wütend wird, wenn ich nicht zurückrufe. Walter Mathews für seine Geduld, seinen Humor und seine hervorragenden Ratschläge. Charlotte Abbott und ihrem Hund. Jason Kaufman mit Dank für seinen unverwüstlichen Humor und seine Geduld, obwohl ich den Pferdeschwanz vermisse. Jody Post, die mich immer wieder mit der Realität konfrontiert. Christopher Lehmann-Haupt, der großzügigerweise viel Zeit aufwandte, um mir die Arbeit eines Kritikers näherzubringen. Howard Stern für seine schonungslose Offenheit über die Interna des Verlagsgeschäftes und weil er mich an scheußlichen Morgenden zum Lachen brachte. Die wunderbare Patricia Faulkner, die mir bezüglich Canaletto und Kunstgeschichte außerordentlich half sowie mir Insiderwissen aus der Welt der Reiseleiter vermittelte. Phillip Gwen-Jones, der mir die britischen Klassenunterschiede und die Eigenheiten des Schulsystems in Großbritannien erläuterte. Rachel Hore, auch wenn sie ihr Kind *nicht* nach mir benannt hat. Jane O'Connell, weil sie so eine wunderbare, hingebungsvolle Leserin war. Kathi Goldmark, die mir die Musik erschloß (keine Sorge, ich behalte meinen Tagesjob, Kathi). Faith Sale, deren detaillierte Erläuterungen der Tätigkeiten eines Lektors mich inspirierten und mit Ehrfurcht erfüllten. Barbara Turner, die ich innig liebe und die alles weiß, was sich zu wissen lohnt; mach weiter so, Binni. Hugh Wilson, dem Schriftsteller, Regisseur und äußerst charmanten Mann. Michael Kohlmann, der mich mit der Welt der Buchhandlungen vertraut machte. Charlie Crowley von Grafton in Vermont, dem perfekten Buchkäufer (er kauft *mehrere* Hardcover-Ausgaben, um sie zu verschenken). Der Palm Springs Writer's Conference für die schöne Zeit. Gail Parent – du hattest recht, es ist wie in der High-School. Louis Baum, weil ich dich wirklich anbete *und* leidenschaftlich gern ins Groucho gehe. Kelly Lange, meine Schriftstellerkollegin, auch sie eine echte Blondine. George Craig, der an SchriftstellerInnen glaubt, vor allem an *diese*. Frank D'Elia, der mir half, auf eigenen Füßen zu stehen. Lenny Gartner, dessen Kreativität meine weit in den Schatten stellt. Jane Austen, weil in letzter Zeit jeder über sie schreibt. Sir James Goldsmith – du weißt, warum, ›Onkel Jimmy‹. Dem geheimnisvollen, aber stets geistreichen Horace Bent. Val Hudson mit Dank für die Buchparty – ich möchte mich noch für den Kaminvorleger entschuldigen. Dwight Currie, einen Schriftstellerkollegen, der mich immer zum Lachen bringen kann. Melody Smith für ihre endlose Plackerei. Ian La Frenais für die Anregungen, die mir sein Meisterwerk *Scotland: The Vital Market* gegeben hat. Dick Snyder, in erster Linie, weil er mein Buch herausbringt. Sherry Lansing für ihre anhaltende Freundschaft und weil sie die Filmrechte für dieses Buch erworben hat. Liz Calder, der wunderbarsten und außergewöhnlichsten englischen Lektorin. Alexandra Elovitz – vielen Dank für deine Gesellschaft, großes Mädchen. Rachel ›Wo ist die Sahne?‹ Dower, weil sie mich immer noch mag. Ben Dower, solange er in der Nähe der Kerzen bleibt. Jean Balderston für ihre Großzügigkeit und kreative Unterstützung. Paul ›Badah‹ Smith mit Liebe. Gerry Petievich, meinem weisen Bruder und ›West Coast Muscle‹. Ruth Nathan, weil das Gefühl auf Gegenseitigkeit beruht. Gary Lefer, auch wenn er mich nicht heiraten will. David Gandler, weil ich *deine* Bücher liebe. Anthea Disney; du schaffst es, hundertprozentig. Lorraine Kreahling, Romanschriftstellerin und ein guter Kumpel; außerdem macht sie hervorragende Polenta. Rick Harris, weil wir *nicht* in Konstantinopel sind und er *nicht* mein Bruder ist. Norman Pastorek, der weiß, was er weiß; mit innigstem Dank. Scott Rudin, meinem großen Vorbild. Harold Wise, dem besten Arzt, den ich je hatte. Michael Elovitz, dem besten Koch im Bochino's. Karen Rosenfeld für ihre Gesellschaft und das Abendessen im Drai's. Neil Baldwin, der ein wunderbarer Mensch und ein Büchernarr wie ich ist. William Walker, Direktor der New York Public Library, mit Dank dafür, daß ich den Leseraum benutzen durfte. Mark Piel, Direktor der New York Society Library, meinem zweiten Zuhause. Chuck Adams, weil er seinen kurzen Auftritt in diesem Buch so gelassen hingenommen hat. Amy Collins, einer ständigen Quelle der Inspiration. John Bloom, der mich auf dem laufenden gehalten hat. Maureen Egen, weil wir denselben Kinofilm lieben. Gordon Lish für seine leidenschaftliche Hingabe an das geschriebene Wort. Dori Berinstein – liebe Grüße an Mitchell, Sammi und Pooh. Gary Magder, meinem neuen besten Freund. Amy Hempel, die mir einen guten Grund zum Leben gegeben hat. Jim Batte, weil er die unabhängigen Buchläden beliefert und auch mich gut versorgt. John Baker für seinen köstlichen Witz und die Unterstützung von ›New Voices‹. Carol Little, die ihre erstaunliche Gastfreundschaft auch auf mich ausgedehnt hat und mich an ihrem exquisiten Geschmack teilhaben ließ. Alex Madrigal, weil sie so ehrenhaft war und mein Geheimnis bewahrt hat – so ungefähr. Melinda Bargreen für ihre Care-Pakete; laß die Finger von Kariertem, Kind. Arlene Friedman, weil sie eine hervorragende Auslese erkennt, wenn sie eine sieht. Amy Kaplan von Baker & Taylor, weil sie dafür sorgt, daß meine Bücher im Sortiment bleiben. Adam Schroeder, dem kleinen König, mit besonderem Dank für die Poster. Aileen Boyle, die so wunderbar gewesen ist und mich ertragen hat. Der brillanten Lynn Goldberg für ihr Verständnis dafür, was mich beschäftigt; ich ziehe meinen Hut vor dir, Lynn. Und Roberta Rubin vom echten Book Stall.

Schließlich noch vielen Dank an all die heimlichen Helden in der Bücherwelt, bei denen ich mich entschuldigen muß: die Verlagsvertreter, die sich zu den unabhängigen Buchläden schleppen und nicht nur wissen, was ihre Verlage anbieten, sondern auch, was ihre Buchladenkunden brauchen. Ihre Liebe zu Büchern und ihr unerschütterlicher Humor beeindrucken immer wieder aufs neue. Ein Nebenplot dieses Romans war einem

Verlagsvertreter gewidmet, doch leider wurde er im Schneideraum geopfert. Ich möchte mich deshalb bei allen Vertretern entschuldigen – im besonderen bei: Linda Stormes, David G. Bowman, Steve Fischer, David Youngstrom, Rick Turner, Mark Hillersheim, John Crowell, Geoff Gibson, Gary Lawton, Jerry Marasak, James E. Murphy, Jennifer L. Petschke, Eric Svenson, Barbara Trainer, Bill Weller, Neal McNish, Kenneth W. Collins, Trish Keaveney, Fran Olson, Cathy Schornstein, Richard Starke, Katy Stone, David Tripp, Allan Winebarger, John Zeck, Mike Leonard, Gabriel R. Barillas, Jim Hankey, Diane Jackson, John McAndrew, Nancy Kellogg, Tierney Whipp und bei der außerordentlichen Ann Lyons. Viel Glück in Jamaika.

Und natürlich vielen Dank all den anderen, die mit der Welt der Bücher zu tun haben, speziell meinen Lesern. Meine Erfahrungen waren durchweg aufregend, weil sie alle mit dem Entstehungsprozeß dessen zu tun hatten, was mir am meisten Freude bereitet und für mich am wertvollsten ist: Bücher. Vielen Dank also allen – genannt wie ungenannt – dafür, daß ich eine kleine Rolle spielen durfte in der langen Geschichte des Verlagswesens.

Zu guter Letzt: Jene wenigen, die ich aus bestimmten Gründen nicht erwähnt habe, möchte ich an diese Zeilen Alexander Popes erinnern:

›Satire ist meine Waffe, doch ich bin zu diskret, um Amok zu laufen und jeden anzugreifen, dem ich begegne.‹

›In jenem Jahr, in dem ich mich wieder aktiv am Verlagsgeschäft beteiligte, wurden Davis & Dash fünf Manuskripte vorgelegt – fünf Manuskripte, jedes von einem anderen Autor, jedes mit einem anderen Anspruch. Alle fünf schafften den gewaltigen Sprung vom unveröffentlichten Manuskript zum veröffentlichten Buch, doch nur eines war dazu bestimmt, auch die nächste Hürde zu überwinden und ein Bestseller zu werden.‹

Gerald Ochs Davis senior

I

Die Idee zu einem Roman

Eines Tages beschloß Gott, der Erde einen Besuch abzustatten. Als er eine Straße entlangschlenderte, begegnete er einem schluchzenden Mann. »Warum weinst du, mein Sohn?«

Der Mann antwortete: »Gott, ich bin blind.« Gott berührte ihn, und der Mann konnte wieder sehen und war glücklich.

Während Gott weiterging, begegnete er wieder einem Mann, der weinte, und er fragte ihn: »Warum weinst du, mein Sohn?«

Der Mann antwortete: »Gott, ich bin ein Krüppel.« Gott berührte ihn, und der Mann konnte wieder gehen und war glücklich.

Ein Stück weiter begegnete Gott einem dritten Mann, der weinte, und er fragte ihn: »Warum weinst du, mein Sohn?«

Der Mann antwortete: »Gott, ich bin ein Schriftsteller.« Da setzte sich Gott neben ihn und weinte mit ihm.

Gerald Ochs Davis senior
Fünfzig Jahre im Verlagsgeschäft

1

›Noch nie hat jemand Selbstmord begangen, während er ein gutes Buch las, aber viele haben einen Selbstmordversuch unternommen, während sie sich bemühten, ein gutes Buch zu schreiben.‹

Robert Byrne

Terry betrachtete den Ärmelaufschlag ihres Wollpullovers, als sich Roberta näherte. Auf Robertas unscheinbarem Gesicht lag ein noch traurigerer Ausdruck als sonst. Terry war nicht überrascht. Der Umsatz der Buchhandlung Bookstall war im Sommer wie üblich ziemlich zurückgegangen, weil jeder Bewohner der West Side, der über ein einigermaßen gutes Einkommen verfügte, dieses dazu verwendete, an den Wochenenden aus Manhattan zu fliehen. Doch jetzt näherte sich Weihnachten, und das Geschäft hatte sich nicht wiederbelebt, wahrscheinlich weil nur zwei Querstraßen stadteinwärts ein Kaufhaus mit einer Verkaufsfläche von 1858 qm eröffnet hatte.

Roberta, klein und zierlich gebaut, hatte etwas von einem Vogel an sich. Terry gefiel sie. Ihre Haut wies diese winzigen, feinen Linien auf, die bei hellhäutigen Brünetten oft auftreten, wobei Robertas Haar schon vor langer Zeit ergraut war. Jetzt legte Roberta ihre Hand auf Terrys schäbigen Ärmel. Zögernd sah Terry in die traurigen braunen Augen.

»Ich habe schlechte Neuigkeiten«, sagte Roberta. Terry wußte bereits Bescheid. Sie hatte es kommen sehen, doch Roberta gehörte zur alten Schule und fühlte sich noch verpflichtet, für ihre Taten die Verantwortung zu übernehmen und keine Erklärung schuldig zu bleiben. Ganz wie ihr Name besagte: Roberta Fine.

»Ich muß dir bestimmt nicht sagen, daß es nicht an deiner Arbeit liegt und auch nicht persönlich gemeint ist«, fuhr sie fort. »Du weißt, wie sehr mir unsere Zusammenarbeit in den letzten anderthalb Jahren gefallen hat.« Als Schriftstellerin hörte Terry die feine Nuance natürlich heraus. Es war nicht nötig, daß Roberta weitersprach. Doch sie tat es: »Aber selbst eine Teilzeitkraft kann ich mir im Moment nicht mehr leisten ...« Sie schwieg, schüttelte den Kopf und fuhr sich rasch mit der Zunge über die Lippen, als kämen ihr die Worte dann leichter darüber. »Die einzige Alternative wäre ...«, begann sie und hielt inne.

Terry nickte leicht. Beide sahen zu Margaret Bartholemew hinüber. Arme Margaret. Sie war älter als Roberta, von massiger Gestalt und schwerfällig. Margaret kauerte gerade in einer Ecke und packte ungeschickt ein Paket zurückgekommener Bücher aus. Das Paket entglitt ihr, und ein halbes Dutzend Bücher fiel auf den Boden. Eines davon wurde beschädigt. Für dieses Buch würden sie keine Gutschrift bekommen.

Roberta schloß die Augen für ein paar Sekunden und seufzte. Dann senkte sie ihre ohnehin leise Stimme noch mehr. »Ich kann Margaret nicht entlassen«, sagte sie fast unhörbar. »Sie hat nur diese Arbeit – oder die Sozialhilfe. Ohne einen Ort, an den sie jeden Tag kommen kann, ohne Leute, mit denen sie reden kann ... Ich habe hundertmal darüber nachgedacht, Terry, aber ich kann einfach nicht ...«

Terry lächelte und schüttelte den Kopf. »Kein Problem«, sagte sie. Sie versuchte zu scherzen. »Ich meine das ganz ehrlich. Schließlich zahlst du mir nicht das, was ich wert bin.«

»Du bist unbezahlbar«, sagte Roberta und nickte, immer noch mit ernstem Gesicht. Sie tätschelte Terrys Arm. Dann seufzte sie wieder. »Um die Wahrheit zu sagen – ich weiß nicht, wie lange ich den Laden noch halten kann. Aber das ist nicht dein Problem.« Roberta schüttelte den Kopf. »Nach siebenundzwanzig Jahren könnte man doch annehmen, daß die Leute ein wenig Loyalität zeigten, daß sie ...« Sie schwieg.

Seit Terry Roberta kannte – zuerst als Kundin des Bookstall, später als Angestellte –, hatte sie sie noch nie verbittert erlebt. Auch jetzt konnte sie nicht direkt einen bitteren Unterton aus ihrer Stimme heraushören. Nur Enttäuschung, und vielleicht Überraschung mit einer Spur Verletztheit. Terry kannte diese beiden Gefühle nur zu gut.

Roberta zuckte ihre schmalen Schultern, als wollte sie das Gespräch beenden, und hob die Hand, um Terrys Arm zu tätscheln. »Du bist jung und hast Talent. Du wirst bestimmt bald etwas anderes finden. Aber es tut mir so leid, meine Liebe.«

Und genau das, die Worte *meine Liebe*, lockten Terry eine Träne hervor.

Überrascht war Terry nur von ihrer Träne gewesen. Sie hatte das Ende kommen sehen – und nicht nur das Ende ihres kleinen Teilzeitjobs im Bookstall. Während sie die Columbus Avenue zügig in nördlicher Richtung hochging, fühlte sie sich wie betäubt. In einer biologisch abbaubaren Bookstall-Tragetasche befanden sich ihr Wollpullover, eine Haarbürste und einige andere persönliche Habseligkeiten – zusammen mit einer Ausgabe von Alice Thomas Ellis' neuer Kurzgeschichtensammlung. Roberta hatte sie mit einer persönlichen Widmung versehen und darauf bestanden, daß Terry das Buch als Geschenk annahm.

Terry empfand keine Wut, keinen Schmerz. Schließlich hatte sie mit diesem Job nicht genug verdient, um davon leben zu können, trotz ihres eher spartanischen Lebensstils und des winzigen Zusatzeinkommens, das ihr das Abtippen von Manuskripten nebenher noch einbrachte.

Sie dachte daran, daß Roberta sie als jung und talentiert bezeichnet hatte. Warum fühlte sich Terry dann so alt und ausgelaugt? Nachdem sie ihre Dissertation an der Columbia-Universität abgeschlossen und den letzten Rest ihrer Darlehen und Stipendien ausgegeben hatte, hatte sie sich acht Jahre lang mit Nebenjobs in Copy-Shops, Schreibarbeiten am PC und schließlich im Bookstall über Wasser gehalten. Nebenbei hatte sie an ihrem Manuskript geschrieben, es korrigiert und überarbeitet, an Verlage geschickt und zurückbekommen – ihr großes Werk, das Buch, in dem sie die Welt beschrieb, wie sie sie sah. Und sie war gescheitert.

Während ihre Freunde einer ›richtigen‹ Arbeit nachgingen, befördert wurden, heirateten und vorankamen, hatte sie nur geschrieben. Nein, nicht nur geschrieben – sie hatte auch versucht, ihr Werk zu verkaufen. Sie war keine von jenen, die so große Angst vor einer Absage hatten, daß sie erst gar nicht versuchten, einen Verleger zu finden. Terry *hatte* es versucht. Sorgfältig hatte sie eine Liste erstellt. Sie wußte, wie man recherchierte. Sie hatte die besten Literaturverleger aus der immer kleiner werdenden Zahl der Verlage in New York herausgesucht und ihnen das Manuskript geschickt, hatte den Atem angehalten, während ein Lektor ihr Werk begutachtet hatte, Absagen bekommen und beobachtet, wie ihr Ziel in immer weitere Ferne gerückt war, weil ein Verlag nach dem anderen aufgekauft worden war.

Nun, letztendlich hatte es wohl nicht an den Verlagsübernahmen gelegen, denn sie hatten *alle* abgelehnt. Manche hatten zwar anfangs Interesse bekundet, ihren Roman dann jedoch als ›zu literarisch‹ eingestuft. Andere bemängelten, daß es keinen roten Faden in der Handlung beziehungsweise zuwenig Handlung gebe. Oder sie erklärten, das Buch sei zu lang. Oder der Humor sei zu derb, zu absurd. Oder es sei zu politisch, zu ernst, zu deprimierend. Manche lehnten es ohne Begründung ab und rieten ihr, sich einen Ganztagsjob zu suchen. Doch die meisten hatten den Standardabsagebrief geschickt, der bedeutete, daß man sich nicht die Mühe gemacht hatte, ein elfhundert Seiten langes, unverlangt eingesandtes Manuskript zu lesen, das weder von einem Agenten empfohlen worden war noch das Interesse Hollywoods geweckt hatte.

Terry mußte lächeln. Man stelle sich vor, Hollywood würde *Die Verlogenheit der Männer* verfilmen! Hollywood war sozusagen die Verkörperung der Falschheit der Menschen und würde freiwillig garantiert nichts von seinen Geheimnissen preisgeben.

Sie schüttelte den Kopf, nahm die Tasche in die andere Hand und blieb an einer roten Fußgängerampel am Broadway stehen. Im Moment gab es nur einen Hoffnungsschimmer. Das noch einmal überarbeitete Manuskript befand sich schon seit fünf Monaten bei Verona Press, und ein Lektoratsassistent, Simon Small, hatte ihr tatsächlich *zwei* Briefe mit durchaus vernünftigen Fragen geschrieben. Dies war der längste Zeitraum, den jemand für die Begutachtung von *Die Verlogenheit der Männer* erübrigt hatte. Doch seit ihrer letzten Nachfrage waren bereits Wochen vergangen, und auf ihre Anrufe und Briefe hatte er nicht reagiert. Sie seufzte. Das war ein schlechtes Zeichen. Sie hatte fast nichts mehr auf dem Konto, war wieder arbeitslos, und ihre einzige Hoffnung konzentrierte sich auf eine untere Charge namens Simon, denn sie wollte und konnte ihre Mutter nicht schon wieder um Unterstützung bitten.

Opal lebte immer noch in Bloomington, Indiana, arbeitete immer noch in der Universitätsbibliothek und glaubte dummerweise immer noch, daß ihre Tochter ein Genie sei. Arme Opal, dachte Terry. Sie hatte schon so viele Enttäuschungen erlebt. Terrance O'Neal hatte Opal umgarnt und sich nach der Hochzeit schnell als irischer Trunkenbold entpuppt. Dann hatte er sie und seine kleine Tochter im Stich gelassen. Opal hatte eine Arbeit als Bibliothekarin gefunden, war aber bei Beförderungen immer wieder übergangen worden.

Doch Opal besaß den typischen Gleichmut eines Menschen, der einer Farmerfamilie aus Indiana entstammt. Ohne jede Hilfe hatte sie sich durch die Klassiker hindurchgearbeitet, ganz zu schweigen von der bibliothekswissenschaftlichen Ausbildung an der staatlichen Universität. Da ihr Vater ›kein Geld für die Ausbildung eines Mädchens verschwenden wollte‹, hatte sie selbst die Initiative ergriffen. Opal hatte gearbeitet, ihre Tochter allein großgezogen und ihr geholfen, sich für Stipendien in Yale und Columbia zu qualifizieren. Opal hatte ihre Tochter zu einer Schriftstellerin gemacht, die der Welt mitteilen sollte, wie die Menschen waren und warum sie so waren, wie sie waren. Opal hatte Terry beigebracht, daß das Leben nur aus Schmerzen, falschen Hoffnungen und harter Arbeit bestand; Freude konnte man nur aus einer großen Begabung schöpfen. Sie hatten zusammen Tolstoi gelesen, Trollope, Dickens und Austen. In der siebenten Klasse hatte Terry als einziges Mädchen gewußt, daß George Elliot eine Frau war. Genauso wie George Sand. Daß sie dadurch zum Außenseiter geworden war, hatte ihr nichts ausgemacht. Terry liebte Bücher genauso leidenschaftlich wie ihre Mutter und war dankbar, daß Opal ihr die Tür geöffnet hatte, durch die sie ihrer engen Welt entfliehen konnte. Gierig, wenn auch mit Schuldgefühlen behaftet, war Terry durch die Tür getreten und hatte Opal hinter sich gelassen.

Doch nun, acht Jahre später und mit mehreren Titeln vor ihrem Namen, empfand Terry das Leben als mindestens so schmerzhaft und tragisch, wie Opal es ihr prophezeit hatte. Mehr noch, sie trug auch schwer an der Last der fürchterlichen Erkenntnis, daß der Schmerz vielleicht selbst dann nicht gemildert werden konnte, wenn man mit Talent gesegnet war. Die Bücher, ihre Hauptstütze und ihre Fluchtmöglichkeit, hatten sich gegen sie gewandt. Jedes veröffentlichte Buch schien sie zu verhöhnen. Die Wörter, einst Trostspender und Rüstzeug, mit dem sie eine Geschichte weben konnte, bildeten nun eine Kette, die sie zu Boden zog.

Terry hatte nie beabsichtigt, ein auf finanziellen Gewinn ausgerichtetes Buch zu schreiben, einen Bestseller mit einer Auflage von einer Million. Sicherlich nicht. Wenn es einen Gott gab und dieser Gott ins Innerste ihres Herzens blickte, entdeckte er dort nicht die geringste Spur von Neid auf John Grisham oder Danielle Steel. Terry strebte weder nach einem Autorenvertrag mit einer sechsstelligen Zahl noch danach, ihren Namen auf der Bestsellerliste an dem Regal bei Barnes & Noble zu finden, wo Bücher mit 20 Prozent Preisnachlaß verkauft wurden.

So bescheiden war sie nicht – sie dürstete nach Unsterblichkeit. Sie hatte Einsamkeit und Armut ertragen, um jene Worte miteinander zu verknüpfen, eines mit dem anderen, über tausend Seiten hinweg. Und dies alles, um ihre wahren Freunde zu finden – eine kleine, ernsthafte Leserschaft. Und jetzt, nachdem sie ihr Manuskript so oft verschickt hatte, daß sie fast verrückt geworden war, blieb als einzige Hoffnung noch Simon Small – ein Mann, den sie nie persönlich getroffen hatte.

Sie ging an der Neunzehnten Straße und dem einzigen Lokal in der Gegend vorbei, wo die Preise noch so niedrig waren, daß sie sich ein Bier leisten konnte. Doch jetzt hatte Terry weder Lust noch Geld, dort etwas zu trinken. Bald würde sie wieder in der Schlange der Arbeitslosen stehen und einen Bettelbrief an Opal schreiben. Nein. Sie schüttelte den Kopf. Keins von beidem. Nie wieder. Sie hatte sich von Opal genauso irreführen lassen wie diese sich von ihr. Sie hatten sich eine Welt voller falscher Hoffnungen geschaffen. Wie das Mädchen im Märchen hatte sie versucht, Stroh zu Gold zu spinnen. Sie war gescheitert.

Terry zuckte die Achseln, wandte sich nach links und ging an ihrem Häuserblock entlang Richtung Amsterdam Avenue, einer der heruntergekommenen

Straßen, in die die West-Side-Renaissance noch nicht Einzug gehalten hatte. Einige der Häuser aus rötlichbraunem Sandstein, deren Fassaden in den fünfziger Jahren ihrer weißen Backsteinvorbauten beraubt worden waren, standen zwischen Apartmenthäusern, die keinem Stil zuzuordnen und zu schäbig waren, um von einer Kooperative aufgekauft zu werden. Ihres, das schäbigste von allen, hatte man in winzig kleine Studiowohnungen aufgeteilt. Sie stieg die beiden Stufen hinab, die zum Eingang führten, und ging durch den engen Flur zu ihrem Apartment am anderen Ende. Imbißschachteln von einem chinesischen Restaurant bedeckten den Boden, doch heute brachte sie nicht die Energie auf, sie einzusammeln. Ebensowenig wie Mr. Aiello, der Hausmeister, der nach vorn hinaus wohnte.

Terry blieb vor dem angelaufenen Messingbriefkasten stehen und holte ihren Schlüssel heraus. Vielleicht war ein Brief von Opal darin, in dem sie die kleinen Begebenheiten in der Bibliothek schilderte, von ihrem Garten oder den Büchern berichtete, die sie gerade las. Vielleicht auch eine Mahnung von ConEd oder der Telefongesellschaft. Doch nachdem sie den Schlüssel ins Schloß gesteckt hatte, krampfte sich ihr Magen zusammen. Viel schlimmer als das. Sie sah den Umschlag, den alle Schriftsteller hassen und fürchten. Ein großer Umschlag. Es hätte genausogut eine Bombe sein können, denn er setzte Terry O'Neals Leben ebenso abrupt ein Ende.

Mit Mühe zog sie den Umschlag aus dem engen Kasten und vergaß, die Messingtür wieder abzuschließen. Da war er, der Absender: Verona Publications, 60 Hudson Street, S. Small. Terry hatte lange genug versucht, ihr Werk an den Mann zu bringen, um zu wissen, wie ein abgelehntes Manuskript aussah. Vor allem dieses, ihr einziges, das 1114 Seiten umfaßte. Und das sechsundzwanzigmal zurückgeschickt worden war. Nein, verbesserte sie sich – siebenundzwanzigmal.

Terry klemmte sich den Umschlag unter den Arm, ging den dunklen Flur entlang und tastete nach den Schlüsseln zu ihrer Wohnung. Sie hatte sie vor acht Jahren gemietet, nachdem sie ihre Dissertation beendet und die Columbia Universität verlassen hatte. Das Apartment bestand nur aus einem einzigen Raum, doch an den Wänden befanden sich Stuckverzierungen aus jener Zeit, als das heruntergekommene Haus noch etwas dargestellt hatte. Dann gab es noch einen Kristalleuchter, den wie durch ein Wunder keiner der Vormieter zerstört oder gestohlen hatte, und einen Marmorkamin, der, wenn auch qualmend, tatsächlich funktionierte. Am Nachmittag war die Wohnung dunkel, es gab so gut wie keinen Stauraum, und das Warmwasser war nie mehr als lauwarm. Doch die Wohnung hatte Terry damals gefallen, vor allem, weil sie etwas *Bohemehaftes* an sich hatte. In einem Anflug von Extravaganz hatte sie, voller Hoffnung und Zuversicht, die Wände pfauenblau gestrichen und mit weißen Zierleisten versehen.

Nun war das Blau verblaßt und das Weiß grau geworden. Das Zimmer wirkte nicht wie der Rückzugsort eines Schriftstellers, nicht wie eine Künstlermansarde, sondern wie ein billiges, dunkles und häßliches Loch, in dem man ein Leben beginnen oder beenden konnte. Terry setzte sich auf das Sofa, das sie von der Heilsarmee hatte, und riß den Umschlag auf. Der vorn in das Manuskript geheftete Brief bot keine Überraschung. Es gab nie irgendwelche Überraschungen.

Sehr geehrte Miß O'Neal,
zu meinem großen Bedauern muß ich Ihnen Ihr Manuskript Die Verlogenheit der Männer *zurücksenden. Trotz hervorragender Passagen und des interessanten Themas hat unser Redaktionsausschuß nach langer Überlegung entschieden, daß es momentan nicht in unser Verlagsprogramm paßt.*
Aus diesem Grunde schicke ich es Ihnen mit aufrichtigem Bedauern zurück. Ich wäre jedoch sehr daran interessiert, künftig Ihre weiteren Romane zu begutachten.

Simon Small

Ihre *weiteren* Romane? Künftig? Einen Moment lang war Terry fast versucht zu lachen. Ausgelaugt und leer saß sie da. Sie war eine kräftige Frau, und ihre starken Schenkel sanken tief in die Polster; ihre Arme lagen dazwischen. Lange Zeit blieb sie bewegungslos sitzen. Bis sie sich entschieden hatte.

Genug ist genug, dachte sie. Geräuschlos stand sie auf und ging zu der abgenutzten Schublade, in der sie den Ordner mit den anderen Briefen aufbewahrte: die Absagen von Putnam und Simon & Schuster, von Little, Brown und Houghton Mifflin, von Viking, Davis & Dash, Random House und Knopf. Von *allen*. Es waren Dutzende. Stimmte das wirklich? Mit Wörtern nahm sie es sehr genau. Um sicherzugehen, zählte sie sie ein letztes Mal. Sechsundzwanzig, mit Simon Smalls Brief siebenundzwanzig. Also konnte sie tatsächlich von Dutzenden sprechen. Mit den Universitätsverlagen war es ihr nicht besser gegangen als mit den kommerziellen Verlagshäusern.

Aber was hatte sie erwartet? Sie kannte niemanden, und niemandem lag daran, sie kennenzulernen. Alles, was sie gelesen hatte, ihre Liebe zur Sprache, ihre ganze Lebenserfahrung hatte sie in diese sorgfältig konstruierten, durchdachten Seiten Prosa gepackt und war dumm genug gewesen zu glauben, jemand würde sie ernst genug nehmen, sie zu lesen. Nun, sie hatte sich geirrt. Die Farce war endlich vorbei.

Terry ging zum Kamin hinüber und knüllte sorgfältig und bedächtig altes Zeitungspapier und abgerissene Kartonstreifen zusammen. Dann entzündete sie ein Feuer und verfütterte das Manuskript langsam, immer nur ein paar Seiten auf einmal, an die Flammen. Es hatte eine überraschend reinigende Wirkung. Lange dauerte das Ganze nicht, vielleicht eine halbe Stunde. Sicherlich nicht lange, wenn man die dreiunddreißig Jahre bedachte, die sie gebraucht hatte, um lesen und schreiben zu lernen, sich mit den großen Werken vertraut zu machen, einen eigenen Stil zu entwickeln, eine Geschichte zu finden, die sie erzählen konnte, und diese schließlich in Worte zu fassen. Es war ein ziemlich hartes Leben gewesen, oft schmerzhaft und frustrierend. Und nun kam noch die Niederlage hinzu. Doch eines wußte Terry mit Sicherheit: Wenn sie nicht als Schriftstellerin leben konnte, dann wollte sie überhaupt nicht mehr leben.

Als das Manuskript verbrannt war, sah sie sich um, als erwachte sie aus einer Trance. Sie konnte nicht lange stillstehen. Es hatte zu gut getan, endlich eine Entscheidung zu treffen. Bevor das Feuer erlosch, warf sie eine frühere Fassung des Manuskriptes in die Flammen, anschließend ihre letzte Überarbeitung. Dann begann sie, das ganze Apartment systematisch zu durchkämmen. Sie sammelte jede Notiz, jeden Entwurf, jeden Fetzen kopierten Papiers ein und warf alles in ihr Freudenfeuer. Schließlich gab es keinen Grund, die Unterlagen noch aufzubewahren. Sie hatte keine Verlage, keine Zeit, kein Geld – und keinen Glauben mehr. Das Warten – das Warten auf die Absagen – war qualvoller gewesen als die Absagen selbst, denn irgendwie hatte sie immer gewußt, daß ihre Sicht der Welt zu düster, zu traurig war, um von Verlegern oder ihren Professoren anerkannt zu werden. Terry hatte zu jenen Studenten gehört, die nie einen Mentor gefunden, nie in Seminaren geglänzt und in Workshops nie im Mittelpunkt gestanden hatten. Sie war zu grobknochig, hatte überhaupt zu derbe Züge, war zu unweiblich und zu scharfsichtig. Sie war nicht liebenswert genug, und die Professoren hatten sich ihr Mitgefühl – wenn sie welches besaßen – für andere aufgespart. Terry hatte in der Bedeutungslosigkeit gelebt, und genau dort würde sie auch sterben.

Das Feuer war fast erloschen. Terry sah sich in der Wohnung um. Nachdem alles Papier verbrannt war, war nicht mehr viel übrig: einige unscheinbare Röcke, ein graues Tweedkleid, einige Stapel Druckerpapier, ihr abgenutzter Laptop, ihre gute Ledertasche und eine Büchertasche aus Leinen. Dinge, die nicht wichtig waren. Sie nahm die drei Computerdisketten mit den Sicherungskopien und warf auch sie in die ersterbende Glut. Beißender Gestank stieg auf, während sie schmolzen und Blasen warfen. Der bittere Geruch in der Luft verschmolz mit der Angst, die ihr die Kehle zuschnürte.

Sie dachte daran, Opal eine Nachricht zu hinterlassen. Aber was gab es schon zu sagen? Ich habe mich geirrt? Du hast dich geirrt? Sie hatte Tausende von Absätzen geschrieben, Millionen von Wörtern. Genug für ein ganzes Leben. Trotzdem wollte sie nicht, daß ihre Mutter sich die Schuld gab. Deshalb zögerte Terry, als sie zum Schluß, ganz zum Schluß, den sorgfältig beschrifteten Ordner mit den Absagen zur Hand nahm, um auch ihn den gefräßigen Flammen zu übergeben. Sie bedurfte keiner anderen Erklärung mehr, keiner anderen Nachricht. Fast fröhlich ging sie mit Klebeband durch das Zimmer und dekorierte die Wände mit dem einzig sichtbaren Ergebnis ihrer acht Jahre langen, ununterbrochenen, nur auf ein Ziel ausgerichteten Plackerei. Die Briefe machten sich ausgezeichnet als Tapete. Sie legten Zeugnis davon ab, daß Terry absolut nichts unversucht gelassen hatte.

Nachdem das erledigt war, trat sie vor das Fenster an der Außenwand der Kochnische und schnitt die Wäscheleine ab, die sie vor langer Zeit von der Feuerleiter des Nachbarhauses zu ihrer Wohnung gespannt hatte. Sie zog den Küchenstuhl in die Mitte des Zimmers und setzte sich darauf, die Wäscheleinenrolle im Schoß. Bevor sie fortfuhr, lehnte sie sich zurück und betrachtete all die Neins, all die ablehnenden Bescheide, die an der Wand hingen, und genoß den Anblick auf ihre sarkastische Art.

2

›Ein Schriftsteller ist für mich wie ein Fluß: er reflektiert, was an ihm vorbeitreibt.‹

Natalia Ginzburg

Camilla Clapfish strich sich die braune Haarlocke mit der typischen kleinen Drehung ihrer Hand hinter das Ohr, schrieb die letzte Zeile nieder und sah dann langsam von dem Manuskript auf, das sie gerade beendet hatte. Draußen, vor dem offenen Fenster, wurden die stumpfgrauen Kopfsteinpflasterstraßen von San Gimignano durch den strahlendblauen italienischen Himmel wettgemacht. Camilla seufzte und legte ihren Stift beiseite. Sie hatte sich eine Woche Zeit gegeben, um ihr Buch ungestört zu beenden, ein Buch, an dem sie fast ein Jahr geschrieben hatte. Nun war sie sogar einen Tag früher fertig geworden. Sie lächelte vor sich hin. Sie fühlte sich, als hätte sie Schulferien. Dann blickte sie über die Dächer zu den schiefen Steintürmen der alten Bergstadt hinüber. Jetzt würde sie ausgehen und feiern. Das wenige, was von ihrem Geld noch übrig war, konnte sie für eine gute Flasche Wein und ein richtig tolles Essen ausgeben. Heute nacht wollte sie nicht im Hotel essen; sie würde sich ein gutes Restaurant suchen. Doch zuerst wollte sie in den winzigen Park gehen, einen der Türme besteigen und auf die Ebenen der Toskana hinabblicken.

Seltsamerweise erfüllte die Beendigung des Buches Camilla mit ebensoviel Trauer wie Triumph. Sie hatte erst spät mit dem Schreiben begonnen – wenn man neunundzwanzig als ›spät‹ bezeichnen konnte. Sie hatte entdeckt, daß sie es liebte, anderen mitzuteilen, was ihre Augen sahen, etwas mit Worten zu erschaffen statt mit Farben. Camilla war eine gescheiterte Künstlerin, eine erfolglose Kunsthistorikerin und ein ruhiger Mensch, keine große Rednerin. Doch auf dem Papier waren die Worte in diesem letzten Jahr zu ihren Begleitern geworden und die von ihr erfundenen Personen zu ihren Freunden.

Ihr Buch handelte von einer Gruppe von Frauen in mittleren Jahren, die eine Busreise unternahmen. Sie fühlte, daß sie ihre Protagonistinnen kennen- und liebengelernt hatte, selbst die unangenehme Mrs. Florence Mallabar. Sie würde alle vermissen.

Camilla legte die letzte Seite auf den ordentlichen Stapel des Manuskriptes, erhob sich vom Tisch und ging zur Garderobe hinüber, wo ihre unscheinbare braune Leinenjacke hing. Sie war groß, und ihr hellbraunes Haar und ihre dunkelbraunen Augen paßten im Ton zu ihrem bräunlichen Kleid. Camilla gehörte nicht zu den Frauen, denen ein kräftiges Karminrot oder Aquamarinblau stand. Sie trug keinen Lippenstift. Vermutlich war das auf den frühen Einfluß der Nonnen zurückzuführen, dachte sie. Irgendwann erkannte man, daß man sich wie ein Flittchen oder wie eine Novizin kleidete. Sie gehörte definitiv zu den letzteren. Obwohl ihre englische Haut und ihre regelmäßigen Züge durchaus die Aufmerksamkeit so manchen italienischen Mannes auf sich zogen, machte sie – wie ihre Mutter häufig beklagte – ›nicht viel aus sich‹.

Sorgfältig schloß sie die Tür des spärlich möblierten Hotelzimmers ab und ging die Steinstufen zur Empfangshalle hinab. Der Empfangschef am Schalter begrüßte sie auf italienisch und fragte sie, ob sie einen schönen Tag habe.

»*Si. Buono. Grazie.*« Sogar einen *sehr* schönen Tag. Den Tag, an dem ich meinen ersten Roman beendet habe, dachte Camilla, doch sie nickte nur leicht. Ihr Italienisch war gut genug, um über die praktischen Dinge des Lebens zu diskutieren, aber es reichte nicht aus, um diese ruhige Freude zu beschreiben, von der sie erfüllt war. Der Empfangschef, ein älterer Mann mit einem bereits ergrauten Schnurrbart, lächelte. Für ihn war sie nur eine weitere Touristin. San Gimignano war eine berühmte Touristenstadt, ein vollständig erhaltenes Wunderwerk aus dem 14. Jahrhundert. Manche nannten sie wegen der schönen und bizarren Steintürme, die sie schmückten, das ›mittelalterliche Manhattan der Toskana‹. Einst hatte es hier sechzig oder siebzig Türme gegeben, doch heute waren nur noch vierzehn übrig, die sich als seltsame und herrliche Silhouette vor der grünen Landschaft der Toskana abhoben. Camilla würde ausgehen und die Stadt genießen.

Sie trat aus dem Steinportal des Hotels auf die Via S'Porto, eine Nebenstraße, die auf die Hauptpiazza führte. Sie blieb stehen, holte tief Atem und rieb sich mit den Fingerspitzen die Augen. Obwohl sie sich müde fühlte, war sie in Hochstimmung – und zudem äußerst überrascht. *Ich hätte nicht gedacht, daß ich es schaffe, aber ich hab's geschafft*, dachte sie. *Ich habe es fertig. Ich habe mein erstes Buch beendet.* Sie lächelte, und zum erstenmal seit Monaten stieg ein Gefühl der Einsamkeit in ihr auf. Camilla war eigentlich ans Alleinsein gewöhnt. Doch jetzt, ohne den Rückhalt durch die Arbeit an ihrem Buch, das ihr gleichzeitig Gesellschaft geleistet hatte, wünschte sie sich, es gäbe jemanden, dem sie die Neuigkeit mitteilen könnte.

Ich glaube, ich habe nie damit gerechnet, es tatsächlich fertig zu schreiben, erkannte sie. Schließlich war sie nie in ›kreativem Schreiben‹ – wie man das heute nannte – unterrichtet worden. Camilla hatte das Convent of the Sacred Heart in Birmingham, einer düsteren, heruntergekommenen Industriestadt in den englischen Midlands, besucht. Daß Schwester Agnus Dei sie unter ihre Fittiche genommen hatte, war ihre Rettung gewesen. Die strenge Schwester Agnus Dei, ihre Lehrerin in der sechsten Klasse, die ihre Intelligenz erkannt und sich für sie eingesetzt hatte. Schwester Agnus Dei hatte darauf bestanden, daß Camilla für die Abschlußprüfung, den sogenannten *A-level*, lernte, jenes überaus wichtige Examen, mit dem britische Schüler die Zugangsberechtigung zur Universität erwarben.

Kein Mitglied von Camillas Familie war auf die Universität gegangen. Nun, um die Wahrheit zu sagen, alle hatten der Schule bei der ersten sich bietenden Möglichkeit den Rücken gekehrt. Camillas Vater war LKW-Fahrer gewesen, bis ihm ein Unfall den Rücken ruiniert hatte und seine Tage hinter dem Steuer gezählt waren, ihre Mutter das, was man einst nicht gerade sehr gewählt mit dem Begriff ›Putzfrau‹ bezeichnet hatte.

Vielleicht war sie nicht fair. Während Camilla über das Kopfsteinpflaster ging, dachte sie über ihre Worte nach und korrigierte sich in Gedanken. Mom war nicht gerade eine Putzfrau, allerdings auch keine Haushälterin.

Sie hatte bei der Beveridge-Familie gearbeitet, wenn sie dort gebraucht wurde, und einen Großteil ihres Lebens damit zugebracht, den Dreck jener wegzuputzen, von denen sie immer noch als ›meine Herrschaften‹ sprach. Wenn Camilla so darüber nachdachte, schien es ihr, als hätte ihre Mutter mehr Interesse und Begeisterung dafür aufgebracht, für die Kinder der Beveridge-Familie aufzuräumen, zu putzen und ihnen zuzuhören, als das bei ihren eigenen Kindern der Fall gewesen war.

Der Haushalt der Clapfishs war schlecht geführt, die Wohnung unordentlich, zu klein und feucht gewesen. Mrs. Clapfish hatte sich daheim nicht sonderlich mit Hausarbeit abgegeben. »Schließlich werde ich hier nicht dafür bezahlt, oder?« hatte sie immer gesagt. Selbst jetzt, in der warmen Augustsonne Italiens, fröstelte Camilla bei dem Gedanken an ihr Zuhause. Ihre drei jüngeren Brüder hatten immer herumgetobt, und ihre Nasen, Socken und Jacken waren immer feucht gewesen. Wenn sie sich nicht gegenseitig angeschrien hatten, dann hatte ihre Mutter sie angeschrien, die in den übrigen Momenten von Camillas Vater angeschrien worden war.

Camilla seufzte. Das Gefühl der Einsamkeit vertiefte sich. Es hatte keinen Sinn, dachte sie, ihnen zu schreiben, ihnen mitzuteilen, daß sie einen Roman beendet hatte. Ihre Mutter würde nur fragen: »Wozu, um Himmels willen?«

Während sie weiter in Richtung Zentrum von San Gimignano spazierte, entschied sie sich, Lady Ann Beveridge nichts von ihrem Roman zu erzählen. Doch vielleicht würde sie Schwester Agnus Dei morgen schreiben und ihr die Neuigkeit mitteilen. Schwester Agnes war, trotz ihres Namens, alles andere als ein Lamm. Sie würde sich aufrichtig freuen. Doch jetzt wollte Camilla erst einmal diesen Tag, die Sonne Italiens und die Schönheit der Gebäude genießen und für niemand anderen verantwortlich sein als für sich selbst.

Sie mußte keine Touristen durch eine der beiden großen Kirchen führen, niemandem die römischen Ruinen zeigen oder warten, während begierig irgendwelche törichten Souvenirs gekauft wurden. Die letzten anderthalb Jahre hatte Camilla in Florenz verbracht, wo sie zunächst studiert und dann als Stadtführerin gearbeitet hatte. Ihre ganze akademische Ausbildung in New York zur Kunsthistorikerin – die ihre Eltern weder verstanden noch gutgeheißen hatten – hatte letztendlich nur zu einem geführt: Sie war Reiseleiterin geworden. Denn nachdem sie sich durch die Universität gekämpft, einen Abschluß erworben und ihre Dissertation beendet hatte, war ihr aufgegangen, daß sie – ohne Beziehungen in der akademischen Welt oder in der Kunstbranche und ohne persönlichen Charme – keine Chance hatte, einen der wenigen und äußerst begehrten Jobs als Lehrerin oder im Museum zu bekommen. Also hatte sie alles aufgegeben, New York den Rücken gekehrt und war nach Florenz gegangen, wo sie Touristengruppen geführt und aufgrund ihrer Einsamkeit in ihrer Freizeit zu schreiben begonnen hatte.

Sie machte gern Führungen, aber nur für Amerikaner. Die waren daran gewöhnt, in Gruppen zusammenzustehen, und begierig, etwas dazuzulernen. Letzteres schien für sie fast einer Religion gleichzukommen. Britische Touristen blieben nie zusammen, schlenderten immer davon oder schauten in eine andere Richtung, während die Franzosen wirklich unmöglich waren – und zum Großteil noch dazu unverschämt und arrogant. Camilla hatte keine einzige

Führung beendet, ohne daß einer von ihnen bereits gegangen war, während sie noch gesprochen hatte. Ja, die Amerikaner waren am nettesten, am dankbarsten. Obwohl sie vor Schüchternheit fast in den Boden versank, wenn sie nach einer Führung auf einen Kaffee oder zum Essen eingeladen wurde, sprach Camilla während ihres Vortrags mit Autorität. Es fiel ihr leichter, Menschen zu führen, als mit ihnen zusammenzusein.

Sie lebte sehr bescheiden und drehte jeden Pfennig um, aber sie hatte auch ihr Leben lang nichts anderes gekannt. So mußte sie erst lernen, mit der gelegentlich gönnerhaften Art wohlhabender Touristen umzugehen, die Kunst sozusagen vorverdaut gereicht zu bekommen wünschten und Geschichte auf einen vierhundert Jahre alten Skandal reduzierten. Doch sie hatte durchgehalten. Eigentlich war sie für einen solchen Job sogar recht gut geeignet, denn sie besaß eine kräftige Stimme, körperliche Ausdauer und ein gutes Gedächtnis für Details. Zunächst war es ihr schwergefallen, vor einer Gruppe zu sprechen, aber mit der Zeit und dem Erfolg war es ihr leichter gefallen, als sich mit einem einzelnen Gegenüber zu unterhalten. Auch wenn die Führungen kein Traumjob waren oder viel Geld einbrachten, konnte sie sich immerhin in all der Pracht und Herrlichkeit Italiens über die Runden bringen und hatte die Abende frei. Frei für Gianfranco und – an den Abenden, an denen er nicht bei ihr sein konnte – ihren Roman.

Das Schreiben und die frischen Blumen, die sie immer in ihrem Zimmer stehen hatte, hielten ihre Einsamkeit in Grenzen. Ein Leben als Single mußte nicht bedeuten, daß man einsam war, doch es war ein großer Trost für sie, daß es auf den Märkten von Florenz die gleichen Blumen gab wie an dem Blumenstand in der Camden-Passage in der Londoner U-Bahn oder bei den koreanischen Gemüsehändlern in New York – der Rittersporn, die Nachthyazinthen und die Gladiolen waren ihr so vertraut wie alte Freunde.

Sie trat auf den blumenbedeckten Platz, der sich vor ihr öffnete. Die Sonne begann bereits zu sinken. Die eine Seite des Platzes lag schon im Schatten, während die andere noch in goldenes Licht getaucht war. Die alten Steingebäude, von der Sonne vergoldet, leuchteten, als glühten sie von innen heraus. Die Luft war so klar, daß sich die Umrisse jedes Türsturzes, jeder Stufe, jedes Fensterkreuzes deutlich wie Bleistiftstriche abhoben. Geranien, Kapuzinerkresse und Efeu wucherten in Blumenkästen an den Fenstern und milderten die Nüchternheit und Strenge der Steine durch ihre Farbenpracht. Diesmal mußte Camilla sich nicht damit begnügen, mit schmerzenden Waden an einer Gebäudefront zu lehnen, weil sie es sich nicht leisten konnte, sich in ein Café zu setzen. Nein. Heute abend würde sie sich den Luxus erlauben, den Anblick sitzend zu genießen.

Zielstrebig ging sie auf ein Cafétischchen neben dem Brunnen auf der Mitte des Platzes zu, um sich zu setzen. Hier würde sie einen Aperitif nehmen und sich damit sozusagen das Recht auf einen bequemen Stuhl erwerben. Sie konnte dem Sonnenuntergang zusehen und beobachten, wie sich der Platz leerte wie jeden Abend um diese Zeit.

Camilla hatte sich das Leben, das sie im Moment führte, auf solchen kleinen Freuden aufgebaut. Gestohlene Stunden mit Gianfranco, Spaziergänge zwischen den herrlichen Bauwerken, Stunden in Museen. Das war auch früher so gewesen. Während ihre Schulfreundinnen sich in Sacred Heart auf Wochenenden auf den Landsitzen, Weihnachtsgeschenke von Harrods und später auf Debütantenbälle oder eine Stippvisite zur ›Hochsaison von London‹ gefreut hatten, hatte Camilla sich mit kleinen, oft sogar nur winzig kleinen Freuden getröstet, die sie allerdings zutiefst befriedigt hatten: ein gutes Buch aus der Bibliothek und eine Tüte Bonbons; heißer Toast mit Marmite, den sie allein in ihrem Zimmer verzehrt hatte; ein ganzer Nachmittag im Museum von Birmingham oder eine Sondersendung im Fernsehen, die sie ungestört hatte ansehen können, weil die Jungs draußen Football gespielt hatten. Selbst ein heißes Bad mit einem seltenen Tropfen parfümierten Badeöls stellte einen Genuß dar, auf den sie sich hatte freuen können.

Später dann, als sie älter gewesen war, hatte sich ihr die größere Welt der Kunst eröffnet – sie hatte Stunden in der Tate Gallery verbracht, wo sie die Bilder von Turner, der neben Canaletto ihr Lieblingsmaler war, betrachtet, nein, geradezu *verschlungen* hatte. Dann der Van Huysum in der National Gallery. Oder die Wallace-Sammlung, die sie Raum für Raum durchgegangen war. Tagelang hatte sie sich die Zeit im Victoria & Albert Museum vertrieben. Dann New York, wo sie im Frick-Museum geträumt oder sich im Cloisters ein ruhiges Fleckchen gesucht hatte. Das Metropolitan Museum of Art war besonders lohnend – wenn man nur genau hinsah, gab es so viel zu entdecken.

Und dann der heutige Tag, an dem sie den bequemen Stuhl, die Schönheit und das Treiben auf dem Platz um sich herum genießen würde.

Doch als sie sich dem Tisch näherte, wurde der Stuhl neben ›ihrem‹ von einem blassen rothaarigen Mann mit Beschlag belegt, der einer älteren Frau beim Hinsetzen behilflich war. Camillas Hand lag bereits auf der Stuhllehne, und als die beleibte Frau auf dem Metallsitz Platz nahm, berührte Camillas Hand die des Mannes. Sie zog sie zurück, als hätte sie sich verbrannt. Er mußte erkannt haben, daß dies ihr Stuhl war, denn er entschuldigte sich umgehend.

»Verzeihen Sie bitte. Sitzen Sie hier? Ich wollte nicht …« Er verstummte, und in der Stille versuchte Camilla ihre Enttäuschung hinunterzuschlucken und sich einen Alternativplan auszudenken. Alle anderen Tische waren besetzt, also mußte sie sich wohl ins Innere des Cafés setzen, weg von der stillen Schönheit der Piazza. Sie schüttelte den Kopf und wollte gerade gehen, als er fortfuhr:

»Mutter, wir haben dieser jungen Dame hier den Tisch weggenommen.«

Die ältere Frau sah auf. »Wie?« fragte sie. »Das glaube ich nicht. Ich dachte, dieser Tisch wäre frei.« Sie musterte Camilla. »Setz dich, Frederick«, sagte sie. Ihr Gesicht war rund und gerötet, ihre Gesichtszüge hatten etwas Grobes an sich. Sie mochte Ende Fünfzig sein. Doch trotz ihrer Fülle waren ihre Haare fachmännisch frisiert, und sie trug ein diskretes, perfektes Make-up. »Saßen Sie *tatsächlich* hier?« wollte sie wissen.

Camilla schüttelte wortlos den Kopf.

»Nein, Mutter, aber sie wollte sich gerade hinsetzen«, erklärte der Mann. Dann lächelte er Camilla an. Sie waren Amerikaner. Der rothaarige Mann hatte ein nettes, schiefes Lächeln, und durch die krumme Nase mit den winzigen Sommersprossen wirkte sein Gesicht anziehend. »Wir setzen uns woanders hin«, meinte er.

»Warum teilen wir uns den Tisch nicht?« fragte die ältere Frau verärgert. Es war offensichtlich, daß sie nicht vorhatte aufzustehen. Camilla stand einen Augenblick lang bewegungslos da und sah wieder zu dem jungen Mann hinüber.

»Gut. Dürfen wir uns zu Ihnen setzen?« fragte er.

Seine liebenswürdige Art machte es Camilla leicht, einzuwilligen. Doch da sie nicht schon wieder eine Konversation mit Touristen führen wollte, nachdem sie diese monatelang durch die wichtigsten Orte des Trecento geführt hatte, zögerte sie. Sie hatte sich so auf diesen Platz und die Aussicht gefreut, auf dieses wunderschöne Licht, das bereits langsam verblaßte, während sie noch dastand. Sie nahm Platz.

Ein Kellner – gutaussehend, gleichgültig und völlig von sich eingenommen – fragte beiläufig nach ihren Wünschen.

»Einen Martini«, sagte Camilla.

Die Augen der älteren Frau verengten sich, und es schien, als ziehe sie die Augenbrauen hoch.

»Sollen wir uns eine Flasche Montepulciano teilen?« fragte der Mann seine Mutter.

»Ja, das wäre fein.«

Der Kellner nickte kurz und überließ sie ihrem Schweigen. Camilla genoß die Stille und blickte über das leicht gewellte Kopfsteinpflaster auf den Torbogen, hinter dem die Straße begann, die aus San Gimignano hinausführte. Sie wußte, daß ihre Gedanken jeden Moment durch das hektische, beiläufige Geschnatter der beiden Touristen gestört werden konnten: Woher kommen Sie? Oh, da waren wir auch. Wie lange bleiben Sie hier? Wohin fahren Sie als nächstes? Sie wollte die Stille genießen, solange sie anhielt.

Doch sie hatte sich geirrt. Die ältere Frau öffnete ihre Tasche und wühlte darin herum, während ihr Sohn einfach nur dasaß. Eine seiner langen, mit Sommersprossen übersäten Hände lag auf dem Tisch, und er sah auf den Platz hinaus und gelegentlich nach oben zu den Vögeln, die zu Hunderten die Mauernischen bevölkerten. Überraschenderweise hatte die Stille am Tisch nichts Belastendes, und so entspannte sich Camilla nach einigen Augenblicken und wurde langsam ein Teil der Szenerie. Sie liebte es, das – für sie ungewohnte – Gefühl zu haben, Teil des Bildes und nicht nur dessen Betrachter zu sein. Während sie neben dem sommersprossigen Mann und seiner Mutter saß, würden Touristen auf dem Platz Fotos machen, die sie dann mit nach Hause nehmen würden, nach Cincinnati und Lyon und München. Fotos, auf denen auch sie zu sehen war, eine Fremde auf einem Platz neben zwei anderen Fremden, während ihre Hände müßig auf dem weißen Tisch lagen.

Plötzlich machte Camillas Herz einen Freudensprung. Sie sah nicht nur die Schönheit der Szenerie vor sich, sondern war tatsächlich ein Teil dieser Szenerie, jetzt und für immer auf diesen Schnappschüssen und in ihrer eigenen Erinnerung festgehalten – die Frau im braunen Kleid an dem Tisch neben dem Brunnen. Sie konnte einen leisen Seufzer nicht unterdrücken.

»Es ist wunderschön, nicht wahr?« fragte der Mann. Camilla mußte nicken. »Ich sage mir immer wieder, daß ich dies nicht vergessen werde und weiß, wie schön es ist. Aber wenn ich zurückkehre, bin ich doch immer wieder überrascht.«

Camilla nickte erneut. Genauso fühlte sie sich beim Anblick vieler Sehenswürdigkeiten Italiens – im Botticelli-Zimmer in den Uffizien, in der Kapelle der Medici, vor den Giotto-Fresken in Assisi. In Venedig und natürlich vor Werken von Canaletto.

Die ältere Frau blickte zum erstenmal auf. »Ich glaube, ich habe meine Sonnenbrille verloren«, sagte sie.

»O Mutter. Das passiert dir zweimal am Tag. Wahrscheinlich ist sie im Hotel.«

»Dort nützt sie mir viel.«

»Soll ich sie holen?« fragte ihr Sohn und erhob sich.

»Sei nicht albern«, wies sie ihn zurecht. »Ich gehe selbst.« Sie stand auf und verließ ohne ein weiteres Wort den Tisch. Wie unfreundlich. Camilla sah der Frau nach, die über den Platz hastete, und wünschte sich, ihr Hotel befände sich in Umbrien. Doch sie verschwand in einem Haus, das direkt am Platz stand. Eines der besseren Hotels in der Stadt, registrierte Camilla. Und eines mit einem hervorragenden Restaurant.

»Sie ist müde«, erklärte der Mann Camilla, ohne daß sie gefragt hatte. »Sie hat den Tag damit verbracht, in Kirchen zu sitzen, und nach einer Stunde wird ihr immer langweilig.«

»Ihnen nicht?«

»Keineswegs. Aber ich bin ja auch Architekt.«

Eine Pause entstand. Der Höflichkeit halber lächelte Camilla und fragte: »Dann ist dies nicht Ihr erster Besuch in San Gimignano?«

»O nein«, erwiderte er. »Ich versuche, jedes Jahr herzukommen, auch wenn ich es in den letzten beiden Jahren nicht geschafft habe. Wir waren heute den ganzen Tag in Sankt Peter und sind auf alle drei Türme gestiegen.« Er schwieg. »Und wie haben Sie den Tag verbracht?«

Camilla konnte nicht widerstehen und sagte es ihm. »Ich habe meinen Roman beendet.«

»Wie schön! Schreiben Sie oft Romane?«

Camilla sah den Schalk in seinem Grinsen. »Es ist mein erster«, mußte sie zugeben.

»Ich bin beeindruckt. Wie werden Sie das feiern?«

In diesem Augenblick tauchte der Kellner mit Camillas Aperitif und der Flasche Wein auf. »Das ist meine Feier«, vertraute Camilla dem Mann an.

Sein Gesicht legte sich vor Bestürzung in Falten. »Aber dann haben wir Ihnen das Ganze ja verdorben! Das tut mir wirklich leid. Mutter ist normalerweise nicht so, aber sie war müde. Sie hatte ziemlich viel um die Ohren.« Er stand auf. »Entschuldigen Sie«, sagte er noch einmal.

»Nein.« Camilla streckte ihre Hand aus. »Bitte, gehen Sie nicht.« In ihrer Stimme schwangen mehr Gefühle mit, als sie beabsichtigt hatte, aber nun war es zu spät. Plötzlich schien es, als wäre das Alleinsein unerträglich. Der Mann zögerte kurz. Seine rötlichbraunen Augen wichen den ihren aus. Er war nicht attraktiv, in keiner Weise, dachte Camilla. Aber er besaß eine liebenswürdige Ausstrahlung, die – auch wenn sie den völligen Mangel jedweder Schönheit nicht ersetzen konnte – doch einen gewissen Charme hatte.

Zögernd setzte er sich wieder. »Also, wie heißt Ihr Roman?«

»Ich weiß noch nicht genau«, entgegnete sie.

»Und wie heißt die Romanautorin?« fragte er, und sie mußte wieder lächeln.

Sie streckte ihm ihre Hand hin. Er wollte die Geste erwidern, hielt aber kurz inne, bevor seine kühle, lange, mit Sommersprossen übersäte Hand die ihre ergriff. »Camilla«, sagte sie selbstbewußt. »Camilla Clapfish.«

»Nun, Miß Clapfish, erlauben Sie, daß ich, Frederick Sayles Ashton, Ihnen als erster zur Beendigung Ihres noch unbetitelten Erstlingswerkes gratuliere.« Seine formelle Art war zwar untypisch für einen Amerikaner, aber gewinnend.

»Vielen Dank«, erwiderte Camilla und zog zögernd ihre Hand zurück. Sie nahm ihren Drink auf, doch Ashton ließ sie zögern, indem er sein eigenes Glas hob. Ein wenig Wein schwappte über den Rand. Er schien es nicht zu bemerken.

»Bevor Sie trinken, erlauben Sie mir, Ihnen etwas zu sagen.« Er neigte den Kopf ein wenig und sah sie über den Rand seines Weinglases hinweg an. »Ich glaube, meine Mutter dachte, Sie hätten einen Cocktail bestellt«, vertraute er ihr an. »Das könnte der Grund gewesen sein, warum sie gegangen ist. Sie mißbilligt Cocktails.« Er stellte sein Glas ab, wobei sein Ellenbogen in die Weinpfütze auf dem Tisch tauchte. Er achtete nicht darauf.

Camilla sah auf ihren unschuldigen Aperitif hinab. »Oh. Sie muß gedacht haben, ich hätte einen Gin-Martini bestellt. Nein. Hier ist Martini ein Markenname für Wermutwein.«

»Sicher. *Ich* weiß das, aber Mutter wahrscheinlich nicht. Wissen Sie, mein Vater war Alkoholiker.«

Camilla nickte schweigend. Da sie in New York gelebt hatte, war sie mit der Offenheit der Amerikaner eigentlich vertraut, dennoch machte sie sie immer wieder sprachlos.

Glücklicherweise galt das nicht für Frederick Sayles Ashton. »Auf *C*amilla *C*lapfish mit dem alliterierenden Namen und die kommende Veröffentlichung ihres ersten Buches.«

Urplötzlich überfiel Camilla ein Gefühl der Bestürzung. Mein Gott, dachte sie, es war schon hart genug gewesen, das Buch zu schreiben. Was als verlockende Herausforderung begonnen hatte, hatte sie immer mehr gefangengenommen, war zu einer Arbeit geworden, die sie voller Kreativität und Liebe erfüllt hatte, die gleichzeitig auch qualvoll gewesen war, aber ihre leeren Abende ausgefüllt hatte. Jetzt, da sie beendet war, mußte sie einen Verleger finden. Wie in aller Welt, dachte sie, sollte sie das zuwege bringen?

3

›Ich bin kein Snob, aber oft macht es richtig Spaß, über reiche Leute zu schreiben.‹

Noël Coward

Susann Baker Edmonds lag auf der Chaiselongue und sah auf das Mittelmeer hinaus, als könne sie dort draußen Kapitel achtundzwanzig finden.

Dabei sollte es kein Kapitel achtundzwanzig geben. Verflixt, das Buch war ohnehin viel zu lang geraten. Die Wogen des fernen Meeres schimmerten, doch Susann kam nicht der leiseste Schimmer einer Idee. Schließlich stand sie auf und ging an der Nordseite des mit Marmor eingefaßten Schwimmbeckens entlang. Sie hörte, wie Edith, ihre Sekretärin, die kräftigen Beine übereinanderschlug, und seufzte.

»Kannst du nicht wenigstens mal für eine Minute still sein?« schnappte Susann.

»Es tut mir leid«, erwiderte Edith, aber es hörte sich nicht so an, als entspräche das der Wahrheit; sie klang gelangweilt, ungeduldig, voller Sehnsucht danach, endlich fortzukommen. Als ob etwas in Edith Fischers langweiligem, altjüngferlichem Leben wichtiger sein könnte als ein neuer Roman von Susann Baker Edmonds. Susann wußte, daß sie sich beruhigen mußte. Herrje, wie sie es haßte, so zu sein. So gereizt und launisch. Sie war *kein* launischer Mensch. Sie legte beide Hände auf ihr schönes, geliftetes Gesicht und blickte zu Edith, der langweiligen Edith, hinüber. Nach außen hin repräsentierte Edith all das, was Susann verachtete: Sie war konservativ gekleidet, übergewichtig und langweilig. Ihr fehlte jedes Feuer. Trotzdem gehörte Edith zu jenen Lesern, die Susanns Bücher verschlangen. Aus diesem Grund bedeutete Edith, diese fade Frau, die da in der Sonne saß und strickte, nicht einfach ein Ärgernis, das man mit Hilfe einer Kündigung loswerden konnte.

Edith bedeutete für Susann sozusagen eine heimliche Prüfinstanz. Wenn Ediths Augen während der gemeinsamen Arbeit zu glühen begannen, ihr Mund sich leicht öffnete und ihr Atem vor Begeisterung und Interesse schneller ging, wußte Susann, daß ihre Geschichte fesselnd geschrieben war. Doch wann hatte Edith zum letztenmal so reagiert? Mit Sicherheit nicht, während sie an *Eine Mutter und eine Tochter* gearbeitet hatten. Auch nicht, als sie sich durch *Eine Frau mit Vergangenheit* gequält hatten. Vielleicht war Edith einfach übersättigt und abgestumpft. Die Bücher waren am Muttertag der beiden vergangenen Jahre erschienen und hatten die Spitze der Bestsellerliste erklommen – so wie alle Bücher von Susann Baker Edmonds. Doch selbst Susann mußte zugeben, daß das bei beiden länger gedauert hatte und sie sich auch nur wesentlich kürzer auf dem einsamen Gipfel hatten halten können.

Susann war sich darüber im klaren, weshalb die momentane Situation sie so zermürbte. Sie war realistisch genug, um zu wissen, was es bedeutete, so lange die Spitze zu halten – daß der Abstieg immer näher rückte. Doch Susann *gefiel* es, ganz oben zu sein, und sie wollte dort bleiben. Sie war stolz auf sich, stolz darauf, eine der großen Bestsellerautorinnen zu sein. Von einem Niemand zur Nummer eins: Als eine der wenigen hatte sie den Sprung geschafft.

Und Edith hatte ihren Aufstieg miterlebt. Als beide noch Sekretärinnen in einer Rechtsanwaltskanzlei gewesen waren, hatte Susann ihre Manuskripte Seite für Seite mitgebracht, und Edith hatte sie verschlungen und die für einen Schriftsteller wichtigste Frage gestellt: »Was passiert als nächstes?« Ediths Begeisterung wegen hatte Susann – damals noch schlicht Sue Ann – weitergeschrieben. Wäre Edith nicht gewesen, hätte Susann sicher schnell aufgegeben. Denn es war sehr, sehr schwer gewesen, tagsüber konzentriert zu arbeiten und sich nachts neue Geschichten auszudenken.

Es war noch immer schwer. Denn nun *erwartete* man ein erstklassiges Buch von ihr, einen absoluten Bestseller. Zumindest erhielt sie heute großzügige Vorschüsse für ihre Manuskripte.

Erneut schritt Susann die ganze Länge des Beckens ab. Dann drehte sie sich um und blickte in die Ferne. »Ist Post gekommen?« fragte sie.

Edith schüttelte den Kopf, ohne von ihrer Strickarbeit aufzusehen. »Nichts Wichtiges.« Edith kümmerte sich um die Rechnungen, indem sie sie an Susanns Buchhalter weiterleitete, der sie beglich; auch die Fanpost erledigte sie mit den üblichen Standardantworten. Nur um Kim und deren Bettelbriefe kümmerte sich Susann persönlich. Doch in letzter Zeit hatte sie nichts mehr von Kim gehört. Zu gern hätte sie geglaubt, daß ihre erwachsene Tochter sich endlich einmal wie eine Erwachsene benehmen würde, aber aus langjähriger Erfahrung bezweifelte sie das.

Während Susann auf und ab ging, rieb sie die Hände aneinander. Die Sonne tat gut, aber ihre Haut würde Sommersprossen bekommen. Sie sah sich um. Es war noch immer schwer. Ihre Erfolge hatten ihr zu dieser Villa verholfen, den herrlichen Möbeln darin, dem Rolls in der Garage, den Diensten Ediths und des französischen Ehepaars, das für sie kochte, saubermachte, sie fuhr. Aber sie hatten ihr nicht die Liebe ihrer Tochter oder Glück gebracht. Und sank ihr Stern nicht langsam? Sie fuhr sich mit ihren arthritischen Fingern durch das kunstvoll mit Strähnchen durchsetzte blonde Haar und kehrte zu ihrem Stuhl zurück. Nachdem sie sich darauf niedergelassen hatte, schlug sie die Beine übereinander, verschränkte die Arme und teilte Edith mürrisch mit, daß die Arbeit für heute getan sei.

Edith warf ihr einen Blick zu und hob die runden Schultern. Nicht mehr lange, und sie hat einen Buckel, dachte Susann angewidert. »In Ordnung«, sagte Edith, aber Susann wußte, daß es nicht in Ordnung war. Sie hatte einen Abgabetermin, und das wußte Edith. Susann lieferte immer rechtzeitig ab. Ihre Bücher waren immer an einem Muttertag erschienen, so regelmäßig wie die Narzissen im März. Doch diesmal würde es anders sein. Diesmal werde das neue Buch im Herbst veröffentlicht, hatte ihr Verleger erklärt. Und sie würde ihn nicht enttäuschen.

Vor fast zwei Jahrzehnten hatten Alf und sie als erste die Marktlücke zwischen den engagiert beworbenen Frühjahrstiteln und den wichtigsten Herbsterscheinungen entdeckt. Mit der Veröffentlichung ihres ersten erfolgreichen Romans, *Die Dame des Hauses*, vor vierzehn Jahren hatte Alf das riesige Potential genutzt, das im Geschäft mit dem Muttertag steckte. So hatte sie sich einen Namen gemacht.

Und war reich geworden. Nun, natürlich nicht mit dem ersten Buch. Damals war sie übers Ohr gehauen worden. Doch dann hatte sie den Erfolg von *Die Dame des Hauses* alljährlich wiederholen können – mit einem neuen Roman zum Muttertag. Mit Alfs Hilfe waren die Hardcover-Ausgaben zu Tausenden und später die Taschenbuchausgaben millionenmal verkauft worden. Viele Frauen hatten mit ihnen sogar eine Tradition begründet – Töchter hatten ihren Müttern eine Susann Baker Edmonds geschenkt, und jetzt taten es ihnen ihre eigenen Töchter gleich. Drei Generationen, die Susanns erbauliche Geschichten lasen. Ja, sie war stolz auf ihre Leistung. Sie war berühmt geworden und reich … Alf war ihr Agent geworden und hatte erst einmal den inkompetenten Rechtsanwalt gefeuert, der ihr erstes Buch sozusagen verschenkt hatte. Später beauftragten sie eine Public-Relations-Agentur, und von da an tauchte Susanns Name regelmäßig in den Zeitungen auf. Vier ihrer Bücher waren als Vorlage für TV-Miniserien verwendet worden, für drei weitere bestanden Kaufoptionen. Sie war die meistverkaufte Romanschriftstellerin in ihrem Verlag und wurde dementsprechend behandelt.

Und genau da lag das Problem. Susann beschattete ihre Augen mit den Händen, um ihr Gesicht vor der Sonne zu schützen. Sie war der meistverkaufte *weibliche* Autor. Doch es gab so viele Männer, die High-Tech-Thriller oder Gerichtskrimis schrieben, und dann all diese von Hormonen bestimmten Bücher … Die Bastarde von Hollywood setzten sie eines nach dem anderen in Kinofilme um, doch Frauen im mittleren Alter ignorierten sie. Es war so unfair! Noch nie war nach einem von Susanns Büchern ein Kinofilm gedreht worden. Frauen sahen sich Filme von Michael Crichton an, Filme von John Grisham, Filme von Tom Clancy, aber ihre Männer würden nie mit ihnen in einen Frauenfilm gehen. Bücher von Frauen waren nur gut genug für die rosarote Welt des Fernsehens. Doch ohne die zusätzliche Werbewirkung durch einen Kinofilm wurde es immer schwieriger, ein Buch an der Spitze der Bestsellerlisten zu halten.

Ihr neuer Roman erschien also im Herbst. Würde das etwas nützen? Pro Monat wurden einhundertfünfzig Titel veröffentlicht, und als ob das noch nicht genügte, versuchte man Buchkäufer, Geschäfte und Leser mit allen möglichen Werbegeschenken und billigem Schund zu ködern. Joan Schulhafer von Avon Books hatte es auf den Punkt gebracht: »In unserer Branche liegt die Rate der Werbegeschenke pro Autor höher als in jeder anderen.«

In diesem Moment sammelte Edith ihren Stenoblock, ihr Bleistiftmäppchen, die gelben Post-it-Notizzettel und die Büroklammern ein. Sie nahm die Lesebrille ab, steckte sie in ihre Rocktasche und setzte sich die Sonnenbrille auf die sonnenverbrannte rote Nase. In den beiden Jahrzehnten ihrer Zusammenarbeit hatte Susann geheiratet, sich scheiden lassen, abgenommen. Bis heute hatte sie sich ihr jugendliches Aussehen bewahrt, und sie war besser gekleidet und immer noch blond. Edith aber – Edith hatte sich nicht verändert, abgesehen davon, daß sie älter geworden war. Sie sah aus wie eine Drohne, und das machte Susann angst. Ihr war immer bewußt, daß sie zwar mindestens zehn Jahre jünger aussah als Edith, in Wirklichkeit aber vier Jahre *älter* war. Auch Edith wußte das. Sie war eine der wenigen Eingeweihten, die Susanns wahres Alter kannten.

Verdammt, Edith kannte nicht nur ihr richtiges *Alter* (achtundfünfzig), sondern auch ihren richtigen *Namen* (Sue Ann Kowlofsky) und die tatsächliche Anzahl ihrer geschiedenen Ehen (drei). Edith wußte, wie oft Susann sich das Gesicht hatte liften lassen (zweimal), und sogar, wo sie den Großteil ihres Geldes aufbewahrte (auf Jersey). Edith kannte auch sämtliche schmutzigen Details im Leben von Susanns Tochter, wußte, daß Kim Drogenentzugstherapien hinter sich hatte, wegen Fahrens unter Drogeneinfluß angezeigt worden war, kannte ihre Männergeschichten. Vielleicht war Susann deshalb so verstimmt. Edith hatte in all den Jahren keinerlei Fortschritte gemacht, ließ sich andererseits aber auch nicht von Susanns Fortschritten beeindrucken. Zwischen ihnen gab es keine Geheimnisse; dabei liebte Susann Geheimnisse. Doch sie war von der Biographie, die ihr ihre Imageberater angedichtet hatten, abhängig geworden, von Alfs Respekt, von dem Respekt der Verleger, die sie mit Samthandschuhen anfaßten, von der Aura, die Ruhm und Reichtum ihr gebracht hatten.

»Alf wird bald zurück sein«, bemerkte sie. »Ich muß mich umziehen. Wir sind zu einer Abendgesellschaft eingeladen.« Edith mochte Alf nicht sonderlich, und dieses Gefühl beruhte auf Gegenseitigkeit.

»Das Kapitel ist wichtiger als die Gesellschaft«, sagte Edith. »Du mußt noch einiges daran machen.«

Susann fühlte Ärger in sich aufsteigen, schluckte die Worte aber hinunter, die ihr auf der Zunge lagen. Statt dessen schenkte sie Edith ihr bezauberndstes Lächeln und fragte: »Warum kümmerst *du* dich nicht darum?«

Endlich stand Edith auf und schlurfte über die Terrasse ins Haus. Susann erhob sich ebenfalls. Sie trat ans Geländer, lehnte sich dagegen und sah auf das Wasser hinaus. Die Herbstsonne glitt hinter eine Wolke, und Susann, nur mit einem Badeanzug und einem Chiffonüberwurf bekleidet, fröstelte. Das Problem war, daß Edith, so altmodisch und lästig sie auch sein mochte, recht hatte. Susann kam mit dem neuen Roman nur langsam voran, und darüber hinaus war er nicht besonders gut. Auf keinen Fall konnte sie ein mißlungenes Buch abliefern. Zu diesem Zeitpunkt ihres Lebens durfte sie es sich nicht erlauben, aus dem erlauchten Kreis der Bestsellerautoren herauszufallen. Sie würde in die Bedeutungslosigkeit zurückgestoßen, müßte nach Cincinnati zurückkehren. Allein der Gedanke daran ließ sie erneut frösteln.

Der Markt für Frauenromane war im Begriff, sich zu verändern. Alf behauptete, die Entwicklung drohte sie zu überrennen. Doch wo wäre sie ohne ihre Bücher, den Ruhm, das Geld, das sie verdiente? *Wer* wäre sie? Wie würde Alf sich verhalten, wenn ihr Erfolg nachließe? Als ihr Manager hatte er sich einen Namen gemacht, doch hatte sein Interesse an ihr nicht ein wenig nachgelassen, seit er neue Klienten dazugewonnen hatte? Und würde Edith bei ihr bleiben, falls alles zu Ende gehen sollte? Susann kniff die Augen trotz der Krähenfüße fest zusammen. Die Schönheitschirurgen hatten ihre Tränensäcke beseitigt und die schlaffe Haut über und unter ihren Augen gestrafft, aber gegen Krähenfüße war sie nach wie vor machtlos. Susanns arthritische Finger umklammerten das Geländer. Obgleich attraktiv, schlank und jugendlich war sie doch vor allem eine achtundfünfzigjährige Frau, die Angst hatte und einsam war.

4

›Keine Frau eines Schriftstellers wird jemals verstehen können, daß ein Schriftsteller arbeitet, wenn er aus dem Fenster blickt.‹

Burton Rascoe

Judith blickte von der Schreibmaschine auf dem Kartentisch, der ihr als Schreibtisch diente, auf und sah aus dem Fenster. Sie war allein, abgesehen von ihrem Hund Flaubert, der im Schlaf schnarchte und winselte. Ob er träumte? Sie streckte sich. Von ihrem Platz aus sah sie auf die King Street und auf eine Ecke des Universitätscampus hinunter. An der Backsteinmauer des Studentenzentrums lehnte ein Mädchen. Während Judith sie beobachtete, beugte sich der dunkelhaarige, schlaksige junge Mann, der neben ihr stand, zu ihr hinunter und legte seine Hände auf ihre Schultern. Dann küßte er sie mit einer schnellen Bewegung auf den Mund. Das Mädchen lachte und warf den Kopf nach hinten. Selbst durch den Schmutz der Fensterscheibe erkannte Judith das Aufblitzen weißer Zähne.

Ihre eigene Studentenzeit schien bereits eine Ewigkeit zurückzuliegen, auch wenn erst ein Jahr vergangen war. Und es schien noch länger her zu sein, seit Daniel sie so geküßt hatte. Vielleicht hatte er sie *nie* so geküßt. Daniel war nicht gerade spontan. Brillant, ja. Mit Sicherheit ehrgeizig. Aber spontan … Nein, Judith konnte sich nicht daran erinnern, daß Daniel sie je so geküßt hatte.

Natürlich hatte er sie auf dem Campus nicht küssen *können*, sagte sie sich, um Fairneß bemüht. Judith versuchte immer fair zu bleiben. Sie erinnerte sich, daß sie irgendwo gelesen hatte, ihr Name stamme aus dem Alten Testament. Judith sei eine Richterin gewesen, oder ihr Name werde zumindest im *Buch der Richter* erwähnt. So etwas in dieser Richtung. Daniel würde es wissen. Er wußte alles. Warum kritisierte sie ihn dann plötzlich so? Judith war verwirrt. Wenn sie hier saß und an ihrem Roman arbeitete, schweiften ihre Gedanken manchmal ab, und es gefiel ihr nicht immer, wohin sie sie führten.

Unter ihr, in der Sonne, bückte sich der junge Mann jetzt und hob einen Rucksack auf, den er sich lässig über die Schulter schwang. Er sagte etwas, und Judith sah wieder die aufblitzenden Zähne, als das Mädchen lächelte. Wann habe ich zum letztenmal gelächelt? Sie tröstete sich damit, daß sie eben immer ein ernstes Mädchen gewesen sei.

Auch ihre Beziehung war sehr ernst gewesen. Schließlich war Judith Studentin gewesen und Daniel ihr Dozent. Und nicht nur das – er war verheiratet. Natürlich stimmte es in seiner Ehe schon seit längerem nicht mehr. Daniel war ein ehrlicher Mensch, deshalb hatte er ihr von Anfang an nichts verschwiegen. Und er hatte auch gesagt, daß er sich sehr von ihr angezogen fühlte. Er hatte gesagt, sie habe Talent – wirkliches Talent – und könne eines Tages eine erfolgreiche Schriftstellerin werden.

Kein erwachsener Mann hatte ihr jemals diese Art von Aufmerksamkeit geschenkt. Vor Freude und Verwirrung war sie rot geworden. Sie hatte sein Lob und seine Einladung zu einer Tasse Kaffee akzeptiert. »Du wirst eine erfolgreiche Schriftstellerin«, hatte er wiederholt und unter dem Cafétisch ihre Hand genommen und gedrückt. Schreiben war ihr Traum, ihr geheimster Wunsch. Sie hätte nie jemandem erzählt, schon gar keinem Unidozenten, daß sie Schriftstellerin werden wollte, denn sie wollte nicht ausgelacht werden. Daniel hatte sie nicht ausgelacht. Nachdem er ihr Geheimnis erfahren hatte, hatte er sie ermutigt.

Sie hatte Daniel geglaubt, und nun saß sie hier, mit ihm verheiratet und eifrig bemüht, ein Manuskript von 279 Seiten zu verfassen. Es war nicht genau die Art von Buch, das sie hatte schreiben wollen. Keine Kunst, nicht einmal annähernd. Sie schrieben das Buch mehr oder weniger gemeinsam. Nicht um des Schreibens willen und auch nicht wirklich gemeinsam, aber – nun, sie brauchten Geld.

Ihre Eltern hatten sich wegen Daniel fürchterlich aufgeregt – über seine Religion und darüber, daß er verheiratet war. Sie hatten gedroht, die Universität zu verklagen, und Judith die finanzielle Unterstützung gestrichen. Nicht, daß ihr das wirklich etwas ausmachte. Sie waren immer wohlhabend gewesen, und ihr Vater hatte Geld immer nur als Druckmittel angesehen, um die Menschen in der Hand zu haben. Vor allem diese Tatsache hatte Judith wohl dazu bewogen, sich an einer staatlichen Universität einzuschreiben. Ihr Vater war fuchsteufelswild geworden, als er erfahren hatte, daß sie sich nicht bei einer der Seven Sisters Schools beworben hatte. Doch Judith hatte ihm in ihrer ernsten Art mitgeteilt, daß sie Exklusivität satt habe und das Geld ihr egal sei.

Auch Daniel war Geld gleichgültig. Unter anderem aus diesem Grund liebte sie ihn. Anfangs hatte sie sich sogar davor gefürchtet, ihm zu erzählen, daß sie zu den Hunts der Elmira-Akademie gehörte. Daniel haßte Kapitalismus und ererbten Reichtum. Das hatte er ihr ohne Umschweife gesagt. Wie sie glaubte auch er fest an die Leistungsgesellschaft.

Doch nun war das Geld knapp geworden. Sehr knapp. Daniel mußte Alimente und Kindergeld zahlen. So schrieben sie dieses Buch, für ihre Zukunft, um Geld zu verdienen, damit Daniel seine Dozententätigkeit aufgeben und sich ganz dem Schreiben widmen konnte. Dann würde auch sie genug Zeit haben, an ihrem ersten Roman weiterzuarbeiten, den Daniel so gelobt hatte.

Judith hörte die Wohnungstür zuknallen. Flaubert sprang auf.

»Ich höre dich nicht!« ertönte Daniels vorwurfsvolle Stimme aus der Küche im Erdgeschoß. Zwischen seinen Unterrichtsstunden kam er öfter für ein Sandwich und einen Quickie nach Hause. Judith seufzte. Sie hatte den Eindruck, daß jetzt, da Sex nicht mehr verboten war, sondern erwartet wurde, alles anders wäre. Irgendwie war die Romantik … nun, zwar nicht vergangen, aber sie hatte nachgelassen.

»Ich höre dich nicht«, wiederholte Daniel. Er liebte das Geklapper ihrer alten Schreibmaschine. Er fand es kurios, daß sie sich weigerte, einen Computer zu benutzen. Er nannte sie seine kleine Luddite.

Judith wußte nicht, was er damit meinte, hatte aber nie nachgefragt. Nun gab sie Flaubert einen Klaps, damit er sich wieder hinlegte, und rief hinunter: »Ich denke gerade. Manchmal sollte es mir gestattet sein zu denken.« Sofort bereute sie ihren scharfen Ton.

Daniel sprang die drei Stufen hinauf, die zu dem kleinen Raum in dem

Türmchen führten, das Judith als Arbeitszimmer diente. Besonders gut sah er nicht aus. Dafür war er etwas zu klein, zu gedrungen. Doch mit der Drahtgestellbrille, dem lockigen schwarzen Haar und seinem Grinsen strahlte er jene Unbekümmertheit aus, die sie so liebte. Er war ganz anders als ihr kalter, beherrschender Vater. Selbst jetzt konnte sie manchmal kaum glauben, daß sie ihn erobert hatte. Immerhin besaß er einen Yale-Abschluß, war Stipendiat gewesen, hatte ein Jahr an der Sorbonne studiert. Daniel Gross war *wirklich* gebildet. Judith wußte, daß ihre mittelmäßigen Seminare an der Elmira-Akademie mit Daniels Ausbildung nicht zu vergleichen waren. Er hatte *alles* gelesen und sogar einige jener Schriftsteller persönlich kennengelernt, deren großartige Bücher er in seinem Unterricht behandelte. Seine beiden Kurse über zeitgenössische amerikanische Literatur waren regelmäßig überbelegt. In ihrem ersten Semester war es Judith tatsächlich nicht gelungen, in seinen Kurs zu kommen. Sie lächelte fast. Das mußte man sich einmal vorstellen! Jetzt durfte sie seine graumelierten Tweed-Jacketts, seine handgestrickten Pullover und seine zerknitterten Cordsamthosen nicht nur bewundern, sondern lebte und schlief mit ihm. Ich *bin* glücklich, sagte sie sich und sah zu ihm auf. Ich habe großes Glück, und ich bin sehr glücklich.

Daniel ging auf sie zu und legte ihr beide Hände auf die Schultern. Flaubert knurrte wie immer, wenn Daniel Judith berührte, doch sie befahl ihm, still zu sein. Daniels Hände waren klein, aber er hatte kräftige Finger, mit denen er nun sanft ihre verspannten Nacken- und Schultermuskeln massierte.

»Na, wie läuft's? Träumst du vor dich hin, oder hast du einen kleinen Anfall von Schreibhemmung wie ein Student kurz vor Abschluß seines Studiums?«

Sie lächelte über den kleinen Seitenhieb. Judith hatte keinen Abschluß gemacht, sondern die Universität im letzten – ihrem vorletzten – Jahr abgebrochen. Seit sie mit Daniel zusammen war, fand sie es nicht mehr wichtig, ob sie nun einen Abschluß hatte oder nicht. Außerdem hatte Daniel ihr klargemacht, daß ein Abschluß in Englisch an einer Universität wie jener, auf der sie gewesen war, nicht viel zählte. »Soviel«, hatte er im Scherz gemeint, »wie eine Fahrkarte in die Wüste.« Es gab ohnehin nur wenige Lehrerstellen, und Judith hatte kein Interesse daran, mit einer pubertierenden Horde Siebtklässler *Silas Marner* zu lesen. Nein. Sie wollte schreiben und ernst genommen werden. Daniel half ihr.

»Hast du die Änderungen in Kapitel elf eingefügt?« fragte er. Obwohl die Handlung des Buches grundsätzlich ihre Idee war, hatte Daniel sie in groben Zügen ausgearbeitet, und an diesem Handlungsrahmen orientierte sie sich. Er hatte einen Zeitplan für sie aufgestellt und darauf bestanden, daß sie sechs Seiten pro Tag schrieb. Jeden Abend las er, was sie am Tag geschrieben hatte, korrigierte, redigierte, machte Vorschläge. Am nächsten Tag übertrug sie die Korrekturen und schrieb weiter.

»Nein, aber ich habe Kapitel vierundzwanzig beendet. Jetzt fehlen nur noch zwei!« In der Hoffnung auf ein überraschtes Lächeln über ihren Fleiß sah sie zu ihm auf. Doch er griff nur nach den Seiten und begann zu lesen. Stumm glitten seine Augen über die erste, dann kam die nächste dran, dann die übernächste. Judith versuchte, sich nicht zu verkrampfen, während sie auf eine Reaktion von ihm wartete.

»Okay«, sagte er. Sie errötete. Aus Daniels Mund war das ein Lob. »Sieht gut aus. Ich nehme es mit in den Unterricht.« Er hielt plötzlich inne und sah auf die Uhr. »Ich sollte gleich wieder gehen. Ich muß noch eine Kleinigkeit vorbereiten.«

Judith stand auf, versuchte ihre Enttäuschung zu verbergen. Ein Quickie war immer noch besser als gar nichts. »Bist du sicher?« fragte sie. Verführerisch legte sie einen Arm um ihn und ließ die Hand oben auf seinem Hinterteil ruhen, das sie durch den Tweedstoff seines Jacketts hindurch deutlich fühlte. Dann ließ sie die Hand hinabgleiten. Durch den kratzigen Stoff hindurch spürte sie seinen runden, kleinen Hintern. Doch Daniels Augen blieben auf die Seiten gerichtet. Schließlich faltete er die Blätter zusammen, gab ihr einen flüchtigen Kuß auf die Wange und wandte sich ab. Kein Quickie heute.

Schnell lief er die drei niedrigen Stufen hinunter und in die Küche. Sie folgte ihm, verloren wie ein Erstklässler am ersten Schultag, und sah zu, wie er seine abgetragene Ledertasche ergriff und die Manuskriptseiten hineinstopfte. Neben ihr stand Flaubert, mit dem Schwanz wedelnd, während Daniel die Tasche schloß und sie unter seinen Arm klemmte. Im letzten Moment, als Judith sich schon völlig vernachlässigt zu fühlen begann, zog er sie an sich und umarmte sie.

»Das hast du gut gemacht«, sagte er und drückte ihr einen Kuß auf die Stirn, als wäre sie ein kleines Mädchen. Sie lächelte erfreut. »Versuch doch, heute nachmittag die Korrekturen in Kapitel elf einzufügen.«

Judith nickte stumm.

5

›Ich hoffe, daß ich eines Tages ein Buch schreiben werde, bei dem der Verkauf der Rechte die Exemplare, die ich verschenke, finanziert.‹

Clarence Darrow

Gerald Ochs Davis klickte zweimal mit dem Finger auf die Maustaste und schickte das neue Kapitel damit in die Druckerwarteschlange. Er war – schließlich – doch den Verlockungen der Technik erlegen und hatte die Aufstellung eines Computers mit allen Finessen erlaubt, der in einem neoklassizistischen Schränkchen aus Mahagoni untergebracht worden war. Doch er hatte sich geweigert, einen ratternden Drucker in seinem Büro aufstellen zu lassen. Er lehnte sich in dem hohen, ledergepolsterten Stuhl zurück und zog die Manschetten auf exakt die vorschriftsmäßige Länge aus dem Ärmel seines maßgeschneiderten Anzugs heraus. Am Handgelenk trug er eine Patek-Phillipe-Armbanduhr, die seinen Worten zufolge schmal wie ein Novellenbändchen war. Mit diskretem weißem Faden waren seine Initialen auf der Innenseite der gleichfarbigen Manschetten eingestickt. Er blickte auf das Monogramm hinab – *GOD* – und gestattete sich ein winziges Lächeln.

Seine Freunde würden das auf der Innenseite eingestickte, beinahe unsichtbare Monogramm als eine weitere seiner kleinen Eigenheiten bezeichnen, die sie für durchaus liebenswert hielten. Seine Feinde – davon gab es mehr als genug – würden darin nur eine weitere abstoßende Variante seiner Affektiertheit sehen. Doch Gerald kannte seine Feinde und scharte sie getreu der arabischen Devise um sich. Natürlich wußte er, warum sie ihn haßten: aus Eifersucht. Gerald hatte das Glück, in eine reiche, angesehene Familie hineingeboren worden zu sein und sich den Spaß erlauben können, aus den feinsten Schulen hinausgeworfen zu werden. Er hatte mit vier der schönsten Frauen der Welt das Bett geteilt, sie geheiratet und sich von ihnen scheiden lassen (wenn auch nicht immer in dieser Reihenfolge). Als wäre dies noch nicht genug, leitete er eine der ältesten und mit Sicherheit die größte Verlagsanstalt in New York City und schrieb einige von deren am meisten beworbenen Büchern. Ganz zu schweigen davon, daß der begehrte Ecktisch im Grill Room des Hotels Vier Jahreszeiten an jedem Tag in der Woche – wenn er sich in New York aufhielt – für ihn reserviert war. Gerald führte ein reiches und erfülltes Leben, und er konnte verstehen, daß diejenigen, die nur ein kleines Stück vom Kuchen abbekommen hatten, eifersüchtig waren. Das passierte eben, wenn man sein Territorium absteckte.

Und sein Territorium war riesig. Gerald sah sich in seinem Büro um, einem riesigen Raum von fast siebzehn Metern Länge. Darin befanden sich nicht nur sein herrlicher Regency-Schreibtisch, sondern auch zwei Sitzgruppen, eine vom Boden zur Decke reichende Bibliothek mit Erstausgaben, ein gewaltiges Fenster mit Blick auf das Chrysler-Gebäude und den East River sowie ein original Chippendale-Konferenztisch für achtzehn Leute, die in original Chippendale-Stühlen saßen. Neben dem großen und luxuriös eingerichteten Badezimmer (mit Sauna) bestand seine Suite aus einem kleinen, privaten Speisezimmer, einem weiteren Konferenzraum für größere Gesellschaften, einem beeindruckenden Empfangsbereich und den zwei Büros der Sekretärinnen. Tatsächlich nahm sein Büro so viel Raum ein und war so luxuriös ausgestattet, daß viele seiner Angestellten Geralds Etage ›Gottes kleines Reich‹ nannten. Das Büro maß beinahe viertausend Quadratmeter – Gerald hatte es ausgemessen – und war bei einem Preis von 883 Dollar pro Quadratmeter vermutlich die teuerste Manageretage der ganzen Stadt. Auch dies entlockte Gerald ein Lächeln. Die Branche war für ihren Mangel an Design und gutem Geschmack bekannt. Gerald besaß von beidem mehr als genug.

Doch auch in einem so privilegierten Leben fehlten Komplikationen und Tragödien nicht. Gerald stand von seinem Schreibtisch auf und musterte sich in dem Duncan-Phyfe-Spiegel, der zwischen den beiden Fenstern der Südwand hing. Er rückte eine Augenbraue gerade. Seine Haare – alle Haare – waren falsch und mußten jeden Morgen aufgeklebt werden. Seit seinem dritten Lebensjahr litt Gerald an Alopecia areata, einer Krankheit, die ihn seiner ganzen Haare beraubt hatte. Einige Ärzte vertraten die Meinung, es handle sich um eine Erbkrankheit, andere behaupteten, sie sei psychisch bedingt, Ergebnis eines lieblosen Zuhauses. Gerald kannte die Ursache nicht. Er wußte nur, daß er sich jeden Morgen eine Perücke aufsetzen, die Augenbrauen und sogar die Wimpern ankleben mußte.

Es klopfte an der messingbeschlagenen Tür. Gerald strich sich mit der

Hand über seine Augenbraue, glättete sie und rief: »Herein!« Mrs. Perkins trat ein, den Ausdruck in der Hand.

»Benötigen Sie ihn gleich?« fragte sie.

Geralds gute Laune verflog, als er die Manuskriptseiten in der mit Altersflecken übersäten Hand seiner Sekretärin bemerkte. Sie sollte wirklich etwas dagegen unternehmen. »Ja«, entgegnete er kurz. »Und ich hätte gern einen Kaffee. Jamaican Blue Mountain.«

Ein Teil von Mrs. Perkins' Arbeit bestand darin, dutzendmal am Tag für Gerald Kaffee zu mahlen und aufzubrühen. Was den Kaffee betraf, war er sehr eigen. Rotem Fleisch, Milchprodukten, Fetten, Zigaretten hatte er entsagt, nach langem Zögern sogar dem Rotwein. Aber auf Koffein würde er nie verzichten. Er wollte ewig leben, und zwar in wachem Zustand. Und wenn er schon Kaffee trank, dann den besten. Nur Gerald und die Königin von England kauften Jamaican Blue Mountain, der mit sechzig Dollar das Pfund überaus teuer kam, in großen Mengen. In der Bilanz von Davis & Dash existierte ein Posten, der ›Verpflegungskosten der Verlagsleitung‹ lautete. Darin verschwand Geralds exorbitante Kaffeerechnung. Nichts steigerte Geralds Genuß von Luxusgütern mehr, als nicht selbst dafür bezahlen zu müssen.

Denn trotz seines sechsstelligen Gehaltes und seiner siebenstelligen Prämie war das Geld immer knapp. Die Gründe dafür lagen auf der Hand: das Leben in New York, drei teure Ehefrauen – zwei davon Exehefrauen –, vier Kinder, die aufs College gingen, eine anspruchsvolle Geliebte, die ausgehalten werden wollte. Selbst Gerald, der an einen verschwenderischen Umgang mit Geld gewöhnt war, erschrak manchmal über die Höhe seiner monatlichen Fixkosten. Ein Teil des Problems bestand darin, daß Gerald unter extrem reichen Menschen aufgewachsen war und sich noch immer in den Kreisen extrem reicher Menschen bewegte, selbst aber nur mäßig wohlhabend war. Seine Familie hatte kein Treuhandvermögen angelegt. Geralds einzige einträglichen Pfründe hatten ursprünglich in dem Verlag, seinem Aktienanteil und seiner Tätigkeit für Davis & Dash bestanden. Doch sein Vater hatte das Unternehmen verkauft, als Gerald noch jung gewesen war. Einige wenige Familienmitglieder hielten noch Aktienanteile; seinen Anteil am Verkaufserlös hatte Gerald schon vor langer Zeit ausgegeben.

Seitdem war der Verlag – was Geralds inzwischen betagter Vater nicht vorausgesehen hatte – noch mehrmals verkauft worden. Beim letztenmal hatte ihn ein großer Mischkonzern aus der Kommunikationsbranche erworben. Davis & Dash war das ›Aktiengesellschaftsjuwel‹ in dessen Krone geworden. Bei allen Verkäufen hatte Gerald seinen Kopf retten können, während andere Köpfe gerollt waren. Immerhin gehörte er zum Verlegeradel, war der Davis von Davis & Dash. Er kannte jeden in der Branche, zog finanziell erfolgreiche Bücher an Land, ganz zu schweigen von den angesehensten (wenn auch nicht immer gewinnbringenden) Autoren. Niemand konnte es sich erlauben, Gerald Ochs Davis zu feuern – er war für den Verlag genausoviel wert wie dessen Backlist. Gerald wußte das, und die Gesellschaftsbonzen, diese Banausen, wußten es ebenfalls. Gerald war der bekannteste Verleger New Yorks.

Und er war Schriftsteller. Im Verlauf seiner Karriere hatte er sich – als

Lektor, später als Cheflektor, schließlich als Verleger – immer unzufrieden gefühlt. Das besondere, gewisse Etwas hatte gefehlt. Als Geburtshelfer bei einem wichtigen Buch mitzuarbeiten, war aufregend, doch nach einem Dutzend Jahren hatte Gerald begriffen, daß niemals die Hebamme, sondern immer nur Mutter und Kind im Rampenlicht standen (einige von ihnen waren echte Mütter). So war Gerald, wenn auch relativ spät, klargeworden, daß er schreiben wollte.

Nun, das entsprach nicht ganz der Wirklichkeit. Gerald wollte nicht *schreiben*, er wollte etwas *geschrieben haben*. Er wollte seinen Namen in den Buchbesprechungen der *New York Times Book Review* lesen, auf den Buchrücken und auf den Umschlägen jener Bücher, die in den Schaufenstern der Buchläden ausgestellt wurden. Er wollte in der Rubrik ›Heiße Buchtips‹ von *Vanity Fair* erwähnt werden. Auf den Schutzumschlägen sollte ein Schwarzweißfoto von ihm prangen, aufgenommen von Jill Krementz. Gerald wollte das, was jeder Schriftsteller bekam, aber niemals ein Verleger: Anerkennung.

Und er wollte Geld. Tag für Tag schloß er Verträge, zum Teil in Millionenhöhe, mit literarisch nur mittelmäßig begabten Autoren von Horrorromanen ab, die dachten, Markennamen wären Adjektive, während er, verdammt noch mal, nie genügend Zaster hatte. Da konnte doch etwas nicht stimmen.

Aber Gerald war nicht sicher gewesen, ob er schreiben konnte. Tief in seinem Innersten hatte er Angst davor, sich lächerlich zu machen – schließlich war er Gerald Ochs Davis und mußte sich nicht erst einen Namen machen. Er wollte seinen guten Namen nicht durch ein verrücktes oder dummes Unterfangen ruinieren. Deshalb hatte er klug und verhalten begonnen, erst einmal die Fühler in die Welt der Worte ausgestreckt und ein Sachbuch mit dem Titel *Man kann alles erreichen* geschrieben. Jeden Kontakt, den er besaß, hatte er genutzt, um das Buch auf dem Markt zu lancieren und zu vermarkten. Jede Sekretärin von Davis & Dash hatte er beauftragt, Buchläden im ganzen Land anzurufen und mehrere Exemplare zu bestellen. So war es ihm gelungen, das kleine Selbsthilfebüchlein auf die Bestsellerliste zu bringen. Er war clever gewesen und hatte das richtige Thema zum richtigen Zeitpunkt gewählt. Sein Buch erlaubte es den Menschen, selbstsüchtig zu sein. Der Altruismus der sechziger Jahre war passé gewesen, die rücksichtslose Machtgier der Achtziger noch nicht in Mode, als sein Buch, eine Art moderner Machiavelli, den Weg gewiesen hatte.

Er hatte seinen ersten Erfolg gefeiert, doch Gerald wollte keine Sachbücher schreiben. Damit konnte man keine Anerkennung erwerben, es sei denn, man schrieb hervorragend recherchierte Biographien über bedeutende Künstler oder Politiker – definitiv nicht seine Sache. Außerdem steckte da kaum besonders viel Geld drin. Also schrieb er, immer noch etwas ängstlich, aber vom Erfolg von *Man kann alles erreichen* und seinem chronischen Geldmangel getrieben, seinen ersten Roman, einen Schlüsselroman. Darin erzählte er in schonungsloser Offenheit die schlüpfrige Geschichte zweier Schwestern. Die eine heiratete den Präsidenten, die andere ging mit ihm und zahlreichen anderen Männern ins Bett. Gerald hatte einiges bei Truman Capote, Louis Auchincloss und Gore Vidal abgekupfert. Das Buch verkaufte sich blendend.

Der einzige Nachteil war, daß Jackie nach der Veröffentlichung nie wieder ein Wort mit ihm sprach. Doch das kümmerte ihn nicht sonderlich. Immerhin war ein kleiner Eklat mit der Königin von New York gut fürs Geschäft, außerdem arbeitete sie für einen Konkurrenzverlag. Der Roman ließ auch die Augenbrauen zahlreicher anderer Mitglieder der Gesellschaft nach oben schnellen. Doch Gerald verdiente gut und landete zum zweitenmal einen Bestseller. Auch wenn die Kritiker das Buch verrissen und sich manch einer der oberen Zehntausend schockiert zeigte, wußte Gerald doch, daß die Mißgunst nur auf Neid beruhte.

Doch dann war es für ihn zunehmend schwieriger geworden. Der Reiz des Neuen verflog rasch, und die Tatsache, daß ein bekannter Verleger plötzlich selbst schrieb, war genauso schnell vergessen wie der aufgewärmte, altbekannte Skandal. Leider gab es nicht allzu viele unbekannte Geschichten, die Gerald als Grundlage für ein neues Buch hätte verwenden können. Sein zweiter Roman, *Polly*, schilderte die Lebensgeschichte einer Prostituierten, die sich bis zur Leiterin des exklusivsten New Yorker Puffs hochgearbeitet und schließlich den Vorsitzenden einer Aktiengesellschaft geheiratet hatte. Wieder beruhte Geralds Buch auf Tatsachen (die Angestellten von Davis & Dash hatten ihm bei seinen Recherchen helfen müssen). Wer eingeweiht war, wußte, daß Molly Buchanan Dash Patin gestanden hatte, eine inzwischen verwitwete Doyenne der achtziger Jahre. Obwohl nicht gerade ein galantes Buch, war *Polly* doch ein mäßiger Erfolg beschieden, der Gerald zwei Jahre lang Studium und Alimente finanzierte. Für die Bestsellerliste dagegen reichte es nicht ganz.

Aufgrund dieser Veröffentlichungen fühlte sich Gerald berechtigt, sich selbst einen Vertrag über eine Million Dollar für drei Bücher auszustellen – zu einer Zeit, als eine Million Dollar noch viel Geld war. Pflichtschuldig schrieb er pro Jahr einen Roman, hauptsächlich deshalb, weil er das Geld brauchte. Jedes neue Buch verkaufte sich ein wenig schlechter als das vorangegangene. So nahmen zwar die Tantiemen ab, doch dafür erhöhten sich die Vorschüsse. Leider waren die immer allzu schnell ausgegeben.

Jetzt, da Gerald an seinem neuesten Roman arbeitete, benötigte er dringender Geld als je zuvor. Dieses Buch mußte unbedingt auch ein Erfolg werden. Bei den letzten beiden hatte er flüchtig und schlampig gearbeitet, und die Leser und Kritiker hatten das bemerkt und ihm die Quittung präsentiert.

Das Verlagswesen war mit keiner anderen Branche vergleichbar. Es gab keine Garantie, daß sich Bücher, die bestellt und verschickt wurden, auch verkaufen ließen. Buchhändler hatten das – in der Wirtschaft einzigartige – Recht, Bücher, die sie nicht an den Mann oder die Frau gebracht hatten, zurückzugeben. Wie Alfred Knopf es kurz und präzise ausgedrückt hatte: »Heute rausgegangen, morgen wieder da.« Für sein letztes Buch hatte Gerald ein Thema gewählt, das nie an Reiz verlor: Es ging um Lila Kyle, das ermordete Filmsternchen. Natürlich hatte er sie nicht Lila Kyle genannt. Die Geschichte eines Hollywoodsternchens, dessen verschrobene Mutter selbst Filmstar gewesen war und das schließlich von einem verrückten Fan umgebracht wurde, war in gewisser Hinsicht die Umkehrung des amerikanischen Traums in einen Alptraum. Obwohl Gerald die Verkaufsleute nachdrücklich ermahnt und auf einer Erstauflage von 150 000 Hardcover-Exemplaren bestanden hatte, wurden von dem Buch nur 100 000 Exemplare geordert. Laura Richie, die Klatschkönigin, die ein Buch über das gleiche Thema geschrieben hatte, war ihm in die Quere gekommen. Ihres hatte sich gut verkauft und die Bestsellerlisten gestürmt. Seines nicht. Dazu kam, daß 80 000 Exemplare zurückgesandt worden waren, was er als ungeheuren Affront empfunden hatte. Die Remittenden lagen noch in einem Lagerhaus, da Gerald zu stolz war, sie abzustoßen und dann für einen Dollar das Stück auf den Ramschtischen der Vereinigten Staaten wiederzufinden. Jonathan Cape fiel ihm ein, der angesehene Londoner Verleger, der einmal gefragt worden war, ob er von jedem gedruckten Buch ein Exemplar aufbewahre. »Madam«, hatte er erwidert, »ich bewahre Tausende davon auf.«

Die Remittenden waren für Gerald eine Katastrophe gewesen. Noch immer leckte er seine Wunden und frisierte Zahlen, um seinen Mißerfolg zu kaschieren. Ausgerechnet jetzt, da er dringender denn je Geld brauchte, stand Davis & Dash im Blickpunkt der Öffentlichkeit, und er mußte bei den Abrechnungen aufpassen. Zwar nutzte er Davis & Dash weiterhin als privaten ›Kreditgeber‹, doch war er klug genug, seine Spuren zu verwischen. Selbst jetzt gab es noch Möglichkeiten, die Zahlen zu manipulieren, vom Bestandsverzeichnis eines Autors etwas abzuziehen und es einem anderen Autor zuzuschreiben. Man mußte nur clever und vorsichtig zu Werke gehen. Das tat Gerald, und so wurden seine zurückgesandten Bücher den Beständen anderer, erfolgreicherer Autoren wie Pete Trawley zugeordnet, die das nie bemerken würden. Wie auch? Sie gingen schließlich nicht in die Lagerhäuser und zählten die gedruckten und verschickten Bücher.

Doch Geralds Vertrag lief mit dem jetzigen Buch aus, und um einen neuen Vorschuß in einigermaßen akzeptabler Höhe zu bekommen, mußten seine Verkaufszahlen steigen. Also gab er sein Bestes. In seinem Roman beschrieb er das Leben seiner Tante und seines Onkels, beide bekannte Persönlichkeiten der New Yorker Gesellschaft in den Goldenen Zwanzigern, deren Lebensstil, Partys, Ausschweifungen und Ende berühmt geworden waren. Geralds Onkel hatte seine Frau erschossen, nachdem er sie mit einer Frau – *seiner* Geliebten – im Bett erwischt hatte. Diesen Familienskandal hatte Gerald, der verzweifelt nach einer Idee gesucht hatte, als Grundlage für ein schillerndes, rein auf Gewinn ausgerichtetes Buch verwendet. Wenn er auch nichts Neues enthüllen konnte – schließlich hatte er seinen Onkel nur ein-, zweimal getroffen –, würde er doch immerhin einen in Vergessenheit geratenen Skandal wieder aufleben lassen.

Es gab nur ein Problem: Was, wenn sein Bestes nicht gut genug war?

Er blickte auf und sah seine Sekretärin an, die geduldig wartete. »Haben Sie die Seiten revidiert?« fragte er. Gerald genoß es, intellektuell zu wirken, und benutzte gern Wörter, deren Bedeutung andere nicht kannten. Trotz seiner Ausbildung an unzähligen Schulen – oder gerade deswegen – waren seine Rechtschreibung und Zeichensetzung reichlich fehlerhaft. Deshalb gestattete er es seiner Chefsekretärin großzügig, seine Entwürfe zu überarbeiten, damit die Sprache verständlicher wurde.

»Ja«, erwiderte Mrs. Perkins. »Ich finde, die lesbische Liebesszene ist zu plastisch dargestellt.«

»Mrs. Perkins, die geniale Lektorin«, kommentierte Gerald spöttisch. Was er jetzt überhaupt nicht gebrauchen konnte, war negative Kritik. Er mußte vorankommen, dieses gottverdammte Buch fertig schreiben und dann abwarten, was passierte. Sollte es ihm wirklich mißlingen, konnte er immer noch Pam bitten – Pam Mantiss, seine Cheflektorin –, es zu überarbeiten. Er hatte mit Pam geschlafen, sie protegiert und die letzten zehn Jahre mit Arbeit überhäuft. Sie war klug, abgehärtet und arbeitete hart. Tatsächlich erledigte sie den Großteil seiner Arbeit, weil er keine Zeit mehr dafür hatte.

Jetzt sah er von seinem Schreibtisch auf. »Wenn ich die Meinung eines Lektors hören möchte, frage ich Pam«, sagte er. »Was ich von *Ihnen* will, ist Kaffee.«

Mrs. Perkins nickte nur und legte die Blätter auf der rechten Seite des Schreibtischs ab. »Ellen Levine rief wegen des Vertrags an«, sagte sie.

»Ellen Levine ruft *immer* wegen eines Vertrags an«, knurrte er. »Jedesmal denkt sie, sie hätte das Rad neu erfunden. Sagen Sie Pam, daß sie sich darum kümmern soll.«

Mrs. Perkins verließ das Büro, und Gerald wandte sich wieder dem Bildschirm des Computers zu und starrte auf die leere graue Fläche. Wie sollte er dreihundert weitere Manuskriptseiten füllen? Er hatte keinen blassen Schimmer. Er wußte nur eines: Bis Ende des nächsten Monats mußte er fertig sein, wenn er den Vorschuß kassieren wollte. Nervös rieb er seine haarlosen Hände aneinander. Dann wandte er sich den riesigen Bürofenstern zu. Irgendwo dort draußen mußte er eine halbe Million Menschen auftreiben, die bereit waren, dreiundzwanzig Dollar für sein Buch auszugeben. Denn wenn er wieder keinen Erfolg hätte, wäre das sein Ende.

6

›Manuskript: etwas, das in aller Eile eingesandt wird, dessen Rückgabe aber erst nach geraumer Zeit erfolgt.‹

Oliver Herford

Opal O'Neal bog um die Ecke und blieb stehen, um einen Blick auf das Straßenschild mit den Zahlen zu werfen und sich zu vergewissern, ob sie in der richtigen Straße war. Durchnumerierte Straßen hatte sie noch nie gemocht – sie fand sie unpersönlich, anonym. Doch so, vermutete sie, war New York eben.

Langsam ging sie die Straße mit den heruntergekommenen Sandsteinhäusern und den Mietskasernen hinunter und versuchte das Haus, in dem ihre Tochter gewohnt hatte, an seinem Äußeren wiederzuerkennen. Doch alle Gebäude sahen gleich aus. Zweimal hatte sie Terry besucht, aber nicht in den letzten drei Jahren, dafür hatte das Geld nicht gereicht. Opals Augen schwammen in Tränen. Obwohl sie es sich nicht gestattete zu weinen – nicht in der Öffentlichkeit –, mußte sie doch einen Augenblick stehenbleiben und warten, bis ihr Blick wieder klar war. Dann sah sie die schwarze ›266‹ über einem Eingang und wußte, daß sie angekommen war. An diese Adresse hatte sie so viele lange und liebevolle Briefe geschickt. Hier war ihre Tochter gestorben.

Opal hatte die Nachricht telefonisch von einer Polizistin erhalten. Sie hatte es kaum glauben können, und auch jetzt, nach ein paar Tagen, konnte sie es noch nicht richtig glauben. Daß Terry überfallen oder sogar ermordet worden wäre, hätte sie sich noch vorstellen können – aber nicht, daß sie sich umgebracht hatte. Doch die Anruferin hatte überzeugend geklungen. Es habe keinen Einbruch gegeben, hatte sie gesagt, und keinerlei Hinweise auf einen Kampf. Nur sorgfältig an die Wand geklebte Absagebriefe, die auf Selbstmord hindeuteten. Dann die ›Wahl der Todesart‹, wie sie sich ausgedrückt hatte. Offenbar entschieden sich Frauen unter Vierzig häufiger für Erhängen als für eine andere Selbstmordart. Einen Moment lang hatte sich Opal gefragt, welche Methode Frauen über Vierzig wohl bevorzugten. Dann hatte sie diesen Gedanken beiseite geschoben. Er war zynisch und gemein, und weder das eine noch das andere paßte zu Opal. Sie wollte einfach ein guter, liebevoller Mensch sein. Eine gute, liebevolle Mutter.

Doch das war ihr nun nicht mehr vergönnt.

Sie straffte die Schultern und stieg die drei Stufen hinunter, die zu dem knapp unterhalb der Straßenebene liegenden Eingang des Gebäudes führten. Im New Yorker Immobilienjargon hieß das ›Halbuntergeschoß‹, hatte Terry Opal einmal geschrieben. Doch Opal fand, daß es bereits Untergeschoß genug war, um das *halb* streichen zu können. Sie kramte in ihrer Handtasche und nahm das Etui heraus, das sie vorsichtshalber in der Seitentasche versteckt hatte. Die Polizei hatte ihr die Schlüssel ihrer Tochter zugeschickt und sie gebeten, nicht nur Terrys Leichnam, der im Leichenschauhaus in der Center Street lag, zu holen, sondern auch deren persönliche Habseligkeiten.

Opal hatte Schwierigkeiten mit dem Hausschlüssel. Das Schloß schien sich gelockert zu haben, als hätten bereits eine Million Schlüssel darin gesteckt, doch schließlich paßte er, und die Tür sprang unter dem Druck ihrer Schultern auf. Dumpfe Luft schlug ihr entgegen. Es gab keine Eingangshalle und kein Foyer, nur den dunklen Korridor, der, an einer Tür vorbei und eine mit Metallkanten versehene Treppe hinauf, zur Eingangstür von Terrys Wohnung führte. Eben hatte Opal den zweiten Schlüssel in das Schloß gesteckt und die Tür geöffnet, als die Stimme eines Mannes sie innehalten ließ.

»He! Was, zum Teufel, tun Sie da? Wer, zum Teufel, sind Sie?«

Opal richtete sich zu ihrer vollen Größe von knapp einhundertfünfzig Zentimetern auf. Im dämmrigen Licht konnte sie nur eine gebeugte Gestalt ausmachen. »Ich bin Opal O'Neal. Ich hole die Sachen meiner Tochter ab.«

Der Mann schwieg einen Moment, als dächte er darüber nach, ob Verlegenheit angebracht war oder nicht, und entschied sich dann dagegen. »Na ja, in Ordnung«, sagte er unwillig, als ginge ihn das alles etwas an. Opal nickte leicht mit dem Kopf, trat in das letzte Zuhause ihrer Tochter und schloß die Tür hinter sich.

Es war ein trostloser Raum. Mit einem raschen Blick nahm Opal den angeschlagenen Tisch, die Bettcouch und den Polstersessel in sich auf. Irgendwie hatte der Raum nicht so erdrückend gewirkt, als sie Terry hier besucht hatte. Warum nicht? War die Dunkelheit damals von der Anwesenheit ihrer Tochter erhellt worden? Der Tag war kalt, aber sonnig, doch trotzdem wirkte der Raum düster wie eine Höhle. Die dunkelblaue Wandfarbe trug nicht unwesentlich dazu bei. Opal tastete nach dem Lichtschalter, und eine häßliche Lampe an der Decke ging an. Unwillkürlich wanderte ihr Blick nach oben zu der Stelle, wo Terry die Schlinge befestigt hatte. Rasch sah sie wieder weg. Inzwischen hatte der Bestattungsunternehmer Terrys Leiche aus dem Leichenschauhaus abgeholt. Morgen würde der Leichnam eingeäschert werden. Am Tag darauf würde Opal die Asche ihrer Tochter mit nach Hause, nach Bloomington, nehmen. Ihr Zuhause. Eine Stadt, in der die Straßen Namen hatten und nicht numeriert waren. Die Stadt, aus der sie Terry nie hätte wegziehen lassen dürfen.

Opal öffnete ihre große Handtasche und nahm die zusammengefaltete Leinentasche mit dem Reißverschluß heraus. Dann ging sie zur Frisierkommode und zog die oberste Schublade auf. Darin lagen ein halbes Dutzend weiße Slips, ein Paar neue Strumpfhosen, einige Nachthemden und zwei Büstenhalter, außerdem ein Diaphragma in einem Plastikbehälter. Opal errötete bei dem Gedanken, daß die Polizei die persönlichen Dinge ihrer Tochter untersucht hatte. Doch Opal war nicht prüde. Sie wußte, daß Terry einen Geliebten gehabt hatte – mindestens einen –, und fand das durchaus in Ordnung. War Opal auch eine vierundfünfzigjährige Bibliothekarin aus Indiana, so hielt sie sich dennoch für modern. Eigentlich hatte sie nur etwas gegen das Heiraten, nicht gegen einen Geliebten. Ihrer Erfahrung nach veränderten sich Männer erst dann zu ihrem Nachteil, wenn das Ringritual vollzogen worden war. Sie schüttelte den Kopf, nahm die Sachen aus der Schublade und öffnete anschließend die Lade darunter.

Opal wußte, daß ihre Tochter die letzten zehn Jahre damit verbracht hatte, an ihrem Roman zu schreiben. Sie hatte Terry bei ihrer Arbeit ermutigt und unterstützt, und Terry hatte sogar hin und wieder davon erzählt. Nicht viel, und immer nur widerwillig. Doch immerhin so viel, daß Opal erkannt hatte, daß Terry die Menschen kannte und das Geschriebene gut war – sehr gut sogar. Opal war *keine* nachsichtige Leserin. Die jahrelange Arbeit in der Bibliothek und die Abende mit Flaubert, Turgenjew, Austen, Forster und den anderen großen Schriftstellern hatten ihre Kenntnisse erweitert und ihr geholfen, einen guten Geschmack zu entwickeln. Sie wußte, daß Terry diesen Geschmack geteilt und außerdem über eine enorme Kreativität verfügt hatte, so daß sie mehr damit anfangen konnte als Opal. Terry war sich selbst kritische Leserin und unbarmherzige Lektorin gewesen. Obwohl sie ihrer Mutter nur selten Auszüge aus ihrem Manuskript vorgelesen hatte, ahnte Opal, daß es brillant sein mußte.

Doch die Polizei hatte ihr mitgeteilt, daß keine Manuskripte, keine Papiere irgendwelcher Art gefunden worden waren. Nur die Asche im Kamin von den Kopien, die sie an die Verlage geschickt hatte. Opal konnte das einfach nicht glauben. Eine Mutter mochte sich selbst umbringen, aber niemals ihr Kind! Auch Terry konnte das nicht getan haben. Opal *wußte*, daß sich das Manuskript hier befand. Sie hatten es wahrscheinlich einfach übersehen.

Doch zunächst fand sie in der Schublade nur ordentlich zusammengelegte Kleidungsstücke – einige Pullover, zwei alte Hemden. Dann entdeckte sie darunter eine Zigarrenkiste. Nicht groß genug für ein Manuskript, aber vielleicht ... Opals Herz begann schneller zu schlagen. Terry hatte schon herumgekritzelt, als sie noch ein kleines Kind gewesen war. Sie schrieb *alles* auf. Ihr ganzes Leben war dem Schreiben gewidmet gewesen – und Opals Leben hatte dazu gedient, sie darauf vorzubereiten und ihr beim Schreiben zu helfen. Terry war bestimmt nicht gegangen, ohne ihr eine Erklärung, einen Hinweis zu hinterlassen, damit sie dies alles durchstehen konnte. Die Kiste glich jener, in der Terry während der High-School-Zeit Briefe aufbewahrt hatte. Opal wußte, daß die mit leuchtenden Farben bemalte Kiste nur auf sie wartete.

Vorsichtig nahm sie sie heraus, schob ihren Daumennagel unter den Deckel und öffnete ihn. Doch in der kleinen Kiste befand sich nur eine Sammlung von Bleistiftstummeln, Textmarkern und Kugelschreibern, auf denen die Namen verschiedener Unternehmen eingeprägt waren. Opal biß sich auf die dünne Unterlippe und warf die Kiste in den Abfall. Die Pullover und die Blusen packte sie in ihre Leinentasche. Terry war eine große Frau. War eine große Frau gewesen ... Opal konnte ihre Kleider nicht tragen, doch jemand anderem würden sie vielleicht passen. Verschwendung hatten beide nie geduldet.

Eine Schublade war noch übrig. Darin wenigstens mußte sich doch etwas finden lassen ... Langsam zog Opal sie auf, doch sie sah nur eine ordentlich gefaltete Cordsamthose und einen Pullover mit dem Schriftzug der Columbia-Universität. Opal erinnerte sich, daß Terry ihn bei ihrem letzten Besuch in Bloomington getragen hatte, und ihre Augen wurden wieder feucht. Während sie die Tränen zurückdrängte, leerte sie den Inhalt der Schublade in ihre Leinentasche.

Dann ging sie in das winzige Badezimmer. Terry hatte sich selten geschminkt – in dieser Hinsicht waren sie einander ähnlich gewesen –, doch selbst Opal war überrascht, wie wenig sie auf der Ablage und im Regal fand. Eine Zahnbürste und ein Plastikbecher, Zahnpasta, einen Stapel ordentlich gefalteter Waschlappen, ein Stück Seife und eine Haarbürste ... Opal warf alles in den Müll bis auf die Haarbürste, die sie sorgfältig begutachtete, bevor sie sie in ihre Leinentasche steckte. Zwischen den Borsten befanden sich noch Haare von Terry. War das alles Persönliche, was Terry hinterlassen hatte? Opal öffnete das Medizinschränkchen, doch es war so spärlich und unpersönlich bestückt wie das eines Hotels. Eine Dose mit Pflastern, ein Deo, eine billige Handcreme, Tampons, Aspirin und eine Plastiktube mit Haargel standen ordentlich auf den kleinen gläsernen Einlegeböden aufgereiht. Opal schüttelte den Kopf. Sie brachte es nicht übers Herz, weiter auszusortieren. All das würde sie dem Nachmieter überlassen.

Sie verließ das Badezimmer, ging am Kamin vorbei zu dem einzigen Schrank und öffnete ihn. Obwohl das Licht brannte, konnte sie kaum etwas erkennen, doch schon nach einem flüchtigen Blick erkannte sie, daß sich auch darin nur wenig befand: ein abgetragener Regenmantel (den sie Terry vor sechs oder sieben Jahren zu Weihnachten geschenkt hatte), ein brauner Stoffmantel, an den sich Opal nicht erinnern konnte, und einige Röcke; daneben ein Besen und ein kleiner Staubsauger. Auf dem Regalbrett darüber lagen ordentlich nebeneinander zwei Laken und ein Kopfkissenbezug, außerdem Terrys Computer. Alle Dateien, hatte ihr die Polizei mitgeteilt, waren gelöscht worden. Auf dem Boden standen ein Paar Gummistiefel, zwei Paar robustere Schuhe und ein Staubwedel neben einer kleinen Schachtel mit neuen Müllbeuteln. Und ein Pappkarton.

Opal kniete nieder. Ihr Herz klopfte heftig, als sie die Hand nach dem Karton ausstreckte. Hatte Terry ihre früheren Entwürfe für das Buch hier aufbewahrt? Doch als Opal das Behältnis zu sich heranzog, verkündeten dessen Gewicht und Klirren schon die schlechte Botschaft. Sie hob den Deckel an und entdeckte nur einige leere Dosen und Flaschen, die darauf warteten, zum Altglascontainer gebracht zu werden. Das war alles.

Erneut sah Opal sich in dem Raum um. Sie fühlte sich schrecklich kraftlos, als könnte sie sich keine Sekunde länger auf den Beinen halten. Ihr ganzes Leben lang hatte sie mit aller Kraft für etwas gekämpft – für Bildung, für ihre Überzeugung, daß man allein besser zurechtkam und sich auch als alleinstehende Frau einen Platz in dieser Welt und Individualität erkämpfen konnte, obwohl Konformität erwünscht war. Für den Traum ihrer Tochter, deren Talent, deren Kreativität. Sie hatte wirklich daran geglaubt, daß aus Terry eine gute Schriftstellerin werden konnte. Jetzt hatte alle Kraft sie verlassen, und sie sank auf das Schlafsofa, als würde sie sich wie Terry nie wieder erheben. Ihr Blick fiel auf die Asche im Kamin. Zu Asche hatte sich alles verwandelt, was ihr wichtig gewesen war – zu Staub und Asche. Sie sah keinen Sinn mehr darin, nach Bloomington zurückzukehren, Bücher zu katalogisieren oder zu lesen. Terry war tot und hatte ihr nichts hinterlassen.

Opal wußte, daß sie weder hübsch noch gut gekleidet, noch besonders gebildet war. Aber sie war nicht so dumm, um die Nachricht nicht zu erkennen, die gerade darin bestand, daß es keine Nachricht gab. Terry war wütend – wütend gewesen –, nicht nur auf all die Verlage, die ihr Werk zurückgewiesen hatten, sondern auch auf Opal, die sie immer ermutigt hatte. Sonst hätte sie einige tröstende Worte hinterlassen.

Nach all dem, was Opal gelesen hatte, war das Leben eines Schriftstellers einsam. Doch damit hatte Terry sicher leben können. Schon als sie noch ein Kind gewesen war, hatte Opal ihr beigebracht, daß man mit einem guten Buch nie wirklich einsam war. Und in dieser schäbigen Wohnung standen auf den Bücherregalen, die den Kamin umrahmten, viele Bücher. Aber Terry *mußte* einsam gewesen sein und verzweifelt, denn diesmal hatten ihr die Bücher nicht geholfen. Sie mußte einsam gewesen sein, verzweifelt und wütend.

Endlich weinte Opal. Terry hatte nichts hinterlassen – keine Nachricht, kein Manuskript, nichts. Nur die Absagebriefe der ignoranten, dummen und oberflächlichen Verlagsangestellten, die zu Terrys Tod beigetragen hatten. Die Briefe hatte Opal von der Polizistin bekommen, genauso wie die Schlüssel zu diesem Ort des Todes. Offenbar ist das alles, was Terry mir hinterlassen wollte, dachte sie. Das und meine Schuldgefühle.

Diese Erkenntnis versetzte ihr einen Schock. Opal weinte, als hätte sie dreißig Jahre lang nicht geweint. Und während sie weinte, verfluchte sie sich dafür, Terry zu einem so schwierigen Leben ermutigt zu haben. Ich habe meine Hoffnungen auf sie übertragen, und diese Last war zu schwer für sie, warf sie sich vor. Es ist meine Schuld … Doch was hätte ich sonst tun sollen? Terry hatte Talent. Terry war eine Künstlerin, und das denke ich nicht nur, weil sie meine Tochter war. Sie *war* großartig. Machte sie mich dafür verantwortlich, daß niemand sonst das erkannte? Hat sie den Glauben an sich verloren, weil nur ich allein sie unterstützte? Hat sie mich am Ende gehaßt? Wieder sah sich Opal in dem düsteren Raum um, der sie anzuklagen schien. Sie muß mich gehaßt haben. Ja, das muß es gewesen sein … Sie schluchzte. Sie hatte das Gefühl, nie wieder mit dem Weinen aufhören zu können.

Ein Klopfen an der Tür ließ sie aufschrecken. Sie rieb sich mit der Hand über die Augen und sah sich nach einem Taschentuch um. Doch bevor sie nach ihrer Tasche greifen konnte, wurde wieder gegen die Tür gepocht. »Ich komme«, rief sie und schaffte es schließlich, zur Tür hinüberzugehen. Doch sie öffnete nicht. Schließlich war sie nicht dumm, und sie las Zeitung, tatsächlich sogar täglich das *New-York-Times*-Exemplar der Bibliothek. Sie wußte, welche unangenehmen Überraschungen vor einer New Yorker Haustür warten konnten. »Wer ist da?« fragte sie mit verweinter, heiserer Stimme.

»Ich bin's.«

Das war die hilfreichste Antwort, die sie je gehört hatte. »Wer ist ›ich‹?« fragte sie.

»Ich, Aiello, der Hausmeister.«

Opal verdrehte die Augen und trocknete sie dann noch einmal mit der Hand. Das hatte ihr gerade noch gefehlt! Die Beileidsbekundungen und die morbide Neugier eines Fremden. Wenn sie darauf Wert gelegt hätte, dann hätte sie Terrys Leichnam nach Bloomington überführen lassen, damit die Nachbarn sie begaffen konnten. Sie öffnete die Tür. »Ja?«

»Ich brauche die Hausschlüssel«, sagte der Hausmeister. Kein ›Entschuldigen Sie‹ oder ›Es tut mir schrecklich leid‹ oder ›Kann ich Ihnen irgendwie helfen?‹ Er forderte einfach nur die Schlüssel zurück! Opal war außer sich. Was für eine herzlose Stadt. Kein Wunder, daß Terry es nicht geschafft hatte, ihr die Stirn zu bieten.

»Soviel ich weiß, ist die Miete für diesen Monat bezahlt worden«, beschied Opal ihn. »Also habe ich wohl das Recht, die Schlüssel noch zu behalten.«

Das Gesicht des grauhaarigen Mannes spiegelte seine Überraschung wider. Dann zuckte er die Achseln. »Gut. Wenn Sie da drin bleiben wollen.« Er schüttelte den Kopf. »Aber wenn ich Sie wäre, würde ich so schnell wie möglich verschwinden.«

Opal wünschte sich nichts sehnlicher als das, aber sie mußte noch die Einäscherung und den Trauergottesdienst am nächsten Tag abwarten. »Und wenn Sie ich wären – was ich mir allerdings nicht vorstellen kann –, dann wäre ich höflicher und böte Ihnen meine Hilfe an.«

Aiello stand nur da und blinzelte. Opal beobachtete, wie sein Neandertalergehirn verarbeitete, was sie gerade gesagt hatte. Allmählich schien er zu begreifen.

»Oh, also wenn Sie irgend etwas brauchen … Sie wissen schon, Kisten oder so …« Seine Stimme verlor sich.

Offenbar wußte er wenigstens noch, was Schamgefühl war. Gut. Opal nickte. »Ich komme schon zurecht«, log sie und schloß die Tür.

7

›Man muß tief sinken, bis man nur noch Hoffnungslosigkeit und Verzweiflung spürt, um das Buch zu finden, das man schreiben kann.‹

Susan Sontag

Camilla verbrachte ihren einzigen Ferientag mit ihrer Lieblingsbeschäftigung – sie sah sich um.

Sie hatte ausgeschlafen und sich nach einem köstlichen Frühstück mit heißer Schokolade und Biskuits den Luxus gegönnt, sich in den sonnigen Innenhof des Hotels zu setzen und einige Kapitel von Forsters *Zimmer mit Aussicht* zu lesen. Es gefiel ihr, die Parodie eines anderen britischen Autors über das Verhalten von Italientouristen zu lesen. Natürlich stellte Camilla sich nicht auf eine Stufe mit Forster, aber sie hatte immerhin gerade einen Roman zu diesem Thema beendet.

Die prickelnde Erwartung machte die mit Immergrün und vertrauten Stiefmütterchen bepflanzten Tröge, die herrlichen Steinmetzarbeiten, das Blau des Himmels noch schöner, als sie ohnehin waren. Camilla genoß die Vorfreude auf das Abendessen, das sie mit ihren neuen Bekannten einnehmen würde. So wurde die Zeit, die sie allein verbrachte, zu etwas Besonderem und die baldige Gesellschaft zu einer willkommenen Abwechslung.

Während sie die Abenteuer von Lucy Honeychurch und ihrer unmöglichen Tante verfolgte, die sich unablässig einmischte, schweiften Camillas Gedanken immer wieder ab. Manchmal bemerkte sie, daß sie eine ganze Seite gelesen hatte, ohne ein einziges Wort aufzunehmen. Sie fröstelte, als wären plötzlich Wolken am strahlenden Himmel aufgezogen. Ein Satz von Frederick Ashton ging ihr nicht mehr aus dem Sinn. Wie soll ich es jemals schaffen, daß mein Buch veröffentlicht wird? dachte sie, und ein Schauer durchlief sie. Was bilde ich mir nur ein, daß ich einfach so ein Buch schreibe? Wer interessiert sich denn schon so für eine Geschichte über eine Busladung Frauen im mittleren Alter, daß er dafür Geld ausgeben will?

Es war schon seltsam, daß sie zwar Worte fand, um erfundene Personen oder Künstler zu beschreiben, die seit Jahrhunderten tot waren, aber keine, wenn sie etwas über sich erzählen sollte. Die Erinnerung daran, daß sie in Frederick Ashtons Gegenwart kaum einen Ton herausgebracht hatte, ließ sie erröten. Ihre Schüchternheit – oder eher Befangenheit – war ihr peinlich. Camilla glaubte, es sei aus einem unerfindlichen Grund ihr Schicksal, immer Außenseiterin zu bleiben. Zuerst hatte sie das Gefühl gehabt, anders zu sein als der Rest ihrer Familie – und sie war auch wirklich anders gewesen. Dann, als Stipendiatin aus der Arbeiterklasse, hatte sie sich von den anderen Mädchen der Konvent-Schule unterschieden. Am College in Amerika schließlich war sie anders als die Amerikaner gewesen, die irgendwie jünger und sorgloser gewirkt hatten als sie. Jetzt, da sie in Italien lebte, italienische Freunde und einen italienischen Geliebten – Gianfranco – hatte, den sie leidenschaftlich liebte, hielt sie sich wieder für anders, für eine Außenseiterin. Alle ihre hiesigen Freunde waren mit ihren Familien und Häusern, die seit Generationen im Familienbesitz waren, eng verbunden und hingen an ihrer Heimatstadt. Daß sie sich wie eine Außenseiterin fühlte, hatte ihr Selbstbewußtsein gestärkt und ihr beim Schreiben geholfen. Auf gewisse Art und Weise hatte es ihren Blick geschärft. Trotzdem fehlte ihr etwas – Geborgenheit und Wärme.

Obwohl sie allein lebte, fühlte sie sich niemals einsam, solange sie ein gutes Buch zum Lesen hatte. Bücher sprachen zu ihr, direkter und eindringlicher als die meisten Menschen. Lesen hatte ihr immer die größte Freude bereitet, und nun hatte sie entdeckt, daß sie auch schreiben konnte. Nicht gut, nicht wirklich gut, jedenfalls nicht so gut wie Beryl Bainbridge, Kay Gibbons oder Anita Brookner, doch gut genug, um sich selbst zu unterhalten – und vielleicht auch andere.

Sie hatte das Geheimnis entdeckt, das allen Schriftstellern bekannt ist – nämlich daß man während des Schreibens nie allein ist. Schreiben war mehr als nur eine geistige Beschäftigung oder das Füllen leerer Seiten. Es schien eine Art Verbindung herzustellen zwischen Camillas fühlendem Ich und ihrem beobachtenden Ich und ihren zukünftigen Lesern – wenn es jemals welche geben sollte.

Als sie jetzt an die Buchbranche dachte, wurde ihr bewußt, daß sie einmal mehr eine Außenseiterin war. Wie in aller Welt sollte sie es fertigbringen, in *jene* Elite aufgenommen zu werden? Wen kannte sie in London denn schon? Camilla war zwar eine Kämpfernatur und besaß Ausdauer, war aber nicht der Typ, der sich anderen aufdrängte. Was sollte sie jetzt tun, da sie ihr Manuskript beendet hatte? In einem Winkel ihres Herzens hatte sie während der Arbeit daran die Hoffnung gehegt, das Schreiben böte ihr einen Ausweg. Denn ihr war klargeworden, daß hier, im sonnigen Italien, Endstation war. Doch was, wenn auch ihr Buch nur eine weitere Sackgasse bedeutete?

Am Nachmittag hatte sie den Forster schließlich weggelegt, ihre düsteren Gedanken beiseite geschoben und sich mit energischen Schritten auf den Weg gemacht. Bald hatte sie die Stadt hinter sich gelassen und war über die Ebene spaziert, die sich darunter erstreckte. Sie wollte nicht nur ihrer Angst entfliehen, sondern auch das einzigartige Panorama von San Gimignano genießen, das die Stadt ihren schiefen Türmen verdankte, die sich vor der toskanischen Landschaft erhoben. Später aß sie das Sandwich, das sie mitgenommen hatte. Es war heiß für diese Jahreszeit, und sie hatte Durst. Nachdem sie einen Strauß herrlicher roter Mohnblumen gepflückt hatte, ging sie wieder bergauf, zurück in die Stadt, entdeckte eine Taverne. Sie setzte sich, bestellte einen Weißwein und verdrängte die Frage, was nun werden sollte, und die Angst, die wieder in ihr aufstieg.

Da sie am Abend ausgehen würde, aß sie nichts. Um keinen Schwips zu bekommen, trat sie nach dem zweiten Glas Wein den Rückweg zum Hotel an. Dort badete sie und gönnte sich dann, schläfrig vom Wein, den Luxus, den Rest des Nachmittags zu schlafen. Kurz nach sechs erwachte sie, streckte sich und beobachtete müßig die Lichter, die an der Decke tanzten. Dann wandten sich ihre Gedanken dem drängenden Problem zu, was sie anziehen sollte.

Am Abend davor hatte Frederick Ashton nicht nur den Vorschlag gemacht, zusammen essen zu gehen, sondern auch, sich zur Feier des Tages ›ein wenig feinzumachen‹. Dabei hatte sie gestern ihre besten Kleider getragen … Also schlüpfte sie in den zweiten Rock, den sie mitgebracht hatte, und besah sich im Spiegel. Sie lächelte traurig. Man würde einer jungen Frau immer ansehen, daß sie einmal in einem Konvent gelebt hatte. Mrs. Clapfish hatte Camilla nach Sacred Heart geschickt, weil Lady Ann Beveridge das arrangiert hatte. Ein- oder zweimal, wenn Mrs. Clapfish für einen Notfall zu den Beveridges gerufen worden war, hatte sie Klein-Camilla mitnehmen müssen. Sie hatte ihr eingeschärft, ›ganz still zu sitzen und nichts anzufassen‹. Genau das hatte Camilla getan, von den Ausmaßen der vornehmen, georgianischen Zimmer beeindruckt und von Staunen und Ehrfurcht erfüllt. Sie hatte das Licht, das durch die Fenster hereingeströmt war, und den Glanz der Möbel geliebt. Das mußte Lady Ann bemerkt haben.

»Sie scheint ein aufgewecktes Kind zu sein, wenn auch ein wenig ruhig«, hatte sie eines Tages gesagt. »Es wäre eine Schande, wenn sie in der Schule von den Kindern aus den Sozialwohnungen tyrannisiert würde.« Auf den Gedanken, daß Camilla zu Hause von eben solchen Kindern tyrannisiert wurde – schließlich lebten sie in einer Sozialwohnung –, schien Lady Ann nicht zu kommen. Sie sandte eine Nachricht an Schwester Agnus mit dem Ergebnis, daß Camilla zu einem Vorstellungsgespräch in das Konvent eingeladen wurde. Schon ihr erster Gang – sie war sechs Jahre alt – durch den langen, steinernen Korridor hatte ihr Leben verändert, und dafür würde Camilla ewig dankbar sein. Die Stille, das Licht und die eigenartige Schönheit der Steine hatten einen tiefen Eindruck auf sie gemacht. Die Konvent-Schule mit ihrem Frieden, ihrer Disziplin, ihrer Ordnung hatte ihr etwas Wichtiges mitgegeben.

Doch sie hatte Camilla auch für immer von ihrer Familie getrennt. Denn obwohl sie die Schule nur tagsüber besuchte und abends wieder *chez Clapfish* weilte, hatte sie sich für das neue, andere Leben entschieden, nachdem sie es erst einmal kennengelernt hatte. Aufgrund der Uniform war sie zum Glück nicht von den anderen, reicheren und selbstbewußteren Mädchen zu unterscheiden. Bemühte sie sich in der Schule, bekam sie von den Nonnen immer Anerkennung, wenn diese auch ein wenig distanziert ausfiel. Anerkennung hatte Camilla zu Hause genauso gefehlt wie Ordnung.

Natürlich war sie ab und zu Zielscheibe von Spott. Das fing schon beim Namen an. Mädchen aus der Arbeiterklasse in Birmingham hießen Tracey oder Sharon, nicht Hermoine oder Jemima oder Camilla. Um die Wahrheit zu sagen: Camillas Mutter hatte sie nach einem von Lady Anns Hunden benannt. Ihr Name gehörte eindeutig zur Oberschicht und wirkte bei einem Mädchen aus einem so armen Umfeld wie dem ihren geradezu lächerlich. Allzuoft hatte eine neue Schwester verwundert die Augenbrauen hochgezogen, wenn sie in der Liste zu dem Namen Camilla kam, die Schwester Agnus trocken als ›das Mädchen mit dem unmöglichen Namen Camilla Clapfish‹ bezeichnete. Aufgrund ihrer Herkunft und ihrer Gönnerin erwartete man von ihr, daß sie in der Schule zwar gut, aber nicht *zu* gut war. Nachdem Camilla einen Preis gewonnen hatte, teilte ihr Lady Ann – ehemals selbst Schülerin des Konvents – am Besuchstag mit gehobenen Augenbrauen mit, sie habe sich für einen ›Clapfish außerhalb des Wassers‹ sehr gut geschlagen. Die Umstehenden lachten. Camilla zuckte nur die Achseln, überzeugt davon, daß Lady Anns Lob ernst gemeint war.

Während sie sich jetzt im Spiegel betrachtete, wurde ihr klar, daß sie wie eine Postulantin aussah. Nun, dagegen ließ sich nichts unternehmen. Sie verließ das Hotel um halb sieben mit noch feuchten Haaren. Nach wenigen Minuten hatte sie den Platz erreicht. Als sie Frederick nirgendwo entdeckte, stöhnte sie auf, denn jetzt mußte sie sich wahrscheinlich setzen, und dabei würde ihr Rock Falten bekommen. Natürlich mußte sie sich später im Restaurant ebenfalls setzen, aber dann hätte er sie immerhin schon von ihrer besten Seite gesehen.

Verunsichert blieb sie vor dem Brunnen stehen. Wie lange konnte eine junge Frau neben einem Steinbrunnen stehen und Interesse vortäuschen? Da durchzuckte sie ein Gedanke. Und wenn Frederick gar nicht kam? Wenn seine Mutter den Vorschlag nicht gutgeheißen hatte? Das war wirklich ein Drachen. Vielleicht, dachte Camilla, habe ich mich den ganzen Tag auf einen gemeinsamen Abend gefreut, der gar nicht stattfinden wird. Ihr Geld reichte nicht für ein Abendessen im Restaurant. Das Blut stieg ihr in den Kopf, und ihr wurde heiß.

In diesem Augenblick klopfte ihr Frederick auf die Schulter.

»Brauchen Sie Geld?«

Bestürzt starrte sie ihn an. Sie wußte ja, daß Amerikaner wesentlich direkter waren als Engländer, aber … Es dauerte einige Sekunden, bis ihr aufging, daß Frederick weder ihre Gedanken gelesen hatte noch so unverschämt war, auf ihre prekäre finanzielle Lage anzuspielen. Er wollte ganz einfach wissen, ob sie eine *Münze* brauchte, um sie in den Brunnen zu werfen! Obwohl sie wortlos den Kopf schüttelte, reichte er ihr ein Geldstück.

»Na, werfen Sie schon«, drängte er. »Wünschen Sie sich etwas.«

Camilla sah in den Brunnen. Ich wünsche mir, daß mein Buch veröffentlicht wird, dachte sie und warf die Münze hinein. Und daß ich vielleicht eines Tages ein großartiges Gemälde besitzen werde.

»Gut gemacht«, lobte Frederick. »Haben Sie Hunger?«

Camilla nickte. Erst da wurde ihr bewußt, daß sie bisher noch kein Wort gesprochen hatte. Sie war eine Schriftstellerin ohne Worte. »Ja«, erwiderte sie. »Ich bin am Verhungern.«

»Großartig. Ich kenne einen Ort, wo es genau das richtige für Sie gibt.« Mit diesen Worten nahm er sanft ihren Arm und geleitete sie über den Platz.

Vielleicht, dachte Camilla voller Hoffnung, würde sich seine Mutter *nicht* zu ihnen gesellen. Allerdings müßte sie, falls sie den Abend mit Frederick allein verbringen würde, auch vorsichtiger sein. Schließlich war er ein Fremder und darüber hinaus Amerikaner. Außerdem hatte er ihr versichert, daß seine Mutter ihnen Gesellschaft leisten werde. Womöglich war er auf ein Abenteuer aus.

Doch als sie das Restaurant betraten, entdeckte Camilla Mrs. Ashton sofort, die es sich im hinteren Teil am besten Tisch, einem Ecktisch, bequem gemacht hatte. Zwei Fenster, die in verschiedene Richtungen gingen, gaben den Blick frei auf die Ebene unter ihnen, über die sich langsam die Dämmerung legte. Mrs. Ashton schien es gewohnt zu sein, zu bekommen, was sie wollte. Bei ihrem Anblick wußte Camilla nicht recht, ob sie erleichtert, enttäuscht oder beides zugleich sein sollte. Bevor sie sich entscheiden konnte, hatte Frederick sie schon zu dem Tisch geführt. Er überließ ihr den Platz neben seiner Mutter, so daß sie die herrliche Aussicht ebenfalls genießen konnte, und setzte sich ihnen gegenüber.

»Ich bedauere das außerordentlich«, sagte er. »Daß ich mich auf diesen Platz setze und die Aussicht versperre, meine ich.«

»Warum setzen Sie sich nicht auf meinen Platz?« fragte Camilla. »Von hier aus hat man den schönsten Blick.« Forsters Touristen und der Streit über ein Zimmer mit Aussicht kamen ihr flüchtig in den Sinn.

»Stimmt nicht. *Ich* habe den besten Blick – nämlich auf zwei schöne Frauen.« Es war kitschig, aber Camilla fühlte, daß sie wieder errötete.

Mrs. Ashton schnaubte. »Ich vermute, daß mit deinen Augen etwas nicht stimmt. Oder mit deiner Grammatik. Ich sehe keinen Grund, den Plural zu verwenden. An diesem Tisch gibt es nur eine Schönheit.«

Camilla war zutiefst verlegen. Eigentlich mußte sie sich für die Komplimente bedanken. Doch sie traute sich nicht, Frederick direkt anzusehen, und Mrs. Ashton hatte ihre Zurechtweisung in einem so kühlen Ton vorgebracht, daß das Kompliment fast nebensächlich wirkte. Oder wie eine Beleidigung. Außerdem entsprach es nicht der Wahrheit. Camilla wußte, daß sie nicht schlecht aussah. Ihre Haut war rein, ihr Gesicht regelmäßig, ihr Haar – von hellem Braun mit einem Kupferschimmer darin – recht hübsch. Doch ›hübsch‹ konnte man nicht mit ›schön‹ gleichsetzen. Also beschloß sie, das Kompliment einfach zu übergehen. »Haben Sie hier schon einmal gegessen?« fragte sie.

»Wir essen immer hier, wenn wir nach San Gimignano kommen«, klärte Mrs. Ashton sie auf. »Frederick liebt die Gnocchi hier.« Sie seufzte und verlagerte ihr Gewicht. »Er kann essen, was er will, und nimmt kein Gramm zu. Das ist wirklich unfair.«

In diesem Augenblick kam ein Kellner an ihren Tisch und fragte, was sie zu trinken wünschten. Camilla bestellte einen Martini, die Ashtons Mineralwasser *con gas*. Als die Getränke kurz darauf gebracht wurden, blickte Mrs. Ashton auf Camillas unschuldiges Glas mit der roten Flüssigkeit.

»Aber das *ist* kein Martini«, sagte sie.

Frederick lächelte. »Es ist kein Gin, Mutter. *Martini* ist in Italien der Markenname für süßen Wermut.«

Mrs. Ashton betrachtete Camillas Glas. »Ah, Wermut«, meinte sie dann freundlicher.

Frederick strahlte die beiden an. »Ich habe Ihnen ja gesagt, daß sie dachte, Sie hätten sich gestern einen amerikanischen Martini bestellt«, erklärte er. »Mein Vater war Gin-Trinker. Gin macht Betrunkene ziemlich aggressiv.«

Camilla blinzelte verwirrt. Ob sie sich jemals an die amerikanische Offenherzigkeit gewöhnte? Unauffällig versuchte sie zu ergründen, wie Mrs. Ashton diese Bemerkung aufnahm. Doch Fredericks Mutter schien keineswegs aufgebracht zu sein. Sie bemerkte, daß Camilla sie ansah.

»Ich bin das gewöhnt«, sagte sie, zu Camilla gewandt, und nahm gelassen ihre Speisekarte in die Hand.

Mit Fredericks Hilfe wählte Camilla ein Gericht. Die gebratenen Paprika, die Gnocchi und der erlesene Fisch stellten sich als exzellent heraus.

Während des Essens plauderten sie über San Gimignano, den merkwürdigen Architekturkrieg zwischen Guelfen und Ghibellinen und über Kirchenfresken. Mrs. Ashton warf gelegentlich einen Kommentar ein, doch das Gespräch bestritten hauptsächlich Camilla und Frederick.

»Woher stammen Sie eigentlich?« fragte Frederick.

»Schwer zu sagen«, antwortete Camilla lächelnd. »Ich wuchs in Birmingham auf, in England. Nicht sehr romantisch, fürchte ich. Dann ging ich in die Vereinigten Staaten und studierte dort Kunstgeschichte, und nun bin ich hier und mache Führungen. Und Sie?«

»Nun, normalerweise sage ich New York, aber das stimmt nicht. Eigentlich bin ich in Westchester County aufgewachsen. Mutter hat noch immer ein Haus in Larchmont. Ein typischer Vorort.«

»Man muß sich keineswegs dafür schämen, daß man aus Larchmont kommt«, betonte Mrs. Ashton.

»Nein. Solange man nicht dort bleibt, wenn man erwachsen ist. Meine Schwester und ich sind in die Stadt gezogen«, erklärte Frederick, »aber seit einigen Monaten wohne ich wieder in Larchmont.«

Das klang wie eine Entschuldigung. Camilla wußte, daß viele junge Menschen eines Tages nach Hause zurückgingen. Wie hieß es gleich? ›Zurück ins Nest.‹ Für Camilla unvorstellbar. *Alles* war besser als die Sozialwohnung in Birmingham. Sie versuchte Frederick nicht zu streng zu beurteilen. Trotzdem kam sie nicht umhin, sich über ihn zu wundern – ein Mann in den Dreißigern, der mit seiner Mutter reiste. War er homosexuell? Doch falls das zutraf, wieso gab er dann vor, Interesse an ihr zu haben? Vielleicht, um seine Mutter zu täuschen. Camilla sah auf ihren Teller und beschloß, daß es besser war, ihre Aufmerksamkeit dem Essen zu widmen.

»Welcher italienische Maler gefällt Ihnen am besten?« fragte Mrs. Ashton.

»Canaletto«, antwortete Camilla, ohne zu zögern. Hier befand sie sich auf vertrautem Boden.

»Canaletto?« fragte Frederick. »Das hätte ich nie gedacht. Seine Bilder wirken so steif, so mathematisch.«

»Zum Teil deswegen mag ich ihn ja«, entgegnete Camilla. »Er kombiniert das Märchenhafte von Venedig mit der Nüchternheit eines Architekten.«

»Eine sehr britische Haltung«, fand Mrs. Ashton. »Sandte nicht Joseph Smith ganze Schiffsladungen mit Canaletto-Bildern nach London?«

Camilla nickte, beeindruckt von den Kenntnissen der alten Frau. Doch Frederick schien ihre Meinung nicht zu teilen.

»Was Venedig anbelangt«, meinte er, »ziehe ich Guardi vor. Er malte Hinterhöfe und verschiedene Lichteffekte. Nicht immer nur den Canale Grande am Mittag.«

»Ich mag den Canale Grande am Mittag«, sagte Camilla steif. Sie hätte gerne hinzugefügt, daß sie die meiste Zeit ihres Lebens in Hinterhöfen verbracht hatte, doch sie hielt sich zurück.

»Erzählen Sie uns von Ihrem Buch«, schlug Frederick vor. Camilla hatte den Mund gerade voller Gnocchi und verschluckte sich beinahe. »Um was geht es darin?«

Camilla dachte kurz nach, wußte aber nicht, was sie antworten sollte. »Das läßt sich nicht so einfach sagen, wirklich nicht.« Sie verstummte. Die Stille dehnte sich aus. »Ich meine, das Buch handelt von einem Bus voller Amerikanerinnen, die sich auf einer Reise durch Italien befinden, aber *darum* geht es eigentlich nicht, verstehen Sie?« Herrje, klang das unbeholfen und dumm.

»Passiert wenigstens etwas?« fragte Mrs. Ashton.

»Nicht viel«, mußte Camilla zugeben. »Sie kommen nach Florenz, machen eine Stadtführung und kehren dann nach Hause zurück.«

»Schicken Sie es Emma«, meinte Mrs. Ashton naserümpfend. »Sie schätzt Bücher, in denen nicht viel passiert. Ich allerdings ziehe Bücher mit einer richtigen Handlung vor. Bücher wie die von Daphne du Maurier. Aber Sie sollten es Emma schicken.«

Camilla sah von Mrs. Ashton zu Frederick. Hatte sie etwas verpaßt?

»Meine Schwester«, erklärte Frederick. »Sie arbeitet in New York in einem Verlag. Wollen Sie Ihr Buch unbedingt in London veröffentlichen? Haben Sie es bereits jemandem versprochen?«

Camilla mußte fast lachen. Als würden die Verlage ausgerechnet auf *ihr* Manuskript warten! »Nein«, sagte sie dann zögernd, »ich habe es noch niemandem versprochen.«

»Nun«, meinte Frederick, »darüber sollten wir uns noch unterhalten.« Camilla trank einen Schluck Wein. Meinte er das ernst? Oder war das nur Small talk unter Fremden? Sie konnte ihr Glück kaum fassen, ermahnte sich aber, sich keine allzu großen Hoffnungen zu machen und einfach abzuwarten, was passierte. Doch ihr Kopf fühlte sich leicht an, als hätte sie zuviel Wein getrunken.

Es schien alles so unwirklich. Sie unterhielten sich über ihre Lieblingskathedralen, und Frederick lauschte aufmerksam Camillas Schilderungen von Assisi und Giottos Fresken. Als sie bemerkte, daß sie pausenlos redete, schwieg sie. Sie mußte betrunken sein – sie hatte die Unterhaltung fast allein bestritten! Einige Minuten lang saßen alle drei schweigend da.

»Es tut mir leid«, sagte sie. »Ich kann offenbar kein Ende finden.« Beschämt sah sie auf ihren leeren Teller hinunter.

Frederick ignorierte ihre Entschuldigung. »Sie haben eine bezaubernde Stimme«, sagte er. »Würden Sie mir bei Gelegenheit einmal die Kirche von Assisi zeigen? Ich war zwar schon dort, aber ich habe mich immer mehr auf die Architektur konzentriert als auf die Gemälde.« Er schwieg einen Augenblick. »Würden Sie mit mir nach Assisi fahren?«

»Auch auf die Gefahr hin, daß dies nicht der richtige Zeitpunkt für eine Unterbrechung ist, muß ich dich doch fragen, ob du das wirklich für klug hältst, Frederick«, mischte sich seine Mutter ein.

Camilla errötete wieder und sah von Fredericks begeistertem Gesicht zu dem kühlen seiner Mutter. Sie zuckte die Achseln. »Ich muß morgen sowieso nach Florenz zurück«, sagte sie. »Ich übernehme dort eine Reisegruppe.«

»Das ist gut«, sagte Mrs. Ashton ruhig.

»Wann haben Sie denn dann Zeit?« fragte Frederick, seine Mutter ignorierend.

»Frederick, laß das Mädchen in Ruhe«, mahnte Mrs. Ashton. »Sie will nicht mit dir nach Assisi fahren.«

»Doch!« platzte Camilla zu ihrer eigenen Überraschung heraus. »Das stimmt nicht ... Ich meine, ja, ich möchte schon.« Noch mehr überraschte sie, daß sie das tatsächlich ernst meinte. »Aber ich kann nicht. Ich meine, nicht jetzt. Nicht diese Woche.« Sie dachte an Florenz und Gianfranco, einen Mann, den die Franzosen einen *cinq-à-sept* nannten, einen Fünf-bis-sieben-Uhr-Liebhaber. Erst vor kurzem war ihr aufgegangen, daß er sie nicht als potentielle Ehefrau betrachtete, sondern nur als Geliebte haben wollte.

»In einer anderen Woche?« fragte Frederick. »Nächste Woche?«

»Nun, *ich* fliege Ende nächster Woche nach Hause«, warf Mrs. Ashton ein. »Sieht so aus, als könnte *ich* nicht nach Assisi fahren.«

Frederick sah Camilla über den Tisch hinweg an und lächelte. »Das heißt nicht, daß *wir* nicht hinfahren können, oder?« fragte er.

8

›Ich schreibe für Frauen, die meine Bücher auf dem Nachhauseweg in der U-Bahn lesen. Ich weiß, wie sie fühlen, denn ich war auch einmal eine von ihnen. Sie wollen ihre Nasen an den Fensterscheiben der Häuser anderer Leute plattdrücken, um einen Blick auf die Partys zu erhaschen, zu denen sie nie eingeladen werden, auf die Kleider, die sie nie tragen werden, auf ein Leben, das sie nie führen werden, und auf die Männer, die sie nie bumsen werden.‹

Jackie Susann

Ein Techniker verlegte ein Kabel über den beigen Teppich des Wohnzimmers. ›Susann Baker Edmonds Interview‹ stand auf der Klappe, die neben den anderen Utensilien, die für eine Fernsehaufnahme notwendig waren, darauf wartete, daß die Kamera zu surren begann. Susann, in ein elegantes Carolina-Herrera-Kostüm gekleidet, stand bewegungslos da, während die Maskenbildnerin eine weitere Lage Puder auflegte, der verhindern sollte, daß ihre Haut glänzte. Auch wenn sie bereits seit zwölf Jahren Interviews gab, war sie immer wieder nervös. Doch sie hatte gelernt, tief und ruhig zu atmen und ihren Kopf von allem freizumachen. Susann und Alf hatten hart an ihrem tadellosen Image gearbeitet – damit ihre Leserinnen gern so wären wie sie. Susann wußte, daß sie nicht nur ihre Bücher liebten, sondern auch ihre Lebensgeschichte. Denn wenn *sie* es geschafft hatte, von einer kleinen Rechtsanwaltsgehilfin in Cincinatti in die schwindelerregenden Höhen des internationalen Jet-set aufzusteigen, dann konnten sie es vielleicht auch.

Natürlich hatten sie keine Ahnung, wie erschreckend ein Blick auf die Monatsrechnungen war, wenn man auf großem Fuß lebte. Denn das tat Susann. Alf bestand darauf, weil sie es sich seiner Ansicht nach verdient hatte. Und weil er auch etwas davon hatte. Er mochte das Haus in Frankreich mehr als sie. Himmel, sie sprach noch nicht einmal Französisch. Die Aussicht war zwar herrlich, aber die Unterhaltskosten erhöhten ihre Fixkosten so, daß sie jedes Jahr ein neues Buch schreiben *mußte*. Trotzdem konnte sie sich glücklich schätzen, und das wußte sie auch. Sie durfte jetzt nicht an irgendwelche Belastungen denken, nur an Glück und vollkommene Zufriedenheit. Sich darauf zu konzentrieren, erforderte viel Energie, und Susann nutzte die letzten Minuten vor dem Interview, um diese Energie zu sammeln.

Plötzlich erklang eine Stimme: »Was zum Teufel tun Sie da eigentlich? Haben Sie eine Ahnung, was dieser Teppich gekostet hat?« Alle Köpfe außer Susanns wirbelten zu Alfred Byron, Susanns Geliebtem und Agenten, herum. Er war klein, stämmig, hatte weiße Haare und bekam häufig einen roten Kopf. Momentan war sein Gesicht krebsrot. Susann mußte sich nicht umdrehen, um das zu wissen. Sie erstarrte und schloß die Augen.

»Sechstausend Franc pro Quadratmeter! Wissen Sie, wieviel das in Dollar ist? Wissen Sie, wieviel das in *Yards* ist? Ich habe diesen Teppich für Susann in Portugal von Hand besticken lassen! Und jetzt legen Sie ein schmieriges Kabel darauf!«

Ein Produktionsassistent stieß Entschuldigungen hervor, während zwei Techniker herbeieilten, um das anstößige Kabel wieder zu entfernen. Susann ging zu Alf hinüber und tätschelte besänftigend seine Hand. »Es wird keinen Schaden anrichten, Alf«, sagte sie ruhig. »Da ist kein Schmierfett dran. Beim Fernsehen wird kein Schmierfett verwendet.« Sie wandte sich dem Produktionsassistenten zu, einem Jungen von kaum dreißig Jahren. »Ist schon in Ordnung«, sagte sie zu ihm und lächelte strahlend. Zweifelnd sah er von ihr auf Alfs hochrotes Gesicht. Warum betrachtete jedermann Alfred als die Autorität? Weil er lauter war als sie? Weil er älter war? Oder weil er ein Mann war?

Susann mußte sich zusammenreißen, um nicht laut zu seufzen. Sie wußte, daß Alf sie nur beschützen, ihr helfen, sicherstellen wollte, daß alles reibungslos lief. Ihm lag ebensoviel an ihrer Karriere wie Susann selbst. Manchmal fürchtete sie, daß ihm zuviel daran lag. Eigentlich sollte sie dankbar sein, und sie *war* es ja auch, aber manchmal konnte Alf so … so …

»Und sie müssen es auch nicht festkleben, oder? Müssen sie das? Hinterläßt das Zeug, das Klebeband, keine Spuren auf dem Teppich?« Alle blickten auf das graue Band, das das Kabel an seinem Platz hielt.

»Wir müssen es nicht festkleben, Mr. Byron. Wir entfernen das Klebeband sofort.«

Susann bezweifelte, daß das Klebeband irgendeinen Schaden angerichtet hätte, doch sie setzte nur ihr schönstes Lächeln auf, tätschelte noch einmal Alfs Arm und ging dann zum Spiegel zurück. Was sie sah, gefiel ihr nicht. Ich hätte mir beim letzten Liften auch die Augenpartie machen lassen sollen, dachte sie, während sie die Fältchen begutachtete, in denen sich der Puder in kleinen, gekräuselten Linien unter ihren Augen gesammelt hatte. Man sah ihr an, daß sie nicht gut geschlafen hatte. Brewster Moore, ihr Chirurg, hatte die Augenpartie noch nicht operieren wollen – er meinte, sie solle noch warten. Aber worauf in aller Welt? Sollte sie warten, bis sie *älter* aussah? Bis sie noch *schlimmer* aussah? *Seine* verdammten Tränensäcke tauchten ja nicht im Fernsehen oder auf dem Schutzumschlag eines neuen Buches auf. Er war gut, aber zu konservativ. Am liebsten hätte sie mit dem Fuß aufgestampft und den verdammten Spiegel umgeworfen.

»Ist alles in Ordnung, Mrs. Edmonds?« fragte die Maskenbildnerin.

Wie hieß sie? Louise? Nein, Lorraine. Susann legte Wert darauf, sich die Namen aller Laufburschen, Chauffeure, Assistenten und Sekretärinnen, die ihr über den Weg liefen, zu merken. Das war das mindeste, was sie tun konnte. So betrachtete sie noch einmal hilflos ihr Spiegelbild und die Tränensäcke unter ihren Augen und schenkte dem Mädchen dann ihr schönstes Lächeln. »Ja, Lorraine, es ist umwerfend. Ich wünschte, Sie würden sich jeden Tag um mein Make-up kümmern.«

Die Maskenbildnerin lächelte und entfernte gnädigerweise den Spiegel. Susann sah aus dem Fenster zum Pool hinüber, ohne etwas wahrzunehmen, und begann mit ihrer Atemübung. Jetzt war nicht der richtige Zeitpunkt, um an Alf und seine Treulosigkeit, das vergeudete Leben ihrer Tochter oder den unerbittlich näher rückenden Abgabetermin zu denken. Jetzt mußte sie daran denken, daß die Hälfte aller populären Taschenbücher Romane waren, die jährlich fast eine Milliarde Dollar einbrachten. Langsam versetzte sie sich in einen Zustand, der ihr ein Gefühl von Glück und vollkommener Zufriedenheit verlieh. Denn genau das wollten ihre Leser sehen, das wollten sie *haben*, und das hatten ihre Heldinnen am Ende ihrer Romane erreicht: Glück und vollkommene Zufriedenheit. Susann holte noch einmal tief Luft.

»Wer zum Teufel raucht da?« schrie Alf. »Wer zum Teufel raucht hier drin?« Er schwieg kurz, da er offenbar den Schuldigen ausfindig gemacht hatte, fuhr dann aber fort: »Wissen Sie nicht, daß Susann Asthma hat?«

Natürlich hatte Susann kein Asthma – dafür Alf. Sie drehte sich um und sah, daß sich Alf drohend vor jemandem aufgebaut hatte. O Gott! Er brüllte Tammi Young an, die Fernsehmoderatorin, die das Interview führen würde. Offenbar hatte er sie nicht erkannt. Das Mädchen mochte wie ein hirnloser, kleiner Trottel *wirken*, aber sie arbeitete für das Fernsehen, und Susann konnte gerade jetzt keine Feinde beim Fernsehen brauchen. Nicht jetzt, nachdem sich ihre beiden letzten Bücher gerade mal eine Woche auf Platz eins der Bestsellerliste gehalten hatten!

Bevor sie die Chance hatte einzugreifen, trat ein besonnener Tontechniker – Kevin? Oder war es Brian? – zu ihr und fragte mit ruhiger Stimme, ob sie das dünne schwarze Mikrofonkabel unter ihrer Jacke verstecken könne. Sie nickte. Alf und Tammi, die am anderen Ende des riesigen Wohnzimmers standen, schienen die Sache unter sich zu regeln. Dafür war sie ihnen dankbar. Und sie wäre noch dankbarer, wenn Alf einfach abhauen würde. Susann sah auf und bemerkte, daß Edith grinste. Edith liebte es, wenn Alf sich zum Narren machte.

Es hatte eine Zeit gegeben, in der Susann für Alfs ständige Einmischungen, seine Begeisterung und seine Stärke durchaus dankbar gewesen war. Damals hatte sie bereits seit fünf oder sechs Jahren geschrieben. Ihre dritte Ehe war in die Brüche gegangen, und ihre Bücher hatten sich nicht gut verkauft. Keiner hatte an sie geglaubt, außer Edith, aber das war nicht genug gewesen. Erst als sie Alf kennenlernte, der nicht nur für sie kämpfte und verhandelte, sondern auch an ihre Arbeit *glaubte*, wurde es besser. Er sorgte dafür, daß ihr Bekanntheitsgrad stieg, nutzte jede nur mögliche Werbemaßnahme, bearbeitete die Verleger unablässig, daß sie Susanns Bücher intensiver bewerben sollten. Dies alles katapultierte sie schließlich auf die

Bestsellerlisten. Alf hätte nicht stolzer sein können, wenn er die Bücher selbst geschrieben hätte, und manchmal kam es Susann so vor, als hätte er sie *tatsächlich* geschrieben. Er sprach immer von ›unserem Werk‹ und davon, wie viele Exemplare ›unseres letzten Buches‹ verkauft worden seien. Jahrelang hatte er ihre Verträge ausgehandelt, ihre Geschäfte geführt, ihr Geld verwaltet und investiert und sämtliche Werbemaßnahmen und Lesungen überwacht. Und mit ihr geschlafen.

Ihre Affäre war ziemlich wechselhaft. Sie wußte, daß Alf Byron sie niemals heiraten würde, da er die Gefühle seiner beiden Söhne nicht verletzen wollte. Denn er war, seinem poetischen Nachnamen zum Trotz, eigentlich ein Boronkin, kein Byron. Mit dem ›kin‹ im Namen hatte er auch seine alten Freunde fallenlassen; er hatte den neuen Namen angenommen, nachdem er Cincinnati verlassen hatte, und in New York ein Geschäft eröffnet. Nur den Kontakt zu seinen beiden Söhnen hielt er aufrecht. Aus diesem Grund und weil er als Jude keine ›Schickse‹ heiraten wollte, würde Susann nie seine Frau werden. Unabhängig davon, wer von ihnen wieviel Erfolg haben mochte.

Susann beobachtete, daß er ernst mit der Aufnahmeleiterin sprach. Irgendwie hatte Alf sich mit dem Erfolg nicht zufriedengeben können. Er hatte sich mit ihr zusammen den Weg zur Spitze emporgekämpft, aber einmal dort angekommen, konnte er nicht mehr aufhören zu kämpfen. Wie nannte man so einen Menschen? Kämpfernatur? Manchmal hatte Susann den Eindruck, daß Alf sich Probleme schaffte, wenn es keine gab, die zu bewältigen waren. Also hatte er auch heute ein Problem gesucht – und gefunden. Doch Susann war der Probleme und Hindernisse überdrüssig, denn sie sah zwar zehn Jahre jünger aus als achtundfünfzig, *fühlte* sich aber zehn Jahre älter. Sie blickte auf ihre von Arthritis geschwollenen Hände hinunter, die sie unbedingt vor der Kamera verstecken mußte. Ihre Hände sahen beileibe nicht glücklich oder zufrieden aus. Wohl deshalb, weil Susann selbst weder das eine noch das andere war.

Sie hatte Alf getroffen, als sie dreiundvierzig gewesen war. Damals hatte sie sich jung gefühlt – auch wenn sie wahrscheinlich nicht so gut ausgesehen hatte wie heute. Trotz ihrer erfolglosen Arbeit und ihrer gescheiterten Ehen hatte sie eine Menge Energie und Begeisterungsfähigkeit besessen. Das Leben war für sie ein einziges Abenteuer gewesen. Alf, älter und – wenigstens scheinbar – weiser als sie, hatte eine Versicherungsgesellschaft besessen und ein wenig Geld in Grundstücke in Cincinnati investiert. Seine erste Frau war gestorben, seine beiden Söhne waren erwachsen. Susann wurde seine Geliebte, aber auch sein Adoptivkind.

Es war eine wunderschöne Zeit. Alf faszinierten ihre Romane, selbst als er in ihnen noch nicht das große Geschäft witterte. Atemlos verschlang er jedes Wort. So, wie das Schreiben Susann aus ihrem öden Alltag herausgeholt hatte, bot es Alf jetzt die Chance, ein neues und aufregendes zweites Leben zu beginnen. Die Glitzerwelt der Unterhaltungsbranche hatte ihn schon immer gefesselt, mehr als Susann. Er bewahrte die Skizzenbücher auf, staubte das Regal mit ihren Büchern ab, ließ jedes erste Exemplar ›unseres neuen Buches‹ in blaues Kalbsleder binden und mit einer Goldprägung versehen.

Inzwischen empfand Susann Alf als eine Last, die sie zusammen mit all den anderen Belastungen zu tragen hatte. Er hatte auf dem neuen Vertrag – für zwei Romane – bestanden, die zusätzlich zu den anderen abzuliefern waren. Und er hatte fast eine Viertelmillion Dollar Honorar eingesteckt, während sie die eigentliche Arbeit erledigte. Sie und Edith hatten es zwar endlich geschafft, eine erste Fassung des neuen Romans fertigzustellen, doch Susann wußte, daß er nicht gut war. Seltsam: Damals, als sie ohne Geld von Scheck zu Scheck gelebt und keine Zeit gehabt hatte, Kim eine gute Mutter zu sein, hatte sie über Erfolg, Reichtum, Familienliebe und das Leben der Reichen mit wesentlich mehr Leidenschaft und Elan schreiben können als heute, da sie selbst zu den Reichen gehörte. Darin lag viel Ironie, doch Susann wollte diese Ironie nicht unbedingt ergründen. Sie war müde.

Alf war überaus stolz darauf, mit seiner aggressiven Taktik den absoluten Knüller, einen Zwanzig-Millionen-Dollar-Vertrag, ausgehandelt zu haben, doch der Druck, der nun auf Susann lastete, erschien ihr fast unerträglich. Letztendlich war Geld nicht alles. Alf hatte sie veranlaßt, den Verleger zu wechseln, mit dem sie von Anfang an zusammengearbeitet hatte. Und Imogen, ihre Lektorin, sitzenzulassen.

Früher hatte sie verhältnismäßig kleine Vorschüsse bekommen, doch aufgrund der ungeheuren Verkaufszahlen ihrer Bücher Riesensummen an Tantiemen kassiert. Ihr Verleger hatte sie wie ein auserlesenes Schmuckstück behandelt, Imogen nie ihren Geburtstag vergessen. Doch Alf hatte behauptet, es sei unprofessionell zu akzeptieren, daß der Verleger auf dem Geld sitze, das er ihr schulde, und es lediglich zweimal im Jahr – und auch dann nur zögernd – in Form von Tantiemen auszahle. »Warum sollten wir zulassen, daß er mit unserem Geld arbeitet?« hatte Alf gefragt. »Er zahlt keine Zinsen wie die Bank.« Alf hatte immer größere Vorschüsse verlangt und Susann, als ihr Verleger sich am Ende geweigert hatte, schließlich an einen anderen Verlag – Davis & Dash – ›verkauft‹, da man ihr dort einen riesigen Vorschuß zugestanden hatte. Susann befürchtete, daß weder das neue Buch noch das nächste diesen Vorschuß wieder hereinbringen würden. Sie könnte es nicht ertragen, wenn Gerald Ochs Davis, ihr neuer Verleger, sie für eine schlechte Investition hielte statt für ein Juwel in seiner Krone. Früher war sie eine Siegeskandidatin gewesen. Jedes Quentchen Erfolg hatte sie überrascht und begeistert. Jetzt steckte sie wegen der beiden Verträge in einer bösen Klemme, denn nun erwartete man von ihr, daß sie erfolgreiche und gewinnbringende Bücher lieferte. Alles andere würde man als Versagen auslegen. Doch Versagen würde Alf Byron mit Sicherheit nicht tolerieren.

»Wir können anfangen, Mrs. Edmonds«, sagte jetzt der unglaublich jung aussehende Produktionsassistent zu ihr. Deprimiert und unzufrieden löste Susann sich aus ihren Gedanken. Man durfte ihr ihre Stimmung unter keinen Umständen ansehen. Sie mußte glücklich und zufrieden wirken. Und das würde ihr auch gelingen.

»Ich bin soweit«, sagte Susann und schenkte dem Jungen ein strahlendes Lächeln.

9

›Ich glaube nicht an disziplinierte Schriftsteller. Denn was heißt schon Disziplin? Wenn sich ein Schriftsteller zwingt, sich hinzusetzen und jeden Tag sieben Stunden zu schreiben, dann vergeudet er diese sieben Stunden womöglich, wenn er nicht in der richtigen Stimmung ist oder ihm die Inspiration fehlt. Ich glaube nicht, daß Disziplin der Kreativität ebenbürtig ist.‹

Bret Easton Ellis

Daniel Gross saß mit dem Rücken zur Tür in seinem kleinen Büro und schrieb in sein Notizbuch. Die abgetippten Seiten von Judiths letztem Kapitel – nun, eigentlich *seinem* Kapitel – hatte er hinten in der Klappe des Buches versteckt. Während er das Kapitel sorgfältig in sein Notizbuch übertrug, nahm er einige Korrekturen und Streichungen vor. Doch Judith hatte wirklich gute Arbeit geleistet beim Umsetzen seiner Ideen, und er mußte nur sehr wenig – erstaunlich wenig – ändern. Zu dumm, daß sie so schlecht tippte. Er betrachtete den Namen auf der Titelseite – ›Jude Daniel.‹ Vielleicht hätte er ein anderes Pseudonym wählen sollen, eines, das sich besser vermarkten ließe, wie Paige Turner oder Bess Cellar oder E.Z. Reid.

Er korrigierte einen von Judiths Fehlern.

Judith konnte jeden Tag dasitzen und einfach etwas heruntertippen. Das zeigte ihm, daß sie nicht wirklich begabt, keine echte Künstlerin war. Er glaubte, daß kreativ nur sein konnte, wer über Inspiration verfügte. Die Musen tanzen nicht auf Kommando, dachte er. Wer hatte das geschrieben? Vielleicht er selbst. Er notierte es am Rand der Seite seines Notizbuchs.

Jedesmal wenn Daniel eine Seite abgeschrieben hatte, zerriß er die von Judith getippte in kleine Schnipsel und steckte sie in seine Tasche. Er wagte es nicht, sie in den Papierkorb zu werfen. Denn, wie seine Großmutter zu sagen pflegte, Vorsicht ist die Mutter der Porzellankiste. Was er befürchtete, konnte er allerdings nicht genau definieren.

Doch er hatte allen Grund, Vorsicht walten zu lassen, da seine Lage momentan nicht allzu rosig aussah. Auch im letzten Jahr hatte man ihn nicht fest angestellt. Aber wie hätte er das auch erwarten können, nachdem er beim Ehebruch erwischt worden, seine Ehe in die Brüche gegangen war und er eine Studentin geheiratet hatte? Eleanor, seine erste Frau, war in seinem Fachbereich gern gesehen. Auch wenn es nicht illegal war, die nicht mehr ganz jung aussehende Ehefrau einer viel jüngeren Studentin wegen zu verlassen, war so etwas doch nicht unbedingt gern gesehen. Die Dozentinnen in seinem Fachbereich benahmen sich ihm gegenüber seitdem wesentlich distanzierter. Daniel fragte sich, ob er, trotz der guten Arbeit, die er leistete, jemals eine Festanstellung erhalten würde. Nein, rosig sah seine Lage keinesfalls aus.

Bereute er, was er getan hatte? Tat es ihm leid, Judith geheiratet zu haben? Leid tat ihm vor allem, daß ihr Vater, der alte Antisemit, sich so aufgeregt hatte. Der alte Bastard war stinkreich, und auch wenn Daniel nicht unbedingt damit gerechnet hatte, einen Teil vom Vermögen der Hunt-Glaswerke abzubekommen, hatte er doch darauf gehofft. Die Anfangszeit mit

Eleanor, da man sie mit Collegestudenten hätte verwechseln können – jung, arm, verliebt –, war zum Glück längst vorbei. Blieb nur zu hoffen, daß sie sich mit Judith nicht wiederholte.

Doch Judith könnte ihm andererseits zu einem Freiticket aus seiner mißlichen Lage verhelfen. Daniel sah sich in dem kleinen, vollgestopften Raum um, der sein Büro darstellte. Die Wände waren mit khakifarbenem Glanzlack gestrichen worden – Gott weiß, wann das geschehen war. Irgendwann nach dem Koreakrieg? Vielleicht nach dem Zweiten Weltkrieg oder sogar schon nach dem Ersten? An unzähligen Stellen blätterte der Lack ab. In den beschädigten Lackschichten steckte vermutlich genug Blei, um sich damit vergiften zu können – falls er jemals den Wunsch dazu verspüren sollte.

Daniel blickte aus dem nur ungenügend isolierten Fenster. Der Raum war so schlecht beheizt, daß er immer seinen Mantel anbehielt. Außer natürlich im Sommer, denn dann war es hier so heiß, daß man zu ersticken drohte. Er konnte kaum glauben, daß er in der Sommerhitze einmal die Energie aufgebracht hatte, auf diesem Tisch mit Judith zu schlafen. Daniel schüttelte den Kopf.

Er war gerade dabei, die letzte Seite abzuschreiben, als jemand klopfte. Mit schlechtem Gewissen schob er die letzte Seite tief in die noch unbeschriebenen Seiten seines Notizbuches. Er ließ die halb vollgeschriebene Seite aufgeschlagen. »Herein«, rief er.

Zögernd erschien der blonde Schopf von Cheryl Jenkins in der Türöffnung. »Kann ich hereinkommen?« fragte sie.

»Natürlich«, sagte Daniel. »Klar.« Als das Mädchen in den Raum trat, schien es Daniel, als hätte sie die Sonne mitgebracht. Das muß an ihrem Haar liegen, dachte er. Es leuchtet geradezu. Bestimmt ihre natürliche Haarfarbe, denn gebleichtes Haar würde niemals so glänzen.

»Tut mir leid, wenn ich Sie störe«, begann Cheryl, »ich meine, ich weiß, Sie haben viel zu ...«

»Schon gut. Ich überarbeite gerade meinen Roman.«

»Ihren Roman?« keuchte Cheryl. »Oh, dann sollte ich Sie *wirklich* nicht belästigen.« Sie drehte sich um, als wollte sie gehen, doch Daniel sprang auf, durchquerte den kleinen Raum und nahm ihre Hand.

»Es ist wirklich in Ordnung, Cheryl. Ich wäre froh, wenn ich Ihnen helfen könnte. Wo drückt der Schuh?«

Die Studentin errötete und entzog ihm ihre Hand, sah aber zu ihm auf. Sie war sehr klein. Plötzlich kamen Daniel zwei Gedanken nahezu gleichzeitig: Zum einen, wie plump Judith doch im Vergleich zu dieser winzigen Elfe war, zum anderen, ob Cheryls Schamhaar wohl genauso blond war wie der glänzende Haarschopf auf ihrem Kopf.

Cheryl wühlte in ihrer Tasche und zog zwei zerknitterte Blätter heraus. »Ich habe noch nie etwas im *Writer's circle* vorgelesen«, sagte sie, »aber ich glaube, das hier ist nicht schlecht. Ich meine, nicht *wirklich* schlecht, und so dachte ich, daß vielleicht ... nun ...«

Daniel nahm die beiden Blätter aus ihrer zitternden Hand, setzte sich wieder und überflog sie. Ihr Stil war klar und um einiges kräftiger als Cheryl selbst. Tatsächlich fand er es sogar erheblich besser als das, was ihr

Kommilitone Chuck Tasity produzierte und ungerührt zum besten gab. »Das ist wirklich gut, Cheryl. Sie sollten es unbedingt vorlesen.«

Ihr seliges Lächeln war eine wunderbare Belohnung für sein Lob. »Wirklich?« fragte sie.

Er nickte. »Wirklich«, sagte er.

»Oh, ich bin so froh, daß Sie das sagen. Ich habe in Ihrem Unterricht und dem *Writer's circle* so viel gelernt. Es hat meine Arbeiten wirklich verbessert.« Sie schwieg und errötete wieder. Daniel fragte sich, ob ihre Brustwarzen ebenfalls rosa waren. Das Mädchen wirkte wie eine chinesische Puppe. »Sie haben so viel für mich getan, ich wünschte, ich könnte etwas für Sie tun«, meinte Cheryl.

Daniel lächelte und widerstand seinem ersten Impuls. O Gott, es war wirklich hart, verheiratet zu sein. »Vielleicht könnten Sie mir mal eine Tasse Kaffee spendieren«, erwiderte er.

Sie neigte den Kopf und warf ihm unter gesenkten Lidern einen Blick zu. »Ich könnte für Sie tippen«, schlug sie vor. »Ich habe bemerkt, daß alle Ihre Entwürfe handgeschrieben sind. Und getippt wirkt es … ja, ich könnte für Sie tippen«, wiederholte sie mit kleinlauter Stimme.

Daniel lächelte. Judith tippte nicht nur lausig schlecht, sondern bestand darauf, ihre komische tragbare High-School-Schreibmaschine zu benutzen. »Darüber können wir vielleicht reden. Haben Sie einen Computer?«

»O ja. Ich habe ein Laptop. Und einen Laserdrucker.«

Daniel fragte sich, woher sie das Geld für diese Geräte hatte. Er sah wieder auf die Blätter in seiner Hand. »Sie haben Talent, Cheryl.«

»Glauben Sie wirklich?« Das Mädchen bekam wieder einen roten Kopf. Sie war entzückend.

»Ja. Eines Tages könnten Sie, mit der richtigen Anleitung, durchaus eine erfolgreiche Schriftstellerin werden.«

Cheryl sagte nichts, war aber offensichtlich außer sich vor Freude. Das waren die magischen Worte, die Worte, nach denen jeder Anfänger lechzte. Zum erstenmal blickte sie ihm offen ins Gesicht. »Sie haben so viel für mich getan«, flüsterte sie.

Wissen Sie, wie sehr ich mich von Ihnen angezogen fühle? Fast hätte Daniel es gesagt. Die Worte hatten sich schon in seinem Gehirn gebildet, seine Lippen wollten sich schon bewegen, doch da klopfte es erneut. Dieser Besucher wartete nicht, bis er hereingebeten wurde. Don Kingsbury, der Leiter des Fachbereiches und einer der wenigen, die noch mit Daniel sprachen, lächelte ihm von der Tür aus zu. Cheryl drehte sich um und verließ ohne ein weiteres Wort das Büro.

Don, der sie überhaupt nicht beachtet hatte, zog die Augenbrauen hoch. »Wie läuft's?« fragte er. Daniel zuckte die Achseln. Don war groß, weit über Einsachtzig, und kräftig gebaut. Er setzte sich auf eine Ecke des Schreibtisches und legte seine kräftigen Beine übereinander. Daniel erhob sich, um nicht zu ihm aufsehen zu müssen. Er fragte sich, wieviel Don von seinem Gespräch mit Cheryl mitbekommen hatte.

Dons Blick fiel auf Daniels Notizbuch. »Ah, das Buch. Wie läuft's *damit*?«

»Nicht übel«, erwiderte Daniel unverbindlich. »Sie wissen, ich versuche hier nicht ein Kunstwerk zu schaffen. Eher etwas Solides, etwas, das veröffentlicht werden kann.«

»Etwas für Hollywood, was?« sagte Don lachend. »Lesen Sie es im *Writer's circle* vor?« Zweimal im Monat leitete Daniel ein Seminar, bei dem die Teilnehmer, junge Autoren, aus ihren aktuellen Werken vorlasen, die dann besprochen und – manchmal – kritisiert wurden. Letzteres vor allem von Daniel.

»Das habe ich schon getan«, meinte Daniel. »Eventuell lese ich heute abend noch eine Stelle vor.«

»Vielleicht komme ich vorbei und höre zu. Wissen Sie, ich bewundere die Art und Weise, wie Sie sich für diesen Kurs engagieren. Sie leisten hervorragende Arbeit. Es war eine tolle Idee, Erstlingsautoren zu einer Podiumsdiskussion einzuladen.«

»Ich mußte nur ein paar Hebel in Bewegung setzen«, wehrte Daniel bescheiden ab. Es war tatsächlich nicht allzu schwierig gewesen, sie zum Kommen zu bewegen. Wen interessierten denn schon die Erfahrungen eines Jungautors?

»Ich war erstaunt, daß Sie es geschafft haben, Alfred Byron hierher zu bekommen.«

Daniel nickte. Das allerdings *war* ein Coup gewesen. Alfred Byron, an sich ein angesehener Agent, hatte bereitwillig zugesagt, nachdem das Erstlingswerk einer seiner Autoren groß herausgekommen war. Im Gegenzug hatte er sich bereit erklärt, einen kleinen Vortrag zu halten. Er würde noch einmal kommen, um eine Podiumsdiskussion zu leiten. Außerdem hatte Daniel noch ganz andere Pläne mit Alfred Byron.

»Ich glaube, Sie bringen Ihren Studenten die Realität etwas näher«, sagte Don. »Wissen Sie, hier sind so viele Studenten, die schreiben wollen, aber keine Ahnung haben, wie es in der Buchbranche zugeht. Und dann unsere Akademiker, die in ihrem Elfenbeinturm sitzen und glauben, kein noch lebender Schriftsteller tauge etwas. Sie haben wirklich für eine Bereicherung unseres Fachbereiches gesorgt.« Daniels Herz hüpfte vor Freude. Vielleicht war seine Lage doch etwas rosiger, als er gedacht hatte.

»Ich gebe mir jedenfalls Mühe. Ich versuche, etwas zu verändern.« Klang das zu angeberisch?

»Nun, das gelingt Ihnen. Ich weiß nicht, wie Sie es fertigbringen, Ihren Unterricht zu halten, die Veranstaltungen zu planen und nebenbei noch an einem Roman zu schreiben. Ich könnte das nicht.« Don lachte herzlich. Natürlich konnte er es sich leisten – *er* hatte eine Festanstellung. Er war der Leiter dieses verdammten Fachbereichs.

Daniel überlegte. Eigentlich sollte er erwähnen, daß er das Buch zusammen mit Judith schrieb, daß sie viel dazu beitrug, doch irgendwie fühlte er sich befangen. Und da Don sich so positiv geäußert hatte, war es vielleicht besser, Judith nicht zu erwähnen. Es würde Don nur die alte Geschichte in Erinnerung rufen. »Ja, es ist nicht einfach«, gab Daniel zu, »aber es macht eben alles Spaß. Deshalb ist es nicht ganz so schlimm.«

»Macht es Ihnen etwas aus, wenn ich mich in den *Writer's circle* setze? Wäre das zu aufdringlich?«

Daniel mußte an die schüchterne Cheryl Jenkins und an den nervösen

Bob Hadley denken. Förderlich wäre es nicht gerade, wenn der Leiter des Fachbereichs zuhörte, während sie Auszüge aus ihren noch unvollendeten Werken vorlasen. Aber Chuck Tasity würde keine Hemmungen haben, und vielleicht – nur vielleicht – würde auch Daniel etwas aus seinem Notizbuch vorlesen. Das tat schließlich niemandem weh.

»Nein, keineswegs.« Er lächelte Don an. »Leisten Sie uns Gesellschaft.«

Judith tippte die letzten Worte des letzten Satzes des letzten Kapitels und saß dann eine Zeitlang bewegungslos da, die Hände noch auf der Tastatur. Sie fühlte sich völlig ausgelaugt und empfand fast so etwas wie Angst.

Dann ließ sie die Hände langsam in den Schoß sinken. Vor ihr, sorgfältig auf dem Kartentisch gestapelt, lagen die fertigen Kapitel, jedes entsprechend Daniels Verbesserungsvorschlägen korrigiert und neu abgetippt. Ein großer, rechteckiger weißer Stapel. Das Ergebnis ihrer Arbeit – ihrer gemeinsamen Arbeit. In der Stille und der immer schwärzer werdenden Dunkelheit außerhalb des kleinen Turmzimmers schwebte drohend eine Frage über Judith.

Was jetzt?

Irgendwo hatte sie gelesen, daß Schriftsteller oft Trauer und Leere empfänden, wenn sie ein Buch beendet hätten. Aber sie fühlte nicht unbedingt Trauer. Reglos sitzend, versuchte sie herauszufinden, was eine solche Beklemmung in ihr hervorrief. Sie war erleichtert, daß der Roman endlich abgeschlossen war, denn es war ein hartes Stück Arbeit gewesen. Jeden Morgen hatte sie sich zwingen müssen, sich an den Kartentisch zu setzen. Jedes leere Blatt war eine Herausforderung gewesen, jedes zerknüllte Blatt im Papierkorb ein stummer Vorwurf. Und dann Daniels dauernde Kritik.

Aber, begriff sie, so hatte sie eine Aufgabe gehabt. Ein Gefühl, das beinahe mit Angst gleichzusetzen war, stieg in ihr auf. Was gäbe es jetzt noch für sie zu tun? Ihre Arbeit war beendet, alles weitere übernahm Daniel. Er würde seine Kontakte nutzen, um den Roman zu veröffentlichen, der ihnen das Geld bringen sollte, das sie so dringend benötigten. Eigentlich müßte sie in Hochstimmung sein, doch statt dessen empfand sie Angst. Sei nicht dumm, schalt sie sich. Du hast es geschafft. Du hast es wirklich beendet. Nie hättest du gedacht, daß du dazu in der Lage wärest.

Dann kam Judith ein anderer, schrecklicher Gedanke. Was, wenn Daniel sich täuschte und der Roman schlecht war? Wenn er ihn trotz seiner Prahlerei und der Kontakte, die er in seinen Seminaren und Podiumsdiskussionen ›gesammelt‹ hatte, nicht verkaufen konnte? Waren die vielen Stunden, die ganze Energie, die sie hineingesteckt hatte, die ganze Plackerei dann umsonst gewesen? Und wer hätte dann versagt?

Denn Judith hatte nicht das geschrieben, was sie eigentlich hatte schreiben wollen. Daniel und sie waren sich einig, daß ein solches Buch nicht für den Massenmarkt geeignet wäre und nicht genug Gewinn bringen würde. Wie viele Leute interessierten sich schon für die Geschichte eines Mädchens aus der oberen Mittelschicht, dessen Vater die ganze Stadt, in der sie wohnten, gehörte? Das von einem Jungen aus der Unterschicht schwanger wurde? Daniel hatte gemeint, das Thema sei ›zu verstörend‹, ›zu unbedeutend‹, ›zu literarisch‹. Nur ein weiteres jener Bücher, die von den Problemen einer Heranwachsenden erzählten.

Dieser Roman dagegen würde sich mit Sicherheit besser verkaufen, auch wenn er weniger realistisch und mit weniger Herzblut geschrieben war. Wie viele Autoren kommerziell erfolgreicher Bücher hatten sie – sie beide – die Idee einem Zeitungsartikel entnommen. Judith hatte die furchtbare Geschichte einer Frau gelesen, die ihre drei Kinder als vermißt gemeldet, später aber gestanden hatte, sie getötet zu haben. Beim Lesen hatte Judith geweint, nicht nur wegen der Kinder, sondern auch wegen der Situation der Mutter. Irgendwie konnte sie deren Verzweiflung und Elend nachvollziehen. Als sie Daniel davon erzählte, erkannte er sofort, welche Möglichkeiten in dieser Geschichte steckten. So waren sie auf die Idee zu *Mit voller Absicht* gekommen.

Nun lag das fertige Werk vor ihr. Judith fröstelte, während sie es ansah. Obwohl Elthea, die Heldin, erfunden war, hatte Judith das Gefühl, daß sie existierte. Sie kannte und verstand sie: die Verzweiflung darüber, daß ihr Ehemann sie betrogen hatte und ihre Ehe in die Brüche ging; die Panik, als sie mit den drei kleinen Jungen allein gelassen wurde; ihr freudloses Dasein und die Angst, von dem mageren Einkommen einer alleinerziehenden Mutter leben zu müssen; die Weigerung ihres Vaters, sie finanziell zu unterstützen; die Aussicht, mit einem anderen Mann einen neuen Anfang zu versuchen, die Verzweiflung, als auch er sie verließ. War es Zufall, daß die wirkliche Mörderin von drei Männern verlassen worden war und anschließend drei Jungen umgebracht hatte? Judith wußte, daß ihre fiktive Elthea nicht nur Sympathien wecken würde, doch ihr Verständnis und Mitleid für sie waren auf jeder Seite spürbar.

Denn sie identifizierte sich mit Elthea. War Judith nicht auch Opfer ihres Vaters und ihres ersten Freundes geworden, damals in Elmira? Der Roman gab mehr über sie preis, als sie beabsichtigt hatte. Vielleicht, dachte sie, habe ich jetzt so viel Angst, weil ich fürchte, daß niemand Elthea versteht. Vielleicht ist das alles. Doch eine innere Stimme sagte ihr etwas anderes. Tief in ihrem Herzen hatte sie Angst, daß Daniel ohne das Buch, das ihnen so viele Gelegenheiten zur Kommunikation gegeben hatte, nicht mehr mit ihr sprechen würde.

»Flaubert, ich habe es geschafft. Dieser Anlaß rechtfertigt einen Milchknochen für dich.« Der Hund bellte erfreut.

Da ihr Rücken schmerzte, hatte sie plötzlich das Bedürfnis, sich zu bewegen. Langsam schob sie den Stuhl vom Kartentisch zurück, stand auf und streckte sich. Was stimmte nicht mit ihr? Das Manuskript war abgeschlossen. Daniel würde zufrieden sein, heute abend würden sie feiern. Sie ging die drei Stufen hinunter, die zur Küche und zum Schrank im Flur führten. Daniels Kleidung hing im Schrank in ihrem Schlafzimmer, Judiths im Flurschrank. Sie nahm das blaue Wollkleid heraus, das sie gekauft hatte, als sie das letztemal mit ihrer Mutter in Poughkeepsie einkaufen gewesen war. Vor dem Flurspiegel hielt sie es an ihren Körper. Es hob die helleren Farbtöne in ihrem hellbraunen Haar und die Farbe ihrer Augen hervor. Sie überlegte, ob es ihr wohl noch paßte. »Was meinst du, Flaubert?« Der Hund legte den Kopf schräg. Von ihm war nur Zustimmung oder der Wunsch nach einem Milchknochen zu erwarten. Kritisch sah sie wieder in den Spiegel. Weil sie so viel am Schreibtisch gesessen hatte und wegen der Leere der Wohnung hatte sie aus Nervosität und Langeweile ständig gegessen und zugenommen. Aber das Kleid würde ihr noch passen.

Sie beschloß zu duschen, sich anzuziehen, das Haar hochzustecken und sogar Make-up aufzulegen, was sie normalerweise nicht tat. Sie wollte hübsch aussehen, wenn Daniel heute abend nach Hause kam. Dann würden sie zum Essen ausgehen, eine Flasche Wein trinken und feiern. Der Roman war fertig, und wenn er erst einmal verkauft war, konnten sie anfangen, das Leben zu führen, das sie sich ausgemalt hatten. Vielleicht konnte sie dann sogar ein Kind bekommen, wie sie es sich so verzweifelt wünschte. Judith versuchte, ihre düstere Stimmung abzuschütteln und Freude zu empfinden. *Mit voller Absicht* mochte nicht das Buch sein, das sie unbedingt hatte schreiben wollen, aber sie hatte gute Arbeit geleistet und wußte, daß Daniel trotz seiner Kritik zufrieden war. Sie hatte Elthea Leben eingehaucht. Viele Leser würden Verständnis für sie und ihre Tat aufbringen, vielleicht sogar überlegen, ob sie an ihrer Stelle nicht genauso gehandelt hätten.

Judith trat unter die Dusche und ließ das heiße Wasser über ihren schmerzenden Nacken und die verkrampften Rückenmuskeln laufen. Sie benutzte das teure Mandelshampoo, das sie sich für besondere Gelegenheiten gekauft hatte, und genoß seinen sanften Duft nach Sauberkeit, der Erinnerungen in ihr weckte. Erst als sie ihre Haare ausspülte, fiel ihr ein, daß heute abend der *Writer's circle* stattfand und Daniel nicht zum Abendessen nach Hause kommen würde.

10

»Wenn ich tot, bin hoffe ich, daß man sagen wird:

›Seine Sünden waren rabenschwarz, aber seine Bücher wurden gelesen.‹«

Hilaire Belloc

»Was ist mit dem neuen Callard?«

»Es ist Mist«, sagte Pam Mantiss zu Gerald Ochs Davis. »Ziemlich mittelmäßig.«

»Dafür haben wir das von Peet Trawley«, versuchte sich Gerald selbst zu beruhigen. »Das wird gut gehen. Vor allem, weil parallel dazu der Film anläuft.«

»Ich hoffe, er liefert rechtzeitig. Er ist krank.«

»Er ist seit dreißig Jahren krank. Er *liebt* es, krank zu sein. Er übertreibt so schamlos wie Münchhausen. Das hat nichts zu sagen. Wir malen einfach sein Omega auf den Schutzumschlag. Es wird sich schon verkaufen.«

Gerald erinnerte sich an eine Anordnung von Dick Snyder. Vor Jahren hatte der Verleger zu einem Lektor von Simon & Schuster, der sich mit einem unmöglichen Manuskript von Jackie Susann abgemüht hatte, gesagt:

»Machen Sie irgendwie ein Buch daraus. Mehr verlange ich nicht.« Gerald sah die vor ihm liegende Liste durch. »Wann liefert die Edmonds ab?«

Pam schüttelte den Kopf. Sie erriet seine Gedanken. »Vergiß es. Ihr alter Verlag bekommt noch immer Remittenden ihres *letzten* Buches. Sie wird uns nicht viel bringen.«

Gerald hielt im Lesen des Ausdrucks inne. Pam hatte ihm Vorwürfe gemacht, weil er die Edmonds eingekauft und eine Riesensumme für sie bezahlt hatte, obwohl sie bereits auf dem absteigenden Ast war. »Ich werde es *nicht* vergessen«, sagte er. »Ich habe zwanzig Millionen Dollar bezahlt. Ihre Bücher verkaufen sich, egal, wie wir sie vermarkten.«

Pam zuckte die Achseln. Sie war intelligent, dachte Gerald, aber manchmal könnte er sie umbringen. Er hatte den Verdacht, daß sie es genoß, einen Autor abschreiben zu können. Wie Tom Callard, den Senkrechtstarter. Pam hatte zugeschlagen (wahrscheinlich war sie mit ihm im Bett gewesen), bevor sein Erstlingswerk angeboten worden war. Sie hatten zweihunderttausend Exemplare verkauft. Und sein zweites sollte Mist sein? Sie mußten in einer Beziehungskrise stecken.

»Und wie steht's mit dem Chad Weston? Es soll ziemlich brutal sein.«

»Es ist voll von sehr plastisch geschildertem, gewalttätigem Sex. Mir gefällt's.«

»Das überrascht mich nicht«, meinte Gerald trocken. »Aber wird es auch sonst jemandem gefallen?«

»Nun, die Mädchen hier sind natürlich schockiert, aber sie kennen nicht den Unterschied zwischen einem Roman und Politik«, entgegnete Pam. »Mir gefällt das Buch. Es ist eine Satire. Weston karikiert unsere Wegwerfgesellschaft. Clevere Leser werden das bemerken.« Sie hielt inne und lächelte. »Andere werden die Augenbrauen zusammenziehen.«

Unwillkürlich legte Gerald eine Hand an eine seiner angeklebten Brauen. Manchmal haßte er die künstlichen Dinger. »Wird es uns was einbringen?« fauchte er.

»Hundertprozentig. Es ist ein Buch über unsere Zeit, darüber, wie die achtziger Jahre die neunziger determiniert haben. Weston behauptet, daß die Menschen das, was sie gemacht haben, fürchten und zerstören, wenn sie nicht durch gesellschaftliche Beschränkungen daran gehindert werden. Es geht um Jungs, die in Titten beißen, Gerald. Die Leser werden bewegt sein.«

Gerald zuckte angesichts ihrer groben Ausdrucksweise zusammen. Weston war ein weiteres jener Neunzig-Tage-Wunder. Sein erstes Buch hatte eingeschlagen – sein zweites nicht. »Es sollte mehr als nur bewegend sein. Es soll einschlagen. Ich möchte das Manuskript sehen. Wie heißt der Titel?«

»*SchizoBoy*.«

Gerald lachte bellend. »Offensichtlich autobiographisch.« Pam zuckte die Achseln. Ihr blondes Haar wogte, ihre Brüste hoben sich. »Und dann natürlich mein Buch.«

»Natürlich«, sagte Pam ausdruckslos.

»Hast du es gelesen?«

»Noch nicht«, gab sie zu.

»Irgendwas an Sachbüchern?« fragte Gerald, bemüht, sich den Ärger nicht anmerken zu lassen.

»Ja. Oprah ist wieder da, und wir haben sie«, antwortete Pam. Als Oprah Winfrey ihr Versprechen, ihre Autobiographie bei Knopf zu veröffentlichen, gebrochen hatte, hatte das den Verlag beinahe ruiniert. Pam und Gerald kannten das Problem im kommerziellen Sachbuchmarkt: Viele Verlage hatten einen Renner, wenige mehrere. Die Verleger waren wie Haie: Sie mußten ständig in Bewegung sein, sonst starben sie. Denn wie viele Autobiographien würde Dolly Parton schon schreiben?

»Was können wir sonst noch machen?«

»Ich werde ein bißchen herumtelefonieren«, sagte Pam. »Vielleicht tut sich irgendwo was. Aber es könnte nicht schaden, wenn du dich auch ein wenig umhörst. Stell deine Lauscher auf.«

»Gibt es auch nur eine abgedroschene Phrase, die du nicht kennst?« fragte Gerald, als er sich erhob. »Ich muß zur Citron-Press-Party. Vielleicht ergibt sich da etwas.«

Gerald sah sich in der Menge um und unterdrückte ein Schaudern. In den alten Zeiten, selbst vor zehn Jahren noch, waren Verlagspartys eine langweilige Angelegenheit gewesen, für die man nicht viel Geld ausgegeben hatte und die in Büros oder Eingangshallen abgehalten worden waren. Heute entwickelte sich das Verlagswesen immer mehr zu einem ›literarisch-industriellen Komplex‹, wie Gerald es verächtlich nannte. Weniger Partys wurden gegeben, doch die waren teuer und protzig. Gerald wußte nicht recht, was er schlimmer fand. Diese Party war eine der alten Schule. Man feierte die Eröffnung eines neuen, kleinen Verlagshauses, Citron Press. Craig Stevens spielte den Gastgeber, und Gerald hoffte, daß Stevens tiefe Taschen hatte, denn er hatte sich dem Trend angeschlossen, den Permant Press und Four Walls Eight Windows eingeläutet hatten – Boutique-Verlage. Er wünschte ihm viel Glück.

Gerald lächelte, nickte Larry Ashmead von HarperCollins zu und ging weiter. Fredi Friedman, die einzige elegant gekleidete Frau unter den Anwesenden, sprach wie immer über ihre letzte Entdeckung und erzählte, daß das Buch mit Sicherheit an die Spitze der Bestsellerlisten klettern werde.

Gerald seufzte. Heute war es fast unmöglich, einen literarischen Verlag zu gründen. Die Zeiten hatten sich geändert. Man nehme nur Farrar, Straus & Giroux. Früher hatten sie für ›hochwertige Literatur‹ gestanden. Roger Straus und Robert Giroux hatten unmittelbar nach dem Krieg mit einem Kapital von fünfundzwanzigtausend Dollar angefangen. Straus hatte seinen Traum verwirklicht und ein herrliches Verlagsprogramm zusammengestellt, wie selbst Gerald zugeben mußte. Sie hatten gute Geschäfte mit amerikanischer Literatur gemacht und außerdem die Rechte an den besten literarischen Werken Europas gekauft.

Wie Farrar und Straus damals für anspruchsvolle Literatur bekannt gewesen waren, hatte Harper & Row für qualitativ hochwertige Sachbücher gestanden. Cass Canfield hatte Geschichte und Biographien bevorzugt, und sein Verlagsprogramm war ausgezeichnet und gut sortiert gewesen. Und Doubleday hatte sich auf kommerzielle Belletristik und Sachbücher spezialisiert und drei Jahrzehnte lang die Bestsellerlisten angeführt.

Doch diese Zeiten waren vorbei, sinnierte Gerald. Die Verlagsbranche hatte sich stark verändert. Heute wollte jeder nur noch Bestseller. Roger Straus hatte seine Firma verkauft, Harper war von Rupert Murdoch aufgekauft worden, HarperCollins hatte in ein halbes Dutzend verschiedene Richtungen expandiert, und Doubleday gehörte zum Bertelsmann-Imperium. Die Steuergesetze hatten viele zum Verkauf gezwungen, auch Geralds Vater. Die Zeiten, in denen persönlicher Geschmack das Programm eines Verlages beeinflußt hatte, waren vorbei. Jeder war nur noch darauf bedacht, einen Bestseller an Land zu ziehen, um im Geschäft bleiben zu können. Wenn man bedachte, was mit Knopf passiert war, einem Verlagshaus, das ebenfalls für großartige literarische Werke bekannt gewesen war ... Nachdem Sonny Mehta diesen altehrwürdigen Verlag übernommen hatte, hatte er Dean Koontz unter Vertrag genommen. Gerald mußte grinsen, wenn er daran dachte, wie all die hochnäsigen Literaten von Knopf, die so stolz auf ihre hochwertigen Bücher waren, sich wohl gefühlt haben mußten, als ihnen diese bittere Pille verabreicht worden war.

Gerald war stolz darauf, sagen zu können: »Ein typisches Davis-&-Dash-Buch gibt es nicht.« Er machte Bücher, die sich verkauften, einschlugen und mit denen er sich über Wasser halten konnte. Wie die anderen Haie mußte auch er ständig in Bewegung bleiben, sichtbare Fortschritte machen. Anders konnte er die Forderung seines Bosses David Morton nicht befriedigen, steigende Gewinne zu präsentieren beziehungsweise den Rückfluß der Investitionen zu garantieren. Angesichts der unerhörten Vorschüsse, die den Autoren gezahlt wurden, und der veralteten Tradition, daß die Buchhandlungen Bücher zurückgeben konnten, war das ohnehin beinahe unmöglich.

Gerald ließ seine Augen durch den Raum schweifen. Sein Blick wurde von dem roten Schopf Joanna Cotlers angezogen, der Chefin von Joanna Cotler Books und einer strahlenden Erscheinung auf den normalerweise eintönig grauen Verlagspartys. In der Regel mied Gerald solche Veranstaltungen, doch er wußte, daß Pams Rat, ›die Lauscher aufzustellen‹, gut war. Zog Joanna sich so fürchterlich an, weil sie so wenig Umsatz machte? Offenbar paßte eher ein Kamel durchs Nadelöhr, als daß man eine Verlegerin fand, die sich gut kleidete.

Gerald behauptete sich gegen jede Konkurrenz, bekam nahezu jeden Schriftsteller, den er wollte, und hielt sich auch die Typen von der Aktiengesellschaft vom Leib. Nur aufgrund einer gewissen Schläue und Hinterlistigkeit war er so weit gekommen, weniger durch zielstrebige Arbeit. Gerald war ein Alleinherrscher wie Zarin Katharina und regierte vermutlich auch auf ähnliche Art.

Diese Party war reine Zeitverschwendung. Was hatte er sich erhofft? Verlagspartys – vor allem wenn es sich um literarische Verlage handelte – waren nicht der geeignete Ort, um auf ein scharfes Buch oder einen scharfen Körper zu stoßen.

Gerald hatte eine fatale Schwäche für Frauen, die nicht nur attraktiv, sondern auch intelligent waren. Hier begannen seine Schwierigkeiten, denn solche Frauen waren nicht zufriedenzustellen. Anne, seine Geliebte, zum Beispiel beklagte sich, weil er keines der Bücher kaufen wollte, mit denen sie hausieren ging, und ihre Karriere nicht so förderte, wie sie es gern gehabt hätte (er würde nie wieder mit einer Literaturagentin schlafen). Seine Frau war ständig entweder deprimiert oder wütend. Neurotische, intelligente Frauen gingen ihm auf die Nerven, aber sie waren auch seine Spezialität.

Gerald sah sich ein letztes Mal nach jemandem um, den er mit seiner Gesellschaft beehren könnte. Robert Gottlieb von der William-Morris-Agentur durchquerte den Raum, wobei er es tunlichst vermied, Wanda Clancy in die Arme zu laufen, die sich mit Tom ausgesöhnt hatte. Gerald grinste. Tom Clancy, Autor hervorragender Spionagethriller, war es nicht gelungen, den bekannten Betrüger Dick Scott zu durchschauen. Angeblich hatte er Clancy um mehr als eine Million Dollar geprellt! Daraufhin hatte Tom eine Affäre mit einer Frau begonnen, die er übers Internet kennengelernt hatte. Arme Wanda. Er würde Wanda Gottlieb überlassen.

Manchmal mußte nicht nur ein Agent, sondern ein ganzes Verlagshaus einen einzelnen Schriftsteller hofieren. Seit die Verlage auf der Suche nach Megahits in die Fußstapfen Hollywoods getreten waren, wurden Bestsellerautoren fast ebenso verhätschelt wie Filmstars. Wo wären Doubleday ohne Grisham, Putnam ohne Clancy, Viking ohne King, Harper ohne John Gray, Knopf ohne Crichton? Der Verlust eines einzigen Bestsellerautors konnte die Fundamente eines Verlagshauses ins Wanken bringen, so wie damals, als John Irving Morrow verlassen hatte. Ohne Sidney Sheldon hätte Morrow dichtmachen können. Dies warf ein ganz neues Licht auf den Begriff ›Hausarrest‹.

Karen Rinaldi, sprühend vor Leben, rothaarig und in einem Comme-des-Garçons-Kostüm, könnte ihm gefallen. Sie war bei Turtle Bay gewesen, dem Ableger von Random House, den Joni Evans gegründet hatte. Sie hatte einige große Bücher herausgebracht – *Seelensprung. Bericht aus einer anderen Welt* und einige weitere –, bevor Alberto Vitale den Geldhahn zugedreht hatte. Turtle Bay hatte kollabiert. Nach dem Konkurs hatten sich einige Turtle-Bay-Bücher so gut verkauft, daß Joni, eine wirklich clevere Frau, rehabilitiert war. Sie hatte sich zur Topagentin entwickelt. Nur im Gerichtssaal, wo sie auf Joan Collins getroffen war, hatte sie schlecht ausgesehen.

Gerald hatte das Turtle-Bay-Haus, das zentral in der Nähe des Random-House-Gebäudes gelegen hatte, insgeheim ›Haus der Mädels‹ genannt. Dort hatten ganz offensichtlich nur jene verführerisch aussehenden, klugen Frauen gearbeitet, die *Vogue* lasen und über *The New Yorker* diskutierten. Alle waren sehr schlank und hatten prächtiges Haar. Welche Frau beispielsweise konnte eine schmalere Taille oder ein netteres Lächeln vorweisen als Susan Kamil? Gerald bahnte sich gerade seinen Weg in Richtung Karen, als jemand ihn anrempelte und dann gegen die Wand torkelte. Erroll McDonald, der dienstälteste schwarze Verleger in der ansonsten ziemlich weißen Verlagsbranche. Einige Gerüchte kursierten über ihn. Gerald zeigte ihm die kalte Schulter.

Nun hatte er Rinaldi in der Menge verloren. Es mußte doch einfachere Wege geben, eine Frau kennenzulernen. Clancy benutzte das Internet. Hatte nicht Rush Limbaugh auf demselben Weg einen Fan kennengelernt und geheiratet? Vielleicht packte Gerald die Sache falsch an. Er würde sich erst einmal aufs Geschäft konzentrieren. Wer von den Anwesenden könnte ihm ein oder zwei Bücher vermitteln? Robert Loomis, der Verleger von Random House und einer der alten Garde, nickte und grüßte. Gerald lächelte, wahrte jedoch Distanz. Loomis traf sich vermutlich regelmäßig mit seinem Vater. Er hatte es nicht nötig, mit einem der alten Gentlemen aus der Buchbranche zu sprechen – Loomis, Cass Canfield junior, Larry Hughes, Simon Michael Bessie (und seine schöne, blonde Frau Cornelia), Buz Wyeth, Star Lawrence und die anderen. Nicht, daß noch viele übrig wären. Sie gehörten, wie sein Vater, einer aussterbenden Art an. Klasse, ganz zu schweigen von altmodischen Werten, war in einem Medienkonzern kaum noch gefragt.

Was Gerald brauchte, war ein aufstrebender junger Agent, vorzugsweise weiblich. Während er den Blick durch den Raum schweifen ließ, suchte er zugleich nach Karen. In einer Ecke hielt Michael Korda hof, umgeben von den Lakaien von Simon & Schuster – Chuck Adams und anderen – und ein paar hungrigen jungen Schriftstellern, die hofften, daß ein paar Brosamen für sie abfielen. Korda hatte einen boshaften, witzigen Artikel über Jackie Susann für den *New Yorker* geschrieben und damit die Hand gebissen, die ihn einst gefüttert hatte. Außerordentlich geschmacklos. Gerald entdeckte Ann Patty, die Cheflektorin von Crown. Ihr Haar war nicht so rot wie das von Karen Rinaldi, doch sie war klug und hatte einen Riecher für erfolgversprechende Erstlingsautoren. Und genau diese Fähigkeit brauchte er jetzt. Er nickte und startete in ihre Richtung.

Das Gedränge der Leiber war unerträglich, und Gerald fragte sich, ob tatsächlich irgend jemand eine solche Veranstaltung genoß. Wer mochte schon Chardonnay mit Raumtemperatur oder diese winzigen Stückchen gummiartigen Käse auf Zahnstochern? Die Kombination erinnerte Gerald an ein Stempelset, mit dem er als Kind oft gespielt hatte – alle Buchstaben des Alphabets und die meisten Satzzeichen waren aus Gummi geschnitten und mit hölzernen Griffen versehen gewesen, so daß man seine eigenen ›Bücher‹ drucken konnte. Eine schmutzige und beschwerliche Arbeit, und Gerald erinnerte sich noch genau, wie frustriert er immer gewesen war, daß es nur ein E und ein S gegeben hatte. Nachdem sein erstes ›Buch‹ fertig war, hatte er es seinem Vater gezeigt, und der hatte ihn gelobt. Sein Vater hatte mit einem älteren Herrn, Mr. Perkins, zusammengesessen. Während Gerald ihnen das Buch gezeigt hatte, hatte Mr. Perkins gelacht und Gerald ›einen vom alten Schlag‹ genannt. Sein Vater war so zufrieden gewesen, daß er seine Hand ausgestreckt und Geralds kahlen Schädel gestreichelt hatte, eine seltene und unvergeßliche Geste. Nachdem Gerald mit drei Jahren alle Haare verloren hatte, hatte ihn sein Vater nur zögernd berührt, als wäre sein haarloser Zustand ansteckend gewesen.

Reflexartig griff er sich an den Kopf, um seine Perücke zu glätten, und sah sich erneut um, seine Manschetten aus dem Ärmel ziehend. Dort stand, allein, James Linville und trank offenbar etwas Alkoholfreies. Er war in der Branche als Langeweiler bekannt, und Gerald ging schnell an ihm vorbei. Susan Blum, Cheflektorin des neuen Verlages, kam ihm entgegen. Sie war eine umwerfende, intelligente Frau, ein wenig schroff vielleicht, doch Gerald mochte sie. Er erwog kurz, mit ihr zu schlafen, entschied dann aber, daß der Aufwand zu groß wäre. Außerdem würde sie jedes gute Buch, das ihr in die Finger geriet, für Citron Press reservieren. Jay McInerney ging vorbei.

»Sieht man den nicht überall?« fragte Susan. »*So* langweilig.«

»Manche Leute verwechseln Verlagspartys eben mit dem richtigen Leben«, murmelte Gerald.

»Und manche Bücher über sie mit Kunst«, stimmte Susan mit einem Lachen zu. Eine Zeitlang beobachteten sie schweigend die Menge.

»Gerald«, sagte Susan schließlich, »stimmt das, was ich über Chad Westons neues Buch gehört habe?«

»Das kommt darauf an, was Sie gehört haben.«

»Daß der kleine Bastard sich geoutet hat.«

Gerald bedachte sie mit einem kühlen Blick. »Wir denken, das Buch ist gut«, meinte er. »Ein deftiger Kommentar zu der Zeit, in der wir leben.«

»Hören Sie doch mit dem Gesülze auf«, sagte Susan. »Er zerhackt und zerschneidet Menschen. Und bumst er nicht mit toten Frauen?«

Gerald hob eine seiner angeklebten Augenbrauen. »Es ist ein Roman, Susan.«

»Der Schlappschwanz würde das auch in der Realität tun, wenn er könnte«, erwiderte Susan. »Kommen Sie, Gerald. Sie werden doch diese Art von Schund nicht unterstützen? Es gibt eine Menge Frauen im Verlagswesen, die über dieses Buch gar nicht glücklich sind.«

»Es gibt eine Menge Frauen im Verlagswesen, die nichts glücklich macht«, entgegnete Gerald kühl. »Das ist einer der Gründe, warum sie im Verlagswesen tätig sind.« Er sah Susan prüfend an. Vielleicht würde es ihm tatsächlich Spaß machen, mit ihr zu schlafen. Sie war sehr lebhaft. »Sie müssen sicher ganz schön hart arbeiten, um diesen Verlag in Schwung zu bringen«, sagte er. »Sie sehen aus, als könnten Sie einen Urlaub in der Sonne gebrauchen.«

Susann warf ihren Kopf zurück und lachte. »Gerald, ich würde *niemals* mit Ihnen in Urlaub fahren.« Sie drehte sich um und ging davon, um sich mit Peter Gethers zu unterhalten – einem Autor, der Susan nirgendwohin entführen würde, weil er mit einer Katze herumreiste, über die er schrieb. Gerald wanderte weiter. Sharon DeLano von Random House stand an der Bar und unterhielt sich mit Gore Vidal, dessen Bücher sie verlegte. *Denen* würde er aus dem Weg gehen. Sharon galt als die am schlechtesten gekleidete Frau der Verlagsbranche, und es gab bestimmt nicht wenige Anwärterinnen auf diesen Titel. Gerald und Gore lagen seit fast zwanzig Jahren miteinander in Fehde, wobei Gerald nur einer auf einer langen und erlesenen Liste war. Sharon hatte Gore geerbt, nachdem Jason Epstein sich erkühnt hatte, einige Änderungen an einem Gore-Manuskript vorzuschlagen. Wie viele Schriftsteller, deren Vorschüsse und Verkaufszahlen ihre Reputation, ihr Talent und ihr Urteilsvermögen bei weitem übertrafen, hatte Gore einem guten Verleger den Rücken gekehrt. Darunter hatte seine Arbeit Geralds Ansicht nach gelitten. Doch bis auf die Rezensenten erzählte ihm jeder, wie gut er sei.

Den Erschöpften ist keine Ruhe vergönnt, dachte Gerald. Endlich sah er jemanden, der ihm nützlich sein konnte: Gordon Kato. Der junge Hawaiianer, der cleverste unter den jungen, cleveren Agenten hatte vielleicht etwas für ihn. Unauffällig näherte er sich ihm. Kato besaß ein unglaubliches Gedächtnis und kannte sich in der Branche aus wie kein anderer. Er wußte, wer früher wo gewesen war, wer heute wo war und wer morgen wo sein würde. Er hatte eine eigene kleine Agentur und würde es sicherlich weit bringen. Doch um mehr als alles andere beneidete Gerald ihn um seinen Schopf dichten schwarzen Haars.

Will Bracken, ein literarischer Autor, von dessen Büchern jeweils höchstens hundert Stück verkauft wurden, wenn überhaupt, wandelte wie ein Geist vorbei.

»*Er* schreibt gutes Zeug«, sagte Gordon Kato und nickte in Richtung Will.

»Ja. Wir haben ihn früher verlegt«, stimmte Gerald zu. »Das Hardcover verkaufte sich zweitausendmal. Eintausend Exemplare davon waren einem Computerfehler zuzuschreiben.«

»Trotzdem. Er ist intelligent, und seine Bücher sind wunderbar.«

»Hm. Wenn seine Hauptfiguren Schwarze oder Indianer wären, könnte er vielleicht einen Bestseller landen. Wie Louise Erdrich oder Terry McMillan.«

»Ich glaube nicht, daß Will in Yale viel von Schwarzen mitbekommen hat.«

»Yale!« Gerald schnaubte. »Die Uni der verweichlichten männlichen Jammerlappen.«

»Da wir gerade von männlichen Jammerlappen sprechen – was läuft mit diesem Weston-Buch?«

Verdammt noch mal, die Verlagsbranche war eine wahre Brutstätte von Klatsch. Gerald hatte ja nichts dagegen, wenn über ihn geredet wurde. Er wünschte nur, er könnte mehr Geliebte und bessere Verkaufszahlen vorweisen, um die man ihn beneidete. Warum fragte Gordon nicht nach seinem eigenen Roman statt nach dem von Weston? »Das Buch ist von literarischem Wert, Gordon. Wir verlegen es. Herrje, wenn die Welt noch mehr Bücher bekommt, die politisch korrekt sind, wird sie so langweilig, daß ich mich umbringe.«

Gordon lächelte. »Das würde ein paar Autoren sicher glücklich machen«, meinte er in verbindlichem Ton.

Der Junge war unausstehlich, doch er vertrat einige brandheiße neue Autoren, und nur das hielt die Branche am Leben. »Nun, Gordon, und was haben Sie für mich?«

»Eine Versteigerung am Freitag. Tony Earleys Buch.«

»Ich will keine Versteigerung. Wenn ich gegen diese Kretins bieten wollte, wäre ich nicht zu Ihnen gekommen.«

»Keine Insidergeschäfte, Gerald«, sagte Gordon Kato. »Wenn ich Craig, der immerhin diese Party hier schmeißt, kein Buch gebe, dann gebe ich Ihnen mit Sicherheit auch keines.«

Gerald ließ Kato ohne ein Wort des Abschieds stehen.

Susan Moldow, eine wunderbare Frau, kam vorbei, grüßte aber nicht. Ihr Mann, Bill Shinker, war bei HarperCollins Herausgeber gewesen, sie selbst Cheflektorin. Von ihren Angestellten wurden sie ›Ma und Pa‹ genannt. Sie nannte ihn ›Pelzgesicht‹. Sie hatten John Gray unter Vertrag genommen, dessen Bücher einen Großteil von Harpers letztjährigen Gewinnen eingefahren hatten. Inzwischen hatten sie sich aus dem Geschäft zurückgezogen.

Gerald näherte sich einer Traube von Leuten, in deren Mitte der winzige Harry Evans und Colin Powell standen, dessen Biographie mit der Zustimmung und dem Geld von S. I. Newhouse herausgebracht worden war. Rupert Murdoch hatte Newt Gingrich verlegt. Kampf der Giganten! Welcher Verleger konnte schon in Lincolns Schlafzimmer nächtigen, in unmittelbarer Nähe zu seinem Bestsellerautor? Gerald lächelte grimmig. ›Seriöse Sachbücher? Nicht mit mir‹, zitierte er in Gedanken Sam Goldwyn. Gerald hielt sich an Filmstars und Klatsch – das kam nie aus der Mode und brachte ihm keine Bombendrohungen ein. Er war froh, daß er Salman Rushdie nicht verlegt hatte. Die Debatte um Chad Weston reichte ihm völlig.

Alice Mayhew, selbsternannte Washington-Expertin von Simon & Schuster – eine Auszeichnung, die sie für beneidenswert hielt –, sprach mit einer jungen Frau. Worauf bildete sie sich eigentlich etwas ein? Darauf, daß sie in den Siebzigern alle Watergate-Beteiligten – die ›Felon-Liste‹ – publik gemacht hatte?

Charlotte Abbott, eine der neuen Hoffnungsträgerinnen von Avon, lächelte ihm zu. Das Mädchen war groß, hübsch und leidenschaftlich – der Typ Frau, der sich von bedeutenden Worten nicht beeindrucken ließ.

»Hallo, Charlotte«, sagte er.

»Hallo, Gerald. Ist das, was man über den Roman von Chad Weston hört, wirklich wahr?«

Das wuchs sich langsam zu einem wirklichen Ärgernis aus. »Ja, Charlotte, es stimmt«, antwortete er in gelangweiltem Ton. »Chad hat sich entschlossen, das Genre zu verändern. Er wechselt von literarischen Romanen zu Thrillern.« Er täuschte Begeisterung vor. »Kommen Sie zu uns, Thomas Harris! Hier gibt es einen neuen Hannibal Lecter – und ich habe ihn!«

Donna Tartt rauschte vorbei. Sie war als literarische Spätzünderin gepriesen worden, nachdem ihr erster Roman erschienen war. Trotz der Reklametricks, ihrer Biographie und des beachtlichen Verkaufserfolgs war Gerald der Meinung, daß sie von den Medien nur hochgejubelt worden war. Seiner Ansicht nach ging ihr Roman, eine Art hochgestochener Kriminalroman, kaum über das Mittelmaß hinaus. Nachdem sich der ganze Wirbel gelegt hatte, hatte man von Miß Tartt nichts mehr gehört. Aber schließlich hatte sie auch fast elf Jahre gebraucht, um ihr erstes Buch zu schreiben. »Sie hat seit Jahren nichts mehr geschrieben«, sagte er zu Charlotte. »Ich habe gehört, sie könne nicht allein arbeiten.«

»Dann sollte sie Lektorin werden«, meinte Charlotte lachend.

»Ja. Oder meine Schulden haben.« Gerald lächelte Charlotte zu. »Ich brauche einen Drink«, sagte er und ging in Richtung Tür davon. Ja, er brauchte unbedingt etwas zu trinken. Liz Ziemska, die erstklassige, strahlende junge Agentin von Nicholas Ellison, zog seine Aufmerksamkeit auf sich. Ah, hier gab es *zwei* Gelegenheiten. Doch dann erinnerte er sich an Susans Korb und zögerte. Just in diesem Augenblick wurde Liz von Lawrence LaRose mit Beschlag belegt, der sie in Richtung Fenster drängte. Gerald verachtete LaRose. Er war ihm zu intelligent, zu jung und sah zu gut aus. Soviel also dazu.

Gerald nickte Alberto Vidale, dem Chef von Random House, zu. Auch ihn verachtete er, wenngleich sie eines gemeinsam hatten: Sie lechzten nach Ansehen. Gerald grüßte ihn kühl und ging weiter, ein Hai, der sich seinen Weg durchs trübe Wasser bahnte.

Hier würde er wohl keine Beute finden. Dieser noble Boutique-Verlag zog nicht viel Glitter und Glanz an. Also winkte er und wandte der Menge den Rücken zu, was, wie er flüchtig dachte, den anderen Gästen eine hervorragende Gelegenheit gab, über *ihn* zu reden. Adel verpflichtet, und obwohl Gerald nicht adlig war, versuchte er doch, sich an diese Devise zu halten.

11

›Ich glaube nicht an die Unsterblichkeit des Körpers; falls es so etwas wie Unsterblichkeit gibt, hoffe ich, sie durch meine Bücher zu erlangen.‹

Isaac Asimov

Opal saß allein in dem winzigen Zimmer des Beerdigungsinstituts. Auch dieser Raum kam ihr wie eine Höhle vor. Etwa zehn Stuhlreihen befanden sich darin. Außer Opal und dem jungen Mann im Hintergrund, der die Vorkehrungen für die Einäscherung getroffen hatte, war kein Trauergast anwesend. Opal hatte all ihre Tränen am Vortag in Terrys düsterer Wohnung vergossen, so daß sie jetzt einfach nur dasaß, bleich und schweigend, während ein unbekannter Pfarrer einige abgedroschene Phrasen von sich gab und ein Stück von Albinoni über einen Lautsprecher abgespielt wurde. Dann wurde Opal Terrys Asche übergeben. Es hatte nicht lange gedauert – keine fünfzehn Minuten, wenn man den Vortrag des vom Pfarrer lieblos heruntergeleierten Langston-Hughes-Gedichts, eines von Terrys Lieblingsgedichten, mit einrechnete. Opal hatte einfach nur dagesessen, völlig erschöpft, und alles an sich vorbeitreiben lassen, müde, weil sie in Terrys schmalem Bett nicht gut geschlafen hatte. Die ganze Nacht über hatte sie an Hughes' Gedicht denken müssen:

›Manchmal fällt ein Krümel,
Vom Tisch der Freude,
Manchmal wird ein Knochen
Hinuntergeworfen.
Manche Leute
bekommen Liebe,
Andere
nur den Himmel.‹

Hatte jemand Terry einen Knochen vom Tisch der Freude zugeworfen? Opal hatte ihrer Tochter zwar Liebe gegeben, aber war die Liebe einer Mutter genug gewesen? Sicherlich nicht genug für Terry. Für sie hatte es keinen Trost gegeben. Und nun war Opal allein. Als Trost blieb ihr nur Terrys Asche. Sie saß da, den kleinen Metallkasten auf dem Schoß, und ihr schien es, als könnte sie unter seiner Last nie wieder aufstehen.

Während Albinoni ununterbrochen weiterdudelte, starrte Opal geradeaus, in den kleinen Raum hinein. Sie erschrak, als sich eine Hand auf ihre Schulter legte. Nachdem sie sich umgedreht hatte, sah sie in das Gesicht einer Frau, die nur wenig älter war als sie selbst.

»Es tut mir leid«, sagte die Frau. »Habe ich Sie erschreckt?«

Opal nickte. Die Frau hatte ein längliches, freundliches Gesicht, und Opal bemerkte, daß in den Wimpern ihrer geröteten Augen Tränen hingen.

»Ich bin Roberta Fine. Ihre Tochter hat bei mir gearbeitet.«

Opal versuchte sich zu erinnern. Natürlich. Terry hatte ihr von Roberta geschrieben. Wie hieß der Laden noch? Book Stop? Nein. Bookstall? Opal wollte lächeln und sagen, was man in einer solchen Situation eben sagte, zum Beispiel: ›Wie liebenswürdig von Ihnen, daß Sie gekommen sind‹, oder: ›Wie aufmerksam von Ihnen, es nicht zu vergessen.‹ Doch da erstarrten die Gesichtszüge Roberta Fines in einer Maske des Leids, und sie begann heftig zu schluchzen.

»Es tut mir so leid! Es tut mir so leid!« rief sie und sprach schluchzend drauflos. Opal verstand kaum etwas, nur, daß sie Terry entlassen habe, daß es nicht Terrys Schuld gewesen sei und daß sich Roberta verantwortlich fühle. »Ich hatte ja keine Ahnung«, sagte Roberta und drängte die Tränen endlich zurück. »Ich wußte nicht, daß ihr die Arbeit so viel bedeutete. Ich kann Ihnen gar nicht sagen, wie sehr mir das zu Herzen geht. Aber für Sie muß es noch viel schlimmer sein.« Wieder verzog sich ihr Gesicht. Sie suchte in ihrer hübschen schwarzen Handtasche nach einem Taschentuch.

Opal reichte ihr eines, streckte dann die Hand aus und tätschelte die schmale, schwarz bekleidete Schulter von Roberta Fine, die völlig aufgelöst zu sein schien. Offenbar hatte sie Terry gefeuert. Zu glauben, Terry hätte sich deswegen umgebracht! Aber Opal war alt genug, um zu wissen, daß alle Menschen dachten, die eigenen Erfahrungen spiegelten die Wirklichkeit wider und das eigene Leben sei das Zentrum der Welt. Sie nahm Robertas lange, schmale, bleiche und feuchte Hand in ihre, die ein wenig rauher war.

»Es ist nicht Ihre Schuld«, sagte sie. »Bitte. Bitte, das dürfen Sie keine Sekunde lang glauben. Nicht der Verlust ihrer Arbeit hat Terry dazu getrieben. Wenn es überhaupt jemandes Schuld ist, dann meine. Ich hätte sie nicht ermutigen dürfen. Ich hätte sie nicht drängen sollen …«

»Aber Sie haben sie inspiriert! Sie liebte Sie, sie betete Sie an. Sie sprach so oft von Ihnen.« Roberta Fine schwieg kurz und sagte dann: »O mein Gott, Sie denken doch nicht etwa, es sei *Ihre* Schuld, oder?« Die beiden Frauen sahen sich in die Augen. Die Zeit schien sich endlos zu dehnen. »Wahrscheinlich habe ich mich sehr dumm benommen«, sagte Roberta dann.

»Ich vermutlich auch«, gab Opal zu. »Vielleicht ist es selbstsüchtig von uns, wenn wir uns die Schuld geben. Und auch respektlos Terry gegenüber.«

Roberta sah Opal immer noch in die Augen. »Es ist einfacher, Schuld als Schmerz zu spüren, nicht wahr?«

Opal nickte. »Ja.« Sie schwieg. »Es ist auch einfacher, sich verantwortlich zu fühlen als machtlos.«

Roberta sah zur Seite und nickte ebenfalls.

Nach einer Weile griff Opal in ihre abgetragene Tasche und nahm die Absagebriefe heraus, die Terry erhalten hatte. »Wenn etwas schuld ist, dann das hier. Aber wir müssen auch akzeptieren, daß Terry eine Entscheidung getroffen hat. Sie wollte einfach nicht mehr.«

Roberta nahm den Stapel Briefe und blätterte ihn durch. Dann zog sie ihre Brille hervor, setzte sie auf und las einen Brief nach dem anderen. Hin und wieder schüttelte sie den Kopf oder schnalzte leise mit der Zunge. »Also wirklich!« rief sie einmal aus und schob einen der Briefe unter den Stapel. Bei einem anderen schüttelte sie wortlos den Kopf. Schließlich blickte sie auf und sah Opal an. »Davon hatte ich keine Ahnung«, sagte sie. »Ich meine, ich wußte, daß Terry schrieb, aber ich hatte keine Ahnung ... Wissen Sie, was Doris Lessing einmal tat?« Opal schüttelte den Kopf. »Doris Lessing sandte ihr neues Manuskript an vier oder fünf Verleger – doch immer unter einem anderen Namen. Alle lehnten ab.« Sie schwieg. Dann fragte sie sanft: »Ist das Buch gut?«

Opal spürte, wie ihr die Tränen in die Augen stiegen. »Ich weiß es nicht«, gab sie zu. »Die Passagen, die ich gelesen habe, waren hervorragend, aber das ganze Buch habe ich nie gelesen.«

»Nun, dann lesen Sie es doch jetzt«, drängte Roberta.

Da begannen die Tränen zu fließen. Opal blieb äußerlich ruhig, doch die Tränen quollen schneller hervor, als sie sie abwischen konnte. Sie schniefte. »Ich kann es nicht mehr lesen. Terry hat alles vernichtet. Es ist nichts übriggeblieben, außer Asche im Kamin.« Opal sah auf das Kästchen in ihrem Schoß hinunter. »Von ihrem Leben ist nichts geblieben als Asche.«

Roberta streckte ihre Hand aus und drückte kurz und sanft Opals Arm. Opal spürte, daß Roberta – wie sie selbst – kein Mensch war, der viele Gefühle zeigte. »Welch eine Tragödie«, sagte Roberta, dann schwiegen sie für einige Minuten. »Sie müssen, Sie *müssen* auch die Asche des Manuskriptes mit nach Hause nehmen«, sagte Roberta schließlich. »Sie ist genauso ein Teil von Terry wie die Asche, die sich in diesem Kasten hier befindet.«

Opal blickte auf. Zum erstenmal seit dem Anruf – dem Anruf der Polizeibeamtin, die ihr die furchtbare Nachricht mitgeteilt hatte – lächelte sie. »Ja. Natürlich. Das werde ich tun.« Die Asche ihrer Tochter mit der Asche des Manuskriptes zu vermengen, das schien ihr wunderbar sinnvoll. Allein dieser Gedanke tröstete sie ein wenig.

»Brauchen Sie Hilfe?« fragte Roberta. »Kann ich etwas für Sie tun?«

»Sie haben mir bereits sehr geholfen«, sagte Opal.

»Sie mir auch«, erwiderte Roberta. Dann zog sie eine Visitenkarte heraus und gab sie Opal. »Mein Laden liegt nur wenige Querstraßen entfernt«, sagte sie. »Kommen Sie vorbei, rufen Sie an oder schreiben Sie. Und lassen Sie es mich wissen, wenn Sie Hilfe benötigen oder jemanden brauchen, der Sie zum Flugplatz bringt.«

Opal dankte ihr. Irgendwie brachte sie die Kraft auf, sich zu erheben. Gemeinsam verließen die beiden Frauen den trostlosen Raum.

Opal war fertig mit Packen, und ihre Koffer standen neben der Tür. Alle Habseligkeiten von Terry, die noch verwendbar waren, hatte sie der Wohlfahrt geschenkt und zwei große Säcke voller Abfall in die Container neben der Tür geworfen. Ganz zum Schluß hatte sie die Asche aus dem Kamin gekehrt und vorsichtig dem Inhalt des Metallkastens hinzugefügt. Dann hatte sie sich Gesicht und Hände gewaschen, den Lippenstift nachgezogen, ihre grauen Dauerwellen gekämmt und mit ConEd und Nynex telefoniert, um zu kündigen. Nachdem sie sich ein letztes Mal in dem Zimmer umgesehen hatte, ging sie zur Tür, fertig für die Abreise.

Obwohl sie nur wenige von Terrys Habseligkeiten eingepackt hatte, besaß sie nun mehr Gepäck, als sie zu tragen vermochte. Sie nahm in jede Hand jeweils einen Koffer und eine Tasche, doch das war zu schwer und außerdem unbequem. So kam sie nicht durch die Tür. Sie würde zweimal gehen müssen. Andererseits wollte sie die Gepäckstücke nicht auf einem New Yorker Gehweg stehen lassen – nicht einmal für ein paar Minuten –, während sie noch einmal ins Haus ging, um die restlichen zu holen. Sie zog ihre Schlüssel aus der Tasche und schob das Gepäck in den Flur. Einen Augenblick überlegte sie, ob sie Roberta Fine anrufen und um Hilfe bitten sollte, aber eigentlich war das nicht nötig. Sie würde einfach alles vor sich herschieben, so wie ein Schäferhund seine Herde vor sich hertrieb.

Als Opal auf diese Weise im vorderen Teil des Flurs angekommen war, kippte eine der Taschen um und fiel polternd gegen die Tür des Hausmeisters. Im nächsten Augenblick ging die Tür auf.

»Oh, Sie sind es.« Der Hausmeister blickte auf ihre kleine Herde Gepäck hinunter und sah Opal dann an. »Sie reisen ab?« Er war ein Meister in der Kunst, Offensichtliches zu konstatieren. Opal nickte nur. »Haben Sie die Wohnung geputzt?«

Dieser Mann war wirklich unerträglich. Wieder nickte Opal schweigend. Wie hieß er noch? Irgendein Name, den es in Indiana nicht gab. Aiello. Das war es. Allerdings wußte sie nicht, ob dies der Vor- oder der Nachname war. Nun, sie mußte diesen ungehobelten Kerl ja nicht ansprechen.

»Ich brauche die Schlüssel«, sagte Aiello. Wortlos griff Opal in ihre Tasche und händigte sie ihm aus. »Sie sollten ein Taxi nehmen, mit dem ganzen Gepäck und so.«

Er bot ihr seine Hilfe nicht an, doch das überraschte Opal nicht. Sie begann ihre Taschen in Richtung Eingangstür weiterzuschieben.

»Sie sollten noch den Briefkasten leeren«, sagte er in einem Anflug von Hilfsbereitschaft.

»Den Briefkasten?« fragte Opal. »Wo ist der Briefkasten?« Vor ihrem geistigen Auge erschienen die typischen Landbriefkästen, jene Blechröhren auf Pfosten mit der kleinen Flagge. Deren Höhe zeigte an, ob Post gekommen war oder nicht. Doch hier gab es mit Sicherheit keine Briefkästen dieser Art. Aiello zuckte die Achseln und deutete mit einer kleinen Drehung seiner Schulter auf die angeschlagenen Messingkästen, die hinter ihm an der Wand befestigt waren. Das Ganze sah für Opal eher nach einem großen Heizkörper aus.

»Da«, sagte er. »Ihrer ist Nummer zwei.«

»Und wie öffnet man sie?« fragte Opal.

»Mit dem Schlüssel. Dem kleinen Schlüssel.«

»Oh, natürlich, einer von denen, die Sie gerade in Empfang genommen haben«, bemerkte Opal kühl.

Aiello zuckte die Achseln und gab ihr die Schlüssel zurück. »Da ist ein Haufen Zeug drin«, meinte er, nachdem er durch die Klappe gespäht hatte.

Seufzend nahm Opal den Schlüsselbund und wandte sich den Briefkästen zu. Sie steckte den kleineren Schlüssel in das runde Schlüsselloch am Boden des Kastens, konnte ihn aber nicht drehen.

»Manchmal klemmen sie ein bißchen«, bemerkte Aiello. »Sie müssen ihn tief hineinstecken.« Verlegen hielt er inne. »Ich meine, Sie müssen ihn auf und ab bewegen.« Er begriff, daß er sich auch mit diesem Satz unglücklich ausgedrückt hatte. »Sie *wissen* schon«, sagte er wütend. »Sie wissen schon, was ich meine.«

Opal drückte den Schlüssel ein wenig tiefer hinein, doch er drehte sich immer noch nicht. Also zog sie ihn wieder ein Stück heraus und bewegte hin und her. Endlich ließ er sich drehen. Was war mit den New Yorker Schlössern los? Sie alle schienen widerspenstig zu sein. Sie drehte den Schlüssel um hundertachtzig Grad. Als sie spürte, wie der Riegel ausrastete, zog sie am Schlüssel und hob den vorderen Teil des Kastens hoch.

Der Inhalt ergoß sich auf die schmutzigen Bodenfliesen. Opal entdeckte ein Informationsblatt und zwei Zeitschriften, *The Writer* und *Poets & Writers*, beide zerknittert und zerrissen, da der Kasten fast vollständig von einem großen gepolsterten, mit Paketband zugeklebten Umschlag ausgefüllt war. Er saß so fest im Kasten, daß es Opals zitternden Händen nicht gelang, ihn herauszuziehen.

»Moment. Lassen Sie mich mal.« Aiello zog das schwere Paket heraus, wobei er den Umschlag zerriß, und händigte es Opal aus. Dann wandte er sich um, um die restliche Post herauszuholen und die Sachen aufzuheben, die zu Boden gefallen waren. Doch Opal hatte keine Augen dafür. In einem schmutzigen, dunklen New Yorker Flur hielt sie das Manuskript ihrer Tochter in Händen. Sie fühlte sich wie eine Hebamme bei einer Geburt. Hastig riß sie den Umschlag auf und ließ ihn zu Boden fallen, um das Geschenk, das in seinem Inneren verborgen war, herauszunehmen. Gierig verschlang sie den obenauf liegenden Brief.

Sehr geehrte Miß O'Neal,
nach Durchsicht unseres Archivs entdeckten wir diese Kopie des Manuskriptes, das Sie uns letztes Jahr zugesandt hatten. Meinen Unterlagen habe ich zwar entnommen, daß das Originalmanuskript an Sie zurückgeschickt worden ist, aber ich dachte, Sie wollen vermutlich auch diese Kopie wiederhaben.

Opal hielt sich nicht damit auf, die Unterschrift zu lesen, sondern riß den Brief beiseite, um sich zu vergewissern. Ja! Die Titelseite. »*Die Verlogenheit der Männer* von Terry O'Neal«. Das Manuskript! Auch wenn Terry es nicht hatte hinterlassen wollen – hier war es. Opal drückte es an die Brust. Es war ihr großes Los, viel wertvoller als ein vergrabener Schatz oder ein Lotteriegewinn. Sie konnte es wieder anbieten. Und sie *würde* es wieder anbieten. Sie würde diese New Yorker Kakerlaken zwingen, es zu lesen. Ihr war egal, ob sie Terry oder Doris Lessing Absagen erteilt hatten. Sie würde sie dazu bringen, das Meisterwerk ihrer Tochter zu lesen und zu veröffentlichen. Terry hatte nicht umsonst gelebt. Opal hatte sie nicht falsch beraten. Und das würde sie beweisen. Mochten die Verleger Terry zu Lebzeiten ignoriert haben – jetzt würde sie Anerkennung finden. Mochte Terry auch in der Unbekanntheit gelebt haben – jetzt, nach ihrem Tode, würde sie bekannt werden.

»Gute Nachrichten?« fragte Aiello. Die Antwort überraschte ihn völlig – die Frau gab ihm einen Kuß.

12

›Schreiben ist eine Art von Therapie; manchmal frage ich mich, wie jene Menschen, die nicht schreiben, komponieren oder malen, es fertigbringen, dem Wahnsinn, der Melancholie oder der panischen Angst zu entfliehen, die mit dem Menschsein verknüpft sind.‹

Graham Greene

Camilla war mit dem fertigen Manuskript und Frederick Ashtons Versprechen, sie zu besuchen, nach Florenz zurückgekehrt, um eine neue Reisegruppe zu übernehmen.

Als gute Führerin war sie vorzeitig am vereinbarten Ort und ging daher langsamer als sonst über die Piazza della Repubblica. Die Augenblicke, bevor sie eine neue Reisegruppe traf, genoß sie nie. Manche Gruppen waren nett, begierig darauf, von ihrem Wissen zu profitieren, und genauso von der Stadt begeistert wie sie. Andere dagegen waren in Grüppchen aufgesplittert oder bestanden aus schwierigen, bisweilen sogar dummen Leuten, die entweder zu schüchtern oder zu desinteressiert waren, um auf sie einzugehen. Sie hoffte, daß die neue Gruppe anders war, damit ihre Stimmung nicht getrübt wurde. Denn sie war mit sich, ihrem Buch und ihrem neuen Freund unendlich zufrieden.

Da, schon fast am Eingang des Hotels Excelsior, bemerkte sie Gianfranco. Er kam auf der anderen Seite des Platzes in Begleitung einer älteren Frau – vielleicht seiner Mutter oder seiner Tante – auf sie zu, drehte sich aber plötzlich um. Camilla war sicher, daß er sie gesehen hatte. Obwohl sie fand, daß er sich wegen seines Verhaltens schämen müßte, spürte sie, daß sie errötete.

Gianfrancos Familie war wohlhabend, konnte sich aber nicht zu den alteingesessenen Florentiner Familien rechnen. Sie besaß mehrere Hotels, keine besonders großen oder First-Class-Hotels wie das Excelsior, aber groß und ertragreich genug, um der Familie ein angenehmes Leben zu ermöglichen. Sein Vater war Richter, Gianfranco selbst *avvocado.* Zu gegebener Zeit würde er vermutlich ebenfalls Richter werden. Bis dahin verbrachte er sowenig Zeit wie möglich im Büro, dafür soviel wie möglich in den Bars und Cafés von Florenz.

Er war ein dunkler Typ und sah aus wie ein italienischer Filmstar – zwar waren seine Züge ein wenig unregelmäßiger als die eines amerikanischen Stars, trotzdem war er unglaublich attraktiv. Camilla war überrascht gewesen, als er bei einer der wenigen Florentiner Partys, zu der sie eingeladen worden war, auf sie zugekommen war. Sein Charme, seine Aufmerksamkeit und sein Aussehen hatten ihr gefallen. Doch während sie geglaubt hatte, er sei an einer langfristigen Beziehung, vielleicht sogar der Ehe interessiert, hatte Gianfranco sie nur als Geliebte erobern wollen. Und zwar *nur* als Geliebte. Ich bin wirklich dumm gewesen, dachte Camilla. Sie hatte sich von seinem Charme blenden lassen, mit ihm geschlafen und erst hinterher bemerkt, daß sie einen Fehler begangen hatte. Sie hatte geglaubt, sie wären ein Liebespaar – bis sie ihn gefragt hatte, ob er sie seiner Familie vorstellen wolle. Er hatte nur gelacht. »Warum?« hatte er gefragt, und ihr war klargeworden, daß die Spielregeln hier und in seiner Gesellschaftsschicht völlig anders waren. Hier hielt man sich eine Geliebte und versuchte gleichzeitig, in eine der anderen guten Familien einzuheiraten. Es lief ähnlich wie in England, wenn sich englische Männer auch seltener mit einer Geliebten kompromittierten.

Nachdem Camilla ihren Fehler erkannt hatte, versuchte sie mit ihm Schluß zu machen, aber er war so zärtlich, so erotisch und offenbar auch völlig überrascht von ihrem Schmerz. Er weinte mit ihr und nannte sie ›*tesauro*‹, Schatz. Camilla – die nie jemandes Schatz gewesen war – war gerührt und fühlte sich außerstande, in ihr leeres Dasein zurückzukehren, bevor sie nicht in seinen Armen geschlafen hatte. Doch es war ihr nie vergönnt, lange in seiner Umarmung zu bleiben. Gianfranco traf sich mit ihr in der Wohnung, die er für seine heimlichen Treffen angemietet hatte. Er blieb nie über Nacht, ebensowenig wie sie. Sie trafen sich um fünf und verließen die Wohnung gegen sieben wieder. Anschließend ging Gianfranco, verwöhnt, wie er war, zu seinen Eltern, um dort zu Abend zu essen und seinen Platz als einziger Sohn einzunehmen, während Camilla in ihr Zimmer und zu einem kalten Abendessen zurückkehrte. Weil sich die Nächte, in denen sie sich nach Gianfranco verzehrte und nicht schlafen konnte, endlos dehnten, begann sie mit dem Schreiben. War sie mit ihm zusammen, versetzte es ihr jedesmal einen Stich, wenn er sie küßte oder mit der Hand über ihr Haar strich, denn sie wußte, daß er sie vielleicht liebte, aber nie heiraten würde.

»Warum macht dir das etwas aus?« fragte er. »Ich liebe dich doch. Mein Vater hatte seine Geliebte zweiundzwanzig Jahre lang. *Tesauro*, warum kannst du nicht glücklich sein?«

Zu stolz und zu schüchtern, konnte Camilla ihm nicht sagen, daß sie nicht eine von mehreren Geliebten sein wollte, weil er für sie der einzige war und sie sich wünschte, daß er genauso empfand. Doch das tat er nicht.

So entstand ihr Buch in den Nächten, die sie allein verbrachte. Eigentlich als Ablenkung gedacht, wurde es bald zum Selbstzweck. Langsam war Camilla in das Netz der Worte hineingezogen worden, das sie selbst gewoben hatte, ähnlich einer Spinne, die sich im eigenen Netz verfängt. Die Macht, die ihr das Schreiben verlieh, eine Figur, eine Situation, ja, eine ganze Welt zu erschaffen, wirkte mit einemmal wesentlich verführerischer auf sie als Gianfranco. Sie entdeckte, daß sie besessen und manchmal verzweifelt war, aber auch von den Schwierigkeiten und den Triumphen fasziniert. Hartnäckig kämpfte sie sich voran.

Nun war ihr Buch beendet und ihre Affäre mit Gianfranco auch. Bevor sie nach San Gimignano aufgebrochen war, hatte sie ihm das mitgeteilt. Er hatte sie ausgelacht wie schon öfter, wenn sie das Thema angeschnitten hatte. Doch diesmal war es anders. Jetzt besaß sie etwas, das die Einsamkeit ihres Zimmers vertrieb. Sie würde nicht zu Gianfranco zurückkehren.

Trotzdem fühlte sie sich gedemütigt, als sie ihn nun sah, und gleichzeitig überkam sie eine Sehnsucht nach ihm, die, wie sie nur zu gut wußte, gefährlich war. Camilla straffte ihre Schultern und betrat das Hotel Excelsior. Sie würde ihre Gruppe durch das wunderschöne Florenz führen, und sollte es für sie zu einer Reise durch die eigene Hölle werden wie bei Dante, so würde sie sich nichts anmerken lassen.

Die Gruppe gehörte leider *nicht* zu den angenehmen. So freute sich Camilla um so mehr, als Frederick anrief und sie zum Abendessen einlud. Er führte sie in ein hübsches Restaurant in der Nähe des Palazzo Vecchio, was Gianfranco aus Angst, mit ihr gesehen zu werden, nie getan hätte. Sie genoß die Art, wie Frederick sie am Arm nahm, und daß er sich ganz offensichtlich gern mit ihr zeigte. Doch sah man davon ab, war er wenig reizvoll. Er besaß weder die Geschmeidigkeit Gianfrancos noch dessen Wildheit oder Aussehen. Fredericks linkische Art kam ihr zwar auf gewisse Weise entgegen, war aber alles andere als sexy. Camilla lächelte, als er ungeschickt am Tisch hantierte und ihren Stuhl zu weit herauszog. In dieser Beziehung war sie die Überlegene – falls es überhaupt eine Beziehung gab. Die Franzosen, Meister in Sachen Liebe, behaupteten, in einer Partnerschaft gebe es immer einen, der küsse, und einen, der geküßt werde. Bei Gianfranco waren die Küsse von Camilla ausgegangen. Jetzt – sollte es überhaupt dazu kommen – wäre das Fredericks Aufgabe. Gelassen sah Camilla ihn über den Tisch hinweg an. Frederick war kein Mann, der das Blut zum Kochen brachte. Aber er schien nett zu sein. Niemand hatte bislang soviel Interesse an ihr gezeigt. Seine ausdruckslosen Augen, die fast geistesabwesend wirkten, hatten die Farbe von Sherry. Camilla mochte seine Augen. Sie bestellten. Frederick erkundigte sich nach ihrer Reisegruppe, Camilla fragte nach seiner Mutter, die Italien offenbar morgen verlassen wollte.

»Wollten Sie ihren letzten Abend denn nicht mir ihr verbringen?« fragte Camilla.

»Nein. Ich sehe sie in New York noch früh genug.«

»Ich dachte, sie lebt in Larchmont.«

»Eigentlich lebt sie an zwei Orten – Larchmont und 86. Straße. Am Park«, sagte er. Offenbar meinte er den Central Park, und das bedeutete, daß sie wohlhabend waren. Camilla wußte, wie teuer die Mieten in New York waren. »Im Prinzip ist es meine Wohnung«, erklärte Frederick. »Doch Mutter wohnt dort, um einige Arbeiten zu beaufsichtigen, die gerade ausgeführt werden.«

Camilla nickte. Sie hatten ein ungewohnt enges Verhältnis, dieser Mann und seine Mutter.

»Wie sind Sie darauf gekommen, in New York zu studieren?« fragte Frederick.

»Göttliche Fügung.« Camilla lachte. Doch selbst jetzt, nach all den Jahren, schmerzte die Erinnerung, auch wenn sie darüber scherzte. Noch nie hatte sie mit jemandem über ihre leidvolle Erfahrung gesprochen. Doch heute abend, unter dem Einfluß einer Flasche besten Montepulcianos, würde sie vielleicht darüber sprechen. Mit Frederick konnte man gut reden. Offenbar hegte er keinerlei Erwartungen. Sie mußte nicht unterhaltend oder charmant sein wie bei Gianfranco. Und sie spürte, daß es Frederick im Gegensatz zu manch anderem Mann nicht abschrecken würde, wenn ein unscheinbares graues Mäuschen plötzlich aus sich herausging.

»Ich sollte eigentlich nach Cambridge«, begann Camilla. Die Worte, zum erstenmal in ihrem Leben laut ausgesprochen, kratzten buchstäblich in ihrem Hals. Sie nahm ihr Weinglas und trank einen Schluck. »Auf der Klosterschule hatte ich ein Stipendium. Die Nonnen kümmerten sich sehr um mich, und als sich abzeichnete, daß ich einen guten Abschluß machen würde, bewarb ich mich mit einer schriftlichen Empfehlung von ihnen. Die Mutter Oberin half mir, ein Vorstellungsgespräch in Cambridge zu bekommen.« Sie schwieg, in Gedanken bei den Vorbereitungen zu jenem Tag.

Sie hatte nicht gewußt, was sie anziehen sollte, und in diesem einen Fall hatte Schwester Agnus sie schlecht beraten. Aber wie sollte eine Nonne auch wissen, was man an der Universität trug? Also war Camilla in ihrem leuchtendblauen Sonntagskleid mit ihrer Mutter nach Cambridge gefahren. Trotz ihrer im Kloster erworbenen Kenntnisse in Latein und Griechisch, trotz ihres außergewöhnlichen Wissens über europäische Geschichte und englische Literatur war Camilla erbärmlich schlecht auf Cambridge vorbereitet gewesen.

Die Institute an den Ufern des Cam waren schöner, als sie es sich vorgestellt hatte, aber auch furchteinflößender. Sie lächelte Frederick zu, doch es fiel ihr nicht leicht. »Die Universität war über fünfhundert Jahre alt, und man ging davon aus, daß die Bewerber sich mit den Gepflogenheiten auskannten und alle anderen es gar nicht erst versuchen sollten. Verstehen Sie?«

Frederick nickte. »Trotz gegenteiliger Behauptungen existiert auch bei uns in Amerika eine Klassengesellschaft«, sagte er.

»Jedes Institut«, fuhr Camilla fort, »hat seine Eigenheiten und einen eigenen Namen, der oft völlig anders gesprochen als geschrieben wird. Magdalene zum Beispiel wird ›Maudlin‹ ausgesprochen (und in Oxford ohne das zweite e geschrieben). Petersborough ist zwar ein Institut, wird aber nie so bezeichnet.« Sie schwieg. »Ich blamierte mich schrecklich, als ich danach fragte. Zwar waren an verschiedenen Stellen die Zeiten und Örtlichkeiten für die Vorstellungsgespräche angeschlagen, aber ich hatte keine Ahnung, *wo*. Ein zentrales Büro oder eine Anmeldungsstelle, wo ich hätte nachfragen können, schien es nicht zu geben. Deshalb hatte ich meinen ersten Termin schon verpaßt, als ich endlich die Listen an einem Schwarzen Brett in einem einsamen Institutshof entdeckte.« Camilla zuckte zusammen, als sie sich daran erinnerte, daß ihre Mutter außer sich gewesen war und sie angeschrien hatte – was sicherlich nicht dazu beigetragen hatte, Camilla zu beruhigen. Sie hatte den Leiter der historischen Fakultät, einen netten, freundlichen Mann, erst gefunden, als er schon im Gehen begriffen war. Da sie völlig aufgelöst vor ihm stand, empfand er Mitleid mit ihr und schlug großzügig vor, ihr Gespräch auf einen späteren Zeitpunkt am Tag zu verlegen. Doch die Uhrzeit, die er nannte, überschnitt sich mit einem anderen Vorstellungsgespräch. »Ich war einfach naiv«, gab sie zu. »Ich hätte ihm sagen sollen, wie sehr ich mich freute, ihn kennenzulernen, und wie sehr ich hoffte, bei ihm Geschichte studieren zu können. Aber alles, was ich herausbrachte, war: ›Na ja, also, da treffe ich den Leiter der Fakultät für alte Sprachen.‹ Während er mein Kleid musterte, sprach ich schnell weiter: ›Ich habe mich nämlich noch nicht entschieden, ob ich Geschichte oder alte Sprachen studieren soll, aber ich glaube, ich nehme die Sprachen.‹«

»Was geschah dann?« fragte Frederick, als wäre das noch von Bedeutung.

»Er sagte: ›Dann ist ja alles in Ordnung‹, und wandte sich, ein wenig verwirrt, ab. Dann flatterte sein schwarzer Talar im Frühlingswind davon.« Camilla lächelte, aber es kostete sie einige Überwindung. Erst nachdem sie sich bei den beiden hochmütigen Leitern des Instituts für alte Sprachen vorgestellt hatte, ging ihr auf, welchen Fehler sie begangen hatte. Die beiden musterten sie mit unverhohlener Abneigung. Auf ihrer Stirn schien geschrieben zu stehen: Du gehörst nicht hierher, Kind. Im Verlauf ihrer inquisitorischen Befragung schrumpfte Camilla immer mehr in sich zusammen. Erst viel zu spät erkannte sie, daß sie als katholische, wenig sprachgewandte und schlecht gekleidete Aufsteigerin aus der Arbeiterklasse ebensowenig Chancen auf ihre Sympathie wie auf einen Sieg im olympischen Zehnkampf hatte.

Während sie dies erzählte, wurde Fredericks ohnehin längliches Gesicht noch ein wenig länger, und seine rötlichbraunen Augen verdunkelten sich vor Mitgefühl. »Und weiter?« fragte er.

Sie zuckte die Achseln. »Ich wurde nicht genommen.«

»Was geschah dann?«

»Schwester Agnus war zutiefst enttäuscht von mir. Und Mutters These – daß Cambridge nicht für unsereins gemacht sei – war bestätigt worden.« Camilla trank noch einen Schluck Wein und kostete dann ihr Essen. Doch der Appetit war ihr vergangen. Sie legte die Gabel beiseite. Selbst jetzt, nach all den Jahren, schmeckte die Erinnerung noch bitter.

Frederick legte seine Hand sanft und nur ganz kurz auf ihre. »Ich meine«, sagte er, »was unternahmen Sie dann in bezug auf Ihre Ausbildung?«

»Ich beendete die Schule mit guten Noten. Gut genug, damit mir Schwester Agnus ein Vollzeitstipendium für Marymount besorgen konnte. Das ist ein katholisches Mädchencollege in New York, und sie kennt einen der Dekane. Ich absolvierte mein Grundstudium dort und das Hauptstudium an der Columbia-Universität.«

»Also haben Sie in New York gelebt«, bemerkte Frederick.

»Ja, ziemlich lange.«

»Die Universitäten dort sind gut.«

»Ja. Marymount hätte zwar besser sein können – es gab eine Menge verwöhnter, reicher Mädchen dort –, aber die Dozenten waren nett zu mir. Und Columbia gehört natürlich zu den besten Unis.«

»Aber trotzdem war Columbia nicht Cambridge.«

»Nein.« Camilla sah in seine dunklen Augen. Irgendwie hatte sie das Gefühl, daß er ihre Schmerzen nachvollziehen konnte. Hatte er so viel durchgemacht? Das schien unmöglich zu sein. Schließlich war er ein reicher junger Amerikaner mit einer hingebungsvollen Mutter und einer guten Ausbildung. Wieder fragte sich Camilla, ob er schwul war, denn wenn das die Bürde war, die er mit sich herumtrug, konnte er das Leid anderer aus diesem Grund nachempfinden. »Nein, Columbia war nicht Cambridge«, wiederholte sie. »Cambridge war meine letzte Chance, einen Ort zu finden, wo ich hinpaßte. Dort hätte ich zwischen anderen intelligenten Stipendiaten eine Nische finden können. Sie wissen schon, all die klugen Kinder, die zu Hause irgendwie fehl am Platz wirken. Anschließend hätte ich nach London gehen und ein Teil der Welt dort werden können. Doch es sollte wohl nicht sein. Also fand ich mich als arme Engländerin in New York wieder, erneut als Stipendiatin unter den Reichen. Später, im Hauptstudium, war ich eine Frau unter lauter Männern und obendrein heimatlos. Ich hatte keine Beziehungen und auch keine Möglichkeit, welche zu knüpfen. Und keine Chance auf einen guten Job.«

»Und dann?«

Camilla zuckte die Achseln. »Hier bin ich eine Ausländerin. Ich kann nicht nach Birmingham zurück, aber ich weiß auch nicht, wohin ich sonst gehen sollte.«

Frederick schwieg eine Weile, als versuchte er ihre Gefühle nachzuvollziehen. »Also schrieben Sie ein Buch«, sagte er schließlich vorsichtig. Sie nickte. »Und was nun?«

Camilla dachte an Gianfranco. Sie seufzte. »Ich weiß es nicht«, sagte sie wahrheitsgemäß und hob ihr Weinglas an die Lippen.

»Ich finde, es ist offensichtlich. Ich finde, Sie sollten Ihr Manuskript meiner Schwester schicken.«

»Ich weiß nicht recht«, meinte sie.

»Doch«, beharrte er. »Meine Schwester lebt in New York. Erinnern Sie sich? Sie ist Lektorin bei Davis & Dash. Und es hört sich ganz so an, als könnte Ihr Buch ihr gefallen. Garantieren kann ich Ihnen natürlich nichts. Aber was haben Sie schon zu verlieren?«

Stimmt, dachte Camilla. Doch betrachtete er diese Gefälligkeit als *quid pro quo?* Als Bezahlung für künftige Leistungen, die er irgendwann einfordern würde? Aber dafür schien er nicht der Typ zu sein. Camilla musterte schweigend diesen wenig anziehenden Amerikaner, der so plötzlich in ihr Leben getreten war, keine Ansprüche stellte und offensichtlich doch so viel zu geben bereit war. Was erwartete er von ihr? Was konnte sie *ihm* geben? »Das kann ich nicht annehmen«, sagte sie. »Nein, das geht nicht.«

»Natürlich können Sie«, insistierte er. »Sie wären dumm, wenn Sie es nicht annähmen.«

»Ich bin immer davon ausgegangen, daß ich das Buch in England veröffentlichen würde. Schließlich bin ich Engländerin.«

»Ja, aber es ist ein Buch über Amerikanerinnen. Sie haben in Amerika gelebt. Und ich kenne einen amerikanischen Verleger. Ich schwöre Ihnen: Wenn ich eine Schwester hätte, die in einem Verlag in London arbeitet, würde ich es ihr schicken. Aber da dies nicht der Fall ist, müssen Sie mit meinem Angebot vorliebnehmen.«

Camilla lachte. »Gut«, sagte sie. »Ich schätze, ich kann damit leben.«

13

›Jede Buchsaison scheint eine neue, fotogene Autorin hervorzubringen, die mit billigen Schundromanen versucht, zu Ansehen zu kommen.‹

James Wolcott

Susann wartete, bis der Chauffeur aus der Limousine gestiegen war und ihr die Tür öffnete. Sie mußte heute eine Menge erledigen, und Kims Anruf hatte ihre Pläne über den Haufen geworfen. Kim hatte keineswegs feindselig geklungen oder so, als hätte sie Drogen genommen, sondern außergewöhnlich ruhig. Aber vielleicht war das nur die Ruhe vor dem Sturm? Susann hatte zugesagt, sich mit ihrer Tochter im New York Palace zum Tee zu treffen. Anschließend mußte sie zu Alf ins Büro, um einige abschließende Details zu klären, nachdem sie ihr neues Manuskript endlich abgeliefert hatte.

Sie stieg aus der Limousine und lächelte Ralph, der sie in New York immer fuhr, strahlend zu. Dann ging sie durch das kunstvoll gearbeitete Tor und durchquerte den Hotelhof, dessen acht Pappeln das ganze Jahr über mit winzigen weißen Weihnachtslichtern geschmückt waren. Sie betrat das Hotel, wandte sich nach rechts und ging die elegante Treppe hinauf. Ihre behandschuhten Finger glitten leicht über das verzierte Geländer. Trotz ihres Alters hatte Susann dank der Übungen in Alexandertechnik ihre Haltung und Größe bewahrt. Nur ihre Hände … Vor dem Eingang des Villard Room hielt sie kurz inne. Sie wußte, daß sie viel zu jung wirkte, um die Mutter jener Frau zu sein, die sie erwartete.

Doch Kim sah erstaunlich gut aus – wenigstens für ihre Verhältnisse. Sie hatte etwas zugenommen, wie immer, wenn sie vom Kokain losgekommen war. Kim, untersetzt und dunkelhaarig, sah Susanns zweitem Ehemann viel ähnlicher als ihr. Kim mußte etwa im gleichen Alter sein wie Alan damals, als Susann ihn geheiratet hatte. Die Ehe hatte von Anfang an unter einem schlechten Stern gestanden. Alan hatte sie beide regelmäßig geschlagen und sie dann verlassen, als Kim sieben gewesen war. Vielleicht unter anderem aus diesem Grund war Susann nicht gern mit Kim zusammen. Sie erinnerte sie zu sehr an die Vergangenheit, und das verursachte Schuldgefühle in ihr.

»Hallo, Sue«, begrüßte Kim sie.

Aus unerfindlichen Gründen hatte Kim sie nie ›Mama‹ oder ›Mutter‹ genannt. Nicht einmal, als sie klein gewesen war. Susann haßte es, ›Sue‹ genannt zu werden, sagte aber nichts. Lag in Kims Begrüßung nicht ein leicht ironischer Unterton? Sie ignorierte es und nahm auf dem Stuhl gegenüber von Kim Platz. Kein Begrüßungskuß. »Wie geht es dir?« fragte Susann.

»Meinst du, ob ich durchhalte? Ja, ich bin jetzt seit acht Monaten clean.«

»Gut, das ist sehr gut.« Susann hätte sich auf die Zunge beißen können. Sie wußte, daß sie gouvernantenhaft klang, aber was sollte sie schon sagen? Ich hoffe, daß du dieses Mal wirklich von deiner Fünfhundert-Dollar-pro-Tag-Angewohnheit loskommst? Oder: Wenn nicht, werde ich keinen Finger mehr für dich rühren? Nein. Das war alles schon gesagt worden.

Susann war erleichtert, als der Kellner kam und nach ihrer Bestellung fragte. »Darjeeling«, sagte sie mit ihrem schönsten Lächeln. Kim bestellte einen Kamillentee. Kurz darauf kehrte der Kellner mit einem Wagen zurück, auf dem winzige Sandwiches mit Gurken, geräuchertem Lachs, Tomaten und Käse lagen. Kim nahm trotz ihres Gewichts zwei von jeder Sorte, Susann wählte nur ein dünnes, mit Gurke belegtes. Der Kellner stellte die Teekännchen vor ihnen ab und entfernte sich wieder.

Susann biß in ihr Sandwich. »Na«, meinte sie, »du sagtest, du hättest Neuigkeiten.«

»Ja«, bestätigte Kim. »Ich wollte dir sagen, daß ich ein Buch geschrieben habe.«

Susann verschluckte sich fast an ihrem Sandwich. »Du hast was?«

»Ein Buch. Ich habe ein Buch geschrieben«, wiederholte Kim. »Weißt du, du bist nicht die einzige, die das kann.«

Susann rang nach Worten. Was jetzt? Erwartete Kim von ihr, daß sie ihr einen Agenten besorgte, ihr Buch lektorierte oder einen Verlag suchte? Würden ihre Forderungen denn niemals aufhören? »Ich wußte nicht, daß du schreibst. Das hast du mir nie erzählt. Ich bin überrascht …«

»Erinnerst du dich nicht? Ich habe dir mal eine Geschichte gezeigt, die ich vor Jahren geschrieben habe. Du hast sie in Grund und Boden verrissen.«

Susann versuchte sich zu erinnern. Kim hatte so viele Interessen gehabt, so vieles angefangen, aber nichts davon ernsthaft betrieben: Eiskunstlauf, Ballett, Reiten. Auch Fotografieren. Sie war auf eine Kunstschule gegangen, nicht auf die Universität, hatte ihr Studium dann abgebrochen. Später hatte sie es mit einem Restaurant versucht, das pleite ging, und einem Webatelier; auch daraus war nichts geworden. Kims Interessen waren kostspielig, kurzlebig und zum Scheitern verurteilt. Doch wann hatte sie neben den anderen Aktivitäten mit dem Schreiben begonnen? Vor dem Restaurant oder danach? »Ja, ich erinnere mich. Du hattest eine kleine Geschichte geschrieben. Ich habe sie für dich korrigiert …«

Kim biß die Zähne zusammen. »Es war keine ›kleine Geschichte‹, Sue. Ich hatte monatelang daran gearbeitet. Und als ich dich nach deiner Meinung fragte, hast du sie verrissen.«

»Ich habe sie korrigiert«, wiederholte Susann. »Wäre es dir ernst gewesen, hättest du meine Verbesserungsvorschläge aufgegriffen. Das wäre professionell gewesen.«

Kim schüttelte den Kopf. »Du hast mich niedergemacht. Ich habe zehn Jahre gebraucht, bis ich mich getraut habe, es wieder zu versuchen. Und ich habe es geschafft. Ich habe mein erstes Buchmanuskript beendet und verkauft.«

»Du hast es beendet? Du hast es verkauft?« plapperte Susann wie ein Papagei. Sie konnte kaum glauben, was sie da hörte. »An wen hast du es verkauft?«

»An Citron Press«, sagte Kim trotzig. »Sie haben mir so viel gezahlt, daß ich das nächste Jahr davon leben und am nächsten Buch arbeiten kann.«

Susann starrte ihre Tochter wie vom Donner gerührt an. Warum in aller Welt hatte sich Kimberley ausgerechnet dafür entschieden? Und was sollte sie dazu sagen? »Na, herzlichen Glückwunsch. Ich hoffe, du erlaubst mir, es zu lesen.«

Kim lächelte. »Du bekommst ein Leseexemplar«, sagte sie. Ein Leseexemplar war das gesetzte, noch unkorrigierte, gebundene Exemplar eines Buches, das vor der Veröffentlichung an Kritiker und Rezensenten verschickt wurde. »Vielleicht kannst du den Klappentext schreiben«, meinte Kim lächelnd. »Ich glaube, es wird dir gefallen. Die Hauptperson ist eine berühmte Autorin.«

Susann merkte, wie ihr Lächeln erstarb. Sie mußte daran denken, was die Kinder von Cheever über ihren Vater geschrieben hatten. Doch sie war nicht Cheever. Sie hatte Nicole Hoyts unautorisierte Biographie über Danielle Steel gelesen; die Parallelen zwischen ihrem und Danielles Leben waren erschreckend. Sie hatten beide früh geheiratet und sehr jung Kinder bekommen. Beider zweiter Ehemann war sexuell abartig veranlagt. Wenigstens, dachte Susann, war Alf nicht drogenabhängig wie Steels dritter Mann. Außerdem hatte sie nicht wieder geheiratet und fünf weitere Kinder bekommen wie die Steel. Sie spürte, wie sie errötete. Im Gegensatz zu Danielle mußte sie fürchten, daß ihre eigene *Tochter* eine unautorisierte Biographie über sie veröffentlichen würde.

»Ich wünschte, du hättest mich früher informiert. Vielleicht hätten Alf oder ich dir helfen können.«

»Scheiß auf Alf«, sagte Kim. »Von diesem dreckigen alten Bastard würde ich nie etwas annehmen.« Susann schüttelte den Kopf. Hoffentlich kam Kim nicht wieder auf *diese* Geschichte zu sprechen. Die wirkliche Tragödie in beider Leben war, daß Joseph Edmonds, Susanns dritter Ehemann und Kimberleys Stiefvater, Kim sexuell belästigt hatte. Von diesem Moment an hatte Kim bei jedem, vom Gärtner bis zu den Lehrern ihrer Schule, Annäherungsversuche vermutet. Sogar Alf hatte sie unkorrektes Verhalten vorgeworfen.

Susann versuchte, nicht die Augen zu verdrehen, aber es gelang ihr nicht.

Kimberley beugte sich vor und zischte: »Sieh mich nicht so an. Versuch nicht, meine Arbeit herabzusetzen oder mir einzureden, ich sei verrückt. Ich habe dieses Manuskript geschrieben, und ich habe es verkauft. Beides habe ich allein geschafft. Und ich will weder von dir noch von Alf, meinem Vater oder meinem Stiefvater etwas.« Sie hielt inne. »Nichts. Nur meinen Namen.«

»Deinen Namen?« wiederholte Susann.

»Richtig. Ich verwende den Namen meines Stiefvaters. Das zumindest ist er mir schuldig. Seinen Namen. Kimberley Baker Edmonds. Unter diesem Namen veröffentliche ich mein Buch. Sieht so aus, als hättest du ein bißchen Konkurrenz bekommen, Sue.«

14

›Schriftsteller bringen die Leser dazu, ihrem Traum zuzuhören.‹

Joan Didion

Judith erwachte mit einem Lächeln. Das war ungewöhnlich. Seit sie den Roman beendet hatte, fühlte sie sich wie beraubt. Dann erinnerte sie sich: Daniel hatte sie geweckt, als er letzte Nacht vom *Writer's circle* zurückgekommen war. Er war liebeshungrig gewesen, und sie war mit dem Gefühl eingeschlafen, daß es ihr gutging und daß sie geliebt wurde.

Sie drehte sich um. So in die Decke gekuschelt, fühlte sie sich richtig wohl. Daniel war bereits aufgestanden, hatte geduscht und stand nun, mit dem Rücken zu ihr, in der Unterhose vor dem Schrank und wühlte darin herum. Sie hoffte, er würde sich umdrehen, zum Bett kommen und sie küssen oder umarmen.

»Wo ist mein blauer Mantel?« fragte er statt dessen.

»Oh, ich glaube, der ist in meinem Schrank.« Judith fühlte einen Anflug von schlechtem Gewissen. Daniel war so eigen mit seiner Kleidung. Immer wieder ermahnte er sie, sie aus der Plastikhülle zu nehmen, wenn sie die Sachen aus der Reinigung geholt hatte, und in seinen Schrank zu hängen, doch sie vergaß es einfach. Wie heute. Sie hatte fest vorgehabt, die Kleider aus ihrem Schrank im Flur zu nehmen. Aber nachdem sie sich mit den Einkäufen, dem Hund und den gereinigten Kleidungsstücken die Treppen hinaufgekämpft hatte, hatte sie sie erst einmal in den Schrank gehängt und dann vergessen. Zu vielen Tätigkeiten kam sie einfach nicht, obwohl sie den ganzen Tag zu Hause war.

Judith wußte nicht, warum sie sich in letzter Zeit so niedergeschlagen fühlte. Seit sie das Manuskript beendet hatte, bewegte sie sich die meiste Zeit wie in Trance und ertappte sich immer wieder dabei, wie sie, eine Tasse kalten Kaffee in der Hand, aus den schmutzigen Fenstern starrte. Dann wußte sie nicht mehr, was sie vorher getan hatte, warum sie aus dem Fenster sah oder wonach sie eigentlich Ausschau hielt. Sie wußte nur, daß sie sich nicht wohl fühlte.

Vielleicht, weil das Buch fertig war. Sie versuchte sich einzureden, daß es daran lag. Daß dies ganz normal war für eine Schriftstellerin – falls sie denn eine war. Außerdem hatte sie Angst vor der Veröffentlichung des Buches, denn vielleicht – nur vielleicht – wäre sie besser beraten, es nicht zu veröffentlichen.

Judith hatte ihr Bestes gegeben, aber sie war nicht sicher, ob die Geschichte so stimmte. Natürlich war sie erfunden, auch wenn sie auf einem wahren Vorfall basierte. Doch Judith stieß sich nicht am Wahrheitsgehalt der Story. Sie hatte – mit Daniels Hilfe – Elthea aus ihrer eigenen Vorstellungskraft heraus geschaffen, und sie war nicht sicher, ob Elthea authentisch war – so authentisch jedenfalls, wie große Charaktere Judiths Ansicht nach sein sollten. Während ihrer Kindheit und Jugend hatte das Lesen für sie immer an erster Stelle gestanden. Bücher hatten ihren Horizont erweitert und ihr geholfen, der Langeweile zu entfliehen. In ihnen hatte sie Freunde gefunden, durch sie das Leben kennengelernt. Nun fragte sie sich, ob sie tatsächlich eine Figur geschaffen hatte, die es wert war, in die lange Liste ihrer heißgeliebten Heldinnen – Jane Eyre, Anna Karenina, Elizabeth Bennet, Dorothea Brooke und ein Dutzend moderne – aufgenommen zu werden. Judith wußte, daß sie kein Flaubert, keine George Eliot war. Aber auch wenn sie kein Genie war, wollte sie doch ihre Ideale nicht aufgeben, und sie hatte Angst, daß sie genau das getan hatte. Denn sie hatte bestimmte Dinge tun – schreiben – müssen, weil Daniel es verlangt hatte und sich der Roman seiner Ansicht nach so besser verkaufen ließ. Wohl gefühlt hatte sie sich dabei nicht. Außer Daniel liebte Judith nur die Bücher. Der Gedanke, eines von beidem zu verraten, gefiel ihr nicht.

Daniel knöpfte sein Hemd zu – eines seiner wenigen Hemden mit Umschlagmanschetten. Er fingerte an einem der Manschettenknöpfe herum, die sie ihm zum Geburtstag geschenkt hatte. Erfreut darüber, daß er sie benutzte, lächelte sie. Nur selten trug er eines seiner besseren Hemden. Normalerweise zog er die einfachen Baumwoll- und Flanellhemden vor. Judith setzte sich auf, um ihm seine Jacke zu holen, doch er hatte bereits seine gute Wollhose angezogen und war aus dem Zimmer, bevor sie sich aus dem Federbett befreit hatte. Sie traf ihn im Flur, wo er wütend die Plastikhülle aufriß, um an sein Jackett zu gelangen. Eine neue, sehr schöne Aktentasche stand neben der Tür. Wann hatte er die wohl gekauft? Und womit sollten sie die Tasche bezahlen?

»Junge, du siehst gut aus«, sagte sie. Es stimmte. Daniel verschwendete selten einen Gedanken darauf, was er anziehen sollte, doch in seiner eleganten Kleidung sah er einfach umwerfend aus. Er sagte keinen Ton, sah sie nur an. Ihre erotischen, zärtlichen Gefühle verschwanden schlagartig. Sie blickte an sich hinab, sah das zerknitterte, schmutzige Nachthemd und ihr zerzaustes Haar. Ihre kalten, bloßen Füße, die auch in den besten Zeiten nicht hübsch waren, wirkten auf dem dunklen Linoleum fast blau. Sie bemerkte, daß Daniel sie musterte, und sah sich mit seinen Augen. Sie bot kein hübsches Bild.

»Ich muß gehen«, sagte er, nahm seine neue Tasche, küßte sie flüchtig auf die Wange und war verschwunden.

Daniel fuhr mit dem Zug nach New York. Er wollte die Zeit nutzen, um das Manuskript durchzusehen und – noch einmal – Cheryls Tipparbeit zu überprüfen. Sie hatte ihre Arbeit gut gemacht, sehr professionell. Cheryl tippte ausgezeichnet, viel besser als Judith. Daniel fragte sich, ob es eigentlich etwas gab, das Judith konnte. Wie hatte Thomas Wolfe noch gesagt? »Ich habe keine Schwierigkeiten, Frauen zu finden, die mit mir ins Bett gehen, aber enorme Probleme, eine Schreibkraft zu finden, die meine Handschrift lesen kann.« Daniel mußte fast lachen. Der Zug ratterte über die Schienen. Im Abteil befanden sich außer ihm einige Rechtsanwälte, die aus Albany zurückkehrten. Daniel überlegte müßig, ob er ebenfalls einen Rechtsanwalt brauchte. Er würde Alfred Byron fragen.

Alfred Byron war einer jener großen New Yorker Literaturagenten, die etwas bewegten. Neben Mort Janklow, Lynn Nesbit, Owen Laster, Binky Urban, Esther Newberg, Andrew Wylie und einer Handvoll anderer war Byron bekannt dafür, siebenstellige Verträge auszuhandeln. Daniel hatte die

Kühnheit besessen, Byron in die Universität einzuladen – zunächst, um an einer Podiumsdiskussion teilzunehmen, später, um eine zu leiten. Wie alle anderen war er völlig überrascht gewesen, als Byron zugesagt hatte, doch der alte Mann schien sich geschmeichelt zu fühlen und war tatsächlich aufgetaucht. Es erstaunte Daniel immer wieder, daß sich manche Menschen so leicht einwickeln ließen, wenn ihnen von akademischer Seite Beachtung geschenkt wurde. Denn offensichtlich hatte allein die Einladung ausgereicht, um die Veranstaltung stattfinden zu lassen. Schriftsteller, die noch nichts veröffentlicht hatten, bekamen nur selten die Chance, Alfred Byron kennenzulernen, der Susann Baker Edmonds und einige andere kommerzielle Bestsellerautoren vertrat. Eigentlich keine echten Schriftsteller – eher solche, die die Seiten von Büchern füllten, welche andere Leute dann millionenfach kauften.

Daniel sah auf das Manuskript hinunter. War dies ein künftiger Bestseller? ›Mit Voller Absicht *von Jude Daniel*‹, hatte Cheryl entgegenkommend in großen, fetten Buchstaben geschrieben. Daniel zuckte voller Schuldgefühle zusammen. Er sagte sich, daß er nichts getan hatte, was er nicht hätte tun dürfen. Gut, vielleicht hatte er Cheryl ermutigt – aber war das nicht die Aufgabe eines Lehrers? Er hatte sie nicht darum gebeten, den Roman für ihn abzutippen. Sie hatte es von sich aus angeboten, doch das würde ihre Note nicht beeinflussen. Sie bekam sowieso eine Eins. Nein, er hatte sich nichts vorzuwerfen.

Aber warum hatte er dann so ein schlechtes Gewissen? Ich darf doch Gefühle haben, beruhigte er sich. Solange ich mich nicht von ihnen leiten lasse. Und das hatte er nicht getan, das war das Wichtigste. Er hatte Judith nichts erzählt. Weder daß er mit Cheryl zum Kaffeetrinken verabredet gewesen war, noch daß Cheryl das Manuskript abgetippt hatte, noch …

Auch von seinem Termin heute hatte er Judith nichts erzählt. Vielleicht hätte er es tun sollen. Doch warum ihr unnötig Hoffnungen machen? Schließlich belog er sie nicht. Überhaupt nicht. Er tat das für sie, für sie beide, und wenn es nicht klappte, wenn er abgewiesen wurde, gab es keinen Grund, diese Demütigung mit Judith zu teilen. Es würde sie nur deprimieren, und sie war schon deprimiert genug.

Daniel spürte, daß dieses Manuskript sein Freiticket aus einem trostlosen, festgefahrenen Leben war, aus dem er unbedingt ausbrechen mußte.

»Daniel, Daniel, schön Sie zu sehen«, rief Alfred Byron und schüttelte schwungvoll Daniels Hand. Alles an ihm war laut. »Bitte, Professor, kommen Sie in mein Büro.«

Das weitläufige Büro paßte zu Byron; es wirkte fast ein wenig zu perfekt – so, wie man in einem Film das typische Büro eines Literaturagenten darstellen würde. An drei Wänden erstreckten sich vom Boden bis zur Decke Mahagoni-Bücherregale mit Glastüren, auf dem Boden lag ein herrlicher antiker Perserteppich, und neben einem lederbezogenen Polstersofa stand ein riesiger Schreibtisch, der fast so übertrieben verziert war wie Alfred Byrons Kleidung.

Selbst der Staub und die Manuskriptstapel schienen nur um ihrer Wirkung willen vorhanden zu sein. Byrons Kleidung war merkwürdig. Er trug einen dunkelgrünen Anzug mit eigenartigen, rötlichbraunen Nadelstreifen, die Daniel an getrocknetes Blut erinnerten. Hielten nicht die meisten Schriftsteller ihre Agenten für Blutsauger? Aus der Brusttasche des zweireihigen Anzugs ragte ein buntgemustertes Taschentuch heraus. Der weiße Kragen des grauweiß gestreiften Hemdes wurde durch die gepunktete blaue Fliege betont. Byron wirkte wie die schlechte Imitation eines englischen Gentleman, und Daniel war überhaupt nicht beeindruckt. Auch vom Namen ließ er sich nicht täuschen. Alfred Byrons Geburtsname lautete Al Boronkin. Daniel kümmerten die Marotten dieses Mannes nicht. Byron war ein Geldjongleur und Daniel schließlich nicht um der Kunst willen hier.

Byron setzte sich hinter seinen Schreibtisch und beugte sich vor. Er breitete die Arme aus und legte seine Hände dann flach auf die Platte des riesigen Schreibtisches. »Also, Professor, was kann ich für Sie tun? Vielleicht ein weiteres Seminar? Mir ist da eine Idee gekommen. Ich dachte, wir könnten einmal diesen kunstvollen lyrischen Mist vergessen und über kommerzielles Schreiben sprechen. Lassen Sie uns Ihren netten Kindern erzählen, was wirklich gefragt ist. Ich könnte eine Podiumsdiskussion mit einigen meiner Kunden zusammenstellen. Nur hochkarätige Leute. Und ich könnte *Publishers Weekly* dazu bringen ...«

»Das hört sich wirklich interessant an, Alfred«, unterbrach Daniel ihn. Er mußte sich zwingen, den alten Scharlatan beim Vornamen zu nennen. »Aber ich bin eigentlich nicht wegen eines Seminars hergekommen. Ich meine, nicht dieses Mal. Ich würde gerne *darüber* reden.« Er zog das Manuskript aus seiner neuen Tasche und legte es in die Mitte der riesigen Schreibtischplatte. Er blickte schnell genug auf, um zu sehen, wie das Lächeln des Agenten erstarb. Daniel konnte die Gedanken hinter Alfred Byrons weißer Stirn lesen: »Nicht schon wieder ein Idiot mit einem Manuskript.«

Doch Byron hatte sich rasch gefangen und verbarg seine Bestürzung hinter einem kalten, professionellen Lächeln. »Nun, nun, was haben wir denn da? Sie waren aber fleißig. Ein Buchmanuskript, hmm?«

»Nicht das, was sie denken«, begann Daniel lahm.

»Es ist *kein* Buchmanuskript?«

»Ich meine, es ist nicht die Art von Buch, an die Sie denken.« Daniel sah Byron offen an und versuchte soviel Selbstvertrauen und Überzeugung auszustrahlen wie möglich. »Es ist wirklich spannend, Alfred. Ich schwöre bei Gott, daß es das ist.«

Der Agent nickte wissend mit seinem großen Kopf. »Ich bin sicher, daß es das ist, Professor. Ganz sicher.« Er drehte das Manuskript herum, warf aber nur einen Blick auf die Titelseite. Dann zog er seine weißen, geschwungenen Augenbrauen hoch. »Jude Daniel?« fragte er.

Daniel setzte zu einer Erklärung an, daß er das Buch zusammen mit Judith geschrieben habe, doch die Kälte, die ihm entgegenschlug, brachte ihn so aus der Fassung, daß er nicht die Kraft aufbrachte. Was war noch schlimmer als ein Buch, das ein Universitätsprofessor ohne Festanstellung geschrieben hatte? Daß das Buch von seiner *Ehefrau* geschrieben worden war. »Das ist ein Pseudonym, Alfred«, erklärte Daniel.

»Nun, Professor, ich lese nie Manuskripte, die mir nicht empfohlen wurden. Und im Moment nehmen wir keine neuen Schriftsteller an.« Daniel kannte die Regeln der Verlagsbranche. Es war reine Ironie: Verlage hielten zwar ständig Ausschau nach dem nächsten Knüller, aber kaum einer war bereit, das Buch eines unbekannten Schriftstellers auch nur zu lesen. Deshalb waren sie abhängig von den Büchern, die ihnen von den Agenten empfohlen wurden. Da die Agenten nur zehn bis fünfzehn Prozent von den Honoraren eines Schriftstellers bekamen, beschränkten sie sich auf Autoren, von denen große Vorschüsse zu erwarten waren. Die meisten nahmen keine neuen Schriftsteller mehr an. Wie also sollte ein unbekannter Autor sein Buch zur Veröffentlichung bringen, und wie wollten die Agenten neue Bücher entdecken?

»Ich werde einen Blick hineinwerfen«, sagte Byron. Daniel wußte, daß das eher unwahrscheinlich war. Die meisten Agenten hatten Assistenten, denen sie die erste Durchsicht eines Manuskriptes überließen. Byron stand auf. Er ging um seinen Schreibtisch herum und legte eine Hand auf Daniels Schulter, weniger eine freundschaftliche Geste als eine Aufforderung zu gehen. Daniel erhob sich folgsam.

»Ich werde einen Blick hineinwerfen«, wiederholte Byron, während er Daniel zur Tür begleitete. »Ich sage Ihnen dann so bald wie möglich Bescheid.«

Daniel begriff, daß er sich getäuscht hatte. Er war für Byron nur als Aushängeschild für dessen Kunden von Interesse, eine Art akademische Streicheleinheit für das Ego. Er beschloß, noch einen Versuch zu wagen. »Bitte lesen Sie es selbst, Alfred«, sagte er. »Ich verspreche Ihnen, Sie werden nicht enttäuscht sein.« Er brach ab. Doch dann konnte er sich nicht mehr zurückhalten und fragte: »Falls es gut ist, Alfred – wieviel kann ich dann dafür bekommen?«

Byron schürzte seine Lippen. »Nun, ein Schritt nach dem anderen, Professor. Ein Schritt nach dem anderen.« Byron schüttelte ihm die Hand, und Daniel fühlte sich hilfloser als je zuvor. Wie viele bemitleidenswerte, unveröffentlichte Schriftsteller hatten sich alle Chancen vermasselt, weil sie sich nicht zurückgehalten und das gleiche gefragt hatten wie er?

Im Geiste fügte Daniel dieser Liste den Namen Jude Daniel hinzu.

15

›Kann ein moderner Verleger solch ein Vorhaben tatsächlich in Erwägung ziehen?‹

Patrick O'Brian

Gerald rekelte sich auf der Chippendalecouch. Auf seinem Schoß lag, in einer Schachtel, das Manuskript von Chad Weston. Er hatte erst einundsiebzig Seiten gelesen, doch das reichte völlig. Sein Blick fiel wieder auf die aufgeschlagene Seite:

›Er nahm ihren abgeschnittenen Arm und trennte langsam und liebevoll jeden einzelnen Finger ab. Das Blut hatte aufgehört zu fließen, doch es war immer noch eine ziemliche Schweinerei. Seine Oyster-Rolex war blutverschmiert – gut, daß sie wasserdicht war.

Er nahm ihren Arm, dessen Hand jetzt nur noch aus einer fingerlosen Handfläche bestand, spreizte ihre Beine weit auseinander und band sie mit Draht an der Heizung fest. Dann machte er einen großen Schritt über die Blutlachen, um seine Cole-Haan-Slipper nicht zu beschmutzen. Er nahm ihren Arm und schob ihn wie einen Dildo aus ihrem eigenen toten Fleisch …‹

Gerald legte das Manuskript auf den Kaffeetisch. Er empfand Ekel – tatsächlich war ihm sogar ziemlich übel. Das Buch – *SchizoBoy* – war nicht nur pervers, sondern auch schlecht und langweilig. Nicht einfach, so etwas fertigzubringen. Weston hatte offensichtlich den Verstand verloren. Kein Wunder, daß auf der Party so viel Wind darum gemacht worden war.

Ich hätte es früher lesen sollen, dachte Gerald. Warum hatte Pam ihm nicht gesagt, wie bizarr, wie abscheulich … Manchmal dachte Gerald, Pam sabotierte ihn absichtlich. Dann wiederum hatte er das Gefühl, sie wäre nicht ganz bei Verstand. Ihr gefiel das Buch wahrscheinlich wirklich.

Gerald wußte, daß Chad Weston verzweifelt war, weil auch ihn regelmäßig die Verzweiflung überkam, wenn ein neues Buch von ihm schlechter war und sich schlechter verkaufte als das vorangehende. Es war ein Anzeichen dafür, daß die Schöpfungskraft des Autors nachließ. Gerald selbst hatte einen alten Skandal benutzt, um das alte Feuer wieder ein wenig zu entfachen, Chad hatte es mit diesem obszönen und frauenfeindlichen Thema versucht. Allein die Perversität des Romans würde die Aufmerksamkeit der Medien auf ihn ziehen. Gerald schüttelte den Kopf. Großer Gott, er hatte verkündet, daß er diesen abstoßenden Haufen Scheiße veröffentlichen würde. Wäre er nicht so mit seinem eigenen Buch beschäftigt gewesen, hätte er dies hier rechtzeitig gelesen. Aber die Verlagsbranche würde ihn in Stücke reißen und mit Verachtung strafen, wenn er jetzt einen Rückzieher machte.

Was sollte er tun? Was um Gottes willen sollte er nur tun? Sein Stolz erlaubte es ihm nicht, die Veröffentlichung abzusagen, doch das Buch entsprach in keiner Weise seinem Geschmack. Ein alter Witz fiel ihm ein: Worin besteht der Unterschied zwischen erotisch und abartig? Die Antwort: Es ist erotisch, wenn man beim Sex eine Feder benutzt, und abartig, wenn man es mit einem ganzen Huhn treibt. Doch dieses Buch von Weston war noch um einige Grade abartiger. Gerald fügte dem Witz in Gedanken eine neue Komponente hinzu: Pervers ist, wenn man es mit einem *toten* Huhn treibt.

Angewidert stand er auf und warf die Blätter auf den Tisch. Er ging zum Fenster und wieder zurück, um seine Übelkeit und Angst loszuwerden. Zeit für juristischen Beistand.

Gerald griff zum Telefon und wählte Jim Meyers Durchwahl. Während er darauf wartete, daß jemand abhob, klopfte er nervös mit den Fingern auf den Tisch. Dabei kam ihm der Text eines Warren-Zevon-Songs in den Sinn: ›Bring Rechtsanwälte, Waffen und Geld mit. Die Scheiße ist am Kochen.‹ Nun, dachte er, zwei von diesen drei Dingen habe ich schon – wenn ich Meyer an die Strippe bekomme.

Schließlich wurde der Hörer abgenommen. »Büro Mr. Meyer.«

»Ist er da, Barbara?« schnauzte Gerald.

»Ja, aber er ist in einer Sitzung und …«

»Holen Sie ihn ans Telefon«, fauchte Gerald. Es dauerte keine Minute, bis Jim am Telefon war. Gerald verschwendete keine Sekunde mit Höflichkeitsfloskeln. »Jim, wir haben Ärger. Das Weston-Manuskript ist abscheulich. Was können wir tun?«

»Was meinen Sie damit?« fragte Meyer in der typischen gelassenen, aufreizenden Art eines Rechtsanwaltes. »Meinen Sie bezüglich der vertraglichen Verpflichtungen gegenüber dem Autor oder bezüglich unserer Politik, was Pornographie anbelangt? Oder haben Sie Bedenken, daß der Verlag damit ein Risiko eingeht? Meine Abteilung hat den Vertrag auf Herz und Nieren geprüft, und ich kann Ihnen versichern …«

»Jim, ersparen Sie mir den Quatsch. Müssen wir es veröffentlichen?«

Am anderen Ende der Leitung herrschte Schweigen. »Sie wollen das Buch gar nicht herausbringen?«

»Richtig.«

»Warten Sie eine Minute. Lassen Sie mich einen Blick in den Vertrag werfen. Kann ich Sie gleich zurückrufen?«

»Aber wirklich gleich.« Gerald lief in seinem riesigen Büro auf und ab. Alle Schriftsteller – mit der bemerkenswerten Ausnahme von Joan Collins – lebten in ständiger Angst vor der Annahmeklausel. Es wurde nicht gezahlt, wenn das Buch nicht ›annehmbar‹ war. Was darunter zu verstehen war, blieb dem Verleger überlassen. Die Klausel schwebte wie ein Damoklesschwert über den Autorenköpfen. Gerald hoffte, daß er nun von ihr Gebrauch machen konnte.

Als das Telefon klingelte, griff er nach dem Hörer, bevor Mrs. Perkins abnehmen konnte. »Ja«, bellte er.

»Wir haben das Manuskript akzeptiert, Gerald. Es liegt ein von Pam Mantiss unterschriebener Brief vor, in dem es angenommen wird, außerdem eine Notiz, daß der Scheck nicht nur abgeschickt, sondern auch angenommen und eingelöst worden ist.«

»Also müssen wir es veröffentlichen?«

»Wir müssen nicht. Aber wir haben ihm den Scheck schon zukommen lassen.«

»Verdammt!« Pam hatte Weston entdeckt und ihn von seinem ersten Verleger mit einem lukrativen Vertrag über drei Bücher weggelockt. Jetzt hatte sie auch noch dieses Manuskript angenommen. »Himmel, wie hoch beläuft sich der Schaden?«

»Wir sprechen von sechshunderttausend Dollar«, sagte Meyer.

Gerald zuckte zusammen. Ein schwerer Schlag, und ausgerechnet am Ende des fiskalischen Jahres. So viel Geld setzte man nicht gern in den Sand. Was würde David Morton sagen, wenn er davon erfuhr? Der Vorstand haßte es, große Vorschüsse zu gewähren, und noch viel mehr haßte er es, sie abschreiben zu müssen. Was sollte er bloß tun? Wie in aller Welt hatte dieses Buch so weit kommen können, ohne daß er einen Blick darauf geworfen hatte? Er hatte sich übernommen. Es gab auf der einen Seite Verleger, deren Verantwortung ebenso groß war wie seine, und auf der anderen Autoren, die sich genausogut oder besser verkauften als er – aber keine Verleger, die gleichzeitig Schriftsteller waren. Jedenfalls nicht in seiner Liga.

Doch er *mußte* weiterschreiben. Sowohl des Geldes als auch des Prestiges wegen. Er mußte einfach. Auch wenn David Morton das nicht guthieß. Nervös zog Gerald seine schmalen Schultern hoch und klemmte sich den Hörer zwischen Schulter und Ohr. Verdammt, er haßte dieses Weston-Buch. Konnte er, wenn er halbwegs bei Verstand war, zulassen, daß Davis & Dash ein derart abstoßendes und zugleich wertloses Werk veröffentlichte? Es war einfach scheußlich. Gerald errötete fast bei dem Gedanken, was sein Vater wohl sagen würde, wenn er es zu lesen bekam – was unweigerlich geschehen würde.

Auf der anderen Seite war es undenkbar, den Vorschuß und den Scheck abzuschreiben. Außerdem konnte Gerald, um die Wahrheit zu sagen, den Gedanken nicht ertragen, klein beizugeben und sich vor der kleinen, verschworenen Verlegergemeinschaft lächerlich zu machen. Er fand es besser, für geschmacklos und geldgierig gehalten zu werden, als sich zum Narren zu machen.

Das könnte die Lösung seines Problems sein. Der schlechte Ruf, der diesem Buch vorauseilte, garantierte gute Verkaufszahlen, wenigstens am Anfang. Wenn sie ausreichten, um es auf die Bestsellerliste zu hieven, würde es ein Eigenleben entwickeln. Die Leser kauften heutzutage, was ihnen empfohlen wurde. Wenn ein Buch auf der Liste stand und der Preis heruntergesetzt war, kauften sie es.

Mit dem Geld, das ihnen das Buch einbringen würde, konnte er sich vor David Morton rechtfertigen. Und seinem Vater würde er einfach sagen, daß er zu seinem Wort stehen müsse, auch wenn er ihm dann vorhalten mochte, er habe Davis & Dash in eine Kloake verwandelt. Gerald brauchte noch einen Knüller für das Herbstprogramm. Vielleicht boten ihm dieses Buch und der Film von Peet Trawleys erstem Teil der Trilogie eine winzige Chance, noch einmal davonzukommen. Vor allem, wenn er es schaffte, den Verkauf seines eigenen Buches anzukurbeln. Er durfte David Morton und die Aktionäre keinesfalls wissen lassen, welchen ungeheuerlichen Fehler er mit dem Weston-Buch begangen hatte. Er würde das Buch herausbringen und dazu stehen.

»Gerald? Gerald, sind Sie noch dran?« fragte Jim Meyer.

»Sicher«, erwiderte Gerald.

II

Der Hund von Lincolns Arzt

›So schwierig es für einen Schriftsteller auch sein mag, einen Verleger zu finden – zugegebenermaßen eine entmutigende Aufgabe –, ist es doch doppelt so schwer für einen Verleger, die Spreu vom Weizen zu trennen und ein sowohl gewinnorientiertes als auch anspruchsvolles Verlagsprogramm zusammenzustellen.‹

Gerald Ochs Davis senior
Fünfzig Jahre im Verlagsgeschäft

1

›Nur ein toter Schriftsteller ist ein guter Schriftsteller.‹

Patrick O'Connor

»Er ist *tot*?« schrie Pam Mantiss ins Telefon. »Was meinst du damit, er ist tot?«

»Ich glaube, daß hier die traditionelle Bedeutung des Wortes gemeint ist«, sagte Jim Meyer trocken. »Herzstillstand, Lungenversagen, keine meßbaren Gehirnfunktionen.«

Er sprach wirklich wie ein waschechter Rechtsanwalt, dachte Pam. »Aber wie kann er tot sein? Er muß uns in weniger als drei Monaten ein Manuskript abliefern.« Sie preßte die Hand gegen die Stirn. Peet Trawley tot. Es war unvorstellbar. Sie arbeitete seit zwanzig Jahren eng mit ihm zusammen. Die ganze Zeit über war er krank gewesen, jeden einzelnen Tag davon – oder hatte es zumindest geglaubt. Erst kürzlich hatte sie sich mit ihm getroffen. Natürlich hatte er furchtbar ausgesehen und behauptet, er könne nicht aus seinem Rollstuhl aufstehen. Aber er sah *immer* furchtbar aus, und Pam hatte lange den Verdacht gehegt, der Rollstuhl sei eher eine Requisite als eine Notwendigkeit. Ihm hatte er jedoch offenbar einen gewissen Schutz geboten, wie eine Art Panzer. Und diesen Schutz hatte er auch dringend nötig gehabt angesichts einer unersättlichen Exehefrau, die ununterbrochen Geld von ihm verlangte, und einer nicht gerade liebreizenden Schar Kinder und Stiefkinder aus beiden Ehen, die ebenfalls unersättlich hinter seinem Geld her waren.

»Du lieber Himmel, Jim. Er war die einzige sichere Bank, die ich für das Herbstprogramm hatte.«

»Trawley und der Hund von Lincolns Arzt.«

»Richtig.« Das war ein alter Verlegerwitz: Da sich Bücher über Lincoln, Bücher über Hunde und Bücher über Ärzte gut verkauften, mußte ein Buch mit dem Titel *Der Hund von Lincolns Arzt* hundertprozentig ein Bestseller werden. Natürlich wäre mit einem solchen Titel nichts anzufangen. Eine Garantie gab es nie, dachte Pam. Aber aufgrund von Peets vorangegangenen Erfolgen und dem Film konnte man damit rechnen, daß sich sein neues Buch gut verkaufen würde.

»Woher weißt du, daß er tot ist?« wollte sie wissen. In der Verlagsbranche gingen immer Gerüchte um. Vielleicht war es einfach nur Unsinn. Jim Meyer war nur Syndikus, ein Rechtsanwalt, keiner aus der Branche.

»Sein Rechtsanwalt, der das Testament eröffnet, hat angerufen. Peet ist am Mittwoch gestorben.«

»Sein Testament? Mein Gott, das ging aber schnell!« Andererseits – wer Edina, seine Frau, und den Rest von Peets Familie kannte, war nicht überrascht, daß sie sich um das Testament stritten, noch bevor die Leiche kalt war.

»Zu dumm – das mit deiner sicheren Bank«, sagte Jim gehässig.

Pam umklammerte den Hörer. Großer Gott! Er nahm es persönlich, daß sie nicht noch einmal mit ihm schlafen wollte. Als ob Pam nicht wüßte, daß es nirgendwo Sicherheit gab. Auch wenn sie deshalb manchmal verrückt zu werden drohte, verlieh gerade das ihrem Alltagstrott eine gewisse Würze.

Offenbar brauchte sie das. Und wenn sie darüber nachdachte, erkannte sie, daß sie ihr ganzes Leben lang süchtig gewesen war. In den Siebzigern hatte sie getrunken, in den Achtzigern war sie auf Sex und Koks umgestiegen, in den Neunzigern schließlich aufs Essen – bis ihr Gewicht und die Depressionen sie zu Prozac getrieben hatten. Kein Zweifel, dachte sie trübsinnig, sie war tatsächlich eine Frau ihrer Zeit.

Aber sie war darüber hinaus Cheflektorin bei einem der erfolgreichsten, immer noch angesehenen Verlage New Yorks, der Welthauptstadt der Verlage. Und da sie die erste und einzige Frau war, die diese Position bei Davis & Dash innehatte, wußte sie besser als jeder andere, daß es im Verlagswesen keine Sicherheiten gab. Zu dumm, daß sie gerade jetzt Sicherheit brauchte.

Sie ging zu dem kleinen Kühlschrank, der in einem Schrank verborgen war. Er enthielt unzählige, ordentlich in Reih und Glied aufgestellte Flaschen mit Snapple. Noch eine Sucht. Niemand durfte ihren wertvollen Snapple anrühren, auch wenn sie gelegentlich einem Autor ein Glas anbot, der zu Besuch war. Sie zählte die Flaschen, wählte einen Eistee mit Himbeergeschmack heraus, öffnete den Deckel und nahm einen kräftigen Schluck, obwohl es noch früh war. Auf dich, Peet, dachte sie. Und auf mich.

Pam hatte ihre Position nur erreicht, weil sie Talent besaß und früher stets bereit gewesen war, Überstunden zu machen. Zudem hatte sie ein fast schon unheimliches Gespür für erfolgversprechende Autoren. Wenn sie eine Wahl getroffen hatte, verteidigte sie sie mit Zähnen und Klauen. Natürlich kam ihr auch zustatten, daß sie – wie sie es nannte – ›nette Titten‹ hatte, ganz zu schweigen von den langen Beinen. Letztere hatte sie willig für Gerald Ochs Davis breitgemacht, als er zwischen zwei Ehen in ein Loch gefallen war. Ihres, um genau zu sein. Pam lächelte über den vulgären Ausdruck. Sie war gern vulgär. Und sexy. Und voller Ecken und Kanten. Aber ihre späte Mutterschaft, Prozac und Väterchen Zeit waren eifrig dabei, eben diese Ecken und Kanten abzuschleifen. Die Nachricht von Trawleys Tod hätte ihr in der guten alten Zeit vielleicht einen Schauer der Erregung abgerungen und ihr einen Adrenalinkick verpaßt, so daß sie die kommenden Schwierigkeiten fast hätte genießen können. Aber das war vorbei. Sie war müde. Verdammt, konnte sie sich denn tatsächlich auf nichts verlassen?

Sicher war nur, daß die Lektoratskonferenz, die bereits vor zehn Minuten begonnen hatte, sowohl zu lange dauern als auch unproduktiv sein würde. Vermutlich mußte sie sich die Beschwerden der Mädels aus dem Lektorat über das Chad-Weston-Buch anhören. Anschließend würde Lou Crinelli, einer ihrer jüngeren, ehrgeizigen Lektoren – der nach ihrem Posten schielte –, eine fünfundvierzigminütige Zusammenfassung eines Manuskriptes vortragen, das sie in der Hälfte der Zeit gelesen hätte. Pam seufzte. Alle Lektoren saßen bereits am Tisch und warteten auf sie.

»Hör zu, ich muß noch einen Vertrag durchsehen«, sagte Jim. »Ich wollte nur, daß du Bescheid weißt. Erzählst du es Gerald, oder soll ich das tun?«

Als wäre er der einzige, der arbeiten müßte. Pam verdrehte die Augen. Das waren keine guten Nachrichten für GOD, gerade jetzt, weil sie ihm auch noch mitteilen mußte, daß der Anfang seines Buches alles andere als begeisternd war. »Ich sag's ihm«, meinte sie. *Darauf* freute sie sich bestimmt nicht.

Sie legte auf und ging zum Fenster hinüber. Lauft doch einfach weiter, Füße, dachte sie, blieb aber stehen. Verstimmt nippte sie an ihrem Snapple. Wenn die Lektoratssitzung ohne sie begonnen hatte, mußten sie eben noch einmal von vorn anfangen, denn schließlich war *sie* es, die die Entscheidungen traf. Es regnete. Ein grauer, dünner Regenschleier ließ Manhattan aussehen, als sei es in einen schlechten französischen Film geraten. Pam biß sich auf die Unterlippe. Was sollte sie ohne das Trawley-Manuskript tun? Wie konnte sie es ersetzen? Welcher andere Titel garantierte ihr solche Verkaufszahlen?

Voller Bitterkeit dachte sie an die Summen, die Peet eingebracht hatte. Vierundzwanzig Bücher in sechzehn Sprachen. Über fünfzig Millionen verkaufte Exemplare. Natürlich gab es noch die Backlist, aber wenn sie keine neuen Erfolge und Einnahmen vorweisen konnte, verlor sie einen Teil ihrer Machtbasis. Sie legte ihre Fingerspitzen an das kalte Fensterglas und erschauerte.

Guter, alter Peet! Trotz seiner Hypochondrie und seiner ständigen Beschwerden hatte er alle neun Monate ein Buch ausgespuckt. Er besaß bestimmt eine Million Fans, die seine Bücher als Hardcover kauften, und mindestens dreimal so viele, die die Taschenbuchausgaben erstanden. Er war Pams Entdeckung gewesen. Um die Wahrheit zu sagen, verdankte Pam Peet ihre Position.

Vor Urzeiten, als sie selbst noch eines jener Mädels aus dem Lektorat gewesen war, hatte sie immer Manuskripte vom ›Schundstapel‹ – wo die unverlangt eingesandten lagen – mit nach Hause genommen. Heute machte sich keiner mehr die Mühe, so etwas zu lesen. Selbst damals hatte es sich nur bei wenigen gelohnt. Doch vor zwei Jahrzehnten hatte Pam noch fest daran geglaubt, daß sie in dem riesigen Heer der Namenlosen einen neuen Fitzgerald oder vielleicht eine neue Grace Paley entdecken würde. Aber nachdem sie Dutzende und schließlich Hunderte von miserablen, holprigen und schlecht getippten Manuskripten gelesen hatte, war ihr klargeworden, daß das unmöglich war. Wer in einem Abwasserkanal nach Gold schürfte, stieß nur auf Scheiße.

Dann war sie – sie wollte schon aufgeben – auf Peets Schauerroman gestoßen. Er spielte in einer windumtosten Küstenstadt Neuenglands und erzählte die Geschichte eines mißgestalteten Kindes, das, von den Bewohnern der Stadt versteckt gehalten, von allen verspottet wurde und voller Zorn heranwuchs. Das Manuskript war unglaublich schlecht geschrieben – Peet benutzte mit Vorliebe Adverbien –, besaß aber eine unleugbare Dynamik. Pam wußte, daß in das Manuskript noch jede Menge Arbeit gesteckt werden mußte, damit es auch nur annähernd veröffentlichungsreif war, aber sie war bereit, diese Arbeit zu übernehmen. Etwas Ursprüngliches ging von dem Roman aus. Der tiefe Haß des Mißgestalteten – der Peets Haß widerspiegelte – war deutlich spürbar. Nachdem Pam das Manuskript überarbeitet hatte und es vorzeigbar war, legte sie es ihrem Vorgesetzten vor und bat ihn, sich in der Lektoratskonferenz dafür einzusetzen. Er weigerte sich. In ihrer Verzweiflung handelte sie über seinen Kopf hinweg. Sie verlor, und es brach ihr das Herz, als Peet abgelehnt wurde.

Sie mußte ihn anrufen und ihm die schlechten Neuigkeiten mitteilen, nachdem sie ihm schon Hoffnungen gemacht hatte. Er sagte, dies sei das ›Omega‹ – das Ende seiner Versuche, eines seiner Manuskripte zu veröffentlichen. Nach all den Absagen und falschen Hoffnungen habe es keinen Sinn mehr, er gebe auf. Erst da erfuhr sie, daß Peet behindert war. Seit einem Motorradunfall saß er im Rollstuhl. Heute würde diese Information an Pams kampferprobtem Rücken abprallen, doch damals hatte es sie angespornt, ihre Bemühungen fortzusetzen.

Bis zu einem gewissen Grad hatte sie Erfolg. Zwar wollte man es nicht als Hardcover bringen, aber die Taschenbuchabteilung war bereit, es als Erstausgabe zu veröffentlichen. Überglücklich bestand Peet darauf, daß ein Omega den Schutzumschlag ziere. Es wurde zu seinem Markenzeichen – ein Symbol nicht für das Ende, sondern für einen Anfang.

Für Pam allerdings bedeutete es erst einmal das Ende. Als ihr Chef Wind davon bekam, wurde sie gefeuert. Einige Monate später waren dreieinhalb Millionen Taschenbuchexemplare verkauft. Viele Jugendliche identifizierten sich mit dem haßerfüllten, mißgestalteten Kind. Peet wurde berühmt. Er weigerte sich – Gott sei Dank –, ein Buch ohne das Omega auf dem Umschlag veröffentlichen zu lassen oder einen anderen Lektor zu akzeptieren als Pam. Natürlich bekam Pam nicht nur ihren Job zurück, sondern wurde fortan mit Samthandschuhen angefaßt. Peets nächstes Buch, das Pam ebenfalls völlig umschrieb, wurde im Hardcover eine halbe Million Mal und über vier Millionen Mal als Taschenbuch verkauft. Nach zwei ebenso und einigen weniger erfolgreichen Büchern wurde Pam ins Impressum mit aufgenommen, bekam eine üppige Gehaltserhöhung und am Ende den Job ihres Vorgesetzten. Und lenkte, zum erstenmal, die Aufmerksamkeit von Gerald Ochs Davis auf sich.

Pam Mantiss wußte, daß sie ihre Position nicht dieser wechselhaften Affäre zu verdanken hatte, auch wenn manche das Gegenteil behaupteten. Sie konnte sich behaupten, weil sie zäh und intelligent war und gute Arbeit leistete. Sie mied die Lincoln-/Arzt-/Hund-Bücher, spürte aber andere auf, die sich gut verkauften. Letztendlich konnte sie wesentlich mehr Erfolge als Mißerfolge vorweisen. Eine Menge kleiner Lektorinnen hatten mit Gerald Ochs Davis geschlafen, aber es gab nur sehr wenige kleine Lektorinnen, die zur Cheflektorin eines Verlagshauses aufgestiegen waren. Nur Pam und einer Handvoll anderer war das gelungen.

Doch die Zeiten änderten sich. In der Verlagsbranche ging es immer härter zu. Pam erinnerte sich an die guten alten Zeiten – die nur ein Jahrzehnt zurücklagen –, als achtzigtausend verkaufte Exemplare ein Buch zu einem Bestseller gemacht hatten. Nun bedurfte es schon drei- oder vierhunderttausend. Der Buchmarkt war größer als je zuvor, doch die Masse der Leser interessierte sich nur für ein paar wenige Themen. Und, was noch schlimmer war: Nun drängten auch noch die ›Barbaren‹ auf den Markt. Der Medienkonzern, dem Davis & Dash inzwischen angehörte, sah in dem Verlag ausschließlich ein weiteres gewinnbringendes Unternehmen. Nur Gewinne zählten, und die mußten sich jedes Jahr erhöhen. Der Druck, dem sie dadurch ausgesetzt war, bereitete ihr zunehmend Kopfschmerzen. Pam hatte einen neunjährigen Sohn zu versorgen. Julio, ihr Exehemann, war nach

Miami gegangen, vielleicht auch an die Westküste, nachdem sie ihn hinausgeworfen hatte. Egal. Wo auch immer er seine jämmerlichen Saxophonkünste zum besten gab oder mit Drogen dealte – er zahlte keinen Unterhalt für das Kind. Geld war bei Pam immer knapp.

Sie empfand einen unterschwelligen Haß auf ihre erfolgreichen Autoren, der daher rührte, daß sie zwar intelligenter und belesener war als die meisten von ihnen, die Autoren jedoch das Zwanzig- oder Dreißigfache ihres Gehaltes verdienten. Sie handelte die Verträge aus, also wußte sie Bescheid, und sie empfand es als schreiende Ungerechtigkeit. Peet Trawley war ein gutes Beispiel. Sie fand ihn weder brillant noch besonders talentiert. Er hatte sich gute Geschichten ausgedacht und war deshalb – mit ihrer tatkräftigen Hilfe – zu Wohlstand gekommen, während sie die ständig steigenden Hypothekenzinsen und die Privatschule, die Christophe besuchte, kaum noch bezahlen konnte.

Sie suchte ihre Unterlagen für die Lektoratssitzung zusammen: Notizen, Schreibblock, Zigaretten. (Sie hatte Christophe zwar versprochen, mit dem Rauchen aufzuhören, aber eine Lektoratskonferenz konnte sie nicht überstehen, ohne zumindest Rauch zu *sehen*.) Als sie ihr Büro eben verlassen wollte, kam ihr ein Gedanke: Vielleicht hatte Peet sie in seinem Testament bedacht? Er hatte oft verlauten lassen, wie dankbar er ihr sei – wenn er nicht gerade damit beschäftigt war, sie wegen der Korrekturen und ständigen Änderungen, zu denen sie ihn zwang, zu verfluchen. Geschenke hatte er ihr nie gemacht, doch sie erinnerte sich an Aussprüche wie ›Ich werde dich nicht vergessen‹ und ›Ich werde mich um dich kümmern, nach all dem, was du für mich getan hast‹.

War das nicht ein Zeichen gewesen, daß er ihr etwas hinterlassen wollte? Diese Erkenntnis traf Pam wie ein Schlag. Was war für Peet Trawley schon eine Million Dollar, vor allem jetzt, da er nicht mehr lebte? Er war nicht besonders spendabel gewesen, doch das würde er jetzt vielleicht wettmachen, so wie er es angedeutet hatte. Vielleicht hatten die Nachlaßverwalter Jim Meyer deshalb angerufen, und der – typisch Rechtsanwalt – war zu diskret gewesen, um etwas zu verraten.

Pams Beine gaben nach. Sie sank auf ihren Stuhl. Ja, natürlich! Peet Trawleys Tod könnte sie zu einer reichen Frau machen – zumindest zu einer wohlhabenderen. Sie konnte ihre Hypothek bei der Wohnungsbaugenossenschaft ablösen. Das bedeutete eine große Belastung weniger im Monat. Und Christophes überfällige Schulrechnungen bezahlen. Ein Freizeitlager im Sommer für ihn. Einen Pelzmantel. Vielleicht ein Schmuckstück – als Andenken an Peet. Pam lächelte. Wie ihre Großmutter zu sagen pflegte, gab es neben Wolken immer auch einen Silberstreif am Horizont. Ihr Silberstreif würde bald aus Platin bestehen.

2

›Ein Zeichen von Napoleons Größe war, daß er einmal einen Verleger erschießen ließ.‹

Siegfried Unseld

Opal saß kerzengerade, mit geschlossenen Beinen, den linken Fuß hinter dem rechten eingehakt. Sie bewahrte immer eine gute Haltung. Früher hatte sie Terry ständig ermahnen müssen, sich geradezuhalten. Opal befand sich im Empfangsraum von Simon & Schuster im neunten Stock, wo man natürlich nicht einfach herumstehen konnte. Deshalb hatte sie auf einer der geschwungenen, gepolsterten Bänke an der Wand Platz genommen. Da sie keine Rückenlehne besaßen und an der Wand die aktuellen und erfolgreichen Titel von S & S aufgereiht waren, blieb Opal nichts anderes übrig, als mit geradem Rücken dazusitzen. Ihre Hände lagen gefaltet auf Terrys dickem Manuskript. Die braune Schultertasche aus Leder lag neben ihr, und sie versuchte so ordentlich auszusehen wie möglich.

Sie hatte sich sorgfältig angezogen und trug nun eine schwarze Polyesterhose, eine schlichte blaue Bluse und den lavendelfarbenen Regenmantel. Bewußt hatte sie nichts anderes mitgenommen als die Handtasche und das Manuskript, das sie nicht einmal in eine Tüte gesteckt hatte. Es war gar nicht so einfach, ein solches Manuskript zu tragen, denn es war unhandlich und sperrig. Opal hatte Angst gehabt, es würde ihr aus den Händen gleiten. Sie hatte es mit sechs Gummibändern umwickelt – zwei längs und vier quer. Es war ein wenig lästig und ermüdend, die schwere Last zu schleppen. Wenn sie an der Bushaltestelle oder in der U-Bahn wartete, preßte sie das Manuskript fest an sich wie ein Baby. Setzte sie sich hin, legte sie es auf ihren Schoß. So wie jetzt.

Die dunkelhäutige Frau an der Rezeption schien sie vergessen zu haben; immer noch besser als das, was ihr am Tag zuvor passiert war. Bei Crown Publishers hatte man Opal aus der Empfangshalle geworfen, nachdem sie fast zwei Stunden lang versucht hatte, die Treppe hinauf zu gelangen. Sie hatte auch andere Strategien ausprobiert, um jemanden zum Lesen des Manuskriptes zu bewegen. Das hatte auch Terry schon getan – es funktionierte nicht. Dann hatte Opal entschieden, daß jedes Mittel recht war, damit Terrys Manuskript veröffentlicht wurde.

Mit der wunderbaren Auferstehung von Terrys Manuskript hatte Opal eine Aufgabe gefunden. Obwohl New York wie ein unbekanntes Labyrinth auf sie wirkte und die Verlagsbranche wie eine geheimnisvolle Welt mit eigenen Regeln und Gesetzen, war Opal nicht umsonst siebenundzwanzig Jahre lang Bibliothekarin gewesen – sie wußte, wie man recherchierte. Was sie herausfand, war weder beruhigend, noch gab es ihr Grund zu hoffen, doch Hoffnung hatte mit dieser Mission auch nichts zu tun. Opal würde ihr Vorhaben bis zum bitteren Ende durchstehen.

Glücklicherweise hatte sie andere Möglichkeiten entdeckt, um in die Verlagsgebäude zu kommen. Die Leute vom Sicherheitsdienst, die auf den Sitzen im Fahrstuhl herumlungerten, waren überraschend freundlich gewesen, wenn eine kleine alte, ordentlich gekleidete Dame sie angelächelt und ihnen mitgeteilt hatte, sie habe einen Termin mit einem Angestellten, dessen Name ihnen bekannt war. Der Ärger war erst losgegangen, wenn Opal im Empfangsbereich angekommen war. Da sie natürlich keinen Termin mit Ann Patty von Crown, Arlene Friedman von Doubleday, Faith Sale von Putnam oder Sharon DeLano von Random House vereinbart hatte, testete sie am Empfang verschiedene Vorgehensweisen. Manchmal behauptete sie, daß ein Irrtum vorliegen müsse. Manchmal gestand sie, daß sie zwar keinen Termin habe, aber die Mutter von einem Kollegen sei und warten werde. Aufgrund ihres Alters und ihres harmlosen Aussehens hoben die Empfangsdamen oft nur die Augenbrauen oder zuckten die Achseln und ließen sie dort sitzen. Doch die meisten teilten ihr mit, daß es keinen Sinn habe zu warten – ohne Termin könne sie den Verleger auf keinen Fall sprechen, und warten könne sie auch nicht. Später gab Opal immer vor, einen Termin zu haben, und stellte sich taub oder dumm, wenn man ihr sagte, ihr Name sei nicht vermerkt. Es war demütigend, aber eines hatte das Alter sie gelehrt – hartnäckig zu sein. Noch vor ein paar Jahren wäre sie viel zu schüchtern gewesen oder hätte solche Spiele peinlich gefunden.

Opal war manchmal selbst überrascht, daß es ihr inzwischen egal war, was man von ihr hielt. Vielleicht lag das an ihrem Alter. Oder an ihrem Schmerz. Vielleicht war sie auch weiser geworden. Sie wußte, daß Terry mit Höflichkeit und korrektem Vorgehen nichts erreicht hatte. Opal war inzwischen alles egal. Deshalb schämte sie sich auch nicht mehr, wenn eine Empfangsdame den Sicherheitsdienst rief, der sie hinausbeförderte. Nach einem Blick auf ihre Liste ging sie einfach zum nächsten Verlag.

Viele Verlage belegten mehrere Stockwerke in einem Hochhaus. Die Gebäude schienen sich vornehmlich in der Sixth Avenue, am Broadway und in der Third Avenue zu befinden. Opal begann mit den Verlagen, die Absagebriefe geschickt hatten, fragte allerdings nach anderen Personen als den Absendern. So klapperte sie einen Verlag nach dem anderen ab, ging von einem Gebäude und einem Stockwerk zum nächsten. Täglich telefonierte sie herum und recherchierte in der Bücherei, um so viele Lektorennamen wie möglich zusammenzutragen. Manchmal geriet sie an eine geschwätzige Empfangsdame, die ihr die Namen der Lektoren auf dem jeweiligen Stockwerk nannte. Opal schrieb sie sich heimlich für später auf und wartete dann, bis einer von ihnen kam oder ging. Deprimierend war nur, daß man ihr, sobald sie einen Lektor abgefangen hatte, unweigerlich mitteilte, ›Manuskripte ohne Empfehlung werden nicht gelesen‹, und sie aufforderte zu gehen. Die geschwätzige Empfangsdame sah sie mit einem Blick an, als hätte sie ihr ins Gesicht geschlagen. Passierte so etwas, gab Opal auf und verließ das Gebäude, da sie nicht riskieren wollte, daß die Rezeptionistin entlassen wurde. Doch sie schwor sich, zurückzukommen.

Heute, im neunten Stock von Simon & Schuster, hatte die Dame am Empfang sie nur deshalb so lange warten lassen, weil sie nicht zu Mr. Korda durchkam. Opal hatte seinen Namen bewußt gewählt. Korda war der Cheflektor und sein Telefon vermutlich dauerbesetzt. Das hatte schon bei anderen Gelegenheiten funktioniert. Nun sah es so aus, als hätte die Empfangsdame Opals Anwesenheit völlig vergessen, da sie in ein ausführliches persönliches Telefongespräch mit einem Mann namens Creon – oder so ähnlich – vertieft war, der sich offenbar später nicht mit ihr treffen wollte. Als ein großer, gutaussehender Mann mittleren Alters durch die Doppelglastür trat und das Telefonat unterbrach, um sich zu erkundigen, ob ein Päckchen für ihn abgeliefert worden sei, hörte Opal, wie die Empfangsdame sagte: »Nein, Mr. Adams, es ist nichts für Sie gekommen.« Opal sprang auf und lief auf ihn zu.

»Mr. Adams?« fragte sie. »Könnte ich Sie einen Augenblick sprechen?«

Adams sah sie mit einem freundlichen, offenen Gesichtsausdruck an.

»Sie sind doch Charles – Chuck – Adams, der Cheflektor, nicht wahr?« fragte Opal. Ihre Recherchen hatten sich ausgezahlt. Er nickte lächelnd.

»Ich habe ein Buch hier – ich meine, ein Manuskript –, das ich Sie bitten wollte zu lesen.« Das Lächeln auf dem Gesicht des großen Mannes verschwand, doch Opal ließ sich nicht beirren. »Keine Angst«, versicherte sie ihm. »Es ist nicht von mir.« Opal hatte gelernt, daß man mit hundertprozentiger Sicherheit abgewiesen wurde, wenn man sein eigenes Manuskript anbot. »Ich bin eine Art Agentin«, erläuterte sie. Mr. Adams nickte. »Meine Tochter hat es geschrieben.« Ein Fehler. Seine Gesichtszüge erstarrten. Verflixt! Sie hätte nicht erwähnen dürfen, daß Terry mit ihr verwandt war.

Adams blieb entgegenkommend und wurde nicht unfreundlich, aber auf seinem Gesicht lag nun ein gequälter Ausdruck. »Es tut mir leid. Wir befolgen in unserem Verlag den Grundsatz, keine Manuskripte ohne Empfehlung anzunehmen.«

»Wie soll man denn je ein Buch veröffentlichen, wenn niemand es lesen will?« rief Opal wütend. Doch Adams hatte ihr bereits den Rücken zugewandt und steuerte auf die Tür zu, die in das Innere des Allerheiligsten führte, wo er, dachte sie voller Bitterkeit, nicht von alten Damen mit Manuskripten belästigt wurde.

Dann zuckte sie die Achseln. Man konnte nicht von ihm erwarten, daß er den Grundsätzen des Unternehmens zuwiderhandelte. Oder daß er davon ausging, ihr Versuch, das Manuskript an den Mann zu bringen, unterscheide sich von den Bemühungen anderer. Wenigstens hatte er sie nicht hinausgeworfen oder den Sicherheitsdienst gerufen. Es hätte schlimmer kommen können. Opal nahm wieder Platz. Doch inzwischen hatte sich die Empfangsdame wieder an sie erinnert. Sie beendete ihr Telefonat.

»Sie haben keinen Termin bei Mr. Korda«, sagte sie empört. »Sie haben überhaupt keinen Termin vereinbart.«

Opal riß ihre Augen so weit auf, wie es ging, blieb aber sitzen. »Nein? Oh, ich war so *sicher*, daß es heute ist«, sagte sie. »Warum fragen Sie nicht kurz nach, ob man mich schnell dazwischenschieben kann? Ich bin extra aus Bloomingdale in Indiana angereist.«

Die Augen der Frau wurden schmal, während sie Opal offenbar abschätzte. Doch Opal saß einfach nur da und versuchte so gelassen wie möglich zu wirken. Das schwere Manuskript behinderte die Blutzirkulation von ihren Knien abwärts. »Ich warte«, sagte sie strahlend. Nach einer weiteren Minute Blickkontakt zuckte die Frau mit den Achseln. »Ich warte einfach«, wiederholte Opal mit weicher Stimme. Ja, sie würde waren. So lange warten, wie es nötig war.

3

›Sie fragen nach dem Unterschied zwischen einem Lektor und einem Verleger? Nun, ein Lektor wählt die Manuskripte aus, ein Verleger wählt die Lektoren aus.‹

Max Schuster

Emma Ashton saß an ihrem Schreibtisch, der so mit Manuskripten, Druckfahnen, Merkblättern und Konzeptpapier beladen war, daß sie zu ersticken drohte. Da sie sowohl Pams Korrespondenz als auch ihre eigene erledigen mußte, steckte sie bis über beide Ohren in Arbeit. Sie nahm den Brief zur Hand, der ganz oben auf dem Haufen lag.

Sehr geehrte Miß Mantiss,
ich bin wirklich schockiert, daß etwas so Wichtiges wie eine Buchveröffentlichung von etwas so Unbeständigem wie persönlichem Geschmack abhängt. Ein intelligenter Mensch, riet Duchamp vor fünfundsiebzig Jahren, solle seinen persönlichen Geschmack in einen Schrank schließen, um einem Kunstwerk ohne kindisches Vorurteil gegenübertreten zu können. Ich bin überrascht und traurig, daß jemand in einer gewissen Machtposition ein so eingeschränktes Wahrnehmungsvermögen hat. Könnten Sie mir einen anderen Verleger nennen, dessen ›persönlichem Geschmack‹ mein Gerissenes schönes Biest *zusagen könnte? Es ist ein Roman, der eine Leserschaft verdient. Vielen Dank.*

Emma hätte fast gelacht. Sie würde dieser verbitterten, enttäuschten Frau, die Pam geschrieben hatte, antworten müssen. Doch wozu? Emma seufzte. Die Frau war verrückt und zudem eine außerordentlich schlechte Schriftstellerin. Sie glaubte also tatsächlich, daß der ›persönliche Geschmack‹ einen Lektor nicht in der Wahl dessen beeinflussen sollte, was er zur Veröffentlichung vorschlug. Doch was sonst? Es versetzte Emma immer wieder in Erstaunen, daß so viele Leute mit so wenig Ermutigung und so wenig Talent versuchten, Bücher zu schreiben. Früher hatte sie das betroffen gemacht, inzwischen antwortete sie nur noch mit einem knappen Brief.

Überall auf dem Teppich und den Regalbrettern an den drei Wänden lagen Stapel von Briefen, Papieren, Umschlagentwürfen, Korrekturbögen und fertigen Büchern. Was hatte sie bloß auf die Idee gebracht, daß die Arbeit eines Lektors ordentlich und romantisch wäre? Sie mußte lächeln. Sie erinnerte sich sehr gut daran. Als sie neun gewesen war, hatte eine bedeutende Persönlichkeit die Grundschule von Larchmont besucht. Die gesamte dritte Klasse, in der auch Emma war, hatte sich in der Bibliothek versammelt und der Rede einer Autorin gelauscht, einer großen Frau mit riesigem Kopf und grauen Haaren. Sie hatte über ihr Leben als Schriftstellerin gesprochen und darüber, wie man einen jener Kriminalromane schrieb, die sie berühmt gemacht hatten. Irgendwie war die neunjährige Emma nicht sonderlich angetan gewesen von der Idee, Schriftstellerin zu werden, obwohl sie das Lesen liebte. Sie hatte höflich zugehört, interessiert, aber nicht inspiriert. Erst als eine ihrer Klassenkameradinnen die Hand gehoben und gefragt hatte, was eigentlich mit einem fertigen Manuskript geschehe, wurde Emmas Aufmerksamkeit geweckt. »Nun«, hatte die Dame erklärt, »dann schicke ich es an meine Lektorin, eine Frau, die in einem großen Büro in einem hohen Wolkenkratzer in New York sitzt. Ihr wird ziemlich viel Geld dafür gezahlt, daß sie mein Buch liest, und dann sagt sie mir, wie ich es noch verbessern kann. Das tue ich dann, und anschließend wird das Buch gedruckt, gebunden und an die Buchläden verschickt.«

Emma war fasziniert gewesen – nicht von der Schriftstellerin, sondern von der mysteriösen Lektorin, die ›in einem großen Büro in einem hohen Wolkenkratzer in New York‹ saß. Emma war oft mit ihren Eltern und ihrem älteren Bruder Frederick in New York gewesen. Diese Stadt verkörperte für sie das Zentrum des Universums. Sich vorzustellen, dort ein eigenes großes Büro zu haben und den ganzen Tag Bücher zu lesen! Lesen konnte sie gut. Dafür bezahlt zu werden, daß man Bücher las, schien für Emma das höchste aller Gefühle zu sein. Und ein Büro in einem *Wolkenkratzer* zu haben! Von diesem Augenblick an wußte Emma, was sie einmal werden wollte.

Nun war sie Lektorin und kämpfte ironischerweise vor allem mit drei Dingen: Erstens war ihr Gehalt sehr niedrig, zweitens ihr Büro sehr klein – wie nahezu alle Büros in Verlagsgebäuden –, und drittens hatte sie nur selten Zeit zu lesen. Ihre Tage waren mit Besprechungen über neue Bücher, Lektoratskonferenzen und mehr Telefonaten, als ihr lieb war, angefüllt, und gelegentlich aß sie auch einmal mit einem Autor zu Mittag. Ihr Arbeitspensum war enorm.

Während ihres ersten Jahres bei Davis & Dash war sie sogar samstags und sonntags ins Büro gegangen. An diesen Tagen konnte sie am besten arbeiten, denn unter der Woche hinderten sie Lärm, Telefonanrufe, Konferenzen und anderes daran, sich beim Lesen zu konzentrieren. Damals – vor fünf Jahren, sie war noch Lektoratsassistentin – hatte sie an einem Schreibtisch in einem der vielen abgeteilten Räume eines Großraumbüros gearbeitet. Nach einem Jahr hatte sie es als zu deprimierend empfunden, jeden Morgen ins Büro zu kommen und den Tag an einem solchen Ort zu verbringen, wo es nicht einmal Fenster gab. Also war sie an den Wochenenden nicht mehr ins Büro gegangen, sondern hatte sich die Arbeit mit nach Hause genommen.

Anfangs war auch das keine besonders gute Lösung gewesen. Als sie nach New York gekommen war, hatte sie sich ein Ein-Zimmer-Apartment mit zwei Studentinnen geteilt und nur ein Eckchen im Wohnzimmer zur Verfügung gehabt. Eine ihrer Mitbewohnerinnen war eine Ordnungsfanatikerin, und das Wohnzimmer mußte immer ordentlich aufgeräumt sein. Ein ausgebreitetes Manuskript nach der Arbeit wieder einzusammeln, hatte sie unnötige Zeit gekostet, war unproduktiv und frustrierend gewesen. Sobald sie eine Gehaltserhöhung bekommen hatte, war Emma ausgezogen.

Diese Entscheidung war richtig gewesen, denn mit ihren beiden Mitbewohnerinnen hatte sie sich ohnehin nicht sonderlich verstanden. Sie hatten sie immer wieder gefragt, weshalb sie sich in ihrer Arbeit vergrabe und nie Verabredungen habe. Das war Emma lästig gewesen. Allein zu wohnen, gefiel ihr besser. Niemand stellte Fragen, und sie hatte den nötigen Platz zum Arbeiten. Aber manchmal war sie einsam.

Ich sollte dankbar sein, daß ich mir jetzt, nach der Beförderung zur Lektorin, eine eigene Wohnung leisten kann und mein eigenes Büro habe, sagte sie sich. Normalerweise war sie das auch. Ihre Wohnung im Village war groß und hell. Nur wenige Möbel standen darin, denn sie hatte beschlossen, von ihrer Mutter keine Hilfe anzunehmen. Sie wollte es allein schaffen, mit Hilfe des kleinen Treuhandvermögens, das ihr Vater ihr hinterlassen hatte. Sie würde schon klarkommen. Obwohl sie zu der verwöhnten jungen Generation gehörte und für einen Hungerlohn arbeitete, ging es ihr im Prinzip gut.

In diesem Augenblick klingelte das Telefon. Emma fuhr zusammen. Sie nahm nicht ab, sondern hoffte, daß Heather, die Assistentin, die sie sich mit zwei anderen Lektoren teilte, an ihrem Schreibtisch saß und den Anruf entgegennahm. Doch das war unwahrscheinlich. Auch beim zweiten Klingeln rührte Emma sich nicht. Eigentlich mußte sie nicht drangehen. Doch dann probierte der Anrufer es womöglich später wieder, während sie gerade ihre Antwortbriefe nach dem Diktaphon abtippte. Also nahm sie beim dritten Klingeln ab.

»Emma Ashton? Sind Sie das?« begrüßte sie die quengelige Stimme von Anna Morrison. Emma seufzte, achtete aber darauf, daß Anna es nicht hörte. Nicht, daß Anna viel hören konnte – sie war schwerhörig. Emma mußte bei ihren Gesprächen schreien, um sich verständlich zu machen.

»Emma Ashton? Sind Sie das?« brüllte Mrs. Morrison wieder. Emma antwortete, daß sie es sei. »Gut, daß ich Sie erwische. Ich bin ziemlich aus dem Häuschen, wirklich. Ich liebäugle mit einer Neuauflage von *Grüne Tage, schwarze Nächte*.«

Anna war zwar etwas verwirrt, aber nicht so verrückt zu glauben, ihr altes Buch würde tatsächlich noch einmal aufgelegt. Emma wußte das. Anna wollte einfach mit jemandem reden.

Früher – vor Emmas Zeit, vor Pams Zeit und sogar vor Gerald Ochs Davis' Zeit – war Anna Morrison eine Bestsellerautorin gewesen. Inzwischen war sie ein Verlagsmaskottchen, eine Art Überbleibsel aus der Zeit von Frank Yerby und *Die Füchse von Harrow*. Keines ihrer Bücher war wieder aufgelegt worden. Man fand sie höchstens noch in den verstaubten Bücherregalen von Bibliotheken. Zweifellos war 1954 zum letztenmal eines ausgeliehen worden. Das Problem war nur, daß Anna Morrison, im Gegensatz zu anderen alten Autoren, nicht begreifen wollte, daß ihre Karriere beendet war. Noch Jahre nach der Veröffentlichung ihres letzten Werkes hatte sie Mr. Davis das Leben schwergemacht, bis er sie schließlich an Pam Mantiss weitergereicht hatte und die, erbarmungslos, an Emma. Jedes Verlagshaus hatte seine ›Geister‹. Und die arme Emma brachte es nicht über sich, Anna Morrison einfach zu ignorieren. Sie kannte deren Problem – sie war einsam. Und Emma war nicht so herzlos wie Pam, die meistens einfach aufgelegt hatte. Statt dessen machte sie es sich in ihrem Stuhl bequem und sammelte Energie, um die Fragen der armen alten Frau laut genug zu beantworten.

Die Fragen wollten kein Ende nehmen, aber schließlich war es überstanden – zumindest was den geschäftlichen Teil betraf. Doch Mrs. Morrison suchte persönlichen Kontakt. »Und Sie, Emma? Wie geht es Ihnen? Immer nur Arbeit, kein Vergnügen? Gibt es einen netten jungen Mann in Ihrem Privatleben?«

Bei der letzten Frage schnaubte Emma fast. Sie hatte kein Privatleben. Obwohl sie letzte Nacht ausnahmsweise einmal ausgegangen war – ins Grey Rabbit – und trotz ihrer Schüchternheit und Zurückhaltung tatsächlich jemanden kennengelernt hatte, Alex. Aber sie würde der alten Anna Morrison nicht auf die Nase binden, daß sie Alex in der Bar ihre Telefonnummer gegeben hatte. Vermutlich würde sie sowieso nie wieder etwas von Alex hören.

»Nichts Neues, Mrs. Morrison«, sagte sie so fröhlich wie möglich. Sie konnte einen Seufzer nicht unterdrücken. Warum wollten die Menschen eine Telefonnummer haben, wenn sie doch nicht anriefen? Emma erzählte Anna Morrison ein wenig von dem heftigen Klatsch über Chad Westons neues Buch. Schließlich gelang es ihr, sie loszuwerden. Sie überlegte, was sie noch zu tun hatte, ging alles sorgfältig und methodisch durch. Die *Zu-erledigen*-Liste wuchs auf drei Seiten an.

Die Tür ging auf. Pam Mantiss streckte – ohne angeklopft zu haben – ihren Kopf herein. »Der Scheißkerl ist tot«, sagte sie. »Was zum Teufel soll ich jetzt tun?«

»Wer?« fragte Emma.

»Peet Trawley. Der Mistkerl ist einfach so gestorben. Wissen Sie, was mir sein Rechtsanwalt gerade erzählt hat? Er sagte, Peet hätte die Inschrift auf seinem Grabstein bereits zu Lebzeiten festgelegt. Wissen Sie, was draufsteht?« Emma schüttelte den Kopf.

»›Ich habe euch doch gesagt, daß ich krank bin.‹« Pam lachte wie verrückt, nahm einen Schluck aus ihrer Snappleflasche und warf einen Stapel Papiere auf Emmas Tisch. »Ich würde am liebsten ein verdammtes Omega auf den Grabstein meißeln. Ende. Ich weiß verflucht noch mal einfach nicht, was ich tun soll.« Pam warf sich auf Emmas Besucherstuhl. »Ich kann nicht glauben, daß mir das passiert. Lesen Sie diesen Scheiß da durch, und stellen Sie den Verkaufsbericht zusammen. Ich habe keine Zeit dafür. Verdammt! Ich kann einfach nicht glauben, daß der Schweinehund krepiert ist.« Pam trank den Snapple aus und warf die Flasche in Emmas Papierkorb. Dann stand sie auf und verließ das Zimmer.

Emma warf einen Blick auf das Regal mit Peet Trawleys Werken. Jedes Buch trug das Omega-Symbol auf dem Schutzumschlag, das sie und die anderen Lektoren boshaft ›das alte griechische Symbol für Schund‹ nannten. Peet war tot, Pam erschüttert, Emma einfach durstig. Sie wünschte, sie hätte einen Schluck von dem Snapple abbekommen, aber Pam teilte nie.

Nun mußte sie auch noch den Verkaufsbericht überarbeiten. Das bedeutete stundenlange Arbeit. Sie nahm das Bündel zerknitterter Papiere auf, das Pam ihr auf den Schreibtisch geworfen hatte, und fragte sich, woher sie die Zeit nehmen sollte, um ihrer *Zu-erledigen*-Liste auch nur einen weiteren Punkt hinzuzufügen.

4

›Wenn man ein Buch liest, hat man häufig das Gefühl, der Autor hätte es eigentlich vorgezogen zu malen, statt zu schreiben. Man kann die Freude, die er bei der Beschreibung einer Landschaft oder einer Person verspürt hat, richtig nachempfinden, da sie so plastisch wirken, als hätte er tief in seinem Innersten lieber Pinsel und Farben für ihre Ausgestaltung verwendet.‹

Pablo Picasso

Camilla und Frederick erreichten Assisi in der Dämmerung. Der Fahrer fuhr gekonnt durch die enge Straße, die den Berg hinauf und wieder hinunterführte, dann durch ein Tor und an dem Franziskanerkloster vorbei, um sich schließlich zu dem ehrwürdigen Hotel Subiaso hochzuschlängeln. Es war das einzige Hotel neben der riesigen Basilika. Ihr Zimmer besaß eine Veranda, die groß genug war, um eine kleine Cocktailparty darauf abzuhalten. Camilla konnte der Versuchung nicht widerstehen, die Glastüren zu öffnen und hinauszutreten. Von hier aus hatte man einen herrlichen Ausblick auf die umbrische Ebene zwanzig Meter unter ihnen. Obwohl sie nervös war und sich unter anderem bang fragte, wer wo schlafen würde, fesselten die Szenerie und vielleicht auch Frederick sie.

»Wunderschön«, sagte sie ehrfürchtig. Er gesellte sich zu ihr und nickte. »Es sieht aus wie eine Landschaft auf einem Gemälde von Leonardo.«

»Sie haben einen guten Blick dafür.«

»Ich wäre Malerin geworden, wenn ich Talent gehabt hätte«, vertraute Camilla ihm an.

»Und ich wäre Maler geworden, wenn *ich* Talent gehabt hätte.« Sie sah ihn an, überrascht. Dann wurde ihr Blick wieder von der Aussicht angezogen. »Gefällt es Ihnen?« fragte er.

»Mir gefällt alles. Vor allem Sie.« Verlegen wurde ihr bewußt, welche Wärme in ihrer Stimme mitgeklungen hatte. »Außer daß Sie Guardi Canaletto vorziehen.«

»Ha!« Er hob seine Hand und berührte ihr Haar. »Sie offenbaren Ihre bürgerliche Herkunft, meine Liebe.«

Unwillkürlich zuckte sie zusammen und sah dann wieder auf die Ebene hinunter. Sie konnte sich über ihre Gefühle nicht klarwerden, und seine Worte hatten sie getroffen. Ihre Herkunft war alles andere als bürgerlich – sie stammte aus viel ärmlicheren Verhältnissen. Was wollte er mit diesem kleinen Scherz andeuten? Unter ihnen gingen die Lichter an. »Es ist wunderschön«, sagte sie. »Ich bin noch nie über Nacht in Assisi gewesen. Eine solche Aussicht hat man bestimmt nur von diesem Hotel aus.«

»Das ist noch gar nichts«, meinte Frederick. »Sehen Sie mal hier.« Sanft nahm er sie am Arm und drehte sie nach rechts. Dort, an der Seite des Berges, erstrahlte die Kirche des Heiligen Franziskus in voller Beleuchtung, edel und majestätisch wie der Bug eines riesigen Schiffes. Camilla schnappte nach Luft. Sie hatte die Basilika schon einmal bei Nacht gesehen, genauer gesagt, den beleuchteten Eingang mit den massigen Steinportalen, den man von der Piazza aus erkennen konnte. Aber das ließ sich nicht mit diesem Anblick vergleichen – von hier aus wirkte das Gebäude noch zehnmal größer.

»Unglaublich, nicht wahr?« sagte Frederick. »Und diese Doppelkirche wurde in nur drei Jahren erbaut.«

Das Bauwerk war wirklich erstaunlich. Im Prinzip hatte man auf eine Kirche einfach noch eine Kirche gebaut. Obwohl ohne Kuppel, ließ die Höhe der beiden aufeinandergesetzten Bauten, die förmlich aus dem Berg von Assisi herauswuchsen, das Ganze unglaublich eindrucksvoll erscheinen. Die Reihen der an dem steil abfallenden Hang des Assisi-Berges aufragenden Stützpfeiler erinnerten an das riesige Skelett eines Fossils. Es war ein atemberaubender Anblick; Camilla war plötzlich glücklich, von jener Art Glück erfüllt, ja fast berauscht, das unvermittelt und unerwartet in einem aufsteigt und das man nicht erzwingen kann. Und bestimmt sah man ihr dies auch an. Sie wünschte, sie könnte es in Worte fassen, ihm danken und ihm sagen, wieviel ihr dieser Anblick bedeutete. Doch mit Worten konnte sie sich nur schlecht ausdrücken – außer auf dem Papier. Sie hatte es noch nicht einmal geschafft, das heikle Thema anzusprechen, ob Frederick von ihr erwartete, daß sie mit ihm schlief. Sie haßte es, wenn ihr die richtigen Worte fehlten.

Vielleicht hatte Frederick ihre Gedanken erahnt. »Bleiben Sie nur hier«, sagte er. »Mein Zimmer ist nebenan.« Bevor sie etwas erwidern konnte, hatte er sich zurückgezogen. Sie bekam ein schlechtes Gewissen. Bisher war alles so einfach gewesen. Keine peinlichen Annäherungsversuche, die sie hätte zurückweisen müssen, oder – noch viel schlimmer – unangenehme Diskussionen und gegenseitige Beschuldigungen. Sie war offensichtlich frei, trug keine Fesseln. Sie konnte diese Schönheit genießen, ohne dafür mit ihm ins Bett gehen zu müssen. Offenbar hatte sie Frederick falsch eingeschätzt.

Heute abend fühlte sie sich, als gehöre sie zu den Privilegierten. Bei früheren Tagesausflügen hatte sie oft nach oben geschaut und die Leute auf den vielen Terrassen und Balkonen des Subiaso beobachtet. Ihr war klar gewesen, daß dies, wie ihre Mutter es sicher ausgedrückt hätte, nichts ›für unsereins‹ war. Jetzt übernachtete sie doch hier. Sie lächelte in die Dunkelheit hinein. Diesen Ausblick zu genießen war genauso schön, als besäße sie ein wundervolles Gemälde. Sie versuchte, sich die Aussicht einzuprägen, damit sie sie jederzeit vor ihrem geistigen Auge auferstehen lassen konnte.

Genau in diesem Moment öffnete sich ein Fensterladen, und auf einem viel kleineren Balkon nebenan erschien Frederick. Er winkte. »Meinen Sie, Sie könnten eventuell eine Zeitlang auf diesen Anblick verzichten, wenn ich Ihnen dafür ein Abendessen auf der Terrasse unten in Aussicht stelle?« Er deutete nach unten. Seine Hand konnte Camilla in der zunehmenden Dunkelheit nicht sehen, aber dafür seine strahlend weißen Hemdmanschetten. Sie warf einen Blick hinunter. Zwei oder drei Stockwerke unter ihnen befand sich eine riesige Piazza. Sie hatte sie bisher nicht entdeckt, weil sie vollständig von einem Dach aus grünen Blättern bedeckt war. Unterhalb des grünen Baldachins konnte sie Gäste erkennen, die eben ihre Plätze an den Tischen einnahmen.

»Ich habe einen Tisch reservieren lassen. Ich wollte sichergehen, daß wir einen Platz am Geländer haben«, sagte Frederick. Er hielt seinen Kopf auf diese lustige, für ihn typische Art geneigt – er lag fast auf der Schulter wie bei einem Vogel. »Also, können Sie sich von diesem Anblick losreißen und statt dessen mit mir essen gehen?« Seine weißen Zähne blitzten in der Dunkelheit.

Sie nickte. Dann fiel ihr ein, daß er diese Bewegung in der Dunkelheit nicht sehen konnte. »Ja«, rief sie zu ihm hinüber. »Ich bin am Verhungern. Aber sind Sie nicht etwas geschlaucht?«

»Was? *Geschlaucht*? Klingt nicht sehr gesund.« Sie hörte ihn lachen und errötete.

Immer sagte sie das Falsche. Vermutlich hörte sie sich an wie eine Halbstarke. »Müde«, sagte sie verwirrt. »Ich meinte müde. Egal, klopfen Sie an meine Tür, wenn Sie fertig sind. Ich komme dann mit Ihnen rüber.« Plötzlich ging ihr auf, was sie gerade gesagt hatte, und sie errötete noch heftiger. »Ich komme dann mit Ihnen runter«, korrigierte sie sich.

»Nun, eigentlich würde ich das erste vorziehen, aber ich werde mich mit dem zweiten begnügen«, konterte Frederick lachend.

Hervorragend. Er war ausgesprochen höflich, und sie machte zweideutige Bemerkungen! Sie war völlig durcheinander. Erneut wunderte sie sich über ihn. Er war sehr aufmerksam, aber das waren viele homosexuelle Männer. Warum verreiste er ausgerechnet mit seiner Mutter? Aber vielleicht war er ja *nicht* schwul. Verwirrt ging Camilla in ihr Zimmer zurück und bemerkte erst jetzt, daß es eigentlich eine kleine Suite war. Der Salon war mit alten, aber geschmacklosen italienischen Möbeln ausgestattet, nach dem Motto ›vergoldet und bemalt heißt *bellissimo*‹. Eine kleine Tür führte in das winzige Schlafzimmer. Es bot gerade genug Platz für ein großes Bett, das mit Girlanden aus Pfingstrosen bemalt war, und einen riesigen, dazu passenden Schrank. Auch hier gab es Fensterläden, die auf einen kleinen Balkon führten, ähnlich dem, auf dem Frederick vorhin gestanden hatte. Camilla sah vom Balkon auf das Bett. Heute nacht konnte sie mit geöffneten Läden schlafen und morgen mit einem Ausblick aufwachen, der in ganz Umbrien seinesgleichen suchte. Sie lächelte und zwang sich dann, ihre Gedanken wieder auf die Gegenwart zu lenken, sich zu waschen und umzuziehen. Sie war gerade fertig geworden, als Frederick an die Tür klopfte. Schnell schnappte sie sich einen Pullover, den sie sich über die Schulter legen konnte, und trat zu ihm auf den Flur hinaus.

Camilla war von dem Speisezimmer entzückt – wenn man eine Veranda, die mit Weinranken bedeckt war, als Zimmer bezeichnen konnte. Wieder, wie in San Gimignano, wurden sie zum besten Tisch geführt. Er stand in der Ecke, in der die beiden Geländer aufeinandertrafen. Das Blätterdach raschelte, und Camilla legte sich den Pullover um die Schultern.

»Kalt?« fragte Frederick. »Wollen Sie mein Jackett?«

»Nein, danke«, antwortete sie, »ich finde es wunderbar.«

Und so war alles. Das Essen war wunderbar, die Aussicht war wunderbar, und der Wein war wunderbar. Trotz Camillas Schüchternheit sprachen sie über das Franziskanerkloster und die Kirche Santa Chiara und überlegten, wie sie den nächsten Tag verbringen sollten. Das Speisezimmer summte förmlich von den Gesprächen der Paare und Familien, die den Abend genossen.

Als Frederick abschließend einen Espresso bestellen wollte, schüttelte Camilla den Kopf. So spät am Abend konnte sie keinen Kaffee mehr trinken; außerdem mochte sie Kaffee immer noch nicht sonderlich, trotz der Jahre, die sie in Amerika und Italien verbracht hatte. Sie war eben eine typische Engländerin, auch wenn sie sich in New York an Pulverkaffee gewöhnt hatte. Sie würde nie zugeben, daß sie keinen anderen trank.

»Wissen Sie was?« fragte er. »Warum nehmen wir das Dessert und meinen Espresso nicht auf Ihrer Veranda ein?« Er drehte sich zu dem Ober um, der sofort nickte.

O nein, dachte Camilla. Nun war es soweit. Sie hätte es wissen müssen. Es war ihre eigene Schuld. Zögernd stand sie auf, und Frederick zog den Stuhl beiseite. Dann nahm er ihren Arm knapp oberhalb des Ellenbogens, und sie durchquerten das Speisezimmer. »Es gibt hier ein wunderbares Fruchtsorbet, das in einem ausgehöhlten, gefrorenen Pfirsich serviert wird«, sagte er leise. »Ich habe eines für Sie bestellt.«

Camilla nickte steif. Frederick ging sehr langsam und schien sich fast an sie zu klammern. Den Kopf hielt er auf seine typische Art geneigt. Sie betraten den Fahrstuhl, und als sie ihre Etage erreicht hatten, führte Frederick sie zu ihrem Zimmer. Sie kämpfte mit dem großen, altmodischen Schlüssel, doch es gelang ihr nicht, die Tür zu öffnen, da ihre Hände zu sehr zitterten. Sanft nahm Frederick ihr den Schlüssel ab, steckte ihn geschickt ins Schlüsselloch und öffnete die Tür. Das war's dann, dachte sie, und ihr Mut sank. Sie gingen durch den Salon und traten auf die Veranda hinaus. Ein Kellner folgte ihnen, legte ein weißes Tischtuch auf den Tisch und wischte die beiden bemalten Stühle ab. Sie nahmen Platz, während er schwungvoll den Espresso vor Frederick und den Pfirsich vor Camilla stellte. Der Pfirsich glich dem Gesicht eines chinesischen Babys. Oben hatte man einen Deckel abgeschnitten und wie einen kleinen Hut wieder aufgesetzt. Trotz ihrer Befürchtungen mußte Camilla lächeln. Und das Sorbet war köstlich. Interessanterweise hatte es einen intensiveren Pfirsichgeschmack als die besten frischen Früchte, die sie je gegessen hatte. Sie nahm den langen Löffel und bot Frederick schweigend etwas an, doch entweder bemerkte er ihre Geste nicht, oder er ignorierte sie. Vielleicht machte er sich auch nichts aus Süßspeisen. Oder er wartete auf einen Nachtisch anderer Art.

Er trank seinen Espresso aus und beugte sich dann vor. »Camilla, ich möchte Sie bitten, etwas für mich zu tun. Ich weiß, ich verlange viel von Ihnen. Sie müssen Vertrauen haben, aber glauben Sie mir, Sie können mir vertrauen.«

O Gott, dachte sie. Jetzt kommt's. Das hatte nur passieren können, weil sie den Mund nie rechtzeitig aufmachte. Es war das beste, die Initiative zu ergreifen. »Wollen Sie mit mir schlafen?« fragte sie mit ausdrucksloser Stimme.

Frederick lehnte sich zurück. Lange sagte er nichts. »Das ist ein sehr nettes Angebot, und ich bin sicher, daß es außerordentlich erfreulich wäre, aber daran hatte ich eigentlich nicht gedacht.« Er machte eine Pause, und Camilla wäre am liebsten vor Scham im Boden versunken. »Ich wollte Sie um etwas Intimeres bitten«, sagte er dann. »Ich hatte gehofft, Sie würden mir aus Ihrem Manuskript vorlesen.«

Sie waren in den Salon umgezogen, weil es dort mehr Licht gab. Frederick lag auf dem unbequem wirkenden Sofa, im Rücken ein noch unbequemer aussehendes Polster, Camilla saß schräg gegenüber auf einem kleinen Stuhl neben dem Tisch mit der Lampe. Das Manuskript lag auf ihrem Schoß. Seit sie ihr Buch beendet hatte, nahm sie es überallhin mit. Frederick hatte eine Flasche Pellegrino bestellt, und Camilla hielt nun, am Ende des Kapitels, inne, um einen Schluck zu trinken. Sie hatte Angst davor, ihn anzusehen, da sie immer noch verlegen war. Und viel zu aufgeregt. Noch nie hatte sie jemandem das Manuskript gezeigt, geschweige denn daraus vorgelesen. Es machte einen großen Unterschied, ob man das Geschriebene las oder hörte. Sie stolperte über holprige Sätze und einige Wiederholungen, doch alles in allem, dachte sie, entsprach es dem, was sie hatte ausdrücken wollen. Sie war entzückt gewesen, als er bei den lustigen Stellen gelacht hatte, und einmal hatte sie ihm sogar heimlich aus den Augenwinkeln einen Blick zugeworfen, als sie die Szene vorlas, in der Mrs. Florence Mallabar zum erstenmal auftauchte. Sie war sich nicht ganz sicher, aber sie glaubte, daß er dabei gequält das Gesicht verzogen hatte.

Sie leerte das Glas mit dem Mineralwasser und stellte es ab. Beide schwiegen einige Minuten lang.

»Sind Sie müde?« fragte er dann.

Sie schüttelte den Kopf, aber sie wollte ihn auch nicht langweilen. »Ich höre jetzt auf«, versprach sie ihm. »Es ist nicht sehr gut, oder?« Das elfte Gebot in England hieß ›Du sollst dich nicht selbst loben‹, und das beherzigte sie immer noch.

Frederick schwang seine Beine über die Seitenlehne des Sofas und setzte sich auf. »Camilla«, sagte er, »es ist herrlich. Es ist wirklich eine herrliche Geschichte. Ihre Beschreibungen – sie sind einfach brillant. Ich konnte alles vor mir sehen, was Sie beschrieben haben.« Er schwieg. »Aber das ist gar nicht einmal das Wesentliche. Die Personen – diese Frauen wirken so echt; ich kenne sie, sie sind mit meiner Mutter befreundet. Sie sind lustig. Und sie sind beherzt.« Er hielt inne. Camillas Herz schlug so laut, daß sie glaubte, er müsse es hören. »Sie zeigen so viel Verständnis und Mitgefühl für sie, Camilla. Sie sind gut, wirklich gut.«

Sie saß lange Zeit da, ohne sich zu bewegen. Dann verbarg sie ihr Gesicht in den Händen und begann zu weinen, leise zuerst, aber schließlich brach es mit Macht aus ihr heraus. Sie weinte, weil sie ihm glaubte. Dieses Buch, das sie aus purer Einsamkeit und Verzweiflung begonnen hatte, an dem sie mit Disziplin und später mit ihrer ganzen Konzentration und Liebe gearbeitet hatte, war tatsächlich etwas wert. Es hatte ein Eigenleben angenommen, und das nicht einfach nur, weil Frederick es gesagt hatte. Er hatte nur ihre geheime, feste Überzeugung in Worte gefaßt. Sie sah ihn an. »Danke«, sagte sie.

5

›Es ist sehr nett, wenn ein Verleger Ihr Buch veröffentlichen will, aber messen Sie dem nicht zu viel Wert bei, sonst kommen Sie ins Schleudern. Schreiben Sie einfach weiter.‹

Natalie Goldberg

Judith lag auf dem Bett. Ihre Füße waren kalt, aber sie konnte sich nicht aufraffen, das Laken zu entwirren und sich zuzudecken. Sie hatte einfach keine Energie mehr. Mit großer Anstrengung drehte sie den Kopf nach rechts, um auf die elektrische Uhr auf ihrem Nachttisch zu sehen. Es war schon fünf vor halb zwölf. In der staubigen kleinen Wohnung verhielt es sich mit der Zeit seltsam: Einmal verstrich sie unerträglich langsam, dann wieder blitzschnell. Sie mußt bald mit Daniels Rückkehr rechnen.

Fast fünf Stunden lang hatte sie hier gelegen, allein mit ihren Gedanken. Niemand hatte angerufen. Seitdem sie mit ihrer Familie gebrochen hatte, hörte sie nichts mehr von ihnen – abgesehen von dem Brief, den ihre Mutter ihr jeden Monat schrieb. Aus ihrer Studentenzeit waren auch keine richtigen Freunde übriggeblieben. Nach ihrer Heirat mit Daniel hatte sie den Kontakt zu ihren beiden ehemaligen Mitbewohnerinnen am College abgebrochen – Stephanie und Jessica erschienen ihr plötzlich so jung, außerdem hatte Daniel sie nicht gemocht. Judith hatte auch keinen Kontakt zu den kalten Ehefrauen der Fakultätsdozenten aufgenommen. Die mochten sie vermutlich sowieso nicht. Zudem hatte sie stundenlang an dem Buch gearbeitet, und nun schien es, als habe ihr das Schreiben nicht gerade geholfen, neue Freundschaften zu schließen oder alte zu erhalten.

Während dieser Arbeit hatte sie sich den ganzen Tag in ihrem kleinen Büroraum verkrochen und keine Zeit gehabt, darüber nachzudenken, wie einsam sie war. Nachts war sie müde gewesen, außerdem hatte Daniel neben ihr gelegen. Erst jetzt, nachdem sie den Roman beendet hatte, spürte sie, wie einsam sie sich ohne dessen Gesellschaft fühlte. Die Tage dehnten sich endlos und waren öde, und sie empfand sie eher als Bürde denn als Geschenk. So stellte sie sich eine Depression nach einer Geburt vor. Doch da verschrieb der Arzt wenigstens Tabletten. Und bestimmt fand man eine andere junge Mutter, der es genauso ging und die einem sagen konnte, was man am besten dagegen unternahm. Judith fühlte sich, als habe sie Elthea und die anderen Personen in *Mit voller Absicht* zwar zur Welt gebracht, doch dies war anschließend nicht gebührend gefeiert worden. Und es gab kein rosiges kleines Baby, an dem sie ihre Freude hätte haben können. Im Gegenteil – die Arbeit und der Schmerz hatten nichts gebracht als ein totes Manuskript, das Daniel mitgenommen hatte und das niemandem eine Feier wert zu sein schien.

Judith seufzte und drehte sich um. Eigentlich hatte sie früh aufstehen und die Wohnung putzen wollen, zuerst das Bad. Als sie um halb sieben wach geworden war, war es draußen noch dunkel gewesen. Sie hatte sich gezwungen, aufzustehen und über den kalten, rissigen Holzfußboden ins Bad zu gehen. Aber als ihr dort der modrige Geruch entgegenschlug, wurde sie von Verzweiflung überwältigt und verkroch sich wieder in ihr Bett.

So vieles mußte saubergemacht werden. Die Fenster waren schmutzig, auf dem Boden sammelten sich Staubflocken und Hundehaare, und die Fensterbretter waren rußbedeckt. Selbst das Laken, auf dem sie lag, müßte endlich einmal gewechselt werden. Judith rollte sich herum und öffnete die Augen. Auf dem Kopfkissen unter ihrer Wange befanden sich Spuren von Wimperntusche und ein unregelmäßiger Fleck von der Form Australiens, wo ihr nachts Speichel aus dem Mund getropft war.

Es schien ihr, als würde sie immer müder, je länger sie dalag. Es gelang ihr nicht, sich aus ihrer Lethargie zu befreien. Wozu auch? Fensterputzen war anstrengend, würde den ganzen Tag dauern, und sie würde dabei frieren. Und nach ein, zwei Tagen würden die Fenster doch wieder rußbedeckt sein. Und erst das Badezimmer! Selbst wenn sie die Ablagerungen mit einer Zahnbürste abschrubbte, kamen die Flecken wieder. Auch der abgetretene Linoleumboden wurde nie richtig sauber, ganz egal, wie lange sie ihn schrubbte. Und wenn Daniel beim Pinkeln die Schüssel verfehlte, würde sie wieder putzen müssen.

Trotz ihrer überwältigenden Müdigkeit hatte Judith nicht vorgehabt, bis Mittag in ihrem schmutzigen Nachthemd im Bett liegenzubleiben. Wie war der Morgen vorübergegangen? Was stimmte nicht mit ihr? Sie hatte Angst, kannte aber niemanden, mit dem sie darüber hätte sprechen können. Und sie hatte ein schlechtes Gewissen Daniel gegenüber; aber der war so mit seinem Unterricht, seinem Workshop und seinen Anrufen bei Agenten beschäftigt, daß er sie kaum noch wahrzunehmen schien. Wenn sie wenigstens gefeiert hätten, oder wenn er sich über die Fertigstellung des Buches mehr gefreut hätte … Wenn es wenigstens ein paar positive Kommentare gegeben hätte … Doch Daniel hatte gemeint, es sei noch viel zu früh für Rückmeldungen. Als sie ihm das fertige Manuskript gegeben hatte, hatte er es in seine neue Tasche gesteckt und gesagt, er werde es lesen und sich einen ›Schlachtplan‹ ausdenken, wie er es am besten einem Verlag anbiete. Mehr nicht.

Judith sah zur Uhr hinüber: 11:31. In zehn oder fünfzehn Minuten würde Daniel nach Hause kommen. Er durfte sie so nicht sehen. In einem Anflug von Panik sprang sie aus dem Bett. Taumelnd vor Schwindel schleppte sie sich ins Bad. Sie ging auf die Toilette und stellte dann fest, daß sie weder die Zeit noch die Energie hatte, sich zu duschen. Sie wußte nicht, was sie anziehen sollte. Die Jeans und der Pullover von gestern würden es noch einmal tun müssen, denn sie konnte sich nicht aufraffen, etwas anderes herauszusuchen. Rasch wusch sie sich über dem Waschbecken das Gesicht. Sie nahm erst gar keinen Waschlappen, sondern spritzte sich einfach das Wasser mit den Händen ins Gesicht. Dann kämmte sie ihr braunes Haar zurück und band es mit einem Gummi fest. Es war zu fettig, um es offen zu tragen.

Sie lief zurück ins Schlafzimmer. Keine Zeit mehr, das Bett zu machen – nicht, wenn sie noch etwas zu essen vorbereiten wollte. In der Wohnung war es totenstill. Wo steckte eigentlich Flaubert? Normalerweise schlief er bei ihr am Fußende des Bettes. Nun mied sogar ihr eigener Hund sie. Judith verließ das Schlafzimmer und schloß die Tür hinter dem Chaos. Sie würde einfach darauf vertrauen, daß Daniel sie nicht öffnete und ihre Sünden unentdeckt blieben. Sie nahm sich selbst das Versprechen ab, am Nachmittag sauberzumachen, bevor er abends heimkam. In der Küche wurde sie erneut von der Verzweiflung überwältigt. Das Brot war ausgegangen, und in der Pfanne befanden sich noch die Überreste der Eier, die Daniel zum Frühstück gegessen hatte. In der Spüle standen das Geschirr und die Töpfe vom Abendessen vor zwei Tagen, auf dem kleinen Tisch lagen die Pizzaschachteln, Plastikteller und -gabeln von gestern abend.

Judith sah auf die Küchenuhr. Nur noch zehn Minuten! Schnell sammelte sie den Abfall zusammen, doch als sie die Pizzaschachteln zusammenfaltete und sie mit dem restlichen Abfall in den Eimer unter der Spüle werfen wollte, entdeckte sie, daß dieser bereits überquoll. Und sie sah, daß die Müllbeutel ausgegangen waren. Sie hatte vergessen, neue zu kaufen.

In ihrem Arbeitszimmer fand sie unter dem Kartentisch einen leeren Karton. Seit zwei Wochen war sie nicht mehr in diesem Raum gewesen – seit sie den Roman beendet hatte. Sie sah sich kurz um. Obwohl die Tage des Schreibens hart und einsam gewesen waren, schienen sie ihr im Rückblick doch wie goldene Zeiten, verglichen mit der Leere, die sie jetzt empfand. Sie seufzte und hob den Karton hoch. Da entdeckte sie Flaubert in einer Ecke. Seine braunen Augen blickten sie traurig an, seine Schnauze lag zwischen den Vorderpfoten. »Was suchst *du* denn hier?« fragte sie. Haßte Flaubert sie etwa auch? Er war in die Ecke geflüchtet, die von ihr und ihrem Bett am weitesten entfernt war.

Mein Gott, dachte sie, wann war ich das letztemal mit ihm draußen? Kein Wunder, daß er sie haßte. Mitleid mit dem hilflosen Hund überwältigte Judith. Hatte Daniel ihn heute morgen rausgelassen? Vermutlich nicht. »Komm schon, Flo«, krächzte sie. Doch der Hund wandte nur den Blick ab. Was stimmte nicht mit ihm? War er krank? Sie ging zu ihm hinüber und kraulte ihn an der Stelle hinter den Ohren, wo es ihm besonders gefiel, doch er wedelte nicht wie sonst mit dem Schwanz. Nun, im Moment hatte sie keine Zeit, darüber nachzudenken. Sie würde den Abfall in den Karton füllen, den Hund an die Leine nehmen, kurz mit ihm rausgehen und dann schnell zurückkommen, um etwas zu kochen. Mit Käse überbackenes altes Brot würde es auch tun, das war immer noch besser als nichts. Daniel würde dann wenigstens merken, daß sie sich Mühe gegeben hatte.

Sie war angezogen, hatte die Küche einigermaßen aufgeräumt. Ein Fortschritt gegenüber gestern mittag. Sie fragte sich, warum sie sich nur dazu aufraffen konnte, etwas für ihren Hund oder ihren Mann zu tun, nicht aber für sich. Doch sie hatte jetzt keine Zeit, darüber nachzudenken. Sie füllte den Küchenabfall in den Karton, rief den widerstrebenden Flaubert und befestigte die Leine an seinem Halsband. Dann ging sie, in der einen Hand den stinkenden Karton, in der anderen die Leine, den dunklen Flur entlang. Da sank ihr Fuß in etwas Weiches, und sie rutschte beinahe aus. Blind stellte sie den Karton ab und tastete nach dem Lichtschalter. Sie sah auf den Boden. »O Flaubert!« Der Hund ließ die Ohren hängen, dann drehte er sich reuevoll um und lief durch die Küche zurück in das kalte Arbeitszimmer. Daniel war *nicht* mit ihm draußen gewesen. Judith sah auf ihren beschmutzten Schuh hinunter. Und sie hatte den ganzen Morgen im Bett gelegen, während der Hund gelitten hatte. Tränen traten ihr in die Augen. Seit sie ihn aus dem Tierheim abgeholt hatten, hatte Flaubert nicht in die Wohnung gemacht. Aber ihn traf keine Schuld – sie war dafür verantwortlich. Offensichtlich hatte er versucht hinauszugelangen, wie sie an den Kratzspuren an der Haustür erkennen konnte. Der widerliche Geruch stieg ihr in die Nase. Von Ekel erfüllt, hob sie ihren rechten Fuß hoch und zog den Turnschuh aus, bemüht, den Hundekot nicht zu berühren.

Genau in diesem Augenblick öffnete Daniel die Haustür und trat in den Flur.

6

›Fast jeder kann Schriftsteller werden; das Problem ist nur, wie man damit Geld verdienen und berühmt werden kann.‹

A. A. Milne

Endlich hatte er es geschafft! Gerald sah auf den Bildschirm und die letzten Worte des letzten Kapitels seines neuen Romans. Das Manuskript war geschrieben und überarbeitet, und jetzt wollte er nur noch zwei Dinge: eine Million Hardcover verkaufen und dieses seichte, verderbte, ekelhafte und enttäuschende Ding nie wieder zu Gesicht bekommen. Etwas hatte er während seiner Schriftstellerkarriere gelernt: daß es genauso schwer war, ein schlechtes Buch zu schreiben wie ein gutes. Zweifellos hatte er hart gearbeitet, aber er war intelligent genug, um zu wissen, daß das Buch schlecht war.

Seltsamerweise verkauften sich viele schlechte Bücher aber genausogut, sogar besser als gute. War dies eines davon? Oder war es so schlecht, daß es ihn in Verlegenheit bringen würde?

Er schämte sich nicht ihm geringsten dafür, daß er die pikanten Geheimnisse seines Onkels und seiner Tante preisgab, angereichert mit erfundenen Gesprächen, Affären, Klatsch und Skandalen. Schließlich hatte Joe McGinniss einen Roman darüber veröffentlicht, was Rose Kennedy gesagt haben könnte, nachdem Ted ihr von Roberts Ermordung berichtet hatte. Es war ein Reißer um Geschichte und eine nationale Tragödie. Gerald hingegen gab nur ein wenig von einem kleinen Familienskandal preis. Das war erlaubt. Caroline und John Kennedy junior hatten sogar die Haushaltsgegenstände ihrer Mutter für ein paar Dollar versteigert. Nur die Vorstellung, sein Buch könne auf dem Ramschtisch landen, war demütigend. Gerald hegte keine Hoffnung mehr auf einen *succès d'estime* – ein *succès d'argent* würde ihm völlig reichen.

Er erhob sich von dem kleinen Schreibtisch und ging zu dem verschließbaren Barschrank hinüber, wo er sich ein weiteres Glas einschenkte. Von seinen alten Sachen aus der Studienzeit war nur die Weinkaraffe noch übrig. Stephanie, seine dritte Frau, hatte das Zimmer vor kurzem zum zweitenmal neu gestaltet. Die Gemälde mit Jagdszenen galten als passé und waren zusammen mit der Wandtäfelung und den alten Chintzbezügen verschwunden. Nun sah das Zimmer aus wie die Fifth-Avenue-Version einer kargen Klosterzelle. Doch eigentlich gefiel Gerald dieses nüchterne Ambiente ganz gut. Es brachte das Gemälde von David Hockney zur Geltung.

Doch dies alles verschlang Unsummen. Er brauchte Geld, um es zu kaufen, Geld, um es instand zu halten, und Geld, damit Stephanie und er sich in der Welt der Reichen bewegen konnten, die den Geldhahn kontrollierten. Erst heute morgen hatte sie ihm wieder einen Stapel unbezahlter Rechnungen vorgelegt: eine für ihre Sonia-Rykiel-Kleider, eine für den Garagenstellplatz, eine vom Lebensmittellieferanten und eine vom Gärtner. Gerald hatte sie in die koreanische Schatulle gestopft, wo sie fürs erste bleiben würden. Er mußte sich auf sein Manuskript konzentrieren, und das hatte er auch getan. Nun war es fertig.

Das Telefon klingelte, doch er würde die Haushälterin rangehen lassen. Sie wußte, daß er nicht gestört werden durfte. Er hatte sich fünf Tage freigenommen, um dem Bürostreß zu entgehen und das Manuskript in Ruhe überarbeiten zu können. Sobald er es abliefern würde, war sein erster Scheck fällig, mit dem er dann endlich die überfälligen Unterhaltszahlungen, die verschiedenen Rechnungen, die Raten für das Auto und den ganzen Rest bezahlen sowie die Anleihe auf seine Wertpapiere tilgen konnte.

Er sah aus dem Fenster. Von hier aus hatte man einen guten Blick auf das Metropolitan Museum und den Central Park. Für einen Mann, der kein großes Vermögen geerbt hatte, ging es ihm nicht schlecht. Denk immer daran, ermahnte er sich streng. Er beschloß, das zu feiern, und trat erneut zum Barschrank. Dort nahm er die letzte Flasche 1912er Port heraus. Der Rest reichte noch für ein Gläschen. Er würde ihn genießen, auf sich anstoßen. Diese kleinen Freuden, die privaten Zeremonien machten das Leben lebenswert. Seinen Einstieg bei Davis & Dash mochte er geerbt haben, aber seinen Aufstieg hatte er sich selbst zu verdanken, und seinen Lebensstil konnte er nur beibehalten, weil es ihm gelungen war, Stroh zu Gold zu spinnen.

Schüchtern klopfte es an die Tür. Außer Stephanie traute sich eigentlich niemand, ihn zu stören ... Puri, die philippinische Haushälterin, streckte den Kopf herein. »Es ist Ihr Vater«, sagte sie, bevor er sie anfahren konnte, daß er nicht gestört werden wolle.

Gerald stellte den unberührten Port ab. Sein Vater und er pflegten ebenfalls gewisse Rituale: Einmal im Monat aßen sie zusammen im Knickerbocker Club; jeden zweiten Montag rief sein Vater ihn im Büro an; an Weihnachten aßen sie gemeinsam zu Abend, an Ostern zu Mittag. Ihre Beziehung war weder von Wärme noch von Haß geprägt, und dennoch verspürte Gerald trotz seiner achtundfünfzig Jahre immer noch Angst und Unbehagen, wenn sein Vater ihn zu sich zitierte.

Wehmütig ließ er den Portwein zurück und trat an den Schreibtisch. Das Zeremoniell würde getrübt werden. Gerald nahm den Hörer ab. »Hallo, Vater«, sagte er, um einen neutralen Tonfall bemüht.

»Gerald, mir ist da etwas zu Ohren gekommen, und ich muß zugeben, daß ich mir ziemliche Sorgen mache.«

Großer Gott! Gerald wußte selbst, daß das Geschäft im Moment nicht so rosig lief, das mußte ihm sein Vater nicht erst sagen. »Ich weiß, daß die

Gewinne nicht so hoch sind, wie wir prognostiziert hatten, aber ich glaube nicht, daß ich deswegen Schwierigkeiten mit dem Vorstand bekommen werde«, begann Gerald.

»Ich spreche nicht von den Finanzen, Gerald. Ich spreche von dem Tratsch über dein aktuelles Buch. Wenigstens *hoffe* ich, es ist nur Tratsch.«

Gerald fühlte, wie sich sein Magen verkrampfte. Wie gelang es seinem Vater immer wieder, ihm das Gefühl zu vermitteln, als sei er gerade ins Büro seines alten Schuldirektors in Deerfield gerufen worden? »Was ist damit, Vater?« Nervös rieb er seine unbehaarten Hände aneinander.

»Du schreibst nicht zufällig über deinen Onkel, oder?«

Nun war es heraus. Hatte Gerald nicht insgeheim damit gerechnet? Hatte er nicht genau diese Frage gefürchtet? »Vater, ich schreibe einen Roman. Das ist alles, was du wissen mußt. Es ist eine fiktive Geschichte.«

Eine winzige Pause am anderen Ende. »Ich kenne den Unterschied zwischen einem Roman und einem Roman, der auf wahren Tatsachen basiert. Du plauderst doch nicht aus unserem Nähkästchen, oder?«

Gerald setzte zu einem neuen Versuch an. »Die Zeiten haben sich geändert, Vater.« Er nannte seinen Vater nie ›Papa‹. Das war ein Fehler, denn es offenbarte sein Unbehagen, seine Besorgnis. Doch nun war es zu spät. »Ich habe mir einige Details aus ihrem Leben herausgepickt, aber eine eigene Geschichte dazu geschrieben.«

Gerald hörte, wie sein Vater scharf die Luft einsog.

»Ich kann es einfach nicht glauben. Du weißt, was ich von deinem letzten Buch halte, dem über den armen, toten Hermaphroditen. Das war übelste Effekthascherei. Aber wenigstens war er – oder sie, oder was auch immer diese arme Kreatur gewesen sein mag – kein Mitglied deiner Familie. Gerald, ich bestehe darauf, daß du mir das Manuskript zeigst.«

Gerald brauchte den Annahmescheck, doch vor allem brauchte er jetzt Zeit. »Vater, ich bin noch lange nicht fertig«, log er.

Er konnte die Kälte förmlich spüren, die vom anderen Ende der Leitung ausging. »Du vergißt, mein Sohn, daß ich auch früher halbfertige Bücher gelesen habe«, sagte sein Vater. »Ich will es dieses Wochenende lesen.« Keine Bitte, sondern ein Befehl. Die Frage war nur: ein Befehl, den Gerald befolgen würde?

Er legte auf, nahm das Glas mit dem Port in die Hand und trank ihn in einem Zug aus. Dann überlegte er, was in aller Welt er nun tun sollte.

7

›Es gibt zwei Typen von Lektoren: Die einen korrigieren deine Arbeit, die anderen erzählen dir, deine Arbeit sei hervorragend.‹

Theodore H. White

Emma stand neben Mrs. Perkins' Schreibtisch am Eingang zu Gottes kleinem Reich. Gerald selbst hatte sie angerufen und gebeten, auf die ersten Kapitel seines Buches ›einen Blick zu werfen‹. Emma blieb kaum eine

Wahl. Gerald gehörte nicht zu den Autoren, die Kritik vertrugen. Die Tatsache, daß er sie um ihre Meinung fragte, bedeutete, daß das Buch nicht besonders gut war, und deshalb würde er noch mehr in Abwehrstellung gehen als sonst. Nun stand sie da und wartete auf die ersten Kapitel. Mrs. Perkins tauschte wie immer eifrig mit ihrer Assistentin Andrea Klatsch aus. Emma mußte sich Heather mit zwei anderen Lektoren teilen, aber Geralds *Sekretärin* hatte eine eigene Assistentin!

»Jetzt will mein Mann also einen Hund«, sagte Mrs. Perkins gerade.

Andrea schüttelte den Kopf. »Noch was, hinter dem man herputzen muß«, meinte sie. »Sie brauchen genausowenig einen Hund wie ich einen größeren Hintern.« Emma konnte es sich nicht verkneifen, einen Blick auf Andrea zu werfen, vor allem auf deren Hintern. Als sie sich räusperte, sah Mrs. Perkins auf.

»Ich habe ein Problem mit dem Drucker«, sagte Mrs. Perkins lächelnd. Emma glaubte ihr nicht so recht. Mrs. Perkins genoß es, Mitarbeiter aus dem Lektorat warten zu lassen. Das Telefon klingelte, und Mrs. Perkins nahm ab. »Ich werde es ihm sagen«, sagte sie kurz darauf. »Noch ein wütender Anruf wegen *SchizoBoy*«, erklärte sie Andrea.

»Haben Sie die alte Dame gesehen?« fragte Andrea Mrs. Perkins.

»Ist sie schon *wieder* an der Rezeption?«

Andrea nickte. »Sandy sollte die Wachleute rufen, brachte es aber nicht übers Herz. Sie sagte, das alte Mädchen sehe aus wie ihre Großmutter.«

»Das ist keine Entschuldigung«, meinte Mrs. Perkins. »Wenn wir jeden Obdachlosen in unserem Empfangsraum herumsitzen ließen, würde das Gebäude einstürzen.«

Welche Obdachlose? fragte sich Emma.

»Sie ist nicht *obdachlos*«, sagte Andrea. »Sie ist nur …«

Die Sprechanlage summte, und Geralds Stimme bellte: »Mrs. Perkins, ich warte.« Während Mrs. Perkins auf Geralds Tür zuging, sagte sie zu Emma: »Sie bekommen den Ausdruck später. Ich hinterlege ihn am Empfang.«

Emma kehrte in ihr Büro zurück. Sie sah auf ihre Armbanduhr: Viertel vor fünf. Normalerweise arbeitete sie bis sechs oder sieben, aber heute war sie müde. Es war eine lange Woche gewesen, und sie hatte noch nicht einmal einen Bruchteil ihrer Arbeit erledigt. Auf Geralds erste Kapitel ›einen Blick werfen‹ war nur die Spitze eines riesigen Eisbergs.

Nun, sagte sie sich, ihre Mutter imitierend, es hatte keinen Sinn, das Unvermeidliche aufzuschieben. Sie warf einen Blick auf die Papierstapel, die nicht nur ihren Schreibtisch bedeckten, sondern auch auf dem Boden verstreut herumlagen. Obwohl ihr Büro winzig war, gelang es ihr, eine unglaubliche Menge Manuskripte, Druckfahnen und fertige Bücher hineinzustopfen. Emma seufzte. Jemand in Pams Position bekam vom Verlag alle Annehmlichkeiten zugestanden. Sie selbst war ein Sklave, während Pam ihr Reich wie ein Feudalherr regierte. Sie seufzte wieder. Sie sollte langsam anfangen, die Arbeit fürs Wochenende zusammenzupacken.

Heute fühlte sie sich wieder einmal ausgenutzt. Pam hatte ihr das Manuskript von Susann Baker Edmonds aufgehalst, und Emma hatte weder Lust, es zu lesen, noch es zu überarbeiten. Es war eine undankbare Aufgabe. Die

Edmonds war eine hochgehandelte Autorin und mußte mit Samthandschuhen angefaßt werden. Emma mochte kommerzielle Frauenliteratur nicht, das war schon mal das erste. Aber auch wenn man davon absah, war es in den meisten Fällen der reinste Alptraum, einen Bestsellerautor zu redigieren. Natürlich glaubten alle Schriftsteller, ihre Worte seien heilig, doch Bestsellerautoren bekamen große Vorschüsse und Tantiemen, die ihnen das bewiesen. Es gab unter den Lektoren eine Insider-Geschichte über Dwight D. Eisenhower. Als dessen Buch in Druck gehen sollte, traf sich Eisenhower mit seinem Lektor, zog eine kleine Schachtel aus der Tasche und stellte sie zwischen sie auf den Tisch. »Was ist das?« fragte der Lektor. Ike öffnete die Schachtel. Darin lagen die Schnipsel mit all den Wörtern, die gestrichen worden waren. Er hatte sie mit einer Rasierklinge aus dem Manuskript herausgetrennt. »Die habe ich geschrieben«, sagte Ike. »Sie dürfen nicht verlorengehen.«

Susann Baker Edmonds war zwar weder Oberbefehlshaber der Armee noch ehemaliger Präsident, aber sie hatte wesentlich mehr Exemplare verkauft als Ike. Wenn Emma sie vor den Kopf stieß, würde sie ihr dann nicht die Hölle heiß machen? Bis jetzt hatte Pam Susann betreut. Doch Emma hatte den Verdacht, daß sie wegen der Probleme mit dem Trawley-Buch und der Energie, mit der sie sich für das Chad-Weston-Buch einsetzte, mit der Edmonds nicht weitergekommen war. Es war wirklich eine undankbare Aufgabe. Wenn sie viele Änderungen verlangte, würde Susann wütend sein. Wenn nicht, würde sich das Buch vermutlich nicht gut verkaufen. Es handelte sich also nicht nur um die ohnehin schwierige Aufgabe, Handlung, Charaktere, Stil und Tempo zu verbessern, sondern sie mußte Susann die Probleme und die möglichen Lösungen auch so präsentieren, daß die Autorin die Notwendigkeit der Änderungen einsehen *und* ihren Vorschlägen zustimmen würde. Emma war eine hervorragende Lektorin, und meistens gelang ihr der Spagat, der bei einer solchen Arbeit oft nötig war. Aber mit dämlichen Autoren diplomatisch umgehen konnte sie *nicht* besonders gut – und das wußte sie auch. Um Diplomatie machte sie sich selten Gedanken.

Vor nicht allzu langer Zeit hatte sie ihre Arbeit noch aufregend gefunden und das Gefühl gehabt, dies sei für sie genau der richtige Beruf, den niemand besser beherrsche als sie. Nun fragte sie sich, ob das bei irgendeinem Beruf von Bedeutung war.

Es gibt zwei Arten von Lektoren. Die einen setzen sich an ein Manuskript und überarbeiten es tatsächlich, und zwar meistens hervorragend. Die anderen sind zu beschäftigt, um das zu tun. Emma wußte, daß sie zur ersten Kategorie gehörte und Pam zur zweiten. Sie steckte das mit Gummibändern zusammengehaltene Manuskript in ihren Leinenrucksack, dann das Manuskript einer Kurzgeschichte und schließlich die Druckfahnen des letzten Romans von Annie Paradise, zu dem sie einen Klappentext schreiben mußte. Wie sollte man ein Buch mit ein paar hundert Wörtern so zusammenfassen, daß der Leser dazu bewogen wurde, es zu kaufen? Und das, ohne großtuerische Superlative oder abgedroschene Phrasen zu verwenden wie ›dieser aufrichtige Roman erforscht die tiefsten Abgründe unseres Herzens‹ oder ›bewegend und einfühlsam erzählt; diese Geschichte einer Heranwachsenden werden Sie nicht so schnell vergessen‹? Emma war in dieser

Hinsicht befangen. Wie sollte man ein ganzes Buch zusammenfassen und einen potentiellen Käufer mit wenigen Absätzen davon überzeugen, *ohne* die Wahrheit zu verfälschen oder mehr zu versprechen, als das Buch halten konnte? Sollte man es überhaupt versuchen? Lächelnd dachte sie an die Beschreibung von *Krieger*, einem düsteren Buch von Donald E. McQuinn: ›Eine brillante Verschmelzung von postapokalyptischer Science-fiction, historischen Pioniertaten, dem mittelalterlichen Streit zwischen Kirche und Kaiser und schließlich einer futuristischen Romeo-und-Julia-Geschichte – dieser fesselnde Roman bietet jedem Leser etwas …‹ Nun mußte sie für Annies Buch einen Text verfassen, der nicht lächerlich klang, sondern den Absatz förderte.

Sie hatte Mühe, alles in dem kleinen Rucksack zu verstauen. Erschöpft schob sie die Merkblätter und internen Mitteilungen zusammen und stopfte sie in ihre Handtasche. Dann schloß sie niedergeschlagen die Tür zu ihrem Büro, ging den vollgestopften Flur hinunter, durchquerte das Großraumbüro, in dem die Assistenten saßen, und trat schließlich in die Empfangshalle. Eine ordentlich gekleidete alte Dame saß auf der Couch, wahrscheinlich die, von der Mrs. Perkins gesprochen hatte. Sandy, die Empfangsdame, hielt sie auf.

»Mr. Davis hat Sie gesucht«, sagte sie.

»Ich habe bereits mit ihm gesprochen«, erwiderte Emma. Da fiel ihr ein, daß sie seine ersten Kapitel durchlesen sollte.

Sandy sah sie besorgt an. »Er sagte, Sie sollten nicht gehen, bevor ich Ihnen etwas gegeben habe, einen Umschlag.« Sie wühlte auf ihrem Schreibtisch herum, und Emma stöhnte innerlich. Sandy sah auf. »Ich weiß nicht, *wo* er steckt. Gerade noch lag er hier. Ich rufe schnell in seinem Büro an.« Emma seufzte und sah sich müßig in der Empfangshalle um. Die kleine ältere Frau mit den grauen Dauerwellen wirkte eigentlich nicht wie eine Spinnerin.

Emma spürte, wie ihr die Riemen des Rucksacks in die Schulter schnitten. Sie mußte sie nachziehen. Sandy legte den Hörer auf. »Es ist nicht da. Ich gehe schnell rüber und hole Ihnen einen neuen Ausdruck.« Emma nickte und ging zu der Sitzgruppe. Sie stützte den Rucksack auf die Lehne und zog die Riemen straffer.

»Kann ich Ihnen helfen?« fragte die alte Dame. Vorsichtig legte sie ein Paket von ihrem Schoß auf den Kaffeetisch.

»Danke, gern«, sagte Emma lächelnd. »Sie müssen nur die Riemen hochheben und nach vorn ziehen.« Die Frau führte ihre Anweisung aus, und Emmas Rucksack glitt in eine bequemere Position.

»Der sieht aber fürchterlich schwer aus«, bemerkte die Frau.

Emma nickte. »Er ist voller Manuskripte«, erklärte sie.

»Oh. Sind Sie Lektorin?«

»Ja.« Emma freute sich. Wegen ihrer schwarzen Leggings, den Turnschuhen und der Lederjacke war sie schon öfter mit einem Kurier verwechselt worden.

»Dann möchte ich Sie um einen Gefallen bitten«, sagte die alte Frau.

Als Neuankömmling in New York hatte Emma schnell die Regeln des Überlebens gelernt – zum Beispiel, sich nie in ein leeres U-Bahn-Abteil zu setzen, nie ihr Bargeld in der Öffentlichkeit zu zählen, mit niemandem

Blickkontakt aufzunehmen und nie mit einem Verrückten zu sprechen. Aber *war* diese Frau verrückt? Emma sah zu, wie sie vorsichtig das Paket hochhob. Und dann, zu spät, erkannte sie, welcher Kategorie von Verrückten diese Frau angehörte. Für einen Lektor war dies die schlimmste Sorte von allen: unbekannte Schriftsteller mit ihren unveröffentlichten Manuskripten.

»Ich wollte Sie bitten, dieses Manuskript zu lesen«, begann die Frau, doch Emma schüttelte schon den Kopf.

»Wir nehmen ohne Empfehlung keine ...«

Die alte Frau nickte. »Das weiß ich, meine Liebe. Glauben Sie mir, das weiß ich nur zu gut. Man bekommt keinen Agenten, wenn man noch nichts veröffentlicht hat. Man wird nicht verlegt, wenn man noch nichts veröffentlicht hat. Und man wird nicht veröffentlicht, wenn man keinen Agenten hat.« In der Stimme der Frau schwang keine Bitterkeit mit, nur Müdigkeit. Sie sah Emma an. »Glauben Sie nicht, daß ich einen anderen Weg eingeschlagen hätte, wenn es einen gäbe?«

Einen Augenblick lang klang ihre Stimme genau wie die von Emmas Mutter. Emma blinzelte. Aber sie konnte sich nicht – sollte sich nicht – auf so etwas einlassen. Die Welt glich einem Minenfeld, auf dem Menschen mit Manuskripten explodierten. Emma brauchte nur zu erwähnen – dem Taxifahrer, dem Zahnarzt, dem Portier gegenüber –, daß sie Lektorin war, und schon präsentierte jeder eine Buchidee. Anfangs hatte sie die Leute noch ermuntert, aber inzwischen waren einfach zu viele Totgeburten – schlechte, abgekupferte, langweilige und verrückte Manuskripte – auf ihrem Schreibtisch gelandet. Sie sah Opal an, um sie abzuweisen.

»Es ist nicht von mir«, sagte die Frau. »Es ist von meiner Tochter. Sie ist tot. Es ist wirklich gut. Bitte.« Zu ihrem Entsetzen sah Emma in den Augen der alten Frau Tränen aufsteigen. Du mußt einfach weggehen, ermahnte sie sich streng. Es ist hoffnungslos, und es ist nicht dein Problem. »Helfen Sie meiner Tochter, helfen Sie mit, daß ihre Stimme gehört wird. Helfen Sie mit, die Unterdrückung der weiblichen Stimme in der Literatur zu beenden.«

Da wußte Emma, daß das Schicksal sie ereilt hatte. »In Ordnung«, seufzte sie. »Aber ich kann Ihnen nicht versprechen, daß ich bald dazu komme, es zu lesen. Ich bin im Moment sehr beschäftigt.«

Gott, das klang gräßlich! So wichtigtuerisch und unfreundlich. Das bleiche Gesicht der Frau rötete sich. Sie biß sich auf die Unterlippe und nickte. Dann übergab sie Emma das dicke Manuskript. »Ich heiße Opal O'Neal. Ich vertrete meine verstorbene Tochter.« Emma fragte sich, ob es tatsächlich eine tote Tochter *gab* oder ob das nur einfach eine neue Masche war, die die alte Dame erfunden hatte, damit ihr Manuskript gelesen wurde. Emma bekam bei diesen Gedanken ein schlechtes Gewissen, also nickte sie nur. Sie würde die ersten zehn Seiten lesen und es dann zurückschicken. Das war doch immerhin etwas. Sie suchte in ihrer Tasche nach einer Visitenkarte, zog, da sie keine finden konnte, schließlich einen Kugelschreiber heraus und schrieb ihren Namen und ihre Durchwahl auf ein Stück Papier, das sie Opal aushändigte.

»Ich danke Ihnen«, sagte Opal mit leiser Stimme. Ihre Dankbarkeit war so unverhältnismäßig groß, daß Emma es nicht ertragen konnte, sie anzusehen. Sie nahm die zusätzliche Last auf den Arm, drehte sich um und trat durch die Tür.

Sie hatte vergessen, daß sie auf die ersten Kapitel von Gerald Ochs Davis' Buch hätte warten sollen.

8

›Der Schriftsteller, der nicht schreiben kann, erwartet, daß sein Lektor die Arbeit für ihn macht, obwohl er nicht im Traum daran denkt, seine Tantiemen mit eben diesem Lektor zu teilen.‹

Alfred Knopf

Pam konnte es nicht glauben: Peet Trawley, der miese Bastard, hatte ihr keinen Pfennig hinterlassen. Erst starb der Scheißkerl und ließ sie mit einem klaffenden Loch im Herbstprogramm zurück. Dann vergaß er, sie in seinem Testament zu erwähnen. Unglaublich! Pam schob die Schuld auf seine geldgierige Familie, über die er sich zwei Jahrzehnte lang bei ihr beschwert hatte. Nun, soviel zur ›Fürsorglichkeit‹ eines Autors. Sie hatte seine Bücher geschrieben, sich seine Beschwerden angehört, ihm eine endlose Phalanx von Ärzten besorgt und ihm ein-, zweimal sogar fürs Bett zur Verfügung gestanden. Ihr Lohn war gleich null. Abgesehen von dem Loch im Herbstprogramm. Das war mehr als nur ungerecht. Pam fühlte sich richtiggehend krank. Sie hatte Angst, einen ihrer gefürchteten Migräneanfälle zu bekommen.

Sie rieb sich die Stelle an ihrer Stirn, von der die Migräne immer ausging, und sah zum wiederholten Mal auf den Ausdruck, der vor ihr lag. Die Zahlen für das Quartal waren nicht so gut, wie sie sein sollten, und sie wußte, daß sie den angestrebten Gewinn nicht erzielen würden. Es war gefährlich, das Soll nicht zu erreichen. Die leitenden Herren der Communications General betrachteten das als Einladung, ihre Nasen in die Angelegenheiten des Verlags zu stecken. Und Gerald haßte das. Mehr als alles andere haßte er es, wenn Außenstehende, vor allem David Morton, in sein persönliches Reich eindrangen. Die Tatsache, daß diesen Außenstehenden die Firma gehörte, machte für ihn kaum einen Unterschied. Pam wußte, daß nur ein Ereignis sie den Job kosten konnte – wenn die Einnahmen nicht stimmten und sie dadurch den Zorn der Oberen auf den Verlag herabbeschwor.

Und sie *mochte* ihren Job. Sie hatte ihr Lehrgeld bezahlt und sich, nach fast zwanzig Jahren im Verlagswesen, eine Position erarbeitet, in der die Bezahlung stimmte und sie ein hohes Ansehen genoß. So wie sie damals Geralds Lakai gewesen war, hatte nun sie eine Angestellte zur Seite, die brillant war, hart arbeitete und willens war, *ihr* Lehrgeld zu zahlen. Pam hatte Emma aus einer Schar tüchtiger, junger Dinger herausgepickt. Die wichtigste Eigenschaft eines guten Lektors war es, jederzeit auf Überraschungen gefaßt zu sein, wenn er ein Manuskript in die Hand nahm. Und Emma hoffte noch auf Überraschungen. Pam wußte, daß sie selbst schon längst darüber hinaus war. Sie bezahlte Emma ein wenig mehr als das übliche lächerliche Gehalt, das die meisten Mädchen aus dem Lektorat bekamen. Für dieses winzige Extrageld und das ebenso winzige Fenster in Emmas Büro hatte sich Pam nicht nur die Intelligenz, Zähigkeit und Verläßlichkeit der jungen Frau erkauft, sondern auch deren Loyalität. Denn Emma war, im Gegensatz zu Pam, nicht der Typ, der mit dem Chef ins Bett ging oder ihn hängenließ.

Peet Trawleys Rechtsanwalt und seine Witwe wollten in einer Stunde vorbeikommen. Pam hatte eigentlich keine Lust, sich mit ihnen zu treffen, es sei denn, sie hätten ihr einen dicken Scheck mitgebracht. Bis dahin mußte sie an diesem verfluchten Verkaufsbericht arbeiten, während Gerald seinen Roman fertigschrieb. Zahlen lagen ihr nicht besonders. In dieser Hinsicht verließen sowohl Gerald als auch sie sich auf Chuck Rector, den stellvertretenden Leiter der Finanzabteilung, einen ausgekochten Fuchs. Pams Stärke war ihr Instinkt, der ihr sagte, was sich gut verkaufen ließ und was nicht und wie man ein Buch präsentieren und einbinden mußte, damit es sich gut verkaufte. Doch wenn sie sich den Ausdruck so ansah, entdeckte sie auf der neuen Liste *nichts,* was ein Verkaufserfolg zu werden versprach.

Mit Susann Baker Edmonds erstem Buch für ihren Verlag sah es nicht gut aus. Pam dachte an die riesige Auflage, die geplant war und die sich ihrer Meinung nach nicht amortisieren würde. Sie hatte Gerald geraten, diese dämliche Ziege Archibald Roget nicht abzuwerben, doch dann war ihr Geralds Ego in die Quere gekommen. Pam haßte die Bücher solcher bornierten Frauen – endlose Beschreibungen ihrer Kämpfe, ihrer Affären, ihrer Ehe und des nächsten Kampfes, den sie mit ihren Kindern ausfochten. In England nannte man solche Bücher *aga-stories* – nach dem Markennamen der Küchenherde, die häufig im Mittelpunkt der Geschichte standen. Auch die unrealistischen Glanz-und-Glamour-Romane über Frauen mit unwahrscheinlichen Namen und unglaubwürdiger Schönheit, die sich auf unbesonnene Affären einließen, haßte sie. Sie warf beide Sorten Frauenbücher in einen Topf und nannte sie geringschätzig die ›rosaroten‹. Warum wurden sie eigentlich so oft von Frauen mit Doppelnamen geschrieben? Barbara Taylor Bradford, Mary Higgins Clark, Susann Baker Edmonds, Susan Fromberg Schaeffer … Falls Mary Baker Eddy von den Toten auferstehen würde, wäre ihr Name nichts Besonderes mehr.

Pam sah wieder auf den Ausdruck. Während Susann Baker Edmonds Buch nur enttäuschen würde, war Geralds Roman ein solcher Flop gewesen, daß sie beide dafür gefeuert werden konnten! Warum er sich darauf versteifte, Bücher zu schreiben – was er nicht konnte –, statt sie einfach zu veröffentlichen – was er konnte –, ging über ihren Horizont. Falls ein Mitglied der Aktiengesellschaft diese Zahlen mit den Zahlen in Geralds neuem Vertrag in Relation setzte, wären sie beide Geschichte. Glücklicherweise waren die Finanzexperten der Communications General nicht so gut darin, Zahlen zu entschlüsseln, wie Chuck Rector.

Pam wußte, daß ihre Stärke im Aufspüren von echten Knüllern lag. Das war ihr eine Saison nach der anderen gelungen. Nach all den Jahren war sie zu der Überzeugung gekommen, daß nur fünf Sorten von Büchern die Chance hatten, auf dem amerikanischen Massenmarkt kommerzielle Erfolge zu werden: ›rosarote‹, ›Spuk‹-, ›Helden‹-, ›Aha‹- und ›heiße‹ Romane. Die ›rosaroten‹ waren jene Bücher, die sie unter dem Begriff ›Bücher für Frauen‹ subsumierte (obwohl auch einige – aber nur sehr wenige – Männer sie lasen). Zu den Spukbüchern rechnete sie solche mit unheimlichen, furchterregenden Monstern, wie sie Stephen King, Peet Trawley und Dean Koontz schrieben. Die Sorte von Titeln, in denen Satan von der Großmutter Besitz ergreift und diese anfängt, kleine Kinder in der Mikrowelle zu garen. Heldenbücher hatten in der Regel einen schwarzroten Einband, auf dem Hakenkreuze, Dolche, Flugzeuge und gelegentlich auch eine Tapferkeitsmedaille abgebildet waren. Tom Clancy, Robert Ludlum und Ken Follet (bevor er auf Kathedralen umgestiegen war) hatten diese Thematik bis zum Gehtnichtmehr ausgereizt. Diese Bücher waren millionenfach von Männern gekauft worden. Obwohl sie politisch nicht sehr engagiert war, glaubte Pam fest, daß der größte Verlust der Verlagsbranche in diesem Jahrzehnt auf das Ende des kalten Krieges zurückzuführen war, da die Heldenromane eine der sichersten Einnahmequellen in dieser Branche waren. Die Aha-Bücher stellten vermutlich den größten Marktanteil, da sie im Gegensatz zu den rosaroten und den Heldenromanen sowohl von Männern als auch von Frauen gekauft wurden. Dabei handelte es sich um Krimis und Thriller, in denen eine dem Leser sympathische Person in Bedrängnis geriet oder ein Detektiv beziehungsweise Polizist einen Mord aufklären konnte, obwohl dieser auf höchst unwahrscheinliche Weise oder sehr trickreich ausgeführt worden war. John Grisham, Elmore Leonard, Sue Grafton und eine ganze Reihe anderer Autoren hielten den endlosen Fluß der Aha-Bücher in Gang, die Pam zu Tode langweilten.

Und dann gab es noch die heißen Romane – die echten, aber gefährlichen Trümpfe, bei denen es am schwierigsten war, etwas vorherzusagen. Bücher, in denen jemand zum erstenmal eine Idee ausschlachtete oder die eine aktuelle Berühmtheit ›schrieb‹, wie Ivana Trump, Fabio oder Naomi Campbell. Das Gute daran war, daß ein heißes Buch bis an die Spitze der *New-York-Times*-Bestsellerliste klettern konnte, doch leider folgte nur selten, wenn überhaupt, ein zweites erfolgreiches Buch vom selben Autor nach. Man versuche sich nur ein zweites Buch über O. J. Simpsons Prozeß vorzustellen! Michael Crichton war der einzige Romanschriftsteller, der sich auf heiße Titel spezialisiert hatte. Mit seinem Gespür für das, was ankam, hatte er die Hand durchgängig am Puls Amerikas. Seine Bücher über Dinosaurier, Japan-Connections oder sexuelle Belästigung kamen genau in dem Moment, in dem die Zeit dafür reif war. Doch abgesehen von Crichton glichen heiße Bücher meist eher rasanten Fahrten mit einem abrupten Ende. Pam hatte es sich zur Maxime gemacht, mit einem neuen Schriftsteller dieses Genres nie einen Vertrag über mehrere Bücher abzuschließen.

Sie mußte sich noch einmal genau ansehen, was für das so wichtige Herbstprogramm in Frage kam. Sie hatte einige rosarote und zwei Spukromane, die sich ganz gut verkaufen würden, einen sicheren Heldenroman, aber abgesehen davon – *nada*. Ein gähnendes Loch. Pam schüttelte den Kopf. Sie sah bereits Geralds neues Buch auf der Liste und schloß in Erinnerung an die armseligen Verkaufszahlen des vorangegangenen gequält die Augen. Vielleicht brauchte sie es, aber es würde sich mit ziemlicher Wahrscheinlichkeit nicht sonderlich gut verkaufen. Dann lächelte sie. Er strich vielleicht ein immenses Honorar dafür ein, doch an Geralds Stelle würde sie nicht darauf zählen, daß er eines Tages seine Rente kassieren konnte.

Aber egal. Sie brauchte unbedingt ein paar heiße Bücher, etwas Deftiges, Reißerisches, mit dem sie einen unerwartet hohen Gewinn erzielen konnte. Doch bei solchen Büchern ließen sich eben nur schwer Voraussagen machen. Vielleicht gehörte *SchizoBoy* dazu, vielleicht auch nicht. Als sich die ernsthafte Schriftstellerin A. M. Holmes an einem ›Schlächterbuch‹ versucht hatte, war sie vom *New Yorker* heftig angegriffen worden, der das Buch als ›verdorbenen Roman‹ bezeichnet hatte. Also durchkämmte Pam die Liste weiter nach Büchern, die einen Erfolg garantieren würden. Sie mußte daran denken, woran ihre Freundin Judith Regan einen Knüller erkannte: Wenn sie das Manuskript las, wurden ihre Brustwarzen hart. Pam lächelte trotz der pochenden Schmerzen in ihrem Kopf. Ja. *Der Hund von Lincolns Arzt.*

Mrs. Trawley und Burt Schuloff, ihr Rechtsanwalt, saßen mit Jim Meyer im Konferenzraum. Pam kam wie immer zu spät, aber das kümmerte sie nicht im geringsten. Von ihr aus konnte Jim das allein regeln. Pam mußte ein Grinsen unterdrücken, als sie Edina Trawley musterte. Diese dumme Pute, die Hauptfigur im Drama, war nicht nur von Kopf bis Fuß in Schwarz gekleidet, sondern trug auch noch ein schwarzes Hütchen aus Lackleder, das mit einem Schleier versehen war.

Wer zum Teufel hätte gedacht, daß es Hüte aus Lackleder gab? Wenigstens, mußte Pam zugeben, waren sie praktisch. Edina Trawley konnte den Hut einfach mit einem Lappen abstauben und ihn, wenn der nächste Ehemann starb, wiederverwenden. Und es schien Pam ganz so, als würde es nicht lange dauern, bis ein neuer Ehemann auf der Bildfläche erschien – wie es aussah, vielleicht sogar Burt Schuloff. Der dicke Rechtsanwalt streichelte die Hand der Witwe. Mrs. Trawley sah auf und erblickte Pam.

»Oh! Entschuldigen Sie, wenn ich nicht aufstehe«, sagte sie.

»Sie ist sehr schwach«, erklärte Schuloff.

Pam setzte sich, schlug ihre Beine übereinander und hoffte insgeheim, Schuloff würde dabei einen Blick zwischen ihre Beine werfen. Zum Teufel mit diesem Blutsauger. Sie konnten ihr beide den Buckel runterrutschen.

Die Witwe kramte in ihrer schwarzen Lackledertasche. Sie nahm ein Taschentuch heraus – Pam konnte es kaum glauben: ebenfalls schwarz – und ein Päckchen, das in Papier eingeschlagen war. Sie übergab es Pam. »Peet hätte gewollt, daß Sie das hier bekommen«, sagte sie.

Pam griff danach. Schmuck? Die antike, obszöne japanische Netsuke, die Pam so bewundert hatte? Sie riß das Papier auf. Es war eine Diskette – eine 3½-Zoll-Memorex-Diskette. Pam sah sie verdutzt an.

»Seine letzte Diskette«, erläuterte Schuloff.

»Was für eine nette Geste«, sagte Pam und warf die Diskette auf den Konferenztisch, wo sie wie ein Frisbee über den Tisch schlitterte, an der Kante schwankte und dann auf den Teppich fiel. »Hoppla«, sagte sie.

Jim hob die Diskette auf und goß der Witwe von dem Kaffee ein, den die Sekretärin auf einem Tablett hereingebracht hatte. Pam bot er keinen an, und so nahm sie sich selbst welchen. »Pam«, sagte Jim, »Mrs. Trawley möchte etwas mit Ihnen besprechen. Sie hat ein Anliegen.«

Pam wartete. Wollte Edina eine Quittung für die Diskette?

»Niemand kannte Peets Arbeit so gut wie Sie«, sagte die schwarze Witwe. »Sie wurde geliebt. *Er* wurde geliebt. Seine Arbeit sollte fortgeführt werden.«

Pam sah sie an. Edina war nicht nur geldgierig und dumm. Sie war auch verrückt.

»Mrs. Trawley will damit sagen, daß sie es gern sehen würde, wenn Sie Peets Buch fertigschrieben«, erläuterte Schuloff. »Es, hmm ... sozusagen fertiglektorierten.«

»Es fertiglektorieren?« fragte Pam. »Soviel ich weiß, gibt es bisher nur ein paar Kapitel – vielleicht zwanzig Seiten.«

»Nun, Sie haben doch immer behauptet, eigentlich hätten *Sie* seine Bücher geschrieben«, sagte Mrs. Trawley. »Also – dann schreiben Sie sie jetzt.«

Der Rechtsanwalt sprang auf. »Nein, nein. Das trifft nicht ganz das, was wir im Sinn hatten«, meinte Schuloff. »Nicht *schreiben* ... Nun, wir haben dieses Buch hier. Einige Ideen sind nur grob umrissen, andere bereits ausgearbeitet. Und dann haben wir noch die beiden fehlenden Bücher aus dem Vertrag ...«

»Der Vertrag ist ungültig«, warf Jim rasch ein. »Die Vertragserfüllung lag bei Peet Trawley, der ja nun verstorben ist.«

Mrs. Trawley begann zu weinen. »Aber sein Werk muß nicht mit ihm sterben.«

Pam schnaubte. Nun war ihr alles klar. Sie hatte Peets Bücher schon immer umgeschrieben. Jetzt sollte sie einfach dafür bezahlt werden. David Morton, Edina Trawley. Alles in allem ein guter Tag. »Eine viertel Million Dollar«, sagte sie.

9

›Ich bin keine eifersüchtige Frau, aber ich verstehe einfach nicht, was er an ihr findet, ich verstehe einfach nicht, was er an ihr findet, ich verstehe einfach nicht, was er an ihr findet!‹

Sir Alan Patrick Herbert

Susann stand am Fenster und sah auf den Central Park hinaus. Ihre Wohnung hier in Central Park West war klein, eigentlich nur eine Zweitwohnung, doch sie verbrachte immer mehr Zeit in New York. Vielleicht bräuchte ich etwas Größeres, dachte sie. Denn *etwas* brauchte sie mit Sicherheit.

Was stimmte mit ihr nicht? Was fehlte ihr? Was sie brauchte, war, daß ihr neues Buch ein absoluter Knüller wurde. Der Erfolg ihrer Bücher hatte ihr Leben verändert, ihr zu allem verholfen – zu dieser Wohnung, dem Haus in Frankreich, Alf, Ediths Hilfe, den schönen Kleidern, den Fernsehauftritten und selbst zu ihrem Aussehen, das sie sich mit Hilfe der Chirurgie erkauft hatte. Doch Erfolg war auch aufregend. Nichts ließ sich mit dem Gefühl vergleichen, das sie überkam, wenn sie eine Zeitung aufschlug und ihr Buch ganz oben auf der Bestsellerliste entdeckte, oder wenn sie durch die

Buchhandlung eines beliebigen Flughafens oder einer beliebigen Einkaufspassage schlenderte und dort ihre Bücher entdeckte – manchmal war sogar ein ganzes Regal oder ein Schaufenster für sie reserviert. Sie wurde es nie müde, ihren Namen auf einer Busreklame in New York zu lesen oder auf einem riesigen Plakat in der Londoner U-Bahn. Es gefiel ihr, Signierstunden zu geben, vom Geschäftsführer zu einem Tisch geführt zu werden, der extra für sie aufgestellt worden war. Und am besten gefiel es ihr, an der Schlange von Fans entlangzublicken, die alle nur darauf warteten, daß sie ihre Romane signierte, und ihr zu erzählen, wie wichtig ihre Bücher für sie gewesen seien.

Das war es, was ihr fehlte! Nicht die Fans oder die Interviews oder die Werbung, sondern das Gefühl, wichtig zu sein. Bei Davis & Dash wurde sie wie eine von vielen behandelt. Wieder einmal wünschte sie sich sehnlichst, Peterson niemals verlassen zu haben. Dort hatte man sie gewürdigt. Dort hatte man auch gewußt, wie ihre Bücher vermarktet werden mußten. Und sie hatten *immer* Geld hereingebracht. Erst seit sie den großen Vertrag abgeschlossen hatte, lastete dieser fürchterliche, fast unerträgliche Druck auf ihr. Zudem war die Ablehnung oder die Enttäuschung ihres Verlegers und ihrer Lektorin spürbar. Eigentlich mochte sie die beiden ebenfalls nicht besonders. Sie vermißte ihre Lektorin bei Peterson, Imogen Clark, die immer gewußt hatte, wie sie sie taktvoll durch die schmerzhaften Korrekturphasen steuern konnte. Und Archibald Roget, ihr ehemaliger Verleger, war immer so charmant zu ihr gewesen. Pam Mantiss von Davis & Dash machte ihr angst, und sie wußte, daß sie in Gerald Ochs Davis' Augen vermutlich nur eine schlechte Investition war.

Susann drehte sich um und sah auf die Uhr aus Goldbronze und Marmor. Alf kam zu spät. Er hatte ihr diese Uhr zwar erst kürzlich geschenkt, doch es schien, als hätte er immer weniger Zeit für sie. Früher hatte er sie häufig in Frankreich oder London besucht. In den letzten beiden Jahren war er nur noch selten vorbeigekommen. Lag es an seinem Alter? Alf war schließlich kein junger Kerl mehr. Aber was auch immer dahintersteckte – sie hielt sich nur deshalb so oft in diesem engen, kleinen Apartment auf, um mit Alf zusammensein zu können. Der noch nicht gekommen war. Nervös fuhr Susann mit einem Finger an der seidenen Gardine entlang. Sie hatte die Wohnung von Duardo, einem teuren Innenarchitekten, der als ›Sultan der Seide‹ bekannt war, einrichten lassen. Der Stoff war von Scalamandre; der Meter kostete 210 Dollar. Sie mußte lächeln. Warum hatte sie so düstere Gedanken, war sie so deprimiert? Die Dinge hatten sich nun einmal geändert, und so würde es auch bleiben. Diese Wohnung war nicht so winzig wie jene in Cincinnati, in der sie früher auf Alf gewartet hatte. Nein. Im Vergleich zu dem Loch dort war diese Wohnung ein Palast. Zufrieden sah sie sich in dem mit herrlichen Möbeln ausgestatteten, sauberen Wohnzimmer um. Das Apartment bestand aus vier luxuriösen Zimmern mit Blick auf den Park. Einige Minuten lang fühlte sie sich besser, aber dann kam wieder die alte Unzufriedenheit hoch. Die Umgebung und die Ausstattung hatten sich geändert, ebenso die Summe auf ihrem Bankkonto – aber warum war sie immer noch allein und wartete?

Natürlich gab es da noch Edith; sie war oben. Zu der Wohnung gehörte ein winziges Dienstmädchenzimmer im Dachgeschoß des Gebäudes, mit einer Toilette auf dem Flur. Die meisten Leute nutzten den Raum als Speicher, doch Susann hatte das Zimmer herrichten lassen, und jetzt wohnte Edith darin, wenn sie sich in New York aufhielten. Sie wußte nicht, ob es Edith etwas ausmachte, denn sie hatte nie etwas gesagt. Aber für Susann war es eine Erleichterung. Obwohl sie nicht gern allein war, haßte sie es, wenn sie Edith, die sie deprimierte und die mit zunehmendem Alter immer dicker und langweiliger wurde, ständig am Hals hatte. Und dann strickte sie auch noch ununterbrochen! Manchmal hatte Susann das Gefühl, wahnsinnig zu werden, wenn sie das Klirren der Nadeln hörte.

Trotzdem war Edith die einzige, der Susann von dem letzten Schachzug ihrer Tochter erzählt hatte. ›Typisch‹, war Ediths einziger Kommentar gewesen, und obwohl es stimmte, nahm Susann ihr übel, daß sie es laut ausgesprochen hatte. Am Nachmittag hatte Edith ihr einen kleinen Absatz in *Publishers Weekly* gezeigt, in dem erwähnt wurde, daß ›der erste Roman von *Kim* Baker Edmonds‹ bei Citron Press erscheinen werde. Es war nur eine Frage der Zeit, wann Alf und die Anwälte von Davis & Dash Wind davon bekamen. Und was dann?

Nun, dachte Susann, es gab Schlimmeres. Zum Beispiel Patti Davis, die ihre Familie in ihren Enthüllungsromanen erst in den Dreck gezogen und ihr dann in ihren ›liebevollen‹ Memoiren vergeben hatte. Momentan schrieb sie gerade einen Lobgesang auf ihren Vater – Knopf. Du lieber Himmel. Wenn die Reagans so etwas überlebten, konnte Susann das auch. Doch würde ein weiteres Baker-Edmonds-Buch ihr nicht jetzt, bei den sinkenden Verkaufszahlen ihrer Bücher, ein Stück ihres Marktanteils wegnehmen?

Susann mußte Alf unbedingt erzählen, was Kim da heraufbeschworen hatte. Das mußte man sich einmal vorstellen – die eigene Tochter stahl ihren Namen! Sie seufzte. Wenn sie Alf heute abend Bericht erstattete, würde er herumbrüllen und Rechtsanwälte anrufen – selbst wenn es nach zehn wäre. Und Susann würde ihn letzten Endes wieder beruhigen müssen. Ihr war klar, daß sie es ihm erzählen mußte, aber im Moment brauchte sie Zärtlichkeit, Ruhe und liebevolle Zuwendung.

Sie hörte, wie Alf die Tür aufschloß. Schnell ging sie zum Sofa hinüber und griff nach einer Zeitschrift. Er sollte nicht merken, wie mutlos und verzagt sie war. Denn Alf haßte es, wenn sie Trübsal blies, wie er sich ausdrückte. Und sie hatte keine Lust, sich die wenige Zeit, die sie füreinander hatten, zu verderben.

»Du bist noch wach?« fragte er. Er sah müde aus, und als er zu ihr herüberkam, um ihr einen flüchtigen Kuß auf die Wange zu geben, roch Susann den Brandy und die Zigarren in seinem Atem. Beides hatten ihm die Ärzte verboten. Seine Augen waren leicht gerötet. Wie immer war sein Anzug zerknittert und seine Krawatte verrutscht. Susann mußte lächeln. Ihr Alf.

»Wenn du müde bist, dann laß uns ins Bett gehen«, sagte sie leise und zerzauste sein weißes Haar.

»Ich hätte nichts dagegen, mich hinzulegen«, stimmte er zu. Susann schnappte überrascht und erfreut nach Luft. »Ich muß noch jede Menge lesen«, fügte er hinzu. Ihr Lächeln erstarb.

Sie sah zu, wie Alf seine Jacke auszog und auf einen Sessel warf. Dann setzte er sich und zog seine belgischen Slipper aus. Den Trenchcoat hatte er auf das Sofa gelegt, nachdem er hereingekommen war. Er zog seinen Aktenkoffer heran, öffnete ihn und nahm stapelweise Papiere, Verträge und Manuskripte heraus. Susann verblüffte es immer wieder, wie schnell Alf etwas in Unordnung bringen konnte, ob es sich nun um ihre Zimmer handelte oder um seinen Anzug. Doch sie lächelte nachsichtig. Sie genoß es trotzdem, daß er bei ihr war. Er war wie ein Kind, hinter dem man herräumen mußte. Und lieber Unordnung als die Leere eines hübschen, aber sterilen Zimmers wie vorhin. Alf erfüllte den Raum mit Leben. Auch in dieser Hinsicht glich er einem Kind.

Susann würde heute auf keinen Fall über Kim sprechen. Das hatte Zeit bis zum Frühstück.

Als Alf mit einem Manuskript in der Hand ins Schlafzimmer schlurfte, folgte ihm Susann. Sie trug ein türkisfarbenes Nachthemd aus Seide und ein dazu passendes Negligé, dessen Saum etwas zu lang war. Sie stolperte und taumelte gegen Alf, doch der schien es gar nicht zu bemerken. Er war bereits in ein Merkblatt vertieft, das oben auf dem Stapel lag.

Sie gingen zu Bett. Susann zog die Daunendecke über sich. Sie hatte Unsummen für Bettwäsche ausgegeben – eine Schwäche von ihr. Da sie sich das Beste vom Besten leisten konnte, kaufte sie nur Anichini. Es war ein Genuß, sich in diesen weißen Traum sinken zu lassen, auch wenn sie fast einhundert Dollar pro Woche bezahlte, um die Leintücher und Kopfkissenbezüge bei Madame Paulette's waschen und bügeln zu lassen. Sie seufzte zufrieden.

Alf, der auf der anderen Seite des Bettes saß, hatte sich bereits bis auf die Unterwäsche entkleidet. Er zog seine Socken aus und ließ sich in die Kissen sinken, deren Qualität er keinerlei Beachtung schenkte. Sie spürte seinen Rücken an ihrer Seite. Darauf habe ich gewartet, das habe ich gewollt, versuchte sie sich einzureden. Ein wenig Komfort und ein wenig menschliche Wärme. Die weißen Lilien in der Kristallvase mit dem Goldrand erfüllten das Zimmer mit ihrem Duft. Alles hier drin war nur vom Feinsten. Ich brauche mir keine Sorgen zu machen, beruhigte sie sich. Mir fehlt nichts. Sie schmiegte sich an Alfs Seite. Abwesend tätschelte er ihre Schulter und drehte sich weg, um an den Stapel mit seinen Papieren zu kommen. War das schon alles? Ein wenig tätscheln und zurück an die Arbeit? *Darauf* hatte sie den ganzen Abend gewartet? Wütend streckte Susann ihren Arm aus und löschte demonstrativ das Licht auf ihrem Nachttisch.

»Es dauert nicht mehr lange«, murmelte Alf. »Ich lese wahrscheinlich nur ein paar Seiten.« Susan erwiderte nichts, sondern zog sich die Daunendecke über den Kopf. Doch nach einer Weile wurde ihr unter der Decke zu warm. Außerdem ruinierte sie sich ihre Frisur. Sie steckte den Kopf heraus und spähte über Alfs Schulter. Er las gerade in einem Manuskript, von dem sie nur den Titel erkennen konnte: *Mit voller Absicht*. Das klang nach einem dieser Rechtsanwaltskrimis. Er vertrat Dutzende solcher Autoren, von denen keiner es zu etwas gebracht hatte. Sie seufzte.

In zehn Tagen würde er auf die Frankfurter Buchmesse fliegen, um die Lizenzrechte ihrer Bücher zu verkaufen und zu versuchen, den Holländern,

Dänen oder Italienern einige seiner schlechteren Pferde im Stall anzudrehen. Er würde sie wieder fast zwei Wochen allein lassen, da er auf dem Hinweg in London und auf dem Rückweg in ihrem Haus in Frankreich Station machen würde. Sie wünschte, er würde nicht wegfahren, doch er liebte Plauderstündchen – zum Beispiel bei einem Abendessen mit Adrian Bourne und Eddie Bell, bei einem Treffen mit attraktiven Lektorinnen wie Helen Fraser von Heinemann oder Imogen Taylor von Little, Brown.

Susann hatte keine Ahnung, warum ihm so viel daran lag. Sie verdiente mehr als genug für beide, und wenn er ihr nur ein wenig mehr Aufmerksamkeit schenkte, könnte sie wesentlich besser arbeiten. Warum war er so versessen darauf, *andere* Bestseller aufzutreiben? Außer ihr hatte er noch keinen Schriftsteller vertreten, dessen Bücher auch nur in der Bestsellerliste aufgetaucht waren, obwohl er, das mußte sie zugeben, es geschafft hatte, einige große Vorschüsse auszuhandeln. Alf machte immer irgendwelche Geschäfte, doch er steckte mehr Zeit und Energie in diese kleinen Geschäfte, als sie tatsächlich wert waren. Sie war das einzige Pferd in seinem Stall, das wirklich Geld einbrachte. Das wußte sie, und er wußte es ebenfalls. Trotzdem weigerte er sich, seine anderen Klienten aufzugeben, so wie er sich weigerte, sie zu heiraten.

Susann dachte an ihre Tochter und fröstelte trotz der warmen Bettdecke. Sollte sie Alf beim Lesen stören, indem sie mit ihrer Neuigkeit herausplatzte? *Das* würde seine Aufmerksamkeit wecken. Sie lag da und spürte sein Gewicht an ihrem Rücken, während sie darauf wartete, daß er das Manuskript weglegte. Sie hörte die Uhr auf dem Kamin im Wohnzimmer elf schlagen und wartete immer noch. Nachdem er eine knappe Stunde gelesen hatte, drehte sie sich schließlich zu ihm um. »Meinst du nicht, daß es langsam Zeit wird, das Licht auszumachen?« flötete sie mit ihrer zartesten Stimme.

Alf wandte sich ihr zu. Einen Moment lang schienen seine geröteten Augen hinter der Lesebrille ins Leere gerichtet, als wäre er in Gedanken eine Million Lichtjahre entfernt. Dann richtete sich sein Blick auf sie. »Das ist gut«, sagte er und klopfte auf das Manuskript. »Ich meine, es ist wirklich gut. Das könnte ein Knüller werden.«

Aus irgendeinem unerfindlichen Grund machte Susann diese Bemerkung wütend. Doch sie durfte sich nichts anmerken lassen. Wortlos schnappte sie sich die ersten Seiten des Manuskriptes. *Mit voller Absicht*, von Jude Daniel. Wer war diese Jude Daniel? fragte sie sich. War sie attraktiv? War Alf an ihr interessiert? So wie damals an ihr selbst? Seine Augen waren, obwohl stark gerötet, voller Begeisterung.

»Ich sag's dir«, meinte er, »man kann das Buch einfach nicht weglegen. Es ist so spannend. Wirf mal einen Blick hinein.«

Wann war er zum letztenmal so voller Begeisterung gewesen? Ganz sicher nicht, als er *ihren* letzten oder vorletzten Roman gelesen hatte. Genau dieser begeisterte Blick hatte sie am Anfang motiviert, weiterzuschreiben. Diesen Blick vermißte sie mehr als Sex, mehr als die kleinen Mitbringsel und Aufmerksamkeiten, die Alf ihr immer geschenkt hatte. »Wer ist sie?« fragte Susann.

»Sie?« wiederholte Alf. Dann sah er auf die Titelseite. »Oh, du meinst Jude Daniel? Es ist keine Sie, sondern ein Er. Dieser Professor von der staatlichen Universität, für den ich die Podiumsdiskussion gemacht habe. Ich muß wirklich sagen, ich bin überrascht. Der kleine Scheißkerl kann tatsächlich schreiben.«

Eigentlich hätte Susann nun erleichtert sein können, doch seltsamerweise war das nicht der Fall. Sie warf einen Blick auf Alfs begeistertes Gesicht.

»Daraus kann ich etwas machen«, sagte er. »Daraus kann ich wirklich etwas machen.« Und mit einemmal wurde Susann klar, was sie gegen Jude Daniel – ob männlich oder weiblich – hatte: Sie war eifersüchtig.

10

›Jeder, der anfängt zu schreiben, muß die nötigen Voraussetzungen richtig einschätzen lernen. Wer Schriftsteller werden will, muß Lehrgeld zahlen – und zwar jahrelang.‹

Alex Haley

Camilla stand neben Frederick an der Theke des *Tabacco*. Es war kurios. Bevor man ein verschnürtes Paket auf die Post bringen konnte, mußte man einem staatlich geführten Laden für Salz- und Tabakwaren einen Besuch abstatten. Auf beides besaß – wie auf Streichhölzer – der italienische Staat das Monopol. Camilla hob das in braunes Papier eingewickelte Paket hoch und öffnete es an einer Seite, damit Frederick den an seine Schwester gerichteten Brief hineinschieben konnte. Sie fragte sich flüchtig, was er geschrieben haben mochte. Anbei ein Manuskript, das mir eine Frau vorgelesen hat, die ich zwar nicht gut kenne, die aber (vielleicht) mit mir ins Bett gehen will? Camilla unterdrückte ein Lächeln.

Ihr Aufenthalt in Assisi war herrlich gewesen. Sie hatte ihm die Fresken in der Basilika gezeigt und ihm jeden Abend etwas vorgelesen. Tagsüber hatten sie in dem kleinen Café am Springbrunnen im Zentrum gesessen und in dem darüberliegenden, mittelmäßigen Lokal gegessen. Frederick hatte ihr gestanden, daß er ihren Roman hinreißend finde, und sie hatte ihm geglaubt. Sonst war nichts passiert. Aber für Camilla war das bereits sehr viel.

Sie hatte wegen einer strapaziösen Fünftagestour nach Florenz zurückkehren müssen und Frederick in dieser Zeit nur zweimal unverhofft getroffen: eines Nachmittags im Bargello-Museum, ein anderes Mal in den Boboli-Gärten. Sie war gerührt gewesen, auch wenn sie keine Zeit gehabt hatten, mehr als ein paar Worte miteinander zu wechseln. Heute hatte sie zum erstenmal einen halben Tag frei und konnte sich mit ihm treffen. Jetzt blieb ihr nicht mehr viel Zeit, bevor sie zu ihrer Gruppe zurückmußte, denn am Nachmittag wollte sie mit ihnen auf den Dom, von wo aus man einen herrlichen Blick hatte.

Während sie das Manuskript wieder in das braune Papier einwickelte und es dem ungepflegten Mann hinter der Theke gab, lächelte sie Frederick zu. »Das ist wirklich sehr liebenswürdig von Ihnen, Frederick, vor allem wenn man bedenkt, daß Sie Guardi Canaletto vorziehen.«

»Worauf ich stolz bin«, entgegnete Frederick und versiegelte die Schnurenden mit Wachs, vermutlich damit niemand unerlaubterweise das Päckchen öffnen konnte. »Nur ein Mann mit einem guten Urteilsvermögen konnte den Wert dieses Manuskriptes erkennen.«

Zusammen wollten sie auf den sonnigen Platz hinaustreten, um unter den Nordarkaden zum Postamt zu gehen, als Frederick auf der Stufe, die von dem *Tabacco* hinabführte, stolperte. Camilla konnte ihn gerade noch festhalten. Er war nicht nur außerordentlich großzügig, sondern auch sehr tolpatschig. Er stolperte, warf Gläser um, rempelte ständig etwas an. Camilla mußte unwillkürlich an Gianfrancos anmutige Bewegungen denken. Seufzend ergriff sie Fredericks Arm. Was würde mit ihrem Manuskript wohl geschehen? Würde dieses Paket ihr Leben verändern, oder war es nur eine weitere Sackgasse – so wie Florenz und Gianfranco? Wer, glaubte sie, war sie?

»Soll ich es schnell aufgeben?« fragte sie.

»Nein. Lassen Sie uns zusammen gehen. Vielleicht bringt uns das Glück.« Frederick lächelte sie an.

Camilla nickte. »Okay«, stimmte sie zu. »Obwohl ich glaube, daß ein italienisches Postamt der trostloseste Ort der Welt ist.« Sie betraten das Bahnhofspostamt. Ohrenbetäubender Lärm schlug ihnen entgegen. Die Menschen, die nicht in Schlangen anzustehen, sondern ziellos herumzulaufen schienen, sahen aus, als würden sie gleich übereinander herfallen. Camilla spürte, wie Frederick kurz zurückschreckte. War er nicht nur ein ›Trampel‹, wie manche ihrer amerikanischen Touristen es nennen würden, sondern auch ein Angsthase? Unwillkürlich fühlte sich Camilla von ihm abgestoßen, weil er sich viel unsicherer bewegte als sie.

Doch einigen Sekunden später schleuste er sie durch die Menge und schaffte es schließlich – nachdem er zehn Minuten lang gedrängelt, gestikuliert und mit seinem gebrochenen Italienisch geradebrecht hatte –, mit ihr an einen Luftpostschalter zu gelangen. Ein weiterer ungepflegter Italiener – ein unrasierter junger Mann in einer zerknitterten Uniform – nahm ihr kostbares Paket entgegen, klebte die entsprechenden bunten Briefmarken darauf und warf es dann über seine Schulter auf einen Stapel anderer Pakete, als handelte es sich um ein Paar ausrangierter Schuhe. Camilla zuckte zusammen, doch Frederick lachte nur, drehte sich zu ihr um und legte seine schmale Hand an ihre Wange.

»Es ist schon in Ordnung«, sagte er mit überraschend beruhigender Stimme zu ihr. »Es wird schon ankommen.« Dann beugte er sich zu ihr hinunter und küßte sie sanft und angenehm auf den Mund.

»Ah, bellissima«, sagte der Mann, der ihnen in der Menschenmenge am nächsten stand. *»Bravo«*, rief ein anderer.

Camilla errötete. »Kann ich einem Mann trauen, der Guardi Canaletto vorzieht?«

Frederick unterbrach sie. »Lassen Sie mich das erklären. Ich bin Architekt ...«

»Gerade dann sollten Sie die Kunstfertigkeit Canalettos erkennen. Er verknüpft Fantasie mit Präzision.«

»Nein, seine Bilder wirken alle wie nach einem bestimmten Schema gemalt. Er hat die Seele Venedigs nicht eingefangen. Guardi malte mit Gefühl.«

»Ich vermute eher, er hat mit einem Pinsel gemalt.« Camillas Gesicht war hochrot. Sie ärgerte sich.

Die Italiener, denen die Szene eine willkommene Abwechslung bot und die sich immer für die Liebe interessierten, beobachteten sie. Camilla war viel zu schüchtern, um sich in dieser peinlichen Situation wohl zu fühlen. Frederick war wirklich nett, aber wie sollte sie jetzt reagieren? Bevor sie etwas sagen konnte, hakte er sich bei ihr unter. Arm in Arm verließen sie das Postamt und ließen die lärmende Menge hinter sich.

»Wohin gehen Sie heute mit Ihren Schäfchen?« fragte er scherzend. Ihr Gruppe bestand diesmal nur aus Amerikanern, einer Gruppe von Ärzten aus Philadelphia und deren Frauen. Sie waren zwar sehr nett, aber auch anspruchsvoll. Heute würden sie nach Rom weiterfahren, was Camilla sowohl ein wenig traurig als auch erleichternd fand. Außerdem war heute Zahltag, und sie hoffte auf gute Trinkgelder.

»Ich gehe mit ihnen auf den Dom und anschließend zum Campodeiglia«, sagte sie. »Zum Fotografieren, Sie wissen schon.« Wollte er auch kommen? Seit sie aus Assisi zurückgekehrt waren, hatte es ihr geschmeichelt, wenn sie während eines Vortrags aufgesehen und Frederick am Rand der Gruppe entdeckt hatte. Aber heute wäre es ihr peinlich, wenn er zusehen würde, wie sie Trinkgeld in die Hand gedrückt bekam wie eine einfache Kellnerin. Schwester Agnus würde das als falschen Stolz bezeichnen. Egal, sie würde sowieso nicht die richtigen Worte finden, um ihm zu erklären, was sie meinte. »Wollen Sie mitkommen?« fragte sie deshalb nur.

Er schüttelte den Kopf. »Leider kann ich nicht. Aber hätten Sie Lust, mit mir heute abend essen zu gehen?« Camilla nickte erleichtert und voller Freude.

»Kommen Sie zu mir ins Hotel«, schlug er vor. »Das Essen dort ist hervorragend.«

Camilla war noch nie im Restaurant des Helvetia & Bristol gewesen. Es war teuer und wurde viel von den jungen Florentinern frequentiert, die über Geld verfügten. Sie fragte sich, ob Gianfranco manchmal dort aß. Na, und wenn schon! Sie hatte ihn seit Wochen nicht gesehen.

»Ja«, antwortete sie, »mit Vergnügen.« Sie trennten sich an der Kreuzung – nachdem sie sich für halb acht zum Essen verabredet und das Manuskript auf die Reise geschickt hatten.

Die Gruppe war nach einem letzten, fantastischen Blick auf Florenz aufgebrochen. Von den Hügeln aus bot die Stadt einen ebenso schönen Anblick wie bei einem Bummel durch die Straßen. Die Trinkgelder hatten Camillas Erwartungen übertroffen. Gott sei Dank waren Amerikaner so großzügig! Nachdem sie einige Tage freigenommen hatte, um nach Assisi fahren zu können, war sie etwas knapp bei Kasse gewesen. Natürlich hatte sie sich geweigert, von Frederick Geld anzunehmen. Obwohl er behauptet hatte, sie sei – wie er es nannte – eine wundervolle Reiseleiterin, wollte sie sich nicht wie eine Angestellte von ihm bezahlen lassen. Er hatte ihr Komplimente gemacht und behauptet, sie habe ihm neue Augen gegeben. Sie hatte sich darüber gefreut, aber weiterhin nur seine Einladungen zum Essen, ihr Hotelzimmer und seine Begleitung akzeptiert. Geld wollte sie keines.

Nun hatte Camilla ein paar Lire übrig, die sie ausgeben konnte, und ein oder zwei Stunden für sich. Doch der lange Tag hatte sie ermüdet. Sie wollte sich einige Minuten ausruhen, dann baden und sich zum Abendessen umziehen.

Aber als sie erwachte, dämmerte es bereits. Sie setzte sich mit einem Ruck auf. Ihr Herz klopfte. Sie hatte verschlafen. Eigentlich hatte sie doch gar nicht einschlafen wollen. Sie sah auf die kleine Uhr auf ihrem Nachttisch. Es war der einzige wertvolle Gegenstand in ihrem Zimmer, ein kleiner, emaillierter Reisewecker, den Gianfranco ihr geschenkt hatte. Schon sieben! Sie lief schnell zu dem kleinen Waschbecken in der Ecke des Zimmers. Ihr blieb keine Zeit mehr, um ein Bad zu nehmen oder ihre Haare zu waschen und zu fönen. Sie würde sich mit dem Waschbecken begnügen und die Haare hochstecken müssen.

Camilla haßte es, sich beeilen zu müssen. Vermutlich hatte sie ihre freie Zeit nur verschlafen, damit ihr keine Zeit zum Nachdenken blieb. Schließlich gab es einiges, worüber sie sich Gedanken machen sollte. Frederick mochte sie offensichtlich, und sie mochte ihn auch. Aber wie sehr? Sie spürte immer noch seinen Kuß auf ihren Lippen. Eigentlich fühlte sie sich nicht auf *diese* Weise zu ihm hingezogen, oder vielleicht doch? War auch das nur ein weiteres, sinnloses Abenteuer? Sie war neunundzwanzig und hatte bereits ›Abenteuer‹ in New York und hier in Florenz gehabt. Sie hatte geliebt, war aber nicht wiedergeliebt worden. Sie war es leid, für Männer nur ein Zeitvertreib zu sein. Sah auch Frederick in ihr nur eine Frau, mit der er sich im Urlaub die Zeit vertreiben konnte, aber nicht mehr?

Dieser Gedanke führte sie zu einer existentiellen Frage: Was in aller Welt wollte sie eigentlich? Es schien, als würde sie orientierungslos rund um die Erde hüpfen wie ein Tischtennisball. Wo gehörte sie hin? Sie hatte Birmingham und ihre langweilige, hoffnungslose Familie verlassen, um ihre Ausbildung zu beenden, aber in New York war es ihr nicht gelungen, sich ein Zuhause zu schaffen. Ohne Geld und ohne Freunde hatte man es in dieser Stadt schwer. Also war sie nach Florenz gegangen, in diese liebliche, herrliche Stadt – nur um feststellen zu müssen, daß sie auch hier keine Nische für sich finden konnte. So manche ältere, dicke, verblühte Frau war hier hängengeblieben, arbeitete als Stadtführerin und wohnte in einem einsamen möblierten Zimmer einer *pensione*. Die Vorstellung, so zu enden, ließ Camilla frösteln.

Und das Manuskript? Sie versuchte sich vorzustellen, wo es sich nun gerade befand. War es bereits an Bord eines Flugzeuges? Was geschah, wenn Fredericks Schwester es bekam? Würde es gelesen werden? Veröffentlicht werden? Fredericks Lob hatte sie aufgemuntert, aber inzwischen war ihre Zuversicht geschwunden. Was, wenn ihr Manuskript verlorenging oder, noch schlimmer, abgelehnt wurde?

Kein Wunder, daß ich eingeschlafen bin, dachte Camilla. Immer wieder hatte sie herauszufinden versucht, wie man das Puzzle des Lebens richtig zusammensetzte: wo ihr Platz war, wie man enge Beziehungen zu Menschen herstellte und sein Leben in den Griff bekam. Offenbar hatte sie noch keine Antworten gefunden. Es schien, als gebe es für sie nur zwei Möglichkeiten, ihrer Einsamkeit zu entfliehen: Liebe und Arbeit. Aber ihr Job als Reiseleiterin verhalf ihr letzten Endes weder zu engen Beziehungen zu Menschen, noch brachte er ihr Erfüllung. Sie hatte gehofft, das Schreiben würde etwas verändern, und das hatte es auch getan. Sie hatte sich integriert gefühlt, eng mit dem entstehenden Buch verbunden, und ihre Figuren lieben gelernt. Sie hatte das Schreiben als selbstverständlich empfunden, als natürliche Entwicklung und Erklärung, wer oder was sie war. Doch jetzt war das Buch fertig. Sie hatte es allein geschrieben und war immer noch allein. Würde es immer so weitergehen?

Alles schien so unsicher und verwirrend zu sein. Nur eines wußte sie mit Bestimmtheit: Sie wollte ein weiteres Buch schreiben, noch mehr Geschichten erzählen. Denn das schien der rote Faden zu sein, der sich durch ihr Leben zog: Sie war keine gute Reiseleiterin, weil sie gut erklären konnte, sondern weil sie interessante Geschichten in ihre Vorträge einflocht. Sie erzählte von den alten Mythen und Sagen und ließ so die Geschichte von Florenz, seinen Künstlern und seinen Regenten lebendig werden. Vermutlich hatte sie das gleiche mit den Figuren in ihrem Roman getan. Sie hatte beobachtet, wie ihre Figuren, ihre Erzählung vor ihren eigenen Augen lebendig geworden waren. Sie fand das genauso erstaunlich, als hätte sie mit Hilfe von Seidenfäden ein Netz gewebt. Aber würde dieses Netz sie tragen? War es stabil genug, um darauf ein neues Leben aufzubauen?

Während sie sich ihr Haar hochsteckte, betrachtete Camilla sich in dem kleinen Spiegel über dem Waschbecken. Sie mochte sich kaum eingestehen, wie sehr sie darauf hoffte, daß sich etwas veränderte. Was geschah, wenn ihr Manuskript tatsächlich gekauft wurde? Wenn sie eine Nische für sich fand? Wenn sie schreiben und davon leben konnte, war bereits die Hälfte ihres Problems gelöst.

Dann müßte sie sich nur noch über die Liebe Gedanken machen. Camilla steckte die letzte Nadel in ihr Haar und verließ ihre Wohnung, um mit Frederick zu Abend zu essen, während sie sich seine Schwester in New York vorzustellen versuchte.

11

›Ihr Manuskript ist sowohl gut als auch originell; aber der Teil, der gut ist, ist nicht originell, und der Teil, der originell ist, ist nicht gut.‹

Samuel Johnson

Emma Ashton lag auf dem Sofa. Das Manuskript von Susann Baker Edmonds lag, in mehrere Stapel aufgeteilt, vor ihr auf dem Boden. Sie fühlte sich schlicht und einfach miserabel. Wenn sie in einer solchen Stimmung war, zahlte sich die Couch – ein teures, mit Daunen gepolstertes Luxusmöbelstück, von einem Teil des Geldes aus dem Treuhandvermögen erstanden – wirklich aus. Emma kuschelte sich tiefer in die Kissen. Je länger sie an diesem fürchterlichen Manuskript arbeitete, desto tröstlicher wirkte die Couch auf sie. Ihr fiel ein Zitat ein, das angeblich von Jackie Kennedy Onassis stammte: ›Wenn man sich schon miserabel fühlt, dann sollte man dabei wenigstens einen Nerz tragen.‹

Sie legte den Bleistift hin, erhob sich und blickte auf das Chaos hinab, das sie umgab. Sie hatte auf einen Anruf von Alex gehofft, doch der war ausgeblieben. Müde seufzte Emma und überlegte, ob sie heute abend ausgehen sollte, um den Kopf freizubekommen. Aber sie haßte es, allein in Bars oder ins Kino zu gehen, und vielleicht rief Alex ja doch noch an. Außerdem hatte sie noch viel zu arbeiten. Sie streckte sich, durchquerte das große, leere Zimmer und blieb vor dem riesigen Fenster stehen, das auf einige Gärten hinausging. Obwohl ihr sogenanntes ›Studio-Loft‹ – ein einziger, großer Raum – im vierten Stock lag, hatte sie viel Sonne, da es die dreistöckigen Sandsteinhäuser im Süden überragte. Doch heute war es bewölkt, und die Dämmerung tauchte den Dschungel aus wild wuchernden Bäumen und Büschen unter ihr in Dunkelheit. In den Fenstern des obersten Stocks des Hauses auf der anderen Straßenseite waren die Lichter angegangen. Emma konnte eine Frau erkennen, die ihr Baby fütterte. Sie seufzte. In der Dämmerung wurde sie immer melancholisch.

Sie drehte sich zu dem Chaos der auf dem Boden verstreuten Blätter um. Als sie in der Verlagsbranche angefangen hatte, hatte sie mehr erwartet als das. Sie hatte gehofft, an wirklich wichtigen Büchern mitarbeiten zu können, Büchern, die dem Leben Glanz verliehen, Trost spendeten oder Freud und Leid der Menschen in Worte faßten, so daß es ein Genuß war, sie zu lesen.

Aber dieses Manuskript? Das sollte nur dem Zeitvertreib dienen und war zudem noch schlecht. Das Edmonds-Buch war eine Totgeburt, der klägliche Versuch, einen Stil aufzuwerten, der – Emmas Ansicht nach – unaufrichtig und leer war. Die Edmonds hatte bisher Schicksalsromane geschrieben: lange Sagas, in denen Frauen um ihr Glück kämpften und die mit Beschreibungen von Beziehungen, Kleidern, Mahlzeiten und dergleichen ermüdenden Details mehr gefüllt waren. Offenbar waren ihre Fans danach einmal verrückt gewesen.

In diesem Manuskript tauchte davon nichts mehr auf. Dem Leser blieben nur eine trockene Handlung und die Personen, und beides konnte Susann Baker Edmonds nicht gerade gut beschreiben. Es ging um die Beziehung zweier Personen Mitte Vierzig. Eines jener Bücher, die Emma im stillen ›Alte-Erwachsene-Bücher‹ nannte. Junge-Erwachsene-Bücher waren an Leser gerichtet, die zu alt für Kinderbücher, aber zu jung für Romane waren. Die Alte-Erwachsene-Bücher wandten sich an jene Erwachsenen, die zu dumm oder zu faul für gute Bücher waren. Wie immer in Büchern dieses neuen Genres ging es um eine Person, die vom Leben enttäuscht worden war, womit sich Alte-Erwachsene Leser offenbar identifizieren konnten. Aber im Gegensatz zum Leser bekam die Hauptfigur am Schluß schließlich alles, wonach sie sich gesehnt hatte. Trotzdem fehlte dem Buch Feuer, jagte eine leere Phrase die andere. Es war grauenhaft. *›Paul sah sie an, und sie wandte sich schamhaft ab. Die Krampfadern – die Schwangerschaftsstreifen. ›Du bist so schön‹, stieß er hervor.‹* Puh! Emma überlegte, was ihre Mutter wohl dazu sagen würde, und schüttelte sich.

Nun, dachte sie, es gab Schlimmeres. Man hätte ihr genausogut *SchizoBoy* aufhalsen können, was sie abgelehnt hätte. Dieses Manuskript hier war nur dämlich, aber nicht ekelhaft. Als sie das Skript von Chad Weston gelesen hatte, war ihr übel geworden. Sie und die anderen Lektorinnen konnten kaum glauben, daß Davis & Dash es tatsächlich veröffentlichen wollte. Sie hatte eine Unterschriftenaktion gestartet, um das zu verhindern, aber die meisten Mitarbeiter hatten Angst gehabt zu unterschreiben. Emma war enttäuscht gewesen.

Was sollte sie mit diesem Manuskript nur anfangen? Susann oder Pam erzählen, daß man lediglich Handlung, Figuren und Stil ändern müsse? Das würden sie nicht gern hören. Emma zuckte die Achseln. Wer weiß? In dieser Branche war es wirklich schwer vorherzusagen, was sich verkaufte. *Die Prophezeiungen von Celestine, Traumfänger, Grenzmusik* ... Nach ihren Erfahrungen konnte dieser hirnlose, beschönigende Roman noch in derselben Woche auf die Bestsellerliste gelangen, in der er erschien.

Sie seufzte und ging in ihre kleine Küche, um Wasser für die Nudeln aufzusetzen. Sie würde zu Hause essen und später vielleicht einen Spaziergang zum Fluß hinunter machen. Sie rieb etwas Käse und gab Tomatensauce aus der Dose in einen Topf. Auf der anderen Seite des Zimmers, neben dem Bogengang zu ihrer Schlafnische, lag der offene Rucksack auf dem Boden. Sein Inhalt hatte sich überallhin verstreut. Eigentlich sollte sie aufräumen, nur für den Fall, daß Alex doch noch anrief. Sie durchquerte den Raum und hob den Rucksack auf. Er war noch überraschend schwer. Als sie hineinsah, entdeckte sie das eingewickelte Manuskript, das ihr die alte Frau – wie war noch ihr Name? – anvertraut hatte. Zweifellos war es Mist. Sie würde eine Woche warten und es dann zurückgeben. Doch als sie sich umdrehte, um den Rucksack an einen Haken zu hängen, fiel ihr Blick auf das Chaos des Edmonds-Manuskriptes. Konnte etwas außer *SchizoBoy* noch schlimmer sein als das? Emma mußte wieder an Jewel – oder Pearl oder wie die alte Frau auch heißen mochte – denken. Sie erinnerte sich an den schmerzerfüllten Blick. War es wirklich das Manuskript ihrer toten Tochter? Mit einem letzten Seufzer zog Emma es aus dem Rucksack und nahm es mit in die Küche.

Das Telefon klingelte. Emma nahm ab. Sie hoffte, daß es Alex war.

»Hallo, Emma.«

»Mutter! Rufst du aus Italien an?« Das war typisch: Emma hatte seit fast einem Monat nichts von ihrer Mutter gehört, aber jetzt fühlte sie sich sofort wieder bevormundet.

»Nein, Liebes. Aus Larchmont.«

»Ähnlich, aber nicht gleich. Jetzt ist wieder die andere Seite dran«, sagte Emma. Da ihre Mutter nie fernsah, würde sie die Anspielung auf die alte Game Show nicht verstehen. »Seit wann bist du zurück? Ich dachte, ihr würdet erst nächste Woche kommen?«

»Zweimal falsch. Wir hatten einen Rückflug für gestern, aber Frederick ist noch geblieben.«

»Allein?« fragte Emma überrascht. »Er ist allein in Italien geblieben?«

»Ich hoffe«, sagte ihre Mutter. »Im Helvetia & Bristol paßt man gut auf ihn auf, und er hat einen Chauffeur engagiert. Aber ich mache mir trotzdem Sorgen.«

»Du machst dir zu viele Sorgen«, meinte Emma. »Wenn er noch bleiben wollte, dann wird er es auch allein schaffen.« Aber sie wunderte sich doch. Warum war Frederick noch geblieben? Vielleicht fühlte er sich ebenfalls von ihrer Übermutter bevormundet. Natürlich hatten beide vor langer Zeit die Flucht vor ihr ergriffen, aber der arme Frederick hatte zurückkehren müssen. Emma schüttelte den Kopf in der Erinnerung an diese Tragödie. Unwillkürlich kam ihr – nicht zum erstenmal – der Gedanke, daß ihre Mutter wenigstens ein bißchen froh war, daß Frederick ins Nest hatte zurückkehren müssen. Sie erschauerte. »Hat es dir in Florenz gefallen?« fragte sie, weil sie im Moment keine Lust hatte, mit ihrer Mutter über etwas anderes zu reden. Nicht über ihren Bruder, nicht über ihre Arbeit, nicht über ihr Liebesleben.

»Es war traumhaft wie immer, aber am Schluß hatte ich das Gefühl, ich müßte mich übergeben, wenn ich mir noch eine Kirche hätte ansehen müssen. In Italien gibt es eine Menge Kirchen, an denen nur Architekten Gefallen finden können.«

»Wann kommt Frederick zurück?« fragte Emma.

»Das steht noch nicht fest. Er hat jemanden kennengelernt.«

Hoppla, das waren Neuigkeiten. »Dann reist er mit einem Freund weiter?« *Das* ergab einen Sinn. Warum hatte ihre Mutter das nicht schon vorher erwähnt?

»Nein. Nicht ganz. Es scheint, als hätte er eine Eroberung gemacht. Ein Mädchen.«

»Kein Witz? Das ist ja großartig!« Und ungewöhnlich. Aber Emma liebte Frederick und wünschte ihm das Beste. »Weiß sie es?«

»Ich bin mir nicht sicher. Und es war nicht meine Aufgabe, sie danach zu fragen. Ich weiß nicht, ob es gut war, ihn allein zu lassen, Emma.« Sie machte eine Pause. »Ich hatte zwar das Gefühl, es wäre besser zu tun, worum er mich bat, aber ich weiß nicht, ob es richtig war. Ich habe noch nicht mit Dr. Frye gesprochen. Versprichst du mir, ihn zur Rückkehr zu bewegen, wenn er dich anruft?«

»Mutter, darüber haben wir doch schon gesprochen. Frederick muß sein Leben so leben, wie er es möchte, genau wie ich. Tut mir leid. Glaub mir, es tut mir wirklich leid, wenn Frederick oder ich dir Sorgen bereiten. Aber du mußt uns nun mal so nehmen, wie wir sind, genau wie wir uns selbst akzeptieren müssen.« Emma verdrehte die Augen. Wenn sie mit ihrer Mutter sprach, gab sie oft Weisheiten von sich, die aus einem schlechten Selbsthilfebuch stammen könnten. Versuchte sie deswegen immer, ein Gespräch zu vermeiden? »Mutter, ich muß gehen.«

Nie klagen, nie erklären. An diese Regel versuchte Emma sich bei Gesprächen mit ihrer Mutter zu halten – ein Leitsatz, den sie von ihrer Mutter hatte. Sie sagten sich gute Nacht, und Emma legte den Hörer auf.

Das Wasser kochte, und sie gab genügend Nudeln für zwei Personen in den Topf. Als ob Alex einfach mal so vorbeischauen würde. Sollte das nicht geschehen, würde sie eben alles allein essen, an der Küchentheke, und dabei das erste Kapitel von diesem Mammutwerk lesen. Sie sah auf den Titel. *Die Verlogenheit der Männer*. Nicht schlecht, dachte Emma. Nur ein Kapitel, sagte sie sich. Das war schon beinahe mehr, als sie der alten Frau schuldete.

12

›Ein bestimmter Prozentsatz an Fehlschlägen ist unabdingbarer Bestandteil des Schreibens. Der Papierkorb muß ja schließlich zu einem bestimmten Zweck erfunden worden sein.‹

Margaret Atwood

Angewidert warf Pam ihren Bleistift hin. Um sie herum lagen Blätter aus gelbem Papier, die meisten davon mit durchgestrichenem Gekritzel bedeckt und zusammengeknüllt. Und alles für die Katz. Völlig für die Katz.

Was zur Hölle war mit ihr los? Sie hatte die letzten drei Wochenenden und jeden Abend an ›Peets‹ Buch geschrieben, aber nicht ein brauchbares Kapitel, nicht eine Seite oder auch nur ein Absatz war dabei herausgekommen. Nach all den Jahren, in denen sie die Autoren, mit denen sie zusammenarbeitete, verachtet hatte, nach all den Jahren, in denen sie ihnen die Tantiemen geneidet hatte, mußte sie ihre feste Überzeugung, besser schreiben zu können, wohl revidieren.

Denn ganz offensichtlich konnte sie es nicht.

Trotzdem, sie *brauchte* dieses Buch für das Herbstprogramm. Und sie wollte das Geld. Wer verzichtete schon gern auf eine viertel Million Dollar? Gordon Lishs oberstes Gebot für Schriftsteller fiel ihr ein: ›Man muß mit jeder Seite Liebe, die man schreibt, intim werden, sie vögeln, es ihr besorgen ...‹ Nun, der Sex bereitete ihr keine Probleme – nur mit dem Schreiben hatte sie Schwierigkeiten. Wenn ich einfach abhauen könnte, dachte sie, wenn ich nur einen oder zwei Monate freinehmen und in Ruhe in einem netten Hotel in Saint Bart's oder Cape Code arbeiten könnte. Sie sah sich um. Ihr Apartment glich einem Saustall, und sie selbst sah auch nicht eben anständig aus. Seit drei Tagen hatte sie sich nicht mehr die Haare gewaschen. Sie hatte einen Liter Banane-Nuß-Eis gegessen, dabei mochte sie weder Bananen noch Nüsse. Offenbar wurde sie langsam verrückt.

Sie mußte diesen Roman schreiben.

Sie konnte diesen Roman nicht schreiben.

Sie mußte sich zusammenreißen, sich anziehen und in die Stadt fahren. Sie mußte zu Mittag essen und ins Büro gehen. Und nächste Woche flog sie nach Frankfurt zur Buchmesse, wo sie verzweifelt auf die Jagd nach Lizenzen für irgendwelche Bücher gehen würde, die ein Erfolg zu werden versprachen. Christophe mußte mit einem Babysitter zu Hause bleiben. Herrje, es war einfach zuviel!

Das Mittagessen mit Alfred Byron war pure Verschwendung ihrer kostbaren Zeit. Pam haßte Treffen mit Agenten. Ihrer Ansicht nach waren sie die Zecken der Verlagsbranche. Sobald sie vom Blut – den zehn oder fünfzehn Prozent, die sie von erfolgreichen Autoren bekamen – prall waren, wurden sie unerträglich. Ausgehungert und nach neuem Blut dürstend, waren sie verzweifelt und nutzlos. Trotzdem kontrollierten sie heute nahezu den gesamten amerikanischen Buchmarkt. Nur wenige Autoren handelten ihre Verträge selbst aus, und Pam vermutete, daß die Verleger diesen Fluch selbst auf sich herabbeschworen hatten, als sie begonnen hatten, keine Manuskripte mehr zu lesen außer jenen, die ihnen von einem Agenten vorgelegt worden waren.

Pam hatte sich den Mund fusselig geredet, überall auf den Busch geklopft und was es sonst noch an abgedroschenen Phrasen gab, um doch noch ein oder zwei heiße Bücher für das Herbstprogramm von Davis & Dash aufzutreiben. Trotz einem Dutzend Treffen mit verschiedenen Agenten, von Mort Janklow bis Ellen Levine, hatte sie nichts entdeckt. Unter den Agenten gab es eine Art stiller Übereinkunft: Sie belieferten die weiter, die vorher gut bezahlt hatten. Und Pam hatte bisher immer versucht, möglichst günstig einzukaufen. Sie war bei keinem von ihnen besonders beliebt. Einige hatten versucht, ihr Mist anzudrehen – denn warum sollten sie ihr eine Perle überlassen?

Heute mußte sie mit Alfred Byron essen gehen, der ihr gräßlich auf die Nerven ging. Nicht, daß sie sich von dem Treffen etwas versprechen würde. Sie würde sich seine ständigen Nörgeleien über Susann Baker Edmonds, seine einzige große Klientin, anhören müssen. Natürlich hatte er sich auch nach anderen Autoren umgesehen. Jahrelang hatte er unzählige zweitklassige Bücher von Eintagsfliegen angeboten. Einige Male war es ihm gelungen, Random House und Simon & Schuster Manuskripte anzudrehen, die er hochgejubelt hatte und die sich dann als Flop erwiesen. Er vertrat Steward Campbell, einen erfolglosen Krimiautor, den Pam veröffentlicht hatte, was sie teuer zu stehen gekommen war. Steward gehörte zu den Autoren, deren Bücher unsigniert mehr wert waren als signiert. Im September war er zu einer Signierstunde eingeladen worden und hatte gezeichnete Exemplare seines letzten Buches entdeckt, die nach einem Jahr noch nicht verkauft worden waren. Alf hatte mit einer einzigen Autorin Karriere gemacht, doch im Gegensatz zu einigen anderen Agenten, die ihre mittelmäßigen Autoren zu Stars aufgebaut hatten, glaubte er wirklich daran, etwas Großartiges vollbracht zu haben. Deshalb wurde er in der Branche belächelt. Pam seufzte. Das Mittagessen mit ihm würde eine Qual sein. Aber um Susann zu besänftigen und sicherzustellen, daß sie die drastischen Änderungen in ihrem neuen Manuskript auch akzeptierte, mußte sie leider hingehen.

Zu allem Überfluß trafen sie sich auch noch bei Michael's, *dem* Restaurant der Verlagsleute. Es lag in der Fifty-fifth West, besaß eine dezente Glasfront und wurde häufig als ›William-Morris-Agentur-Cafeteria‹ bezeichnet, da die Agenten, die in der Nähe arbeiteten, dort so oft aßen. Pam war sicher, daß ihr sowohl Owen Laster als auch mindestens ein halbes Dutzend anderer Leute, die sie kannte, über den Weg laufen würden. Seit sie an dem Trawley-Buch arbeitete, hatte sie nur noch gegessen. Sie hatte zugenommen, sah schrecklich aus und hatte auch keine Lust vorzutäuschen, daß sechs ihrer Bücher auf der *New-York-Times*-Bestsellerliste stünden. Am liebsten würde sie in eine Kneipe in der Sixth Avenue gehen, wo niemand sie kannte. Aber sie konnte sich nicht drücken. Byron, der sich gern in der Öffentlichkeit sehen ließ, hatte bereits reserviert, und sie mußte sich wohl oder übel damit abfinden.

Pam duschte, zog sich an, fönte ihre blonden Haare und sah in den Spiegel. Jeder andere nahm bei Prozac ab. Was war nur mit ihr los? Sie hatte ein Faible für enganliegende Strickkleider, aber das bronzefarbene Karan-Kahn-Kleid war ihr zu eng geworden – es spannte nicht nur über ihren großen Brüsten, sondern auch über ihren immer dicker werdenden Oberschenkeln. O Gott, sie *mußte* abnehmen. Das war einer der Vorteile des Kokainschnupfens gewesen – sie war schlank geblieben. Immerhin hatte sie *den* Mist aufgegeben. Nun mußte sie nur noch weniger essen. Das war alles. Sie würde einfach aufhören zu essen, und zwar schon heute. Zum Mittagessen mußte ein Salat genügen.

Nachdem sie diesen Entschluß gefaßt hatte, ging es ihr besser. Sie kämmte sich und legte bronzefarbenen Lippenstift auf. Das half. Ebenso die Ohrringe. Aber die Haare wuchsen bereits wieder in ihrer ursprünglichen Farbe nach. Und dann entdeckte sie einen Fleck auf ihrem Kleid, genau oberhalb ihrer linken Brustwarze. Na ja. Sie nahm ihren Regenmantel vom Haken und zog ihn an, obwohl keine einzige Wolke am Himmel zu sehen war. Sie würde ihn einfach anlassen. Und wieder ins Sportstudio von Bernie und Roy, den ›Folterzwillingen‹, gehen. Keinen Alkohol trinken, nur einen Salat essen, Byrons langweiligen Mist über sich ergehen lassen und dann auf den Änderungen bestehen, die Emma Ashton für Susanns Buch vorgeschlagen hatte. Pam zog den Gürtel des Trenchcoats fest und hängte sich ihre schwere Handtasche um. Es war die Hölle, sich sein Geld auf diese Art verdienen zu müssen.

Das Michael's war überfüllt, wie immer. Peter Cocuzza, der Geschäftsführer, gab Pam einen Wangenkuß zur Begrüßung und nahm ihr, bevor sie ihn daran hindern konnte, den Mantel ab. Den Fleck auf ihrem Kleid hatte sie ohnehin vergessen. Jetzt mußte sie die beiden schmalen Stufen hinabsteigen und das halbe Dutzend Tische im vorderen Teil passieren, an denen die wirklich Großen der Branche saßen. Es war demütigend, an Nan Talese, Howard Kaminsky und Norman Pearlstine vorbeizugehen, zu lächeln und dann mit Byron sozusagen am Katzentisch im hinteren Teil Platz zu nehmen.

Pam versuchte, das Gespräch auf die Edmonds-Bücher zu lenken und Emmas Bemerkungen als ihre eigenen weiterzugeben: Wie seicht es war, wie langweilig und wie man es verbessern könnte. Sobald Emma ihre Beurteilung des Buches geschrieben hätte, würde Pam sie, mit ihrer Unterschrift versehen, an Byron schicken. Doch Byron wollte erst seinen Mist loswerden und erzählte von dem Geschäftspartner, dem er die Lizenzrechte für Susanns letztes Buch verkauft hatte und den er in Frankfurt treffen würde, und von seinen Verhandlungen für eine TV-Miniserie. Sehr schön. Und dann berichtete Byron von einem Erstlingswerk, von dem er schwöre, daß es der Knüller des Jahres werde. Und daß ein Dutzend Verleger sich die Finger danach leckten. Und wie scharf Viking and Putnam darauf seien. Aber daß er es aus reiner Loyalität zuerst Pam anbiete. *Falls* sie ihm einige Zugeständnisse machte. *Falls* sie ihm versprach, sich für die Vermarktung von Susanns Büchern etwas einfallen zu lassen. Als ob ich dir das abnehmen würde, dachte Pam. Ich pfeif' drauf.

»... wirklich außerordentlich«, sagte Byron gerade. »Ich wollte mir nur ein, zwei Seiten anschauen, und dann habe ich die ganze Nacht durchgelesen. Ich meine, jeder *kennt* den Fall, aber gerade darum ist das Buch ja so aktuell und zugleich einzigartig. Erinnern Sie sich, was Laura Ziskin und Gus Van Sant mit *Lohnt es sich, dafür zu sterben?* gemacht haben? Also, er hat es geschafft, den Fall aus einer neuen Perspektive darzustellen, aus der Sicht eines Betroffenen; und das Mitgefühl, das er für diese Mutter weckt, die ihre Kinder umgebracht hat, ist einfach – unübertrefflich.«

Pam gähnte. Sie konnte sich nicht erinnern, wann sie sich das letztemal so gelangweilt hatte. Der Kellner brachte die Hauptgerichte. Er stellte die Schweinekoteletts, das Pflaumenkompott, die überbackenen Kartoffeln und das Endiviengemüse vor ihr ab. Ihren Salat hatte sie bereits gegessen. Pam hatte ein Hauptgericht bestellt, um nicht unhöflich zu wirken, aber sie würde nur einen kleinen Happen davon essen. Sie nahm das Messer in die Hand und schnitt ein Stück Fleisch ab. Sie war am *Verhungern.* »Ich habe kein sonderliches Interesse an Kriminalromanen«, sagte sie kauend. Das Schweinefleisch schmeckte himmlisch. »Ich mag sie einfach nicht.« Sie probierte das Pflaumenkompott.

»Das ist ja das Schöne daran, Pam. Es ist kein Kriminalroman. Nicht, daß Leute, die Krimis mögen, es nicht kaufen werden – das tun sie hundertprozentig. Aber es spricht auch die weiblichen Leser an, und zwar *alle* weiblichen Leser. Es ist alles drin: eine Liebesgeschichte, eine schiefgelaufene Ehe, Rache. Es überschreitet wirklich die Grenzen *jedes* Genres.«

Ja, natürlich. Und Susann Baker Edmonds war der neue weibliche Shakespeare. »Es ist das erste Buch von dem Typ? Und aus der Sicht einer Frau geschrieben?« fragte sie zweifelnd. »Das kann keiner.«

»Wally Lamb hat's geschafft. Erinnern Sie sich an *Völlig aufgelöst*?«

»Großartiges Buch«, gab Pam zu.

»Sie kennen das Sprichwort: In jedem steckt ein Buch.«

»Ja. Und die meisten sollten es auch drin lassen«, entgegnete Pam.

»Nicht in diesem Fall. Sie sollten es sich ansehen.«

Pam gab auf. »Okay, Alf. Warum geben Sie mir nicht das erste Kapitel mit, und ich sage Ihnen dann Bescheid. Bis dahin sollten wir über Susanns neues Buch sprechen.« Sie stopfte sich noch eine Gabel Schweinefleisch mit Kartoffel in den Mund und spülte das Ganze mit einem Schluck Chablis hinunter. Das Endiviengemüse war sautiert worden. Sie konnte nicht widerstehen, mußte es aufessen. Schließlich war es nur Gemüse. Wie viele Kalorien mochte das schon haben? Pam aß den letzten Bissen des zweiten Koteletts. Sie konnte sich nicht beherrschen und nagte auch die letzten, schmackhaften Stückchen vom Knochen ab.

»Nein«, sagte Byron.

Pam sah von ihrem Teller auf. »Was ›nein‹?« fragte sie.

»Nein. Ich gebe Ihnen das erste Kapitel nicht mit. Ich werde es niemandem geben. Wenn Sie es lesen wollen, dann lesen Sie es hier.« Er öffnete seinen Aktenkoffer und nahm das Manuskript heraus.

»Machen Sie Witze?« fragte Pam. Sie legte den Kotelettknochen auf den Teller zurück. Wer zum Teufel glaubte Byron zu sein? Andrew Wylie? »Vergessen Sie's.«

»Fein.« Alf zuckte die Achseln und legte das Manuskript beiseite. Der Kellner fragte, ob sie ein Dessert wünschten.

Pam war vollkommen satt. Ihre Hand lag auf der Serviette, die die pralle Rundung ihres Bauches verbarg. Wie hatte das nur passieren können? Sie hatte gefuttert wie eine Verrückte. »Für mich nicht«, sagte sie automatisch. Sie sah Alf Byron zu, wie er das Manuskript wieder in seinem Aktenkoffer verstaute. Er wollte es ihr noch nicht einmal *zeigen*?

»Vielleicht kann ich Sie zu einer unserer Spezialitäten überreden«, meinte der Kellner. »Crème brûlée, doppelstöckige Schokoladentorte, Aprikosentörtchen …«

»Ich nehme die Crème brûlée«, sagte Byron.

»Ich auch«, sagte Pam wieder automatisch. Das würde wenigstens ihren Zuckerbedarf decken. Sie kniff die Augen zusammen und musterte Byron. Er bluffte, kein Zweifel. Aber wenn das Manuskript wirklich gut war? Was, wenn Putnam wirklich interessiert war? Phyllis Grann war clever. Sehr clever. Vielleicht hatte Alf Byron, wenigstens einmal, *tatsächlich* etwas Lohnenswertes. Das konnte selbst ihm mal passieren. Es war eine lächerliche Bedingung, die er stellte – wer las schon beim Mittagessen Manuskripte? –, aber Pam streckte ihre Hand aus. »Lassen Sie mich einen Blick drauf werfen«, sagte sie. »Ich lese es hier.«

Seit ewigen Zeiten war Pam von einem Manuskript nicht mehr so begeistert gewesen wie von diesem. Das lag nicht nur daran, daß sich *Mit voller Absicht* so hervorragend las. Ihr gefiel auch, daß ein Mann es geschrieben hatte. Das ließ sich gut vermarkten. Sie stellte sich schon den Klappentext vor: ›Ein Buch für Frauen, das die Seele einer Frau enthüllt, von dem einzigen Mann Amerikas geschrieben, der sich in sie hineinversetzen kann.‹ Es war kein Fitzgerald, keine Literatur – aber so wahr sie einen Flop von einem Knüller unterscheiden konnte: Dieses Buch würde aus den Regalen gerissen werden. Die große Frage war nur: Konnte sie ihrem Instinkt noch trauen? Pam schüttelte den Kopf. Oh, was für ein mieses Geschäft. Die Verlagsbranche glich dem Roulette. Pam könnte ebensogut Börsenspekulantin oder eine zwanghafte Spielerin sein, denn wie diese mußte sie ihren Instinkten vertrauen und alles auf eine Karte setzen, um weiterspielen zu können.

Sie war müde. Wie gern würde sie sich zurücklehnen und auf ihren Lorbeeren ausruhen. Doch ständig hieß es: »Haben Sie ein Buch auf der Liste?« In diesem Jahr wollte Pam unbedingt und mehr als alles andere den Preis für den *Lektor des Jahres* bekommen. Im Prinzip war das nur Imagepflege, Mist und Politik, aber es würde endlich jedem beweisen, daß sie nicht einfach nur Glückstreffer landete. Dafür brauchte sie das Trawley-Buch. Und sie brauchte *SchizoBoy* als Knüller. Susann Baker Edmonds brauchte sie für die Bestsellerliste. Und nun brauchte sie *Mit voller Absicht*.

Seit ihrem Fehlschlag mit dem Trawley-Buch war ihr Selbstbewußtsein angeschlagen. War es möglich, daß sie nicht schreiben *konnte*? Vielleicht hatte sie dann ja auch kein Gespür mehr für erfolgversprechende Autoren. Konnte sie es sich leisten, ein Vermögen für einen Erstlingsroman auszugeben? Konnte sie sich darauf verlassen und auf sich selbst vertrauen? Pam spürte, wie sich ihr der Magen umdrehte.

Aber vielleicht mußte sie ja nicht alles auf eine Karte setzen. Vielleicht konnte sie mit Alf Byron einen kleinen Handel abschließen. Er hatte angedeutet, daß er das Buch nicht weiter anbieten würde, wenn sie sich bis Montag entschieden hatte. Bluffte er? Wahrscheinlich nicht. Die anderen Verlage würden es mit Handkuß nehmen. Pam haßte das hektische Treiben, das einsetzte, wenn sich zwei oder drei Verlagshäuser um einen gewinnträchtigen Erstling stritten. Die Vorschüsse stiegen ins Unermeßliche. So kam es zu Verträgen wie bei *Der Pferdeflüsterer* und *Der Dieb des Lichtes*. Es war schon ein Witz, daß ein Autor, der noch kein Buch veröffentlicht hatte, sondern über den nur Gerüchte im Umlauf waren, attraktiver war als ein bekannter Autor. Tatsächlich kannte Pam eine Menge Schriftsteller, die ständig ihren Namen wechselten und vier, fünf ›Erstlingsromane‹ herausgebracht hatten in der Hoffnung, einem davon sei Erfolg beschieden. Dean Koontz hatte unter acht verschiedenen Namen veröffentlicht. Seit seinem ersten Buch *Auf der Suche nach den Sternen* von 1967 hatte er sechzig Romane geschrieben – von Science-fiction- bis hin zu Schauerromanen. Leigh Nichols und Deanna Dwyer waren seine Pseudonyme gewesen. Inzwischen hatte er 150 Millionen Exemplare verkauft. Seine drei Autorenverträge hatten ihm seit 1989 angeblich 32 Millionen Dollar eingebracht. Die Chance, einen Volltreffer zu landen, stand für Pam nur eins zu einer Million. Aber in jeder Saison oder wenigstens jeder zweiten knackte jemand den Jackpot. Pam hatte das Gefühl, daß *Mit voller Absicht*, Jude Daniels Roman, einer dieser Volltreffer sein könnte.

Es war Sonntag, und Christophe verbrachte das Wochenende bei einem Freund. Pam überkam an solchen Tagen stets ein Gefühl der Leere, Verlassenheit und Angst, andererseits war es auch eine Erleichterung. Christophe war ein liebenswerter Kerl, doch auch ermüdend. In den letzten fünf Jahren hatte er elf Au-pair-Mädchen und Babysitter verschlissen.

Pam erhob sich von Christophes Bett, auf dem sie zusammengerollt gelegen und das Manuskript von Jude Daniel gelesen hatte, und ging in die Ecke des Eßzimmers, die sie sich als Büro eingerichtet hatte. Sie überlegte, wie Jude Daniel sein mochte. Sah er gut aus? War er ein scharfer Typ? Er hatte einige deftige Sexszenen geschrieben. Sie fragte sich, ob er so vögelte. Und sie überlegte, ob sie Byron sofort anrufen sollte. Andererseits wollte sie nicht zu interessiert erscheinen. Am Wochenende rief sie nie jemanden an. Doch er hatte ihr nur bis Montag morgen Zeit gelassen. Pam packte das Manuskript zusammen und zog die mittlere Schublade ihres Schreibtischs auf. Sie hatte Christophe zwar versprochen, das Rauchen aufzugeben, doch jetzt nahm sie eine Packung Marlboro heraus, die sie dort versteckt hatte, und zündete sich eine Zigarette an. Ein weiterer Luxus, den sie sich nur gönnen konnte, wenn sie das Wochenende für sich hatte.

Sie setzte sich an ihren Schreibtisch, auf dem noch ihre mißglückten Versuche mit dem Trawley-Buch lagen. Sie schaffte es einfach nicht. Sie war als Ghostwriter für einen toten Autor angeworben worden und benötigte nun selbst einen. Vielleicht war *das* die Lösung. Sie könnte einen ihrer Schriftsteller, die auf Bestellung arbeiteten und immer dringend Geld benötigten, dazu verpflichten, dieses Buch zu schreiben. Und sie würde es dann lektorieren. Ja, natürlich, das könnte funktionieren. Und niemand würde je davon erfahren.

Für das Jude-Daniel-Manuskript wäre viel Werbung und PR-Arbeit nötig, aber es half ihr wenigstens teilweise, das gräßliche Problem mit dem Herbstprogramm zu lösen. Mit dem Trawley-Buch, *SchizoBoy,* Susanns Buch und diesem hier hatte sie doch einiges zusammen. Aber sie würde Alf Byron nicht vor morgen früh anrufen.

Pam drückte die Zigarette aus und trug den Stummel ins Bad. Sie mußte ihn in der Toilette hinunterspülen, sonst würde Christophe ihr die Leviten lesen. Dann drehte sie sich einen Joint, nahm einen Zug und kramte ihr Filofax hervor. Jetzt brauchte sie nur noch einen Ghostwriter für den Ghostwriter. Sie hielt den Rauch in den Lungen zurück. Okay. Aber zuerst würde sie Alf Byron anrufen und zusehen, daß sie einen guten Handel abschloß.

13

›In der Verlagsbranche muß man lernen, Fehlschläge genauso hinzunehmen wie Erfolg.‹

Eddie Bell

Die Frankfurter Buchmesse ist die größte und wichtigste internationale Messe für Bücher. Gerald, schon zum achtzehntenmal dabei, wohnte im Hessischen Hof, wo jeder, der einen Namen hatte, bereits ein Jahr im voraus buchte. Er hatte eine Suite. Und Halsschmerzen. War es eine Entzündung, oder hatte er noch eine trockene Kehle vom Flug? Nicht, daß dies etwas ändern würde. Er hatte, wie alle anderen, jede halbe Stunde eine andere Besprechung und fand dazwischen kaum Zeit, die Toilette aufzusuchen. Er mußte fast lächeln. Jedes Jahr stellte er sich in Frankfurt dieselbe Frage: Wie schafften es die dicken deutschen Toilettenfrauen, mit der Besuchermenge fertig zu werden? Gerald gab ihnen zwar die obligatorischen fünf Mark Trinkgeld, aber eigentlich war es den Amerikanern fremd, Toilettenfrauen ein Trinkgeld zu geben. Die Briten dagegen fanden das billig.

Gerald betrat den riesigen Gebäudekomplex der Messe. Fast alles war wie immer. Neu war nur, daß David Morton dieses Jahr zum erstenmal persönlich teilnahm – nicht, daß er Bücher ein- oder Lizenzen verkaufte. Morton kam nur, um sich bei diesem großen gesellschaftlichen Ereignis zu zeigen, besorgt um sein Image in der Branche. Gerald dagegen sorgte sich um den hohen Anteil weißer Blutkörperchen in seinem Blut. Außerdem darum, wie es ihm gelingen sollte, den Tag zu überstehen und den Werbefritzen aus dem Weg zu gehen, während er sich ein Mittagessen organisierte. Denn *das* war die wirkliche Herausforderung in Frankfurt – alle Restaurants waren ausgebucht. Jeder, der einen Namen hatte, leistete sich ein gutes Gläschen, aber auch nur das. Wer eine Stunde Zeit hatte, eilte zum Essen. Die Verlierer mußten im Stehen eine Bratwurst herunterschlingen.

Als Gerald beim Stand von Davis & Dash ankam, entdeckte er David Morton allein. Normalerweise ging es hier zu wie im Taubenschlag. Gerald war überrascht. Peinlich berührt zog er seine Manschetten aus dem Ärmel und setzte ein Lächeln auf.

»David«, sagte er mit dem wärmsten Tonfall, den er zustande brachte, »was für eine angenehme Überraschung.«

»Sind Sie verrückt geworden?« fuhr Morton ihn in seinem Südstaatenakzent an, bei dem jede Silbe gedehnt wurde.

»Ich schätze, mehrere meiner Analytiker könnten für meine geistige Zurechnungsfähigkeit bürgen«, entgegnete Gerald kühl.

»Was haben Sie dann als Entschuldigung für *das* da vorzubringen?« fragte David Morton und hob das Manuskript von *SchizoBoy* hoch. Großer Gott, dachte Gerald. Jemand hat es ihm zum Lesen gegeben. »Das ist ohne jeden Zweifel das ekelhafteste, perverseste, krankhafteste Stück ...« Er hielt inne. Als wiedergeborener Christ ließ er sich nur selten zu Schimpfwörtern hinreißen.

Gerald zuckte die Achseln. »Nur die Ansichten eines Autors«, erklärte er.

»Nein«, widersprach David Morton vehement. »Wenn Davis & Dash das veröffentlicht, heißt das, daß wir diese Ansichten teilen. Und ich kann Ihnen versichern, daß ich das *nicht* tue.«

Gerald setzte sich und zwang sich, seine Beine wie beiläufig und lässig übereinanderzuschlagen. Die Körpersprache war sehr wichtig, und er hatte nicht die geringste Lust, dem Trottel Morton das Oberste Gebot im Stehen zu erläutern. Er würde seinen Standpunkt sitzend vertreten, vielen Dank. »David«, begann Gerald mit einem Lächeln, »ich glaube nicht daran, daß man mit Verstorbenen Kontakt aufnehmen kann, aber wir haben anderthalb Millionen Exemplare eines Buches verkauft, dessen Autorin behauptet, mit einem indianischen Schamanen in Verbindung zu stehen. Auch wenn es mein Fassungsvermögen übersteigt, warum der mit einer so langweiligen Person sprechen sollte. Ich bin auch kein Vegetarier, und doch veröffentlichen wir vegetarische Kochbücher.«

»Wir sprechen hier nicht von einem verdammten Kochbuch, mein Freund«, sagte Morton von oben herab.

Gerald bemerkte, daß er einen taktischen Fehler begangen hatte. Zu sitzen, während Morton stand, verlangte, daß er sich den Hals verrenken mußte, um ihn ansehen zu können. Und es bedeutete, daß Morton direkt auf seine Perücke herabsah, und aus diesem Blickwinkel wirkte sie am gräßlichsten. Überdies schien Geralds Haltung – sowohl seine Körperhaltung als auch die dem Unternehmen gegenüber – Morton noch wütender zu machen, statt ihn zu beruhigen.

»Dieser Typ, dieser Autor, ist krank. Erst will er Frauen den Bauch aufschlitzen und dann …« Morton stieß einen würgenden Ton hervor. Sein Kopf war hochrot.

»David, hier werden das Konsumverhalten und unsere Wegwerfmentalität auf den Arm genommen. Der Roman spielt auf zwei Ebenen, und frauenfeindliche Titel verkaufen sich gut. Denken Sie an Howard Sterns Buch. Bereits am ersten Tag verkaufte Barnes & Noble 34 000 Exemplare.«

»Das lag nur an Sterns Persönlichkeit und dem Kult, der um ihn getrieben wird. Doch dieser Fall liegt anders. Was passiert, wenn irgendein Verrückter das Buch als Do-it-yourself-Anleitung betrachtet? Man wird uns dafür verantwortlich machen.«

Der Mann war unmöglich. Gerald würde sich von Morton, diesem Analphabeten, nicht vorschreiben lassen, welche Entscheidungen er, der Verleger, zu treffen hatte. »Es ist ein *Roman*, David«, sagte er mit müder Stimme. »Das steht auch auf dem Buchrücken: *SchizoBoy: ein Roman*.«

Der große Mann vor ihm bekam erneut einen roten Kopf. »Sparen Sie sich Ihre herablassende Art, Sie New Yorker Gauner, Sie! Ich werde das nicht zulassen! Davis & Dash wird Chad Weston nicht veröffentlichen.«

Diese Anordnung von oben traf Gerald wie ein Schlag ins Gesicht. Vielleicht mußte er sich doch umorientieren. Schließlich hatte ihn das Ding selbst angewidert. Aber er wollte verdammt sein, wenn … Vielleicht konnte er das Ganze noch einmal von einer anderen Seite angehen. »Wir sind vertraglich verpflichtet, es zu …«, setzte er an.

»Wir haben Rechtsanwälte. Soll er uns verklagen.«

»Wir würden auf keinen Fall den Vorschuß zurückbekommen …«

»Zum Teufel mit dem Vorschuß.« Morton hatte die Stimme erhoben. »Sie scheinen mir nicht zuzuhören. Dieses Buch ist eine schändliche Erniedrigung der amerikanischen Frauen. Ich würde weder meiner Frau noch meiner Mutter, noch meinen Töchtern erlauben, dieses Buch zu lesen. Wir werden es nicht, ich wiederhole: *nicht* veröffentlichen.«

Gerald erhob sich. Er versuchte zu verbergen, daß seine Hände zitterten. Das Blut wich aus seinem Gesicht, und er wußte, daß er leichenblaß wurde. »Ich …« Er brach ab. Was sollte er schon sagen? *›Ich kündige‹? ›Das paßt mir nicht‹? ›Sie sind ein Arschloch‹?*

Doch es spielte ohnehin keine Rolle, denn David Morton hatte ihm bereits den Rücken zugedreht und war zur Vorderseite des Standes gegangen. Bevor er auf den Gang hinaustrat, wandte er sich noch einmal um. Gerald fragte sich, wie viele Leute diese Standpauke wohl mit angehört hatten und wie lange es dauern würde, bis sich die Neuigkeit auf der ganzen Messe verbreitet hatte. Gerald kannte Judy Quinn von *Publishers Weekly* von früher; das letzte, was er jetzt gebrauchen konnte, war, daß seine Niederlage in der Kolumne ›Brandheiße Neuigkeiten‹ breitgetreten wurde. Es war nicht einfach, zu Kreuze kriechen zu müssen. Er fühlte sich, als würde er ersticken.

»Gerald, ich bin sehr enttäuscht von Ihrem Urteilsvermögen«, sagte David Morton. »Ich hoffe, so etwas kommt nicht noch einmal vor.«

Mit dieser indirekten Drohung verschwand er, und Gerald blieb allein zurück. Er versuchte zu schlucken, doch es fiel ihm schwer; was zum Teil an den Halsschmerzen lag, zum Teil daran, daß es ihm nicht leichtfiel, seinen Stolz hinunterschlucken zu müssen.

»Ich habe drei Titel gekauft«, erzählte Pam Gerald strahlend. Sie trug ein häßliches Kleid, das nach Geralds Meinung für einen geschäftlichen Anlaß zu tief ausgeschnitten war. Doch Pam war noch nie berühmt gewesen für ihren guten Geschmack. »Ich habe John Brockman, dem König der Sachbücher, ein Manuskript abgeluchst. Er wollte einen sechsstelligen Betrag, aber ich habe ihn gedrückt.«

Gerald zuckte angesichts ihrer Ausdrucksweise zusammen. »Das wird *SchizoBoy* nicht ersetzen. Welches Buch könnte das schon?«

»Scheiß auf den kleinen Bastard«, sagte Pam. »Das Buch wäre sowieso nicht besonders gelaufen. Wir werden ohne es leben können.«

»Wir haben keine andere Wahl.«

»Daß Morton sich in verlagsinterne Entscheidungen einmischt, zeigt, daß er ein Arschloch ist«, sagte Pam, doch Gerald bezweifelte, daß sie das ernst meinte.

»Also, was sollen wir tun?«

Sie lächelte. »Ich werde mich darum kümmern. Schließlich kann ich nicht erwarten, daß mir die Heinzelmännchen heute nacht ein Manuskript ins Bett legen.«

»Falls sie es doch tun, müssen wir das wohl als Nachtzustellung bezeichnen«, versuchte Gerald einen lahmen Scherz.

Sie grinste anzüglich. Eben ging David Young, der gutaussehende, charmante und geschiedene geschäftsführende Direktor von HarperCollins Großbritannien vorbei. Pam hob ihre Augenbrauen. »*Den* hätte ich gern in meinem Bett«, sagte sie und folgte ihm. »Zeit für ein wenig Spaß.«

Gerald war überhaupt nicht nach Spaß zumute. Sein Hals brannte höllisch. Die Nachricht von David Mortons Standpauke dürfte inzwischen die Runde gemacht haben. Trotzdem ging er zur Bertelsmann-Party. Er trug den Kopf hoch erhoben, während er David Morton aus dem Weg zu gehen versuchte. Bob Gottlieb vom *New Yorker* schlenderte vorbei und nickte ihm zu. Eigentlich *konnte* man ihn nicht mit Robert Gottlieb, dem Superagenten von William Morris, verwechseln, doch selbst Journalisten passierte das manchmal. Gerald beschloß, ihm ebenfalls aus dem Weg zu gehen, und verzog sich auf die andere Seite des Raumes. Er entdeckte Jack McKeown, der, elegant wie immer, in eine heiße Diskussion (führte er jemals eine andere?) mit Judith Regan vertieft war. Wahrscheinlich heckten sie gerade einen neuen Megahit aus. Zur Hölle mit ihnen. Er nickte Phyllis Grann zu, der Putnam-Chefin, obwohl er ihr ihren Erfolg neidete. Letztes Jahr hatte sie es in *Entertainment Weekly's* ganz nach oben geschafft. Gerald hatte zum erstenmal nicht auf der Liste der Zeitschrift gestanden, während David Morton um zwei Punkte nach oben geklettert war. Phyllis' Kleidungskombination ließ sie aussehen wie eine Nachrichtensprecherin. Gerald ging an

Maureen Egen vorbei, der cleveren und charmanten neuen Verlegerin von Warner Books. Noch eine Frau, die für seinen Geschmack eine Idee zu intelligent war. Wenn er nur das erreichen könnte, was ihr mit *Scarlett* geglückt war. Mit wem sollte er nur reden? Und wie lange würde er es hier noch aushalten? Er steuerte auf die Bar zu, um sich einen Drink zu holen, und kam an dem widerlichen David Rosenthal mit dem affektierten Grinsen vorbei. Rosenthal unterhielt sich eben mit Cindy Adams, der einzigen Zeitungsjournalistin, die in ihren Filmbesprechungen die Namen der Autoren erwähnte, auf deren Büchern die Filme basierten.

Gerald erwog, ins Hotel zurückzukehren, um den hämischen Bemerkungen der anderen zu entgehen. Nein. Er würde sich nicht unterkriegen lassen. Schließlich war er kein kleiner Junge mehr. Er würde schon jemanden finden, mit dem er sich unterhalten konnte. Da entdeckte er die Agentin Helen Breitwieser, die gelassen am Fenster stand und mit einem Ausdruck amüsierter Langeweile auf ihrem blassen, fein geschnittenen Gesicht das ausgelassene Treiben beobachtete. Er holte tief Luft, zog seine Manschetten aus den Ärmeln und trat auf sie zu. »Was ist passiert, Gerald? Zu weit aus dem Fenster gelehnt?« fragte Helen ruhig.

Gerald machte auf dem Absatz kehrt. Er mußte jemanden finden, der unwichtig war. Ah – dort war Paul Mahon, ein auf Literaturagenten spezialisierter Rechtsanwalt. Er plauderte mit einer schlampig gekleideten Brünetten. Gerald überwand sich dazu, den jungen Mann anzusprechen. »Hallo, Paul«, sagte er lächelnd, obwohl ihm das Lächeln schwerfiel und die Worte in seiner Kehle brannten.

»Hi, Gerald«, grüßte ihn Mahon strahlend. »Ich habe gehört, daß Sie wegen des Chad-Weston-Buchs abgekanzelt worden sind. Müssen Sie den Vorschuß jetzt aus eigener Tasche zurückzahlen?«

Da war er an den Richtigen geraten. Er zuckte die Achseln. »Es ist nicht so viel«, sagte er so lässig wie möglich.

Mahon zog die Augenbrauen hoch. »Eine sechsstellige Summe – nicht viel? Lassen Sie mich Ihnen meine Mandantin Justine Rendal vorstellen. Sie schreibt Kinderbücher, aber ich bin sicher, daß sie für eine sechsstellige Summe alles schreiben würde, was sie von ihr verlangen.«

»Nicht alles«, stellte die Brünette richtig. »Ich würde kein Schlächterbuch wie Chad Weston schreiben.«

Gerald verzog das Gesicht. »Es ist die *Kritik* an einem solchen Roman. Eine Hommage«, sagte er mit einem müden Seufzer und perfektem Pariser Akzent.

»Zuviel Hommage und zuwenig Kritik für meinen Geschmack«, gab sie zurück. Als ob ihr Geschmack wichtig wäre. *Du* wirst bei Davis & Dash nie veröffentlicht werden, dachte Gerald, wobei er im Geiste ihren Namen notierte und gleichzeitig durchstrich.

»Sieht so aus, als würde Chads Agent bereits mit Archibald Roget von Peterson verhandeln. Sie haben sich dumm und dämlich gezahlt, um ihm Susann Baker Edmonds abzuwerben, aber jetzt scheint er Chad Weston günstig einkaufen zu können.«

Was zum Teufel ging hier eigentlich vor? Hatte der kleine Wurm bereits ein neues Geschäft gemacht?

»Roget bringt *SchizoBoy* heraus?« krächzte Gerald.

»Genau so ist es, mein Lieber«, bestätigte Mahon vergnügt. »Es ist noch nichts unterschrieben, aber die Sache läuft. Archie meinte, bei ihm sei es oberstes Gebot, keinerlei Zensur auszuüben.« Mahon kicherte. »Ich vermute, das soll heißen, daß es bei Ihnen eine Zensur gibt, was, Gerald?«

Gerald mußte sich zusammenreißen, um nicht laut aufzustöhnen. Großer Gott! Er ahnte bereits, was auf ihn zukommen würde. Die Kritik seines Vaters, die Angriffe der liberalen Presse ... Und das Buch dieses dämlichen Kerls, das kaum literarischen Wert besaß, würde sich vermutlich zu einer politischen *cause célèbre* entwickeln. Allein die Publicity würde dafür sorgen, daß das vermaledeite Ding hunderttausendmal gekauft wurde! Und Archie Roget bekam seine Rache. Es war einfach unerträglich. Gerald wandte sich dem Ausgang zu.

»He, wohin gehen Sie?« fragte Mahon, aber Gerald war die Stimme endgültig weggeblieben. »Bis bald. Ich möchte nicht mit Ihnen tauschen!« trällerte Mahon, während Gerald die Party verließ.

14

›Trauer erfüllt das Zimmer meines abwesenden Kindes;
liegt in seinem Bett, geht mit mir auf und ab ...‹

William Shakespeare

Opal erhob sich langsam von ihren Knien und ließ den Putzlappen in den Eimer fallen. Nach dem Selbstmord ihrer Tochter schien ihr nur zweierlei geblieben zu sein: putzen und lesen. Heute morgen war putzen dran.

Sie fand es eigenartig, daß Terrys kleine Wohnung, egal wie oft sie sie auch putzte, nie so sauber wirkte, daß sie anheimelnd und gemütlich wurde. Offenbar war der Schmutz bereits in die Wände, den Boden und in jede Ritze des alten Gebäudes gedrungen. Opal hatte keine Ahnung, wieso ihr das etwas ausmachte. In Bloomington war sie nicht so penibel gewesen. Bei ihr zu Hause stapelten sich die Zeitungen, und sie wartete immer, bis die Spülmaschine oder die Waschmaschine voll waren, bevor sie sie laufen ließ. Aber hier war sie ständig am Putzen. Vielleicht wollte sie unbewußt Terrys trostloses letztes Zuhause nachträglich verschönern. Natürlich war das vergebene Liebesmüh. Trotzdem wusch sie die Wände ab, polierte die Fenster mit Glasreiniger und Zeitungspapier, schrubbte den Herd mit Stahlwolle und putzte den Boden mit Reinigungs- und Bleichmitteln. Das Putzen war für sie zu einer Art Meditation geworden. Und wenn sie müde wurde, legte sie sich auf die Schlafcouch und las in der Kopie des Manuskriptes ihrer Tochter.

Opal war davon überzeugt, daß das Buch brillant war, doch wenn sie darin las, bekam sie Herzschmerzen. Sie legte ihre Hand auf die Brust. Wann hatte sie sich das letztemal röntgen lassen? Sie schüttelte den Kopf – vermutlich psychosomatische Ursachen. Sie war unendlich traurig und dennoch stolz darauf, daß Terry eine solche Einsicht in die Dinge gehabt hatte;

und von dem Buch völlig gefangen. Es würde bestimmt veröffentlicht werden. Aber sie hätte jedes einzelne Wort dieses umfangreichen, großartigen Manuskriptes dafür gegeben, wenn sie dafür noch einmal eine Stunde oder auch nur zehn Minuten mit Terry hätte zusammensein können.

Sie hörte den Briefträger und legte die Seite fort, um die Post hereinzuholen. Immer wieder mußte sie sich ermahnen, nicht nur den Briefkasten-, sondern auch den Wohnungsschlüssel mitzunehmen, damit sie sich nicht ausschloß. Sie hatte diesen Fehler einmal begangen und den Hausmeister dann bitten müssen, telefonieren zu dürfen. Ganz zu schweigen von den einhundert Dollar, die der Schlüsseldienst verlangt hatte.

Solche unnötigen Ausgaben konnte sie sich nicht leisten. Ihr Geld war knapp. Sie hatte der Bibliothek geschrieben und nach dem regulären unbezahlten Urlaub genommen; auch das Krankengeld war abgelaufen. Der Bibliotheksleiter, ein junger Mann, den Opal nicht besonders mochte, hatte einen freundlichen Brief geschrieben, in dem er ihr mitteilte, er könne ihre Stelle nur ein Semester lang für sie freihalten. Sie hatte zwar gehofft, daß er sie länger unbesetzt lassen könnte, aber daran ließ sich nun einmal nichts ändern.

Ihr letzter Gehaltsscheck hätte am Montag kommen müssen, und heute war bereits Dienstag. Irgendwie mißtraute Opal dem Postboten, den wenig stabilen Briefkästen, überhaupt dem gesamten Postwesen in New York, auch wenn sie wußte, daß es ebenso zum Postwesen der USA gehörte wie das ihrer Stadt. Sie öffnete den zerbeulten Messingkasten, doch es befanden sich nur eine Rechnung von ConEd, ein Kontoauszug und ein Brief von ihrem Wohnungsmakler in Bloomington darin. Opal hatte ihn gebeten, nach Untermietern für ihr Haus zu suchen. Sie haßte den Gedanken, es mitsamt ihrer persönliche Habe zu vermieten, aber in einer Universitätsstadt war das die einfachste Lösung.

Sie kehrte in die Wohnung zurück und schloß sorgfältig hinter sich die Tür. Zuerst überflog sie den Brief des Immobilienmaklers. Er versicherte ihr, er könne ihr Haus vermutlich für sechshundert Dollar im Monat an einige Studenten vermieten. Opal schüttelte den Kopf. Ein beunruhigender Gedanke. Sie mochte gar nicht daran denken, daß ihr Porzellan, ihre Möbel, sogar ihr Bett, ihre Leintücher und ihre Bettwäsche von diesen gedankenlosen Kindern benutzt werden würden. Aber sie brauchte das Geld.

Obwohl sie sehr bescheiden lebte, hatte sie doch bald kein Einkommen mehr, aber sie mußte die Miete bezahlen und essen. Sie hatte einen sorgfältigen Finanzplan aufgestellt, an den sie sich auch hielt. Nur für den Bus, einige Grundnahrungsmittel und die Wäscherei gab sie Geld aus. Sie aß nie auswärts und ging nicht ins Kino, aber sie gönnte sich einmal die Woche einen Abstecher in den Buchladen, in dem Terry gearbeitet hatte, auch wenn sie erst ein Buch – einen Stadtführer von New York – gekauft hatte. Doch trotz ihrer bescheidenen Lebensweise zeigte ihr die Gesamtsumme unter den ordentlichen Spalten an, daß sie jeden Monat um 744 Dollar ärmer wurde. Nach sechzehn Monaten würde sie entweder vorzeitig in Rente gehen oder aufgeben und nach Hause zurückkehren müssen. Und wenn sie zurückging, war sie arbeitslos! Aber darüber muß ich mir jetzt noch keine Gedanken machen, sagte sie sich. Es hatte keinen Sinn, sich wegen der Zukunft zu sorgen. Sorgen hatte sie schon genug.

Opal dachte an die junge Lektorin von Davis & Dash. Sie konnte kaum glauben, daß eine so junge Frau in solchen Kleidern Macht über Bücher hatte. Wieder machte sie sich Sorgen. Vielleicht verschlampte sie das Manuskript? Vielleicht hatte sie gelogen? Vielleicht war sie nur die Assistentin der Assistentin? Jedenfalls sah sie danach aus. Las ein Mädchen, das so gekleidet war, überhaupt? Sie durfte die Hoffnung nicht aufgeben. In den fünf Wochen, in denen sie unermüdlich mehr als zwei Dutzend Verlage und Agenten abgeklappert hatte, war nur Emma Ashton bereit gewesen, sich das Manuskript anzusehen. Opal wußte, daß sie nicht gleich mit einem Erfolg rechnen durfte. Aber es war ein Anfang. Sie würde sich auf eine Absage gefaßt machen und es weiter versuchen. Wenn sie dieses Mädchen in der Motorradjacke hatte überreden können, *Die Verlogenheit der Männer* zu lesen, würde ihr das auch bei anderen gelingen.

Sie wollte gerade wieder nach dem Manuskript greifen, als es an der Tür läutete. Sie schrak hoch. Noch nie hatte jemand geklingelt – außer dem Hausmeister, und der auch nur, nachdem sie ihm mehrmals eine Nachricht hinterlassen hatte wegen des tropfenden Wasserhahns im Bad und des Quietschens, das der Kühlschrank produzierte. Doch diese Woche hatte sie Aiello keinen Zettel hingelegt. Opal ging zur Tür. Sie lebte nun bereits lange genug in der Großstadt, um erst einmal durch den Spion zu schauen. Es war Roberta, die Frau aus der Buchhandlung. Opal hatte im Laden einmal kurz mit ihr gesprochen. Überrascht schob sie die Kette zurück und öffnete die Tür.

»Hallo«, sagte Roberta lächelnd und streckte ihr einen Strauß fröhlicher gelber Tulpen entgegen. »Ich habe die Blumen gesehen und mußte an Sie denken. Ich weiß auch nicht, warum. Eigentlich sehen Sie nicht wie jemand aus, der Gelb mag. Ich hoffe, Sie sind mir nicht böse.«

Opal schüttelte den Kopf und nahm Roberta die Blumen ab. »Kommen Sie rein und setzen Sie sich«, sagte sie und ging mit den Blumen zum Spülbecken hinüber. Da sie keine Vase hatte, mußte sie die Blumen auf zwei Porzellanbecher verteilen. Den einen stellte sie auf den winzigen Eßtisch, den anderen auf den Nachttisch. »Sie sind herrlich«, sagte sie. »Blumen verändern ein Zimmer, nicht wahr?«

Roberta hatte sich auf der Schlafcouch niedergelassen. Opal war enttäuscht, daß sie ihren Mantel nicht ausgezogen hatte, aber wenigstens hatte sie den wunderschönen Schal abgenommen. Vielleicht wollte sie ja nur kurz bleiben. Immerhin, sie hatte sich Gedanken gemacht.

»Wir New Yorker sind diesbezüglich wirklich verwöhnt. Auf den koreanischen Märkten bekommt man zu jeder Jahreszeit Blumen, und das zu vernünftigen Preisen. Ich glaube, die Chinesen haben ein Sprichwort, das besagt, man könne den Wert einer Kultur daran erkennen, wie viele preiswerte Blumen es gebe.«

Opal nickte. »Ich fand schon immer, daß die Chinesen Kultur besser beurteilen können als wir im Westen.« Dann erinnerte sie sich an ihre gute Erziehung. »Hätten Sie gern eine Tasse Kaffee? Ich habe allerdings nur Instantkaffee.«

»Das Zeug trinke ich nicht«, meinte Roberta. »Aber wenn sie vielleicht Tee …«

Opal lächelte. Sie füllte den Wasserkessel und öffnete den Schrank über dem Spülbecken. »Ich kann Ihnen Earl Grey oder English Breakfast anbieten«, sagte sie dann zu Roberta.

»Earl Grey, bitte.«

Opal nahm zwei Teebeutel heraus und legte sie in zwei Tassen, da sie die Becher als Vasen für die Blumen zweckentfremdet hatte. Sie schämte sich, daß sie keine passenden Unterteller besaß. Einen Augenblick lang dachte sie bedauernd an ihr Porzellan zu Hause. Nun ja. Es war ein seltsames Gefühl, hier Besuch zu haben. Ihre Gastgeberqualitäten – noch nie ihre Stärke – waren nahezu verkümmert. Sie brachte den Tee zum Tisch hinüber und setzte sich Roberta gegenüber in den Stuhl mit der geraden Rückenlehne.

Roberta beugte sich vor. »Darf ich Sie etwas fragen?« sagte sie leise und in vertraulichem Tonfall. Opal nickte, auf alles gefaßt. »Warum sind Sie noch hier? Ich weiß, ich habe kein Recht, das zu fragen, aber offenbar gibt es niemanden sonst, der Ihnen diese Frage stellt.« Robertas Gesicht wurde noch ernster. »Ich habe Sie am Broadway gesehen, als Sie auf dem Markt eingekauft haben. Und im Buchladen. Ich mache mir Sorgen. Dies ist nicht der richtige Ort für Sie.«

»Doch, das ist er«, entgegnete Opal. Und dann sprudelte alles aus ihr heraus. Sie erzählte Roberta von dem Manuskript im Briefkasten und ihren Bemühungen, ihrer Tochter ein Denkmal zu setzen.

»Sie haben das Manuskript gefunden?« fragte Roberta immer wieder. Ihre Augen leuchteten vor Begeisterung oder von Tränen. »Sie haben es tatsächlich gefunden?«

»Ja. Ich habe sogar jemanden gefunden, der es lesen wird!« Opal berichtete Roberta von ihrer Odyssee durch die Verlagswelt, den Telefonanrufen, den Besuchen und – als Höhepunkt – von ihrer Begegnung mit Emma Ashton. »Haben Sie schon einmal von ihr gehört?« fragte sie.

Roberta schüttelte bedauernd den Kopf. »Aber ich bin überrascht! Mein Gott. Als ich Sie in den Buchladen kommen sah, dachte ich, Sie wären vor Schmerz noch wie gelähmt. Sie wissen schon – Sie kommen einfach nicht von hier weg. Und nun erzählen Sie mir, was Sie in der Zwischenzeit alles unternommen haben ...« Sie trank ihren Tee aus, stand auf und trat an das breite Fenster, von dem aus man das öde Stückchen Grün sehen konnte, das an Terrys Wohnung angrenzte. Mit dem Rücken zu Opal sagte sie: »Warum arbeiten Sie nicht in meinem Laden mit, Opal? Ich kann Ihnen zwar nicht viel bezahlen, aber ich brauche wirklich Hilfe. Es würde Ihnen guttun – und mir auch. Schließlich können Sie nicht vierundzwanzig Stunden am Tag damit zubringen, das Buch Verlagen anzubieten.«

Opal, froh, daß Roberta ihr den Rücken zuwandte, war zutiefst gerührt – nicht wegen des Geldes, sondern von diesem Angebot. »Das würde ich sehr gern tun«, sagte sie und dachte, daß dies wohl die schamloseste Untertreibung des Jahrhunderts war.

Ohne sich umzudrehen, meinte Roberta: »Gut. Und ich würde das Manuskript gern lesen, wenn Sie es erlauben. Und Ihnen helfen, soweit es in meiner Macht steht.« Sie sah zu Opal hinüber. »Ich kenne einige Leute im Verlagswesen und eine Menge Buchhändler, auch wenn ich nicht weiß, ob das was bringt. Darf ich Ihnen behilflich sein?«

»Dafür wäre ich Ihnen sehr dankbar.«

Roberta starrte aus dem Fenster auf das häßliche Fleckchen Erde. »Kennen Sie sich mit Gartenarbeit aus?« fragte sie. »Ich habe einen Garten auf meiner Terrasse. Und hier fällt sogar etwas Sonne hin. Ich denke, aus diesem brachliegenden Eckchen könnte man etwas machen.« Sie sah Opal, die sich zu ihr gesellt hatte, von der Seite an.

»Ja, vielleicht«, stimmte Opal zu.

15

›Man braucht gute Nerven, um Schriftsteller zu werden.‹

Margaret Atwood

Daniel trat aus dem Fahrstuhl und ging durch die Glastür in den Empfangsbereich von Davis & Dash. Nervös fuhr er sich mit einer Hand durch die Haare und zog dann an seiner Krawatte. Vielleicht hätte er keine Krawatte anziehen sollen. Schließlich war er kein Geschäftsmann oder Akademiker. Er war Schriftsteller.

Einen Moment lang zwickte ihn sein Gewissen. Er war eigentlich noch nicht einmal Schriftsteller. Judith hatte das Buch geschrieben. Er war Geschäftsmann. Doch das Wichtigste war, daß es überhaupt zu einem Geschäft kam. Er schüttelte den Kopf, als könnte er sich dadurch von diesen lästigen Gedanken befreien. Jetzt war nicht der richtige Zeitpunkt, um darüber nachzudenken, wem der Verdienst gebührte. Er hatte Judith nichts erzählt. Die eigenen Befürchtungen reichten ihm – er wollte nicht auch noch mit ihren kämpfen müssen.

Er sah die Empfangsdame an, die ein winziges Schildchen mit dem Davis-&-Dash-Schriftzug und ihrem Namen über der linken Brust trug. »Hallo, Sandy«, sagte er, »ich bin Jude Daniel. Ich habe einen Termin mit Mr. Davis und Miß Mantiss.« Er hatte bezüglich seines Namens noch nie gelogen und das Pseudonym auch noch nie laut ausgesprochen. Deshalb hegte er einen Augenblick lang die Befürchtung, das Mädchen würde die Augen verengen und ihn der Lüge beschuldigen.

Aber sie nahm nur den Telefonhörer ab, wählte eine Nummer und sagte seinen Namen leise in die Muschel. Dann lächelte sie ihn an. »Sie werden sofort abgeholt«, sagte sie. In diesem Moment erschien auch schon eine korpulente, elegant gekleidete Frau, die sich als Mrs. Perkins vorstellte. Daniel folgte ihr zwei lange Gänge hinunter, in denen das Chaos herrschte. Überall lagen Stapel von Manuskripten und Papieren, waren Regale mit Büchern, Plakaten und riesigen Mengen anderer, nicht identifizierbarer Papiere vollgestopft. Auch wenn er Judith gegenüber immer mit seiner Erfahrung geprahlt hatte, war er doch noch nie in einem Verlag gewesen. Verstohlen versuchte er, einen Blick in die kleinen Büroräume zu werfen, an denen sie vorbeikamen. Überall schien eine erstaunliche Unordnung zu herrschen. Auf allen Stühlen, Tischen und Schreibtischen türmten sich Manuskripte und Bücher. In jedem Korridor standen Kartons mit Stapeln von

Büchern. An den Wänden hingen keine anderen Poster außer Vergrößerungen von Buchumschlägen. Bald, dachte er kühn, wird sich auch mein Buch zu diesem schöpferischen Chaos gesellen.

Am Ende des Ganges wurde er in eine Suite gebeten, die sich von den vorangegangenen Räumlichkeiten deutlich abhob. Hier herrschten Ordnung und Eleganz vor, und die Möbel waren aus massivem Holz und antik. Hier gab es keine Zweckmöbel aus Resopal. Er wurde durch einen privaten Empfangsraum und ein riesiges Konferenzzimmer zu einer Mahagonitür geführt, auf der in goldenen Buchstaben GERALD OCHS DAVIS stand. Der große Mann persönlich. Auch wenn Byron ihm gesagt hatte, daß dieser berühmte Mann ihn eingeladen hatte, konnte er es kaum glauben, daß er, Daniel Gross, gleich einen der einflußreichsten Verleger New Yorks kennenlernen sollte. Bevor er eintrat, wischte er sich seine nassen Handflächen an der Hose ab. Er wollte dem Mann, der ihn reich machen konnte, keinen feuchten, schwächlichen Händedruck geben.

»Aha. Hier ist also unser Stadtgespräch«, begrüßte der kleine, elegante Mann ihn, der hinter einem riesigen Schreibtisch saß. Er trug die schlechteste Perücke, die Daniel je gesehen hatte. »Ich bin Gerald Davis.« Er streckte seine Hand aus, und Daniel drückte sie fest – vielleicht ein wenig zu fest, dachte er, als er bemerkte, wie Davis zusammenzuckte.

»Ich bin Jude Daniel«, log Daniel Gross zum zweitenmal.

»Und ich bin Pam Mantiss, die Cheflektorin. Ich bin einfach *begeistert* von Ihrem Buch.« Daniel wandte sich der Frau mit dem blonden Haar, den fiebrigen Augen und den – sie ließen sich schlecht übersehen – riesigen Brüsten zu. Er streckte ihr die Hand hin. Diesmal zuckte er unter dem Händedruck zusammen. Pam setzte sich in einen der niedrigen Sessel, die vor Davis' Schreibtisch standen. Daniel nahm in dem anderen Platz.

»Mrs. Perkins, wir hätten gern Kaffee«, sagte Gerald Davis. Er wandte sich Daniel zu und hob die Augenbrauen. »Was trinken Sie? Espresso, Cappuccino?«

»Einfach Kaffee, danke«, erwiderte Daniel. Dann fragte er sich, ob das nicht ein Fehler war. War Kaffee in diesen Kreisen out? Doch Gerald Davis nickte Mrs. Perkins nur zu, und sie verließ den Raum.

Pam Mantiss rührte sich als erste. Sie versank fast in dem tiefen Sessel. Daniel sah nur ihre Augen, den Ausschnitt und ihre Beine, die bis zu den Oberschenkeln entblößt waren. Auf eine furchteinflößende Weise war sie eine attraktive Frau. »Ich bin begeistert von Ihrem Buch«, wiederholte sie. Ihre Stimme war fast so tief wie die eines Mannes. »Es ist wirklich erstaunlich. Ich glaube nicht, daß jemals ein Mann so kenntnisreich darüber geschrieben hat, wie eine Frau von heute empfindet.« Daniel lächelte. Bedeutete das, daß sie das Buch tatsächlich haben wollten? Hatte er den Vertrag schon in der Tasche? Und wieviel würden sie wohl zahlen? Bevor er etwas entgegnen konnte, ergriff Gerald Davis das Wort.

»Es ist nicht nur das«, sagte er. »Sie haben es geschafft, einen bekannten, tragischen Fall in ein wirklich spannendes Buch umzusetzen. Natürlich kennt jeder die Geschichte. Jeder weiß, wie der Fall ausging. Aber Ihnen ist es gelungen, ihn wieder aufleben zu lassen, und zwar so, daß einem die

Haare zu Berge stehen. Das Tempo ist außerordentlich. Es ist nur wirklich schwer zu glauben, daß dies Ihr erster Roman ist.«

»Es ist schwer zu glauben, daß dies ein Mann geschrieben hat«, sagte Pam Mantiss lachend. Daniel dachte an Judith und erbleichte. Er fühlte, wie ihm am Haaransatz der Schweiß ausbrach. Pam sah ihn an und schloß die glänzenden Augen unter den schweren Lidern halb. »Nachdem ich es gelesen hatte, ging ich zu Gerald und sagte: ›Ich muß diesen Mann kennenlernen. Endlich einer, der die Frauen *wirklich* versteht.‹« Sie lächelte.

»Großartig«, krächzte Daniel. »Großartig«, wiederholte er, diesmal schon mit etwas mehr Begeisterung. Jetzt war der richtige Zeitpunkt gekommen. Es war noch nicht zu spät. Jetzt konnte er ihnen noch von Judith erzählen. Er konnte erklären, daß sie das Buch zusammen geschrieben hatten. Aber würde er sich das Geschäft dann nicht vermasseln? Würden sie ihm dann überhaupt ein Geschäft *vorschlagen?* Und wieviel Geld würde dabei herausspringen? Als könnte er seine Gedanken lesen, lächelte Gerald ihm strahlend zu.

»Sie werden ein reicher Mann sein«, versicherte er ihm. Daniel atmete erleichtert auf. Durfte er fragen, wie reich? Oder würde ihn das blamieren?

»Sehr reich?« stieß er hervor.

»O ja«, sagte Gerald lachend. »Sie werden in die Bentley-Turbo-R-Klasse aufsteigen.«

Daniel hatte keine Ahnung, wovon Gerald redete. War das ein juristischer Fachbegriff? Einer aus der Wirtschaftssprache? Oder dem Verlagswesen? Er machte sich im Geist eine Notiz, später Alfred Byron danach zu fragen. Er wünschte, Byron hätte ihn zu diesem Treffen begleitet. Doch Byron hatte gesagt, sie wollten ihn allein sehen, ›zum Abchecken‹, was auch immer das bedeutete. Wie sollte er sich nun verhalten?

Mrs. Perkins kam mit einem Porzellantablett herein, auf dem drei Tassen standen. Sie stellte es auf Geralds Schreibtisch ab, nickte und zog sich wieder zurück. Gerald und Pam griffen nach ihren unglaublich winzigen, zerbrechlich wirkenden Tassen. Daniel erhob sich schnell aus seinem tiefen Sessel und reichte Pam ihre Tasse. Seine eigene große Kaffeetasse wirkte völlig fehl am Platz. Ich hätte auch einen Espresso nehmen sollen, dachte er. Obwohl er sonst Sahne und Zucker nahm, war er zu nervös, um sich zu bedienen. Er griff nach der großen Tasse und ließ sich in den unbequemen Sessel zurücksinken. Die Tasse balancierte er unbeholfen auf den Knien.

»Woher stammen Sie?« fragte Gerald. »Bevor Sie den Buchmarkt im Sturm erobern, würden wir gern noch einiges über Sie erfahren.«

Daniel schaffte es, den starken Kaffee zu trinken, ohne sich zu verschlucken. »Ursprünglich aus Westchester«, antwortete er.

»Und nun unterrichten Sie?« fragte Pam, noch immer mit halbgeschlossenen Augen.

Daniel nickte. »An der staatlichen Universität. Sie wissen schon … Die üblichen Kurse über englische Literatur und ein bißchen kreatives Schreiben.« Bescheiden zog er die Schultern hoch. Anschließend fragten sie ihn nach dem Unterricht, seiner Stellung an der Universität und wann er begonnen habe, das Buch zu schreiben. Pam wollte wissen, ob er verheiratet sei, und seufzte tief, als er bejahte.

»Und wann haben Sie das Buch beendet?« fragte Gerald.

»Etwa vor zwei Monaten«, erwiderte Daniel und dachte – flüchtig – an Judiths Depressionen, die damals begonnen hatten. »Es war ziemlich hart, wissen Sie. Ich fühle mich richtig leer, seit es fertig ist.«

Pam nickte, beugte sich vor und legte ihm die Hand aufs Knie. Durch den Stoff seiner Hose hindurch konnte er die Hitze spüren, die von ihrer Handfläche ausging. »Sie müssen gleich mit dem nächsten anfangen«, riet sie ihm. »Das ist die einzige Möglichkeit, dieses Gefühl loszuwerden.« Sie lächelte ihm wieder zu, und er nickte.

Beide, Pam und Gerald, wirkten sehr zuversichtlich. Es schien zu klappen. Würde er eine Million Dollar für das Buch bekommen? Er hatte gelesen, daß Autoren für ihre Erstlinge oft riesige Vorschüsse bekamen. Er vermutete, daß Byron den Vertrag abschließen würde, aber er hätte doch gern von ihnen gehört, mit wieviel er in etwa rechnen konnte. Alles schien so kompliziert zu sein. Welche Spielregeln galten?

»Haben Sie schon an ein weiteres Buch gedacht?« fragte Gerald.

Vielleicht konnte er hier punkten, dachte Daniel. Auf diese Frage war er vorbereitet. »O ja«, sagte er. »Aber ich kann mich nicht entscheiden. Ich habe drei Ideen und weiß noch nicht, mit welcher ich anfangen soll.« Er skizzierte kurz einige Ideen. Alle drehten sich um Frauen, die sowohl Opfer eines Verbrechens geworden waren als auch selbst Verbrechen begangen hatten. Während er sprach, bemerkte er, daß Pam Gerald einen Blick zuwarf. Hatte Gerald nicht fast unmerklich genickt? Vielleicht sollte er ihnen bei diesem Treffen beweisen, daß er keine Eintagsfliege war. War das die Bedeutung von ›Abchecken‹? Wollten sie einen Vertrag über zwei Bücher abschließen? Würde ihm das noch mehr Vorschußhonorar einbringen?

»Nun, was für eine Fülle von Ideen«, meinte Gerald, als er geendet hatte. »Sie haben ein echtes Talent dafür, eine alte Geschichte aufzugreifen und sie in einer aktuellen Version zu präsentieren. Ihr Stil ist lebendig und dynamisch. Ich habe Elthea mit ihren Kindern am See förmlich vor mir gesehen und die Arme des jüngsten Sohnes förmlich gespürt, als sie ihn gestoßen hat. Wirklich erstaunlich.«

Daniel errötete und nickte. Er hatte diesen Abschnitt kritisiert und zu Judith gesagt, er sei zu brutal.

»Und wir *lieben* den Titel«, fügte Pam hinzu. »*Mit voller Absicht*. Er weckt Assoziationen, zieht einen sofort an. Man braucht wirklich Talent, um einem Buch den richtigen Titel zu geben. Oft müssen wir den Titel ändern, damit er zieht. Die Autoren sehen das sehr ungern.« Sie legte ihm wieder die Hand auf das Knie, drückte aber diesmal leicht zu. Er sah sie an und versuchte sich seine Überraschung nicht anmerken zu lassen. Ihre immer noch feuchten und glitzernden Augen verrieten nicht das geringste. »Wir wollen dieses Buch wirklich haben«, sagte sie. »Vielleicht müssen wir einige Veränderungen vornehmen, aber ich freue mich auf die Zusammenarbeit mit Ihnen.«

Gerald nickte. »Wir glauben, daß Sie eine große Zukunft vor sich haben, und wollen mit von der Partie sein.« Er erhob sich. Rasch stellte Daniel seine Tasse auf dem Schreibtisch ab, damit auch er aufstehen konnte. Er nickte, und Gerald hielt ihm die Hand hin. Daniel mußte sie ergreifen, ohne die eigene vorher abwischen zu können. War er damit entlassen? Pam stand auf, nahm ihn beim Ellenbogen und führte ihn durch das riesige Büro zur Tür. War's das schon? fragte sich Daniel. Er war nahe daran zu schreien: Wieviel Geld? Wieviel? Ganz offensichtlich waren sie von ihm beeindruckt. Sie wollten ihn. Sie hatten gesagt, er würde reich werden. Das bedeutete bestimmt einen Vorschuß über eine Million Dollar. Er würde in die Bentley-Turbo-R-Klasse aufsteigen, was auch immer das sein mochte. Er spürte, wie sich Pam an ihn drückte. Flüchtig streiften ihre großen Brüste seinen Arm. Sie war absolut umwerfend. Daniel dachte an ein Gemälde von De Kooning, auf dem man nur Zähne, Wildheit und furchteinflößende Augen erkennen konnte. Er mußte zugeben, daß Pam Mantiss eine beeindruckende Frau war. Er spürte, wie sein Blut in Wallung geriet.

»Ich kann es gar nicht erwarten, mit Ihnen zusammenzuarbeiten«, sagte sie mit noch tieferer Stimme als zuvor. Ihre Augen und ihre Zähne strahlten. »Wir werden diese Woche noch mit Alf darüber sprechen«, versprach sie und überließ ihn dann Mrs. Perkins, die ihn hinausbegleitete.

16

›Auch ernste Bücher haben in den Vereinigten Staaten durchaus eine Leserschaft.‹

Herbert Mitgang

Am Montag morgen packte Emma das Manuskript von *Die Verlogenheit der Männer* zusammen mit Susann Baker Edmonds' Manuskript und ihren Notizen in den Rucksack. Das Edmonds-Buch mußte man völlig umschreiben! Trotz ihrer schweren Last entschloß sie sich, den Weg von ihrer Wohnung im Village bis zum Büro von Davis & Dash zu Fuß zurückzulegen. Sie brauchte Zeit, um nachzudenken. Der Tag war grau und neblig, doch die Luft strich weich über ihre Wangen. Es war noch früh, und deshalb gab es im Village noch nicht viel Verkehr. Sie überquerte die Hudson Street. Der Wind, der vom Fluß herüberkam, zerzauste ihr Haar. Emma lächelte.

Schließlich hatte sie es doch geschafft. Sie hatte ein Meisterwerk entdeckt – jene Art von Buch, von dessen Veröffentlichung sie geträumt hatte. Sie fühlte sich, als stünde ihr eine Prüfung bevor. Wozu war sie jahrelang auf die Universität gegangen, worauf hatte sie hingearbeitet, wenn nicht darauf, ein wunderbares Buch voller Weisheit wie dieses zu finden, das sie veröffentlichen konnte? Sicher würden auch Pam und die anderen im Lektorat die tiefen Wahrheiten erkennen, die darin enthalten waren – vorausgesetzt, sie konnte sie dazu bewegen, es zu lesen. An der Fifth Avenue überquerte sie die Fourteenth Street und beschleunigte ihre Schritte.

Ja. Falls sie es lasen. Dann müßten Pam, Gerald und die anderen Lektoren die Einmaligkeit von Terry O'Neals Buch anerkennen. Aber was, falls sie das doch nicht taten? Was, wenn sie nur an den Umfang dachten, den verdichteten Stil und, wie Emma zugeben mußte, die geringe Wahrscheinlichkeit, daß es eine große Leserschaft fand? Es war ein ernstes Buch. Nach einer Schätzung von Nan Talese gab es im ganzen Land nur etwa viertausend Leute, die ernste Bücher lasen. Es würde mit Sicherheit teuer werden, dieses Buch zu verlegen. Aber das war doch auch der Grund, warum sie alle – sie selbst inbegriffen – so viele kommerzielle Bücher auf den Markt gebracht hatten: um ein brillantes, poetisches Buch wie dieses finanzieren zu können. Das würde es rechtfertigen, solchen Mist wie die Bücher von Peet Trawley und Susann Baker Edmonds zu veröffentlichen. Tief in sich spürte Emma, wie ihre Begeisterung sich in Angst verwandelte. Alles hing von ihr ab. Sie mußte es den anderen richtig verkaufen. Aber zuerst mußte sie Pam auf ihre Seite ziehen.

Obgleich schwierig, unberechenbar und oft faul, war Pam Mantiss nicht dumm. Das war auch einer der Gründe, warum Emma froh war, für sie zu arbeiten. Auch wenn sie häufig Mist veröffentlichte, hatte sie diesen Mist nie mit Gold verwechselt. Deshalb würde sie erkennen, welches Gold Emma, völlig überraschend, in dem ›Misthaufen‹ der unverlangt eingesandten Manuskripte gefunden hatte. Nicht, daß Pam noch nie wirklich gute Bücher veröffentlicht hätte. Das schon. Sie hatte Mary Keene und Thomas Sutton entdeckt. Beide schrieben anspruchsvoll, beide waren angesehen. Doch das lag schon Jahre zurück, und beide hatten Davis & Dash längst verlassen. Es hieß, Pam neide ihren Autoren den Erfolg. In den letzten acht oder zehn Jahren hatte sie sich mehr mit kommerziellen Büchern abgegeben. Emma könnte sie darauf hinweisen, daß Pam einen neuen, literarisch anspruchsvollen Autor brauche. Aber vielleicht war das zu anmaßend.

Andererseits könnte Emma das Manuskript auch als ihren eigenen großen Fund herausstellen, was ja der Wahrheit entspräche. Aber würde Pam dann nicht neidisch werden, weil es nicht *ihre* Entdeckung war? Pams Machtanspruch und Eifersucht waren furchterregend. Darin bestand eine weitere Gefahr. Emma wußte, daß sie Pam zum Besten des Buches nicht nur von *Die Verlogenheit der Männer* überzeugen, sondern ihr auch vermitteln mußte, daß sie es nicht als eigenes Verdienst anpreisen würde, falls es ein Erfolg wurde. Es würde Pams Buch werden.

Als sie Lektorin geworden war, hatte sie ein Recht erworben, das allen Lektoren zugestanden wurde – nämlich einmal im Jahr ein Buch ihrer Wahl herauszugeben, selbst wenn die anderen Lektoren nicht zustimmten. Bei ihrer allerersten Lektoratskonferenz hatte Pam auf ein neues Heldenbuch gedrängt. »Machen Sie damit von Ihrem Wahlrecht Gebrauch?« hatte man sie gefragt. »Nein. Aber Emma«, hatte Pam grinsend geantwortet. Emma hatte sie nie darauf angesprochen. Sie seufzte und zog die Riemen ihres Rucksacks fester. Heute morgen war er wirklich schwer.

Aber ich sollte es nicht als Bürde empfinden, sagte sie sich. Ich sollte frohlocken. Immerhin hatte sie das Privileg gehabt, dieses Buch zu lesen. Nun mußte sie lediglich akzeptieren – wie ihre Mutter zu sagen pflegte –, daß mit einem Privileg stets auch Verantwortung verbunden war. Sie würde diesen Blödsinn von Susann Baker Edmonds irgendwie zu einem Buch verarbeiten – koste es, was es wolle –, und das würde eine Veröffentlichung dieses Buches rechtfertigen.

Aber es gab noch eine andere Möglichkeit – die sie allerdings nur höchst ungern ins Auge faßte. Sollte alles nichts fruchten, würde sie damit drohen, zu kündigen. Wenn auch das nichts half, würde sie es tatsächlich tun. Ein gewagtes Spiel, auch wenn Pam zu faul und zu sehr von ihr abhängig war, um sie einfach zu ersetzen. Der Gedanke, dieses Risiko einzugehen, gefiel Emma nicht, aber sie würde es auf sich nehmen. Denn wenn Davis & Dash sich weigern sollte, dieses Buch auf ihre Empfehlung hin zu veröffentlichen, gäbe es für Emma keinen Grund mehr, dort zu bleiben.

»Es ist mir egal, wie gut es ist«, sagte Pam und schlug mit der Hand auf den Stapel Papier vor sich, das Manuskript von *Die Verlogenheit der Männer*. »Ich will gar nicht *wissen*, wie gut es ist! Ich brauche ein elfhundertseitiges Meisterwerk ebensowenig wie einen Herzinfarkt.«

»Sie müssen es lesen«, wiederholte Emma zum drittenmal so ruhig, aber bestimmt, wie sie sich traute.

»Warum? Wenn es mir gefällt, wäre es um so schwieriger, nein zu sagen, und wenn es mir nicht gefällt, hätte ich ein ganzes Wochenende vergeudet.« Pam Mantiss brach ab, verschränkte ihre Arme und bettete sie und ihre großen Brüste auf den Schreibtisch. »Was ist es? Rosarot? Ein Aha-Buch?«

»Keines von beiden«, mußte Emma zugeben.

»Sehen Sie«, sagte Pam, »Sie sind keine Anfängerin mehr. Sie wissen, daß es um Geld geht. Wir sind kein netter, kleiner literarischer Verlag, der von einem reichen Typ gegründet wurde, um seinem Ego zu schmeicheln, und von der Nationalen Kunststiftung gelobt wird. Wir sind nicht Citron Press. Wir sind ein Geschäftsunternehmen.«

»Gut«, stimmte Emma zu, »aber wir machen Geschäfte mit *Büchern*.« Sie schwieg. Mit der Zeit hatte Emma herausgefunden, daß sie bei Pam mit Schweigen und Beharrlichkeit am weitesten kam. »Pam, Sie *müssen* es lesen.« Doch sie drang einfach nicht zu Pam durch. Sie spürte, daß die Chance – diese wertvolle winzige Chance, die *Die Verlogenheit* besaß – langsam schwand. Sie versuchte gegen ihre aufsteigende Panik anzukämpfen. Wie ein wildes Tier im Dschungel konnte Pam Angst riechen und würde sie und das Buch einfach hinauswerfen, wenn sie jetzt roch, daß Emma in Panik geriet.

Emma holte tief Luft. »Das ist die Art von Buch, die den Titel *Lektor des Jahres* einbringen kann. Wenn jemand anderes das Buch veröffentlicht, Christopher Lehmann-Haupt es rezensiert und es auf der Titelseite der *New York Times Book Review* erscheint, wird jeder wissen, daß Sie es abgelehnt haben. Wie soll *das* zur Glaubwürdigkeit von Davis & Dash beitragen?«

Pam Mantiss' gelbe Augen verengten sich. »Wer zum Teufel vertritt den Autor?« fragte sie. »Und warum ist er nicht selbst zu mir gekommen?«

Herrgott! Was sollte sie jetzt nur sagen? Emma schluckte. Pam wurde langsam weich, aber das war eine weitere Falle – eine, die Emma nicht berücksichtigt hatte. Wenn sie die Wahrheit erzählte, von der alten Frau und ihrer Geschichte mit der toten Tochter berichtete, würde Pam sie auslachen und rausschmeißen. Sentimental war sie nicht. Log Emma jedoch und gab vor, Lynn Nesbit oder ein anderer bedeutender Agent habe ihr das Buch angeboten, würde Pam herausfinden, daß sie gelogen hatte, oder, noch schlimmer, dem Agenten grollen, weil er sich an Emma gewandt hatte. Am besten wechselte sie das Thema. Manchmal ließ sich Pam ablenken. »Nun«, improvisierte Emma, »ich habe es von einer Freundin. Niemand weiß, daß ich es habe, und es wurde bisher noch niemandem angeboten. Sie verliert ihren Job, wenn ihr Chef davon erfährt.«

Pam grinste in ihrer aufreizenden Art, wie immer, wenn Emma eine Freundin erwähnte. Aber vielleicht lächelte sie auch nur bei dem Gedanken an den Coup, den sie möglicherweise landen konnte. Pam liebte Intrigen, Hinterlist und Verrat – solange sie auf der Gewinnerseite stand. Und ihre Angst war gerechtfertigt, da sie selbst mit fragwürdigen Methoden arbeitete. Die Vorstellung, den anderen gierigen Verlagen ein Manuskript vor der Nase wegzuschnappen, das unterderhand angeboten wurde, war definitiv verlockend.

»Wieviel Zeit haben wir, bevor wir es zurückgeben müssen?« fragte Pam.

Sie wollte es kaufen? Emma holte tief Luft. Sie hatte das Gefühl, zum erstenmal an diesem Morgen richtig durchatmen zu können. »Bis nächsten Montag«, sagte sie. Sie mußte Pam ein Wochenende zugestehen, um es durchzulesen. »Versprechen Sie mir, es zu lesen?« fragte Emma.

»Nun, ich versuche es zumindest.«

»Das reicht nicht«, sagte Emma.

»*Wie bitte?*«

»Sie müssen mir versprechen, es zu lesen, oder ich muß es sofort zurückgeben«, sagte Emma mit wild klopfendem Herzen.

Pam blinzelte noch einmal. »Ich habe gesagt, daß ich es versuchen werde.«

Jetzt oder nie, dachte Emma. »Ich habe ein sehr gutes Gefühl bei diesem Buch, Pam. Ich denke, es ist das Beste, was ich gelesen habe, seit ich hier bin. Und wenn das für Sie als Leseempfehlung nicht ausreicht, sehe ich keine Möglichkeit, hier noch weiter zu arbeiten.« So. Nun war es heraus. Emma beobachtete, wie Pams Gesichtszüge erstarrten, während ihre Augen um so heftiger glitzerten. Beide verharrten einige Sekunden lang regungslos. Emma hatte Zeit, darüber nachzudenken, ob sie nun gefeuert wurde, nachgeben mußte oder diese Runde gewinnen würde.

»In Ordnung«, sagte Pam schließlich. »Ich werde es lesen.«

Emma konnte es kaum glauben. Sie versuchte, ihren Triumph, ihre Begeisterung nicht zu offen zu zeigen. Das war Pams Sieg. »Großartig«, sagte sie. »Es wird Ihnen gefallen. Sogar sehr.«

»Vielleicht. Aber ich *mag keine* Ultimaten. Sie haben ihren Joker ausgespielt. Okay. Aber denken Sie immer daran, daß Sie das bereits getan haben. Sie verwenden ihn besser nicht noch einmal.« Pam sah an Emma vorbei in den Flur hinaus. »Wie ist das Edmonds-Manuskript?«

»Man muß eine Menge daran machen«, erwiderte Emma.

»Das *weiß* ich.«

»Aber ich kriege das schon hin«, meinte Emma.

»Gut. Und jetzt entschuldigen Sie mich bitte. Ich habe ein Treffen mit einem Autor wegen eines anderen Erstlingswerkes, ein gutes Buch, ein kommerzielles. Eines, das uns Geld einbringen wird, was schließlich unser Job ist.« Kühl ging Pam an Emma vorbei, verließ ihr Büro und ging den Gang hinunter in Richtung von GODs Reich.

Emma nutzte die Gelegenheit und führte heimlich und ungestört einen kurzen Siegestanz auf.

17

›Mit jemandem abrechnen zu wollen ist ein guter Grund, um zu schreiben.‹
William Gass

»Wir verklagen sie. Natürlich verklagen wir sie. Wir werden eine gottverdammte einstweilige Verfügung gegen sie und ihren Verleger erwirken und die Scheißkerle aufhalten!« Alf schrie fast ins Telefon.

Susann erstarrte. Sie fragte sich, wieviel Privatsphäre die Glasscheibe, die den hinteren Teil der Limousine von der Fahrerkabine abtrennte, tatsächlich gewährleistete. Sie hatte Alf am Flugplatz abgeholt; er war in Frankfurt gewesen, hatte kurz in ihrem Haus in Frankreich vorbeigeschaut und war dann von Nizza aus zurückgeflogen. Nun fuhren sie zu einer Besprechung bei Davis & Dash. Sie hatte Alf von Kim erzählen müssen. Im *Publishers Weekly* war eine kurze Notiz über deren Vertragsabschluß mit Citron Press erschienen, während er in Frankfurt gewesen war. Er hatte es nicht gut aufgenommen.

»Müssen wir es ihnen sagen?« fragte Susann. Sie wußte, daß ihre Stimme so jämmerlich klang wie die eines verängstigten Kindes. Sie hatte ihr Bestes getan, um sich für dieses Treffen vorzubereiten – sie war beim Friseur gewesen, ihr Kostüm saß tadellos, und ihr Make-up war perfekt. Aber sie hatte immer noch große Angst.

»Natürlich müssen wir es ihnen sagen«, fauchte Alf. »Wir gehen gemeinsam vor Gericht. Meinst du, Gerald Ochs Davis hat für den Namen Baker Edmonds so viel bezahlt, damit irgendein *Schprintz* daherkommt und ihn für ein paar Pfennige kauft? Wir wissen ja, daß Kim eine Diebin ist. Aber sie hat nicht nur deinen *Namen* geklaut; ich wette, sie wollen auch das Aussehen deiner Buchumschläge und deine Titel imitieren. Ihr seid ja nicht wie Mary und Carol Higgins Clark. Das sind Freundinnen, nicht nur Mutter und Tochter. Sie haben bewußt miteinander vereinbart, den gleichen Nachnamen zu verwenden. Aber du stehst mit Kim auf Kriegsfuß.« Alf atmete schwer. Susann fragte sich, ob er seine Tabletten genommen hatte. Er war noch müde und gereizt von der Reise.

»Sie hat dich jahrelang ausgenommen und bluten lassen«, fuhr er fort. »Aber diesmal kommt sie nicht so einfach davon. Ich kann dich nicht davon abhalten, ihr weiterhin Geld zu geben, aber ich kann verhindern, daß sie dir deinen Namen stiehlt.«

Susann zuckte zusammen. Tatsache war, daß sich Bücher wie alle anderen Waren in Amerika am besten verkauften, wenn ein Markenname auf dem Cover stand. Die Buchläden warben für eine neue Lieferung Collins', Clancys oder Steels, weil sie wußten, daß der Käufer dabei nach dem Namen ging. Und sie wurden ihnen fast aus den Händen gerissen. Erst in diesem Jahr hatte Grishams Verlag drei Millionen Hardcover-Exemplare des neuen Romans *Der Regenmacher* ausliefern und die Garantie übernehmen müssen, daß sie in allen Buchhandlungen des Landes am selben Tag eintrafen. Susann wußte, daß ihr Name großen Wert besaß. Es stellte eine Art Verletzung ihrer Rechte dar – ob nun gesetzlicher oder persönlicher Rechte –, wenn er auf einem anderen Buch, das nicht sie geschrieben hatte, prangte. Ihre Fans würden das Buch aus Versehen kaufen. Selbst die Buchclubs – die selten einen Erstling brachten – könnten das Buch allein aufgrund des Wiedererkennungseffektes durch den Markennamen, den Kims Buch automatisch haben würde, erwerben.

Susann wurde übel. Nicht etwa, weil sie fand, daß Alf nicht im Recht wäre. Was ihr so zusetzte, war die Tatsache, daß es *stimmte*. Und daß er Kim ›Diebin‹ nannte. Kim hatte schon früher gestohlen – Geld für Drogen, in Geschäften. Aber sie Diebin zu nennen, war so hart. Zu dieser drückenden Last kam noch die Lektoratsbesprechung, an der sie teilnehmen mußte. Sie glättete den Rock ihres Kostüms.

Susann gefiel es nicht, wenn ihre Bücher redigiert wurden. Sie fühlte sich dann immer kritisiert, mißverstanden und dumm. Imogen hatte sich ihr gegenüber immer sehr freundlich verhalten; bei Pam war das anders. Sie wußte, daß das neue Buch nicht gut war. Wie immer, wenn sie ein Manuskript beendet hatte, hatte sie Edith gebeten, es zu bewerten. Die hatte ihm eine Drei minus gegeben. Das allein hatte ausgereicht, um Susanns Knie weich werden zu lassen. Doch auch wenn Ediths Urteil sie ärgerte, mußte sie es akzeptieren. Edith war weder eine Lügnerin noch bösartig. Bisher hatte sie ihr nie eine schlechtere Note gegeben als Zwei minus. Zusammen hatten sie dann so lange an dem Buch herumgefeilt, bis es wenigstens eine Zwei plus war. Aber Susann hatte keine Ahnung, wie sich dieses seichte Buch noch verbessern ließe. Das war nicht ihr Metier. Das Treffen, bei dem ›Änderungsvorschläge‹ besprochen werden sollten, würde schlimm genug werden, da Susann nicht nur an Ediths Beurteilung denken würde, sondern auch an ihr ebenfalls relativ schwaches letztes Buch. Sie fühlte sich, als könnte sie dieses neue Problem, Kims Tiefschlag, nicht mehr verkraften. Es war zuviel. Zum hundertsten Male wünschte sie sich, sie wäre bei ihrem alten Verleger geblieben.

»Halten Sie an«, sagte sie. Ihre Stimme hob sich. »Halten Sie an, sofort.« Die Limousine verlangsamte die Fahrt, und in dem Moment, da sie anhielt, riß Susann ihre Tür auf, ohne auf den Fahrer zu warten. Sie setzte ihre Christian-Louboutin-Pumps auf den Gehsteig und stieg aus. Dann beugte sie sich weit vor, um ihr Sonia-Rykiel-Wollkostüm nicht zu beschmutzen, und übergab sich auf den hinteren Kotflügel der makellosen Limousine.

»Ich verstehe nicht ganz«, sagte Gerald steif. »Wann haben Sie davon gehört?«

Susann saß unbewegt. Sie fühlte sich zwar nicht gelassen, wollte aber wenigstens gelassen *wirken*. Sie wußte, was sie zu tun hatte. Sie mußte ihr schönstes Lächeln aufsetzen. Sie sah auf und versuchte ihre Lippen zu bewegen, aber die wollten ihr – als hätte sie einen Schlaganfall gehabt – nicht gehorchen.

Alf hatte ihr geraten, daß Treffen mit Kim nicht zu erwähnen. Jetzt sprang er in die Bresche: »Wir haben es in *Publishers Weekly* gelesen, genau wie Sie.

Ich sollte vielleicht hinzufügen, daß Susann und ihre Tochter seit geraumer Zeit kaum Kontakt haben. Das Mädchen hat schon jedes Rehabilitationszentrum in diesem Land von innen gesehen. Sie ist Alkoholikerin, drogenabhängig und völlig unberechenbar.«

Susann mußte sich beherrschen, um nicht zusammenzuzucken. Sie dachte an jenen Nachmittag, als sie in ihr Schlafzimmer gekommen war und mit eigenen Augen gesehen hatte, wie ihr Mann die arme Kimmy mißbraucht hatte. Joseph Edmonds war zwar nur Kims Stiefvater gewesen, aber er hatte sich weitaus mehr um sie gekümmert als ihr leiblicher Vater. Susann war nie über den Schock hinweggekommen, den sie beim Anblick von Joes haariger großer Hand zwischen Kims Beinen erlitten hatte. Auch den Ekel, den sie dabei empfunden hatte, konnte sie nicht vergessen. Sie hatte das Gefühl, als müsse sie sich hier, in diesem makellosen Büro, erneut übergeben, und zwar genau auf Gerald Ochs Davis' herrlichen, antiken englischen Tisch. Natürlich wußte sie, daß Kim ernste psychische Störungen davongetragen hatte und ihr die Schuld gab. Jahrelang hatte sie von Susanns schlechtem Gewissen profitiert. Beides stimmte gleichermaßen. Susann hatte alles getan, was in ihren Kräften stand, um ihnen beiden die Situation zu erleichtern. Sie hatte Joseph Edmonds verlassen, Kim einen Therapeuten besorgt, ihre Schriftstellerkarriere in Angriff genommen – und mit Kims Wut und Labilität zu leben versucht. Nachdem sie Alf getroffen und das Geld zu fließen begonnen hatte, hatte sie hohe Summen ausgegeben, um Kims Pein zu lindern.

Aber offenbar konnte nichts den Schaden, den ihre Seele genommen hatte, beheben. Sie war daran zerbrochen, und beide mußten damit leben, so gut es ging. Heute mußte Susann zwar nicht mehr aufs Gericht, um eine Kaution für Kim zu hinterlegen, weil diese ungedeckte Schecks ausgestellt oder einen Ladendiebstahl begangen hatte. Sie mußte auch nicht mehr in ein Krankenhaus kommen oder sonstwie einschreiten. Doch dafür saß sie wegen Kim im privaten Konferenzraum des Verlegers von Davis & Dash, vor sich diese beiden Fremden, fühlte sich erniedrigt und gedemütigt und durfte so gut wie nichts von der Wahrheit verlauten lassen, von den Ereignissen erzählen, die zu dieser Situation geführt hatten.

»Wenn es Ihnen nichts ausmacht, würde ich gern Jim Meyer anrufen und bitten vorbeizukommen«, sagte Gerald. »Sie erinnern sich doch an ihn? Er ist unser Syndikus.« War sein Grinsen nicht eine Spur boshaft? Susann wußte, daß Alf monatelang mit Meyer um jeden Pfennig, um jedes Zugeständnis gefeilscht hatte. Meyer diese Situation darzulegen, das würde sie noch mehr demütigen. Doch sie blieb so ruhig, wie sie konnte. Irgendwie hatte dies alles ein Eigenleben entwickelt. Was würde wohl passieren, wenn sie einfach aufstehen und schreien würde: »Laßt Kim in Frieden! Laßt meine Tochter in Frieden!« Statt dessen saß sie nur wie angewurzelt da.

Alf räusperte sich in die Stille hinein. »Sie müssen wissen, daß sie juristisch gesehen keinen Anspruch auf den Namen Edmonds hat. Kim ist Susanns Tochter aus erster Ehe. Sie wurde zeitweise von Joseph Edmonds erzogen, aber er hat sie nie offiziell adoptiert. Sie hat den Namen dann beibehalten. Vielleicht könnte man da einhaken«, schlug Alf vor.

Unter dem Tisch krampften sich Susanns Hände ineinander, und sie spürte, wie sich ihre sorgfältig manikürten Fingernägel in die Handflächen gruben. Wieso hatte er ihnen das erzählt? Er war wie eine Bulldogge, immer bereit zu kämpfen. Warum konnte er nicht wenigstens Kim in Frieden lassen? Oder die ganze Angelegenheit Davis & Dash überlassen? Unwillkürlich verglich sie Alfs Haltung ihrer Tochter gegenüber mit seinem Verhältnis zu seinen Söhnen. Er würde nie, *nie* etwas tun, das sie verletzen könnte. Nicht einmal die Frau heiraten, die er liebte. Oder *behauptete* zu lieben. Zum erstenmal, seit sie in dem eleganten Konferenzzimmer Platz genommen hatte, bewegte sich Susann, aber nur, um ihren Kopf zu schütteln. Plötzlich war sie erschöpft, als hätte sie nicht einmal mehr die Kraft, einen Stift zu halten. Ich muß einfach einmal gut und lange schlafen, dachte sie.

»Nun«, sagte Pam Mantiss, »natürlich wird das einige Zeit dauern, und wir müssen auch juristische Schritte unternehmen. Könnten wir in der Zwischenzeit nicht einige Dinge, die das Manuskript betreffen, besprechen?« Die Cheflektorin sah Susann über den Tisch hinweg an. »Sehen Sie Susann, es ist so: Das Buch ist nicht gerade umwerfend. Sie brauchen einen Knüller, und zwar dringend. Ich fürchte, daß dieses Buch – so wie es jetzt ist – kein Reißer wird. Wir müssen gravierende Änderungen vornehmen. Und das bedeutet eine Menge Arbeit.«

18

›Manche Verleger sind gescheiterte Schriftsteller, aber das sind die meisten Schriftsteller auch.‹

T. S. Eliot

Pam sah auf das Manuskript, das vor ihr lag. *Die Verlogenheit der Männer*. Es war schlecht getippt und darüber hinaus auch noch schlecht fotokopiert. Die Buchstaben waren zum Teil verwischt, und es war eine Tortur gewesen, die 1114 Seiten zu lesen. Es hatte sie das ganze Wochenende gekostet. Aber Pam mußte zugeben, daß es ein hervorragendes Buch war – vielleicht sogar das beste, das sie je als Manuskript gelesen hatte. Doch die Frage war nicht, ob das Buch gut war, sondern ob es für *sie* gut war.

Vieles gefiel Pam an *Die Verlogenheit der Männer*. Sie mochte den intelligenten Stil, und sie mochte es, für intelligent gehalten zu werden. Denn nur ein intelligenter Lektor konnte mit solch einem Buch umgehen. War das Grund genug, es zu veröffentlichen? Und dann? Es würde ihren Ruf sicherlich wieder aufpolieren, der unter *SchizoBoy* gelitten hatte, doch was bedeutete es für ihre Verkaufszahlen? Denn Intelligenz allein war nicht genug. Pam Mantiss mußte auch Erfolge aufweisen.

Pam liebte es, in Erfolg und dessen Folgen zu schwelgen, abgesehen von der Arbeit, die er mit sich brachte. In den letzten fünf Jahren hatte sie vier Tage pro Woche wie eine Verrückte geschuftet, um Freitag, Samstag und Sonntag frei zu haben. Viele Cheflektoren taten das. Nur weil Pam Emma hatte, war das möglich. Emmas Drohung hatte Pam nicht gefallen, schon gar nicht die Art und Weise, wie sie ausgesprochen worden war. Aber sie mußte sich eingestehen, daß sie Emma nicht verlieren wollte. Nun hatte sie also nicht nur dieses Mammutmanuskript auf dem Tisch, sondern stand auch vor der Frage, wie sie sich den Erfolg, ihren Ruf, ihre Gewinne *und* Emma erhalten konnte. Die einzige Antwort darauf schien die Veröffentlichung von *Die Verlogenheit der Männer* zu sein.

Nun, vielleicht war das gar nicht so schlecht. Schließlich würde das Buch von Jude Daniel einiges einbringen. Denn bei dem hatte sie ein gutes Gefühl – aus jeder Zeile sprang ihr das Wort ›Bestseller!‹ entgegen. Die kleinen Zugeständnisse, die sie Byron hatte machen müssen, waren notwendig gewesen, damit sich die alte Edmonds auf der Bestsellerliste halten konnte. Angesichts der Summen, die sie in sie investiert hatten, lag es in ihrem eigenen Interesse, daß sie auch auf der Liste blieb. Nach dem gestrigen Treffen hatte Pam das Gefühl gehabt, daß Susann in einer Stimmung war, in der sie alle notwendigen Änderungen umsetzen würde, um dieses miserable Manuskript zu retten. Und der widerliche Jim Meyer würde sich um die Angelegenheit mit Susanns Tochter kümmern.

Pam sah auf die Uhr. Es war fast halb drei. Um drei hatte sie eine Verabredung mit Stewart Campbell. Sie zwängte sich in schwarze Jeans, bekam aber den Reißverschluß nicht einmal halb zu. Egal, sie würde einfach einen langen Pullover darüberziehen. Campbell war ein Niemand – sie hatte zwei seiner Krimis veröffentlicht, und beide waren nicht besonders gut gelaufen. Sie hatte sein drittes Buch gerade ablehnen wollen, als ihr die Idee gekommen war, daß er die Lösung ihres Peet-Trawley-Problems sein konnte. Um es mit den unsterblichen Worten von Don Corleone auszudrücken: Sie wollte ihm ein Angebot machen, das er nicht ausschlagen konnte.

Also beschloß sie, das Terry-O'Neal-Buch zu machen. Dank Emmas anonymer ›Freundin‹ konnte sie *Die Verlogenheit der Männer* kaufen, bevor ein anderer Verlag das Manuskript zu Gesicht bekam. Ihr Herbstprogramm nahm langsam Gestalt an – vorausgesetzt, sie konnte noch ein paar andere gute Bücher auftreiben und bekam das Trawley-Buch fertig.

Pam saß im hellen Licht an dem Repolatisch in Ollie's Noodle House. Gegenüber von ihr fingerte Steward an der großen Schale mit Suppe herum, die er sich bestellt hatte. Pam hätte auch bei einer Suppe bleiben sollen. Statt dessen hatte sie sich gebratene Knödel, die unwiderstehlichen Lauchpfannkuchen und den Chow Fun bestellt, für den Ollie's berühmt war. Ab morgen würde sie eine Mineralwasserdiät machen. Auf dem Heimweg heute nachmittag würde sie zwei Kartons Evian kaufen und nach Hause liefern lassen. Sie sah Steward über den Tisch hinweg an. Sie sollte sich besser beeilen, denn etwa in einer Dreiviertelstunde würden die ersten Gäste zum Abendessen eintrudeln. Bald wäre das Lokal gerammelt voll. Die Schlange derer, die keinen Platz erhalten würden, würde in den nächsten fünf Stunden den Upper Broadway zieren. Es lag nicht in Pams Interesse, daß jemand etwas von diesem Gespräch mitbekam.

Steward sah sie an. Er hatte schöne Augen und dunkles, dichtes Haar, das ihm wie Stroh vom Kopf abstand. Er war etwas jünger als sie – vielleicht fünf- oder sechsunddreißig – und sah nicht schlecht aus. Doch in seinen Zügen lag etwas Weiches, das Pam bei Männern abschreckte. Sie hatte nie mit Steward geschlafen. Oder vielleicht doch, einmal, nach seiner ersten Buchparty. Sie konnte sich kaum erinnern. Damals hatte sie noch getrunken. Doch bei diesem einen Mal war es geblieben und würde es auch in Zukunft bleiben.

Stewards Bücher verkauften sich, aber nicht besonders gut. Sie waren keine Kunstwerke und auch nicht beliebt genug, um viel Geld einzubringen. Das machte ihn zum Auftragsarbeiter. Er würde eine solide Handlung erfinden, sie ausarbeiten und seine Arbeit termingerecht abliefern. Er hatte zwei Bücher geschrieben, und Pam hatte ihm für das zweite nicht mehr bezahlt als für das erste. Tagsüber arbeitete er als Aushilfslehrer. Sonst wußte sie nichts über ihn. Sie vermutete, daß er einmal verheiratet gewesen war.

»Nun, was meinen Sie?« fragte er. Er nahm fälschlicherweise an, sie hätte ihn wegen seines Buches angerufen. Als ob sie das interessieren würde. Er erzählte ihr, daß er gerade einen neuen Detektiv erfunden hatte – als könnte Pam noch einen gottverdammten Aha-Roman gebrauchen. Sie zuckte die Achseln. Bevor sie nein sagte, sah sie bereits, wie seine Schultern herabfielen und sich seine Lippen verzogen. Dieser Mann erwartete offenbar geradezu eine Niederlage.

»Vergessen Sie's, Steward. Ich möchte mit Ihnen über etwas viel Wichtigeres sprechen. Haben Sie Lust, richtig viel Geld zu verdienen?«

»Wen muß ich dafür umlegen?« fragte Steward. Kein besonders komischer Witz, denn Pam erinnerte sich, daß Steward letztes Jahr von einem Schüler aus der Mittelstufe niedergestochen worden war. Es hatte Monate gedauert, bis er wieder gesund geworden war. Der Prozeß gegen das Bildungsministerium zog sich endlos hin.

»Keine Gewalt – das heißt: nur fiktiver Art«, versicherte ihm Pam. Sie machte eine Pause. »Haben Sie, abgesehen von Ihrem Erlebnis, bei dem Sie dem Tod ins Auge geblickt haben, je daran gedacht, als Ghost zu arbeiten?«

Steward lächelte schief. »Ich hatte nicht angenommen, daß ich gut genug bin, um *für* einen anderen zu schreiben«, sagte er.

Zeit für ein wenig moralische Unterstützung, entschied Pam. Der arme Kerl mußte begeistert und motiviert sein. Aber er würde einen solchen Job ja nicht annehmen, wenn er nicht wirklich verzweifelt wäre.

»He, machen Sie sich doch nicht selbst runter. Ihre Bücher sind gar nicht so schlecht. Sie bringen nur nicht viel Geld ein. Wenn Sie mehr Zeit hätten, daran zu feilen, richtig daran zu arbeiten … Aber das kostet Geld. Ich habe einen Weg gefunden, wie wir beide Geld verdienen können.« Sie brach ab, sicher, sein Interesse geweckt zu haben. Er hatte aufgehört, in seinen Glasnudeln herumzustochern, und sie nickte in Richtung Schüssel. »Sind Sie fertig?« fragte sie. Als er bejahte, zog sie die Schüssel zu sich herüber und begann die Nudeln in sich hineinzuschaufeln. Steward saß einfach da. Was für eine Trauergestalt. Ein Mann, den sie manipulieren konnte, den sie in der Hand hatte. »Wissen Sie schon, daß Peet Trawley gestorben ist?« fragte sie. Er schüttelte den Kopf. »Ja, es ist wahr. Und ich habe ein Manuskript von ihm – nun, eine Art Skizze, die ausgearbeitet werden müßte. Beziehungsweise fertiggeschrieben werden müßte. Ähm – eigentlich *ganz* geschrieben werden müßte. Das ganze Buch muß noch geschrieben werden.«

Steward war vielleicht schweigsam, aber nicht dumm. »Sie meinen, Sie brauchen einen Ghostwriter, um *Peet Trawleys* Buch fertigzuschreiben?«

Sie nickte, den Mund voller Nudeln.

Steward sah ihr einige Sekunden lang beim Essen zu. »Ist das legal?«

»Sicher«, erwiderte Pam und wischte sich mit der Hand den Mund ab. »Er bekommt die Tantiemen«, erinnerte sie ihn, ihren Groll noch frisch im Gedächtnis.

»Aber er ist doch tot.«

»Richtig. Also bekommt seine Familie die Tantiemen. Sie wissen schon. Das Problem ist, ich brauche jemanden, der diese Arbeit für mich erledigt. Für eine bestimmte Summe. Keine Anerkennung. Nur das Geld.«

»Und Sie glauben, ich könnte das Buch schreiben?«

An diesem Punkt mußte sie vorsichtig sein. »Ich denke, mit meiner Hilfe könnten Sie es schaffen«, sagte sie. »Aber schließlich brauchte Peet auch jede Menge Hilfe von mir.« In diesem Augenblick kam, genau wie sie befürchtet hatte, eine Horde lärmender Studenten von der University of Columbia in das Restaurant. Pam hoffte, sie würden sich nicht gerade in ihrer Nähe niederlassen. Und sie hoffte, daß es keine Jurastudenten waren. Sie mußte einen kleinen Nebenhandel mit Steward abschließen. Jim Meyer und die anderen durften nie etwas davon erfahren. Gerald würde sie es sagen, aber sonst niemandem. Sie würden sie steinigen. Pam verschränkte ihre Arme und beugte sich vor. »Das Buch muß ziemlich schnell fertig werden. Ich erzähle Ihnen die Geschichte, Sie schreiben sie, und ich lektoriere sie. Sie fügen alle nötigen Änderungen ein. Sie werden bei Abgabe bezahlt, nicht im voraus. Sie verpflichten sich, niemandem zu verraten, daß Sie an dem Buch beteiligt sind. Nie, unter keinen Umständen. Ihrer Freundin nicht, Ihrer Mutter nicht. Niemandem. Dafür bekommen Sie einhunderttausend Dollar.«

Seine Augen öffneten sich weit. Er hatte nie mehr als zwanzigtausend Dollar für eines der Bücher erhalten, die er für sie geschrieben hatte. Nun noch den Trumpf ausspielen. »Und ich zahle Ihnen fünfundzwanzigtausend für Ihre neue Buchidee«, sagte sie. »Nur ein Vertrag für *ein* Buch, aber das ist immerhin etwas.« Sie sah, daß er sein Glück kaum fassen konnte. »Aber das Trawley-Buch kommt an erster Stelle«, fuhr sie fort. »Sie müssen schnell arbeiten, Stewie, und zwar unter absoluter Geheimhaltung. Sonst sind Sie wegen Vertragsbruchs dran. Niemand darf davon erfahren. Nicht einmal jemand bei Davis & Dash.«

»Und Sie glauben wirklich, daß ich das kann?« fragte Steward.

Pam unterdrückte ein Lächeln. Sie hatte ihn an der Angel. »Ich *weiß*, daß Sie es können«, sagte sie. Sie reichte ihm einen Glückskeks. »Sie brauchen ihn nicht erst aufzumachen«, meinte sie. »Sie haben eine große Zukunft vor sich.«

19

›Ich hätte gern Geld. Und ich wäre gern eine gute Schriftstellerin. Vielleicht kann ich ja beides erreichen, und das hoffe ich auch, aber wenn ich mich entscheiden müßte, würde ich das Geld nehmen.‹

Dorothy Parker

»Hundertfünfzigtausend Dollar?« rief Daniel in den Hörer. »Ist das *alles*?« Es war mehr, als er in seiner ganzen Laufbahn als Lehrer verdient hatte, aber er wußte, daß es als Vorschuß nur ein Klacks war. Enttäuscht biß er sich auf die Lippen. Wozu dann das Gespräch in Gerald Ochs Davis' Büro? Hatte Davis ihm nicht versprochen, er würde reich werden? Mit hundertfünfzigtausend Dollar war man nicht reich.

Nach dem Gespräch hatte Daniel sich erkundigt und erfahren, daß ein Bentley Turbo R ein Auto war und eine dreiviertel Million Dollar kostete. Hatte Davis nicht gemeint, er würde in diese Klasse aufsteigen? Nun, bestimmt nicht mit hundertfünfzigtausend Mäusen, die in drei Raten gezahlt wurden – die erste, wenn er den Vertrag unterschrieb, die nächste, wenn er die Endkorrektur gemacht hatte, und die letzte, wenn das Buch veröffentlicht wurde. Davon mußte er die Steuern abziehen und die zwanzig Prozent, die Alf Byron als Vermittlungsgebühr verlangte. Es war bestimmt ein lächerlich niedriges Angebot. Um dem Ganzen die Krone aufzusetzen, riet Alf ihm auch noch, es *anzunehmen*. Daniel traute seinen Ohren nicht.

»Sie meinten doch, das Buch wäre eine Million wert!« sagte er.

»Nein. Ich sagte, es wäre ein potentielles Eine-Million-Dollar-Buch«, erinnerte ihn Byron. »Aber man – ein Verleger – muß erst einmal viel ausgeben, um viel hereinholen zu können. Und Pam *liebt* das Buch. Sie wird es bezahlen. Sie wollen es vermarkten, Werbung dafür machen und eine Lesereise mit Ihnen veranstalten. Zwischen Ihnen stimmt die Chemie. Das ist wichtig. Wichtiger als ein Vorschuß.«

Nichts war wichtiger als Geld, dachte Daniel. Der Gedanke an die ›Chemie‹ zwischen ihm und Pam ließ ihn frösteln. »Können Sie woanders nicht mehr bekommen?« fragte er. »Können Sie es nicht an den Meistbietenden verkaufen oder so was?«

»Sehen Sie, genau darum ist die Erfahrung eines wirklich guten Agenten so wichtig«, erklärte Byron beruhigend. Aber Daniel beruhigte sich nicht. »Ich habe das sehr sorgfältig eingefädelt«, fuhr Byron fort. »Deshalb verlange ich auch zwanzig Prozent von Ihnen statt zehn oder fünfzehn. Weil ich eng damit verbunden bin. Ich baue Karrieren auf und lenke sie. Ich habe Susann Baker Edmonds aufgebaut. Wissen Sie, sie hat vier ihrer Bücher mir gewidmet. Ich habe sie praktisch mitgeschrieben. Und für Sie werde ich das gleiche tun, Jude.«

»Daniel. Nicht Jude. Daniel!« schnappte er. Gott, dachte er, er brauchte niemanden, der die Bücher für ihn schrieb. Er brauchte nur Bargeld.

Alf fuhr fort: »Ich habe viele Möglichkeiten in Erwägung gezogen, auch andere Verlage, das versichere ich Ihnen. Ich kenne jeden im Verlagswesen. Aber hier hatte ich das Gefühl, es stimmt. Vertrauen Sie mir. Ich glaube, daß Pam von Ihrem Buch wirklich angetan ist. Sehen Sie, die Beziehung zwischen einem Autor und seinem Lektor gleicht der zwischen Eheleuten. Die richtigen Ideen, das richtige Temperament …«

»Wir reden über Geld, nicht über die Ehe«, sagte Daniel bitter vor Enttäuschung. »Ich habe dieses Buch nicht geschrieben …« Er brach ab. Die Worte klangen in seinen Ohren nach und verursachten ihm ein schlechtes Gewissen. »Ich habe dieses spezielle Buch nicht aus einem Bedürfnis heraus geschrieben«, fuhr er fort. »Es sollte Gewinn abwerfen. Ich habe es des Geldes wegen geschrieben. Damit ich die Freiheit habe, das zu schreiben, was ich wirklich schreiben will …«

»Ja. Ja, das wissen wir«, fiel ihm Byron ins Wort. »Und das Geld und die Freiheit werden auch kommen. Das verspreche ich Ihnen. Aber die Karriere eines Schriftstellers ist wie ein Gebäude. Sie muß auf einem soliden Fundament stehen. Und Ihr erstes Buch ist der Schlüssel dazu. Wenn es ein Erfolg wird, können Sie die Regeln bestimmen. Aber wenn es ein Reinfall wird …« Byron verstummte. Es herrschte Stille. Daniel spürte, wie die Angst in ihm aufstieg. Er schluckte, aber sein Mund war wie ausgetrocknet. Ja, das hatte er nicht bedacht. Was passierte, wenn das Buch ein Flop wurde?

»Ist das ihr letztes Angebot?« fragte Daniel.

»Denken Sie daran, es geht nicht nur um Geld. Sie werden auch nach dem Verlag beurteilt, mit dem Sie zusammenarbeiten, und da sollte Ihnen keiner zu gut sein. Sie sollten in den Cadillac der Branche einsteigen, nicht in den Buick. Letzten Endes wird er sowieso mehr Gewinn für Sie erzielen. Nun, Pam schien zwar fest bleiben zu wollen, aber ich habe Mittel und Wege …« Byron kicherte. »Hier kommt mein Einfluß ins Spiel, von dem auch Sie profitieren können. Glauben Sie mir, die wollen mit Sicherheit nicht Susann Baker Edmonds vergraulen – oder ihren Agenten. Ich habe großen Einfluß in diesem Verlag. Sie könnten nicht in besseren Händen sein. Wir geben ihnen die Taschenbuchrechte, da steckt sowieso am meisten Geld drin. Und überlegen Sie – man könnte auch einen Film oder eine Serie aus dem Buch machen. Ich werde auch darauf achten, daß in dem Vertrag der Bonus für die Verkäufe von Buchclubs berücksichtigt wird. Und ein zusätzlicher Bonus, wenn das Buch auf die Bestsellerliste kommt. Wenn Sie nur einen Monat draufstehen, bedeutet das bereits zwanzigtausend. Und wenn Sie ein Jahr lang draufstehen …«

»Ich kann rechnen«, bemerkte Daniel trocken, fühlte sich aber schon etwas besser. Er hatte keine Ahnung gehabt, wie komplex solche Verträge waren. »In Ordnung, Alf. Ich vertraue Ihnen. Nehmen wir das Angebot an.«

»Es wird Ihnen nicht leid tun«, versicherte Alf. »Sie werden einer der Größten sein. Sie sind gut. Sie können wirklich schreiben, mein Sohn.« Und dann, mit einer vor Begeisterung tiefen Stimme, sagte er: »Sie werden der nächste Sidney Sheldon sein.«

»Kommen Sie schon, Pam. Für weitere fünfundzwanzigtausend haben Sie ihn mit Haut und Haaren. Was sind für Davis & Dash schon fünfundzwanzigtausend?«

»Es sind fünfundzwanzigtausend, Alf«, sagte Pam kühl. Pam Mantiss war nicht nur ein kaltes, intelligentes Miststück, wie es in der Branche hieß, sondern auch ein *schäbiges* Miststück, jedenfalls Alf Byrons Ansicht nach.

Wenn sie über Manuskripte verhandelte, benahm sie sich, als müßte sie das Geld aus eigener Tasche zahlen. Alf wußte, daß er Susanns Vertrag nie aus Pam Mantiss herausgeholt hätte. Es war schon komisch. Seiner Erfahrung nach demonstrierten die Männer in der Verlagsbranche ihre Macht dadurch, daß sie riesige Beträge für Neuerwerbungen ausgaben – und je wichtiger sie waren, desto mehr zahlten sie für einen Autor. Frauen hingegen versuchten so billig wie möglich einzukaufen. Nun gut. Alf ging in Habtachtstellung, bereit, den Kampf aufzunehmen.

»Ich weiß, daß er zu uns kommt, Alf. Er wird die hundertfünfzig akzeptieren«, sagte Pam ausdruckslos. »Und wenn nicht, vermitteln Sie ihn an einen anderen Verlag.«

Alf überlegte. »Es gibt noch eine andere Möglichkeit. Wir sprachen bisher nur von einem Hardcover. Warum nehmen Sie nicht die Taschenbücher dazu, und wir machen einen Vertrag über beides?«

»Vergessen Sie's.« Zwischen Pam und Steve Weiss, dem Leiter der Taschenbuchabteilung, herrschte böses Blut. Während bei den Hardcovern das größere Risiko lag, wurden die meisten Gewinne mit den Taschenbüchern erzielt. Pam verkaufte die Taschenbuchrechte an den Meistbietenden, selbst wenn es ein Konkurrenzverlag war. »Ich sage Ihnen, was ich tun werde«, sagte sie nach einem Augenblick des Schweigens. »Ich erhöhe auf hundertfünfundsiebzig, will dafür aber sechzig Prozent von der Summe, die wir für die Taschenbuchrechte bekommen.«

»Ach, kommen Sie!« stöhnte Alf. »Wenn das Buch groß rauskommt, können wir zusätzlich noch eine Million über die Taschenbücher reinholen. Wenn wir die Filmrechte verkaufen, sogar noch mehr.«

»Und wenn meine Großmutter Eier gehabt hätte, wäre sie mein Großvater gewesen«, sagte Pam.

»Es ist ein lausiges Geschäft für den Professor.«

»Sehen Sie, Jude will das Geld gleich, nicht erst nach dem Verkauf an den Meistbietenden in einem Jahr. Zeit ist eben Geld. Entscheiden Sie sich. Und wer weiß? Wenn das Buch ein Flop wird, will niemand die Taschenbuchrechte kaufen. Also gebe ich ihm sein Geld jetzt. Wenn er später Gewinne erzielt, will ich meinen Teil abhaben. Das verstärkt natürlich auch meine Bemühungen, dem Hardcover zu einem Erfolg zu verhelfen.«

»Es vergrößert Ihre Gewinne, wenn die Hardcover-Ausgabe ein Bestseller wird. Das sind Raubrittermethoden, Pam.«

Sie zuckte die Achseln. Wieder herrschte Schweigen. »Ich sage Ihnen was, Alf. Ich kann den Vorschuß nicht mehr erhöhen, aber ich kann Ihnen das Geschäft ein wenig versüßen. Ich werde noch einen Fernsehwerbespot in Susanns Marketingkampagne aufnehmen.«

»Staatlich oder Kabel?« fragte Alf. Unnötig zu sagen, daß Werbung für Susann Daniel Gross nicht den geringsten Vorteil brachte, aber nun ja, schließlich war Daniel Gross auch nicht Alfs wichtigster Klient. Und Susann konnte im Moment jede erdenkliche Hilfe gebrauchen. Das wäre ein Ansporn für sie.

»Vergessen Sie die staatlichen!« fauchte Pam. »Das können wir uns nicht leisten. Wir nehmen Lifetime. Das ist ein angesehener Frauensender. Mit dem haben wir gute Erfahrungen gemacht.«

»Die Werbespots sollten Sie sowieso machen«, sagte Alf. »Das hat nichts mit Jude Daniels Buch zu tun. Nicht das geringste.«

»Okay«, meinte Pam, aber es lag ein listiger Unterton in ihrer Stimme. »Ein letztes Angebot.« Er hatte es gewußt. Sie hatte noch ein As im Ärmel. »Ich habe mit Jim Meyer über Kim Baker gesprochen. Ein Prozeß könnte teuer werden, Alf. Ein weiterer Sargnagel für Susanns Karriere, und er könnte Sie den letzten Pfennig kosten. Anwaltskosten. Geld, das Sie aus eigener Tasche zahlen müssen. Aber ich wäre bereit, Ihnen zuzusichern, daß Davis & Dash die Prozeßkosten übernimmt. Wir könnten die Schadenersatzsumme so hoch treiben, daß sie nicht mehr mithalten können, und dadurch das Erscheinen von Kims Buch verhindern.« Sie machte eine Pause. »Und außerdem sind hundertfünfundsiebzigtausend Dollar kein schlechter Vorschuß für ein Erstlingswerk«, erinnerte sie Alf. Sie wartete. »Abgemacht?« fragte sie dann.

»Abgemacht«, sagte Alf.

20

›Geben ist seliger denn Nehmen.‹

Apostel 20,35

Emma freute sich maßlos über den Ausgang der Lektoratskonferenz. *Die Verlogenheit der Männer* wurde veröffentlicht! Sie hatte sich für ein Buch eingesetzt, an das sie glaubte, und es hatte sich ausgezahlt.

Pam entgegenzutreten war die zweite mutige Tat in ihrem Leben gewesen. Die erste hatte darin bestanden, nach dem Abschluß in Wellesley nach New York zu gehen und einen Verlag nach dem anderen abzuklappern, Arbeit auf einem Markt zu suchen, der keine Jobs hergab. Beides hatte sie glücklicher gemacht als alles andere zuvor. Vielleicht, dachte Emma, sollte ich öfter mutig sein.

Aber sie mußte zugeben, daß Mut seinen Preis hatte: Sie war müde von der Konferenz, vom Kampf und von der langen Woche. An diesem Wochenende konnte sie eine Erholungspause einlegen und mußte – ausnahmsweise – keine Arbeit mit nach Hause nehmen. Sie würde zwei Tage lang nur schlafen! Wie auf Wolken ging sie durch den chaotischen Flur zu ihrem Büro. Ihr Telefon klingelte. Sie eilte hin und nahm ab. »Emma Ashton«, sagte sie.

»Hi, Emma. Hier ist Alex.«

Ihr Herz begann so stark zu klopfen, daß es fast weh tat. Sie umklammerte die Tischkante. Alex rief sie an! Es passierte Emma selten, sehr selten, daß sie jemanden mochte, auf *diese* Art. Sie hatte die Hoffnung bereits aufgegeben, daß Alex das gleiche empfinden könnte. Und nun dieser Anruf, nach Wochen.

»Wie geht es dir?« fragte sie und versuchte freundlich, aber kühl zu klingen. Schließlich hatte Alex sich nicht *sofort* gemeldet. Der Anruf war kein Grund durchzudrehen, aber sie freute sich.

»Ich komme gerade aus Los Angeles zurück. Ich bin völlig erschöpft. Ich weiß, daß jeder L.A. schlechtmacht, weil es cool ist, aber mir geht's anders: Ich hasse es wirklich.«

Emma lachte. »Was hast du dort gemacht?« Alex war also gar nicht in New York gewesen. Aber entsprach das der Wahrheit? Vielleicht gab es einen guten Grund dafür, daß der Anruf so lange auf sich hatte warten lassen.

»Ich habe mich mit einflußreichen Agenten getroffen. Agenten, die Bücher an die Filmindustrie verkaufen. Todd Harris und Michael Siegel. Du weißt schon. Na, jedenfalls hat Warner Brothers ein Buch von mir genommen. Mein erstes Geschäft mit der Filmbranche.«

»Meinen Glückwunsch«, sagte Emma. Und dann konnte sie sich nicht zurückhalten. Sie mußte auch ein wenig prahlen. »Und ich habe gerade erreicht, daß ein wirklich großartiger Erstlingsautor unter Vertrag genommen wird.«

»Wow. Eine Menge Debüts heute. Ich gratuliere. Hat er einen Agenten?«

»Der Autor?« Emma mußte lächeln. »Zunächst einmal ist der *Er* eine Sie.«

»Hoppla.« Alex kicherte. »Mein erster Fehler. Bei einer politischen Inkorrektheit erwischt. Ausgerechnet ich. Also, kann ich sie vertreten?«

»Nur wenn du an Séancen teilnimmst«, fuhr Emma fort und versuchte dabei ernst zu klingen, obwohl sie lächelte. »Sie ist tot.«

»Der Erstling einer Autorin, die tot ist?« rief Alex. »Das sieht nicht gut aus für die Backlist. Was ist passiert? Vor der Veröffentlichung zu sterben ist kein allzu intelligenter Schachzug.«

Emma erläuterte die Situation und berichtete von ihrem Zusammentreffen mit der Mutter in der Empfangshalle. »Ich weiß, was für eine riskante Sache das war, aber das Buch ist es wert. Wirklich brillant. Und ich habe erreicht, daß meine Kollegen das eingesehen haben. Die Lektoratsleitung hat einer Veröffentlichung zugestimmt.«

Alex schwieg einen Moment. »Na ja, daß sie tot ist, heißt noch lange nicht, daß sie keinen Agenten braucht.« Alex lachte. »Vielleicht kann ich der Mutter helfen.«

Auch Emma lachte. Dann fragte sie, so selbstverständlich, als würde sie Luft holen: »Warum gehen wir nicht aus und feiern ein bißchen? Trinken was und reden ein bißchen darüber?« Gott, sie hatte wieder Mut aufgebracht! Und sie wurde belohnt.

»Du hast mir die Worte aus dem Mund genommen«, meinte Alex. »Du bist mir nicht mehr aus dem Kopf gegangen, seit wir uns getroffen haben.«

Emma konnte es kaum glauben. Sollte Alex tatsächlich soviel Interesse an ihr haben? Sie sagte sofort zu, als Alex vorschlug, daß sie sich heute abend nach der Arbeit im Royalton treffen könnten. Ein, zwei Minuten lang war sie überglücklich, aber dieses Gefühl ließ schnell nach. Nach einer Viertelstunde zweifelte sie bereits und bekam Angst. Vielleicht hätte sie zeigen sollen, daß sie nicht so leicht zu kriegen war. Vielleicht hatte Alex die Reise nach Los Angeles nur erfunden. Oder noch schlimmer: Vielleicht war Alex mehr an einem neuen Klienten interessiert als an Emma. O Gott, dachte sie, Frederick hat recht. Er hatte sie immer wieder beschworen, sie solle nicht immer erst lange überlegen, an sich zweifeln und zu vorsichtig sein. Hör auf damit! befahl sie sich. Sie beschloß, alle Vorsicht zu vergessen und einfach zu tun, wozu sie Lust hatte. Sie würde ihrem Glück nicht im Wege stehen. Zum Teufel damit.

Emma lächelte. Das Leben bot ihr neue Chancen: einen großen Roman *und* die Aussicht auf eine Beziehung. Sie würde sich darauf einlassen. Wie sollte sie ihre Ungeduld nur zügeln und den Rest des Tages herumbringen?

Widerstrebend setzte sie sich an ihren Schreibtisch. Sie besah sich den neuen Stapel, der auf sie wartete, und stöhnte innerlich. Selbst der Berg mit ungeöffneter Post war zentimeterhoch. Kein Wunder, daß sämtliche Büros bei Davis & Dash immer mit Papier vollgestopft waren. Emma begann die Unterlagen zu sortieren. Einige Memos. Eines erinnerte daran, daß die Spesenabrechnungen ordentlicher gemacht werden sollten, ein anderes informierte über das Krankengeld. Sie warf beide in den Papierkorb. Der wöchentliche Bericht über Buchverkäufe und Buchbestellungen. Rasch überflog Emma die Liste, um zu sehen, wie ihre Bücher liefen. Nicht besonders gut. Das Telefon klingelte. Sie beschloß, den Anrufbeantworter einzuschalten. Und wenn Alex noch einmal anrief, um das Treffen zu verlegen? Oder abzusagen? Ihr Magen drehte sich um. Lächerlich. Selbst wenn es so war, konnte sie den Anruf später immer noch abhören und zurückrufen.

Sie ignorierte das Telefon und öffnete ein kleines Päckchen: Es enthielt eine handschriftliche Notiz von Susann Baker Edmonds und ein Geschenk – eine herrliche Lederbrieftasche. »Ich freue mich, daß ich endlich mit Ihnen zusammenarbeiten kann.« Nur weiter so. Emma wußte, daß Susann nicht gern von irgendeinem anonymen Lektor redigiert wurde. Das hatten sie und ihr Agent deutlich herausgestellt. Trotzdem eine nette Geste, wenn auch nicht ernst gemeint. Na ja, eigentlich war die Geste ziemlich lahm. Aber die Brieftasche war hübsch. Sie mußte sich bei Susann bedanken. Das kam auf ihre *Zu-erledigen*-Liste.

Sie öffnete einige weitere Briefe, füllte Unterlagen für die Verkaufsabteilung aus und widmete sich einigen Druckfahnen, die gerade hereingekommen waren und an den Autor weitergeleitet werden mußten. Eigentlich war das Heathers Aufgabe, doch sie schien immer mit der Arbeit eines anderen Lektors beschäftigt zu sein. Da entdeckte Emma noch ein Päckchen. Als sie sah, daß es aus Italien kam, lächelte sie. Frederick. Ein Geschenk! Er war so lieb und großzügig mit Geschenken. Selbst jetzt, da er eine Affäre hatte – wenn es denn eine war –, dachte er an sie. Aber vielleicht war sie auch schon vorbei. Vielleicht hatte er einen Einkaufsbummel gemacht, um sich darüber hinwegzutrösten.

Die Handschrift auf dem braunen Papier war nicht seine. Wahrscheinlich hatte er nicht selbst geschrieben. Aber sie wettete, daß es ein nettes Geschenk war – Frederick besaß mehr Geld als sie, zudem eine großzügige Ader und einen guten Geschmack. Vielleicht die Handschrift seiner Freundin. Was war netter als ein Überraschungspräsent von einem großzügigen Bruder? Sie fühlte sich überglücklich. Heute abend würde sie mit Alex etwas trinken und vielleicht sogar essen gehen. Vor ihr lag ein Wochenende, das Spaß versprach, keine Arbeit. Emma schnitt die Schnur durch und riß das Papier auf. Sie entdeckte ein weißes, in Papier eingeschlagenes Etwas, das verdächtig nach einem Manuskript aussah. O nein! Frederick hatte doch wohl nicht heimlich ein Buch geschrieben? Emma nahm das zusammengefaltete Blatt, das obenauf lag, in die Hand.

Das Geschriebene war nur schwer zu entziffern, da es in Fredericks Handschrift abgefaßt war, die immer unleserlicher wurde. Sie fühlte, wie ihre gute Laune nachließ. Es *war* ein Manuskript, wenn auch nicht von ihm. Es stammte von einer ›guten Freundin‹ von ihm. Er hatte das ›guten‹ unterstrichen. Er bat sie, es zu lesen, und – natürlich nur, wenn sie es gut fand – alles in ihrer Macht Stehende dafür zu tun. Emma ließ den Brief sinken. Herrgott! Was sollte sie damit nur anfangen? Hatte sie nicht schon genug am Hals mit dem Manuskript einer toten Schriftstellerin, die von ihrer alten Mutter vertreten wurde? Die Chancen, daß dieses Manuskript gut war, standen schlecht. Und es wäre ihr wirklich unangenehm, wenn sie Frederick und seine neue Freundin enttäuschen müßte.

In letzter Zeit stiegen in Emma immer Schuldgefühle und Angst auf, wenn sie an Frederick dachte. Das Telefon klingelte. Großartig! Noch mehr Ärger, um ihrer gute Laune endgültig den Garaus zu machen! Sie entschloß sich, auch jetzt nicht abzunehmen. Und sie würde den Anrufbeantworter vor Montag auch nicht abhören. Zum Teufel damit. Mit einem Seufzer begann Emma ihren Rucksack zu packen. Hatte sie wirklich Lektorin werden wollen? fragte sie sich. Hatte sie wirklich geglaubt, es wäre der schönste aller Berufe und ein außerordentliches Privileg, sein Leben mit Lesen zu verbringen? War sie besoffen gewesen? Ihre gute Laune schwand immer mehr. Müde packte sie das Manuskript in ihren Rucksack. Sie hoffte, daß Frederick irgendwo in Italien ein schönes Wochenende verbrachte. Ihr war das offensichtlich nicht vergönnt.

21

›Eines der ältesten menschlichen Bedürfnisse besteht darin, jemanden zu haben, der sich fragt, wo man steckt, wenn man abends nicht nach Hause kommt.‹

Margaret Mead

Frederick nahm Camillas Hand, als sie das Helvetia & Bristol verließen. Die anderen Wochenendgäste waren fröhlich und angenehm gewesen. Frederick und Camilla hatten sich der allgemeinen Heiterkeit angepaßt. Sie hatten über den Roman geplaudert, nach einem Titel dafür gesucht und über die Reisegruppe und die beiden neuen Blusen geredet, die Camilla sich gekauft hatte. Er hatte ihr von seiner Arbeit und seiner Wohnung in New York – die er ›Apartment‹ nannte – erzählt. Dann hatte er ihr angeboten, sie nach Hause zu begleiten. Camilla war erleichtert gewesen, daß er sie nicht in sein

Zimmer hochgebeten hatte, das sicherlich elegant und verführerisch war. Sie wollte nicht in eine verfängliche Situation geraten.

Aber als sie durch das nächtliche Florenz schlenderten, wurde ihr bewußt, daß sie mit ihm schlafen wollte. Irgendwie machte es einen Unterschied, daß er nichts von ihr erwartete und sie in keiner Weise drängte. Anders als von Gianfranco, der sie mit leidenschaftlichen Worten und romantischen kleinen Geschenken betört hatte, fühlte sie sich von Fredericks Gelassenheit angezogen und bestätigt. Und anders als Gianfranco hatte Frederick ihr wirklich zugehört und hilfreich zur Seite gestanden. Camilla traf eine Entscheidung. Heute nacht würde sie mit ihm schlafen, in ihrem winzigen Zimmer. Vorausgesetzt natürlich, daß auch er das wollte.

Aber davon war sie überzeugt. Seine Hand mit den langen, schlanken Fingern hielt die ihre sanft, doch besitzergreifend. Sein Arm drückte gegen ihren, als würde sie ihn bei jedem Schritt führen. Es war ein überraschend erotisches Gefühl. Er war nicht der dominante Typ, soviel stand fest, aber keineswegs ein schwacher Mann, obwohl er etwa so groß war wie sie und kaum mehr wog. Trotz seines nicht gerade anziehenden Äußeren war sie gerührt von der Begeisterung, die er für ihr Buch und ihr Kunstverständnis aufbrachte. Was hatte ihr das gute Aussehen anderer Männer schon gebracht? Von Frederick fühlte sie sich auf einer anderen, tieferen Ebene angezogen. Camilla wollte nicht wieder eine Enttäuschung erleben. Aber sie spürte, daß Frederick für sie wesentlich mehr bedeuten würde als eine unglückliche Affäre. Und genau das brauchte sie.

Durch das häufige Alleinsein hatte sie gelernt, ehrlich zu sich selbst zu sein. Sie fühlte sich von Fredericks Intelligenz, seiner geistreichen Art und seiner Liebenswürdigkeit angezogen. Und am meisten von seiner Ausgeglichenheit. Sie mochte seine kräftige, gutsituierte, fürsorgliche Mutter, und ihr gefiel, was er von seinem Leben in New York erzählte. Sie mußte sich zwar eingestehen, daß sie ihn nicht so umwerfend und atemberaubend fand wie Gianfranco oder andere, aber Camilla wußte nur zu gut, wohin *diese* Art von Begeisterung führte – zu Besessenheit, unrealistischen Erwartungen und Enttäuschungen.

Sie bogen in die Via Cistone ein. Ihre *pensione* war nur noch ein paar Schritte entfernt. Als sie sich der Tür näherten, stolperte Frederick über einen Pflasterstein. Sie drehte sich schnell um und stützte ihn mit der freien Hand. Er schüttelte den Kopf und entschuldigte sich.

»Es wird schlimmer und schlimmer mit mir«, sagte er. Doch sie tätschelte nur seinen Arm. Er war nervös und darum offensichtlich ungeschickt und verwundbar. Camilla empfand es als nette Abwechslung, daß einmal der Mann im Nachteil war und nicht sie.

Im schummrigen Licht der Straßenlaterne wandte sie sich ihm zu. »Hier wohne ich«, sagte sie. »Es ist nichts Besonderes. Möchten Sie mit hochkommen?«

Er hob seine Hand und strich ihr sanft über Wange und Stirn. Dann legte er seine Hand unter ihr Kinn und zog ihren Mund zu sich heran, um sie zu küssen. Es war ein vielversprechender Kuß. Und *überhaupt* nicht zurückhaltend.

»Sehr gern.«

Camilla öffnete die riesige Tür und geleitete ihn zu den Stufen. Sie waren flach, aus Marmor, und führten in einer leichten Kurve in die oberen Stockwerke. Frederick zögerte kurz, aber sobald er das Geländer unter seiner Hand spürte, ging er zügig neben ihr hinauf. Am Ende der zweiten Treppe reichte sie ihm ihren Arm und lotste ihn den langen, dunklen Flur hinunter. Mit einer Hand hielt er ihren Arm umklammert, mit der anderen tastete er sich an der Wand entlang. Ihr Zimmer befand sich ganz am Ende des zweiten Stocks und hatte zwei Fenster, die nach Osten und Süden hinausgingen. Die Aussicht war nicht berauschend; man sah nur ein paar Dächer mit roten Ziegeln, Stuckwände und eine Ecke der Kirche San Giovanni. So leise wie möglich schloß Camilla die Tür auf und ließ Frederick ein. Auch wenn ihre Vermieterin sie offenbar mochte, hatte Camilla das Gefühl, daß Diskretion angebracht war, vor allem weil Signora Belleccio bei Gianfrancos erstem Besuch ein Auge zugedrückt hatte.

Frederick wartete, während Camilla die Tür hinter ihnen verriegelte. Sie wollte gerade das Licht anmachen, als er mit belegter Stimme sagte: »Bitte kein Licht.« Er stand ganz nah bei ihr. Sie konnte seinen Atem auf ihrer Wange spüren. Er bewegte sich nicht, aber jetzt ging keine Nervosität oder Zaghaftigkeit mehr von ihm aus. Langsam legte er einen Arm um sie und die Hand auf ihre Taille. Mit der anderen Hand zog er ihren Kopf zu sich heran, um sie wieder zu küssen. Camilla entspannte sich. Ihr Körper drängte sich ihm entgegen, von ihrer Einsamkeit und seiner Hand geführt, die sie sanft heranzog. Diesmal war der Kuß genießerisch, lang und forschend. Er schmeckte süß, als hätte sich der Wein, den sie getrunken hatten, in Zucker verwandelt. Camilla seufzte.

Dann nahm er sie an beiden Händen und drückte sanft ihre Handgelenke. »Bring mich zu deinem Bett«, sagte er, und das tat sie.

Camilla lag auf der Seite, eng an Frederick gekuschelt. Da er nicht viel größer war als sie, paßte er in vielerlei Hinsicht sehr gut zu ihr. Mit dem Rücken zu ihm lächelte sie in die Dunkelheit hinein. Sie fühlte sich wie im siebten Himmel. Fredericks leidenschaftliche, sanfte und drängende Art hatten sie mehr als überrascht. Sein Verlangen und seine Geschicklichkeit waren fast ein Schock gewesen. Hatte sie etwa erwartet, er wäre unbeholfen, unerfahren? Im Bett hatte er nichts von seiner sonstigen tapsigen und gehetzten Art an sich. So unbeholfen er in der Vertikalen auf seinen Füßen wirkte, so erfahren benahm er sich in der Horizontalen, im Bett. Camilla hätte vor lauter Freude beinahe gekichert.

Vielleicht *hatte* sie Zweifel an seinen sexuellen Fähigkeiten gehabt, weil sie – aufgrund seiner Zurückhaltung, seiner Mutter oder sonstwas – gespürt hatte, daß etwas mit ihm nicht stimmte. Vielleicht war sie mit ihm ins Bett gegangen, um über ihre letzte Affäre hinwegzukommen oder aus Mangel an anderen Gelegenheiten. Aber er war eine richtige Sensation, ein weitaus besserer Liebhaber, als Gianfranco es jemals gewesen war. Er hatte sie erbeben lassen, hatte sie zum Lachen und schließlich zum Höhepunkt gebracht. Und er hatte ohne langes Gerede ein Kondom ausgepackt – wogegen Gianfranco sich jedesmal vehement gesträubt hatte. Frederick war selbstsicher, aber gleichzeitig so rücksichtsvoll und besonnen. Er war in sie eingedrungen, und nachdem auch er zum Höhepunkt gelangt war, hatte er sie tatsächlich noch einmal zum Orgasmus gebracht. Sie hatte lachen müssen und gefragt: »Wo zum Teufel hast du dich bisher versteckt gehalten?« Und nun lagen sie eng aneinandergeschmiegt auf dem schmalen Bett. Obwohl Camilla müde war, fühlte sie sich weder unwohl noch schläfrig. Sie fühlte sich eher, als wäre heute Weihnachten oder ein anderer, normalerweise enttäuschender Festtag und als hätte sie ein nichtssagendes Paket geöffnet und darin einen wunderbaren Schatz entdeckt. Nun konnte sie sich nicht mehr zurückhalten – sie *mußte* einfach laut kichern.

Frederick drückte sie an sich und pustete ihr sanft ins Ohr. »Lachst du mich etwa aus?« fragte er, aber sein Tonfall war nachsichtig. »Lust auf mehr?«

»Wie alt bist du?« fragte sie zurück. »Ich hätte gedacht, daß deine wilden Jahre schon vorbei sind.«

Frederick lachte. »Ich bin ein Spätentwickler«, sagte er. »Ich bin sechsunddreißig. Aber ich glaube, ich kann mich noch ein, zwei Jahre auf diesem Niveau halten.«

Camilla rechnete im Kopf nach. Er war fast sieben Jahre älter als sie, aber er wirkte irgendwie älter. Bisher hatte sie sich nicht getraut, ihn nach seinem Alter zu fragen. Sie stützte sich auf einen Ellenbogen und küßte ihr Überraschungspaket zuerst auf den Mund und dann auf beide Augen. »Bist du müde?« fragte sie. Er schüttelte den Kopf. »Also, was machen wir jetzt?«

»Warum erzähle ich dir nicht, wie sehr mir dein Buch gefällt?«

»Das hast du schon getan«, sagte sie, errötete aber trotzdem vor Freude.

»Warum beschreibst du mir dann nicht dein Zimmer?« schlug er vor.

»Was? Dieses Zimmer?«

»Na ja, dieses Zimmer für den Anfang.«

»Ich fürchte, da gibt es nicht viel zu beschreiben. Es ist ... eine ziemliche Bruchbude.«

»Eine Bruchbude?«

»Oh. Ihr würdet wohl eher ›ein wenig verkommen‹ sagen.« Sie küßte ihn auf die Nase und kuschelte sich enger an ihn.

»Dann beschreibe mir, wie du das Zimmer gern hättest«, meinte er. »Es ist so dunkel, daß ich den Unterschied nicht erkennen kann.«

Camilla rollte sich auf den Rücken. Er zog das Laken über ihre Schulter und schob einen Arm unter ihren Kopf. Sie mochte seine schrulligen Ideen. Sie dachte an eines ihrer Lieblingszimmer in einer privaten Villa in der Nähe von Ravenna, zu der sie einige Sonderführungen gemacht hatte. Dort gab es einen Salon mit Aussicht auf den Fluß, den sie einfach hinreißend fand. Also beschrieb Camilla, im Dunkeln in ihrem kleinen, schmalen Zimmer liegend, die hohe Decke mit den Fresken, die Palladio-Fenster und den herrlichen Mosaikboden des Salons der Villa d'Amica. Sie beschrieb die offene Loggia, die sich längs des ganzen Raumes entlang erstreckte und mit Glyzinien überwuchert war. Frederick lauschte so stumm und atmete so tief, daß sie nach einer Weile befürchtete, er wäre eingeschlafen. Doch als sie in dem dämmrigen Licht zu ihm hinübersah, bemerkte sie, daß seine Augen offen waren, wenn auch blicklos.

Er mußte ihren Blick gespürt haben, denn er wandte ihr den Kopf zu. »Ein hübsches Fleckchen hast du hier«, sagte er, und sie lachte. Er schwieg kurz und fuhr dann mit gesenkter Stimme fort: »Ich liebe es, deinen Beschreibungen zuzuhören, Camilla. Sie lassen mich die Dinge sehen, als hätte ich sie noch nie zuvor gesehen. Oder als würde ich sie jetzt vor mir sehen, hier im Dunkeln. Alles, was du beschreibst, erwacht zum Leben. Das ist auch das Wunderbare an deinem Buch. Ich könnte schwören, daß meine Füße einen Mosaikboden berührten, wenn ich jetzt aufstünde.«

»Nein. Du würdest auf meinen Slip treten, fürchte ich.« Sie lächelte ihn an. Es war das letzte Lächeln, das sie ihm für lange Zeit schenken würde.

»Ich muß dir etwas sagen«, sagte Frederick da, und der Ton in seiner Stimme verriet ihr schon alles, was sie wissen mußte – die Einsamkeit stand wieder draußen vor der Tür und wartete darauf, hereingelassen zu werden, um sie erneut zu verschlingen. Herrgott, sie hätte es wissen müssen! Was war es diesmal? War er verheiratet? Ging er für fünf Jahre nach China in eine Missionsstation? Wartete in New York eine Frau auf ihn? Wollte er keine Beziehung eingehen? Was auch immer es sein mochte, Camilla wollte es nicht hören. Nicht jetzt und auch in Zukunft nicht. Sie drehte ihm den Rücken zu und rückte von seinem Körper ab, der kalten Stuckwand entgegen.

»Ich will es nicht wissen«, sagte sie.

Er legte ihr die Hand auf die Schulter. Sie wollte nicht, daß er sie berührte, aber sie fühlte sich plötzlich so müde, daß sie nicht die Kraft hatte, seine Hand abzuschütteln.

»Vielleicht hätte ich es dir früher sagen sollen«, sagte er. Das war der Satz, den sie immer zu hören bekam. Nur diesmal etwas früher, nach einem besonders guten Fick. Denn mehr war es wohl nicht gewesen.

»Vielleicht«, sagte sie kalt, ohne sich dabei zu ihm umzudrehen.

»Ich dachte, du ahnst etwas. Du warst so verständnisvoll. Nur aus diesem Grund habe ich es noch aufgeschoben.«

Wovon in aller Welt sprach er? Er schwieg. »Ich dachte wirklich, du hättest eine Ahnung, deswegen habe ich nichts gesagt. Ich meine, es ist nicht einfach, es zu verbergen. Ich habe dich nicht gedrängt. Ich habe dir die Initiative überlassen. Und als du mich gebeten hast, mit hochzukommen – nun, ich konnte nicht widerstehen. Aber trotzdem, ich habe nichts gesagt. Deswegen und ...« Er brach ab. »Deswegen und weil ich nicht wollte, daß du aus Mitleid mit mir ins Bett gehst. Ich dachte, du magst mich wirklich.«

Camilla konnte sich nicht zurückhalten. »Dich mögen? Natürlich mag ich dich. Bist du verrückt, oder willst du mich nur beleidigen? Warum sollte ich mit dir ins Bett gehen, wenn ich dich nicht mögen würde? Und warum in aller Welt sollte *ich* Mitleid mit *dir* haben?«

»Weil ich bald blind sein werde«, sagte Frederick.

22

›Ich würde einen guten Lektor so definieren: ein Mann, der mir große Schecks schickt, meine Arbeit, meinen schönen Körper und meine überragenden sexuellen Leistungen lobt und den Verleger und die Bank in der Hand hat.‹

John Cheever

Es war ein nasser und kalter Tag. Obwohl noch nicht spät, waren im Buchladen bereits alle Lichter an. Opal kniete vor einem niedrigen Regal nieder und hörte, wie ihre Knie knackten. Die Feuchtigkeit in New York tat ihren Gelenken nicht gut. Sie stellte zwei Exemplare von Styrons *Geborgen im Schoße der Nacht* in das Regal mit Belletristik und mußte sich daran abstützen, um aufstehen zu können. Sie sah sich im Laden um. Dort drüben stand ein Typ in einem viel zu weiten Armeeanorak, der wie ein Student aussah, und begutachtete die Hardcover. *Der* würde bestimmt kein Buch für fünfundzwanzig Dollar kaufen. Eine elegant gekleidete ältere Frau blätterte weiter hinten in den Kochbüchern. Obwohl Opal fast zwanzig Jahre lang in einer Bibliothek gearbeitet hatte, hatte sich ihre Einstellung zu Büchern interessanterweise schon nach kurzer Zeit in der Buchhandlung drastisch geändert. Es machte ihr keinen Spaß mehr, die Leute lesen zu sehen. Opal wünschte sich, sie würden die Bücher *kaufen*. Schon bald, nachdem sie angefangen hatte, hier zu arbeiten, war ihr klargeworden, daß Roberta finanzielle Probleme hatte. Das Geschäft lief nicht gut, die Miete mußte bezahlt werden. Opal machte sich Sorgen, auch um Roberta selbst. Schließlich war Roberta nicht nur ihre einzige Freundin in New York, sondern auch der einzige Mensch, von dem Opal wußte, daß er Terry anständig behandelt hatte. Das mindeste, was sie also tun konnte, war, im Laden zu helfen.

Opal entging es nicht, daß der junge Mann auf der anderen Seite des Ganges nach rechts und links spähte, als wollte er prüfen, ob ihn jemand beobachtete. Es wurde mehr geklaut, als sich Roberta leisten konnte, und Opal mißtraute den vielen Anoraktaschen. Sie setzte ihr Kann-ich-Ihnen-helfen-Lächeln auf und ging zu dem jungen Mann hinüber, der mit dem Rücken zu ihr stand.

»Kann ich etwas für Sie tun?« fragte sie. Er schrak zusammen und wirbelte dann herum.

»Nein. Nein, danke«, sagte er, ging den Gang entlang und schnurstracks auf den Ausgang zu. Entweder hatte sie ihn beleidigt und einen potentiellen Käufer abgeschreckt, oder sie hatte gerade einen Diebstahl verhindert. Sie wollte sich eben abwenden, als sie Roberta auf der anderen Straßenseite entdeckte, die gegen den Regen und den Wind ankämpfte, um zum Laden zu gelangen. Sie hatte heute früh einen Zahnarzttermin gehabt. Eine schmerzhafte und teure Zahnfleischbehandlung. Opal war immer stolz darauf gewesen, daß sie gut auf ihr Zahnfleisch aufpaßte.

Roberta trat durch die Tür. Die Schmerzen machten ihr längliches Gesicht noch länger als sonst. »Wie war's?« fragte Opal.

»Genauso schlimm, wie ich es mir vorgestellt habe.« Roberta versuchte zu lächeln. »Wenn das vorbei ist, werde ich ein gutes Stück gealtert sein.«

»Können Sie einen Tee trinken?« fragte Opal, während sie Roberta zu der kleinen Abstellkammer im hinteren Teil folgte, in der sie ihre Mäntel, die Tassen und Löffel, die unverpackten Bücher und all den anderen Kram, der zu einer Buchhandlung gehörte, aufbewahrten und die Buchhaltung erledigten.

»Ich weiß nicht. Ich weiß nur, daß ich nie wieder etwas essen kann.«

Vielleicht konnte sie nichts essen, aber Terrys Manuskript hatte sie geradezu verschlungen. Und war begeistert gewesen. Sie hatte Opal mitten in der Nacht angerufen, nachdem sie es zu Ende gelesen hatte. Enthusiastisch und liebevoll waren sie jedes Detail durchgegangen. Der Anruf hatte sich zweieinhalb Stunden hingezogen. Zum erstenmal seit Terrys Tod war Opal glücklich gewesen.

»Probieren Sie es mit einem Schluck Tee«, drängte Opal.

»Vielleicht kann ich ihn ja trinken. Wenn er nicht zu heiß ist«, meinte Roberta, hängte ihren Mantel an den Haken und strich sich mit der Hand über ihr nasses Haar. »Vielen Dank, daß Sie mir heute ausgeholfen haben. Aber ich möchte Sie endlich für Ihre Arbeit bezahlen.«

Opal schüttelte den Kopf und setzte das Wasser auf.

»Wir sprechen noch darüber«, drohte Roberta. »Ich lasse mich besser mal vorn blicken. Wie war's heute morgen?«

»Gar nicht schlecht«, berichtete Opal stolz. »Eine Ihrer Stammkundinnen, diese Designerin mit dem süßen chinesischen Baby, kam vorbei. Sie kaufte für hundertsechsundvierzig Dollar Kinderbücher.«

Roberta versuchte zu lächeln. »Was würde ich wohl ohne Mrs. Kahn und Lily machen?« meinte sie.

»Aber das war's auch schon. UPS kam ziemlich spät. Ich habe die Kartons noch nicht geöffnet.« Opal schwieg. »Und noch etwas.« Roberta hob die Augenbrauen. »Mrs. Kahn kam in Begleitung einer Frau. Französin, denke ich. Eine Schwarze. Madame Soundso. Kennen Sie sie?«

Roberta schüttelte den Kopf.

»Sie wurde mir vorgestellt, sah mich an und sagte: ›Es tut mir so leid, von Ihrem Verlust zu hören.‹« Opal machte eine Pause. Es war sehr seltsam gewesen. Sie konnte die Wärme und das Mitleid, die von der Frau ausgegangen waren, nicht beschreiben. »Und dann sagte sie noch: ›Die Worte Ihrer Tochter werden weiterleben.‹«

»Was?«

»Ich habe mich gefragt, ob Sie mit Mrs. Kahn gesprochen haben – über ...«

»Natürlich nicht! Wer war diese Frau?«

Opal zuckte die Achseln. Da ertönte die Glocke an der Eingangstür. »Wir gehen besser nach vorn«, sagte Roberta noch einmal. Sie war schon fast an der Kasse, als das Telefon klingelte. Also überließ es Opal ihr, den Hörer abzunehmen. Kurz darauf steckte Roberta ihren Kopf durch die Tür des Hinterzimmers. Der gepeinigte Ausdruck auf ihrem Gesicht war wie weggewischt, statt dessen lag ein Ausdruck von – was? Erwartung? Freude? – darin.

»Es ist für Sie«, sagte Roberta leise. »Emma Ashton von Davis & Dash. Hat nicht sie das Manuskript mitgenommen?«

Opal erstarrte, als wäre sie plötzlich zu Eis geworden. Dann wurde ihr unvermittelt heiß, und sie fühlte sich, als würde sie schmelzen. Sie hatte Roberta von dem jungen Mädchen mit dem Rucksack erzählt, das eingewilligt hatte, das Manuskript mit nach Hause zu nehmen. Doch sie hatte nicht zu hoffen gewagt, daß sich Emma Ashton bei ihr melden würde. Sie hatte ihr ein paar Wochen Zeit lassen und sie dann anrufen wollen. Es waren erst zehn Tage vergangen. Opal blinzelte und schluckte dann. Da sie nicht einfach mitten im Abstellraum stehenbleiben konnte, zwang sie sich, die zwei Schritte zu dem Nebenapparat zu gehen und den Hörer abzunehmen. Ihre Hand zitterte.

»Hallo«, sagte sie. »Opal O'Neal am Apparat.«

»Mrs. O'Neal? Hier ist Emma Ashton von Davis & Dash. Ich habe unter Ihrer Nummer angerufen, aber es hat sich niemand gemeldet. Diese Nummer hier stand auf dem Manuskript. Ich hatte *Die Verlogenheit der Männer* mitgenommen. Erinnern Sie sich?«

Ob sie sich erinnerte? Opal hatte ihren ganzen Willen aufbieten müssen, um nicht jede Sekunde in den letzten zweihundertvierzig Stunden daran zu denken. Hör auf, hatte sie sich streng ermahnt, du wußtest, daß es lange dauern würde. Was war, wenn das Buch diesem Mädchen – diesem Kind – nicht gefiel? Auch darauf war Opal vorbereitet. Sie würde nicht enttäuscht sein. Was auch immer es kosten, wie lange es auch dauern mochte – sie war darauf vorbereitet. Wenn dieses Mädchen das Manuskript nicht verstehen würde, dann gab es andere. Sie mußte nur am Ball bleiben. Irgendwann würde sie schon jemanden finden.

»Ich kann heute nachmittag vorbeikommen und das Manuskript abholen«, sagte Opal.

»Wie bitte?« fragte das Mädchen. Sie war heute vermutlich sehr beschäftigt. Opal mußte sich zusammennehmen, um nicht unhöflich oder aufdringlich zu klingen.

»Oder morgen ganz früh«, sagte Opal.

»Es tut mir leid, aber morgen bin ich den ganzen Vormittag in einer Lektoratskonferenz.«

»Dann hinterlegen Sie es doch einfach bei der Empfangsdame«, sagte Opal verärgert. »Ich kann es bei ihr abholen. Sie heißt Sandy und ist sehr nett.«

Einen Moment herrschte Schweigen am anderen Ende. Opals Verärgerung nahm zu. »Ich glaube, Sie haben mich falsch verstanden. Oder ich habe Sie mißverstanden«, sagte Emma Ashton. »Ich möchte Ihnen das Manuskript nicht zurückgeben. Ich möchte es veröffentlichen.«

Opal stand einen Augenblick lang wie versteinert da und starrte den Hörer in ihrer Hand an. »Sie wollen das Buch *haben*?« fragte sie dann. Sie fürchtete sich vor der Antwort.

»Es ist ein wunderbares Buch, Mrs. O'Neal. Sie hatten recht. Ihre Tochter ist – war – sehr, sehr talentiert. Ich kann Ihnen noch nicht sagen, was wir dafür zahlen werden. Ich bin nicht autorisiert, das zu tun. Wir halten es für ein außergewöhnliches Buch, wenn der Umfang auch ein wenig problematisch ist. Davis & Dash würde gern mit Ihnen über eine Veröffentlichung sprechen.«

Opal hatte wieder den Eindruck, sie wäre zu Eis erstarrt. Statt Freude empfand sie nur maßlose Wut. Diese Worte hätten Terrys Leben gerettet. Warum waren sie nicht früher ausgesprochen worden? Warum hatte Terry nicht noch ein wenig länger durchgehalten? Wieder begann Opals Hand zu zittern. Dennoch brachte sie es fertig, mit ruhiger Stimme zu fragen: »Wann soll ich bei Ihnen vorbeikommen?«

»Wäre Ihnen Freitag zum Mittagessen recht?«

Ob Freitag zum Mittagessen, Samstag in der Frühe oder Sonntag um Mitternacht, dachte Opal, egal. Zu jedem beliebigen Zeitpunkt, von jetzt an bis zu meinem Tod. Doch sie sagte nur: »Um wieviel Uhr?«

»Würde Ihnen ein Uhr passen?« fragte das Mädchen. »Wir können uns im Vier Jahreszeiten treffen.«

»In Ordnung.« Opal hatte keine Ahnung, wo sich dieses Restaurant befand, aber Roberta wußte es bestimmt. »Ich werde Freitag um ein Uhr dasein.« Opal riß sich zusammen. »Und danke. Vielen Dank, daß Sie es gelesen haben«, sagte sie und legte den Hörer auf.

Immer noch zitternd stand sie einige Minuten lang bewegungslos da. Sie würde dem Verlag nicht dafür danken, daß er das Buch veröffentlichte, versprach sie sich. Denn das hatte es einfach verdient. Aber das Mädchen war so nett gewesen, es mit nach Hause zu nehmen und es zu lesen. Welch ein Glück, daß sie seinen Wert erkannt hatte! Zu spät, leider, zu spät für Terry. Doch wenigstens würden Terrys Worte weiterleben. Terry würde das zwar keine Freude mehr bereiten, und Opal nur wenig. Aber es war immerhin etwas. Sogar mehr als etwas. Es war alles, was Terry sich immer gewünscht und was Opal sich für sie gewünscht hatte.

Sie verließ den Abstellraum, ging durch den Hauptgang des Ladens an den Krimis, den Science-fiction-Büchern und der anspruchsvollen Literatur vorbei. Als sie die Kasse beinahe erreicht hatte, sah Roberta, die gerade den Preis für das Kochbuch eintippte, auf und bemerkte sie.

»Schlechte Neuigkeiten?«

Opal schaffte es gerade noch, den Kopf zu schütteln, bevor sie laut schluchzend in Tränen ausbrach.

23

›Verleger sind alle Vorboten des Teufels. Für sie muß es irgendwo eine eigene Hölle geben.‹

Goethe

Gerald sah von dem Manuskript auf, das vor ihm lag. Pam Mantiss hatte es, trotz all ihrer Fehler, wieder einmal geschafft. Es war schon einige Zeit her, seit sie das letzte große Buch hereingeholt hatte, aber ihr Timing hätte nicht besser sein können. *Die Verlogenheit der Männer* war ein echtes Kunstwerk, auf dessen Veröffentlichung er stolz sein konnte. Auch sein Vater würde stolz sein. Das einzige, was ihn schmerzte, nachdem er das letzte Blatt ordentlich auf den hohen Stapel getippter Blätter gelegt hatte, war, daß er selbst so etwas nie zustande bringen würde. Er war kein Genie.

Nun, du kannst nicht alles haben, sagte er sich, obwohl er wußte, daß er genau das wollte. Du bist intelligent und hast Geschmack, eine angesehene Position in der Gesellschaft, einen faszinierenden Job und Frauen und Kinder. Ganz zu schweigen von einem Namen, den landesweit jeder in der Verlagsbranche kannte, und einer Reihe Bücher, von denen wesentlich mehr Exemplare verkauft worden waren, als es bei diesem Buch hier jemals der Fall sein würde. Trotzdem. Ein so grandioses Werk voller Intelligenz und Weisheit ... Gerald verspürte einen Anflug von Neid. Würde ich alles, was ich habe, dafür geben, um ein solches Buch schreiben zu können, fragte er sich? Er mußte an sein nüchternes Arbeitszimmer zu Hause denken, an den Blick auf das Gewässer des Central Parks und an die Abendgesellschaft, die er heute geben würde. Die an der Wand hängenden antiken Leuchter würden im Glanz hell erstrahlen, und der Verlag ebenfalls. Könnte er das alles aufgeben? Nein, das könnte er nicht. Nichts davon wollte er aufgeben. Aber es wäre trotzdem hübsch, wenn er *Die Verlogenheit der Männer* geschrieben hätte.

Immerhin blieb ihm die Ehre, dieses Buch zu veröffentlichen, und das hätte zu keinem besseren Zeitpunkt geschehen können. Nach dem Fiasko mit dem Weston-Titel hatte Gerald davon Abstand genommen, seinem Vater eine Kopie seines eigenen Manuskriptes zuzuschicken, aus Angst vor dessen Reaktion. Er fand, sein Senior müßte nach all den Jahren langsam zwischen einem Roman und einer Biographie unterscheiden können, selbst wenn der Roman auf einer wahren Begebenheit basierte. Wen kümmerten schon vierzig Jahre alte Skandale? Sie taugten nur noch dazu, zu einem guten Buch verarbeitet zu werden. Und was blieb einem schon anderes übrig als das, wenn man nicht wie ein Genie schreiben konnte? Manchmal hatte Gerald den Verdacht, daß sein Vater nur moralische Skrupel vorschützte, um ihn zu ärgern und in ein schlechtes Licht zu rücken.

Sein Vater hatte in einer Welt gelebt, in der Gentlemen Kapital beiseite legten, um es in die Veröffentlichung von Büchern zu investieren, und zwar aus privatem Interesse, zu ihrem Vergnügen und Zeitvertreib. Alles, was sie erwarteten, war, daß am Ende jedes Jahres zehn Prozent ihrer Investition wieder hereinkamen. In dieser längst vergangenen Welt bestand die Verpflichtung einem Autor gegenüber ein Leben lang. Die Verleger waren sowohl Geldgeber und Eheberater wie auch Muse ihrer Schriftsteller. Aber diese Zeiten waren vorbei. Und sein Vater mußte endlich aufwachen und die Zeichen der Zeit erkennen.

In diesem Augenblick meldete sich Mrs. Perkins über die Sprechanlage. »Was ist?« fragte Gerald verstimmt.

»Ihr Vater ist auf Leitung eins.«

»Stellen Sie ihn durch.« Als ob Gerald eine andere Wahl hätte. Was würde ihm sein Vater jetzt wieder vorhalten? Wenn er wünschte, daß alles beim alten blieb, hätte er die Firma nicht verkaufen dürfen, bevor er in den Ruhestand gegangen war. Jetzt besaß er keinen Einfluß mehr, außer in seiner Funktion als Vorstandsmitglied. Gerald seufzte und nahm dann voller Zuversicht den Hörer ab. »Hallo, Vater.«

»Gerald, ich habe mir die vorläufige Liste des Herbstprogramms angesehen, und ich denke, wir sollten uns darüber und über ein paar andere Dinge unterhalten. Komm zum Haus rüber.«

Dieses Mal wurde Gerald nicht wütend, weil sein Vater einen Befehl erteilt hatte. Er überlegte, wie er nun vorgehen sollte. Am besten war es, seinem Vater eine Reihe von Manuskripten zu schicken, inklusive seinem und dem von *Die Verlogenheit der Männer*.

Die Verlogenheit der Männer würde mit Sicherheit die Aufmerksamkeit seines Vaters wecken. Das war die Sorte Buch, die anderen Verlegern Preise eingebracht hatte. Und vielleicht – nur vielleicht – milderte das auch den Zorn, den Gerald wegen seines Romans auf sich ziehen würde. Sicher, sein Roman hatte von Emma Ashtons Verbesserungsvorschlägen profitiert. Ein intelligentes Mädchen, und alles in allem nicht unattraktiv. Zu dumm, daß sie lesbisch war. Jedenfalls Pam Mantiss' Meinung nach. Manchmal fragte sich Gerald, ob Pam ihn nicht mit falschen Informationen fütterte.

Er warf einen Blick auf das nächste Memo auf dem Stapel. Wie es aussah, wurden massive, aber vernünftige Änderungen an dem fürchterlichen Manuskript von Susann Baker Edmonds vorgenommen. Vielleicht konnte dadurch wenigstens ein Teil seiner Investitionen gerettet werden. Er mußte zugeben – aber nur vor sich selbst –, daß er auf das falsche Pferd gesetzt hatte. Der Zwanzig-Millionen-Dollar-Vertrag, mit dem er sie von Imogen Clark weggelockt hatte, galt in der Verlagsbranche schon als legendär. Er würde sich bald als faules Ei erweisen, wenn nichts unternommen wurde, um das Buch erheblich zu verbessern. Er mußte an Freuds häufig zitierte Frage denken: ›Was wollen Frauen?‹ Gerald wußte es mit Sicherheit nicht, und sein Herbstprogramm spiegelte dies wider. Er hatte *geglaubt*, daß sie Susann Baker Edmonds wollten, aber vielleicht war ihre Zeit schon abgelaufen. Nun, er würde sehen, was bei der Korrektur herauskam.

Doch das Herbstprogramm nahm langsam Gestalt an. Die Konferenz, auf der es besprochen werden würde und die er so gefürchtet hatte, weil von dem Programm abhing, ob ihre Gewinnerwartungen für das nächste Jahr realistisch waren, würde wohl doch nicht so schlimm werden. Es sah so aus, als kämen doch noch einige gewinnträchtige Titel zusammen. Er hatte einige erfolgversprechende Sachbücher und war außerdem fest entschlossen, sein eigenes Buch mit allen Mitteln auf die Bestsellerliste zu bringen. Und mit einer gründlichen Überarbeitung konnte das Edmonds-Buch doch noch ein Erfolg werden – vor allem, wenn das Problem mit dem Roman ihrer Tochter gelöst wurde. Das Manuskript von Jude Daniels bot sogar drei Vorteile: Pam hatte es billig eingekauft; in der Branche wurde offenbar schon kräftig darüber geredet, und man konnte die Aktualität des Themas nutzen. Wie bei dem Roman von Joyce Maynard vor ein paar Jahren. Vielleicht würde er seinem Vater auch das mit rüberschicken. Ja, das war eine gute Idee, das sollte er tun. Alles war recht, um den Vorwürfen seines Vaters zu entgehen.

Dann hatte er noch die Lückenfüller, mit denen zwar ein gewisses Risiko verbunden war, die aber durchaus etwas einbringen mochten. Das Hollywoodtratsch-Buch von Brandos Haushälterin; die Geschichte von den Mitgliedern der Elvis-Fangemeinde, die behaupteten, sie seien von Elvis nach dessen Tod geschwängert worden; und der neue Roman von Annie Paradise. Jetzt fehlten nicht mehr viele Titel, um ein weiteres Fiskaljahr unbeschadet zu überstehen, so daß keine Köpfe rollen würden. Gerald nahm *The Bookseller*, das Branchenblatt aus England, in die Hand. Eine der Kolumnen brachte einen kurzen Überblick über die wichtigsten Ereignisse in Frankfurt:

BENTS NOTIZEN

Oh, welch eine Wonne ist es zu leben! Nun, vielleicht nicht gerade eine Wonne. Es gibt schließlich hübschere Orte als Frankfurt, an denen man im Herbst ein paar Tage verbringen könnte.
Aber die diesjährige Buchmesse bot auch erheiternde Momente. Als zum Beispiel uniformierte Buchmessefunktionäre auf Archibald Roget zusteuerten und in fehlerhaftem Englisch verkündeten: *»Your erection is too high«* ... Sie wollten zum Ausdruck bringen, daß die Abmessungen des Peterson-Standes nicht den Messevorschriften entsprachen.

Ein Taxifahrer teilte mir ebenfalls etwas Interessantes mit: Die Frankfurter Prostituierten fürchten die Buchmesse-Woche. »Das Geschäft tröpfelt nur noch«, beklagen sie sich.

Wie üblich war es eine ›ruhige, aber betriebsame Messe‹ – und offenbar hatte Gott verboten, daß man Spaß hatte. Aber es war schön, Eddie Bell in alter Frische zu erleben, wie er den letzten Band der Memoiren von Margret Thatcher an den Mann zu bringen versuchte. Weit gefehlt, wenn sie nun glauben, Die mittleren Jahre *hätten Eddies Überredungskünste mehr auf die Probe gestellt als* Die Jahre in Downing Street Nr. 10 *und* Die frühen Jahre. *Eddie zeigte sich in keiner Weise gestreßt, sondern prophezeite eine Auflage von »über 14 Millionen Exemplaren, 50 000 davon sogar in Usbekistan, wo zum Teufel das auch immer liegt«.*

Dann ein kurzes Zusammentreffen mit dem stets gelassenen, selbstzufriedenen Ed Victor, der noch gelassener und selbstzufriedener wirkte als sonst – nachdem sich das von ihm veröffentlichte Buch mit dem Titel *Gesunder Wohlstand* von Boß Dick Snyder weltweit millionenmal verkauft hatte. Es handelt sich dabei um eine Management-Anleitung mit dem Untertitel *Wie man durch Reinvestition von Gefühlen zu dauerhaftem Wohlstand gelangt.* »Ein Buch, das wir von Dick nicht erwartet hatten«, sagte Ed. »Ich habe noch nie ein solches Interesse von seiten so vieler Verleger erlebt.«

Auch wenn ich es nur ungern zugebe, in den Reihen der amerikanischen Verleger ging es noch lebhafter zu. Am Freitag vormittag begegnete mir Morgan Entrekin, der mich für den Abend zu einer Party einlud. »Aber heute abend ist doch die Bertelsmann-Party«, sagte ich scharfsinnig.

»Sie findet nach der Bertelsmann-Party statt«, entgegnete Morgan geduldig. Wie sich herausstellte, gehörten er und Carlo Feltrinelli zu den Gastgebern, und Ken Follett sollte mit seiner Rock' n' Roll-Band auftreten. Ich lehnte die Einladung höflich ab, da schon die Bertelsmann-Party zu einem Zeitpunkt stattfand, wenn ich gewöhnlich längst im Bett liege. Aber ich habe gehört, alle hätten eine Menge Spaß gehabt, was auch nicht weiter verwunderlich ist.

Tatsächlich scheinen die Leute im Verlagswesen heutzutage ebenso begierig darauf zu sein, vor Menschenmengen Gitarre zu spielen, wie darauf, den Druckmaschinen neues Futter zu liefern. Neben Ken Follets Band Hard Covers (in der auch Douglas Adams mitspielt) treten auch Stephen King, Dave Barry, Amy Tan und andere Bestsellerautoren in Kathi Goldmarks Rock Bottom Remainders auf. Robert Waller nimmt nach wie vor Country- und Westernballaden auf. Olivia Goldsmith hat neulich ein Liedchen mit dem Titel ›Book Tour Blues‹ geschrieben (und gesungen, wenn man den Begriff etwas weiter faßt). Eine Schar Schriftsteller tauchte auf einer Buchmesse in North Carolina als Band mit dem Namen The Grateful Deadlines auf. Vielleicht hat Mort Janklow sich darauf bezogen, als er Ken Follet riet, nicht das Fach zu wechseln.

Der interessanteste Klatsch der Buchmesse ging von den Reihen der amerikanischen Verleger aus – um genau zu sein: vom Stand von Davis & Dash. Gerald Davis (»Ein typisches Davis & Dash-Buch gibt es nicht«) und sein furchteinflößender Chef David Morton hielten, wie es hieß, ein gemütliches Schwätzchen über die Vorzüge beziehungsweise Nachteile eines der demnächst von Davis veröffentlichten Titel namens SchizoBoy *von Chad Weston. Das Schwätzchen wurde dann immer lauter und heftiger; in der Kadenz kam es zum Crescendo. Seither seien die Beziehungen zwischen den beiden etwas gespannt, sagt man.*

SchizoBoy*, so wurde mir erzählt, ist ein Roman, dem jegliche Zurückhaltung fehlt. Er sei so plastisch geschrieben, daß er sogar den normalerweise sehr toleranten Literaturredakteur der* SUN *(dem angeblich heimlich eine Kopie des Manuskriptes zugespielt worden ist, da die SUN daraus vielleicht einen Fortsetzungsroman machen wolle) dazu veranlaßte zu sagen: »Solchen Büchern verdankt die Pornographie ihren schlechten Ruf.«*

SchizoBoy *ist, soviel ich weiß, Davis' Entdeckung. Doch Morton (Vorsitzender, Präsident und wiedergeborener Manager und Vorstandsmitglied) war von dem Buch so angewidert, daß Davis' Zukunft in dem Unternehmen, das seine Vorfahren gegründet haben, angeblich ungewiß ist. Natürlich sind das alles nur Gerüchte, und ich bin sicher, das Ganze kommt wieder ins Lot.*

Zurück zu den britischen Verlegern. Am Stand von Citron Press verkaufte Craig Stevens das, wie er es nannte, ›außergewöhnlichste Buch der Messe seit Muhammad Ali‹ – eine ›mit vielen Bildern versehene‹ Biographie mit dem Titel Das Privatleben von Gerald Ford. *Sie soll beweisen, daß Ford – entgegen der gängigen Meinung – der ›vielseitigste und interessanteste amerikanische Präsident dieses Jahrhunderts gewesen ist‹.*

»Ich weiß, es klingt unglaublich«, sagte Craig zu mir, »aber gerade deshalb ist es ja auch ein so brillantes Buch. Von allen größeren Verlagen kamen Leute und standen Schlange, um es sich anzusehen. Die Fotografien sind einfach erstaunlich.«

Richtig, diese Art von Messe war es diesmal. Selbst die Anwärter auf den Diagram-Group-Preis für das Buch mit dem ausgefallensten Titel waren dünn gesät. Den besten Titel, den ich entdecken konnte, trägt die Neuausgabe eines sehr alten Buches: *Anleitungen zum Sex für irische Bauern*. Außerdem haben wir da noch die eher den Fachbüchern zuzurechnende *Geschichte der Zahnheilkunde in Oregon*. Weit entfernt von der Qualität eines einstigen Schlagers wie *Das Bohren von großen und sehr großen Löchern*, fürchte ich.

So mußte ich mich notgedrungen damit begnügen, nach Oxymora Ausschau zu halten. Sie wissen schon, so was wie ›friedliche Familie‹, ›kaltes Feuer‹, ›militärische Intelligenz‹ und ›herzlichen Glückwunsch zum Geburtstag‹ (zumindest, wenn man im meinem Alter ist).

Ich war, das brauche ich wohl nicht zu erwähnen, auf der Suche nach Buchbranchen-Oxymora und bin glücklich, sagen zu können, daß ich tatsächlich einige entdeckt habe. Manche davon sind nicht einmal schlecht.

›Aufregender neuer englischer Schriftsteller‹ war Gary Fisketjons Vorschlag; ›Exklusivangebot‹, steuerte Liz Calder bei. Und von einem Witzbold, dessen Namen zu notieren ich vergessen habe, das beste von allen – ›Literarischer Agent‹.

Horace Bent

Gerald, der normalerweise den Esprit und die Insiderwitze von Horace Bents Kolumnen genoß, hatte gespürt, wie ihm das Blut aus dem Gesicht gewichen war. Er hatte sich eingeredet, seine Demütigung sei zumindest *halb*privat über die Bühne gegangen. Er hatte sich offensichtlich geirrt.

Als er an den Empfang heute abend dachte, krümmte er sich fast zusammen. Trotz des weichen Lichtes der antiken Leuchter hatte die Angelegenheit nun ein anderes Aussehen. Seine Gäste würden ihn hinter seinem Rücken auslachen. Und als wäre das nicht genug: Er würde auch seinem Vater begegnen.

Er konnte nur hoffen, daß der nicht zu streng mit ihm ins Gericht gehen würde.

24

›Wenn ein Buch erst einmal fertig ist, kann ich mir nicht mehr erklären, wie ich das geschafft habe.‹

Selma Lagerlöf

Judith hatte sich aufgerafft und mit Flaubert einen langen Spaziergang auf dem Campusgelände unternommen. Sie war sogar in der kleinen Boutique in der Nähe der geisteswissenschaftlichen Fakultät gewesen und hatte sich einen langen Rock gekauft. Doch man konnte das nicht unbedingt einem Anfall von Optimismus zuschreiben. Es war einfach notwendig, da Daniel sie am Abend zum Essen ausführen wollte und ihr die alten Kleider nicht mehr paßten.

Nun war sie dabei, sich für ihre Verabredung fertigzumachen. Sie stieg aus der Badewanne, und ihr langes nasses Haar fiel ihr bis auf die Hüfte. Sie sah an ihrem vom heißen Wasser geröteten, feuchten Körper hinunter. Ihr Bauch wölbte sich so weit nach vorne, daß sie ihre Schamhaare nur sehen konnte, wenn sie ihn einzog. Herrje, hatte sie *so* zugenommen? Sie war so deprimiert gewesen, daß das Essen den einzigen Trost und die einzige Abwechslung dargestellt hatte. Aber an diesem Nachmittag fühlte sie sich ein wenig besser. Der heutige Tag war gut gelaufen, und letzte Nacht hatte Daniel mit ihr geschlafen. Sie hatte es sogar geschafft, an diesem Morgen früh aufzustehen und die Wohnung ein wenig in Ordnung zu bringen. Und der Gedanke, mit Daniel essen zu gehen, war fast aufregend.

Zudem war es ungewöhnlich, denn sie gingen sonst nie zum Essen aus. Zum einen, weil sie es sich nicht leisten konnten, und zum anderen, weil Daniel – obwohl er das nie offen zugegeben hatte – vermeiden wollte, in einem Restaurant auf Studenten oder Fakultätsmitglieder zu treffen. Aber war das normal? Manchmal hatte Judith Angst, daß er sich ihrer schämte oder dafür, daß er sich mit ihr eingelassen hatte. Sie hatte sich einzureden versucht, daß das Unsinn sei, daß er sich einfach nicht gern unter Leute begebe und in Gesellschaft nicht sehr gesprächig sei; außerdem sei er zu sehr mit seiner Arbeit und ihrem Buch beschäftigt, um oberflächliche Kontakte zu pflegen. Sie wußte, daß er alle Einladungen, die sie bekamen, ablehnte, sei es nun aus Scham oder Unsicherheit. Schließlich, hatte er behauptet, könnten sie es sich nicht leisten, Bekannte in ein Restaurant oder zu sich nach Hause in das – wie er es nannte – ›Rattenloch‹ einzuladen. Judith hatte Daniel geheiratet, weil sie einfach mit ihm zusammensein wollte. Damals schien ihr das genug gewesen zu sein, sogar mehr als genug: einfach überwältigend. Doch im letzten Jahr hatte sie ihn nur selten zu Gesicht bekommen – und außer ihm buchstäblich keinen anderen Menschen. Es war ihr früher nie in den Sinn gekommen, daß er sie an seinem Leben inner- und außerhalb des Campus nicht teilhaben lassen würde.

Sie wrang ihr nasses Haar aus und nahm ein Handtuch, um es darin einzuwickeln. An all das wollte sie jetzt nicht denken. Sie hatte keine Lust, sich den ersten schönen Tag seit der Beendigung des Romans verderben zu lassen. Denn Daniel hatte ihr anvertraut, er habe eine Überraschung für sie.

Vor knapp drei Wochen hatte sie Geburtstag gehabt, und Daniel hatte ihr nur eine Glückwunschkarte gegeben – eine *Karte*. Sie hegte den Verdacht, daß er sie erst in letzter Minute besorgt hatte. Gestern war sein Gehaltsscheck gekommen, und vielleicht hatte er jetzt ein Geschenk für sie. Sie lächelte. Das wäre nett. Oder er hatte ihr Manuskript zu Ende korrigiert. Oder es neu abtippen lassen. Vielleicht war es jetzt so weit fertig, daß er es anbieten konnte. Die Vorfreude zauberte ein Lächeln auf Judiths Gesicht. Sie war von Daniels Änderungen an dem Manuskript fasziniert gewesen und freute sich, so seltsam das klang, es bald zurückzubekommen.

Sie wickelte sich in ihren Bademantel, zog den Gummistöpsel aus dem Wannenboden und ging ins Schlafzimmer. Ihr neuer Rock lag auf dem Bett. Er war tomatenrot und schien das Zimmer mit einem warmen Glühen zu erfüllen. Sie setzte sich auf das sorgfältig gemachte Bett, das sie neu bezogen hatte, und kämmte sich die Haare. Währenddessen überlegte sie, wo sie am Abend wohl hingingen. Sie würde gerne italienisch essen oder in das einzige chinesische Restaurant der Stadt gehen. Die Villa JoJo war teurer als die anderen beiden. Aber im Grunde war es egal, welche Wahl Daniel traf. Sie würde sich über jedes Lokal freuen, da sie selten in den Genuß kam auszugehen. Sie warf einen Blick auf den Wecker. Um sechs wollten sie sich vor dem Gebäude der Studentenschaft treffen. Bis dahin blieb ihr nur noch eine halbe Stunde. Sie lächelte und begann sich anzuziehen.

»Kann ich Ihnen helfen?« fragte die Frau in dem lachsfarbenen Kostüm. Daniel hatte bewußt eine weibliche Bankangestellte angesprochen. Er war nervös, und den dicken älteren Mann in dem zerknitterten braunen Anzug hätte er jetzt nicht ertragen. Mit Frauen konnte Daniel besser umgehen. Er warf einen Blick auf das rechteckige Namensschild, das auf ihrem Schreibtisch stand. Patti Josephson. Sie hatte leichtes Übergewicht und braunes Haar, das am Haaransatz grau nachwuchs. Er lächelte sie an.

»Ich bin Daniel Gross. Dr. Daniel Gross. Allerdings nur ein akademischer Doktor, fürchte ich.« Er lachte entschuldigend. Keine Reaktion. Sie nahm den kleinen Scherz noch nicht einmal zur Kenntnis. »Ich möchte ein Konto eröffnen«, fuhr er fort. »Könnten Sie mir dabei helfen, Miß Josephson?«

»Dazu bin ich da«, erwiderte sie trocken. Sie streckte ihre Hand aus und ließ sie über verschiedenen Formularen schweben. »Was für ein Konto? Ein Girokonto? Ein Wertpapierkonto?«

»Ein Girokonto – denke ich.« Sie sah ihn nicht an, aber genau das wollte Daniel erreichen. Er mußte sie für sich gewinnen. Also schwieg er so lange, bis sie aufblickte. »Sehen Sie«, sagte er mit einem leichten Stirnrunzeln, »ich bin in geschäftlichen Dingen nicht sehr bewandert. Ich brauche ihren sachkundigen Rat.« Er hielt wieder inne, und sie hob eine Augenbraue. Doch wenigstens sah sie ihn weiterhin an. »Lassen Sie mich Ihnen meine Situation erklären. Ich bin Professor an der hiesigen Universität. Und ich bin Schriftsteller.«

Miß Josephson nickte und blickte ihn erwartungsvoll an. Hatte sie nicht einen raschen Blick auf seinen Ringfinger geworfen? Er hatte seinen Ehering abgestreift, bevor er in die Bank gekommen war. Nun mußte er das

Thema anschneiden, aber er war so gräßlich nervös. Warum eigentlich? Ich tue doch nichts Verbotenes, versuchte er sich einzureden. Absolut nicht. Aber Miß Josephson verhielt sich nicht sehr entgegenkommend, schien ihn nicht sonderlich zu mögen. Nun, was konnte man schon von einer übergewichtigen Frau in einem billigen Mischfaser-Kostüm erwarten, die nicht viel mehr als eine einfache Kassiererin war?

»Folgendes«, begann er. »Ich habe einen Schriftstellernamen. Ich meine, ich habe ein Buch geschrieben und es gerade an Davis & Dash verkauft.«

»Oh. Herzlichen Glückwunsch. Was für eine Art von Buch? Ein Lehrbuch?«

Sie täuschte nur Interesse vor, aber wenigstens hatte er es geschafft, ihr eine Reaktion zu entlocken. Trotzdem war er beleidigt. Sah er aus wie jemand, der gerade mal ein Lehrbuch zustande brachte? »Eben nicht«, antwortete er. »Das ist ja gerade das Problem. Es ist ein Roman, und der Verlag glaubt – nun, *hofft* –, daß es ein Knüller wird. Mein Agent bietet es auch Hollywood an. Vielleicht wird sogar ein Film danach gedreht.« Byron hatte ihm zwar mitgeteilt, daß das noch nicht sicher sei, aber eine richtige Lüge war es nicht. »April Irons, die Produzentin, sieht es sich gerade an.« Lüge oder nicht, es funktionierte. Die Augen der Frau wurden etwas lebendiger. Klar, jeder liebte das Showbusineß.

»Wirklich?« fragte sie. Nun war das Interesse nicht mehr vorgetäuscht. »Wovon handelt es denn?«

»Es ist die Geschichte einer Frau, die zum Äußersten getrieben wird.«

Miß Josephson lachte. »Werden wir das nicht alle?« Sie sah ihm zum erstenmal direkt ins Gesicht und lächelte.

Jetzt ganz dick auftragen, dachte Daniel. »Ich sage Ihnen was. Sobald es gedruckt ist, schenke ich Ihnen ein Exemplar.«

»Oh, das wäre toll.«

»Warten Sie ab, bis Sie es gelesen haben, bevor Sie das sagen«, scherzte er. »Das Problem ist, es hat eine Menge – nun ...« Er machte bewußt eine Pause. »Es ist alles andere als ein Lehrbuch.« Er zog die Augenbrauen hoch.

Sie lachte. »Heißer Stoff? Tja, das verkauft sich eben.«

»Ich hoffe es. Jedenfalls, ich habe dafür ein ordentliches Sümmchen bekommen. Bald erhalte ich den ersten Scheck. Was für eine Art von Konto brauche ich?«

Sie setzte zu einer endlosen, langweiligen Tirade über den Vorteil von Wertpapieren im Vergleich zu irgendeinem anderen Mist an. Irrte er sich, oder flirtete sie tatsächlich ein wenig mit ihm? »Ich bin Ihnen sehr zu Dank verpflichtet«, schmeichelte er. »Vielleicht kann ich mich einmal revanchieren und Ihnen bei Gelegenheit einen Drink ausgeben.«

Miß Josephson lächelte, schüttelte aber den Kopf. »Ich glaube nicht, daß mein Mann das gern sehen würde«, sagte sie kichernd.

Gott sei Dank, da war er ja gerade noch einmal davongekommen! Doch immerhin hatte er jetzt einen Draht zu ihr.

»Vielleicht könnten Sie mir das Buch signieren?« schlug sie vor.

Perfekt. Das war genau das richtige Stichwort. »Nun, wenn ich mit meinem richtigen Namen unterschreibe, würde das wahrscheinlich die ganze Wirkung verderben. Sehen Sie, ich schreibe unter einem anderen Namen.« Er hatte das Gefühl, daß er etwas hektisch wirkte, und zwang sich zur Ruhe. »Dieser Name steht in meinem Vertrag, und es wird auch sonst überall anerkannt, daß ich unter einem anderen Namen schreibe. Das ist ganz legal«, versicherte er ihr.

»Natürlich«, meinte sie, »es ist ein Pseudonym.«

»Genau.«

»Wir haben einige Schauspieler und Off-Kommentar-Sprecher als Kunden, die ein Pseudonym verwenden. Das ist kein Problem.« Sie deutete auf die Stelle im Formular. »Sie sind also Daniel Gross ... Und welches Pseudonym verwenden Sie?« Sie begann mit dem Ausfüllen. Daniel holte tief Luft, um seine Nervosität zu bekämpfen. Miß Josephson fuhr lebhaft fort: »Ich brauche Ihre Sozialversicherungskarte und einen anderen Ausweis. Könnte ich vielleicht Ihren Führerschein oder Ihren Paß sehen?«

Er gab ihr beides, denn für alle Fälle hatte er die Ausweise und den Vertrag von Davis & Dash mitgebracht. Er legte den Vertrag vor sie hin und sah, daß sie einen Blick auf die Summe warf. »Ich habe den Scheck noch nicht«, meinte er, »aber Sie sehen, es ist ein nettes Sümmchen, und ich möchte darauf vorbereitet sein.«

Sie blickte wieder auf den Vertrag und lächelte ihm dann zu. »Herzlichen Glückwunsch«, sagte sie. Sie füllte noch mehr Felder aus. »Soll sonst noch jemand Zugang zu dem Konto haben?« fragte Miß Josephson. »Bekommt jemand eine Zugangsberechtigung? Oder soll es ein Gemeinschaftskonto werden?«

»Nein«, erwiderte er. Würde das Ärger geben? Sein Herz pochte heftig.

Doch das war bereits alles. Und es war ganz einfach gewesen. Sie füllte lediglich noch ein paar weitere Formulare aus und bat ihn dann um eine Einzahlung, damit das Konto eröffnet werden konnte. Er warf einen Blick in seine Brieftasche. Darin befanden sich nur drei Zwanzig- und zwei Fünfdollarscheine, und das Essen, zu dem er Judith am Abend ausführen wollte, um ihr die Neuigkeiten mitzuteilen, würde ziemlich teuer werden. Seine MasterCard- und VisaCard-Konten waren bereits überzogen. Sollten sie doch zum Chinesen gehen? Nein. Er war fest entschlossen, in einem Restaurant zu speisen, in dem es viel Publikumsverkehr gab. Und das bedeutete, sie mußten ins Villa JoJo gehen, obwohl er den Gedanken haßte, dort jemandem von der Fakultät in die Arme zu laufen. Er brauchte mindestens fünfzig Dollar für das Abendessen. Konnte er mit nur zwanzig Dollar ein Konto eröffnen? Würde ihn Miß Josephson nicht auslachen, nachdem er die ganze Zeit so großspurig von Filmen und Lizenzrechten gesprochen hatte? Daniel versuchte, sich seine Verlegenheit nicht anmerken zu lassen. Wie konnte ein erwachsener Mann nur so leben, von der Hand in den Mund?

Sein Magen krampfte sich zusammen bei dem Gedanken an das Abendessen mit Judith, das ihm bevorstand. Konnte er sich darauf verlassen, daß sie kein Theater machte – mitten in einer Menschenmenge? Sie benahm sich in letzter Zeit seltsam. Kein Wunder, daß er sich von Cheryl so angezogen fühlte. Judith sah fürchterlich aus – und die Wohnung auch. Warum war zu Hause alles so unordentlich? Sie hatte doch den ganzen Tag nichts zu tun! Voller Bedauern und Verlangen dachte Daniel an Cheryls ordentliches Apartment und ihr duftendes Bett. Er hätte es nicht tun sollen, das wußte er. Und vielleicht sollte er auch das hier nicht tun. Aber er mußte einfach. Er mußte überleben, weiterkommen, etwas aus seinem Leben machen. Er würde es Judith schon verständlich machen. Und bevor er sich auf eine längere Affäre einließ, würden sie in eine der Reihenhauswohnungen in der Stadt ziehen, wo auch Cheryl wohnte. Dafür würden sie nur ein wenig – sehr wenig – von dem Geld benötigen, das er für das Buch bekam. Vielleicht konnte Judith ein neues Apartment besser in Schuß halten.

Daniel zog einen Zwanzigdollarschein aus der Brieftasche und händigte ihn der Angestellten kommentarlos aus. Das war alles, was er im Moment entbehren konnte. Sie nahm das Geld, ohne etwas zu sagen, und Daniel war außerordentlich erleichtert. Langsam bekam er alles in den Griff. Schritt für Schritt tat er, was getan werden mußte. Jetzt hatte er ein Konto eröffnet. Als nächstes mußte er sich Judith offenbaren. Er hatte es schon viel zu lange hinausgeschoben. Er sah auf die verbleibenden fünfzig Dollar hinab. Welch eine Verschwendung. Als er an seine dicke Frau mit ihren strähnigen Haaren und Depressionen dachte, empfand er Ekel, aber gleichzeitig hatte er auch Gewissensbisse – eine mörderische Mischung.

Miß Josephson kam geschäftig mit dem Einzahlungsbeleg von der Kasse zurück und lächelte ihm noch einmal zu. »Okay, nun haben wir's gleich«, sagte sie. »Sie müssen nur noch hier unterschreiben, dann ist alles bereit für Ihre ›unrechtmäßig erworbenen Einkünfte‹.« Alarmiert sah er von dem Formular auf und blickte ihr ins Gesicht, bemerkte dann aber, daß sie nur einen kleinen Scherz gemacht hatte.

»Kein Problem«, antwortete er und unterschrieb dann säuberlich auf beiden Karten mit ›Jude Daniel‹.

Daniel war zu seiner Verabredung mit Judith zu spät gekommen; sie hatte bereits vor dem Gebäude der Studentenkanzlei gewartet. Er hatte ihr zur Begrüßung weder einen Kuß gegeben noch sich entschuldigt. Aber als er die Richtung zum Villa JoJo eingeschlagen hatte, hatte sich Judith etwas besser gefühlt. Jetzt sah sie sich das lärmende und geschäftige Treiben in dem Restaurant an. Daniel hatte eine Nische ausgesucht, in der sich Judith sowohl geborgen fühlte als auch Anteil nehmen konnte an dem Geschehen ringsum. Auf der anderen Seite des Raumes entdeckte sie Don, den Leiter von Daniels Fakultät, mit seiner Familie, die gerade mit dem Essen fertig waren. Einer von Daniels Studenten war mit seinen Eltern hereingekommen, kurz an ihrem Tisch stehengeblieben und hatte sie begrüßt. Daniel hatte sie sogar vorgestellt. Dann hatte er Wein geordert. Judith war bereits beim zweiten Glas angelangt. Zum erstenmal seit Wochen fühlte sie sich besser. Sie genoß diesen Abend. Sie hatte das Gefühl, in dem neuen Rock gut auszusehen, und ihr Haar fiel locker und weich über die Schultern. Daniel hatte darauf bestanden, daß sie eine kleine Vorspeise bestellte – was er sonst nie tat, um Geld zu sparen. Sie verspeiste gerade die letzte Olive – das Beste hob sie sich immer für den Schluß auf.

Es war alles so schön. Daniel benahm sich sehr aufmerksam. Immer wenn sie etwas sagte – egal was –, sah er sie forschend an. Sie sollte sich seinetwegen wirklich ein wenig mehr Mühe geben. Plötzlich bekam sie Gewissensbisse. Vielleicht war er so nett zu ihr, weil sie heute gut aussah. In letzter Zeit hatte sie ihr Äußeres sehr vernachlässigt.

Daniel nahm die Chianti-Flasche und füllte ihr Glas auf. Dann ergriff er ihre Hand. »Ich habe ein paar gute Neuigkeiten für dich«, sagte er.

Judith sah von ihrem leeren Vorspeisenteller auf und lächelte. Lag es am Wein, am Essen oder an dem Lokal, daß sie sich so glücklich fühlte? Oder daran, daß Daniels Hand auf ihrer lag? Sie sah ihn erwartungsvoll an.

»Sie haben das Buch angenommen«, sagte er.

Es dauerte eine Weile, bis seine Worte zu ihr durchdrangen. Welches Buch? Ihr Kopf war vom Wein benebelt. *Ihr* Buch? Meinte er das? *Angenommen*? »Wer?« war alles, was sie herausbrachte.

»Davis & Dash«, antwortete Daniel und drückte ihre Hand.

Eine Welle der Erregung brandete in ihr hoch und machte sie sekundenlang sprachlos. »Du meinst, sie wollen es *veröffentlichen*?« fragte sie dann mit einer Stimme, die nur wenig mehr als ein Flüstern war. »Sie haben es angenommen, weil sie es veröffentlichen wollen?« fragte sie noch einmal, und Daniel nickte.

»O mein Gott! Du machst Witze! Ich kann es nicht glauben!« Sie verstummte und versuchte ihre Gedanken zu sammeln. »Ich wußte ja nicht mal, daß du es bereits *abgeschrieben,* geschweige denn zu Ende korrigiert hattest!« In ihrem Kopf drehte sich alles. Wieviel Wein hatte sie getrunken? »Ich kann es nicht fassen!« Vor Freude und Erleichterung begann sie zu lachen. Jetzt würde alles gut werden! Das war herrlich. Kein Wunder, daß er sich kaum um sie gekümmert hatte, wenn er so mit seiner Arbeit beschäftigt gewesen war. Er hatte alles in die Wege geleitet, genau wie er es versprochen hatte. Und sie hatte nichts getan, außer zu schlafen und Trübsal zu blasen. Sie durfte sich nicht mehr so gehenlassen. Ihre Depressionen mußten ein Ende haben. »Wie hast du das geschafft, Daniel?«

Daniel erzählte ihr von Alfred Byron und daß dieser das Manuskript an Gerald Ochs Davis weitergeleitet hatte. Judith hörte fasziniert zu. Es war die schönste Geschichte, die sie je gehört hatte. Wie ein Kind bestand sie darauf, sie immer und immer wieder zu hören. Sie konnte es nicht glauben. Wieder lachte sie, und in ihrer Verzückung hatte sie das Gefühl, auf Wolken zu schweben.

»Aber das ging alles so schnell. Wirklich schnell.« Wie hatte sie nur je an ihm zweifeln können? Sie hatte befürchtet, ihre Zeit verschwendet zu haben, oder daß er nicht in der Lage wäre, es an einen Verlag zu vermitteln. Und jetzt hatte er das Manuskript sogar schon verkauft! »Oh, Daniel! Ich habe mich fürchterlich gefühlt, und ich war deprimiert, weil ich glaubte, versagt zu haben. Und in der Zwischenzeit hast du das alles in die Wege geleitet! Ich liebe dich!« Sie beugte sich über den Tisch, um ihn zu küssen, doch er kam ihr nicht entgegen. Gut, er tauschte in der Öffentlichkeit nicht gern Zärtlichkeiten aus. »Hat es ihnen gefallen? Erzähl mir noch mal, was sie gesagt haben. Sie haben das nicht nur aus Höflichkeit gesagt?«

»Ich glaube nicht, daß sie aus reiner Höflichkeit etwas zahlen würden«, sagte Daniel trocken. Geld! Natürlich. Jetzt würden sie Geld haben. Doch bevor Judith auch nur die Chance hatte, nach Geld zu fragen, sagte Daniel:

»Allerdings wird es einige Probleme geben.«

Das war typisch Daniel! Immer machte er sich Sorgen. Judith lachte. »Daniel, was kann es schon für Probleme geben? Ich kann es nicht glauben. Sie werden *Mit voller Absicht* veröffentlichen. Elthea wird von Tausenden von Leuten gelesen werden. Und wir werden berühmt! O Daniel, das ist eine herrliche Überraschung! Ich danke dir!« Sie beugte sich wieder nach vorn, diesmal über den ganzen Tisch, und drückte ihm einen feuchten Kuß auf den Mund.

Daniel sah sich um. »Psst!« sagte er warnend. »Niemand soll es wissen. Nicht, bevor wir es mit Brief und Siegel haben.« Er lächelte ihr zu.

Wann hatte sie sich zum letztenmal so wohl gefühlt? Vielleicht als er ihr gesagt hatte, er würde sie heiraten. All die langen, dunklen Wintertage, die sie allein in ihrem provisorischen Arbeitszimmer damit verbracht hatte, an dem Manuskript zu arbeiten, erstrahlten nachträglich in hellem Glanz. Es war *nicht* vergebene Liebesmüh gewesen. Sie war *nicht* untalentiert, und sie hatte *nicht* versagt. Anderen Leuten, Profis wie Gerald Ochs Davis – dem Himmel sei gedankt – gefiel ihr Buch. Sie konnte schreiben. Sie sollte nie wieder an sich selbst zweifeln. Denk immer daran, sagte sie sich und fühlte sich plötzlich voller Energie. Sie würde die Wohnung putzen, abnehmen und sich daranmachen, ihr richtiges Buch zu schreiben. Sie sah Daniel an, und Tränen der Dankbarkeit und Freude stiegen ihr in die Augen. »Du hast gesagt, ich kann es schaffen. Du hast gesagt, ich kann es schaffen, und du hattest recht.«

Der Kellner brachte das Essen. Judith fühlte sich, als bräuchte sie nie wieder etwas zu essen. Der Wein, das sanfte Licht, die wunderbaren Neuigkeiten – all das verschmolz miteinander. Einen Augenblick lang hatte sie das Gefühl, ihr Leben wäre perfekt, sie wäre gesegnet und jeder hier im Raum müßte sie um ihren gutaussehenden Ehemann und um ihr Schreibtalent beneiden.

Aber Daniel lächelte nicht mehr. Er tätschelte ihre Hand. »Judith. Hör zu. Sie wollen, daß an dem Manuskript etliches geändert wird. Ziemlich viel sogar. Das bedeutet eine Menge Arbeit, um die wir nicht herumkommen. Und wir bekommen nicht soviel Geld dafür, wie wir dachten. Es war schwieriger zu verkaufen, als ich vermutet hatte. Es ist nicht leicht, aus einem Erstlingswerk einen Bestseller zu machen. Dazu braucht es viel Geld und viel Zeit. Im Moment bekommen wir noch nicht viel, und du wirst eine Menge umschreiben müssen.«

»Oh, Daniel, das macht nichts. Es ist ein Anfang. Es *beweist*, daß wir zusammen alles erreichen können. Gemeinsam sind wir stark.« Sie sah in sein besorgtes Gesicht. Glanz und Elend. Das war typisch Daniel. Fast hätte sie wieder gelacht. Er machte sich Sorgen, wenn etwas schiefging, und er machte sich Sorgen, wenn alles gutging. Aber sie wollte feiern. Sie nahm ihr Glas auf, doch er streckte seine Hand aus, um sie zurückzuhalten.

»Iß«, sagte er. »Bevor es kalt wird.«

Sie warf ihm einen Blick zu, während er sein Messer in die Hand nahm und sich ein Stück Kalbfleisch abschnitt. Bis jetzt war ihr noch gar nicht aufgefallen, wie wenig Begeisterung er zeigte. Das konnte nicht nur daher rühren, daß er sich Gedanken machte, weil alles glattzugehen schien. Er hatte noch nicht einmal mit ihr angestoßen. Was stimmte nicht mit ihm? Denn etwas stimmte mit Sicherheit nicht. Obwohl sie von dem Wein leicht benebelt war, wurden Judiths Gedanken plötzlich klar. Sie nahm alles ganz deutlich wahr: den Lippenstiftrand auf ihrem Weinglas, den Schweiß auf Dons Stirn auf der anderen Seite des Raumes, die ausgebrannte Glühbirne in dem Wandleuchter. Alles war klar und deutlich. »Was ist los?«

Daniel hielt seinen Kopf über den Teller gebeugt. Er hatte mehrere Fleischstücke abgeschnitten, sie aber nur auf dem Teller hin und her geschoben. Judith bemerkte einen Spritzer Tomatensoße zwischen seinen Schnurrbarthaaren und dem Kinnbart. Er sah sie an. »Sie glauben, ich hätte es geschrieben, Judith. Es war ein Mißverständnis. Sie nahmen einfach an, Jude Daniel wäre ein Mann – nämlich ich. Und sie waren begeistert von der Idee, daß ein Mann ein Buch aus der Perspektive einer Frau geschrieben hat. Das war der Hauptgrund, warum sie es gekauft haben. Ich hatte Angst, es ihnen zu sagen. Ich hatte Angst, daß sie es sonst nicht kaufen würden.« Er sah ihr in die Augen. »Es ist schwieriger, als ich dachte, einen Verlag zu bewegen, ein Buch zu veröffentlichen. Alf Byron stand in meiner Schuld, aber er wollte es anfangs noch nicht einmal *lesen*. Und wenn *er* es nicht getan hätte, hätte es niemand getan.« Daniel ließ den Blick schweifen, aber er sah in weite Fernen. »Zu einer Veröffentlichung gehört so vieles, was wichtig ist: Werbung, Kritiken, der Enthusiasmus und die Unterstützung des Verlegers. Ich hatte Angst, Judith. Ich hatte Angst, daß unser Buch abgelehnt wird oder daß sie nur fünftausend Exemplare drucken und wir nicht vorankommen.« Er hörte auf, seinen bereits sauberen Mund mit der Serviette abzuwischen. »Diese Typen wollten mich und das Buch. Sie haben versprochen, es groß rauszubringen. Ich hatte Angst, das Geschäft zu verderben. Diese Leute sind clever. Sie können uns zu Erfolg verhelfen.« Er machte eine Pause. »Habe ich einen Fehler gemacht?«

Sie war nicht sicher, ob sie richtig verstanden hatte. »Du meinst, sie wissen gar nichts von mir?« fragte Judith. »Überhaupt nichts?«

Daniel schüttelte den Kopf.

»Aber ich habe das Buch geschrieben«, schrie Judith, und jetzt stiegen ihr tatsächlich Tränen in die Augen. Sie rollten ihre Wangen hinunter. »Daniel, *ich habe das Buch geschrieben.*«

Daniel erstarrte. »Es war *meine* Idee, Judith. Wir haben es zusammen geschrieben«, sagte er leise.

»Aber mein Name. Jude. Das ist auch mein Name.«

»Sie dachten, ich wäre es. Das ist alles. Sie haben einfach angenommen, das wäre ich.« Er sah sie nicht an. Er blickte von seinem Teller auf sein Glas, wieder auf seinen Teller und sah sich dann im Restaurant um. »Bitte, sprich leiser«, sagte er.

Das Lokal leerte sich bereits, aber Judith war völlig egal, ob jemand sie hören oder sehen konnte. Träumte sie, oder geschah dies wirklich? »Es war meine Arbeit. Ich habe so hart gearbeitet«, sagte sie im quengeligen Tonfall eines kleinen Kindes.

»Judith. Bitte. Sei ruhig.«

»Nein«, entgegnete sie. »Ich werde *nicht* ruhig sein.«

Daniel sah sich um, dann beugte er sich vor und legte ihr beide Hände auf die Schultern. »Hör zu«, sagte er, »wir haben es doch wegen des Geldes getan. Und endlich *werden* wir Geld haben. Alf hat sogar erwähnt, man könne einen Film daraus machen oder vielleicht eine Miniserie fürs Fernsehen. Er will mit April Irons in Hollywood reden, einer wirklich wichtigen Produzentin. Vielleicht werden Auslandslizenzen verkauft. Laß uns das Geld nehmen, Judith. Wir können es ihnen später erzählen, wenn wir besser im Geschäft sind. Dann machst du die Lesereisen und bekommst die Anerkennung – sobald wir auf der sicheren Seite sind. Und bis dahin haben wir genug Geld, um in eine hübschere Wohnung zu ziehen. Und um besser zu leben. Wir können Urlaub machen. Vielleicht sogar nach Cape Cod fahren.« Er sprach nun schnell, so schnell, daß in seinen Mundwinkeln kleine Speichelbläschen auftauchten. Wo war seine Serviette, wenn er sie brauchte? »Cape Cod. Das wird dir gefallen. Wer weiß, vielleicht können wir dort für den Sommer ein Häuschen mieten. Und wir schreiben beide. Du schreibst endlich das, was du schon immer wolltest.« Er lächelte zu ihr herüber, ein aufmerksames, entschuldigendes kleines Lächeln. Aber die Speichelbläschen waren immer noch da. Er hob seine Hand und strich ihr über eine Wange und ihre Schläfe. »Wir werden ein bißchen Geld haben, zusammensein und ernste Literatur schreiben. Was ist daran so schlimm?«

Judith sah ihren Mann über den Tisch hinweg an. »Ich weiß es nicht«, erwiderte sie.

25

›Ich bin die wahre Liebe, ich fülle
die Herzen von Jungen und Mädchen mit Feuer.
Habe Mut.
Ich bin die Liebe, die es nicht wagt, ihren Namen auszusprechen.‹

Lord Alfred Douglas

Emma öffnete die Augen. Durch die Zweige der Bäume im Hinterhof fiel das Licht auf die Decke des Erkers, in dem ihr Bett stand. Es war ein herrliches, weiches Licht. Träge beobachtete sie die tanzenden Schatten, bis ihr wieder einfiel, daß es Samstag morgen war und sie die Nacht mit Alex verbracht hatte. Vorsichtig, als wäre sie abergläubisch, drehte sie den Kopf nach links. Aber es war kein Traum gewesen. Sie entdeckte Alex' kurze blonde Locken auf dem Kissen neben ihrem. Im Schlaf war Alex noch attraktiver als in Emmas Erinnerung. Wenn sie wach war, vermittelten Alex' blitzende, nie zur Ruhe kommenden Augen und ihr fest zusammengepreßter Kiefer den Eindruck, sie wäre angespannt, fast nervös. Doch jetzt, im Profil und mit ihrer durchscheinenden Haut, den langen Wimpern und den herrlichen Locken, sah sie aus, als wäre sie einem Burne-Jones-Gemälde entstiegen.

Emma wandte den Blick ab, als bedeutete die Freude, die sie bei diesem Anblick empfand, ein Eindringen in Alex' Privatsphäre. Sie durfte sich nicht anmerken lassen, wie vernarrt sie war. Und sie mußte sich Zeit lassen.

Dies war ein Anfang, vielleicht sogar nur ein One-Night-Stand. Sie sollte nichts als gegeben hinnehmen und nichts erwarten. Das war vermutlich die einzige Möglichkeit, um bei einer so quicklebendigen, attraktiven und unterhaltsamen Frau wie Alex eine Chance zu haben. Also blieb Emma reglos liegen, Alex an ihrer Seite, und versuchte diesen herrlichen Moment einfach zu genießen.

Sie wußte, daß sie alles immer viel zu ernst nahm. Das lag bestimmt nicht daran, daß sie keinen Humor hatte – wenigstens hoffte sie das. Sie gab einfach zuviel von sich. Selbst Affären konnte sie nicht einfach wegstecken. An der Uni hatte sie zwei Beziehungen gehabt, und beide hatten einen unglücklichen Ausgang genommen: Emma war immer vorgeworfen worden, sie sei zu eifersüchtig und ersticke ihre Geliebte. Sie hatte sich geschworen, daß dies nie wieder vorkommen sollte.

Aber dann war gar nichts mehr passiert. Sie hatte keine Verabredungen, geschweige denn eine Affäre gehabt, seit sie nach New York gekommen war. Sie hatte sich in die Arbeit gestürzt und war doch einsam gewesen. Trotzdem hatte sie nicht mit irgendeiner Frau ins Bett gehen wollen. Sie hatte lange warten müssen, bis sie eine so interessante und leidenschaftliche Frau wie Alex getroffen hatte.

Als Alex ihre Hand ergriff, erschrak Emma beinahe. Sie wandte ihr den Kopf zu und unterdrückte gerade noch ein glückliches Lächeln. Statt dessen tat sie, als nehme sie alles ganz leicht, und gab Alex einen flüchtigen Kuß auf die Nase.

»Ist das alles, was du an Guten-Morgen-Küssen anbieten kannst?« fragte Alex. Dann stützte sie sich auf einen Ellenbogen, beugte ihr Gesicht über Emmas und küßte sie innig. Emma strich mit der Hand über Alex' Wange und fuhr ihr mit den Fingern durch die Locken. »So ist es schon besser«, sagte Alex zufrieden und ließ sich in die Kissen zurücksinken. Einige Minuten lagen sie in friedvollem Schweigen nebeneinander. Emma gelang es nur schwer, wieder zu Atem zu kommen. »Also, was unternehmen wir heute?« fragte Alex.

Emmas Herz machte einen Satz. Alex hatte ›wir‹ gesagt. Wollte sie wirklich den ganzen Tag mit ihr verbringen? Das war zu schön, um wahr zu sein. Ich erwarte lieber nicht zu viel, dachte sie. »Ich muß noch ein Manuskript lesen«, sagte sie lahm.

»Ach, richtig. Vielleicht ein neuer Klient für mich.« Alex lächelte. Sie dehnte sich und streckte ihre langen, wohlgeformten Arme über ihren Kopf. Ihre Beine waren so lang, daß sie fast über das Bett herausragten. Ich brauche ein größeres Bett, dachte Emma und ermahnte sich dann streng, daß sie wohl ein bißchen weit vorgriff. »Ich sterbe vor Hunger«, meinte Alex. »Und du? Hast du etwas zu essen im Haus? Oder sollen wir frühstücken gehen?«

Alex stand auf. Groß und schlank, sah sie in dem frühen Morgenlicht wunderschön aus. Trotz ihrer Schlankheit hatte sie erstaunlich große Brüste. Emma hatte sie bis jetzt noch nicht nackt gesehen, jedenfalls nicht stehend oder aus einer gewissen Entfernung. Sie zwang sich, ihren bewundernden Blick abzuwenden, obwohl sie Alex mit Blicken am liebsten verschlungen hätte. Nackt trat Alex ans Fenster und sah auf die Gärten im Hinterhof hinaus. Emma konnte in Ruhe ihren perfekt geformten Rücken, die Rundungen ihrer Pobacken und ihre langen, langen Beine betrachten. »Es sieht so aus, als würde es heute schön werden«, sagte Alex und drehte sich um. Sie erwischte Emma dabei, wie sie sie bewundernd anstarrte. Alex lächelte und zog eine Augenbraue hoch. »Wenn du natürlich mehr Lust auf andere Dinge hast ...« Mit drei großen Schritten war sie wieder beim Bett und hüpfte unter die Bettdecke. »Mir ist kalt«, jammerte sie und preßte ihren ausgekühlten Körper gegen Emmas warmen. Aber Emma beklagte sich nicht. Dankbar zog sie Alex an sich.

Alex lag auf dem Sofa; von Zeit zu Zeit sah Emma verstohlen auf. Es war ein schöner Anblick, wie Alex lang ausgestreckt und bequem in den weichen Kissen ruhte. Sie las die Buchkritiken in der *Sunday Times* – auch wenn es erst Samstag abend war. In New York war es Tradition, sich am Samstagabend eine *Times* und Bagels, eine Art Brezel, für den nächsten Morgen zu holen. Sie hatten den ganzen Tag zusammen verbracht. Nach einem langen Spaziergang die Hudson Street hinunter und an den Piers entlang, einem Mittagessen bei Elephant & Castle und einem langen Nachmittag im Bett hingen sie nun einfach hier herum. Emma wünschte sich, Alex würde wieder über Nacht bleiben, wagte aber nicht, das zu hoffen. Sie wollte ihr Glück nicht überstrapazieren. Die vergangene Nacht war märchenhaft gewesen, der Tag wunderschön. Das ist genug, sagte sie sich.

Es war nur ... nun, alles lief so reibungslos. Und das war ihr Problem. Emma hatte schon jetzt Angst vor einer Trennung. Endlich hatte sie wieder einmal Nähe und Wärme, Liebe und Freundschaft genossen. Danach würde ihr der kalte, einsame Alltag noch viel schlimmer vorkommen als sonst. Dagegen mußte sie sich wappnen. Sie durfte sich keine falschen Hoffnungen machen. Ich habe allein gelebt, und ich weiß, daß ich das immer noch kann, rief sie sich in Erinnerung. Aber sie genoß es, daß jemand hier war. Jemand, der so lustig, schön, sexy und intelligent war wie Alex.

»Arbeit?« fragte Alex.

Emma nickte. »Ein Klappentext«, sagte sie.

»Neuer, verbesserter Roman«, schlug Alex vor.

»Jetzt mit verbesserter Handlung – nach einem neuen Spezialrezept.« Emma lachte.

»Um Adjektive reduziert.«

»Weniger Beschreibungen – fettfrei.«

»Mit mehr kräftigen Verben.«

Alex hatte darauf bestanden, daß Emma ihre Arbeit erledigte. »Ich möchte dir nicht das Wochenende verderben«, hatte sie gesagt und dann gelacht, als wüßte sie, wie lächerlich diese Vorstellung war. Dann hatte sie sich auf dem Sofa rechts neben Emma niedergelassen. Emma hatte sich in den wesentlich ungemütlicheren Korbstuhl gesetzt und mehr aus Gewohnheit als aus Verlangen das Manuskript ausgepackt, das Frederick ihr geschickt hatte. Sie mußte sich ganz normal geben, aber es fiel ihr schwer, nicht immer wieder zu Alex hinüberzusehen. Anfangs hatte Emma Schwierigkeiten, sich zu konzentrieren. Sie begann den Roman zu lesen, schaute aber immer wieder auf und warf Alex einen Blick zu. Da es ihr peinlich gewesen wäre, dabei erwischt zu werden, gestattete sie sich bald nur noch am Ende jeder Seite einen Blick. So las sie sich durch das erste Kapitel hindurch und machte dabei die Bekanntschaft von einigen Amerikanerinnen, die sich auf einer Busreise befanden, von einer britischen Reiseleiterin und dem attraktiven jungen Italiener, der den Bus fuhr. Doch nach einer Weile nahm die Geschichte sie gefangen und trug sie mit sich fort. Dann war sie so vertieft darin, daß sie ganz vergessen hatte, am Ende jeder Seite aufzublicken. Sogar Alex hatte sie vergessen. Emma hatte das Gefühl, in Italien zu sein und bei den Witwen und Catherine, der schüchternen Reiseleiterin, im Bus zu sitzen. Der Stil war so klar, und die Beschreibungen wirkten so plastisch, daß sie die Szene förmlich vor sich sah. Die Ereignisse wurden nur knapp umrissen, aber dafür so geschickt, daß Emma sich schnell in das halbe Dutzend älterer Frauen und ihre bemühte junge Reiseleiterin einfühlen konnte. Als das Gepäck durcheinandergebracht wurde und Mrs. Florence Mallabar die Geduld verlor, lachte sie sogar laut auf.

»Ist es gut?« Mit einem unsanften Plumps landete Emma wieder in ihrem Wohnzimmer und sah Alex ausgestreckt auf der Couch vor sich liegen. »Ist es gut?« wiederholte Alex. »Es sieht ganz danach aus.«

»Es ist gut, bis jetzt.«

»Kann ich es auch lesen?« frage Alex und warf die *Times* auf den Kaffeetisch.

Emma zögerte und überlegte. Es sollte nicht so aussehen, als hätte sie etwas dagegen. Schließlich hatte ihr Bruder ihr das Manuskript nur inoffiziell zugeschickt, und die Autorin hatte sicher noch keinen Agenten. Dennoch fühlte sich Emma bei dem Gedanken nicht recht wohl. Aber wie sollte sie ablehnen? Sie sah in Alex' erwartungsvolles Gesicht. Emma konnte ihr Interesse an diesem Roman nur schlecht verbergen. Sie teilten die Liebe zur Literatur. Also nickte sie.

»Großartig!« sagte Alex. »Weißt du was? Wir lassen uns was vom Chinesen kommen, essen im Bett und lesen das Manuskript zusammen.«

Emma mußte lachen. Das war bestimmt nicht jedermanns Vorstellung von einer aufregenden Samstagnacht. Aber sie behagte ihr. Später, viel später wußte Emma noch immer nicht, ob es an dem Manuskript, an ihrer Begeisterung, mit Alex zusammenzusein, oder an beidem gelegen hatte, daß ihr das Lesen so viel Spaß gemacht hatte. Beim Lesen war man meistens allein, und so hatte sie es geradezu als Vergnügen empfunden, Alex eine Seite zu reichen, nachdem sie selbst sie gelesen hatte. Auch Alex gefiel der Roman – der etwas seltsame, trockene Humor; die Einsicht in das Innenleben der Frauen, sowohl der jüngeren als auch der älteren; die schönen und negativen Erfahrungen, die eine Affäre mit sich brachte, der großartige, liebevolle Schluß.

»Ein herrlicher Roman«, sagte Emma. Es war fast zwei Uhr morgens. Sie waren aufgestanden, saßen nun an der Küchentheke, tranken Tee und machten sich über die Reste des chinesischen Essens her. Da Emmas Mikrowelle kaputt war, aßen sie die übriggebliebenen Moo-Shu-Pfannkuchen mit Schweinefleisch kalt.

»Er ist großartig«, stimmte Alex nickend zu. »Du wirst ihn doch veröffentlichen, oder?«

Zum erstenmal seit vierundzwanzig Stunden schwand Emmas gute Laune. Sie hatte ihren Joker bei Pam bereits ausgespielt. Der Kampf um *Die Verlogenheit der Männer* war anstrengend genug gewesen, und Pam war immer noch etwas sauer über Emmas Ultimatum. Wie in aller Welt sollte sie sie nun dazu bringen, auch der Veröffentlichung dieses Manuskripts zuzustimmen? Es war sicherlich kein typischer Bestseller: nichts, was Pam als Spuk-, Aha- oder rosaroten Roman bezeichnen würde. Emma seufzte.

Die Verlogenheit der Männer war ein großartiges Buch, und sie war glücklich und stolz, daß sie ihm dazu verholfen hatte, in das Verlagsprogramm aufgenommen zu werden. Dieses titellose Manuskript hier gehörte nicht in dieselbe Kategorie, aber es war ein außerordentlich einfühlsam geschriebener, leicht lesbarer Roman voller Weisheit und Charme. Vielleicht ein wenig zu literarisch für die breite Masse, und vielleicht würde man auch keinen Aufhänger für die Werbung finden, aber mit Sicherheit gab es dafür einen Markt. O Gott! Emma haßte allein die Vorstellung von Pams Gesicht, wenn sie ihr diesen Titel vorschlagen würde. Wie um Himmels willen sollte sie Pam dazu bringen, einer Veröffentlichung zuzustimmen? Sie sah Alex an und zuckte die Achseln.

»Das wird alles andere als leicht«, sagte sie wahrheitsgemäß und erzählte von Opal O'Neal und dem Ultimatum, mit dem sie Pams Zustimmung erkämpft hatte. Alex hörte zu. Sie stellte sich als gute Zuhörerin heraus, nickte bei einigen Stellen wissend, schüttelte bei anderen ungläubig den Kopf.

»Sehr draufgängerisch«, sagte sie schließlich beifällig. »Aber du hast genau das Richtige getan.« Sie schwieg. »Du sagtest, diese Opal O'Neal hätte keinen Agenten?«

»Stimmt«, erwiderte Emma. »Wenn sie einen gehabt hätte, wäre sie nicht gezwungen gewesen, wochenlang in der Empfangshalle herumzusitzen.«

»Wirst du mich ihr empfehlen?« fragte Alex. Emma nickte noch einmal, obwohl sie sich auch dabei nicht ganz wohl fühlte.

Alex hob das Manuskript hoch. »Du denkst also, du könntest sie wegen des anderen Buches nicht für das hier begeistern?«

Emma zuckte die Achseln. »Es ist gut. Ich weiß, es hat etwas. Ich glaube sogar, daß es sich mit der richtigen Werbung gut verkaufen läßt. Wie Barbara Kingsolver. Oder Anne Tyler. Oder Alice Hoffman. Es gibt einen Markt für gute Frauenbücher. Pam findet sie dämlich, aber dem Durchschnittsleser gefallen sie. Ich denke, es ließe sich verkaufen. Aber ich weiß nicht, ob Pam auch so denkt.«

»Ich könnte es verkaufen«, sagte Alex selbstsicher. »Ich könnte es an Pantheon verkaufen.«

Wieder verspürte Emma Unbehagen. War das nicht unloyal von Alex? Fühlte sie sich im Stich gelassen, weil Alex offenbar so schnell bereit war, die Beute zu schnappen und sich aus dem Staub zu machen? War sie schon eifersüchtig? Das ist lächerlich, sagte sie sich. Alex wollte ihr nur helfen, ein Problem zu lösen.

Alex lächelte. Hatte sie den bestürzten Ausdruck in ihrem Gesicht bemerkt? »*Du* kannst es auch veröffentlichen«, versicherte ihr Alex. »Es ist ein tolles kleines Buch. Und im Programm von Davis & Dash gibt es nicht viele Bücher für Frauen. Sag Pam Mantiss einfach, daß dieser Roman hier das ein wenig ausgleichen kann. Sag ihr, markttechnisch gesehen bedeute das Buch zwar ein gewisses Risiko, aber sie könne es billig einkaufen. Sag ihr, daß ich es Fox anbiete. Und sag ihr, sie kann mit mir über die Rechte verhandeln.« Alex bedachte Emma mit ihrem umwerfenden Lächeln. »Du *wirst* mich doch der Autorin schreiben lassen, oder?«

Emma nickte. »Aber ich glaube nicht, daß das reicht«, sagte sie. »Pam ist clever. Sie wird wissen, daß das Buch gut, aber auch riskant ist. Und ich glaube, daß sie es schlichtweg ablehnt, wenn die Empfehlung wieder von mir kommt.«

»Dann handle über ihren Kopf hinweg. Gib es Gerald Ochs Davis.«

Emma blickte Alex überrascht an. Würde Alex so etwas tun? Ja, dachte sie, während sie einander ansahen. Doch sie selbst würde so etwas nie tun. Sie schüttelte den Kopf. Beide saßen einige Minuten lang schweigend da. Dann nahm Alex das letzte Moo Shu und steckte es sich in den Mund.

»Ich weiß was«, sagte sie. Emma sah erwartungsvoll auf. »Übergib es Pam mit einem energischen Brief von mir. Aber empfiehl ihr, es abzulehnen.«

»Es abzulehnen? Ihr sagen, es gefalle mir nicht?«

»Sag ihr, daß es dir gefällt, aber daß es nicht zu Davis & Dash paßt. Daß es einfach kein Davis-&-Dash-Buch ist, weil der Verlag nicht für Frauenbücher geeignet ist. Und geh auf Nummer Sicher und schick eine Kopie an GOD.«

Emma lachte. »Das wird ihm gar nicht gefallen.« Sie dachte eine Weile darüber nach. »Aber es könnte funktionieren«, meinte sie dann. »Vor allem, wenn ich auch Jim Meyer eine Kopie schicke. Er gibt alles an Geralds Vater weiter. Und dieser Roman könnte Mr. Davis senior gefallen.«

»Falls nicht, schicke ich das Manuskript zu Pantheon«, fügte Alex hinzu. »Oder zu Bill Henderson von Pushcart Press. Er veröffentlicht gute Bücher, die sonst keiner nimmt.« Sie ergriff Emmas Hand. »Doch genug davon. Jetzt, mein kleiner Moo Shu, ist es an der Zeit, ins Bett zu gehen.«

26

›An manchen Tagen ist das Ergebnis meiner Arbeit so schlecht, daß fünf Überarbeitungen nötig sind. Wenn ich wirklich inspiriert bin, sind es dagegen nur vier.‹

John Kenneth Galbraith

Susann saß an ihrem Schreibtisch vor dem Fenster, das auf den Central Park hinausging. Es war ein kalter Tag, und der Park lag verlassen. Sie hatte kein Make-up aufgelegt, und das Fensterglas gab ihr Spiegelbild unbarmherzig wieder. Trotz der Hitze in dem Zimmer fröstelte sie. Sie griff nach der Kaschmirdecke, die Edith für sie gestrickt hatte. Ediths Strickerei machte Susann immer wütend, weil sie Visionen von Madame Defarge und Altersheimen heraufbeschwor. Schließlich war sie noch keine alte Frau und Edith auch nicht. Edith hätte auch etwas Besseres finden können als Stricken. Aber jetzt war ihr Susann dankbar. Irgendwie wurde ihr einfach nicht warm. Sie legte sich die weiche Decke um und sah zu den Holzscheiten hinüber, die im Kamin brannten. Trotz der voll aufgedrehten Heizung und dem Kaminfeuer schien die Hitze nicht zu ihr durchzudringen.

Sie wußte, warum. Sie sah auf das massakrierte Manuskript, das vor ihr lag. Überall befanden sich blaue Unterstreichungen und Korrekturzeichen, und auf fast jeder Seite klebten verschiedenfarbige Papierstreifen. Das Manuskript ließ ihr Blut gefrieren. Sie schaffte es einfach nicht, es zu verbessern ... Aber wenn sie es nicht tat, war das ihr Untergang. Sie nahm den langen Begleitbrief in die Hand. Er trug zwar Pam Mantiss' Unterschrift, aber Susann wußte, daß Emma Ashton ihn geschrieben hatte. Wendungen wie ›lächerliche Annahme‹, ›unmotivierte Handlung‹, ›unwahrscheinlicher Zufall‹ sprangen ihr in die Augen. Ihr kamen die Tränen. So war sie von Imogen Clark nie behandelt worden. Von einem Mädchen, das jünger war als ihre Tochter, buchstäblich übergangen, beleidigt und lächerlich gemacht zu werden!

Das brachte sie auf ihr Problem mit Kim. Susann schauderte. Alf hatte es irgendwie geschafft, daß sämtliche Anwälte von Davis & Dash auf Kim angesetzt worden waren. Susann hatte nicht den Mut, sie aufzuhalten. Sie ahnte, daß Kims kleine Rücklagen und die begrenzten Geldmittel des kleinen Verlages dem Frontalangriff nicht standhalten würden. In diesem Herbst würde kein Buch von Kim Baker Edmonds veröffentlicht werden. Doch damit war das Problem noch nicht gelöst. Erneut würde Kim Schiffbruch erleiden – wegen ihrer Mutter. Aber was sollte Susann tun? Wie fast alle ihre Probleme hatte Kim auch dieses selbst heraufbeschworen. Warum mußte sie ausgerechnet mit ihr und ihrer Arbeit, ihrer Existenzgrundlage konkurrieren? Die Vorstellung, ihr eigenes Buch könne ein Flop werden, versetzte sie so in Angst, daß sie erneut erschauerte.

»Hier, trink das.« Edith stellte eine dampfende Tasse vor Susann ab. »Es ist nur Tee, aber ich habe etwas Rum hineingetan. Das wird helfen.«

Susann blickte wieder auf das Manuskript, das aussah, als wäre es mit blauem Blut besudelt. »Das bezweifle ich«, sagte sie. Dann ergriff sie den zierlichen, vergoldeten Henkel der Tasse, hob sie hoch und trank einen Schluck. Nach einigen Minuten spürte sie, wie sich die Wärme in ihrer Kehle, ihrem Magen und ihrem ganzen Körper ausbreitete. Sie warf Edith einen kläglichen Blick zu. »Ich kann es nicht«, sagte sie. »Ich kann einfach nicht.«

»O doch, du kannst. Und du wirst es auch tun«, sagte Edith in dem Tonfall, den Susann aus Cincinatti kannte und der ›keine Widerrede‹ bedeutete. »Ich weiß, daß du müde bist. Du hättest nicht zustimmen dürfen, sofort dieses neue Buch zu machen – es ist zuviel Arbeit. Aber du *kannst* es.«

»Ich weiß nicht, wo ich anfangen soll. Sie wollen einfach zu viel geändert haben.«

»›Ich habe die Idee zu einem Roman.‹« Edith hielt inne. »Verstehst du? Das sollte ein Scherz sein.«

Susann sah sie ohne das geringste Lächeln an.

»Auch gut. Wir fangen mit Kapitel eins an, verbessern es und gehen zu Kapitel zwei über. Ich gebe zu, das ist nicht sonderlich originell, aber es könnte funktionieren.«

»Ich wünschte, Alf würde mir helfen«, sagte Susann.

»Das wird er aber nicht. Also mache ich uns eine Dose Suppe warm, dann essen wir, und danach arbeiten wir bis zehn. Anschließend mache ich uns unser Spezialgericht aus Cincinnati, mit Zwiebeln. Du wirst dich besser fühlen, wenn wir erst einmal angefangen haben. Und dann kannst du auch schlafen.«

»Ich habe seit Wochen nicht geschlafen«, ächzte Susann.

»Nach dieser Arbeit hier wirst du schlafen. Und morgen nach dem Frühstück nehmen wir uns Kapitel zwei und drei vor.«

Susann schüttelte heftig den Kopf. »Es ist zuviel«, sagte sie. »Es ist zu schwierig. Ich bin zu müde, und wir haben nicht genug Zeit. Was ist, wenn ich alles überarbeite und das Buch dann immer noch nicht besser ist?«

»Diesmal ist es wesentlich einfacher als beim erstenmal. Erinnerst du dich?« Susann schüttelte den Kopf. »Du hast den ganzen Tag in der Rechtsanwaltskanzlei gearbeitet, und nachts haben wir versucht, das Manuskript zu überarbeiten. Harlequin wollte es nur nehmen, wenn es um siebzig Seiten gekürzt wurde. Erinnerst du dich? Weißt du noch, wie durcheinander und müde du warst? Wir hatten keine Ahnung, wie wir das in den drei Nächten schaffen sollten, die uns bis zur Abgabe blieben.«

Plötzlich erinnerte sich Susann genau, wie es gewesen war: sie beide bei der Arbeit in der Küche ihres gräßlichen Wohnwagens; Kim, die schlief; unzählige Tassen Kaffee. Es war hart gewesen, aber sie hatten es geschafft. Sie wußte nicht mehr genau, ob es schlimmer gewesen war als das hier, aber schlimm genug auf jeden Fall. »Damals war ich jünger, Edith. Und es stand nicht so viel auf dem Spiel.«

»Du hast älter ausgesehen«, sagte Edith, »und es stand verteufelt *mehr* auf dem Spiel. Wenn sie das Manuskript nicht genommen hätten, hättest du nie wieder etwas geschrieben. Der amerikanische Romanschriftstellerverband hat achttausend Mitglieder, und jeder würde gern mit dir tauschen.«

Susann sah Edith an und nickte langsam. Ausnahmsweise mußte sie ihr zustimmen. »Aber es ist so kompliziert.« Susann weinte fast. »Außerdem habe ich nicht viel Zeit. Und, Edith … sie mögen mich nicht. Es ist nicht so wie bei Imogen. Du weißt, daß sie mich nicht mögen. Ich habe Angst vor ihnen und davor, den Abgabetermin nicht einzuhalten.«

»Sue Ann Kowlofsky, du hast noch nie in deinem Leben einen Abgabetermin überschritten«, betonte Edith. »Und du wirst auch diesen einhalten. Laß uns jetzt Seite für Seite durchgehen, bis wir es in Ordnung gebracht haben.«

»Aber ich bin so müde. Für mich ist der Roman fertig. Ich kann mich nicht noch einmal dransetzen.«

»Du mußt aber.« Edith schwieg und las noch einmal den Begleitbrief durch. »Weißt du«, sagte sie dann, »diese Vorschläge sind wirklich gut. Ich glaube, sie schlägt genau die Änderungen vor, die nötig sind. Dieses Mädchen ist nicht dumm.« Edith warf einen Blick auf Susann. »Du könntest damit sogar wieder einen Bestseller landen.«

Susann trank den kalten Tee aus und nahm ihren Kugelschreiber in die Hand. »In Ordnung«, sagte sie.

27

›Bücher verlegen ist eigentlich kein Geschäft; es ist eher eine Tätigkeit.‹

Ruth Nathan

Opal sollte die erstaunliche Emma Ashton und deren Chefin zum Mittagessen treffen, aber da sie nichts anderes zu tun hatte und viel zu nervös war, um zu Hause zu bleiben und zu putzen oder zu lesen, tauchte sie wie üblich im Bookstall auf. Nein, nicht gerade wie üblich, mußte sie sich eingestehen: Sie trug ein neues marineblaues Rayonkleid, das in der Taille von einem Gürtel zusammengehalten wurde, und am Kragen sogar ihre goldene Anstecknadel. Sie hatte zum erstenmal, seit sie nach New York gekommen war, ein Kleid an. Als sie den Bookstall betrat, sah Roberta auf und lächelte.

»Perfekt«, sagte sie beifällig. Opal fragte sich, ob Roberta sich vielleicht Sorgen darüber gemacht hatte, daß sie keine angemessene Kleidung für einen solchen Anlaß besäße oder nicht *wußte*, was man bei einer solchen Gelegenheit anziehen sollte. »Sie sehen würdevoll und sehr geschäftstüchtig aus. Wirklich hübsch.«

Roberta und Opal hatten in den letzten beiden Tagen über nichts anderes gesprochen als über das bevorstehende Mittagessen im Vier Jahreszeiten. Roberta hatte dort häufiger gegessen, als die Buchhandlung noch besser gelaufen war. Sie hatte Opal von dem als New Yorker Wahrzeichen bekannten Restaurant im Seagram-Gebäude erzählt und die beiden riesigen, relativ schmucklosen Räume beschrieben. »Wenn Sie sich mit jemand Wichtigem treffen«, hatte sie gemeint, »essen Sie vermutlich im Grill Room. Der ist zwar nüchterner als der Pool Room – dort gibt es neben der Bar mehrere Sitzebenen –, aber die Tische zählen zu den begehrtesten von ganz Manhattan.«

Opal hatte die Achseln gezuckt. Ihr Interesse galt nur der Frage, ob diese Leute tatsächlich vorhatten, Terrys Roman zu veröffentlichen. Seit dem Anruf hatte sie sich immer wieder einzureden versucht, daß sie sich nicht allzu große Hoffnungen machen dürfe, aber natürlich tat sie das doch. Roberta hatte gemeint, Opal brauche einen Agenten oder einen auf Medienrecht spezialisierten Anwalt, doch diese hatte nur den Kopf geschüttelt. »Wen denn?« hatte sie gefragt. »Und wie? Bisher konnte ich keinen dieser ekligen Agenten dazu bewegen, auch nur mit mir zu sprechen. Ich möchte nicht, daß die ganze Sache noch komplizierter wird, als es unbedingt sein muß.«

»Aber Sie brauchen jemanden, der den Vertrag für Sie durchsieht.«

»Darum kümmere ich mich, wenn wir wirklich miteinander ins Geschäft kommen«, hatte Opal geantwortet.

»Ich glaube nicht, daß das die richtige Vorgehensweise ist«, hatte

Roberta gesagt. »Der Agent ist derjenige, der das Geschäft abschließt und das Geld reinholt.«

Opal hatte Roberta mit großen Augen angesehen. »Geld?« hatte sie gefragt. »Darüber mache ich mir am wenigsten Gedanken. Es gab sogar eine Zeit, in der ich dachte, ich müßte die Veröffentlichung selbst finanzieren!«

Roberta ging um die Kasse herum und übergab Opal eine dünne, längliche Schachtel. »Er ist leider nicht neu«, sagte sie, »aber schön, und ich habe ihn nie getragen. Ich möchte, daß Sie ihn heute umlegen.« Opal errötete vor Freude. Sie konnte sich nicht erinnern, wann sie zum letztenmal ein Geschenk bekommen hatte. Sie öffnete die Schachtel. Darin lag, in Papier eingewickelt, ein Schal – ein Schal, der so wunderschön und farbenfroh war, daß es ihr die Sprache verschlug.

»Er gefällt Ihnen nicht?« meinte Roberta. »Nun, Sie müssen ihn natürlich nicht tragen.«

Opal schüttelte den Kopf und nahm das schwere Seidentuch heraus. Sie wußte, daß es aus Frankreich stammte und fürchterlich teuer gewesen sein mußte, noch bevor sie das Hermès-Schildchen an einer Seite entdeckt hatte. Sie hatte schon immer Robertas herrliche Schals bewundert, die beinahe ein Vermögen gekostet hatten. Als sie sich von ihrer Überraschung und ihrer Verzückung erholt hatte, erinnerte sie sich an ihre Manieren. »Oh, er ist wunderschön. Ein edles Stück! Ich kann nicht zulassen, daß Sie mir so etwas schenken.«

Roberta lächelte erleichtert. »Er gefällt Ihnen? Dann können Sie mich nicht davon abhalten, ihn Ihnen zu schenken, denn das habe ich bereits getan. Und jetzt werden wir mal sehen, wie er Ihnen steht.« Roberta legte Opal den Schal um und knotete ihn geschickt. »Kommen Sie, sehen Sie sich im Spiegel an«, sagte sie und zog Opal, die widerstrebend folgte, vor den Spiegel im rückwärtigen Teil des Raumes.

Der Schal war atemberaubend schön und veränderte Opals Aussehen völlig. Sie wirkte damit nicht mehr wie eine Bibliothekarin aus Indiana, sondern eher wie eine Großstädterin, auch wenn ihre Kleidung nicht gerade modisch zu nennen war.

»Wir sollten die Anstecknadel an einer anderen Stelle befestigen«, schlug Roberta freundlich vor. Als das getan war, fühlte sich Opal dem Vier Jahreszeiten und jedem anderen Restaurant gewachsen.

Aber Roberta war noch nicht zufrieden. Kritisch musterte sie Opal mit halb geschlossenen Augen. »Fast«, sagte sie. »Fast.« Dann zog sie ihre Ohrringe ab. »Legen Sie ihre kleinen Perlen vorübergehend ab und nehmen Sie diese«, drängte sie. »Nur eine Leihgabe«, versicherte sie. Opal wagte nicht zu widersprechen. Robertas Ohrringe – groß, flügelförmig und modern – rahmten Opals Gesicht vorteilhaft ein. Solche Ohrringe hätte sie sich niemals ausgesucht, aber sie mußte zugeben, daß sie eindrucksvoll waren. »Ja, so können Sie gehen«, sagte Roberta. »Die Frau mit den größten Ohrringen hat das Sagen.« Opal lachte.

Zum Glück war Opal mit Robertas Ohrringen und dem Schal ausgerüstet, denn das Restaurant wirkte mehr als einschüchternd auf sie. Sie betrat einen großen, kahlen, mit Marmor ausgekleideten Raum, der offenbar völlig leer war. Es gab lediglich ein Fenster in einer der marmornen Wände, in das die Leute ihre Mäntel hineinreichten. Und eine riesige, schwebende Treppe. Keine Schilder, keine Türen. Immerhin gab es eine Couch, und Opal nahm darauf Platz. Nach einigen Minuten bemerkte sie, daß alle anderen Gäste die Treppe hinaufgingen. Dort oben mußte sich also das Restaurant befinden. Diese wichtige Information hatte Roberta ihr vorenthalten! Nun würde sie zu spät kommen.

Als Opal oben war, öffnete sich ein riesiger Raum vor ihr. Rechts von der Treppe befand sich eine viersträngige Bar, links ein großes Pult, neben dem drei oder vier Angestellte standen. Sie spähte an ihnen vorbei zu den Tischen hinter dem Pult und versuchte, Emma Ashton ausfindig zu machen. Aber keines der Gesichter wirkte vertraut. Sie hatte, überlegte Opal, das Mädchen auch nur einmal kurz gesehen und sonst nur mit ihr telefoniert. Opal sah sich erneut um und versuchte die aufsteigende Panik zu unterdrücken. Robertas Beschreibung nach mußte dies der Grill Room sein. Vielleicht saßen sie im anderen Teil des Restaurants. Wie hieß der Raum noch? Opal erinnerte sich vage, daß es etwas mit Billard zu tun hatte, aber sie kam nicht auf den Namen. Sie sah wieder zu den Angestellten hinüber und bereitete sich innerlich darauf vor, ihnen entgegenzutreten. Schließlich wurde sie erwartet, hatte eine Verabredung. Wovor sollte sie also Angst haben?

Die Antwort auf diese Frage lautete natürlich: vor einer Zurückweisung. Emma hatte gesagt, daß ihnen das Manuskript gefallen habe, sie aber einiges besprechen müßten. Was bedeutete ›einiges‹? Opal versuchte ihre Angst in den Griff zu bekommen, sie einfach zu ignorieren, und näherte sich dem Pult. »Ich bin mit Miß Ashton verabredet«, sagte sie.

Die Frau an dem Pult sah in einer Liste nach. »Ashton?« fragte sie. Dann schüttelte sie den Kopf. Höflich und besorgt sagte sie: »Leider steht hier keine Miß Ashton.«

Opals Magen verkrampfte sich. Hatte sie etwas falsch verstanden? War etwas schiefgegangen? Sicherlich war es kein Scherz gewesen. Und sie hatte auch nicht den Tag, den Ort oder die Zeit falsch verstanden. In diesem Augenblick spürte Opal eine Hand auf ihrer Schulter und wandte sich um. Hinter ihr stand Emma Ashton. Diesmal war das Mädchen allerdings wie eine Erwachsene gekleidet und trug ein strenges graues Strickkostüm.

»Mrs. O'Neal?« sagte Emma. Sie klang selbst etwas verunsichert. Opal nickte. »Schön, Sie zu sehen. Bitte kommen Sie mit an unseren Tisch. Pam Mantiss möchte Sie unbedingt kennenlernen. Sie ist unsere Cheflektorin.«

Nun, das war doch schon etwas. Die Cheflektorin. Opal wurde zu einem Ecktisch in einer Art Nische geleitet und Emmas Chefin Pam vorgestellt. Sie war Opal auf Anhieb unsympathisch, auch wenn sie, wie sie sich in Erinnerung rief, vielleicht Terrys Roman veröffentlichen würde. Vielleicht lag es an den glitzernden Augen, dem zu engen Pullover oder dem Bombardement von Fragen – jedenfalls fühlte sich Opal abgestoßen.

»Also, hat wirklich Ihre Tochter diesen Roman geschrieben?« fragte Pam Mantiss, noch bevor sich Opal gesetzt hatte. »Er ist wirklich bemerkenswert. Wo ist sie aufgewachsen? Wo ging sie zur Schule? Hat sie noch etwas anderes geschrieben? Wurde von ihr schon etwas veröffentlicht?«

Opal, von dieser Begrüßung ebenso überrascht wie von den Fragen selbst, holte tief Luft. Nur Emmas gelassener Gesichtsausdruck bewog sie zu bleiben. Auch sie war leicht zusammengezuckt. Jetzt nickte sie Opal zu. »Ja, natürlich hat Terry diesen Roman geschrieben«, sagte Opal und versuchte sich ihren Ärger nicht anmerken zu lassen. »Sie hatte fast ein Jahrzehnt daran gearbeitet, bevor sie … starb.«

»Einer meiner Autoren ist gerade gestorben«, rief Pam aus, als würde das ein Band zwischen ihnen knüpfen. »Peet Trawley. Fürchterlich. Wir haben einen Vertrag und kein Buch.« Pam lächelte. »Während *Sie* ein Buch haben und keinen Vertrag. Stimmt's?« Opal konnte nicht einmal nicken. Sie fühlte sich wie gelähmt. »Sie haben noch mit keinem anderen Verlag Kontakt aufgenommen?« fuhr Pam Mantiss fort.

Opal dachte an all die verschenkten Stunden in den Empfangsräumen und an die Gespräche zurück, die alle zu nichts geführt hatten. Und doch schien es, als hätte diese absonderliche Frau Angst vor Konkurrenz. Opal führte nicht gern jemanden hinters Licht, aber für Terry konnte sie eine kleine Ausnahme machen. »Nun, ich habe bei einigen anderen Verlagen vorgesprochen, aber nicht ernsthaft«, sagte sie. Und das war nicht einmal gelogen.

Pam Mantiss warf Emma schnell einen Blick zu. Was, fragte sich Opal, hatte das nun wieder zu bedeuten? Wollten sie das Buch veröffentlichen oder nicht?

In diesem Moment kam ein Kellner und fragte sie, was sie zu trinken wünschten. »Pellegrino«, sagte Emma. Was auch immer das sein mochte. Pam bestellte Wein.

»Kaffee, bitte«, sagte Opal zu dem Jungen. Dann studierten sie die Speisekarten. Opal erschienen die Preise unglaublich hoch. Sie bestellte Lachs und war überrascht, als er auch gebracht wurde. Noch nie hatte sie etwas so Edles gegessen. Natürlich wußte sie, daß es so etwas wie frischen Lachs gab, aber in Indiana bekam man davon nicht allzuviel zu sehen. Während sie aßen, beantwortete Opal Fragen und erzählte ein wenig von Terrys Leben – von der Abschiedsrede, die sie an der Uni gehalten hatte, den Stipendien in Grund- und Hauptstudium und den Abschlüssen in Yale und Columbia. Die ganze Zeit über hatte sie das Gefühl, einem Test unterzogen zu werden. Wollten sie *Die Verlogenheit der Männer* nun veröffentlichen oder nicht? Sie wußte nicht genau, was sie sagen sollte und was nicht. Die Absagebriefe erwähnte sie nicht, aber sie erzählte ihnen, daß Terry sich das Leben genommen hatte.

»Mein Vater auch«, sagte Pam zwischen zwei Bissen Tartarbeefsteak. »Ich war total am Ende.«

Emma und Opal sahen sich an und schwiegen. Pam schien es nicht zu bemerken. Opal konnte nicht genau einschätzen, ob Pam sie mochte oder nicht – oder ob Pam das Manuskript gefiel. Sie sah zu, wie Pam ihren Teller leer aß, eine Extraportion Rahmspinat bestellte, auch diese aufaß, mitsamt, wie Opal feststellte, allen Brötchen. »Wollen Sie das noch?« fragte Pam und deutete auf Opals Teller. Opal schüttelte den Kopf. Pam zog den Teller zu sich heran und leerte ihn. Sie aß mit einer eigentümlichen Intensität, als wäre ihr Hunger durch nichts zu stoppen. Opal konnte nicht anders, sie mußte ihr zusehen. Der Ober brach das Schweigen, als er nach ihren Wünschen für ein Dessert fragte.

»Für mich nichts«, sagte Pam. »Ich mache gerade eine Diät. Aber ich nehme noch ein Glas Wein.« Opal stellte fest, daß es bereits das dritte oder vierte Glas war. Und das beim Mittagessen!

Dann wandte sich Pam ihr zu. »Die Sache ist die«, sagte sie mit ernster Stimme, »wir würden dieses Buch liebend gern veröffentlichen. Es ist ein brillantes, ein ganz hervorragendes Buch.«

Endlich! Opal holte tief Luft. »Es hat lange gedauert, bis Sie das endlich angesprochen haben«, sagte sie scharf. Offenbar wickelten diese Leute ihre Geschäfte eben so ab. Vier Gläser Wein, genug Essen für eine ganze Woche, unverschämte Fragen und schließlich das Lob. Sie würden sich wahrscheinlich gar nicht erst mit jemandem treffen, dessen Buch sie nicht haben wollten. Vor Erleichterung geschwächt, lehnte sie sich zurück. Sie befand sich in einem der angesehensten Restaurants der Stadt und im Gespräch mit Vertretern eines der besten Verlagshäuser. Sie hatte es geschafft. Sie hatte für Terrys Arbeit ein Zuhause gefunden, und bald würde *Die Verlogenheit der Männer* in den Buchhandlungen und Bibliotheken des ganzen Landes stehen. Gott sei Dank. Gott sei gedankt für diese letzte Manuskriptkopie und für Emma Ashton und für Roberta Fine und selbst für diese verrückte Frau namens Pam.

»Vielen Dank«, war alles, was sie herausbrachte, aber das genügte auch. Sie hob die Kaffeetasse an die Lippen. Ahh …

»Haben Sie einen Agenten?« fragte Pam. Doch wie immer, wenn sie eine Frage stellte, wartete sie die Antwort gar nicht erst ab, sondern ging gleich zum nächsten Punkt über. »Sehen Sie, wir können Ihnen nicht viel bezahlen. Es handelt sich hier um eines der Bücher, die normalerweise von einem Universitätsverlag wie Confederate Widow herausgegeben werden. Und die bezahlen nicht viel. Aber wir glauben, daß wir eine größere Leserschaft dafür gewinnen können. Trotzdem ist es ein Risiko. Das heißt, einen Vorschuß …«

»Das ist nicht so wichtig«, sagte Opal und schüttelte den Kopf. »Mit ›Vorschuß‹ meinen Sie Geld? Geld ist nicht der Punkt.«

Pam Mantiss' Augen verengten sich. Sie waren fast vom gleichen Gelb wie die Augen einer Katze. Sie lächelte, aber das Lächeln erreichte die Augen nicht. »Gut. Die andere Sache ist die, daß das Manuskript ziemlich zurechtgestutzt werden muß. Dadurch wird es hoffentlich bedeutend kürzer werden. Wir müssen es um etwa zwanzig Prozent kürzen, und ich würde es begrüßen, wenn es noch mehr wäre.«

Opal sah von ihrem Kaffee auf. Die beiden anderen tranken nun ebenfalls Kaffee, und dazu war ein Teller mit winzigen, verführerischen Keksen serviert worden. Doch Opal ignorierte die Kekse. Sie konnte kaum glauben, was sie eben gehört hatte. Zuallererst dieses fürchterliche Wort *hoffentlich* – und das von einer New Yorker Cheflektorin! *Diese* Lektorin würde Terrys Buch nicht bearbeiten! Hoffentlich nicht, jedenfalls. Und wie konnte diese Frau nur glauben, Terrys Buch dürfe gekürzt werden? Opal stellte ihre Tasse ab. »Nicht ein Wort«, sagte sie.

Pam Mantiss, die gerade den letzten der kleinen Kekse verdrückt hatte, lächelte – oder zeigte zumindest ihre Zähne. »Wie bitte?« fragte sie.

»Keine Kürzungen«, sagte Opal. Jetzt fühlte sie sich auf sicherem Boden. »Absolut keine Kürzungen, keine Bearbeitung, kein ›Zurechtstutzen‹, wie Sie es nennen. Das ist kein Baum, es ist ein Buch. Und es ist gut so, wie es ist. Keine Änderungen. Es gibt einige wenige Rechtschreibfehler, aber davon abgesehen darf kein Wort von Terry gestrichen oder verändert werden.«

»Wie bitte?« fragte Pam noch einmal mit erhobener Stimme und barschem Tonfall.

Opals Magen krampfte sich zusammen, aber sie blieb fest. Ein ›bereinigtes‹ Buch zu veröffentlichen war nicht das gleiche, wie Terrys Buch zu veröffentlichen. »Keine Kürzungen«, wiederholte sie und trank ihren Kaffee aus.

Emma Ashton brach das Schweigen. »Mrs. O'Neal, Sie verstehen nicht. Mir gefällt das Buch so, wie es ist. Aber vom wirtschaftlichen Standpunkt aus betrachtet ist es fast unmöglich, ein Buch dieses Umfangs zu veröffentlichen. Vor allem, wenn man die Papierkosten und die begrenzten Absatzmöglichkeiten von *Die Verlogenheit der Männer* ins Auge faßt. Es ist ein brillantes Buch, vielleicht sogar ein großes Buch, aber wir können nicht ...«

»Wie viele Bibliotheken gibt es? Wie viele richtige Buchhandlungen?« unterbrach sie Opal. »Das ist kein Buch, das nur in unsere Zeit paßt. Es ist eines, das zukünftige Generationen lesen werden. Jede Schule, jede Universität wird ein Exemplar benötigen.«

Pam Mantiss lächelte. Diesmal war es mehr als ein Zähnezeigen: Sie drückte ihre Verachtung aus. »Mrs. O'Neal, ich fürchte, Sie müssen bedenken ...«

Es war sinnlos, ihr zuzuhören, das hatte Opal längst gemerkt. Nein – so, wie sie es wollte, oder eben nicht. »Tut mir leid«, unterbrach sie Pam. »Da gibt es nichts zu bedenken oder zu überdenken.« Opal hielt inne. Emma Ashtons Gesicht drückte Besorgnis aus. Einerlei – Opal konnte jetzt nicht mehr zurück. »Meine Tochter hat ihr gesamtes Erwachsenenleben damit verbracht, dieses Buch zu schreiben, und zwar so gut, wie sie es vermochte. Und genau so muß das Buch auch veröffentlicht werden – nichts gestrichen, nichts verändert, nichts überarbeitet. Alles andere würde bedeuten, ihr keinen Respekt zu zollen.« Opal hielt inne, um ihre Stimme, die sich gehoben hatte, wieder unter Kontrolle zu bringen. »Sie ist jetzt nicht hier, um etwaigen Änderungen zuzustimmen, und Sie waren nicht da, um ihr welche vorzuschlagen, bevor sie gestorben ist«, sagte Opal. »Also wird es so veröffentlicht, wie es ist, oder gar nicht.«

Emma warf ihr einen Blick zu. Einen Augenblick lang sah Opal ihr in die Augen. Sie hatte das Gefühl, als könnte das Mädchen nachvollziehen, welche Überwindung diese Worte sie gekostet hatten. Doch selbst wenn sie riskierte, daß das Buch nicht veröffentlicht würde, sie würde in ihrem Entschluß nicht wankend werden. Terrys Arbeit mußte unangetastet bleiben.

»Tja, ich fürchte, das war's dann«, sagte Pam entschieden. Emma dagegen wirkte, als hätte man ihr einen Schlag versetzt. Pam Mantiss wühlte in ihrer Tasche, zog eine Kreditkarte heraus und händigte sie dem wartenden Kellner aus. Dann gab sie Opal eine Visitenkarte. »Sieht so aus, als müßten Sie sich doch an einen Universitätsverlag wenden«, sagte sie. Die Rechnung kam, und Pam zeichnete sie ab. Dann zwängte sie sich in ihre Lederjacke und stand auf.

»Nett, Sie kennengelernt zu haben«, sagte sie. Sie winkte Emma, ihr zu folgen. »Wir sind immer für Sie da«, sagte sie. »Rufen Sie mich an, sollten Sie Ihre Meinung ändern.«

28

›Es ist notwendig, Schund zu veröffentlichen, um auch Poesie veröffentlichen zu können.‹

Herbert Mitgang

Gerald stieg aus dem Firmenwagen und wurde von dem neuen Türsteher des Wohnhauses seines Vaters an der Fifth Avenue begrüßt. Es war eines der exklusiveren Gebäude auf der sogenannten ›Museumsmeile‹; in seiner Nachbarschaft befanden sich das Guggenheim-Museum, das Metropolitan Museum of Art, die Frick Collection und das Cooper-Hewitt-Museum. Sein Vater wohnte auf dem Stockwerk *unterhalb* des Penthouse – er behauptete, ein Penthouse sei zu protzig. Gerald betrachtete sich in dem goldgerahmten Spiegel neben dem Lift. Sein Haar lag glatt, seine Krawatte saß korrekt, und sein Jackett war hervorragend geschnitten. Zu dumm, daß er sich trotzdem unwohl fühlte.

Die Lifttüren aus Walnußholz glitten zur Seite. William, die Augen zu Boden gerichtet und wie immer mit weißen Handschuhen, begrüßte ihn. »Hallo, Mr. Gerald.«

Für Gerald war es ein Rätsel, wie es William gelang, jeden an den Schuhen zu erkennen. Er betrat den Lift und warf einen Blick auf den glänzenden Parkettboden und den winzigen, gepolsterten Diwan an der gegenüberliegenden Seite. In all den Jahren, die er hier gelebt hatte – als Kind, als Jugendlicher – und später bei seinen Besuchen hatte er nie jemanden auf diesem Diwan sitzen sehen. William fuhr ihn schweigend zum vorletzten Stockwerk des Gebäudes und zog die Tür auf.

Das Apartment seines Vaters war das einzige auf der ganzen Etage. Vom Fahrstuhl aus gelangte man direkt in die Galerie, einen zehn Meter langen Raum, an dessen Wänden einige alte Portraits hingen und dessen Boden mit einem antiken, aber bereits ziemlich abgetretenen Kirman-Teppich ausgelegt war. Fünf große, imposante Türen gingen von der Galerie ab – eine führte in den Salon, eine andere, identische, in den gegenüberliegenden Speisesaal, drei kleinere in die Bibliothek, in das Arbeitszimmer seines Vaters und zu den Schlafzimmern. Gerald zog seine Manschetten aus den Ärmeln und schwor sich dann, ärgerlich auf sich selbst, diesen kleinen Tick zu unterdrücken, solange er hier war. Er sah sich nach Mathilda, der Haushälterin, um, doch da erschien sein Vater höchstselbst im Eingang zur Bibliothek. Das bedeutete Ärger. Gerald nickte und ging durch den langen, leeren Raum auf ihn zu.

Formell wie immer streckte Senior seinen Arm in einem Neunzig-Grad-Winkel aus und drückte Gerald zweimal kurz die Hand. In der Davis-Familie waren Umarmungen oder die in den achtziger Jahren modischen Küßchen auf die Wange nicht üblich. Wie stets sah sein Vater sehr gepflegt aus. Das volle weiße Haar war zurückgekämmt, die Wangen waren glattrasiert und gerötet, sein Schnurrbart hervorragend gestutzt. Er trug seine – wie Gerald es nannte – Nachmittagsuniform: graue Flanellhose, ein weißes Brooks-Brothers-Hemd und eine Strickjacke aus Kaschmirwolle in der wäßrigblauen Farbe seiner Augen. Das einzige Zugeständnis an sein Alter waren die weichen schwarzen Slipper aus Ziegenleder, die er anstelle seiner üblichen Schnürschuhe trug.

Gerald folgte seinem Vater in die Bibliothek, einem der vier Räume, deren Fenster auf den Central Park hinausgingen. Merkwürdigerweise – so schien es jedenfalls Gerald – befanden sich der Schreibtisch am Fenster und der Stuhl dahinter, so daß sein Vater mit dem Rücken zu der herrlichen Aussicht saß. Flüchtig dachte er an T. S. Eliot und *dessen* Schreibtisch, der absichtlich vor einer nackten Wand aufgestellt worden war. Aber sein Vater war kein Dichter. Er hatte erklärt, daß er – ganz der hingebungsvolle Leser – ein Manuskript am besten lesen könne, wenn ihm das Abendlicht über die Schulter scheine.

Gerald nahm ihm gegenüber Platz und beschloß, sein stärkstes Geschütz als erstes aufzufahren. »Hältst du *Die Verlogenheit der Männer* für ebenso wertvoll wie ich?« fragte er und beherrschte sich, um nicht an seinen Manschetten zu zupfen. Er zwang sich, seine Hände ruhig im Schoß liegen zu lassen, und sah seinen Vater, der von den Strahlen der untergehenden Sonne beleuchtet wurde, über den Schreibtisch hinweg an.

»Natürlich. Es ist ein herrliches Buch. Wirklich ein brillantes Buch. Du solltest stolz darauf sein. Ich wünschte nur, deine Mutter könnte ...«

Gerald wußte, daß seine Mutter irgendwo auf der anderen Seite des Apartments – in einem Zimmer, das nach Osten ging – dahinsiechte. Die Alzheimer-Krankheit hatte früh und heftig zugeschlagen. Seit mehr als einem Jahrzehnt erkannte sie niemanden mehr. Die Freude, die ihre Eltern beim Lesen, bei Gesprächen und der gemeinsamen Lösung des Kreuzworträtsels der *Times* empfunden hatten, gehörte längst der Vergangenheit an, genau wie ihre Gesundheit. Daß sein Vater seine Mutter überhaupt erwähnte, bedeutete, daß er viel für dieses Buch übrig haben mußte.

»Es ist eine Schande, daß die Autorin tot ist. Man könnte das Buch zwar immer noch für den Tagiter-Preis vorschlagen, doch womöglich hat es deshalb keine Chance. Es könnte vielleicht sogar den Nationalen Buchpreis gewinnen – aber dafür müßte der Autor vermutlich noch leben.«

Daran hatte Gerald noch gar nicht gedacht. Jetzt fragte er sich, ob die Regeln tatsächlich besagten, daß nur lebende Schriftsteller nominiert werden konnten. Die O'Neal war erst vor kurzem gestorben; es wäre doch durchaus möglich, ihr posthum einen Preis zu verleihen, oder nicht? Gerald mußte unwillkürlich lächeln. Der Nationale Buchpreis. Sein Vater glaubte, das Buch hätte gute Chancen, und er war nicht dumm. Und er hatte Beziehungen. Allein eine *Nominierung* würde die Verkaufszahlen anheben, ganz abgesehen vom Verkauf der Taschenbuchrechte. Gerald würde dadurch seine Position und Glaubwürdigkeit in diesem schwierigen Jahr wieder festigen.

»Könnten wir nicht erreichen, daß in diesem Fall eine Ausnahme gemacht wird? Schließlich ist sie noch nicht lange tot.«

Die Gesichtszüge seines Vaters erstarrten. »Tot ist tot, Gerald«, sagte er. »Der Tod ist endgültig. Also ist es völlig egal, wie lange jemand bereits tot ist.«

Gerald hatte das Gefühl, als wäre er gerade scharf gerügt worden. Dieses Buch mußte er unbedingt haben. Er mußte es einfach haben, damit ihn sein Vater nicht verachtete. Er mußte Pam sagen, daß sie es kaufen sollte, auch wenn es offenbar irgendwelche Schwierigkeiten mit der Mutter der Autorin gab. Sein Vater wandte sich einem Manuskript zu, das auf dem Schreibtisch lag. Geralds Laune sank, als er sah, daß es seines war. Doch er war nicht überrascht. Er hatte nicht erwartet, daß es seinem Vater gefallen würde. Also würde er sich die Strafpredigt anhören, versuchen, nicht wie ein gescholtener Schuljunge auszusehen, und dann würde das Leben weitergehen.

Sein Vater beugte sich vor. Die Schultern wirkten im Gegenlicht riesig, und das weiße Haar umgab ihn wie ein Heiligenschein. »Gerald, wir müssen über dein Manuskript reden. Ich kann auf keinen Fall zulassen, daß es veröffentlicht wird. Es ist ungeheuerlich. Welcher Teufel hat dich bloß geritten? Was dieses ekelhafte, geschmacklose und kranke Buch von Chad Weston betrifft – gut, das war so eine Sache. Du hattest einen Vertrag mit ihm, er ist dein Autor, sein erstes Buch war vielversprechend. Eine moralische Zwickmühle. Ich finde, du hättest ablehnen sollen, aber ich kann verstehen, daß du es nicht getan hast.«

Gerald versuchte, nicht rot zu werden. Er fragte sich, ob sein Vater die Kolumne von Horace Bent gelesen und sich heimlich über sein Fiasko mit David Morton gefreut hatte.

»Aber *dieses* Buch, Gerald! Eine Familientragödie, aufgewärmt und auf Schundblattniveau zusammengeschrieben! Es wird Schande über dich, die Familie *und* den Verlag bringen. Das Verlagswesen braucht keine weiteren belanglosen Enthüllungsromane. Du kannst es nicht veröffentlichen. Wenn ein Davis so etwas machen muß, dann überlaß das Patti.« Angewidert zog er die Schultern hoch. »Als nächstes schreibst du noch Fortsetzungen!« Davis senior schüttelte den Kopf. »Fortsetzungen, Vorgeschichten zu Romanen … Entsetzlich! Larry Ashmead brachte, schamlos genug, *Cosette* heraus. Kannst du dir das vorstellen? Eine Fortsetzung von *Die Elenden* … Was kommt als nächstes? *Der vorletzte Mohikaner?* Werden Salingers Nachlaßverwalter einen *Fänger im Roggenbrot* herausbringen?«

Gerald versuchte zu verbergen, daß er zusammenzuckte. Er hatte tatsächlich daran gedacht, eine Fortsetzung zu schreiben. Aufgrund des Riesenerfolges von *Scarlett*, dem Folgeroman von *Vom Winde verweht* von Alexandra Ripley, hatten viele Verlage und Agenten Autoren unter Vertrag genommen, um Fortsetzungsromane zu schreiben. *Star Trek*, die Romane von Jane Austen und andere waren darunter. Erst vor kurzem hatte Vagrius, eines der renommiertesten russischen Verlagshäuser, einen Autor beauftragt, eine Fortsetzung von Tolstois *Krieg und Frieden* zu schreiben. Wie würde der Titel wohl lauten? fragte sich Gerald. *Waffenstillstand*?

Trotz seines guten Vorsatzes zupfte er wieder an seinen Manschetten und blinzelte. Er hatte mißbilligende Worte erwartet, aber nicht diese kalte Verachtung oder diesen gebieterischen Befehlston. Sein Vater war einen Schritt zu weit gegangen. Verbot er eine Veröffentlichung als Vater oder in seiner Funktion als ehemaliger Vorsitzender des Verlages? Hatte er den *SchizoBoy*-Skandal erwähnt, weil er mit David Morton zu sprechen gedachte, oder nur, um seinen Sohn und Erben zu demütigen? Wie auch immer – er verfügte nicht über die Macht, die Druckerpressen zum Stillstand zu bringen. Doch trotz seiner Wut spürte Gerald, wie sich sein Magen zusammenzog und sich in ihm ein Gefühl der Leere ausbreitete.

»Ich glaube, du reagierst etwas zu heftig«, sagte er. »Zunächst einmal ist es ein Roman. Und zweitens fanden alle Ereignisse, die mich inspiriert haben könnten, vor nahezu fünfzig Jahren statt.« Gerald dachte an seine Mutter. »Die Menschen, denen es etwas ausmachen könnte, erinnern sich nicht daran, und denen, die sich daran erinnern, macht es nichts aus.«

»Erlaube mir, anderer Meinung zu sein«, sagte sein Vater eisig. »Dein Onkel lebt noch, und meines Wissens gilt das auch für Mrs. Halliday. Ganz zu schweigen von den Mitgliedern *meines* Freundeskreises.« Als er den Kopf schüttelte, trafen die Strahlen der untergehenden Sonne Geralds Augen. »Was hast du dir nur dabei gedacht, dieses Skelett auszugraben? Das Buch wirft auf alle ein schlechtes Licht. Der einzige positive Aspekt daran ist vermutlich, daß es dir vielleicht ein paar Pfennige einbringt. Aber du kannst doch nicht ernsthaft annehmen, dieses Buch hätte irgendeinen Wert oder rückte dich in ein positives Licht! Was hast du dir nur gedacht? Es kann niemals mit *Canon* von Harold Bloom konkurrieren.«

Das Gesicht von Geralds Vater lag jetzt im Schatten, so daß er es nicht mehr erkennen konnte. Die Sonnenstrahlen schmerzten in seinen Augen. Er kniff sie zusammen und wandte den Kopf ab. Rings um ihn herum standen in Mahagoniregalen herrliche gebundene Bücher und Erstausgaben neben dem chinesischen Porzellan seines Vaters. Auf dem Boden lag ein wertvoller Tabriz aus Seide, dessen ländliches Muster zwar leicht verblichen, aber immer noch prachtvoll war. Die Möbel im amerikanischen Hepplewhite-Stil wären es wert, in einem Museum ausgestellt zu werden. Sein Vater hatte dieses luxuriöse Zwölf-Zimmer-Apartment – komplett mit drei intakten Kaminen und drei Dienstbotenzimmern – vor fast vierzig Jahren für neunzigtausend Dollar gekauft. Gerald hingegen konnte kaum die Hypothek für seine Wohnung – die nur halb so groß und zwanzigmal so teuer war – bezahlen, und auf *seinem* Boden lag kein Tabriz. Seine erste Frau besaß die Teppichsammlung, seine zweite Frau die meisten seiner Gemälde, und beide wohnten in besseren Gegenden als er. Wie konnte sein Vater es wagen, so geringschätzig über Geld zu reden! Alles, was Davis senior brauchte und wollte, besaß er seit Jahrzehnten. Nein, korrigierte sich Gerald. Schon sein ganzes Leben lang.

Gerald wurde plötzlich von Selbstmitleid überwältigt. Es war so schwierig für ihn gewesen, den ihm zustehenden Platz in einer Welt zu erkämpfen, die sein Vater geschaffen hatte. Einer Welt, in die sein Vater hineingeboren worden war, die er aber auch zu einer Zeit mitgestaltet hatte, als es noch keine Erbschaftssteuern gegeben hatte, die Einkommenssteuer nominal und eine Million Dollar sehr viel Geld gewesen war. In jenen Tagen hatte man eine echte Philadelphia-Kommode mit Aufsatz noch für ein paar tausend Dollar kaufen können. Heute mußte man auf einer Auktion bei Christie's mehrere hunderttausend Dollar hinblättern, um überhaupt mitbieten zu können.

Gerald sah sich in dem wunderschönen und makellosen Raum um. Er hatte das Privileg gehabt, unter dem strengen Regiment seines Vaters und von seiner Mutter ignoriert hier aufzuwachsen, aber es war ihm offenbar nicht bestimmt, solch einen Raum jemals selbst zu bewohnen. Oder genauso respektiert zu werden wie sein Vater. Oder dessen Grad an Autonomie zu erreichen. Sein Vater hatte das geerbte Unternehmen verkauft und verachtete Gerald nun dafür, daß dieser mit allen Mitteln zu überleben versuchte. Und Gerald sah keine andere Möglichkeit dazu, als sein Buch zu veröffentlichen. Sein Vater war verrückt. Es stand bereits auf der Programmliste, im Katalog war eine zweiseitige Vorstellung eingeplant, und Gerald würde in wenigen Tagen den Annahmescheck erhalten. Er dachte kurz über Änderungen nach, die noch in die Druckfahnen eingefügt werden konnten. Aber auch das wäre Unsinn. Er sah wieder nach vorn, direkt ins Sonnenlicht, und kniff geblendet die Augen zusammen. Bestens – Senior mußte nicht mitbekommen, welche Gefühle sich in den Augen seines Sohnes spiegelten.

»Gut«, sagte Gerald, »jetzt kenne ich deinen Standpunkt. Stephanie und ich geben heute abend eine Party.« Er erhob sich, obwohl er noch nicht entlassen worden war, und ging zur Tür. Sein Vater sollte denken, was er wollte: daß sein Wort immer noch Gesetz sei, daß die Verlagsbranche im allgemeinen und sein Sohn im besonderen erzitterten, wenn er sprach. Gerald zitterte zwar tatsächlich, aber mehr vor Wut als vor Angst.

Sein Vater sprang auf und trat neben ihn. Der alte Mann war erstaunlich behende. Er würde bestimmt ewig leben; und wenn er nicht mehr war, dann blieb immer noch seine Frau. Außerdem würde Gerald ohnehin nichts erben, solange seine Schwestern lebten, von den wertvollen Erstausgaben einmal abgesehen. Er ließ seinen Blick noch einmal durch das makellose Zimmer schweifen und drehte sich dann um, bereit zu gehen. Sein Vater folgte ihm in die Galerie, in der es ziemlich dunkel war. Sie wurde nur von den schwachen Lichtstrahlen der Sonne, die durch die offene Bibliothekstür hereindrangen, erhellt. Gerald trat aus dem Lichtstrahl und ging durch den langen, dunklen Raum zum Lift hinüber. Er war fest entschlossen, nichts mehr zu sagen. Gar nichts. Doch sein Vater brach das Schweigen.

»Ach übrigens, Gerald, der kleine Italienroman gefällt mir sehr. Er besitzt das gewisse Etwas, diesen ganz besonderen Charme.«

Mein Gott, dachte Gerald. Nun liest er schon Manuskripte, von denen *ich* noch nichts weiß! Es war lächerlich demütigend. Leise fuhr sein Vater fort: »Ich weiß, daß sich in der Branche vieles verändert hat, daß es anscheinend keinen Markt für ein solches Buch gibt. Aber es steckt so voller Optimismus, so voller Humor und Weisheit, daß es viele Leute ansprechen könnte. Außerdem ist es eher ein literarischer Roman. Du hättest eine wesentlich schlechtere Wahl treffen können.«

»Ich verstehe. Deiner Ansicht nach habe ich das ja sowieso bereits getan«, erwiderte Gerald eisig. Er drückte auf den Fahrstuhlknopf. Schweigend warteten sie in der großen, leeren Eingangshalle.

29

›Jeder braucht einen Lektor.‹

Tim Foote

Camilla lag auf dem Bett. Frederick war gegangen. Sie hatte das Zimmer nicht mehr verlassen, seit er ihr gesagt hatte, daß er im Moment keine Beziehung eingehen könne und es falsch von ihm gewesen sei, es zu versuchen. Obwohl es warm war an diesem Nachmittag, fror Camilla so, daß sie zitterte und ihre Zähne klapperten. Jeder Teil ihres Körpers schien zu schmerzen, nur ihre Augen nicht, die rastlos umherschweiften. Sie suchten Trost in dem Blick aus dem Fenster, in der Canaletto-Reproduktion, die über ihrem Schreibtisch hing, und in der Vase mit dem Stilleben aus Rosa- und Orangetönen. Doch ihr Gehirn verarbeitete die Informationen nicht, die ihm die Augen lieferten. Sie war am Boden zerstört. So festgehalten, so innig geliebt und dann verlassen zu werden war mehr, als sie ertragen konnte.

Nachdem sie miteinander geschlafen hatten, hatte ihr Frederick alles über Makuladegeneration erzählt. Camilla hatte noch nie davon gehört. Zögernd hatte er erklärt, daß es sich dabei um den schrittweisen Verlust der Sehschärfe handle. Er verfüge noch über ein wenig peripheres Sehvermögen, aber die Erblindung schreite immer schneller voran. Man könne diese Krankheit schon früh bekommen, aber die meisten erblindeten erst mit Ende Fünfzig oder Anfang Sechzig. Aus unerfindlichen Gründen seien die Symptome bei ihm wesentlich früher aufgetreten als bei anderen. Er hatte gesagt, die Reise nach Italien sei für ihn eine Art visuelles Abschiednehmen gewesen, da die Degeneration in letzter Zeit immer schneller vorangeschritten sei. Aus diesem Grund habe seine Mutter ihn begleitet.

Erblinden! Welch eine Tragödie. Trotzdem hatte Frederick nicht das Recht, sie einfach zu verlassen! Selbstmitleid stieg in ihr auf, gleichzeitig empfand sie Mitleid mit Frederick Ashton. Wie schrecklich mußte er sich fühlen. Aber das entschuldigte sein Verhalten nicht. Er hatte sie benutzt, sie getäuscht und sie zurückgewiesen. Er war der letzte Strohhalm gewesen, an den sie sich geklammert hatte – nun war sie mit ihren Kräften am Ende. Sie konnte die Bürde der Einsamkeit und ihren Kummer nicht mehr ertragen und einfach in ihrem Bett liegenbleiben und irgendwann nach Birmingham zurückkehren. Es war dumm von ihr gewesen zu glauben, daß sie dem jemals entrinnen könne.

Was sollte sie sonst tun? Der Job als Reiseleiterin und Stadtführerin brachte sie nicht weiter. Sie hatte keine Zukunft und keine Freunde hier. Das war ihr schon vor Fredericks Erscheinen klar gewesen und dann immer bewußter geworden. Die Affäre mit Gianfranco war schmerzlich und unvernünftig gewesen; die Liaison mit Frederick, die völlig schiefgegangen war, hatte das Faß zum Überlaufen gebracht. Selbst dieses Zimmer in dieser schönen Stadt hatte seinen Reiz verloren. Das einzige, was ihr noch blieb, war die Rückkehr in ihr freudloses Zuhause in England. Allein der Gedanke daran war unerträglich. Camilla wollte sich nicht vorstellen, was passierte, wenn sie ihre Niederlage eingestehen und in die Wohnung ihrer Mutter zurückkehren würde. Sie konnte dort eine Weile vor Anker gehen, zum Tee wieder Bohnen oder Spaghetti aus der Dose auf Toastbrot mit Eiern essen, ihre Überlebensstrategien aus der Kindheit wieder aufnehmen, sprich in die Bücherei oder das Birmingham-Museum gehen. Und was dann? Schwester Agnus um einen Job als Lehrerin bitten? Ihre ›Gönnerin‹ Lady Ann besuchen und sich wieder gönnerhaft behandeln lassen? Niemals. Camillas Tränen wurden bitter.

Das schlimmste war vermutlich, daß sie sich in Fredericks Armen so wohl gefühlt hatte. Seine zärtlichen Berührungen, das Gefühl von Haut auf Haut, das menschliche Bedürfnis nach körperlicher Vereinigung! Er war ein wunderbarer Liebhaber gewesen, wesentlich besser als jeder andere Mann, mit dem sie geschlafen hatte. Mistkerl! Er hatte dieses Bedürfnis, die Frau in ihr, geweckt, die nun, wieder einmal, nach Befriedigung verlangte.

Seine Beichte hatte sie überrascht und sprachlos gemacht. Es hatte sie viel Überwindung gekostet, doch nachdem sie sich etwas erholt hatte, hatte sie ihn gebeten zu gehen. Er war bestürzt gewesen. Aber was hatte er erwartet? Er hatte sich immer und immer wieder entschuldigt, doch darum war es nicht gegangen. Erst mehrere Stunden, nachdem er fort war, fiel Camilla ein, daß er vielleicht Hilfe gebraucht hätte, um in der Dunkelheit den Weg zurück zu seinem Hotel zu finden. Er war gemein gewesen, aber vielleicht galt das auch für sie.

Warum hatte Frederick geglaubt, er könne sie ausnutzen? Trug man als Reiseleiter automatisch ein Schild, auf dem stand: ›Ich bin da, um Ihnen zu helfen‹? Oder lag es daran, daß er aus einer bürgerlichen Familie kam, in der man es gewohnt war, bedient zu werden? Camillas Augen füllten sich wieder mit Tränen. Wie hatte sie sich nur einbilden können, daß ein normaler, passabel aussehender, gutsituierter, gesunder Mann aus gutem Hause sich ernsthaft für sie interessierte? Wie hatte sie das nur glauben können? ›Jemanden wie sie‹, wie ihre Mutter zu sagen pflegte, wollte man nur als Geliebte, als Krankenschwester, als bezahlte – in diesem Fall unbezahlte – Begleitung, als Reiseleiterin, Gesellschafterin. Waren das nicht die typischen Berufe jener Frauen des neunzehnten Jahrhunderts gewesen, die über eine überdurchschnittliche Bildung verfügt hatten? Für Frauen wie Camilla hatte sich in den letzten hundert Jahren offenbar nichts geändert.

Schließlich waren keine Tränen mehr übriggeblieben. Camilla sah sich unter der hohen Decke liegen, von der die Farbe abblätterte, bis sie irgendwann aufhörte zu existieren. Doch so etwas passierte im wirklichen Leben leider nicht. Sie war nicht Lily Bart, dies nicht *Das Haus der Freude*. Frauen, die Geschmack hatten und von Schönheit umgeben leben wollten, denen aber die nötigen Mittel fehlten, hauchten ihr Leben heute nicht mehr auf so tragische Weise aus wie zu Edith Whartons Zeiten. Sie plagten sich weiter ab, meistens mit irgendeinem gräßlichen Beruf. Camilla gab sich geschlagen. Sie hatte keine Zukunft, auf die sie sich freuen konnte – zum Beispiel einen Job in einer Buchhandlung –, aber sie würde weitermachen, weil ihr keine andere Wahl blieb. Sie zwang sich aufzustehen.

Dann sah sie sich im Zimmer um und seufzte. Was sie dringend brauchte, war ein Möbelpacker. Wie hatte sich nur so viel Krimskrams ansammeln können? Das Packen würde eine Katastrophe werden. Entweder mußte sie noch mehr Kartons besorgen oder einen neuen Koffer kaufen. Sie konnte morgen auf den Markt gehen und versuchen, Emilio davon zu überzeugen, daß er ihr etwas Passables zu einem herabgesetzten Preis überließ – schließlich hatte sie ihm viele Touristen vorbeigeschickt. Sie hatte nie eine Provision oder eine Kommission dafür verlangt. Aber sie hatte sich geweigert, vertrauensselige Touristen zu einer ›Tour‹ durch die Kameen-Fabriken oder ähnlichem Mist zu überreden, obwohl die Besitzer ihr beachtliche Bestechungsgelder angeboten hatten. Also konnte sie sich jetzt nur einen billigen Koffer leisten. Sie konnte es nicht leugnen – sie war arm. Wie immer war sie knapp bei Kasse, aber wenn sie in zwei Wochen abreiste, brauchte sie keine Zimmermiete mehr zu bezahlen, und sie konnte noch die kleine Uhr verkaufen, die Gianfranco ihr geschenkt hatte. Es war das einzig Wertvolle, was sie besaß. Camilla stand auf, nahm die Uhr vom Tisch, wickelte sie in Zeitungspapier und steckte sie in ihre Tasche.

Erst da sah sie den Umschlag, der halb unter der Tür durchgeschoben worden war. Frederick hatte bereits eine Nachricht geschickt, fast unleserlich geschrieben, in der er seinen Kummer zum Ausdruck brachte und sich immer wieder entschuldigte. Er hatte sie um ein Treffen gebeten – nur als Freund –, und sie hatte nicht geantwortet. Sie konnte einfach nicht. Sie war viel zu schüchtern, um ihm zu sagen, wie sie sich fühlte, und viel zu ehrlich, um zu lügen. Den neuen Brief kickte sie mit dem Fuß durchs Zimmer – sie hatte keine Lust, ihn zu entziffern. Offensichtlich hatte Frederick in den letzten fünf Tagen – seit ihrer gemeinsamen Nacht – Florenz nicht verlassen und die Hoffnung nicht aufgegeben. Einen Augenblick lang war Camilla versucht, die Nachricht wieder unter der Tür durchzuschieben oder sie ungeöffnet in tausend Stücke zu zerreißen und die Schnipsel als ihr persönliches *Arrivederci*-Konfetti zum Fenster hinausflattern zu lassen. Aber das brachte sie dann doch nicht fertig. Genau das war ihr Problem: Sie war einfach zu schwach. Aber was habe ich schon zu erwarten? fragte sie sich, hob den Umschlag auf und brachte ihn zu ihrem Schreibtisch.

Er war, wie sie bereits vermutet hatte, vom Helvetia & Bristol. Nachdem sie ihn geöffnet hatte, entdeckte sie darin einen weiteren. Verwirrt starrte Camilla auf die aufgedruckte Absenderadresse und den Poststempel. Davis & Dash, New York, USA. War Frederick nach New York zurückgekehrt und hatte ihr von dort aus geschrieben? Aber der Umschlag war an ihn in Florenz adressiert und bereits geöffnet. Sie zog den einseitigen Brief heraus.

Lieber Frederick,
Mutter hat mir erzählt, daß Du noch in Italien geblieben bist, und ich hoffe, es geht Dir gut. Kommst Du zurecht? Wie liest Du diesen Brief? Nun, ich hoffe, daß Dir jemand dabei hilft. Ich wollte Dir nur sagen, daß Du jetzt, da eine Arbeit als Architekt für dich wohl nicht mehr in Frage kommt, offenbar

eine gute Nase für Literatur entwickelt hast. Vielleicht eine Alternativkarriere? Mir hat das Manuskript von Camilla Clapfish außerordentlich gut gefallen, und ich denke, das wird auch auf eine Menge anderer Leser zutreffen. Ich möchte hier nicht auf all die langweiligen Details (und die gibt es) eingehen, aber ich bin fast sicher, daß wir Deiner Schriftstellerin ein Angebot machen werden. Ich fürchte, viel wird dabei nicht herausspringen – zwanzigtausend Dollar oder so. Ein Erstlingswerk ist meist eine etwas riskante Sache, und das ist vermutlich das Beste, was wir ihr anbieten können. Unnötig zu sagen, daß es Miß Clapfish natürlich freisteht, zu einem anderen Verlag zu gehen, aber wenn sie mit unseren Bedingungen einverstanden ist, würden wir uns freuen, von ihr so bald wie möglich zu hören.

Unter uns gesagt: Eine Agentin hat das Buch gelesen und möchte sie gern vertreten, ob nun für uns oder einen anderen Verlag. Die Agentin ist sich sicher, daß es sich verkaufen läßt. Es wäre sehr hilfreich, wenn Miß Clapfish nach New York kommen könnte. Natürlich bedeutet es für mich einen kleinen Interessenkonflikt, eine Agentin vorzuschlagen, aber Alex Simmons ist eine tatkräftige junge Literaturagentin und wirklich begeistert von dem Buch. Wenn Miß Clapfish mit ihr Kontakt aufnehmen möchte, müßte sie mir nur versprechen, bei Davis & Dash niemals zu erwähnen, daß ich ihr die Agentin empfohlen habe. Ich tue dies auch nur, weil Mutter erwähnte, daß Du ein persönliches Interesse an der Autorin hast. So also stehen die Dinge, Bruderherz.

Ich schreibe an das Helvetia mit der Bitte, diesen Brief an Dich weiterzuleiten, falls Du umgezogen sein solltest. Mutter sagte etwas von Assisi. Übrigens, ich wäre von Deinen Fähigkeiten als Manager überzeugter, wenn Ihr beiden Amateure nicht vergessen hättet, die Absenderadresse der Autorin anzugeben. Definitiv kein guter Stil, alter Junge. An bestimmte Regeln muß man sich halten. Das gilt auch für Brüder, die Manuskripte einsenden.

Trotzdem – ruf mich an und sag mir Bescheid, wann (und ob) Du zurückkommst. Bis dahin denke ich an Dich. Und freue mich, Dir mitteilen zu können, daß sich mein Privatleben zum Positiven hin entwickelt. Das heißt, ich habe jetzt fast eines.

Ich könnte noch mehr schreiben, aber ich weiß nicht, wer Dir dies vorliest. Bleibt das Telefon.

Alles Liebe, Emma

Camilla, völlig überrascht, überflog den Brief noch einmal, und dann noch ein drittes Mal. Er war wie ein Lichtstrahl, der zwar nicht die Dunkelheit in ihrem Herzen erhellte, ihr aber eine Zukunft in Aussicht stellte. Frederick hatte das Buch gefallen, und seiner gesegneten Schwester ebenfalls. Da kam ihr ein gräßlicher Gedanke – war das vielleicht ein schlechter Scherz von Frederick? Wollte er sie mit diesem Brief dazu bringen, sich wieder mit ihm zu versöhnen oder ihm wieder ihre Aufmerksamkeit zu schenken? Doch das Gekritzel am unteren Ende der Seite belehrte sie eines Besseren. *Ich kehre morgen nach New York zurück. Bitte komm heute abend zum Hotel. Rein geschäftlich. Übrigens: herzlichen Glückwunsch.* Und darunter, fast noch unleserlicher, stand: *Du schuldest mir nichts.*

Camilla starrte auf den Brief, der vor ihr lag. Sie konnte kaum glauben, was diese Worte bedeuteten. Zwanzigtausend Dollar! Sie hatte in ihrem ganzen Leben nie mehr als fünfhundert Pfund auf einmal besessen. Sie stand auf und tanzte, ohne es zu merken, einen Walzer durch den Raum, bevor sie sich aufs Bett warf. Ihr Buch war gut genug, um veröffentlicht zu werden, und das von einem New Yorker Verlag! Sie war so geschockt und gleichzeitig so entzückt von diesem Gedanken, daß sie sich auf den Bauch drehte und loskicherte. Das war doch witzig: Vor fünfzehn Minuten hatte sie hier voller Verzweiflung gelegen, und nun freute sie sich so. Jetzt sah alles anders aus. Irgendwo in New York saß eine Frau, der ihr Roman über Amerikanerinnen mittleren Alters gefiel und die gewillt war, ihr einen Batzen Geld dafür zu geben. Sollte sie hier in dieser Stadt bleiben, die sie liebte, und ein zweites Buch schreiben? Sollte sie nach London gehen? Oder nach New York zurückkehren, in jene Stadt, die sie einst aller Hoffnungen beraubt hatte? Nicht mehr im entferntesten dachte sie daran, ein Ticket nach Birmingham zu kaufen. Wieder mußte Camilla kichern. Es war einfach ungeheuerlich: Ihre Rettung nahte. Träumte sie?

Mit Sicherheit wußte sie nur eines: Heute abend würde sie zu Frederick gehen. Welchen Schaden er auch immer angerichtet hatte, mit diesem wunderbaren Geschenk hatte er ihn mehr als wettgemacht. Sie würde ihn heute abend sehen und mit ihm reden. Aber sie würde ihre Gefühle ihm gegenüber nie wieder erwähnen. Ihre Beziehung würde rein geschäftlich und platonisch sein. Camilla wollte sich nie wieder verletzen lassen.

30

›Es gibt Leute, die Bücher machen und sie dann genauso schnell auf den Markt bringen, als handelte es sich um Schmalzgebäck.‹

Miguel de Cervantes

Programmkonferenzen bedeuteten für Gerald ein doppeltes Martyrium – nicht nur deshalb, weil sie lang waren und hitzige Wortgefechte mit sich brachten, oder weil zukünftige Gewinne davon abhingen, oder weil jeder schlechte Laune oder eine eigene Vorstellung vom Ablauf der Besprechung hatte, oder weil Entscheidungen persönlich genommen wurden. Nein. Als wäre das noch nicht genug, hatte Gerald bei jeder Besprechung den Eindruck, daß sein Vater anwesend war, alles besser wußte und seine Entscheidungen im stillen mißbilligte. Nach all den Jahren, die er sich bereits in Psychotherapie befand, wäre Gerald dieses Gefühl vielleicht langsam unheimlich geworden, wenn er nicht gewußt hätte, daß Jim Meyer, der Verlagsanwalt und Maulwurf, seinem Vater tatsächlich einen minutiösen Bericht ablieferte. Er sah auf die winzigen eingestickten Initialen GOD hinab. Vor einer Programmkonferenz wünschte er sich häufig, er wäre Gott ähnlicher. Wenigstens, was die Allwissenheit betraf.

Eine Programmkonferenz wurde abgehalten, wenn er und Pam Mantiss die Einkäufe für die Saison abgeschlossen hatten und den Marketingleuten und Verlagsvertretern die Titel vorgestellt werden sollten. Unter Geralds despotischer Leitung legten sie dann gemeinsam den Veröffentlichungstermin fest, außerdem Auflage, Lieferkontingente, Verkaufsstrategien, Werbebudget, Werbemaßnahmen, Lesereisen der Autoren und all die anderen wichtigen Dinge. Dickie Pointer, der stellvertretende Leiter der Verkaufsabteilung, war zäh und kampferprobt. Es gab keinen Buchhändler, den er nicht kannte, kein Lieferkontingent, das er nicht an den Mann brachte. Weitere Teilnehmer waren Amy Rosenfeld, die Leiterin der Marketingabteilung, und, leider, Chuck Rector. Wendy Brennon, stellvertretende Leiterin der Abteilung für Werbung und Öffentlichkeitsarbeit, war als einzige neu. Die Sitzung diente unter anderem auch dazu, Informationen über die aktuelle Marktlage auszutauschen, damit der Marktwert der einzelnen Titel besser abgeschätzt werden konnte. Die Einschätzung eines Buches erfolgte nicht unbedingt nach Qualitätsmaßstäben, auch wenn Gerald das gutgeheißen hätte. Es war zwar wichtig, daß ein Buch den Mitarbeitern gefiel, aber bei einem Roman wie Susann Baker Edmonds neuem stand im Vordergrund, wieviel Davis & Dash für das Buch bezahlt hatte und noch investieren mußte, um die Kosten wieder hereinzuholen. Nun, überlegte Gerald, mit *diesem* heißen Eisen werde ich die Sitzung nicht eröffnen. Auch das Chad-Weston-Fiasko würde er nicht erwähnen. Wenn sie wußten, was gut für sie war, würden das auch die anderen nicht tun.

Der Summer ertönte. »Die anderen warten schon«, erinnerte ihn Mrs. Perkins.

Natürlich wußte Gerald das. Mrs. Perkins ärgerte ihn, also erlaubte er sich das kindische, aber amüsante Spielchen, sie ebenfalls zu ärgern. »Ich hätte gern eine Tasse Kaffee«, sagte er. »Nein, einen Espresso.« Das dauerte noch länger. »Und ich möchte ihn hier trinken.« Dies waren sein Unternehmen, seine Büroräume, sein Konferenzsaal, egal, wie David Morton darüber dachte. Es waren seine Besprechung und sein gottverdammtes Verlagsprogramm. In diesem Verlag stand sein Name über der Tür, auf dem Briefkopf und auf den Börsenpapieren. Er würde sich soviel Zeit lassen, wie er wollte.

Er sah auf sein Merkblatt für die Konferenz hinab. Sie würden heute niemals fertig werden, dachte er und hob Daumen und Zeigefinger zum Nasenrücken, um die Stelle zu massieren, die vor Anspannung schmerzte. Nun, er würde sich durch sein Merkblatt arbeiten und versuchen, wieder einmal ein Wunder zu vollbringen, indem er ein solides Programm zusammenstellte, das Gewinne abwarf, dem Verlag einen gewissen Status verlieh *und* mit dem er sicher auf der Bestsellerliste landete. Es würde nicht einfach werden.

Die Probleme mit dem Edmonds-Buch und der Lücke, die *SchizoBoy* hinterlassen hatte, genügten eigentlich schon. Doch noch schlimmer würde die Machtprobe mit Dickie Pointer und Chuck Rector werden, wenn er darauf bestand, sein eigenes Buch in großer Auflage drucken zu lassen. Auf dieses Thema würde er erst später zu sprechen kommen. *Er* legte den Ablauf der Besprechung fest und bestimmte, wann der richtige Zeitpunkt für dieses Gefecht gekommen war.

Mrs. Perkins klopfte und trat ein. Die winzige Tasse klapperte in ihrer Hand. Sie stellte sie auf seinem Schreibtisch ab. Gerald bemerkte, wie schwer es ihr fiel, ihn nicht zu drängen. Boshaft nahm er den Löffel in die Hand und rührte die dunkelbraune Flüssigkeit langsam um, obwohl das nicht nötig war, da er keinen Zucker hineingetan hatte. Dann legte er den Löffel auf die hauchdünne Untertasse. »Kekse?« fragte er. Er sah, wie sie ihre schmalen Lippen aufeinanderpreßte. Dann nickte sie. Da er gar nichts essen wollte, trat er ihr entgegen, als sie mit einem Teller zurückkehrte, zuckte die Achseln und durchquerte den großen Empfangsraum vor dem Konferenzzimmer.

Alle waren schon anwesend. Chuck Rector, der am hinteren Ende des Tisches saß, predigte gerade: »Ich meine folgendes: Wenn jeder Lektor jedes seiner Bücher einfach um zehn Seiten kürzen würde – nur um zehn Seiten –, dann könnten wir meiner Schätzung nach etwa 875 000 Dollar pro Jahr einsparen.«

Gerald sah, wie Pam Mantiss die Augen verdrehte. Lou Crinellis pockennarbiges Gesicht mit den unregelmäßigen Zügen lief dunkelrot an. Wenn irgendwann einmal jemand Pams Platz einnehmen würde, dann mit Sicherheit Lou. Es war seine erste Programmkonferenz, und es sah aus, als würde er sich wie das Band in *Mission Impossible* gleich von innen heraus selbst zerstören.

»Das ist das Dümmste, was ich je gehört habe«, rief er. Crinelli war meist schroff und ungehobelt, aber ein wirklich guter Lektor, der bei der Akquisition von Büchern sehr aggressiv vorging. Außerdem hatte er recht. Gerald räusperte sich und nahm seinen Platz auf dem Chippendale-Stuhl ein, der am Kopfende des Tisches stand. Lou fuhr fort: »Das geht vielleicht bei Korrekturen, die gemacht werden *müssen*. Manchmal fällt so was raus, manchmal auch nicht. Aber wie zum Teufel soll man *jedes* Buch um zehn Seiten kürzen? Versuchen Sie mal, *Die Sonne geht auch auf* um zehn Seiten zu kürzen.«

»Ich habe nur auf den Zusammenhang zwischen Papierkosten und Endbilanz hingewiesen«, entgegnete Chuck zornig. »Sie wissen, daß die Kosten für Papier und Binden überproportional gestiegen sind, während wir …«

Gerald beugte sich vor. Alle sahen ihn erwartungsvoll an. Als er sich der allgemeinen Aufmerksamkeit sicher war, begann er: »Es amüsiert mich immer wieder, wie selten Menschen sich so sehen, wie andere Menschen sie sehen. Nehmen wir einige Beispiele aus diesem Raum: Chuck glaubt vermutlich, er wäre intelligent. Und Lou glaubt vielleicht, er wäre attraktiv. Und ich, ich denke, ich bin ein netter Kerl. Aber wir alle täuschen uns. Also, hören wir auf mit dem Geplänkel und machen uns an die Arbeit.«

Und so begann die Programmkonferenz.

Sie hatten sich durch einige mittelmäßige Titel hindurchgearbeitet und waren bei den entscheidenden Büchern angelangt. »Bekommen wir das Peet-Trawley-Buch rechtzeitig?« fragte Gerald. Das Trawley-Buch war wichtiger denn je.

»Tote Männer erzählen keine Geschichten mehr«, krächzte Dickie Pointer leise.

Pam warf ihm einen giftigen Blick zu. »Ja, wir haben es rechtzeitig«, sagte sie zu Gerald. Er wunderte sich über ihre neue Zuversicht. Sie hatte sich mit dem Buch schwergetan. Und um die Wahrheit zu sagen: Seine Schadenfreude deshalb war größer gewesen, als sie hätte sein dürfen. Jahrelang hatte Pam die Bücher anderer lektoriert und kritisiert und am Ende immer behauptet, sie könne das doppelt so gut. Deshalb hatte es ihn gefreut, daß sie enorme Probleme zu haben schien. Aber Gerald brauchte das Buch, und Pam wirkte nun wesentlich ruhiger. Vielleicht kam sie mit dem Trawley-Entwurf inzwischen besser zurecht.

»Wir brauchen es«, knurrte Dickie. »Solange auf dem Umschlag der Name Peet Trawley und ein Omega stehen, wird es sich verkaufen. Aber wir müssen fristgerecht ausliefern. Ich möchte meine Buchhändler nicht vergraulen.«

»Sie bekommen es«, versicherte ihm Pam.

»Die Vermarktung ist diesmal relativ einfach«, sagte Amy. »Wir haben einen guten Plan. Wir verkünden schlicht und ergreifend, daß es Peet Trawleys letztes Buch ist.«

»Den Teufel werden Sie tun«, sagte Pam Mantiss.

Amy sah sie an. »Aber ich ...«

»Peet hat mehrere Manuskripte hinterlassen«, sagte Pam. »Sie müssen vielleicht etwas intensiver überarbeitet werden, aber das hier ist *nicht* sein letztes Buch.«

»Ha!« krächzte Dickie. »Wie bei V. C. Andrews. Je länger sie tot ist, desto mehr hat sie geschrieben.«

Interessant, dachte Gerald. Pam hatte also, wie es aussah, einen Nebenerwerb gefunden. Nun, dem Verlag kam das nur zugute. »Bin ich der einzige, der hier einen Kaffee braucht?« fragte er ruhig. Er drückte mit dem Fuß auf den leisen Summer unter dem Tisch, und Mrs. Perkins steckte den Kopf durch die Tür. Nachdem die komplizierte Kaffeebestellung abgewickelt war, aber noch vor Mrs. Perkins und Andreas Rückkehr, waren sie mit der Planung und Plazierung von Peets Buch durch. Kein Blut war vergossen worden. Bleiben noch siebenundzwanzig Titel, dachte Gerald. Er wünschte, *alle* diese Autoren wären tot. Im Moment gab es offenbar eine Menge toter Autoren. Hatte nicht kürzlich Lucy Ball eine Autobiographie geschrieben? Tatsächlich weilte, wie er mit einem Blick auf sein Merkblatt feststellte, auch die nächste Autorin nicht mehr unter den Lebenden.

»Bei dem nächsten Buch handelt es sich um ein Meisterwerk. Ich hoffe, Sie alle lesen es«, sagte er und sah sich in der Runde um. Dickie las nur wenig, Chuck noch weniger. »Aber bei diesem Buch sind Kürzungen unbedingt notwendig«, fuhr Gerald fort und legte eine Hand auf den unerhört hohen Stapel des Manuskriptes von *Die Verlogenheit der Männer*.

»Mrs. O'Neal sagt immer noch, daß Kürzungen indiskutabel seien«, erklärte Pam verbittert. Sie nahm es Gerald übel, daß er sie zwang, das Buch zu kaufen.

»Hast du ihr gesagt, daß wir es unmöglich in dieser Länge veröffentlichen können?« schnauzte Gerald sie an. Pam zuckte nicht mit der Wimper, sondern nickte nur und zog die Schultern hoch. Er wandte sich an Chuck Rector. »Was würde das kosten?«

Rector zuckte die Achseln. »Mindestens dreißig Dollar«, sagte er.

Gerald hatte das Gefühl, als würde sein Kopf explodieren. Der Trend ging zu kürzeren, billigeren Romanen. Er wandte sich an Pam. Eigentlich haßte er es zu fluchen, aber er mußte einfach Luft ablassen: »Verdammt und zugenäht! Wir können kein Dreißig-Dollar-Preisschild auf ein Erstlingswerk kleben. So verkauft es sich bestimmt nicht – wenn überhaupt. Bist du sicher, daß du sie nicht dazu bringen kannst, ihre Meinung zu ändern?« Er *mußte* dieses Buch haben. Er hatte Pam angewiesen, jeden Preis zu zahlen, der innerhalb eines vernünftigen Rahmens lag, denn sein Vater würde ihn mit Verachtung strafen, wenn er dieses Buch nicht veröffentlichte.

Wendy Brennon räusperte sich. »Wie Sie wissen, haben wir bei diesem Buch einen erstklassigen Aufhänger. Zunächst einmal spricht es Frauen wie Männer gleichermaßen an. Dafür sorgt allein der Titel«, sagte sie. »Und dann noch diese Tragödie, die sich hervorragend ausschlachten läßt: Das Buch, das sich weigerte zu sterben, obwohl die Autorin tot ist. Ich schätze, ich kann die Leute von *People* dazu bewegen, einen ganzseitigen Bericht darüber zu bringen. Und wenn die Mutter zu Oprah Winfrey und Sally und Ricki Lake geht und, Sie wissen schon, ein paar Tränen abdrückt, dann haben wir wirklich etwas Erstklassiges.«

Gerald ließ sich nichts anmerken, aber er war sehr zufrieden. Genau deshalb hatte er Wendy eingestellt. Sie sollte zusehen, daß sie einen ähnlich guten Aufhänger für *sein* Buch fand.

Dickie Pointer meldete sich zu Wort. »Ja, ja, Werbung ist gut und schön, aber das Buch ist zu dick. Die Leute wollen kurze Bücher lesen. Selbst fünfundzwanzig Dollar wären noch zuviel für ein Erstlingswerk. Das Ding ist zu literarisch, und selbst wenn es einschlagen sollte, bleibt es dabei – es wird kein zweites Buch geben. Schließlich ist sie tot.« Dann grinste Dickie und warf Pam einen Blick zu. »Es sei denn, Sie finden auch in ihrem Keller eine Fortsetzung, Pam.«

Pam ignorierte seine Stichelei. Sie wirkte verärgert. »Okay. Wir wissen also, daß die Ketten dieses Buch nicht nehmen werden. Das steht schon mal fest. Wir müssen uns an die unabhängigen Läden wenden. Ich denke, wir müssen nachgeben. Sie wird Kürzungen niemals zustimmen. Sie kann mich mal.«

»Die arme, trauernde Mutter kann Sie mal?« fragte Crinelli und riß die Augen weit auf.

»Sie können mich auch mal«, sagte Pam.

»Kinder, Kinder«, beschwichtigte Gerald. »Also, ich will dieses Buch haben. Und es wird sich verkaufen. Wir machen eine große Sache daraus und verschicken Leseexemplare an die literarischen Buchläden, als kleines Vorabgeschenk sozusagen. Und dafür bekommen wir gute Kritiken. Welcher Rezensent schuldet uns einen Gefallen?«

»Wen interessiert das schon? Mir wäre es egal, und wenn der Klappentext vom Heiligen Vater höchstpersönlich geschrieben worden wäre«, sagte Dickie. Seit der Papst ein Buch geschrieben hatte, kursierten eine Menge Papstwitze. Der Neun-Millionen-Dollar-Vorschuß, den Random House dafür hatte hinlegen müssen, hatte manche veranlaßt, das Buch ›Poprah‹ zu nennen, in Anlehnung an Oprah Winfrey. Dickie drehte sich um und sah Gerald an. »Wie viele Exemplare sollen meine Leute Ihrer Meinung nach davon loswerden? Wenn Sie eine Erstauflage von mehr als zweitausend machen, sind Sie verrückt. Glauben Sie mir, eher wird Christus wieder auftauchen, als daß davon eine zweite Auflage erscheint.«

Erneut ergriff Wendy das Wort. Sie machte als einzige einen gelassenen Eindruck, aber sie hatte mit ihren Kollegen auch noch nicht lange genug zusammengearbeitet, um Haßgefühle zu entwickeln. »Ich denke, wir können für dieses Buch einige wirklich gute Kritiken bekommen«, sagte sie. »Wir müssen diesen Roman nur auf die Titelseite der *New York Times Book Review* bringen, um wirklich ...«

»Welch umwerfende Idee«, warf Dickie gehässig ein. »Das könnte ich mal mit meinem Adreßbuch probieren: Wir müssen nur eine positive Kritik auf der Titelseite der *Book Review* bringen, und schon haben wir dreihunderttausend Hardcover-Exemplare davon verkauft.«

Pam beugte sich vor und sah Dickie an. »Wenn Sie lesen würden, statt nur zu reden, wüßten Sie, daß dieses Buch tatsächlich so verdammt gut ist«, sagte sie. »Es könnte auf die Titelseite der *Times* kommen. Aber die Mutter geht mir verdammt auf die Nerven.«

Gerald räusperte sich. Er wollte nicht, daß sich Dickies Laune weiter verschlechterte, bevor sein eigenes Buch drankam. Er mußte ihn bei seinem Ehrgeiz packen, mit einem unmöglichen Lieferkontingent für dieses Buch. »Okay«, sagte er. »Bedauerlicherweise müssen wir das Buch in seinem jetzigen Umfang verlegen. Wir drucken fünftausend Exemplare. Dick, ich möchte, daß Sie viertausend mitnehmen. Das bedeutet, daß Sie vermutlich mit dreitausendvierhundert zurückkommen. Wendy, zeigen Sie mal, was Sie draufhaben, und bringen Sie die ›Mutter-deren-Tochter-Bücher-schreibt-und-dann-Selbstmord-begeht-Geschichte‹ in den Talkshows unter.« Er zog die Augenbrauen hoch. »Pam, sieh zu, daß du namhafte Schriftsteller dazu bewegst, uns einen Klappentext zu schreiben.«

Pam verzog das Gesicht. »Dickie, kann ich mir Ihre Knieschoner ausleihen?« fragte sie trocken und sah sich in der Runde um. »Oder hat jemand Saul Bellows Privatnummer?« Niemand lachte.

Gerald sah auf seinen Plan. »Okay, laßt uns nun über ein Buch reden, das uns wirklich einen Batzen Geld einbringen kann«, sagte er, um die Besprechung voranzutreiben. »Den Erstlingsroman von Jude Daniels.«

Die Stimmung am Tisch wurde schlagartig besser. Dickie lächelte sogar. »Was wir dafür brauchen«, sagte er, »ist ein toller Umschlag. Können wir nicht die Gräber der drei Kinder abbilden, neben denen die alte Hexe heult?«

Dickie war einfach makaber. Und er dachte immer nur an das Naheliegende, was für Gerald eine noch größere Sünde darstellte. »Wir müssen das ja nicht so wörtlich nehmen«, sagte er daher. »Aber der Umschlag ist tatsächlich sehr wichtig. Arbeitet Eddie gerade an etwas Bestimmtem?«

Pam nickte. »Der Vorabdruck, den wir mit unserer aktuellen Titelliste verschicken, muß wirklich klasse sein. In der Branche kursieren bereits eine Menge Gerüchte. Einige fühlen sich hintergangen, weil man es ihnen nicht angeboten hat. Es ist ein superspannendes Buch. Es geht um Sex und um Mord, und trotzdem ist es ein großartiges Buch für Frauen. Das könnte noch besser einschlagen als Millers *Die gute Mutter*.«

»Vielleicht könnten wir es *Die schlechte Mutter* nennen«, witzelte Dickie.

»Was für ein Typ ist dieser Jude Daniels?« fragte Wendy.

»Der feuchte Traum aller Werbeleute«, versicherte ihr Pam. »Ein richtiger Trumpf: attraktiv, sexy, sensibel. Ein Mann, der es wirklich versteht, sich in eine Frau einzufühlen.«

»Bisher dominierten die Autorinnen bei den einfühlsamen Romanen, aber in den letzten fünf Jahren hat sich das geändert«, sagte Gerald. »Grisham und Waller schreiben inzwischen Bücher, wie sie früher von Frauen geschrieben worden sind, und sowohl Männer als auch Frauen lesen sie. Jude Daniel ist ein weiterer Vertreter dieser neuen Kategorie von Autoren. Ich glaube, das Buch könnte ein neuer *Pferdeflüsterer* werden.«

»Wie meine Großmutter zu sagen pflegte: ›Ihr Wort in Gottes Ohr‹«, scherzte Lou. »Aber ich wäre mir da nicht so sicher. Ich weiß nicht, ob Frauen wirklich etwas über eine Kindermörderin lesen wollen, und ich weiß auch nicht, ob Männer etwas über eine Frau lesen wollen.«

»Wirklich?« fragte Pam. »Grisham schien überhaupt keine Probleme zu haben, sie zum Lesen von *Der Klient* zu bewegen. Darin ging es um eine Frau, die einen Jungen vor Kindermördern beschützte.«

»Purer Zufall.«

»Es ist toll geschrieben, Lou«, sagte Pam, und ihre Stimme hob sich. »Ihrer Großmutter würde es gefallen.«

Gerald wandte sich an Dickie. »Hier machen wir eine riesige Auflage«, sagte er. »Dank Pam haben wir das Buch zu einem guten Preis bekommen und können es uns jetzt leisten, das Beste daraus zu machen. Es muß auffallen. Was halten Sie davon, wenn wir mehrere Exemplare nebeneinander aufreihen?« fragte er Amy.

»Nun, wir können in den Läden einen Ständer mit zwölf Exemplaren aufstellen oder die Bücher übereinanderstapeln. Und vielleicht noch einen Wettbewerb ausschreiben.«

»Ja«, warf Dickie ein. »Bringen Sie Ihr Kind um, und gewinnen Sie eine kostenlose Verteidigung.«

Amy lachte.

»Wir versuchen, eine Art Lotteriespiel zu machen. Und wenn der Typ sich gut verkaufen kann, das heißt gut reden kann, schließen wir eine Zehn-Städte-Tour an«, fügte Wendy hinzu.

»Er kann sich verkaufen«, versicherte Pam. »Wie wär's mit fünfzehn Städten?«

»Er wird völlig fertig sein, wenn er das hinter sich hat«, sagte Wendy. »Sie sollten doch wissen, wie schwer es ist, Interesse für einen Erstlingsautor zu wecken.«

Pam schüttelte aufgebracht den Kopf. »Das ist nicht der Punkt. Hier geht's nicht um einen *Erstlingsautor,* es geht um die reale Hintergrundstory: eine Frau, die ihre eigenen drei Kinder umbringt. Kommen Sie, strengen Sie Ihren Grips an: Er ist Uniprofessor. Wir können ihn sozusagen als Experten präsentieren.«

Dickie nickte. Ausnahmsweise waren er und Pam einer Meinung.

»Okay«, sagte Gerald. »Ich möchte einen erstklassigen Vertriebsplan und eine umwerfende Werbestrategie. Ich denke, hier gehen wir kein Risiko ein. Machen wir erst einmal eine Auflage von 150 000 Exemplaren, und wenn es mit den Bestellungen gut aussieht, erhöhen wir auf zweihundert.«

Chuck Rector verdrehte die Augen und murmelte etwas von ›Remittenden‹. Gerald hätte ihm am liebsten den Kragen umgedreht, aber in Erinnerung an seine eigenen Remittenden nahm er davon Abstand. Da die allgemeine Stimmung gerade gut war, brachte er jetzt am besten sein Manuskript zur Sprache. »Nun zu meinem Œuvre«, sagte er. Alle schwiegen. »Ich weiß, daß Sie etwas enttäuscht waren von *Lilas* kläglichen Verkaufszahlen. Aber bei dem neuen Buch brauche ich keine Konkurrenz von Laura Richie zu befürchten. Es ist eine Insidergeschichte, und ich kann rechtzeitig liefern.«

Gerald warf einen Blick in die Runde. Niemand außer Wendy sah ihm in die Augen. »Ich habe den Anfang umgeschrieben. Er ist jetzt um einiges besser.« Mit leiser Stimme sprach er weiter, das peinliche Schweigen ignorierend. Aber er zupfte nervös an seinen Manschetten. »Ich werde die Vorabdrucke an alle meine alten Freunde schicken. Liz Smith wird etwas Nettes darüber schreiben. Und auch Helen Gurley Brown, wenn sie noch da ist. Aber ich möchte nicht, daß zu viele Leute das Manuskript zu Gesicht bekommen. Ein guter Klappentext ist ohnehin besser.«

Er konnte natürlich nicht zugeben, daß er Angst vor schlechten Kritiken hatte, aber alle – außer Wendy – wußten, daß er genau das meinte. »Ich habe eine Menge guter Freunde, die mir etwas schuldig sind. Wir werden ohne Probleme ein paar positive Zitate zusammenbekommen.« Ganz sicher, dachte Gerald, da er jeden Autor, den er veröffentlichte, dazu verpflichtete, etwas Nettes über sein Buch zu sagen. Und wenn der Autor einen neuen Vertrag wollte, tat er das besser. Gerald räusperte sich. »Dickie, ich möchte, daß Sie davon 300 000 Exemplare verkaufen.«

Dickie schob seinen Stuhl zurück, erhob sich halb und ließ sich wieder auf seinen Sitz zurückfallen. »Gerald, bitte – hören Sie mir zu. Die Buchhandlungen wissen genau, wie viele Exemplare von *Lila* geliefert und wie wenige verkauft worden sind. Alles ist mit dem Computer erfaßt. Sie wissen, wie viele Exemplare zurückgingen. Sie können *nicht* erwarten …«

»*Sie* können nicht von mir erwarten, daß ich mir das anhöre«, sagte Gerald kalt. »Ich werde bei der Vertreterkonferenz dabeisein. Ich werde dieses Buch präsentieren. Und ich werde jeden unserer Verlagsrepräsentanten persönlich verpflichten, sein Kontingent unterzubringen. Jeder, der dieses Versprechen nicht geben will, kann sich eine andere Stelle suchen. Habe ich mich klar genug ausgedrückt?« Er machte eine Pause, und seine Augen wurden schmal. »Ich meine damit, daß es *keine* Wahlfreiheit gibt, Dickie.« Gerald wandte Wendy seine kalten Augen zu. »Sie lassen sich eine exzellente Werbestrategie einfallen. Aber ohne Lesereisen. Nur ein paar Interviews mit einigen von meinen Journalistenfreunden. Ich denke, wir könnten eine Story im *New York Magazin* bekommen, oder vielleicht in der Beilage der *Times*. Und sicher bringt auch der *Observer* einen Bericht darüber – vielleicht sogar ein Interview. Schließlich geht es in dem Buch um Skandale und die oberen Zehntausend von New York. Dominick Dunne ist damit sehr gut gefahren. Diese Art von Werbung schwebt mir vor. Gehen Sie zu *Vanity Fair* und dem *New Yorker*. Die berichten gern noch einmal über alte Skandale. Wendy, Sie haben bereits Kontakte zu den Condé-Nast-Leuten. Damit und mit einem großen Werbebudget und den Zitaten könnten wir es schaffen.« Damit war für ihn der Fall erledigt. Schließlich war es sein Verlag. Er machte eine kurze Pause. »Und nun zu Madame Edmonds.«

Immer noch ziemlich verstört, drehten sich alle zu Pam um. »Was ist mit unserer Primadonna?« fragte Dickie. Gerald wußte, daß alle sich davor fürchteten auszusprechen, was sie wirklich dachten: daß er eine Romanschriftstellerin auf dem absteigenden Ast zu einem überhöhten Preis eingekauft hatte.

»Ich mag ihr Buch«, sagte Wendy. »Es ist besser als das von Jackie Collins.«

»Das ist kaum eine Empfehlung«, meinte Gerald.

Dickie meldete sich zu Wort. »Ich denke, das Problem liegt darin, daß sie den Kontakt mit ihrer Leserschaft verloren hat. Und daß die meisten Mitglieder ihrer eingeschworenen Fangemeinde inzwischen verschieden sind. Das neue Buch ist realitätsnäher. Es handelt von den Problemen der Frauen von heute, und gleichzeitig kommt es ihren Wunschträumen näher als ihr letztes Buch.«

Gerald lächelte grimmig. »Hoffentlich«, sagte er. »Was können wir also tun, um sie wieder auf den richtigen Weg und ganz nach oben auf die Bestsellerliste zu bringen?«

»Nun«, meinte Pam, »es gibt bereits eine ganze Menge, wozu wir vertraglich verpflichtet sind. Alfred Byron hat uns ordentlich geknebelt. Wir müssen Werbung auf nationaler Ebene ...«

»Das ist doch alles Mist. So läßt sich gar nichts verkaufen«, unterbrach Dickie sie. »Sie möchte nur ihr retuschiertes Foto in den Zeitungen sehen.« Er schüttelte den Kopf. »Wir haben uns zu einer Werbekampagne von einer viertel Million Dollar verpflichtet.«

Chuck pfiff und schlug sich mit den Händen gegen die Stirn. »Gutes Geld schlechtem hinterhergeworfen«, murmelte er. Gerald ignorierte ihn.

»Seht mal«, sagte Lou, »ich bin nicht aus der Marketingabteilung, und ich gebe auch nicht vor, ein Experte zu sein. Aber es scheint so, als sei die einzige Möglichkeit, diese Autorin wieder auf den rechten Weg zu bringen, diejenige, sie auf den Weg zu bringen ... Versteht ihr, was ich meine?« Alle starrten ihn an. Keiner verstand, was er damit sagen wollte. Manchmal ergab das, was Lou sagte, eben keinen Sinn. Er fuhr fort: »Es mag ja sein, daß niemand ihr letztes Buch gekauft hat, aber jeder kennt ihren Namen. Sie ist immer noch berühmt. Ein wenig von ihrem alten Glanz ist noch da. Nicht in New York oder Los Angeles, aber in den Käffern auf dem Land. Gehen Sie mit ihr in die kleinen Buchhandlungen in diesen Städten. Geben Sie das Geld dafür aus. Wegen einem Jude Daniel würde niemand kommen. Wer zum Teufel hat je etwas von ihm gehört? Aber seit zwanzig Jahren erscheint der Name Susann Baker Edmonds in den Buchregalen jedes Flughafens, jedes Gemischtwarenladens und jedes Supermarktes im ganzen Land. Und bin ich der einzige, der bemerkt hat, daß sie seit zwanzig Jahren dasselbe Foto auf dem Umschlag hat? Na, jedenfalls ist sie eine Institution. Lassen Sie sie eine Vierzig-Städte-Lesereise machen. Sie wird in jeder kleinen Zeitung im ganzen Land groß rauskommen.«

»Eine fantastische Idee«, sagte Dickie. »Meine Vertreter werden begeistert sein. Wir fahren mit ihr aufs flache Land. Nicht der übliche Mist wie Dallas und Forth Worth. Nein, Cincinnati und Rutland, Missoula und Sacramento. Omaha. Kansas City. *Definitiv* Kansas City. Ken Collins kann sie in Kansas City auf Teufel komm raus verkaufen. Wir suchen die entlegenen Gebiete auf.«

»Sie wird *begeistert* sein«, ahmte Pam ihn nach und konnte ein boshaftes Kichern nicht unterdrücken. Selbst Gerald mußte grinsen. O ja, das war gemein. Er stellte sich Susann und Alf in einem viersitzigen Nahverkehrsflugzeug über der Pudget-Meerenge vor. Für die Millionen, die sie ihr gezahlt hatten, würde sich Susann Baker Edmonds ›auf den Weg machen‹ müssen. Sie würde heulen und jammern, aber sie würde es tun. Und er konnte wetten, daß die Leute in der finstersten Provinz angelaufen kamen und ihr Buch kauften.

»Wird dadurch das gesamte Budget aufgebraucht?« fragte Chuck. »Wir sind vertraglich verpflichtet, die volle Summe auszugeben.« Er hörte auf zu rechnen. »Was gibt es sonst noch, außer der Tour, der Werbung, einigen Plakaten für die Buchläden und dem üblichen Werbekram?«

»Wie wär's mit Autoaufklebern?« fragte Wendy.

»Ja. Wie wär's mit: ›Hupen Sie, wenn Sie sich an Susann Baker Edmonds erinnern‹«, sagte Dickie, und alle lachten.

Gerald schnitt eine Grimasse. Er hatte eine Vision: Susann Baker Edmonds als die Anna Morrison der Zukunft. Gott, hoffentlich irrte er sich. »Okay, wir stimmen also alle darin überein, daß wir Susann wieder an die Spitze bringen müssen, und wir haben die Mittel und das Geld dazu. Machen wir also weiter.« Alle murrten leise vor sich hin, als wären sie gerade von ihrem Lehrer getadelt worden. »Das letzte nette Buch auf meinem Blatt ist das unbetitelte Manuskript einer gewissen Camilla Clapfish.«

Nachdem er bei seinem Vater gewesen war, hatte er das Manuskript gelesen und teilte nun dessen Meinung. »Wir haben es noch nicht sicher, aber es gefällt mir, Pam. Trotz Emmas Empfehlung, es nicht anzunehmen.« Pam lächelte Gerald zu. »Es kostet uns nur ein paar Dollar, könnte es aber durchaus zu etwas bringen.« Er war überrascht, daß Emma Ashton, die bei seinem und dem O'Neal-Buch so viel Köpfchen bewiesen hatte, nicht die Möglichkeiten erkannt hatte, die in diesem Buch steckten. Vielleicht war sie doch nicht so brillant, wie er geglaubt hatte. »Der Aufhänger für dieses Buch ist folgender: Die Autorin ist Engländerin und hat einen bezaubernden Schreibstil. Ihr kennt ja Priestleys Aussage: ›Einen Engländer kann nichts glücklicher machen, als einen Amerikaner zu beschreiben.‹«

»Das ist doch Mist«, kommentierte Dickie. Gerald ignorierte ihn.

»Wie zum Teufel sollen wir es nennen?« fragte Pam. »Hat sie schon eine Idee?«

»Wie wär's mit *Florence in Florenz*?« schlug Wendy vor. »Heißt nicht eine der Hauptfiguren Mrs. Florence Mallabar?«

»Ach, kommen Sie«, stöhnte Pam.

»Wie wär's mit *Langweilig*?« fragte Dickie.

Diese Bemerkung erinnerte Gerald an ein Buch von Charles Willeford, das einen der besten Titel trug, die er je gesehen hatte: *Neue Hoffnung für die Toten*. Aber er wollte Dickie nicht noch mehr ermutigen. »Im Ernst«, sagte er. »Pam, hast du einen Vertrag mit ihr abgeschlossen?«

»Das ist kein Problem. Sie kommt nächste Woche zum Unterschreiben vorbei.«

»Also? Ein Titel«, fragte Gerald in die Runde.

»Wie wär's mit *Eine Woche in Florenz*«, schlug Wendy vor. »Eine Anspielung auf *Mein Jahr in der Provence*, nur kürzer.«

»Es müßte sich dann nur noch so gut verkaufen wie das Buch von Peter Mayle«, meinte Dickie.

»Laßt uns *Eine Woche in Firenze* nehmen«, schlug Gerald vor. »Es verleiht dem Titel das gewisse Etwas, wenn ein Hauch Fremdes dabei ist.« Er nickte. »Ich mag dieses kleine Buch wirklich. Es hat was. Ich glaube nicht, daß wir Großes von ihm erwarten können, aber wir nehmen es mit rein, auch wenn es eine etwas riskante Sache ist. Wir sollten in der Werbung häufig das Wort ›bezaubernd‹ verwenden.«

»Also, welche Vermarktung?« fragte Amy. »Werbung? Plakate? Eine Lesereise?«

»Sie machen wohl Witze«, sagte Pam. »Dieses Buch schafft es entweder allein oder gar nicht. Vielleicht geben ihr die Typen oben bei Misty-Valley-Books die Chance, eine Lesung in ihrem ›Neue Stimmen für ein neues Jahr‹-Programm abzuhalten. Das kann nicht schaden. Wir wollen sowieso nicht viel investieren. Wir werfen es einfach auf den Markt und hoffen, daß es ein paar gute Kritiken erhält.«

»Aber ohne jegliche Vermarktung oder Werbung sind die Chancen, daß ein Erstlingsroman groß rauskommt, gleich null«, protestierte Wendy.

Pam sah sie an, als wäre sie eine Närrin. »Tja – geht es im Leben nicht fürchterlich ungerecht zu?« fragte sie.

III

In Ketten

›Verlegen bedeutet heute nicht mehr nur, gute Manuskripte auszuwählen und diese auf den Markt zu bringen. Es ist genauso wichtig, als Verlag Bücher selbst zu vermarkten oder mit den Buchhandelsketten zusammenzuarbeiten, mit ihnen handelseinig zu werden oder gemeinsam Werbung zu machen und so weiter. Das Problem besteht darin, daß die Verlage, die sich auf dem Markt behaupten können, meistens keine hochwertigen Bücher im Programm haben.‹

Gerald Ochs Davis senior
Fünfzig Jahre im Verlagsgeschäft

1

›Ein Autor, dem es an gutem Rat mangelt,
ist Wasser auf die Mühlen verlegerischer Heimtücke;
oder, um es noch drastischer auszudrücken – wenn der Verleger unsanft zur Eile drängt,
wird der Autor zu neuen Höhen der Angst getrieben.‹

Paul Mahon

Camilla hatte ganz vergessen, wie unangenehm die Einreiseprozedur nach Amerika war. Es bedeutete, in langen Schlangen mit vielen Menschen anzustehen, nachdem man bereits stundenlang mit anderen in einem engen Flugzeug zusammengepfercht worden war. Sie war noch relativ glimpflich davongekommen, hatte aber genug von Menschenmassen in kleinen Räumen, als sie endlich vor einem schroffen Beamten stand. Er wollte den Grund ihres Aufenthaltes erfahren und ein Rückflugticket sehen, das sie nicht besaß.

»Ich komme aus Italien, möchte hier Geschäfte tätigen und werde nach London weiterfliegen, wenn das Geschäftliche hier beendet ist«, sagte sie kühl, obwohl sie keine Ahnung hatte, ob sie das auch tatsächlich tun würde.

»Und welche Art von Geschäften machen Sie?« fragte der Beamte der Einwanderungsbehörde.

Erst da händigte Camilla ihm, mit einem Anflug von Stolz, den Brief von Davis & Dash aus. »Ich bin hier, um mich mit meinem Verleger zu treffen«, sagte sie und kostete diese Worte genüßlich aus. *Mein Verleger.* Sie hatte einen Verleger.

Ein leises Stimmchen in ihrem Kopf meldete sich zu Wort, als wollte es ihren Enthusiasmus dämpfen: »Nein, hast du noch nicht.« Ein Brief war schließlich noch kein Vertrag. Aber sie verdrängte diese störenden Gedanken.

Auch wenn der Mann von dem Brief nicht sonderlich beeindruckt zu sein schien, ließ er sie zumindest passieren. Danach mußte sie sich durch eine Schar schnatternder Italiener kämpfen, um zur Gepäckausgabe der Alitalia zu gelangen, wo sie ihre Taschen einsammelte. Erschöpft kam sie zum Zoll, wurde zügig abgefertigt und ging weiter, an den angeketteten Gepäckwagen vorbei, bis sie schließlich in die unüberschaubare Menschenmenge der Ankunftshalle für internationale Flüge des Kennedy-Flughafens eintauchte. Sie wußte, daß es einen Bus nach Manhattan gab. Nun mußte sie nur noch den Schalter finden, an dem die Fahrscheine verkauft wurden. Da tauchte genau vor ihr ein Pappschild mit ihrem Namen in schwarzen Großbuchstaben auf: CLAPFISH stand da, eindeutig. Sie ging zu dem Mann hinüber, der das Schild hochhielt. Er trug einen schwarzen Anzug und ein weißes Hemd. Sie fürchtete sich fast davor, ihn anzusprechen – schließlich waren sie hier in New York –, aber ihr Name war so ungewöhnlich, daß es wohl kaum ein Zufall sein konnte. »Wen suchen Sie?« fragte sie vorsichtig.

»Camilla Clapfish. Sind Sie das? Wir sind hier, um Sie abzuholen. Mr. Ashton wartet im Auto.«

Der Chauffeur hob ihre beiden Taschen auf und bahnte sich ohne ein weiteres Wort einen Weg durch die Menge. War das ein neuer Trick, um Gepäck zu stehlen? Camilla wußte nicht, was sie tun sollte, also folgte sie ihm. Frederick hatte ihr nicht gesagt, daß er sie abholen wollte. Eine nette Geste, wenn sie es auch ein wenig lästig fand. Sie waren übereingekommen, Freunde zu bleiben. Frederick hatte sie angefleht, ihm zu vergeben, und versprochen zu vergessen, daß sie jemals eine Nacht miteinander verbracht hatten. Sie hatte zugestimmt, ihr Versprechen aber häufig gebrochen. In ihren Träumen lagen seine Hände auf ihrem Körper und sein Mund auf ihrem. Aber das würde sie ihm nie sagen. Niemals. Warum holte er sie also ab?

Camilla folgte dem breiten Rücken des Chauffeurs, der in Richtung der automatischen Ausgangstüren ging. Die glänzende schwarze Limousine, die draußen stand, hatte sie nicht erwartet. Der Fahrer öffnete die hintere Tür und hielt sie ihr auf. Sie zögerte. Camilla hatte noch nie in einer Limousine gesessen. Kurz – nur ganz kurz – fragte sie sich, ob das nicht gefährlich war. Vielleicht saßen Menschenhändler darin, die sie verschleppen wollten, oder etwas in der Richtung? Aber sie konnte sich nicht vorstellen, daß sie auf diesem Markt viel wert war, wenn es denn überhaupt einen gab. Also warf sie einen kurzen Blick in das Innere des Wagens. Und dort saß Frederick in dem dämmrigen Licht. Lächelte er nicht etwas nervös? Sie konnte es nicht genau sagen.

»Du hast es geschafft«, sagte er und streckte seine Hand aus. Er verfehlte ihre Hand und erwischte ihren Ellenbogen, aber sie machte das wieder gut, indem sie sich vorbeugte und ihm schnell einen zaghaften Kuß auf die Wange drückte.

»Das ist eine elegante Überraschung«, sagte sie. »Reist du immer in einer Limousine?« Das war als Scherz gedacht, aber sie wußte nicht genau, ob es nicht vielleicht der Wahrheit entsprach. Schließlich kannte sie ihn kaum.

»Natürlich«, sagte er sachlich. »Wir haben eine ganze Flotte davon.« Dann lachte er, und sie merkte, daß er ebenfalls nur gescherzt hatte. »Eine der merkwürdigen Eigenschaften New Yorks«, erklärte Frederick, während der Fahrer einstieg und den Wagen geräuschlos in den chaotischen Flughafenverkehr steuerte. »Ein schmutziges Taxi zum Flughafen und zurück kostet fast genausoviel, wie eine Limousine zu mieten. Ich dachte mir, die Show, die ich damit abziehen kann, wäre es wert.«

»Es ist wirklich nicht schlecht, wie eine Aristokratin begrüßt zu werden. Ich fürchte nur, daß ich den Erwartungen des Lesley-Hotels damit nicht ganz gerecht werde.« Eine Reiseleiterin hatte Camilla ein preiswertes Hotel am Riverside Drive, im westlichen Teil von Manhattan, genannt.

»Wie Mark Spitz zu sagen pflegte: ›Man sollte immer gleich zu Anfang um Eindruck bemüht sein.‹«

»Wer ist Mark Spitz?« fragte Camilla.

Frederick schüttelte den Kopf. »Mein Gott. Gut, daß ich dich abgeholt habe. Du bist nicht darauf vorbereitet, in New York ohne Hilfe zu leben. Du weißt nicht einmal, wer Mark Spitz ist. Das allein kann bereits deinen Erfolg vereiteln.« Er beugte sich vor und forderte den Chauffeur auf: »Bobby, sagen Sie ihr, wer Mark Spitz ist.«

»Diesen Namen kenne ich. Ist das nicht der Serienmörder, der in Long Island zugeschlagen hat? Nein, nein. Das war der Typ vor Greg Louganis.«

Frederick verdrehte die Augen und schüttelte den Kopf. Er hob die Stimme. »Ein Schwimmer. Hat sechs Goldmedaillen gewonnen. Wie schnell wir doch vergessen.« Er wandte sich ihr zu. »Nun, Camilla, was hast du für Pläne?«

»Ich habe Alex Simmons geschrieben und um ein Treffen gebeten. Und dann werde ich mir wohl eine Wohnung suchen müssen.« Sie machte eine Pause, bevor sie mit ihrer Überraschung herausrückte. »Und ich bin bereits am dritten Kapitel meines neuen Buches.« Darauf war sie außerordentlich stolz.

»Großartig! Das hört sich ja an, als seist du sehr beschäftigt gewesen.« Frederick wandte sich dem getönten Fenster zu, aber Camilla hegte Zweifel daran, daß er etwas sehen konnte. »Ich habe beschlossen, mich für ein paar Kurse einzuschreiben.«

»Gehst du wieder auf die Universität, Frederick?« Was wollte er anstelle von Architektur studieren?

Frederick lachte gequält. »Nicht direkt. ›Der Leuchtturm für Blinde‹ bietet einen Kurs für kürzlich Erblindete in Brailleschrift an. Ich habe mich dafür angemeldet. Ob ich dann immer noch meine Lippen beim Lesen bewegen werde – oder nur meine Hände?« Er wandte sich ihr wieder zu. »Mutter hat dich für morgen zum Abendessen nach Larchmont eingeladen. Ich weiß nicht, ob du andere Pläne hast, aber ich habe das Haus entworfen und würde mich freuen, wenn du es dir ansehen würdest, auch wenn ich für das Abendessen nichts garantieren kann.«

»Oh, schrecklich gern«, sagte Camilla. »Das ist sehr nett von ihr. Möchte sie sich wirklich solche Umstände machen?«

Frederick zuckte die Achseln. »Es war ihre Entscheidung. Ein Abendessen für dich – oder eine Eisenstange über den Kopf. Ich denke, sie hat eine gute Wahl getroffen.«

Camilla lachte, auch wenn sie sich fragte, ob das wohl stimmte und ob Mrs. Ashton nicht glücklicher wäre, wenn sie sie nie wieder zu Gesicht bekam. Aber sie entschloß sich, nicht weiter nachzufragen.

Sie fuhren über die Triborough-Brücke, und Camilla sah nach links, wo, wie sie sich erinnerte, gleich die atemberaubende Skyline von Manhattan in Sicht kommen mußte. An diesem Nachmittag herrschte zwar diesiges Wetter, aber der Blick auf die faszinierende Ansammlung von Gebäuden war so beeindruckend wie immer. Sie drehte sich zu Frederick um. Es versetzte ihr einen Stich, als sie sah, daß er weiter geradeaus blickte. Doch sie zügelte ihr Mitleid. Auf dieser Grundlage wollte sie keine Beziehung aufbauen.

Je länger sie durch Manhattan fuhren, desto begeisterter war Camilla, da sie einzelne Orientierungspunkte von früher wiedererkannte. Aber sie versuchte sich zurückzuhalten, schließlich konnte Frederick nichts davon sehen. Ihr schien es immer noch fast unglaublich, daß sie in diese Stadt – die sie einst, jeglicher Hoffnung beraubt, verlassen hatte – zurückgekehrt war. Und noch dazu erfolgreich, als Schriftstellerin, deren Roman veröffentlicht werden sollte.

Erst als sie am Lesley-Hotel ankamen, holte die Realität sie wieder ein.

Die Lage des Hotels war eigentlich ganz nett, Ecke Upper West Side und Riverside Drive. Aber der Eindruck, den es innen machte, war grauenhaft. Allein der Geruch! Während Bobby die Taschen trug und ihnen die Tür aufhielt, stiegen Camilla und Frederick die drei Stufen zur Eingangshalle hinauf, wo ihnen ein Geruch entgegenschlug, der eine Mischung aus ungewaschenen Kleidern und etwas noch Gräßlicherem zu sein schien. Ammoniak? Urin? Frederick rümpfte seine lange Nase. Der Linoleumboden war abgenutzt, und hinter einem mitgenommenen Tresen stand der blasseste Mann, den Camilla je gesehen hatte. Er trug offensichtlich ein Toupet und ließ gerade die Beschwerden einer alten Frau über sich ergehen, die sich auf eine Gehhilfe stützte und eine Mischung aus Pyjama und Kampfanzug trug.

»Es sollte schon längst da sein«, zeterte sie. »Ist es nicht gekommen? Oder habt ihr Scheißkerle es gestohlen?«

»Es ist nicht gekommen«, sagte der Mann hinter dem Tresen. »Es wird nie vor fünf gebracht. Warum gehen sie nicht auf Ihr Zimmer, bis es da ist?«

»Einer von euch Scheißkerlen hat mein Essen auf Rädern geklaut. Ich bleibe hier. Ich werde euch beobachten, um zu sehen, wann ihr es eßt. Ich beobachte euch.«

Links neben Camilla stand ein Sofa, das dem Rücksitz eines 1940er DeSoto ähnlich sah. Vielleicht war es tatsächlich einer. Ein ausgezehrter junger Mann lag schlafend darauf. Seine Beine hingen auf den Boden hinunter, und sein Kopf war in einem bedenklichen Winkel zur Seite geneigt. Camilla versuchte, all das zu ignorieren, und nannte ihren Namen. Nachdem sie einige Formulare ausgefüllt hatte, bekam sie als Belohnung für ihren Mut den Schlüssel ausgehändigt und wurde in den dritten Stock geschickt. Sie fragte, ob nicht weiter oben im Haus noch etwas frei sei.

Der Angestellte mit dem Toupet machte sich nicht noch einmal die Mühe, den Kopf zu heben. »Vergessens Sie's«, sagte er nur.

Camilla war zu eingeschüchtert, um nach einem Zimmer mit Aussicht zu fragen. Sie mußten lange auf den Lift warten. Als er angehalten hatte, trat ein verwirrt wirkender alter Mann, dessen fettige, schulterlange Haare an den Kopf geklebt zu sein schienen, heraus. Er trug eine fleckige, stahlblaue Hose, und sein Oberkörper war nackt. Obwohl außer ihm niemand im Fahrstuhl war, sprach er mit höchster Lautstärke. Als er an ihnen vorbeiging, redete er weiter. Camilla nahm Frederick am Arm, und sie betraten, gefolgt von Bobby, den Lift. Bobby drückte auf 3.

Im dritten Stock war es unglaublich dunkel. Frederick umfaßte ihren Arm fester. Sie war dankbar dafür und vermutete, daß er überhaupt nichts sah, immerhin erkannte sie selbst schon kaum etwas. Der Flur war sehr schmal und verlief in seltsamen Windungen. Die Zimmernummern hatte man offenbar nach dem Zufallsprinzip angebracht, und es gab mehrere Sackgassen. Der schmuddelige Teppichboden wies Löcher auf, und sie taten ihr Bestes, um ihnen auszuweichen. Doch das Seltsamste war, daß sich an fast allen Zimmertüren Vorhängeschlösser befanden, als würde man die Leute zur Aufbewahrung hineinstecken und dann hinter ihnen abschließen. Oder sie ausschließen, wie Camilla eher vermutete. Sie fanden ihr Zimmer, 334. Schon als sie den Schlüssel in die Tür gesteckt und diese aufgestoßen hatte, wurden all ihre Hoffnungen auf einen Tisch vor dem Fenster, die Arbeit an ihrem neuen Manuskript und eine Aussicht auf den Fluß jäh zerstört.

Der Raum maß etwa eineinhalb mal drei Meter. An einer Wand stand ein Bett, darüber hinaus gab es nur noch einen kaputten Stuhl und eine Deckenlampe – keinen Nachttisch, geschweige denn einen Tisch. Eine der Fensterscheiben war durch eine bemalte Sperrholzplatte ersetzt worden, der Rest schmutzig. Zudem ging das Fenster auf einen dunklen Lichtschacht hinaus, so daß überhaupt kein Licht in den Raum fiel. Gleichzeitig paßten sie zu dritt nicht in das Zimmer. Bobby, der im Eingang stand, brach das Schweigen zuerst. Er sagte nur:

»O Mann.«

»Camilla, hier kannst du nicht bleiben«, sagte Frederick. »Wirklich nicht.«

»Er hat recht«, stimmte Bobby zu. »Vergessen Sie's.«

»Aber ich muß«, widersprach Camilla, wenn auch mit dünner Stimme. Das Wimmern, das vom Ende des Flurs herüberklang, beeindruckte sie am meisten. Stammte es von einem Tier oder von einem Menschen, der Schmerzen litt? Sie hatte ihr ganzes Geld umgetauscht, aber trotz des guten Wechselkurses besaß sie nur knapp eintausend Dollar. Wann sie den Vorschuß für ihr Buch bekam, wußte sie nicht, aber ihr war klar, daß sie kaum ein billigeres Zimmer als dieses finden würde. »Ich muß hierbleiben«, sagte sie. »Ich kann mir nichts Besseres leisten ...«

»Sie hat Drogen genommen«, erklärte Frederick Bobby. »Achten Sie nicht auf ihre Worte. Wenden Sie notfalls Gewalt an.« Er drehte sich zu Camilla um. »Komm, laß uns gehen.«

Einen Augenblick lang glaubte Camilla, sie würden gehen und sie hier zurücklassen, einfach so. Panik stieg in ihr auf. Aber dann spürte sie Fredericks Hand im Rücken. Er schob sie trotz ihres schwachen Protestes bis zum Fahrstuhl vor sich her. Als sich die Lifttür öffnete und sie einen weiteren Hotelgast entdeckte, der noch schlimmer aussah als die beiden anderen, schwieg sie und stieg erleichtert in den Fahrstuhl.

Kurz darauf nahmen sie wieder in der Limousine Platz. Frederick nannte Bobby eine Adresse in der East Eighty-Sixth. »Du kannst in meinem Apartment bleiben«, sagte er dann. »Keine Sorge, es ist leer. Ich wohne momentan bei meiner Mutter. Es ist ja nur vorübergehend, bis du weißt, wie es weitergehen soll.«

Da sie keine andere Wahl hatte, nickte Camilla schweigend und dankbar. Für einen Moment hatte sie vergessen, daß Frederick die Bewegung nicht sehen konnte.

2

›Es ist nicht die anspruchsvollste Tätigkeit der Welt, aber ich brauche schon eine gewisse Bildung.‹

Vanna White

Endlich hatten sie es geschafft! Und nicht einfach nur irgendwie, sondern sogar ziemlich gut. Susann reichte Edith die letzte korrigierte Seite ihres Romans und stand auf. Herrgott, war sie steif! Ihr Steißbein tat immer noch weh, obwohl ihr Edith ein Kissen zwischen Rücken und Stuhllehne geschoben hatte. Seit Tagen saß Susann an diesem Schreibtisch. Aber Edith, Gott segne sie, hatte sie mit Dutzenden von Gurkensandwiches und unzähligen Tassen schwarzem Kaffee versorgt. Das und Fleischbrühe war alles, was Susann bei sich behalten konnte, denn während der Überarbeitung des Manuskriptes war ihr ständig übel gewesen, wahrscheinlich aufgrund der Anspannung. Aber nun war die Quälerei vorbei.

Die Arbeit zeitigte – abgesehen davon, daß das Buch nun fertig war – drei positive Ergebnisse: Erstens schmerzten Susanns Hände aus unerfindlichen Gründen nicht mehr. Zweitens hatte sie durch die Anspannung und das Koffein abgenommen. Und schließlich das Wichtigste: Edith war ihr mit ihrer Fürsorge und Begeisterung eine so große Hilfe gewesen, daß Susann ihr nicht nur dankbar war, sondern sie aufrichtig schätzen gelernt hatte. Sie sah zu Edith hinüber, die immer noch am Computer arbeitete, und fühlte plötzlich eine Welle der Zuneigung für ihre alte Freundin in sich aufsteigen. Als Edith sich zu ihr umdrehte, mußte sie blinzeln, weil ihr Tränen in die Augen gestiegen waren.

»Oh, es ist gut. Es ist *wirklich* gut«, sagte Edith, während sie die letzte Seite las. Und Edith warf gewöhnlich nicht mit Lob um sich.

»Meinst du wirklich?« fragte Susann trotzdem.

»O ja. Es ist wundervoll. Das ist ganz die alte Susann Baker Edmonds. Ich meine, es ist wie eines deiner alten Bücher. Ruby ist ein starker Charakter. Sie ist nicht so perfekt – sie ist realistischer. Und dann dieser Schluß …« Edith sah wieder auf die Seite hinunter. »Es ist *wirklich* gut«, wiederholte sie und seufzte tief.

»Welche Note?« fragte Susann und hielt den Atem an.

Edith wandte sich ihr zu. Ihr schwammiges, alterndes Gesicht nahm jenen ernsten Ausdruck an, den es immer zeigte, wenn sie ein Edmonds-Œuvre beurteilte. Susann wußte, daß Edith ihre Arbeit sehr ernst nahm und sie bedeutend mehr respektierte und liebte als Susann selbst. Seit langem besaß Susann keine Inspiration mehr, und das Schreiben war zu einer Arbeit geworden, die sie nur mit eiserner Disziplin und unter Einsatz aller Kräfte ausführen konnte. Doch Edith erwartete – und erkannte manchmal sogar – Kunst. Meistens ärgerte sich Susann über diese naive Einstellung, aber während der endlosen Quälerei hatte sie sie als erstaunlich tröstlich und liebenswert empfunden.

»Nun?« fragte sie. »Was meinst du?«

Edith sah wieder auf das Manuskript, als stünde dort die Antwort, und Susann schluckte ihren Ärger herunter. Edith war langsam, gewissenhaft und loyal. Ich täte gut daran, dachte Susann, wenn ich mir das immer vor Augen hielte. Alf war mit Reisen und Verhandlungen beschäftigt gewesen und außerdem von seinem neuen Wunderknaben voll in Anspruch genommen wurde. Edith dagegen hatte ihr Beistand geleistet, jeden Satz mit ihr ausgearbeitet und Susann geduldig zugehört, wenn diese Handlungsfäden entwirrt oder den Charakter bestimmter Personen stärker gezeichnet hatte. Erstaunlich, dachte Susann, daß Edith dafür nur fünfzigtausend Dollar und ein winziges Zimmer im Speicher bekam, Alf hingegen zweieinhalb Millionen – seine zehn Prozent von dem neuen Vertrag.

Edith sah Susann an. Sie spitzte ihre Lippen, wodurch die Falten um ihren Mund noch deutlicher hervortraten. Edith sollte sich die Haut wirklich straffen lassen, dachte Susann, tadelte sich dann aber für ihre Gedanken. Das waren doch nur Äußerlichkeiten. Als alle sie im Stich gelassen hatten – ihre Lektorin, ihr Agent und Geliebter, ihre Tochter –, hatte Edith nicht nur ihre Arbeit erledigt, sondern Susann auch getröstet und Mut zugesprochen. Und Susann hatte nichts Besseres zu tun, als sich an den Falten um ihren Mund zu stoßen.

Da öffnete Edith den Mund und sagte: »Eins minus.« Dann machte sie eine Pause und dachte noch einmal kurz nach. »Es wäre eine glatte Eins gewesen, aber ich fand diesen Zufall mit dem Justizirrtum schon immer wenig glaubhaft. Weißt du, er kam so gelegen.«

Susann riß die Augen auf. Seit *Eine Frau und eine Dame* hatte sie von Edith keine Eins mehr bekommen. Sie erinnerte sich deutlich daran, daß Edith der *Dame des Hauses* nur eine Zwei minus gegeben hatte, denn damals war sie zutiefst beleidigt gewesen (obwohl sie ihr insgeheim zugestimmt beziehungsweise den Roman noch schlechter eingeschätzt hatte). Als es trotzdem auf den ersten Platz geklettert war, hatte es Susann ein besonderes Vergnügen bereitet, das Edith unter die Nase zu reiben und immer wieder darauf herumzureiten.

Jetzt stellten sich die Härchen an Susanns Armen auf, und sie bekam eine Gänsehaut. Edith, ihre private ›Wetterfahne‹, hatte das Gefühl, dieses Buch sei gut. Vielleicht hatte sich die ganze Arbeit ja doch gelohnt. Susann legte die Hände auf den Rücken und drückte gegen die schmerzende Stelle. Sie würde ein langes, heißes Bad nehmen und ihre Masseuse anrufen. Aber zuerst würden Edith und sie eine Flasche Champagner trinken, um zu feiern. Denn plötzlich beschlich Susann das Gefühl, daß Edith recht hatte: Dieses Buch würde die Bestsellerliste im Sturm erobern. Sie würde sich nicht damit abfinden oder die Demütigung hinnehmen müssen, daß es zwei Wochen lang auf Platz zwölf stand. Das Buch würde auf Platz eins kommen … Sie würde ihren Ruhm wiedererlangen und Waller, Grisham und diesen Hund Crichton zur Hölle schicken. Damit tat sie nicht nur sich selbst etwas Gutes, sondern allen Frauen. Sie stünde wieder auf einer Stufe mit den amtierenden Königinnen Danielle Steel und Barbara Taylor Bradford. Bei Davis & Dash würde man ihr mit Respekt begegnen. Sie würde darauf bestehen, daß sie eine neue Lektorin bekam und dieses lästige Mädchen gefeuert wurde. Dann würde sie ein langes, ernstes Gespräch mit Alf über seine Bedeutung führen. Vielleicht war es an der Zeit, seine Provision neu auszuhandeln. Oder sogar Andeutungen über einen neuen Agenten fallenzulassen. Ja, das würde Alfs Aufmerksamkeit wecken.

»Edith, mach den Moët auf. Und dann lade ich dich ins beste Restaurant der Stadt ein. Zur Hölle mit dem Cholesterin. Wir gehen französisch essen. Wir haben es verdient.«

»*Du* hast es verdient«, rief Edith leidenschaftlich aus. »Obwohl die Kommentare von dieser Lektorin recht nützlich waren.«

Susann beobachtete Edith, die sich vom Computer erhob, um den Champagner zu holen. Nun gut, beschloß sie, dann würde sie eben nicht darauf bestehen, daß Emma Ashton gefeuert wurde. Aber alles andere würde sie in die Tat umsetzen, sobald sie wieder bei Kräften war. Das Telefon läutete. Großartig! Vielleicht war es Alf. Sie würde ihm die guten Neuigkeiten in kühlem Tonfall mitteilen. Es war noch nicht zu spät, um wieder nach oben zu kommen. Vielleicht würde sie ihn einladen vorbeizukommen, um mit ihnen Champagner zu trinken. Oder essen zu gehen. Dann müßte sie zwar das Essen mit Edith verschieben und sie enttäuschen, aber *das* konnten sie jederzeit nachholen. Schließlich wurde Edith nicht sonderlich oft eingeladen.

Doch es war nicht Alf.

»Pfeif deine Hunde zurück.«

Kims Stimme hörte sich weder clean noch nüchtern an. Susann hatte nicht mehr mit ihrer Tochter gesprochen, seit sie ihr damals beim Tee von ihren Buchplänen erzählt hatte. Gott allein wußte, was Alf seither mit Hilfe von Davis & Dash in die Wege geleitet hatte. Susanns Magen zog sich zusammen, und gleichzeitig durchzuckte ihre rechte Hand ein scharfer Schmerz. O Gott, die Arthritis war wieder da! »Kim, wo bist du?«

»Was zum Teufel kümmert *dich* das? Willst du mir eine Vorladung schicken?« Dann wich die Bitterkeit aus ihrer Stimme. Zurück blieb nur Verzweiflung. »Hör zu. Als Craig Stevens, mein Verleger, diese Briefe bekam, hat er gekuscht. Er kann sich im Moment keinen Rechtsstreit leisten. Er wird das Buch nicht veröffentlichen, wenn du weiter drohst.«

Susann seufzte erleichtert auf, achtete aber darauf, daß Kim es nicht hörte. Ach, sie mußte sehr enttäuscht sein! Obwohl Susann Kims Verlangen nach Drogen oder Alkohol nie hatte nachvollziehen können, konnte sie das Bestreben, ihr Buch veröffentlicht zu sehen, sehr wohl verstehen. Und sie konnte mit Kim umgehen, wenn diese deprimiert war. Nur die Wut ihrer Tochter machte Susann angst. »Hör zu, Kim. Er kann das Buch veröffentlichen, nur eben nicht mit meinem Namen.«

»Ach komm, hör schon auf«, fuhr Kim sie an. »Das ist mein Fuß in der Tür. Citron ist ein kleiner Verlag. Was zum Teufel könnte sonst dafür sorgen, daß mein Buch sich verkauft, wenn nicht der Name? Weshalb verkaufen sich denn deine Bücher noch, verdammt? Wegen deines unnachahmlichen Stils? Oder deiner Originalität?«

»Wir haben nur darum gebeten …«

»Ich will das durchziehen«, drängte Kim. »Das Buch ist vielleicht nichts Besonderes, aber es ist von mir und auch nicht schlechter als viele andere. Wenn der Name mein einziger Trumpf ist, dann laß ihn mich verwenden. Ich will nicht mehr als Kellnerin arbeiten oder diesen Job in dem

Autozubehörladen machen.« Sie verstummte, aber Susann glaubte, sie schluchzen gehört zu haben. »Hör auf, mich zu erpressen. Ich will, daß du diese Scheißkerle zurückpfeifst, Citron Press eine Einwilligung zur Veröffentlichung schickst und mich in Ruhe läßt.«

»Kim, von meinem neuen Buch hängt viel ab, und ich will nicht, daß dein Buch alles in den Dreck zieht, was …«

»Du kannst mich mal, du selbstsüchtige alte Hexe! *Immer* liegt es an dir.« Kims Stimme wurde tiefer, wie immer, wenn sie wütend war, und vor dieser Stimme hatte Susann Angst. Sie umklammerte den Hörer noch fester, obwohl ihre Knöchel schon schmerzten. Dann fuhr Kim fort, doch die Wut in ihrer Stimme war plötzlich weg. Sie sprach nun langsamer, aber ihre Stimme klang irgendwie kraftvoller und gleichzeitig unendlich traurig: »Siehst du nicht, daß deine Zeit vorbei ist? Du hast deine Chance gehabt. Du bist so weit gegangen, wie du konntest. Sind drei Ehemänner, zehn Bestseller und ein Haufen Geld nicht genug? Du bist am Ende. Der Höhenflug ist vorbei. Aber bitte, bitte, gib mir eine Chance.«

Susann stellte den flötenden Ton ab. Wie konnte sich Kim nur erdreisten, so etwas zu sagen? Alles schlechtzumachen, ihr das Gefühl zu vermitteln, sie sei alt und ausgebrannt und am Ende! Kim war immer eifersüchtig gewesen, gefährlich eifersüchtig. »Kim, du bist unfair. Unfair und …«

»O ja, natürlich«, sagte Kim in beißendem Ton. »Du bist ja immer so überaus fair gewesen, nicht wahr? Hör zu: Ich schlage dir ein einfaches Geschäft vor. Von Geschäften verstehst du etwas. Du versuchst es mit Erpressung, also versuche ich es auch mit Erpressung. Laß diese Rechtssache fallen. Laß mich in Ruhe, dann lass' ich dich in Ruhe.«

»Und wenn ich das nicht tue?«

»Dann bringe ich mich um. Und zwar in aller Öffentlichkeit. Ich springe von einem hohen Dach, und ich werde einen Abschiedsbrief hinterlassen, auf den ich deinen Nachnamen schreibe. Und das *wird* veröffentlicht, Mutter, das garantiere ich dir.«

Sie legte auf.

3

›Eine Katze verhandelt nicht mit der Maus.‹

Robert K. Massie
Die Künstler-Katze

Emma blätterte die letzte Seite des neuen Peet-Trawley-Manuskriptes um. Die Trawley-Bücher waren nie besonders gut gewesen und mit Sicherheit nicht besser, seit Pam Mantiss sie schrieb. Schaudernd dachte Emma, wie schlecht, wie nichtssagend dieser Roman war.

Natürlich hieß das nicht, daß er nicht an die Spitze der Bestsellerliste klettern konnte wie alle Trawley-Bücher. Es gab einen ›goldenen Kreis‹ von Autoren, deren Verkaufszahlen und Ansehen so hoch waren, daß von ihrem neuen Buch automatisch viele Exemplare vorbestellt wurden und es schon dadurch zum Bestseller wurde, selbst wenn das Buch noch gar nicht geschrieben war. Diese Autoren besaßen einen ›Markennamen‹, und in Amerika verkauften sich Markennamen blendend. Es gab eine ganze Generation von neuen Lesern, die von den riesigen Ladenketten herangezogen worden waren und tatsächlich nur Bücher mit Markennamen lasen. In der Buchhandlung verlangten sie ›die neue Steel‹ oder ›noch einen Clancy‹. Da sie vorher nie Romane gelesen hatten, hatte Emma zuerst gedacht, das sei eine positive Entwicklung, da eine neue Leserschaft entstanden war. Aber dann hatten die Markennamen Dutzende anderer Autoren aus den Regalen vertrieben, und Emma begann sich Sorgen zu machen. Peet und Susan Baker Edmonds waren die beiden Markennamen von Davis & Dash, doch nachdem Emma Peets Manuskript gelesen hatte, kam sie nicht umhin, sich zu fragen, ob die Glückssträhne für ihn – tot oder lebendig – nicht bald vorbei war.

Sie wollte gerade nach dem Telefon greifen, um Lucille Bing, die für die Manuskriptbearbeitung zuständig war, anzurufen. Doch das Folterinstrument kam ihr zuvor und klingelte. Emmas Herz hüpfte vor Freude, denn sie erwartete einen Anruf von Alex. Statt dessen hörte sie Pams Stimme. Eine Flut von Flüchen ergoß sich über sie, bevor Emma den Hörer überhaupt am Ohr hatte.

»Haben Sie den gräßlichen Umschlagentwurf von Geralds gottverdammten Rezensionsexemplaren gesehen?« fragte Pam.

»Nein«, gab Emma zu.

»Er ist Mist. Gerald findet ihn zum Kotzen. Sie wissen, wie eigen er bei Buchumschlägen ist, und diesen findet er ganz besonders abscheulich. Wann sollen die Rezensionsexemplare raus?«

Emma wußte nicht, warum sie sich schuldig fühlte: Gott sei Dank war sie wenigstens für die Layoutabteilung nicht zuständig. Sie wußte auch nicht, warum Pam ausgerechnet ihr diese Frage stellte. Pam lag eine Kopie des Terminplanes vor, aber sie war offensichtlich nicht imstande, sie vom Fenstersims zu nehmen. Es ist wohl einfacher für sie, mich anzurufen, dachte Emma, während sie den Ausdruck zu sich heranzog und den Zeitplan überflog. »Wir haben noch zwei Wochen«, sagte sie dann.

»O Scheiße. Er ist bis Donnerstag in Hamptons. Dann muß er eben einfach abwarten, was diesem Idiot Jack bis dahin einfällt. Ich könnte schwören, daß Jack sich vor Aufregung in die Hose scheißt.«

Emma hätte diese etwas drastisch formulierte Bemerkung nicht gebraucht, um zu wissen, daß Artdirector Jack Winestock sich vermutlich tatsächlich sehr unwohl fühlen würde. Er war ein sensibler Mann, und obwohl er es geschafft hatte, sämtliche von GOD veranlaßten Personalwechsel und Säuberungsaktionen unbeschadet zu überstehen, schien er ständig Angst davor zu haben, daß als nächstes sein Kopf rollen würde.

»Hören Sie, ich muß jetzt zu einem wichtigen Treffen«, fuhr Pam fort. »Stellen Sie, während ich weg bin, einen Plan auf, wie wir die Verteilung dieser verdammten Rezensionsexemplare überwachen können. Erinnern Sie sich, was letztes Mal für Kritiken kamen? Gerald braucht keine drittklassigen Kritiken von irgendeinem jämmerlichen, dämlichen Buchrezensenten in Albuquerque, der ihm eins auswischen will. Also: keine Rezensionsexemplare an Kritiker.«

Emma machte sich nicht die Mühe, ein Lächeln zu unterdrücken. Von allen größeren Büchern wurden spezielle Exemplare hergestellt und so rechtzeitig verteilt, daß die Kritiker sie lesen konnten. Deswegen hießen sie ja ›Rezensionsexemplare‹. Doch die Zeiten hatten sich offenbar geändert. Einigen Verlegern war es inzwischen lieber, wenn statt Rezensenten ihnen wohlgesinnte Berühmtheiten auf dem Schutzumschlag zitiert wurden. Beide schienen bei den Buchkäufern gleich viel Gewicht zu haben, aber erstere waren wesentlich leichter zu kontrollieren. Da Gerald nahezu *jeden* kannte, schaffte er es bestimmt, einige Berühmtheiten oder Autoren, die ihm einen Gefallen schuldeten, dazu zu bringen, etwas Positives über *Zweimal in den Schlagzeilen* zu sagen. Es erstaunte Emma immer wieder, daß ernstzunehmende Schriftsteller – oder prominente Persönlichkeiten mit Geschmack – sich drängen ließen, ein äußerst schlechtes Buch zu empfehlen, aber das passierte ständig. ›Ein Meilenstein.‹ ›Köstlich.‹ ›Ein fesselnder Roman.‹ Die Öffentlichkeit schien diese Spielchen nicht zu durchschauen. Obwohl diese positive Kritik später mit Werbung für die eigenen Bücher, mit einem neuen Vertrag oder einem etwas höheren Vorschuß zurückgezahlt wurde, begriffen die Leser die Zusammenhänge nicht.

»Hören Sie, ich muß gehen. Ich muß einen Erstlingsautor davon überzeugen, daß er einige Korrekturen vornimmt. Das wird Stunden dauern«, stöhnte Pam. »Ach, übrigens, haben Sie schon etwas über die Nominierungen gehört?«

Emma verdrehte die Augen. Pam war besessen – von *allem* besessen –, und ihre letzte Obsession war es, in diesem Jahr den Preis für den *Lektor des Jahres* zu gewinnen. »Ich glaube nicht, daß die Nominierungen vor Ende des Monats verkündet werden«, antwortete Emma, als wüßte Pam das nicht selbst.

»Ich weiß, aber ich dachte, Sie hätten vielleicht etwas gehört. Von einer Ihrer vielen Freundinnen vielleicht.« Emma gefiel Pams Ton nicht, aber es gab schließlich vieles, was sie an Pam nicht mochte. »Na egal«, fuhr Pam fort, »rufen Sie die Produktion wegen Geralds Umschlag an, und sorgen Sie dafür, daß sie nicht mit Jacks Mist weiterarbeiten.«

Emma legte auf und seufzte, als das Telefon erneut klingelte. Das konnte Alex sein, aber ebensogut auch Jack Winestock, der streiten oder sich ausweinen wollte.

In der Bar des St. Regis war es angenehm kühl. Pam Mantiss saß mitten in der luxuriösen Umgebung und fühlte sich rundum wohl. Jude Daniel war wirklich attraktiv – auf professorenhafte Art – und parierte ihre Fragen gut.

»Ich verstehe Ihren Standpunkt«, sagte er. »Aber ich fürchte, ich teile ihn nicht ganz. Es ist eine Tatsache, daß Elthea nicht allen Lesern sympathisch sein kann. Ganz sicher nicht. Warum sollten wir also einen starken Charakter verwässern, auf den Verdacht hin, dadurch ein paar Leser mehr zu gewinnen? Denken Sie an die, die wir möglicherweise deshalb verlieren. Schließlich *ist* sie eine Mörderin. Und nicht nur eine Mörderin, sondern eine Kindermörderin. Und nicht nur eine Kindermörderin – sie hat ihre *eigenen* Kinder ermordet.« Er machte eine Pause. »Auch wenn sich das seltsam anhört, manche Leute werden sich mit einer solchen Frau nicht anfreunden können.«

Pam lachte. »Ja, ich weiß. Aber ich habe einen Sohn. Und manchmal habe ich das Gefühl, ich *könnte* ihn umbringen«, gab sie zu. »In uns allen steckt unausgesprochene Schuld, mit der wir leben müssen. Wissen Sie, was ich meine?« Jude nickte. »Ich glaube tatsächlich, daß Sie das verstehen. Sie können sich in eine Frau hineinversetzen, und deshalb wird sich dieses Buch gut verkaufen.«

Jude lächelte. »Nun, ich habe eine Tochter. Aber sie lebt nicht bei mir.«

»Oh, geschieden, was?« Pam schwieg kurz und sagte dann: »Ich auch.« Langsam wurde es interessant. Sie *mußte* einfach einen Weg finden, um ihn davon zu überzeugen, daß diese Korrekturen notwendig waren, und dann – nun, dann würde man schon sehen. Er war wirklich sehr attraktiv. Wie könnte sie ihm deutlich machen, daß sie Interesse an ihm hatte? Sie legte ein Bein über das andere. Da es kühl war und sie nicht schwitzte, glitten ihre Schenkel problemlos übereinander. Ihr linkes Knie berührte das seine. Plötzlich hatte Pam unbändiges Verlangen nach einem Drink, auch wenn sie sich Alkohol beim Mittagessen streng verboten hatte. »Haben Sie eine Zigarette?« fragte sie.

»Ich rauche nicht mehr«, gab er zur Antwort.

»Nicht einmal nach dem Sex?« Das war wirklich eine sehr offensichtliche Anmache, aber das kümmerte sie nicht.

Er lächelte. »Ich habe nie nachgesehen«, meinte er in Anlehnung an den alten Witz mit einem warmen Lächeln. »Aber ich denke schon, daß ich genügend Wärme produzieren könnte.«

»Ich wette, das könnten Sie.« Pam senkte ihre Stimme zu einem heiseren Flüstern. »Wissen Sie, mir haben die Sexszenen, die Sie geschrieben haben, sehr gut gefallen, vor allem Eltheas letzte Bumserei mit ihrem Freund. Als sie förmlich darum betteln mußte.«

»Daran habe ich lange gearbeitet«, sagte Jude. »Die Beschreibung sollte plastisch sein, aber nicht pornographisch. Das war ganz schön schwierig.«

»Das glaube ich Ihnen«, sagte Pam mit einem lüsternen Grinsen. Das Spielchen, das sie jetzt spielten, kannte sie. Herrgott, sie mußte unbedingt abnehmen! So konnte sie sich auf keinen Fall auf ihn setzen – alles würde wackeln.

Der Kellner kam und fragte, ob sie noch eine Runde bestellen wollten. Jude trank Weißwein, Pam Pellegrino. Ach, zum Teufel, dachte sie und bestellte sich einen trockenen Wein. »Und eine Zigarette«, sagte sie zu dem Kellner, »wenn Sie mir eine besorgen können.«

»Mit Vergnügen«, erwiderte er. Gott sei Dank war das Rauchen in New Yorker Bars noch erlaubt. Der Kellner wandte sich wieder ab. Erst jetzt bemerkte Pam, daß jemand neben ihr stand. Sie sah auf und blickte in das junge, aber verbrauchte Gesicht Chad Westons.

»Erinnern Sie sich noch an mich?«

Himmel! Den konnte sie jetzt überhaupt nicht gebrauchen, nicht jetzt, wo sie gerade dabei war, einen Erstlingsautor zu umgarnen. Diese Sache mit Weston wurde langsam wirklich lästig. Sie warf Jude Daniel einen schnellen Blick zu in der Hoffnung, er würde den kleinen Scheißkerl nicht erkennen. Gott sei Dank, Jude bewegte sich offensichtlich nicht in diesen Kreisen. Er kannte wahrscheinlich nichts und niemanden. Trotzdem mußte sie Chad schnellstens wieder loswerden. »Haben Sie meine Nachricht erhalten?« fragte sie.

»Welche Nachricht? Halten Sie mich nicht zum Narren, Pam. Sie haben nicht angerufen.«

Sie riß die Augen auf, so weit sie konnte. »Chad, ich *habe* angerufen. Und ich habe meine Karriere für Sie aufs Spiel gesetzt.«

»Ja, und ich bin der Kaiser von China«, sagte Chad bitter. »Wird es veröffentlicht?«

»Ich gebe Ihnen mein Wort darauf«, erwiderte Pam.

»Wenn nicht, gehe ich zu einem anderen Verlag.« Weston stand noch einen Augenblick bewegungslos da, drehte sich dann um und ging. Als wäre er zu müde oder zu fertig, um zu kämpfen.

Nun, das hätte schlimmer ausgehen können. Pam sah Jude an und zuckte die Achseln. »Auch ein Schriftsteller«, sagte sie. »Ich habe sein erstes Buch groß rausgebracht, aber sein zweites war Mist. Ich habe es trotzdem gekauft, aus Loyalität, aber es ist nicht gut gelaufen. Nun ist er wütend, weil es Bedenken wegen seines dritten Buches gibt.« Erneut zuckte sie die Achseln. »Niemandem außer mir gefiel es«, sagte sie wahrheitsgemäß. »Was kann ich dafür? Ich habe ihm gesagt, wie er es verbessern könnte, aber er wollte nicht auf mich hören. Trotzdem setze ich mich noch immer für ihn ein.« Sie seufzte tief, als bedauerte sie das. Sie bemerkte, daß Jude auf ihre Brüste gestarrt hatte, als sie Luft geholt hatte. Ah, er war interessiert. Aber er hatte Angst.

Pam gefiel es, Geschäft und Vergnügen zu vermischen. Das machte beides so viel einfacher. Sie streckte ihre Hand aus und ergriff Judes. »Hören Sie«, sagte sie, »mir gefällt Ihr Roman wirklich sehr gut, und ich wünsche ihm und Ihnen das Beste. Es ist Ihr Buch, und ich schreibe Ihnen nicht vor, was Sie zu tun haben. Das ist nicht meine Art. Ich möchte nur sichergehen, daß wir die größte Akzeptanz und möglichst viele Leser erreichen. Das Buch kann wirklich groß rauskommen, aber nur, wenn wir es richtig anpacken. Denn wenn wir es falsch angehen …« Sie schwieg und ließ die Stille wirken. Lange genug, um Panik in ihm aufkommen zu lassen. Sie zuckte die Achseln. Dabei streifte ihre linke Brust ganz leicht seine rechte Hand. Sie ließ seine andere Hand los. »Nun«, sagte sie, »ich muß Ihnen nicht sagen, wie groß die Konkurrenz ist oder wie viele Erstlingswerke den Bach runtergehen.«

Hatten sich seine Augen nicht geweitet? Sie war sich nicht ganz sicher, aber sie bemerkte, daß sein Adamsapfel auf- und abhüpfte. Er war wirklich sexy. Und seine Hand war sehnig, mit langen Fingern. Pams Augen wurden schmal. Sie warf Jude einen bedeutungsschwangeren Blick zu. Jetzt konnte sie sicher sein, daß er die nötigen Korrekturen ausführen würde. Sie überlegte, wie groß sein Schwanz wohl war.

Pam ging den langen Flur hinunter und steckte den Kopf in Emmas Büro. Sie fühlte sich seltsam, ganz kribblig vor Energie, und wünschte sich, sie wäre bei Jude Daniel und nicht hier.

»Auf geht's«, sagte sie, obwohl Emma offensichtlich bis über beide Ohren in Arbeit steckte. »Kommen Sie.« Pam drehte sich um, bevor Emma antworten konnte, und ging weiter zu ihrem Büro. Sie segelte an ihrer Sekretärin vorbei und zog dabei den Mantel aus. Am Kühlschrank blieb sie stehen. Sie nahm eine Flasche Snapple heraus, als Emma eintrat, bot ihr aber nichts zu trinken an. Sie setzte sich an ihren Schreibtisch, drehte den Stuhl so, daß sie die Füße hochlegen konnte, und nippte an ihrem Eistee. »Hören Sie, wir müssen einen Vertrag mit der alten Hexe machen. Und zwar sofort.«

»Um welche alte Hexe handelt es sich?« fragte Emma.

»Diese O'Neal, leider. GOD ist offenbar ziemlich begeistert von diesem verdammten Schinken ihrer Tochter, und wir müssen es unbedingt kaufen. Aber ich setze mich eher in Scheiße, als sie anzurufen.«

»Sie meinen, wir können es so veröffentlichen, wie es ist? Das ganze Ding?«

»Das ganze verdammte Ding. Und wenn sich kein einziges Exemplar verkauft – ich möchte nichts davon hören.« Pam hatte Angst, Emma könne sich heimlich über ihre mißliche Lage amüsieren. Aber dafür würde sie sich rächen. Pam hatte die perfekte Strafe für Emma parat. »Außerdem muß ich Ihre Beurteilung des kleinen Italienbuches wirklich in Zweifel ziehen. Sie hätten es nicht ablehnen sollen. Irgendwie ist Gerald an eine Kopie gekommen. Und es gefällt nicht nur mir, sondern auch ihm. Also, wir nehmen es ins Herbstprogramm, um eines der Löcher zu stopfen. Das bedeutet, daß Sie es schnell überarbeiten müssen.«

»Okay.« Emma, der man sonst jede Gefühlsregung vom Gesicht ablesen konnte, nahm ihre Worte erstaunlich gelassen hin. Pam zuckte nur die Achseln und nahm einen großen Schluck von ihrem Eistee. »Und nun machen Sie sich an die Arbeit.« Emma wandte sich zum Gehen. »Ach, übrigens«, sagte Pam, »Jude Daniel übernehme ich. Ich überlasse Ihnen die Mädchen.«

4

›Von Schriftstellern und Lesern erwartet man, daß sie vor den neuesten Hardware-Göttern niederknien.‹

Herbert Mitgang

Judith sah auf das zerknitterte, fleckige Manuskript herab. Es wurde in der Mitte von einem dicken braunen Gummiband zusammengehalten, und Hunderte von gelben Post-it-Zetteln ragten über die Ränder hinaus. Der Anblick beleidigte sie und brachte sie völlig aus der Fassung – es war, als hätte jemand in das Gesicht eines Kindes einen Schnurrbart gemalt oder es auf andere Weise entstellt. Sie stützte beide Ellenbogen auf den Kartentisch und ließ ihren Kopf in die Hände sinken.

»Ach, komm schon, Judith«, sagte Daniel. »Das ist doch keine Tragödie. Es ist lediglich Redigierarbeit. Du mußt nur das Manuskript durchgehen und es verbessern.«

Sie mußte es verbessern? Judith saß mit offenem Mund da. Ihr hatte es die Sprache verschlagen. Dieser Gedanke war ihr überhaupt noch nicht gekommen. War es nicht genug, daß sie es geschrieben hatte? War es nicht sogar mehr als genug, jetzt, wo Daniel *Mit voller Absicht* als sein eigenes Buch ausgab? Der schwere Schreibtischstuhl drückte gegen ihren Rücken und ihre Schenkel, als wöge sie eintausend Pfund. Der Staub in dem Turmzimmer drohte sie zu ersticken. Sie konnte nicht atmen, sie konnte sich nicht bewegen, sie konnte nicht sprechen. Was war los mit ihr? Sie versuchte etwas Luft in ihre Lungen zu pumpen und bemerkte, daß Daniel sie anstarrte. Offenbar schnappte sie nach Luft wie ein Fisch, aber das war ihr egal.

Als sie endlich wieder Luft bekam, sprach sie zum erstenmal aus, was sie wirklich fühlte. »Du hast das Buch gestohlen«, sagte sie. »Du hast mir das Buch gestohlen. Und jetzt willst du, daß ich es für dich *verbessere*? Reicht es nicht, daß du die ganzen Lorbeeren allein einheimst? Du möchtest nicht einmal *einen Teil* der ganzen Arbeit machen?« Wieder blieb ihr die Luft weg, und sie rang um Atem. Sie konnte nicht glauben, daß sie ihre Gedanken laut ausgesprochen hatte. Aber das alles machte sie verrückt, völlig verrückt. War sie unvernünftig und übersensibel, oder war *er* verrückt geworden? Und wenn er es war, wenn *Daniel* verrückt war, wie hatte sie dann nur diesen fürchterlichen Fehler begehen und zulassen können, daß er zum einzigen Menschen in ihrem Leben geworden war? *Sie* mußte verrückt sein. Obwohl sie gerade zweiundzwanzig geworden war und sich eigentlich sehr erwachsen fühlen müßte, fühlte sie sich plötzlich verloren wie ein Kind.

»Komm schon, Judith. Mach dich nicht verrückt«, sagte Daniel, und seine Worte ließen sie erstarren. Konnte er ihre Gedanken lesen? Beeinflußte er jetzt schon ihre Gedanken? Mit Sicherheit hatte er ihre Handlungen manipuliert. In welcher Traumwelt hatte sie eigentlich gelebt? Hätte sie sich letztes Jahr vorstellen können, daß ihr so was einmal passieren würde? Oder war sie in einer Art Sexwahn gefangen gewesen? Einem Bann erlegen, der nun aufgehoben worden war? Aber anstatt in der Realität aufzuwachen, fand sie sich in einem Alptraum wieder. Einen Augenblick lang sah sie alles ganz klar und deutlich vor sich, aber wie eine Fata Morgana verblaßte die Realität plötzlich wieder und verschwand – oder kehrte zurück. Judith konnte nicht sagen, was Realität war und was nicht. Sie versuchte noch einmal, tief Luft zu holen. Sie vertraute Daniel. Sie *hatte* Daniel vertraut. Aber dann sah sie wieder auf das Manuskript, und ihre Lippen zitterten.

»Sieh mal, mein Schatz, du nimmst das alles viel zu persönlich. Es geht hier nicht um dich oder mich. Es geht um *uns*. Und um die Situation zu verbessern, werden wir als erstes umziehen. Diese Wohnung ist ein Rattenloch. Ich weiß, daß du sie haßt. Außerhalb der Stadt vermieten sie nette

Apartments mit Garten. In Fox Run. Wir holen dich aus diesem Dreckloch heraus und besorgen dir eine schöne Wohnung, in der du prima arbeiten kannst. In einem eigenen Arbeitszimmer. Und ich helfe dir.« Er machte eine Pause und tätschelte ihre Schulter. »Ich meine, ich muß immer noch unterrichten – den Job kann ich noch nicht aufgeben«, sagte er lachend. Allerdings klang es etwas gezwungen. »Und ich muß mich vermutlich mit Gerald Ochs Davis und anderen Leuten aus der Verlagsbranche treffen.« Er machte eine Pause. »Hör zu«, fuhr er dann fort, »wir ziehen in eine hübsche Wohnung, und dann lernst du diese Leute auch kennen. Ich sage ihnen, daß du mir beim Korrigieren hilfst. Wenn wir diese Änderungen hier machen, dann werden sie hinter dem Buch stehen. Und das ist jetzt der kritische Moment: sie dazu zu kriegen, daß sie hinter dem Buch stehen. Denn wenn sie das nicht tun, Judith, dann hätten wir es gar nicht erst zu schreiben brauchen.« Er seufzte und lehnte sich gegen das staubige Fensterbrett.

»Du kannst dir gar nicht vorstellen, wie groß die Konkurrenz ist. Wenn die Änderungen hier durchgeführt sind, muß es noch vermarktet werden, und dabei ist es wichtig, wieviel Geld und Energie sie in dieses Buch stecken wollen. Ich habe in New York etwas Gräßliches erlebt. Ein Autor tauchte bei dem Lektor auf, mit dem ich zusammensaß. Davis & Dash haben zwei seiner Bücher herausgebracht, und nun haben sie ihn fallenlassen. Der Typ sah aus wie ein Zombie. Er wollte die Änderungen nicht akzeptieren, die sie vorgeschlagen hatten. Wir können uns nicht erlauben, dieses Risiko einzugehen.« Er lächelte, kam langsam auf sie zu und strich ihr sanft über die Wange. »Du erinnerst dich doch noch an unsere Pläne? Zuerst werden wir reich, und *dann* werden wir berühmt.«

Judith holte noch einmal tief Luft. Sie blätterte die mit gelben Aufklebern versehenen Seiten durch, die vor ihr lagen. Vielleicht hatte er ja recht. Aber diese ganzen Änderungen! Wieviel Arbeit das wohl sein würde? Judith spürte, wie ihr Tränen in die Augen traten. Nun, immer noch besser, als wütend zu sein. Daniel hatte einfach angenommen, sie wäre damit einverstanden. Sie deutete auf den Stapel Blätter mit den gelben Aufklebern. »Das ist kein Manuskript, Daniel. Das ist ein verdammter Forsythienstrauch! Du heimst den Ruhm ein, also mach *du* auch die Arbeit.« Sie stand auf, wobei sie über Flaubert stolperte, der zu ihren Füßen lag, und ging zu dem anderen Turmfenster hinüber. »Außerdem – es geht nicht nur um das Manuskript. Es geht um die ganze Konzeption. Sie haben einfach nichts verstanden. Ich hätte wissen müssen, daß ein männlicher Verleger nie zulassen würde, daß es so, wie es ist, gedruckt wird. Diese Änderungsvorschläge sind nicht okay. Ich meine, ich kann verstehen, daß man Eltheas Charakter etwas weicher gezeichnet haben möchte, auch wenn mir das nicht gefällt. Aber die meisten anderen Vorschläge machen einfach keinen Sinn. Sie hätte niemals so gehandelt, wenn sie schwächer oder stärker wäre. Und der Schluß! Ich sehe einfach nicht …«

Daniel trat neben sie ans Fenster. Er legte seine Hand unter ihr Kinn und hob es hoch, so daß sie ihn ansehen mußte. »Hör zu. Ich weiß, daß es hart für dich ist. Änderungen sind für *jeden* hart, und wenn es sich um etwas handelt, das veröffentlicht werden soll, ist es noch schlimmer, weil der Druck dazu kommt, daß es unwiderruflich verändert wird.«

Sekundenlang hatte Judith das Gefühl, daß er gar nicht wußte, wovon er redete. Daniel hatte noch nie ein Buch veröffentlicht, also hatte er auch noch nie eines überarbeitet. Diesen ›Druck, daß etwas unwiderruflich verändert wird‹, oder was auch immer er gemeint hatte, mußte er erfunden haben, oder er hatte davon gelesen. Sie sah ihn zum erstenmal direkt an, von Angesicht zu Angesicht, und erkannte, daß er Elthea kein bißchen verstand. Und falls doch, dann war es ihm egal. Diese Erkenntnis versetzte ihr einen Schock, und sie wandte die Augen ab, als wäre sie verlegen, sagte aber nichts.

»Sieh mal, ich weiß, daß es entmutigend ist«, sagte Daniel. »Ich weiß auch, daß es viel Arbeit bedeutet, aber es ist doch für unsere Zukunft. Wir müssen nur noch das hier durchstehen, dann haben wir es geschafft.« Er umarmte sie, drückte sie an sich und legte sein Kinn auf ihren Kopf. Früher hatte Judith es gemocht, wenn er sie so hielt. Doch heute fühlte sie sich, das Gesicht an seine Brust gepreßt und sein Kinn auf ihrem Kopf, als würde sie ersticken.

Aber er hatte recht. Dieses Buch war noch nicht das Beste, was sie geben konnte. Es sollte von Anfang an ein kommerzieller Erfolg werden – warum machte es ihr also soviel aus? Vielleicht weil sie immer noch wütend darüber war, daß er den Ruhm allein einheimste? Vielleicht sollte sie kein solches Theater machen. Sie hatten ein Buch geschrieben, das ein *kommerzieller* Erfolg werden sollte. Und waren diese Leute nicht Experten? Sie veröffentlichten jedes Jahr Dutzende von Bestsellern. Was wußte sie denn schon? Vielleicht war sie einfach überempfindlich. Und vielleicht stellte sie zu hohe Erwartungen an die Leser. Jede dieser Überlegungen konnte zutreffen. Trotzdem wußte sie mit Sicherheit, spürte sie mit jeder Faser ihres Körpers, daß die von dem Lektor vorgeschlagenen Änderungen – die durchaus zum besseren Absatz des Buches beitragen mochten – unsinnig waren, denn Eltheas Charakter wurde dadurch so verändert, daß von ihren guten und unverfälschten Eigenschaften kaum noch etwas übrigblieb. Judith seufzte und stieß sich von seiner Brust ab.

»Ich habe dir etwas mitgebracht«, sagte Daniel, und trotz allem empfand Judith darüber so etwas wie Freude. Daniel schenkte ihr so selten etwas, und wenn, dann nur, weil es nicht anders ging. Er hielt nichts von Geburtstags- oder Weihnachtsgeschenken. Aber jetzt zeigte er seine Begeisterung ganz offen. Er war stolz auf sich wie ein kleiner Junge.

Sie konnte sich nicht zurückhalten und fragte: »Was?«

Er nahm sie bei der Hand und führte sie die drei Stufen hinunter durch die Küche in das Wohnzimmer. Ein schön verpackter Karton stand auf der Holzkiste, die ihnen als Kaffeetisch diente. Auf dem blauen Geschenkpapier waren eine Schleife und eine Karte befestigt. Es mochte kindisch sein, aber Judith fühlte sich, als wäre Weihnachten. Daniel *dachte* an sie, und auch wenn bisher alle Aufmerksamkeit ihm gegolten hatte, hatte er sie darüber nicht vergessen. Das hier war ihre Belohnung. Dankbar, erleichtert und neugierig ging sie zu dem Karton hinüber. Ein Wintermantel? Den könnte sie gebrauchen. Für Schmuck – den sie am liebsten gehabt hätte – war der Karton zu groß, aber sobald sie ihn angehoben hatte, wußte sie, daß er für Kleidung zu schwer war. Also kein sexy Nachthemd oder seidene Unterwäsche. Der Karton wog mindestens fünf Kilo. Bücher, dachte sie und versuchte, sich ihre Enttäuschung nicht anmerken zu lassen. Sie wollte kein neues Wörterbuch oder die neueste amerikanische Ausgabe von *Who is Who*. Sie wollte etwas ganz Persönliches, etwas Luxuriöses und Außergewöhnliches. Nun, das konnte es ja immer noch sein.

Um die Vorfreude länger genießen zu können, nahm sie zuerst den Umschlag ab und öffnete ihn. Auf der Vorderseite der Karte waren Blumen und ein Barett abgebildet, und quer darüber stand ›Zur bestandenen Prüfung‹. Es war die Sorte Karten, die es hier, in der Universitätsstadt, in jedem Laden zu kaufen gab. Nichts Besonderes. Es sah so aus, als hätte Daniel einfach nach der nächstbesten Karte gegriffen. Sie blinzelte und öffnete sie. Daniel hatte hineingeschrieben: ›Jetzt, da du eine richtige Schriftstellerin bist, dachte ich, solltest du auch die richtige Ausstattung eines Schriftstellers haben. In Liebe, Daniel.‹

Sie legte die Karte beiseite und begann, vorsichtig das Papier zu entfernen. »Los, mach schon«, sagte er. »Freu dich doch. Zerreiß das verdammte Papier einfach.«

Überrascht von seiner Ausdrucksweise – Daniel fluchte selten –, tat sie wie geheißen, und zum Vorschein kam die Abbildung eines Laptops. Es war eines der neuesten Modelle.

»Du wirst jetzt einen Computer brauchen«, sagte er und gab ihr die Diskette, die er von Cheryl bekommen hatte. »Du brauchst ihn, um die Änderungen durchzuführen. Mit so etwas geht das viel schneller. Ich habe dir zwei Programme gekauft: eines für Textverarbeitung und ein Wörterbuch. Er soll wirklich hervorragend sein.« Stolz machte er eine Pause. »Gefällt er dir?« fragte er dann.

»Einfach klasse«, sagte Judith.

5

›Für mich und meinesgleichen ist das Leben selbst eine Geschichte, und wir müssen es in Geschichten erzählen – das ist nun einmal der Lauf der Dinge.‹

Rumer Godden

Jeden Sonntag war Emma bei ihrer Mutter zum Abendessen. Sie freute sich nie sonderlich darauf, aber diesmal war es anders. Sie war neugierig auf Camilla Clapfish, und zwar auf die Autorin ebenso wie auf die Freundin ihres Bruders. Sie hatte sich sogar ein Kleid angezogen – weniger, um ihrer Mutter einen Gefallen zu tun, sondern weil es für sie fast einem Geschäftsessen gleichkam.

Sie stand vor dem großen Spiegel und betrachtete sich darin. »Kannst du mir den Reißverschluß hochziehen?« fragte sie Alex, die der Länge nach auf dem Sofa lag und Emma bei ihren Vorbereitungen zusah. Emma hatte Alex bereits am Freitag abend erzählt, daß sie heute abend weg mußte, aber jetzt zeigte Alex keine Eile zu gehen, sondern sah Emma beim Anziehen zu. Es war einerseits ein anheimelndes Gefühl, andererseits hatte es auch etwas Forderndes, das ihr nicht gefiel. »Komm schon«, sagte Emma, »hilf mir mal mit dem Reißverschluß.« Träge erhob sich Alex vom Sofa, stellte sich hinter Emma und legte ihr beide Hände auf die Schultern. Doch statt den Reißverschluß hochzuziehen, beugte sie sich über Emmas Hals und begann sanft daran zu knabbern.

»Soll ich dich zu deiner Mama nach Larchmont fahren?« fragte Alex. Emma lachte, zog aber ihren Kopf weg. »Oder willst du mich zu deiner Mama mitnehmen?«

Überrascht und völlig überrumpelt starrte Emma in den Spiegel und fing Alex' Blick auf, aber bevor sie antworten konnte, hatte sich Alex über den Reißverschluß gebeugt. Hing Alex deshalb hier herum? Hatte sie auf eine Einladung gehofft? Emma hatte ihrer Mutter zwar erzählt, daß sie lesbisch war, aber sie hatte noch nie eine Freundin mit nach Hause gebracht. Warum wollten Kinder nie etwas über die Sexualität der Eltern erfahren – und umgekehrt? Sie wollte es ihrer Mutter nicht sozusagen direkt unter die Nase reiben. Und ganz sicher waren Alex und sie noch nicht vertraut genug miteinander, um dieses Komm-mit-und-lerne-meine-Eltern-kennen-Trauma durchzustehen. Aber vielleicht hatte Alex das Gefühl, es sei bereits soweit. Alex hatte bemerkt, daß sie ausgewichen war, und war erstarrt. Nun gab sie sich ganz sachlich und zog am Reißverschluß. O Gott, dachte Emma. Das ist der Preis, den du dafür zahlen mußt, daß du lesbisch bist. Während Männer immer vor Verantwortung *zurückschreckten,* sich eingeengt fühlten und ›mehr Freiraum‹ wollten, überstürzten die Frauen alles. Ein alter Witz über Lesben besagte, daß ein Frauenpärchen bei seinem ersten Treffen gleich zusammenzog. Emma mochte Alex wirklich, mehr als jemals irgendwen zuvor, aber aufgrund ihrer vollgestopften Terminkalender hatten sie bisher gerade mal drei Wochenenden miteinander verbringen können. Und für Emma mußte immer alles der Reihe nach gehen. Sie schätzte Alex bereits sehr, doch nicht zuletzt deshalb wollte sie sie ihrer

Mutter noch nicht vorstellen. Denn wenn Mrs. Ashton einen potentiellen Partner ihrer Kinder kennenlernte, trug ihre Art nicht unbedingt dazu bei, die Beziehung zu festigen. Aber nun mußte Emma befürchten, daß sie Alex' Gefühle verletzt und dadurch eine Verstimmung zwischen ihnen heraufbeschworen hatte, die ihren Preis haben würde.

»Er klemmt«, sagte Alex, wobei sie sich auf den Reißverschluß bezog. »Ich glaube, du mußt das Kleid ausziehen. Vielleicht kriege ich ihn dann wieder hin.«

»Herrgott, dafür reicht die Zeit nicht mehr! Mein Zug geht in fünfundzwanzig Minuten. Mutter haßt es, wenn ich zu spät komme.« Emma zog sich das Kleid über den Kopf und warf es auf den Schrankboden. Verdammte Kleider! Sie kramte eine schwarze Hose hervor, zog sie an und nahm ein weißes tailliertes Männerhemd vom Bügel. Perfekt. Sie sah genau wie eine Lesbe aus, so gekleidet, wie ihre Mutter es mochte. Emma seufzte. Vielleicht sollte sie sich einen Schal um den Hals legen? Aber sie war kein Schal-Typ. Irgendwo hatte sie ein indisches Seidentuch, aber sie wußte nicht mehr, wo. Nun, ein Pullover würde es auch tun. Schließlich war es kein offizielles Geschäftsessen.

»Also, Camilla Clapfish wird auch da sein«, sagte Alex. Falls sie wütend war, konnte man das ihrer Stimme nicht anhören. »Ich glaube, sie ist gerade erst in New York eingetroffen.« Emma nickte. »Ich treffe mich diese Woche mit ihr, das weißt du ja«, erinnerte Alex sie.

»Großartig«, sagte Emma. »Erzähl nur nichts von mir.« Herrje, das klang ziemlich schroff. Aber da sie gerade Camillas Manuskript überarbeitete, konnte dieses Dreiecksverhältnis zu Spannungen führen. Hör auf, dich befangen zu fühlen, schalt sich Emma. Aber das half nie etwas. Jetzt, da es schien, als ob Alex sie wirklich mochte, und sie selbst verrückt nach Alex war, würde die alte Leier mit Sätzen wie ›Ich wollte nicht so schroff sein, aber du sollst mich eben nicht drängen‹ wieder anfangen. Beziehungen waren *so* schwierig, und die Ashton-Familie hatte sich beileibe nicht als guter Übungsplatz für Beziehungstraining erwiesen. Unser Motto muß gelautet haben ›Klopfe höflich an, wenn die Tür verschlossen ist, und laß deine Gefühle draußen‹, dachte Emma. Wie mochte dieser Spruch wohl auf lateinisch lauten? Und war er zu lang für ihr Familienwappen? (Es *gab* tatsächlich ein Familienwappen, aber ihrer Mutter schien es viel zu passend, um es zu verwenden.) »Ich muß los«, sagte Emma jetzt zu Alex, die sich nicht von der Stelle gerührt hatte. »Zieh einfach die Tür ins Schloß, wenn du gehst.«

Sie befanden sich gerade in der unangenehmen Phase, in der man noch nicht die Wohnungsschlüssel getauscht hatte, aber den anderen in seiner Wohnung schon mal ›allein‹ ließ. Emma küßte Alex auf die Wange, aber Alex reagierte nicht. Sie ist verletzt, ging es Emma durch den Kopf. Aber es war zu spät, um jetzt noch etwas daran zu ändern. »Bis bald«, sagte Emma und eilte in Richtung U-Bahn davon.

Emma hatte ihren Zug noch erwischt. Ihre Mutter holte sie ab. Zu Hause stellte sie ihr ›Miß Clapfish‹ vor. Emma war etwas verwirrt, denn Camilla verhielt sich ziemlich kühl. Es war offensichtlich, daß sie und Frederick sich mochten, und außerdem war sie in sein Apartment gezogen, aber es schien so, als würde Frederick immer noch hier bei ihrer Mutter wohnen. Waren sie jetzt zusammen oder nicht?

Natürlich ging sie das im Grunde nichts an. Aber Emma hatte so gehofft, daß Frederick endlich jemanden gefunden hätte, und ihre Mutter hatte das ja auch angedeutet. Er hatte es verdient, und gerade jetzt, da sie mit Alex so glücklich war, wünschte sie auch ihrem Bruder, daß er geliebt wurde. Aber es schien nicht so, als hätten sie eine engere Beziehung. Sie griff nach der Weinflasche und schenkte sich nach. Dann sah sie, daß Fredericks Glas fast leer war. »Möchtest du noch Bordeaux?« fragte sie, und er nickte.

Während des Abendessens sprachen sie hauptsächlich über Fredericks Italienreise, über den Ärger ihrer Mutter bei ihrem letzten Bridge-Turnier der Damen von Larchmont und, ganz kurz, über Camillas Aufenthalt in Florenz. Irgendwie hatte Emma das Gefühl, als wäre es noch etwas verfrüht, vom Geschäft zu sprechen. Trotzdem mußte sie Camilla in gewisse Gepflogenheiten bei Davis & Dash einweihen. Aber wie sollte sie anfangen? Das Chad-Weston-Fiasko erwähnte sie besser ebensowenig wie die Tatsache, daß es Camillas Glück nachgeholfen hatte. Aber eine Überleitung war sicherlich notwendig. Während Rosa, die Haushälterin, die Salate abtrug, stockte die Unterhaltung kurz. Dieser Zeitpunkt ist genausogut wie jeder andere, dachte Emma.

»Wissen Sie, Camilla, eigentlich bin ich gar nicht hier, und wir haben uns nicht kennengelernt«, sagte sie. »Noch nicht.«

»Wie bitte?« fragte Camilla.

»Offiziell sind Sie Pams Entdeckung, nicht meine. Pam Mantiss denkt sogar, mir würde Ihr Roman gar nicht gefallen. Das war der einfachste Weg, um sie dazu zu bewegen, es anzunehmen. Nicht, daß der Roman schlecht wäre – es ist nur so, daß Pam grundsätzlich alles ablehnt, was ich befürworte. Also gehe ich mit ihr um wie mit einem Kind. Lassen Sie meine Deckung bitte nicht auffliegen, wenn Sie sich mit ihr treffen.«

»Worum geht's hier eigentlich?« fragte Mrs. Ashton mit hochgezogenen Augenbrauen. »Kannst du deine Arbeit nur erledigen, indem du etwas vorheuchelst?«

»Vorheucheln?« fragte Frederick. »Mutter, du hast schon wieder Henry James gelesen. Und du hattest versprochen, es nicht zu tun.«

Mrs. Ashton versuchte eine beleidigte Schnute zu ziehen, aber ihr rechter Mundwinkel zuckte nach oben. Emma kannte das bereits und hatte es immer als ein halb geschmeicheltes, halb charmantes Lächeln interpretiert. Frederick hatte eine ganz spezielle Art, mit ihrer Mutter umzugehen – er zog sie zwar auf, sprach aber durchaus ernst und zugleich mit viel Charme und Humor. Emma beneidete ihn darum. Diese Fähigkeit hatte sie nie besessen, aber vielleicht lag es auch daran, daß sie Mutter und Tochter waren. Oder daran, daß sie lesbisch war. Emma wußte, daß sie bei ihrer Mutter einfach nicht soviel Anklang fand wie Frederick. Trotzdem liebte ihre Mutter sie, und das wußte sie auch. Mrs. Ashton mochte mit vielem, was ihre Kinder taten, nicht einverstanden sein, aber auf ihre zurückhaltende Art liebte sie ihre Kinder sehr. Nun, dachte Emma, um meine Mutter brauche ich mir keine Sorgen zu machen, eher um die angehende Autorin von Davis & Dash.

Wie um ihre Vermutung zu bestätigen, beugte sich Camilla mit besorgtem Gesichtsausdruck vor. »Ich verstehe nicht ganz«, sagte sie. »Sind Sie *nicht* meine Lektorin?«

»Ich fürchte, ich muß einiges erklären«, sagte Emma. »Pam Mantiss, meine Cheflektorin, ist sehr gut, aber zugegebenermaßen etwas – hm, exzentrisch. Sie betrachtet es nicht als *meine* Aufgabe, Manuskripte zu entdecken, zumindest nicht solche, von denen sich garantiert mehr als fünftausend Hardcover-Exemplare verkaufen lassen. Ich hatte ihr gerade ein anderes literarisches Werk, das allerdings kein kommerzielles Buch ist, vorgeschlagen, als ich Ihr Manuskript bekam.« Emma machte eine Pause und lächelte. »Es ist ein herrliches Buch. Ich wußte, daß wir es veröffentlichen sollten, aber ich mußte etwas anderes« – Emma warf ihrer Mutter einen Blick zu – *»vorheucheln.«*

Frederick lächelte. Camilla lehnte sich in ihrem Stuhl zurück. Emma erzählte weiter, wie sie es – indem sie das Manuskript aus den falschen Gründen ablehnte – geschafft hatte, Pam, die immer auf Konfrontationskurs war, zu überzeugen, und Gerald, der verzweifelt war, dafür zu interessieren. »Im Moment macht er sich solche Sorgen um das Herbstprogramm, daß er auch ein Telefonbuch veröffentlichen würde, wenn *gewinnbringend* draufstünde«, schloß Emma mit einem Lachen.

Mrs. Ashton machte »Ts, ts. Man sollte doch meinen, daß ein Mann seines Kalibers und aus einer solchen Familie …«

Emma lachte wieder. »Oh, Mutter, seit wann hat denn die *Familie* mit irgend etwas zu tun?« Bevor Mrs. Ashton antworten konnte, ergriff Camilla, die ziemlich blaß aussah, das Wort:

»Sie meinen also, ich bin nur durch Zufall reingenommen worden?« fragte sie. »Sie haben sie mit einem *Trick* dazu gebracht, mein Buch anzunehmen?«

O Gott! Emma hatte einen Augenblick lang ganz vergessen, wie man einen Autor behandeln mußte, vor allem einen Erstlingsautor. Alle Autoren waren unsicher, aber Erstlingsautoren ganz besonders. Das Schlimmste hatte sie zwar nicht erwähnt – *SchizoBoy* und diese Geschichte –, aber sie hätte diplomatischer vorgehen müssen. Ihre letzte Bemerkung über das Telefonbuch war dumm gewesen. Was hatte sie sich dabei nur gedacht? Wenn sie bei ihrer Mutter war, benahm sie sich immer sehr ungeschickt.

»Nicht im geringsten«, sagte sie deshalb so herzlich wie möglich. »Wenn ich einen Trick angewandt hätte, wären Sie *zurückgewiesen* worden. Weil ich zufällig gerade mit Pam einen harten Kampf wegen eines anderen Romans ausgefochten hatte. Und genau *das* wollte ich bei Ihrem Buch vermeiden. Der Zufall wollte es, daß ich mich noch nie zuvor für ein Buch so eingesetzt hatte, und just in diesem Moment hätte ich das auch noch für ein zweites Buch tun sollen. Das hätte nicht funktioniert. Also habe ich einen anderen Weg gewählt. Und das hat funktioniert.« Emma holte tief Luft. »Pam gefällt der Roman wirklich gut. Es ist ihr Baby. Glauben Sie mir, das ist nur zu Ihrem Vorteil. Sie ist wesentlich wichtiger als ich. Ich werde Ihr Manuskript nur bearbeiten.« Emma musterte die Frau, die ihr gegenübersaß – ihre ruhigen Augen, die ordentliche Erscheinung. Es war wirklich schwierig, sich Camilla Clapfish und die exzentrische Pam Mantiss in einem

Raum vorzustellen. Sie wirkten wie Comicfiguren, die von verschiedenen Zeichnern entworfen worden waren: Pam war ›die Extreme‹ und Camilla eine englische Ausgabe von Jules Feiffer. »Na ja«, sagte Emma abschließend. »Jedenfalls bedeutet das für Sie, daß wir uns noch nie gesehen haben. Ihr Manuskript wurde über eine Agentin eingereicht, und es könnte sein, daß ich Sie diese Woche bei Davis & Dash gar nicht zu Gesicht bekomme.«

War Camilla nun beruhigt? Emma machte noch einen Anlauf. »Da ich von Ihrem Roman nicht sehr begeistert zu sein schien, Gerald Ochs Davis hingegen sehr, ist Pam *sehr* interessiert daran. Lassen Sie sich von ihr also nicht ins Bockshorn jagen. Sie ist ziemlich einschüchternd, aber clever, und Sie kann Ihrem Buch zum Durchbruch verhelfen. Denken Sie nur daran – ihr Gebell ist nicht so schlimm wie ihr Biß.«

»Das beruhigt mich ja ungemein«, sagte Camilla. »Ich muß also einfach nur darauf achten, daß sie mich nicht beißt. Sie mußten also aufgrund widriger Umstände einen Trick anwenden, damit mein Manuskript angenommen wurde – das war die schlechte Nachricht. Und die gute ist, daß wichtige Leute mein Buch mögen. Und das war Zufall? Habe ich das richtig verstanden?« Sie erlaubte sich ein winziges Lächeln. Die ist wirklich cool, dachte Emma. Aber nett, sehr nett.

»Nein, Zufall war, daß du mich kennengelernt hast und ich Emma das Manuskript geschickt habe«, sagte Frederick. »Wenn du es auf dem normalen Weg versucht hättest, wäre es auch angenommen worden.«

»Zufall hin oder her – hier kommt das Essen«, sagte Mrs. Ashton, als Rosa die Platte mit den Flunderfilets brachte. Mrs. Ashton sah Camilla an. »Ich würde Ihr Manuskript gern lesen. Und ich bin sicher, daß weder Gerald Ochs Davis noch seine Cheflektorin von jemandem ausgetrickst werden können.« Sie warf Emma einen Blick zu, als wollte sie sie für ihre schlechten Manieren tadeln und sie daran erinnern, sich von jetzt an ordentlich zu benehmen. »Ich hoffe, du hast nichts falsch gemacht, Emma.«

Emma versuchte zu lächeln. »Das einzige, was ich eigentlich nicht hätte tun dürfen, war, das Manuskript an Alex Simmons, die Agentin, weiterzugeben. Ich fürchte, das läuft den Interessen von Davis & Dash zuwider. Aber ein Autor braucht einen Agenten, der ihn vertritt. Da ich diesen Rat jedoch eigentlich nicht geben dürfte, denke ich, es wäre besser, wenn Sie auch noch zu anderen Agenten gehen. Dann muß ich mir keine Vorwürfe machen.«

»Das werde ich tun«, sagte Camilla. »Haben Sie eine Liste der Agenten?«

»Ich besorge Ihnen eine«, sagte Emma. »Oder Sie rufen bei der Schriftstellervereinigung an.«

Dann widmeten sich alle den Flunderfilets, und in der nun eintretenden Stille fragte sich Emma erneut, was zwischen ihrem Bruder und dieser Frau vorging. Sie fürchtete, das Ganze ziemlich ungeschickt angepackt zu haben. Sie sah auf, versuchte so zu tun, als sei nichts geschehen, und fragte Camilla, ob sie sich auf die Veröffentlichung ihres Buches freue.

»Ich bin ehrlich begeistert«, sagte Camilla. »Für mich bedeutet das einen Neuanfang. Und ich bin Ihnen allen sehr dankbar.« Emma war sich nicht ganz sicher, aber sie glaubte in den dunkelbraunen Augen Tränen entdeckt zu haben, bevor Camilla ihren Kopf wieder über den Teller gebeugt hatte.

6

›Laß jedes Auge für sich selbst verhandeln und traue nie einem Agenten.‹

William Shakespeare

»Ich bin hier, weil ich einen Rat einholen möchte«, sagte Opal und sah den weißhaarigen, älteren Mann an, der vor ihr am Schreibtisch saß. Sein Büro war ebenso eindrucksvoll wie er selbst. Es glich dem Raum für bibliophile Raritäten in der Bibliothek von Bloomington, wenn man davon absah, daß – wie Opal mit dem geübten Auge der Bibliothekarin schnell erkannt hatte – keines der Bücher wirklich wertvoll war. Die meisten waren nicht einmal das, was Opal ein Buch genannt hätte: All die in edles Leder gebundenen, mit Goldprägung versehenen Bände zu ihrer Rechten waren Titel von Susann Baker Edmonds! Wer würde sich schon die Mühe machen, *diesen* Schund in Schweinsleder binden zu lassen? Opal unterdrückte ein Achselzucken. Emma Ashton hatte ihr geraten, sich einen Agenten oder einen auf Verlagsrecht spezialisierten Anwalt zu suchen, und ihr mitgeteilt, daß Pam Mantiss Mr. Byron vorgeschlagen hatte. Hier war sie also, aber sie hatte keine Ahnung, was nun geschehen sollte. Mußte sie ihm einen Scheck ausstellen und ihn engagieren, oder war das nur eine unverbindliche Unterhaltung? Nun, das Wichtigste zuerst. »Haben Sie das Manuskript meiner Tochter gelesen?«

Mr. Byron nickte mit seinem großen Kopf. »Zum größten Teil«, sagte er dann, »und ich …«

»Zum größten Teil?« unterbrach ihn Opal. Sie wußte, daß das Manuskript sehr lang war, aber wie konnte dieser Mann nicken und behaupten, er hätte es gelesen, wenn er noch nicht einmal den großartigen Schluß kannte? »Ich glaube nicht, daß wir über Terrys Buch reden können, bevor Sie es *ganz* gelesen haben«, sagte sie, nahm ihre Tasche auf und wollte gehen.

Alfred Byron machte eine beschwichtigende Geste, um sie zurückzuhalten. »Nun, nun, Mrs. O'Neal. Sie müssen mich entschuldigen. Es war ja nicht so, daß mich das Werk Ihrer Tochter nicht durch seinen kraftvollen Stil und seinen Zauber fasziniert hätte. Mein voller Terminkalender ist schuld. Ich kann Ihnen gar nicht sagen, wie beschäftigt ich im Moment bin. Ich vertrete einen *sehr* wichtigen neuen Autor, und es erfordert viel Zeitaufwand, seine Karriere zu steuern. Hinzu kommt, daß Susann Baker Edmonds gerade einen neuen Roman fertiggestellt hat, und das nimmt ebenfalls viel von meiner Zeit in Anspruch.«

Nun, das erklärte die gebundenen Bücher. Opal fragte sich, ob Pam Mantiss wirklich glaubte, daß ein Agent, der solche Mätzchen machte, der richtige für Terrys Buch war. »Wissen Sie«, fuhr Mr. Byron fort, »ich bin ein Agent, der auch mal selbst Hand anlegt. Für mich und auch für meine Klienten ist es wichtig, daß ich nicht nur ihre Karriere steuere, sondern oft auch ihre aktuellen Manuskripte sozusagen in die richtigen Bahnen lenke. Ich kann Ihnen gar nicht sagen, wieviel ich selbst überarbeite und umschreibe.«

»Sie schreiben Manuskripte um?« fragte Opal.

»Ständig«, sagte Mr. Byron stolz. »Meine Klienten sind dafür sehr dankbar. Ich kann Ihnen gar nicht sagen, wie viele von ihnen mir ihre Bücher gewidmet haben.« Offenbar konnte dieser Mann ihr vieles nicht sagen. Er trat an das Bücherregal an der Wand rechts von ihr, überflog die Titel und zog dann drei verschiedene Bücher heraus. Auch wenn es so aussehen sollte, als hätte er die Bände zufällig herausgegriffen, spürte Opal instinktiv, daß dem nicht so war. »Ah, hier ist eines.« Er schlug die Seite auf, auf der die Widmung stand. »›Für Alfred Byron. Ohne den dieses Buch nie geschrieben worden wäre.‹«

Er reichte es Opal, die auf den Buchrücken schaute. Sie hatte noch nie von dem Autor gehört. Offenbar war es eine Art Science-fiction. Mr. Byron öffnete ein anderes Buch und lächelte, als er auf die Seite hinabsah. Er seufzte. »Hier«, sagte er, »lesen Sie selbst.«

Er gab ihr auch dieses Buch, das auf der Seite mit der Widmung aufgeschlagen war. Opal, ganz Bibliothekarin, nahm automatisch wahr, daß der Rest des Buches unberührt war. Es war offensichtlich, daß dieses Buch immer nur auf der Widmungsseite aufgeschlagen wurde. ›Für Alfred Theodore Byron, meinen Agenten, meine Muse, meinen Lektor und Freund.‹ Die Widmung war mit ›Susann Baker Edmonds‹ unterschrieben. Opal klappte das Buch zu und legte es auf Alfs großen Schreibtisch.

»Nun ja«, sagte sie steif, »als Lektor oder Muse benötige ich Sie nicht. Das Manuskript wurde von meiner Tochter geschrieben, wie Ihnen Pam Mantiss sicherlich gesagt hat. Sie hat es vor ihrem Tod noch selbst lektoriert«, erklärte Opal. »Es wird so veröffentlicht, wie es ist.«

Mr. Byron lächelte, ein wenig herablassend, wie es schien. »Sie müssen wissen, was am besten für Sie ist«, sagte er. »Aber es erinnert mich ein wenig an das alte Sprichwort über Rechtsanwälte, die sich selbst vertreten: Sie erkennen bald, daß ihr Mandant ein Dummkopf ist.«

»Ich glaube, ich verstehe nicht ganz, was Sie damit sagen wollen«, erwiderte Opal, obwohl sie sehr wohl verstand.

»Na ja, das soll heißen, daß Ihre Tochter für eine richtige Überarbeitung wie jeder andere Schriftsteller das klare, unvoreingenommene Auge eines Außenstehenden gebraucht hätte. Diesem Thema habe ich in meinem Buch ein ganzes Kapitel gewidmet – daß die Beurteilung eines Buches durch einen Außenstehenden sehr wichtig ist.«

»Oh, jetzt verstehe ich«, sagte Opal. »Wenn Sie damit andeuten wollen, daß meine Tochter eine Närrin war oder daß ich eine sei, dann muß ich Ihnen leider widersprechen.«

»Keinesfalls. Keinesfalls«, sagte Mr. Byron, stand wieder auf, ging um den Tisch herum und tätschelte Opals Schulter. Aber für sie stand bereits fest, daß er ein aufgeblasener, heimtückischer Kerl war und sie ihn nicht leiden konnte. »Ich fürchte, Sie haben mich mißverstanden«, sagte er. »Ich wollte Sie nicht beleidigen. Der Roman ist ein Meisterwerk, daran besteht kein Zweifel. Und ich versichere Ihnen, ich hätte mir bei meinem vollen Terminkalender nicht die Zeit genommen, mit Ihnen zu sprechen, wenn ich nicht davon überzeugt wäre. Ich kann Ihnen gar nicht sagen, wie viele Leute mit mir sprechen wollen. Es geht mir nicht darum, das Werk Ihrer Tochter zu ändern. Aber manchmal können sich eine Straffung, ein wenig Zurechtstutzen oder gewisse Kürzungen – die für einen Autor immer schmerzhaft sind – auswirken.«

»Auf was auswirken?« fragte Opal.

»Auf die Verkaufszahlen«, sagte Byron. »Leider läßt sich ein Buch mit einem solchen Umfang nicht leicht verkaufen. Es schreckt die Leute ab, ganz zu schweigen davon, daß es teuer ist.«

»Mr. Byron, ich weiß, daß dieses Buch, gemessen an Susann Baker Edmonds oder Stephen King, kein kommerzieller Erfolg sein wird.« Opal schwieg kurz und fuhr dann fort: »Aber echte Leser, ernsthafte Leser werden es schätzen. Sie werden seinen Wert erkennen.«

»Nicht, wenn sie es nie im Regal eines Buchladens oder einer Bibliothek finden, Mrs. O'Neal«, widersprach er. »Wenn für das Buch keine Werbung gemacht wird, liegt es einfach nur im Lager herum. Und bei diesem Buch – einem Erstlingswerk mit unhandlichem Umfang, anspruchsvollem Stil und einem hohen Preis – sieht es sehr danach aus, als würde es das Lager nie verlassen.«

Der Gedanke an all die ungelesenen Bücher stimmte Opal zutiefst traurig. Das war so, als hätte ein Mensch sein Leben vergeudet. Sie merkte langsam, daß es für einen Autor nicht nur darum ging, eine Veröffentlichung durchzusetzen. »Aber kümmern sich die Verleger denn nicht um die Werbung und alles andere? Schließlich ist es ihr Geld, das verlorengeht, wenn das Buch ein Ladenhüter wird.«

Byron lächelte ölig. »Theoretisch sorgen sie natürlich schon dafür – aber allein Davis & Dash hat nahezu fünfzig neue Titel auf der Herbstliste. Ich kann Ihnen versichern, daß nicht alle Bücher gleich behandelt werden. Meine Aufgabe ist es, dafür zu sorgen, daß Terrys Buch in den richtigen Blättern Kritiken bekommt, meine Kontakte zu nutzen, damit darüber geschrieben wird, und die richtigen Leute bei Davis & Dash zu drängen, alles zu tun, wozu sie verpflichtet sind.«

»Und zu welchen Konditionen arbeiten Sie? Ich brauche niemanden, der das Buch lektoriert, aber jemanden, der den Vertrag überprüft und das Geschäftliche erledigt.«

Mr. Byron setzte sich ihr gegenüber in einen der mit burgunderrotem Leder bezogenen Stühle. »Um Ihnen die Wahrheit zu sagen: Wir haben ein kleines Problem. Normalerweise nehme ich eine Provision von fünfzehn Prozent. Aber da es kein zweites Buch Ihrer Tochter und keine Karriere geben wird, die man aufbauen könnte, würde ich in diesem Fall viel Arbeit investieren und nur sehr wenig Gewinn dabei machen.«

Opal fand fünfzehn Prozent vom Vorschuß nicht gerade wenig, und allzuviel Arbeit würde für Mr. Byron auch nicht anfallen. »Müssen Sie nicht einfach nur den Vertrag durchsehen und überprüfen?« fragte sie. »Und Ihre Kontaktpersonen anrufen? Nimmt das so viel Zeit in Anspruch?«

»Oh, es ist um einiges komplizierter. Auch wenn ich nicht glaube, daß von diesem Buch viele Exemplare verkauft werden, könnte man doch die Übersetzungsrechte verkaufen – die Skandinavier mögen diese Art Bücher, und der Markt dort ist nicht gerade klein. Außerdem habe ich einige sehr gute Kontakte in Großbritannien. Ich glaube, daß ich es auch in London verkaufen könnte und vielleicht sogar in Südafrika. Diese Kontaktaufnahme mit ausländischen Verlegern und die folgenden Vertragsverhandlungen erfordern meinerseits einen hohen Arbeitsaufwand.«

Für Opal war Geld nebensächlich. Aber an die Möglichkeit, daß Terrys Buch ins Schwedische, Norwegische und ein Dutzend anderer Sprachen übersetzt werden könnte, hatte sie noch gar nicht gedacht. Sie war von der Idee begeistert, doch von diesem Mann definitiv nicht. Sie haßte es, wenn jemand um etwas herumschlich wie die Katze um den heißen Brei, und zwar so lange, bis der Brei kalt war. Offensichtlich hatte er etwas Bestimmtes im Sinn, aber warum sagte er es dann nicht einfach geradeheraus? »Nun, Mr. Byron, warum sagen Sie mir nicht einfach, was Sie mir raten würden?«

Er lächelte. »Eine Möglichkeit für mich wäre es natürlich, eine höhere Provision zu nehmen. Aber ich bin sicher, daß Sie im Moment jeden Pfennig gebrauchen können, den man Ihnen geben wird.«

Opal war verletzt. Sah sie so ärmlich aus? Wie konnte er sich erdreisten, so etwas zu behaupten? Sie konnte mit Geld gut umgehen, und wenn sie bald nach Bloomington zurückkehrte, konnte sie weiterhin in angenehmen Verhältnissen leben. Aber sie hatte das Gefühl, daß es nichts nützen würde, das diesem arroganten Mr. Byron auseinanderzusetzen. »Also?« sagte sie daher nur.

»Also habe ich eine andere Idee.« Er verschränkte seine Finger und legte die Handflächen an seinen Hinterkopf, so daß seine Ellenbogen nach rechts und links abstanden. »Ich denke, es gibt einen besseren Weg«, fuhr er fort. »Ich denke, daß *Ihre* Geschichte hervorragend für einen Film geeignet ist. Vielleicht nicht für einen Kinofilm, aber für einen ›Film der Woche‹ im Fernsehen. Die Story enthält alles, was gebraucht wird: der tragische Tod Ihrer Tochter, Ihr beherzter Kampf um die Anerkennung ihres Werkes. Wir könnten es noch ein wenig ausschmücken, dann wird das Buch ein gigantischer Bestseller werden und Ihnen beweisen, daß es gerechtfertigt war, daran zu glauben. Die Verkaufszahlen sähen dann sicher sehr viel besser aus.« Er machte eine Pause, aber Opal hatte es die Sprache verschlagen. »Ich hatte bereits ein kleines Vorgespräch mit einem meiner Kontakte bei ABC. Er hat zwei von Susann Baker Edmonds' Büchern gekauft und danach Miniserien gedreht. Wir könnten sogar versuchen, Tyne Daly dafür zu gewinnen. Sie würde natürlich Ihre Rolle übernehmen. Nun, jedenfalls denke ich, daß wir sein Interesse wecken könnten, und das würde eine sechsstellige Summe bedeuten.«

Mr. Byron warf Opal einen Blick zu, doch offensichtlich mißverstand er ihren Gesichtsausdruck. Opal merkte, daß sie mit offenem Mund vor ihm saß, und klappte ihn zu. Aber noch bevor sie die Chance hatte, etwas zu sagen, fuhr Byron fort: »Ich weiß, das ist viel Geld. Aber falls das klappt, würde ich auf zwanzig Prozent des Geldes *und* darauf bestehen, Produktionsleiter zu sein. Das könnte man doch als unverhofften Glücksfall betrachten, oder nicht?«

»Ganz sicher nicht. Mr. Byron, entweder sind Sie der unsensibelste Mann, der mir je begegnet ist – und das will schon viel heißen –, oder Sie sind verrückt. Warum sollte ich die Tragödie meiner Tochter ausschlachten wollen? Es ist schon schmerzlich genug, daß es überhaupt passiert ist. Ich will das nicht noch einmal durchleben müssen, und es ist mir völlig egal, ob ich dafür eine Riesensumme bekommen könnte. Und ich möchte hinzufügen, daß ich es unmöglich von Ihnen finde, mit jemandem beim Fernsehen oder sonstwo darüber zu sprechen, ohne vorher meine Einwilligung einzuholen. Ich habe Sie *nicht* engagiert, und es ist auch klar, daß ich das in Zukunft nicht tun werde.« Opal nahm ihre Tasche und erhob sich. Sie war bereits aus der Tür, den Flur hinuntergegangen und beim Lift angelangt, als ihr aufging, daß man dem Ganzen auch eine komische Seite abgewinnen konnte. Als sie den Lift betrat, malte sie sich aus, wie sie Roberta die Geschichte erzählen würde. Tyne Daly – also wirklich.

»Einen Fernsehfilm?«

»Ich habe Roberta versichert, daß Sie es nicht glauben würden«, sagte Opal an diesem Nachmittag am Telefon zu Emma Ashton. »Aber das findet wohl jeder unglaublich!«

»Und was haben Sie ihm geantwortet?«

»Ich habe ihm gesagt, was ich von ihm halte, und ihn dann stehenlassen. Ich mag ja nicht mehr auf dem Land leben, aber ich erkenne ein Wiesel immer noch, wenn ich eines sehe.« Opal glaubte schon, sie sei zu weit gegangen, aber als sie Emma lachen hörte, war sie erleichtert und wußte, daß sie ihr zustimmte.

»Nun ja, Alf Byron hat nicht gerade den besten Ruf«, gab Emma zu. »Aber er ist meiner Ansicht nach eher ein Gepard als ein Wiesel. Pams Vorschlag gefiel mir auch nicht sonderlich, und ich bin froh, daß Sie sich entschlossen haben, ihn nicht zu engagieren.«

»Das einzig Bedauerliche ist«, sagte Opal, »daß er mich mit Auslandslizenzen gelockt hat. Ich sähe es wirklich *gern*, wenn Terrys Werk in anderen Sprachen erscheinen würde, aber ich habe nicht die leiseste Ahnung, wie ich das bewerkstelligen soll. Himmel, es war ja schon schwierig genug, Sie dazu zu bewegen, es auf englisch zu lesen!«

»Na ja«, sagte Emma, »es gibt auch noch *andere* Agenten.«

»Ich fürchte, ich bin einfach nicht der Typ, der mit Agenten klarkommt«, erwiderte Opal. »Sie haben etwas an sich, das mir nicht gefällt. Ich meine, warum verlangen sie nicht ein anständiges Honorar für ihre Arbeitszeit, wie andere Leute das tun? Daß sich ein Buch millionenfach verkauft, bedeutet ja nicht, daß man noch mehr rausholen muß. Jedenfalls nicht für mich. Aber ich komme ja auch aus Indiana.«

»Also, was wollen Sie nun unternehmen?«

Opal hatte die alptraumhafte Vision von Büchern vor Augen, die sich ungelesen in einem Lagerhaus stapelten. Aber dann schob sie diesen Gedanken beiseite. »Ich möchte einfach nur, daß Sie den Vertrag aufsetzen, Emma. Ich vertraue Ihrem Verlag. Davis & Dash hat einen guten Ruf. Mein

Rechtsanwalt in Bloomington soll sich den Vertrag einmal ansehen.«

»Hm, Mrs. O'Neal, ich glaube nicht, daß das eine gute Idee ist. Ein Verlagsvertrag ist eine sehr komplizierte Angelegenheit, und auch wenn eine Menge Blech drinsteht, sollte er von einem Experten geprüft werden. Zumindest sollten Sie zu einem Rechtsanwalt gehen, der sich auf Medienrecht spezialisiert hat.«

»Medien? Sprechen wir etwa schon wieder von Fernsehfilmen?«

Emma lachte. »Nein, das ist einfach nur der Fachausdruck.« Sie machte eine kurze Pause. »Wissen Sie, Mrs. O'Neal, ich denke, ich habe eine Lösung für das Problem mit den Auslandslizenzen. Sie könnten Alex Simmons anrufen. Sie ist eine Agentin mit einem guten Ruf, eine Freundin von mir, und sie könnte Sie in dieser Angelegenheit vertreten.«

»Keine schlechte Idee.«

»Wollen Sie ihre Telefonnummer?«

»Nein, das ist nicht nötig. Rufen Sie sie an, und schicken Sie ihr den Vertrag zu. Wenn Sie ihr vertrauen, tue ich das auch.«

»Ich bin sicher, daß sie auch den Vertrag für Sie durchsehen kann. Und ich bezweifle, daß sie dafür etwas verlangt.«

»Abgemacht.«

»Abgemacht«, sagte auch Emma. »Oh, und noch etwas: Wenn Sie jemals einen Fernsehfilm in Erwägung ziehen sollten, dann bestehen Sie auf Olympia Dukakis.«

Einen Augenblick lang glaubte Opal, Emma meine es ernst. Doch dann erkannte sie, daß es ein Scherz sein sollte. »Ich werde daran denken«, versprach sie.

7

›Kein Verlangen ist so stark wie das, den Entwurf von jemand anderem zu verändern.‹

H. G. Wells

Pam warf das Peet Trawley-Manuskript ihres Ghostwriters auf den langen, schmalen Tisch und zischte: »Das nennen Sie einen ersten Entwurf, Stewart? Ich haben Ihnen zwar gesagt, daß es schnell gehen muß, aber auch, daß es gut sein muß. Sie scheinen den *zweiten* Teil dieser Anweisung überhört zu haben.« Sie ging durch das Zimmer zu dem gekippten Flügelfenster hinüber, das mit Staub, Taubendreck und Gott weiß was noch bedeckt war. Das Zimmer war widerlich und deprimierend. Oder, um genauer zu sein, dreckig. Hier herrschte die typische beklemmende Atmosphäre aller Wohnungen, in denen unverheiratete Männer über Vierzig lebten. Vielleicht lag es an den Stapeln alter Zeitungen und dem Geruch von billigem Essen aus der Imbißbude, der in der Luft hing. Pam schüttelte sich.

Sie hatten beschlossen, sich in Stewarts Wohnung in Stuyvesant Town zu treffen, einem Wohngebiet, das zehn Häuserblocks umfaßte und in dem Leute mit mittlerem Einkommen lebten. Von Stewarts schmutzigem Fenster aus konnte Pam nur die anderen langweiligen Backsteinhäuser erkennen, die diesem hier aufs Haar glichen. Es war ungewöhnlich heiß, und Pam schwitzte. Die leichte Brise, die hereinwehte, verschaffte ihr keine Erleichterung. Sie hätten sich nicht hier treffen sollen, doch Pam wollte nicht mit Stewart zusammen gesehen werden, solange er an dem Roman schrieb – wenn man seine Tätigkeit als Schreiben bezeichnen konnte. »Haben Sie keine verdammte Klimaanlage?« fragte sie. »Ich kann bei dieser Hitze nicht arbeiten.«

»Die Gebäude wurden in den dreißiger Jahren erbaut«, entgegnete Stewart gelassen, als hätte Pam sich nach architektonischen Details erkundigt. »Damals gab es noch keine Klimaanlagen, also haben sie natürlich auch keine Kabel dafür verlegt. Die Mieten sind billig, und man nimmt es in Kauf. Klimaanlagen sind nicht erlaubt, auch wenn manche Leute heimlich eine einbauen. Aber wenn sie erwischt werden, müssen sie eine Strafe bezahlen oder werden sogar rausgeworfen.«

»Du lieber Gott! Hier gibt es Klimaanlagen-Bürgerwehr-Kommandos?« murrte Pam. »Haben die Leute nichts Besseres zu tun, als ihre Nachbarn anzuzeigen?« Sie sah wieder zu Stewart hinüber. Nein, Leute wie er vermutlich nicht. Herrje, sie mußte ihn schnellstens in Form bringen. Sie seufzte. »Okay, ich werde es schlicht und einfach formulieren. Mit diesem Entwurf stimmt nur eines nicht: Er ist einfach schlecht. Und nun werde ich Ihnen erklären, was ›schlecht‹ bedeutet: Die Charaktere sind entweder dünn oder unglaubwürdig, die Handlung ist zu durchsichtig, und das Tempo ist ungleichmäßig.«

Das Manuskript *war* schlecht, aber Pam mußte zugeben – wenigstens sich selbst gegenüber –, daß Stewart es zumindest geschafft hatte, das verdammte Ding zu schreiben. Was immerhin mehr war, als sie zustande gebracht hatte. Aber jetzt wurde ihr klar, warum sie es nicht getan hatte. Weil sie nämlich genau das befürchtet hatte: daß es fast so schlecht sein würde wie Stewarts. Pam dachte daran, was passieren würde, wenn sie diesen Mist Gerald gäbe, und erschauerte. Nachdem sie all die Jahre seine Arbeit belächelt hatte, würde er nun ihre belächeln – oder das, was er für ihre Arbeit hielt. Pam wurde fast übel bei dem Gedanken an Geralds hämisches Grinsen und seine hochgezogene falsche Augenbraue.

Sie warf wieder einen Blick auf ihren angeheuerten Ghost. Der Unterschied zwischen ihr und Stewart bestand darin, daß sie zutiefst beschämt wäre, wenn sie einen so offensichtlichen Mist wie den da fabriziert hätte. Er hingegen war dumm genug, ihn auch noch zu verteidigen. Nun, dachte sie, in gewisser Weise war das ja nicht schlimm. Peets Bücher waren auch schlecht gewesen, aber dennoch voller Energie und Überzeugungskraft. Sie mußte Stewart dazu bringen, mehr Energie in seine Arbeit zu investieren.

Er sah zu ihr auf. Der Kerl war nicht einmal clever genug, um aufzustehen, damit er nicht zu ihr aufschauen mußte. Er gab sich bereits geschlagen, bevor sie überhaupt angefangen hatten! Pam seufzte wieder.

»Aber Peets Charaktere waren immer unglaubwürdig«, sagte Stewart. »Eisverkäufer, die sich als wahre Teufel entpuppten, und Mitarbeiterinnen einer Krankenschwesternschule, die in Wirklichkeit einen Hexensabbat feierten und kleine Kinder verspeisten. Sie wissen schon.«

Pams Augen wurden schmal. »Nun, vielleicht waren sie ein wenig übertrieben dargestellt, aber auf jeden Fall nicht langweilig. Die Leute brauchen keine Bücher, um sich zu langweilen. Das können sie auch allein.« Sie rieb sich über die Oberlippe. Der Schweiß lief ihr am Rückgrat hinunter und sammelte sich über ihrem Steißbein. Der Schritt ihrer Hose war ebenfalls feucht.

Stewart befeuchtete seine Lippen. Pam bemerkte, daß er trotz der Hitze nicht schwitzte. Mit einem Mann, der nicht schwitzte, konnte etwas nicht stimmen. Für sie mußte Sex schweißtreibend, feucht und schlüpfrig sein. Aber warum mußte sie gerade jetzt *daran* denken? Stewart stieß sie ab. Dieser kleine Wurm. Und das war auch gut so. Sie hatten zuviel zu tun, um *damit* anzufangen. Außerdem hatte sie ihrem Psychotherapeuten versprochen, sechs Monate lang mit niemandem zu schlafen. Ihr Therapeut glaubte nämlich, ihre Sexualität habe etwas Zwanghaftes an sich. Sie hatte das geleugnet und einem vorübergehenden Zölibat zugestimmt, wenn auch nur widerwillig. Es machte sie kribbelig. Und warum sollte sie sich etwas nicht gönnen, an dem sie Gefallen fand? Sie mußte an Jude Daniels lange, sehnige Hand denken. Pam zuckte die Achseln. Nein! Sie hatte schon zwei Monate durchgehalten. Die nächsten vier würde sie ebenso leicht überstehen, und sei es auch nur, um ihrem Therapeuten zu beweisen, daß sie es schaffen konnte. Die Hitze machte sie geil, nicht Stewart, der nun zu einer neuen Verteidigungsrede ansetzte.

»Hören Sie, ich habe *Ihren* Vorschlag für die Handlung aufgegriffen«, sagte er. »Erinnern Sie sich?«

In weniger als drei Sekunden hatte Pam die Entfernung zwischen Fenster und Stewart zurückgelegt und sich in den Stuhl neben Stewart geworfen. An der Art, wie er zusammenfuhr, konnte sie erkennen, daß er erschrocken war. Gut. Oder glaubte er vielleicht, sie würde ihn niederstechen wie sein Schüler? »Wenn Sie *meinen* Vorschlag aufgegriffen hätten, gäbe es jetzt kein Problem mit der Handlung«, sagte sie. »Was ist mit dem Doppelkreuz passiert? Und warum war Samantha kein Zwilling?«

»Pam, diese Details haben einfach nicht hineingepaßt. Als ich zu der Stelle kam, fand ich, es hätte das Ganze vollkommen absurd ...«

»Jetzt sage *ich* Ihnen mal, was absurd ist. Es ist absurd, daß Sie eine sechsstellige Summe für diese Arbeit bekommen und noch nicht einmal Anweisungen befolgen können.« Sie zog die Blätter mit den Verbesserungsvorschlägen heraus, die sie vorbereitet hatte. »Ich habe keine Zeit, um mit Ihnen jede einzelne verdammte Seite durchzugehen.« Sie mußte raus aus dieser erdrückenden Wohnung. Pam warf Stewart die Mappe zu. »Ich habe diese Punkte zusammengestellt und erwarte bis Ende nächster Woche einen neuen Entwurf. Einen *verwendbaren* Entwurf.«

»Nächste Woche?« Stewarts Gesicht nahm einen eher schmerzlichen als bestürzten Ausdruck an, als er auf den Stapel Papier hinabsah. Er blätterte das lange Schreiben durch. »Pam, niemand könnte diese Korrekturen bis nächste Woche einfügen und ...«

»Peet Trawley konnte es«, log Pam. »Und erzählen Sie mir nicht, Peet sei tot. Das weiß ich selbst, sonst würde ich nicht meine Zeit mit einem Schlappschwanz wie Ihnen vergeuden.«

»Pam, ich wollte das eigentlich nicht zur Sprache bringen, aber meine Mutter liegt im Sterben. Deshalb kann ich diesen Abgabetermin wahrscheinlich nicht einhalten.«

Pam schwieg eine Weile, dann fragte sie: »Stehen Sie sich nahe?«

»Pam!«

»Es war ja nur eine Frage.« Sie stand auf. Jeder verdammte Penny, den sie diesem Idioten bezahlt hatte, reute sie zutiefst. »Dieses Buch steht nicht nur auf der Herbstliste«, sagte sie kalt, »sondern ist auch unser wichtigster Titel. Klar? Wenn Sie also das restliche Geld haben wollen, wenn Sie wollen, daß ich Ihr nächstes Scheißbuch veröffentliche, oder wenn Sie überhaupt jemals wieder mit einem Verlag zu tun haben wollen, dann haben Sie diese Korrekturen bis nächste Woche fertig. Ich stecke bis über beide Ohren in Arbeit, aber ich habe mir die Zeit genommen, es zu lektorieren. Also machen Sie es *fertig*!« Sie spürte, wie ein weiterer Schweißtropfen ihren Arm hinunterlief. Es fühlte sich so an, als würde ein Insekt auf ihr herumkrabbeln. Stewart und diese Wohnung verursachten ihr eine Gänsehaut. Kein Wunder. Hier sah es aus wie in den Sozialwohnungen an der Westküste, wo sie aufgewachsen war. Und an diese Zeit wollte Pam nie mehr erinnert werden. »Ich komme nächsten Donnerstag wieder vorbei«, sagte sie. »Bis dahin brauche ich den neuen Entwurf, damit ich ihn übers Wochenende lesen kann.« Sie drehte sich um und ging.

»Mir gefällt Ihr Buch *wirklich*«, sagte Pam zu Camilla Clapfish. Das Mädchen lächelte. Alle strahlten, wenn sie diese Worte hörten. Pam stimmte den obligatorischen, dreiminütigen Lobgesang an: die gefühlvollen Beschreibungen, die gut ausgearbeiteten Charaktere, das ganze Blabla. Camilla errötete tatsächlich vor Freude. Sie war nicht eigentlich hübsch, aber sie hatte die typische Pfirsichhaut der Engländerinnen, und in ihrem Haar schimmerten rötliche Lichter. Sie mußte etwa zehn Jahre jünger sein als sie selbst, aber Pam wußte, daß sie vor einem – oder selbst vor zwei – Jahrzehnten nie so verwundbar und frisch gewirkt hatte. Dieser Vergleich trug nicht dazu bei, ihr Camilla sympathischer zu machen.

»Hätten Sie gern einen Kaffee? Oder trinken Sie lieber Tee?«

»Kaffee wäre reizend, danke.«

Reizend! Ja, Pam war sicher, daß Kaffee für Camilla Clapfish reizend war. Genau wie alles andere. Sie war ganz offensichtlich eines jener behüteten englischen Mädchen, die ihre Freizeit ausfüllten, indem sie kleine literarische Romane schrieben, um ihre Freunde zu unterhalten. Eine richtige verdammte kleine Austen.

Pam überlegte, wer wohl zu Camillas Freunden zählen mochte und ob sie gute Beziehungen zu den oberen Gesellschaftsschichten hatte. Trieb sie sich vielleicht mit Di oder Fergie herum? Und kannte sie sich in der Verlagsbranche aus? Aber wichtiger schien Pam die Überlegung, wer dieses Manuskript *noch* zu Gesicht bekam.

Das einzig Positive an der Sache war, daß Pam mit einem sehr niedrigen Angebot angefangen hatte und es vermutlich billig kaufen konnte. Wenn es sich gut verkaufte – um so besser. Wenn nicht, konnte sie immer noch die literarische Qualität betonen und ihren Ruf als Lektorin aufpolieren. Es zahlte sich aus, vorsichtig zu sein. Seit dem *SchizoBoy*-Debakel hatte sie das Gefühl, ihr könne jeden Moment der Boden unter den Füßen weggezogen werden. Wenn Gerald einmal nicht mehr das Steuer in der Hand hielt, war auch ihr Job in Gefahr, das wußte sie. Seine Kraftprobe mit David Morton war ihrer beider Karriere nicht gerade förderlich gewesen. Aber dieses Buch war ein hübscher Ersatz für *SchizoBoy*. Natürlich eignete es sich nicht für denselben Leserkreis. Trotzdem könnte es ein Hit werden. Das Problem war nur, daß sie Gerald angelogen hatte, als sie ihm erzählte, daß sie das Buch bereits gekauft habe; das stimmte nicht – jedenfalls nicht ganz. Wenn sie es erst einmal geschafft hatte, sich diesen Roman unter den Nagel zu reißen, das restliche Programm zusammenzustellen und Lektorin des Jahres zu werden, dann würde sie sich wieder sicherer fühlen.

Sie sah aufs neue diese gezierte Camilla Clapfish an. Wann hatte sich das Mädchen jemals um die Sicherheit ihres Arbeitsplatzes sorgen müssen? Sie trug einen fürchterlichen Rock, eine Bluse und ein Schulmädchen-Jackett. Aber englische Frauen hatten ja selten einen guten Geschmack, was Kleider betraf. Diese Frau hatte auch keine Ahnung vom Geschäftsleben, und wenn Pam ihre Karten richtig ausspielte, konnte sie dieses Manuskript für ein paar Pennys kaufen, in zwei Wochen die Druckfahnen vorliegen haben und es nach weiteren zwei Wochen mit den anderen Titeln des Herbstprogramms veröffentlichen. Nun mußte sie nur noch dafür sorgen, daß ihr Angebot angenommen wurde.

Der Kaffee wurde gebracht, und Pam begann mit ihrem kleinen ›Balztanz‹. »Ist das Ihr erster Aufenthalt in New York?«

»O nein. Ich habe hier studiert. In Marymount und Columbia.«

Marymount, natürlich – die Universität für kleine reiche Mädchen. »Oh, wirklich? Was haben Sie denn für ein Fach studiert?«

»Kunstgeschichte.«

Pam unterdrückte ein Lächeln. Natürlich. Und dann hatte sie vermutlich zwei Wochen bei Sotheby's gearbeitet, bevor sie Chauncy oder Percy oder Charles kennengelernt hatte. Nun, es wurde langsam Zeit, daß sie zum Geschäftlichen kam. »Wir wollen Ihr Buch veröffentlichen. Haben Sie schon einen Titel dafür?«

»Ehrlich gesagt habe ich mir bereits den Kopf zerbrochen, aber mir fällt nichts Passendes ein.«

»Verstehe«, sagte Pam und nickte. »Es ist eine große Kunst, den richtigen Titel zu finden, denn er ist sehr wichtig. Nur durch einen guten Titel verkauft sich ein Buch auch gut. Wir haben daran gedacht, es *Eine Woche in Firenze* zu nennen.«

Das Mädchen zögerte. »Ist das nicht ein wenig zu – prosaisch?«

»Wir arbeiten noch daran. Also, ich habe den Vertrag aufgesetzt. Haben Sie noch Fragen?«

»Sie müssen etwas Geduld mit mir haben«, sagte Camilla. »Ich bin Ihnen für Ihr Interesse sehr dankbar, aber momentan bin ich gerade dabei, mit Agenten Kontakt aufzunehmen, da ich nicht genau weiß, was in einem Vertrag alles stehen sollte.« Verdammt. »Wer ist Ihr Agent?« fragte Pam.

»Ich habe mich noch nicht entschieden, aber vermutlich engagiere ich Alex Simmons.«

Alex Simmons. Wer zur Hölle war Alex Simmons? Nun, einerseits war es gut, mit einem unbekannten Agenten zu verhandeln. Zumindest wußte sie dann, daß sie sich nicht mit Lynn Nesbit oder einem der anderen Haie herumschlagen mußte, die Pam am liebsten mit Haut und Haaren gefressen hätten und auf Verkaufstantiemen bestehen würden. Andererseits bedeutete ein Unbekannter auch ein gewisses Risiko. »Er weiß von unserem Angebot?«

»Ja, und wir treffen uns diese Woche. Kann ich es mitnehmen? Ich versichere Ihnen, daß ich hier bin, weil ich das Buch sehr gern bei Ihnen veröffentlichen lassen möchte – falls Sie mich nehmen. Es ist nur so, daß mir empfohlen wurde, einen Agenten zu Rate zu ziehen.«

»Sicher.« Pam schwieg. Ihre Gedanken überschlugen sich fast. Hier ergab sich eine gute Möglichkeit, zwei Fliegen mit einer Klappe zu schlagen.

»Wissen Sie«, sagte Pam, »wenn Sie einen Agenten suchen, dann ist das eine gute Gelegenheit, Alfred Byron kennenzulernen. Er ist einer der besten Agenten New Yorks, und ich bin sicher, er wäre begeistert von der Idee, Sie zu vertreten.« Ja, begeistert davon, sich seinen Teil von dem Kuchen abzuschneiden und sich dann zurückzulehnen. Alf war ihr verpflichtet, und deshalb würde er nicht auf dem dämlichen Bonus von den Buchclubs bestehen oder auf Extrazahlungen für jede Woche, die das Buch auf der Bestsellerliste stand. Falls dieses kleine Buch ein Erfolg wurde, wäre es für sie beide eine Goldgrube, und es war nur wenig Risiko und Ärger damit verbunden. Nachdem er die O'Neal vergrault hatte, würde Alfred Byron gut daran tun, sich diesen Fisch hier zu schnappen. Pam lächelte Camilla an. »Ich rufe Alf Byron am besten mal an. Er ist sehr beschäftigt und vertritt einige unserer besten Autoren, aber wenn ich ihm sage, daß Sie vorbeikommen wollen, wird er es sicher einrichten können.«

»Das wäre sehr freundlich von Ihnen«, sagte Camilla Clapfish.

8

›Nur eines ist schlimmer, als gebeten zu werden, eine Lesereise zu machen: nicht darum gebeten zu werden.‹

Gerald Petievich

»Zweiundvierzig Städte! Bist du verrückt?« Susann stand auf und lief über den antiken persischen Teppich, der in Alfs Büro auf dem Boden lag. Am liebsten wäre sie einfach immer weitergelaufen, aber am anderen Ende des Teppichs blieb sie stehen. »Du machst Witze, oder? Die erwarten doch nicht ernsthaft von mir, daß ich zweiundvierzig Städte abklappere?«

»Ob sie es von dir erwarten? Susann, ich habe sie *angefleht*. Das ist genau die Werbung, die du brauchst.«

»Ich brauche eine Zweiundvierzig-Städte-Tour genausowenig wie einen Herzinfarkt! Wie viele Buchläden sind das? Vierundachtzig? Oder sind es sogar drei in jeder Stadt? Einhundertzwanzig Läden, in denen ich an einem Tisch sitzen und den Lagerbestand signieren soll? Ich weiß nicht, was schlimmer ist – wenn dreihundert Frauen vor einem stehen und jede eine persönliche Widmung haben will, oder wenn ein Empfang für mich gegeben wird und niemand kommt, weil man in einem verstaubten Buchladen vergessen hat, ihn anzukündigen, oder weil ihnen das zu teuer war.« Susann merkte, daß ihre Stimme immer schriller wurde, aber sie wollte nicht weinen oder die Selbstbeherrschung verlieren. Sie war nur durcheinander und hatte Angst. Seit Kims Anruf hatte sie jede Nacht von deren angedrohtem Selbstmord geträumt. Es war furchtbar.

»Alf, das wird Monate dauern. Es wird mich *monatelang* aus meinem Leben reißen. Und ich muß mit dem nächsten Buch vorankommen.«

»Es dauert nicht monatelang. Nur sechs Wochen, mehr nicht.«

Susann durchquerte den Raum, blieb vor Alfs reichverziertem, antikem Schreibtisch stehen und stützte sich mit den Händen auf der Kante ab. Diesen Tisch hatte er mit ihrem Geld gekauft, genau wie den Teppich, die Ledersessel und die verzierten Bucheinbände. Am liebsten hätte sie alles mit bloßen Händen zu Kleinholz verarbeitet. Sie senkte ihre Stimme. »Zweiundvierzig Städte in sechs Wochen. Das bedeutet eine Stadt pro Tag! Die Anreise nicht mitgerechnet. Haben sie mich vielleicht mit Naomi Judd verwechselt? Ich bin keine gottverdammte Reiseleiterin, Alf, ich bin Schriftstellerin. Und vermutlich werde ich nicht nur fliegen.«

»Beruhige dich, Susann. Ich habe ihre Zusicherung, daß alles vom Feinsten sein wird: Flüge erster Klasse, erstklassige Betreuung, erstklassige Hotels.«

»O ja, die erstklassige Betreuung kenne ich: Frauen mittleren Alters, die halbtags arbeiten und mich in Cleveland mit ihrem Honda Accord abholen. Dann kommen wir zu spät zum Radiosender, weil sie die Straße nicht finden, obwohl sie die Woche zuvor Clive Cussler dorthin bringen mußten und ihr ganzes Leben lang um die Ecke gewohnt haben. Und kannst du mir vielleicht ein Vier-Sterne-Hotel in Akron nennen, Alf?« Doch ganz plötzlich war Susanns Wut verraucht, und sie war nur noch müde. Sie ließ sich in den Sessel vor Alfs Schreibtisch fallen und sah ihn an. »Ich bin achtundfünfzig Jahre alt, falls du das vergessen haben solltest. Ich brauche mehr als eine Stunde, um mein Gesicht zurechtzumachen. Und dann bin ich noch nicht angezogen. Wieviel Gepäck, wie viele Kleider brauche ich wohl für zweiundvierzig Tage, wenn ich nirgendwo länger als zwei Tage bleibe und nichts in die Reinigung geben kann?«

Sie sah ihn an, blickte aber durch ihn hindurch. Vor ihrem geistigen Auge erschienen all die ungemütlichen Hotelzimmer, die leeren Bildschirme der Fernseher, die Lampen neben dem Bett, deren Glühbirnen entweder zu hell oder zu dunkel zum Lesen waren, die Telefone mit einem blinkenden Licht, wenn eine Nachricht auf sie wartete. Sie stellte sich vierzig Essen mit drittklassigen Journalisten vor, denen sie um den Bart streichen mußte, zwanzig Interviews mit Moderatoren von lokalen Radiostationen, die noch nie ein Buch von ihr gelesen hatten, und Hunderte von Buchhändlern, deren Namen sie sich merken mußte. »Ich kann nicht, Alf«, flüsterte sie.

»Natürlich kannst du. Du *mußt*. Da draußen sind mehr als zwei Millionen Leser deiner Bücher, und wir müssen sie dazu bringen, in einen Buchladen zu gehen und dieses Buch zu kaufen. Sie mögen nicht nur deine

Bücher, sondern auch deinen Lebensstil. Sie mögen *dich.* Und wenn sie dich sehen wollen in der Hoffnung, ein wenig von deinem Glanz werde auf sie abstrahlen, wenn du ihre Bücher signierst, dann wirst du ihnen den Gefallen tun. Und zwar mit Freude.« Alf sah ihr in die Augen. Er war definitiv beeindruckend. »Das wird dich wieder ganz nach oben bringen, Susann. Und das *brauchst* du. Es ist nicht billig und auch nicht einfach, das zu arrangieren, aber es wird bestimmt großartig. Und du wirst nicht allein sein.«

Susann sah auf. »Kommst du etwa mit?« Dann bekäme die ganze Sache natürlich ein völlig anderes Gesicht. Die Arbeit würde immer noch hart und anstrengend und die Reise ermüdend sein, aber mit Alf zusammen könnte es vielleicht sogar Spaß machen. Es wäre wieder wie in alten Zeiten, als er jede Signierstunde selbst organisiert, sie begleitet und jedes Buch persönlich geöffnet hatte, das sie signieren sollte. In den letzten Jahren hatten sie nichts dergleichen mehr zusammen gemacht. »Oh, Alf, kommst du mit mir?«

Er wandte den Blick ab. »Na ja, ich komme mit nach Boston und Chicago. Von dort aus fährst du allein weiter. Ich treffe dich in San Francisco und dann noch einmal in Los Angeles.«

»Während ich zwischendurch Bakersfield, Sacramento und Oakland abklappere«, sagte Susann und versuchte die Bitterkeit in ihrer Stimme zu unterdrücken. Und Omaha, Milwaukee, Detroit und Akron. Sie hätte es wissen müssen! Sie stand auf, verschränkte die Arme und ging wieder in die andere Ecke des Zimmers. Warum wurde sie immer wieder in die Ecke gedrängt? Warum schien alles immer schwieriger statt leichter zu werden? Immer wenn sie ein Hindernis überwunden hatte, türmte sich bereits das nächste vor ihr auf. Sie hatte ihre geliebte Lektorin verlassen, sich gegen ihren Willen auf diesen neuen Vertrag eingelassen, mußte nun mit einer ihr nicht besonders freundlich gesinnten Lektorin zusammenarbeiten und war gezwungen gewesen, ihr Buch nach deren Anweisungen umzuschreiben. Aber diese Tour hier würde so unsäglich, so langweilig, so ermüdend, so deprimierend und so einsam werden, daß sie sich fragte, ob selbst ein erster Platz auf der Bestsellerliste das wert war. Susann stand völlig bewegungslos da. Ihre Arme hingen an beiden Seiten schlaff herunter. Sie sah zu Alf hinüber und fragte sich – nicht zum erstenmal –, ob ihm ihre Karriere wirklich am Herzen lag oder ob er damit nur sein Ego befriedigte. Oder ob sie – wie jetzt – für ihn nur einen Gehaltsscheck bedeutete.

»Es ist wichtig, Susann«, sagte Alf.

»Was hast *du* denn so Wichtiges zu tun? Wenn sie so wichtig ist, diese Reise, warum kommst du dann nicht mit?«

Alf senkte den Blick auf den riesigen Tintenlöscher, der auf seinem Tisch stand. Wer verwendete denn heute noch Tintenlöscher? fragte sich Susann, obwohl diese Frage völlig unerheblich war. Herrgott, das war Alf. Immer zog er eine Schau ab. Dabei besaß er keine Macht.

»Ich muß mich ums Geschäft kümmern. Außerdem heiratet Jonathan. Deswegen muß ich hier bleiben.«

»Und ich nicht?« fragte Susann. Sie wußte, daß Alfs Sohn eine ernsthafte Beziehung eingegangen war, aber nicht, daß er heiraten wollte. Offensichtlich war sie zur Hochzeit nicht eingeladen. Und ebenso offensichtlich war, daß sie nichts davon wissen sollte. Sie biß sich auf die Lippe.

Als wolle er sie ablenken, war Alf aufgestanden und hatte mit erhobener Stimme schnell zu sprechen begonnen. »Sie wollen nur im kleinen Kreis feiern. Ich kann dir gar nicht sagen, wie klein dieser Kreis sein wird. Nur der engste Familienkreis. Sonst niemand. Und außerdem: Du bist nicht meine einzige Klientin.« Er ging um den Schreibtisch herum, nahm sie bei der Hand und zog sie aus ihrer Ecke heraus. »Natürlich liebe ich dich, und du bist meine wichtigste Klientin, aber Jude Daniels Buch kommt gleichzeitig mit deinem heraus, und seine erste Lesereise verläuft genau parallel zu deiner. Jemand muß sich hier um alles kümmern, Susann. Du weißt, daß ich meine Geschäfte nicht im Stich lassen kann.«

»Wie viele Städte bereist *er*?« fragte Susann. »Wo fährt *er* hin?« Ihre Stimme klang schrill. Sie war bestürzt über die Welle der Eifersucht, die in ihr aufstieg.

»Ach, nur vier oder fünf. Nichts im Vergleich zu deiner Tour. Du weißt schon, das Übliche: New York, Boston, Chicago ...«

»... San Francisco und Los Angeles«, beendete Susann seinen Satz. »Exakt die Städte, in denen du dir die Mühe machen wirst, dich mit mir zu treffen. So kannst du zwei Fliegen mit einer Klappe schlagen, was, Alf?«

Susann wußte nun, wie sie vorgehen mußte – um das Ganze hier durchzustehen, aber auch, um Alf eine Lektion zu erteilen. »Es gibt nur eine Möglichkeit, wie du mich zu dieser Tour bewegen kannst, Alf«, sagte sie. »Ich bestehe auf zwei Dingen.«

Er sah sie an, und nun erschien auf seinem Gesicht ein wachsamer Ausdruck, wie immer, wenn er wußte, daß sie zum Geschäftlichen kam. Die borstigen Augenbrauen waren nicht mehr hochgezogen, und er hatte ihr sein gesundes Ohr zugewandt.

»Ich mache diese Reise, wenn du Davis & Dash veranlaßt, das Verfahren gegen Kim einzustellen.«

»Wie bitte? Susann, du weißt ...«

»Das ist meine Bedingung. Ich mache die Tour, und du läßt die Anklage fallen. Mach das mit ihrem Verleger klar und mit Davis & Dash. Schick ihnen einen Brief, laß die Anwälte herumtelefonieren. Tu, was du für nötig hältst. Aber laß sie in Ruhe, und laß sie ihr Buch veröffentlichen. Hör auf, das Mädchen zu quälen.«

»Susann, ich denke ...«

»Ich weiß, was *du* denkst. Und jetzt sage ich dir, was *ich* denke. Ich denke, daß ich diese Tour nur machen werde, wenn du diese Bedingung erfüllst. Und ich werde Edith mitnehmen. Das ist meine zweite Bedingung. Und ich bestehe darauf, daß sie ebenfalls in erstklassigen Hotels untergebracht wird. Ich werde nicht in einem erstklassigen Lokal ein Filet verspeisen, während sie in ihrem Zimmer vor einem Schinkensandwich sitzt.«

»Das wird eine Menge Geld kosten, und Davis & Dash haben bereits das gesamte Budget verplant. Ich kann dir gar nicht sagen, wie schwierig es war, diese Reise auszuhandeln. Und wir wollen doch nicht, daß sie deshalb bei den Anzeigen oder der Fernsehwerbung sparen müssen.«

»Bring sie dazu, es zu bezahlen. Und wenn sie es nicht tun, dann bezahlst *du* dafür. Es wäre schließlich deine Aufgabe, mich zu begleiten.

Außerdem kannst du es dir leisten, denn du bekommst schließlich eine stattliche Provision von meinem Annahmescheck.« Sie sah, wie er zusammenzuckte. Alfs Reaktionen waren so vorhersehbar: An seinem Geldbeutel war er schmerzempfindlich. Fast hätte Susann gelächelt, aber dafür war sie zu traurig und müde.

Trotzdem wäre es nur gerecht, wenn Alf Ediths Reise erster Klasse bezahlen würde. Denn schließlich war es Ediths Verdienst, daß sie es geschafft hatte, während Alf die dicken Schecks kassierte. Das wäre so etwas wie ausgleichende Gerechtigkeit, wenigstens ein bißchen. »Das sind meine Bedingungen«, sagte Susann. »Kim bekommt ihr Buch, und ich muß mich nicht allein quer durch Amerika schleppen.«

Sie wartete seine Antwort nicht ab, sondern drehte sich einfach um und verließ das Büro.

Susann würde sich schon wieder beruhigen. Wie immer. Alf klingelte nach seiner Sekretärin. »Bitte lassen Sie Susann Blumen schicken. Für siebzig Dollar.« Nun, vielleicht sollte er noch ein wenig drauflegen. »Fünfundsiebzig«, berichtigte er sich. »Aber nicht von dem Ganoven in der Park Avenue. Rufen Sie bei dem Typ in der Vierunddreißigsten an. Sie wissen ja, welche Blumen sie mag. Haben die von der Westküste sich schon gemeldet?«

»Noch nicht«, sagte Natalie. »Und Sie haben einen Termin um drei.«

»Das weiß ich«, fuhr er sie an. Alf Byron war seit Jahren nicht mehr so aufgeregt gewesen. Jetzt mischte er wieder mit. Er hatte sogar einen neuen Assistenten eingestellt, weil er wußte, daß es mit Susanns Lesereise und dem Wirbel um Jude Daniel ein gutes Jahr für ihn werden würde. Er versuchte sich vorzustellen, was es für ein Gefühl sein mochte, zwei Bücher auf der Top-Ten-Liste stehen zu haben. Alf wußte, daß manche Leute in New York glaubten, er sei nur ein kleiner Aufsteiger aus Cincinnati, der nun am Ende war, aber wenn *Mit voller Absicht* ein Bombenerfolg wurde – und dessen war er sicher –, dann hatte er es ihnen gezeigt.

Er nahm den Telefonhörer ab und wählte die Nummer der William-Morris-Agentur in Beverly Hills. *Mit voller Absicht* war genau der richtige Stoff für einen Kinofilm – und nicht für eine langweilige Miniserie im Fernsehen. Das war ein Stoff fürs Kino, düster und packend. Er wußte, daß es Vorbehalte gab, wenn es darum ging, Frauenschicksale auf die Leinwand zu bringen, aber eine der größten Produzentinnen Hollywoods hatte großes Interesse gezeigt.

Sein Anruf wurde von einem Anrufbeantworter entgegengenommen. Alf legte auf, ohne eine Nachricht zu hinterlassen. Sie konnten ihn ja anrufen. Und das würden sie auch tun. Er wollte nicht zu interessiert wirken. Also rief er seinen Kumpel bei *BookNews* an und gab ihm die neuesten Neuigkeiten durch: Davis & Dash planten für *Mit voller Absicht* eine Auflage von 150 000, und bereits zwei Produzenten wetteiferten um die Filmrechte. Und er erwähnte, daß er sich zwischenzeitlich mit den ausländischen Agenturen in Verbindung gesetzt hatte. Wenn genug Leute daran glaubten, würde es auch wahr werden. Die Gewinne aus dem Ausland würden schon hereinkommen, wenn es sich anfangs auch nicht um Rekordbeträge handeln würde. Wenigstens anfangs noch nicht. Aber mit einem Film würde sich das ändern.

Er sah seinen Terminplaner durch. Er mußte Jim Meyer anrufen, damit die Klage gegen Kim Baker fallengelassen wurde. Und er hatte einen Termin mit diesem Mädchen, das ihm Pam Mantiss vorbeischicken wollte.

Am Vorabend hatte er ihr Manuskript gelesen. Es war nichts Besonderes. Netter Schreibstil, aber kaum Handlung, und außerdem machte er sich nicht viel aus diesen lästigen älteren Frauen. Tatsache war, daß sie ihn an seine Mutter erinnerten.

Aber um Pam einen Gefallen zu tun, würde er dieses alte Mädchen, Camilla Clapfish, vertreten. Und vielleicht ließ sich damit doch ein wenig Kohle machen – obwohl ihm Pam bereits gesagt hatte, daß er keinesfalls den Vertrag neu verhandeln könne. Eine Hand wusch die andere. Pam hatte ihm die Hölle heiß gemacht, weil es ihm nicht gelungen war, diese dickköpfige Mrs. O'Neal an die Angel zu bekommen. Er würde dieser englischen Lady einfach raten, das Angebot anzunehmen, den Vertrag zu unterschreiben, und versuchen, dafür eine Provision einzustreichen. Warum nicht?

»Sie ist da.«

Alf grunzte, griff in seinen Aktenkoffer und zog das Manuskript heraus, das ihm Pam geschickt hatte. Miß Clapfish entpuppte sich als dreimal jünger, als er erwartet hatte. Sie war keine verschrumpelte, alte englische Jungfer, sondern ein blühendes junges Mädchen.

»Sehr schön, sehr schön«, sagte Alf. »Miß Camilla Clapfish. Bemerkenswerte neue Autorin.«

Sie nahm seine dargebotene Hand. Ihre Hand war kühl und erstaunlich weich. Alf überkam eine seltsame Regung. Am liebsten hätte er diese babyweiche Hand genommen und mit ihr über sein ledriges Gesicht gestreichelt. Er dachte kurz an Susanns Hände – trotz Pflege und Schönheitsoperationen verrieten ihre Hände ihr wahres Alter. Und die Arthritis machte es auch nicht besser. Ihre Fingergelenke waren geschwollen und so mit Altersflecken übersät wie seine eigenen. Er musterte Camilla Clapfishs weiche weiße Haut. Wie lange war es her, seit er das letztemal junge Haut berührt hatte? Es ging mehr von ihr aus als nur ein verführerischer Zauber: Sie wirkte belebend, als würde sich das in ihren Zellen pulsierende Leben auf ihn übertragen. Er sah auf und blickte in ihr junges Gesicht. Sie wirkte etwas beunruhigt, und er ließ ihre Hand fallen.

»Hm. Kommen Sie. Setzen Sie sich.« Er zwang sich, zu seinem Stuhl hinter dem Schreibtisch zurückzukehren. Er wollte das Mädchen nicht erschrecken. Hier ging es ums Geschäft. »Ich habe Ihr Manuskript gelesen.«

»Und was halten Sie davon?« Ihre Stimme war klar und jung. Alf hatte ein Faible für englischen Akzent.

»Sehr nett, sehr nett. Kein kommerzielles Buch, aber nett. Sie können wirklich schreiben.«

»Vielen Dank«, sagte sie. Dieser englische Akzent hatte irgendwie Klasse. Er wollte mehr von ihrer Stimme hören.

»Warum erzählen Sie mir nicht ein wenig über sich?« hakte er nach.

Er ließ sie einige Minuten reden, wobei er mehr auf die Sprachmelodie achtete als auf den Inhalt ihrer Worte. Das hier würde einfach werden. »Also, was kann ich für Sie tun?«

»Nun, wie ich schon sagte, es ist sehr freundlich von Ihnen, mich überhaupt zu empfangen. Ich brauche einen Agenten, der sich um das Geschäftliche mit Davis & Dash kümmert.« Das Mädchen machte eine Pause und errötete tatsächlich. »Glauben Sie, es besteht eine Chance, daß sie mit ihrem Angebot ein wenig hochgehen? Ich bin ihnen für ihr Interesse zwar sehr dankbar und möchte den Vertrag auch gern mit ihnen abschließen, aber Geld spielt eben auch eine Rolle.«

»Nun, das ist nichts Neues«, sagte Alf lächelnd. Jetzt war seine Chance gekommen, mit Pam Mantiss Frieden zu schließen. »Hören Sie. Darf ich Ihnen einen Rat geben? Ihr Roman ist nicht unbedingt ein kommerzielles Buch. Ich glaube nicht, daß ich bei einem anderen Verlag mehr rausholen könnte. Pam Mantiss ist, hm … schwer einzuschätzen. Sie mag das Buch. Alles gut und schön. Aber sie kann sich den Luxus, ein so prätentiöses Buch zu veröffentlichen, nur leisten, weil sie zwei Giganten wie Peet Trawley und Susann Baker Edmonds hat, die es mitfinanzieren. Das war nicht als Beleidigung gemeint.«

Das Mädchen blinzelte, nickte aber. Ihr Haar war weich und glänzte. Alf dachte bei sich, daß jede Strähne einen anderen Farbton haben mußte – kastanienbraun, rot und aschblond. Es wirkte so lebendig und gesund. Unwillkürlich fuhr er sich mit den Fingern durch sein krauses weißes Haar. Er hatte eine Idee. Pam Mantiss würde ihn zwar umbringen, aber darüber konnte er sich später immer noch Gedanken machen.

»Ich denke, Sie haben zwei Möglichkeiten«, sagte er zu dem Mädchen. »Und ob sie mich als Agenten engagieren oder nicht – ich bin fest davon überzeugt, daß dies ein hervorragender Rat ist. Ich kann Ihnen gar nicht sagen, wie viele Leute mir viel Geld zahlen, damit ich ihnen einen solchen Rat erteile. Entweder Sie lassen das Manuskript so, wie es ist, und nehmen das Angebot schnell an, bevor es zurückgezogen wird, oder Sie ändern es völlig um, und dann überlegen wir uns was Neues.« Seiner Ansicht nach hatte das Buch viel Ähnlichkeit mit Listerin: achtundneunzig Prozent waren ohne Schwung, auch wenn es einige gute Passagen darin gab.

Camilla Clapfish beugte sich vor. »Welche Änderungen würden Sie vorschlagen?«

»Erstens muß mehr Sex rein. Zweitens mehr Handlung. Drittens müssen die Personen *bedeutend* jünger sein. Überlegen Sie doch mal: Wen interessiert schon eine Busladung von alten Schachteln – entschuldigen Sie diesen Ausdruck –, bei denen nichts läuft? Das ist keine Story, das ist eine Studie. Künstlerisch wertvoll, da stimme ich Ihnen zu, aber nicht sonderlich spannend. Verstehen Sie, was ich meine?«

»Ja«, erwiderte sie. »Vollkommen. Aber ich fürchte, Sie sprechen von einem ganz anderen Buch.«

»Genau. Ein ganz anderes Buch. Ein Buch, das sich verkaufen läßt. Wenn es sich um Studenten handeln würde, um eine Busladung voller Studentinnen. *Daraus* könnte man einen Film machen. Ja, vielleicht sogar einen Fernsehfilm.«

»Aber ich …«

Das Telefon klingelte, und Alf hob eine Hand. »Ich erwarte einen wichtigen Anruf«, sagte er. Hastig griff er nach dem Hörer. »Ist es William Morris?« fragte er seine Sekretärin, und als sie bejahte, holte er tief Luft. Nicht zu interessiert klingen, ermahnte er sich. Er zählte bis zwanzig. »Stellen Sie durch. – Scott, wie geht's Ihnen? Irgendwelche Neuigkeiten?«

»Gute Neuigkeiten, Alf. April Irons ist interessiert. Sie meint, das sei etwas für Jodie.«

Ein Spielfilm! Ein Spielfilm! Endlich würde er doch ein Buch auf die Leinwand bringen. »Hm.« Er versuchte, sich seine Begeisterung nicht anmerken zu lassen.

»Also, sie ist für das Projekt noch nicht gewonnen, aber April hat mit ihr bei *Suddenly Sane* zusammengearbeitet. Und sie will, daß ihr Mann, Sam Shields, Regie führt.«

»Wieviel?«

»Nicht viel. Einhunderttausend, und sechshundert, wenn er abgedreht ist.«

»Machen Sie vielleicht Witze? Das ist ja eine lächerliche Summe.«

»Sehen Sie mal, Alf, April sagte, sie könne diesen Film auch ohne das Buch drehen. Die Geschichte ist bekannt. Aber ihr gefällt der Titel, und wenn sie Jodie dafür gewinnen kann, ist die Wahrscheinlichkeit sehr groß, daß er gemacht wird. Alles Geld, das sie nicht für die Option ausgeben muß, wird sie in das Drehbuch stecken. Ich rate Ihnen, das Angebot anzunehmen. Wenn ich damit hausieren gehe, zieht sich April garantiert zurück. Ich brauche Ihre Entscheidung bis fünf Uhr, meine Ortszeit.«

»Warum diese Eile?«

»Sie fährt weg, um Außenaufnahmen zu drehen. Jedenfalls hat sie das behauptet. Reden Sie mit Jude Daniel, und rufen Sie mich wieder an.«

Alf legte den Hörer auf. Sein Herz klopfte heftig. Er überlegte, ob er eine Tablette nehmen sollte, entschied sich dann aber dagegen. Das war positive Aufregung. Er würde das Geschäft abschließen. Der Professor würde begeistert sein. Und Pam Mantiss ebenfalls. Er hob den Kopf und sah direkt in die braunen Augen von Camilla Clapfish. Er hatte sie vollkommen vergessen. Aber sie hatte seinen Triumph miterlebt.

»Ich habe gerade das Buch eines Autors an eine Filmgesellschaft verkauft«, sagte er. »Das meiste davon habe ich umgeschrieben. Der Autor hat auf mich gehört, und jetzt wird eine der größten Schauspielerinnen Hollywoods die Hauptrolle übernehmen. Also, was meinen Sie?« Er wollte diese Sache schnellstmöglich unter Dach und Fach kriegen. Er hatte wichtigere Dinge zu tun und überlegte bereits, wie er den Professor erreichen konnte.

»Nun, ich danke Ihnen, daß Sie sich Zeit für mich genommen haben«, sagte Camilla. »Ich habe versprochen, mich noch mit einem anderen Agenten zu treffen, bevor ich eine Entscheidung fälle.«

Was zum Teufel sollte das jetzt? »Sie treffen sich noch mit einem anderen Agenten?« fragte Alf. Das hatte ihm Pam Mantiss nicht gesagt. Was war das hier dann gewesen? Ein Plauderstündchen? Als hätte Alf Byron Zeit zu verschwenden! Er stand auf. »Nun, wenn Sie glauben, daß jemand anderes Ihnen einen besseren Rat geben kann als ich, schlage ich vor, daß Sie den annehmen.«

Camilla Clapfish wurde blaß. »Oh, ich wollte damit nicht ...«

»Sehen Sie, ich bin ein vielbeschäftigter Mann, und ich brauche keine neuen Klienten. Sprechen Sie mit Ihrem anderen Agenten, und engagieren Sie ihn. Und viel Glück«, schloß er. Mit diesen Worten schob er Camilla, die aufgestanden war, zur Tür.

»Natalie«, rief er, »begleiten Sie Miß Clapfish bitte hinaus.«

Seine Sekretärin erschien. Alf machte sich nicht die Mühe, Camillas hübsche Hand noch einmal zu schütteln. »Viel Glück«, wiederholte er und drehte ihr dann den Rücken zu. Falls Pam verärgert war, weil er das Mädchen nicht herumgekriegt hatte, wurde das durch die Neuigkeit, daß eine Filmoption für *Mit voller Absicht* existierte, mehr als wettgemacht.

Und wer wußte, vielleicht würde dieser kleine englische Fratz ja wiederkommen und ihn anflehen, sie zu nehmen. Für zwanzig Prozent Provision.

9

›Es ist besser, wenn ein Buch kein Happy-End hat, denn die Leser wissen, daß das Leben traurig ist, und fühlen sich dadurch weniger manipuliert.‹

Maureen Egen

Judith saß an ihrem neuen Computer und gab sorgfältig ihre handgeschriebene, überarbeitete Fassung von *Mit voller Absicht* ein. Fast nach jeder Zeile drückte sie auf ›Speichern‹. Sie hatte panische Angst, aber das war auch verständlich. Gestern hatte die den ganzen Tag gearbeitet, vergessen, ihre Korrekturen zu speichern, und alles verloren, als sie den Arm nach ihrem Kaffee ausgestreckt und dabei versehentlich mehrere Tasten gedrückt hatte, deren Funktion sie nicht kannte. Sie hatte gerade etwas markiert gehabt, um es zu kursivieren, und wußte immer noch nicht, ob sie den Trackball berührt hatte, zufällig an die Maus gekommen war oder vielleicht sogar beides. Das Ding machte sie einfach krank.

Judith rülpste, klopfte sich auf die Brust und trank noch ein paar Schlucke Ginger Ale, obwohl ihr Daniel verboten hatte, in der Nähe des Computers etwas zu trinken oder zu essen. Sie haßte alles an diesem blöden Gerät, selbst die Ausdrücke ›Trackball‹ und ›Maus‹. Das klang wie ein blödsinniges Spiel von Tom und Jerry. Und wie benutzerfreundlich konnte das Ding schon sein, wenn sie nicht einmal einen Kaffee in seiner Nähe trinken durfte? Die Arbeit eines langen, anstrengenden Tages war einfach futsch!

Sie haßte den Computer fast so sehr wie ihre neue Wohnung, die auf sie kalt und tot wirkte. Sie bestand aus fünf Zimmern und lag im ersten Stock der Fox Run Green Garden Apartments, aber es gab weder Gärten noch Füchse, noch viel Grün drumherum. Die Häuser waren auf drei Ebenen in den Hang hineingebaut. Ihre eigene Wohnung war dunkel, da sie nach Norden hinausging, und die Balkone in den beiden Stockwerken über ihnen nahmen genausoviel Licht wie Markisen.

Judith mußte zugeben, daß die Wände – alle in Beige gestrichen – tadellos waren und der hellblaue Teppichboden brandneu. Aber diese saubere Umgebung wirkte steril, und ihre bunt zusammengewürfelten alten Möbel sahen in dieser Mittelklassewohnung noch lächerlicher aus. Sie vermißte ihr Turmzimmer und den Ausblick auf den Campus, der voller Leben gewesen war. Sie hatte jetzt zwar viel Platz, aber das verstärkte ihre Einsamkeit noch. Oder anders ausgedrückt, sie hatte das Gefühl, lebendig begraben zu sein.

Auch Flaubert fühlte sich nicht wohl. Er folgte ihr von Zimmer zu Zimmer und legte ihr, sobald sie irgendwo lange genug saß, seinen Kopf auf den Fuß. Sie sah zu ihm hinunter und kraulte ihn hinter dem herabhängenden linken Ohr. Dankbar klopfte er zweimal mit dem Schwanz auf den Boden, wenn auch nur halbherzig, und seufzte dann. Hatte nicht einmal jemand geschrieben, nichts klinge herzerweichender als der Seufzer eines Hundes? »Du hast recht«, sagte sie zu Flaubert. »Diese Wohnung ist gräßlich.«

Zudem wurde ihr von dem Geruch des neuen Teppichbodens ständig übel. Fast den ganzen Tag lang hatte sie das Fenster offen, aber die Übelkeit kam immer wieder. Daniel hatte gesagt, das sei alles Einbildung, doch sie wußte genau, daß ihre Nase und ihr Magen nicht logen. Woraus bestand dieser glitzernde Teppichboden überhaupt? Hundertprozentig nicht aus einem Material, das auf dem Rücken eines Schafes gewachsen war, soviel stand fest. Vermutlich aus einem Stoff, der als Nebenprodukt bei einer Kernreaktion entstand, oder aus dem, was aus der *Exxon Valdez* ausgelaufen war. *Synthetisch* war ein unfreundliches, furchterregendes Wort. Nur Gott wußte, was diese Dämpfe ihrer Leber antun würden. Außerdem sorgte sie sich um Flaubert, der ja den ganzen Tag auf dem Zeug herumlag, und so bedeckte sie den Boden für ihn mit Leintüchern.

Mit einiger Verlegenheit dachte sie daran, wie oft sie sich über ihre alte Wohnung beklagt hatte, denn im Vergleich zu dieser hier erschien sie ihr wie der Himmel. Die Fenster waren fast bis auf den Boden gegangen, so daß Flaubert hatte hinausschauen können. Hier begannen die Fenster, schmale Schlitze in den Wänden, erst in Brusthöhe. Sie vermutete, daß das jetzt ›modern‹ war und – natürlich – billiger zu bauen. Es gab auch noch andere moderne Annehmlichkeiten. Der Geschirrspüler, der Müllzerkleinerer und die Mikrowelle, alle hellbraun, waren prima, wenn man sich aus Mikrowellen, Geschirrspülern und Müllzerkleinerern etwas machte. Zu ihrer Überraschung aber hatte Judith festgestellt, daß sie sich überhaupt nichts daraus machte. Sie hatte sich über die häßliche Küche und den rissigen Fußboden in ihrer alten Wohnung beklagt, aber beides zog sie dieser Synthetikhölle vor, in der man ständig staubsaugen mußte. Wenn sie in der alten Wohnung Staub, Kleider, Bücher und Papiere einfach liegen ließ, hatte das eine bohemehafte Note gehabt, aber hier sah es nur aus, als wäre die Wohnung verwahrlost.

Mittlerweile hatte Daniel ihr Cheryl vorgestellt, die über ihnen wohnte. Sie war das einzige, was in Fox Run eine gewisse Ähnlichkeit mit einem Fuchs hatte. Ihr Ein-Zimmer-Apartment sah aus, als wäre es nach einem Foto aus einer jener zweitklassigen Frauenzeitschriften, die man nur an der Kasse im Supermarkt kaufen konnte, eingerichtet worden. Die Wohnung war vollgestopft mit Trockenblumensträußen, mit Volants und spitzenbesetzten Vorhängen und einem Haufen Leinenkissen – alles farblich aufeinander abgestimmt in Lachs und Mintgrün. Das Mädchen besaß sogar eines dieser widerlichen Messingbetten, die heute wieder nachgebaut wurden und bereits seit über einem Jahrzehnt aus der Mode gekommen waren. Judith mochte in mancher Hinsicht ein Mädchen vom Land sein, aber sie war auch ein Snob – und stolz darauf. Sie hatte überhaupt keine Lust, Cheryls kleines ›Horrornest‹ mit dem geblümten Melmac-Geschirr als Vorbild für die Einrichtung ihrer Wohnung zu nehmen. Warum hatte Daniel sie miteinander bekannt gemacht und sie später gefragt, was sie von Cheryl und ihrer Wohnung hielt? Wollte Daniel Freunde für sie finden oder ihr Gestaltungstips für die Wohnung geben? Das Mädchen war nett, und es himmelte Daniel offensichtlich an, aber das taten schließlich alle. Trotzdem, Cheryl war *keine* potentielle Freundin für sie, und es sah nicht so aus, als könnte man in Fox Run andere potentielle Freunde finden. Bis zur Stadt war es zu Fuß ziemlich weit, und ohne Auto fühlte sich Judith noch isolierter als zuvor.

Das konnte auch der Grund sein, warum sie sich krank fühlte. Vielleicht war sie wirklich eine von den Frauen, die sich ständig beklagten, wie ihr Daniel neulich erst vorgehalten hatte. Er behauptete, daß sie, sobald sie etwas Neues bekam, immer dem nachtrauerte, was sie verloren hatte, obwohl sie mit dem *Alten* immer unzufrieden gewesen war. Judith mußte zugeben, daß in seinem Vorwurf ein Körnchen Wahrheit steckte.

Deprimiert und durcheinander tätschelte sie Flaubert, tippte ein paar Zeilen und drückte auf ›Speichern‹. Sie warf einen Blick auf den nächsten gelben Zettel, der auf der Manuskriptseite klebte. Dieser hier war ihr vorher gar nicht aufgefallen, aber schließlich gab es so viele davon. Er klebte neben einer Schlüsselszene – Elthea hatte gerade erfahren, daß ihr Freund sie betrogen hatte und sie verlassen wollte. Im Laufe der Nacht hatte Elthea in ihrer Verzweiflung mehrmals bei ihm angerufen und auf seinem Anrufbeantworter Dutzende von Nachrichten hinterlassen, in denen sie ihn anflehte, sich zu melden. Jede neue Nachricht klang verzweifelter, jämmerlicher und wütender als die vorangehende. Dann hatte sie voller Entsetzen und Ekel beschlossen, zu ihm zu fahren, in seine Wohnung zu gehen und die Nachrichten zu löschen. Obwohl es bereits drei Uhr morgens war, hatte sie ihre drei schlafenden Söhne auf den Rücksitz ihres Autos gepackt und war zu ihrer unglückseligen Mission aufgebrochen. Sie fand ihn mit einer anderen Frau. Judith war stolz auf dieses Kapitel. In ihm wurde geschildert, wie sich Eltheas Entsetzen immer mehr steigerte, bis zu ihrem Zusammenbruch.

Der gelbe Zettel besagte lediglich: ›Szene streichen. Zu lang. Tempo steigern. Außerdem unmöglich, daß so viele Nachrichten auf ein Band passen.‹

Judith sah ungläubig auf diesen Kommentar herab. Das war der *Wendepunkt!* Eltheas Besessenheit, ihr Verlangen nach Nähe und ihre Unfähigkeit, Anschluß zu finden, mußten deutlich herausgestellt werden. Und dazu waren ein Dutzend Nachrichten eben notwendig. Judith streckte ihre Hand nach dem Zettel aus, riß ihn ab und zerknüllte ihn. Ihre Hände zitterten. Sie sah Elthea vor sich, wie sie Schritt für Schritt vor den Augen der Leser langsam dem Untergang entgegenging. Man konnte nachvollziehen, was sie zu diesem Teufelskreis aus Mord und Selbstmord getrieben hatte. Diese Szene zu streichen, das würde bedeuten, den Leser der einzigen Möglichkeit zu berauben, Elthea, ihre äußerste Demütigung und ihre abscheuliche Tat wirklich zu verstehen.

Judith stand auf, und Flauberts Kopf rutschte von ihrem Fuß auf den synthetischen Teppich. *Synthetisch.* Das war das richtige Wort dafür. Sie wollten ihr Buch synthetisch machen, das Tempo beschleunigen, bis es lächerlich wirkte. Wer *war* dieser Lektor? Gerald Ochs Davis würde doch wohl kaum so dumm sein. Als Judith die Seite hochhob, verstärkte sich ihre Übelkeit. Wenn sie noch mehr Ginger Ale trank, würde sie platzen, aber wenigstens würde ihre Übelkeit nachlassen. Sie blätterte die folgenden Seiten durch, um zu sehen, ob die Kommentare noch schlimmer wurden. Und das war, in gewisser Weise, tatsächlich der Fall. Da, nicht auf einem gelben Notizzettel, sondern direkt auf das Manuskript geschrieben, neben einer Sexszene, die rückblickend erzählt war, stand ein weiterer Kommentar, den sie übersehen hatte. Eine Teil des Textes war eingekringelt, und in derselben Handschrift wie auf den gelben Post-it-Zetteln, die der Lektor geschrieben hatte, stand: ›Ich wünschte, Sie würden das mit mir machen.‹ Judith spürte, wie sich ihr Magen hob, und holte zweimal tief Luft. Was in aller Welt war *das*? Sicherlich war Gerald Ochs Davis nicht homosexuell, oder vielleicht doch? Judith starrte auf die Worte. *Ich wünschte, Sie würden das mit mir machen.* Einen Augenblick lang war sie versucht zu lachen. Irgend jemand, Mann oder Frau, hatte diese Worte an Daniel gerichtet. Die Ironie war nur, daß sie, Judith, die Sexszene entworfen hatte. Wenn Mr. Davis schwul war, wäre er dann nicht enttäuscht, wenn er das erfuhr? Und wenn eine Frau dies geschrieben hatte, wäre sie dann nicht verwirrt? *Ich wünschte, Sie würden das mit mir machen.* Judith begann zu lachen. Flaubert, der ein solches Geräusch nicht gewöhnt war, machte einen Satz zur Seite.

Aber nach ein paar Minuten löste ihr Gelächter Krämpfe in ihrem Magen aus, und das Essen kam ihr hoch. Noch bevor sie Zeit hatte, ins Badezimmer zu gehen, übergab sich Judith auf den jungfräulichen blauen Teppich. Auch Flaubert und eine Ecke des Laptop-Bildschirms bekamen ein paar Spritzer ab.

Sie erbrach sich noch einmal, diesmal nur auf den Teppich, und würgte dann, bis sie auch das letzte bißchen Ginger Ale von sich gegeben hatte. Zitternd setzte sie sich hin. Was war bloß passiert? Sie sah auf die Schweinerei hinunter, die sie angerichtet hatte. Ihre Abneigung, ihre Eifersucht, ihre Verdächtigungen, ihre Angst und ihre Wut waren einfach übermächtig geworden. Seit Tagen, seit Wochen hatte sie versucht, alles hinunterzuschlucken, und jetzt war es hochgekommen. Sie war wütend auf Daniel, ihren einzigen Freund, weil er sie betrogen hatte. Sie war wütend auf sich selbst, weil sie sich hatte benutzen lassen, weil sie diese Korrekturarbeit übernommen hatte, weil sie hier gefangen war. Und eine Angst, eine tiefsitzende Angst beherrschte sie, daß Daniel sie in mehrfacher Hinsicht betrog: daß er nicht nur den Ruhm, der Autor zu sein, für sich beanspruchte, sondern überdies mit Cheryl oder einer Lektorin eine Affäre hatte und sie selbst sich nun in der Rolle der Ehefrau wiederfand, die ausgedient hatte.

Der Gestank des Erbrochenen stieg ihr in die Nase. Natürlich konnte es auch sein, sagte sich Judith, daß sie einfach überempfindlich reagierte. Vielleicht hatte sie nur eine Magen-Darm-Grippe. Das würde vorübergehen. Und der giftige Geruch, der von dem Teppich ausging, konnte jeden krank machen. Und ebenso diese Korrekturarbeit. Aber als ihr erneut übel wurde, dachte sie zum erstenmal daran, daß es auch noch einen anderen Grund für ihre Übelkeit geben konnte. Sie fragte sich, ob sie schwanger war.

10

›Wir müssen unseren Garten bestellen.‹

Voltaire

Opal fehlten noch ein paar Säcke, das war das Problem. Vielleicht brauchte sie auch noch Kartons für die schwereren Sachen, aber auf jeden Fall noch mehr Säcke. Und zwar nicht diese dünnen weißen Müllsäcke, sondern am besten die reißfesten für Gartenabfall. Wie, fragte sie sich, konnte sich auf einem abgeschlossenen, eingezäunten Fleckchen nur so viel Müll ansammeln? Wie hatten diese Dosen und Plastikgabeln, das durchgeweichte Zeitungspapier und die zerbrochenen Flaschen ihren Weg hier herein gefunden? Opal hockte sich auf ihre Fersen und sah sich an, was sie bereits geschafft hatte. Eine kleine Ecke, etwa ein Quadratmeter groß, war nun von Abfall befreit, aber allein dafür hatte sie vier große Säcke verbraucht. Nun mußte sie erst einmal noch mehr Säcke besorgen.

Eigentlich hatte sie gar nicht vorgehabt, dieses brachliegende Fleckchen im Innenhof zu säubern, aber seit das Buch verkauft war, hatte Opal plötzlich wieder viel Zeit. Sie hatte Terrys Wohnung immer wieder geputzt, bis sie das Gefühl hatte, sie könne jeden einzelnen Fleck an den blau gestrichenen Wänden sogar mit verbundenen Augen finden. Also hatte sie an diesem Morgen, nach einer stärkenden Tasse Tee und da sie sonst nichts zu tun hatte, bis sie um eins zum Bookstall ging, ihre dicken gelben Gummihandschuhe angezogen, die sie sonst beim Putzen trug, und war in den kleinen Hof hinausgegangen.

Sie hatte entdeckt, daß in dem Chaos doch eine gewisse Ordnung steckte. Unter dem Unkraut, den abgebrochenen Ästen und welken Blättern fand sie Hinweise darauf, daß hier jemand wenigstens einmal versucht hatte, einen Garten anzulegen. Unter dem Abfall war ein mit Steinplatten ausgelegter Weg zum Vorschein gekommen. Am Ende des Gartens, wo sie gerade arbeitete, befand sich eine Backsteinmauer, vor der einmal ein Hochbeet angelegt worden war, das nun allerdings völlig mit Unkraut und Abfall bedeckt war. Vermutlich hatten sich hier auch einmal Rosenstöcke befunden, wie Opal aus den beiden dornigen Stümpfen folgerte, die sie gerade freigelegt und aus der nicht gerade vielversprechenden Erde gezogen hatte.

Da sie keine Gartengeräte hatte, fegte sie mühsam mit einem Besen die Blätter und das gejätete Unkraut zusammen. Mit der Metallkante des

Staubwedels kratzte sie die Erde weg, die darunter zum Vorschein kam. Aber um hier richtig arbeiten zu können benötigte sie einen Rechen und einen kleinen Spaten, ganz zu schweigen von einer Unkrautjätmaschine. Opal dachte sehnsüchtig an ihr Gartenhäuschen in Bloomington zurück. Sie glaubte kaum, daß es in New York Unkrautjätmaschinen gab. Abgesehen davon würde sie dafür kein Geld ausgeben. Schließlich gab es keinen Grund zur Eile. Sie wollte sich nur die Zeit vertreiben, bis Alex Simmons ihr den Vertrag zurückgeschickt hatte und sie sicher sein konnte, daß das Buch tatsächlich auf dem Weg zur Veröffentlichung war.

Von der freigelegten Erde stieg ein widerwärtiger Geruch auf – es stank penetrant nach Katze. Aber die welken Blätter und die hohen, vertrockneten Grasstengel rochen genau wie die in ihrem Garten in Indiana. Plötzlich wurde Opal von Heimweh übermannt. Es fehlten nur noch zwei Monate, bis die Frist, innerhalb derer sie ihre Stelle in der Bibliothek wieder antreten könnte, abgelaufen war. Sie fragte sich, was ihre Mieter wohl mit ihrem Haus anstellen mochten. Dann wandte sie sich wieder einem der Säcke zu, die sie gefüllt hatte, und versuchte, noch ein paar Handvoll dünner Zweige hineinzustopfen. Es war schon seltsam, welches Gewicht dieses leichte Gras plötzlich bekam, wenn es in einem Plastiksack zusammengepreßt wurde. Sie konnte den Sack kaum bewegen, und als sie es versuchte, bemerkte sie, daß ein Ast etwa zehn Zentimeter über dem Boden ein münzgroßes Loch in das Plastik gerissen hatte. Opal seufzte. Wenn sie ihn jetzt wegzuschleppen versuchte, würde der Sack reißen. Sie mußte ihn wohl oder übel in einen zweiten Sack stecken.

»Was haben Sie vor?«

Opal fuhr zusammen und drehte sich um. Hinter ihr stand Aiello. Wie war er hier hereingekommen? Erst jetzt bemerkte sie, daß in der Wand, die sich seitlich hinter Terrys Wohnung befand, eine Tür eingelassen war, die von einer Stechpalme verdeckt wurde.

»Was haben Sie vor?« fragte Aiello noch einmal. Er hatte wirklich ein Talent, dumme Fragen zu stellen.

»Es ist Sonntag«, erwiderte Opal deshalb. »Ich gehe in die Kirche.«

»›In einem Garten ist der Mensch Gott näher als irgendwo sonst auf dieser Welt‹«, zitierte Aiello. Opal war baff. »Es ist ein Gedicht«, sagte er, wobei er es *Getícht* aussprach. »Es stand auf einer Tafel bei meiner Mutter im Garten.«

Opal kannte das Gedicht schon lange. Es war kein besonderes Kunstwerk, doch das einzige, was sie Aiello zugetraut hätte, wäre ein Limerick gewesen. Sie war, gelinde gesagt, überrascht.

»Sie brauchen mehr Säcke«, bemerkte Aiello. Nun, vielleicht wäre ihr seine Beobachtung diesmal nützlich.

»Haben Sie welche?« fragte Opal.

»Sicher«, sagte er, und ohne weitere dumme Fragen zu stellen, verschwand er in der Richtung, aus der er gekommen war, und kehrte mit einer ganzen Rolle robuster schwarzer Plastikmüllsäcke zurück.

»Die da halten bestimmt nicht«, sagte er und deutete mit dem Kinn auf ihre Säcke. Gewaltsam unterdrückte Opal den Ärger, der in ihr aufsteigen wollte. Mühelos hob er die ersten beiden weißen Säcke auf und steckte sie in einen der größeren, verstärkten schwarzen. Innerhalb von zwei Minuten hatte er alles zu einem einzigen, fest verschnürten Bündel zusammengepackt. »Sie brauchen eine Hacke«, sagte er, »und eine Sense, um das hier zu mähen.« Opal zuckte nur die Achseln und machte sich wieder daran, das Unkraut in dem langen Beet zu jäten. »Ich habe eine Sense«, fügte Aiello hinzu. »Wollen Sie, daß ich Ihnen das alles hier mähe?«

»Sie haben eine *Sense*?« fragte Opal ungläubig. Die Vorstellung von Aiello als grimmigem Sensenmann brachte sie aus der Fassung. Wozu besaß er mitten in dieser verwahrlosten Wohngegend ein so unheimliches Gerät wie eine Sense?

»Mein Großvater hatte draußen in Corona einen großen Garten«, beantwortete Aiello ihre unausgesprochene Frage. Opal wußte nicht, wo Corona lag, aber sie nahm an, daß es irgendwo auf dem Land war. »Er baute Gemüse an und hatte sogar Obstbäume. Und eigene Reben. Ich habe ihm oft geholfen. Als er starb, habe ich die Sense aufbewahrt.«

Opal war sich nicht sicher, ob ihr die Vorstellung behagte, wie Aiello eine lange, geschwungene Klinge schwang, aber schließlich konnte sie der Versuchung, den größten Teil dieses Chaos beseitigen zu lassen, nicht widerstehen. Nicht, daß sie vorhatte, hierzubleiben oder einen Garten anzulegen. Aber die Bibliothekarin in ihr sah es einfach gern, wenn alles ordentlich und sauber war. »Sicher«, sagte sie. »Das wäre sehr nett von ihnen.«

Aiello wandte sich zum Gehen, blieb aber am Tor stehen. »Oh, hier«, sagte er und hielt ihr einen Umschlag mit einem kleinen grünen Aufkleber hin, der die Sendung als Einschreiben kennzeichnete. »Das ist für Sie gekommen, und ich dachte mir, Sie hätten es vielleicht gern, daß ich es für Sie entgegennehme. Das erspart Ihnen den Weg zum Postamt.« Das war typisch Aiello! Immer wenn sie gerade zu dem Schluß gekommen war, er sei eigentlich doch ganz vernünftig und nett, steckte er wieder seine Nase in Angelegenheiten, die ihn nichts angingen, benahm sich daneben oder tat etwas Unangebrachtes. Die Post anderer Leute entgegenzunehmen war strafbar! Und mit Sicherheit war dieser Brief nicht am Sonntag gekommen. Wie lange hatte er ihn zurückgehalten?

»Wann ist das gekommen?« fragte sie.

»Gestern«, erwiderte er. »Oder vorgestern.« Sie war nahe daran, ihm den Umschlag aus den Fingern zu reißen, aber bevor sie ihren Ärger zum Ausdruck bringen konnte, war er bereits gegangen. Er hatte kein Recht, ihre Post in Empfang zu nehmen. Was, wenn es etwas Wichtiges war? Der Brief war bereits gestern in seinem Besitz gewesen, und er hatte zweimal hier herauskommen müssen, bevor ihm einfiel, ihn ihr zu geben. Der Mann war unmöglich!

Opal klemmte sich den Umschlag zwischen die Zähne und zog die dicken Gummihandschuhe aus. Dann nahm sie ihn in die Hand und warf einen Blick auf den Absender: Davis & Dash. Sie zitterte, als sie den Umschlag aufriß. Obwohl sie dabei normalerweise sehr vorsichtig zu Werke ging, zerriß sie die Rückseite der Lasche und faltete dann mit zitternden Händen die darin liegenden Blätter auseinander. Fast hätte sie den Begleitbrief, eine handschriftliche Notiz von Alex Simmons, ebenfalls zerrissen.

Hier ist also der Vertrag. Bei seiner Unterzeichnung erhalten Sie einen Scheck, das ist so üblich.
Sobald wir die Vorabexemplare haben, beginne ich mit den Verhandlungen für die Übersetzungsrechte. Ein so langer und komplexer Roman wird sowohl bei Übersetzungen als auch beim Druck einige Probleme aufwerfen. Trotzdem glaube ich, daß er sich im Ausland gut verkaufen läßt, obwohl man sicherlich keinen großen Vorschuß erwarten kann.
Ich bin ehrlich begeistert und zutiefst dankbar, daß ich die Chance bekommen habe, etwas für dieses Buch zu tun. Hoffen wir, daß es Davis & Dash gelingt, Die Verlogenheit der Männer *zu der Leserschaft zu verhelfen, die das Buch verdient. Rufen Sie mich an, falls Sie noch Fragen haben sollten.*
Mit besten Grüßen,
Alex Simmons

Es dauerte geraume Zeit, bis Opal imstande war, den beiliegenden Brief von Pam Mantiss an Alex Simmons und schließlich die restlichen Blätter zu lesen, die tatsächlich nach einem Vertrag zwischen dem Verlag Davis & Dash und der Rechteeignerin Opal O'Neal aussahen. Ihre Hände zitterten nun noch heftiger. Sie warf einen Blick auf den Vorschußbetrag und sah, daß sie zwei Zahlungen erhalten würde – eine über fünfzehntausend Dollar, wenn dieser Vertrag unterzeichnet wurde, und eine weitere über den gleichen Betrag, wenn das Buch veröffentlicht worden war.

Wenn das Buch veröffentlicht worden war! Opal drückte die Blätter, die leise im Wind raschelten, an ihre Brust. Diesen Augenblick würde sie nie vergessen – wie sie hier inmitten von Abfall und Müllsäcken stand, über sich den bleiernen Himmel und neben sich die hoch aufragenden Häuser. In ihrer Todesstunde würde sie sich diesen Moment in Erinnerung rufen – das Gefühl des Papiers in ihren Händen und des verwelkten Grases an ihren Beinen und den Geruch nach Katze, den die Erde verströmte. Eine tiefe Dankbarkeit, eine bittersüße Freude erfüllte sie. Nun würde Terry unsterblich werden.

Opal sah sich um, als sähe sie diesen Ort zum erstenmal. Sie würde hier einen Baum pflanzen, einen blühenden Baum mit herabhängenden Zweigen. Und darunter würde sie eine kleine Tafel stellen oder vielleicht einen Stein zur Erinnerung an diesen denkwürdigen Augenblick. In den angrenzenden Hinterhöfen standen auch Bäume – deren Blätter sie eingesammelt hatte –, und hinter den Zäunen entdeckte sie noch ein paar. Wenn sie hier einen pflanzte, würde er bestimmt hundert Jahre stehen.

Als Aiello mit der Sense zurückkehrte, war er verblüfft. Opal stand immer noch dort, wo er sie verlassen hatte, und weinte still.

11

›Der Verleger übernimmt die Funktion eines Vermittlers, und er hat in der Branche das Sagen, denn er ist derjenige, der bezahlt.‹

Geoffrey Faber

Die Vertreterkonferenz war bei Davis & Dash eine geheiligte Tradition, trotz der Schrecken und der Langeweile, die damit einhergingen. Sie bot den beiden verfeindeten Lagern des Hauses – Lektorat und Vertrieb – die Möglichkeit, aufeinanderzutreffen, sich einen Schlagabtausch zu liefern, sich gegenseitig zu beschuldigen und anschließend die Kräfte zu vereinen in dem gewaltigen Bemühen, die ständig wachsende Zahl von Herbsttiteln auf den Markt zu bringen und zu verkaufen.

Um seiner eigenen Bequemlichkeit willen sorgte Gerald dafür, daß die Vertreterkonferenz in einem gemütlichen Kurhotel veranstaltet wurde, wobei er sich natürlich die beste Suite vorbehielt. Damit die Kosten nicht zu hoch wurden, buchte er in der Nachsaison, in der die Preise wesentlich niedriger waren. Um weitere Kosten einzusparen, mußten sich die jüngeren Verlagsangestellten zu zweit ein Zimmer teilen. In diesem Herbst fand die Vertreterkonferenz in Palm Springs statt. Obwohl selbst ihn der Gedanke an das dortige Klima erblassen ließ, hatte er den Ort mit Bedacht gewählt, denn all jene, die noch nie in Palm Springs gewesen waren, würden begeistert sein. Es war ein beliebter Urlaubsort, und Davis & Dash achtete auf sein Prestige. Denn auf der Vertreterkonferenz wurde nicht nur Geschäftliches erledigt, sie war auch zur Motivierung und als Belohnung der Angestellten gedacht. Sie bot allen Beteiligten zudem die Gelegenheit, sich einen Namen zu machen: Wer sich bei der Präsentation eines Buches hervortat, wurde mit dem *Cordon Bleu,* dem blauen Band, belohnt. Einige Vertreter erhielten eine Auszeichnung und einen Geldpreis für herausragende Verkaufsleistungen. Sie wußten – jedenfalls die meisten –, daß sich ihnen nur dreimal im Jahr die Chance bot, ihn, Gerald Ochs Davis persönlich, auf sich aufmerksam zu machen und dadurch auf der Karriereleiter einige Stufen höher zu klettern. Und dies war eine solche Gelegenheit. Es erforderte viele Vorbereitungen, damit die Vertreterkonferenz so glatt, so professionell und so motivierend wie möglich verlief.

Das hieß allerdings nicht, daß sie Gerald nicht trotzdem zu Tode langweilte, und die Vorbereitungszeit war noch schlimmer.

Offensichtlich ging es Pam Mantiss keineswegs besser. Sie hatte Emma Ashton gebeten, sie heute zu vertreten und die Bücher auszusuchen, die die Lektoren den Vertretern vorstellen sollten. Die junge Lektorin war sehr kühl und abweisend, aber Gerald konnte ihre unterschwellige Nervosität spüren und lächelte. Es ärgerte ihn, daß Pam sich um diese Besprechung gedrückt hatte. Dafür würde er sich den Spaß erlauben, Emma Ashton zu ärgern. Ihre distanzierte Art reizte ihn, und es juckte ihm in den Fingern, sie zu piesacken – wenn sie eine Fliege gewesen wäre, hätte er ihr wohl die Flügel ausgerissen.

»Also, wie steht's mit unserem Videostar?« fragte Gerald.

In dieser Saison wurde Susann Baker Edmonds, da sie eine Neuerwerbung des Verlags und ihr Buch für die finanzielle Lage und das Wohlergehen von Davis & Dash so wichtig war, mit einem Video präsentiert, in dem sie ihr letztes Werk besprach und den Verkäufern von ihrem neuen Buch erzählte. Es war eine kostspielige Produktion gewesen, und Gerald hatte gehört, daß es alle möglichen Probleme gegeben hatte. »Ist es fertig?« fragte er Emma.

»Noch nicht ganz«, mußte Emma zugeben. »Aber es wird rechtzeitig fertig werden«, versicherte sie ihm.

»Wo liegt das Problem?« Gerald hatte gehört, daß Susann sich beklagt hatte, sie sehe auf dem Band fürchterlich aus, und nun darauf bestehe, es neu zu drehen. »Wird es das Budget sprengen?«

»Das weiß ich nicht«, sagte Emma kühl. »Da müßten Sie Dickie Pointer oder jemand anderen, der dafür verantwortlich ist, fragen. Ich bin nur für die Zusammenstellung des Programms und die Präsentationen der Lektoren zuständig.«

Enttäuscht darüber, daß sie seinen Köder nicht geschluckt hatte, ging Gerald den Plan durch, den Emma ihm gegeben hatte. Wie immer würden die gestandenen Lektoren ihre Bücher vorstellen und die Werbungs- und Vertriebsleute den Vertretern anschließend über ihre verkaufsfördernden Maßnahmen für die einzelnen Bücher Bericht erstatten. In Wirklichkeit bekam, abgesehen von den Verkaufsschlagern, den Trawleys und Edmonds, kaum ein Buch mehr als ein müdes Winken zum Abschied. Wie Waisen im neunzehnten Jahrhundert waren die Bücher, sobald sie ins Leben entlassen wurden, auf sich allein gestellt. Und in der Regel auch genauso verloren.

»Und das Daniel-Buch? Stellt Pam das vor?« Sie konnte von ihnen allen am besten präsentieren, und selbst heute noch gelang es ihr, die Menge in Begeisterung zu versetzen, wenn sie auf ein Buch scharf war und sich dafür ins Zeug legte. In diesem speziellen Fall hatte Gerald aus langjähriger Erfahrung den Verdacht, daß Pam auch auf den Autor scharf war – und vielleicht sogar, in eben diesem Moment, mit ihm zusammen war. Es war durchaus denkbar, daß sie die Besprechung aus diesem Grund abgesagt hatte.

»Ja«, sagte Emma und ignorierte seine spöttische Bemerkung oder machte gute Miene zum bösen Spiel. »Jude Daniel wird ebenfalls da sein. Da er unser neuer Hoffnungsträger ist, sind wir natürlich begeistert und freuen uns auf seine Präsentation.«

»Darauf gehe ich jede Wette ein.« Er selbst präsentierte sein eigenes Buch mit Unterstützung von Pam, und er würde ihr raten, sämtliche Register ihres Könnens zu ziehen. Emma versicherte ihm, daß man sich für *Zweimal in den Schlagzeilen* außerordentliche Mühe gegeben habe. Als wüßte er das nicht selbst. Geplant war eine Multimedia-Präsentation, zusammengestellt aus Zeitungsausschnitten von dem echten Skandal, Familienfotos von Geralds Onkel und Tante, einem Foto vom Schauplatz des Mordes mit den Opfern sowie aus alten Wochenschauberichten, die über das zu jener Zeit als ›High-Society-Verbrechen des Jahrhunderts‹ bekannte Ereignis berichteten. Gerald hoffte, daß es für die Vermarktung kein allzu großes Problem darstellte, daß dieses Ereignis bereits fünfzig Jahre zurücklag. Jim Meyer und seine Abteilung allerdings hatten ein kleines juristisches Problem, da Gerald dieses Material zu Werbezwecken verwendete und gleichzeitig behauptete, sein Roman sei fiktiv (und er hatte das Ereignis in der Tat ordentlich ausgeschmückt). Aber er hatte Jim erklärt, daß die Präsentation nur im eigenen Haus stattfinden werde, um die Vertreter auf das Buch einzustimmen, und am Ende der Präsentation werde es ein Dementi geben. Das bedeutete natürlich nicht, daß irgendwer dem Glauben schenken würde. Gerald versuchte das Pferd von beiden Seiten aufzuzäumen, ähnlich wie Joe McGinnis es mit seinem Kennedy-Buch gemacht hatte, nur andersherum. McGinnis hatte behauptet, daß seine fiktiven Gedanken und Gespräche von Ted Kennedy und seiner Familie *nicht* fiktiv seien, während Gerald behauptete, daß all die echten historischen Ereignisse fiktiv seien.

Gerald lächelte. Diese Entwicklung in der Verlagsbranche während des letzten Jahrzehntes brachte Puristen wie seinen Vater zum Weinen und Zyniker wie Gerald zum Lachen. *Traumfänger* zum Beispiel war von der Autorin zuerst als Sachbuch veröffentlicht worden. Als Zweifel angemeldet wurden, ob die Autorin tatsächlich von den Aborigines entführt und zu einer monatelangen Wanderung gezwungen worden war, wurde das Buch einfach als fiktiver Roman neu herausgebracht und zum Bestseller.

»Die Präsentation wurde also mit Meyer überprüft, und Pam hat alles vorbereitet, oder?« fragte Gerald Emma. Er wußte, daß Pam immer alles bis zur letzten Minute aufschob und hierdurch viel Unheil selbst heraufbeschwor. Allerdings konnte er nicht genau sagen, ob sie diesen Nervenkitzel brauchte oder ob es ihrem Hang zur Selbstzerstörung entgegenkam.

»Ich habe sie nicht gesehen«, sagte Emma kühl. »Aber Pam meint, sie sei vorbereitet. Und Jim hat für Sie eine Aktennotiz zu der Präsentation gemacht.« Emma gab ihm eine Kopie. Gerald lächelte sie an. Sie war ziemlich cool, das mußte man ihr lassen.

Die Aktennotiz war einer von Meyers typischen juristischen Winkelzügen. Jeder liebte Klatsch, und Gerald hoffte verzweifelt darauf, daß aufgewärmter alter Klatsch sich ebensogut verkaufte wie aktueller Klatsch. Ehebruch, die High-Society, ein schuldiger Mann, der freigesprochen wurde, und ein pikantes Thema wie lesbische Liebe schufen eine brisante Mischung. Momentan war das Lesbentum ein aktuelles Thema, ging es Gerald durch den Kopf. Er warf Emma wieder ein Lächeln zu. Müßig fragte er sich, ob sie wohl bisexuell war. Oder ob sie eine Dreiecksbeziehung eingehen würde. Er warf einen Blick auf die Aktennotiz. Jim Meyer bereitete ihm kein Kopfzerbrechen; die Vorstellung, sein Vater könnte davon Wind bekommen, hingegen schon. Aber er konnte es sich nicht leisten, daß dieses Buch ein Flop wurde. Nicht nach dem Weston-Fiasko, Peet Trawleys Tod und Susann Baker Edmonds letzter armseliger Leistung. Und wurde es doch ein Flop, bekam er sicherlich Ärger mit David Morton, wenn er einen neuen, annehmbaren Vertrag haben wollte. Vielleicht würde Morton sogar zu Geralds alten Verträgen Fragen stellen, die er weder David Morton noch sonst jemandem beantworten wollte.

Mrs. Perkins teilte ihm über die Sprechanlage mit, daß Carl Pollenski da sei. Gerald seufzte, schickte die kleine Lesbe fort und sagte zu Mrs. Perkins, sie solle ihn hineinschicken. Carl war der Koordinator des MIS, des Management-Informations-Systems, also der Computer, von denen sie alle abhängig waren, deren Funktionsweise aber, außer Carl vielleicht, niemand verstand. Carl war außerdem der wahrscheinlich bestbezahlte Computerfachmann der Verlagsbranche. Aber schließlich konnten Leute, die Geheimnisse für sich behielten, immer damit rechnen, gut bezahlt zu werden.

Geheimnisse für sich zu behalten oder sie zu veröffentlichen, waren zwei von vielen Möglichkeiten, um reich zu werden.

Carl, groß und kräftig, trug einen Kurzhaarschnitt, der längst aus der Mode gekommen war. Er wurde selten in Geralds Allerheiligstes gebeten und schien sich, im Gegensatz zu der unerschütterlichen Emma Ashton, reichlich unwohl zu fühlen. Er trug einen hellgrünen Anzug – warum lernten es diese Trottel, die bei ihren Geräten so penibel waren, eigentlich nie, sich ordentlich anzuziehen? Als Gerald aufstand und sich auf das Sofa setzte, ließ sich auch Carl linkisch auf dem Sofa nieder, was zur Folge hatte, daß sie in einem schrägen Winkel nebeneinandersaßen und ihre Knie sich fast berührten. Das war zuviel für Gerald. Er stand auf und setzte sich in den Sessel gegenüber. Ein Beweis mehr, daß es besser war, wenn Carl schnell zu seinen Geräten zurückkehrte.

»Haben wir die nötigen Informationen für die Vertreterkonferenz beisammen?« fragte Gerald.

Carl nickte. In der Verlagsbranche wurden Auflage, Lieferungen und Verkaufsprognose eines Buches auf der Grundlage der per Computer erfaßten Daten über die Verkäufe der letzten Bücher eines Autors festgelegt. Da die Buchläden, vor allem die großen Ladenketten, ebenfalls auf Computer umgestellt hatten, blieb nur noch wenig dem Glück oder dem Zufall überlassen: Wie viele Exemplare vorbestellt wurden, richtete sich nach den vorherigen Verkaufszahlen der Bücher eines Autors, und die ganzen Reklametricks, die Werbung und all der andere Wirbel, der veranstaltet wurde, hatten nur wenig Einfluß darauf. Gerald mußte an jenen Werbefachmann denken, der einmal eine brillante Idee gehabt hatte: Er hatte Vorabexemplare an Leute verschickt, die im Telefonbuch standen und ebenso hießen wie wichtige Kritiker oder Autoren. Dann hatte er deren positive Kommentare mit ihren Namen – Tom Wolfe, Norman Mailer und so weiter – in zweiseitigen Anzeigen drucken lassen. Ein solcher Trick würde heute nicht mehr funktionieren. Die letzten Verkaufszahlen waren das einzige, was zählte. Nur ein neuer Autor, über den noch keine Daten gespeichert waren, hatte noch einen gewissen Spielraum und sogar die Chance, einen Volltreffer zu landen.

Aufgrund der katastrophalen Verkaufszahlen seines letzten Buches hatte Gerald also – trotz der Multimedia-Präsentation, trotz Pams Unterstützung und trotz der großen Aufmachung im Katalog – keine Möglichkeit, die Zahl der Vorbestellungen von *Zweimal in den Schlagzeilen* so zu beeinflussen, daß sie eine Größenordnung erreichten, die ihm zugesagt hätte. Anders standen die Dinge natürlich, wenn er über eine ganz besondere Strategie verfügte.

»Nun, haben Sie bereits eine Strategie entwickelt, Carl?«

»Sie meinen für Ihr Buch?« fragte Carl. Nein, war Gerald versucht zu schreien, für den Weltfrieden. Aber zu seinem Leidwesen mußte er sich beherrschen, denn nur mit Carls Hilfe konnte er seine Verkaufszahlen frisieren. Carl konnte zwar nicht die *tatsächlichen* Bestellungen der Buchläden manipulieren, aber dafür die Zahlen, die auf den Ausdrucken von Davis & Dash auftauchten. Und Gerald hatte herausgefunden, daß man im Top-Management einem Ausdruck mehr Wert beimaß als der Realität. Carl mußte nur ein paar Tasten drücken, und schon wurden zehn- oder zwanzigtausend Exemplare mehr von Geralds Buch gemeldet als bestellt oder sogar ausgeliefert worden waren. Darauf mußt du erst mal kommen, David Morton!

Nach der Katastrophe mit Geralds letztem Buch hatte Carl ein kompliziertes System ausgetüftelt, mit dessen Hilfe er von anderen Autoren Buchbestellungen und Lieferungen ›ausleihen‹ und diese Geralds Liste hinzufügen konnte. Obwohl Gerald es niemals zugeben würde, hatte das seinen Kopf gerettet. Carl hatte ihm erklärt, wie es funktionierte. Eine Buchhandlung in Kansas orderte beispielsweise weitere fünfzig Exemplare von Trawleys letztem Buch. Die Buchhandlung erhielt auch diese fünfzig Exemplare, aber die Bestellung wurde Geralds Konto gutgeschrieben. Trawley würde das nicht schaden. Doch was Gerald ernsthaft Sorgen bereitete, war die Tatsache, daß ein Autor von Trawleys Kaliber es sich leisten konnte, auf einer Rechnungsprüfung zu bestehen und den Ausdruck mit den Auslieferungsunterlagen des Lagers vergleichen zu lassen. Deshalb hatte Carl, ständig auf der Hut, sein System noch verfeinert und beschlossen, diesmal angemessene Verkaufszahlen auf mehrere mittelmäßige Bücher zu verteilen. Das Knifflige an der Sache war, daß man Autoren auswählen mußte, deren Bücher gut genug liefen, damit fünf- oder zehntausend entwendete Exemplare nicht auffielen, und außerdem darauf zu achten, daß die Verkaufspreise beider Titel identisch waren. Carl hatte nun eine Möglichkeit gefunden, beides bereits im voraus festzulegen. Bei dieser Zusammenkunft würden sie erörtern, welche Bücher sich zum Klauen am besten eigneten.

Für seine Unterstützung erhielt Carl jährlich nicht nur vierzigtausend Dollar zusätzlich zu seinem Gehalt, sondern besaß auch ein Spesenkonto, das Gerald persönlich abzeichnete. Zudem stand ihm jederzeit ein Firmenwagen mit Fahrer zur Verfügung. Ein geringer Preis dafür, daß er Gerald zu einem weiteren Millionenvertrag verholfen hatte, vor allem wenn man bedachte, daß Gerald dieses Geld nicht aus eigener Tasche bezahlte.

»Also, Carl, haben Sie ein paar Vorschläge?«

»Selbstverständlich, Mr. Davis, selbstverständlich.« Trotz dieser Versicherung rührte er sich nicht. Vielleicht nahm er fälschlicherweise an, Gerald erfreue sich an seiner Gesellschaft oder an dem Anblick seines giftgrünen Anzugs. Carl stammte aus Brooklyn, und wenn das nicht schon sein Anzug verraten hätte, dann spätestens sein Akzent. Er hatte in der Wall Street für Drexel Burnham gearbeitet und war, als dieser Pleite gemacht hatte, froh gewesen über ein Jobangebot von Davis & Dash. Gerald mußte nur dafür sorgen, daß er ihm auch weiterhin dankbar blieb.

Aber der Esel saß einfach nur da und schwitzte. Gerald erlaubte sich ein winziges bißchen Sarkasmus. »Nun, Carl, ich dachte, wir könnten vor der Vertreterkonferenz noch einen Blick auf die Liste werfen, um sicherzugehen, daß alles in Ordnung ist.« Carl nickte und zog eine Liste hervor, die er Gerald gab. Den Sarkasmus schien er überhört zu haben.

»Das sind meine Kandidaten«, sagte er. »Der Preis stimmt, und die ISBN-Nummern sind ähnlich.« Carl hegte die Hoffnung, daß man – falls die Sache jemals ans Licht kommen sollte – ihren gemeinsamen Betrug so interpretieren könnte, daß zufällig falsche Daten eingegeben worden waren.

Er bezweifelte das zwar, aber er war ohnehin fest entschlossen, es gar nicht erst zu einer Aufdeckung kommen zu lassen.

Er überflog das Blatt, das Carl ihm gegeben hatte. Es standen nur vier Titel darauf, und von keinem konnte man mehr als fünf- oder sechstausend Exemplare für *Zweimal in den Schlagzeilen* ›leihen‹. Gerald sah Carl an. »Das reicht nicht«, sagte er ausdruckslos.

»Nun, mit Ihren normalen Verkäufen und einer Unterstützung von zwanzig- oder fünfundzwanzigtausend Exemplaren ...«

Gerald schüttelte den Kopf. »Ich brauche mindestens siebzigtausend Hardcover-Exemplare«, sagte er.

Pollenski schüttelte den Kopf. »*Siebzig*tausend?« fragte er. »Zusätzlich zu Ihren normalen Verkäufen?«

»Mit oder ohne«, sagte Gerald. »Ich möchte die Hunderttausender-Grenze erreichen. Ich will, daß *nicht der geringste* Zweifel am Erfolg dieses Buches aufkommt. Ich werde dafür sorgen, daß es in den Medien als erfolgreich dargestellt wird. Und Sie sorgen dafür, daß es auch so in meiner Bilanz steht. Wenn es nicht auf die Bestsellerliste der *New York Times* kommt, dann kann man nichts machen. Das hängt vom Schicksal und den seltsamen Maßstäben, die man dort anlegt, ab.« Gerald zuckte die Achseln. Niemand wußte genau, nach welchen Kriterien die *Times* die Bücher für ihre Liste auswählte. Er erinnerte sich an einen Artikel in *Business Week*, in dem erwähnt worden war, daß die Orderzahlen bestimmter Buchhandlungen eine Rolle bei der Plazierung eines Buches spielten. Früher hatten bereits fünfzigtausend Exemplare ausgereicht, um ein Buch auf die Liste zu bringen, doch heute war das anders. Crichton oder Waller konnten durchaus eine Million Hardcover-Exemplare verkaufen und damit alle anderen aus der Liste werfen. »Also, Carl. Das ist unser Ziel.«

Carl schluckte. »Sehen Sie, das würde ich ja gern tun. Aber ich kann keine siebzigtausend Exemplare auf Ihr Konto buchen«, sagte er. »Nicht, ohne größere Risiken einzugehen, als ich einzugehen gewillt bin.«

Gerald lächelte, aber es war ein Lächeln, das einem das Blut in den Adern gefrieren ließ. »Carl, ich weiß, daß Sie das können, wenn Sie noch ein wenig darüber nachdenken. Wir wählen noch ein Dutzend Bücher aus, von denen wir etwas leihen können.«

»Ein Dutzend! Sie verstehen nicht. Jedes weitere Buch, das wir mit hineinziehen, bedeutet eine Erhöhung des Risikos. Es muß verbucht werden. Sehen Sie: Es passiert ständig, daß einmal eine Gutschrift falsch verbucht wird; aber daß die Verkäufe von einem Dutzend Bücher falsch verbucht werden, und zwar alle auf ein Konto, das ist zu auffällig. Wenn jemand bereits etwas geprüft ...«

»Niemand prüft etwas«, fuhr ihn Gerald an. »Und ich brauche noch siebzigtausend verkaufte Hardcover.« Er war gemein, und das wußte er auch, aber es kümmerte ihn nicht. Dieses Buch durfte kein Flop werden. Er brauchte dringend einen neuen Vertrag. Der Roman *mußte* hohe Verkaufszahlen erreichen. Selbst wenn hunderttausend Exemplare verkauft wurden, würde er trotzdem noch die Siebzigtausend hinzufügen. Er mußte nur dafür sorgen, daß diese Zahlen mit den in *USA Today* veröffentlichten übereinstimmten, denn dort erschien seit kurzem eine neue Bestsellerliste, die auf aktuellen Verkaufszahlen basierte.

»Zu dumm, das mit *SchizoBoy*. Es hätte mir richtig Spaß gemacht, einige von Westons Zahlen mir selbst gutzuschreiben.« Gerald sah noch einmal die Liste durch und pickte sich einige Titel aus der Backlist heraus, von denen er glaubte, daß sie sich weiterhin einigermaßen verkaufen würden. Er fügte drei neue Titel hinzu, und schließlich markierte er noch ein halbes Dutzend andere. Dann gab er Carl die Liste, der sie bedrückt ansah.

»Das sind nur elf. Haben Sie noch einen?« fragte Carl.

Gerald dachte an seinen Vater und daran, was der über ›den kleinen italienischen Roman‹ gesagt hatte. »Wir könnten das Clapfish-Buch dazunehmen«, sagte er. »Niemand wird es bemerken, wenn etwas von ihren Kontingenten verschwindet.«

12

›Lektoren suchen sich die Erstlingsromane aus, von denen der gleiche verführerische Zauber ausgeht wie von einem Don Juan; einer der einleuchtendsten Gründe dafür ist wohl das Vergnügen, eine Entdeckung gemacht zu haben.‹

William Targ

Zu ihrer Verabredung mit Alex Simmons kam Camilla fünfzehn Minuten zu früh in Alex' Büro in Chelsea. Sie hatte eine Kopie ihres Manuskriptes und den wertvollen Brief von Davis & Dash mitgebracht. Nicht weil sie glaubte, Alex Simmons würde ihre Worte anzweifeln (sie wußte, daß Alex von Emma Ashton informiert worden war), sondern weil sie sich mit der kleinen Aktentasche sicherer fühlte. Wie eine richtige Schriftstellerin eben. Und nach dem Gespräch mit Mr. Byron war Camilla für jede moralische Unterstützung dankbar, die sie bekommen konnte.

Das Gebäude, in dem Alex Simmons' Büro lag, entsprach sowenig wie dessen Umgebung ihren Erwartungen. Das hiesige Chelsea war, anders als das in London, ein Wohngebiet mit Backsteinhäusern und einigen großen Geschäftsstraßen, auf Manhattans Westseite direkt neben Greenwich Village gelegen. Einige der Straßen, durch die sie auf ihrem Weg von der U-Bahn-Station gekommen war, hatten sehr hübsch ausgesehen, aber diese hier wirkte etwas heruntergekommen. Die Stufen, die zu Miß Simmons Büro führten, waren mit Rissen überzogen, auf dem Vorplatz lag Abfall herum, und es gab weder Pflanzen noch irgendwelche Verzierungen. In London hätte man hier einen kleinen Garten angelegt oder zumindest eine Hecke oder einige Immergrünsträucher gepflanzt. Und in Italien verscheuchte eine üppige Blumenpracht die Gefängnishofatmosphäre. Die schmutzigen Fenster waren vergittert. Camilla zuckte die Achseln. Auch wenn sie etwas Vornehmeres erwartet hatte, war sie dankbar für das Interesse, das ihr die Agentin entgegenbrachte.

Daß sie eine von Miß Simmons ersten Klienten sein würde, dachte Camilla, hatte sicherlich seine Vorteile; aber der Nachteil bestand darin, daß Alex Simmons als Agentin noch nicht sehr etabliert sein konnte – kein Andrew Wylie, den die Boulevardpresse in London ›Schakal‹ nannte, seit er den Wahnsinnsvertrag für Martin Amis abgeschlossen hatte.

Nun, vermutlich falle ich sowieso nicht in die Kategorie ›Wahnsinnsverträge‹, weder jetzt noch später, dachte Camilla. Sie würde nie einen Canaletto besitzen, einen Rolls fahren oder eine Eigentumswohnung kaufen können. Es war schon ein großer Erfolg, daß sie überhaupt in New York war, mit einem Manuskript, das veröffentlicht werden sollte, und zumindest zwei Agenten, die sie gern vertreten würden. Camilla lächelte und drückte auf die Klingel.

Das Büro bestand aus einem einzigen Zimmer. An einer Wand standen Aktenschränke, über einem Schreibtisch hing ein bunt eingerahmter Jasper Johns, und es gab eine kleine Sitzecke. Sonderlich beeindruckend fand Camilla das nicht, aber ordentlich. Die Frau, die sich zu ihr umwandte, um sie zu begrüßen, war groß, sehr gepflegt und hervorragend gekleidet. War das vielleicht die Sekretärin? fragte sich Camilla. Wie immer, wenn sie jemanden nicht kannte, war sie verunsichert und schüchtern, und neben dieser Frau kam sie sich in ihrem schlichten Rock und dem Pullover etwas schäbig vor. Doch nein, dies war bestimmt Alex Simmons selbst. Immerhin – sie schien keine Sekretärin zu haben.

»Sie müssen Camilla sein«, sagte die große Frau und streckte ihr die Hand hin. Ihr Händedruck war sehr fest, und sie hielt Camillas Hand einen Augenblick länger, als es Camillas Ansicht nach notwendig gewesen wäre. Aber das war typisch amerikanisch. »Setzen Sie sich doch.« Es gab eine kleine zweisitzige Couch, vor der ein niedriger Tisch stand, und einen Stuhl mit gerader Lehne. Camilla entschied sich für den Stuhl, auch wenn sie nicht wußte, ob das richtig war. Aber sie war so gespannt auf das Gespräch, daß sie keinen sonderlichen Wert auf Bequemlichkeit legte.

»Ihr Roman hat mir sehr gut gefallen«, sagte Miß Simmons. »Aber irgendwie dachte ich, Sie wären älter.«

»Das glaubte ich von Ihnen auch.« Camilla lächelte.

Miß Simmons lachte. »Ich würde sagen, wir sind beide Protegés, aber *so* jung sind wir denn doch nicht mehr. Trotzdem, für einen Erstlingsroman ist das schon eine außerordentlich reife Leistung.« Alex Simmons machte eine Pause. »Es *ist* doch Ihr erster Roman?« fragte sie dann. Camilla nickte. »Sie haben noch nichts unter einem anderen Namen veröffentlicht? Oder in London?« Camilla schüttelte den Kopf. Warum sah die Frau sie so streng an? Alex lächelte. »Nun, das ist klasse, wie Sie vielleicht sagen würden.«

»Ich bezweife, daß ich etwas in dieser Richtung sagen würde«, entgegnete Camilla kühl. Irgendwie verlief dieses Gespräch nicht ganz so, wie sie erwartet hatte. Zwischen ihnen funkte es einfach nicht. Und sie war sich nicht ganz darüber im klaren, ob sie diese Frau überhaupt mochte. Waren alle Agenten so seltsam? Warum dieses Mißtrauen? War es als Kompliment gedacht, weil Camillas Manuskript sehr professionell zu sein schien, oder war es verunglimpfend, weil sie verdächtigt wurde zu lügen? »Zweifeln Sie an meinem Wort? Oder an meinen Fähigkeiten?« fragte Camilla schließlich.

Miß Simmons lachte. »O Gott, nein! Keines von beidem. Ich wollte es nur wissen. Sehen Sie, es hat immer einen gewissen Vorteil, mit einem Erstlingswerk zu arbeiten. Die Kritiker sind begierig darauf, eine neue Stimme kennenzulernen. Aus unerfindlichen Gründen allerdings sind sie immer sehr enttäuscht, wenn es bereits der zweite Roman ist.« Sie zuckte die Achseln. »Typisch menschliches Verhalten? Neid auf ihre eigene Schöpfung? Wer weiß. Na ja, egal. Ich wollte nur wissen, woran ich bei Ihnen bin.«

Diese Frau hatte zwar Köpfchen, dachte Camilla, war ihr aber sonst ziemlich unsympathisch. Doch an wen hätte sie sich wenden können, außer an Mr. Byron, der einfach indiskutabel war? Falls Miß Simmons merkte, daß sich Camilla unwohl fühlte, ließ sie es sich jedenfalls nicht anmerken. Statt dessen bedachte sie Camilla mit einem strahlenden Lächeln – die Amerikaner hatten immer so weiße Zähne – und sagte:

»Ich denke, wir haben hier wirklich etwas in der Hand, Camilla. Romane über Leute mittleren Alters sind gerade in Mode. Im Augenblick ist der Markt dafür sehr günstig, vor allem für kurze Romane. Die Leser haben genug von den dicken, alten Schinken von Michener und Sheldon.« Sie nahm einige kleinformatige Bücher, die in einem ordentlichen Stapel auf ihrem Schreibtisch lagen, in die Hand. »Sie wollen Romane, die sich zügig und leicht lesen lassen, weniger als zwanzig Dollar kosten und in denen Gefühl steckt. Außerdem wollen sie etwas lesen, das ihnen den Eindruck vermittelt, sie seien intelligent, soweit das überhaupt möglich ist. Ihr Buch erfüllt all diese Kriterien. Es hat Witz, ist aber auch sehr gefühlvoll. Ich denke, wir können damit den literarischen *und* den kommerziellen Markt erreichen, wenn wir es richtig anpacken.«

»Aber es war eigentlich nicht als ein besonders rührseliges Buch gedacht«, protestierte Camilla überrascht, ja sogar verletzt. Sie hatte versucht, den weiblichen Charakteren Würde zu verleihen, auch wenn sie ein wenig pedantisch wirkten und kleine Schwächen hatten. Und die darin vorkommende Affäre war nur eine Nebenhandlung und stand keinesfalls im Mittelpunkt. Camilla sah wieder zu Alex hinüber. »Natürlich wäre ich froh, wenn es ein kommerzieller Erfolg würde, aber halten Sie das wirklich für wahrscheinlich?«

»Nicht für wahrscheinlich, aber für möglich.« Miß Simmons beugte sich vor. »Ich weiß, daß Sie noch mit anderen Agenten sprechen werden. Gut. Und vielleicht sind Sie von mir nicht sonderlich begeistert oder halten nicht viel von mir. Aber lassen Sie mich Ihnen wenigstens erzählen, was Ihr Agent für Sie tun sollte.« Sie machte eine Pause und fuhr dann fort: »Ihr Agent ist *nicht* Ihr Lektor, und er ist auch nicht Ihr Geschäftsführer oder Ihre Mutter. Die Aufgabe eines Agenten ist es herauszufinden, welcher Markt für Ihr Buch am geeignetsten ist, und es dort unterzubringen. Das erreichen wir Agenten, indem wir den richtigen Verleger auswählen, Ihre Auslandslizenzen verkaufen, Ihre Werbung überwachen und Sie in der Verlagsbranche bekannt machen.« Miß Simmons warf ihr wieder ein strahlendes Lächeln zu. »Ich würde dies alles für Sie übernehmen. Das wird einigen Arbeitsaufwand erfordern. Und diese Chance – Ihr Debüt zu geben – haben Sie nur ein einziges Mal. Wenn Sie sie verpassen, ist der Zug abgefahren. Ich bin bereit, in Ihr Team einzusteigen. Und ich denke, daß wir zusammen ziemlich viel erreichen könnten.«

Camilla nickte. Diese Frau war nicht dumm, und langsam bekam Camilla einen Einblick in die Verhältnisse. Aber gleichzeitig erschreckte es sie. War das ein Trick? Nun, sie würde einmal testen, wie diese Frau reagierte, wenn sie Alfred Byrons Vorschläge zur Sprache brachte. Trotz ihrer Schüchternheit fragte Camilla also: »Finden Sie, daß die Protagonistinnen jünger sein müßten?«

»Jünger? Nein.«

»Finden Sie, daß in dem Roman mehr Sex vorkommen sollte?«

»Auf keinen Fall! Hat Pam Mantiss das vorgeschlagen?«

»Nein. Jemand anderes.«

»Vergessen Sie's. Jeder behauptet, ein verhinderter Schriftsteller zu sein.« Alex Simmons' Lächeln verschwand. Sie sah Camilla durchdringend an. »Ich möchte *Ihnen* eine Frage stellen: Haben Sie bereits mit einem neuen Buch begonnen?«

Camilla nickte.

»Großartig. Lassen Sie mich noch eine andere Frage stellen: Wovon leben Sie, während Sie schreiben? Haben Sie Rücklagen?«

»Eigentlich nicht. Ich dachte, ich könnte von dem Vorschuß leben.«

Miß Simmons schnaubte. »Sie halten tatsächlich viel von mir«, sagte sie dann mit einem Lachen. »Ich weiß zwar, daß ich mehr rausholen kann als die zwanzigtausend, die Davis & Dash angeboten haben, aber auch nicht viel mehr. Wie lange können Sie in New York davon leben? Und außerdem bekommen Sie jetzt nur die Hälfte. Die zweite Hälfte erhalten Sie erst, wenn das Buch erschienen ist. Und ich vermute, daß es frühestens im nächsten Frühjahr veröffentlicht wird.« Sie sprach schnell, während sie sich mit den auf dem Tisch liegenden Papieren beschäftigte. »Wie in aller Welt wollen Sie in New York ein Jahr lang von zwölf- oder fünfzehntausend Dollar leben – abzüglich meines Honorars, das bei zehn Prozent liegt, und der Steuern, die Sie lieber im voraus bezahlen sollten?«

»Ich bekomme nur die Hälfte des Geldes?« fragte Camilla bestürzt. Diese höchst wichtige Information hatte ihr bisher niemand mitgeteilt, und natürlich hatte sie nicht daran gedacht, damals beim Abendessen Emma oder heute Mr. Byron danach zu fragen. Das lag nicht nur an ihrer Schüchternheit. Ihr war eingeimpft worden, nie über Geld zu sprechen, weil dies unhöflich oder sogar anstößig sei. Dennoch ließ es sich nicht umgehen, da man ja schließlich von etwas leben mußte. Camilla spürte, wie Panik in ihr aufstieg.

»Sie bekommen nur die Hälfte des Geldes«, wiederholte Miß Simmons und nickte wissend. »Und es werden noch etliche langwierige und lästige Korrekturen und Überarbeitungen anfallen; zudem werden Sie vermutlich auch in die Werbung für Ihr Buch mit einbezogen. Jedenfalls hoffen wir das. Werbung ist sehr wichtig. Und gleichzeitig müssen Sie an Ihrem neuen Manuskript weiterarbeiten. Glauben Sie, daß Sie es, dies alles eingerechnet, trotzdem in einem Jahr schaffen können?«

Camilla zuckte die Achseln. Sie hatte noch nie versucht, einen Roman unter Zeitdruck zu schreiben, und auch noch nie ›langwierige und lästige Korrekturen und Überarbeitungen‹ machen müssen.

»Wir könnten die Sache auch anders anpacken«, sagte Miß Simmons.

»Ich *könnte* Davis & Dash um einen Vertrag über zwei Bücher bitten. Mir ist klar, daß sich Pam Mantiss wie ein Tiger dagegen sträuben würde, da sie die Katze nicht im Sack kaufen will, und wenn sie es doch tut, dann möglichst billig. Aber der Vorteil eines Zwei-Bücher-Vertrages liegt, *falls* ich einen bekommen kann, darin, daß der Vorschuß höher ist, vielleicht sogar bei dreißigtausend Dollar.« Camillas Panik legte sich etwas. »Der Nachteil allerdings wäre, daß Sie, wenn das erste Buch gut läuft, Ihr zweites für einen lächerlichen Betrag verkauft hätten«, fuhr Alex Simmons fort. »Natürlich könnten die Tantiemen das wettmachen, aber Sie werden zwei Jahre auf Ihren ersten Scheck warten müssen.«

»Zwei *Jahre*?« fragte Camilla. Die Panik kehrte zurück. In ihren Ohren klang ihre eigene Stimme matt und kraftlos. »Warum so lange?«

»Verleger rechnen nur zweimal im Jahr ab, und danach schütten sie die Tantiemen aus, allerdings nur für den Zeitraum, der sechs Monate zuvor *endete*. Zudem ziehen sie von den ersten Tantiemen das Vorschußhonorar ab. Deshalb versuchen kluge Agenten den größtmöglichen Vorschuß herauszuschlagen, da der Verleger das Geld des Autors mehr als ein Jahr lang zurückhält. Denken Sie nur an die Zinsen, die sie in diesem Zeitraum mit dem Geld verdienen! Und Davis & Dash gehört in dieser Hinsicht zu den schlimmsten Verlagen, weil er so groß ist und damit durchkommen kann. Ich habe gehört, daß sie gerade ihr Meldesystem überarbeitet haben und nun vier Monate im Verzug sind.«

»Und was wäre die Alternative?« fragte Camilla, noch bestürzter als zuvor. Sie war mit der Erwartung eines Schecks, einer Karriere und eines neuen Lebens nach New York gekommen. Doch nun schien es, als wäre alles teurer als erwartet und ihr Honorar unerreichbar weit entfernt. Und sie hatte keinerlei Rücklagen. Ach, es wäre unerträglich, dachte sie, wieder kellnern gehen oder einen anderen Studentenjob annehmen zu müssen!

»Nun, wir könnten auch versuchen, das Manuskript mehreren Verlagen gleichzeitig anzubieten und es an den Meistbietenden zu verkaufen. Normalerweise wird das bei einem Titel wie diesem nicht gemacht, aber es genügen schon zwei interessierte Verlage, die man gegeneinander bieten läßt. Trotzdem müßte ich das Manuskript ziemlich vielen Verlegern zukommen lassen.«

Camilla schwieg. Dann fragte sie: »Sie meinen, Sie würden das Buch Emma Ashton wegnehmen?« fragte sie.

»Nicht direkt wegnehmen. Es gehört ja nicht Davis & Dash. Sie haben keinen Vertrag mit Ihnen.«

»Nein, das nicht, aber sie war diejenige, die mir geholfen hat.«

»Ja. Und ich versuche jetzt, Ihnen zu helfen. Hier geht es ums Geschäft. Wir versuchen ein paar Lektoren zusammenzubekommen, die eher an literarischen Büchern interessiert sind und nach einer neuen Amy Tan Ausschau halten, und erzählen ihnen, daß Sie genau dieser gesuchte Newcomer sind. Ich kann vermutlich nicht mehr als fünfzigtausend heraushandeln, eher sogar weniger, aber auch mit der Hälfte davon könnten Sie eine Weile leben, zumindest so lange, bis Sie den Entwurf für Ihr zweites Buch fertiggestellt haben.«

Camilla hatte das Gefühl, als hätte man sie geschlagen. Sie konnte doch Davis & Dash ihr Manuskript nicht wieder wegnehmen! Die Ashtons waren liebenswürdiger zu ihr gewesen als ihre eigene Familie. Sie waren die einzigen, die sie in New York kannte. Emma war sogar so freundlich gewesen, sie zu Alex Simmons zu schicken, die ihr im Gegenzug nun vorschlug, Emma zu betrügen! Camilla schüttelte den Kopf. »Ich ziehe es vor, bei Davis & Dash zu bleiben«, sagte sie frostig.

Die Agentin zuckte die Achseln. »Nun, es ist ein guter Verlag. Und Pam Mantiss ist intelligent, daran besteht kein Zweifel. Wir können nur hoffen, daß ihr das Buch tatsächlich gefällt und sie wirklich dahintersteht. Denn wichtig ist nicht nur, wieviel Geld man Ihnen dafür bezahlt, sondern ebenso, wieviel man in die Werbung zu stecken bereit ist. Aber was wollen *Sie* tun? Finanziell, meine ich?«

»Ich schätze, ich werde mir einen Job suchen müssen«, sagte Camilla. In diesem Augenblick, in diesem kleinen, dämmrigen Büro schienen all ihre Zukunftsträume wie eine Seifenblase zu zerplatzen. Sie würde keine hübsche Wohnung haben, und sie würde nicht morgens über ihrem Tee sinnieren können. Weder würde sie stundenlang um das richtige Wort ringen können, was qualvoll, aber auch schön war, noch würde sie sich zu ausgedehnten Essen mit ihrer Lektorin treffen, Nachmittage im Lesesaal der Bibliothek verbringen oder sich mit anderen Schriftstellern treffen.

Obwohl ihr Traum von einem Schriftstellerleben nicht lange gedauert hatte, bereitete ihr die Vorstellung, ihn aufzugeben, geradezu körperliche Schmerzen. Es wäre unerträglich. Sie konnte nicht behaupten, daß das Schreiben sie glücklich machte, aber auf lange Sicht ging es auch nicht darum, glücklich zu sein, oder? Mit Sicherheit war sie auch nicht zufrieden damit – dazu war ihre Arbeit nicht annähernd gut genug und würde es vermutlich auch nie werden. Aber ihr gefiel es, nach etwas zu streben, voranzukommen, aus dem Nichts ein *Etwas* zu machen und dieses Etwas dann immer besser zu gestalten. Beim Schreiben war es genauso notwendig, sein Manuskript – auch wenn es mühevoll sein mochte – zu überarbeiten, wie es im Leben wichtig war, Fehler zu begehen und aus ihnen zu lernen. Die Hoffnung, etwas Vollendetes zu schaffen, und das Wissen, daß dies unmöglich war, machten für Camilla den Reiz des Schreibens aus. Was in aller Welt sollte sie jetzt tun? Was hatte sie sich nur gedacht? Sie war nach New York zurückgekommen, in die härteste Stadt der Welt, und zwar ohne die Geldmittel, die man brauchte, um anständig leben zu können. Die Vorstellung, zu dem gräßlichen, bedrückenden Leben ihrer Studentenzeit zurückkehren zu müssen, ertrug sie nicht. Dafür fühlte sie sich viel zu alt und zu müde.

Alex Simmons beobachtete sie. Camilla hoffte, daß man ihr die Höllenqualen, die sie litt, nicht ansehen konnte. »Es ist sehr wichtig, daß Sie Ihren neuen Roman noch dieses Jahr beenden. Sonst verlieren Sie Ihren Schwung. Heute ist man auf dem Buchmarkt schnell vergessen.« Einige Minuten lang saßen beide schweigend da. »Vielleicht kann ich Ihnen eine Teilzeitarbeit besorgen«, bot Alex an. »Etwas in der Verlagsbranche. Es könnte nicht schaden, wenn Sie ein paar Leute kennenlernen. Was halten Sie davon?«

»Ich weiß nicht«, sagte Camilla.

»Hallo Emma. Hier ist Camilla Clapfish.«

»Hallo. Wo brennt's denn, Camilla?« fragte Emma. Obwohl sie gerade bis über beide Ohren in Arbeit steckte, nahm sie sich Zeit für Camilla. Sie mochte sie.

»Nun, eigentlich wollte ich Ihnen nur kurz über mein Gespräch mit Alex Simmons berichten.«

Emma fühlte, wie sie bei der Erwähnung von Alex' Namen rot wurde. Gott sei Dank konnte man das am Telefon nicht sehen. »Oh, großartig. Wie ist es gelaufen?« brachte sie mühsam heraus.

»Es hat mir ein wenig die Augen geöffnet, um ehrlich zu sein. Ich denke, das war auch notwendig. Es gibt so vieles, was ich über die Verlagsbranche nicht weiß. Es ist alles ziemlich kompliziert, nicht wahr? Verträge, Vorschüsse, Auslandslizenzen, Provisionen.« Sie hielt inne. »Eigentlich bin ich verwirrter als zuvor«, gestand sie dann.

Selbst am Telefon konnte Emma ihr Unbehagen spüren. Jetzt wurde es Zeit für das ›Aufmunterungsgespräch Nummer elf für neue Autoren‹. »Es gibt zwei Sorten von Autoren«, erklärte Emma. »Manche interessieren sich für das Geschäftliche, haben eine Ahnung davon und möchten mit einbezogen werden. Aber die Mehrheit der Autoren will das nicht. Sie verlassen sich ganz darauf, daß ihre Agenten alles regeln. Ich könnte mir vorstellen, daß Sie zur letzten Gruppe gehören.«

»Das wäre ja ganz in Ordnung. Und ich glaube auch, daß Alex Simmons ziemlich gut ist. Jedenfalls wirkt sie auf mich so. Aber sie hat mir einen Rat gegeben, der mir Probleme bereitet.«

»Und worum geht es?« fragte Emma munter.

»Es ist mir etwas peinlich. Sie scheint mir zu raten, etwas zu tun, was sie ›das Manuskript zirkulieren lassen‹ nennt, oder den Roman auf einer Auktion anzubieten, um für mich den größten Vorschuß herauszuholen. Auch wenn ich zugeben muß, daß ich Geld brauche, fühle ich mich Ihnen doch verpflichtet. Was meinen Sie? Ich möchte Alex Simmons nicht engagieren, wenn Ihnen das nicht recht ist, obwohl ich schon glaube, daß sie sehr kompetent ist. Und auf keinen Fall würde ich das Manuskript ohne Ihre Erlaubnis zurückziehen.«

Emmas Augen waren immer größer geworden, und ihr Mund war offengeblieben. Alex hatte vorgeschlagen, das Manuskript mehreren Verlagen anzubieten? Es von Davis & Dash zurückzuziehen? Emma konnte das nicht glauben. Einmal abgesehen von dem Ärger, den Emma dann mit Pam und Gerald bekommen würde – wie konnte Alex sie nur so hintergehen? Schließlich hatte *sie* ihr Camilla geschickt. Was ging hier vor sich? Sicherlich hatte Camilla etwas falsch verstanden; aber die Begriffe, die sie verwendet hatte – ›zirkulieren lassen‹, ›Auktion‹ –, waren typische Ausdrücke aus der Sprache der Agenten. Emma holte tief Luft, um kein vorschnelles Urteil zu fällen und um Camilla nichts von ihrer Überraschung und ihrer Besorgnis merken zu lassen.

Während ihre Gedanken abgeschweift waren, hatte Camilla weitergeredet.

»Der Punkt ist der«, sagte sie gerade, »daß ich Ihnen und Frederick sehr dankbar bin. Ich weiß, Geschäft ist Geschäft, wie Alex Simmons es ausdrückt, aber ich würde lieber mit Ihnen als mit jemand anderem zusammenarbeiten, und ich möchte nichts tun, was als Undankbarkeit ausgelegt werden könnte. Wie verhält man sich in einem solchen Fall? Für mich ist das alles neu, verstehen Sie. Also habe ich Sie angerufen, damit Sie mir bei meiner Entscheidung helfen.«

Emma hätte fast laut aufgestöhnt. Das wurde ja immer schlimmer. Sie wußte, daß sie Camilla nie einen Agenten hätte vorschlagen dürfen, und jetzt hatte sich ihr Interessenkonflikt in vier Richtungen gleichzeitig ausgeweitet! Zunächst einmal wurde Emma dafür bezahlt, die Interessen von Davis & Dash zu vertreten, und diese Verantwortung nahm sie ernst. Sie durfte nicht Camillas Interessen vertreten. Aber Camilla war bereits eine Freundin geworden; sie war fremd in New York, kannte die Verlagsbranche nicht und konnte einige gute geschäftliche Ratschläge gebrauchen. Emma wollte Camilla aber auch nicht davon abraten, Alex zu engagieren, und dieser dadurch eine Klientin wegnehmen, vor allem, da Alex von dem Manuskript begeistert war und sich dafür einsetzen würde. Und schließlich fragte sie sich immer wieder, ob Alex sie tatsächlich so hintergehen konnte. *Warum* sollte sie das tun? Wie hatte Camilla sie zitiert? ›*Geschäft ist Geschäft.*‹ War das Alex' Einstellung? Emma fühlte sich elend und verwirrt.

Camilla mußte ihr Unbehagen gespürt haben. »Vielleicht sollte ich Sie nicht damit behelligen«, sagte sie. »Ich weiß, man kann von mir erwarten, daß ich selbst auf mich aufpasse, und Sie waren bereits so freundlich zu mir. Ich mag Alex Simmons. Sie scheint mir eher als Mr. Byron die richtige Strategie zu verfolgen.«

»Byron?« fragte Emma und verdrehte die Augen. Alf Byron, die Hyäne unter den Agenten. »Warum haben Sie *ihn* aufgesucht?«

»Pam Mantiss hat es mir vorgeschlagen.«

Natürlich. Eine Hand wäscht die andere. Aber Emma hatte kein Recht, Pam zu kritisieren, da sie selbst keine reine Weste hatte. Trotzdem ... Alf Byron! Der hatte so wenig Ahnung von Literatur, daß er *Wiedersehen in Howard's End* für einen Schwulenroman hielt. »Was hat Alf Byron gesagt?« fragte sie.

»Daß ich den Roman umschreiben und aus den Personen Studentinnen auf einer Urlaubsreise machen soll.«

Emma brüllte beinahe vor Lachen. »Perfekt! Hören Sie, warum treffen wir uns nicht auf einen Drink und plaudern ein wenig?«

»Dafür wäre ich Ihnen sehr dankbar«, sagte Camilla, und es klang, als meinte sie es ernst.

»Soll ich morgen abend bei Ihnen vorbeischauen?« schlug Emma nach einem Blick in ihren Terminkalender vor. »In Fredericks Wohnung?«

»Oh, wenn es Ihnen nichts ausmacht«, sagte Camilla mit hörbarer Erleichterung. Sie verabredeten einen Zeitpunkt, obwohl Emma nicht so sicher war, daß es ihr nicht doch etwas ausmachte – weil sie nicht wußte, was mit Alex los war.

13

›Ich möchte in meiner Funktion als Lektorin dem Schriftsteller dabei helfen, seine oder ihre Gedanken in ein Buch umzusetzen. Ich möchte dem Autor nie etwas anderes aufzwingen, und ich möchte sein Buch nie als mein eigenes herausstellen.‹

Faith Sale

Opal saß an Terrys Schreibtisch. Der riesige Stapel mit den Druckfahnen lag zu ihrer Linken, Terrys Manuskriptstapel zu ihrer Rechten. Zeile um Zeile versuchte Opal zu vergleichen, um sicherzugehen, daß *Die Verlogenheit der Männer* genau so veröffentlicht wurde, wie Terry es geschrieben hatte. Bei jeder Korrektur zweifelte sie, ob Terry das auch wirklich hatte ausdrücken wollen. Sie schob ihre Lesebrille auf die Stirn und massierte ihre Nase oberhalb der Nasenwurzel, wo ihre Brille einen Abdruck hinterlassen hatte.

Sie sah durch das Fenster auf das gesäuberte Stückchen Land hinaus, wo sie begonnen hatte, einen Garten anzulegen. Würden die Blumen bereits verblüht sein und ihre Blätter verloren haben, wenn sie mit dieser Arbeit fertig war? Opal sah auf die beiden Seiten, die vor ihr lagen. Sie hatte keine Ahnung gehabt, wieviel mühselige Arbeit, abgesehen von dem reinen Schreiben, der Veröffentlichung eines Buches voranging. Ihre Hand war verkrampft, und ihr Kopf schmerzte. Natürlich waren die wenigsten Manuskripte 1114 Seiten dick, und die meisten Autoren arbeiteten mit ihren Originalen und nicht mit der verschwommenen Kopie einer Kopie. Aber alle Autoren mußten sich wohl mit Schriftsetzern herumplagen. Gut, die schlecht lesbare Kopie mochte ihnen Schwierigkeiten bereitet haben, aber Opal war entsetzt und erschrocken, wie viele Fehler sie bereits entdeckt hatte. Bei einem Kapitel fehlten die letzten drei Seiten, und es hatte fast drei Stunden gedauert, bis Opal herausfand, daß der fehlende Text einundneunzig Seiten später eingefügt worden war. Personennamen waren auf so originelle Weise falsch geschrieben worden, daß selbst Opal durcheinanderkam. Überhaupt die Orthographie! Orthographie- und Interpunktionsfehler gab es in Massen: Kommas waren völlig willkürlich eingestreut, Wörter wurden an jeder beliebigen Stelle getrennt, eine besondere Klammer, die offenbar nicht zur englischen Sprache gehörte, tauchte immer wieder auf, während Zitate anfingen, aber nie endeten. Und die Absätze! Nun, Terry hatte sie wahrscheinlich oft nicht eingerückt, denn auf den Druckfahnen war der Text oft ganz anders gegliedert. Es gab Sätze, die sowohl am Ende einer Seite als auch am Anfang einer neuen standen. Woher, fragte sich Opal, nahmen die Autoren die Kraft, die Druckfahnen immer wieder durchzusehen, wenn selbst ihr klar war, daß schon eine fehlende Kursivierung den Sinn eines Satzes vollständig verändern konnte? Opal seufzte und nahm sich das Versprechen ab, obwohl die Arbeit furchtbar anstrengend war, jede einzelne Seite sorgfältig durchzusehen, und zwar so oft wie nötig.

Aber da lag der Hase im Pfeffer – als sie eine Seite zufällig ein zweites Mal gelesen hatte, waren Opal nicht nur eine, sondern gleich *zwei* Unstimmigkeiten aufgefallen, die sie vorher gar nicht bemerkt hatte. Entnervt erhob sie sich vom Schreibtisch, ging zum Herd und setzte Teewasser auf. Sie hatte zwar keine Lust auf Tee, aber vielleicht würde das Tein sie wieder munter machen. Und vielleicht würde es ihr neue Zuversicht einflößen, daß sie doch imstande war, diese Arbeit zu bewältigen.

Während sie das kochende Wasser zu dem Teebeutel in der Tasse goß, rechnete sie kurz nach. In dieser ersten Woche hatte sie etwa dreißig Seiten am Tag geschafft. Wenn sie diese Geschwindigkeit beibehalten oder sogar noch etwas steigern konnte – dann würde es immer noch über einen Monat dauern, bis sie alles korrigiert hätte! Und soviel Zeit blieb ihr nicht mehr. Emma Ashton hatte gesagt, daß sie die Druckfahnen bis Ende nächster Woche brauchten, um das Buch noch ins Herbstprogramm aufnehmen zu können. Dann würden die Druckfahnen wieder an dieselben miserablen Setzer zurückgeschickt, und anschließend – hatte Emma zu Opals Verzweiflung erklärt – mußte man den Umbruch noch einmal durchsehen, um sicherzugehen, daß die Korrekturen tatsächlich ausgeführt worden waren. Das alles, überschlug Opal, würde sie weitere drei bis vier Monate kosten.

Damit stellte sich ihr die Frage, ob sie ihren Job in Bloomington aufgeben sollte oder nicht, denn die Bibliothek würde eine Entscheidung von ihr verlangen. Mit einem Seufzer nahm Opal ihren Tee und trat ans Fenster. Obwohl es in der Wohnung bereits dunkel war, wurde das erhöhte Backsteinbeet an der hinteren Mauer noch von der Sonne beschienen. Zu ihrer Überraschung entdeckte Opal Aiello, der, umgeben von mehreren Plastiktüten, in der Erde wühlte. Sie klopfte mit den Fingerknöcheln gegen die Scheibe.

Aiello hörte es, sah sich um und kam zu ihr herüber. Sie öffnete das Fenster, damit sie mit ihm reden konnte, aber er ergriff zuerst das Wort. »Ich dachte nur, ich könnte Ihnen vielleicht beim Unkrautjäten helfen«, sagte er, obwohl offensichtlich war, daß es gar kein Unkraut mehr gab. »Und da kam mir die Idee, ich könnte ein paar Ringelblumen für Sie setzen, wenn ich schon einmal bei der Arbeit bin.« Das erklärte die Säcke, dachte Opal.

»Vielen Dank, Mr. Aiello. Das ist sehr freundlich von Ihnen, aber ich mache mir nicht viel aus Ringelblumen.«

»Jeder mag Ringelblumen«, stellte Aiello fest. »He, wenn man sie jetzt pflanzt, blühen sie den ganzen Sommer hindurch.«

»Ich weiß«, entgegnete sie. »Sie blühen ewig, in Orange und Gelb, und sie riechen sehr stark. Aber in diesem Garten möchte ich nur wenige Blumen haben, alle weiß und nur schwach duftend.«

»Hören Sie«, sage Aiello, »Ringelblumen sind unschlagbar. Die halten Käfer fern.«

»Das weiß ich. Wegen dieses unangenehmen Geruchs. Sie sehen also, weder die Käfer noch ich machen sich viel aus ihnen, und ich habe Ihnen gesagt, daß ich nur weiße Blumen pflanzen werde. Es soll eine Art Gedenkstätte für meine Tochter werden, verstehen Sie.« Es war Opal peinlich, ihm das erklären zu müssen, aber sie wollte ihn unbedingt aufhalten.

»Okay.« Aiello nickte und schwieg kurz. »Ich könnte sie nur auf einer Seite pflanzen«, bot er dann an. »Es wäre eine Schande, sie wegzuwerfen.«

»Nein, vielen Dank«, sagte Opal und mußte sich zusammennehmen, um ihn nicht anzufahren. Zu ihrer Erleichterung klingelte es an der Tür.

»Wer kann das sein?« fragte Aiello, und obwohl es stimmte, daß sie nicht oft Besuch bekam, schätzte Opal diesen Kommentar überhaupt nicht.

Natürlich war es Roberta. »Ich habe es Margaret überlassen, den Laden zu schließen – war höchstwahrscheinlich ein Fehler«, sagte Roberta. »Aber ich dachte, Sie hätten vielleicht Lust, heute abend mit zu mir zu kommen. Ich vermisse Sie im Laden. Und ich möchte wissen, wie Sie mit den Druckfahnen vorankommen. Na, jedenfalls habe ich gestern abend zuviel gekocht, und es wäre schade, wenn ich die Reste wegwerfen müßte.«

Opal lächelte über die taktvolle Art ihrer Freundin. »Ich bin *überglücklich*, hier herauszukommen«, sagte sie. »Sie hätten zu keinem besseren Zeitpunkt vorbeischauen können. Lassen Sie mich nur schnell einen Pullover holen.«

Roberta trat in die Wohnung, während Opal zum Schrank ging.

»Und was halten *Sie* von Ringelblumen?« fragte Aiello vom Fenster her. Roberta machte vor Schreck einen Satz.

»Oh, Sie sind es«, sagte sie, als sie sich wieder erholt hatte.

»Er hat mir im Garten geholfen«, erklärte Opal und zog die Augenbrauen hoch, um anzudeuten, wie hilfreich er gewesen war.

»Ringelblumen«, wiederholte Aiello. »Sie sollte welche pflanzen, nicht wahr?«

»Aber ich dachte, in dem Garten sollten nur weiße Blumen stehen«, sagte Roberta. »Alles weiß, nicht wahr?

»Ja, ja«, wischte Aiello den Einwand beiseite. »Er kann ja ganz weiß werden – bis auf die Ringelblumen. Was halten Sie von ihnen? Ich meine, grundsätzlich?«

»Wie Miß Jean Brodie es ausdrückte, wobei sie sich auf Chrysanthemen bezog: ›Eine sehr nützliche Blume‹«, zitierte Roberta.

»Sehen Sie!« wandte sich Aiello triumphierend an Opal.

»Mr. Aiello, das sollte keine Lobpreisung sein«, erklärte Opal und hängte sich den Pullover um. »Also, keine Ringelblumen. Aber vielen Dank für Ihre nette Geste.« Sie schloß das Fenster und verließ mit Roberta die Wohnung.

»Ich glaube, Sie haben eine Eroberung gemacht«, sagte Roberta. Opal hatte zuerst keine Ahnung, was ihre Freundin meinte, aber dann ging ihr plötzlich ein Licht auf, und sie schauderte.

»Oh, Sie glauben doch nicht, Aiello könnte – nein! Oh, selbstverständlich nicht! Ich bin älter als er und – und er ist ein Idiot.«

»›Schaut die Katz' die Kaiserin an ...‹«, zitierte Roberta und grinste verstohlen. »Ich denke, meine Beobachtung stimmt. Sie gefallen ihm.«

»Nun, ich versichere Ihnen, daß seine Zuneigung unerwidert bleiben wird – außer vielleicht, wenn sich herausstellt, daß er Talent zum Korrekturlesen hat. Dann könnte ich eine Liaison vielleicht in Erwägung ziehen.«

Opal war noch nie in Robertas Wohnung gewesen. In diesem Haus gab es sogar einen Portier, und als sie aus dem Lift trat, war sie erst einmal verwirrt, da sie sich in einem winzigen Vestibül wiederfand, das offensichtlich direkt in eine Wohnung führte. Dann erkannte sie, daß Robertas Wohnung die einzige auf dem Stockwerk war und es sich um ein Penthouse handelte. Sie folgte Roberta in das kleine, aber sehr hübsche Wohnzimmer. Drei Wände waren vom Boden bis zur Decke mit Bücherregalen bedeckt; dazwischen befand sich in einer Nische ein Kamin. Eine Tür in der vierten Wand führte auf die Dachterrasse. Draußen dämmerte es bereits. Opal fühlte sich beinahe magisch angezogen von den Blumen und Birken, die auf der Terrasse angepflanzt waren, und vom Anblick der funkelnden Lichter der Stadt hinter der Brüstung.

»Himmel«, sagte sie, »das ist wirklich eindrucksvoll.«

Roberta, bereits auf dem Weg in die Küche, drehte sich kurz um und lächelte. »Ja, der Garten mit der Stadt im Hintergrund sieht schön aus, nicht wahr? Ich habe Glück gehabt. Ich habe die Wohnung sofort gemietet, nachdem ich den Laden eröffnet hatte. Das war noch zu der Zeit, als es eine Mietpreisbindung gab. Dann hat eine Wohnungsbaugenossenschaft das Haus übernommen, aber ich habe die Wohnung nie gekauft. Ich lebe seit zweiundzwanzig Jahren hier und zahle nur achthundertsiebzig Dollar Miete. Manche Leute im Haus bezahlen das Dreifache allein an Instandhaltungskosten! Das macht mich hier nicht gerade beliebt, aber schließlich habe ich mich nicht aus strategischen Gründen geweigert, die Wohnung zu kaufen. Ich hatte einfach nicht das Geld, beziehungsweise habe das, was ich hatte, immer in das Geschäft gesteckt. Der Laden ist mein einziger Besitz.« Sie zuckte die Achseln. »War vermutlich kein besonders geschickter finanzieller Schachzug.«

Opal folgte Roberta in die geräumige Küche und half ihr, den Tisch zu decken. In wenigen Minuten hatte Roberta einen Salat zubereitet, den Schmortopf warm gemacht und das Siebenkornbrot aufgeschnitten. Sie zauberte eine Halbliterflasche Wein hervor und schenkte der protestierenden Opal ein. Dann saßen sie in einträchtigem Schweigen da und aßen.

Aber bereits nach kurzer Zeit begann Opal von der Arbeit zu sprechen, die noch vor ihr lag. Roberta zeigte volles Verständnis. »Ja, die Setzer und Korrektoren arbeiten immer nachlässiger. Die Bücher sehen heute einfach unglaublich aus! Fast in jedem findet man Druckfehler.« Sie schüttelte den Kopf. »Das bedeutet enorm viel Arbeit für Sie«, sagte Roberta verständnisvoll. »Vielleicht sollten Sie jemanden anstellen, der Ihnen hilft.«

»Dafür habe ich kein Geld, und außerdem würde ich nicht jedem vertrauen«, sagte Opal. »Aber jetzt weiß ich wenigstens, warum es ›Druckfahne‹ heißt – wegen des Drucks, dem man bei der Bearbeitung ausgesetzt ist!«

Roberta lachte. Nach einer Weile sagte sie: »Könnte nicht ich Ihnen helfen? Schließlich haben Sie mir auch geholfen und dafür keinen Penny angenommen. Es wäre nur gerecht, Opal.«

»Oh, das kann ich nicht annehmen. Es ist zuviel Arbeit, und sie ist zu langweilig.«

»Natürlich, ganz anders als die Arbeit in der Buchhandlung«, sagte Roberta trocken. Wieder schwieg sie einen Moment, ehe sie fortfuhr: »Wissen Sie, Opal, Sie sind viel besser im Geben als im Nehmen. Das ist nicht sehr gesund. Glauben Sie mir, das weiß ich aus eigener Erfahrung.« Robertas Stimme wurde weicher. »Ich denke, daß Ihre Tochter diesen Zug von Ihnen geerbt hatte. Sie konnte nicht um Hilfe bitten, als sie welche brauchte. Aber für Sie ist es noch nicht zu spät, sich zu ändern.«

Opal blinzelte und dachte an die unzähligen Druckfahnen, die noch auf sie warteten, und dann an Terry, die sich allein mit einer Aufgabe abgemüht hatte, die schwieriger gewesen war als die ihre. Sie hatte weniger Freunde gehabt als Opal und völlig isoliert gelebt. Wenn Terry nur um Hilfe gebeten hätte! Wenn sie nur ... Opal schüttelte den Kopf, nahm ihr Weinglas in die Hand und trank es aus. Es war gräßliches Zeug – richtig sauer. Sie preßte ihre Zunge gegen den Gaumen. Was Roberta gesagt hatte, tat weh, aber es stimmte. »Ja«, sagte Opal daher. »Ich brauche wirklich Hilfe. Danke, daß Sie sie mir angeboten haben.«

14

›Eine Lektorin sollte einen antreiben, belehren und Miniröcke mit schwarzen Netzstrümpfen tragen.‹

Howard Stern

Daniel lag flach auf dem Rücken und schnappte nach Luft. Neben ihm lag Pam, nackt und mit geschlossenen Augen. Wildes blondes Haar verdeckte den Rest ihres Gesichtes, und eine ihrer schweren Brüste ruhte in seiner Armbeuge. Er warf ihr verstohlen einen Blick zu. Sie war im Bett ebenso wild und unnachgiebig wie bei ihren Geschäften, und Daniel konnte sich nicht daran erinnern, jemals zuvor so gut gebumst zu haben. Selbst jetzt noch wurde sein Penis steif, wenn er daran dachte, wie sie mit gespreizten Beinen über ihm gekniet hatte ... Und dann diese letzte Position! Sie hatte sich auf und unter ihm so heftig, so ekstatisch bewegt und war dabei so laut gewesen, wie er es noch nie zuvor erlebt hatte. Sie konnte einem angst machen, war aber zweifellos sehr erotisch. Allein ihre riesigen Brüste waren faszinierend, einfach irre. Er mußte an seine erste Frau, an Cheryl und an Judith denken, alles kleinbrüstige, dunkelhaarige Frauen. Daniel hätte von Pams enormen Brüsten erdrückt werden können. Selbst jetzt war das Gewicht ihrer Brust auf seinem Arm erregend und beunruhigend zugleich.

Er war befriedigt, und das nicht nur in sexueller Hinsicht. Er hatte seit langem den Verdacht, ja die Hoffnung gehegt, etwas Besonderes zu sein und mehr verdient zu haben als eine befristete Lehranstellung an einer unbedeutenden Uni. Er wollte Ruhm, Geld und Anerkennung. Er wollte in den Kreisen eines Gerald Ochs Davis verkehren, wollte, daß Zeitschriften wie *Vanity Fair* über ihn schrieben, und er wollte von Frauen wie Pam Mantiss sexuell befriedigt werden. Er wandte seinen Kopf dem Nachttisch zu, auf dem die beiden Flaschen Moët standen, die sie geleert hatten. Erlesener Champagner. Was kostete so eine Flasche wohl in diesem Hotel? Zweihundert Dollar? Dreihundert? Was kostete dieses Zimmer für die wenigen Stunden, in denen sie es benutzten? Davis & Dash war bereit, dies zu bezahlen, für ihn zu bezahlen. Und auch wenn er nicht jedes Wort dieses Buches selbst geschrieben hatte, so stammte doch die *Idee* von ihm. *Er* hatte den Mut aufgebracht, es in Angriff zu nehmen, *er* hatte sich die Vorgehensweise zurechtgelegt und Alf Byron letztlich überzeugt. All das hatte Courage, Entschiedenheit und Taktgefühl erfordert. Er hatte das alles zustande gebracht, und dies war seine Belohnung. Er wußte, daß er ›bestanden‹ hatte und ihm der Sprung in eine neue Welt gelungen war, nach der er sich immer gesehnt hatte.

Das überarbeitete Manuskript hatte er vor einer Woche abgegeben. Pam hatte es gelesen und vorgeschlagen, darüber zu ›diskutieren‹, und so war es zu diesem Stelldichein gekommen. Daniel lächelte vor sich hin. Offensichtlich war er in beiden Bedeutungen des Wortes ›genommen‹ worden. Er sah wieder zu Pam hinüber. Ihre Lider flatterten. Als sie die Augen öffnete, wandte er schnell den Blick ab. Er erschrak beinahe, als sie sein Glied mit der Hand umschloß.

»Mhm. Nett. Ist das für mich?« Selbst wenn sie jemanden verführen wollte, klang Pams Stimme immer noch ein wenig furchteinflößend. »Ich hasse es, einen Ständer zu verschwenden«, sagte sie.

Noch bevor er etwas erwidern konnte, hatte sie sich hinabgebeugt und ihn in den Mund genommen. Daniel beobachtete, wie sich ihr Kopf auf und ab bewegte. Die herrliche Wärme, die ihn durchströmte, und das Gefühl, das ihre magische Zunge heraufbeschwor, verlockten ihn, die Augen zu schließen. Aber er widerstand der Versuchung und genoß statt dessen den Anblick der Cheflektorin von Davis & Dash, die ihn gierig verschlang. Der Anblick ließ sein Glied noch steifer werden und entlockte ihm ein Lächeln, bis Pam aufsah und ihren Mund mit einem schmatzenden Geräusch zurückzog. Er konnte es kaum ertragen, daß sie gerade jetzt aufhörte.

»Jetzt bin ich dran«, sagte sie. »Seit ich auf Prozac bin, ist es für mich tierisch schwer zu kommen. Hier, laß uns das probieren.« Sie erhob sich auf die Knie und plazierte diese zu beiden Seiten seines Kopfes. Bevor er reagieren konnte, hatte sie sich auf seinen Mund gesetzt. »Also, streng dich an, Baby«, knurrte sie. Wie hätte er sich, zwischen ihren Beinen eingeklemmt, weigern sollen?

Judith saß steif auf dem Sofa, ihre Hände lagen gefaltet in ihrem Schoß. »Ist es in Ordnung?« fragte sie. »Haben sie es angenommen?«

Daniel nickte. Er war völlig ausgelaugt, in jeder Hinsicht. Alles, was er jetzt noch wollte, waren eine lange, heiße Dusche und Schlaf. Aber Judith, bemerkte er unwillig, wollte sich unterhalten. »Alles gut gelaufen«, sagte er in dem Versuch, das Unumgängliche zu umgehen.

»Oh, großartig!« Sie lief auf ihn zu, legte ihre Arme um ihn und preßte ihre Lippen auf seinen Mund. Daniel wich, in Erinnerung an Pams Lippen, zurück, besann sich dann aber und küßte Judith auf den Kopf. Das sah ihr gar nicht ähnlich. Sonst war Judith nicht so überschwenglich. »Ich bin so erleichtert«, sagte sie. »Ich glaube nicht, daß ich das Manuskript noch einmal anrühren könnte, nicht für alles Geld der Welt.« Ihre Augen wurden noch größer. Sie erinnerten ihn an die Kulleraugen eines Babys, und Daniel verglich sie unwillkürlich mit Pams schmalen gelblichen Augen. »Also, haben wir das Geld?« fragte Judith. »Bekommen wir den Annahmescheck?«

Erschöpft und – aus einem unerfindlichen Grund – deprimiert, ließ sich Daniel in den einzigen bequemen Sessel im Wohnzimmer fallen. Warum war er immer für alles verantwortlich? fragte er sich. Warum lastete alles auf seinen Schultern? Er sah wieder zu Judith hinüber. Seine Abneigung beruhte zum Teil auf Schuldgefühlen ihr gegenüber, aber er beschloß, dies zu ignorieren. Er würde dafür sorgen, daß *sie* sich schuldig fühlte. »Ja, ich habe uns das Geld besorgt. Ich meine, es wird uns zugeschickt. Aber es war nicht so einfach.«

»Du sagtest doch, alles sei gut gelaufen?«

»Nur weil ich mich so dafür eingesetzt habe«, sagte Daniel. »Er ist jede einzelne verdammte Seite durchgegangen. Wir haben uns durch jedes Kapitel gekämpft. Es war der reinste Ringkampf.« Pams Beine, die um seinen Oberkörper geschlungen waren, erschienen in seiner Vorstellung. Er hob die Hand und rieb sich müde die Augen. Er hatte es sorgfältig vermieden, Judith gegenüber Pams Name zu erwähnen. Bisher hatte er immer nur von Gerald Ochs Davis gesprochen.

»Wie steht's mit dem Kapitel über den Anrufbeantworter? Ist es so okay? Ich habe es ein wenig abgemildert, aber Eltheas Besessenheit muß einfach ...«

Herrje, das konnte er jetzt nicht ertragen. »Er sagte, er wolle noch einmal darüber nachdenken. Ihm wäre es immer noch lieber, wenn es gestrichen würde, aber er sagte, er wolle darüber nachdenken.«

»Und was ist mit dem Schluß? Er kann doch nicht ernsthaft erwarten, daß es ein Happy End gibt. Wird er meine neue Version akzeptieren?«

»Ich weiß es nicht, Judith. Er sagte, der Schluß sei so schon besser, aber er glaubt immer noch, daß wir etwas Optimistischeres finden sollten.«

»Der Schluß ist so nicht besser, sondern viel schlechter«, sagte Judith wütend. »Aber er ist nicht mehr so düster wie vorher. Er kann doch nicht ernsthaft erwarten ...«

»Judith, ich möchte jetzt nicht darüber sprechen! Ich habe den ganzen Tag für uns gekämpft. Und ich habe überhaupt keine Lust, die ganze Nacht mit dir darüber zu streiten. Mir reicht's.« Judith wandte den Blick ab und biß sich auf die Lippen. Dann verließ sie das Zimmer. Verdammt! Jetzt würde sie gleich eine Szene machen. Genau das hatte ihm noch gefehlt. Daniel seufzte. Er fühlte sich wie ein Märtyrer. Aber anstatt zu schmollen, überraschte ihn Judith bei ihrer Rückkehr mit einem Lächeln auf den Lippen und zwei Gläsern in der Hand.

»Hier«, sagte sie. »Trink das, dann geht es dir gleich viel besser.« Daniel musterte den dubiosen Inhalt des häßlichen Wasserglases, eine rosarote, perlende Flüssigkeit.

»Was ist das?« fragte er argwöhnisch.

»Asti Spumante«, sagte Judith stolz. »Und ich habe ein Abendessen gekocht, zur Feier des Tages. Schmorfleisch!« Sie nahm ihn an der Hand und zog ihn in die Küche. Auf dem Tisch standen Kerzen und ein Strauß unnatürlich blauer Nelken. Judith hob ihr Glas und stieß mit dem Glas an, das Daniel mit spitzen Fingern hielt. »Auf den Vorschuß«, sagte sie. Er mußte sein Glas an die Lippen heben, als sie einen winzigen Schluck von ihrem trank.

Der süße Geschmack des billigen Weines war ekelerregend. Erst vor wenigen Stunden hatte er erlesenen Moët getrunken, und er hatte nicht die Absicht, zu Asti Spumante überzugehen, weder jetzt noch in Zukunft. Er warf Judith einen Blick zu und sah sich in der schäbigen kleinen Küche um. Der Essensgeruch mischte sich mit dem Geruch von Bohnerwachs. Übelkeit stieg in ihm hoch, sein Kiefer tat weh, und er wußte, daß er keinen Bissen von dem Schmorfleisch herunterbringen konnte. Nun, um des lieben Friedens willen mußte er sich wohl hinsetzen. Er ging zu dem Tisch hinüber und ließ sich auf einen ihrer neuen Küchenstühle fallen. Ich überlasse ihr das alles, wenn ich gehe, beschloß er. Er konnte es sich leisten, großzügig zu sein. Judith ging zum Kühlschrank, nahm zwei Salatteller heraus und stellte einen davon vor ihn hin. Eisbergsalat und unreife Tomaten. Er dachte an die Raffinesse der gegrillten Portobellopilze, die er mit Pam gegessen hatte. Das war Judiths Problem: Sie besaß keinerlei Raffinesse. Das machte es ihm leicht, sie zu täuschen, aber es war auch verdammt schwer, damit zu leben. Er seufzte.

»Und was hat er über Kapitel elf gesagt?« fragte Judith.

Daniel konnte sich nicht einmal mehr an Kapitel elf erinnern. War es das Kapitel, in dem Eltheas Vorgeschichte erzählt wurde? Oder das, in dem ihr Mann sie verließ? »Judith, ich habe ihn dazu gebracht, daß er es annimmt. Es war sehr schwierig, aber ich habe es geschafft. Du hast ja keine Ahnung, wie das ist. Ich mußte über jeden einzelnen Punkt verhandeln. Ich habe getan, was ich konnte, okay? Aber jetzt bin ich todmüde und möchte wirklich nicht mehr darüber sprechen.« Judith sah ihn mit ihren großen, runden Kuhaugen an. Er ertrug es nicht, ihr gegenüberzusitzen, während sie ihre Ich-bin-das-kleine-Vögelchen-mit-dem-gebrochenen-Flügel-Nummer abzog. Ganz plötzlich wurde er wütend. Das mußte er sich nicht gefallen lassen. Es war traurig, und es war unfair, aber die Wahrheit war schlicht und einfach, daß sie nicht in seine neue Welt hineinpaßte. Das würde er ihr schon klarmachen, wenn der richtige Zeitpunkt gekommen war, und dann würde er sie verlassen. Sie war jung. Die erste Ehe war immer ein Fiasko. Sie würde darüber hinwegkommen, genau wie er. Er legte seine Gabel hin. Den Salat hatte er nicht angerührt. »Ich bin müde. Ich gehe ins Bett«, sagte er.

Daniel hielt sich nicht damit auf, das Licht im Schlafzimmer anzumachen. Er ging zum Bett, zog sein Jackett und sein Hemd aus und ließ beides zu Boden fallen. Dann setzte er sich auf seine Seite des Bettes und streifte seine guten Schuhe ab, ohne die Schuhbänder zu öffnen. Er zog seine Hose aus und ließ sie auf den Teppich fallen. Flaubert war ihm gefolgt und auf die Tagesdecke gesprungen und drückte jetzt seine kalte Nase an Daniels nackten Rücken. »Runter«, befahl Daniel und gab ihm einen Klaps aufs Hinterteil. Nackt bis auf die Boxershorts und zu müde, um seinen Pyjama anzuziehen, hob er das Laken hoch und schlüpfte darunter. Er starrte an die Decke mit dem unregelmäßigen Muster und holte tief Luft. Er war völlig erschöpft, aber er wußte, daß er keinen Schlaf finden würde; ihm gingen einfach zu viele Gedanken durch den Kopf.

Er hatte recht gehabt. Daran sollte er immer denken. Er gehörte zu einer Elite, zu jenen Leuten, die trotz widriger Umstände etwas aus ihrem Leben machten. Und dieses neue Leben wollte er genießen. Er würde niemals zu seinem alten Leben zurückkehren oder sich hineindrängen lassen. Er wollte nie wieder um eine Festanstellung betteln müssen, langweiligen Sex haben, Asti Spumante trinken oder für einen Wintermantel sparen. Er hatte gewußt, daß er etwas Besonderes war, und Pam Mantiss hatte ihm das bestätigt. Auch wenn er sie nicht sonderlich mochte, war sie doch intelligent und zäh, und sie erkannte ein Talent, wenn sie eines vor sich sah. Daß sie mit ihm hatte schlafen wollen, war genausoviel wert, wie wenn er einen Schriftstellerpreis gewonnen hätte. Er war gefragt, sie wollte ihn halten, und sie wußten beide, daß sein Buch Erfolg haben würde. Und er ebenfalls.

Der nächste Vertrag würde eine Menge Geld einbringen. Alf Byron hatte gesagt, daß Hollywood an dem Buch interessiert sei. Sie würden sich mit Produzenten treffen. Vielleicht konnte Daniel das Drehbuch schreiben. Und ohne seinen Job als Dozent hatte er alle Zeit der Welt, um den nächsten Roman selbst zu schreiben. Das einzige Problem war Judith, die immer noch in der Küche schmollte. Er erkannte nun, daß er sie nie geliebt, sondern nur Mitleid mit ihr gehabt hatte. Das war sein Problem: Er adoptierte immer Vögel mit gebrochenen Flügeln. Krüppel. Aber das war keine Grundlage für eine Beziehung. Er wollte dem Ganzen entfliehen. Diesmal würde es einfacher werden, weil er nicht hierbleiben mußte und ständig mit Don und den anderen Fakultätsmitgliedern konfrontiert wurde. Für Judith würde es eine Zeitlang ziemlich hart sein, sicher, aber dann würde sie zu ihrer Familie zurückkehren, ihre Ausbildung beenden und schließlich ihr eigenes Leben führen. Auf gewisse Weise würde sie sogar froh sein, daß sie bereits Erfahrungen gesammelt hatte.

Er seufzte. Er wußte, daß ihm eine unangenehme Zeit bevorstand, mit viel Geheule und vermutlich auch hysterischen Anfällen, aber im Gegensatz zu früher hatte er jetzt ein Geldpolster, ein Konto auf seinen Namen und die Aussicht auf einen großen Vorschuß. Er würde es überleben.

Als er hörte, daß Flaubert mit dem Schwanz auf den Boden klopfte, sah er zur Tür hinüber, in der sich Judiths Gestalt dunkel von dem dämmrigen Licht im Flur abhob. Sie durchquerte das Zimmer und ging auf das Bett zu. Jetzt würden die Vorwürfe und Beschuldigungen beginnen. Er seufzte.

Aber Judith zog nur ihre Schuhe aus und schlüpfte, vollständig angezogen, neben ihm unter die Decke. Liebevoll und ohne etwas zu sagen, schlang sie ihren Arm um seinen Oberkörper. Daniel mußte sich beherrschen, um nicht zurückzuweichen. Sie mußten sich trennen, sagte er sich noch einmal. Ihn erwartete ein anderes Leben, und sie würde sich ihr eigenes aufbauen müssen. Aber darüber wollte er jetzt nicht diskutieren. Nicht heute nacht, nicht jetzt, da sich die Muskeln in seinen Beinen vor Erschöpfung zusammenkrampften, sein Rücken schmerzte und sein Kiefer sich anfühlte, als wäre er in einen Schraubstock eingespannt. Er machte sich so steif wie möglich, aber Judith gelang es dennoch, ihren Arm unter seinen Nacken zu schieben und ihren Kopf an seine abweisende Schulter zu legen.

»Daniel?« fragte sie, und Wut stieg in ihm auf. Wer sonst sollte er schon sein? Mahatma Gandhi vielleicht? Sie drückte ihren warmen Körper an ihn. Völlig zusammenhanglos fiel ihm ein, daß Gandhi immer zwei junge

Mädchen mit in sein Bett genommen hatte, die sich rechts und links von ihm hinlegen mußten, um ihn auf die Probe zu stellen und zu wärmen. Judiths Wärme drang durch den dünnen Stoff ihres Kleides. »Daniel«, sagte sie, »ich wollte nicht nur den Vorschuß feiern. Ich habe auch Neuigkeiten für dich.«

O Gott! Genau das hatte ihm noch gefehlt. Sie wollte ihm wohl unbedingt erzählen, was sie heute alles erlebt hatte, und das um diese Zeit! Was würde es wohl sein? Die Ergebnisse der tierärztlichen Untersuchung Flauberts? Oder daß sie die Seitenformatierung von Microsoft Word endlich kapiert hatte? »Ja?« fragte er und versuchte, sich nicht anmerken zu lassen, wie gelangweilt und wütend er war.

Er spürte, wie ihre Hand die seine suchte, und mußte all seinen Willen zusammennehmen, um sie nicht zurückzuziehen, als sie sie mit ihren beiden kleinen Händen ergriff. Sie legte ihren Kopf an den seinen, und dann verstand er, was sie ihm – fast unhörbar – zuflüsterte:

»Ich bekomme ein Baby.«

15

›Der Job eines Verlagslektors ist vermutlich der langweiligste, härteste, aufregendste, ärgerlichste und lohnenswerteste aller Jobs auf der ganzen Welt.‹

John Hall Wheelock

Emma zuckte zusammen. Dann nahm sie den Hörer ab. Sie dankte Gott, als sie die angenehme Altstimme der bodenständigen Opal O'Neal hörte. »Emma, ich habe gute Neuigkeiten«, sagte Opal.

»Großartig. Ich kann welche gebrauchen.«

»Warum? Stimmt etwas nicht?«

Wie sollte Emma ihr erklären, daß sie überlastet war, daß immer eines zum anderen kam, daß sie immer unter Zeitdruck stand und ihre Arbeit nie weniger wurde – ihr tägliches Los eben? Und warum sollte sie sich beklagen? Sie hatte es schließlich so gewollt. Aber manchmal waren der Arbeitsdruck und die in einem großen Unternehmen wie Davis & Dash üblichen Rangeleien einfach zuviel für sie. Am meisten machte ihr allerdings etwas anderes zu schaffen: Ihr war ein höchst unerfreulicher Gedanke gekommen, der leise Verdacht, daß sie Alex' Interesse vielleicht nie geweckt hätte, wenn sie nicht in der Verlagsbranche arbeiten würde. Aber dann hatte sie diese Idee als ihrer und Alex' unwürdig abgetan. Doch nun stieg wieder die Angst in ihr hoch, daß ihr Verdacht vielleicht nicht so unbegründet war. Warum rief Alex nicht mehr an? Emma hatte seit Alex' Besprechung mit Camilla Clapfish nichts mehr von ihr gehört. Und selbst wenn sie sich nicht mit ihr treffen wollte – warum hatte sie dann nicht wenigstens angerufen, um Emma die Sache mit Camilla zu erklären und ihr zu sagen, was vor sich ging? Was auch immer für Alex' Schweigen verantwortlich war, es nährte Emmas Befürchtungen und Angst. Steigere dich da nicht so hinein, ermahnte sie sich. Warte einfach ab und sieh zu, daß du herausfindest, was los ist.

»Nein, mir geht's gut«, log Emma nun. »Es ist schön, Ihre Stimme zu hören. Was wollten Sie mir erzählen?«

»Ich werde mit den Druckfahnen termingerecht fertig sein«, sagte Opal. »Aber, du liebe Güte, ich hoffe, Sie zahlen den Setzern nicht allzuviel. Auf jeder Seite waren Fehler. Sie arbeiten nicht sonderlich gut.«

Emma lachte. »Wer tut das schon?« fragte sie.

»Sie tun es«, sagte Opal. »Und zwar *sehr* gut. Ohne Ihre Hilfe wäre ich schließlich nicht da, wo ich jetzt bin.«

Plötzlich fühlte sich Emma vollkommen ruhig und glücklich, obwohl sich vor ihr die Post stapelte, Heather mit besorgtem Gesicht hereinkam und die Liste der Anrufe, die sie noch zu erledigen hatte, ellenlang war. Also war doch einiges, was sie tat, der Mühe wert. »Ich habe die Marketingabteilung gebeten, eine wirklich gute Werbestrategie für *Die Verlogenheit der Männer* auszuarbeiten«, sagte Emma zu Opal, während Heather vor ihr ›Notfall‹ signalisierte, indem sie auf das Telefon zeigte und sich mit einem Finger über die Kehle fuhr. Emma nickte Heather zu und hob ihren Zeigefinger, um anzudeuten, daß sie nur noch eine Minute brauchte.

»Soll ich Ihnen die Druckfahnen vorbeibringen, wenn ich sie fertig habe?« fragte Opal.

»O nein, machen Sie sich keine Umstände«, sagte Emma. »Wir schicken Ihnen einen Boten.«

»Mhm, das gefällt mir nicht«, sagte Opal. »Was ist, wenn er sie verliert?«

Emma lächelte. »Das ist noch nie passiert. Aber wissen Sie was? Ich komme selbst bei Ihnen vorbei, wenn Sie fertig sind, und hole sie ab.«

»Das wäre großartig.« Opal klang ehrlich entzückt. Mittlerweile war Heather bereits bei der Vorführung von ›Aus-uns-wird-gleich-Hackfleisch-gemacht‹ angelangt. Emma verabschiedete sich schnell von Mrs. O'Neal und legte auf.

»Was *ist* denn?«

»Haben Sie das korrigierte Manuskript von Jude Daniel?« fragte Heather. Emma schüttelte den Kopf. Noch mehr Arbeit, auf die sie keine Lust hatte: ein Buch, das auf der Herbstliste stand und noch gesetzt werden mußte. Bisher hatte Pam alles, was mit dem Daniel-Buch zu tun hatte, selbst erledigt, ein sicheres Zeichen dafür, daß sie dieses Buch für einen Knüller hielt. Aber jetzt, da der interessante Teil der Arbeit vorbei war, wälzte sie den Rest auf Emma ab, wie so viele andere undankbare Aufgaben.

»Ich habe es nicht gesehen«, sagte Emma zu ihrer Sekretärin.

»Pam sagt, sie habe es von Jude Daniel bekommen und auf *Ihren* Schreibtisch gelegt.«

»Wann?« fragte Emma. Lächerlich. Nachdem sie Opal O'Neal gerade versichert hatte, wie vorsichtig sie mit Manuskripten umgingen, sollte plötzlich eines verschwunden sein? Und auch noch ein korrigiertes Manuskript – großer Gott! »Wann hat sie es hierhingelegt?«

»Das hat sie nicht gesagt. Gestern abend oder vorgestern.« Emmas Magen zog sich zusammen. Sie hatte seit heute morgen alles, was sich auf ihrem Schreibtisch angesammelt hatte, erledigt. Aber das Manuskript von Jude Daniel war nicht dabeigewesen.

»Okay, nur keine Panik«, sagte Emma ruhig, obwohl sie sich keineswegs so ruhig fühlte. In Heathers Augen flackerte Panik. »Sie hat gesagt, sie hätte es auf meinen Schreibtisch gelegt?«

»Ja, oder auf meinen«, flüsterte Heather. »Aber ich kann beschwören, daß in den letzten beiden Tagen außer dem Trawley-Buch und der Post nichts auf meinem Tisch gelandet ist.«

»Hören Sie, ich bin sicher, daß es sich irgendwo hier befindet, wahrscheinlich sogar auf *Pams* Schreibtisch. Das heißt, wenn sie es nicht in einem Taxi vergessen hat.« Heathers Augen wurden noch größer. Diese Möglichkeit zu erwähnen, war ein Fehler gewesen, wurde Emma klar. Wenn Pam das Manuskript tatsächlich verloren hatte, würden *sie* den Kopf hinhalten müssen.

Die nächste Dreiviertelstunde – Zeit, die Emma eigentlich nicht erübrigen konnte – verbrachten sie damit, ihr Büro, Heathers Raum, beide Schreibtische, den Schreibtisch von Pams Sekretärin und sämtliche Korridore dazwischen zu durchsuchen. Das Manuskript blieb verschwunden. Aber Emma bewahrte die Ruhe. Pam hatte oft genug falschen Alarm ausgelöst. Emma fragte sich, ob es für abhängige Lektoren ebenso wie für Alkoholiker ein Zwölf-Punkte-Programm gab, nach dem sie vorgehen konnten. Dann allerdings überlegte sie, ob der Ausdruck nicht redundant war: Waren nicht *alle* Lektoren abhängig?

Als das Telefon klingelte, überlegte Emma, ob sie es einfach klingeln lassen sollte. Aber es konnte ja auch Alex sein. Sie hatte Alex nur eine Nachricht hinterlassen, da es nicht so aussehen sollte, als liefe sie ihr hinterher. Emma hob den Hörer ab.

»Emma Ashton?« fragte eine Stimme. Nicht die von Alex.

»Ja«, sagte sie enttäuscht und noch ein wenig – nur ein wenig – besorgter.

»Ich verbinde mit Susann Baker Edmonds.«

Herrgott, Emma haßte es, von einer Sekretärin angerufen zu werden! Für sie war das der Gipfel der Unverschämtheit. Einem Impuls nachgebend, legte sie auf. Sie wußte zwar, daß dies falsch war, aber manchmal konnte sie sich einfach nicht beherrschen. Als das Telefon wieder läutete, seufzte sie und beschloß, die bittere Pille lieber gleich zu schlucken, statt ihren Anrufbeantworter einzuschalten. »Emma Ashton?« fragte die Stimme wieder, und Emma bejahte. »Wir sind unterbrochen worden.«

»Oh, das passiert hier ständig«, log Emma.

»Nun, ich hoffe, das passiert *jetzt* nicht mehr«, sagte die Stimme. »Ich stelle Miß Baker Edmonds durch.« Eine ärgerlich lange Pause folgte.

»Emma, meine Liebe«, schnurrte Susanns Stimme dann in Emmas Ohr. »Ich habe hier einige Skizzen und hätte gern, daß sie abgeholt werden.«

»Skizzen?« fragte Emma. Reichte es nicht, daß diese Frau Bücher schrieb? Mußte sie sie jetzt auch noch illustrieren? Emma fragte sich unwillkürlich, was von beidem wohl schlimmer war. »Skizzen von was?«

»Skizzen von den Kleidern, die ich auf meiner Lesereise tragen werde. Ich bin sicher, die Werbeabteilung ist daran interessiert. Ich dachte, man könnte sie vielleicht an die Moderedaktionen der Zeitungen verschicken. Es ist so eine lange Reise, und ich bin sicher, daß sich die Leute in den kleinen Städten für die Wahl meines Designers interessieren.«

Emma hätte beinahe laut aufgelacht. Als ob irgend jemand sich dafür interessierte, was ein *Schriftsteller* trug! Es war schon schwierig genug, die Öffentlichkeit dafür zu interessieren, was ein Schriftsteller schrieb! »Gut, schicken Sie sie rüber«, sagte sie. »Ich werde sie an die Kollegen von der Werbeabteilung weiterleiten.« Und dann würden *die* zwanzig Minuten lang lachen, bevor sie die Skizzen in einem ihrer Ordner ablegten. Sie würde *denen* die Sache überlassen.

»Könnten Sie mir einen Boten vorbeischicken?« fragte Susann mit zuckersüßer Stimme.

»Natürlich«, versicherte ihr Emma und machte sich eine Notiz. Dafür mußte sie die Postabteilung anrufen, ein Formular ausfüllen, Heather damit hinunterschicken und die Kosten von ihrem Budget abziehen – während Susann Baker Edmonds einen Wagen, einen Fahrer *und* eine Vollzeitsekretärin hatte, ganz zu schweigen von einem Vorschuß in Höhe von mehreren Millionen Dollar. Nun gut. Emma zuckte die Achseln.

»Ich danke Ihnen«, sagte Susann und legte gnädigerweise auf.

Heather kam herein. Ihr Gesicht war kreidebleich. »Ich kann es einfach nicht finden«, sagte sie. Sie schien kurz davor, in Tränen auszubrechen.

»Keine Sorge«, versuchte Emma sie zu beruhigen, obwohl auch sie langsam nervös wurde. »Es wird schon wieder auftauchen. Und außerdem – wenn alle Stricke reißen, können wir immer noch Jude Daniel anrufen. Wahrscheinlich hat er eine Kopie davon. Ach was, ich rufe jetzt gleich an und frage nach, bevor wir etwas anderes unternehmen.«

»Aber wenn er herausfindet, daß wir es verloren haben ...«

»*Das* werde ich ihm natürlich nicht erzählen. Ich werde ihn nur fragen, ob er noch eine Kopie davon hat. In der Zwischenzeit werden wir weitersuchen. Ein Schritt nach dem anderen. Aber das ist immerhin eine Möglichkeit.« Heather holte tief Luft und nickte. Emma lächelte ihr aufmunternd zu. »Suchen Sie weiter. Ach, übrigens, hat Alex Simmons angerufen, während ich telefoniert habe?«

»Nein«, sagte Heather und ließ Emma allein, damit sie Jude Daniel anrufen konnte.

Emma sah ihre Adreßdatei durch, bis sie die Nummer gefunden hatte. Sie hob den Hörer ab, aber es kam kein Freizeichen, da bereits ein Anrufer in der Leitung war. »Emma?« fragte eine brüchige Stimme. »Hallo. Sind Sie dran?«

Nicht jetzt, dachte Emma erbittert. Nicht Anna Morrison. Heute hatte sie einfach keine Zeit, um freundlich mit ihr zu plaudern. »Hallo, Anna«, sagte Emma und tat so, als sei sie völlig außer Atem. »Was kann ich für Sie tun?«

»Haben Sie nachgesehen, ob von meinem letzten Buch noch Exemplare verkauft worden sind?«

Was sollte das denn? Von Annas Büchern war seit über einem Jahrzehnt keine Neuauflage mehr herausgekommen. Hatte die Frau schließlich doch die Grenze von der Einsamkeit zum Wahnsinn überschritten? Emma hatte jetzt keine Zeit, das herauszufinden. »Um die Wahrheit zu sagen, Anna, ich war gerade dabei, eine Marketingkonferenz einzuberufen. Vielleicht taucht da etwas auf. Ich rufe Sie an, sobald ich kann.«

»Sie sind wirklich lieb, Emma. Ich danke Ihnen.« Gnädigerweise legte auch Anna gleich wieder auf.

Emma bekam heute einfach keinen Fuß auf den Boden. Sie wählte Daniels Nummer und wartete darauf, daß jemand abnahm. Sie wußte, daß heutzutage die Chance, jemanden persönlich zu erreichen, ziemlich gering war. Emma verbrachte den größten Teil ihrer Zeit damit, auf Anrufbeantworter zu sprechen und ihren eigenen abzuhören. War dieser ganze technische Fortschritt wirklich eine Erleichterung?

Beim fünften Klingeln merkte sie, daß Jude Daniel zu jener Handvoll Amerikaner gehörte, die keinen Anrufbeantworter besaßen. Emma wollte schon auflegen, als schließlich doch abgenommen wurde. »Hallo?« fragte eine Frauenstimme. War das seine Sekretärin oder seine Frau? überlegte Emma. Was sollte sie sagen, welche Nachricht konnte sie hinterlassen, ohne ihrem zukünftigen Starautor das Gefühl zu vermitteln, daß man sein Werk nicht mit der nötigen Sorgfalt behandelte?

»Ist Jude Daniel da?« fragte Emma.

Sie hörte, wie die Frau am anderen Ende scharf die Luft einsog. Dann sagte sie: »Mein Mann ist nicht zu Hause.«

Nun, immerhin wußte sie jetzt, mit wem sie es zu tun hatte. Mit ihr konnte sie es auf der herzlichen privaten Schiene versuchen. »Oh. Hallo, Mrs. Daniel. Hier ist Emma Ashton. Ich arbeite bei Davis & Dash. Wir veröffentlichen das Buch Ihres Mannes.«

»Ja, ich weiß«, sagte Mrs. Daniel mit fast unhörbarer Stimme. »Was haben *Sie* damit zu tun?« Emma fragte sich, ob mit der Leitung etwas nicht stimmte. Hatte sie das wirklich gerade gehört? »Was haben Sie damit zu tun?« wiederholte Mrs. Daniel.

Sowenig wie möglich, dachte Emma, aber sie versuchte begeistert zu klingen. »Nun, ich bin eine der Lektorinnen hier.«

»Sind Sie die Lektorin meines Mannes?« fragte die Frau, und ihre Stimme klang nun kräftigerer, aber auch angespannt und hart. »Ich dachte, Mr. Davis wäre sein Lektor.«

Emma mußte lächeln. GOD lektorierte nicht einmal seine *eigenen* Manuskripte, geschweige denn die anderer Leute. Trotzdem konnte sie es sich nicht leisten, die Frau zu beleidigen. Vielleicht hatte man den Daniels gesagt, für das Lektorat sei Gerald zuständig. Doch sie hegte gewisse Zweifel daran. »Nein, Mr. Davis hat zwar damit zu tun, aber er lektoriert das Manuskript nicht selbst. Das macht Pam Mantiss. Sie ist unsere Cheflektorin und *sehr* wichtig.« Emma wollte sichergehen, daß Jude Daniels Frau keinen schlechten Eindruck von ihnen bekam.

»Ist sie hübsch?« fragte Mrs. Daniel. Jedenfalls glaubte Emma das verstanden zu haben. Was zum Teufel ging hier vor? War die Frau vielleicht betrunken? Oder sogar verrückt?

»Spreche ich denn eigentlich mit Mrs. Daniel?« fragte Emma.

»Ich heiße Judith Gross. Jude Daniel ist mein Mann«, sagte die Frau mit einem bitteren Auflachen.

O Gott, dachte Emma. Warum war nur alles so verdammt kompliziert? Sie wollte doch nur eine Kopie des Manuskriptes finden, was in erster Linie nicht einmal ihre Aufgabe war. Nun, jetzt würde sie das durchziehen. »Wir wissen, daß Mr. Daniel seine Korrekturen von *Mit voller Absicht* beendet hat«, sagte Emma und hätte schwören können, daß am anderen Ende jemand geschnaubt hatte. Vielleicht *war* die Frau betrunken. »Ich wollte fragen, ob Sie vielleicht noch eine Kopie des Manuskriptes haben?«

»Ja«, sagte Mrs. Gross ausdruckslos. »Ich habe noch eine Kopie.«

Gott sei Dank! »Nun, es könnte sein, daß wir sie noch brauchen«, sagte Emma erleichtert. Im schlimmsten Fall konnten sie die Kopie per FedEx an den Verlag schicken lassen. Wenigstens *existierte* eine Kopie. »Wir hatten einige Probleme beim Lesen dieser Kopie«, log sie. »Ich glaube nicht, daß wir eine zweite brauchen, aber es ist gut zu wissen, daß noch eine verfügbar ist. Kann ich Sie noch einmal anrufen, falls wir die Kopie doch noch benötigen?«

»Natürlich«, sagte Mrs. Gross. Und nach einer kurzen Pause. »Haben Pam Mantiss die Änderungen gefallen?«

Das war eines der seltsamsten Gespräche, die Emma je geführt hatte, und sie hatte bereits eine Menge seltsamer Gespräche mit Autoren, deren Familienangehörigen und Freunden geführt. »Damit habe ich eigentlich nicht viel zu tun, aber wir werden bald die Duckfahnen vorliegen haben, also denke ich schon, daß sie zufrieden war.« Emma versuchte, zuvorkommend zu sein. »Sie müssen sehr stolz auf Ihren Mann sein. Alle hier sind von seinem Buch begeistert. Deshalb kümmert sich auch Pam Mantiss persönlich darum.« Am anderen Ende der Leitung herrschte Schweigen, und nach einer Weile glaubte Emma schon, die Frau hätte aufgelegt. Aber das war nicht der Fall. Statt dessen hörte Emma deutlich, wie die Frau sich räusperte.

»Also, ist sie hübsch?« fragte Judith Gross noch einmal.

Emma wußte nicht, was sie antworten sollte. Ihrer Ansicht nach war Pam ein Drachen, doch was kümmerte es diese Frau überhaupt? »Nun, sie ist – attraktiv.«

»Wie alt ist sie?«

»Ich weiß nicht genau. Hm, so um die Vierzig, schätze ich.«

»Und ist sie verheiratet?« fragte Miß Gross.

»Nein, sie ist geschieden.« Diese Frau *war* verrückt. Emma mußte sie loswerden. »Es war nett mit Ihnen zu plaudern, Mrs. Gross. Ich rufe Sie wieder an, wenn wir beim Lesen unserer Kopie noch weitere Schwierigkeiten bekommen sollten.« Den Teufel würde sie tun. Wenn sie das Manuskript nicht fanden, sollte Heather das nächste Mal anrufen. »Jedenfalls können Sie uns die Kopie, falls wir sie brauchen, auf unsere Kosten zuschicken«, sagte Emma munter und legte kopfschüttelnd auf.

»Heather!« rief sie. »Jude Daniel hat noch eine Kopie, falls wir eine brauchen.«

In diesem Augenblick tänzelte Heather mit einem hausinternen Umschlag herein. Sie schwenkte ihn und sang: »*Mit voller Absicht.* Pam hat es bei der hausinternen Post abgegeben. Es war die ganze Zeit über in der Postabteilung.« Emma nickte und zuckte die Achseln. Typisch Pam Mantiss. »Ist das zu fassen?« fragte Heather. »Die ganze Aufregung für nichts und wieder nichts! Sie hat mir das Manuskript nie gegeben. Sie hat es *nicht* auf meinen Schreibtisch gelegt. Sie hat es in der Postabteilung abgegeben. Sehen Sie, das auf dem Umschlag ist ihre Handschrift! Statt die sechs Meter zu meinem Schreibtisch zu gehen, hat sie es zwanzig Stockwerke runter ins Erdgeschoß geschickt, wo einer dieser Idioten es auf dem hintersten Regal vergessen hatte.« Emma brachte gerade noch genug Energie auf, um zu nicken. Heather, die sich offenbar auf einen Sturm der Entrüstung gefreut hatte, war enttäuscht.

»Wenigstens haben wir es, und ich muß diese Verrückte nicht mehr anrufen«, sagte Emma seufzend.

»Welche Verrückte?« fragte Heather, und Emma erzählte ihr von ihrem seltsamen Gespräch mit Jude Daniels Frau. »Hübsch?« wiederholte Heather. »Die Frau ist eine Medusa. Pam verwandelt Männer und Frauen in Stein. Jeder weiß, daß die ›Mantiss auf der Pirsch‹ alle männlichen Autoren flachlegt und mit ihnen schläft. Pah! Wen sollte es kümmern, wie sie aussieht?«

»Offensichtlich Mr. Daniels Frau.« Da kam Emma zum erstenmal der Gedanke, daß sich die Befürchtungen dieser Frau von ihren eigenen kaum unterschieden. Emma dachte an Alex. Natürlich hatte Pam schon immer die Stars flachgelegt. Und momentan war Jude Daniel der aufsteigende Star. Seine Frau war *nicht* verrückt. Vermutlich war sie ihm auf die Schliche gekommen.

Heather zuckte die Achseln, ging wieder an ihren Schreibtisch und ließ Emma mit ihren unerfreulichen Gedanken allein in ihrem Büro zurück. Herrje, was Alex jetzt wohl gerade machte? Warum hatte sie nicht angerufen? Gab es da eine andere? Hatte sich Emma benutzen lassen? Sie hätte Alex nie mit Camilla bekannt machen dürfen. Bisher hatte sie Arbeit noch nie mit Vergnügen vermischt und würde es in Zukunft auch nie wieder tun. Sie seufzte. Gab es nicht ein chinesisches Sprichwort, das besagte, keine gute Tat werde ungestraft bleiben?

Sie hob den Telefonhörer ab und wählte die Nummer, die sie bereits auswendig konnte. Doch sie wurde nur von Alex' Stimme auf dem Anrufbeantworter begrüßt. Sie überlegte kurz, ob sie auflegen sollte – diese Sache ließ sich nicht über den Anrufbeantworter klären. Aber etwas mußte passieren. Daher nannte sie nur ihren Namen und bat Alex, sie am Abend zu Hause anzurufen. Aber sie hatte so eine Ahnung, daß sie sich nicht freuen würde, wenn Alex ihr diesen Wunsch erfüllte.

16

›Offenbar scheint man in Amerika der Ansicht zu sein, daß Schreiben ein einziges Katz-und-Maus-Spiel aller Beteiligten dieser Kunst ist.‹

William Styron

Die Frau mit der fürchterlichen Dauerwelle und der über die Lippen hinaus gezogenen Lippenstiftspur sah vom Empfangspult auf. »Ja?« fragte sie.

Strahlend lächelte Susann sie an. Sie las den Namen der Empfangsdame von der Davis-&-Dash-Karte ab, die sie an einer Halskette trug, und sagte: »Miriam, rufen Sie bitte in Mr. Dashs Büro an.«

»Erwartet er Sie?« fragte die Frau.

»Natürlich«, erwiderte Susann steif. Miriam würde es zweifellos peinlich sein, wenn ihr aufging, mit wem sie gerade sprach, aber Susann würde gnädig darüber hinwegsehen.

»Ihr Name?«

»Susann Baker Edmonds«, sagte sie und warf der Verlagsangestellten einen verständnisvollen Blick zu.

Doch ohne das geringste Anzeichen des Erkennens wandte die Rezeptionistin den Blick ab und wählte eine Nummer. Auf ihren wie bei einem Clown geschminkten Lippen lag kein Lächeln, als sie aufsah.

»Es ist besetzt«, sagte sie gelangweilt. »Nehmen Sie Platz.«

Susann blinzelte. Dieses Verhalten war empörend. So wäre man bei Peterson nie mit ihr umgesprungen. Imogen hatte sie immer an der Rezeption erwartet! Dort war sie mit Respekt behandelt worden, und ihr Name und ihr Gesicht waren bekannt gewesen. Susann beherrschte sich und setzte noch einmal ein liebenswürdiges Lächeln auf. »Warum versuchen Sie es nicht mal auf Mrs. Perkins' Leitung?« schlug sie vor. »Ich möchte meine Lesereise besprechen. Ich weiß, daß es Mr. Davis nicht recht wäre, wenn man mich warten ließe, Miriam.«

»Ich heiße *Marion*«, sagte die Rezeptionistin. Dann zuckte sie die Achseln, zog noch einmal ihren Bildschirm zu Rate und tippte eine andere Nummer ein. Sie sah auf. »Wie war Ihr Name noch mal?«

Susanns Lächeln verschwand. Sie wiederholte ihren Namen klar und deutlich, aber Marion sprach bereits mit Mrs. Perkins, oder wen auch immer sie am Telefon hatte. »Bei mir hier unten ist eine Susan Almond.« Eine kurze Pause trat ein, in der Susann ihre schmerzenden Hände zu Fäusten ballte. »Susan Almond«, wiederholte die Rezeptionistin. »Sie sagt aber, daß sie einen Termin hat.«

Susann beugte sich vor und riß der Idiotin den Hörer aus der Hand. »Hier ist Susann Baker Edmonds«, sagte sie. »Ich habe einen Termin bei Mr. Davis.«

Mrs. Perkins Telefonstimme klang besänftigend und entschuldigend. »Selbstverständlich. Ich komme gleich persönlich hinunter und begleite Sie nach oben. Es dauert nur eine Sekunde.«

Susann dankte ihr und gab Marion den Hörer zurück. »Sie kommt herunter und holt mich«, sagte sie und drehte Marion den Rücken zu. Sie war so wütend und durcheinander, daß sie ganz vergessen hatte zu fragen, ob Alf bereits eingetroffen sei. Vermutlich war er schon gekommen und nach oben gegangen.

Der Empfangsbereich von Davis & Dash war ein großer Raum mit Fenstern, der nicht nur Platz für die dämliche Rezeptionistin und einen Tisch für den Beamten des Sicherheitsdienstes, sondern auch für mehrere Sofas und Sessel bot. Daneben gab es eine Auslage mit Büchern und Regalen sowie eine ständig wechselnde Sonderausstellung. Heute waren Illustrationen von Kinderbüchern ausgestellt, die Susann jedoch ignorierte. Es zog sie zu den Regalen mit den Neuerscheinungen. Als Blickfang diente die lebensgroße Pappnachbildung einer schwachsinnigen einstigen Hollywoodgröße, die ihre von einem Ghostwriter geschriebene Autobiographie umklammerte. Daneben lagen ein Dutzend Hardcover- und Taschenbuchexemplare des Trawley-Schundromans sowie das ›Wie mir erzählt wurde‹-Buch eines Models (das traurige Berühmtheit erlangt hatte, da es von seinem Liebhaber zusammengeschlagen worden war, was die nicht sonderlich erfolgreiche Karriere als Model beendet hatte). Zudem gab es noch drei Bücher – *drei* – von Fernseh-Sitcom-Autoren, die offenbar glaubten, etwas zu sagen zu haben. Susann war nahe daran, den Kopf zu schütteln. Warum wollte jeder unbedingt ins Buchgeschäft einsteigen? Schriftsteller nahmen schließlich auch keinen Nebenjob an. Warum gaben sich widerliche Radiomoderatoren nicht mit ihrem Beruf zufrieden? Mußten sie auch noch ein Buch darüber schreiben, daß sie widerliche Radiomoderatoren waren?

Nun, in dieser Ecke stand offenbar nur Müll. Sie ging zu dem anderen Regal hinüber, wurde aber auch dort enttäuscht: mehrere Taschenbuchromane von unbekannten Autoren, Gerald Ochs Davis' letztes Buch (das nun schon über ein Jahr alt war), ein Buch von einer Frau, die behauptete, von Außerirdischen vergewaltigt worden zu sein (komplett mit Fotos von ihrem Kind), und hoch oben im Regal, fast außer Sicht, drei literarische Romane.

»Mrs. Edmonds?« Susann drehte sich um und sah sich Geralds Sekretärin gegenüber, die sie willkommen hieß und zu dem wartenden Lift führte. Die Frau spürte ihre Aggressivität und versuchte die Situation etwas zu entspannen. »Mr. Davis freut sich wirklich sehr, Sie zu sehen«, sagte Mrs. Perkins.

»Ist Mr. Byron schon da?« fragte Susann.

»Nein«, antwortete Mrs. Perkins, und Susanns Magen zog sich zusammen. »Aber Mr. Davis erwartet Sie bereits.« Als Susann das Büro betrat, war sie überrascht zu sehen, daß noch jemand anwesend war. Alf fehlte, aber Mr. Davis' Gefolge kam offenbar pünktlich. Der Verleger stand auf, gab ihr die Hand und stellte dann die junge Frau an seiner Seite vor.

»Susann, das ist Wendy Brennon, unsere neue Leiterin der Öffentlichkeitsabteilung. Ich habe sie gebeten, persönlich jede Einzelheit Ihrer Tour auszuarbeiten, und ich dachte, dies wäre eine gute Gelegenheit für Sie, sich kennenzulernen.«

Susann warf Wendy ein strahlendes Lächeln zu und hielt ihr die Hand hin, obwohl ihre Fingerknöchel heute wegen der Arthritis stark schmerzten und geschwollen waren. Der überaus feste Händedruck des Mädchens tat höllisch weh, aber es gelang ihr weiterzulächeln. Diese unscheinbar aussehende Frau war wichtig. Sie war eine Schlüsselfigur. Aber sie schien *so* jung zu sein. Diese Werbeleute wurden offenbar immer jünger.

Sie setzten sich alle drei in eine Ecke von Geralds riesigem Büro. »Wir sind begeistert, daß Sie diese Lesereise machen«, sagte Gerald. »Es wird sicherlich großartig für Sie werden, und auch für das Geschäft. Bedenken Sie doch nur, was eine solche Tour Newt Gingrich eingebracht hat.«

»Na ja, er hatte vor, Präsident zu werden, oder?« bemerkte Susann. »Jetzt, nach seiner Tour, will er das nicht mehr.« Sie lachten, aber Susann wartete eigentlich nur darauf, daß Alf erschien. Wo steckte er bloß? Sie wollte bei dieser Besprechung nicht allein sein, vor allem dann nicht, wenn ihr gleich zwei Leute von der Gegenseite gegenübersaßen. Ach, wie sollte sie eine so qualvolle Reise quer durch das Land nur aushalten? »Newt muß müde geworden sein«, sagte sie.

»Vielleicht. Aber er hat verdammt viele Bücher dadurch verkauft.«

Susann lächelte und nickte. »Ja. Darauf freue ich mich auch schon.« Sollte sie ein wenig plaudern und versuchen, Zeit herauszuschinden, oder es allein angehen? Sie hätte Alf umbringen können. Sie lächelte wieder. »Haben Sie schon den Terminplan fertig?« fragte sie Wendy.

»Teilweise«, erwiderte diese und gab ihr einen dreiseitigen Ausdruck. Auf der linken Seite standen jeweils das Datum und die Stadt. In der Mitte waren die vereinbarten Interviews mit den Radio- und lokalen Fernsehstationen und ähnlichem eingetragen, und in der rechten Spalte standen die Reisearrangements und die Kontakte vor Ort. Susann überflog die engbedruckten Seiten rasch. Abgesehen von Chicago, Cincinatti, Seattle und Los Angeles schien es keine festen Termine zu geben – nur ›Presseinterviews wie geplant‹ und ›Radiointerview, Übertragungswagen‹. Susann legte die Blätter in ihren Schoß und verschränkte die Hände, damit sie nicht so auffielen. War das alles, was sie bisher fest gebucht hatten? Es war so gut wie nichts. Das war keine Tour, sondern ein Ereignis, das eigentlich gar nicht stattfand. Glaubten sie etwa, sie würde zwei Monate ihres Lebens opfern, um dann im Hinterzimmer eines Buchladens in einer Einkaufspassage Lagerbestände zu signieren?

In diesem Moment wurde die Tür schwungvoll aufgerissen, und Alf Byron trat ein. Susann war so erleichtert, ihn zu sehen, daß sie ihm keinen wütenden Blick zuwarf, wie sie sich vorgenommen hatte.

»Hallo, hallo.« Alf ließ sich in einen Sessel fallen und wandte sich zu Mrs. Perkins, die im Gehen begriffen war. »Kaffee, bitte«, sagte er. »Schwarz, mit Zucker.« Susann hörte, daß er schwer atmete.

Sie wußte, daß er wegen seiner Herzmedikamente eigentlich keinen Kaffee trinken sollte, sagte aber nichts.

»Hi, Wendy, hallo, Gerald. Entschuldigen Sie, ich habe gerade mit April Irons verhandelt. Wir haben das Jude-Daniels-Buch an Hollywood verkauft! International hat die Option gekauft. Sie wollen Drew Barrymore für das Projekt gewinnen.«

»Glückwunsch«, sagte Wendy.

Susann bemerkte sehr wohl, daß er sich nicht bei *ihr* entschuldigt hatte und daß er dieses inkompetente Mädchen aus der Marketingabteilung bereits kannte. Und warum kam ihr Jude Daniel bei ihren Geschäften in die Quere? Er sollte zusehen, daß er auch nur ein Exemplar seines Buches losschlug. Natürlich, dachte sie voller Bitterkeit, hatte sie noch keine Option auf ihre Bücher an Hollywood verkauft. Dieses Glück blieb den Männern vorbehalten. Frauen bekamen höchstens Miniserien im Fernsehen.

»Hallo, Alf«, sagte Gerald Davis kühl. »Wir gehen gerade Susanns Reiseplan durch.« Wendy reichte Alf eine Kopie, die er schnell überflog.

»Mhm. Schon sechsunddreißig Städte. Das sieht doch ganz gut aus.«

»Ganz gut?« fragte Susann. »Die Liste ist ja ganz hübsch und ordentlich, aber die Tour? Ich sehe da keine größere Sache, und es gibt kaum Termine, die fest gebucht sind.«

»Oh, ich hätte wohl noch erwähnen sollen, daß wir in allen Städten Signierstunden machen«, sagte Wendy. »Das habe ich hier aufgelistet.«

Signierstunden! Als ob *das* die Sache besser machen würde! Herrgott, wenn Susann darauf Wert legen würde, bräuchte sie nur in irgendeine Buchhandlung dieser Stadt – oder irgendwo in den Vereinigten Staaten – zu gehen und Bücher aus dem Bestand zu signieren. Bei einer Signierstunde von Howard Stern hatte einmal eine Schlange von zehntausend Leuten gewartet – aber nur, weil er einige Stunden zuvor im Radio schamlos Werbung dafür gemacht hatte. Ohne groß aufgemachte Werbung im Fernsehen, im Radio und in den Zeitungen hatte diese Tour wenig Sinn. Susann sah zu Alf hinüber und wartete darauf, daß er explodierte. Seit Jahren spielten sie dieses ›Guter Polizist/schlechter Polizist‹-Spielchen. Er wußte, was zu tun war.

Aber die erwartete Explosion blieb aus. Alf nickte nur leicht.

»Wir bekommen sicher noch feste Zusagen, wenn die Termine näherrücken«, versicherte ihnen Wendy Brennon.

Susann konnte es nicht glauben: Alf nickte wieder nur. »Das reicht nicht«, sagte sie.

Das Mädchen sah von ihr zu Gerald, der die ganze Zeit über schweigend dagesessen hatte. »Es ist ein wenig schwierig, so weit im voraus feste Termine zu planen.«

Aber Susann interessierte das nicht im geringsten. Wenn sie sich nach Fort Worth, Portland und Detroit schleppen mußte, dann sollten die sich gefälligst darum kümmern, daß sie wenigstens im lokalen Radio und Fernsehen auftrat, und vor allem im äußerst wichtigen lokalen Frühstücksfernsehen. Welchen Sinn hätte das Ganze sonst? Sie hatte es nicht nötig, sich stundenlang in einem Hotelzimmer zu verkriechen, nur um ein-, zweimal rauszugehen, mit ihren arthritischen Fingern einen Stift zu nehmen und ein paar hundert Bücher zu signieren. »Das reicht nicht. Wie lange dauert es, bis Sie einen *richtigen* Plan zusammengestellt haben?« fragte sie. »Weil ich nämlich nicht zu dieser Tour aufbrechen werde, ehe es einen richtigen Plan gibt.«

»Das kommt noch, Susann«, sagte Alf. »Das kommt schon noch.«

Susann sah ihn an. Seit wann drängte er nicht mehr auf Zugeständnisse? Seit wann war er so geduldig? Seit er nach Hollywood gegangen war? Seit er zu spät zu Besprechungen kam, weil er damit beschäftigt war, mit Jude Daniel und der Leiterin eines berühmten Filmstudios zu verhandeln? Sie wandte sich wieder den Blättern zu. »Ich kann hier keinen einzigen nationalen Fernsehsender entdecken«, sagte sie. »Keinen. Wie steht es damit?«

»Ich arbeite noch daran«, versicherte ihr Wendy. »Es ist nur so: Im Moment hat eine Trendwende eingesetzt, was die Themen in den Talkshows angeht, so daß in letzter Zeit keine große Nachfrage nach Ihnen besteht.«

»Meinen Sie das *ernst*? Ich bin für keine einzige nationale Talkshow gebucht? Ich war bei Donahue. Ich war bei Sally Jessy. Ich war zweimal in der *Today*-Talkshow.«

Wendy beugte sich vor. »Ich habe bei keinem Produzenten für einen unserer Autoren Interesse wecken können, außer für Jude Daniel.«

Wieder dieser Name! Susann verspürte einen bitteren Geschmack auf der Zunge. Jude Daniel. Sie haßte ihn.

»Alle Shows setzen im Moment auf Masse – zehn oder zwölf Gäste pro Show«, schnatterte Wendy weiter. »Sie wollen Leute mit außergewöhnlichen Geschichten oder Berühmtheiten. Sie wollen keine Romanschriftsteller. Sie wollen Männer, die sich als Frauen verkleiden und mit den Meerschweinchen ihrer Töchter schlafen. Wir wissen nicht einmal, ob über die Talkshows überhaupt noch Bücher verkauft werden.«

Susann stand auf. »Sie finden besser einen Aufhänger, um mich da reinzubringen«, fauchte sie. »Denn wenn Sie mich nicht ins Fernsehen bringen, können Sie die Tour vergessen.« Sie wandte sich an den Verleger. »Sonst geht wohl der ganze Vorschuß den Bach runter, Gerald. Und ich glaube nicht, daß das Mr. Morton gefallen würde. Also erwarte ich, daß Sie einen Aufhänger *finden.*« Sie ging zur Tür. Sie würde sich nicht wie eine billige Taschenbuchautorin oder wie eine jener Kitschromanschreiberinnen behandeln lassen, deren Bücher in jedem Supermarkt verkauft wurden. »Wir haben jetzt eine Besprechung mit der Marketingabteilung«, erinnerte Susann Alf. »Das heißt, wenn du nicht gerade mit Jude Daniel und Hollywood beschäftigt sein solltest.«

Ohne seinen Kaffee auszutrinken, erhob sich Alf und folgte ihr zur Tür.

»Das ist der scheußlichste Umschlag, den ich jemals gesehen habe«, sagte Susann zu Jack Weinstock. Der zuckte zusammen. »Ich meine, es ist nicht nur der scheußlichste Umschlag, der je auf einem *meiner* Bücher war. Es ist der scheußlichste Umschlag, der mir überhaupt jemals untergekommen ist. Bei irgendeinem Buch.«

Sie musterte den blaßgrün-beige marmorierten Schutzumschlag mit den schwarzen Lettern. Großer Gott! Glaubten sie etwa, sie schriebe Lehrbücher? Und warum war ihr Name so klein? Und ihr Foto! Sie war es gewöhnt, daß ein großes, retuschiertes Hochglanzfoto von ihr auf der Umschlagrückseite prangte. Und hier war gerade mal ein briefmarkengroßes Foto auf der Innenseite der hinteren Umschlagklappe zu sehen!

»Wir haben versucht, den Buchumschlag ähnlich zu gestalten wie den von *Die Brücken am Fluß*«, stotterte Jack. »Sie wissen schon. Gedämpft. Klassisch.«

»Meine Umschläge waren immer klassisch. Aber nie langweilig. Dieser hier ist langweilig. Und häßlich. Das ist kein *Bestseller*umschlag.«

»Ein Bestsellerumschlag ist der Umschlag eines Bestsellers«, witzelte Alf. »Ich finde ihn nicht so schlecht. Ein wenig anders als sonst, sicher, aber vielleicht brauchst du mal etwas Neues.«

Susanns Augen wurden schmal, als sie sich zu ihm umdrehte. »Ja, vielleicht brauche ich das tatsächlich«, sagte sie.

17

›Wenn ich mich an meinen Tisch setze, um zu schreiben, weiß ich nie, was dabei herauskommt, bis ich mittendrin bin. Ich vertraue meiner Inspiration, die manchmal kommt und manchmal nicht. Aber ich lehne mich nicht zurück und warte auf sie. Ich arbeite jeden Tag.‹

Alberto Moravia

Ohne Zweifel, dachte Camilla, war Frederick Ashtons Wohnung das hübscheste Apartment, in dem sie je gewohnt hatte. Es bestand aus vier riesigen Zimmern: einem Atelier, das nach Süden hinausging, mit drei etwa drei Meter hohen Schiebetüren, die auf einen Balkon führten; einem Eßzimmer mit vielen Büchern; einem Eckzimmer, dem Schlafzimmer des Hausherrn, mit riesigen Fenstern nach Süden und Osten; und einem kombinierten Gäste- und Arbeitszimmer. Überdies gab es eine kleine, aber gut ausgestattete Küche. Der Fußboden in der Wohnung war prächtig – Parkett, das an den Wänden entlang mit wunderschönen, feinen Holzeinlegearbeiten versehen war. Das Holz war so auf Hochglanz poliert, wie Camilla es bisher nur von dem Holzboden in der Klosterschule gekannt hatte.

Die Räume waren nur mit wenigen schlichten, fast nichtssagenden Möbeln ausgestattet. Die Schönheit des Apartments lag darin, daß es so hell und geräumig war. Camilla hegte den Verdacht, daß Frederick allen Krimskrams und alles Überflüssige weggeräumt hatte, da er es ja doch nicht mehr sehen konnte. Und vom praktischen Standpunkt aus gesehen war es ebenfalls sinnvoll, da man die Sachen umstoßen oder darüber stolpern konnte. Im Schlafzimmer zum Beispiel standen nur das hohe Bett mit den vier Pfosten, zwei Nachttische und eine niedrige, gepolsterte Bank unter einem Fenster. Es gab nicht einmal eine Frisierkommode. Die Kleider waren allesamt in Wandschränken untergebracht. Überraschenderweise wirkten die Zimmer auf Camilla nicht kahl, trotz ihrer schlichten und spärlichen Einrichtung – zumindest nicht mehr, seit sie sich daran gewöhnt hatte. Die Wohnung kam ihr wie eine friedliche Oase in einer reizüberfluteten, unbarmherzigen Stadt vor.

In der kurzen Zeit, die Camilla hier war, hatte sie diese Zimmer bereits liebengelernt. Das war ein New York, das sie nicht gekannt und von dem sie nicht einmal zu träumen gewagt hatte. Tagsüber beobachtete sie die Lichter, die sich an den Wänden und auf dem Boden spiegelten, während die Sonne wanderte, und selbst die Schatten in der Dämmerung waren herrlich. Sie haßte es beinahe, nachts das Licht anzumachen. Camilla fühlte sich in der Wohnung sehr sicher. Aber sie hatte nicht ausgepackt – ihre Kleider lagen immer noch ordentlich gestapelt in ihrem Koffer im Ankleidezimmer. Nach ihrem Gespräch mit Emma hatte sie beschlossen auszuziehen, und zwar bald. Sie hatte sich entschieden, Alex Simmons als Agentin zu engagieren, bei Davis & Dash zu bleiben und sich einen Job zu suchen. Sie würde ihren finanziellen Verhältnissen entsprechend leben. Es war nicht schlimm, einmal in der Schuld eines Freundes zu stehen – aber selbst bei sehr guten Freunden gab es Grenzen. Und sie mußte Frederick klarmachen, daß ihr Aufenthalt hier nicht als Auftakt zu einer Vertiefung ihrer Beziehung zu verstehen war.

Frederick hatte auch nichts in dieser Richtung angedeutet. Camilla versuchte immer noch, ihre gemeinsame Nacht in Florenz zu vergessen. Er war ein Freund, nicht ihr Geliebter. Und so sollte auch er es sehen. Er unternahm keinen Versuch, sie zu drängen. Ein- oder zweimal die Woche rief er an, fragte, wie es mit dem Schreiben vorangehe, und kam auf ihre Einladung hin gelegentlich vorbei. Dann benahm er sich in seiner eigenen Wohnung so, als wäre er ein Gast. Einige Male hatte er sie zum Abendessen ausgeführt. Jedesmal hatte er ein anderes Restaurant gewählt, und in allen schien man ihn zu kennen. Mit ihm zu reden und essen zu gehen, das waren die Lichtblicke in ihrem Alltag – aber das bedeutete nicht, daß sie mehr als nur Freunde sein mußten. Nach dem Essen las sie ihm manchmal vor. Sie fand es sehr hilfreich, aus ihrem neuen Manuskript laut vorzulesen. Das war für sie eine hervorragende Möglichkeit, Fehler zu erkennen. Frederick gab nur selten einen Kommentar ab, aber sie konnte seinen Reaktionen entnehmen, daß ihm das Geschriebene gefiel.

Frederick unterstützte sie auch in geschäftlichen Dingen. Sie hatten über Alfred Byron und Alex Simmons gesprochen und waren sich einig, daß nur Alex in Frage kam. Gestern hatte Camilla mit ihr einen Vertrag abgeschlossen. Noch nie zuvor hatte sie sich so behütet, so abgeschirmt gefühlt. Es war ein schönes Gefühl, aber es machte sie auch traurig und ängstlich. So war es also, wenn man in eine Familie mit Bediensteten, Anwälten, Treuhandvermögen und den richtigen Beziehungen hineingeboren wurde. Daß die Ashtons dies alles so bereitwillig mit ihr, einer völlig Fremden, teilten, war rührend und unheimlich zugleich. Sie fragte sich, wann sie wohl auf Distanz gehen würden.

Seit sie in New York war, hatte sie ihre Tage zwischen dem Schreiben an ihrem neuen Buch und langen Spaziergängen durch Manhattan aufgeteilt. Ihre Kleider hatte sie zwar nicht ausgepackt, aber das Studierzimmer mit Beschlag belegt. So saß sie nun jeden Morgen an Fredericks Schreibtisch vor dem Fenster, vor sich einige Blöcke liniertes Papier, einen gerahmten Canaletto-Druck sowie eine venezianischblaue Vase mit Tulpen.

Sie arbeitete vormittags drei oder vier Stunden lang, ging dann von elf bis drei spazieren und arbeitete am Nachmittag noch einmal zwei Stunden. Am Abend sah sie sich, wenn sie nicht mit Frederick ausging, amerikanisches Fernsehen an – so viele Kanäle, und auf keinem lief etwas Gescheites! – oder ging ins Kino. Sie hatte einen wunderbaren Nachmittag im Metropolitan Museum of Art verbracht, aber seltsamerweise nicht das Bedürfnis, noch einmal hinzugehen. Im Moment konzentrierte sie sich voll und ganz auf Worte – auf die Worte, die wie von Zauberhand geschrieben auf ihren Blättern erschienen. Ihr neuer Roman handelte von den Erlebnissen eines Studenten in New York, und deshalb besuchte sie noch einmal einige Orte aus ihrer Studentenzeit. Sie kam mit ihrer Geschichte ganz gut voran.

Aber dieser Schwebezustand ließ sich nicht endlos ausdehnen. Sie durfte Fredericks Gastfreundschaft nicht länger in Anspruch nehmen. Sie würde das Märchenland verlassen müssen. Wie alle anderen Leute außerhalb dieser perfekten Wohnung, die alle zu kämpfen hatten, würde auch sie sich einen Job und eine Bleibe suchen müssen. Manhattan lag sicherlich nicht im Bereich ihrer finanziellen Möglichkeiten, aber Brooklyn oder die Bronx vermutlich schon. Heute war sie mit Craig Stevens wegen eines Jobs in seinem kleinen Verlag verabredet, und danach würde sie mit der U-Bahn in die Bronx fahren, wo in der Zeitung ein möbliertes Zimmer für nur fünfhundert Dollar pro Monat angeboten worden war.

Camilla kleidete sich sehr sorgfältig für das Vorstellungsgespräch. Alex hatte sie angerufen, ihr die Adresse und den Termin genannt und erklärt, sie habe mit Craig Stevens bereits über sie gesprochen. Camilla verließ die Wohnung und ging zum Lift. Curtis, der Liftführer, und anschließend der Portier George begrüßten sie freundlich. Deren tägliche Grüße würde sie vermissen. Sie ging die Lexington Avenue hinunter, sah noch einmal nach, ob sie ihre Fahrkarte dabeihatte, und verschwand im Eingang zur U-Bahn.

Craig Stevens war ein gutaussehender Mann, aber ein Großteil seines Charmes rührte daher, daß er sich dessen gar nicht bewußt zu sein schien. Sein Haar war sehr dunkel und dicht, und er trug es ohne Scheitel. Er besaß ein markantes Gesicht mit einem quadratischen Kinn und wachen Augen. Am anziehendsten fand Camilla seine frische, gesunde Gesichtsfarbe, die entlang seiner Kinnlinie durch den Bartschatten mal heller und mal dunkler wirkte. Unwillkürlich dachte sie an Stendhals *Rot und Schwarz*, da Craig Stevens' Haar tiefschwarz, seine Gesichtsfarbe so frisch und sein Kinn ebenfalls dunkel war. Seine Vitalität wirkte ansteckend und vertrauenerweckend.

Sie fühlte sich zu ihm hingezogen. Seine Erscheinung war beeindruckend. Er war nicht groß, hatte aber breite Schultern. Sowohl seine Statur als auch seine Haltung erweckten den Eindruck von Zuverlässigkeit. Für einen Verleger war er jung, jedenfalls kam ihr das so vor. Er konnte nicht älter als fünfunddreißig, vierzig sein, aber seine Vitalität und sein Enthusiasmus ließen ihn noch wesentlich jünger erscheinen.

Citron Press hatte er selbst aufgebaut. Es war ein kleiner, aber florierender Verlag, der im Moment aus vier Büroräumen bestand, die in einem Hochhaus in der Zweiundvierzigsten lagen. Stevens war zuversichtlich, daß sie spätestens in einigen Monaten in ein größeres Domizil umziehen würden. Alex hatte Camilla erzählt, daß der junge Verleger in bescheidenen Verhältnissen aufgewachsen sei und ein Vermögen mit Buchverpackungen verdient habe, was auch immer das sein mochte. Er verfügte über den Mut, die Fähigkeiten und das Charisma, Investoren anzuziehen, die bereit waren, Citron Press finanziell zu unterstützen.

»Wir haben viele Namen in Erwägung gezogen, bevor wir auf Citron Press kamen«, erzählte er ihr. »›Verlag Stevens‹ klang etwas zu hochtrabend. Mit gefiel ›Wunderbuch‹ – Sie kennen bestimmt den alten Witz: ›Wenn das Buch gut ist, ist es ein Wunder.‹« Camilla lachte. »Na ja«, fuhr Craig fort, »jedenfalls hatten einige Investoren Angst, daß ›Wunder‹ zu sehr nach einem christlichen Verlag klingen könnte, also heißen wir jetzt eben Citron Press, wie Zitronenpresse. Wenn man uns Zitronen gibt, machen wir daraus Saft.«

Camilla lächelte. Ihr gefielen seine Energie und seine albernen Witze. Dann fiel ihr Blick auf die Wand zu ihrer Linken. Sie sprang wie elektrisiert auf. »Das ist echt, nicht wahr?« fragte sie und ging zu dem kleinen Gemälde hinüber. Es war ein Canaletto, eine kleine Studie vom Canale Grande, direkt hinter der Rialtobrücke.

»Ja. Es gehörte meinem Großvater. Ich habe es von ihm geerbt. Er hat es um die Jahrhundertwende bei einem Londoner Auktionshaus gekauft.« Camilla starrte wie gebannt auf die kleine, wundervolle Szenerie. Die Sonne schien wie immer von einem strahlend blauen Adriahimmel. Das war es, was sie an Canaletto so liebte – die klaren Linienführungen, die winzig kleinen Details, und daß es ihm gelungen war, die Atmosphäre der Stadt Venedig auf einem 13 x 30 Zentimeter großen Stückchen Leinwand einzufangen.

»Es ist wunderschön«, flüsterte sie.

Craig nickte. »Mein liebster Besitz«, sagte er.

Camilla setzte sich wieder ihm gegenüber und hörte ihm zu. Er hatte sich vorgebeugt und seine Hände auf die Knie gelegt. »Jetzt erkläre ich Ihnen unser Anliegen«, erklärte er. »Das Buchwesen ist inzwischen zu einer so großen Branche herangewachsen, daß Autoren nicht mehr wie Autoren behandelt werden. Die Verleger sehen in ihnen nur noch die Hersteller eines ›Produktes‹, und ihre Bücher werden dementsprechend behandelt – wie Produkte. Wir wollen eine erlesene Gruppe von Schriftstellern gewinnen, die wie *Schriftsteller* behandelt werden wollen und wünschen, daß ihre Verleger ihre Arbeit respektieren und verstehen. Wir glauben, daß wir das tun *und* Geld dabei verdienen können, obwohl keines von beidem einfach ist. Wir haben nun etwa fünfzig Titel zusammen und sind aus den roten Zahlen raus.« Camilla nickte. Auch wenn sie von dieser Branche nicht viel wußte, erkannte sie, daß dies eine Leistung war. Sie fand diesen lebhaften, intelligenten und leidenschaftlichen Mann sehr anziehend. Ihre Augen wanderten wieder zu dem Canaletto hinüber. Erstaunlich.

Craig Stevens stand auf und ging zu dem Regal, das hinter ihm stand. »Wir verlegen Walter McKay«, sagte er stolz. »Unseretwegen hat er Random House verlassen. Und wir haben gerade Veda Barlow unter Vertrag genommen. Sie ist von Verlag zu Verlag gelaufen und hat eine böse Überraschung nach der anderen erlebt. Alle haben sie völlig falsch angepackt, aber ich glaube, daß sie wirklich wichtig werden kann und nicht ewig eine regionale Schriftstellerin bleiben wird. Kennen Sie ihre Arbeit?« Camilla mußte verneinen. Craig lächelte und zuckte die Achseln. »Das ist das Problem«, sagte er, »aber Sie werden sie schon noch kennenlernen.«

Camilla glaubte ihm. Wenn jemand in einer so schwierigen, anspruchsvollen Stadt Erfolg haben würde, dann sicherlich ein Mann wie Craig Stevens.

»Wir versuchen es auch mit ein paar Erstlingsautoren, Ron Freid, zum Beispiel. Ich versuche gerade Susan Jedren zu uns zu holen. Und Kim Baker Edmonds. Eine Mischung aus hoher Literatur und Belletristik. Kleine Verlage sind für Amerika außerordentlich wichtig. Wir versorgen die Leser und die anderen Verleger mit frischem Blut. Das Problem ist, daß nur kleine Buchhandlungen von kleinen Verlagen kaufen. Und wenn ein Autor berühmt wird, wechselt er oft zu einem großen Verlag. Nun ja.« Er machte eine Pause. »Alex hat mir ein wenig von Ihnen erzählt. Davis & Dash bringt also *Ihren* ersten Roman heraus. Ich würde ihn gern lesen.«

Camilla lächelte. »Es ist mir ein Vergnügen, ihn Ihnen zu zeigen«, sagte sie.

»Arbeiten Sie bereits an einem neuen?« fragte er.

»O ja. Aber es sieht so aus, als könnte ich mir das nicht leisten, ohne nebenher zu arbeiten.«

Craig nickte. »Nun, ich habe einen Teilzeitjob anzubieten. Manuskripte lesen, einige Bücher aus Großbritannien, die wir hier vielleicht veröffentlichen wollen, Anrufe beantworten.« Er zog, fast entschuldigend, die Schultern hoch. »Nichts sonderlich Literarisches. Ein wenig hiervon, ein wenig davon. Nicht viel Geld, keine Krankenversicherung, statt dessen ist viel Flexibilität gefragt. Aber wenn Sie Interesse haben und wir gut zusammenarbeiten, können wir es sechs Monate lang versuchen. Dann bekommen Sie entweder einen Ganztagsjob oder Sozialleistungen.«

»Sie wollen mich anstellen?« fragte Camilla. Offenbar hatte sie nicht aufmerksam zugehört. Er hatte ihren Lebenslauf gar nicht angesprochen. Oder nach ihrer Ausbildung gefragt. Sie löste ihren Blick von dem Gemälde.

»Sicher«, sagte Craig. »Sie sind offensichtlich intelligent, gebildet, und Sie wollen für wenig Geld arbeiten. Alex sagte mir sogar, Sie hätten Talent.« Er grinste. »Und vielleicht bringen ja wir Ihr nächstes Buch heraus.«

Wieder einmal wunderte sich Camilla, wie einfach plötzlich alles war, wenn man die richtigen Beziehungen hatte. »Ich habe noch nie im Verlagswesen gearbeitet«, fühlte sie sich verpflichtet, ihm mitzuteilen.

Er lachte. »Großartig! Keine schlechten Manieren.« Dann wurde er wieder ernst. »Hören Sie, Sie *schreiben* Bücher. Sie wissen, was für ein einsames, unsicheres Leben das bedeutet. Deshalb werden Sie auch wissen, wie man sich um Autoren kümmert. Und darum geht es uns.« Er stand auf und zog sein Jackett an. »Wollen Sie auf einen Happen mitkommen?« Einen Augenblick lang wußte Camilla nicht so recht, was er meinte. Dann dämmerte ihr, daß er sie gerade zum Abendessen eingeladen hatte.

»Oh, ich kann nicht. Ich habe noch eine andere Verabredung.« Hing ihre Einstellung *davon* ab? Bedeutete das, daß er auf *diese* Weise an ihr interessiert war? Bei Amerikanern konnte man das nur sehr schwer abschätzen. Craig zuckte die Achseln. Genau in diesem Augenblick kam Susan herein.

»Wo essen wir heute abend?« fragte er Susan.

»Bei Tutta Pasta«, erwiderte Susan.

Craig zog eine Grimasse. »Nun, dann verpassen Sie nicht viel«, sagte er zu Camilla. »Können Sie nächste Woche anfangen?« Camilla nickte, und Craig wandte sich an Susan. »Darf ich dir die sechste Angestellte von Citron Press vorstellen?« sagte er und legte seine Hand auf Camillas Schulter. »Sie steht kurz davor, unterbezahlt und überarbeitet zu sein.«

»Noch etwas anderes, das wir Ihnen anbieten können?« fragte Susan mit einem schiefen Grinsen.

»Finden Sie eine billige Wohnung für mich«, scherzte Camilla. »Ich will heute nachmittag noch in die Bronx fahren, um mir eine anzusehen.«

»Bronx?« fragten beide und sahen sich beunruhigt an.
»Wie teuer?« fragte Susan.
»Fünfhundert Dollar im Monat.«
Craig schüttelte den Kopf, als wäre das unmöglich, aber Susan nickte. »Park Slope«, sagte sie.

Als Frederick an diesem Abend eintraf, begrüßte ihn Camilla mit einem Lächeln und der Feststellung: »Heute abend lade ich *dich* zum Essen ein.« Sie hatte noch einhundertvierzig Dollar in ihrem Portemonnaie und wollte in das netteste Restaurant gehen, in das Frederick sie ausgeführt hatte – ein kleines französisches Lokal namens Table D'Hôte, das in einer Seitenstraße der Madison Avenue lag. Aber während sie die Straße hinuntergingen und sich Frederick leicht an ihrem Arm festhielt, um sich führen zu lassen und nicht zu stolpern, legte er Widerspruch ein.
»Ich habe eigentlich keine Lust auf französische Küche«, sagte er. »Wenn es dir nichts ausmacht.« Er schwieg eine Weile, als dächte er nach. »Wie wär's mit Chinesisch? Darauf hätte ich schon eher Lust.« Camilla stöhnte. Sie war in New York noch in keinem chinesischen Restaurant gewesen.
»Sicher, wenn du eines kennst.«
Frederick lachte. »Die gibt es an jeder Straßenecke. Aber ich kenne einige gute.« Erst als sie im First Wok saßen, ging Camilla auf, daß er sie ausgetrickst hatte: Ein Essen für zwei Personen würde hier kaum mehr als zwanzig Dollar kosten. Sie sah von der Speisekarte auf und lächelte Frederick zu.
»Das war sehr ungezogen von dir«, sagte sie.
Er zog die Augenbrauen hoch. »Wie bitte?« fragte er, grinste dann aber schuldbewußt. »Also, was feiern wir?« fuhr er fort und wechselte das Thema. »Ich weiß, daß es etwas zu feiern gibt. Hast du den neuen Roman schon fertig?«
Camilla lachte. »Ich habe gerade mal das neue Kapitel fertig«, sagte sie, obwohl sie stolz darauf war, daß sie so gut vorankam. »Nein. Ich habe einen Job gefunden.«
»Einen Job?« fragte Frederick, und sein Lächeln erstarb. »Warum brauchst du einen Job?«
»Wegen des Geldes, Frederick. Natürlich wegen des Geldes. Ich kann nicht für immer deine Gastfreundschaft in Anspruch nehmen.«
»Warum nicht?«
»Warum nicht? Weil es … lächerlich wäre. Ich will nicht von deiner Barmherzigkeit leben. Jetzt, da ich weiß, wie wenig ich tatsächlich für mein Buch bekomme – trotz Alex' Hilfe –, muß ich meinen Gürtel wohl etwas enger schnallen.«
»Was zum Teufel heißt *das* nun wieder? Ist das ein britischer Ausdruck für etwas Modisches?«
»Nein, Frederick. Es bedeutet, daß ich arbeiten gehen und eine billige Wohnung finden muß und mit dem Roman eben etwas langsamer vorankomme. Also habe ich einen Teilzeitjob bei einem kleinen Verlag angenommen, und ich suche mir eine Wohnung in Park Slope.«

»Brooklyn? Du willst in Brooklyn wohnen?«

»Ob ich will, hat damit nichts zu tun. Ich muß das jetzt tun.«

»Nein, Camilla. Was du jetzt tun *mußt*, ist, deinen nächsten Roman fertig zu schreiben, bevor der erste veröffentlicht ist. Denn egal, was passiert – ob das Buch nun ein Bombenerfolg oder ein Flop wird –, du mußt bis dahin unbedingt deine Ideen umgesetzt haben.«

»Genau das ist will ich ja«, sagte Camilla steif.

»Aber warum willst du dann langsamer vorankommen? Warum willst du dich durch einen Job ablenken lassen? Was für ein Job ist das überhaupt?«

Also erzählte ihm Camilla von Craig Stevens, Citron Press und ihrem minimalen Gehalt. »Aber damit und mit dem Vorschuß kann ich mich über Wasser halten, wenn ich eine Wohnung für fünfhundert im Monat finde. Die Leute von Citron Press wissen von ein paar günstigen Wohnhäusern in Brooklyn, und in einem wohnt ein Autor von ihnen. Park Slope scheint eine wahre Autorenenklave zu sein.«

»Das weiß ich nicht. Ich kenne kaum etwas anderes als Manhattan.« Er schwieg. »Ist mein Apartment so ungemütlich?«

Camilla hörte seiner Stimme an, daß er verletzt war. Das war das letzte, was sie beabsichtigt hatte, und doch hatte sie es getan. Ach, sie war in solchen Dingen immer so hoffnungslos ungeschickt! Sie streckte ihren Arm aus, an dem Moo-Shu-Schweinefleisch vorbei, und nahm Fredericks lange Hand in die ihre. »Dein Apartment ist herrlich, und du bist auch wunderbar. Ich kann nur nicht einfach von deiner Barmherzigkeit leben. Das ist nichts für mich.«

»Es ist keine Barmherzigkeit!« sagte Frederick laut. Mehrere Köpfe drehten sich zu ihnen herum. »Es *ist keine* Barmherzigkeit«, wiederholte er, diesmal leiser. »Ich tue das aus Freundschaft. Und um deine Kunst zu unterstützen. Okay, ich gebe zu, daß ich nicht Lorenzo il Magnifico bin, aber es gibt keinen Grund, warum ich nicht dein Mäzen sein sollte.«

Camilla dachte an Gianfranco, der sie als Geliebte hatte haben wollen. Sie konnte ein leichtes Schaudern nicht unterdrücken. Das war zwar nicht das, was Frederick vorschlug, aber sie wollte es trotzdem nicht. »Wir sind hier nicht in Florenz, und wir sind auch nicht im 14. Jahrhundert, Frederick«, entgegnete sie sanft. »Du hast schon so viel für mich getan. Du hast *alles* für mich getan. Du hast mir zu einem ganz neuen Leben verholfen. Aber von jetzt an muß ich mein Leben selbst in die Hand nehmen.«

Frederick entzog ihr seine Hand. »Ja. Es ist nicht leicht, jemand anderen für sich sorgen zu lassen, nicht wahr?« Camilla hörte den Schmerz in seiner Stimme, und wieder wurde ihr bewußt, was er durchmachte. »Ich wünschte, ich müßte auch von niemandem abhängig sein.«

Sie biß sich auf die Lippe. Er hatte nicht viel von seinem Kurs im ›Leuchtturm für Blinde‹ erzählt, aber sie wußte, daß er Schwierigkeiten hatte. Wer hätte die nicht? »Wir alle sind von jemandem abhängig, Frederick. Ich war von dir abhängig. Und das werde ich auch in Zukunft sein. Es geht nur darum, bis zu welchem Grad. Du warst einfach wundervoll. Ich weiß nicht, was ich ohne dich getan hätte. Ehrlich. Ich möchte dich als Freund behalten, für immer, dir vorlesen, dich sehen.«

»Aber ich werde dich nicht mehr sehen können«, sagte Frederick. »Meine Sehkraft läßt nun sehr schnell nach.«

»O Frederick. Das tut mir leid.« Sie schwieg. »Ich werde dir helfen, so gut ich kann.«

»In Brooklyn?«

»Hier, dort, wo immer du mich brauchst«, erwiderte Camilla.

18

›Die Dinge sind in der Verlagsbranche selten das, was sie zu sein scheinen.‹

Anthea Disney

In dem Moment, da sie das Restaurant in Chelsea betraten, das gerade in Mode war, wußte Judith, daß sie völlig falsch angezogen war. Das Restaurant hieß Bistro du Sud, und man hatte das Gefühl, mitten in Frankreich zu sein – nicht, daß Judith jemals in Frankreich gewesen wäre. Es war ein langer, schmaler Raum, dessen Decke mit Weißblech verkleidet war. An den Wänden hingen Schilder, die für französisches Bier warben, und am Eingang gab es einen Tresen aus dunklem Holz. Um den Tresen hatten sich etwa ein Dutzend Leute geschart, und alle, selbst die Männer, waren besser gekleidet als sie. Sie sah an ihrem marineblauen Kleid mit dem weißen Kragen und den weißen Manschetten hinunter und fragte sich, was sie sich nur dabei gedacht hatte, so etwas anzuziehen, aber neben all ihren billigen geblümten Kleidern hatte dieses hier modisch und raffiniert ausgesehen. Zu spät wurde ihr nun klar, daß sie ein typisches Vorstadtkleid trug und genauso aussah, wie man sich eine langweilige Ehefrau vorstellte.

Auf dieser Party wurde die Filmoption gefeiert, die Hollywood gekauft hatte. April Irons, die Produzentin von *Jack und Jill* und *The Extinction,* würde den Film machen. Daniel war über diese Nachricht so aufgeregt gewesen, daß er zwei Nächte lang nicht hatte schlafen können. Trotzdem sah er gut aus – er sprudelte förmlich über vor Energie und Begeisterung. Er hatte Judith erzählt, daß es noch einen anderen Grund für die Party gab: Ein Buchclub war an *Mit voller Absicht* interessiert, wollte das Buch aber nicht als Hauptvorschlagsband nehmen. Und offensichtlich wollte Davis & Dash es nicht als Alternativband verkaufen. Also wurde diese Party gegeben, um den toten Punkt in den Verhandlungen zu überwinden, indem die Leute vom Buchclub den Autor selbst in Augenschein nahmen, bevor sie eine endgültige Entscheidung trafen.

Es war reine Ironie, daß sie sich die wahre Autorin nicht ansehen würden. Von dem Moment an, da sie das Bistro betreten hatte, hatte Judith das Gefühl, unsichtbar zu sein. Als sie sich der Bar näherten, hielt sie sich an Daniels Oberarm fest, obwohl sie genau wußte, daß auch dieses Verhalten sie als typische Vorstadtehefrau auswies. Trotzdem – sie ertrug es einfach nicht, sich ohne Schutz mitten unter diese Leute zu begeben, die überwiegend Schwarz trugen und allesamt schlanker und flotter waren als sie. Daniel ging weiter und wurde von einer großen, breitschultrigen Frau begrüßt, die in Judiths Alter zu sein schien. Judith versuchte zu lächeln. Hatte *sie* die Notiz für Daniel im Manuskript hinterlassen? War dies Pam Mantiss? Doch selbst Judith konnte, trotz ihres Verdachts, erkennen, daß diese Frau und Daniel nichts miteinander verband – falls die beiden nicht die besten Schauspieler seit Olivier und Leigh waren.

»Der Autor des Jahres«, sagte die Frau heiter, aber ohne echte Wärme. »Wie ist der Verkauf der Filmrechte gelaufen?«

David lächelte bescheiden. »Na ja, ziemlich gut«, erwiderte er. »Es ist ein Spitzenteam.«

»*Sie* sind spitze«, sagte eine andere Frau mit Verve. Sie war älter und hatte ein ziemlich verlebtes Gesicht. Doch trotz ihrer schmalen Lippen und der Falten zwischen Nase und Mund war sie – mit den wilden Haaren und ihrer sinnlichen Ausstrahlung – durchaus attraktiv. Judith spürte, daß von ihr eine große sexuelle Anziehungskraft ausging. »Und Sie müssen Mrs. Daniel sein«, sagte die ältere Frau. Ihre schmalen Augen schienen Judith abzutasten, und ihr Blick verweilte vor allem bei ihrem schlechten Haarschnitt, ihrem dämlichen Kleid und den breiten Hüften. Judith fühlte sich, als wäre ihr Wert innerhalb einer Millionstelsekunde taxiert worden. Die schmalen Lippen lächelten, aber es war kein anerkennendes Lächeln. Die Frau hielt ihr die Hand hin. »Ich bin Pam Mantiss«, sagte sie. »Ich bin die …« Sie machte eine Pause – war es nicht eine unangebrachte Pause? »… Lektorin Ihres Mannes. Und sein größter Fan.«

Judith überlegte, ob Pam nicht vielleicht etwas anderes hatte sagen wollen, aber da kam die andere Frau auf sie zu, die Daniel zuerst begrüßt hatte. »Ich bin Emma Ashton«, sagte sie und hielt ihr die Hand hin. »Wir haben vor einiger Zeit miteinander telefoniert.« Judith nahm ihre Hand und nickte leicht beunruhigt. Sie erinnerte sich an jenen Morgen, aber ihr fiel nichts ein, was sie sagen konnte.

»Ich war im Morgenmantel«, sagte sie dann. Emma blinzelte. Judith ging auf, daß ihre Bemerkung etwas zusammenhanglos klingen mußte, aber plötzlich war die Erinnerung wieder voll da, und die Worte waren ihr einfach entschlüpft. Sie hatte sich damals den ganzen Morgen über erbrochen. »Ich war noch im Morgenmantel, als Sie mich anriefen«, wiederholte sie in dem vagen Versuch, etwas zu erklären. Was sollte sie schon sonst sagen?

»Kommen Sie, Jude. Ich möchte, daß Sie Jim Reiner vom Buchclub kennenlernen«, sagte Pam Mantiss und nahm ihn beim Arm. »Ich besorge Ihnen einen Drink und mache Sie mit allen bekannt. Die Leute vom Buchclub sind ganz scharf darauf, Sie kennenzulernen, seit sie von der Option gehört haben. Ich rieche einen Hauptvorschlagsband«, sagte sie mit kehliger Stimme und zog ihn mit sich.

»Und was machen Sie?« fragte Emma Ashton Judith.

»Äh, ich …« Sie hielt inne. Was sollte sie sagen? Daß sie ihr Studium abgebrochen hatte? Daß sie Ghostwriter war? Oder Hausfrau? Also stand sie einfach nur da, in ihrem dämlichen Kleid, gab vor, nicht die Autorin zu sein, nicht außer sich und nicht so wütend auf Daniel zu sein, daß sie sich wünschte, das Glas, das er an die Lippen hob, möge Batteriesäure enthalten statt Beaujolais. Sie sah sich um. Eine Menschenmenge drängte sich um

Daniel und Pam Mantiss, die an der Ecke der langen Bar im Mittelpunkt standen. Ein junger Mann mit Pferdeschwanz sagte etwas, und Daniel brach in lautes Gelächter aus. Judith zählte die Leute, die sich dort versammelt hatten und darauf warteten, mit Daniel sprechen zu können. Wie angewurzelt stand sie auf ihrem Platz, unsichtbar und allein. Daniel befand sich wie immer im Mittelpunkt, aber diesmal – im Gegensatz zu früher, wenn sich Studenten und Fakultätsmitglieder um ihn geschart hatten und etwas von seinem Glanz auf sie abgestrahlt hatte – wurde sich Judith nur um so stärker ihrer Bedeutungslosigkeit bewußt. Und ihrer Wut. Der Ruhm, den er einheimste, gebührte *ihr*, und sie hatte zugelassen, daß er ihn ihr wegnahm. Sie merkte, daß Emma Ashton immer noch neben ihr stand und sie nun etwas beunruhigt ansah.

»Geht es Ihnen gut?« fragte Emma. Judith konnte nur nicken. »Das ist ein *sehr* gutes Zeichen, diese Option«, sagte Emma, als wollte sie sie aufmuntern. »Sie müssen sehr stolz auf Ihren Mann sein.«

Judiths Kopf ruckte hoch, und einen Moment lang war sie versucht, mit der Wahrheit herauszuplatzen. Sie fragte sich, wie diese Frau darauf wohl reagieren würde. Sie sah zu Daniel hinüber. Wie würde er reagieren? Sie *mußte* mit ihm sprechen. So konnte es auf keinen Fall weitergehen. Er würde es ihnen allen sagen müssen, welche finanziellen Einbußen auch immer das nach sich ziehen mochte oder wie sehr es sein Ego kränken würde. Denn – soviel wurde Judith klar – falls das noch lange so weiterging, würde es sie umbringen.

Mit Hilfe einer ungeahnten Kraft schaffte sie es, sich durch die Menge zu kämpfen und an Daniels Seite zu gelangen. Pam Mantiss hatte sich bei ihm eingehakt, und sie sprachen mit einem älteren Mann, der klein und sehr gut gekleidet war. Judith ergriff Daniels anderen Ellenbogen und zog an seinem Ärmel. Ungerührt sah er weiter den kleinen Mann an. Judith zog noch einmal heftig an seiner Jacke. Sie war anscheinend nicht nur unsichtbar. Vielleicht war sie schon tot – ein echter Geist. Wie hieß die Frau in *Topper?* Marian Kirby. Niemand außer Topper konnte sie sehen.

Schließlich sah Daniel nachsichtig zu ihr herunter. »Oh, Entschuldigung«, sagte er – nicht zu Judith, sondern zu dem kleinen Mann. »Gerald, das ist meine Frau Judith. Judith, darf ich dir Gerald Ochs Davis vorstellen?«

Judith brachte mühsam ein Nicken zustande und sagte dann: »Ich muß mit dir sprechen.« Daniel lächelte gelangweilt und ignorierte sie völlig. Hatte auch Topper Marian ignoriert? Vermutlich ja, aber daraufhin hatte Marian die Initiative ergriffen.

»Gerald erzählte gerade, daß wir beide wohl um einen Platz auf der Bestsellerliste der *Times* kämpfen werden«, sagte Daniel zu ihr. »Aber ich …«

»Ich muß *jetzt* mit dir sprechen«, sagte Judith mit so lauter Stimme, daß die Gespräche an der Bar verstummten. Daniel sah sie und dann wieder die Schar an, die sich um ihn drängte. Er zog seine Augenbrauen hoch.

»Entschuldigen Sie mich«, sagte er dann achselzuckend und lächelte. »Meine Frau scheint mich zu brauchen.«

Ihn immer noch am Ellenbogen haltend, zog Judith ihn aus der Menge heraus. Aber wohin sollte sie gehen? Nicht nach draußen auf die Straße. Sie wollte ein wenig Abgeschiedenheit. Sie zog ihn weiter in das langgestreckte Restaurant hinein, an den leeren Tischen vorbei, die bereits für das Festessen gedeckt waren, und blieb in dem Flur stehen, der zu den Toiletten führte.

»Was tust du da?« fauchte Daniel leise. »Bist du betrunken?« Er klang wütend, aber diesmal ließ sie sich davon nicht einschüchtern.

»Ich halte das nicht aus, Daniel«, sagte sie. »Es ist nicht fair. Es ist einfach nicht richtig. Keine Geheimnisse mehr. Wir müssen es ihnen sagen.«

»Wir müssen ihnen was sagen?« fragte Daniel. Sie sah ihn an. Er starrte wütend zurück. War er verrückt geworden? Konnte denn irgendein Zweifel daran bestehen, was hier bekanntgemacht werden sollte?

»Wir müssen ihnen von mir erzählen. Daß ich das Buch geschrieben habe.«

»Bist du verrückt geworden?« zischte Daniel und riß die Augen auf. »Bist du völlig übergeschnappt?«

Genau in diesem Augenblick eilte jemand an ihnen vorbei, der offensichtlich auf der Toilette gewesen war. »Judith, du bist schon wieder betrunken«, sagte Daniel mit so lauter Stimme, daß Judith erschrak.

»Ich bin *nicht* betrunken«, protestierte sie. »Ich hatte noch nicht einmal Zeit, mir etwas zu trinken zu holen. Außerdem kann ich nichts trinken. Wegen des Babys.« Sie begann zu weinen.

Daniel schwieg. War es Einbildung, oder wirkte er tatsächlich ein wenig schuldbewußt? Vielleicht sah er ja jetzt ein, daß er zu weit gegangen war. Vielleicht würde doch noch alles gut werden. »Judith, das ist jetzt nicht der richtige Zeitpunkt. Mir geht so viel im Kopf herum. Es gab so viel, was ich bewältigen mußte.«

»So viel, was *du* bewältigen mußtest?« fragte Judith, und ihre Stimme wurde schrill. »Daniel, das funktioniert so nicht. Wir *müssen* es ihnen sagen. Und wenn du es nicht tust, dann tue ich es. Und zwar jetzt.« Daniel blickte sie an, und trotz des dämmrigen Lichtes im Flur konnte sie sehen, daß er blaß wurde. Topper verwandelte sich in einen Geist.

»Bist du verrückt oder nur dumm?« Er packte sie so fest am Arm, daß sie zusammenzuckte. »Wir erzählen niemandem auch nur ein Sterbenswort. Außerdem gibt es gar nichts zu erzählen.« Dann legte er beide Hände auf ihre Schultern und senkte die Stimme. »Judith, wir haben eine Abmachung. Wir spielen dieses Spiel nach bestimmten Regeln. Siehst du denn nicht, was hier los ist? Siehst du nicht die Möglichkeiten, die sich jetzt für uns auftun? Glaubst du vielleicht, Gerald Davis taucht auf jeder Party für einen Erstlingsautor auf? Kauft April Irons etwa von jedem Buch eine Option? Es ist alles sehr kompliziert. Der Typ vom Buchclub möchte dieses Wochenende mit mir Golf spielen. Das Buch hat *wirklich* alle Chancen, ein Knüller zu werden. Er hat überall Beziehungen. Der Roman könnte Kritiken in der *Times* und der *Washington Post* bekommen. Er könnte in den Kolumnen erwähnt werden. Und wenn einer von diesen Leuten hier glaubt, daß mit dem Buch etwas nicht stimmt, oder wenn irgendwem etwas seltsam vorkommt, dann lassen sie es einfach fallen. Wir würden kein Geld mehr bekommen. Und dann wäre alles umsonst gewesen.«

»Das ist mir egal. Es ist mir egal, ob wir auch nur einen weiteren Cent bekommen. Ich werde hier nicht weiter herumstehen, mich wie Luft behandeln lassen und mich ausgeschlossen fühlen.« Judith war immer lauter geworden. Daniel versuchte, sie zu bewegen, ihre Stimme zu senken. Sie spürte, wie sich seine Finger in ihre Schultern gruben, aber sie redete weiter, wenn auch leiser. »Daniel, du erzählst es ihnen heute abend, sonst tue ich es. Das ist überhaupt nicht kompliziert. Es ist ganz einfach.«

Die Leute von Davis & Dash waren auf mehrere lange Tische im hinteren Teil des Restaurants verteilt worden. Judith hatte keinen Platz neben Daniel bekommen; er saß zwischen Gerald Ochs Davis und Pam Mantiss und sie selbst zwischen einem Typ mit Pferdeschwanz – einem Artdirector namens Jack – und Emma Ashton. Man konnte nur schwer verstehen, was auf der anderen Seite des großen Tisches gesprochen wurde. Sie hörte nichts von dem, was ihre Tischnachbarn sagten, weil sie damit beschäftigt war, dem Gespräch der ihr gegenübersitzenden Personen zu lauschen. Sie beobachtete Daniel. Teilte er Pam Mantiss gerade die Neuigkeit mit? Aber sie lachte. Das würde sie sicherlich nicht tun, wenn ihr Daniel etwas erzählt hätte. Vielleicht lachte sie ja auch, weil sie es nicht glauben konnte.

Ab und zu ergriff Mr. Davis das Wort, woraufhin alle schwiegen, um dann alle gleichzeitig wieder anzufangen zu reden, aber die meiste Zeit über schien Pam Mantiss Daniels Aufmerksamkeit gepachtet zu haben. Sie hatte ihren Arm auf jene männliche Art um Daniels Stuhllehne gelegt, wie es Jungen zu tun pflegen, wenn sie ihre Mädchen ins Kino ausführen. Ständig beugte sie sich zu ihm herüber und unterhielt sich flüsternd mit ihm. Die restliche Zeit plauderte sie mit dem Mann vom Buchclub, der auf ihrer anderen Seite saß. Aber mit Daniel unterhielt sie sich flüsternd. Nun, es war nicht direkt ein Flüstern, eher ein Murmeln, und Daniel trank und lachte. Seit Judith ihn kannte, hatte sie ihn nie so viel trinken sehen oder lachen hören. Nun, wenn er das braucht, um sich Mut zu machen, dann soll es mir recht sein, sie Judith. Solange er es nur irgendwann sagt.

Gerald Ochs Davis hatte einen Toast ausgebracht. Ihm schloß sich Pam Mantiss an, die dabei ständig Augenkontakt mit Daniel suchte. Judith war das inzwischen egal. Bald würde sie inmitten dieser Heldenverehrung aufstehen und selbst zur Heldin werden. Jawohl. Genau in diesem Augenblick stand zu ihrer Überraschung Daniel auf. Offenbar wollte er es vor allen Leuten sagen. Vielleicht war das ja das Beste.

»Ich möchte Ihnen allen für ihre enorme Unterstützung danken«, sagte er und ließ seinen Blick über die Runde schweifen. »Ich glaube nicht, daß je ein Erstlingsautor bei einem Verlag so willkommen geheißen wurde wie ich bei Davis & Dash. Aber ich muß Ihnen etwas sagen.« Judith spürte, wie ihr Herz heftig zu klopfen begann, und versuchte, sich zusammenzureißen. Egal wie sie reagieren würden, sie war auf alles gefaßt. Das war wichtig. Ihr Magen zog sich zusammen, und ganz plötzlich begann sie zu zittern. Trotz ihrer Drohung konnte sie nicht glauben, daß Daniel es auf diese Weise publik machen wollte. Sie glättete ihren Rock und rückte ihren Kragen gerade. »Schreiben ist eine einsame Arbeit. Aber in gewisser Weise habe ich Glück gehabt. Ich mußte den langen, schmerzhaften Weg nicht allein gehen. Dieses Buch wäre nicht das, was es ist, hätte kein solches Potential, wenn mich nicht eine bestimmte Frau unterstützt hätte. Eine Frau mit echter literarischer Begabung, der ich sehr dankbar bin.«

Judith hob ihren Kopf und starrte Daniel über den Tisch hinweg an. Sie war einer Ohnmacht nahe, aber ihre Wangen hatten sich gerötet. Er hob sein Glas. »Auf Pam Mantiss, meine Lektorin.«

Beifälliges Gemurmel erklang, und jeder erhob sein Glas und trank. Judith war so perplex, daß sie ihr Glas fallen ließ. Es landete auf dem Tisch. Zwar zerbrach es nicht, aber der Wein ergoß sich über das weiße Tischtuch, und es gab ein wenig Aufregung, als man der sich ausdehnenden Pfütze Einhalt zu gebieten versuchte. Dann stellte Emma Ashton das Glas so unauffällig wie möglich wieder auf, und der Pferdeschwanz füllte es nach, aber Judith trank nichts. Über den Tisch hinweg starrte sie Daniel an. Er erwiderte ihren Blick und wandte sich dann ab. Was hatte sie in seinen Augen gelesen?

»Und ich möchte noch jemandem danken«, sagte er. »Kein Schriftsteller, der verheiratet ist, sollte den Beitrag unterschätzen, den seine Gattin leistet. Ich möchte Judith für die Zeit danken, die sie investiert hat, und für alles, was sie ertragen hat. Und wenn auch deine Tipperei nicht gerade großartig war, mein Schatz, so war es deine Haltung um so mehr.«

Die Leute lachten und hoben ihre Gläser. Judith saß da wie versteinert. Das war alles? *Das* sollte sein Dank gewesen sein? Sein Geständnis? Er hatte sie vor allen lächerlich gemacht. Sie wollte gerade etwas sagen, irgend etwas, als Gerald das Wort ergriff und wieder Stille einkehrte.

»Nun, Jude, was wollen Sie jetzt, da die Filmindustrie eine Option gekauft hat, mit dem ganzen Geld anfangen?« fragte er.

»Mir einige Hemden kaufen, wie Sie sie tragen«, erwiderte Daniel, und alle am Tisch brachen in brüllendes Gelächter aus.

Bis auf Judith.

19

›Nicht jeder Schriftsteller kann mit jedem Lektor zusammenarbeiten. Es kann passieren, daß ein Projekt mit großer Begeisterung begonnen wird, aber im Sande verläuft, weil die Chemie nicht stimmt.‹

Betty A. Prashker

»Mrs. Trawley ist am Telefon.«

Pam wußte nicht, was sie schlimmer fand: mit Trawleys Witwe zu sprechen oder sich einer Zahnfleischoperation unterziehen zu müssen. Nicht daß sie eine Wahl gehabt hätte – sie mußte mit Trawleys Witwe sprechen, und ihr Zahnarzt hatte ihr erklärt, daß ihr Zahnfleisch kaputt sei. Pam nahm den Hörer ab. »Hallo, Edina«, sagte sie in einem sehr unangenehmen Ton. »Was kann ich für Sie tun?«

»Sie können dieses Manuskript verbessern«, schnauzte Edina Trawley. »Ich weiß nicht, wie Sie es fertiggebracht haben, die Arbeit meines Mannes so lange zu lektorieren, ohne im geringsten zu verstehen, um was es geht.« Pam war immer wieder überrascht, daß ein Zuckerpüppchen aus dem Süden so fauchen konnte, wie Edina es gerade tat. »Peets Arbeit hatte immer eine spirituelle Komponente, das gewisse Etwas, das bei diesem Entwurf völlig fehlt. Ich bin *sehr* enttäuscht.«

Spirituelle Komponente? Das gewisse Etwas? Edina hatte offenbar entdeckt, daß es Spaß machte, die Arbeit anderer zu kritisieren. Aber was zum Teufel meinte sie damit? Peet Trawleys Schauerromane waren Schund gewesen, mit einer guten Portion Satanismus und Sex. Aber daß sie ein gewisses Etwas gehabt hätten – nein, das konnte man nicht behaupten.

»Edina, ich bin nicht sicher, ob ich Ihnen folgen kann.« Pam wollte Zeit schinden, außerdem wußte sie, daß Edina keine Ahnung hatte, wovon sie redete. Zwar gab es ein Problem, aber das hatte nichts mit spirituellen Komponenten oder dem gewissen Etwas zu tun. Das Problem lag darin, daß der Roman einfach schlecht war. So unglaubwürdig und hanebüchen Peets Bücher oft gewesen waren – dieser Roman war noch um einiges schlechter. Sie hatte ihn bereits zweimal überarbeitet und den armen Stewart gezwungen, ihn zweimal komplett umzuschreiben, aber dadurch war er auch nicht besser geworden. Pam war zu dem Schluß gekommen, daß Peet fest an diesen Schwachsinn, den er schrieb, geglaubt haben mußte, und seine Bücher deshalb eine Dynamik besaßen, die ihrer und Stewarts armseliger Arbeit völlig fehlte. Ein Leser roch sozusagen, ob ein Autor hinter seiner Arbeit stand. So waren Danielle Steels schwachsinnige Bücher lesbar, weil die Steel fest an ihre Frauenmärchen glaubte.

»Ich *versuche* Ihnen gerade klarzumachen, daß dem Buch etwas Wesentliches fehlt: Authentizität. Sie müssen daraus ein authentisches Peet-Trawley-Buch machen.«

»Edina, es kann nicht authentisch sein. Peet ist tot«, erklärte Pam entschieden. Das ist sowieso das erstemal, daß du dir die Mühe machst, eines der Manuskripte zu lesen, geschweige denn es zu kritisieren, du Hexe, fügte sie im stillen hinzu. Vor seinem Tod hatte sich Peet immer wieder beklagt, wie wenig Interesse Edina an seiner Arbeit zeigte. Und jetzt wollte sie plötzlich etwas von einer spirituellen Komponente und dem gewissen Etwas seiner Bücher wissen? Sie konnte ihr den Buckel runterrutschen!

Aber Pam hatte ihren Honoraranteil des Geldes bereits ausgegeben und konnte es sich nicht leisten, die Worte zu sagen, die ihr auf der Lippe lagen. Und das gefiel ihr überhaupt nicht. Als Cheflektorin hatte sie Autoren jahrelang deren Unzulänglichkeiten vorgehalten, und es sagte ihr gar nicht zu, daß der Spieß plötzlich umgedreht wurde. Sie fand es unglaublich, daß sie gezwungen war, sich das schwachsinnige Gerede irgendeiner dämlichen Kuh aus dem Süden anzuhören und sich mangelnde schriftstellerische Qualitäten vorwerfen zu lassen. Als nächstes würde Edina ihr den Unterschied zwischen einer Metapher und einem Gleichnis erklären. »Nun, was schlagen *Sie* vor, Edina?«

»Ich denke, Sie sollten aus dem Roman was rausholen. Sie sollten es besser machen.«

Pam hätte fast laut herausgelacht. *Das* war ja wirklich eine hilfreiche redaktionelle Anleitung! In Zukunft würde sie ihre Autoren einfach nur anweisen, ›es besser zu machen‹. »Hören Sie, Edina. Ich denke, daß man den Schluß noch etwas straffen und Marie etwas sympathischer machen könnte. Das würde doch helfen, nicht wahr?« Pam nahm sich fest vor, Stewart in den Hintern zu treten, wenn sie ihn das nächste Mal sah. Mit diesem Scheißkerl würde sie nie wieder zusammenarbeiten. Sie würde ihm nicht nur das Geld vorenthalten, das sie ihm für *dieses* Manuskript schuldete, sondern auch nie wieder einen seiner dämlichen Romane veröffentlichen. »Glauben Sie, daß das was hilft, Edina?«

»Na ja, ich dachte eigentlich an so etwas wie *Die Prophezeiungen der Celestine*. Ich habe gelesen, daß davon sehr viele Exemplare verkauft worden sind, und es ist ein sehr spirituelles Buch.«

Wenn man unter ›spirituell‹ verstand, daß es neunundsiebzig Wochen lang auf der Bestsellerliste der *New York Times* gestanden hatte und über zwei Millionen Hardcover-Exemplare davon verkauft worden waren, dann war es tatsächlich ein spirituelles Buch. Für Pam war es schlicht ein verdammtes Wunder. Und es hatte nicht das geringste mit Peet Trawleys Büchern zu tun.

»Jedenfalls«, fuhr Edina fort, »will ich, daß Sie es verbessern. Außerdem habe ich mir überlegt, daß wir noch drei weitere nachschieben könnten.«

»Wie bitte?« Verdammt noch mal! Erst beklagte sich die Hexe, und dann wollte sie den Vertrag verlängern? Zum erstenmal an diesem Morgen lächelte Pam. Hier ging es nicht um Kunst. Hier ging es ausschließlich um Geld. *Das* war für Edina Trawley das gewisse Etwas. Pam versuchte zu überschlagen, wieviel sie dafür verlangen konnte und wieviel sie an Stewart zahlen mußte. Wenn sie dazu gezwungen war, würde sie weiter mit ihm zusammenarbeiten. »Darüber läßt sich reden. Ich bin sicher, daß Mr. Davis Interesse daran hat.«

»Also schön«, sagte Edina in ihrer schleppenden Sprechweise. »Machen Sie aus diesem hier etwas Ordentliches, und reden Sie dann mit unseren Rechtsanwälten.«

Pam lehnte sich zurück, trank einen Schluck Snapple, nahm den Hörer ab und wählte Stewarts Nummer.

In Pams Wohnung sah es aus wie auf einem Schlachtfeld. Christophe konnte sie die Schuld nicht in die Schuhe schieben – er war so unordentlich wie alle Neunjährigen, aber er beschränkte sich dabei weitgehend auf seine eigene Räuberhöhle. Nein, für das Chaos war hauptsächlich sie verantwortlich. Auf der Küchentheke lagen noch die Verpackungen der letzten beiden Schnellimbiß-Mahlzeiten; fast alle waagerechten Flächen waren mit leeren oder halbvollen Flaschen und Gläsern zugestellt. Schuhe waren achtlos in die Ecke geworfen worden, und auf der Sofalehne türmten sich die Kleider, die sie nach dem Ausziehen einfach dort liegen gelassen hatte, mit Ausnahme von jenen, die zerknittert in einem Haufen auf dem Boden lagen. Überall stapelten sich ungeöffnete Post, unbezahlte Rechnungen und Manuskriptseiten. Ich brauche unbedingt eine Haushälterin, die den ganzen Tag hier ist, dachte Pam. Und mit dem Geld von dem Trawley-Vertrag – dem neuen Drei-

Bücher-Vertrag – konnte sie sich das auch leisten. Außerdem einen neuen Wagen, ein paar neue Möbel und eine Anzahlung für ein Wochenendhäuschen. Sie mußte nur noch Stewart ein wenig schikanieren, damit er die letzten Änderungen vornahm, ihn dann dazu bringen, auch die nächsten Manuskripte zu schreiben, und schließlich den Scheck einlösen.

Stewart würde jede Minute hier sein. Pam holte zwei schwarze Müllsäcke aus der Küche und schloß die Tür hinter dem Chaos. Während sie durch das Wohn- und Eßzimmer ging, stopfte sie alles – Kleider, Papiere, Gläser, Flaschen und Besteck – in die Säcke, die sie schließlich im Flurschrank verstaute. Sie war gerade fertig geworden, als Stewart am Hauseingang klingelte.

Pam war in Kampfesstimmung. Und die Kämpfe, die Lektoren und ihre Autoren ausfochten, konnte man durchaus als Krieg bezeichnen. Beiläufig fragte sie sich, ob wohl alle Lektoren ihre Schriftsteller so bewunderten und gleichzeitig haßten wie sie – und sie ebenso beneideten. Es war merkwürdig, aber seit sie gemerkt hatte, daß sie nicht schreiben konnte, war ihr Haß nicht geringer geworden, sondern noch größer. Als sie Stewart das letztemal gesehen hatte, hatte er ausgesehen wie ein geprügelter Hund. Sie hatte ihm das Manuskript an den Kopf geworfen und ihm befohlen, es noch einmal umzuschreiben. Er hatte gejammert und gebettelt, daher war sie zu Beleidigungen und Drohungen übergegangen. Es machte sie rasend, daß Stewart, auch wenn er nur ein Auftragsarbeiter war, sich hinsetzen und schreiben konnte, während sie – die immer getönt hatte, sie werde es eines Tages auch tun – das nicht schaffte. Und mit dieser Erkenntnis konnte sie nur leben, indem sie ihn quälte.

Als ihre Türklingel ertönte, ging sie den Flur hinunter und öffnete die Tür. Der Stewart, der hier vor ihr stand, wirkte nicht mehr wie ein geprügelter Hund. Pam hatte die gleichen überlebenswichtigen Instinkte wie ein wilder Wolf, und sie konnte es förmlich riechen, wenn sich etwas verändert hatte. Und hier hatte sich etwas verändert – Stewart sah unordentlich und zerzaust aus wie immer, dennoch wirkte er anders. Sie hatte das Gefühl, es müsse etwas mit seinen Schultern zu tun haben, obwohl ihr bis jetzt noch gar nicht aufgefallen war, daß Stewart Schultern *hatte*. Er schien auch dünner geworden zu sein. Herrgott, dachte sie, ist er vielleicht krank? Hat er Aids? Dem Typ nach könnte er bisexuell sein, und ich habe wahrscheinlich mit ihm geschlafen! Sie ermahnte sich, ruhig zu bleiben, und führte ihn durch den dunklen Flur in den großen Raum, der als Wohn- und Eßzimmer diente. Sie setzte sich auf ihre Ledercouch, schlug die Beine übereinander und beschloß dann, sich etwas zuvorkommender zu zeigen. »Machen Sie Diät?« fragte sie ihn.

Doch er schien sie gar nicht gehört zu haben. Er warf den dicken Umschlag mit den letzten Überarbeitungen auf den Kaffeetisch. »Das war's, Pam. Ich habe es so gut gemacht, wie ich konnte. Ich weiß nicht, ob Sie damit glücklich sind. Ich weiß nicht, ob Sie überhaupt etwas glücklich machen kann. Aber ich bin fertig.«

Pam spürte, wie sich ihr Magen zusammenzog. Er bezog sich nicht nur darauf, daß er mit dem Manuskript fertig war, das konnte sie spüren. »Sind Sie krank?« fragte sie.

»Sie machen mich krank«, erwiderte er, und da wurde ihr klar, daß sein Gewichtsverlust nicht Aids zuzuschreiben war, sondern seiner Wut. In ihre Erleichterung mischte sich Besorgnis. Die Vorstellung, sich einen neuen Autor suchen und zu völligem Stillschweigen verpflichten zu müssen, war ebenso gräßlich wie die Befürchtung, Stewart könnte nun anfangen zu reden – fast ebenso scheußlich wie die Vorstellung, daß er an einer tödlichen Krankheit litt. Die Branche würde sicherlich nicht gerade sehr freundlich mit einer Lektorin umspringen, die in betrügerischer Absicht ein von einem Ghostwriter verfaßtes Buch als posthum erscheinendes Buch ausgab. Fast noch schlimmer allerdings wären der Hohn und Spott, mit dem sie bedacht werden würde, wenn jemals durchsickern sollte, daß sie die Verfasserin war und nur derart minderwertigen Schrott zustande gebracht hatte. Am schlimmsten war jedoch, daß sie das Buch von jemand anderem hatte schreiben lassen und das meiste Geld für sich behalten hatte – das war ein klarer Interessenkonflikt und ihren Autoren gegenüber verantwortungslos. Sie zwang sich, gelassen zu bleiben, was ihr, zumindest nach außen hin, auch gelang. Sie setzte beide Füße auf den Boden und fragte:

»Wollen Sie etwas trinken?«

Stewart schüttelte den Kopf. Er weigerte sich, Platz zu nehmen. Es war offensichtlich, daß er seine ganze Willenskraft gebraucht hatte, um ihr entgegenzutreten, und zwar im wörtlichen wie im übertragenen Sinn. Das war ein gutes Zeichen.

»Ich glaube auch, daß Sie fertig sind, Stewart.« Sie sah zu ihm auf in der Hoffnung, ihn zusammenzucken zu sehen, aber er zeigte keine Reaktion, abgesehen davon, daß sich der angespannte Zug um seinen Mund etwas zu lockern schien – aus Erleichterung? »Und noch etwas. Ich glaube, ich muß mich bei Ihnen entschuldigen.« Er reagierte immer noch nicht, schien nicht einmal überrascht, aber sie war sich nicht sicher, ob er ihr überhaupt zuhörte. Offenbar war er darauf erpicht, selbst etwas loszuwerden. »Ich weiß, daß ich hart mit Ihnen umgesprungen bin, Stewart. Aber ich hatte einen wichtigen Grund. Sie sind gut, das wissen Sie. Sie sind wirklich gut. Aber Ihnen fehlen Disziplin und eine rationelle Arbeitsweise. Das haben ich Ihnen schon ganz zu Anfang gesagt. Ich dachte, wenn ich Sie vorantreiben würde, könnte ich das Bestmögliche aus Ihnen herausholen, was Ihnen ja auch bei Ihren eigenen Büchern zugute käme. Ich dachte, Sie könnten das aushalten. Das war mein Fehler. Ich wollte nur Ihr Bestes, aber ich habe Sie zu hart angefaßt. Dafür möchte ich mich entschuldigen.«

Stewart blieb zwar weiterhin stehen, aber er holte tief Luft. Er war ein so anständiger Kerl, daß Pam fast lachen mußte. »Okay«, sagte er. »Hier ist die letzte Fassung. Bezahlen Sie mich, wenn Sie wollen, oder lassen Sie es bleiben. Aber ich rühre das hier nicht mehr an.« Dann, unglaublich, aber wahr, drehte er sich um und ging den Flur hinunter. Pam war einer Panik nahe, aber dann bekam sie sich wieder in die Hand und brach in Gelächter aus. Stewart blieb stehen.

»Stewie, Stewie.« Sie dehnte die Silben wie ein kleines Kind. »He, Stewie, nehmen Sie es doch nicht so persönlich. Sicher, ich habe getobt und Ihnen gedroht. Wie ich schon sagte – das war ein Test, und Sie haben ihn bestanden. Sie haben mit Bravour bestanden, Stewie. Aber Sie bekommen keine Note von mir, sondern einen dicken, fetten Buchvertrag. Nun, um ehrlich zu sein, sogar zwei.« Stewart drehte sich um und sah sie an. »Kommen Sie, setzen Sie sich eine Minute zu mir.« Sie hielt den Atem an, als er zögerte. Aber schließlich machte er die vier entscheidenden Schritte, kam zurück in das Wohnzimmer und setzte sich in den Sessel, der am weitesten von ihr entfernt war. Pam schwitzte, hoffte aber, daß es nicht auffiel. Ihr Fisch hatte den glitzernden Köder entdeckt. Aber würde er ihn auch schlucken?

Sie versuchte, ein ernstes Gesicht zu machen. »Hören Sie, Stewart, das war die Feuertaufe, und ich weiß, daß Sie das Gefühl haben, sich böse verbrannt zu haben. Aber im Gegenteil – Sie haben das so bravourös gemeistert wie ein Löwe einen Sprung durch einen brennenden Reif.« Sie legte ihre Hand auf das Manuskript, das vor ihr auf dem Tisch lag. »Ich brauche es gar nicht erst zu lesen, um zu wissen, daß es gut ist. Schon Ihr letzter Entwurf war gut, aber jetzt ist es *wirklich* gut. Eine gute Arbeit, und Sie bekommen Ihre Belohnung.« Sie schwieg, nahm das Manuskript und legte es auf ihren Schoß. »Stewart, ich möchte Ihnen einen Vertrag über drei Ihrer eigenen Bücher anbieten. Und ich verdopple den Vorschuß auf fünfzigtausend pro Buch.«

Er öffnete den Mund und schloß ihn wieder, wie ein Fisch, der nach Luft schnappte. Er hatte den Köder geschluckt. Aber zappelte er wirklich schon am Haken? Er rührte sich nicht. Nach einer Weile fragte er: »Kann ich das ökologische Buch machen?« Pam, nun zuversichtlich, begann die Angelschnur einzuholen. Seit Jahren lag ihr Stewart mit irgendeinem dämlichen Buch über ein ökologisches Thema in den Ohren. Bücher dieser Art brachten nie Geld ein. Aber Pam lächelte ihm wohlwollend zu. Bei den Trawley-Büchern standen Millionen von Dollar auf dem Spiel.

»Als drittes Buch, Stewie. Wenn Sie auf dem Höhepunkt Ihrer Leistungsfähigkeit angekommen sind. Aber das ist noch nicht alles«, sagte sie, machte eine kleine Pause, um den dramatischen Effekt zu verstärken, und fuhr fort: »Ich möchte, daß wir beide unter der Hand noch einen Vertrag über drei Bücher abschließen – drei weitere Trawley-Bücher. Das, mein Lieber, würde Ihnen dreihunderttausend Dollar einbringen.« Und ihr eine Million! »Sie könnten in eine Wohnung mit Klimaanlage ziehen«, bemerkte sie lächelnd.

Stewart wurde blaß, und selbst auf die Entfernung konnte sie die Schweißperlen auf seiner Stirn und seiner Oberlippe sehen. Schwitzten Fische eigentlich? fragte sich Pam müßig.

»Ich kann nicht noch ein Trawley-Buch schreiben«, sagte Stewart mit so leiser Stimme, daß er kaum zu verstehen war.

»Natürlich können Sie das. Jetzt, da Sie seinen Stil draufhaben, wird es einfacher werden.«

Stewart schüttelte den Kopf. »Ich kann nicht.«

Beide schwiegen. Pam wußte, daß derjenige, der zuerst das Wort ergriff, der Verlierer in diesem stummen Kräftemessen sein würde. Sie hielt die Augen fest auf Stewart gerichtet. Sie mußte ihn an Land ziehen. Sie war versucht, noch einmal auf das Geld hinzuweisen, aber sie sagte nichts. Wie lautete die erste Zeile aus *Der alte Mann und das Meer?* ›Die Stille dehnte sich zwischen ihnen.‹ »Ich bekomme keinen Vertrag für meine Bücher, wenn ich den Trawley nicht mache, oder?« fragte Stewart.

Schweigend schüttelte Pam den Kopf und wartete darauf, daß Stewart, der Fisch, in ihr Boot sprang. Und sie wußte, daß er es tun würde.

Pam konnte kein verdammtes Taxi bekommen, dabei mußte sie um drei zu einer Besprechung bei Gerald im Büro sein. Es war so gräßlich lästig, daß sie sich mit Stewart nicht in der Öffentlichkeit sehen lassen konnte. Schließlich gelang es ihr, ein verrostetes Taxi heranzuwinken, und sie willigte ein, zehn Dollar zu bezahlen, damit der Fahrer sie zu dem Gebäude von Davis & Dash fuhr. Im Innenraum war es stickig, und es roch nach Schweiß. Vermutlich roch sie selbst genauso. Kaum hatte der Wagen angehalten, warf sie dem Fahrer zehn Dollar hin und sprang aus dem Auto. Ihr blieben noch ganze vier Minuten, um die Empfangshalle zu durchqueren, mit dem Lift nach oben zu fahren, den Flur hinunterzugehen und in Geralds Büro zu erscheinen. Er haßte es, wenn man zu spät zu seinen Besprechungen kam, obwohl er selbst andere grundsätzlich warten ließ. Sie stürmte durch die Eingangshalle und zwängte sich in den Fahrstuhl, sobald sich die Türen öffneten. Chris aus der Marketingabteilung und eine ältere Frau, die Pam nicht kannte, traten heraus.

»Herzlichen Glückwunsch«, sagte Chris, als Pam an ihnen vorbeieilte, aber sie hörte nicht hin.

Sie drückte auf den Knopf. In dem Augenblick, als sich die Türen schließen wollten, betraten noch drei Sekretärinnen die Kabine und drückten, natürlich, alle auf verschiedene Stockwerke. Pam klopfte ungeduldig mit einem Fuß auf den Boden. Die Sekretärinnen aßen gefrorenen Joghurt und plapperten pausenlos. Als die erste ausstieg, hielt sie tatsächlich noch die Türen auf, damit sie ihren dämlichen Satz zu Ende sprechen konnte! »Geben Sie's auf«, fuhr Pam sie an und drückte auf den ›Schließen‹-Knopf. Die beiden anderen verstummten und sahen sich an, aber Pam war das völlig egal. Schließlich hielt der Fahrstuhl in ihrem Stockwerk. Als sie hinaustrat, stieg Dickie Pointer ein.

»Herzlichen Glückwunsch«, sagte er, während sich die Türen schlossen. Pam lief, so schnell sie konnte, an der schwarzen Rezeptionistin vorbei.

»Herzlichen Glückwunsch, Miß Mantiss«, rief ihr die zu, aber Pam eilte weiter. Erst als sie um die Ecke bog, hinter der Heathers Schreibtisch stand und diese das gleiche sagte, wurde sie aufmerksam. Da sie sowieso zu spät kommen würde, blieb sie stehen. Emma Ashton trat aus ihrem Büro und streckte ihr die Hand entgegen.

»Herzlichen Glückwunsch.«

»Was? Was?« Mehr brachte Pam nicht heraus, während sie nach Luft schnappte.

»Sie sind als Kandidatin für den ›Lektor des Jahres‹ nominiert worden«, sagte Emma.

20

›Schon wieder diese verdammten Kritiker.‹

Irwin Shaw

Emma ließ ihren Blick über die leeren Tische schweifen. Sie saßen im Zoë, einem weitläufigen Restaurant in SoHo, wo niemand um acht Uhr abends essen ging. Emma wußte, daß in etwa einer Stunde jeder Tisch besetzt und der Lärm in dem Raum mit den hohen Decken und dem Fliesenboden ohrenbetäubend sein würde. In SoHo schienen die Leute laute Lokale zu bevorzugen. Vielleicht vermittelten sie ihnen das Gefühl, im Mittelpunkt des Geschehens zu stehen. Und das war auch der Fall. Dan Hedaya, der dunkelhaarige, leidenschaftliche Schauspieler, der in *Nixon* und *Der Club der Teufelinnen* mitgespielt hatte, saß am Tisch rechts von ihr. Elise Atchinson und ihr junger Ehemann, ein Regisseur, waren direkt hinter ihnen. Das Lokal war ›in‹, aber Emma wußte, daß der Lärm ihren Bruder ermüden würde, und sie hoffte, daß sie dieses peinliche Festessen hinter sich bringen würden, bevor die Horden hereinbrachen.

»Lektorin des Jahres!« Alex ergriff ihr Weinglas am langen Stiel und lachte.

»Das ist wirklich die Höhe«, stimmte Camilla zu.

»Sie meint, das ist einsame Spitze«, erläuterte Frederick für die anderen.

»Nein, ich glaube, ich würde eher ›Gipfel‹ sagen. Das ist der Gipfel.«

Frederick schüttelte den Kopf. »Darum geht es nicht. Hier sagt man: ›Das ist einsame Spitze.‹«

»Entschuldigt, wenn ich euer transatlantisches Gipfeltreffen störe, aber für was genau hat Pam eigentlich diese Nominierung erhalten?« fragte Alex.

Emma zuckte die Achseln. »Ach, du weißt doch, wie es in diesem Verein zugeht. Pam sitzt seit Jahren im Lenkungsausschuß. Sie hat ordentlich intrigiert – du verstehst schon, Werbung machen, ohne direkt zu werben, wie ein Kardinal, der auf den Papststuhl will.«

»Werden sie weiße Rauchwölkchen gen Himmel schicken, wenn sie gewählt wird?« fragte Frederick.

»Eher schwarze«, witzelte Emma. »Sie ist nicht gerade beliebt. Sie hat sich bestimmt schon so oft für die Nominierung beworben wie Susan Lucci für den Emmy. Jetzt hat man sie endlich aufgestellt, und dieses Mal könnte sie es vielleicht auch schaffen.«

Alex lachte und hob ihr Glas. »Auf Pam Mantiss, die Susan Lucci der Verlagsbranche«, sagte sie, und Frederick und Emma stimmten in ihr Lachen ein.

Camilla runzelte die Stirn. »Ich fürchte, ich verstehe nicht ganz«, sagte sie. Also erzählte ihr Emma von *Alle meine Kinder* und dem amerikanischen Fernsehfilmpreis namens Emmy. Camilla nickte. »Wohl so etwas wie Tony Warrens brillante Serie *Coronation Street*«, sagte sie, »obwohl ich kaum glaube, daß man denen in Großbritannien jemals einen Preis in Aussicht gestellt hat. Aber die Queen schaut sich die Serie regelmäßig an.« Camilla machte eine Pause. »Ich hatte eigentlich eher das Gefühl, sie wäre verrückt. Nicht die Queen«, fügte sie hastig hinzu. »Pam kam mir verrückt vor.«

»Oh, sie spielt immer wegen etwas verrückt«, sagte Emma.

»Laßt mich noch einmal erklären«, sagte Frederick nachsichtig. »Camilla spricht *britisches* Englisch. Sie sagte nicht ›verrückt spielen‹. Sie sagte ›verrückt sein‹.«

»Oh, das ist sie auch«, sagte Emma zustimmend.

»*Emma* hätte eigentlich allen Grund, verrückt zu spielen«, sagte Alex. Zum erstenmal an diesem Abend sah sie Emma direkt ins Gesicht. »Du machst für sie seit Jahren die ganze Lektoratsarbeit. Und wofür bekommt sie jetzt die Anerkennung? Für *Die Verlogenheit der Männer*, das Buch, das *du* entdeckt hast.«

Emma zuckte die Achseln. Am Tisch entstand Schweigen. Aber bevor es drückend werden konnte, wandte sich Alex an Camilla und fragte sie, wie sie mit ihrer Wohnungssuche vorankomme. Emma war überrascht. Sie hatte geglaubt, Camilla habe sich in Fredericks Apartment eingenistet. Hatten sich Camilla und Frederick auch gestritten, wie sie und Alex?

Na ja, eigentlich war es nicht direkt ein Streit gewesen. Nach tagelangem Schweigen hatte Alex Emma schließlich angerufen, und Emma hatte ihr gesagt, wie verstört sie über das sei, was Camilla ihr erzählt hatte. Sie hatte Alex der Treulosigkeit bezichtigt, wenn auch nur indirekt, und Alex war in die Offensive gegangen. »Sieh mal, Geschäft ist Geschäft«, hatte sie gesagt. »Es ist eine Frage der Moral. Ich muß einem Klienten alle Möglichkeiten aufzeigen. Es gibt in der Branche genug Gauner, die das nicht tun.«

Alex' Einstellung hatte Emma verletzt – als hätte man ihr unmoralisches Verhalten vorgeworfen. Alex hatte schließlich auch keine moralischen Bedenken gezeigt, als sie von Emmas Kontakten profitieren konnte. Alex' Attacke hatte Emma so verletzt, daß sie die beiden anderen Themen, die ihr am Herzen lagen – warum sie zwei Wochen lang nichts von Alex gehört hatte und das Gefühl, ausgedient zu haben, nachdem sie freundlicherweise Opal O'Neal und Camilla zu ihr geschickt hatte –, gar nicht erst angesprochen hatte. Alex hätte sie anrufen, sich bei ihr entschuldigen, ihr hinterherlaufen sollen, und wenn ihr wirklich etwas an Emma liegen würde, hätte sie das auch getan. Aber Emma konnte nicht streiten, wenn sie verletzt war. Alex war merklich kühler ihr gegenüber, und dieses ›Festessen‹ verlief nicht ganz wie erwartet. Auch ihr Bruder wirkte distanzierter, als hätten er und Camilla sich getrennt. Nur Camilla und Alex schienen sich unbefangen miteinander unterhalten zu können.

Alex überhäufte Camilla mit Lob und Komplimenten, angefangen von ihrem Haarschnitt bis hin zum ersten Kapitel ihres neuen Buches. Meinte sie es ernst, oder wollte sie nur Emma gegen sich aufbringen? Ihr kam der Gedanke, daß Alex an Camilla auch noch andere als rein geschäftliche Interessen haben könnte. Aber Emma tat diesen Verdacht sofort als ihrer unwürdig, als Wahnvorstellung ab, und überlegte statt dessen, was sie zu dem Gespräch beitragen könnte. »Die gute Neuigkeit ist die, daß wir Ihr Buch wirklich brauchen, und es ist die Rede davon, es noch ins Herbstprogramm aufzunehmen. Das ist höchst ungewöhnlich, da wir ja noch nicht einmal einen unterzeichneten Vertrag von Ihnen haben. Pam meint, daß Ihr Buch keine inhaltliche und stilistische Überarbeitung nötig hat – sie will es direkt ins Endlektorat geben.«

»Na, das hört sich doch sehr vielversprechend an«, sagte Frederick.

Alex stellte ihr Weinglas ab und richtete sich kerzengerade auf. »Warte mal eine Minute«, sagte sie. »Was soll das? Ist Pam etwa zu faul, eine sorgfältige Überarbeitung zu machen?« Sie wandte sich an Camilla. »Das Buch ist gut, aber die Handlung könnte noch ein ganz klein wenig gestrafft werden. Ich denke dabei vor allem an Kapitel drei und an das letzte Kapitel.«

Camilla nickte und zuckte dann die Achseln. »Ich weiß nicht. Was meinen Sie, Emma?«

»Warum kommt es ins Herbstprogramm?« wandte sich Alex an Emma. »Ich dachte, es wäre erst für nächstes Frühjahr eingeplant? Warum die Eile? Das Buch wird untergehen.« Alex wandte sich an Frederick und Camilla. »Alle großen Bücher kommen im Herbst heraus – das ist die hektischste Zeit im Jahr. Im Herbst wird es viel schwieriger für Sie, die Kritiker für sich zu interessieren, bekannt zu werden oder einen Platz in den Regalen der Buchhandlungen zu bekommen.« Sie drehte sich wieder zu Emma um. »Warum die Eile?«

Nun war es an Emma, die Achseln zu zucken. »Pam gefällt das Buch. Und vielleicht füllt es eine Lücke. Du weißt ja, wir hatten auf das Weston-Buch gehofft.«

»Großartig«, entgegnete Alex. »Ein ekelhafter, frauenverachtender, von einem Mann geschriebener Porno wird durch einen sensiblen, literarischen Erstlingsroman ersetzt. Da hat sich ja jemand geschickt aus der Affäre gezogen.«

Camillas Stirn umwölkte sich. »Ist das schlecht?« fragte sie. Emma bemerkte, daß die Frage an Alex gerichtet war, nicht an sie.

»Wenn sie mit Ihrem Buch die Lücke füllen, die das Weston-Buch hinterlassen hat, und genausoviel Geld in die Werbung stecken, dann ist das okay. Aber irgendwie habe ich das Gefühl, daß dem nicht so ist. Oder, Emma?«

Emma sah von ihrem Glas auf. Alex wußte sehr wohl, daß sie recht hatte. Emma fühlte sich angegriffen, und diesmal war ihr klar, daß sie nicht überempfindlich reagierte. Warum benahm sich Alex so feindselig? Warum machte sie Emma vor ihrer Autorin schlecht?

»Ich dachte, das wären gute Neuigkeiten!« sagte Emma. Sie sah Camilla an. »Sie bekommen Ihren zweiten Scheck bereits im September und nicht erst im nächsten April. Ich glaube nicht, daß es so schlimm ist, wenn Ihr Buch im Herbst herauskommt. Es bedeutet, daß es wichtig ist. Natürlich werden jetzt eine Menge Bücher veröffentlicht, aber mit denen müssen Sie nicht konkurrieren. Ein Erstlingsroman ist immer ein Vabanquespiel.«

Wieder das Schweigen. Der nächste Gang wurde serviert. Dieses Essen war weit von dem fröhlichen Ereignis entfernt, das sich Emma erhofft hatte. Zwischen Frederick und Camilla schienen genauso viele Spannungen zu bestehen wie zwischen ihr und Alex. Niemand bestellte Kaffee oder einen Nachtisch. Niemand wollte länger an dieser Tafel verweilen als nötig. Schließlich waren sie mit dem Essen fertig. Alex bestand darauf, die Rechnung zu begleichen.

»Will noch jemand etwas trinken gehen?« fragte sie, als sie aufbrachen. Es regnete, und sie blieben eine Weile unter dem Baldachin des Restaurants stehen in der Hoffnung, daß ein freies Taxi vorbeikäme.

Doch die Hoffnung erfüllte sich nicht, und Emma mußte schließlich zur nächsten Straßenecke laufen und zwei Taxis anhalten – eines für ihren Bruder und Camilla, ein zweites für sich und Alex. Als sie naß und atemlos hineinkletterte, bemerkte sie, daß Alex zögerte, bevor sie einstieg. Erleichtert nannte Emma dem Fahrer ihre Adresse. »Komm mit zu mir. Wir müssen miteinander reden. Falls du nicht heimgehen möchtest.«

Alex zuckte die Achseln. Emma räusperte sich. »Ich glaube nicht, daß es sehr klug von dir war, den früheren Erscheinungstermin so schlechtzumachen.«

»Warum? Er *ist* schlecht. Du weißt selbst, daß das Buch untergehen wird. Sie machen das wahrscheinlich nur, um ein Loch zu stopfen. Sie wollen das Angebot nicht erhöhen, oder? Haben sie es schon an die Buchclubs verschickt?«

»Nein. Aber es ist nicht die Sorte Buch, die sich für Buchclubs eignet. Trotzdem, du hättest das Thema nicht beim Essen aufwerfen brauchen. Camilla war völlig durcheinander, und mich hast du in Verlegenheit gebracht.«

»Na und? Das ist meine Aufgabe, Emma. Es ist meine Aufgabe, Camilla und ihr Buch zu beschützen. Nimm es doch nicht persönlich. Ich weiß, daß nicht du den Erscheinungstermin festgelegt hast.«

»Moment mal. Erzähl mir nichts von deinen beruflichen Pflichten. Erzähl mir lieber mal, warum du versucht hast, Camilla von unserem Verlag wegzulocken.«

Alex machte große Augen. »Emma, ich habe sie nicht ›weggelockt‹. Ich habe versucht, das Beste für sie zu tun. So läuft das Geschäft eben.« Alex schwieg und sah in den Regen hinaus. »Außerdem – ist es nicht sowieso Pams Projekt?«

Emma schnaubte. Herrje, sie war so unfair! »Ich habe sie zu dir geschickt, Alex. Wie hätte es ausgesehen, wenn wir sie wegen dir verloren hätten?«

»Niemand wußte, daß du sie zu mir geschickt hast. Es hätte nicht *deinem* Ruf geschadet.«

»Aber *ich* wußte es. Du scheinst dir ja außerordentlich viele Gedanken darüber zu machen, was das beste für Camilla Clapfish ist. Denkst du auch mal daran, was das beste für *mich* ist?«

»Ich denke, für dich wäre es am besten, du würdest dich beruhigen«, sagte Alex kühl.

Aber Emma wollte sich ausnahmsweise einmal nicht beruhigen. Ausnahmsweise wollte sie nicht die Friedenstaube spielen. »Hör zu: Ich lerne dich kennen, und wir sehen uns einige Wochen lang sehr häufig. Ich schicke dir Klienten. Und dann, sobald du mit ihnen einen Vertrag abgeschlossen hast, bist du plötzlich so beschäftigt, daß ich nichts mehr von dir höre. Du versuchst, uns eine Autorin wegzunehmen, und wenn dir das nicht gelingt, bringst du mich in ihrer Gegenwart in Verlegenheit. Und du sagst, ich soll es nicht persönlich nehmen? Wie Camilla sagen würde: Du bist verrückt.«

»Wenn du die Sache so siehst, ist es wohl am besten, wenn ich jetzt aussteige.«

»Ja, vielleicht solltest du das besser tun«, gab Emma zurück, wofür sie ihren ganzen Mut zusammennehmen mußte.

Alex klopfte an die Plexiglasscheibe, die sie von dem Fahrer trennte.

»Ich steige hier an der Ecke aus«, sagte sie zu ihm. Sie waren auf dem Bowery, irgendwo unterhalb von St. Marks Place. Es war eine finstere Gegend, vor allem bei Nacht. Der Fahrer fuhr an den Straßenrand, und Alex stieg, ohne ein Wort zu sagen oder Emma einen Blick zuzuwerfen, aus. Es regnete immer noch. Sie schlug die Tür krachend zu und überquerte die breite Straße. Als letztes sah Emma im Licht der Scheinwerfer, wie sich Alex ein anderes Taxi heranwinkte.

21

›Außer Talent ist für einen Schriftsteller die Fähigkeit unentbehrlich, eine Strafe zu ertragen – und zwar sowohl die Strafen, die die Welt ihm auferlegt, als auch die Strafen, die er sich selbst auferlegt.‹

Irwin Shaw

Daniel konnte sein Unglück nicht begreifen. Gerade als alles perfekt zu laufen schien, mußte ihm dieser Ärger mit Judith dazwischenkommen. Er hatte den Verdacht, daß sie möglicherweise log. Wie sollte sie denn schwanger geworden sein? Er hatte immer darauf bestanden, daß sie ein Diaphragma benutzte. Hatte sie es absichtlich vergessen? Er stützte sich mit den Ellenbogen auf seinen Schreibtisch und ließ den Kopf in die Hände sinken. Vor ihm lag der Scheck für die Filmoption, ausgestellt auf Jude Daniel. Auf dem Kontrollabschnitt stand ›Filmrecht‹, und der Betrag – so viele Dollar auf einmal – war umwerfend.

Nun klopfte es an der Tür seines stickigen, winzigen Büros. Er schwang seinen Drehstuhl herum. »Ja?« sagte er in einem Tonfall, der alles andere als einladend war. Als Cheryls blonder Kopf auftauchte, konnte er einen ärgerlichen Seufzer nicht unterdrücken. Das hatte ihm gerade noch gefehlt! Noch eine dieser dämlichen Kletten.

»Daniel, ich …«

Er stand auf und ging ihr entgegen. »Ich bin spät dran«, erklärte er. »Du kannst mich zum Wagen begleiten.«

»Aber ich wollte …« Sie gingen schon den Flur entlang, und Cheryl wurde durch Dr. Esther Ruden unterbrochen, die sie begrüßte. Seit die Neuigkeit von Daniels Buch die Runde gemacht hatte, war er in der Abteilung wieder genauso beliebt wie früher. Es sah so aus, als würde man einem künftigen Bestsellerautor eine Scheidung verzeihen. Nachdem die Nachricht von der Filmoption durchgesickert war, hatten Don und seine Frau doch tatsächlich angeboten, ihm zu Ehren eine kleine Party steigen zu lassen. Und alle Fakultätsmitglieder, ob eingeladen oder nicht, wollten vorbeischauen. *No business like show business*, dachte Daniel trübselig.

»Hallo, Esther«, sagte er. Er haßte die alte Hexe – eine Professorin für Frauenstudien; dennoch war er versucht stehenzubleiben und mit ihr zu plaudern, nur um Cheryl loszuwerden. Aber er wußte, daß Cheryl weiterhin wie eine Klette an ihm hängen würde. Nach Fox Run zu ziehen war letztlich doch keine so gute Idee gewesen. Cheryl saß ihm zu nah auf der Pelle. Esther nickte ihm zu, aber als sie Cheryl neben ihm entdeckte, zog sie eine Augenbraue hoch. Daraufhin ließ Daniel den Gedanken an eine Unterhaltung fallen.

Er beschleunigte seine Schritte, und Cheryl hüpfte beinahe, um an seiner Seite bleiben zu können. »Sehen wir uns heute abend?« fragte sie.

Daniel zuckte die Achseln. »Ich habe eine Menge zu tun«, sagte er und bemerkte, daß Cheryls Lippen zitterten. Herrgott! Diese Frauen machten ihn noch wahnsinnig.

Daniel hatte viel nachgedacht. Wenn der richtige Zeitpunkt gekommen war, mußte ein Mann handeln – die Dinge in Angriff nehmen, um sein Leben in eine andere Richtung zu lenken. Und das konnte man nicht halbherzig tun – entweder man zog es durch, oder man verlor alles. Die meisten Menschen bekamen nie eine Chance, ihr Leben zu ändern. Er war einer der wenigen Glücklichen, bei denen das anders war. Und wenn man eine solche Gelegenheit nicht beim Schopf packte, weil man nicht den Mut hatte, die notwendigen Schritte zu unternehmen, dann hatte man ausgespielt. Aber er würde nicht zu den Verlierern gehören.

»Daniel, ich muß wirklich …« Sie waren auf dem Parkplatz angekommen, und Daniel schloß bereits die Tür des braunen Subaru auf.

»Cheryl«, sagte er, »du weißt, wie sehr ich unsere Freundschaft schätze. Aber ich bin sehr spät dran und habe jetzt keine Zeit, mit dir zu plaudern. Ich sehe zu, daß ich heute abend zu dir raufkomme. Dann können wir reden.« Er stieg in den Wagen und steckte den Schlüssel ins Zündschloß. Aber als er wieder aufsah, stand Cheryl direkt neben der Tür. Ihre Hand lag auf dem Seitenspiegel, und Tränen liefen über ihr hübsches, glattes Gesicht.

»Ich wollte nur …«

Daniel streckte seinen Arm aus und schob sie sanft vom Wagen weg. »Heute abend«, sagte er und verließ den Uniparkplatz. Er war sich völlig darüber im klaren, was er zu tun hatte. Er würde kündigen, sein Zeug zusammenpacken und nach Manhattan ziehen. Auf seinem Bankkonto hatte er fast einhunderttausend Dollar. Bestimmt würde er es auch zuwege bringen, daß man ihm den Auftrag gab, das Drehbuch von *Mit voller Absicht* zu schreiben. Und dann würde er die Uni, diese Stadt, seine Exfrau, seine kleine Tochter und Judith verlassen. Die Wohnung, die Möbel und den Hund konnte sie behalten. Sie sollte sich eine Arbeit suchen oder ihr Studium beenden. Er würde ihr sogar anbieten, das Studiengeld zu bezahlen.

Aber mit einem Baby … Das wäre schlicht verrückt. Diese Schwangerschaft war das Schlimmste, was passieren konnte. Nun, Judiths Timing war immer schlecht gewesen. Die Schwangerschaft und ihre Drohung, ihre Beteiligung an dem Buch publik zu machen, hatten ihn schließlich gezwungen, etwas zu unternehmen, was er eigentlich schon längst hätte tun sollen. Verdammt.

Nun konnte er sie nicht verlassen. Nicht bevor das Problem mit der Schwangerschaft gelöst war. Daniel dachte an die ABA und die Party, die ihm zu Ehren dort gegeben wurde. Er würde Judith nichts davon sagen, sondern einfach hinfahren. Aber bevor er sie für immer verließ, mußte er sie davon überzeugen, daß sie jetzt einfach kein Baby gebrauchen konnten. Ihr würde das nicht gefallen, nach allem, was sie erlebt hatte. Aber er würde argumentieren, daß sie noch viel Zeit hatten, daß im Moment andere Dinge wichtiger waren und sie später immer noch ein Kind haben konnten. Er seufzte. Sie würde eine Szene machen und heulen. Er würde sie in den Arm nehmen und trösten müssen. Seine Haut kribbelte, als er an Dreisers *Amerikanische Tragödie* dachte, einen Titel, der seine Situation äußerst treffend beschrieb.

Daniel merkte, daß sich seine Finger um das Lenkrad krallten und er mit den Zähnen knirschte, als er an die bevorstehende Szene dachte. Er haßte es zu lügen, aber Judith trieb ihn dazu. Es war alles Judiths Schuld.

»Cheryl hat dreimal angerufen«, sagte Judith. Zwar hatte sie sich vorgenommen, Daniel nicht mit diesen Worten zu begrüßen, aber der dritte Anruf hatte das Faß zum Überlaufen gebracht. Wenn das Mädchen wegen eines Referats so nervös war, dann war sie nicht ganz richtig im Kopf. Aber Judith hegte den Verdacht, daß die Anrufe nichts mit Referaten zu tun hatten. Sie erinnerte sich, wie sie sich gefühlt hatte, als sie noch Studentin gewesen war und mit Daniel eine Affäre gehabt hatte. War es nur Einbildung, oder war Cheryls Tonfall ebenso drängend und ängstlich gewesen wie damals ihrer? Doch Judith hatte, im Gegensatz zu Cheryl, niemals bei Daniels Frau angerufen. Allerdings war Daniel mit ihr auch nicht in dasselbe Haus gezogen, in dem Daniels Frau gewohnt hatte. Judith sah zu ihrem Mann hinüber. Schlief er mit Cheryl? Oder war ihre Schwangerschaft verantwortlich für ihre Überempfindlichkeit, ihre Anhänglichkeit und ihre Verdächtigungen? »Sie sagt, sie müsse dich unbedingt sehen.«

Daniel warf seine Aktentasche – die nun nicht mehr ganz so neu war – auf den Stuhl neben der Tür. Das Telefon klingelte, und er griff schnell nach dem Hörer. »Hallo? Ja.« Er hörte kurz zu. »Ich verstehe. Sie hat es mir gesagt. Ich komme später vorbei.« Müde legte er den Hörer auf.

Das mußte Cheryl gewesen sein.

»Ist die Sprechstunde nicht lang genug?« fragte Judith. »Du mußt nicht jedesmal zu ihr gehen, wenn sie dich ruft.«

Daniel trat an ihr vorbei in die Küche und öffnete die Kühlschranktür. »Ach, komm schon, Judith«, sagte er. »Hör auf damit.« Er warf einen Blick in den Kühlschrank. »Haben wir nichts Kaltes mehr zu trinken?«

Judith hatte die letzte Flasche Sodawasser getrunken – es war das einzige, was ihre ständige Übelkeit im Zaum hielt. Sie war zu müde und niedergeschlagen gewesen, um den mühseligen Weg – vier Wohnblocks weit – zum nächsten Getränkemarkt auf sich zu nehmen. Jetzt, da Daniel wieder mit dem Wagen hier war, konnte er sich ja selbst etwas zu trinken besorgen, oder sie konnten zusammen zum Supermarkt fahren. Allein bei dem Gedanken, zwischen den Gängen mit Eßwaren auf- und abzulaufen, wurde Judith wieder schwindelig und übel. Sie preßte ihre Hände auf die kleine Wölbung ihres Bauches und setzte sich in den einzigen bequemen Sessel.

Daniel kam mit einem Glas Leitungswasser aus der Küche zurück. Es war nicht sonderlich heiß in der Wohnung – Judith hatte den ganzen Tag über den Ventilator laufen lassen –, aber er schwitzte. Er setzte sich auf den Klappstuhl ihr gegenüber. »Wir müssen miteinander reden«, sagte er. Eine Sekunde lang, eine fürchterliche Sekunde lang glaubte Judith, Daniel würde ihr jetzt seine Affäre mit Cheryl gestehen. Was hätte sie dann tun sollen? Aber er sah sie nur an und fragte schließlich: »Was unternehmen wir?«

»Wegen was?« erwiderte sie und folgte dann seinem Blick, der zu ihrem Bauch geschweift war. »Du meinst, wegen des Babys?« Diesmal hatte die Welle der Übelkeit, die über sie hinwegrollte, eine andere Ursache. Der kalte Schweiß brach ihr aus, und sie verspürte den bitteren Geschmack von Galle in ihrem Mund.

Daniel saß nur schweigend da. Judith sah ihn an. Sie fürchtete, ihn richtig verstanden zu haben. Einmal, zum erstenmal überhaupt, gelang es ihr abzuwarten, bis er wieder das Wort ergriff. »Das ist kein günstiger Zeitpunkt für uns, um ein Kind zu bekommen«, begann er. »Ich hatte nie eines eingeplant, aber gerade zum jetzigen Zeitpunkt ist es ein echtes Problem.«

»Warum?« fragte Judith. »Jetzt, da wir ein wenig Geld erwarten und du vielleicht eine Festanstellung bekommst …«

»Eine Geburt ist sehr teuer.«

»Die Versicherung der Uni bezahlt das«, sagte Judith. »Und wir werden mehr Geld haben als jemals zuvor.«

»Du verstehst nicht«, unterbrach sie Daniel. »Hier geht es nicht ums Geld. Ich habe nicht vor, an der Uni zu bleiben. Wir werden keine Versicherung mehr haben. Und ich werde wegen des Buchs und des Films viel herumreisen müssen.«

»Was willst du damit sagen?« fragte Judith, und ihre Stimme war kaum mehr als ein Flüstern. »Bedeutet das, du willst dieses Baby nicht?«

Daniel wich ihrem Blick aus. Judith konnte es nicht glauben. Sie hatte ihm erzählt, daß sie bei einer Verabredung in der Oberstufe vergewaltigt worden war, wie ihr Vater auf ihre Schwangerschaft reagiert und daß man sie gezwungen hatte abzutreiben. Er konnte doch nicht …

Daniel stand auf. »Es ist einfach der falsche Zeitpunkt«, sagte er, drehte sich um und ging zurück in die Küche.

Judith stand ebenfalls auf. »Du willst unser Kind nicht?« Sie hatte das Gefühl, sich an einen letzten Strohhalm zu klammern.

»Ich meine damit nicht, daß ich unser Kind nicht will. Ich will es nur nicht *jetzt*.«

Judith hielt ihre Hände schützend vor ihren Bauch. Dann ließ sie die Arme seitlich herunterfallen und folgte ihm. »Was soll das heißen?« fragte sie mit so ruhiger Stimme, daß Daniel stehenblieb.

»Ich denke einfach, daß wir dieses Kind nicht jetzt bekommen sollten. Ich muß eine Lesereise machen, ich will meine Stelle an der Uni kündigen, und ich muß das nächste Buch in Angriff nehmen. Wir müssen nach Kalifornien fahren, wenn sie anfangen, den Film zu drehen. Ich will das Drehbuch schreiben. Es ist einfach kein guter …«

»Du Scheißkerl«, flüsterte Judith. Sie konnte es nicht glauben, aber langsam ließ es sich wohl kaum noch umgehen. »Warum sagst du es nicht einfach laut und deutlich? Sei wenigstens einmal in deinem Leben ehrlich. Du willst, daß ich abtreiben lasse. Ist es das, was du willst?« Sie nahm die kleine Lampe, zog das Kabel aus der Steckdose und warf sie Daniel an den Kopf. Er duckte sich rechtzeitig, aber der Stecker am Ende des Kabels traf ihn im Nacken, und die Lampe fiel zu Boden. Der verdammte giftige Teppich dämpfte den Aufprall. Judith griff schon nach dem nächsten Gegenstand, der in Reichweite war – einem Exemplar von Melvilles *Taipi* –, und schleuderte ihn Daniel entgegen. »Du bist verrückt«, sagte sie. »Und krank.« Das Buch traf ihn an der Brust, und er sprang zurück, wobei er über einen Stuhl stolperte.

»Du bist es, die hier verrückt ist«, sagte er. Wortlos griff Judith nach einem Blumentopf auf der Fensterbank und schleuderte ihn in Daniels Richtung. Er zersplitterte mit einem befriedigenden Knall an der Wand, und überall flogen Tonscherben und Erde herum. »Judith, hör auf. Du mußt ...« Mit ausgestreckten Armen machte er zwei Schritte auf sie zu, als wollte er sie zurückhalten.

Da klingelte das Telefon. Judith schnappte danach und warf es Daniel an den Kopf. Der Hörer prallte mit erfreulich lautem Geräusch an seiner Stirn ab. »Es ist für dich«, sagte sie. »Es ist immer für dich.« Er bewegte sich auf sie zu. »Komm mir nicht zu nahe. Ich hasse dich. Ich werde nicht abtreiben lassen. Das werde ich niemals tun.« Ihr wurde bewußt, daß sie schrie, daß sie beim Sprechen spuckte, aber es war ihr egal. »Du bist einfach widerlich. Du bist ein Lügner, und du bist widerlich.« Judith begann zu schluchzen, aber sie wollte jetzt nicht weinen. Sie wollte ihn umbringen. Sie lief in die Küche und ergriff die Pfanne, die neben der Spüle stand.

»Judith, nicht ...«, begann Daniel, doch als er die schwere Pfanne in ihrer Hand entdeckte, drehte er sich um und lief zur Tür.

»Du bist widerlich!« schrie sie und warf die Pfanne nach ihm, aber er war bereits zur Wohnungstür hinaus. Sie wußte, wohin er ging, doch plötzlich war es ihr egal. Sie besah sich die Verwüstung, die sie angerichtet hatte, aber es schien ihr noch lange nicht genug zu sein. Diese Wohnung, dieses jämmerliche Leben, das sie miteinander geführt hatten, mußte zerstört werden, genau wie er das Leben zerstören wollte, das in ihr heranwuchs. Sie lief zum Bücherregal hinüber und begann, seine wertvollen Bände herauszuzerren und auf den Boden zu werfen. Fast hätte sie das Faxgerät auch noch erwischt. Schon nach wenigen Minuten war der Boden mit Büchern übersät. Sie warf den Tisch um, ging zu seinem Schreibtisch und fegte alle Aktenordner hinunter. Doch das war ihr immer noch nicht genug. Da entdeckte sie seine Aktentasche.

Sie holte den Kartoffelschäler aus der Küche, setzte sich hin und legte die Aktentasche auf ihren Schoß. Das Leder war sehr fein. Sie zog den Kartoffelschäler quer über die weiche Oberfläche. Zufrieden sah sie zu, wie sich ein Streifen aus braunem Leder zusammenrollte und auf der Fläche eine häßliche Narbe zurückließ. Sie bearbeitete die Tasche noch ein paar Minuten lang, öffnete sie dann und schüttete ihren Inhalt auf den Haufen, der bereits am Boden lag. Sie hob sein Notizbuch auf und riß es in der Mitte durch. Wie ein Kind zerknüllte sie alle Papiere und warf sie durch das Zimmer. Sollte Daniel seine Papiere selbst wieder sortieren! Dann entdeckte sie ein Stück Papier mit Abrißkante, das verdächtig nach einem Scheck aussah. Sie hob es auf. Es schien tatsächlich ein Teil von einem Scheck zu sein, aber offensichtlich war es nur der Kontrollabschnitt. ›Für Jude Daniel, Optionszahlung für *Mit voller Absicht*, Anzahlung abzüglich der Kommission von fünfzehn Prozent.‹ Judith starrte auf den Betrag und blinzelte. Daniel hatte vierzigtausend Dollar bekommen und ihr nichts davon gesagt! Er hatte ihr erzählt, es werde Monate oder noch länger dauern, bis sie Geld für die Filmoption erhalten würden! Und sie hatte ihm geglaubt. Sie war einfach dumm gewesen. Sie wühlte in den restlichen Papieren seiner Aktentasche, entdeckte aber nichts Neues. Dann ging sie alles durch, was sie vom Schreibtisch heruntergefegt hatte. Nichts. Schließlich blieb ihr Blick an seinem Jackett hängen. Sie stand vom Boden auf und durchsuchte seine Taschen. Da, in der Innentasche steckte ein Scheckbuch. Sie zog es heraus.

Auf den Schecks standen der Name Jude Daniel und die Adresse der Universität. Judith fragte sich, wie lange er dieses Konto bereits haben mochte. Sie ging die Spalte mit den Einzahlungen durch: eine erste Einzahlung über zwanzig Dollar, dann eine Einzahlung über fünfundzwanzigtausend Dollar, noch eine über fünfundzwanzigtausend vor über einem Monat und schließlich die Einzahlung der vierzigtausend mit dem Datum von heute. Obwohl bereits mehrmals kleinere Beträge abgehoben worden waren, lagen auf dem Konto fast neunzigtausend Dollar! Judith starrte auf die Zahlen. Warum hatte ihr Daniel nichts davon erzählt? War er nicht nur ein Lügner, sondern auch ein Dieb?

Erst da hörte sie das Winseln. Einen Augenblick lang hielt sie verwirrt inne und dachte, es wäre das Baby. Aber das konnte ja nicht sein. Sie ließ sich auf Knie und Hände nieder und versuchte festzustellen, woher das Geräusch kam, bis sie schließlich seinen Ursprung in der Ecke hinter dem Fernseher entdeckte. Es war Flaubert. Er winselte und hatte seine lange Schnauze, auf der seine Pfoten lagen, tief in dem giftigen Teppich vergraben. Solange sie ihn kannte, hatte er noch nie ein solches Geräusch von sich gegeben, aber er war auch noch nie verängstigt gewesen oder mißhandelt worden, seit sie ihn geholt hatten. Das Geräusch, das jetzt aus seiner Kehle drang, dieses verstörte Winseln, brach ihr fast das Herz. Es drückte genau das aus, was sie selbst empfand. Sanft streckte sie ihren Arm aus und legte ihre Hand auf seinen Kopf. Immer noch kniend, schmiegte sie ihren Kopf an den seinen. Der Hund zitterte am ganzen Körper, und sie drückte ihn an sich.

»Es wird alles wieder gut«, sagte sie. »Es wird alles wieder gut. Dir geschieht nichts. Niemand tut dir was.« Aber Flaubert hörte nicht auf zu zittern, und Judith wußte, daß er genauso an ihren Worten zweifelte wie sie selbst.

22

›Dort (auf der ABA) finden wir Buchhändler und Verleger zusammen. Sie erinnert uns daran, daß wir diese Branche lieben und alle der intellektuellen Buchgemeinschaft angehören.‹

Bruno A. Quinson

Die ABA, die American Booksellers Association, veranstaltet jedes Jahr Ende Mai oder Anfang Juni eine große Messe. Neben den Buchhändlern – von den kleinen unabhängigen mit einem Jahresumsatz von weniger als zwanzigtausend Dollar bis hin zu den Einkäufern der großen Ketten wie Borders, Barnes & Noble – nehmen alle Agenten, alle Verleger, die meisten namhaften Lektoren und die Starautoren der jeweiligen Saison an dieser großen Veranstaltung teil.

Bereits im Taxi, auf dem Weg zum Chicagoer Kongreßzentrum, bekam Gerald Kopfschmerzen. In gewisser Hinsicht war die ABA ein Anachronismus. Obwohl einige nationale Einkäufer Bestellungen in Millionenhöhe aufgeben konnten, wenn sie wollten, tat das heute eigentlich niemand mehr. Bestellungen und Verkäufe wurden bereits lange vorher über Vertreter, Computer und Kataloge abgewickelt. Die Zeiten, in denen sich die Buchhändler hier noch versammelt hatten, um sozusagen das Fleisch zu prüfen, zu bewerten und dann ihre Wahl zu treffen, waren schon lange vorbei. Aber die ABA blieb als eine Art jährlich stattfindender ›Zirkus‹ – wie Gerald es nannte – bestehen, bei dem die Verlage mit großem Tamtam ihre Herbstprogramme vorstellten.

Das war die Zeit, in der die Werbetrommel gerührt wurde und man sich einen Namen machen konnte. In den letzten Jahren hatte die ABA, vor allem einiger politischer Bücher wegen, auch in der Presse wieder mehr Beachtung gefunden. Gerald vermutete, daß die Publicity für die Verlagsbranche von Nutzen war, aber der Gedanke, selbst all die Gänge zwischen den Büchern, den Werbegeschenken, den Agenten, den Autoren und Möchtegernautoren, den Buchladenbesitzern und all den anderen Anhängern und Speichelleckern der Verlagsbranche entlangzugehen, jagte ihm einen Schauer über den Rücken.

Doch am schlimmsten war der Wirbel, den Archibald Roget von Peterson um diesen kleinen Pinscher Chad Weston veranstaltet hatte. Er war die *cause célèbre* der Saison, und Davis & Dash wurde als Verlag hingestellt, in dem die Kunst der Zensur geopfert wurde. Niemand wäre auf die Idee gekommen, den Unflat, den Weston in seinem Buch verbraten hatte, als Kunst zu bezeichnen. Doch jetzt wurde ein schlechtes Buch, das zweifellos einfach wieder in dem Sumpf verschwunden wäre, aus dem es aufgetaucht war, von den Liberalen zu einem Politikum hochstilisiert. Kein Wunder, daß die Republikaner so drastisch gegen die Nationale Stiftung für Kunst vorgegangen waren!

Gerald würde um den ganzen scheinheiligen Rummel, den Archie veranstaltete, einfach einen Bogen machen. Das war nicht schwer, denn sein Terminkalender war bereits vollgestopft mit Besprechungen, Partys und ähnlichem. Und dann gab es noch die allmorgendlichen Frühstücksansprachen – eine weitere Veranstaltung, die Gerald verabscheute. Dieses Jahr würde er sicherlich eine Möglichkeit finden, um nicht daran teilnehmen zu müssen. Das Leben war viel zu kurz, um seine Zeit damit zu verschwenden, Ivana Trump zuzuhören, wie sie sich über die Härten des Lebens als Single ausließ. Als er einmal gezwungenermaßen ihre Ansprache gehört hatte, hatte er kein Wort davon mitbekommen, weil er von ihrer Frisur so fasziniert gewesen war. Wie sie ihre Haare aufgetürmt hatte! Sie mußte die Gesetze der Schwerkraft überwunden haben, hatte Gerald, dem die eigene Perücke ständig präsent war, sinniert, und so war diese Ansprache schließlich zur unterhaltsamsten geworden, an der er jemals teilgenommen hatte.

Alle Anzeichen sprachen dafür, daß Jude Daniels Buch ein Knüller werden würde. Gerald verspürte sowohl Dankbarkeit, daß er die Chance bekommen hatte, einen solchen Megaseller auf den Markt zu bringen, als auch einen kleinen Stich der Eifersucht. Davis & Dash gab eine große Party zu Ehren des Autors. Die Buchhändler – von denen viele Leseexemplare sammelten – hatten bereits die Telefone heißlaufen lassen, indem sie unzählige Bestellungen der gebundenen Druckfahnen von *Mit voller Absicht* aufgegeben hatten. Im Gegensatz dazu hatten sie an *Zweimal in den Schlagzeilen* – trotz der Anzeigen, die in Kolumnen und Zeitschriften geschaltet worden waren – nur wenig spontanes Interesse gezeigt.

Jedes Jahr wurde die Versuchung für ihn stärker, sich einfach in seiner Hotelsuite zu verkriechen. Zu seines Vaters Zeiten war die ABA noch eine würdevolle Zusammenkunft von Leuten aus der Verlagsbranche gewesen. Doch heute war sie, wie die Messen vieler anderer amerikanischer Geschäftszweige, zu einem Tummelplatz von Reklamefritzen verkommen. Dennoch bereitete sich Gerald, der die breite Masse eigentlich verachtete, darauf vor, in sie einzutauchen.

Pam drehte sich um und öffnete ein Auge. Großer Gott! Es war bereits Viertel nach neun. Verdammt! Sie hatte die Frühstücksansprache des Vizepräsidenten verpaßt. Nicht daß sie sich auch nur im geringsten um seine Bücher oder Ansichten scherte, aber sie hatte gehofft, mit seiner Frau reden zu können, um diese zum Schreiben eines Enthüllungsbuches über den Zusammenbruch der Regierung zu bewegen. Pam krabbelte aus dem Bett und zog ihren Slip an. Mist! Ihre Taschen standen in ihrem eigenen Zimmer, und nun hatte sie keine Zeit mehr, nach oben zu gehen. Sie zog ihren Slip wieder aus und drehte die beschmutzte Innenseite nach außen. Sie und Jude hatten gestern abend in der Bar über eine Stunde lang unter dem Tisch miteinander ›gefüßelt‹, bevor sie den Rest der Meute verlassen hatten und auf sein Zimmer gegangen waren. Ihre Unterwäsche zeigte immer noch Spuren von der Nacht.

Sie umrundete das Bett, in dem Jude noch schlief, und ging ins Badezimmer. Dort wusch sie sich das Gesicht und fuhr sich mit seinem Kamm durch die Haare. Sie sah aus wie der reinste Alptraum, aber sie hatte keine Zeit mehr, sich zurechtzumachen. Sie benutzte Judes Zahnbürste, sein Deo und sein Styling-Gel und ließ das Badezimmer in völligem Chaos zurück.

Joy Dellanagra-Sanger, Belletristik-Einkäuferin bei Waldenbrooks und immer noch begeistertste Romanleserin der Welt, erwartete sie. Herrgott, wie sollte sie nur als allererstes an diesem Morgen dieses italienisch-norwegische Energiebündel ertragen?

Außerdem mußte sie sich bei den wichtigsten Bucheinkäufern umsehen. Bei Borders hatten der freundliche, literarisch sehr interessierte Robert Teicher und der wesentlich jüngere, yuppiehafte Matthew Gildea den Romaneinkauf unter sich aufgeteilt: Teicher war für die erste Hälfte des Alphabets zuständig, Gildea für die zweite. Pam fand es amüsant, daß sie ihren Verantwortungsbereich alphabetisch aufgeteilt hatten wie die Zöglingsschar eines Kindergartens. Sie fragte sich, wo sie die Autoren teilten: irgendwo zwischen *L, M, N, O?*

Sie kämpfte sich in ihr Kleid, stopfte ihre Strumpfhose in die Handtasche und schlüpfte mit bloßen Füßen in ihre Pumps. Dann trat sie an die Frisierkommode und legte schnell etwas Make-up auf. Wenn sie sich beeilte, konnte sie ein Taxi zum Kongreßzentrum nehmen und vielleicht gerade noch rechtzeitig eintreffen, um die Frau des Vizepräsidenten abzufangen, bevor die Frühstücksansprache beendet war. Als sie zur Tür ging, setzte sich Jude im Bett auf. Seine Augen waren vom Wein, vom Kokainschnupfen und vom Sex der letzten Nacht verquollen.

»Wohin gehst du?« fragte er.

»Ich habe Termine«, fauchte sie. »Und du ebenfalls. Du mußt den Anruf des Weckdienstes überhört haben. Mach dich fertig und komm dann zum Davis-&-Dash-Stand rüber.«

»Was soll ich denn dort machen?« fragte er mit weinerlicher Stimme.

»Du sollst versuchen, dein Buch zu verkaufen«, sagte sie. »Und vergiß die Party heute abend nicht. Laß dir die Haare schneiden und kauf dir ein ordentliches Hemd.« Männer! Sie wurden nie erwachsen, konnten nie auf sich selbst aufpassen. »Ich bin deine Lektorin, nicht deine Mutter«, erklärte sie und verließ das Zimmer.

Daniel wanderte den ersten Gang des Kongreßzentrums mit Ständen entlang und begann plötzlich zu zittern. Er wäre nicht einmal im Traum – auch in seinen Alpträumen nicht – darauf gekommen, daß es solche Büchermassen gab. Und das war erst der erste Gang! Es mußte annähernd dreißig solcher Gänge geben, und jeder Stand darin war vollgestopft mit Büchern, Postern von Büchern, beleuchteten Schaukästen, in denen Bücher ausgestellt wurden, und Wänden mit Regalen voller Bücher. Irgendwie hatte er es sich anders vorgestellt. Diese Massen, diese Berge, diese Flut von Büchern, in der sein eigenes, kleines Buch so leicht ertrinken konnte!

Ihm ging es gar nicht gut. Er war es nicht gewohnt, sich die Nächte mit Trinken, Sex und Kokain um die Ohren zu schlagen. Er fühlte sich völlig ausgelaugt, und das Zittern seiner Hände griff nun auch auf seine Arme über. Er mußte sich hinsetzen, tief Luft holen, sich an etwas festhalten und versuchen, sich wieder in den Griff zu bekommen. Bis zu diesem Augenblick hatte er gedacht, der Erfolg von *Mit voller Absicht* sei ein *fait accompli*, eine feststehende Tatsache. Alf Byrons Unterstützung, Pams Begeisterung, ihre Affäre und der Verkauf an Hollywood – alles hatte darauf hingedeutet, daß Daniel einen Hit gelandet hatte. Bis jetzt war sein einziges, vorhersehbares Problem Judith gewesen – eine unangenehme Komplikation zwar, aber keine echte Katastrophe.

Hier jedoch, im Kongreßzentrum, wo er mit der Konkurrenz konfrontiert wurde, fühlte sich Daniel ganz klein und bekam es mit der Angst zu tun. Oh, er konnte Gerald Ochs Davis um den Bart gehen. Und er konnte selbst Alf Byron einseifen. Er konnte Pam Mantiss bumsen und – solange er das noch mußte – Judith manipulieren. Aber wie in aller Welt, dachte Daniel, sollte er den Einkäufern der Buchhandlungen und -ketten so schmeicheln, daß sie ausgerechnet sein Buch aus dieser Masse an Büchern herauspickten? Wie konnte er sicher sein, daß sie seinen Roman zu einem Bestseller machen würden?

Emma war zum erstenmal auf der ABA, und sie war begeistert. Während die älteren Lektoren alles taten, um sich davor zu drücken, gab es unter den jüngeren jedes Jahr kleine interne Rangeleien um die zweifelhafte Ehre, an der Messe teilzunehmen. Der Stand von Davis & Dash war einer der größten. In elf riesigen, beleuchteten Schaukästen waren die besten – oder wenigstens die kommerziellsten – Bücher des Herbstprogramms ausgestellt. Emma war beeindruckt von dem professionellen Aussehen des Standes, in dem sich auch noch Tische für Besprechungen, Regale mit Büchern und sogar ein halbes Dutzend Sessel befanden, in die sich erschöpfte Buchhändler gern sinken ließen. Aber mehr als alles andere faszinierte Emma die energiegeladene Atmosphäre, von der dieser Ort erfüllt war. Hier summte es wie in einem Bienenstock. Die Messe glich einer großen Kolonie von Buchhändlern und Käufern, die, auch wenn sie die Bücher nicht alle gleichermaßen liebten, doch ihren Lebensunterhalt mit ihnen verdienten.

Enttäuschend fand sie nur, daß keines der Bücher, die ihr besonders am Herzen lagen, in einem der beleuchteten Glaskästen oder auf einem Regal ausgestellt war. Von *Eine Woche in Firenze* hatte man rasch ein paar äußerst unelegante Leseexemplare anfertigen lassen – ohne besondere Umschlaggestaltung oder besonderen Schriftsatz. Ein Blindband mit dem vorgesehenen Schutzumschlag befand sich auf einem Regal im hinteren Teil des Standes. Abgesehen davon war nicht viel dafür getan worden, was Emma eigentlich nicht sonderlich überraschte. Aber wie man mit *Die Verlogenheit der Männer* umgegangen war, das nahm sie ziemlich mit. Ein so wichtiges, so herrliches Buch wie dieses hatte mehr verdient als ein kleines Eckchen auf dem Regal und auf einer Katalogseite. Es war wirklich niederschmetternd, daß der Roman *Die Verlogenheit* von seinem eigenen Verlag so stiefmütterlich behandelt wurde, obwohl es unter den Hunderttausenden von Büchern, die hier gezeigt wurden, nur eine Handvoll gab, die tatsächlich literarisch wertvoll waren.

Das Buch, das Emma bei sich nur ›Grusel-Trawley‹ nannte, war in dem beleuchteten Kasten rechts von ihr ausgestellt. Auf seinem gespenstischen Umschlag prangte ein dreidimensionales Element, das den Eindruck hervorrief, als würde das Meer von Blut, das aus dem verletzten Finger strömte, gleich vom Umschlag fließen. Emma beobachtete, daß in dem Auf und Ab der Menge ein Mann stehenblieb und auf den Kasten starrte. Er war dunkelhaarig, ausgezehrt und hatte Ringe unter den Augen. Er wirkte wie ein Stück Treibholz, das am Strand liegenblieb, während die Menschenmenge auf und ab wogte. Wie hypnotisiert starrte er auf das Blut, den Finger oder etwas anderes. Er machte Emma langsam nervös. Nicht nur

Der Fänger im Roggen zog verquere Spinner an. Auch Trawleys Werk hatte eine solche unheimliche Anhängerschaft. Sie sah sich das Namensschild des Mannes genauer an: Stewart Campbell. Er war ein Autor von Davis & Dash, der einige mittelmäßige Kriminalromane für Pam geschrieben hatte. Obwohl seine Bücher auch nicht schlechter waren als Trawleys, verkauften sich dessen Titel millionenfach und seine nur mäßig. Emma fragte sich, ob er wohl aus diesem Grund so auf dieses Buch starrte. Es schien ihm körperliche Schmerzen zu bereiten, so daß Emma einen Moment lang versucht war, ihm zu sagen, er solle es nicht persönlich nehmen.

Pam hatte bereits einigen Eingeweihten verraten, daß sie die Autorin dieses Buches war. Doch Emma wollte nicht ihren Job aufs Spiel setzen, indem sie Stewart Campbell in dieses Geheimnis einweihte.

»Hallo«, sagte eine unverkennbare tiefe Stimme neben ihr.

Sie sah auf und entdeckte Alex, die sie mit einem kühlen Lächeln betrachtete. Emma wurde unwillkürlich rot und haßte sich dafür. Sie hatte Alex nicht mehr gesehen, seit sie in jener Nacht im Regen auseinandergegangen waren. Einmal hatten sie kurz am Telefon miteinander gesprochen, aber beide hatten sich nicht entschuldigt. Emma fragte sich, wie sie jetzt, da sie sich zu beiden Seiten des Davis-&-Dash-Tisches gegenüberstanden, wohl die Kluft überbrücken konnten. Doch Alex schaffte dies mit einer Selbstverständlichkeit, als wäre es das Natürlichste auf der Welt: Sie schenkte Emma ein anzügliches Lächeln.

»Du siehst gut aus«, sagte Alex, und Emma errötete wieder, aber diesmal vor Freude.

»Du auch. Das Armani ist seinen Preis wert«, gab sie zurück, woraufhin Alex an sich hinuntersah und wieder grinste.

»Wo wohnst du?«

»Im Hilton. Aber Davis & Dash hat angeordnet, daß wir uns Zimmer teilen.«

»Du machst Witze! Mit wem teilst *du* ein Zimmer?«

»Mit Nancy Lee.«

»Oh, jetzt bin ich aber eifersüchtig«, sagte Alex lachend. »Wie wär's mit einem Abendessen? Ich bin im Sheraton, und *ich* teile mit niemandem ein Zimmer – noch nicht.«

»Ich muß zu der Party, die für Jude Daniel gegeben wird«, sagte Emma. »Kommst du auch?«

»Sicher. Er gilt als der nächste große Star. Wer ist sein Agent?«

»Alfred Byron.«

»Herrje! Ich dachte, der wäre tot.«

»Wunschdenken. Nein, er nervt mich immer noch wegen Susann Baker Edmonds.«

»Wie hat er sich Daniel unter den Nagel gerissen?«

Eine Zeitlang tauschten sie den neuesten Klatsch über die Branche aus, dann führte Emma Alex durch den Stand von Davis & Dash. Sie kicherten gemeinsam über den Klappentext von GODs neuem Roman und machten sich über die gekauften Autoren lustig, deren übertriebene Lobeshymnen auf den Umschlagrückseiten abgedruckt waren. Schließlich kamen sie zu den Regalen im hinteren Teil. Alex' Lächeln verschwand. »Was zum Teufel soll das?« fragte sie und deutete mit dem Zeigefinger auf das Regal, wo *Eine Woche in Firenze* stand.

»Nicht besonders, oder?« gab Emma zu.

»Großer Gott, Emma, ist das alles, was du dazu zu sagen hast? Hättest du nichts dagegen tun können?«

»Ich habe mit der Plazierung der Bücher nichts zu tun, Alex. Das ist Sache der Werbeabteilung. Es ist noch nicht einmal *mein* Buch. Pam ist die zuständige Lektorin.«

»Heilige Scheiße«, fauchte Alex. Sie nahm den Blindband und ging damit zu einem der vorderen Regale, wo sie einen Stapel von Geralds *Zweimal in den Schlagzeilen* herausnahm. »Hier, sogar ich kann das.« Sie ging wieder zum hinteren Teil des Standes und legte den Stapel mit Geralds Büchern dort auf den Boden. Dann ging sie weiter zu dem Regal, wo *Eine Woche in Firenze* ausgestellt war, holte die restlichen Exemplare und stellte sie alle in das vordere Regal, wo sie mehr ins Auge fielen. »So. Jetzt ist es besser«, sagte sie und begutachtete ihr Werk.

»Alex, das kannst du nicht machen. Sie werden sie sowieso zurückstellen.«

»In der Zwischenzeit hat vielleicht jemand die Chance, Camillas Buch überhaupt zu entdecken. Und vielleicht kauft es ja sogar irgendwer. Dann bekomme ich zehn Prozent – das würde zwar immer noch nicht ausreichen, um mein Zimmer im Sheraton zu bezahlen, aber wenigstens wäre es ein Anfang.« Alex drehte sich um und machte Anstalten davonzugehen.

»Sehe ich dich auf der Party?« konnte sich Emma nicht zurückhalten zu fragen.

»Sicher«, antwortete Alex, aber ihr Lächeln war wie weggewischt.

Roberta Fine hatte den ganzen Vormittag Tüten geschleppt, und nun war sie müde. In der linken Hand trug sie eine Einkaufstüte von Houghton Mifflin, in der sich ein Poster von Random House, ein Morrow-Kalender und unzählige Vorabdrucke befanden, in der anderen Hand eine Tüte von HarperCollins, die fast genauso voll war.

Sie hatte sich vorgenommen, einige der wichtigsten Leute der Verlagsbranche persönlich aufzusuchen. Mit der lebhaften Linda Braun von Doubleday and Scribners, die ständig Diät machte und kupferrotes Haar hatte, verstand sie sich prächtig. Sie und Roberta vertrauten einander Diätgeheimnisse an. In dem Stand von Barnes & Noble hatte Roberta das blonde Haar von Sessalee Hensley entdeckt, der brillanten Einkäuferin der gefürchteten Kaufhäuser. Roberta liebte ihren näselnden Texasakzent. Zuletzt hatte sie sich mit Karen Patterson von B. Dalton unterhalten. Karen war nicht so aufs Geschäftliche fixiert wie Linda und Sessalee, und das war eine nette Abwechslung. Roberta mochte ihren Sinn für Humor.

Sie hatte bereits ein Foto von sich und dem Vizepräsidenten machen lassen und auch in der Schlange gewartet, um von Anne Tyler deren letztes Buch signieren zu lassen. Sie hatte mit Neil Baldwin, dem schnurrbärtigen, in Tweed gekleideten Vorsitzenden der National Book Foundation, einen Kaffee getrunken. Er war sehr charmant gewesen. Wirklich ein reizender junger Mann. Sie hatte wahrhaft einen vollgepackten Vormittag hinter sich.

Jetzt wollte Roberta nur noch ein ruhiges Fleckchen finden, wo sie sich niederlassen konnte. Als sie den Stand von Davis & Dash mit seinen gepolsterten Sesseln entdeckte – auf der ABA so selten wie ein literarischer Bestseller – steuerte sie schnurstracks auf einen der leeren Sessel zu. Es tat gut, ein Kissen im Rücken zu haben, denn er schmerzte, und sie wußte, daß dieser Schmerz nur durch einen Besuch bei ihrem Chiropraktiker beseitigt werden konnte.

Roberta verteilte ihre Taschen und Tüten rings um den Sessel und sah sich dann um. Von ihrem Platz aus konnte sie den düsteren Umschlag von *Zweimal in den Schlagzeilen* und das neueste Buch von Susann Baker Edmonds sehen. Keines davon würde sie in ihren Lagerbestand aufnehmen – sie gehörten zu jener Sorte Bücher, die ihre Stammkunden sowieso nicht kauften und die das Kaufhaus am Broadway dreißig Prozent billiger anbot. Sie verrenkte sich fast den Hals, um den beleuchteten Schaukasten zu finden, in dem *Die Verlogenheit der Männer* ausgestellt war. Doch offenbar war es in einem jener Kästen untergebracht, die außerhalb ihres Blickfeldes standen. Natürlich mußte sie ein Foto davon und von allen anderen auffallenden Auslagen machen, damit sie es Opal nach ihrer Rückkehr nach New York zeigen konnte. Wenn sie doch nur noch ein paar Minuten hier bequem sitzen bleiben könnte, ohne ein schlechtes Gewissen zu haben. Andererseits konnte sie noch lange genug sitzen, wenn sie wieder zu Hause war, und sie hatte mehr Geld ausgegeben, als sie sich momentan leisten konnte, um überhaupt hier sein zu können. Also sollte sie jede einzelne Minute davon auskosten. Roberta dachte an das T-Shirt, das letztes Jahr auf der ABA so beliebt gewesen war: ›So viele Bücher – so wenig Zeit‹. Nun, das stimmte. Trotz all der Jahre, allen Schwierigkeiten und ihrer finanziellen Probleme liebte Roberta Bücher immer noch leidenschaftlich. Jedenfalls einige davon. Und so gab sie sich einen Ruck, stand auf, angelte ihren Fotoapparat aus der Tasche und ging auf die Suche nach dem Schaukasten mit *Die Verlogenheit der Männer*.

Aber es gab keinen. Sie sah sich jeden Schaukasten und die Vorderseite des Standes genau an. Nichts. Erst als sie in den hinteren Teil ging, entdeckte sie die kleine Auslage mit den unelegant gebundenen Leseexemplaren. Hier hinten würde niemand das Buch bemerken. War das alles, was Davis & Dash für das größte literarische Werk ihres Herbstprogramms zu tun gedachten? Roberta entdeckte eine junge Frau, die müßig neben einem Regal mit Katalogen stand. Ihr Namensschild wies sie als Nancy Lee von Davis & Dash aus. Roberta ging auf sie zu.

»Wurde bei Ihnen *Die Verlogenheit der Männer* veröffentlicht?« fragte sie.

»Die *Forschheit* der Männer?«

»*Die Verlogenheit der Männer*«, korrigierte Roberta sie.

»Ich glaube nicht, aber ich sehe mal im Katalog nach«, sagte die junge Frau bereitwillig.

»Machen Sie sich keine Mühe«, erwiderte Roberta, nahm ihre Taschen und ging davon. Es war doch wirklich unglaublich! Nach all der Arbeit, die Terry hineingesteckt hatte, nach all dem Leid und der Ablehnung, die Opal hatte erfahren müssen, war das Buch schließlich doch noch veröffentlicht worden – und noch nicht einmal die Verlagsangestellten wußten davon! Also wirklich, *Die Forschheit der Männer!* Auf diese Weise konnte Terrys Buch natürlich nicht entdeckt und von den Buchhändlern gekauft werden. Und somit würde es auch niemand lesen.

Einen Augenblick lang schien es Roberta, als laste jedes einzelne Jahr ihres Lebens auf ihren Schultern. Sie war zu müde, um noch weitere Gänge voller Verlagsstände anzusehen. Plötzlich hatte sie das Gefühl, ihre Kraft reichte nicht einmal mehr, um in den Shuttle-Bus zu steigen und in ihr Hotel zurückzufahren. Sie sah sich die Gesichter der anderen Buchhändler an, und auf einmal kam ihr eine Idee. Ein Brief kostete nur zweiunddreißig Cents, und Roberta kannte Hunderte von Buchhändlern. Sie konnte hier nicht mit allen reden, aber sie konnte ihnen schreiben. Sie würde jeden von ihnen anschreiben und ihnen mitteilen, wie gut dieses Buch war. Und wie sehr es verdient hatte zu leben.

Susann wußte, was sie erwartete, aber es schien jedes Jahr schlimmer zu werden. Bei ihrer Ankunft hatte ein Mann sie tatsächlich erkannt und sie um ein Autogramm gebeten, ihr dann jedoch ein Exemplar von *Grenzmusik* vorgelegt. »Das habe ich aber nicht geschrieben«, hatte sie gesagt. »Es ist von Robert Waller.«

»Ja, ich weiß«, hatte er geantwortet, »aber *seine* Warteschlange ist zu lang.«

Waller! Waller! Immer Waller! Oder Grisham. Letztes Jahr war der nicht besonders gut aussehende John Grisham in der Zeitschrift *People* unter den fünfzig bestaussehenden Leuten der Welt aufgelistet worden. Darüber kochte Susann immer noch vor Wut. Wozu brauchte man Schönheitsoperationen, wenn einem hohe Verkaufszahlen von Büchern zu Schönheit verhalfen? Und war sie etwa, wenn ihre Bücher sich nicht so gut verkauften … Sie konnte nicht leugnen, daß ihre Warteschlange nicht annähernd so lang war wie die von Anne River Siddon, James Finn Garner und Chad Weston. Vor Janet Dailey schien sich eine endlose Schlange von Lesern zu drängeln, die um ein Autogramm baten. Peterson hatte – nach Susanns Weggang – ihr Buch fast ohne jede Werbung auf den Markt geworfen. Es war zwar veröffentlicht worden, aber bei Peterson gab es keine Signierstunde. Doch das betonte die Dürftigkeit von Susanns Warteschlange nur noch stärker. Früher hatte sich vor ihr eine große, begeisterte Menge gedrängelt, in der es gelegentlich sogar zu Ausschreitungen und Tumulten gekommen war. Susann wußte, was es bedeutete, wenn alle mitbekamen, daß bei ihr nur noch gelegentlich einige Bittsteller vorbeikamen. Vielleicht hatten doch alle recht gehabt, dachte sie. Vielleicht war es wirklich notwendig, durchs Land zu reisen und wieder direkten Kontakt mit ihren Lesern aufzunehmen.

Sie sah zu Pam Mantiss hinüber, die augenscheinlich gelangweilt und zerstreut darauf wartete, daß der nächste Buchhändler vorbeikam. Die Frau sah aus, als hätte sie sich ihre Kleider einfach übergeworfen. Warum konnte sie, Susann, nicht mit einer gestylten, begeisterten Lektorin wie Susan Sandler zusammenarbeiten?

Eine ältere Frau näherte sich Susann, zog ein zerfleddertes Exemplar von *Eine Frau und eine Dame* aus einer Einkaufstüte und legte es auf den Tisch. »Ich kann Ihnen gar nicht sagen, wieviel mir dieses Buch bedeutet hat«, sagte sie. »Könnten Sie es signieren?«

Susann wußte, daß sie das eigentlich nicht tun durfte, da es ein Titel aus dem Verlagsprogramm von Peterson war, aber vor ihr stand wahrscheinlich eine Frau, die alle ihre Bücher gelesen hatte. »Sicherlich. Und vielen Dank, meine Liebe«, sagte Susann und signierte das Buch dankbar.

»Ich bin Ihr größter Fan«, erwiderte die Frau und zog ein Exemplar von *Eine Frau mit Vergangenheit* hervor. »Könnten Sie das auch signieren?«

»Natürlich«, sagte Susann. Ihre Bücher lagen den Lesern immer noch am Herzen. Diese Frau hatte sie den ganzen Weg bis zur ABA geschleppt, weil sie ihr etwas bedeuteten. Susanns Finger verkrampften sich bereits, aber sie war gerührt, schrieb ihren Namen hin und verzierte ihn mit einem Schnörkel.

Die Frau zog nun ein Taschenbuchexemplar von *Die Dame des Hauses* aus ihrer Tasche, das völlig zerlesen war und dessen Umschlag fehlte. »Wäre es zuviel verlangt, wenn Sie auch das signieren?«

Doch bevor Susann nach dem Buch greifen konnte, war Pam Mantiss hinter sie getreten und schob ihr Gesicht fast beleidigend nahe vor das der Frau. »Ich fürchte, das ist es«, sagte sie. »Sehen Sie, Miß Edmonds ist im Moment sehr beschäftigt.«

Susann sah ihre Lektorin entsetzt an. »Natürlich kann ich …«

»Wir haben *keines* dieser verdammten Bücher veröffentlicht«, zischte Pam sie an und wandte sich dann wieder der winzigen Frau zu. »Miß Edmonds signiert nur Hardcover. Sie können von Ihr ein Exemplar ihres neuen Buches signiert bekommen, sobald es veröffentlicht ist.«

Die Frau drehte sich zu Susann um und wirkte verlegen. »Ich kann es mir erst leisten, wenn es als Taschenbuch erscheint. Aber es wird mir sicherlich gefallen«, versicherte sie Susann. Demütig steckte sie das unsignierte Buch in ihre Tasche zurück und ging davon.

Genau in diesem Augenblick kam ein Buchhändler vorbei und begann ein Gespräch mit Pam. Pam eilte zu Susann hinüber und klatschte ein Exemplar ihres letzten Buches vor ihr auf den Tisch. »Signieren Sie das. Schreiben Sie: ›Für meine Nichte Rachel, in Liebe von Tante Sissy.‹«

Susann sah Pam bestürzt an und blinzelte. »Das kann ich nicht schreiben«, erklärte sie. »Schließlich ist Rachel nicht *meine* Nichte. Und abgesehen davon haben Sie gerade gesagt …«

»Wenn Sie wollen, daß diese Typen Ihr *neues* Buch bestellen, fangen Sie jetzt besser an zu schreiben«, schnaubte Pam und gab Susann einen Stift.

Alf Byron kam langsam in Schwung. Er schritt die Gänge der ABA auf und ab, als gehörten sie ihm. Er war wieder mittendrin im Geschehen, wurde von allen respektiert. Über Jude Daniels Buch wurde immer mehr geredet. Und als er auf der Party von Jude auftauchte, hatte er das Gefühl, als feierte man in Wirklichkeit ihn und seine Rückkehr in die New Yorker Verlagsszene.

Die Dürreperiode hatte für Alf lange gedauert, aber nun war sie überstanden. Zu lange hatte man in als Agenten mit einer einzigen Klientin angesehen, ihn für eine Witzfigur, einen literarischen Gigolo gehalten. Und als Susanns Stern gesunken war, war auch sein Ansehen gesunken. Aber nun war Susanns Wiedergeburt in Sicht. Und die Krönung des Ganzen war Jude Daniel, sein neues ›männliches Fräuleinwunder‹. Wäre Alf ein italienischer *gavone* gewesen, hätte er sich jetzt in den Schritt gegriffen und den Inhalt seiner Hose neu plaziert. Er war wieder wer.

Kaum hatte er den überfüllten Raum betreten, hatte Pam Mantiss ihn auch schon entdeckt und kam zu ihm herüber. Nach der erbitterten Auseinandersetzung mit ihr wegen Susanns Vertrag und der Erkenntnis, daß Susanns erstes Buch für Davis & Dash wohl nicht besonders gut sein würde, war das einmal eine nette Abwechslung. Einen Augenblick lang hatte Alf Gewissensbisse, weil er Judes Buch zu billig verkauft hatte. Aber das würde er beim nächsten Vertrag wiedergutmachen. Wenn dieses Buch erst einmal auf der Bestsellerliste stand, würde jeder Verlag bereitwillig eine sechsstellige Summe bezahlen, um den Professor für sich zu gewinnen. Pam war sich darüber genauso im klaren wie Alf, und ihr Lächeln und das Glas, das sie ihm entgegenstreckte, waren sozusagen nur die Prämie für die Versicherungspolice, die sie ihm aufzuschwatzen versuchte.

Alf nahm den Drink und nippte daran. »Nicht schlecht«, sagte er. Der Weißwein war herb und kühl, nicht der übliche, lauwarme französische Chardonnay.

»Ich trinke ihn gern«, sagte Pam und leerte ihr Glas. Sie sah sich in dem Raum um. »Verabscheuen Sie nicht auch diesen ganzen Mist hier? Die einen hassen einen, die anderen beneiden einen, und beide tun so, als ob sie einen liebten.«

Alf nickte. In Wirklichkeit gefiel ihm genau das. »Nun«, sagte er, »heute abend beneiden uns eine Menge Leute. Lektorin des Jahres, was?«

Pam nickte. »Ein Bombengeschäft«, sagte sie.

»Nun, Sie haben auch ein teuflisch gutes Programm«, sagte er. »Ich weiß nicht, wie Sie das immer wieder schaffen.«

»Ich auch nicht, Alf, ich auch nicht.« Pam nahm zwei weitere Gläser von dem Tablett eines vorbeigehenden Kellners und bot ihm eines davon an. Alf schüttelte den Kopf, da sein Glas noch halbvoll war. Pam zuckte die Achseln, leerte das erste Glas und stellte es auf den Boden, wo mit Sicherheit jemand drauftreten würde. Dann leerte sie mit einem Schluck das zweite zur Hälfte. Alf hatte das Gefühl, daß sie keine sonderlich angenehme Gesprächspartnerin mehr sein würde, wenn das Glas leer war.

»Wo ist der Professor?« fragte er.

»Sehen Sie nach, wo sich die meisten Frauen drängeln. Er wird in ihrer Mitte stehen.«

Der Raum war überfüllt. Die üblichen Leute waren anwesend. Binky Urban unterhielt sich mit jemandem, den Alf nicht kannte. Ein neuer Schriftsteller? Wenn Binky interessiert war, dann war Alf das ebenfalls. Fredi Friedman, blond und elegant, hörte kühl einem kleineren Agenten zu. Alf ging an ihnen vorbei und schnappte auf, wie der Typ sagte: »Ich habe das schärfste Manuskript in der ganzen Stadt; wir wollen zwei Komma fünf dafür haben.« Alf nickte Michael Korda zu, und es erfüllte ihn mit Genugtuung, daß dieser zurücknickte. Schließlich erreichte er die dichtgedrängte

Menge, die vor der Bar stand. Sie bestand nur aus Frauen – Lektorinnen, Besitzerinnen von Buchhandlungen und zwei Einkäuferinnen der großen Ketten. Der Professor stand im Mittelpunkt. Während Alf sich einen Weg durch die Menge bahnte, lachten alle über eine Bemerkung von ihm.

»Sie wissen doch, daß es wahr ist«, fuhr Daniel fort. »Die meisten Männer glauben sowieso, eine Frau sollte nur vier Dinge können.«

»Und die wären?«

»Wie ein Mädchen aussehen, sich wie eine Dame verhalten, wie ein Mann denken und wie ein Tier arbeiten.«

Wieder brach die Menge in überschwengliches Gelächter aus. »Natürlich sind Sie verheiratet«, sagte eine Frau halb flirtend. »Nichts würde uns glücklicher machen, als wenn Sie es nicht wären.«

Jude machte ein ernstes Gesicht. »Nicht mehr. Ich war es, aber wir leben in Scheidung.« Er seufzte. »Es ist nicht einfach, mit einem Schriftsteller zusammenzuleben.«

Alf sah sich die Gesichter der Frauen an. Alle wirkten, als wären sie gern bereit herauszufinden, wie schwierig es sein mochte. Der Professor spielte auf ihnen wie auf einer Geige. Der Junge hatte eine große Zukunft vor sich. Am anderen Ende des Raumes stand Wendy Brennon mit Susann zusammen. Ihre Augen waren auf ihn gerichtet, aber als er sie ansah, veränderte sich ihr Gesichtsausdruck nicht, und sie zeigte auch mit keiner Bewegung, daß sie ihn erkannt hatte. Alf verspürte einen Anflug von Schuld. Jahrelang hatte Susann auf Partys wie diesen im Mittelpunkt des Interesses der Frauen gestanden. Er sollte zu ihr hinübergehen und nachfragen, wie die Signierstunde gelaufen war. Aber hier, im Mittelpunkt des Geschehens, war es warm wie in den Tropen. Alf konnte sich nicht überwinden hinüberzugehen zu dem kalten Blick in die Tundra-Ecke, wo Susann stand.

Mit dem Ellenbogen stieß er eine kleine Frau beiseite und legte seine Hand auf Jude Daniels Schulter. »Nun, Professor, im Moment scheinen Sie meine Hilfe nicht zu benötigen«, sagte er herzlich. »Ganz anders als damals, als Sie mir das Manuskript gebracht haben.«

Die Frauen wandten ihm ihre Köpfe zu. Jude begann, einige von ihnen vorzustellen, aber Alf winkte ab. »Ich kenne die meisten von Ihnen«, sagte er. »Wir haben hier vielleicht ein Talent, was? Und ich war derjenige, der ihn entdeckt hat.« Dann erzählte er voller Eifer die Geschichte von dem Brief eines unbekannten Uniprofessors, der ihn einlud, an einer Podiumsdiskussion teilzunehmen. Niemand anders als er, Alf Byron, hatte diesen neuen literarischen Star ermutigt und aufgebaut.

IV

Der Bestseller

»Die Veröffentlichung eines Buches gleicht dem Erscheinen Jesu im Tempel: Alles kann passieren, von der Anbetung durch die Rabbiner bis hin zu einem Angriff seitens der Philister. Aber egal, was zuerst geschieht: Im Laufe der Zeit bleiben nur wenige Bücher im Gedächtnis haften. Von den fünfzigtausend jährlich in Amerika veröffentlichten werden vielleicht drei Dutzend zu echten nationalen Bestsellern. Wie es im Matthäus-Evangelium, 22,14 heißt: ›Denn viele sind berufen, wenige aber auserwählt.‹«

Gerald Ochs Davis senior

Fünfzig Jahre im Verlagsgeschäft

1

›Wenn Schriftsteller sterben, werden sie zu Büchern – eigentlich keine schlechte Art der Wiedergeburt.‹

Jorge Luis Borges

Opal zog kräftig und hatte den Eindruck, daß ihre Knie nachgäben. Sie befand sich in einer würdelosen, unbequemen Kauerstellung und hielt den schmalen Stamm des japanischen Kirschbaumes umklammert, der gestern geliefert worden war. Aiello hatte fast den ganzen vorangegangenen Nachmittag damit verbracht, ein Loch auszuheben, und nun hatten er, Roberta und sie den überraschend schweren jungen Baum in die Mitte des kleinen Rasens gezogen und den Wurzelballen in das vorbereitete Loch gestellt. Opal und Aiello versuchten, den Baum gerade auszurichten, während Roberta ihnen vom anderen Ende des kleinen Gartens aus Anweisungen gab, damit der Stamm senkrecht aus dem handtuchschmalen Stückchen Rasen ragte. Opal, die Robertas Perfektionismus normalerweise sehr schätzte, schnaubte jetzt. Es war fast genauso frustrierend, wie wenn jemand auf dem Gehsteig stand und versuchte, einen in eine Parklücke zu dirigieren.

»Noch etwas nach rechts«, sagte Roberta und gestikulierte mit ihren langen Händen. Opal zog, so kräftig sie konnte, in die angegebene Richtung. Der Schweiß stand ihr auf der Stirn. Die Sonne schien überraschend heiß. Wer hätte gedacht, daß ein so schlanker Baum derart schwere Wurzeln hatte?

»Ist es gut so?« rief sie keuchend, und Roberta zögerte, bevor sie nickte, als wäre sie sich nicht ganz sicher.

»Schnell, Aiello«, keuchte Opal. »Schaufeln Sie die Erde rein. Ringsum, damit der Baum so stehenbleibt.« Sie hatte den Eindruck, der Baum stünde schief, als zöge sie ihn zu sehr in ihre Richtung und als neigte er sich deshalb zur Seite. Aber sie wußte, daß sie vermutlich zuwenig Abstand zu ihm hatte, um das beurteilen zu können – wie sie auch zu anderen Dingen zuwenig Abstand hatte, um sie objektiv beurteilen zu können –, und so mußte sie Roberta vertrauen.

Sie vertraute Roberta ohnehin immer mehr. Jeden Tag arbeiteten sie zusammen im Laden und aßen gewöhnlich mehrmals die Woche gemeinsam zu Mittag und zu Abend. Roberta hatte Opal mit den Theatern bekannt gemacht, die nicht am Broadway lagen, und als Gegenleistung hatte Opal ihnen ein Abonnement für das Symphonieorchester gekauft. Roberta hatte Opal im Garten geholfen und ihr auch eine Bank empfohlen, bei der sie selbst seit mehr als fünfundzwanzig Jahren ihre Geldgeschäfte tätigte. Jetzt wurden, wenn sie es wünschte, Opals Schecks, die nur in ihrem alten Bundesstaat gültig waren, als Bargeld verbucht und nicht erst nach neun endlos scheinenden Arbeitstagen gutgeschrieben. New York war eine wesentlich freundlichere Stadt, wenn man Leute kannte, die ihrerseits Leute kannten.

Und Roberta kannte viele Leute. Sie hatte Opal ausführlich von der enttäuschenden Plazierung von Terrys Buch auf der ABA erzählt. Dann hatte sie ihr einen Brief gezeigt, der den Inhalt von *Die Verlogenheit der Männer* hervorragend zusammenfaßte und die Buchhändler drängte, das Buch in ihren Lagerbestand aufzunehmen. Roberta hatte sie um die Erlaubnis gebeten, diesen Brief an alle unabhängigen Buchhändler schicken zu dürfen, von denen sie die meisten persönlich kannte. Natürlich hatte Opal zugestimmt. Ja, sie vertraute ihrer Freundin. Roberta hatte sogar die Baumschule in Westchester ausfindig gemacht, bei der Opal diesen herrlichen Baum als Andenken an Terry bestellt hatte.

Opal zog noch immer am Stamm, obwohl sich ihre Arme inzwischen anfühlten, als würden sie gleich aus den Gelenken gezogen. »Beeilen Sie sich, Aiello«, sagte sie. »Ich kann ihn nicht länger halten.«

»Ich weiß, was Sie meinen. Ich schwitze buchstäblich Perlen.«

»Sie sollten nicht ›buchstäblich‹ sagen«, konnte sich Opal nicht verkneifen. Sie mochte es überhaupt nicht, wenn jemand ›buchstäblich‹ sagte, um etwas hervorzuheben. »Sie könnten ›praktisch‹ sagen.«

»Ich könnte sagen: ›Seien Sie still, und halten Sie den Baum.‹« Aiello schaufelte noch ein paar Spaten voll Erde hinein, stieg dann in das Loch und trat die Erde rund um den Baum fest. »Ist doch egal; wo liegt der Unterschied?«

Er mochte in vielerlei Hinsicht hoffnungslos sein, aber er wußte, wie man einen Baum einpflanzte. Opal merkte, wie der Druck, den der Baum auf sie ausgeübt hatte, nachließ. Endlich wagte sie es, ihren Griff zu lockern, wandte den Kopf und sah Roberta über den Weg hinweg an. »Ist es so in Ordnung?« fragte sie, und Roberta nickte. Dann kam sie zu ihnen herüber, um mitzuhelfen. Aiello machte sich wieder ans Schaufeln, und Opal konnte sich endlich aus ihrer unbequemen Stellung erheben. Ihre Knie knackten, als sie ihre Beine ausstreckte, und sie ließ die Schultern kreisen. Heute abend würde sie Muskelkater haben.

»Sehen Sie selbst«, sagte Roberta und machte eine Bewegung mit dem Kinn. Opal ging zum äußersten Ende des Gärtchens und stellte sich neben die Wohnungstür. Sie drehte sich um und sah, daß der Baum kerzengerade exakt in der Mitte des frisch gepflanzten grünen Rasens stand. Die weißen Blumen hinter dem Baum, vorwiegend blühende Fleißige Lieschen und Levkojen, und das dunkle Grün der beiden knospenden Rosenbüsche bildeten einen herrlichen Kontrast zu der Backsteinmauer dahinter und dem grazilen Baum im Vordergrund.

Ihre beiden Helfer, die rechts und links von dem Baum standen, sahen sie erwartungsvoll an. Opal nickte, um ihren Beifall auszudrücken, aber sie brachte keinen Ton heraus, da ihr ein Kloß im Hals saß.

»Sieht er gut aus?« fragte Aiello. Wieder nickte Opal. Selbst Aiello schien gut auszusehen. Das ist bestimmt einer sentimentalen Anwandlung zuzuschreiben, sagte sie sich. Aber er *war* mehr als freundlich gewesen. Auf seine eigene, grobe New Yorker Art war auch er ein Freund.

»Wir haben noch etwas für Sie«, rief Aiello und warf Roberta einen Blick zu. »Bleiben Sie einfach, wo Sie sind.« Die beiden verließen den Garten durch die Hintertür und tauchten einen Moment später mit einer sperrigen, schweren Last wieder auf. Es war eine weiße schmiedeeiserne Bank, die sie mit einiger Mühe unter dem Baum plazierten.

»Ist es in Ordnung so?« fragte Roberta.

»Gefällt sie Ihnen?« rief Aiello.

Opal nickte und ging über den Rasen auf sie zu. Sie war zutiefst bewegt. Wie war Aiello zu der Bank gekommen? Als könne er ihre Gedanken lesen, zuckte er die Achseln und sagte: »Ich habe einen Freund in Queens. Er bekommt manchmal so was rein.«

Roberta sah Opal an und legte dann einen Finger auf die Tafel, die sich in der Mitte der Bank befand. Opal hatte ihre Lesebrille nicht zur Hand, aber es gelang ihr, die Inschrift zu entziffern:

Zum Andenken an Terry O'Neal,
der innig geliebten Tochter von Opal O'Neal
und Autorin von *Die Verlogenheit der Männer*

Opal vermochte kaum die Zahlen zu lesen, die darunter standen, da ihre Augen in Tränen schwammen. Sie liefen ihr über das Gesicht und vermischten sich mit dem Schweiß und der Erde, die sie sich unwissentlich über die Wange und den Nasenrücken geschmiert hatte. »Oh, sie ist wirklich wunderschön«, sagte sie. »Und es ist eine wunderbare Geste«, fügte sie hinzu. Roberta nickte schweigend.

»Wir haben sie zu einem sagenhaften Preis bekommen«, sagte Aiello. »Mein Freund hat mir einen ordentlichen Nachlaß gegeben.« Opal fragte sich unwillkürlich, ob die Bank vielleicht von einem Lastwagen gefallen oder, noch schlimmer, aus irgendeinem Garten ›befreit‹ worden war. Bei Aiello konnte man das nie so genau wissen. Aber diese Gedanken konnten ihren Tränenstrom nicht aufhalten und ihre Dankbarkeit nicht mindern. Aiello zog ein überraschend sauberes Taschentuch aus seiner Hosentasche, schneuzte sich und bot es dann Opal an. Sie lächelte, schüttelte den Kopf und zog es vor, sich das Gesicht mit ihren Handrücken abzuwischen.

»Ihr Gesicht ist ganz mit Erde verschmiert«, sagte Aiello.

Opal besah sich ihre schmutzigen Hände. »Ich glaube, ich gehe mich mal besser waschen«, sagte sie. Sie brauchte etwas Zeit, um sich wieder zu sammeln, und so gingen sie alle drei über den Rasen in die Wohnung zurück. Als Opal in den Badezimmerspiegel sah, hätte sie beinahe laut aufgelacht. Ihr Gesicht war mit sandiger schwarzer Erde beschmiert, auf der sich Tränenspuren abzeichneten; hinzu kamen eine sonnenverbrannte Nase und die Schweißperlen, die sich am Haaransatz gesammelt hatten. »Du bist wahrlich keine Schönheit«, sagte sie zu ihrem Spiegelbild, zuckte die Achseln und wusch sich Gesicht und Hände. Als sie aus dem Badezimmer kam, holte Roberta gerade eine Flasche aus dem Kühlschrank.

»Ich weiß nicht, ob wir die trinken oder die Bank damit taufen sollten«, sagte sie und deutete auf die Sektflasche.

Noch eine reizende Geste! Roberta war so aufmerksam. »Oh, ich glaube nicht, daß wir die Bank taufen müssen«, rief Opal aus.

»Gott sei Dank«, bemerkte Aiello. »Ich brauche nämlich etwas zu trinken. Haben Sie vielleicht auch Bier?«

Aber zu ihrem Leidwesen hatte Opal keines. Sie sah zu ihren beiden Freunden hinüber. »Ich könnte schnell welches für Sie holen und uns dann eine Kanne Eistee machen. Es ist noch ein wenig früh für Alkohol. Wir können etwas zu Mittag essen und den Sekt für später aufheben.« Sie sah Roberta an, deren Gefühle sie keinesfalls verletzen wollte. »Wäre das in Ordnung?«

»Natürlich«, entgegnete Roberta. Da klingelte es an der Tür. Außer Margaret aus dem Buchladen kannte Opal niemanden, der noch bei ihr hätte vorbeischauen können. Sie ging zu der nahezu unbrauchbaren Sprechanlage und fragte, wer da sei. Das Rauschen war so stark, daß sie kaum etwas verstehen konnte, aber da es sich um eine weibliche Stimme handelte, drückte Opal auf den Türöffner. Die Briefe wurden von einer Postbotin ausgetragen, aber diese klingelte normalerweise nicht. Vielleicht ein Einschreiben?

Opal öffnete die Tür. Emma Ashton stand vor ihr und sah sie strahlend an. »Ich hatte gehofft, Sie anzutreffen«, sagte Emma. »Ich wollte Sie überraschen.« Dann entdeckte sie die anderen Gäste und brach ab. »Oh, vielleicht habe ich einen schlechten Zeitpunkt erwischt«, sagte sie. »Ich wollte nur ...«

»Das sind meine Freunde, Emma.« Opal übernahm die Vorstellung. »Es ist ganz reizend, daß Sie vorbeikommen. Und der Zeitpunkt hätte nicht besser gewählt sein können.« Sie wollte gerade Emmas Arm nehmen und ihr den Baum und die Bank zeigen, die man von dieser Stelle aus sehen konnte, als Emma sie unterbrach.

»Ja, es *ist* der perfekte Zeitpunkt«, sagte sie. »Sehen Sie mal, was ich für Sie habe.«

»Noch ein Geschenk?« fragte Opal. »Heute geht's mir aber wirklich gut.« Dann sah sie, was Emma ihr entgegenhielt, und verstummte. Es war ein Buch – ein sehr dickes Buch, das in kastanienbraunes steifes Leinen gebunden und mit einem mitternachtsblauen Schutzumschlag versehen war. Emma hielt das Buch hoch, so daß Opal den Titel lesen konnte: Auf dem Umschlag stand oben in matten Goldlettern *Die Verlogenheit der Männer* und unten, in kleineren Buchstaben, ›Ein Roman von Terry O'Neal‹.

»Ist es nicht wunderschön?« fragte Emma. Opal nickte. »Ich hoffe, es gefällt Ihnen ebenso wie uns.« Sie sah sehr stolz aus.

Opal streckte die Hand aus und nahm ihr das schwere Buch ab. Hier war es, so schön, wie sie es sich erträumt hatte.

»Es ist das allererste Exemplar, das wir bekommen haben«, fuhr Emma fort. »Ich ...« Sie zögerte. »Ich habe noch etwas mitgebracht«, sagte sie dann und zog eine Flasche Sekt aus ihrer Einkaufstasche. »Nun, das ergibt wohl für jeden nur einen Schluck«, sagte sie. »Ich hatte nicht so viele Leute erwartet.«

»Oh, wir haben genug«, sagte Roberta lachend und holte ihre Flasche wieder aus dem Kühlschrank. »Opal hat immer einen Sekt kühl gestellt für Gelegenheiten wie diese. Emma, helfen Sie mir?«

Die beiden Frauen holten Gläser, während sich Aiello mit dem Korken abmühte. Währenddessen war Opal abwesend auf ihre Schlafcouch gesunken und hatte ehrfürchtig begonnen, das Buch durchzublättern. Wenn Terry nur ... dachte sie, aber dann verdrängte sie diesen Gedanken sofort wieder. Ich habe das für sie getan, ermahnte sie sich. Es ist nicht genug, aber sie wäre froh darüber. Und es schien ihr fast wie ein Wunder, wie ein Zauber, daß die Worte jetzt in Fleisch und Blut verwandelt waren – oder doch wenigstens in Tinte und Papier. Auch der Umfang, der Geruch und die körperliche Anwesenheit des Buches, das auf ihrem Schoß lag, waren überwältigend.

Emma reichte ihr ein Glas Sekt, und Opal blickte auf. Ihre Freunde hielten bereits Gläser in den Händen. »Auf *Die Verlogenheit der Männer* und Terry O'Neal«, sagte Emma. Alle tranken, auch wenn es Aiello nicht sonderlich zu schmecken schien.

»Vielen Dank«, sagte Opal.

»Hoffen wir, daß es den Erfolg hat, den es verdient«, sagte Emma.

»Schwer vorstellbar, wenn man daran denkt, wie es auf der ABA ausgestellt worden ist«, entgegnete Roberta naserümpfend. »Man konnte es kaum entdecken, geschweige denn kaufen.«

Emmas Lächeln verschwand. »Waren Sie dort?« fragte sie, und Roberta nickte. »Es war wirklich schade. Das Buch hat mehr verdient«, stimmte Emma zu.

»Es wird auch mehr bekommen«, sagte Roberta und erläuterte Emma ihren Plan mit den Briefen.

»Das ist eine großartige Idee!« rief Emma aus. »Genau das braucht *Die Verlogenheit.* Mundpropaganda! Umwerfend.« Sie machte eine Pause. »Was kann ich in dieser Sache tun?«

»Wen kennen Sie noch, der Briefe verschicken könnte?« fragte Roberta.

Opal mischte sich ein. »Sie haben weiß Gott genug getan, Emma«, sagte sie. »Das Buch wäre nie veröffentlicht worden, wenn Sie nicht gewesen wären. Reicht das nicht?«

»Nein«, sagten Roberta und Emma wie aus einem Mund und lächelten.

2

›Zwischen einem Kritiker und einem Rezensenten gibt es einen großen Unterschied. Der Rezensent reagiert auf das Erlebnis, das ihm das Buch vermittelt.‹

Christopher Lehmann-Haupt

Judith nahm den Hörer des Zweitapparates ab und lauschte der Stimme von Pam Mantiss. Daniel war in der Küche, und sie hatte sorgfältig darauf geachtet, daß der Nebenapparat nicht klickte, als sie den Hörer abhob. Flaubert kam an ihre Seite und sah vertrauensvoll zu ihr auf. Judith fühlte sich gräßlich – sie wußte, daß man so etwas nicht tat, aber sie *brauchte* einfach mehr Informationen. Jetzt stand sie im Schlafzimmer, während das Badewasser an ihr heruntertropfte, und lauschte einem Gespräch, das eigentlich *sie* mit *ihrem* Lektor hätte führen müssen. Warum hatte sie dann ein schlechtes Gewissen? Flaubert leckte die Wassertropfen von ihren Beinen. Daniel hatte sie soweit gebracht, daß sie heimlich Informationen über ihr eigenes Buch einholen mußte.

»Ein Stern«, sagte Pam Mantiss. Sprach sie von Daniel? War er bereits ein Stern am Medienhimmel? »Weißt du, wie viele Erstlingsromane einen Stern im *PW* bekommen? Und hast du *Kirkus* gesehen?«

Daniel verneinte. Judith fragte sich, wer Kirkus sein mochte, und sah sich im Schlafzimmer um – als fände sie dort die Antwort. Aber Pam kreischte: »Du hast es nicht gesehen?« Kirkus war offensichtlich ein ›Etwas‹, nicht ein ›Jemand‹. »Das dachte ich mir«, fuhr sie fort. Judith fragte sich, wie Pam so entsetzt sein konnte, daß Daniel Kirkus nicht gesehen hatte, wenn sie gleichzeitig zu erwarten schien, daß er dieses Kirkus übersah. »Es erscheint erst morgen«, erklärte Pam, »aber ich habe einen Vorabdruck. Ich faxe ihn dir gleich rüber.«

Judith hörte den Piepton ihres neuen Faxgerätes. Es stand im Flur, und sie wollte unbedingt die Rezension lesen. Aber sie mußte erst dieses Gespräch mithören. »Lies es und weine – vor Freude«, sagte Pam Mantiss. »Die Mistkerle von *Kirkus* versuchen immer, etwas anderes zu schreiben als *PW*, aber trotzdem mußten sie dir einen Punkt geben. Ich sage dir, die Vorverkaufszahlen werden in die Höhe schnellen. Du mußt nach New York kommen«, fuhr Pam fort, senkte ihre Stimme und sprach in einem noch verführerischeren Tonfall: »Ich habe Lust auf was Besonderes. Möchtest du mit mir essen gehen?«

Daniel räusperte sich. »Ich versuche zu kommen«, sagte er. Judith legte auf.

Als sie, gefolgt von dem Hund, in die Küche kam, verschlang Daniel gerade gierig die Rezension aus dem Fax, das vor ihm lag. »Was ist das?« fragte Judith so unschuldig wie möglich. Aber Daniel war zu sehr mit Lesen beschäftigt, um ihr zu antworten. Judith hielt ihre Ellenbogen mit den Händen umklammert. Nun verstärkte sie ihren Griff, um ihm das Blatt nicht aus den Händen zu reißen. Kirkus mußte eine Zeitschrift oder etwas Ähnliches sein. Was hatte darin gestanden? Was war *PW*, und was stand *dort* drin? Judith konnte sich nur mühsam beherrschen.

Sie betrachtete die Rückseite des Blattes, das Daniel in den Händen hielt. Sie war rezensiert worden! Flaubert spürte ihre Begeisterung und wedelte mit seinem buschigen Schwanz. Hatte Daniel immer noch nicht fertig gelesen? Judith stellte sich neben ihren Mann und packte seinen Arm. Sie versuchte, ihm über die Schulter zu sehen, aber er schob nicht einmal das Blatt zur Seite, damit sie besser lesen konnte. Sie durfte nicht so tun, als wüßte sie, worum es ging.

Judith ließ Daniels Arm los und bekam dafür ihre Rezension. Auf der Seite waren mehrere kürzere Rezensionen von verschiedenen Romanen untergebracht. Sie glichen überhaupt nicht den langen Besprechungen in der *New York Times*, die sie kannte. Judith überflog die Titel, bis sie *Mit voller Absicht* gefunden hatte.

›Nur selten beginnt ein Erstlingsroman so kraftvoll und gekonnt. Die zweiundzwanzigjährige Elthea Harris versucht, mit einem langweiligen Job, finanziellen Problemen und den Belastungen einer alleinerziehenden Mutter fertig zu werden, als ihr Geliebter – der letzte von drei Männern, die sie betrogen haben – sie verläßt. Das ist der letzte Tropfen, der das Faß zum Überlaufen bringt, und Elthea ermordet ihre drei Söhne.

Aufgrund der hervorragenden Ausgestaltung dieser düsteren Geschichte erscheint die unvorstellbare Gewalt fast als eine verständliche Antwort auf das Patriarchat, das Eltheas Charakter so negativ beeinflußt hat. Der Autor berichtet in Rückblenden von Eltheas Kindheit, dem Selbstmord ihres Vaters und den sexuellen Belästigungen durch ihren Stiefvater.

Aber dann läßt die Kraft, die in diesem Buch steckt, ein wenig nach. Jude Daniel ist es gelungen, auf eindrucksvolle Weise Licht auf die dunkelsten Teile der weiblichen Psyche zu werfen, doch im letzten Drittel des Buches wird die Handlung vorhersehbar, und der Schluß ist ziemlich banal. Trotzdem ist das Buch mit seinem erstaunlich kraftvollen und klaren Stil und der Schilderung einer Frau, der so viel Leid widerfährt, seinen Preis mehr als wert. Jude Daniel ist kein Tschechow, aber dies ist ein ungewöhnlich starker, gewinnträchtiger Erstlingsroman.‹

Judith blickte auf und bemerkte, daß Daniel sie anstarrte. »Aber die ist nicht gut«, sagte Judith. »Das ist keine gute Rezension.« Flaubert sah zu ihnen hoch und hörte auf, mit dem Schwanz zu wedeln.

Daniel lächelte aufreizend. »O doch, sie ist gut. Sie enthält das, was wir ›verkaufsfördernde Zitate‹ nennen.« Judith fiel das *wir* auf.

Sanft nahm er ihr das Blatt aus der Hand und las laut vor: »›Daniel ist es gelungen, auf eindrucksvolle Weise Licht auf die dunkelsten Teile der weiblichen Psyche zu werfen.‹« Er sah auf und lächelte Judith an. »›Nur selten beginnt ein Erstlingsroman so kraftvoll und gekonnt‹«, fuhr er fort. »Wir könnten beide Abschnitte auf der Umschlagrückseite abdrucken. Oder in Anzeigen. Das und die Rezension in *PW* …«

»Gab es noch eine Rezension?« fragte Judith, als wüßte sie nichts davon. »Aber das Buch ist doch noch nicht einmal *erschienen*.«

Daniel lächelte. Sein Lächeln war so verdammt herablassend. »Für Buchhändler gibt es eine Reihe von Zeitschriften«, erklärte er. »In ihnen werden Bücher rezensiert, bevor sie erscheinen, damit sie wissen, was sie bestellen sollen. *Publishers Weekly* ist die größte davon.«

»Also rezensieren sie alle Bücher, nicht nur die guten?« fragte Judith.

»Sie rezensieren etwa fünfundachtzig Prozent aller Romane«, antwortete Daniel. Judith fragte sich, woher er das wußte. »Für einen Erstlingsroman, für einen Autor, der noch nichts anderes geschrieben hat, ist die Rezension in *PW* entscheidend. Und meine Rezension ist gut.« Daniel ging durch den Flur und zog seinen Aktenkoffer hervor. Er schien die Kratzer, die der Kartoffelschäler hinterlassen hatte, nicht einmal wahrzunehmen. Es war, als könnte sie ihm nichts anhaben, ihm nicht weh tun. »Ich muß den Zug erwischen«, sagte er und sah auf den Fahrplan. »Ich bin zum Essen eingeladen.«

»Ach ja?«

»Wegen der Rezension. Wir feiern, weil die Rezension in *PW* so gut ist. Das Buch hat einen Stern bekommen, und das bedeutet, es ist ein bemerkenswertes, vielleicht sogar ein wichtiges Buch. Dieser Stern wird uns Hunderte, vielleicht sogar Tausende von Vorbestellungen aus den Buchläden einbringen. Es ist wirklich sehr wichtig für meine Karriere.«

Seine Karriere. Seine Rezension. Und er hat sie mir noch nicht einmal gezeigt, dachte Judith. Er hat es mich nicht einmal wissen lassen. Was weiß ich noch alles nicht? Sie dachte an das Scheckbuch und an Pam Mantiss' Tonfall am Telefon. Sie erinnerte sich an all die Telefonanrufe von Cheryl. »Kann ich die Rezension aus *PW* sehen?« fragte sie und war unangenehm berührt, als die Worte nur in einem zittrigen Flüsterton herauskamen.

»Sicher«, sagte Daniel gleichgültig. »Sie muß hier irgendwo sein.« Er fuhr fort, seinen Aktenkoffer zu durchsuchen. Schließlich zog er ein zerknittertes Blatt hervor.

Judith mußte sich zusammennehmen, um ihm die Rezension nicht aus den Händen zu reißen. Sie überflog sie schnell. Bestimmte Abschnitte – die Daniel als ›verkaufsfördernde Zitate‹ bezeichnen würde – fielen ihr in die Augen.

> ›Erstlingsromane zeichnen sich nur selten durch eine solche sprachliche Könnerschaft aus wie dieser.‹ ›Meisterlich gelingt es dem Autor, Mitgefühl für eine Frau zu erwecken, die eine derart abscheuliche Tat begangen hat. Daniel zeigt, wie eine so verwerfliche Tat unter bestimmten Umständen als richtig empfunden werden kann.‹ ›Das ist mehr als ein Krimi, mehr als nur ein spannendes Buch – dieser Roman zeigt uns, wie Flauberts *Madame Bovary*, eine Heldin, deren Handlungen moralisch nicht zu rechtfertigen und verwerflich, aber trotzdem menschlich und emotional nachzuvollziehen sind.‹

Judiths Hände begannen zu zittern, und die Tränen in ihren Augen hinderten sie, genau das zu tun, was sie am liebsten getan hätte: alles noch einmal von Anfang an zu lesen und es immer wieder zu lesen. Für sie kam es einem Wunder gleich, daß jemand – ein Mensch, der die Macht hatte, eine Rezension zu schreiben, die von Tausenden von Buchkäufern gelesen wurde – das Buch verstanden hatte. All die Monate, die sie allein in dem kleinen Turmzimmer verbracht hatte, gipfelten nun hierin – in diesem Moment, in dem ein Fremder ihr Buch gelesen und verstanden hatte, was sie mit jedem Wort hatte ausdrücken wollen – oder noch mehr als das: der gefühlt hatte, was sie in ihm hatte auslösen wollen. Sie war so überwältigt, daß sie kaum atmen konnte, und bemerkte, daß ihr Tränen aus den Augenwinkeln traten und die Wangen hinunterliefen.

»Daniel, warum hast du mir nichts davon erzählt? Warum weiß ich nichts davon?«

»Ach«, sagte er, »ich wollte es dir sagen. Aber ich war einfach zu beschäftigt. Erst die ABA, dann mußte die Lesereise geplant werden …«

»Daniel, es ist *unser* Buch. Und ich wußte noch nicht einmal, daß es rezensiert worden ist. Was weiß ich noch alles nicht, Daniel?« Sie starrte ihn an, und als er ihren Blick erwiderte, dachte sie für einen Moment, er würde ihr vielleicht tatsächlich die Wahrheit sagen, zur Vernunft kommen und wieder der alte Daniel sein. Aber sie irrte sich, oder der Moment ging ungenutzt vorbei.

»Judith, du machst aus einer Mücke einen Elefanten«, sagte er. In diesem Augenblick wurde ihr klar, daß sie ihn verloren hatte.

3

›Die Bestsellerliste in der *New York Times* ist nichts als ein Haufen Mist. Man sollte sie besser ›Auswahl der Lektoren‹ nennen, denn mit Sicherheit basiert sie nicht auf Verkaufszahlen ...‹

Howard Stern

»Was meinen Sie mit ›wir haben uns verfahren‹?«

Der Fahrer der Limousine antwortete nicht. Er hieß Biff. Susann hätte wissen müssen, daß man einem Mann über Fünfzig – oder auch unter Fünfzig –, der Biff hieß, nicht trauen konnte. Er reagierte einfach nicht. Dabei hatte er sie gewiß gehört. Sie hob ihre Stimme. »Was meinen Sie damit?« wiederholte sie. »Sie haben gesagt, Sie kennen den Weg zwischen Albuquerque und Santa Fe. Sie haben gesagt, das sei Ihre Heimat. Wie können Sie sich dann verfahren?«

»Ich habe mich nicht richtig verfahren; ich weiß nur nicht, wo wir sind.«

»Nun, *das* ist natürlich etwas anderes. Und sehr tröstlich«, sagte Susann in beißendem Tonfall.

»Sie waren diejenige, die von der Fünfundzwanzig runterwollte«, entgegnete der Fahrer anklagend. »Auf der Fünfundzwanzig wären wir direkt nach Santa Fe reingekommen.«

»Edith wollte ein Pueblo sehen«, erklärte Susann zum wiederholten Mal und ärgerte sich zugleich über sich selbst, daß sie sich darüber aufregte. Als ob sie Biff eine Erklärung schuldig wäre. Was hatte die Herzogin von Windsor gesagt? »Nie beklagen, nie erklären.« Nun, Susann stimmte letzterem zu, aber gewiß nicht ersterem.

Sie beugte sich vor und schob die Verkleidung neben dem Sitz zurück. Nichts. Kein Kühlschrank, keine Getränke, kein Fernseher. Keine der Annehmlichkeiten, die man ihr versprochen hatte. Hervorragend. »Das hier ist keine Limousine«, murrte sie. »Das ist ein Leichenwagen.«

»Es könnte schlimmer sein«, sagte Edith.

»Und zwar?« fauchte Susann.

»Nun, du könntest in einem Sarg sitzen statt auf dem Rücksitz.«

Susann lachte. Anne Rice hatte sich während ihrer letzten Lesereise in einem Sarg durch die Innenstadt von New Orleans fahren lassen und einen ziemlichen Wirbel veranstaltet. Seit wann waren Schriftsteller nebenbei noch Schausteller? Susanns Meinung nach war an der Rice nur eines noch größer als die Summe ihrer Tantiemen: ihre Gier nach Publicity. Und ihr schlechter Geschmack.

»Ich habe auf dieser Reise bisher noch nichts gesehen«, beschwerte sich Susann.

»Das ist eine Lüge«, sagte Edith, die emsig strickte, gelassen. Ihre flinken Finger sollten verdammt sein! »Wir haben unzählige Hotelfoyers, Buchläden und Radiostudios gesehen. Ganz zu schweigen von den Flughäfen. *Jede Menge* Flughäfen.«

»Ich meine: etwas besichtigt. Etwas Kulturelles, etwas für diese Gegend Typisches.« Susann seufzte. Die ersten beiden Wochen waren fürchterlich gewesen, aber Edith war ein wahrer Schatz. Unerschütterlich, immer vorbereitet, hatte sie Telefonanrufe beantwortet, gepackt und ausgepackt, wenn nötig Susanns Kleider gebügelt, dafür gesorgt, daß stets genügend Mineralwasser vorrätig war, für Susann die Bücher aufgeschlagen, die sie signieren sollte, und immer ein wachsames Auge auf den riesigen Gepäckstapel geworfen.

Susann sah aus dem getönten Fenster. Die Dämmerung brach herein. Die Straße, eine einspurige Bundesstraße, die quer durch die Wüste führte, war asphaltiert, trotzdem wirbelte die Limousine im Zwielicht Staubwolken auf. Wenn Biff nicht wußte, wo sie sich befanden, warum hielt er dann nicht an? Offenbar mußte sie ihm sagen, was er zu tun hatte.

Sie war so müde. Der Tag hatte für sie bereits um fünf Uhr begonnen – mit einer Radiosendung, bei der die Hörer anrufen konnten. Ein Dutzend Exemplare ihres Buches wurden verteilt, während sie die Fragen der Anrufer beantwortete – inklusive der, was sie von dem neuen Bürgermeister von Albuquerque hielt. Als ob sie das wüßte. Anschließend hatte sie Signierstunden in zwei Buchhandlungen abgehalten, mit dem Manager, der für die Buchhandlungen im Grenzgebiet New Mexicos zuständig war, zu Mittag gegessen und, als wäre das noch nicht genug gewesen, eine weitere Signierstunde über sich ergehen lassen. Alles war genauso langweilig und ermüdend gewesen wie die sechzehn Städte davor. Susanns einzige Entlastung und Stütze war Edith. Deshalb hatte sie Biff gebeten, Ediths Wunsch, ein Pueblo zu besichtigen, zu erfüllen, obwohl es sie selbst nicht interessierte.

Alf hatte sie im Stich gelassen. Vier Tage lang hatte er nicht einmal angerufen. Er wurde völlig von den Jude-Daniel-Angelegenheiten vereinnahmt. Letzte Nacht hatte er nur angerufen, um ihr mitzuteilen, daß sich die *New York Times* bei Davis & Dash gemeldet habe, um sich noch einmal Titel und Inhaltsangabe ihres Buches bestätigen zu lassen – ein Zeichen dafür, daß sie erwogen, das Buch auf ihre Liste zu setzen. Natürlich würde es nicht rezensiert werden. Das wurden ihre Bücher nie. Doch selbst die *Times* mußte zugeben, daß sie sich verkauften.

Wie die *Times* ihre sehr subjektive Liste zusammenstellte und die Plazierung der Bücher vornahm, war allen ein Rätsel. Kommerzielle Bücher hatten immer einen schweren Stand. Als in einer Woche beispielsweise einmal 14 000 Exemplare von Howard Sterns Buch verkauft worden waren, rutschte es auf den zweiten Platz hinter Colin Powells Buch, von dem nur dreitausend verkauft worden waren! Alf hatte es geschafft, den *Times*-Leuten die Information zu entlocken, daß Susanns Buch auf Platz siebzehn der Belletristik-Hardcover-Liste stand. Das war nicht so gut, wie sie gehofft hatte, und auch nicht so gut wie früher einmal. Bis auf ihre letzten beiden waren all ihre Bücher in der ersten Woche nach Auslieferung auf Platz eins gelandet. Aber schließlich kämpfte sie sich nach ihren vorangegangenen Mißerfolgen gerade erst wieder nach oben und konnte deshalb nicht erwarten, gleich wieder ganz oben zu stehen – auch wenn sie heimlich darauf gehofft hatte.

Platz siebzehn war sicherlich ein Anfang, aber es war trotzdem schmerzlich für sie, denn die *Times* veröffentlichte nur die ersten fünfzehn Bestsellerplazierungen. Platz siebzehn nutzte ihr genausowenig wie Platz zwanzig oder fünfzig oder dreiundsiebzig. Aber es blieb ja noch genug Zeit, um zu hoffen. Morgen würden sie die ersten Ergebnisse der Liste von *USA Today* bekommen, in der die fünfzig Topbestseller aufgelistet wurden. Auf *dieser* Liste würde sie mit Sicherheit stehen.

»Es wird dunkel«, sagte Edith. »Ich glaube nicht, daß wir jetzt überhaupt noch ein Pueblo sehen können.«

Sie fuhren gerade durch eine Schlucht, und auf dem Talboden war es bereits dunkel, auch wenn oben die Sonne noch nicht verschwunden war. »Drehen Sie um«, sagte Susann zu Biff.

»Umdrehen?« wiederholte der Idiot am Steuer.

»Lassen Sie uns zur Fünfundzwanzig zurückkehren«, sagte Susann. Von ihrem Platz aus konnte sie sehen, daß der Fahrer mit den Achseln zuckte. Wenn sein Hals nicht so dick gewesen wäre, hätte sie am liebsten ihre knotigen Finger darum gelegt und einige ihrer Arthritis-Übungen gemacht.

Dann, als hätte der Fahrer ihre Gedanken gelesen, wendete er den Wagen urplötzlich um hundertachtzig Grad, so daß zuerst Edith gegen Susann und dann beide gemeinsam gegen die Tür geschleudert wurden. Edith spießte sie beinahe mit einer Stricknadel auf. Biff war einen großen Bogen gefahren, dabei von der Straße abgekommen, und nun schien die schwere Limousine im weichen Sand einzusinken. Kurzzeitig gewann Biff die Kontrolle über den Wagen zurück, doch dann gab er Gas, bis der Motor aufheulte. Susann wurde ganz flau im Magen, als sie hörte, daß ein Rad durchdrehte, weil es nicht mehr griff.

»Scheiße!« rief Biff und ließ den Motor sinnlos noch einmal aufheulen. Susann sah Edith an, die sich nach vorn gebeugt und ihre Tasche mit den Stricksachen aufgehoben hatte, die auf den Boden gefallen war.

»Keine Sorge, ich habe Sandwiches dabei«, sagte sie zu Susann und tätschelte deren Knie.

4

›Ich glaube, daß ein Buch sehr gute kommerzielle Chancen haben muß, sonst sollte man das verd…te Buch nicht kaufen.‹

Roger Straus

Gerald war gerade mit Pam die Liste der Vorbestellungen durchgegangen. Ihre Lage war nicht sonderlich erfreulich, denn David Morton hatte seine Unzufriedenheit über die Einnahmen im letzten Quartal nicht nur Gerald, sondern auch der Presse gegenüber zum Ausdruck gebracht. Trotzdem hatte Pam fast während ihrer ganzen Besprechung vor sich hin gegrinst, vermutlich weil das Trawley-Buch bereits auf Platz vier der *Times*-Liste stand. Normalerweise gingen nach dem Tod eines Autors die Verkaufszahlen seiner Bücher stark zurück, doch das schien in Peets Fall nicht zuzutreffen. Obwohl Gerald den Verlagsvertretern gedroht und ein Ultimatum gestellt hatte, waren in der ersten Woche nach Erscheinen von *Zweimal in den Schlagzeilen* nur knapp dreißigtausend Hardcover-Exemplare geordert worden.

Natürlich würde sich das noch ändern, sobald Carl seine Zauberkunststückchen mit dem Computer vollbracht hatte. Da Morton offenbar auf dem Kriegspfad war, konnte sich Gerald keine Fehler erlauben. Sein Buch würde sich, zumindest auf dem Papier, ganz gut verkaufen. Aber Gerald wußte, daß Pam anfangen würde, seine Gewinne mit den ihren zu vergleichen, wenn sie hoffte, daraus einen Vorteil ziehen zu können. Schließlich hatte er als Vorschuß eins Komma eins Millionen Dollar bekommen, und von seinem Buch hatten sich erst dreißigtausend Exemplare verkauft, während sie nur lächerliche zweihunderttausend Dollar für die Hardcover-Auflage erhalten hatte, von der bereits knapp siebenhundertfünfzigtausend Exemplare verkauft worden waren. In ihren Augen hatte er wohl versagt, sie hingegen war erfolgreich. Demnächst würde sie wahrscheinlich verlangen, daß er auch ihr einen Verlagsvertrag gab.

Gerald seufzte. »Das Buch von Annie Paradise macht sich wirklich gut. Vielleicht sollten wir auch im Radio dafür werben. Wir brauchen etwas, das wir Morton vorlegen können.«

Dickie Pointer schüttelte den Kopf. »Ich schätze, das war bereits die Obergrenze. Viel mehr wird sich davon nicht verkaufen.«

Gerald sah sich die Zahlen der ersten Bestellungen von Susann Baker Edmonds' Buch an. Sie waren nicht besonders eindrucksvoll, aber ihre Lesereise zeitigte bereits einige Erfolge. Es gab inzwischen mehr Bestellungen aus jenen Gebieten, die sie bereist hatte. Langsam, aber sicher schien es der alten Schachtel zu gelingen, die Händler von ihrem Buch zu überzeugen, und Gerald hegte wieder Hoffnung, daß dieses Buch letztlich doch kein Fiasko wurde. Er hatte einen so hohen Vorschuß dafür hingelegt, daß Morton dies sicher als Argument gegen ihn verwenden würde, wenn das Buch keinen Erfolg hatte. Sie hatten seit Frankfurt kaum ein Wort miteinander gewechselt, und wenn, dann nur notgedrungen auf den Vorstandssitzungen. Bei der Vorstellung, erneut abgekanzelt zu werden, zuckte Gerald zusammen.

»Wo steht der Edmonds-Titel jetzt?« fragte er.

»Auf Platz siebzehn der *Times*-Liste. Er könnte durchaus noch weiter nach oben kommen.«

Da stand es um mit *Mit voller Absicht* schon bedenklicher. Für einen Erstlingsroman war die Zahl der Vorbestellungen nach der ABA sehr hoch gewesen, aber nun schien es, als würde er sich nicht sonderlich gut verkaufen. Gerald *wußte*, daß das Buch durchschlagenden Erfolg haben würde, aber es überraschte ihn, wie langsam der Verkauf anlief. Er wollte nicht einmal daran denken, was passieren würde, wenn die viertel Million Bücher, die er hatte drucken lassen, wieder im Lager landen würden.

»Ich möchte, daß ihr beide auf die Besprechung mit Morton sehr gut vorbereitet seid. Pam, es wäre ratsam, daß du deine Zahlen in- und auswendig kennst.« Pam nickte. Dickie zuckte die Achseln. Er kannte außer Zahlen überhaupt nichts.

»Noch was?« fragte Gerald, im Begriff, die Sitzung zu beenden.

Pam grinste wieder verschmitzt. Dann fragte sie in einem für sie untypisch neutralen Tonfall: »Hast du diese lächerliche Rezension gelesen?«

Gerald sah auf. Er kannte sie gut genug, um zu wissen, daß dieser Tonfall nichts Gutes bedeutete. »Welche Rezension?« fragte er.

»Die Rezension von *Zweimal in den Schlagzeilen* in der *Times*. Heißt das etwa, du hast sie noch *nicht* gelesen?«

Einen Augenblick lang glaubte Gerald wirklich, sie habe einen Scherz gemacht – einen schlechten Scherz –, den er ihr heimzahlen würde, aber ihr Grinsen und ihre zusammengekniffenen Augen verrieten ihm, daß sie es ernst sagte. »Die *Times* hat mich rezensiert?« fragte er. So etwas konnte unmöglich passieren, ohne daß er davon wußte. Er war ein Freund von Christopher Lehmann-Haupt beziehungsweise verkehrte wenigstens privat mit ihm. Bisher hatte die *Times* es nie für nötig befunden, seine Bücher auch nur zu erwähnen, da sie ihr zu kommerziell waren. Aber Gerald hatte gewußt, daß sie ihn in einer Rezension ohnehin nur verrissen hätten, und war deshalb dankbar gewesen. Nicht erwähnt zu werden war immer noch besser, als in Verlegenheit gebracht zu werden. »Wovon *redest* du eigentlich?« fuhr er Pam an, versuchte sich aber eher gelangweilt als erschrocken zu geben.

Pams Gesicht blieb ausdruckslos. »Du hast sie nicht gelesen? Nun, sie kommt morgen raus. Ein Freund hat sie mir gefaxt.« Mit Unschuldsmiene durchwühlte sie ihren unordentlichen Stapel Papiere. »Warte, ich sehe mal nach, ob ich eine Kopie finde. Ich hatte einfach angenommen, daß du sie bereits gelesen hast.«

Gerald zupfte an seinen Manschetten – eine Verlegenheitslösung, denn am liebsten hätte er Pam den Hals umgedreht. Er hatte keine Ahnung, mit wem sie ins Bett gegangen war, um *überhaupt* einen Vorabdruck von der *Times* zu bekommen, aber mit Sicherheit wußte sie, daß er die Rezension noch nicht gelesen haben konnte – denn bei der *Times* wachte man mit Argusaugen darüber, daß nichts vorzeitig durchsickerte. Sie zuckte die Achseln, wobei sich ihre großen Brüste hoben.

»Ich muß sie in meinem Büro liegengelassen haben«, sagte sie.

Er blickte ihr nach, als sie aus dem Zimmer tänzelte. Schweigend warteten er und Dickie. Sie kehrte sehr schnell wieder zurück. Gerald versuchte, sich auf alles gefaßt zu machen.

Pam schwebte über den mit Teppich ausgelegten Boden seines Büros und gab ihm das Fax. Gerald überflog es. ›Dieser Schlüsselroman gibt vor, Literatur zu sein; tatsächlich aber handelt es sich um einen schlecht geschriebenen, fiktionalisierten Bericht über einen alten Skandal.‹ Gerald übersprang eine Passage und las unten weiter. ›Wenn dieser Bericht über die tragischen Ereignisse wenigstens auf mitfühlende Weise erzählt worden wäre oder dem Leser Einsicht in die Hintergründe der Geschehnisse vermitteln würde, könnte man dem Buch eine gewisse Qualität nicht absprechen. Statt dessen …‹ Gerald las weiter. Er beherrschte sich eisern und ließ sich nichts anmerken. ›Abgedroschen … anmaßend … schwülstig … in höchstem Maße langweilig.‹ Er zwang sich zu einem Lächeln. »Ach ja«, sagte er dann wegwerfend. ›Die *Times*. Das moralisierende Sprachrohr der Mittelschicht.‹

Pam zog die Augenbrauen hoch und grinste. »Du weißt, wie ich mich fühle, wenn ich schlechte Nachrichten überbringen muß«, sagte sie mit übertrieben besorgt klingender Stimme. Gerald wußte *genau*, wie sie sich fühlte, aber er würde ihr nicht die Genugtuung verschaffen, auch nur die leiseste Gefühlsregung zu zeigen.

»Letztlich kann die Besprechung nur hilfreich sein«, sagte Gerald. »Immerhin rückt sie mich ins Rampenlicht. Dem Himmel sei Dank.«

Pam zog erneut die Brauen hoch, als zweifelte sie seinen Standpunkt an. Ah, freute sich Gerald, dann würde sie sich noch mehr wundern, wenn – mit Carl Pollenskis Hilfe – die Verkaufszahlen von *Zweimal in den Schlagzeilen* nach oben schnellten.

»Ich glaube schon, daß sich die Rezension positiv auf den Verkauf des Buches auswirken wird«, sagte er so lässig wie möglich. »Schließlich haben sie meinen Namen richtig geschrieben.«

Dickie wollte nach der Rezension greifen, aber Gerald schüttelte den Kopf. »Ich möchte sie später noch einmal durchlesen«, sagte er. Er hätte es nicht ertragen, sie Dickie in seiner Gegenwart lesen zu sehen. Und noch weniger gefiel ihm die Vorstellung, daß David Morton sie morgen beim Frühstück lesen und sich diebisch freuen würde. Und Senior! Seinem Vater würde der Toast im Hals steckenbleiben.

Gerald gelang es, immer weiter zu lächeln, auch wenn er eher das Gefühl hatte, wie ein Totenschädel zu grinsen. »Zusammen mit der ganzseitigen Anzeige«, sagte er, »bin ich also zweimal in der Zeitung, wenn auch nicht in den Schlagzeilen. Und das ist ja, wie mein Buchtitel schon sagt, alles, was man im Leben braucht.«

5

›Nach der Veröffentlichung meines erstes Buches habe ich es tagelang in meiner Tasche mit mir herumgetragen und immer wieder heimlich einen Blick hineingeworfen, um mich zu vergewissern, daß die Tinte nicht verblaßt war.‹

Sir James M. Barrie

Camilla blickte auf, als es an der Tür klopfte. Das war wahrscheinlich Will Bracken, der Schriftsteller, der auf der anderen Seite des Flurs wohnte. Sie wäre eigentlich lieber an ihrem Schreibtisch sitzen geblieben, um weiter an ihrem Manuskript zu arbeiten, aber sie stand auf und durchquerte das kleine Zimmer.

Die Wohnung, die sie in Park Slope gemietet hatte, war gar nicht so übel. Sie erstreckte sich über die ganze Vorderseite eines Backsteinhauses. Es war eine sogenannte ›Hantel‹-Wohnung, da das winzige Bad und die Küche zwischen zwei ziemlich großen Zimmern lagen. Sie erinnerte Camilla ein wenig an die Wohnungen im Norden Londons in der Nähe von Camden Lock, in denen hauptsächlich Studenten wohnten. Auch hier konnte man sich in den Holzdielen Splitter in den Fuß treten, die Wände waren genauso rissig und benötigten dringend einen neuen Anstrich, und die Lampenfassungen und Geräte waren ebenfalls uralt. Das wäre nicht so schlimm gewesen, wenn Camilla genügend Zeit und Geld gehabt hätte, um die Wohnung ein wenig aufzumöbeln. Aber ihr fehlte beides und außerdem die Motivation. Sie träumte immer noch von Fredericks wunderschönem Apartment, und es schien ihr sinnlos, diese Wohnung hier in ein Schmuckkästchen zu verwandeln. Außerdem kam nicht genug Licht herein, und die Aussicht auf die Hinterhofgärten erinnerte sie an Birmingham. Sie vermißte Manhattan, den sicheren kleinen Hafen, den Fredericks Apartment für sie dargestellt hatte, die Portiers und Frederick.

Seine abendlichen Besuche waren eine willkommene Abwechslung in ihrem Alltag gewesen. Sie hatte besser schreiben können, weil sie wußte, daß sie es ihm abends vorlesen würde. Und sie hatte sich nie einsam gefühlt, wenn sie allein in Fredericks Apartment gewesen war. Warum hatte sie das alles aufgegeben? Aus falschem Stolz, wie ihr erst nachträglich klargeworden war. Und gewonnen hatte sie dafür nur, was sie spöttisch als ›meine Unabhängigkeit‹ bezeichnete: ihre Arbeit bei Craig und Citron Press, ihre einsame Wohnung und ihren deprimierenden Nachbarn Will, der eben wieder einmal an ihre Tür klopfte.

»Wer ist da?« fragte Camilla. In dem Gebäude gab es neben der Sprechanlage an der Haustür, die in regelmäßigen Abständen kaputt war, keine weiteren Sicherheitsvorkehrungen.

»Ich bin's, Will. Störe ich dich bei der Arbeit?«

Camilla öffnete die Tür. »Ja«, sagte sie nachdrücklich, aber Will zuckte nur entschuldigend die Schultern. Er war groß, dünn, hatte kleine blaue Augen und eine schmale Adlernase. Sein Haar lichtete sich bereits. William Bracken war ein ernsthafter Schriftsteller, und er schrieb gut, aber bisher hatte ihm das nicht viel Glück gebracht.

»Ich kann auch später noch mal vorbeischauen«, sagte er, aber Camilla schüttelte den Kopf und hielt ihm die Tür auf. Will hatte ihr beim Umzug geholfen, ihr ein paar Möbel abgegeben und die nähere Umgebung gezeigt. Er war ein netter Mann. Sie mochte ihn und hatte Respekt vor seiner Arbeit. Aber er war einfach so deprimierend, und außerdem hatte sie so wenig Zeit zum Schreiben.

Will setzte sich in ihren einzigen Sessel und schlug die Beine übereinander. »Na, wie kommst du voran?«

»Langsam«, sagte sie, und er nickte verständnisvoll.

»Mit dem zweiten Buch geht es viel langsamer«, sagte er. Er hatte bereits acht Bücher geschrieben. Alle waren veröffentlicht und die meisten von ihnen sogar mit Lob überschüttet worden. Aber jedes seiner hervorragenden, wenn auch nicht leichten Bücher hatte sich schlechter verkauft als das vorangehende. Will hatte ihr erzählt, daß seine anfangs schon sehr bescheidenen Vorschüsse im Laufe der letzten zehn Jahre immer kleiner geworden waren. Als Elmore Leonard einmal gefragt wurde, was man am besten schreiben solle, um zu Geld zu kommen, hatte er geantwortet: »Eine Rechnung an Random!« Irgendwie schaffte es Will, ohne eine Lehrtätigkeit oder einen anderen Job zu überleben. Obwohl von seinem letzten Buch nur dreitausend Exemplare verkauft worden waren und sein Verleger sich nun weigerte, ein neues zu veröffentlichen, hatte er weiter an seinem herrlichen Manuskript geschrieben. Offenbar reichte ihm das, um zufrieden zu sein, und seine bescheidene Lebensweise wurde nur durch seine Manuskripte bereichert.

»Komm doch auf einen Spaziergang mit«, sagte er nun. »Du könntest ein wenig Bewegung gebrauchen, und ich möchte dir etwas zeigen.«

Camilla warf einen Blick auf ihr Manuskript, nickte dann aber zustimmend. »In Ordnung«, sagte sie und holte sich einen Pullover. Sie gingen durch den schmalen Gang und die beiden Treppen hinunter, die auf die Straße führten. Der Prospect Park lag zu ihrer Linken, deshalb war Camilla überrascht, als sich Will nach rechts wandte. Dort befand sich nur die kleine Straße mit den Geschäften, in denen die meisten Anwohner von Park Slope einkauften.

»Wie geht's Craig?« fragte Will.

»Er ist quirlig und enthusiastisch wie immer«, erwiderte Camilla. Will betete Craig an, der ihn sozusagen gerettet hatte, als er vor dem Aus stand. Will war von seiner Frau verlassen worden, nachdem diese die Entscheidung lange hinausgezögert, aber irgendwann doch die Nase voll gehabt hatte. Kurz darauf hatte Wills Verleger seinen siebten Roman – den Will für seinen besten hielt – abgelehnt. Will hatte erwogen, Selbstmord zu begehen, aber es um all seiner ungeschriebenen Bücher willen doch nicht getan. Dann, nach einem sehr harten Jahr, hatte ihn Craig in Brooklyn entdeckt und ihm nicht nur einen Vertrag über drei Bücher angeboten, sondern auch versichert, daß er seine Bücher bewundere und es als eine Ehre betrachten würde, wenn Will mit dem neu gegründeten Verlag Citron Press einen Vertrag abschließe. Für Will war dies eine Art Wiedergeburt gewesen, und nun stimmte er bei jeder Gelegenheit einen Lobgesang auf Craig an.

Craig und Camilla hatten ihm wieder Hoffnung gegeben. Im Gegenzug hatte Camilla an Wills Beispiel gelernt, wie schnell es mit einem Roman oder einem Schriftsteller bergab gehen konnte. Alex hatte ihr zwar versprochen, sich dafür einzusetzen, daß der Verlag mehr in die Werbung für ihr Buch investierte und Signierstunden bei Buchhandlungen arrangierte, aber Wills Lebenslauf hatte Camilla mehr Angst eingejagt, als sie zugeben mochte – sogar sich selbst gegenüber. Das war *nicht* das Leben, von dem sie geträumt hatte. Will hatte eingeräumt, daß er noch nicht einmal genug Geld besaß, um zum Zahnarzt zu gehen, obwohl er seit Wochen unter heftigen Zahnschmerzen litt.

Aber nun schien er keine Schmerzen mehr zu spüren, und auch sein Kiefer war nicht mehr geschwollen. Er ging mit ihr an einigen Cafés und Gemüsegeschäften vorbei, blieb dann stehen und öffnete die Tür einer Buchhandlung.

»Hier«, sagte er, »ich möchte dir etwas zeigen.« Sie folgte ihm in den kühlen, düsteren Laden, wo er sie zu einem Regal neben dem Fenster führte. »Sieh mal hier«, forderte er sie auf und deutete auf das Regal. Da standen Pat Conroys neustes Buch, daneben ein paar Bücher von Tom Clancy und … Sie blinzelte: Dort war der Umschlag von *Eine Woche in Firenze*, und unter dem Titel stand ihr eigener Name.

»Aber, aber …« Camilla merkte, daß sie wie ein Fisch ihren Mund auf- und zuklappte. Sie hatte bereits die Belegexemplare ihres Buches erhalten, aber bisher war es noch nicht erschienen. »Ich dachte, es würde erst nächsten Monat ausgeliefert«, sagte sie. »Wie kann es …«

»Ach, in diesem Land hält sich niemand an Erscheinungstermine«, sagte Will. »Außer vielleicht die Rezensenten. Die sind mit ihrer Arbeit immer so im Rückstand, daß sie ihre Kritiken erst zum Erscheinungstermin fertig haben. Aber die Buchhandlungen bekommen Vorabexemplare zugesandt.«

Camilla starrte auf das Buch, das nun seinen Platz zwischen all den anderen Büchern im Regal gefunden hatte. Ihr Buch. »Großer Gott«, sagte sie.

Will nickte. »Das ist ein Gefühl, was? Und ich kann dir sagen, es wird niemals vergehen.« Er grinste. »Ich bin noch nie an einer Buchhandlung vorbeigegangen, ohne nachzusehen. Und jedesmal, wenn ich eines meiner Bücher entdecke, bin ich wieder ganz von den Socken.« Er machte eine Pause. »Ich sehe auch in den Bibliotheken nach«, gestand er dann.

Camilla stand wie angewurzelt da. Noch nie in ihrem Leben war sie so glücklich gewesen wie hier, in diesem kleinen Buchladen, weit weg von Birmingham und Florenz.

»Herzlichen Glückwunsch«, sagte Will und hielt ihr seine Hand hin.

»Danke«, sagte Camilla, nahm Wills Hand und wünschte sich plötzlich nichts sehnlicher, als daß Frederick bei ihr wäre.

6

›Die Familie repräsentiert nur einen kleinen Teil der Aufgaben und Aktivitäten des Menschen ...‹

Havelock Ellis

»Du weißt doch, was Mutter jetzt äußern würde«, sagte Frederick zu Emma.

Emma nickte, obgleich sie nicht ganz sicher war, ob Frederick ihr Nicken sehen konnte. »Zu manchen Leuten darf man einfach nicht nett sein«, ahmte sie perfekt die Stimme ihrer Mutter nach.

Frederick lachte. »Eigentlich dachte ich eher an so was wie ›die Liebe hat euch den Kopf verdreht‹.«

Jetzt mußte Emma lachen. »Mutter benutzt ja viele Redewendungen, aber ›den Kopf verdreht‹ sicher nicht.« Emma fiel es schwer, über ihre Gefühle, ihre Einsamkeit und ihre Mißerfolge zu sprechen, aber sie wußte, daß es Frederick nicht anders erging. »Vielleicht sind wir einfach zu verkrampft«, überlegte sie laut.

Frederick nickte. »Offenbar nehmen wir uns zu sehr zurück und stellen zuwenig Ansprüche«, sagte er. »Und den Durchblick haben wir wohl auch verloren, zumindest teilweise. Warum geben wir immer nur? Warum hast du Alex Klienten vermittelt? Warum habe ich Camilla das Apartment überlassen?«

Emma zuckte die Schultern, doch dann fiel ihr wieder ein, daß Frederick sie ja nicht sehen konnte. »Keine Ahnung. Hast du eine Theorie?« Sie hakte sich bei ihm ein. Sie spazierten durch den Conservatory Garden, einen eingezäunten Teil des Central Parks, der wunderschön bepflanzt war und sehr gut gepflegt wurde. Frederick gefiel es hier. Der Boden war eben, und im Südgarten stand eine Statue, die er gern mit den Händen abtastete. In der Luft lag der Duft von Kräutern, Rosen und anderen ganzjährigen Pflanzen. Es war eine kleine Oase mitten in der Stadt, ein herrliches Fleckchen, und Emma war froh, daß es ihrem Bruder hier gefiel, auch wenn er nicht mehr viel sehen konnte.

»Es ist ziemlich unangenehm, wenn man das Gefühl hat, jemand sei einem etwas schuldig«, sagte Emma. »Man steigert sich in etwas hinein und fürchtet, man könne ausgenutzt werden. Der andere merkt das und reagiert sauer.«

Frederick lachte. »Aber warum gelingt es uns immer wieder, jemanden in eine solche Lage zu bringen?« fragte er. »Na ja, keine gute Tat bleibt unbestraft.« Er sah seine Schwester an und legte dabei den Kopf auf die Seite wie ein Vogel. »Weißt du«, sagte er, »ich liebe sie wirklich.«

»Ich weiß«, sagte Emma sanft. »Aber ich fürchte, du hast sie vergrault. Ich bin sicher, daß es ihr nicht gefallen hat, von dir ausgehalten zu werden.«

»Emma, ich habe sie nicht ausgehalten. Heutzutage hält man niemanden mehr aus. Nicht in den Neunzigern. Ich habe ihr nur mein leeres Apartment zur Verfügung gestellt.«

»Oh. Also hast du nie mit ihr geschlafen?«

Frederick zögerte. »Na ja, nicht in New York.«

»Wo dann? Seid ihr nach Jersey gefahren?« fragte sie scherzhaft.

Aber Frederick lachte nicht. »Nein«, erwiderte er. »Ich meine damit, daß es geschah, *bevor* wir nach New York kamen.«

»Was soll das nun wieder heißen?«

»Wir haben in Florenz miteinander geschlafen«, erklärte er. »Eigentlich hatte ich es gar nicht beabsichtigt, aber dann ist es doch passiert. Danach habe ich ihr von meinem Problem mit den Augen erzählt und gesagt, daß ich sie damit nicht belästigen wolle.«

»Habe ich das eben richtig verstanden: Du hast mit ihr geschlafen und es ihr erst *danach* erzählt?« Frederick war so verlegen, daß er nur nicken konnte. »Und dann hast du ihr wohl gesagt, daß du nie mehr mit ihr schlafen würdest?« Frederick zuckte zusammen.

Emma schwieg und wartete, bis Frederick weitersprach. »Ich hatte es ihr *noch* nicht gesagt«, sagte er. »Ich wollte es tun. Aber dann hat sie mich in ihr Zimmer eingeladen, und ich …«

»*Sie* hat *dich* in ihr Zimmer eingeladen, du hast mit ihr geschlafen, und dann hast du ihr von deinen Augen erzählt. Und dann hast du nie wieder mit ihr geschlafen?«

Frederick nickte.

»War es so fürchterlich mit ihr im Bett?«

»Nein! Es war wunderschön. Aber ich wollte sie nicht in die Verlegenheit bringen, mich zurückweisen zu müssen …«

»Du bist ein Riesenesel, Frederick«, fiel ihm Emma ins Wort und schüttelte den Kopf. »Ich bin überrascht, daß sie dir keinen Tritt in die Eier gegeben hat. Weißt du, du warst der einzige Gegenbeweis für meine These, daß alle Hetero-Männer Idioten sind. Und jetzt erzählst du mir so was und wirfst meine ganze Theorie über den Haufen.«

»Was habe ich denn getan? Ich meine, ich weiß, daß ich es ihr vorher hätte sagen sollen. Aber dann habe ich es wiedergutgemacht. Ich habe sie vom Haken gelassen.«

»Hatte sie denn eine Wahl? Wollte sie denn ›vom Haken gelassen werden‹, wie du das so malerisch und hoffentlich nur sinnbildlich ausgedrückt hast? Vielleicht hatte sie schlicht das Gefühl, daß du sie zurückgewiesen hast. Jedenfalls hätte ich das so interpretiert.«

»Sprichst du aus eigener Erfahrung?« fragte Frederick.

Emma sah ihn an. »Nein. Bei mir war es anders. Alex hat so getan, als ob ich ihr gefiele. Dann habe ich ihr Camilla und Opal O'Neal als Klienten vermittelt, und danach war ich Luft für sie. Nicht *ich* habe sie ignoriert, sondern *sie* mich. Sie hat mich nur ausgenutzt.«

»Vielleicht hatte sie nur viel zu tun.«

»Nein, Frederick. Einmal habe ich eine Woche lang nichts von ihr gehört, und dann hat sie mich angerufen, mich angeschrien und mir vorgeworfen, daß wir Camillas Buch nicht richtig vermarkten würden.«

»Das hört sich aber nicht so an, als würde sie dich ignorieren.«

»Und ein andermal war sie so wütend, daß sie aus dem Taxi gestiegen ist, in dem wir saßen, und mich mitten auf dem Bowery zurückgelassen hat.«

»Auch das hört sich nicht so an, als würde sie dich ignorieren. Es klingt eher danach, als könntest du Arbeit und Privatleben nicht trennen; aber auch so, als würde ihr beides sehr am Herzen liegen.« Er schwieg kurz. »Sie hat dich also angeschrien. Und ich wette, danach warst du zu stolz, um dich bei ihr zu melden.«

Emma sah ihn an. »Sprichst du jetzt aus eigener Erfahrung?« fragte jetzt sie.

Frederick lachte. »Wie wäre es, wenn ich ein Buch schriebe mit dem Titel *Die Ashton-Geschwister: Mißglückte Liebesaffären*«?

»Ein Roman oder ein Sachbuch?« fragte Emma grinsend.

»Ein Selbsthilfebuch.«

7

›Eine Frau zu sein ist alles andere als einfach, weil Frauen hauptsächlich mit Männern zu tun haben.‹

Joseph Conrad

Judith wußte einfach nicht, was sie tun sollte. Ihr war klar, daß sie – zu ihrem eigenen Schutz und um ihr Eigentum wiederzuerlangen – etwas unternehmen *mußte*. Aber das war ein schwieriges Unterfangen. Sie war gedemütigt und wütend, und in diesem Zustand konnte sie unmöglich ihren Vater um Hilfe bitten, auch wenn sie sonst niemanden kannte, der mit Anwälten, Gerichten und Prozessen umgehen konnte. Außerdem hatte er nie viel von Daniel gehalten, und sie mißgönnte ihm die Genugtuung darüber, daß er recht gehabt hatte.

Sie befürchtete auch, wieder weich zu werden und in ihrem alten Mädchenzimmer in Elmira zu landen. Aber wenn sie eine der drei oder vier kleinen Rechtsanwaltskanzleien aufsuchte, die es hier in der Stadt gab, könnte Daniel oder jemand von der Fakultät davon erfahren. Und davor hatte sie Angst, auch wenn sie nicht genau wußte, warum ihr das etwas ausmachen sollte. Doch sie hatte das Gefühl, es wäre besser, dieses Geheimnis für sich zu behalten. Vielleicht würden die Dinge wieder ins Lot kommen, wenn sie Daniel drohte und er einsah, daß er falsch gehandelt hatte – bevor alles zu spät war. Offenbar blieb ihr gar keine andere Wahl, als im Verborgenen vorzugehen.

Judith beschloß, nach Albany zu fahren – in der Hauptstadt wimmelte es nur so von Rechtsanwälten. Aber welchen sollte sie nehmen? Da sie niemanden fragen konnte, ließ sie in ihrer Verzweiflung den Zufall entscheiden, indem sie das Telefonbuch an einer beliebigen Stelle aufschlug: der Seite mit dem Buchstaben ›S‹. Von einer Telefonzelle in der Nähe des Studentenschaftsgebäudes aus fing sie an herumzutelefonieren. Mr. Slater war der erste Anwalt, der persönlich anwesend war und ihren Anruf entgegennahm. »Ich habe ein rechtliches Problem und brauche Hilfe«, platzte Judith heraus. Kaum hatte sie die Worte laut ausgesprochen, schien ihr Problem plötzlich viel realer zu sein. Judiths Hand, die den Plastikhörer hielt, wurde feucht.

»Ist es eine familienrechtliche Angelegenheit? Ich bin kein Experte in Sachen Familienrecht, aber ich könnte ...«

»Nein. Eigentlich nicht. Es handelt sich um einen Diebstahl, hm, um ein Plagiat.« Judith wußte nicht recht, wie sie Daniels Betrug beschreiben sollte. »Sehen Sie, ich habe etwas geschrieben, und jemand anderes hat es veröffentlicht.«

»Und Sie haben keine Bezahlung dafür erhalten?« fragte Mr. Slater. »Das wäre ein Vertragsbruch. Haben Sie einen Vertrag?«

»Ja. Aber in dem Vertrag steht nicht mein Name.«

»Ich verstehe nicht ganz«, sagte er. »Sie haben einen Vertrag abgeschlossen und sich verpflichtet, etwas zu schreiben, aber Ihr Name steht nicht darin? Welcher Name *steht* denn darin?«

»Ein erfundener Name, ein Pseudonym. Und nun behauptet mein Mann, es sei *sein* Pseudonym.« O Gott, es war alles so verwirrend und schwer zu erklären. »Könnte ich vielleicht vorbeikommen und mich mit Ihnen unterhalten?« fragte Judith mit zitternder Stimme. Als Mr. Slater bejahte, sagte sie rasch bei dem ersten Termin zu, den er ihr anbot. Dann legte sie auf. Ihre Hände waren naß vor Schweiß.

»Also, Sie behaupten, Sie hätten das Buch Ihres Ehemannes geschrieben«, faßte Mr. Slater zusammen. Er war ein großgewachsener Mann. Seine Haut war mit Sommersprossen übersät, und sein rötlichgraues Haar lichtete sich bereits. Er faltete die Hände unter seinem Bierbauch, lehnte sich in seinem Sessel zurück und musterte Judith.

»Es ist *nicht* das Buch meines Mannes«, korrigierte ihn Judith. »Es ist meines.«

»Das behaupten Sie. Ich bin kein Experte in Urheberrechtsfragen, und dieser Fall sieht nach einer Urheberrechtsverletzung aus. Das ist Sache des Bundesgerichtes, und ein solcher Prozeß wird teuer. Nun ja. Angenommen, es handelt sich *tatsächlich* um eine Urheberrechtsverletzung – haben Sie denn Beweise dafür?« Er machte eine Pause. »Sie sagten, Sie hätten diese Entwürfe handschriftlich verfaßt. Damit hätten wir schon einmal etwas in der Hand.« Er nahm einen Bleistift und begann sich Notizen zu machen.

Judith wurde flau im Magen. Sie schüttelte den Kopf. »Nein«, sagte sie.

»Was, nein? Sie haben sie nicht mit der Hand geschrieben?«

»Doch, aber ich habe die Blätter nicht mehr. Ich habe sie Daniel gegeben.«

»Und was hat er mit ihnen gemacht?«

»Sie korrigiert und mir dann zurückgegeben. Danach habe ich sie abgetippt, und anschließend hat er das getippte Manuskript und die handschriftlichen Entwürfe mitgenommen.«

»Und was hat er *damit* gemacht?«

»Er hat das Manuskript noch einmal korrigiert. Sie wissen schon – damit keine Tippfehler mehr darin sind und um zu prüfen, ob alle Änderungen übertragen worden sind. Ich weiß nicht, was er mit dem ersten Entwurf gemacht hat.«

»Also befindet sich nichts, keine einzige Seite Ihrer handschriftlichen Arbeit mehr in Ihrem Besitz?«

»Nein«, mußte Judith kleinlaut zugeben.

Er seufzte. »Worauf haben Sie getippt?«

»Auf einer normalen Schreibmaschine. Auf meiner eigenen, die ich noch von der Uni habe.«

»Sie verfügen also über das Manuskript, das Sie abgetippt haben?« fragte Mr. Slater. »Das ist immerhin etwas, für den Anfang jedenfalls.«

»Nein, das habe ich auch nicht«, gestand Judith. »Daniel hat es noch einmal abtippen lassen. Ich habe keine Ahnung, was er mit meiner getippten Fassung gemacht hat.«

»Sie scheinen eine Menge nicht zu wissen«, sagte Mr. Slater.

»Ich wußte ja auch nicht, daß so etwas passieren würde«, protestierte Judith.

»Welchen Umfang hatte der Text, Mrs. Gross?«

»Siebenhundertundzwölf Manuskriptseiten«, sagte sie. Wenigstens einmal wußte sie etwas.

»Und nicht *eine* Seite davon, weder eine handschriftliche noch eine getippte, befindet sich noch in Ihrem Besitz?«

Judiths Lippen zitterten. Sie schüttelte den Kopf.

»Und Sie haben keinen Vertrag oder eine schriftliche Vereinbarung mit Ihrem Mann aufgesetzt?«

Wieder schüttelte Judith den Kopf.

»Und er ist Professor? Er unterrichtet kreatives Schreiben?«

Sie nickte.

»Haben *Sie* einen Universitätsabschluß, Mrs. Gross?«

Judith schüttelte den Kopf. »Ich habe mein Studium abgebrochen, als ich Daniel heiratete. Statt weiter zu studieren, habe ich dieses Buch geschrieben. Wir haben es zusammen gemacht.«

»Aber Sie sagten doch gerade, Sie hätten es allein geschrieben.«

»Das habe ich auch«, versicherte ihm Judith. Sie war völlig durcheinander. »Ich habe es geschrieben, während er Unterricht gab. Wir haben uns das Ganze zusammen ausgedacht.«

Mr. Slater blickte nach oben und betrachtete die hohe Decke, während er mit dem Bleistift auf seinen Schreibblock klopfte. Dann schüttelte er den Kopf, seufzte und richtete seinen Blick wieder auf Judith. Diesen Blick aus zusammengekniffenen Augen kannte sie zur Genüge von ihrem Vater; er drückte Geringschätzung aus und bedeutete, daß die Sache für ihn erledigt war. »Mrs. Gross, lassen Sie es mich einmal so formulieren: Ihr Ehemann, ein anerkannter Professor der Geisteswissenschaften, hat einem Agenten ein Manuskript angeboten, einen Verlag gefunden und einen Vertrag für das Buch abgeschlossen. Sie behaupten nun, *Sie* hätten es geschrieben, aber Sie haben keine schriftliche Vereinbarung mit Ihrem Mann, keinen handschriftlichen Entwurf, kein getipptes Manuskript und keine Zeugen. Tatsächlich verfügen Sie über keinerlei Beweise, die Ihre Behauptung stützen.« Mr. Slater schwieg und klopfte wieder mit seinem Bleistift auf den Tisch. Tack, tack, tack. Dann räusperte er sich. »Es passiert häufiger, daß Frauen – die Ehefrauen – berühmter Männer etwas durcheinanderbringen. Sie helfen bei einem Projekt mit oder hören ständig etwas darüber, bis sie anfangen zu glauben, es sei ihr eigenes. Aus ihrer Sicht ist das auch keine Lüge, eher eine Art Übertreibung ...«

»Ich lüge nicht, und ich übertreibe auch nicht«, fiel ihm Judith ins Wort. »Ich habe das Buch geschrieben.«

Mr. Slater seufzte. »Selbst wenn das wahr ist, glaube ich nicht, daß Sie ein Gericht davon überzeugen könnten. Und wie ich bereits sagte, ist die Klärung von urheberrechtlichen Ansprüchen vor dem Bundesgericht eine teure Angelegenheit. Verfügen Sie über die nötigen Mittel, um einen solchen Prozeß zu finanzieren? Ich müßte einen Honorarvorschuß von mindestens fünftausend Dollar verlangen.«

Judith schüttelte den Kopf. »Ich dachte, Sie würden Ihr Honorar vielleicht erst einfordern, wenn wir den Prozeß gewonnen haben.«

»Tut mir leid, Mrs. Gross, aber ich mache mein Honorar nicht vom Zufall abhängig. Denn ich glaube nicht, daß Sie einen Richter oder Geschworene finden, die Ihnen Glauben schenken. Und um ehrlich zu sein – ich glaube Ihnen auch nicht.«

Judith schaffte es gerade noch, den Flur des Bürogebäudes hinunterzugehen, die Toilette aufzusuchen und sich in einer Kabine einzuschließen, bevor ihr die Tränen kamen. Wenigstens soviel Würde hatte sie sich bewahrt. Sie lehnte sich mit dem Kopf an die Kabinentür, doch der Haken störte sie. Also setzte sie sich auf den Toilettensitz – es war kein Deckel vorhanden – und schluchzte vor sich hin.

Warum ging immer alles schief? Sie dachte an die Affäre mit Daniel, an das abgebrochene Studium, daran, daß sie all ihre Freunde aufgegeben hatte, an ihre Ehe, an die einsamen Monate, in denen sie an dem Buch geschrieben hatte. Und all das endete nun in dieser demütigenden Situation. Sie war eine Närrin gewesen, und sie hatte sich ausnutzen lassen. Sie erinnerte sich an Daniels Enttäuschung, als ihr Vater sie enterbt hatte, und fragte sich jetzt, ob es ihr lieber gewesen wäre, wenn er statt ihrer Worte ihr Geld gestohlen hätte. Aber wenn sie es recht bedachte, hatte er beides getan. Er würde nicht nur die ganze Anerkennung bekommen, sondern vermutlich auch das ganze Geld für das Buch. Judith riß ein paar Blatt Toilettenpapier von der großen Rolle und wischte sich ihre triefende Nase ab. Aber es war hoffnungslos – das Wasser lief ihr aus Augen, Mund und Nase, und die Flut war nicht einzudämmen. Sie lehnte den Kopf an die Seitenwand und weinte weiter vor sich hin.

Offenbar hatte sie jegliches Zeitgefühl verloren, denn als sie einige Zeit später ein Geräusch in der Kabine nebenan hörte, war sie überrascht. Jemand mußte hereingekommen sein. Sie hatte so laut geschluchzt, daß sie weder das Öffnen der Tür noch Schritte gehört hatte. Judith versuchte, sich wieder in den Griff zu bekommen und ihr Schluchzen zu dämpfen, aber es gelang ihr nicht. Kurz darauf wurde es von einem Plätschern in der nächsten Kabine begleitet, und anschließend zog jemand die Spülung.

Judith versuchte noch einmal, tief durchzuatmen. Doch dann erinnerte sie sich wieder an Mr. Slaters Gesicht und den Tonfall, in dem er ihr mitgeteilt hatte, daß ihr niemand glauben werde. Trotz ihrer guten Vorsätze begann sie abermals zu schluchzen. Inzwischen waren ihre Augen ganz verquollen, und sie konnte kaum noch etwas sehen, aber als es an ihrer Tür klopfte, gelang es ihr, nach unten zu schauen. Sie entdeckte die stämmigen Füße einer Frau, die in ausgetretenen, flachen Wildlederschuhen steckten. O Gott, wie demütigend. Judith konnte es kaum ertragen.

»Entschuldigen Sie. Geht es Ihnen gut?« fragte die Frau. Judith wollte sich räuspern, aber es gelang ihr nicht. Die Stimme fuhr fort: »Ich meine, offensichtlich geht es Ihnen nicht gut, aber kann ich Ihnen vielleicht helfen?«

Niemand konnte ihr helfen, und bei dieser Erkenntnis fing Judith wieder an zu weinen, wenn auch etwas leiser. Die Tränen liefen ihr nur so aus den Augen. »Mir geht's gut«, krächzte sie.

»Machen Sie sich nicht lächerlich«, sagte die Frauenstimme. »Sie vergießen doch da drin bestimmt keine Freudentränen.« Sie hatte einen starken Akzent, den Judith nicht einordnen konnte – vermutlich Brooklyn oder ein anderer Teil von New York, aber mit Sicherheit kein Akzent aus dieser Region. »Kommen Sie«, versuchte die Frau sie zu überreden. »Öffnen Sie die Tür.«

»Sie können mir nicht helfen.«

»Woher wollen Sie das denn wissen? Ich werde Ihnen bestimmt nicht weh tun. Vertrauen Sie mir. Ich habe auch schon oft auf Toilettensitzen gesessen und geweint. Na los, machen Sie die Tür auf.«

Allein in der Kabine fühlte sich Judith unerträglich einsam. Wer auch immer diese Frau sein mochte, sie versuchte nett zu ihr zu sein – und das hatte seit langer Zeit niemand mehr getan. Ohne lange nachzudenken, beugte sie sich vor und schob den Riegel zurück. Die Kabinentür schwang auf. Vor ihr stand eine rundliche, dunkelhaarige Frau. Sie musterte Judith.

»Es ist wegen Ihrem Mann, oder?« fragte sie, und Judith brach wieder in Tränen aus. Die Frau legte einen Arm um sie. Judith lehnte sich an ihre Schulter und weinte, wie ihr schien, endlos lange weiter. Die Frau versuchte weder ihren Tränenfluß aufzuhalten, noch tätschelte sie ihr den Rücken oder stellte Fragen. Doch allein schon ihr fülliger Körper, an den sie sich anlehnen konnte, spendete Judith Trost. Schließlich versiegten ihre Tränen. Die Frau ging schweigend mit ihr zum Waschbecken hinüber, ließ das kalte Wasser laufen, riß einige Papiertücher ab und reichte sie Judith, damit diese sich das Gesicht waschen konnte.

»Ich heiße Brenda Cushman«, sagte die Frau. »Sie müssen mir Ihren Namen nicht sagen, wenn Sie nicht wollen.«

Judith drückte die nassen Tücher gegen ihre Augen. »Ich bin Judith«, brachte sie mühsam heraus.

»Also, Judith, wenn Sie sich von diesem Scheißkerl scheiden lassen wollen – meine Freundin Diana hat ein Büro hier auf dem Flur. Sie ist eine gute Anwältin. Sie braucht zwar keine neuen Aufträge …«

»So einfach ist es nicht«, sagte Judith und rang nach Atem.

»Das ist es nie«, erwiderte Brenda. »Aber wenn er sie schlägt, können wir Ihnen eine Unterkunft besorgen. Wenn er kein Geld rausrückt, können wir vermutlich ein Überbrückungsgeld beantragen. Und wenn es um das Sorgerecht geht, nun, dann ist Diana die Beste. Sie ist …«

»Er hat mich betrogen«, sagte Judith. Sie war immer noch heiser.

»Sie betrügen einen *immer*«, sagte Brenda.

»Nein, er betrügt nicht *mich,* sondern er hat mich um etwas betrogen. Ich meine, er hat mich bestohlen.«

»Er hat Ihnen Geld gestohlen?«

Judith schüttelte den Kopf.

»Hat er die Kinder entführt?«

»Wir haben keine Kinder«, vertraute Judith der Frau an. »Jedenfalls noch nicht. Es ist viel schlimmer.«

Brenda runzelte die Stirn. »Sie sind durcheinander. Und ich bin verwirrt. Was zum Teufel tut dieser Kerl Ihnen denn nun an?«

»Er hat mein Buch gestohlen«, wimmerte Judith und begann wieder zu weinen.

Nach ihrer schlechten Erfahrung mit dem ersten Anwalt war Judith nun etwas zurückhaltender. Als sie ihre Geschichte zum zweitenmal erzählte, gelang es ihr, sich etwas klarer auszudrücken. Brenda Cushman hatte sie in das Büro von Diana La Gravenesse gebracht. Diana war eine beherrschte Frau mit blonden Haaren, die ein elegantes Kostüm trug. Sie hörte sich Judiths Geschichte ruhig bis zum Ende an, ohne Fragen zu stellen.

»Ich weiß, es klingt wenig glaubhaft«, sagte Judith. »Und es hört sich sicherlich auch sehr dumm an, so als ob etwas Derartiges gar nicht passieren könnte. Aber es ist wirklich wahr. Es ist kaum zu glauben, aber so war es.«

»Und es ist schon oft vorgekommen«, sagte die Anwältin. Judith sah sie an. »Haben Sie schon einmal von Colette gehört?«

»Sie ist eine französische Schriftstellerin, nicht wahr?«

»Nun, sie war eine. Sie ist schon seit einiger Zeit tot. Ihr Mann hat sie immer so lange in ihrem Zimmer eingesperrt, bis sie ihm fertige Manuskriptseiten unter der Tür durchschob. Für jede Seite, die sie geschrieben hatte, reichte er ihr ein Butterbrot durch den Türspalt. Dann nahm er das Geschriebene und veröffentlichte es unter *seinem* Namen.«

»Hat er sie umgebracht?« fragte Judith.

Diana La Gravenesse lächelte. »Nein. Aber ich bin sicher, daß sie sich so gefühlt hat, als hätte er es tatsächlich getan. Sie hat ihn schließlich verlassen und selbst zu schreiben begonnen. Am Ende hatte sie eine Menge herrlicher Bücher geschrieben, die alle unter *ihrem* Namen veröffentlicht wurden.«

Judith blinzelte, und zum erstenmal an diesem Tag gelang es ihr, tief Luft zu holen. »Sie glauben mir?« fragte sie.

»Natürlich glaube ich Ihnen«, sagte Diana La Gravenesse. »Leider bin ich kein Richter. Und Medienrecht oder Urheberrecht sind nicht meine Spezialgebiete. Deshalb bin ich mir nicht sicher, ob es gut wäre, wenn ich Sie vertrete. Wahrscheinlich nicht. Aber ich *bin* mir sicher, daß es sehr nützlich wäre, wenn Sie Ihr Originalmanuskript *und* den getippten Entwurf vorweisen könnten. Glauben Sie, daß Sie die auftreiben können?«

»Ich weiß es nicht«, sagte Judith. »Wir haben alles eingepackt, als wir umgezogen sind. Aber ich kann es versuchen.«

»Ich schlage vor«, sagte Diana, »daß Sie Ihrem Mann noch nichts sagen.

Versuchen Sie zuerst, diese Dokumente in die Hand zu bekommen. Dann können wir die Situation richtig einschätzen und entscheiden, ob wir uns an den Verlag wenden, Ihren Mann direkt damit konfrontieren oder einfach ein Gerichtsverfahren einleiten. Aber die beste und für Sie am wenigsten schmerzliche Lösung wäre es sicherlich, wenn wir versuchten, eine gütliche Einigung zu erzielen. Wenn Sie allerdings vor einem Bundesgericht klagen wollen, müssen wir Ihnen einen anderen Anwalt besorgen.«

»Ich habe kein Geld«, sagte Judith leise.

»Ich verstehe. Aber nach einer Klage oder nach einer Einigung werden Sie Geld haben. Und unter diesen Umständen könnte ich sicherlich einen befreundeten Anwalt überreden, Sie zu vertreten.«

Judith beugte sich vor. »Danke«, seufzte sie. »Sie waren so freundlich.« Diana La Gravenesse tätschelte nur ihre Hand und gab ihr eine Karte.

»Ich hoffe, Sie finden das Manuskript«, sagte sie. »Oder sogar den getippten Entwurf. Rufen Sie mich an, wenn Sie eines von beidem haben.« Judith stand auf, öffnete ihre Tasche und steckte die Karte in das Innenfach. Dann ging sie zur Tür. Die Anwältin hatte ihren Kopf bereits wieder über ihre Unterlagen gebeugt, machte sich Notizen und blätterte ihren Kalender durch.

»Noch etwas«, sagte Judith.

»Ja?« fragte Diana und sah auf.

»Wenn es dazu kommen sollte – würden Sie mich dann auch bei meiner Scheidung vertreten?«

8

›Manche Schriftsteller entwickeln sich weiter, wenn sie Erfolg haben; andere lassen sich davon korrumpieren. Vielleicht ist es, wie wenn man seine Unschuld verliert, letztlich nicht so schlimm (oder so gut), wie man gedacht hat.‹

V. S. Pritchett

Opal sah von der Ladentheke auf und wandte sich Roberta zu, die gerade dabei war, Remittenden einzupacken. »Haben Sie noch Briefmarken?«

»In der linken Schublade«, sagte Roberta.

Opal zog sie auf und entdeckte die ordentlich gestapelten Briefmarkenhefte. »Ich zahle ihnen das alles zurück«, versicherte Opal, doch Roberta zuckte nur die Achseln.

»Glauben Sie mir«, sagte sie, »das ändert jetzt auch nicht mehr viel.« Opal sah ihrer Freundin zu, wie sie einen Karton an Random House adressierte. In letzter Zeit war das Geschäft nicht gut gelaufen, und sie hatten viele Bücher zurückschicken müssen. Opal war beeindruckt und gerührt, daß Roberta neben der Arbeit im Buchladen und ihren Sorgen noch Zeit gefunden hatte, eine Mailing-Aktion an eine Vielzahl von unabhängigen Buchhandlungen im ganzen Land auf die Beine zu stellen. Jeden Tag verfaßten die beiden Frauen mehrere Dutzend auf die Adressaten abgestimmte Briefe, in denen sie über *Die Verlogenheit der Männer* berichteten, schrieben von Hand die Adressen auf die Umschläge und schickten sie ab. Opal hatte keine Ahnung, ob ihre Aktion Erfolg haben würde, aber schaden konnte sie auf keinen Fall. Auch Emma Ashton half mit. An zwei Abenden in der Woche schaute sie bei ihnen vorbei und lieferte eine Liste ab, auf der sie die Namen wichtiger Leute aus der Verlagsbranche notiert hatte.

In ihrer eigenen Buchhandlung verkaufte sich *Die Verlogenheit* ganz gut, aber das war hauptsächlich Robertas Auslage in ihrem Schaufenster zu verdanken. Zudem drängte sie jeden ihrer Stammkunden, das Buch zu kaufen. Sie hatten bereits etwa sechzig Exemplare verkauft, aber Opal vermutete, daß sie wohl der einzige Buchladen im ganzen Land waren, dem dies gelungen war.

»Ist Vivien Jennings bei Rainy Day Books eine Miß oder eine Mistress?« fragte Opal, als sie einen Umschlag adressierte.

»Mit Sicherheit eine Miß«, erwiderte Roberta, machte den letzten Karton fertig und richtete sich auf. Den ganzen Morgen über war kein einziger Kunde in den Laden gekommen. Opal fragte sich, ob das schöne Wetter oder das Buchkaufhaus dafür verantwortlich war, daß die Kunden ausblieben.

Die Türklingel ertönte. Opal blickte auf. Ein junger Mann, der über einem Unterhemd ein elegantes schwarzes Jackett trug, stolzierte in den Laden. Er sah sich kurz um und ging schnurstracks auf die Belletristikabteilung zu. Roberta wischte sich den Staub von den Händen und schob den Karton mit dem Fuß neben die Ladentheke, für den Fall, daß der junge Mann ihre Hilfe benötigte. Dieser fuhr mehrmals mit dem Finger am Regal entlang und drehte sich um, als Roberta auf ihn zukam.

»Haben Sie *SchizoBoy?*« fragte er.

»Das Buch von Chad Weston? Nein, ich fürchte nicht«, sagte Roberta. Er sah wieder auf das Regal.

»Sie haben kein einziges von meinen Büchern«, sagte er. »Das ist doch unglaublich. Mann, auf so was war ich nicht gefaßt. Ich habe gehört, Sie führen einen Laden für literarische Bücher. Deshalb bin ich hierhergekommen.«

Roberta blinzelte. »Sie sind Chad Weston?« fragte sie. Opal beobachtete die beiden von der Theke aus. »Ich möchte einen Schriftsteller eigentlich nicht entmutigen, Mr. Weston, aber wir führen nicht jedes Buch, und persönlich wollte ich …«

»Jedes Buch? Ich rede hier nicht von *jedem* verdammten Buch. Ich rede von *meinem* Buch. Lesen Sie nicht die *Time?* Oder *Vanity Fair?* Oder die *New York Review of Books?*« Weston hatte seine Stimme erhoben. Nun brüllte er: »Kriegen Leute wie Sie eigentlich mit, was gerade abgeht? Die ACLU, die amerikanische Union für bürgerliche Freiheit, wird mich vor Gericht gegen Davis & Dash vertreten. Es geht nicht nur um mein Buch. Mein Buch steht nur stellvertretend für die freie Meinungsäußerung in der Literatur. Wir müssen dafür sorgen, daß die Verfassung um einen Artikel ergänzt wird. Aber wahrscheinlich haben Sie sowieso keine Ahnung, was freie Meinungsäußerung bedeutet.«

»Mr. Weston, ich weiß sehr wohl Bescheid über die heftige Kontroverse, die Ihr Buch ausgelöst hat. Ich habe bereits lange bevor Davis & Dash sich gegen eine Veröffentlichung entschied, ein Vorabexemplar erhalten. Ich habe das Buch auch gelesen. Mir gefiel es damals nicht, und heute gefällt es mir immer noch nicht. Sie behaupten, es sei eine Satire. Ich allerdings denke, daß eine gute Satire aus echter Wut heraus geschrieben wird und nicht aus purem Vergnügen am Thema.« Roberta holte tief Luft. »Offen gestanden denke ich nicht, daß dieses Buch einen literarischen Wert hat.«

Einen Augenblick langte fürchtete Opal, Weston würde Roberta schlagen. Doch dann ließ er seine Hand sinken, riß statt dessen wütend ein Buch aus dem Regal und schleuderte es in den Raum. »Zensur!« schrie er. »Außerdem – was versteht eine vertrocknete alte Jungfer wie Sie schon von Literatur?« fügte er hinzu und grinste hämisch. »Sie würden es noch nicht einmal kapieren, wenn man es Ihnen einbleuen würde, Sie dämliche Ziege.«

Roberta ging gelassen zu dem Buch hinüber, das er von sich geworfen hatte, und hob es auf. Es war ein Roman von Susann Jedren. »Mr. Weston, diese Schriftstellerin – deren Buch Sie gerade beschädigt haben – hat hundertmal mehr Talent als Sie. Sie, junger Mann, haben den fürchterlichen Fehler begangen, an die Argumente zu glauben, die zu Werbezwecken erfunden wurden. Wenn man den politischen Aspekt einmal beiseite läßt, sind Ihre Bücher einfach nur schlecht und grausam. Und offensichtlich sind Sie selbst das auch.« Roberta war blaß geworden. »Und nicht nur das. Um ehrlich zu sein: Ihre Verkaufsstrategie läßt einiges zu wünschen übrig.«

»Als ob Sie von Verkaufsstrategien oder sonst irgend etwas eine Ahnung hätten!« zischte Weston verächtlich.

»Mr. Weston, Ihr Buch würde ich schon aus Prinzip nicht in mein Sortiment aufnehmen. Aber wenn ein netter Autor hier hereinkäme und mich höflich bitten würde, seinen Erstlingsroman in meinen Bestand aufzunehmen, wäre ich gern dazu bereit, das versichere ich Ihnen.«

Der junge Mann sah sie voller Verachtung und Ungläubigkeit an. »Was zum Teufel ist mit Ihnen los? Sie reden ja wie eine Figur aus einem Dickens-Roman.« Er schüttelte den Kopf.

Jetzt hatte Opal genug. In Sekundenschnelle war sie neben ihm und hatte ihn am Arm gepackt. Bevor er wußte, wie ihm geschah, hatte sie ihn den Gang hinunter Richtung Tür geschoben. Er versuchte, ihr seinen Arm zu entreißen, aber Opal war stark – stärker als ein mickriges kleines Großmaul aus der Stadt.

»He!« schrie er. »Was machen Sie da?«

»Sie gehen. Auf Wiedersehen.«

»Nein, ich ...«

Opal schob ihn aus der Tür und schlug sie ihm vor der Nase zu, damit sie sich seine unflätigen Ausdrücke nicht länger anhören mußte. »Auf Wiedersehen«, sagte sie noch einmal durch die Glasscheibe und drehte den Schlüssel um.

»Du fette alte Schlampe«, brüllte Weston. Er tobte weiter, aber Opal ignorierte seine wüsten Beschimpfungen.

»Danke«, sagte Roberta zitternd. »Wenn man es recht bedenkt, ist es doch höchst erstaunlich, daß bisher noch kein Schriftsteller Amok gelaufen ist. Sie wissen schon, was ich meine – einen Buchladen mit Maschinenpistolensalven durchsiebt hat.«

»Vielleicht«, sagte Opal, »können wir aus diesem kleinen Vorfall etwas lernen.« Sie deutete auf den Stapel Briefe, der an die Buchhandlungen verschickt werden sollte. »Vielleicht gehen wir die Sache völlig falsch an. Ich meine unsere Werbestrategie für *Die Verlogenheit der Männer*.«

Der Nachmittag zog sich hin. Es war ruhig. Nur ab und zu schaute jemand herein, aber niemand kaufte etwas, und so konnten sie ungestört an ihrer Mailing-Aktion weiterarbeiten. Als um vier Uhr das schrille Klingeln des Telefons die Stille durchbrach, fuhren beide erschrocken zusammen. Roberta nahm ab und sprach kurz mit dem Anrufer. Dann deckte sie die Muschel mit der Hand ab und sagte leise: »Es ist Pam Mantiss«, bevor sie den Hörer an Opal weitergab.

Opal zuckte die Schultern. In den letzten drei Wochen hatte sich Pam nicht bei ihr gemeldet und auch nicht auf ihre Anrufe reagiert. Das war sicherlich darauf zurückzuführen, daß die Verkaufszahlen von *Die Verlogenheit der Männer* noch mäßiger waren, als man es bei Davis & Dash erwartet hatte. »Opal O'Neal«, sagte sie in einem Tonfall, als gebe es in dem Buchladen zwei Dutzend Angestellte, von denen einer versehentlich an einem Nebenanschluß abgehoben hatte.

»Opal? Ich habe großartige Neuigkeiten. Endlich haben wir es doch geschafft.«

Opal blinzelte. »Ja?« fragte sie. Hatte Lehmann-Haupt das Buch rezensiert? War es für einen Preis vorgeschlagen worden? Hatte eine der Ladenketten sich doch noch entschlossen, das Buch in ihr Programm aufzunehmen?

»Sie sind in der Oprah-Show«, sagte Pam. Opal blieb die Spucke weg. Was redete diese Frau da? Sie war noch nie in ihrem Leben im Fernsehen aufgetreten.

»Ich bin *was?*«

»Sie sind für die Oprah-Show vorgesehen. Sie planen eine mehrteilige Show über aufopferungsvolle Mütter, deren Kinder Selbstmord begangen haben. Sie sind im ersten Teil. Erzählen Sie von Terry, ihrem Buch und wie schwierig es war, einen Verlag zur Veröffentlichung zu bewegen, bis Sie mich getroffen haben. Sie haben versprochen, mindestens einmal ein Standfoto von dem Buch einzublenden. Wir versuchen Oprah gerade zu überreden, das Buch selbst hochzuhalten, aber sie wollen noch nichts versprechen. Und ich glaube, Oprah wird Sie mögen. Das ist genau die richtige Art von Story, das fällt in ihr Fach.«

»Aber für mich ist es nicht die richtige Story«, bemerkte Opal kühl.

Am anderen Ende wurde es plötzlich still. »Was soll das heißen?«

»Daß ich bei so etwas nicht mitmache.«

Diesmal dauerte das Schweigen am anderen Ende noch länger. Dann sagte Pam: »Sind Sie denn völlig verrückt geworden, verdammt noch mal?«

»Ich glaube nicht«, erwiderte Opal.

»Jeder Schriftsteller, jeder Publizist, einfach *jeder* würde mit Freuden

den linken Arm dafür geben, wenn er die Chance bekäme, sein Buch bei Oprah vorzustellen. Das ist praktisch eine Erfolgsgarantie. Immerhin garantiert sie den Verkauf von ein paar hunderttausend Büchern. Sie hat Marianne Williamson zu einem Star gemacht. Erinnern Sie sich an deren erstes Buch? *Zurück zur Liebe*. Davon wurden so viele Neuauflagen gedruckt, daß sie es schließlich *Zurück zum Drucker* nennen wollten. Und an diesen Erfolg hat sie mit *Der Wert einer Frau* angeknüpft. Es hätte *Der Nettowert einer Frau* heißen müssen. Sie *dürfen* sich diese Chance nicht entgehen lassen.«

»Ich werde nicht zulassen, daß die Tragödie meiner Tochter im Fernsehen breitgetreten wird«, erwiderte Opal. »Deshalb habe ich bisher an solchen Shows nicht teilgenommen. Die Leute sollen keine Gelegenheit bekommen, Terry lächerlich zu machen oder sie zu verurteilen.«

»Ach, hören Sie doch auf!« rief Pam Mantiss. »Niemand wird sie verurteilen. Aber alle werden dieses verdammte Buch kaufen.«

»Nun, dann würden sie das aus den falschen Gründen tun.« Opal hörte, wie Pam nach Luft schnappte, als hätte sie gerade etwas Ketzerisches gesagt. Schließlich schien es ihr doch einmal gelungen zu sein, diese Frau zu schockieren. Opal vertrat die Ansicht, daß jeder Mensch einem Glauben huldigte, und eines von Pams Geboten lautete offensichtlich: Kein Grund, aus dem man ein Buch kauft, kann falsch sein.

»Großer Gott! Haben Sie eine Ahnung, wieviel Mühe es uns gekostet hat, diese Chance überhaupt zu bekommen? Sind Sie eigentlich verrückt oder nur dumm?«

»Keines von beidem«, gab Opal zurück. »Nur gelangweilt von dieser Unterhaltung.« Mit diesen Worten legte sie auf.

Tatsache war, daß sich *Die Verlogenheit der Männer* nicht verkaufte, nicht einmal mäßig. Das hatte Opal unter der Hand von Emma erfahren. »Es dauert natürlich eine Weile, bis sich die Unabhängigen bemerkbar machen«, versicherte ihr Roberta. »Noch ist nichts verloren.« Gelassen nahm sie sich vom Reis und von den Bohnen. Sie aßen im Flor De Mayo am oberen Broadway zu Abend, wo man noch für weniger als zehn Dollar Reis, Bohnen, gegrillte Rippchen und gebackene Bananen bekam. Der Rest des Nachmittags war ausgefüllt gewesen mit Anrufen von Wendy Brennon, Emma Ashton und einem Produzenten von Oprah Winfrey. Sogar Gerald Ochs Davis höchstpersönlich hatte angerufen. Alle hatten Opal umzustimmen versucht, aber es war ihnen nicht gelungen.

»Möchten Sie noch Bananen?« fragte Roberta.

»Gern.« Eine Weile aßen sie schweigend. »Denken *Sie*, daß ich es tun sollte?« fragte Opal dann.

»Es würde sich schon positiv auswirken«, sagte Roberta, wie immer ganz ehrlich. »Die Verkaufszahlen würden ordentlich in die Höhe schnellen. Aber ich denke trotzdem, Sie sollten es nicht tun und sich darüber auch keine Gedanken machen.«

»Ich glaube nicht, daß es Terry gefallen würde. Was meinen Sie?«

Roberta schüttelte den Kopf. »Terry legte sehr viel Wert auf ihre Würde«, sagte sie.

Opal fühlte sich in ihrer Haltung bestätigt und zum erstenmal, seit sie die aufgeregten Anrufe erhalten hatte, wieder wohl. »Zu schade, daß es keine ernsthafte Fernsehshow gibt, an der ich teilnehmen könnte«, sagte sie und seufzte. »Aber ich fürchte, ›ernsthaft‹ und ›Fernsehunterhaltung‹ sind zwei Begriffe, die sich widersprechen.«

Roberta sagte zögernd: »Es gibt eine solche Sendung. Gott, warum haben wir nicht früher daran gedacht? Warum gehen Sie nicht in die Elle-Halle-Show? Wenn Oprah Sie haben will, dann Elle bestimmt auch. Sie ist sehr verständnisvoll, und ihre Sendung hat Klasse. Zudem spricht sie pro Sendung nur mit einem Gast. So ein Mist mit Müttern, deren Kinder Selbstmord begangen haben, ist nicht ihr Stil.«

»Ob sie mich wohl nehmen würde?« fragte Opal. »Sie ist ziemlich eingebildet.«

»Diese Idioten von Davis & Dash sollten lieber dort anrufen und nachfragen, statt Sie mit Anrufen zu bombardieren.«

»Aber versucht Elle Halle nicht, ihre Gäste zum Weinen zu bringen? Ist das nicht ihr Markenzeichen?«

»Es mag ja ihr Markenzeichen sein; aber es muß nicht auch *Ihres* werden.« Roberta machte eine Pause. »Die Show läuft abends. Zur besten Sendezeit. Ihre Zuschauer *können* lesen. Wenn Sie überhaupt etwas in dieser Richtung machen wollen, dann sollten Sie zu Elle Halle gehen.«

Opal nickte. »Roberta, Sie sind brillant«, sagte sie und nahm sich noch eine gebackene Banane.

9

›In unserer heutigen Medienkultur wird das Buch selbst immer mehr zu einem zufälligen Nebenprodukt der Karriere eines Schriftstellers – es dient vorwiegend dazu, seinen oder ihren Namen nicht in Vergessenheit geraten zu lassen.‹

James Wolcott

»Was soll das heißen, du kannst nicht?«

Susann wandte sich von dem Fenster und der herrlichen Aussicht auf den Hafen von San Francisco ab, um Edith zu begrüßen, die gerade die Suite betreten hatte. Susann telefonierte, und Edith zog die Augenbrauen hoch, bevor sie sich wieder zurückzog.

»Ich habe mich durch zweiundzwanzig Städte geschleppt«, sagte Susann mit leiser Stimme zu Alf. »Du hast mir versprochen, dich mit mir hier in San Francisco zu treffen und mich anschließend nach Los Angeles zu begleiten. Nur zwei Städte von über vierzig. Das war nicht viel, Alf, aber besser als gar nichts.«

Am anderen Ende der Leitung begann Alf seine Entschuldigungen abzuspulen – daß es in seinem Büro Probleme gegeben habe, daß ihm sein Sohn Schwierigkeiten bereite und das Buch von Jude Daniel nicht so gut anlaufe, wie er gehofft habe. Aber Susann hatte keine Lust, sich das alles noch einmal anzuhören. Sie wollte nur eines: daß Alf – tröstend, stark und tüchtig – hier bei ihr in San Francisco war und daß er sich wie früher freute, sie zu sehen. Susann war seine Entschuldigungen, seine Lügen und, wie sie auf einmal feststellte, auch Alf selbst leid. Gerade begann er ihr wieder neue Versprechungen zu machen – daß er sich mit ihr in Los Angeles treffen und sie dort zu Morton's zum Essen ausführen wolle –, aber Susanns Interesse war verflogen.

Sie legte einfach auf und wandte sich wieder der überwältigenden Aussicht zu. Von ihrer Lieblingssuite hier im Mark-Hopkins-Hotel aus konnte sie beide Brücken sehen. Heute war es zur Abwechslung einmal nicht diesig, und die Schmerzen in ihren Händen hatten nachgelassen. Sie versuchte sich einzureden, daß es eigentlich keinen Grund gab, unglücklich zu sein. Im Prinzip hatte sich nicht das geringste geändert: Alf würde nicht bei ihr sein, aber das war nichts Neues. Sie hatte seit Beginn der Reise bereits einiges hinter sich gebracht: eine rauhe Landung in Houston, eine Nacht in einer Limousine in der Wüste, eine Signierstunde in Austin, zu der nur ein Dutzend Leser gekommen waren, und etwa fünfzig Interviews, in denen jeder die gleichen Fragen gestellt und sie immer die gleichen Antworten gegeben hatte. Trotz alledem stand ihr Buch auch jetzt noch, in der dritten Woche, auf Platz siebzehn, es war also immer noch nicht unter den ersten fünfzehn, die in der Liste der *New York Times* veröffentlicht wurden. In der Liste von *USA Today* war es auf Platz siebenundzwanzig, und in der Liste des *Publishers Weekly* tauchte es erst gar nicht auf! Susann wußte, daß die Zeit langsam knapp wurde. Nun, die Werbekampagne im Satellitenfernsehen begann diese Woche – auch das würde sie allein bewältigen müssen –, und die Werbung in Radio und Fernsehen lief ebenfalls diese Woche an. Das war ihre letzte Chance – es mußte einfach klappen. Ihr Buch war nicht schlecht, das wußte sie. Es hatte nur einfach noch nicht den Durchbruch geschafft. Sie wandte sich wieder der atemberaubenden Aussicht zu und sagte sich noch einmal, daß es keinen Grund gab, unglücklich zu sein.

Das Telefon klingelte, und Susann wartete, bis Edith abgenommen hatte. Alf konnte ihr gestohlen bleiben. Edith steckte ihren Kopf durch die Tür. »Der Begleitservice wartet unten«, sagte sie. »Bist du fertig?«

Susann nahm ihre Tasche und nickte. Schweigend verließen sie die Suite, fuhren mit dem Lift nach unten und begrüßten Kathi Goldmark, die Königin des Autoren-Begleitservices. Kathi schleppte immer Bücher, Pressemappen und Terminkalender mit sich herum. Sie war berühmt für ihr Organisationstalent und die Leinentaschen, die sie immer selbst beschriftete. Im Moment trug sie eine mit der Aufschrift: ›Seit 1983 schleppe ich fröhlich Autoren mit mir herum.‹

Kathi führte sie zum Wagen und ließ sie einsteigen. Dann warf sie einen Blick in ihren Kalender und informierte Susann über eine kleine Terminänderung. Susann nickte nur, und Kathi steuerte den Wagen in den Verkehr auf den Nob Hill hinaus. Susann versuchte sich zu entspannen. Kathi war ein Profi – Susann hatte schon oft mit ihr zusammengearbeitet. Sie würde sie rechtzeitig zu den Signierstunden und den Radiosendern bringen. Aber obwohl Susann Kathi seit ihrer letzten Lesereise nicht mehr gesehen hatte, waren ihre Müdigkeit und ihre Enttäuschung so groß, daß sie keine Lust verspürte, mit ihr zu plaudern.

»Letzte Woche war Ihre Tochter hier«, sagte Kathi. »Ich habe sie zu einem der Marin-Buchläden gefahren.«

Susann setzte sich auf. »Sie haben Kim gesehen?« fragte sie. Sie hoffte, sich jetzt keine Horrorstory anhören zu müssen, zum Beispiel, daß Kim etwas Gräßliches in Kathis Wagen zurückgelassen hatte.

»O ja. Ich schätze, das Talent liegt in der Familie«, sagte Kathi mit Wärme. »Sie war sehr nett; was ich von *etlichen* anderen Erstlingsautoren, die ich schon herumkutschiert habe, nicht gerade behaupten kann.«

Das waren gute Neuigkeiten. »Ich hätte gedacht, daß Erstlingsautoren sich eher dankbar zeigen würden«, sagte Susann.

»Nun, manche schon. Aber ziemlich viele benehmen sich wie Primadonnen. Sie wissen schon, wie Anfänger eben sind: Sie können die Dinge noch nicht in die richtige Perspektive rücken. Sie haben ihr ganzes Leben lang nur darauf gewartet, daß ihr Buch veröffentlicht wird, und wenn es dann soweit ist, glauben sie, daß niemand etwas Besseres zu tun hat, als ihr Buch zu loben. Wie hat Dickens das genannt? ›Große Erwartungen‹?«

Susann lachte bitter. »Sie werden schon noch eines Besseren belehrt«, sagte sie.

»Welche Autoren sind denn leicht zu handhaben?« fragte Edith, die neben Susann saß und strickte.

»Norman Mailer. Er ist wirklich ein Profi. Er ist immer pünktlich, und er weiß genau, was von ihm erwartet wird. E. L. Doctorow ist großartig, genauso wie Amy Tan. Sie wissen, wie sie den Erwartungen ihrer Fans entgegenkommen können, ohne sich völlig zu verausgaben. Anna Murdoch war eine echte Dame. Einmal fragte eine alte Frau sie, welchen Beruf ihr Mann habe, und sie antwortete, er sei Zeitungsverkäufer. Die alte Frau erwiderte, ihr Schwager habe einen Zeitungskiosk, und es sei ein hartes Geschäft. Anna stimmte ihr zu.« Sie lachten, denn Rupert Murdochs Reichtum und Einfluß waren wohlbekannt. »Charlton Heston hat einmal eine Lesereise mit seinem Buch unternommen. Der Mann war vielleicht hölzern, der reinste Holzstapel. Seine Fans teilten sich in zwei Gruppen: alte Frauen, die ihn als *Ben Hur* verehrten, und Kinder, die ihn in *Wayne's World* gesehen hatten. Aber er kannte die Branche. Ich schätze, deshalb war auch Kim so gut – sie hat wohl bei Ihnen einiges abgeschaut. Ach ja, und sie hat mir etwas dagelassen, das ich Ihnen geben soll.« Kathi wühlte in den Papieren und Taschen, die auf dem Beifahrersitz lagen. Susann krümmte sich zusammen. O Gott, was kam jetzt? Eine Vorladung? Ein abgeschnittenes Ohr? Eine Briefbombe?

»Ich nehme an, Sie haben schon alles mögliche befördert«, sagte Edith, als ob auch sie im Geiste verschiedene Möglichkeiten in Erwägung zöge.

»Klar«, stimmte Kathi fröhlich zu. »Ich habe fast alles transportiert, außer gefährlichen und nutzlosen Dingen. Falls man Peet Trawley nicht zu letzteren zählt.«

Susann lachte, aber sie war nervös. Was hatte Kim für sie zurückgelassen?

Doch da waren sie auch schon bei dem Radiosender angekommen, und Susann bereitete sich innerlich darauf vor, Alex Bennett zu treffen. Er war der Moderator, und er machte in Gegenwart eines Live-Publikums und eines Helfers – jede Woche war ein anderer Komiker dabei – sehr geistreiche

Interviews. Jeder Witzbold versuchte soviel Sendezeit wie möglich für sich herauszuschinden. Früher hatte Susann manchmal Schwierigkeiten gehabt, überhaupt zu Wort zu kommen. Gelegentlich war sie selbst zur Zielscheibe ihres Spottes geworden, aber diesen Vormittag überstand sie unbeschadet. Anschließend folgten ein Interview mit dem *San Francisco Chronicle* und schließlich noch Signierstunden.

Aber endlich war auch das überstanden, und Kathi fuhr sie zum Hotel zurück. Sie hatte ihr Kims Päckchen immer noch nicht ausgehändigt, und Susann beschloß, die Sache auf sich beruhen zu lassen. Dankbar stieg sie aus dem Wagen. Sie wandte sich schon dem Hoteleingang zu, als Kathi rief:

»Warten Sie! Sie haben etwas vergessen.« Sie reichte ihr das Päckchen, und Susann nahm es zögernd entgegen.

»Danke«, sagte sie.

Susann und Edith fuhren mit dem Lift hinauf. Es schien, als würde das Päckchen förmlich zwischen ihnen ticken. »Mach es um Gottes willen endlich auf«, sagte Edith schließlich. Aber Susann reichte es ihr.

»Mach du's auf«, krächzte sie.

Edith verdrehte die Augen. Als sie wohlbehalten in ihrer Suite angekommen waren, entfernte sie das Packpapier und öffnete den Karton. »Es ist nur Kims Buch«, sagte Edith und gab es Susann.

Als das Buch in ihrer Hand lag, hatte sie das Gefühl, als würde es den letzten Rest ihrer Energie aufsaugen. »Ich werde mich ins Bett legen und dort etwas essen«, sagte Susann. »Aber laß dich nicht aufhalten. Du kannst ruhig ausgehen, wenn du Lust hast.«

»Ich würde mir gern den Ghirardelli Square ansehen«, gab Edith zu. »Ich fahre mit der Straßenbahn.«

»Tu dir keinen Zwang an.«

Edith ging, und Susann ließ ihre müden Knochen in die riesige Badewanne sinken, in die sie fast die Hälfte ihres Chanel-Badesalzes geschüttet hatte. Dann krabbelte sie ins Bett. Aber sie wollte noch nicht schlafen. Sie nahm Kims Buch und legte es nicht mehr aus der Hand, bis sie es von vorn bis hinten gelesen hatte. Es war gut geschrieben, manche Passagen waren sogar sehr gut. Die Handlung hätte etwas straffer sein können, aber am Ende nahm die Geschichte noch eine überraschende Wendung, und Susann war richtig stolz auf Kim. Sie hatte tatsächlich Talent.

Auf der letzten Seite stand eine handschriftliche Nachricht von Kim. Susann stutzte und hielt den Atem an.

Liebe Mutter,
ich weiß nicht, ob Du das Buch gut findest oder nicht. Ich weiß nicht einmal, ob Du es lesen und diese Nachricht hier finden wirst, aber ich hoffe, Du hast beides getan. Ich möchte Dir dafür danken, daß ich Deinen Namen verwenden durfte. Ich weiß, daß dieses Buch sonst nicht veröffentlicht worden wäre, aber ich glaube, es ist auch nicht schlechter als viele andere Bücher.
Es hat mich zudem gelehrt, wie schwer Du in all den Jahren gearbeitet hast. Ich versuche Dir zu vergeben, wenn Du mir zu vergeben versuchst.

In Liebe, Kim

10

›Erfolgreich ist ein Lektor, dem es gelingt, immer wieder neue Autoren zu entdecken, ihr Talent zu fördern, ihre Bücher zu veröffentlichen und dafür zu sorgen, daß sie gute Kritiken bekommen sowie gute Gewinne abwerfen.‹

A. Scott Berg

Pam saß in ihrem Büro wie eine Spinne in ihrem Netz. Sie wartete darauf, daß die letzte kleine Fliege sich darin verfing – eine Fliege, die sie mit Vergnügen einspinnen und als Trophäe aufhängen würde. Heute wurde der *Lektor des Jahres* bekanntgegeben, und deshalb wollte sich Pam nicht weit von ihrem Schreibtisch entfernen. Nur für den Fall, daß nicht sie ernannt würde, wollte sie vermeiden, daß jemand bemerkte, wie fest sie mit der Auszeichnung rechnete. Und sie wollte in der Nähe des Telefons sein, wenn diese Zicke, die Vorsitzende des Komitees, die Nachricht übermittelte.

Sie erhob sich von ihrem Schreibtisch und ging zum Kühlschrank hinüber. Es war erst zehn nach zehn, aber ohne Dr. Snapples Hilfe würde sie diesen Vormittag nicht überstehen. Sie nahm eine Flasche heraus und wollte sie gerade öffnen, als Emmas Stimme sie innehalten ließ.

»Haben Sie schon etwas gehört?« Emma stand in der Türöffnung. Sie trug wieder eine ihrer typischen Kleiderkombinationen – unordentlich, zerknittert, altmodisch. Es schien fast so, als würde sie morgens ihre Kleider gegen die Wand werfen, und was in einem unordentlichen Haufen auf dem Boden landete, schien sie für tragbar zu halten.

Pam kniff die Augen zusammen und musterte Emma. Hegte Emma einen Groll gegen sie? Nein, falsch: Sie wußte, daß sie ihr grollen *mußte*, aber sie fragte sich, wie groß dieser Groll sein mochte. Schließlich hatte Emma *Die Verlogenheit der Männer* entdeckt, und das Buch bekam von seiten der Kritiker immer mehr Lob. Das Clapfish-Buch, das Emma abgelehnt hatte, warf ebenfalls ein gutes Licht auf Pam, denn es zeigte, daß sie immer noch ein Gespür für literarische Romane hatte. Zudem hatte Emma dieses fürchterliche Buch von Susann Baker Edmonds praktisch neu geschrieben, ebenso wie Geralds miserables Buch. Wenn Pam also Lektorin des Jahres wurde – und das *mußte* sie unbedingt werden –, dann war das zum größten Teil Emmas Arbeit in diesem und dem letzten Jahr zu verdanken. Erstaunlich war eigentlich nur, wie sehr *sie* Emma ablehnte.

»Gehört? Wovon?« fuhr Pam sie an und trank einen Schluck aus ihrer Snapple-Flasche. Sie würde sich ihre Aufregung nicht anmerken lassen.

»Von der Werbeabteilung; wegen der Elle-Halle-Show für Mrs. O'Neal.«

»Nein. Kein Wort. Wenn die alte Hexe nicht zu Oprah gehen will, dann ist es mir scheißegal, wo sie sonst hingeht.«

»Nun, sagen Sie mir Bescheid, wenn Sie etwas hören«, sagte Emma und wandte sich zum Gehen. »Oh«, fügte sie noch beiläufig hinzu, »und viel Glück für ihre Wahl.«

Verflucht! Das Mädchen ging ihr tierisch auf die Nerven. Pam mußte an die alte chinesische Redewendung denken: ›Warum haßt er mich so? Ich habe nie etwas für ihn getan.‹ Sie zuckte die Achseln. Die menschliche Natur war eben unberechenbar.

Soviel zur Philosophie. Sie mußte dieses Jahr einfach gewinnen. Schnell ging sie im Geist noch einmal durch, was dafür und was dagegen sprach, daß sie diesen Preis bekam. Es hing alles von dem Chad-Weston-Buch ab. Der kleine Scheißkerl hatte aus der Weigerung von Davis & Dash, sein Buch zu veröffentlichen, eine *cause célèbre* gemacht. Pam glaubte allerdings nicht, daß ihr dieses Buch schaden konnte – ja, es würde ihr sogar zum Vorteil gereichen, wenn man die Sache vom richtigen Standpunkt aus betrachtete. Schließlich war es ihr Buch gewesen, und es war allgemein bekannt, daß nicht *sie* es abgelehnt hatte. Das konnte jeder in der Branche bestätigen. Wenn sie *SchizoBoy* veröffentlicht hätte, würden die Feministinnen und Puritaner ihre Attacken nun gegen *sie* richten, nicht gegen Peterson. Aber so konnte sie sich als Verfechterin der zivilen Bürgerrechte ausgeben, ohne die damit verbundenen Unannehmlichkeiten in Kauf nehmen zu müssen.

Weston prangerte zwar inzwischen fleißig alle möglichen Leute öffentlich an, aber sie hatte er bisher verschont – wenigstens in den Medien.

Das Telefon klingelte. Pam fuhr erschrocken zusammen, ging aber nicht dran. Sie wartete, wie es sich für eine Dame gehörte, bis ihre Sekretärin abgenommen hatte und ihr Bescheid gab. Ihr Magen krampfte sich zusammen – sie hatte noch nichts gegessen, und der starke Eistee rumorte in ihrem Bauch. »Jude Daniel auf Leitung eins«, sagte die Sekretärin, und Pam nahm ärgerlich den Hörer ab.

»Was ist?« fauchte sie.

»Ich fahre nach Boston«, sagte Jude. »Wie ist es – meinst du, wir können uns heute abend dort treffen?«

Pam deckte mit der Hand die Muschel ab, schloß die Augen und seufzte tief auf. So gut war Jude im Bett nun auch wieder nicht, daß es sich lohnte, dafür eine Reise in Kauf zu nehmen. »Vielleicht«, sagte sie. »Kann ich dich zurückrufen?«

»Ich bin am Flughafen«, entgegnete er.

»Okay, dann rufe ich dich im Hotel an.« Leg endlich auf, dachte sie, als das Lämpchen am Telefon signalisierte, daß auf der anderen Leitung ein Anruf wartete.

»Meine Frau macht mir ziemlichen Ärger«, sagte Jude.

Sonst noch was? Das war ihr doch egal! Geh endlich aus der Leitung, damit ich den anderen Anruf entgegennehmen kann, dachte Pam. Laut sagte sie: »Es tut mir leid, das zu hören.«

»Wirklich?« fragte Jude in vertraulichem Tonfall. »Ich werde sie verlassen.«

»Großartig«, sagte Pam. »Ich rufe dich im Hotel an.«

»Aber, Pam, sie verhält sich ganz merkwürdig. Ich mache mir Sorgen. Sie kann mir ganz schön Ärger bereiten. Sie behauptet, sie hätte mehr Arbeit in das Buch gesteckt, als es in Wirklichkeit der Fall war.«

»Das tun viele«, sagte Pam und dachte an Edina.

»Nein. Ich meine, sie ist völlig unberechenbar geworden. Sie sagt, das halbe Buch gehöre ihr.«

»Nur vor dem Scheidungsrichter. Nach dem New Yorker Gesetz gehört der gemeinsame Besitz beiden Eheleuten zu gleichen Teilen. Aber das muß sie erst beweisen. Na, egal, wir haben eine ganze juristische Abteilung, die sich mit Vertragsbrüchen und solchem Zeug beschäftigt.« Herrje, leg endlich auf! »Keine Sorge. Sei bei deinen Signierstunden einfach umwerfend, das nimmt die Leute für dich ein.«

»Ich …«

»Ich rufe dich im Hotel an«, schnitt ihm Pam das Wort ab und legte auf. Keine Sekunde zu früh, denn im selben Augenblick kam der Anruf, auf den sie seit Jahren gewartet hatte.

»Auf die Lektorin des Jahres«, sagte David Morton, und sie hoben die Gläser, um ihr zuzuprosten. Pam lächelte geziert. Sie konnte ihr Glück kaum fassen – David Morton war in New York gewesen, in Geralds Büro, als die Nachricht verkündet worden war! In der Verlagsbranche gab es heutzutage keinerlei Garantie mehr, daß man seinen Arbeitsplatz behielt – aber diese Auszeichnung kam einer solchen Garantie schon sehr nahe. Pam ließ ihren Blick in die Runde schweifen. Sie aßen im Palio zu Mittag, und der große Raum mit den enorm hohen Decken und dem Marmorboden paßte zu ihrer Stimmung.

David Morton saß neben ihr, Gerald gegenüber. Pam, die eine Antenne für solche Dinge hatte, spürte die Spannung, die zwischen den beiden Männern herrschte. Sie war zwar bei ihren Besprechungen nicht zugegen gewesen, hatte aber von Jim Meyer gehört, daß sie immer noch nicht sonderlich gut aufeinander zu sprechen waren.

Pam fragte sich, ob nun die Zeit für die längst überfällige personelle Umstrukturierung gekommen war. Und welche Konsequenzen hätte das für sie? Einen Job wie ihren derzeitigen würde sie so schnell nicht wieder finden – wenig Arbeit für viel Geld. Das war in der Verlagsbranche eine Seltenheit. Nur Gerald hatte einen besseren Job.

»Ich bin sehr glücklich, daß ich endlich Gelegenheit habe, Sie näher kennenzulernen«, sagte Pam zu Morton. Sie schnurrte wie eine Katze. Für einen wiedergeborenen Christen sah er nicht schlecht aus.

»Haben Sie dieses widerliche Buch gelesen, das Davis veröffentlichen wollte?«

»Sie sprechen bestimmt von dem Weston-Buch, nicht wahr?« fragte Pam unschuldig.

»Es ist gräßlich. Nur ein Verrückter kann so etwas schreiben, und nur ein Idiot kann ein solches Buch auch noch veröffentlichen wollen.«

»Nun, ich kenne eine Menge Frauen hier, außer mir, die sehr aufgebracht waren«, sagte Pam ruhig.

»Sie haben es also gelesen? Ich finde es beschämend, daß eine Frau aus beruflichen Gründen so etwas lesen muß.«

»Ach, Gerald überläßt mir eine Menge unangenehmer Dinge«, sagte Pam aalglatt. »Aber das gehört nun mal zu meiner täglichen Arbeit. Ich hatte nur Angst, wir würden es veröffentlichen.«

»Davis & Dash konnte es auf keinen Fall zulassen, daß dieses Buch veröffentlicht wird. Wir sind hier in einem christlichen Land. Wer zum Teufel möchte schon etwas über einen Mann lesen, der Frauen umbringt, vergewaltigt und sie auch noch aufißt?«

Vielleicht Jeffrey Dahmer, dachte Pam, aber es war wohl besser, diesen Gedanken für sich zu behalten. Sie konnte sich irgendwie nicht vorstellen, daß Morton Sinn für Humor hatte. Außerdem würde Dahmer das Buch sowieso nur gefallen, wenn darin *Männer* vergewaltigt und gegessen würden. Und war Dahmer nicht tot? Also war der Markt für ein solches Buch wohl nicht mehr sonderlich groß. Pam versuchte sich wieder auf das Gespräch an ihrem Tisch zu konzentrieren. Hier neben ihr saß ihre große Chance.

»Ich bin ganz Ihrer Meinung«, sagte sie. »Was haben Sie unternommen?«

»Ich habe Gerald gesagt, er soll diesen verrückten Mistkerl aufsuchen und ihm klipp und klar sagen, daß wir sein verrücktes, verdammtes Buch nicht veröffentlichen.« Er schwieg und fuhr dann fort: »Verzeihen Sie meine Ausdrucksweise. Normalerweise nehme ich solche Wörter nicht in den Mund, aber ich war einfach entsetzt.«

»Genau wie ich«, sagte Pam.

»Ich sagte: ›Haltet die Druckerpressen an‹, oder was auch immer man sagt, um die Veröffentlichung eines Buches zu verhindern.«

»Wirklich?« Männer liebten es, ihre Macht zur Schau zu stellen. Sogar männliche wiedergeborene Christen. »Und Sie hatten keine Angst, daß seine Anwälte klagen würden?« fragte Pam in ehrfürchtigem Tonfall.

»›Laßt sie klagen‹, sagte ich, ›dieses Buch veröffentlichen wir nicht.‹ Sie können Gerald ja selbst fragen.«

»Wow!« schnurrte Pam. »Das war aber mutig.« Sie machte eine Pause. »Mr. Morton, ich möchte Ihnen sagen – und damit spreche ich nicht nur für mich selbst, sondern für viele Mitarbeiter hier –, daß ich über Ihre Entscheidung sehr erleichtert war.«

»Nun ja. Nett von Ihnen, daß Sie das sagen. Ich dachte, jeder aus der Verlagsbranche würde nun auf mir herumtrampeln.«

»Mitnichten. Keinesfalls«, sagte Pam. »Ich finde, es war eine sehr weise Entscheidung, und keiner von uns wird sie bedauern.« Sie sah ihm tief in die Augen.

»Hm. Nun gut.« Er verstummte, wandte aber den Blick nicht ab. »Es ist wirklich sehr nett, mit Ihnen zu plaudern. Ich freue mich darauf, in Zukunft enger mit Ihnen zusammenzuarbeiten.«

»Und ich ebenso.«

»Sie leisten wirklich hervorragende Arbeit«, murmelte Morton in ihre Richtung.

Sie zog eine Augenbraue hoch und erwiderte seinen Blick. »Und dabei wissen Sie noch gar nicht, was ich *noch alles* kann«, flüsterte sie mit heiserer Stimme.

Er sah sie an, und einen Augenblick lang fürchtete sie, seine Faszination würde in Abneigung umschlagen. Aber ihre Ausstrahlung war heute offenbar so umwerfend, daß sie selbst einen wiedergeborenen Südstaatler wie David Morton beeindruckte. Was machte ihn für sie so anziehend – sein

Aussehen oder jene Aura der Macht, die ihn umgab? Schließlich stand er in *Vanity Fair* an zweiter Stelle auf Graydon Carters Liste der mächtigsten Männer in den Vereinigten Staaten. Pam warf ihm einen Blick zu. Sie konnte ihn ins Bett bekommen. Und das würde sie auch tun.

Sie sah auf. Geralds Augen ruhten auf ihr. Sein Gesichtsausdruck war eisig. Pam lächelte ihn an. Aber er lächelte nicht zurück.

11

›Schreiben ist kein Beruf, sondern eine Anleitung zum Unglücklichsein.‹

Georges Simenon

Daniel folgte dem jungen, unterwürfigen Portier, der die Schlüssel zu seiner Suite trug, den Korridor hinunter. Ihnen folgte ein Hotelpage, der wesentlich älter war als er, mit seiner Tasche.

Seit seiner Studentenzeit war Daniel nicht mehr in Boston gewesen, und noch niemals war er im Swissôtel abgestiegen. Es war weitaus luxuriöser und eleganter, als er erwartet hatte – kein kitschiges Motel mit Heidi-Bildern an den Wänden. Als sie bei seinem Zimmer ankamen, war er überrascht: An der Tür prangte ein Messingschild mit der Aufschrift AUTOREN-SUITE. Der Portier öffnete schwungvoll die Tür, und Daniel trat in den kleinen Flur. Zu seiner Rechten lag ein wunderschönes, mit Marmor verkleidetes Badezimmer, und vor ihm befanden sich zwei relativ kleine, aber feudal ausgestattete Zimmer. Hinter einem gemauerten Bogen konnte man das Schlafzimmer erkennen, das in weichen Pastelltönen gehalten und mit herrlichen Holzmöbeln ausgestattet war. In dem gemütlichen Wohnzimmer standen eine Couch, ein mit Seide bezogener Sessel und zwei Vasen voll farbenfroher Blumen. Auf einem in Cellophan eingehüllten Tablett lagen Früchte, Konfekt und anderes Naschwerk.

»Sir?« sagte der Portier hinter ihm. Daniel wandte sich um und entdeckte einen antiken Schreibtisch mit einem Bücherregal. Neben ihm stand der Pförtner und hielt ihm ein Exemplar von *Mit voller Absicht* hin. »Wären Sie so freundlich und signieren dieses Buch für unsere Sammlung?«

Daniel blinzelte. Zuerst glaubte er, der Junge wolle ihn auf den Arm nehmen, aber der sah ihn ernst – ja, sogar respektvoll – an. Daniel zuckte die Schultern. »Sicher«, sagte er. Er war begeistert, ließ sich aber nichts anmerken, denn er wollte nicht wie ein Amateur wirken. Er öffnete das Buch auf der Titelseite, nahm einen Stift und schrieb seinen Vornamen hinein. Erst da ging ihm auf, was er gerade getan hatte. Er hielt inne und warf dem Jungen einen raschen Blick zu, um zu sehen, ob er etwas bemerkt hatte. Da dies nicht der Fall zu sein schien, schrieb Daniel ›Jude‹ einfach vor seinen Vornamen. Herrje, er mußte sich zusammenreißen. So etwas durfte nicht noch einmal passieren. Schließlich befand er sich auf einer Signiertour.

»Vielen Dank, Sir«, sagte der Portier und stellte das Buch in das Regal zurück. Daniel war zu aufgeregt, um mehr als ein Nicken zustande zu bringen – und vergaß prompt, den beiden ein Trinkgeld zu geben.

Nachdem sie gegangen waren, holte er erst einmal tief Luft und sah sich dann um. Die Aussicht war herrlich, aber Daniel hatte Boston schon immer gemocht. Vielleicht sollte er hierherziehen. Er knipste einige Lampen an und wurde dann magisch von dem Schreibtisch und den Regalen angezogen, die an der Wand darüber angebracht waren. Neben seinem Buch standen etwa zwei Dutzend andere Bücher, wenn nicht gar mehr. Daniel nahm ein Buch von William Styron heraus und schlug es auf. Styron hatte hineingeschrieben: ›Vielen Dank für Ihre Gastfreundschaft.‹ Ich hätte auch so etwas schreiben sollen, dachte Daniel, und setzte sich auf den Stuhl, der vor dem Schreibtisch stand. Auf dem heruntergeklappten, lederbezogenen Seitenteil lag ein Gästebuch mit herrlichem Einband und goldenen Verzierungen. Daniel entdeckte beim Durchblättern einen berühmten Namen nach dem anderen – alles Schriftsteller – und las einige Einträge. Ich sitze auf einem Stuhl, auf dem schon Saul Bellow gesessen hat, schoß es ihm durch den Kopf. Er sah wieder auf das Buch hinab und fand einen Eintrag von der Pulitzer-Preis-Gewinnerin E. Annie Proulx. Einige Seiten weiter hatte James Finn Garner geschrieben: ›Als ich an der Tür das Schild mit der Aufschrift AUTOREN-SUITE entdeckte, stieg in mir automatisch das Bild von Brandlöchern im Tisch, halbleeren Kaffeetassen und einer Atmosphäre gepflegter Langeweile auf. Ich danke Ihnen, daß Sie dieses Bild korrigiert haben. Leider muß ich jetzt in das AUTOREN-HAUS zurückkehren, in dem es längst nicht so friedlich und ruhig zugeht.‹ Phyllis Naylor hatte geschrieben: ›Letzte Nacht habe ich im Motel 6 in Danvers übernachtet, heute bin ich in der AUTOREN-SUITE im Swissôtel. Gestern dachte ich noch, diese Tour ginge nie zu Ende, heute tut es mir leid, daß es bald soweit ist. Welch wundervolle Atempause einem hier vergönnt wird!‹

Daniel wußte, was sie meinte. Er hatte keine Ahnung, wo er nach dieser Buchtour hingehen sollte. Zu Judith konnte er nicht mehr zurück. Aber vielleicht würde ihm Pam anbieten, bei ihr zu wohnen. Ein Schriftsteller und eine Lektorin würden doch die ideale Wohngemeinschaft bilden. Aber war er überhaupt ein Schriftsteller? Konnte er ein weiteres Buch schreiben? Er sah auf die Namen wahrer Schriftsteller hinab, die in dem Buch standen. Jane Smiley, ebenfalls Pulitzer-Preisträgerin, war am 6. Mai 1995 in diesem Hotel abgestiegen. Sie hatte geschrieben: ›Schöne Farben, hübsches Licht, gutgeschnittene Zimmer. Ich habe hier *großartig* geträumt. Vielen Dank, daß Sie an uns gedacht haben. Könnte ich vielleicht mal einen Blick in die Suite für Schauspieler werfen?‹

Als er ins Schlafzimmer ging, entdeckte Daniel neben dem Telefon einen Umschlag, den er öffnete. Er enthielt eine Begrüßungskarte des Medien-Begleitservices, der ihn morgen zu seinen Signierstunden fahren würde. Beigelegt war ein Zeitplan mit all seinen Terminen. Während der Fahrt würde er im Radio zu hören sein, dann folgte eine Signierstunde bei Barnes & Noble, und am Nachmittag war ein Interview mit einem Reporter vom *Boston Globe* geplant.

Auf dem Nachttisch auf der anderen Seite des Bettes stand ein Weinkühler mit einer Flasche Wein – gutem Wein, wie Daniel bemerkte –, der ihm mit Empfehlung des Hotelmanagers David Gibbons geschickt worden war. Daniel lächelte. An solche Dinge könnte er sich durchaus gewöhnen.

Er entkorkte den Chablis, legte sich auf die Couch im Wohnzimmer und schenkte sich ein Glas ein. Das Telefon läutete. In der Suite gab es fünf Apparate: einen neben dem Sofa, auf jeder Seite des Bettes einen, einen weiteren auf dem Schreibtisch und sogar einen an der Wand im Badezimmer! Jeder Apparat besaß zwei Leitungen.

»Hallo, Professor. Sind Sie gut gelandet?«

»Sicher.« Daniel nippte anerkennend an dem Wein.

»Sehr gut. Hören Sie, ich fliege morgen vormittag nach Boston und werde Sie dann die ganze Zeit begleiten. Und ich habe gute Neuigkeiten. In L.A. habe ich eine kleine Besprechung mit April Irons und ihren Mitarbeitern angesetzt. Was halten Sie davon, ein Drehbuch zu schreiben?«

»Ein Drehbuch? Sie meinen für *Mit voller Absicht?*« Daniels Magen krampfte sich zusammen. »Ich habe noch nie ein Drehbuch geschrieben.«

»Sie haben auch noch nie einen Bestseller geschrieben. Das heißt gar nichts. Legen Sie sich bei der Besprechung nur tüchtig ins Zeug. Sie wird Ihnen zuhören.«

»Sicher«, sagte Daniel und trank noch einen Schluck Wein. »Das kann ich. Ich kann alles.«

12

»Meine Familie erzählt jedem, daß ›Buch‹ das erste Wort war, das ich sprechen konnte. Ich erzähle jedem, daß ›Honorar‹ mein zweites Wort war. Und als ich drei war, konnte ich ›Gemeinschaftswerbung‹ buchstabieren.«

Len Riggio

Geschäftsführender Direktor von B. Dalton Booksellers

Das Buch verkaufte sich nicht. So einfach war das. Camilla hatte regelmäßig in Pams Büro angerufen. Anfangs war sie noch zu Pam durchgestellt worden. Als immer deutlicher wurde, daß das Buch nicht besonders gut lief, hatte eine Sekretärin ihre Anrufe entgegengenommen und Pam nur noch gelegentlich zurückgerufen. Nun wurden ihre Anrufe einfach zu Emma durchgestellt. Alex war verstimmt. Sie hatte versucht, Davis & Dash zu bewegen, mit ihr zusammenzuarbeiten, um die Werbung für das Buch zu intensivieren und mehr Rezensionen zu fordern, aber die Kooperationsbereitschaft war nicht besonders groß gewesen.

»Keine Sorge«, versuchte Alex Camilla jetzt zu beruhigen. Es war ein regnerischer Herbsttag, und Camilla war nach der Arbeit bei ihr vorbeigekommen. »Wir werden das Kind schon schaukeln. Ich bin gerade dabei, einige Signierstunden in der Stadt zu arrangieren und dafür zu sorgen, daß mehr Rezensionen über das Buch erscheinen.« Camilla nickte, machte sich aber keine großen Hoffnungen. Der tatsächliche Erscheinungstermin war eine Art Anti-Höhepunkt gewesen, die Ruhe nach der Ruhe sozusagen, denn nichts hatte sich geändert. Aber etwas mußte geschehen, sowohl um ihre Finanzen aufzubessern, als auch um ihre Karriere voranzutreiben. »Das Problem ist«, fuhr Alex fort, »daß keine Gemeinschaftswerbung gemacht wird und kein Regalplatz für Ihr Buch gekauft wurde. Und wenn sich der Hardcover-Vorlauf nicht gut verkauft, wird es auch keine Taschenbuchausgabe geben.« Sie sah Camilla an. »Aber es ist ein gutes Buch. Es *wird* eine Leserschaft finden.« Alex tätschelte Camillas Hand. »Wie läuft es mit Ihrem Job?«

»Großartig«, sagte Camilla, und das wenigstens entsprach der Wahrheit. Die Arbeit bei Citron machte ihr Spaß. Sie liebte es, sich den Canaletto anzusehen, verspürte aber nicht den Wunsch, ihn zu besitzen. Außerdem mochte sie ihre Arbeitskollegen – Susan, Jimmy O'Brian und Emily, die für Kopierarbeiten und Telefondienst zuständig war. Und Craig natürlich. Es war aufregend und manchmal auch schwierig, mit Craig zusammenzuarbeiten, da er sehr temperamentvoll und oft launisch war – manchmal brüllte er herum oder warf Sachen durch die Gegend –, aber er sprühte vor Lebendigkeit und war ein interessanter Mensch. Zudem machte er Camilla den Hof, aber das verschwieg sie Alex. Camilla wußte noch nicht, ob sie Craigs Aufmerksamkeiten erwidern sollte oder nicht. Sie war zwar versucht, aber etwas an seiner Rastlosigkeit und seiner Ausstrahlung warnte sie, daß es in einem Fiasko enden könnte.

»Und wie ist die Wohnung?«

»Eigentlich scheußlich. Ich fühle mich lebendig begraben.«

»Das ist nicht gut.«

»Nein. Ich kann dort auch nicht besonders gut schlafen.«

Fast genauso schlimm war allerdings, daß Camilla dort auch nicht schreiben konnte. Vielleicht lag es daran, daß ihr Buch nicht gut lief, daß es sich kaum – beziehungsweise gar nicht – verkaufte. Oder an der absoluten Stille und der trostlosen Atmosphäre in ihrer Wohnung in Park Slope. Oder vielleicht an ihren finanziellen Sorgen, die offenbar nie ein Ende nahmen. Woran auch immer es liegen mochte – Camilla hatte Schwierigkeiten, auch nur eine oder zwei Seiten pro Tag zu schreiben.

»Camilla, Sie müssen schreiben. Das ist absolut notwendig.«

»Ja, ich weiß.« Aber sie schaffte es nicht – weder am nächsten Morgen noch am übernächsten, noch in der darauffolgenden Woche. Sie hockte vor ihrem Schreibtisch, starrte auf ihren Block, und ihr fiel nicht das geringste ein.

Camilla saß im Café. Ihr Notizblock lag vor ihr auf dem Tisch. Es hatte sie fast einen Monat – einen Monat voll schlafloser Nächte und Alpträume – gekostet, bis sie schließlich einen Ort gefunden hatte, an dem sie arbeiten konnte. Sie war in das Buchkaufhaus gegangen, das bei Citron Press gleich um die Ecke lag, und hatte dort vier Stunden an der Kaffeetheke gesessen. Der Lärm und das geschäftige Treiben um sie herum vermischten sich zu einem angenehmen Summen, bei dem Camilla sehr gut schreiben konnte. Wenn sie nicht mehr vorankam, stand sie einfach auf und ging die Stufen hinunter, die in den eigentlichen Buchladen führten. Sie schlenderte durch den riesigen Raum, nahm hier und da ein Buch aus dem Regal, las ein wenig und kehrte dann ausgeruht in das Café zurück, wo sie sich wieder ans Schreiben machte. Wenn sie nach der Arbeit direkt von Citron Press ins

Buchkaufhaus ging, konnte sie oft von zwei bis sechs oder sieben Uhr arbeiten.

Das einzige, was ihr an dem Kaufhaus nicht so gut gefiel, war, daß es ihr Buch nicht führte. Als sie Craig davon erzählte, hatte dieser nur gelacht. »Natürlich führen die Ihr Buch nicht«, sagte er. »Von Ihrem letzten wurden auch nicht mehr als zehntausend Exemplare verkauft.«

»Aber ich habe doch vorher noch gar kein Buch *geschrieben*«, protestierte Camilla.

»Da ist ja das Problem«, sagte Craig. »Man bekommt keine Arbeit ohne Erfahrung, und keine Erfahrung ohne ... Ein Laden wie dieser hat kein Interesse daran, Neulingen eine Chance zu geben. Sie orientieren sich nur an den Verkaufszahlen, halten nach Autoren Ausschau, die sich bereits bewährt haben. Sie kaufen lieber zwei Bücher, von denen sich jedes eine Million Mal verkauft, als zwei Millionen Bücher, von denen sich jedes nur einmal verkauft.«

Aber Camilla liebte den riesigen Laden, auch wenn er ihr Buch nicht führte. Sie liebte es, den jungen Müttern zuzusehen, die ihre zusammenklappbaren Kinderwagen in Richtung Kinderbuchabteilung schoben. Ihr gefielen die Teenager, die hereinkamen und sich herumdrückten. Sie beobachtete die älteren Frauen, die sich die unterschiedlichsten Bücher ansahen – Dichtung, Anthropologie oder blutrünstige Krimis. Und sie beobachtete die jungen Singles, die durch die Gänge streiften und sich offenbar Bücher und zugleich einen anderen Single herauspickten.

Sie hatte nun einen festen Tagesablauf: Um acht fuhr sie in Brooklyn ab, arbeitete bis eins bei Citron Press und verbrachte dann vier Stunden in dem Kaufhaus in Chelsea. Sie hatte sich ein Ziel gesetzt: drei Seiten pro Tag. Es war ermüdend, außerdem fand sie es schwierig, sich nach einem aufreibenden Vormittag bei Citron Press auf das Manuskript zu konzentrieren, aber langsam, ganz langsam bekam Camilla eine Vorstellung davon, wie ihr neues Buch aussehen sollte. Oft aß sie in dem kleinen Bistro in der Ninth Avenue, wo sie gelegentlich auch jemanden von Citron Press traf. Danach ging sie allein zur U-Bahn und fuhr zurück nach Park Slope.

Aber in dieser Woche hatten drei Ereignisse ihren angenehmen Tagesablauf unterbrochen. Alex hatte sie wegen einer Signierstunde angerufen, Frederick war in dem Kaufhaus aufgetaucht, und Craig Stevens hatte sie zum Essen ausgeführt.

Das erste kam nicht sonderlich überraschend – Alex hatte die Buchhandlungen in Manhattan lange bearbeitet, und schließlich hatten Bookberries, Books & Co., The Corner Bookstore und Shakespeare & Company zugesagt. Camilla hatte sich einen Tag freigenommen, Alex hatte sie zu den Buchläden begleitet und sie den Geschäftsführern vorgestellt, und anschließend hatte Camilla in jedem Laden einige Bücher signiert. Es war nicht besonders aufregend gewesen, aber Camilla hatte es sehr genossen.

Auch Fredericks Auftritt war weder besonders aufregend noch dramatisch gewesen, sondern einfach nur eine Überraschung. Ohne Vorwarnung hatte er im Kaufhaus plötzlich neben ihr gestanden, sich an ihren Tisch gesetzt und ihre Hand in die seine genommen. Camilla war perplex gewesen: Erstens hatte sie ihn nicht erwartet, und sie wußte auch nicht, wie er herausgefunden hatte, daß sie hier schrieb, und zweitens war sie überrascht, wie sehr sie ihn vermißt hatte. Nicht nur seine liebenswerte Art, sondern auch seine körperliche Präsenz, die bei ihr ein gewisses Prickeln auslöste.

»Ich habe dich zu erreichen versucht«, sagte Frederick.

»Ja, ich weiß. Ich habe auch zurückgerufen, aber es war immer nur dein Anrufbeantworter dran. Wir haben wohl Hasch-mich-fang-mich gespielt, nicht wahr?«

»Nicht daß ich wüßte«, erwiderte er. »Was, zum Teufel, soll das sein?«

Camilla lachte. »Ich spreche nur wieder ›Englisch‹, wie du das immer nennst. Ich glaube, ihr sagt hier Telefon-Fangen. Du weißt schon, wenn man sich immer wieder verfehlt.«

»Ich weiß nur eines – du fehlst mir sehr«, sagte Frederick zärtlich.

Camilla sah zu Boden. »Ich wollte eigentlich nur erklären, was Hasch-mich-fang-mich ist. Ich glaube, es war ein Stück, das mal im West End gespielt wurde. Zwei Leute haben sich eine Wohnung geteilt. Einer arbeitete in der Tagschicht, der andere in der Nachtschicht. Sie haben im selben Bett geschlafen, aber nie gleichzeitig.«

»Nein, das wäre ja auch pervers.«

»Ach, Frederick, du weißt schon, was ich meine.«

»Um die Wahrheit zu sagen, es ist mir egal, was du meinst. Ich liebe den Klang deiner Stimme, Camilla, und ich möchte dich wieder öfter sehen.« Er schwieg kurz und fuhr dann fort: »Natürlich kann ich dich nicht sehr gut sehen, aber du weißt schon, was ich damit sagen will.«

»Ich glaube nicht«, antwortete Camilla.

»Ich will damit sagen: Können wir nicht noch einmal von vorn anfangen? Ich habe mich in Florenz sehr dumm benommen. Ich hätte dir von meinem Augenproblem erzählen sollen. Und ich hätte auch nicht ›nie wieder‹ sagen dürfen. Ich hatte Angst, daß du nur Mitleid mit mir hättest ...«

»Ich habe Mitleid mit dir«, sagte Camilla. »Aber außerdem mag ich dich. Und ich respektiere dich.«

»Camilla, können wir uns nicht zu einem Blind Date treffen? Das ist sowieso die einzige Art von Verabredung, die für mich in Frage kommt.«

Seine Scherze klangen bitter. »Ich weiß nicht, Frederick ...«

»Ich habe deine Gefühle verletzt, Camilla. Und ich schätze, daß ich sehr dumm war. Aber ich benehme mich nicht *immer* so dämlich. Denkst du wenigstens darüber nach?«

»Gut, Frederick, das werde ich tun.«

Es gab eine Menge Dinge, über die Camilla nachdenken mußte. Nachdem Frederick gegangen war, blieb sie allein zurück und starrte auf ihr Manuskript. Aber sie sah ins Leere. Frederick wollte, daß sie noch einmal von vorn anfingen. Will machte sich falsche Hoffnungen. Und dann war da noch Craigs Einladung heute abend.

Camilla mußte zugeben, daß sie sich zu Craig hingezogen fühlte. Er war lebhaft, aggressiv und sehr hartnäckig – in dieser Hinsicht das genaue Gegenteil von Frederick. Aber sie fand sein Interesse nicht nur schmeichelhaft, sondern irgendwie auch leicht bedrohlich. Er schien nicht der Mann zu sein, der für eine beständige, monogame Beziehung in Frage kam. Sie dachte wieder an ihre Affäre mit Gianfranco und erinnerte sich daran, daß es gefährlich war, zu weit hinauszuschwimmen und den Boden unter den Füßen zu verlieren.

Trotzdem – sie mußte zugeben, daß ihr Leben langsam interessant wurde.

13

›Nur wenige Menschen beherrschen tatsächlich das, worüber sie schreiben oder sprechen.‹

Tirso de Molina

Opal zog den Rechen noch einmal zu sich her. Die Briefkampagne schien im Sande zu verlaufen. Nur körperliche Betätigung brachte ihr noch einen gewissen Trost. Ihr linker Arm schmerzte, und an ihrer rechten Hand hatte sich zwischen Daumen und Zeigefinger bereits eine häßliche kleine Blase gebildet. »Es ist erstaunlich, wie schnell man in einer Stadt verweichlicht«, sagte sie laut.

Aiello, der kniend die zusammengerechten Blätter in einen Sack stopfte, hielt inne und sah auf. »Das glaube ich eigentlich nicht«, sagte er. »In einer Stadt wird man härter im Nehmen. Keine Stadt ist härter als Big Apple.«

Opal schüttelte den Kopf. Der Mann verstand immer alles falsch. »Bevor ich hierhergezogen bin«, sagte sie, »konnte ich an einem einzigen Nachmittag die Blätter in meinem ganzen Garten zusammenrechen.«

»Wie viele Hektar?« fragte Aiello.

Offensichtlich dachte er an *Das weite Land* oder an einen anderen Kinofilm. Warum glaubten die im Osten eigentlich immer, daß jeder westlich von New Jersey auf einer Ranch lebte? »Zehn Ar«, sagte sie.

»Nicht schlecht«, fand Aiello. Dann, als wollte er ihre Gedanken bestätigen, fragte er: »Haben Sie auch Rinder?«

»Nein. Auch keine Büffel. Auch keine Indianer. Es ist nicht der Wilde Westen.«

»Keine Indianer? Warum heißt der Staat dann eigentlich Indiana?«

Opal verdrehte die Augen und ließ den Rechen sinken. Sie untersuchte ihre Blase. Am besten klebte sie ein Pflaster drauf, bevor die Blase aufging.

»Sie haben sich weh getan«, sagte Aiello und nahm ihre Hand in die seine.

»Nur eine Blase.« Opal zuckte die Achseln und wollte ihre Hand wegziehen, aber Aiello hielt sie fest. Er kniete immer noch. Neben ihm stand der große, fest verschnürte Abfallsack.

»Würden Sie mir die Ehre erweisen?« fragte er. Opal runzelte die Stirn und versuchte erneut, ihm ihre Hand zu entziehen. Aber Aiello ließ sie nicht los. »Würden Sie mir die Ehre erweisen, meine Frau zu werden?«

Opal erstarrte. »Machen Sie Witze?« fragte sie. Aber Aiello schüttelte den Kopf. Sein Gesichtsausdruck war ernst. »Dann sind Sie von Sinnen«, sagte Opal, bemerkte aber sofort, welchen Schaden ihre gedankenlose Antwort angerichtet hatte.

Aiellos Augen wurden schmal. Dann senkte er den Kopf, so daß sie sein Gesicht nicht mehr sehen konnte, sondern nur noch den kreisrunden, kahlen Fleck auf seinem Hinterkopf. Er hatte ihre Hand losgelassen und stand langsam auf.

»Mr. Aiello, ich …«

»Ich habe sowieso nicht geglaubt, daß Sie ja sagen würden. Ich wußte, daß Sie zu gebildet sind und zuviel Klasse haben. Ich habe es eben probiert.«

Opal war sprachlos. Sie biß sich auf die Lippen. Sie hatte ihn nicht kränken wollen. »Nun, das war sehr nett von Ihnen.«

»He, ich bin ein netter Kerl.« Aiello sah sie an. Er schien sich bereits wieder erholt zu haben. »Ist es ein klares Nein oder eher ein Vielleicht?« hakte er nach.

»Es ist ein klares Nein«, sagte Opal. »Aber ich hoffe, daß wir dennoch Freunde bleiben können.« Dieser Satz, Bestandteil einer längst vergangenen Zeit ihres Lebens, kam ihr automatisch in den Sinn. Offenbar vergaß man so etwas nie.

»Kein Problem«, erwiderte Aiello und lud sich den Sack mit den Blättern auf die Schultern. Vielleicht, dachte sie, war er auch ein wenig erleichtert. Aber was sollte sie jetzt sagen? Genau in diesem Augenblick klingelte es an der Tür. Uff, durch die Klingel gerettet, dachte Opal.

»Haben Sie das gesehen?« fragte Roberta. Sie stand in der Tür. Ihr Mantel war offen, und der Schal hing ihr halb über den Rücken herunter. »Haben Sie das gesehen?« fragte sie noch einmal.

»Was gesehen?« fragte Opal.

»Die Rezension in der *Times*.«

Opal hatte die von letzter Woche noch nicht gelesen. Aber dann fiel ihr wieder ein, daß heute Montag war, der Tag, an dem die Buchhandlungen und Verlage die Vorabdrucke der Buchkritiken der folgenden Woche bekamen. »Lesen Sie das«, sagte Roberta und gab ihr die Buchkritik. Ihre Hand zitterte.

Opal nahm die Zeitung in eine Hand und ergriff mit der anderen den Ellenbogen ihrer Freundin. »Kommen Sie rein«, sagte sie. »Ich muß erst meine Brille suchen.«

»Hier, nehmen Sie meine«, sagte Roberta und hob die Brille hoch, die sie an einer Kette um den Hals trug. »Schnell.«

»Sie tun ja so, als würde die Tinte gleich verblassen«, sagte Opal, aber ihr Herz begann heftig zu klopfen. Nichts war wichtiger als eine Rezension in der *New York Times*. Die Zeitung gab nur selten preis, wer die Rezension geschrieben hatte oder zu welchem Zeitpunkt dies geschehen war. So mußte ein Buch manchmal monatelang auf eine Rezension warten, und wenn diese dann endlich kam, nützte sie dem Buch nichts mehr. Opal ging zum Fenster hinüber und setzte Robertas Brille auf. Die Rezension stand auf der unteren Hälfte der Seite elf. ›Posthume Würdigung‹ lautete die Überschrift, und darunter stand, in kleineren Buchstaben: ›Das erste und einzige Buch einer verstorbenen Autorin ist ein brillantes Werk.‹ Opal blinzelte. Ein großes Foto zeigte Terry. Es war in Robertas Buchladen aufgenommen worden, und der Untertitel besagte: ›Die Autorin Anfang letzten

Jahres, kurz vor ihrem Selbstmord‹. Opal fing an zu lesen. Die Rezension begann mit den Worten: ›Wir leben in einer Männerwelt.‹ Und dann: ›Aber noch nie ist uns das so deutlich, gefühlvoll und eindringlich klargemacht worden wie in *Die Verlogenheit der Männer,* dem ersten Roman der kürzlich verstorbenen Terry O'Neal. Und als wären das Buch an sich oder die äußerst fesselnde Geschichte noch nicht Beweis genug, wiederholt sich die Tragik ihrer wundervoll ausgearbeiteten Erzählung in dem tragischen Ende der Autorin.‹

Opal konnte nicht weiterlesen, da ihre Augen in Tränen schwammen. Um Himmels willen! Alles, was ihr dazu einfiel, war zu weinen! Tränen tropften auf das Papier. Sie hielt die Zeitung von sich weg, damit sie weiterlesen konnte, sobald sie sich etwas in den Griff bekommen hatte. Roberta ergriff ihre Hand. »Es kommt noch besser«, sagte sie. »Es ist eine richtige Lobeshymne.«

Aiello kam herein und sah von einer zur anderen. »Gibt es schlechte Nachrichten?« fragte er so direkt wie immer.

Roberta schüttelte den Kopf. »Terrys Buch hat eine überwältigend gute Rezension bekommen«, erklärte sie.

»Bringt das Geld ein?« fragte Aiello.

Roberta zuckte die Achseln. Bisher hatte ihre Briefkampagne offenbar noch keine Steigerung der Verkaufszahlen bewirkt. Einzig Mitchell Kaplan von Books & Books in Coral Gables und Cari Ulm von Bearly Used Books hatten reagiert. »Es wird schon noch *gelesen* werden«, sagte sie. Dann sah sie wieder Opal an. »Alles in Ordnung?« fragte sie.

»Ja«, antwortete Opal und wandte sich in Richtung Garten.

»Wollen Sie nicht weiterlesen?«

»Doch«, erwiderte Opal, »aber ich gehe in den Garten und lese es Terry vor.«

14

›Ein Roman sollte ein Erlebnis sein und eher emotionale Wahrheiten als rationale Schlußfolgerungen vermitteln.‹

Joyce Cary

Das Betriebsklima bei Davis & Dash hatte sich verändert. Emma war fest davon überzeugt, daß sie sich das nicht nur einbildete. Die Geschäftsberichte klangen nicht besonders gut: Obwohl Peet Trawleys Buch auf der Bestsellerliste immer höher kletterte, schien diese Saison für Davis & Dash finanziell nicht sehr erfolgreich zu werden. Die Biographie einer berühmten Persönlichkeit war eine Enttäuschung gewesen, und der Erlebnisbericht einer Geisel schien endgültig zu beweisen, daß die amerikanischen Leser der Leidensgeschichten schließlich doch überdrüssig geworden waren. Susann Baker Edmonds' Buch war bisher auch kein Erfolg beschieden gewesen, trotz der Arbeit, die Emma hineingesteckt hatte. Und Geralds Roman war alles andere als ein Bestseller, auch wenn er um einiges besser lief als sein letzter. In *Die Verlogenheit der Männer* und den Clapfish-Roman hatte sowieso niemand allzu große Erwartungen gesetzt, aber für alle war es eine große Überraschung, wie schlecht sich das Buch von Jude Daniels verkaufte. Es sah so aus, als müßten sie mit riesigen Rücklaufquoten rechnen. Emma zuckte die Achseln. Sie hatte nie daran geglaubt, daß das Buch für den Massenmarkt geeignet war – genausogut konnte man von einem Buch, das im Todestrakt eines Gefängnisses spielt, eine vergnügliche Urlaubslektüre erwarten. Nein, es war einfach zu düster. Emma war dankbar, daß sie mit dem Roman *Mit voller Absicht* nicht das geringste zu tun gehabt hatte. Sie wußte, daß Pam dafür ordentlich abgekanzelt werden würde, was wiederum bedeutete, daß man für den nächsten Herbst einen neuen Autor auftreiben mußte. Vielleicht war das der Grund, weshalb Lektoren immer eine gewisse hektische Unruhe ausstrahlten.

GOD würde Pam zwar die Knute spüren lassen, aber es ging das Gerücht um, daß David Morton begonnen hatte, Gerald Ochs Davis selbst die Knute spüren zu lassen. Letzte Woche war Mr. Morton unangemeldet hereingeschneit. Mehrere Sitzungen mußten abgebrochen werden, da GOD, Pam und Dickie Pointer in hastig einberufene Konferenzen zitiert wurden. Seit dies geschehen war, schien sich jeder in seinem Bau zu verkriechen – wie Tiere, die spüren, daß ein Raubtier die Gegend unsicher macht. Und Emma bildete da keine Ausnahme.

Das Telefon klingelte, und Emma nahm den Hörer ab.

»Unglaublich!« Ohne einleitende Worte, ohne ›Hallo‹ zu sagen, legte Alex gleich los. Seit dem Gespräch mit ihrem Bruder hatte Emma immer wieder überlegt, ob sie Alex anrufen sollte, es dann aber doch nicht getan. Alex' Stimme klang eher fröhlich als wütend. »Ist es nicht unglaublich?«

»Was denn, Alex?«

»Hast du's noch nicht gehört? Terry O'Neal ist für den Tagiter nominiert worden. Das ist der renommierteste Literaturpreis, der jedes Jahr vergeben wird. Nun, ich schätze, sie wird ihn nicht bekommen, außer er wird ihr posthum verliehen.«

»*Die Verlogenheit der Männer* wurde nominiert?«

»Ja. Ich habe dafür gesorgt, daß Pam das Buch angemeldet hat. Und ich habe läuten hören, daß es ein vielversprechender Kandidat ist. Das ist doch unglaublich, nicht? Wenn es den Preis erhält, werden sich viele Länder darum reißen, die Übersetzungsrechte zu bekommen.«

Emma waren die Auslandslizenzen völlig egal. Und auch das Prestige, das ein solcher Preis Davis & Dash einbringen würde. Das war ihr Buch, auch wenn Pam dafür den Ruhm eingeheimst hatte. Emma hatte es entdeckt, daran geglaubt und dafür gesorgt, daß es veröffentlicht wurde. Sie hatte recht behalten, und das machte ihr eine richtige Gänsehaut. »Weiß Mrs. O'Neal schon davon?« fragte Emma. Opal würde begeistert sein.

»Ich konnte es ihr noch nicht mitteilen. Bei ihr geht niemand ans Telefon. Kannst du dir vorstellen, daß sie keinen Anrufbeantworter hat?«

»Sie ist gerade unterwegs nach Pennsylvania, um einen Termin beim National Public Radio wahrzunehmen und Werbung für das Buch zu machen.« Emma schwieg und genoß das herrliche Gefühl, daß sich ihr Einsatz gelohnt hatte. »Glaubst du wirklich, daß es eine Chance hat zu gewinnen?«

»Ich weiß es nicht. Es ist eine riskante Sache«, gab Alex zu. »Aber es sind schon seltsamere Dinge passiert. Wenn es den Preis bekommt, schadet es Davis & Dash gewiß nicht.«

»Sicherlich nicht.« Emma lächelte. Von der Erkenntnis angespornt, daß ihr Instinkt bei *Die Verlogenheit der Männer* nicht getrogen hatte, setzte Emma nun auch bei Alex alles auf eine Karte. »Wie ist es? Sollen wir heute abend nicht ausgehen und ein wenig feiern?«

»Klar.«

Sie verabredeten eine Uhrzeit, und Emma legte auf. So gut hatte sie sich seit Wochen nicht mehr gefühlt. Vergeblich versuchte sie, Opal zu erreichen, und hinterließ dann in Wendys Büro und bei ihrer Kontaktperson bei NPR in Philadelphia eine Nachricht für sie. Sie wollte Opal die gute Neuigkeit gern selbst mitteilen.

Über das Schicksal von Davis & Dash wurden immer mehr Gerüchte laut – Köpfe würden rollen, das Personal solle abgebaut werden, Verkauf oder Schließung stünden an –, aber Emma war glücklich. Nach dem, was in den letzten zehn Jahren in der Verlagsbranche alles passiert war – gigantische Umstrukturierungen, Akquisitionen, Neuorganisation und Personalabbau –, konnte sie nichts mehr überraschen. Bisher hatte sie Glück gehabt. Bei Davis & Dash war sie nur ein kleiner Fisch und hoffte lediglich, ihren Job behalten und damit auch weiterhin die Miete bezahlen zu können. Aber jetzt war sie ganz aus dem Häuschen – schließlich war es unter anderem ihr zu verdanken, daß ein für den Tagiter nominiertes Buch veröffentlicht worden war, auch wenn ihr die Anerkennung dafür versagt bleiben würde. Wenn die Haie aus der Chefetage Gerald wirklich auf dem Kieker hatten, würde ihm die Nominierung nicht viel nützen, und Emma fragte sich, welche Auswirkungen das zu erwartende Erdbeben auf kleine Fische wie sie haben mochte.

Die angespannte Atmosphäre im Verlag hatte Emma dazu veranlaßt, neuerdings auswärts zu Mittag zu essen. Eigentlich hatte sie dafür weder Zeit noch Geld, aber zumindest konnte sie so eine Zeitlang den angstvollen Blicken der anderen entgehen. Sie beschloß, heute in die Sushi Bar zu gehen, die einige Blocks entfernt lag, um die guten Neuigkeiten und ihre Wiederannäherung an Alex zu feiern. Emma hatte die Kneipe erst vor einer Woche entdeckt. Sie war klein und dunkel, aber das Sushi war frisch und sogar erschwinglich. Als sie dort ankam, war es schon spät – fast halb drei. Sie setzte sich an die Theke und nickte dem Küchenchef zu. Nachdem sie ihre Bestellung – zwei California Rolls und Agae Tofu – aufgegeben hatte, saß sie müßig da und blätterte ein neues Manuskript durch.

In ihrem Rücken zog eine Kellnerin eine Reispapierwand auf und trat aus einem der drei separaten Eßzimmer. Der einzige Gast außer ihr verlangte die Rechnung, und dann kam Emmas Essen. Sie legte das Manuskript beiseite, säuberte ihre Hände mit dem heißen, feuchten Tuch, das man ihr gebracht hatte, und biß in die mit Krabben gefüllte Avocado. Sie war selig – dies war ihre ganz private Feier. Sie hatte sogar einen Sake bestellt. Genau in diesem Moment hörte sie Stimmen hinter sich.

»Ich sage Ihnen noch einmal, daß ich das nicht tun werde. Ich *kann* es nicht«, sagte die Stimme eines Mannes.

Emma schüttelte den Kopf. Die Leute benahmen sich immer unzivilisierter. Sie nahmen auf niemanden mehr Rücksicht, unterhielten sich im Kino und schrien in Restaurants herum. Nirgendwo hatte man seine Ruhe.

Die gemurmelte Antwort wurde von der männlichen Stimme unterbrochen, die nun noch lauter wurde. »Weder für weitere fünfzigtausend noch für hunderttausend. Davis & Dash verdient sich an meiner Arbeit eine goldene Nase. Ich habe ein Buch geschrieben, das auf Platz drei der Bestsellerliste steht, und ich kann noch nicht einmal jemanden dazu bewegen, meine Manuskripte zu lesen.« Wieder entgegnete die murmelnde Stimme etwas. Emma war inzwischen aufmerksam geworden, konnte aber nichts mehr verstehen. Wer stand auf Platz drei von welcher Liste? überlegte sie. Der einzige Erfolg, den Davis & Dash momentan verbuchen konnte, war das Buch von Peet Trawley, und der war tot. Aber sein Buch stand auf Platz drei der *Times*-Liste.

Emma nahm noch ein paar Bissen von ihrer California Roll. Dann brüllte der Mann: »Nein, das haben Sie nicht! Sie haben mich geschunden und gequält, aber Sie haben es nicht geschrieben. Ich habe jedes gottverdammte Wort geschrieben!«

Nach einem lauten ›Psst!‹ konnte Emma die Antwort seines Gesprächspartners verstehen. »Beruhigen Sie sich doch.« Sie spürte, wie sie eine Gänsehaut bekam. Es war Pams Stimme, ganz sicher. »Das ist ein gutes Geschäft für Sie, und Sie sollten es sich besser nicht verderben«, fuhr Pam den Mann mit rauher Stimme an. »Sie haben wirklich einen Hang zur Selbstzerstörung.«

»Scheiß drauf! Suchen Sie sich doch einen anderen Ghostwriter. Wenn es so ein tolles Geschäft ist, warum machen Sie es dann nicht selbst?« Es entstand eine kurze Pause, danach war nur Gemurmel zu hören und schließlich: »Ich will mehr Geld, oder Sie können Edina Trawley sagen, sie soll sich einen anderen suchen. Oder ich sage es ihr selbst.«

»Wagen Sie es ja nicht, mit Edina Trawley zu sprechen«, zischte Pam.

Emma wußte zwar nicht genau, um was es bei diesem Gespräch ging, aber mit Sicherheit war es nicht für ihre Ohren bestimmt. Mit leiser Stimme bat sie um die Rechnung. Sie warf einen bedauernden Blick auf das Tofu und das restliche Sushi, doch es war besser, möglichst schnell von hier zu verschwinden.

»Was ist los? Schmecken Ihnen die California Rolls nicht?« fragte der Koch und deutete auf ihren fast unberührten Teller.

Stumm zuckte Emma die Schultern und lächelte. Dann suchte sie in ihrer Handtasche nach ihrem Portemonnaie. Sie würde einfach einen Zwanziger hinlegen und zusehen, daß sie hier rauskam.

»Wollen Sie das Essen mitnehmen?«

»Nein«, flüsterte sie. »Ich muß los.«

Der Streit wurde noch lauter. »Ach ja?« hörte sie. »Nun, Daisy Maryles könnte vielleicht daran interessiert sein, sich meinen Vertrag anzusehen. Und bestimmt auch die Schriftstellervereinigung.«

Emma wußte, daß Daisy Maryles die Chefredakteurin bei *PW* war – sie schrieb auch die Kolumne ›Was hinter Bestsellern steckt‹. Emma warf das Geld auf die Theke, stand auf und bückte sich, um ihre Tasche aufzuheben. Aber gerade als sie sich anschickte zu gehen, wurde hinter ihr die Trennwand ganz zurückgeschoben, und ein ausgezehrter, dunkelhaariger Mann trat auf den Treppenabsatz. Emma kannte sein Gesicht, konnte es aber nirgendwo einordnen. Er hob seine Schuhe auf, blieb jedoch nicht stehen, um sie anzuziehen. Er hatte das Restaurant bereits verlassen, bevor sich Emma rühren konnte, und dann war es zu spät.

Auf der kleinen Tatamimatte vor ihr hockte Pam auf Händen und Knien. Sie sah auf und Emma direkt ins Gesicht.

»Pam!« rief Emma und heuchelte Überraschung. »Was für ein Zufall.«

»Ja«, erwiderte Pam. »Ein unglücklicher Zufall.«

15

›Jeder Schriftsteller verfolgt beim Schreiben ein anderes Ziel – und oft sogar mehrere Ziele, die durchaus widersprüchlich sein können.‹

Irwin Shaw

San Diego war eine sehr hübsche Stadt, doch Susann hatte kein Auge dafür. Für sie zählte jetzt nichts außer den Verkaufszahlen ihrer Bücher. Das Fenster ihres Hotelzimmers – von dem aus man den Hafen und den Jachthafen sehen konnte, wo sich die Sonne im Wasser spiegelte – hätte ebensogut auf eine schmutzige Backsteinmauer hinausgehen können, denn die Aussicht bereitete ihr keine Freude. Sie war bereits angekleidet. Dies war der letzte Tag ihrer Reise. Sie mußte hier noch eine Signierstunde abhalten, und dann ging es zurück nach New York, wo ein Interview im Satellitenfernsehen und noch ein Dutzend andere bei verschiedenen Radiosendern und Fernsehshows auf sie warteten. Aber das würde alles in einem bequemen Studio in der Park Avenue vonstatten gehen.

»Bist du bereit, Susann?« fragte Edith. Susann nickte, obwohl sie noch nie in ihrem Leben so erschöpft gewesen war. Sie wagte es nicht, einen Blick in den Spiegel zu werfen – wahrscheinlich würde sie das so demoralisieren, daß sie nicht mehr den Mut hätte, sich in dem Buchkaufhaus in der Innenstadt sehen zu lassen.

Sie hatte sehr hart gearbeitet, das konnte niemand leugnen. Bei ihrem letzten Aufenthalt, in Los Angeles, hatte Alf sich mit ihnen getroffen und ihnen die frohe Botschaft überbracht, daß die Verkaufszahlen nach oben kletterten und ein Fernsehsender Interesse an einer Miniserie bekundet habe. Aber die Besprechung bei NBC war eine Katastrophe gewesen. Offenbar hatte Alf die Begeisterung des Senders schlicht überschätzt, was beide Seiten in Verlegenheit brachte. Sie hatte versagt. Die Tage, ja Wochen, die sie unterwegs gewesen war, ihr Lächeln, ihre einsamen Nächte und all die Unannehmlichkeiten der Reise – all das hatte nichts genützt, denn sie stand immer noch nicht auf der Bestsellerliste der *Times*. Das Buch war zunächst zwischen Platz siebzehn und zwanzig hin und her gependelt, dann unter die Zwanzig gerutscht, um schließlich auf Platz siebzehn hängenzubleiben.

»Gehen wir«, sagte Edith, und Susann folgte ihr wie eine willenlose Marionette. In jeder Stadt die gleiche Prozedur: wieder einen Hotelflur hinuntergehen, wieder einen Lift betreten, wieder eine Empfangshalle durchqueren und wieder in einen wartenden Wagen steigen!

Beide schwiegen. Sie hatten so viele Stunden zusammen verbracht, daß nicht mehr viel zu sagen blieb. Aber Ediths Gegenwart tröstete Susann. Und noch war nicht alles vorbei. Heute war Mittwoch, und abends würde die *New York Times* den Abonnenten zu deren Vorabinformation die neue Liste zufaxen. Vielleicht, nur vielleicht … Susann mußte an Robert James Waller und Alexandra Ripley denken, die Tausende von Exemplaren ihrer Bücher vorab signierten. Sie seufzte tief auf.

»Es ist schließlich kein Weltuntergang«, sagte Edith und tätschelte Susanns Arm.

»Nein«, stimmte Susann ihr zu. »Nur das Ende meiner Karriere.«

»Ach, schwelgen wir vielleicht ein wenig in Selbstmitleid?«

Susann sah auf ihre knotigen Finger hinunter. »Ist das nicht mein gutes Recht?« fragte sie.

»Recht? Ganz sicher nicht. Man kann sich selbst bemitleiden, wenn man will, aber ein Recht darauf hat sicherlich niemand. Hast du nicht mehr erreicht, als du dir je hättest träumen lassen? Ist es bis jetzt nicht ganz gut für dich gelaufen?«

»Ja«, sagte Susann, »aber ich will nicht, daß es schon aufhört.« Sie hatte das Gefühl, als ob noch etwas fehlte – vielleicht, weil sie erst spät angefangen hatte zu schreiben. »Ich will nicht, daß sich etwas ändert. Warum auch?«

»Weil nichts statisch ist«, sagte Edith. »Das liegt in der Natur der Dinge.«

»Aber«, sagte Susann und zog eine Schnute, »ich will nicht, daß sich jetzt schon etwas ändert.«

»Dann bist du einfach nur habgierig«, sagte Edith, milderte aber ihre Worte etwas ab, indem sie Susanns Arm tätschelte.

Sie kamen zu früh, wie immer. Das Buchkaufhaus war eines der größten der Kette, und Susann hatte vor zwei Jahren schon einmal eine Signierstunde hier abgehalten. »Wer ist hier der Geschäftsführer?« fragte sie Edith.

Edith sah auf einer Karte nach, die sie ihrer Handtasche entnahm. »Stacy Malone«, sagte sie. »Aber Stacy ist gerade im Mutterschaftsurlaub, deshalb treffen wir uns mit dem stellvertretenden Geschäftsführer, John Brooks. Frag nach Stacys Baby.« Edith sammelte Informationen über jeden Buchladen, in dem sie schon einmal gewesen waren, und korrespondierte (in Susanns Namen) mit vielen Geschäftsführern.

»Haben wir Stacy etwas für das Baby geschickt?« fragte Susann.

»Du hast ihm einen Pullover gestrickt«, sagte Edith lächelnd.

Susann warf einen Blick auf ihre Hände. »Ich schätze, wir sollten uns mal etwas anderes einfallen lassen«, murmelte sie. Sie stiegen aus und betraten das Kaufhaus, um John Brooks zu begrüßen.

Das fröhliche Treiben im Laden richtete Susanns Selbstbewußtsein wieder auf. So liebte sie Buchläden: Der ganze Wirbel galt ihr, und sie hatte Gelegenheit, mit ihren Lesern direkten Kontakt aufzunehmen. John Brooks hatte alles sehr hübsch vorbereitet; auf dem Tisch lag eine Tischdecke, und darauf stand eine Vase mit Blumen – allerdings nur Chrysanthemen.

»Es warten schon mehr als hundert Leute«, sagte John. »Sieht so aus, als würde es wirklich eine großartige Signierstunde werden. Stacy wäre auch gern gekommen.«

»Nun, das Baby ist wichtiger als ich«, sagte Susann lächelnd.

»Möchten Sie vielleicht Ihre Sachen nach hinten bringen?« fragte John mit einem Lächeln. »Ein paar von unseren Mädchen würden Sie gern kennenlernen und sich ihre Bücher signieren lassen.«

»Natürlich«, antwortete Susann. Wieso war das Interesse an ihr so groß, wieso waren so viele Leute hier, und wieso schaffte ihr Buch dennoch nicht den Sprung auf die Liste? Sie wußte, daß die Buchtour noch keinen Einfluß auf die aktuelle Liste hatte nehmen können, denn diese wurde auf der Basis der zwei Wochen zurückliegenden Verkaufszahlen zusammengestellt. Aber sie hatte das Gefühl, daß sich diese Reise und ihre Ausdauer noch auszahlen würden und sie dann endlich die heißersehnte Belohnung erhielte. Diese Woche würde es soweit sein.

Die Angestellten warteten im Lagerraum auf der Rückseite der Buchhandlung. »Sie haben einen wunderschönen Pullover gestrickt«, sagte eines der Mädchen.

»Er hat Stacy sehr gefallen«, sagte ein anderes. »Sie läßt liebe Grüße ausrichten.«

Eine dritte Angestellte zog das Foto einer jungen blonden Frau hervor, die ein überraschend dunkles Baby im Arm hielt. »Das ist Thomas«, sagte eine.

»Ach, ist der süß!« flötete Susann. »Und Stacy sieht großartig aus. Sie hat durch ihre Schwangerschaft offenbar gar nicht zugenommen.«

Es entstand ein peinliches Schweigen. Susann sah von einem zum anderen, während die Angestellten Blicke tauschten und es vermieden, ihr in die Augen zu sehen. Hatte sie etwas Falsches gesagt? John Brooks räusperte sich. »Ihr Publikum wartet bereits«, sagte er und öffnete die Tür, um Susann zu ihrem Tisch zu begleiten. Edith folgte ihr.

»Das war nicht Stacy«, flüsterte Edith. »Stacy ist schwarz.« Susann schüttelte den Kopf. Das hier war die sechzigste Buchhandlung auf ihrer Reise. Sie konnte doch nicht jede Kleinigkeit im Kopf behalten. Wie hätte sie das wissen sollen? Sie setzte sich an den Tisch. Wegen ihres Fauxpas war sie noch etwas verlegen, lächelte aber trotzdem strahlend. Vor ihr befand sich eine lange Warteschlange, und hinter ihr lag ein riesiger Stapel Bücher, die darauf warteten, signiert zu werden. John Brooks tätschelte ihre Schulter.

»Sie werden einiges zu tun haben«, sagte er. »Es ist wirklich eine Erleichterung, einen Profi wie Sie hier zu haben. Letzten Monat hatten wir eine Signierstunde mit einem Autor vereinbart, der nie aufgetaucht ist. Er hat nicht einmal angerufen.« Er schüttelte den Kopf. Dann lächelte er Susann zu und warf einen Blick auf die Menschenmenge. »Das ist großartig«, sagte er. »Es ist wirklich nett, noch etwas einschieben zu können, bis Wallers Buch nächste Woche herauskommt.«

Susann erstarrte. Sie umklammerte die Armlehne ihres Stuhls so fest, daß ihre Hände schmerzten. »Einschieben?« wiederholte sie und drehte sich zu Edith um. »Nächste Woche kommt ein neues Buch von Waller raus?«

Der stellvertretende Geschäftsführer nickte. »Wir haben die Exemplare heute erhalten.«

Susann sah von Edith zu dem Manager und von ihm auf die Menschenmenge. Waller würde sie aus der Liste werfen! Es würde keinen Platz, keine Lücke geben, die sie ausfüllen konnte. Susann schluckte. Ein Lückenbüßer. Das war sie jetzt. Wie hatte dieser Junge es gerade genannt? Einen Einschub. Susann wandte sich wieder der Menge zu und brach in ein unkontrolliertes Schluchzen aus.

16

›Ich muß sagen, daß ich viele grimmigere Kritiker habe als mich selbst.‹

Irwin Shaw

Gerald trommelte mit den Fingern auf seiner Armlehne herum, während Dickie weiter seinen Bericht herunterleierte. Er warf einen Blick auf den Ausdruck. Nach all den Jahren konnte er diese verdammten Dinger immer noch nicht lesen. Sie waren einfach zu verwirrend und unübersichtlich, aber vermutlich sollte er dafür dankbar sein. Wären sie klarer aufgebaut, wäre es für ihn viel schwieriger, wenn nicht sogar unmöglich, Verkaufszahlen ›auszuleihen‹. Doch *Zweimal in den Schlagzeilen* lief trotz der zusätzlich verbuchten ›Verkäufe‹ nicht gut genug. Nun, vielleicht war es auch noch zu früh. Der offizielle Erscheinungstermin war erst in einer Woche. Es blieb ihm also noch genug Zeit. Zudem hatte Gerald seine Bemühungen bezüglich seiner Präsenz in den Medien und der Werbung für sein Buch verdoppelt. Am Nachmittag wollte er noch einmal mit Wendy Brennon die Werbestrategie durchsprechen, und wenn sie sich nichts Neues hatte einfallen lassen, konnte sie sich nach einem anderen Job umsehen.

Mrs. Perkins, die heute ein Kleid mit einem ländlichen Motiv trug, betrat den Konferenzraum, ging um den Tisch herum und reichte Gerald einen pinkfarbenen Notizzettel. Während einer Vetreterkonferenz war Gerald für niemanden außer für David Morton zu sprechen, das wußte sie. Er sah Mrs. Perkins an und runzelte unwillig die Stirn, weil sie es gewagt hatte, ihn zu stören. Trotzdem warf er einen Blick auf den Notizzettel. Er las: ›Ihr Vater ist am Telefon. Schlechte Nachrichten.‹ Gerald zuckte die Achseln. Er hatte nichts mehr von seinem Vater gehört, seit die Leseexemplare seines Romans verschickt worden waren. Also mußte es sich um einen Notfall handeln. Entweder ging es seiner Mutter wesentlich schlechter, oder sie war sogar gestorben. Nun, schließlich war sie bereits seit mehr als einem Jahrzehnt so gut wie tot.

Eine Sekunde lang spielte Gerald mit dem Gedanken, seinen Vater vor den Kopf zu stoßen, ihn zuerst warten und ihm dann durch Mrs. Perkins mitteilen zu lassen, daß sein Sohn in einer Besprechung und unabkömmlich sei. Aber das wäre kindisch. Am besten ergab er sich in sein Schicksal und half bei den notwendigen Vorbereitungen, welche auch immer das sein mochten. Vielleicht ließ sich dadurch ihr kleiner Zwist beilegen. Er überlegte, ob ihm sein schwarzer, zweireihiger Anzug wohl noch paßte, da er in letzter Zeit ziemlich zugenommen hatte.

Er nickte und verließ das Zimmer, ohne sich zu entschuldigen. Dickie unterbrach sich, aber Gerald hörte ihn bereits weiterreden, noch bevor er die Tür ganz geschlossen hatte. Mrs. Perkins, die einen Hang zum Melodramatischen hatte, war kreidebleich. »Er sagte, es sei sehr dringend«, flüsterte sie, obwohl der Flur leer war. Gerald nickte gelassen und ging in sein Büro. Er überlegte, wie lange Senior wohl schon am Telefon hatte warten müssen.

Mrs. Perkins folgte ihm in sein Büro, als wollte sie ihm moralischen Beistand leisten. Diese Frau war einfach zu dreist. Er sah sie an und zog eine Augenbraue hoch. »Bitte, schließen Sie die Tür, wenn Sie hinausgehen«, sagte er kalt und hob den Hörer ab. Sie ging.

»Hallo, Gerald. Bist du dran?«

»Hallo, Vater. Ist Mutter …«

»Deiner Mutter geht es gut, Gerald.« Er zögerte, wie immer um Ehrlichkeit bemüht. »Nun, so gut, wie es in ihrem Zustand eben möglich ist. Gott sei Dank bekommt sie das alles nicht mehr mit. Ich glaube nicht, daß sie es ertragen könnte.«

War Senior womöglich selbst krank? Krebs? Gerald stand neben seinem Schreibtisch. Offenbar ging seine Fantasie mit ihm durch. Aber was mochte der Grund für diesen dringenden Anruf sein? »Was ist los, Vater? Geht es dir nicht gut?«

»Nein, ganz sicher nicht, und dir bestimmt auch gleich nicht mehr. Doch der eigentliche Anlaß ist Onkel Bob.«

»Onkel Bob Ochs?« fragte Gerald.

»Richtig, dein Onkel Bob Ochs«, fuhr sein Vater ihn an. »Der Mann, dessen Privatleben du um des schnöden Mammons willen ins Rampenlicht gezerrt hast. Der Bruder deiner Mutter. Der Mann, der einen fürchterlichen Skandal ausgelöst und ihn später durch untadeligen Lebenswandel wiedergutgemacht hat. Der erst in den letzten Jahren ein wenig Ruhe und Frieden gefunden hatte. Dein Onkel, der sich heute morgen das Gehirn aus dem Schädel geblasen hat.«

»Was?« Gerald sank auf seinen Stuhl. »So etwas kann er doch nicht getan haben! Er war schon so alt.«

»Nicht zu alt, um auf den Abzug einer Fünfundvierziger zu drücken«, sagte Senior eisig. »Nicht zu alt, um die versteckten Anspielungen und den wiederauflebenden Klatsch ignorieren zu können, den du heraufbeschworen hast.«

»Wann ist das passiert?« brachte Gerald mit Mühe heraus.

»Letzte Nacht oder am frühen Morgen. Seine Haushälterin hat ihn gefunden. Leider hat sie nicht mich angerufen, sondern die Polizei. Ich fürchte, die Zeitungen werden sich auf die Geschichte stürzen.«

Gerald sagte nichts. Er hatte seinen Onkel kaum gekannt. Gelegentlich hatte er ihn bei Familienfesten getroffen und ihm natürlich an Weihnachten und zum Geburtstag die obligatorischen Geschenke geschickt. Aber darüber hinaus erinnerte er sich nur schemenhaft an ihn. Trotzdem – die Erkenntnis, daß er seinen Tod verschuldet hatte, erfüllte Gerald mit Panik, wenn auch nur kurz. Schließlich war er noch nie zuvor für den Tod eines anderen Menschen verantwortlich gewesen, auch wenn es sich jetzt nur um den Tod eines Zweiundachtzigjährigen handelte, den er kaum gekannt hatte.

»Das tut mir sehr leid«, sagte Gerald. »Bist du sicher, daß sein Tod mit dem Buch in Zusammenhang steht?«

»Stell dich doch nicht dumm«, fauchte Senior. »Natürlich war es das Buch. Charles hat mir erzählt, daß Bob nicht mehr in seinen Club gegangen ist. Seit achtzehn Jahren hatte er dort an jedem Werktag zu Mittag gegessen, aber seit Erscheinen deines Buches ließ er sich nicht mehr blicken. Als ich Bob anrief, war er tief betroffen, aber ich habe nicht bemerkt, daß es so schlimm um ihn steht. Natürlich nicht, sonst hätte ich etwas unternommen. Offensichtlich hat er danach das Haus überhaupt nicht mehr verlassen. Die Haushälterin erzählte mir, daß er immer wieder vor sich hin murmelte, jeder wisse es, alle starrten ihn an und zeigten mit dem Finger auf ihn.«

»Das ist doch lächerlich«, sagte Gerald. »So gut verkauft sich das Buch nun auch wieder nicht. Und wie sollen die Leute überhaupt wissen, daß er es war?«

»Es war seine fixe Idee, Gerald«, erklärte ihm Senior im gleichen Tonfall wie früher, wenn Gerald in der Schule etwas nicht kapiert hatte. »Aber *du* hast diese fixe Idee genährt.« Der alte Mann schwieg, und Gerald versuchte sich gegen das zu wappnen, was nun unweigerlich kommen würde. »Ich hatte dich gebeten, dieses Buch nicht zu veröffentlichen, Gerald. Du hast mir versichert, daß du es bleiben ließest, oder mich wenigstens veranlaßt, das zu glauben. Und dann hast du es, ohne auch nur eine Zeile zu ändern, doch veröffentlicht. Du hast den Tod deines Onkels auf dem Gewissen, und wenn deine Mutter das wüßte, würde es auch sie umbringen. Dein Vorgehen war außerordentlich selbstsüchtig und feige, und ich bin zutiefst enttäuscht von dir. Von nun an darfst du nicht mehr mit meiner Unterstützung rechnen. Für diese Tat gibt es keine Entschuldigung. Dein Onkel Bob war sehr unzugänglich. Er lebte zurückgezogen und versuchte die Dämonen seiner eigenen Vergangenheit zu bekämpfen. Aber solch einen Tod hatte er nicht verdient. Sie sind immer noch dabei, sein Gehirn von der Wand zu kratzen.« Seine Stimme versagte.

Gerald fragte sich, ob er vielleicht weinte. Aber Senior holte nur tief Luft und fuhr dann unbarmherzig fort: »Du bist habsüchtig und willst immer höher hinaus. Von klein auf hast du mehr Privilegien und Geld gehabt als die meisten anderen Menschen, aber das war dir nie genug. Und im Laufe der Zeit hast du immer mehr moralische Prinzipien über Bord geworfen. Ich bin wirklich sehr, sehr enttäuscht von dir.«

Gerald öffnete den Mund, um zu protestieren oder sich zu entschuldigen, aber bevor er sich entschieden hatte, war die Leitung tot, und kurz darauf ertönte das Freizeichen. Langsam legte er den Hörer auf die Gabel.

Dann saß er eine Zeitlang in Gedanken versunken da. Nun, es war natürlich nicht gerade schön, daß sein Onkel sich das Leben genommen hatte, aber schließlich war er *zweiundachtzig* gewesen. Und vermutlich auch nicht mehr ganz richtig im Kopf. Das war seine Schwester schließlich auch schon seit Jahren nicht mehr. War das Ganze also wirklich so tragisch? Was konnte ein Mann in diesem Alter denn schon noch erwarten? Auch wenn sein Vater ihm unterstellt hatte, daß er die Schuld an seinem Tod trage – das stimmte nicht. Schließlich hatte Gerald nirgendwo den Namen seines Onkels erwähnt und zudem viele Details abgewandelt. Niemand hatte also mit dem Finger auf Robert Ochs zeigen können. Der einzige Finger, der ihn umgebracht hatte, war sein eigener gewesen – derjenige, der den Abzug gedrückt hatte. Eigentlich habe ich ihn in dem Buch ganz sympathisch dargestellt, dachte Gerald. Und soweit ich weiß, hat er es nicht mal *gelesen.*

Und dann kam ihm plötzlich eine Idee, die langsam Form annahm. Würden sich die Medien auf die Geschichte stürzen? Und wenn *ja*, würde sich das positiv auf die Verkaufszahlen von *Zweimal in den Schlagzeilen* auswirken? Schließlich, überlegte er, war Bob ja bereits tot. Und sonst lebte von den Beteiligten niemand mehr. Ihm tat es also nicht mehr weh, und Gerald konnte davon profitieren. Es kam nur darauf an, wieviel Staub aufgewirbelt wurde. Und Zeitungsmeldungen konnten den Skandal noch einmal aufleben lassen. Gerald würde eine Erklärung abgeben, wie sehr ihn diese Tragödie erschüttert habe und daß er untröstlich über den schmerzlichen Verlust sei. *People* könnte einen Bericht über ihn, die Tragödie und seine Schuldgefühle bringen. Solche Berichte wurden gern gelesen.

Gerald beugte sich vor und rief Mrs. Perkins über die Sprechanlage.

»Alles in Ordnung?« fragte sie. Ihre morbide Neugier stieß ihn ab.

»Schaffen Sie mir Wendy Brennon her. Sofort«, schnauzte er sie an.

17

›Ab einem bestimmten Punkt müssen all jene von uns, denen es um die sogenannte *Wahrheit* geht, genauso um unsere Realität kämpfen wie diejenigen, die gegen uns kämpfen.‹

Nikki Giovanni

»Und Sie haben das Buch tatsächlich nie gelesen, solange Ihre Tochter noch lebte?«

Bei dieser Frage traten Opal Tränen in die Augen, und sie mußte blinzeln. Im Prinzip war das nicht schlimm, denn sie war im Studio von National Public Radio, und die Zuhörer konnten ihr Gesicht nicht sehen. Sie mußte nicht viel tun – sie brauchte nur Terry Gross' Fragen zu beantworten, und sie durfte vor dem Mikrofon auf keinen Fall mit den Blättern rascheln.

»Im Laufe der Jahre habe ich einige Passagen gelesen, Terry«, sagte Opal. Aber es war so wenig gewesen, viel zu wenig. Ihre Tochter hatte sich immer abgeschottet, war einsam und verbittert gewesen. Opal blinzelte noch einmal, um die Tränen zurückzudrängen.

Es tat weh, diese Frau mit dem Namen ihrer Tochter anzusprechen. Als hätte sie das intuitiv gespürt, streckte Terry Gross ihre Hand aus und legte sie kurz auf Opals Arm.

»Das Wichtigste ist, daß wir es hier mit einem herrlichen Buch – einem brillanten Buch – zu tun haben. Es zeigt das emotionale Versagen der amerikanischen Männer auf, ihre Unfähigkeit zu lieben und ihre Verantwortungslosigkeit gegenüber sich selbst und ihren Familien«, sagte Terry Gross, während Opal sich wieder sammelte und dann zustimmend nickte.

»In unserem Land gibt es unzählige alleinstehende Mütter und vaterlose Kinder. Das heißt, die Väter haben sich aus dem Staub gemacht. Der Vater meiner Tochter war auch so einer«, erzählte Opal. »Und diese Verantwortungslosigkeit tritt in diesem Land in vielen Bereichen zutage, nämlich überall dort, wo eben diese Männer das Sagen haben. Und diese Tragödie zeigt Terrys Buch auf.«

»Soviel ich weiß, ist das Manuskript beinahe verlorengegangen.«

»Nicht verlorengegangen. Zerstört worden. Meine Tochter hat es vor ihrem Tod zusammen mit allen Unterlagen verbrannt. Nur durch Zufall hatte ein Verleger noch eine Kopie davon zurückbehalten und sie mir zugeschickt.«

»Erstaunlich!«

Dieser Kommentar irritierte Opal. »Was ist erstaunlich? Daß das Manuskript meiner Tochter siebenundzwanzigmal abgelehnt wurde? Ich persönlich finde nur die siebenundzwanzig Absagen erstaunlich.«

»Und wie haben Sie es dann geschafft, eine Veröffentlichung des Buches zu erreichen?« fragte Miß Gross. »Hatten Sie Beziehungen? Kannten Sie einen Agenten oder sonst jemanden aus der Verlagsbranche?«

Opal schnaubte. »Davon gibt es in Bloomington, Indiana, leider nicht allzu viele.« Dann erzählte sie, wie sie einen Verlag nach dem anderen abgeklappert hatte.

Pam Mantiss und Wendy Brennon hatten bei diesem Teil der Geschichte Bedenken gehabt und deshalb darauf bestanden, daß Opal an einem Kurs für Kommunikationstraining teilnahm. Dieser Kurs hatte darin bestanden, daß eine zu stark geschminkte Frau sie vor eine Videokamera setzte und dann vorgab, sie zu interviewen. Anschließend mußte sich Opal das Video ansehen, während die Frau Kritik übte. Das Ganze war ziemlich lächerlich gewesen. Das einzige, was Opal danach geändert hatte, war ihre Frisur – als sie sich auf Video gesehen hatte, war ihr klargeworden, daß sie eine neue Dauerwelle brauchte. Pam hatte sie angewiesen, kurze Antworten zu geben sowie den Buchtitel und Davis & Dash so oft wie möglich zu erwähnen. Doch nun beantwortete Opal schlicht und einfach nur Miß Gross' Fragen. Das schien ihr genug.

Wendy und Pam hatten es für das Beste gehalten, mit einem Radiointerview anzufangen, um zu sehen, wie sie damit zurechtkam. Seit der Rezension in der *Times* hatte sich viel verändert. Dieses Band sollte an Elle Halle geschickt werden, die bereits erwog, eine Show über Terry zu machen. Opal weigerte sich immer noch, in den reißerisch aufgemachten Shows aufzutreten. Pam hatte gebettelt, gedroht, sogar ein paar Krokodilstränen vergossen und sie mit Geld zu ködern versucht, damit sie ihre Meinung änderte, aber Opal war standhaft geblieben. Sie würde nur in Shows auftreten, deren Moderator das Buch tatsächlich gelesen hatte und in denen sich das Gespräch nicht um Persönliches, Klatsch, Terrys Selbstmord oder Opals selbstlosen Einsatz drehte, sondern um *Die Verlogenheit der Männer* selbst. Terry Gross' Sendung ›Fresh Air‹ bei NPR war intelligent und hatte Opal zugesagt. Danach würde sie noch an Connie Martinsons Show im Kabelfernsehen und der Elle-Halle-Show teilnehmen. Und damit Schluß.

Miß Gross nahm nun das Buch in die Hand und begann daraus vorzulesen. Normalerweise bat sie den Autor – oder in diesem Fall Opal – darum, doch Opal hatte abgelehnt, da es ihr zu nahe ginge. Miß Gross las gut. Opal war Zeuge, wie die Worte ihrer Tochter über den Äther verbreitet wurden und den Weg zu Zehntausenden, ja vielleicht sogar Hunderttausenden von Menschen fanden. Sie konnte es immer noch kaum glauben, daß dieser ersehnte Tag endlich gekommen war. Opal war sehr zufrieden. Damit war ihre Arbeit getan – Terrys Buch war unsterblich geworden. Jetzt würden sich Leser finden. Von nun an mußte sie sich nicht mehr selbst darum kümmern. Sie konnte nach Hause zurückkehren.

»Opal O'Neal, es war mir eine Ehre, daß Sie heute bei mir zu Gast waren«, sagte Miß Gross abschließend.

»Vielen Dank. Und auf Wiedersehen, Terry.« Opal fand es erneut seltsam, Terry Gross so anzusprechen. Sie hatte gerade vor Tausenden von Zuhörern ›Auf Wiedersehen, Terry‹ gesagt. Ja, vielleicht war es an der Zeit, endlich ›auf Wiedersehen‹ zu sagen.

Terry Gross sprach noch ein paar Sätze in das Mikrofon. Aber dann, kurz vor Ende der Sendung, schien es in dem Regieraum, in dem Wendy Brennon und die Aufnahmeleiter mit den Kopfhörern saßen, einen kleinen Tumult zu geben.

Im Studio konnte man nicht hören, was dort gesprochen wurde, doch sie sahen, daß Wendy plötzlich wie ein Gummiball auf und ab hüpfte. Einer der Techniker hielt den Daumen hoch, während ein anderer eine Notiz auf ein Stück Pappe kritzelte. Wendy hielt das Schild hoch. Opal sah über das Mikrofon, das Gewirr der Kabel und die Kontrolleiste hinweg auf das Schild.

›*Die Verlogenheit* Hauptanwärter auf den Tagiter‹, stand da – und vielleicht zum erstenmal in der Geschichte von National Public Radio waren sowohl Gast als auch Moderator sprachlos.

18

›Ich hielt es immer für besser, ohne Koautor zu schreiben – wenn nämlich zwei Leute am gleichen Buch arbeiten, glaubt jeder von beiden, daß er allein die ganze Arbeit macht, aber nur die Hälfte der Tantiemen dafür bekommt.‹

Agatha Christie

Judith hatte die ganze Wohnung auf den Kopf gestellt, Daniels Schreibtisch, sein Aktenkoffer, sein Büro in der Universität durchsucht und sogar noch einen Blick in Cheryls Wohnung geworfen, aber nicht eine einzige

Seite oder Notiz von *Mit voller Absicht* gefunden. Sie konnte es nicht fassen. Wie konnten all die Entwürfe, ihre Notizen und die Kopie das Manuskriptes plötzlich verschwunden sein? Sie rief sich noch einmal den Umzug ins Gedächtnis. Hatte sie all die Papiere in ihrem Büro selbst zusammengepackt, oder war das Daniel gewesen? Hatten sie überhaupt alle Unterlagen mitgenommen, oder hatten sie welche weggeworfen?

Ihr war übel. Aber es war nicht die übliche morgendliche Übelkeit; die hatte bereits aufgehört. Sie fühlte sich miserabel, weil sie sich einsam, betrogen und verlassen vorkam. Daniel war unterwegs, auf seiner Lesetour. Er hatte sie zwar von Chicago, Los Angeles und Dallas aus angerufen, aber nur um zu fragen, ob sie immer noch ›störrisch‹ sei. Und das war sie in der Tat immer noch.

Judith legte schützend eine Hand auf ihren Bauch. Heute abend kam Daniel zurück, und sie wollte ihm – bildlich gesprochen – die Pistole auf die Brust setzen. Schon den ganzen Tag über hatte sie sich Mut zu machen versucht und zudem viermal bei Diana La Gravenesse angerufen, um mit ihr noch einmal alles durchzusprechen. Selbst jetzt, da Daniel jede Sekunde zur Tür hereinkommen konnte, schien es ihr unglaublich, daß sie ihm tatsächlich drohen würde. Aber Diana und sie waren übereingekommen, daß ihr wohl keine andere Wahl blieb. So ließ sich Daniel bestimmt dazu bewegen, sich um sein Kind und seine Frau zu kümmern. Tief in ihrem Herzen hoffte – nein, glaubte – Judith immer noch, daß Daniel wieder Vernunft annehmen würde. Daß ihn momentan die Aufmerksamkeit, die ihm zuteil wurde, völlig aus dem Gleichgewicht gebracht hatte, er sich aber nach einer gewissen Zeit daran gewöhnen und sich wieder fangen würde.

Aber selbst Judith konnte nun nicht länger die Augen vor der Tatsache verschließen, daß dieser Zustand schon relativ lange anhielt. Früher war Daniel aufgeschlossen, zärtlich, verantwortungsvoll und nicht gern unter Leuten gewesen. Der ›neue‹ Daniel hatte mit dem alten nichts mehr gemein. Er war verschlossen, kalt und unzuverlässig, und offenbar liebte er sein neues Leben.

Judith seufzte. Ihre Handflächen waren feucht, und aus ihren Achselhöhlen tropfte der Schweiß. Ihr war nicht wohl bei dem, was sie vorhatte, aber blieb ihr eine andere Wahl? Sie konnte die Unterlagen, um die Diana sie gebeten hatte, nicht finden. Sie mußte an das Scheckbuch denken, das Daniel auf seinen Namen hatte ausstellen lassen. Selbst das war verschwunden. Bevor er zu seiner Reise aufgebrochen war, hatte er ihr fünfhundert Dollar gegeben und ihr mitgeteilt, er werde in zwei Wochen zurückkehren. Dann hatte er noch angemerkt, daß auf ihrem Gemeinschaftskonto weitere fünfhundert Dollar lägen, falls sie sich doch noch entschließen sollte, ›sich der Behandlung zu unterziehen‹. Judith schauderte. Das auf den Namen Jude Daniel eröffnete Konto hatte er mit keinem Wort erwähnt. Vermutlich hatte sie also nichts zu verlieren, wenn sie Daniel entgegentrat und ihre Rechte einforderte. Trotzdem hatte sie das unangenehme Gefühl, es könne für sie gefährlich werden. Warum schreckte sie eigentlich – trotz der Art und Weise, wie Daniel sie behandelte – immer noch davor zurück, ihm mit einer Klage zu drohen?

Judith wollte zwei Dinge, aber Diana hatte ihr gesagt, daß sie wahrscheinlich nur eines davon bekommen würde: Entweder sie machte ihre Beteiligung an dem Buch publik, oder sie behielt ihren Ehemann. Diana glaubte nicht, daß sie beides haben konnte, und sie hatte Judith die Entscheidung überlassen, was ihr wichtiger war.

Judith würde Daniel also drohen. Ihr blieb ganz einfach keine andere Wahl, sie mußte diesen Schritt tun. Aber sie hoffte auch, daß er ihre Beweggründe einsah. Sie wollte fair behandelt und für ihre Arbeit anerkannt werden, aber sie wollte auch Daniel behalten. Sie hegte immer noch die Hoffnung, daß sie bekommen konnte, was Diana für unmöglich hielt – nämlich beides.

Als sie den Schlüssel in der Tür hörte, strich sie sich unwillkürlich den Pony glatt – als ob das etwas nützen würde! Eines wußte sie mit Bestimmtheit: Sie würde ihr Baby nicht abtreiben. Sie würde ihr Kind nicht umbringen. So verrückt es auch klingen mochte, hatte Judith doch das Gefühl, dies alles für ihr Baby zu tun. Offenbar fiel es ihr leichter, für ihr Baby einzutreten als für sich selbst. Daniel schob die Tür auf. Sie ermahnte sich, ruhig zu bleiben und auf ihrer Forderung zu bestehen, aber nicht die Nerven zu verlieren. Obwohl sie sich das immer und immer wieder sagte, wußte sie doch, daß ihr nichts dergleichen gelingen würde. Sie konnte nur darauf hoffen, daß Daniel noch Gefühle für sie hegte und Fairneß kein Fremdwort für ihn geworden war.

»Du hast auf mich gewartet?« fragte Daniel. Er warf ihr einen kurzen Blick zu und ging dann an ihr vorbei direkt in die Küche. Seine Tasche ließ er einfach zu Boden fallen. Judith folgte ihm. Er sah erschöpft und müde aus, und einen Moment lang hatte Judith Mitleid mit ihm. Aber das durfte sie nicht, wenn sie in ihrem Entschluß nicht wankend werden wollte. Deshalb sah sie weg, während er die Jacke auszog, ein Glas aus dem Schrank holte und sich Wein einschenkte. Er hatte ihr am Telefon erzählt, daß er inzwischen fast jeden Abend Wein trank – einmal hatte er sie sogar angerufen, als er betrunken gewesen war. Auch diese Seite des ›neuen‹ Daniel gefiel ihr nicht. Jüdische Männer tranken nicht. Das war einer der Gründe, warum sie ihn geheiratet hatte – sie wollte nie wieder solche gräßlichen Szenen erleben müssen wie früher, als ihr Vater die ganze Familie tyrannisiert hatte, wenn er betrunken war.

»Daniel«, sagte Judith. Selbst in ihren Ohren klang ihre Stimme schwach und unterwürfig. »Wir müssen miteinander reden.«

»Falsch«, erwiderte Daniel und ging an ihr vorbei in Richtung Schlafzimmer. »Ich muß schlafen. Ich war noch nie im meinem Leben so müde.«

»Warte! Wir müssen miteinander sprechen«, beharrte Judith.

Er drehte sich um und sah sie an. »Judith, ich habe es dir bereits gesagt, aber ich wiederhole es noch einmal: Ich habe dir nichts zu sagen, bis du abgetrieben hast.«

Judith spürte, wie ihr Tränen in die Augen traten. »*Davon* spreche ich nicht«, entgegnete sie.

»Dann werde ich überhaupt nicht mit dir reden«, sagte er, drehte sich wieder um und wollte ins Schlafzimmer gehen.

»Daniel! Ich werde dich verklagen, wenn du mich nicht als Koautorin anerkennst.«

Er wirbelte herum. Sein Mund stand offen, und er machte große Augen. Jetzt würde er sicherlich einsehen, wie verrückt das Ganze war. Judith machte sich darauf gefaßt, daß er entweder gleich losbrüllen oder in Tränen ausbrechen würde. Aber Daniel tat keines von beidem.

Statt dessen begann er zu lachen.

Judith sah ihn an. Zuerst dachte sie, sein hysterisches Gelächter sei auf seine Übermüdung zurückzuführen, aber sie bemerkte bald, daß dies nicht der Fall war. Daniel lachte und lachte, als könnte er gar nicht mehr damit aufhören. Neben seinen Augen bildeten sich die Lachfältchen, die sie immer so anziehend gefunden hatte. Schließlich bog er sich fast vor Lachen, so daß der Wein in seinem Glas überschwappte und auf den Teppichboden tropfte. »Du willst *was* tun?« fragte er, als er sich wieder etwas beruhigt hatte.

»Ich werde dich verklagen, wenn du dich nicht sofort schriftlich mit Davis & Dash in Verbindung setzt und ihnen mitteilst, daß ich die Koautorin des Buches bin.« Jetzt war es heraus. Und es war ihr nicht einmal so schwergefallen. Sie nahm das Dokument aus der Tasche, das Diana La Gravenesse vorbereitet hatte. »Hier«, sagte Judith. »Das mußt du unterschreiben.«

Daniel riß ihr das Blatt aus der Hand. Dabei verschüttete er noch mehr Wein, der auf dem Teppich blutrote Flecken hinterließ. Ungläubig starrte er erst das Papier und dann sie an. »Na«, sagte er, »du bist aber ein fleißiges Mädchen gewesen.« Er schüttelte den Kopf. »Fleißig, aber dumm.« Er schwieg, als müßte er nachdenken. »Ja, so könnte man dich bezeichnen.«

Judiths Lippen zitterten, aber sie rührte sich nicht. Diana hatte sie davor gewarnt, daß er gemein werden könnte. »Meine Rechtsanwältin ist sehr intelligent«, sagte sie.

»O ja, natürlich. Brillant. Man wittert einen Bestseller, und schon spielt man sich auf, was? Und es gibt ja so viele Rechtsanwälte, die ohne Bezahlung arbeiten«, sagte er mit einem hämischen Grinsen. Dann schleuderte er das Weinglas durch das Zimmer. Es prallte an der Couch ab und fiel zu Boden, wobei es eine blutrote Spur hinterließ. Judith zuckte zusammen.

»Daniel, mußt du so häßlich sein? Du weißt, daß ich das Buch geschrieben habe. Kannst du jetzt nicht einfach einmal das Richtige tun? Können wir uns nicht wieder wie normale Menschen benehmen, so wie früher? Bitte, Daniel.«

»Bitte, Daniel«, äffte er sie nach und grinste wieder hämisch. »Was soll denn genau wie früher sein? Willst du etwa wieder pleite sein? Oder vielleicht wieder in dem Loch leben? Oder willst du, daß ich mich selbst verleugne und den ganzen Tag lang irgendwelche Trottel unterrichte?« Er drehte sich um und ging ins Schlafzimmer.

»Ich will, daß du mich liebst. Und ich will, daß du fair zu mir bist. Sag einfach die Wahrheit – daß ich das Buch geschrieben habe.« Daniel drehte sich zu ihr um. Sein Gesichtsausdruck, fast ein Zähnefletschen, erschreckte Judith. Unwillkürlich wich sie zurück und stolperte dabei fast über Flaubert, der zu ihren Füßen kauerte.

»Das Buch war *meine* Idee«, knurrte Daniel. »*Ich* habe es mir ausgedacht. *Ich* habe das Thema aufgegriffen. Und *ich* habe dir gesagt, was du schreiben sollst. Du hättest es ohne mich nie geschrieben. Und du hast noch nicht einmal gute Arbeit geleistet. Ich mußte jedes Wort korrigieren. Und danach hat man es bei Davis & Dash noch einmal völlig umgeschrieben. Es ist *mein* Buch, und ich will mich nicht in aller Öffentlichkeit demütigen lassen oder als Lügner dastehen.«

»Dann werde ich dich verklagen.«

Daniel sah sie an – er sah sie einfach nur an, aber seine Augen wurden ganz schmal vor Wut, vor Verachtung oder etwas noch Unangenehmerem. Dann lachte er plötzlich auf. Eine Sekunde lang, nur eine Sekunde lang glaubte Judith, sie könnten diesen Streit, diesen gräßlichen Streit so beenden, wie sie früher alle ihre Zwistigkeiten beigelegt hatten: mit einem Scherz und einem Lachen, nach dem alles vergeben und vergessen war. Aber wie üblich lag sie falsch. »Ahnst du nichts?« fragte Daniel. »Hast du nicht die leiseste Ahnung? Glaubst du wirklich, ich bin so dumm wie du?« Er griff nach der Weinflasche, hielt sie sich an die Lippen und trank. Dann stellte er die Flasche wieder ab und starrte sie an. »Du redest wie ein kleines Kind«, sagte er. »*Versuch* doch, mich zu verklagen. Ich habe das ganze Buch noch einmal selbst von Hand abgeschrieben, komplett mit allen Streichungen und Korrekturen. Es existiert nur noch in meiner Handschrift.«

»In *deiner* Handschrift?« echote sie.

»Ja, in *meiner* Handschrift. In einem datierten Tagebuch, aus dem ich in mehreren meiner Schreibzirkel vorgelesen habe. In das ich Notizen gemacht und in dem ich Kommentare aus der Gruppe notiert habe. Alle können das bestätigen und zu meinen Gunsten aussagen. Dann ist da noch Cheryl, die das Manuskript mit meinen handschriftlichen Korrekturen noch einmal abgetippt hat, weil du so miserabel tippst. Auch sie wird das bezeugen. Jeder, angefangen von Don Kingsbury bis hin zu Pam Mantiss, kann und wird bezeugen, daß er mich schreiben gesehen hat. Und was hast du in der Hand? Wen kannst du als Zeugen nennen? Die Leute hier denken doch sowieso, du seist verrückt. Schließlich haben sie miterlebt, welche Szenen du mir in den Restaurants und auf den Partys gemacht hast. Ich habe allen erzählt, wie eifersüchtig du auf mich warst, und nun glauben alle, du seist neurotisch und neidisch – und lebtest in einer Traumwelt. Und die Leute bei Davis & Dash halten dich ebenfalls für verrückt. Weißt du noch, welche Schau du bei der Party in Chelsea abgezogen hast? Und du glaubst nicht, daß alle zu meinen Gunsten aussagen würden? Sie haben eigene Rechtsanwälte, die sich mit nichts anderem als so etwas beschäftigen, die jeden Tag mit Verrückten und neuen Gaunermethoden fertig werden müssen. Also, verklag mich. Dann sind wir quitt. Denn ich werde auch vor Gericht gehen. Um die Scheidung einzureichen.«

Er drehte sich um und stürmte zur Tür. »Ach, übrigens«, sagte er noch, »versuch nicht, an das Geld zu kommen. Ich werde das Gericht wissen lassen, wie sehr du mich bei meiner Arbeit an dem Buch behindert hast – daß du mich ausgelaugt, nie den Haushalt gemacht hast, immer nur auf deinem fetten Hintern gesessen hast, während ich Blut und Wasser schwitzte, daß du es also gar nicht verdient hast, von dem Geld etwas abzubekommen. Vielleicht werden sie mir nicht in allen Punkten zustimmen. Aber ich schlage vor, daß du solange einen Job im Getränkemarkt um die Ecke annimmst und dir deinen Lebensunterhalt einmal selbst verdienst.« Er machte eine Pause. »Ach ja. Apropos Scheidung. Vergiß es. Ich werde eine Annullierung der Ehe beantragen. Und ich werde bestreiten, daß das Baby von mir ist.«

Judith begann zu weinen, und Flaubert knurrte.

»Sei still«, sagte Daniel nur. Judith war nicht ganz klar, ob er damit den Hund oder sie meinte. Dann drehte er sich einfach um und ließ krachend die Tür hinter sich ins Schloß fallen.

19

›Ich habe nie einen neuen Roman begonnen ohne die Hoffnung, daß ich danach keinen weiteren schreiben müßte.‹

François Mauriac

»Es ist unglaublich, daß es endlich geklappt hat!« rief Alex Simmons. »Ich mußte eine Menge Fäden im Hintergrund ziehen.«

Camilla hatte keine Ahnung, welche Antwort nun von ihr erwartet wurde, deshalb sagte sie einfach nur: »Danke«. Dennoch hegte sie Zweifel. Sie wollte ihre Agentin nicht entmutigen, aber sie hatte die Hoffnung bereits aufgegeben, und zwar aus schlichter Notwendigkeit, denn sonst hätte es ihr das Herz gebrochen. Ihr blieb nur die Alternative, nach vorn zu sehen und an ihrem nächsten Buch zu arbeiten. Will hatte ihr diesen Rat gegeben, und er war gut.

»Camilla, ich habe hart gearbeitet, damit *Eine Woche in Firenze* in den Buchläden bleibt.«

Camilla seufzte. »Wann und wo findet das Interview statt?« fragte sie.

»Sie wollen zu Ihnen in die Wohnung kommen.«

»Sie meinen nach Park Slope? Aber die Wohnung ist eine Bruchbude.«

»Eine Bruchbude?«

»Sie wissen schon, etwas heruntergekommen«, erklärte Camilla, die sich daran erinnerte, daß man diesen Ausdruck hier nicht benutzte.

»Genau *darum* geht es doch«, sagte Alex. »Sie *wollen* eine Bruchbude. Ihr Aufhänger ist: ›Mittelloses englisches Mädchen hat ihr Ziel erreicht.‹«

»Das ist doch verrückt. Ich soll mein Ziel erreicht haben?« fragte Camilla. »Das Buch ist ein Flop. Ich habe versagt.«

»Wenn Sie das noch einmal laut sagen, reiße ich Ihnen den Kopf ab«, schnauzte Alex, und ihr Tonfall klang sehr überzeugend. »Keiner meiner Klienten ist ein Versager. Zum jetzigen Zeitpunkt meiner Karriere kann ich mir keine Versager leisten«, fuhr sie fort. »Sie sind bei den Kritikern gut angekommen. Die Amerikaner hatten schon immer viel für Leute übrig, die sich hocharbeiten. *People* bringt ständig solche Storys. Sie haben Sie bloß reingenommen, weil mir dort jemand einen Gefallen schuldet.«

»Aber ist das nicht die Zeitschrift, die immer einen Skandal oder eine Tragödie als Titelstory bringt? Kaufen Leute, die so etwas lesen, Bücher? Lesen sie überhaupt?«

»Sie bewegen vielleicht ihre Lippen beim Lesen, aber sie alle haben Kreditkarten und wohnen in bequemer Nähe einer Filiale von Barnes & Noble.«

Camilla zuckte die Achseln. »Das klingt nicht so toll«, sagte sie, »aber ich werde natürlich mitmachen. Und vielen Dank, Alex. Sie sind eine wunderbare Agentin.«

»Das hätte ich gern schriftlich«, sagte Alex. »Ich sage Ihnen noch Bescheid, wenn ich den Tag und das genaue Datum weiß. Darüber wird nächste Woche entschieden.«

»Ein Bericht in *People* über Sie? Soll das ein Scherz sein? Das ist ja fantastisch!«

»Tatsächlich?« fragte Camilla. Craig Stevens hatte sie zum Essen ins Rain eingeladen, ein Restaurant, das vorwiegend mit Rattanmöbeln und Moskitonetzen ausgestattet war und an südliche Ozeane und schwitzende Plantagenarbeiter aus der Zeit des britischen Kolonialreiches erinnerte. Deckenventilatoren sorgten dafür, daß sie nicht schwitzten. Die kühle Luft, die sie angeblich verteilten, stammte allerdings eher aus einer Klimaanlage. Alles wirkte zwar äußerst nobel, aber auch etwas seltsam, dachte Camilla. Doch das Menü sah interessant aus, und die Bar ebenfalls.

»*People* – das ist eine große Sache«, sagte Craig. »Gigantisch. Herrje, ich wünschte, ich könnte Will bei *People* unterbringen.«

»Vielleicht könnte er an meine Tür klopfen und dann mit auf ein Foto kommen.«

»Großartig«, sagte Craig. »Eine Art literarischer Kramer.«

»Kramer?« fragte Camilla. »Was hat er geschrieben?«

»Einen Bildband«, sagte Craig. »Aber egal. Camilla, das könnte Ihre Verkaufszahlen ganz schön in die Höhe treiben.«

Camilla zuckte die Achseln. »Ich nehme an, *People* ist so etwas Ähnliches wie *Hello* bei uns. Rockstars und ihre Frauen zu Hause, eine Herzogin, die ein Kochbuch geschrieben hat, und unzählige Geschichten über Paula Yates und Prinzessin Caroline von Monaco. Ich wüßte nicht, wie ein Bericht in einer solchen Zeitschrift dazu beitragen sollte, daß auch nur ein Exemplar mehr gekauft wird.«

Eine Kellnerin kam an ihren Tisch, und sie gaben die Bestellung auf. Craig streckte seinen Arm aus und nahm ihre Hand.

»Camilla, ich weiß nicht, wie ich es sagen soll, ohne Ihnen zu nahe zu treten.«

»Was sagen?« fragte Camilla. Aber Craig, der sonst nie um eine Antwort verlegen war, schien es die Sprache verschlagen zu haben, und zudem schien er sich in seiner Haut nicht sehr wohl zu fühlen. Es war ein schönes Gefühl, ihre Hand in der seinen. Flüchtig fragte sich Camilla, wie es wohl wäre, ihn zu küssen. Sie wußte, daß er ein großer Charmeur war und viele Freundinnen hatte. Sie konnte durchaus verstehen, warum.

»Hören Sie«, setzte Craig an. »Sie sollen nicht glauben, daß ich Sie das jetzt nur frage, weil Sie für mich arbeiten. Sie sind keineswegs zu etwas verpflichtet, und ich erwarte auch nichts von Ihnen. Es ist nur so – ich mag Sie sehr, sehr gern.«

»Ich mag Sie auch, Craig.« Camilla wußte, was jetzt kam, aber sie hatte keine Ahnung, wie sie sich verhalten sollte.

»Ja, aber mögen Sie mich auch auf *diese* Art?«

»Welche Art?«

Craig stöhnte. »Sie machen es mir nicht gerade leicht«, sagte er. »Nun, ich bitte Sie um die Erlaubnis, Ihnen nähertreten zu dürfen. Ich möchte Sie nicht drängen, und ich erwarte oder verlange auch nichts von Ihnen. Aber es wäre schön, wenn ich Ihnen auch gefiele, verstehen Sie, wenn Sie sich auch sexuell zu mir hingezogen fühlten und mit mir schlafen wollten. War das jetzt deutlich genug?«

»Durchaus«, sagte Camilla und errötete. »Sie sind wirklich überaus politisch korrekt vorgegangen.«

»Genau. Oder um es mit den Worten auszudrücken, die Ihnen wahrscheinlich gerade im Kopf herumgehen: Er ist eine verdammte Nervensäge.«

»So etwas denke ich doch nicht«, wehrte Camilla ab. Sie sah ihn an und mußte kichern. »Eigentlich finde ich das Ganze eher lustig.«

Die Kellnerin brachte den ersten Gang. Dann wandte sie sich an Craig und fragte: »Haben Sie sonst noch einen Wunsch?«

»Ich habe meinen Wunsch bereits sehr deutlich geäußert«, sagte er, und Camilla mußte wieder kichern. Die Kellnerin blieb völlig verwirrt stehen, bis er sie fortschickte.

»Ich fühle mich sehr geehrt«, sagte Camilla, »aber im Moment bin ich in dieser Hinsicht etwas empfindlich. Ich glaube nicht, daß eine unverbindliche Affäre das Richtige für mich wäre.«

»Ich spreche nicht von einer unverbindlichen Affäre, Camilla.« Er sah ihr tief in die Augen, und sie glaubte ihm, auch wenn das dumm sein mochte. »Vermutlich denken Sie jetzt, ich trage ein bißchen dick auf«, sagte Craig.

»Ein bißchen schon«, stimmte Camilla zu.

»Sie wissen, daß ich bereits einmal verheiratet war, oder?«

Camilla nickte.

»Nun, einer der Gründe, warum unsere Ehe schiefgegangen ist, war der, daß wir keine Kinder bekamen. Für mich und meine Frau war das eine große Enttäuschung. Und eine Demütigung.«

»Aber warum sollten Sie sich deswegen gedemütigt fühlen?« fragte Camilla. »Man kann eine Frau schließlich nicht für so etwas verantwortlich machen.«

Craig lächelte, schüttelte aber den Kopf. »Es lag nicht an meiner Frau. Ich denke, daß bei einer zu geringen Spermienproduktion der Fehler beim Mann liegt, oder?« Er wandte den Blick ab und sah zur Bar hinüber.

»Trotzdem«, sagte Camilla. »Das ist doch auch nicht Ihre Schuld.« Und dennoch mußte Camilla in eben diesem Moment, da sie es sagte, daran denken, daß sich offenbar immer nur Männer mit einem Handicap zu ihr hingezogen fühlten. Strahlte sie etwas Besonderes aus? Lag es an ihrer Einstellung? Aber vielleicht sollte sie es gar nicht so auf sich beziehen. Vermutlich waren *alle* Männer auf die eine oder andere Art gehandicapt.

»Ist das eine Masche?« fragte sie. »Ich meine, Emily und Susan haben mir erzählt, daß die Männer in dieser Stadt über einen unerschöpflichen Vorrat an Maschen zu verfügen scheinen.« Craigs Gesichtszüge verhärteten sich, und ihr wurde klar, daß sie einen Fehler begangen hatte.

»Es tut mir leid. Es tut mir sehr leid, was ich eben gesagt habe. Und auch das mit Ihrer Ehe tut mir leid.« Sie schwieg. »Aber es ist trotzdem nicht so tragisch, Craig. Es gibt so viele Kinder auf der Welt, die keine Eltern mehr haben, aber welche bräuchten.«

Craig zuckte die Achseln. »Ich glaube, mein Ego war angekratzt. Ich habe meine Frau dafür verantwortlich gemacht. Wir beide nahmen automatisch an, der Fehler liege bei ihr. Ich habe viel kaputtgemacht, aber ich hatte Zeit, darüber hinwegzukommen. Zeit, um mich zu ändern. Doch ich will eine Frau und eine Familie. Und Sie bedeuten mir wirklich sehr viel. Geben Sie uns eine Chance, uns näher kennenzulernen. Was meinen Sie?«

»Craig, soll das ein Antrag sein?«

Er grinste. »Es ist eher ein Vorschlag«, sagte er dann. »Ich hatte das Gefühl, es wäre am besten, ehrlich zu Ihnen zu sein. Lassen Sie es mich so ausdrücken: Wenn Sie Interesse haben, dann« – er machte eine Pause – »könnten wir einen Mietvertrag vereinbaren, in dem die Option zum Kauf enthalten ist.«

»Es wäre eine verführerische Möglichkeit, den Canaletto in die Finger zu bekommen«, sagte Camilla scherzhaft.

»Ich dachte eigentlich an etwas ganz anderes, das Sie zwischen die Finger bekommen sollten.«

Camilla mußte lächeln. Sie mochte Craig. Aber konnte mehr daraus werden? Sie dachte an Frederick, verbannte ihn dann aber aus ihren Gedanken. Vielleicht konnte sie auf diese Weise über ihn hinwegkommen. »Zu mir oder zu dir?« fragte sie.

»Zu mir«, antwortete Craig. »Meine Wohnung liegt gleich um die Ecke.«

Camilla war spät dran. Als sie in Park Slope eintraf, warteten die Leute von *People* bereits auf sie. Es waren drei: ein Journalist, eine Fotografin und ein Gehilfe, der die Taschen schleppte und bei der Beleuchtung half. Auch Alex war da. Sie verdrehte ihre Augen, als sie Camilla herankommen sah.

»Tut mir leid, daß ich zu spät komme«, entschuldigte sich Camilla.

»Wenigstens schneit es nicht«, sagte Alex sarkastisch.

»Ein Foto von einer abgekämpften Schriftstellerin, die gerade von der Arbeit kommt?« fragte die Fotografin und richtete ein riesiges Objektiv auf sie.

»Sie haben einen Halbtagsjob?« fragte der Journalist.

»Ja«, sagte Camilla, »bei Citron Press.« Sie verschwieg, daß sie nicht von dort kam. Sie hatte die Nacht und den ganzen Vormittag bei Craig Stevens verbracht. Er war ein zärtlicher und feuriger Liebhaber, doch seltsamerweise hatte sie das ziemlich kaltgelassen. Es hatte ihr Spaß gemacht, mit ihm zusammenzusein, aber etwas hatte gefehlt – und gewiß kein Sperma. Statt Frederick zu vergessen, hatte sie ständig an die Nacht denken müssen, die sie zusammen verbracht hatten.

Enttäuscht war Camilla schließlich eingeschlafen. Am Vormittag hatten Craig und sie noch einmal miteinander geschlafen, aber ihre Gefühle für ihn hatten sich nicht geändert. Sie nahm es als eines der seltsamen Dinge hin, die im Leben nun einmal geschahen, auch wenn sie es nicht ganz verstand. Doch das konnte sie jetzt natürlich nicht mit diesen Leuten hier diskutieren. »Bitte, kommen Sie mit hoch in meine Wohnung«, sagte sie. »Ich werde Ihnen einen guten Tee machen. Damit Ihnen wieder warm wird.«

»Könnten Sie vielleicht einen Schuß Jack Daniels hineintun?« fragte der Gehilfe und stampfte mit den Füßen, um sich aufzuwärmen. Alex warf zuerst ihm und dann Camilla einen verzweifelten Blick zu, bevor sie alle in den schmuddeligen Flur traten und die Treppe hinaufgingen.

»Wir könnten ein Foto auf der Treppe machen«, schlug die Fotografin vor. »Mir gefällt dieses kaputte Geländer – es sieht aus wie Zahnlücken.«

»Von mir aus«, sagte der Journalist gelangweilt, und Camilla wünschte sich, sie wäre etwas eher zurückgekommen.

20

›Man sollte mit aller Macht die Versuchung bekämpfen, etwas Gutes über einen Lektor zu denken. Sie sind alle ohne Ausnahme – zumindest zeitweise – entweder unfähig oder verrückt.‹

John Gardner

Pam hatte ihre Sonnenbrille aufgesetzt und eilte durch die dämmrige Eingangshalle des Waldorf-Astoria, ohne nach rechts oder links zu sehen. David Morton war im Bett nicht gerade umwerfend, aber das mußte man auch nicht sein, wenn man so viele Unternehmen besaß wie er. Pam hatte das Ganze nicht einmal als Sex verbucht, sondern eher als Anzahlung auf eine Versicherungssumme – eine notwendige Vorsichtsmaßnahme.

Trotzdem, es mußte nicht jeder mitbekommen, daß sie aus dem Waldorf kam. Sie wünschte sich, David hätte ein diskreteres Hotel gewählt, aber es war offensichtlich gewesen, daß er nicht oft eine Frau abschleppte. Den ganzen Abend hatte er ihr von seinen Eheproblemen erzählt und war dann so höflich und draufgängerisch gewesen wie ein Pfadfinder. Höchstwahrscheinlich war David Morton früher tatsächlich Pfadfinder gewesen, dachte Pam. Sie fuhr sich mit den Fingern durch ihre blonden Locken und ging die Treppe hinunter. Verdammt! Am Taxistand wartete schon eine lange Schlange. Also mußte sie wohl oder übel zu Fuß quer durch die Stadt zu Davis & Dash zurückgehen. Dort wollte sie sich mit Edina Trawley und deren Rechtsanwälten zu einer wichtigen Besprechung treffen.

Dic Sonne schien, und der Morgen war kühl und angenehm. Pam lächelte. David Morton war von seiner Lektorin des Jahres sehr beeindruckt gewesen. Er kam nicht aus der Verlagsbranche, und wie so viele der hohen Tiere, die neu im Verlagsgeschäft waren, fiel auch er auf das Image der Branche herein. Es war schon witzig, daß Männer wie er, die durch gezielte Gerüchte die Börsenkurse an der Wall Street beeinflussen konnten, die Gerüchte glaubten, die in der Verlagsbranche kursierten. Pam dachte daran, wieviel Nerven und welchen Aufwand es sie gekostet hatte, den verdammten Preis zu bekommen. Aber es war jede Minute davon wert gewesen. Sie war nun David Mortons kleine Lektorin des Jahres. David Morton war stolz auf sie, und er hatte ihr anvertraut, daß er Gerald entlassen wolle. Pam hatte zuerst Loyalität ihrem Chef gegenüber vorgetäuscht, sich dann aber nach und nach ihre wahren Gedanken entlocken lassen. Nachdem sie Gerald ordentlich schlechtgemacht hatte, stimmte sie schließlich seiner Ansicht bedenkenlos zu. David hatte ihr zwar nicht Geralds Job als Verleger angeboten, aber zu gegebener Zeit würde er das schon noch tun. Vielleicht war ein Spaziergang zum Büro jetzt genau das, was sie brauchte – und die Zeit konnte sie sich damit vertreiben, in Gedanken GODs Reich ihren Vorstellungen entsprechend neu einzurichten.

Plötzlich klopfte ihr jemand auf die Schulter. Überrascht drehte sie sich um.

»Wann treffen wir uns wieder einmal?« fragte Stewart Campbell. »Wann nehmen Sie endlich meine Anrufe entgegen? Sie haben mir einen neuen Vertrag versprochen, und nun antworten Sie noch nicht einmal auf meine Anrufe.«

Pam warf ihm einen vernichtenden Blick zu. »Was tun Sie hier? Verfolgen Sie mich etwa? Sind Sie völlig verrückt geworden?«

»Ich verfolge Sie nicht. Ich folge Ihnen nur, weil es die einzige Möglichkeit ist, mit Ihnen Kontakt aufzunehmen. Das haben Sie sich selbst zuzuschreiben. Sie haben mir einige Versprechungen gemacht, Pam, und die sollten Sie besser halten.«

Pams Magen zog sich zusammen. Wie lange folgte er ihr bereits?

»Seit letzter Nacht«, sagte Stewart, als hätte er ihre Gedanken gelesen.

»Ich lasse mich nicht erpressen«, sagte Pam und versuchte, ihrer Stimme Nachdruck zu verleihen. »Ich habe Ihnen schon gesagt, daß ich mich heute mit Edina Trawley und ihren Anwälten treffe. Ich werde offen mit ihnen sprechen.«

»Das will ich Ihnen auch geraten haben«, sagte Stewart. »Sonst rede ich nämlich mit meinen Anwälten.«

»Stewart, ich habe Ihnen bereits gesagt, daß Sie laut Vertrag keinen Anspruch auf mehr Honorar haben. Sie haben unterschrieben, daß sie eine Auftragsarbeit erledigen. Ich bin nur deshalb bereit, Ihnen mehr zu geben, weil ich gern mit Ihnen zusammenarbeite.«

Stewart lachte. »Ja, sicher. Wenn das stimmt, dann bin ich Elvis Presley. Antworten Sie auf meinen Anruf, sonst spreche ich heute nachmittag mit *PW*.«

»Ich werde doch meine verdammten geschäftlichen Besprechungen nicht Ecke Fünfzigste und Park abhalten!« schrie Pam. Die Ampel wechselte auf Grün, und sie hastete über die Straße, weiter in Richtung Davis & Dash. Ihr Schritt war fest, aber ihre Hände zitterten.

»Sie antworten besser auf meinen Anruf!« schrie Stewart, um den Verkehrslärm zu übertönen.

21

›Jemandem einen richtigen Schlag zu versetzen ist eine Kunst für sich.‹

Jules Feiffer

»Das kann ich nicht machen, Mr. Davis.«

Gerald erstarrte. Er ließ genug Zeit verstreichen, um sein Gegenüber einzuschüchtern. Dann hob er seine Hand an die Wange und legte zwei Finger seitlich an seine Stirn. »Wie bitte?« sagte er.

»Das kann ich nicht machen«, wiederholte Carl Pollenski.

»Können Sie nicht, oder *wollen* Sie nicht?« fragte Gerald in vernichtendem Tonfall.

Dieser Computermensch hatte sich erdreistet, ihn anzurufen und auf einem Treffen zu bestehen – man stelle sich das vor! »Wir haben Ärger hier«, hatte er gesagt. Gerald hatte ihm zwar mitgeteilt, er sei zu beschäftigt, aber Carl hatte darauf bestanden, daß er ihm eine halbe Stunde seiner Zeit widmete. Gerald wußte, daß es kein guter Auftakt war, wenn er Carl erlaubte, ihm Vorschriften zu machen. Aber die Nervosität des Mannes hatte sich auf Gerald übertragen wie eine ansteckende Krankheit.

Carl hatte ihm berichtet, daß sein Chefanalyst Fragen gestellt und er es mit der Angst zu tun bekommen habe. Deshalb wollte er keine weiteren Manipulationen mehr durchführen. Gerald hatte ihn angefahren, er solle nicht so blöd sein und den Chefanalysten einfach feuern. Der Polacke hatte ihn angesehen, als sei er verrückt geworden. Aber Gerald wußte, daß er der einzige war, der die Dinge im richtigen Licht sah und die Macht besaß, seine Ziele auch durchzusetzen. Es machte ihn wütend, daß dieser Computerfritze, der gern das von Gerald angebotene großzügige Gehalt und die Vergünstigungen angenommen hatte, sich nun erdreistete, ihm einen Dienst zu verweigern. Gerald hatte ihm gesagt, er solle den Analysten vergessen, ihn feuern oder wieder einstellen und die Anzahl der Bestellungen von *Zweimal in den Schlagzeilen* verdoppeln. Die Zahlen solle er primär von *Eine Woche in Firenze* nehmen, das sich erstaunlich gut verkaufte. Gerald hatte auch die aktuellen Verkaufszahlen der anderen Bücher durchgesehen. Schade, daß *Die Verlogenheit der Männer* zur falschen Preisklasse gehörte – es verkaufte sich wesentlich besser, als Gerald vermutet hatte, und von diesem Buch hätte er mindestens tausend Bestellungen abzweigen können.

Nachdem er Carl seine Geringschätzung hatte spüren lassen und ihm neue Anweisungen erteilt hatte, hatte dieser sich geweigert.

Wenn Gerald am wütendsten und gefährlichsten war, wirkte er nach außen hin absolut gelassen. Er musterte diesen Riesenidioten mit dem Bürstenhaarschnitt und preßte dabei seine Kiefer so fest aufeinander, daß seine Zähne fast knirschten. »Sie können und Sie werden«, sagte Gerald.

»Aber man wird es herausfinden«, wandte Carl in weinerlichem Tonfall ein.

»Machen Sie sich nicht lächerlich. Niemand hat erwartet, daß sich das Clapfish-Buch überhaupt verkauft. Wir könnten doppelt so viele davon nehmen, und niemand würde etwas merken, am allerwenigsten die Autorin selbst. Und Edina Trawley wird die neuntausend Exemplare gewiß nicht vermissen, wenn in einer Woche doppelt so viele verkauft werden. Ich übernehme die volle Verantwortung. Wie es in der Werbung von Nike heißt: ›Tun Sie's einfach.‹«

»Meine Karriere steht auf dem Spiel.«

Gerald war immer wieder verblüfft, wie wichtig diese kleinen Leute sich selbst, ihre Sorgen und überhaupt ihr Leben nahmen.

»Ich setze meine Karriere nicht aufs Spiel«, sagte Carl jetzt entschieden.

»Ich fürchte, das haben Sie bereits getan«, erwiderte Gerald kalt. »Ich werde aussagen, daß Sie das alles ohne meine Erlaubnis getan haben, um sich bei mir einzuschmeicheln, und ich werde auch aufzeigen, daß Sie unerlaubt einige Privilegien in Anspruch genommen haben – Firmenwagen, Partyservice, Theaterkarten …«

22

›Ich denke, es bringt kein Glück, mit Kritikern befreundet zu sein.‹

William Styron

Susann lag auf der Couch. Auf der Stirn hatte sie einen kalten Waschlappen, und ihre Hände waren in ein feuchtes, heißes Tuch eingewickelt. Sie hatte ihre Reise vor fast einer Woche beendet und war mit unerträglichen Schmerzen in den Händen nach New York zurückgekehrt. Die feuchte Luft in New York machte es noch schlimmer, aber Susann brachte nicht mehr die Energie auf zu verreisen. In ihrem Haus in Frankreich würde es um diese Jahreszeit auch nicht besser sein, und obwohl beide Wohnungen sehr teuer waren, fühlte sie sich in keiner von beiden richtig wohl.

Sie war bereits zweimal im Columbia Presbyterian gewesen und hatte ihre Hände mit heißem Wachs behandeln lassen. Das Eintauchen der Hände in das warme, zähflüssige Wachs brachte ihr vorübergehend Erlösung, wenn auch in dem Augenblick, da sie ihre Hände herauszog, der Schmerz wiederkehrte. Nur der Gedanke an ihr Versagen lenkte sie von ihren Schmerzen ab. Ihr Buch hatte den Sprung auf die Liste nicht geschafft, und sie wußte, daß es ihm auch in Zukunft nicht mehr gelingen würde. Andere Bücher waren hinzugekommen, und ihres war auf einen unsichtbaren Platz abgerutscht, Bestandteil jener unveröffentlichten Liste geworden, die nicht zählte, weil sie keine Bestseller enthielt.

In den letzten vier Tagen hatte sie zweimal täglich bei Pam Mantiss und Gerald Ochs Davis angerufen, und keiner von beiden hatte sich die Mühe gemacht, sie zurückzurufen. Und sie wußte, daß dies auch so bleiben würde. Schließlich war sie jetzt nur noch eine Last für sie, eine Autorin, deren Buch den gezahlten Vorschuß nicht hereinbringen würde; und eines Tages würden sie beschließen, daß es sich einfach nicht mehr lohnte, ihre Bücher zu veröffentlichen. Bei dem Gedanken, noch drei weitere Bücher schreiben zu müssen, kamen ihr fast die Tränen.

Sie würde ein Niemand sein, ein Nichts – was, wenn nicht eine Bestsellerautorin, war sie denn? Über fünfzehn Jahre hatten ihr Name und diese Bezeichnung in enger Beziehung zueinander gestanden, und die hatte ihr mehr bedeutet als ihre Ehen. *Susann Baker Edmonds, die Bestsellerautorin von* Eine Frau mit Vergangenheit … *die Bestsellerautorin Susann Baker Edmonds kommt nach … ich begrüße nun die Bestsellerautorin Susann Baker Edmonds …*

Und nun? Sie war keine Ehefrau mehr, ja, nicht einmal eine Geliebte – wann hatte sie Alf zum letztenmal gesehen, geschweige denn mit ihm geschlafen? Auch als Mutter war sie nicht sonderlich erfolgreich – trotz Kims Buch. Susanns schlechtes Gewissen, weil sie ihre Tochter nicht vor ihrem Stiefvater hatte beschützen können, und Kims Drogenprobleme waren Beweis genug dafür. Was war aus ihr geworden? Trotz all der Schönheitsoperationen und dem Geld, das sie verdient hatte, lag sie nun hier auf dem Sofa in ihrer Wohnung und mußte der Tatsache ins Auge sehen, daß sowohl ihr Leben als Starautorin als auch ihr Sexleben ein Ende gefunden hatten. Sie war eine einsame Frau mittleren Alters und stand kurz davor, wie all die anderen amerikanischen Frauen mittleren Alters ohne Ansehen, Familie und gesellschaftliche Position in der Versenkung zu verschwinden. Sie würde einfach unsichtbar werden – nie wieder in Zeitschriften auftauchen, nie wieder im *Publishers Weekly* zitiert oder als Sprecherin oder Gast ins Fernsehen eingeladen werden. Sie würde ein Niemand sein, und dieser Gedanke war unerträglich.

Edith – noch ein Niemand mittleren Alters – kam ins Zimmer. »Wie geht es deinen Händen?« fragte sie.

Susann schüttelte nur den Kopf. Was hatte es schon für einen Sinn, von ihren Schmerzen zu erzählen?

Edith brachte ihr vorgewärmte Halbhandschuhe, die sie vorsichtig über Susanns klauenartig gekrümmte Finger streifte. Dann setzte sie sich Susann gegenüber in den kleinen Sessel. »Ich denke, es reicht jetzt.«

»Was reicht?« fragte Susann.

»Deine Trauer. Okay. Das Buch hatte keinen Erfolg. Na und? Elf deiner Bücher waren erfolgreich. Du hast Geld auf der Bank, ein Haus in Frankreich, dieses Apartment und genug Kleider, um zehn Boutiquen in der Madison Avenue zu füllen. Es ist an der Zeit, das alles zurückzulassen und etwas Neues in Angriff zu nehmen.«

Susann warf Edith einen verärgerten Blick zu. »Etwas Neues? Was denn?« fragte sie.

Edith zuckte die Achseln. »Wer weiß? Das ist ja das Schöne daran: Alles ist möglich.«

»Von wegen. Alles wird genauso sein wie früher. Ich habe mich vertraglich verpflichtet, drei weitere Bücher zu schreiben. Ich werde sie verabscheuen. Pam Mantiss wird sie verabscheuen. Die Leser werden sie verabscheuen. Und dann bin ich siebzig.«

»Wer sagt denn, daß es so sein muß? Du könntest mich jetzt feuern, weil ich es wage, dir das ins Gesicht zu sagen – das wäre durchaus in Ordnung, denn ich habe ein nettes Sümmchen auf die Seite gelegt, von dem ich erst einmal leben kann –, aber einmal muß es ja gesagt werden: zum Teufel mit dem Vertrag. Zum Teufel mit Gerald Ochs Davis. Zum Teufel mit der Öffentlichkeit. Wenn du keine Lust mehr hast, mußt du kein einziges Wort mehr schreiben. Und ganz bestimmt hast du es nicht nötig, einen müden Abklatsch von *Die Brücken am Fluß* zu schreiben.«

»Aber ich muß. Mein Vertrag … Alf …«

»Zum Teufel mit Alf!« Edith schlug ihre stämmigen Beine übereinander. »Alf ist ein Lügner und Betrüger, ein manipulierender, gieriger, undankbarer und unloyaler Agent. Ich weiß, das ist im Prinzip alles dasselbe. Aber laß es mich einmal in aller Deutlichkeit sagen: Er war schon immer ein machtbesessener Scheißkerl. Er hat auf dich gesetzt, bis er ein anderes Pferd gefunden hat. Nun, laß ihn damit glücklich werden und säge ihn ab. Und falls dir das Genugtuung bereitet: Jude Daniels Buch ist abgesoffen. Bei Davis & Dash spricht man von der größten Enttäuschung der Saison.« Sarkastisch fügte Edith hinzu: »Welch eine Enttäuschung für den armen Alf Byron. Ich fürchte, seine Mutter hat vergessen, ihm zu erzählen, daß man das Fell eines Bären nicht verkaufen sollte, bevor man den Bären erlegt hat.«

»Ach, Edith, ich kann den Gedanken nicht ertragen, für den Rest meines Lebens allein zu sein.«

»Allein? Und was bin ich? Etwa nichts? Außerdem denke ich, es ist an der Zeit, daß du dich wieder einmal mit Kim triffst.« Edith beugte sich vor und legte liebevoll ihre Hand auf Susanns Schulter. »Sue, meine Liebe, es wird Zeit, das Zepter niederzulegen. Du hast lange und hart gearbeitet. Kein Wunder, daß deine Hände schmerzen. Sie sind müde. Es wird Zeit für etwas Neues.«

»Etwas Neues?« fragte Susann. »Als verkrüppelte alte Frau?«

»Nun, alt vielleicht schon. Aber warum sollten wir nicht auch im Alter unseren Spaß haben und einmal nur an uns denken? Das schließt sich doch nicht gegenseitig aus.«

Susann setzte sich auf. »Was meinst du damit?«

»Es wird Zeit, daß du endlich aufhörst, dir über deine Karriere Sorgen zu machen und dich von ihr versklaven zu lassen. Das Schreiben macht dir schon lange keinen Spaß mehr. Stell dir vor, du müßtest dir nie wieder Gedanken über ein Kapitel elf machen oder darüber, auf welchem Platz in der Liste dein Buch steht, wie hoch die Zahl der Vorbestellungen ist oder ob Literary Guild es übernimmt. Denk einmal nach, was dir wirklich Spaß machen könnte. Du hast sowohl die nötigen Mittel als auch die Zeit dazu.«

»Und was ist mit meinem Vertrag? Was ist mit …«

»Das sollen die Anwälte regeln. Dafür werden sie schließlich bezahlt.«

Susann dachte flüchtig daran, was für ein Gefühl es wohl wäre, die Bürde endlich abzulegen. Sie konnte es sich kaum vorstellen, ohne den Leistungs- und Zeitdruck zu leben, der ihre Arbeit ständig begleitet hatte. »Ich weiß nicht, was ich tun würde«, sagte sie deshalb leise.

»Das ist nur natürlich. Aber ist es nicht aufregend?« fragte Edith. Und eine Sekunde lang ahnte auch Susann, welche ungeahnten Möglichkeiten sich plötzlich vor ihr auftaten.

»Hawaii«, flüsterte Edith. »Südpazifik. Pueblos. Mit einem Floß den Colorado hinabfahren. Eine Wohnung in Paris. Deine eigenen Blumen zusammenstellen. Chinesische Waisenkinder finanziell unterstützen. In der

Rue de Rivoli einen Einkaufsbummel machen. Im Bett frühstücken. Stipendien für kreatives Schreiben stiften. Die Leere kann durchaus gefüllt werden.«

»Und was wird aus Alf?« fragte Susann.

»Ich würde den Bastard feuern. Aber – wer bin ich schon?«

Das Telefon klingelte. Susann hoffte – wider besseres Wissen – immer noch, daß sich jemand von Davis & Dash bei ihr melden würde. Sie setzte sich mühsam auf und streckte ihre eingewickelte Faust aus. »Wer ist es?« fragte sie Edith.

»Deine Tochter«, sagte Edith unschuldig.

23

›Eine Meinung kann sich nicht durchsetzen, wenn man keine Chance hat, für sie einzutreten.‹

Thomas Mann

In den letzten Wochen hatte sich Opals Leben mehr verändert, als ihr lieb war. Die Briefkampagne an die unabhängigen Buchhandlungen zeitigte schließlich doch noch Erfolge. Es wurden nicht nur mehr Exemplare bestellt, sondern es hatten sich auch Dutzende von Buchläden gemeldet und Opal gebeten, bei ihnen Signierstunden abzuhalten. Natürlich hatte die Tagiter-Nominierung ihr übriges getan. Und das überschwengliche Lob der *New York Times*. Aber Opal wollte sich denen gegenüber erkenntlich zeigen, die bereits Interesse bekundet hatten, bevor dieser ganze Wirbel losging. Also schrieb sie an Liberties in Boca Raton, an Vivien Jennings von Rainy Day und an Dwight Curry und Michael Kohlman von Misty Valley Books. Ihrem Gefühl nach konnten diese Leute mit Terrys Buch am meisten anfangen.

»Es ist wirklich lächerlich«, sagte Opal zu Roberta, während sie versuchte, ihrem Haar den letzten Schliff zu geben. »Ich habe mit dem Inhalt des Buches doch gar nichts zu tun. Warum wollen die Leute dann, daß ich Terrys Buch signiere?«

»Ach, Opal, so sind die Menschen nun mal. Sehen Sie sich Pat Conroy an. Er nimmt auf seinen Lesereisen immer seinen Vater mit, dem er in *Der große Santini* ein Denkmal gesetzt hat. Und der *Vater* signiert die Bücher.«

»Das ist wirklich geschmacklos«, kommentierte Opal. »Haben die denn keinen Anstand?« Sie schüttelte den Kopf. »Ich will keine Schau abziehen.«

»Hören Sie, die Elle-Halle-Show ist ganz sicher keine zweitklassige Show. Die Leute betteln darum, eingeladen zu werden.«

»Die Leute! Die Leute? Die Leute machen ungeschützten Geschlechtsverkehr. Die Leute zerstören die Ozonschicht. Die Leute sagen ›einzigartig‹ und meinen damit genau das Gegenteil. Das bedeutet noch lange nicht, daß es deshalb richtig ist.«

Roberta lachte. »Opal, *Sie* sind einzigartig und behaupten das Gegenteil.«

Sie warteten auf Wendy Brennon und Emma Ashton, die sie mit einem Firmenwagen ins Studio von Elle Halle bringen sollten. Pam Mantiss hatte natürlich auch versucht, sich einzuklinken, aber Opal hatte sich strikt geweigert, auch nur in Erwägung zu ziehen, zusammen mit Pam Mantiss dort aufzutauchen. »Ich werde nicht anfangen zu weinen«, sagte sie nun. »Auch nicht, wenn die Frau Babyfotos von Terry herumzeigen sollte. Ich werde nicht weinen, wenn ich im Fernsehen bin.«

»Ach, Opal, es wird schon nicht so schlimm werden«, sagte Roberta. »Elle Halle möchte einfach nur eine gute Fernsehsendung machen.«

»Eine gute Fernsehsendung! Das ist ein Oxymoron. War es nicht Elle Halle, die Michael Jackson und seine Frau gefragt hat, ob sie Geschlechtsverkehr miteinander haben?«

»Nein, ich glaube, das war Diana Sawyer.«

»Nun, dann eben Schande über *sie*. Eine gute Fernsehsendung! Das wäre schön. Hier geht es doch um Bücher, nicht um Klatsch oder das Showbusineß.«

»Ich fürchte, da liegen Sie falsch, Opal. In der Verlagsbranche sind heute Klatsch und Showbusineß am wichtigsten, zumindest für jemanden, der Erfolg haben möchte.« Die Klingel ertönte, und die beiden Frauen wandten sich vom Spiegel ab. Roberta sagte etwas in die Sprechanlage. »Die Limousine wartet«, berichtete sie dann. »Kommen Sie schon, Sie widerstrebender Medienstar.«

Die Zeit vor der Kamera verging wie im Flug. Elle Halle – perfekt gekleidet, perfekt frisiert und sehr beherrscht – hatte die üblichen Fragen gestellt: über Terrys Selbstmord; wie sich Opal gefühlt habe, als die Polizei bei ihr anrief (»Wie würden *Sie* sich fühlen?«); wie es Opal gelungen sei, das Manuskript zu finden (»Ich habe es nicht gefunden; es wurde mir zugeschickt.«) und wie es seinen Weg zu Davis & Dash gefunden habe (»Über die wunderbare Emma Ashton.«). Zuerst schien Miß Halle über Opals kurz angebundene, ehrliche Antworten etwas bestürzt zu sein. Aber nach einer gewissen Zeit merkte Opal, daß die Moderatorin – intelligent, wie sie war – dazu übergegangen war, dies als eine Art humorvolles Understatement zu betrachten.

Elle Halle berichtete von den Absagebriefen, hob einige davon vor die Kamera und fragte Opal dann, was sie von der erlesenen Liste der Verleger hielt, die Terrys Buch abgelehnt hatten. »Das sind alles Dummköpfe«, hatte Opal geantwortet.

Elle lachte. »Nun, entweder sie oder das Tagiter-Komitee.«

Opal zuckte die Achseln. »Eines habe ich über das New Yorker Verlagswesen gelernt«, sagte sie. »Es ist offenbar dem Geschäft mit Gebrauchtwagen sehr ähnlich. Mein Mann sagte immer: ›Für jeden Hintern gibt es einen Sitz und für jeden Sitz einen Hintern.‹«

Dann stellte Elle noch Fragen über Terrys Vater, darüber, wann er sie verlassen hatte, über Terrys Kindheit und über das Buch selbst. »Haben Sie es gelesen?« fragte Opal.

Elle Halle lächelte. »Von vorn bis hinten«, sagte sie. »Wollen Sie mich abfragen?«

Als Opal in den grünen Raum zurückkehrte, wurde sie von Emma, Wendy und Roberta mit Applaus empfangen. Zuvor hatte sie bereits von der Technikercrew eine Standing ovations bekommen. Sie mußte sich wohl ganz gut geschlagen haben, war nun aber ziemlich müde. Schließlich war sie nicht jeden Tag im nationalen Fernsehen, und dafür war sie dankbar. Elle Halle kam noch einmal zurück und bat sie, Terrys Buch zu signieren. Im Gegenzug gab sie ihr eine Autogrammkarte mit Foto von sich selbst. »Darum habe ich sie gar nicht gebeten«, sagte Opal, als sie sich in der Limousine auf den Heimweg machten.

Das Autotelefon klingelte. Wendy Brennon nahm den Anruf entgegen und bedeckte dann die Sprechmuschel mit der Hand. »Katie Couric möchte Sie in der *Today*-Show haben«, sagte sie. »Was soll ich ihnen sagen?«

Opal lehnte sich erschöpft in ihrem Sitz zurück. »Können wir das nicht morgen besprechen?« fragte sie.

24

›Kälte und Ruhe sind wichtig, aber Wärme und Energie paradoxerweise auch.‹

Betty A. Prashker

»Diese Orderzahlen müssen einfach falsch sein«, sagte Alex gerade. »Laß das mal von eurer Computerabteilung prüfen. *Eine Woche in Firenze* sieht man in allen Buchläden.« Emma zuckte die Achseln. Sie überlegte, was sie darauf antworten sollte.

»Es ist ein bescheidenes kleines Buch, Alex. Es ist ein kleines Buch, und es erlangt vielleicht Kultstatus. Aber wenn man es in jedem Buchladen sieht, heißt das noch lange nicht, daß es auch gekauft wird. Vermutlich hat es eine bestimmte Verkaufszahl einfach noch nicht überschritten.«

»Ruf trotzdem mal das MIS an. Und mit Ingram werde ich selbst Verbindung aufnehmen. Viele Literaturzeitschriften haben Rezensionen über das Buch gebracht, und es tut sich langsam was. Laß es dir gesagt sein – ich weiß es.« Emma sah sich noch einmal den Ausdruck an und zuckte wieder die Achseln. Sie versuchte, sich vor Augen zu halten, daß sich Alex' Ärger nicht gegen sie richtete. Dann wurde Alex' Stimme weicher. »Und wie geht es dir?«

Emma überlegte, ob sie einfach so tun sollte, als wäre alles in Ordnung. Aber eingedenk ihres Gesprächs mit Frederick entschloß sie sich, bei der Wahrheit zu bleiben. »Ich mache mir Sorgen um meinen Arbeitsplatz«, sagte sie deshalb. »Es sieht so aus, als würde sich hier bald einiges ändern. Es gehen eine Menge Gerüchte um.«

»He, es gibt keinen Verlag, in dem nicht täglich neue Gerüchte kursieren.«

»Ja, schon. Aber so wie jetzt war es noch nie. Der Medienkonzern hat

Leute hergeschickt, die sich gründlich umsehen. Ich weiß zwar nicht, nach was sie suchen, aber GODs Nerven liegen blank.«

»Das würden deine auch, wenn dein Buch ein Flop wäre, das vielgepriesene Buch deines neuen Wunderkindes den Bach runterginge und du gezwungen worden wärst, Chad Weston fallenzulassen, dessen Buch dann hochgejubelt wird; während gleichzeitig das einzige Buch in deinem Programm, das sich gut verkauft, von einem Autor stammt, der kürzlich verstorben ist.«

»Ich glaube nicht, daß es von diesem kürzlich verstorbenen Autor geschrieben wurde«, murmelte Emma.

»Ja, ja, ich weiß. Wahrscheinlich hat Pam Mantiss das meiste davon umgeschrieben.«

»Das glaube ich ebensowenig«, widersprach Emma. Und trotz aller Vorbehalte erzählte sie Alex von dem Gespräch, dessen Zeugin sie unfreiwillig geworden war.

Alex lauschte atemlos. »Du meinst, nicht nur der tote Peet hat einen Ghostwriter, sondern Pam ebenfalls?« Alex summte ein paar Takte einer schaurig klingenden Melodie. Dann sang sie: »Die toten Literaten finden keine Ruhe in ihren Gräbern. Die Finger eines Skeletts tippen auf den Tasten eines unsichtbaren Computers. Was verfolgt die Verfolgten, daß sie keine ewige Ruhe finden?«

»Ihr Vorschuß hat sich wahrscheinlich noch nicht bezahlt gemacht«, schlug Emma vor.

»Wer ist der Typ?«

»Ein mittelmäßiger Autor, Stewart Sowieso. Stewart Campbell. Weißt du, der Kerl, den ich auf der ABA gesehen habe. Der wie hypnotisiert auf den Kasten gestarrt hat, in dem Peet Trawleys Buch ausgestellt war. Ich dachte, der Kerl wäre vielleicht ein verrückter Fan.«

»Scheint eher ein verrückter Auftragsautor zu sein. Wieviel mag er wohl dafür bekommen haben, daß er den aktuellen Bestseller Nummer eins geschrieben hat?«

»Es ging das Gerücht um, man habe Pam dafür eine viertel Million Dollar bezahlt.«

»Hm«, brummte Alex. Damit schien das Gespräch beendet zu sein. Aber Emma suchte verzweifelt nach einem Thema, um Alex weiter am Telefon zu halten.

»Findest du es nicht auch großartig, welchen Erfolg *Die Verlogenheit* hat?«

»Klar. Ich habe bereits vierzehn Anfragen aus dem Ausland bezüglich der Übersetzungsrechte erhalten. Eine davon aus Kroatien. Ist das nicht unglaublich? Man sollte doch meinen, die hätten dort momentan wichtigere Dinge im Kopf.«

»Das wird Opal freuen.« Sie erzählte Alex von der Aufzeichnung der Elle-Halle-Show und daß sie selbst sich sehr über Opals Kompliment gefreut habe.

»Großer Gott. Ich hoffe, das spricht sich nicht herum. Sie sollten das besser rausschneiden.«

Emma runzelte die Stirn. War Alex etwa eifersüchtig? Es war nicht nett von ihr, so etwas zu sagen. »Warum?« fragte sie. »Findest du nicht, daß es der Wahrheit entspricht?«

»Natürlich schon. Aber darum geht es nicht. Denkst du denn nie an mögliche Konsequenzen, Emma? Was meinst du wohl, wie Pam reagiert, wenn sie das hört – nachdem *sie* gerade den ganzen Ruhm dafür eingeheimst hat?«

»Oh, ja. Natürlich«, sagte Emma. »Aus diesem Grund brauche ich dich ja. So was vergesse ich immer wieder. Hör mal, Alex, könnten wir nicht …«

»Klar. Halb acht im Le Petit Café. Wie früher.«

Emma lächelte.

Aber Emma verging das Lächeln, als eine Stunde später Mrs. Daniel in ihrem Büro auftauchte. Sie sah fürchterlich aus, und – um ehrlich zu sein – Emma hatte sie nicht einmal erkannt. Anfang der Woche hatte sie angerufen und um eine Unterredung mit Emma gebeten, da weder Pam Mantiss noch Gerald Ochs Davis ihre Anrufe entgegennehmen wollten. Emma war keineswegs überrascht, dies zu hören. Schließlich war Jude Daniels Buch eine Enttäuschung gewesen, und zudem waren alle zu sehr mit den firmeninternen Problemen von Davis & Dash beschäftigt.

Emma hatte aus Mitleid zugesagt, und zur Strafe würde sie sich nun die typischen Vorwürfe anhören müssen, die Ehefrauen von Autoren den Verlagen oft machten: daß nicht genug Werbung für das Buch ihres Mannes gemacht worden sei, daß man die Verkaufsstrategie anders hätte aufziehen müssen, daß … Aber als Emma Judith so vor sich sah – dick, mit langem, wirrem Haar, in einem mit indianischem Muster bedruckten Rock und einer weiten Strickjacke –, wußte sie instinktiv, daß diese Frau nicht gekommen war, um ihr vorzuschreiben, wie sie ihre Arbeit zu erledigen hatte. »Setzen Sie sich«, sagte sie im freundlichsten Tonfall, den sie zustande brachte. »Hätten Sie gern Kaffee und etwas Gebäck?«

»Nein, danke«, antwortete Mrs. Daniel und blieb stehen. Sie fuhr sich mit der Zunge über die rissigen Lippen. »Ich habe es aufgegeben«, sagte sie. »Ich …« Sie sah auf den Bauch, der sich unter ihrer Brust wölbte.

Emma zog die Augenbrauen hoch. Mrs. Daniel war dick und schlampig. »Haben Sie eine Diät gemacht?« Mrs. Daniel begann zu weinen. Bestürzt und hilflos sah Emma sie an. »Was ist los?« fragte sie schließlich.

»Daniel und ich lassen uns scheiden«, sagte Judith. »Ich bekomme ein Kind. Ich habe keine Arbeit, und ich habe kein Geld.«

»Oh! Sicher wird Jude Sie nicht gerade jetzt im Stich lassen …«

»*Ich* bin Jude«, sagte die Frau. »Und Daniel wird mich verlassen. Er hat es bereits getan. Und wenn nicht, dann hätte ich dafür gesorgt, daß er es tut.«

Emma hatte nicht die leiseste Ahnung, warum diese Fremde ausgerechnet zu ihr gekommen war, um über ihre Eheprobleme zu sprechen. Sie mochte die junge Frau, auch wenn sie sehr labil zu sein schien. Ihre direkte Art ließ darauf schließen, daß sie fast krankhaft ehrlich war. Und wenn sie ihr etwas vorspielte, dann war sie eine gute Schauspielerin.

»Wie kann ich Ihnen helfen?« fragte Emma sanft. »Eigentlich kenne ich Jude nicht sonderlich gut, aber wenn Sie glauben, ich könnte Ihnen helfen …«

»*Ich* bin Jude«, wiederholte die Frau. »Deshalb bin ich hier – um Ihnen das zu erzählen. *Er* ist Daniel Gross, und ich bin mit ihm verheiratet. Wir lassen uns scheiden. Ich bin Jude Daniel. Ich habe *Mit voller Absicht* geschrieben. Ich höchstpersönlich, Kapitel für Kapitel, und ich habe achtzehn Monate dafür gebraucht. Daniel hat behauptet, wir würden das Geld teilen, und dann könnte ich endlich das Buch schreiben, das ich schon immer schreiben wollte. Er wollte sich um die Veröffentlichung kümmern, aber das Buch habe *ich* geschrieben.«

Emma musterte sie. Die schwarze Wimperntusche war verlaufen und der grellrosa Lippenstift, den sie ungeschickt aufgetragen hatte, fast verschwunden; allerdings haftete etliches davon an ihren Zähnen. Sie sah aus, als wäre sie verrückt. Und wütend.

»Setzen Sie sich«, bot ihr Emma noch einmal an. »Setzen Sie sich, damit wir uns unterhalten können.«

Es gab Dutzende von Leuten, die sich etwas vormachten, arme Seelen, die allen Ernstes davon überzeugt waren, sie hätten *Krieg und Frieden*, *Das Tal der Puppen* oder das letzte Buch von Anne Tyler geschrieben. Und oft kam es zu lästigen Prozessen, wenn Leute behaupteten, sie hätten zu einer Filmidee, zu einer Figur in einem Buch oder einem Titel beigetragen. In Kalifornien kam das sehr häufig vor, und inzwischen hatte es sich für viele Anwälte zu einem einträglichen Geschäft entwickelt. Nachdem das Urheberrechtsgesetz geändert worden war, verliefen die meisten Klagen nun ergebnislos. Emma musterte die völlig aufgelöste Frau, die vor ihr saß. Hier kam noch das Problem mit dem gemeinsamen Besitz der Eheleute hinzu. Wenn dies eine familienrechtliche Angelegenheit war, dann würde es kompliziert werden – beispielsweise wegen des Sorgerechts für die Kinder. Emma dachte flüchtig daran, daß sie den Interessen von Davis & Dash zuwiderhandelte, indem sie mit dieser Frau sprach. Eigentlich müßte sie sofort Jim Meyer anrufen und um juristischen Beistand bitten. Aber bei dem Gedanken an Meyers kalte Fischaugen fühlte Emma noch mehr Mitleid mit dieser verzweifelten Frau in sich aufsteigen. Was sollte sie tun?

»Hätten Sie gern ein Glas Wasser? Oder etwas anderes zu trinken?«

Mrs. Daniel nickte, und Emma klingelte nach Heather, aber wie üblich ergebnislos. Konnte sie ihren Gast allein lassen? Sie beschloß, es zu riskieren. Was sollte sie in ihrem Büro schon für einen Schaden anrichten, außer ein paar Bücher zu zerreißen? »Ich bin gleich wieder da«, versicherte Emma ihr und verließ das Büro, um etwas zu trinken zu organisieren.

Die kleine Küche war natürlich wie immer völlig geplündert. Emma konnte nicht einmal ein paar saubere Pappbecher auftreiben. Dann fiel ihr der kleine Kühlschrank in Pams Büro ein, und Pam war nicht da. Also eilte Emma den Flur hinunter, ging in Pams Büro und öffnete den Kühlschrank. Obwohl es streng verboten war, nahm sie zwei Snapple-Flaschen heraus und ordnete die restlichen so an, daß es nicht auffiel.

Als sie in ihr Büro zurückkehrte, hielt Mrs. Daniel einen Spiegel in der Hand und rieb sich gerade das Gesicht mit ein paar Papiertaschentüchern ab. »Es tut mir leid«, sagte sie nun mit ruhigerer Stimme. »Sie müssen glauben, ich wäre verrückt.«

»Keineswegs«, log Emma. Sie gab Mrs. Daniel eine der Snapple-Flaschen. »Ich fürchte, wir müssen aus der Flasche trinken. Wir haben wieder mal keine Becher mehr.« Mrs. Daniel zuckte nur die Schultern, als habe sie im Moment ganz andere Sorgen. Und vermutlich stimmte das auch. Emma setzte sich. Mrs. Daniel nahm einen Schluck aus der Flasche und spuckte ihn im gleichen Augenblick wieder aus, wobei Emmas Schreibtisch, das Regal und der Teppich etwas abbekamen.

»Was soll das?« keuchte sie. »Das finde ich überhaupt nicht lustig. Wissen Sie nicht, daß ich schwanger bin? Ist das etwa einer der ›Intellektuellenscherze‹ unter euch Lektoren? Einen ›Schuß‹ in den Tee zu tun?«

»Wovon sprechen Sie?« Schwanger? Alkohol? Machte sich die Frau nicht nur etwas vor, sondern hatte sie auch noch Wahnvorstellungen? »Es ist doch nur Eistee«, sagte Emma.

»Von wegen.«

Mrs. Daniel schien außer sich zu sein, und Emma bekam es mit der Angst zu tun. Es war wohl besser, wenn sie den Sicherheitsdienst anrief. Sie reichte Mrs. Daniel noch eine Serviette. »Es tut mir wirklich leid«, sagte sie und versuchte, sich gelassen zu geben. Aber ihre Stimme war nicht viel mehr als ein Krächzen. Mit trockenem Mund und feuchten Handflächen nahm sie den Telefonhörer ab und lächelte krampfhaft. »Nur eine Sekunde«, krächzte sie. Sie wählte die Nummer des Sicherheitsdienstes, griff nach ihrer Snapple-Flasche, öffnete den Deckel und nahm einen Schluck.

Pfui Teufel! Emma spuckte das Zeug fast in den Hörer. Wieviel Wodka war da drin? Und wie war er hineingelangt?

Das erklärte, warum Pam niemanden an ihre sakrosankten Snapple-Vorräte heranließ. Sie trank. Und zwar den ganzen Tag über. Kein Wunder, daß sie ihren Kühlschrank so verbissen verteidigte. Kein Wunder, daß sie morgens nüchtern zur Arbeit kam und schon vor dem Mittagessen blau war. Was trieb Pam sonst noch? Was trieb sie für ein Spielchen mit Stewart Campbell? Was hatte sie mit Jude Daniel vor? Emma wandte sich an Mrs. Daniel. »Sie hatten recht«, bestätigte sie. »Er *ist* mit Alkohol versetzt.«

Emma beobachtete sie. Mrs. Daniel zog ihren Rock glatt, um ihn abzuwischen, und jetzt konnte Emma den Bauch erkennen. Sie war tatsächlich schwanger. Und in dem Snapple war tatsächlich Alkohol gewesen. Emma konnte ihre Augen nicht von ihrem Gegenüber abwenden. Was mochte noch alles wahr sein? »Sie sagen mir doch die Wahrheit, oder?« fragte sie.

»Sie glauben mir?« fragte Mrs. Daniel überrascht.

»Ich denke schon«, erwiderte Emma.

25

›... und dann geht der Autor wieder auf eine sogenannte *Lesereise*. Das ist eine Zeit voller Gefahren, aber sie gehört zu dem, was man so unbekümmert als *Schriftstellerleben* bezeichnet.‹

E. Annie Proulx

Daniel verlagerte sein Gewicht auf das linke Bein, dann wieder auf das rechte. Auf dem langen, schmalen Tisch lagen bestimmt über fünfzig Exemplare seines Buches. Der Geschäftsführer des Corner Book Store hatte vorsorglich einen Stuhl, eine Wasserkaraffe und ein Glas bereitgestellt und einen Stift hingelegt. Aber Daniel benötigte nichts von alldem. Trotz des Schildes im Fenster und dem zweiten neben dem Tisch schien kein Mensch daran interessiert zu sein, sich von ihm ein Exemplar von *Mit voller Absicht* signieren zu lassen. Und noch schlimmer – niemand schien ein Interesse daran zu haben, das Buch zu kaufen.

Daniel konnte es nicht glauben. *Mit voller Absicht* ging den Bach hinunter – und er gleich mit. Und das trotz der Werbung, der Lesereise, der Interviews, seines Charmes und der Beachtung, die das Buch auf der ABA gefunden hatte; trotz Alf Byrons Gewißheit und Pams gutem Gefühl!

Er verlagerte sein Gewicht wieder auf das andere Bein. »Signieren Sie die Bücher«, drängte Alf und gab ihm einen Schubs mit dem Ellenbogen. »Jedes Exemplar, in dem eine Unterschrift steht, gilt als verkauft und kann nicht mehr zurückgeschickt werden.«

Mechanisch nahm Daniel den Stift in die Hand und begann die Bücher zu signieren. Aber was waren schon ein paar Dutzend Exemplare im Vergleich zu der Flut, die die Buchhandlungen im ganzen Land an Davis & Dash zurückschicken würden?

»Signieren Sie die Bücher«, zischte Alf Byron, doch in diesem Moment näherte sich dem Tisch ein Mann, der ein Exemplar von *Mit voller Absicht* in der Hand hielt. Gott sei Dank. Wenigstens einen Leser gab es, der sein Buch signiert haben wollte. Trotz seines gekränkten Stolzes würde Daniel seinem Wunsch mit Freuden nachkommen.

»Hallo«, sagte der Mann. »Ich bin Lenny Golay.«

»Ich bin Jude Daniel«, erwiderte Daniel mit einem, wie er hoffte, bescheidenen Lächeln. »Soll ich ›Für Lenny‹ in das Buch schreiben?«

Der Mann lachte. »Nein, vielen Dank. Ich bin der Besitzer dieses Ladens. Um die Wahrheit zu sagen, es wäre mir lieber, wenn Sie keine weiteren Bücher signieren würden.« Er lächelte wieder. »Chris«, rief er einem Jungen zu. »Können Sie mir ein paar Aufkleber bringen und mir helfen, die Bücher einzupacken?«

Chris gesellte sich zu ihnen. In der Hand hielt er eine Rolle Aufkleber, auf denen ›Vom Autor signiert‹ stand. »Ich klebe die hier auf die Bücher, die Mr. Daniel bereits signiert hat, dann können Sie den Rest schon ins Lager zurückbringen.«

Daniel spürte, wie er rot wurde.

»Warten Sie mal«, mischte sich Alf ein. »Wir haben noch genug Zeit, um den Rest zu signieren.« Daniels Verlegenheit wuchs, als er sah, wie Alf seine mit Altersflecken übersäte Hand auf Chris' Arm legte. »Es wäre uns ein Vergnügen, sie zu signieren.«

»Nein, das wäre es nicht«, sagte Daniel und legte den Stift aus der Hand.

26

›Schau nie auf die Sonnenseite des Lebens; das Licht blendet.‹

Florence King

Es klopfte an der Tür. Camilla sah von ihrem Manuskript auf. Hoffentlich war es nicht Will. Seit sie von *People* interviewt worden war, schien er eingeschnappt, ja fast verletzt zu sein. Camilla konnte sich nur zwei Gründe dafür vorstellen: Entweder war er eifersüchtig auf den dämlichen Artikel, oder er spürte, daß ihre Zeit hier bald vorbei war, ebenso wie ihr Status als erfolglose, arme Schriftstellerin. Letzteres war allerdings wenig wahrscheinlich, denn bei Davis & Dash nahm immer noch niemand ihre Anrufe entgegen. Wieder klopfte es. Das konnte nicht Will sein. Camilla ging zur Tür. Als Vorsichtsmaßnahme sah sie durch den Spion und war überrascht, eine Uniform zu sehen und darüber einen Kopf, den eine Chauffeursmütze zierte. »Wer ist da?« fragte sie.

»Bobby. Frederick Ashtons Chauffeur.«

Camilla öffnete die Tür. Sie sagte »Hallo«, verstummte dann aber, als sie die Rosen sah – Dutzende von Rosen, *Hunderte* von Rosen. Bobby hielt Rosen im Arm, andere lagen, in Cellophan verpackt, auf dem Boden zu seinen Füßen und stapelten sich auf der Treppe. »O mein Gott«, setzte sie an, »was ...«

»Wo soll ich sie hinstellen?« fragte Bobby grinsend.

»Keine Ahnung«, erwiderte Camilla. Sie ging in ihre winzige Küche, um nach einer Vase zu suchen. Aber das war lächerlich, absolut lächerlich – selbst wenn sie den Müllcimer, den Putzeimer, jedes Trinkglas und das Spülbecken füllte, würden immer noch welche übrig sein! Und es wurden immer mehr, als wäre Bobby ein Zauberlehrling, der seine Kunststückchen vorführte. Aber es waren herrliche Rosen, in jeder Farbschattierung von Weiß über Hellrosa und Dunkelrosa bis hin zu Magentarot.

»Er ist verrückt«, sagte sie. »Ihr Chef ist wirklich verrückt.«

»Verrückt nach Ihnen«, stimmte Bobby mit einem Nicken zu, und Camillas Gesicht nahm fast den gleichen Farbton an, den die dunkelsten Rosen aufwiesen.

»Oh, das glaube ich nicht.«

»Ha! Sie beide sollten sich mal die Köpfe untersuchen lassen«, kommentierte Bobby und brachte noch mehr Rosen herein.

»Was soll ich nur mit ihnen machen?« fragte Camilla.

»Keine Ahnung.« Bobby zuckte die Achseln.

»Die Badewanne!« Camilla lief ins Bad, um lauwarmes Wasser einlaufen zu lassen.

Als sie wieder herauskam, stand Will in der Tür.

»Ist das hier die Chelsea-Blumenausstellung?« fragte er.

»Eher eine Beerdigung«, sagte Camilla, »wenn sie nicht bald ins Wasser kommen.« Sie begann, die Rosen ins Bad zu tragen. »Woher wußten Sie, daß ich zu Hause bin?« fragte sie Bobby.

»Sie waren ja gar nicht da«, erwiderte er. »Jedenfalls vorhin nicht.« Camilla hatte das Haus früh verlassen, um frühstücken zu gehen und die Sonntagszeitung zu holen. »Wir sind noch einmal zurückgekommen.«

»Wir?« fragte Camilla.

»Ja. Frederick ist unten. Er sitzt im Wagen. Er ...«

Doch Camilla war schon unterwegs. Ohne einen Mantel anzuziehen und ohne nachzudenken, lief sie hinunter, um Frederick zu begrüßen. Will schrie ihr etwas nach, aber sie hörte ihn nicht. Der Wagen stand auf der anderen Straßenseite. Es war kalt, doch Camilla kehrte nicht um, sondern trat zwischen einem geparkten Lieferwagen und einem Lastwagen, die am Bordstein parkten, auf die Straße und überquerte sie. Frederick saß, umgeben von noch mehr Rosen, auf dem Rücksitz. Er schien sie nicht zu sehen, aber als sie an die Scheibe klopfte, ließ er diese sofort hinunter. »Du bist total verrückt«, sagte sie.

»Wolltest du vielleicht sagen: ›Hallo, schön, dich zu sehen, vielen Dank auch für die Blumen‹?«

»Ja. Natürlich. Danke, du verrückter Kerl. Sie sind herrlich. Wirklich herrlich. Aber du *bist* verrückt. Sie müssen ein Vermögen gekostet haben.«

Frederick nickte ernst. »Haben sie. Und jetzt bin ich arm und muß nach Park Slope ziehen. Magst du mich dann lieber?«

»Ach, Frederick, ich habe dich doch schon immer gemocht.« Camilla steckte ihren Kopf durch das Fenster, um ihm einen Kuß auf die Wange zu geben. Aber da er sie nicht sehen konnte, drehte er seinen Kopf, und ihre Lippen berührten sich. Er hob eine Hand und legte sie an ihre Wange. Der Kuß wurde tiefer. Sie stützte sich mit den Händen von außen an der Tür ab und beugte sich in das offene Fenster. Die Haltung war unbequem, aber der Kuß zog sich endlos in die Länge, und sie genoß ihn.

Schließlich löste sie sich von ihm.

»Du magst mich«, sagte Frederick. »Du magst mich wirklich.« Seine Hand glitt an ihrem Nacken hinunter und blieb auf ihrer Schulter liegen. »Herrgott, wie kann eine Frau, die so kalt ist, so heiß küssen? Du hast ja noch nicht einmal einen Mantel an! Steig sofort ein, bevor du dich erkältest. Ich muß dir etwas zeigen.« Sie öffnete die Tür und er rückte zur Seite, wobei er ein paar Rosen zerdrückte, die neben ihm lagen.

»Paß auf die Blumen auf«, rief sie.

»Mein Problem sind eher die Dornen«, sagte er und schob einen Stengel zur Seite. Er streckte eine Hand an ihr vorbei und schloß Tür und Fenster. Dann legte er seinen Arm um ihre Schulter. »Nur aus therapeutischen Zwecken. Du mußt dich aufwärmen, sonst bekommst du eine Lungenentzündung.« Bobby setzte sich auf den Fahrersitz, drehte die Heizung auf und fuhr ohne ein Wort los.

»Wohin fahren wir?« fragte sie. So gut hatte sie sich seit Monaten nicht mehr gefühlt. »Werde ich entführt?«

»Red doch nicht wie ein kleines Kind, mein Schatz«, sagte Frederick. »Du bist seit Jahren kein Kind mehr, egal, was *People* geschrieben hat. ›Die kleine Autorin, die es schaffen könnte‹, zitierte er.

Camilla zuckte die Achseln. »Ich habe das nicht geschrieben«, sagte sie entschuldigend. »Aber ich muß noch meine Tür abschließen und meinen Mantel holen.«

»Schon erledigt«, sagte Bobby, händigte ihr die Schlüssel aus und reichte ihr das blaue Jackett nach hinten.

»Wozu die Eile?« fragte Camilla. »Wohin fahren wir? Und was ist mit den Rosen? Sie müssen ins Wasser gestellt werden.«

»Du bist eine Frau, die sich unentwegt Sorgen macht«, kommentierte Frederick.

»Ich bin eine Frau, die eine Menge Rosen hat«, gab Camilla zurück. »Wohin fahren wir?«

»Geduld, Geduld«, riet er. »Du befindest dich auf der niedrigsten Informationsstufe.«

»Wie bitte?«

»Das ist ein beim Militär gebräuchlicher Ausdruck. Aus Sicherheitsgründen weißt du nur soviel, wie du unbedingt wissen mußt. Nicht mehr.«

»Wieso Militär?

Frederick ignorierte ihre Frage. »Es gibt nur wenig, worüber du wirklich Bescheid wissen *mußt*«, erklärte er. »Erstens: Ich werde bald blind sein.«

»*Das* weiß ich, Frederick«, sagte Camilla ernst.

Aber Frederick ignorierte auch diesen Einwurf. »Zweitens: Ich liebe dich.«

»Das wußte ich nicht«, sagte sie, und ihr Herz schlug schneller.

»Das konnte nur passieren, weil du das ›drittens‹ noch nicht kennst: Ich bin stolz. Und von niemandem abhängig.«

»Ist das bereits viertens?« fragte Camilla leise. »Daß du von niemandem abhängig bist?« Sie war immer noch ganz hingerissen von seinem ›zweitens‹. Frederick liebte sie!

»Nein«, erwiderte Frederick, »das gehört noch zu drittens. Die beiden Dinge gehören zusammen. Viertens wäre, daß ich noch nie mit einer Frau geschlafen habe, mit der es so schön war wie mit dir.«

»Ich schließe jetzt wohl besser die Trennscheibe, wenn es Ihnen nichts ausmacht«, sagte Bobby vom Fahrersitz aus.

Frederick zuckte die Achseln. »Wie Sie wünschen. Der Mann ist immer so besorgt um seine Privatsphäre.« Er wandte sich Camilla zu. »Fünftens: Auch wenn ich sehbehindert bin, wie man das heutzutage nennt, glaube ich, daß ich deiner wert bin. Ich habe lange gebraucht, um zu diesem Entschluß zu gelangen. Nun mußt du entscheiden, ob ich recht habe oder nicht.«

Camilla lehnte sich zurück. Sie dachte an Craig und daran, daß – daß sie ihn nicht liebte. Dann sah sie wieder Frederick an. Sie hatten die Williamsburg-Brücke überquert und fuhren nun auf dem Franklin D. Roosevelt Drive in Richtung Midtown. Der East River, den sie vom Fenster aus sehen konnte, glänzte silbrig. »Ich weiß nicht, was ich sagen soll«, begann sie.

»Warte«, unterbrach sie Frederick. »Eines solltest du noch wissen: Du wirst nicht finanziell von mir abhängig sein. Niemals.«

Camilla spürte, wie ihr das Blut aus dem Gesicht wich. Wollte er damit andeuten, daß er ihr eine Art Gehalt zahlen würde? Oder einen Ehevertrag machen, damit sie keinen Anspruch auf sein Geld erhob? Oder einen vorehelichen Vertrag? Oder bot er ihr etwa Geld an? Camilla versuchte die Ruhe zu bewahren, dies nicht als Beleidigung aufzufassen und kein vorschnelles Urteil zu fällen. »Ich weiß nicht …«

Der Wagen bog bei einer Ausfahrt ab und hielt an einer Straßenecke. New York am Sonntag vormittag – kein Mensch weit und breit, alles lag einsam und verlassen da. »Steig aus«, sagte Frederick. Bobby kam bereits um den Wagen herum, um ihr die Tür zu öffnen. Camilla war völlig durcheinander. Warf er sie hinaus? Hatte sie ihn bereits beleidigt?

»Was ist los?« fragte sie laut.

»Nur Geduld, ›kleine Autorin, die es schaffen könnte‹.« Frederick stieg ebenfalls aus und tastete sich langsam vom Bordstein zum Ladenfenster vor. »Schau mal«, sagte er. Und das tat sie.

Das Schaufenster von Bookberries war von oben bis unten angefüllt mit Exemplaren von *Eine Woche in Firenze*. »O Gott!« war alles, was Camilla herausbekam.

Bobby legte einen Stapel in Cellophan verpackter Rosen vor dem Buchladen ab. Camilla konnte ihren Blick nicht abwenden. »Hast du genug gesehen?« fragte Frederick. »Bobby hat bereits Fotos gemacht. Möchtest du nicht wieder einsteigen? Wir müssen noch mehr Blumen ausliefern.« Camilla zögerte, aber Frederick drängte sie, wieder in den Wagen zu steigen. Als nächstes hielten sie vor dem Buchladen in der Madison Avenue. Wieder stiegen sie aus, und auch hier war das Schaufenster voll von Exemplaren von *Eine Woche in Firenze*. Camilla war sprachlos.

»Wir haben uns die Freiheit herausgenommen, deinen Namen auf die Karten zu schreiben«, sagte Frederick. Sie ließen wieder einen Blumenstrauß zurück und fuhren weiter zu Books & Co., dann zu Burlington Books und schließlich durch den Central Park nach West Side. Dort hielten sie vor dem Bookstall. In einem Schaufenster lagen ausschließlich Exemplare von *Die Verlogenheit der Männer* und in dem anderen von *Eine Woche in Firenze*. Bei Shakespeare & Company entdeckten sie nur einige wenige Exemplare im Schaufenster. »Wahrscheinlich ist es hier bereits ausverkauft«, sagte Frederick fröhlich. »Gestern war das Fenster noch voll.«

»Frederick, soll das ein Scherz sein? Hast du das arrangiert?«

Frederick lachte. »Fahren Sie die Fifth Avenue hinunter«, sagte er zu Bobby. In jedem Buchladen in der Fifth Avenue – bei Doubleday, Barnes & Noble und all den anderen – entdeckte Camilla ihr Buch in riesigen Mengen in den Auslagen. Sie hinterließen überall Blumen, und dann öffnete Frederick eine Flasche Champagner. Da fuhren sie bereits in Richtung Village, um die Buchläden dort aufzusuchen.

»Und das alles wegen des Artikels im *People*?« fragte Camilla benommen.

»Heißt das, du hast es noch nicht gesehen?« fragte Frederick.

»*Was* gesehen? Noch etwas?« gab Camilla zurück.

Frederick schüttelte den Kopf. »Du befindest dich zwar auf der niedrigsten Informationsstufe, aber das *mußt* du doch wissen. Hast du heute morgen keine Zeitung gelesen? Hat Davis & Dash dich nicht angerufen?«

»*Was* wissen?« fragte Camilla noch einmal. »Ich erwürge dich, wenn du es mir nicht endlich sagst.«

Frederick klopfte an die Trennscheibe. »Bobby, könnten Sie mir bitte die Kopie der *Book Review* geben?« Er drehte sich zu ihr um. »Du stehst auf der Titelseite der *New York Times*«, erklärte Frederick. »Hast du das auch nicht gewußt? Dann ist das das sechste, was ich dir noch mitteilen muß: Du bist reich. Du bist eine Bestsellerautorin. Auf der ersten Seite der *Book Review* steht eine Rezension von *Eine Woche in Firenze*. Und dein Buch steht auf Platz drei.«

»*Was?* Wie denn das?«

»Was weiß ich? *People?* Mundpropaganda? Die Buchhändler, die die *Times* bereits am Donnerstag bekommen? Hör zu, Camilla, das ist jetzt sehr wichtig. Du wirst sehr, sehr reich sein. Du brauchst mich nicht. Nicht, daß du mich jemals gebraucht hättest. Aber ich hoffe, du *willst* mich. Ich will dich nämlich. Ich weiß das, und ich habe keine Angst davor, es dir zu sagen. Ich habe nur Angst vor deiner Antwort.«

»Ich denke, ich schließe jetzt besser wieder die Trennscheibe«, sagte Bobby.

»Camilla, bist du in diesen Mann verliebt, mit dem du zusammenarbeitest? Falls ja, möchte ich dir sagen, daß es meine Schuld ist, daß *ich* alles vermasselt habe. Wenn du mich einmal gern gehabt hast, dann habe ich alles vermasselt. Aber nicht, weil ich nichts für dich empfunden hätte, sondern aus Dummheit, Stolz und Angst. Bist du verliebt?«

Camilla hatte das Gefühl, als bekäme sie keine Luft mehr, aber seltsamerweise war es ein schönes Gefühl. »Ich *bin* verliebt, Frederick.« Doch dann konnte sie seinen enttäuschten Gesichtsausdruck nicht länger ertragen. »Aber in *dich*, Frederick. Schon in Italien war ich es. Bevor du mir von deinen Augen erzählt hast, und danach immer noch. Und nicht etwa, weil ich eine Märtyrerin bin. Oder weil du reich bist.« Sie machte eine Pause. »Ich glaube, weil du so absolut umwerfend im Bett bist.«

Frederick lachte und streckte seine Hand nach ihr aus. Sie nahm sie und preßte sie gegen ihren Mund. »Das war noch gar nichts, mein Schatz«, erwiderte er.

27

›So wie heimliche Sadisten oft Polizisten oder Metzger werden, ergreifen Menschen mit irrationaler Lebensangst oft den Beruf des Verlegers.‹

Cyril Connolly

»Offenbar besteht ein krasses Mißverhältnis zwischen Bestellungen und tatsächlichen Lieferungen«, sagte der große, dämliche Typ von Price Waterhouse. Er war schwarz und sah aus wie ein Dobermann-Pinscher.

»Es bestürzt mich, das zu hören«, erwiderte Gerald. »Und Sie sind sicher, daß dies keine der typischen Unregelmäßigkeiten sind, die bei jeder Kontrollinventur auftreten?« fragte er ruhig. Amtlich zugelassene Wirtschaftsprüfer waren wie Hunde – sie konnten Angst riechen. Aber Gerald hatte keine Angst. Was Carl getan hatte, konnte man immer noch als menschliches Versagen oder, wenn es zum Schlimmsten kam, als fehlgeleitete Loyalität eines Untergebenen interpretieren. Er sah die beiden Bürohengste an und achtete sorgfältig darauf, sich seine Verachtung nicht anmerken zu lassen. Während der große Schwarze wie ein Dobermann aussah, wirkte der kleine, schmächtige Weiße eher wie ein Terrier. Er würde ihnen einfach den Kopf tätscheln und sie wieder nach Hause schicken. Daß die Aufzeichnungen über ihre Bestellungen genau unter die Lupe genommen wurden, war das letzte, was er jetzt noch gebrauchen konnte – nicht nach dem Trawley/Mantiss-Skandal, den mageren Absatzzahlen von Susann Baker Edmonds' Buch, der unglaublich hohen Rücklaufquote von *Mit voller Absicht* und der Schlappe mit Chad Weston! Das Eis unter seinen Füßen wurde langsam gefährlich dünn. Aber solange Carl nicht die Nerven verlor, konnte ihm nichts passieren.

»Haben Sie Ihre Bedenken schon Carl Pollenski mitgeteilt? Was Computer angeht, bin ich leider nicht sehr bewandert. Das ist alles seine Aufgabe.«

»Ich fürchte, Mr. Pollenski ist ein Teil des Problems, Mr. Davis.«

»Nun«, sagte Gerald glatt, »ich dachte eigentlich, er sei ein fähiger Mann. Er ist zwar erst seit ein oder zwei Jahren bei uns, aber er hatte die besten Empfehlungen.«

Der kleine Terrier machte zum erstenmal den Mund auf. »Mr. Davis, wissen Sie, daß *Eine Woche in Firenze* schon fast an der Spitze der *New-York-Times*-Bestsellerliste steht?«

»Was?« Gerald wurde blaß, und ihm schwindelte. Verkaufte sich dieses dämliche kleine Buch so gut? Wie viele Bestellungen davon hatten er und Carl *Zweimal in den Schlagzeilen* gutgeschrieben? Wieso in aller Welt hatte er es bloß auf die Liste gesetzt? Gerald zwang sich zu einem Lächeln. »Das sind ja gute Neuigkeiten. Wir haben um einen zweiten Bestseller gebetet. Ich schätze, unsere Gebete sind erhört worden.«

Der Dobermann schüttelte den Kopf. »Etwas stimmt hier nicht, Mr. Davis. Laut Ihren Aufzeichnungen haben Sie nur dreißigtausend Exemplare davon drucken lassen und verkauft. Aber wenn es auf der Bestsellerliste steht, müßten es mindestens dreimal so viele gewesen sein.«

Gerald zuckte die Achseln. »Niemand weiß, wie die Liste der *Times* zustande kommt«, sagte er. »Es ist wohl eine Wissenschaft oder eine Kunst für sich, jedenfalls etwas in dieser Richtung. Von einem literarischen Buch müssen nicht so viele Exemplare verkauft werden wie von einem kommerziellen Buch, damit es auf die Bestsellerliste kommt.« Er merkte, daß er zuviel redete. Besser, er hielt jetzt den Mund. Er zuckte noch einmal die Schultern. »Nun, ich bin sicher, daß Sie die Sache aufklären können.«

»Ich denke, das haben wir bereits getan«, teilte ihm der Terrier mit. »Aber wir werden zuerst Mr. Morton berichten, was wir herausgefunden haben. Carl Pollenski hat eine Aussage gemacht.«

28

›Und schließlich trafen wir uns doch noch, bei Champagner und Hühnchen.‹

Lady Mary Wortley Montagu

»Ach Mutter, das wäre wunderbar.«

Susann betrachtete Kims Gesicht. Ihre Tochter hatte sich verändert. Susann wußte nicht recht, ob es mit dem mäßigen Erfolg ihres Buches oder dem Schreiben selbst zusammenhing. Aber ihre Tochter schien ruhiger geworden zu sein, zwar fatalistischer, aber dennoch optimistisch. »Ich gebe Davis & Dash den Vorschuß zurück, und ich habe die Eigentumswohnung zum Verkauf angeboten. Ein paar Interessenten gibt es bereits. Wie wäre es, wenn wir uns im Mai einschiffen würden?«

»Nun, das ist ein schönes Wort«, sagte Kim lächelnd. »Und eines, das in einer Unterhaltung nur selten verwendet wird. Außer natürlich, man bespricht eine Weltreise mit seiner Mutter, die auch Autorin ist.«

»Ich glaube, es ist genau das Richtige, um schreiben zu können: morgens am Manuskript arbeiten und nachmittags einen Hafen anlaufen und eine Stadt besichtigen.«

»Und einen Einkaufsbummel machen«, ergänzte Kim lachend. »Ach, Mutter, das klingt wirklich herrlich. Es ist eine umwerfende Idee. Und nur wir beide.«

Susann zögerte. »Nicht ganz. Ich wollte noch jemanden einladen.«

Kims strahlendes Lächeln verblaßte, und einen Augenblick lang sah sie aus wie die alte Kim – abweisend, zornig, eifersüchtig. Susann ermahnte sich, daß Kim durchaus Grund dazu hatte. Zu viel von der Zeit, die sie eigentlich ihrer Tochter hätte widmen müssen, hatte sie mit Schreiben verbracht – und mit Männern, die es nicht wert gewesen waren.

»Nicht Alf«, versicherte Susann ihrer Tochter. »Ich wollte Edith mitnehmen.«

»Edith! Das ist ja wunderbar.«

»Das dachte ich auch«, sagte Susann.

29

›Ein gutes Buch ist mit nichts zu vergleichen.‹

Nunzio Nappi

Opal träumte von Fischen. Einer davon war Terry, und dann gab es noch einen gesprenkelten Schleierschwanz. Auch sie war ein Fisch, aber als ihr das bewußt wurde, bekam sie Angst. War sie wirklich ein Fisch, oder ertrank sie gerade? Dann läutete das Telefon, und Opal wurde aus ihrem Traum gerissen.

Offenbar war sie eingedöst. Sie griff nach dem Telefon, das neben ihrem Ellenbogen stand. Der Sessel war nicht zum Schlafen geeignet. Ihr Nacken schmerzte. Sie hob den Hörer ans Ohr und zuckte zusammen, als er ihr steifes Genick berührte.

»Hallo?«

»Mrs. O'Neal?« Es war Emma Ashton.

»Ja, Emma«, bestätigte Opal. »Was ist?«

»Mrs. O'Neal, Ihrer Tochter wurde soeben der Tagiter-Preis verliehen.«

30

›Lektorieren kann und sollte ein Beruf sein, der einen nicht nur ausfüllt, sondern durch den man auch etwas lernt …‹

M. Lincoln Schuster

Emma sortierte die Unterlagen, die sie noch lesen mußte. Der gesamte Boden ihrer Wohnung war mit Papierstapeln bedeckt, und es sah fürchterlich aus. Sie verbrachte ihre langen Wochenenden mit Lesen – für etwas anderes blieb ihr keine Zeit mehr. Sie lächelte grimmig vor sich hin. Was müßte passieren, wenn eine Lektorin zu nichts anderem mehr kam als zum Lesen? Sie sollte sich endlich Zeit für ein Privatleben nehmen.

Es waren nur noch ein paar Rundschreiben und Fachzeitschriften übrig, die sie durchsehen mußte. Aber das war nicht so dramatisch. Wenn sie genug Zeit hatte, genoß sie es richtig, *Publishers Weekly* zu lesen. Diesmal hatte sie sogar eine aktuelle Ausgabe vor sich liegen – ein seltenes Vergnügen, daß sie einmal dazu kam, eine Ausgabe zu lesen, bevor sie zwei oder drei Wochen alt war. Emma ging zur Couch und ließ sich in die Kissen sinken. Sie las die Kolumne ›Brandheiße Geschäftsabschlüsse‹ von Judy Quinn und die ›Rechte‹-Kolumne von Paul Nathan. In letzterer wurde Alex' Name erwähnt – sie hatte die Übersetzungsrechte von *Die Verlogenheit der Männer* bereits in dreizehn Länder verkauft. Emma mußte lächeln. Alex war zweifellos gerissen.

Dann wandte sie sich ihrer Lieblingskolumne zu – »Was hinter Bestsellern steckt« von Daisy Maryles.

Die Gerüchte um Davis & Dash werden immer lauter. Am wichtigsten scheint die Frage zu sein, wer hinter welchem Bestseller steckt. Offensichtlich wurde der letzte Bestseller von Peet Trawley nicht von dem kürzlich verstorbenen Autor selbst geschrieben. Aber auch nicht, wie zuerst gemunkelt wurde, von seiner Lektorin, Pam Mantiss. Vieles scheint darauf hinzudeuten, daß Mantiss – die ein ordentliches Sümmchen aus dem Nachlaß erhalten hat, um dieses Buch zu schreiben – Stewart Campbell dafür anheuerte, einen ihrer mittelmäßigen Autoren, der nun damit droht, sie zu verklagen. Als wäre das, in moralischer Hinsicht, noch nicht genug, kursieren auch Gerüchte über Die Verlogenheit der Männer, *den Roman einer bereits verstorbenen Schriftstellerin. Dieses Buch, obwohl äußerst anspruchsvoll, ist bereits drauf und dran, unter die ersten fünfzehn Bestseller der* PW-*Liste zu kommen. Offensichtlich hat Mantiss, wegen ihres knallharten Ge-*

schäftsgebarens auch bekannt als ›Mantiss, die Jägerin‹, sich an diesem Buch nicht versucht – sie sonnt sich nur in dem Glanz, es entdeckt zu haben. Allerdings erzählt die Mutter der verstorbenen Autorin uns eine ganz andere Geschichte: Mantiss habe sich sogar ›unverschämt und sehr abfällig über das Buch geäußert. Sie wollte drastische Kürzungen vornehmen.‹ (Und das, wir erinnern uns, von der Lektorin, die Chad Westons Buch einer Veröffentlichung für wert befunden hatte.) Und zu guter Letzt geht das unbestätigte Gerücht herum, daß auch die Autorenschaft der größten Enttäuschung des Davis-&-Dash-Herbstprogramms – des vielgepriesenen Buchs Mit voller Absicht, *das aber kaum Absatz findet – angezweifelt wird. Die Frau von Jude Daniels, von der er sich vor kurzem getrennt hat, klagt ihn an, große Teile ihrer Arbeit gestohlen zu haben. Auch hier handelt es sich um ein Buch, das Pam Mantiss veröffentlicht hat. Für diejenigen, die ein kurzes Gedächtnis haben, sei noch einmal erwähnt, daß Miß Mantiss kürzlich zur Lektorin des Jahres gewählt wurde.*

Allerdings scheint es im Lektorat von Davis & Dash doch Glanzlichter zu geben, wenn deren Licht auch unter den Scheffel gestellt wird. Offensichtlich war es Emma Ashton, die Die Verlogenheit der Männer *entdeckt hat. ›Sie war die einzige, die es überhaupt lesen wollte, sonst niemand‹, berichtete uns Mrs. O'Neal. ›Sie hat den Wert dieses Buches erkannt und dann dafür gekämpft, daß es veröffentlicht wurde.‹ Dieser unbekannten Heldin gebührt ebenfalls die Ehre, ein weiteres Buch, das sich klammheimlich zum Bestseller gemausert hat, entdeckt zu haben, nämlich* Eine Woche in Firenze, *das bereits auf Platz drei der Bestsellerliste steht. Die Autorin, Camilla Clapfish, sagte uns: ›Emma Ashton hat mein Buch in Manuskriptform gelesen, und es ist ihr zu verdanken, daß es veröffentlicht wurde.‹*

Verdammter Mist! Emma setzte sich auf. Das war unglaublich. Nun ja, im Prinzip entsprach es der Wahrheit, soweit Emma informiert war, aber woher wußte Daisy Maryles dies alles? Und was würde Pam Mantiss sagen, wenn *sie* das sah? Emma las die ganze Kolumne noch einmal durch. Es war aufregend, seinen eigenen Namen gedruckt zu sehen und zu wissen, daß viele andere ihn ebenfalls lasen, unter anderem Pam Mantiss. Aber der morgige Montag würde bestimmt kein Vergnügen für sie werden.

»Sie elendes Miststück! Sie Betrügerin! Sie verdammte Schlampe!«

Emma zuckte zusammen, wich aber nicht von der Stelle. »Hören Sie auf damit«, sagte sie. »Ich habe Ihnen bereits gesagt, daß ich nicht mit *PW* gesprochen habe.«

»Natürlich! Und bin ich die Heilige Jungfrau Maria! Niemand sonst konnte dies alles wissen, niemand! Was haben Sie sich eigentlich dabei gedacht? Daß sie dadurch *meinen* Job bekommen würde? War es das?«

»Pam, ich hatte nichts damit zu tun …«

»Halten Sie Ihren verdammten Mund! Erstens stimmt das nicht; zweitens haben Sie über meinen Kopf hinweg gehandelt und sich direkt an Gerald gewandt, und drittens: Sie sind gefeuert! Ihre Arbeit war nie sonderlich gut, und jetzt ist mir auch klar, daß es mit Ihrer Loyalität nicht weit her ist.« Pam nippte an ihrer allgegenwärtigen Snapple-Flasche und verschluckte sich beinahe. Emma wünschte sich, sie würde es tun. »Zum Teufel, auf so jemanden wie Sie kann ich locker verzichten«, fuhr Pam fort. »Und noch etwas – erwarten Sie nicht, daß ich Ihnen ein verdammtes Zeugnis ausstelle, okay? Sie brauchen sich gar keine Hoffnungen zu machen, weil ich Ihnen verdammt noch mal keines schreiben werde! Und eine Abschiedsparty wird es *auch* nicht geben. Und Mitleid brauchen Sie auch nicht zu erwarten, Sie kleines Miststück. Und ein nettes kleines, internes Rundschreiben, in dem steht, Sie würden uns verlassen, ›um sich anderweitigen Aufgaben zu widmen‹, können Sie auch vergessen. Sie verlassen uns, um sich in die Schlange der Arbeitslosen einzureihen, und soweit es mich betrifft, können Sie dort auch bleiben.«

Emma stand auf. »Pam, ich habe nichts, was in der Kolumne steht, an *PW* weitergegeben. Es ist mir egal, ob Sie mir glauben oder nicht. Ich gehe. Aber das eigentlich Interessante daran ist doch, daß offenbar alles der Wahrheit entspricht. Ich war mir nicht hundertprozentig sicher, aber Ihrer Reaktion entnehme ich, daß dem so ist.« Emma holte tief Luft. »In den ganzen letzten fünf Jahren haben Sie mir nie gedankt oder mich gelobt. Sie sind clever, Pam. Sie sind sehr, sehr clever und talentiert, aber das ersetzt keine Freunde. Und ich glaube nicht, daß Sie auch nur einen einzigen Freund haben.« Mit diesen Worten drehte sich Emma um. Ihre Hände zitterten stark, aber sie hielt sich kerzengerade.

»Fotze!« schrie Pam und schleuderte ihr die Flasche nach. Sie flog knapp an Emmas rechtem Ohr vorbei und zerschellte am Türrahmen. Eistee und Scherben flogen ihr um die Ohren. Die braune Flüssigkeit spritzte sie von oben bis unten voll, und sie bekam auch einige Glassplitter ab. Emma wischte sich mit der Hand das Gesicht ab, blieb aber nicht stehen. Sie sah keinen Grund mehr, noch einmal ihr winziges Büro mit dem kostbaren Fenster aufzusuchen. Deshalb ging sie einfach an Heather, an all den anderen, die sich versammelt hatten, an GODs Reich und an der Empfangsdame vorbei, fuhr mit dem Fahrstuhl nach unten und kehrte dem Gebäude für immer den Rücken.

31

›Ich schreibe aus dem gleichen Grund, aus dem ich atme – wenn ich es nicht täte, müßte ich sterben.‹

Isaac Asimov

Judith saß in ihrem staubigen kleinen Turmzimmer vor dem Kartentisch. Zu ihren Füßen schlief Flaubert. Sie schielte auf den Bildschirm das Laptops. Sie war bereits auf Seite 72 ihre neuen Buches, und entweder war sie verrückt, oder es war tatsächlich gut.

Jeden Morgen schien sie in eine Art Schreibtrance zu verfallen. Die Zeit verging wie im Flug, aber sie bemerkte es nicht. Sie hatte nur Augen für die Wörter, die manchmal zögernd, manchmal sprudelnd ihren Weg auf das Papier fanden. Es war, als würde sie von einer kreativen Welle überrollt, die sich immer wieder auftürmte, sich brach und sie reingewaschen wie einen Strand zurückließ.

Sie tätschelte ihren Bauch. Natürlich war es auch möglich, daß sie langsam verrückt wurde. Hier saß sie – schwanger, pleite und kurz vor der Scheidung. Zudem lebte sie wieder in dem Loch, in dem sie und ihr künftiger Exmann früher gewohnt hatten. Aber das Seltsame daran war, daß sie sich schon lange nicht mehr so glücklich gefühlt hatte.

Nun, nicht eigentlich glücklich. Eher friedvoll. Sie hatte wieder begonnen zu schreiben, weil sie sonst verrückt geworden wäre, und aus dem gleichen Grund war sie auch aus der anderen Wohnung ausgezogen. Es war wie in dem alten Witz, in dem jemand seinen Kopf gegen die Wand schlägt – es tat so gut, wenn man damit aufhörte. Vermutlich ging es ihr darum besser.

Judith hatte keine Ahnung, wie sie sich fühlen würde, wenn *Mit voller Absicht* ein Riesenerfolg geworden wäre. In der Rezension waren exakt die Stellen kritisiert worden, die ihrem Gefühl nach durch Daniels Änderungen schwächer und seicht geworden waren. Es war für sie einfacher weiterzumachen, nachdem dieses Buch ein Flop geworden war. Und Daniel würde ihr höchstwahrscheinlich etwas von dem Geld abgeben müssen, hatte ihr Diana La Gravenesse versichert. Das hieß, wenn überhaupt noch etwas übrig war. Denn offensichtlich hatte er in der Uni gekündigt, und von Emma hatte Judith erfahren, daß er keinen zweiten Vertrag für ein Buch bekommen hatte.

Flaubert erwachte und streckte sich. Er schien sich zu freuen, daß sie wieder an ihre alte Zufluchtsstätte zurückgekehrt waren, und seltsamerweise freute Judith sich auch. Ohne Daniel schien die Wohnung größer zu sein. Und sie *mußte* einfach hier leben – es war der einzige Ort, an dem sie schreiben konnte. Der Vermieter hatte sich sogar gefreut, als sie wieder einzog, und auf ihrem Gemeinschaftskonto befand sich noch genug Geld, um die Miete im voraus zu bezahlen. Außerdem hatte sie sich für das nächste Semester angemeldet und sich um ein Stipendium beworben. Sie war zwar nicht sicher, ob sie ein Vollzeitstudium bewältigen könnte, aber das Geld würde bis zum Ende des Jahres und zur Geburt ihres Babys reichen.

Sie wußte nicht, ob sie ein Mädchen oder einen Jungen bekam, und im Prinzip war ihr das auch völlig egal. Trotzdem trug ihr neues Buch den Titel *Für meine Tochter*. Es war das Buch, das Judith schon immer hatte schreiben wollen.

Sie sah wieder auf den Bildschirm des Laptops. Sie nickte. Vielleicht war sie verrückt, aber sie hatte das Gefühl, daß ihr neues Buch wirklich gut war.

32

›Im großen und ganzen haben mich die Kritiker und Leser in meiner Identität als Schriftsteller bestätigt. Auch wenn man selbst es in seinem Inneren weiß, ist es äußerst wichtig, von außen Bestätigung zu erhalten, denn schließlich ist Schreiben eine Form der Kommunikation.‹

Ralph Ellison

Vielleicht war ihr Vorstellungsvermögen einfach zu begrenzt, aber Camilla hätte einen solchen Erfolg nie für möglich gehalten. Hatte nicht einmal jemand über Elvis Presley gesagt, daß er dem Wort ›groß‹ eine neue Dimension verliehen habe?

Nachdem Journalisten begonnen hatten, ihre Wohnung in Park Slope zu belagern, war sie vorübergehend ins Gramercy Hotel gezogen. Die anderen Gäste des Hotels mußten glauben, sie wäre verrückt, weil sie immer so schnell in den Lift hastete. Aber langsam wurde ihr der Trubel zuviel. Sie war inzwischen sowohl auf die Sicherheitsleute am Eingang als auch auf die Telefonistinnen in der Zentrale angewiesen, die Anrufe für sie entgegennahmen und auf einem endlosen Strom grellrosafarbener Notizzettel die Nachrichten an sie weiterleiteten. Es riefen Leute an, von denen sie seit Jahren nichts mehr gehört hatte, und andere, die sie nur flüchtig oder gar nicht kannte. Auch welche, deren Namen ihr überhaupt nichts sagten. Sie wollten die unterschiedlichsten Dinge von ihr: Entweder sollte sie Interviews geben oder in Mittagspausen und auf Wohltätigkeitsveranstaltungen Reden halten oder signierte Bücher für einen guten Zweck stiften. *Publishers Weekly* hatte eine Kurzbiographie über sie veröffentlicht, *Entertainment Weekly* ein ganzseitiges Foto zusammen mit einem Artikel, und *In Style* hoffte darauf, eine Story mit Fotos aus ihrer Wohnung zu machen, so wie damals *People*. Zu dumm, daß sie keine Wohnung mehr hatte.

Allerdings hatte sie nun Geld. Für die Taschenbuchrechte von *Eine Woche in Firenze* hatte man ihr einen riesigen Betrag ausgezahlt. Daß D & D nur dreißig Prozent des Geldes für die Taschenbuchrechte bekamen, hatte sie Alex zu verdanken, die dieses brillante Geschäft abgeschlossen hatte. Und ein Dutzend Verlage bat förmlich auf den Knien darum, daß sie ihr nächstes Buch dort veröffentlichte. Alex hatte hervorragende Arbeit geleistet und sogar einen kurzfristigen Kredit erwirkt, bis das Geld zu fließen begann. Allerdings schien man auch bei Davis & Dash bereit zu sein, ihr einen Vorschuß zu gewähren, der mit den Tantiemen verrechnet werden sollte. Es ist doch lustig, dachte Camilla, daß die Leute immer zögern, einem Geld zu leihen, wenn man es braucht, aber es bereitwillig geben wollen, wenn man es nicht braucht.

Sie war überglücklich. Nicht nur wegen des Geldes, der Kritiken oder der Aufmerksamkeit, die ihr zuteil wurde – und die ihr eher peinlich war –, sondern weil sie wußte, daß sie es geschafft hatte. Sie hatte alle Hindernisse, die sich ihr in den Weg gestellt hatten, überwunden und konnte nun endlich das Leben einer Schriftstellerin führen. Zudem hatte Alex ihr versichert, daß ihr nächstes Buch von jedem beliebigen Thema handeln könne. Glücklicherweise kam sie ganz gut voran, obwohl der ganze Wirbel sie im Moment eher etwas behinderte.

Als das Telefon klingelte, zuckte Camilla zusammen, aber es war nur Alex. Die Agentin war inzwischen zu ihrer ›Rettungsleine‹ avanciert, war Finanzmanager, Investitionsberater und Organisator in einem. »Wir haben den Tiger beim Schwanz gepackt, Cam.«

Cam? Camilla hatte nie einen Spitznamen gehabt und war sich nicht ganz sicher, ob es ihr gefallen würde, einen zu bekommen. Aber Alex war so um ihr Wohlergehen besorgt, so gutherzig und erledigte ihre Arbeit so hervorragend, daß Camilla keine Einwände erhob. »Es geht das Gerücht um, daß Ihr Buch direkten Kurs auf Platz eins der *Times*-Liste nimmt. Das bedeutet, nebenbei bemerkt, weitere fünftausend Dollar für diese Woche.« Alex hatte für Camillas Vertrag etliche Zusatzzahlungen ausgehandelt. Damals hatte niemand bei Davis & Dash Einwände erhoben, da jeder geglaubt hatte, das Buch würde es sowieso nicht weit bringen und man müßte diese Zahlungen folglich auch niemals leisten. Aber nun war es geschehen. Für jede Woche, in der ihr Buch auf einem Platz im unteren Teil der *Times*-Liste stand, erhielt sie zweitausendfünfhundert Dollar, und für jede Woche auf Platz fünf oder darüber fünftausend.

»Ihr Buch wird Hauptvorschlagsband bei einem Buchclub.«

»Und bei welchem?«

»Das kann ich jetzt noch nicht sagen. Sowohl Literary Guild als auch Book of the Month betteln förmlich darum. Ach ja, und da bekommen sie fünfzig Prozent des Geldes. Das wären noch einmal fünfundsiebzigtausend, wenn nicht sogar mehr. Aber deswegen rufe ich eigentlich gar nicht an.«

Camilla mußte kichern. Alex machte ihre Arbeit solchen Spaß, daß es schon ansteckend wirkte. »Also, warum haben Sie dann angerufen?« fragte Camilla, ganz wie es von ihr erwartet wurde.

»Weil Paramount, Warner und Fox – alle drei! – Ihr Buch verfilmen wollen!«

»Ist das Ihr Ernst? Ein Kinofilm über eine Busladung alter Frauen?«

»Cam, sie meinen, Ihr Buch habe für ältere Frauen den gleichen Stellenwert wie *Die Brücken am Fluß* für Frauen mittleren Alters. Olympia Dukakis, Shirley MacLaine, Anne Bancroft und Joanne Woodward reißen sich um die Rollen.« Und dann intonierte Alex zur Melodie von ›God Save the Queen‹: »Eine Million Mäuse garantiert! Eine Million Mäuse oder mehr, abzüglich zehn Prozent.«

Camilla lachte. »Sie wollen *wirklich* mein Buch verfilmen? Das kann ich mir gar nicht vorstellen.«

»Cam, Sie wissen ja nicht, wie der Film aussehen wird, wenn sie damit fertig sind. Sie müssen sich das so vorstellen: Wenn Sie Ihr Baby zur Adoption freigeben, können Sie auch nicht mehr bestimmen, welche Kleidung es trägt oder welche Schule es besucht – es ist nicht mehr Ihr Kind. Falls ich dieses Geschäft abschließen kann, schlage ich deshalb vor, Sie übergeben Ihr Baby und konzentrieren sich dann auf Ihr nächstes Buch. Hollywood besorgt den Rest. Und man weiß nie, was dabei herauskommt. Am Ende wird aus einer Busladung alter Damen cin Raumschiff voller Orang-Utans.«

Camilla kicherte wieder. »Das würde ich zu gern sehen.«

»Also, sind wir uns einig? Sie verkaufen das Buch an Hollywood?«

»Sicher«, erwiderte Camilla. Sie glaubte zu träumen. Von den Orang-Utans einmal abgesehen, war es faszinierend, sich vorzustellen, wie ihre Figuren – von Schauspielern verkörpert – zu Lebewesen aus Fleisch und Blut wurden und jeder auf der ganzen Welt ihren Roman als Film sehen konnte. Tränen traten ihr in die Augen.

»Übrigens, Camilla ...«

»Ja?«

»Ich glaube, nächste Woche stehen Sie auf Platz eins.«

33

›Nicht jeder muß ins Kino kommen!‹

Samuel Goldwyn

Seit über einer halben Stunde ließ man ihn bereits in der lauten Empfangshalle warten. Er überlegte gerade, ob er das als Beleidigung auffassen sollte oder nicht, als Byrons Sekretärin erschien und ihn ins Allerheiligste schickte. Alf wirkte heute seltsamerweise viel kleiner als der Mann, mit dem sich Daniel vor über einem Jahr hier getroffen hatte. »Nun, Professor?« fragte Alf mit einer Stimme, die müde klang.

Daniel wollte nicht direkt zur Sache kommen. Schließlich war es nicht gerade angenehm, um ein Darlehen ersuchen zu müssen. »Tja, Alf, ich wollte nur mal wissen, was Sie von Hollywood gehört haben. Ist das Drehbuch schon fertig?«

Alf sah ihn an. Seine Augen waren blutunterlaufen, und seine Unterlider hingen schlaff herab, so daß ihre wäßrige, hellrosafarbene Innenseite sichtbar wurde. »Es gibt kein Drehbuch, Professor.«

»Er hat es nicht hinbekommen, was?« Daniel fühlte wieder Hoffnung in sich aufsteigen. Trotz der unseligen Besprechung mit April Irons hatte Daniel das Gefühl, hierin liege für ihn noch eine Chance. Er *wußte*, daß er ein gutes Drehbuch schreiben konnte. »Meinen Sie, ich bekomme noch eine Chance?«

»Nein.«

Für ein Drehbuch wurden mindestens zweihundertfünfzigtausend Dollar bezahlt. »Aber ich weiß, daß ich ein gutes Drehbuch schreiben kann.«

»Ein Drehbuch? Ich sprach von einer zweiten Chance für ein Buch! Vergessen Sie den Film, Professor. Es wird keinen Film geben. Niemand dreht einen Film über ein Buch, das ein Flop geworden ist.«

Daniel erbleichte. »Und mein Geld für die Option?«

»Die Option läuft in einigen Monaten aus. Ich bin fest davon überzeugt, daß sie ihr Angebot nicht erneuern.«

»Aber sie schienen doch so interessiert gewesen zu sein«, stotterte Daniel.

»Mit dem Interesse in Hollywood ist es so wie mit einem Darlehen von den Eltern – es kann einem jederzeit wieder entzogen werden.«

Daniel hatte Mühe, diese Neuigkeit zu verdauen. Es schien nicht gerade der günstigste Zeitpunkt zu sein, um nach einem Darlehen zu fragen, aber da Byron das Thema nun schon einmal angeschnitten hatte … »Glauben Sie, ich könnte ein Darlehen bekommen – eine Art Vorschuß, der mit den Tantiemen verrechnet wird? Damit ich erst einmal über die Runden komme, bis mein nächstes Buch fertig ist?«

»Welche Tantiemen?« fragte Byron. »Es wird keine Tantiemen geben. Ich glaube nicht einmal, daß das Buch den Vorschuß wieder einbringen wird. Und was das nächste Buch betrifft – ich fürchte, Sie müssen sich erst einen neuen Namen zulegen, sonst werden wir es nie verkaufen können. Aber das wäre immerhin eine Möglichkeit.« Er ließ sich in seinen Stuhl zurücksinken und seufzte tief auf. »Worum geht es in Ihrem nächsten Buch?«

Daniel hatte nicht die leiseste Ahnung.

34

›Die Politik auf dieser Welt gleicht einer Fahrt übers Meer ohne Seekarten; deshalb führen kluge Menschen das Leben von Pilgern.‹

Joyce Cary

»Du bist gefeuert.«

»Nein, bin ich nicht«, widersprach Pam.

»Wie bitte? Vielleicht hast du mich falsch verstanden, aber mit Sicherheit habe ich *dich* falsch verstanden.« Gerald sah Pam an und gönnte sich zum erstenmal den Luxus, seine wahren Gefühle zu zeigen. »Du bist gefeuert«, sagte er noch einmal. »Ich werfe dich nicht raus, weil du eine Schlampe bist oder weil du mit David Morton geschlafen oder den Ruhm eingeheimst hast, der dir nicht gebührte. Ich werfe dich auch nicht raus, weil du siebzig Prozent der Taschenbuchtantiemen am größten Knüller der Saison verschenkt oder weil du auf das falsche Pferd gesetzt hast. Das passiert uns allen mal, Pam. Ich feuere dich, weil du versucht hast, mich reinzulegen, und das, Miß Mantiss, wird bei Davis & Dash schlichtweg nicht geduldet.«

»Ich gehe aber nicht«, sagte Pam lächelnd.

»Sei nicht so aufsässig. Du bist ein großes Risiko eingegangen, und du hast verloren. Jetzt trage es auch mit Fassung.«

Pam grinste ihn frech an. »Ich fürchte, du bist derjenige, der hier gefeuert wird«, sagte sie. »Ich akzeptiere nur eine Entlassung von David Morton persönlich.«

»Die kannst du haben«, erwiderte Gerald und knallte das vom Vorstandsvorsitzenden unterzeichnete Schriftstück auf ihren Schreibtisch. Pam starrte ihn ungläubig an. »Überrascht?« fragte Gerald. »Ihm gefiel diese Sache mit Trawley nicht besonders. Edina hat ihn fast in den Wahnsinn getrieben. Und der Artikel im *PW* hat ihm mit Sicherheit auch nicht gefallen.« Gerald lächelte grimmig. »Außerdem habe ich ihn wissen lassen, daß du auch mit mir und Jude Daniel ins Bett gegangen bist. Ich fürchte, das hat seinen Stolz verletzt.« Gerald lachte. »Er dachte, du wärest seine wahre Liebe. Es ist so traurig, wenn man einen Mann seiner Illusionen berauben muß!«

»Du Schweinehund!« schrie Pam. »Ich gehe nicht.«

Gerald ging zur Tür. »Du hättest Emma Ashton nicht feuern dürfen«, vertraute er ihr an. »Morton hat meine Worte angezweifelt, bis du das getan hast. Wirklich Pech, Pam. Bis heute abend bist du hier draußen. Sonst schicke ich dir das Sicherheitspersonal auf den Hals.«

Gerald ging den Flur hinunter. Er hatte eine Menge Probleme, aber für jedes würde sich eine Lösung finden. Das war ihm bis jetzt immer gelungen. Zuerst hatte er Pam außer Gefecht setzen müssen, und der Artikel im *PW* hatte ihm die richtige Munition dafür geliefert. Alle nötigen Informationen über Carl hatte er auch schon zusammengestellt – die Benutzung der Limousine, das hohe Spesenkonto. Diese Beweise würde er vorlegen, wenn der Zeitpunkt dafür gekommen war. David Morton begann bereits, an seiner eigenen Urteilsfähigkeit zu zweifeln, und außerdem konnte er ihn, Gerald, nicht vor die Tür setzen, solange er keinen Ersatz für ihn gefunden hatte. Denn Pam würde seinen Platz nun nicht mehr einnehmen, und Gerald hatte sich keinen anderen Nachfolger herangezogen.

Als er an Mrs. Perkins' Schreibtisch vorbeiging, fühlte er sich fast schon all seiner Sorgen ledig und unbeschwert. »Ich möchte eine Tasse Jamaican Blue Mountain«, sagte er zu ihr. Aber sie sah auf und schüttelte den Kopf.

»Mr. Morton ist da drin und wartet auf Sie.«

»In meinem Büro?«

Mrs. Perkins nickte. »Mr. Morton und …«

Aber Gerald hatte sich bereits umgedreht und rannte fast in sein Allerheiligstes. Als er die Tür öffnete, sah er bestürzt, daß David Morton auf seinem Stuhl hinter dem Schreibtisch saß. Neben ihm stand ein zweiter Mann, und ein dritter saß mit dem Rücken zu Gerald in einem der niedrigen Sessel vor dem Schreibtisch. Wie konnten sie es wagen! Gerald war wütend, riß sich aber zusammen. Er hatte gelernt, daß man bei geschäftlichen Angelegenheiten seine Gefühle am besten eisern unter Kontrolle hielt. Hier halfen Gerissenheit, Geduld und Rücksichtslosigkeit weiter als ein kindischer Wutanfall.

»Gerald, das wird für Sie nicht sehr angenehm, deshalb mache ich es kurz«, sagte David Morton. »Ich habe Ihr Rücktrittsgesuch vorbereitet. Ich möchte, daß Sie es unterschreiben.«

»Sind Sie verrückt geworden?« fragte Gerald.

»Unterschreibe, Sohn«, sagte die Stimme seines Vaters. Gerald trat an seinen Schreibtisch. Der Mann in dem niedrigen Sessel war sein Vater.

»Ich unterschreibe gar nichts«, sagte Gerald. Was zum Teufel wollte sein Vater hier? Was hatte Senior mit all dem zu tun?

»Wir lassen Sie verhaften, wenn Sie es nicht tun«, sagte David Morton. »Wir übergeben Sie der Polizei. Wir wissen zwar nicht, wie lange Sie dieses Spielchen mit Ihren Buchverkäufen bereits getrieben haben oder wieviel Sie von der Trawley-Sache und vielen anderen Dingen wußten, aber wir haben genügend Beweise, um Sie ins Gefängnis zu bringen.«

»Ins *Gefängnis*?«

»Dies ist eine Aktiengesellschaft, Gerald«, erinnerte ihn Morton. »Unterzeichne das Schriftstück, Sohn.«

Das mußte ein Alptraum sein. Gerald konnte es nicht fassen. »Aber du kannst doch unmöglich wollen, daß ich zurücktrete«, wandte sich Gerald nervös an seinen Vater. »Du warst vielleicht nicht mit allen meinen Entscheidungen einverstanden, aber das hier ist immer noch Davis & Dash. Ich bin derjenige, der die Kontakte in der Branche hat. Ich bin es, der die großen Autoren hereinholt.«

»Autoren wie Susann Baker Edmonds?« fragte Morton mit einem hämischen Grinsen.

Geralds Vater seufzte und rutschte unruhig in seinem Sessel hin und her, als bereite ihm das Ganze körperliche Schmerzen. »Ich wollte dies eigentlich nicht in Anwesenheit eines Fremden sagen, Gerald, aber ich bin schwer enttäuscht von dir. Ich verstehe nicht, wie du so etwas tun konntest, und ich kann es auch nicht entschuldigen. Meiner Meinung nach bist du für den Tod deines Onkels und den gräßlichen Wirbel, der dadurch entstanden ist, verantwortlich. Und nun muß ich auch noch erfahren, daß du unehrlich warst. Ich bin zutiefst entsetzt. Dieser Gentleman von Price Warehouse hat mir die ganze häßliche Geschichte berichtet.«

»Carl Pollenski singt wie eine Primadonna«, sagte David Morton in seiner schleppenden Sprechweise. Geralds Verzweiflung schlug in Panik um.

»Geben Sie mir etwas Zeit«, bat er. »Es gibt sonst niemanden, der dieses Unternehmen leiten könnte. Lassen Sie mich bleiben, bis ich einen Nachfolger gefunden habe. Ich werde bei der Übergabe helfen.«

»Das werde ich übernehmen, Sohn«, sagte Senior. »Das ist das mindeste, was wir für unsere Aktionäre tun können.«

»Aber was soll ich denn tun?« fragte Gerald.

»Unterschreiben Sie. Und dann gehen Sie«, sagte David Morton.

35

›Es ist wichtig, daß ein Cheflektor in jeder noch so schwierigen Situation einen klaren Kopf behält ...‹

Betty A. Prashker

Die Lektorin des Jahres saß in ihrem Büro zwischen dem Bücherregal und dem kleinen Kühlschrank eingezwängt auf dem Boden. Trotz ihres inzwischen gewaltigen Körperumfangs hatte Pam es geschafft, sich in diese Ecke zu quetschen, denn nur hier hatte sie das Gefühl, wenigstens ein kleines bißchen sicher zu sein. Der Teppichboden war übersät mit leeren Snapple-Flaschen. Sie hatten ihr geholfen zu vergessen, was außerhalb ihres Büros vor sich ging. Sie wollte gar nicht daran denken, was passierte, wenn der Snapple knapp wurde – aber das würde noch eine Weile dauern. Im Kühlschrank befand sich noch mindestens eine Kiste mit präpariertem Eistee.

Pam verließ das Büro nicht einmal, um auf die Toilette zu gehen. Denn wenn sie das tun würde, würde ihr Alptraum Wirklichkeit werden – man ließe sie nicht mehr in das Eckbüro, das sie sich in zwanzig Jahren erkämpft hatte, zurückkehren. Und sie wußte nicht, wohin sonst sie gehen sollte.

Überall um sie herum verstreut lagen rot umrandete Ausdrucke, zerrissene Fachzeitschriften und zerfetzte Zeitungen. Pam haßte die Nachrichten, die sie verkündeten. Das Buch von Chad Weston stand auf Platz zwei der *New-York-Times*-Liste. Es war der einzige Bestseller – abgesehen von dem Trawley-Buch –, den sie in dieser Saison ausgewählt hatte, und nun brachte er dem verfluchten Peterson Unsummen ein.

Aber noch schlimmer war der absolute Einbruch von Susann Baker Edmonds' Buch. Pam hatte Gerald ja damals gewarnt, daß die Frau sich bereits auf dem absteigenden Ast befand; aber er hatte nicht hören wollen, und sie war die Dumme gewesen, die sich jeden Tag mit den Problemen hatte herumschlagen müssen, die *diese* Neuerwerbung mit sich gebracht hatte. Auch wenn anfänglich die Zahl der Verkäufe aufgrund der Werbung und der Lesereise angestiegen war, hatte es das Buch nie unter die ersten fünfzehn der Bestsellerliste geschafft und war nach ein oder zwei Wochen völlig von der Bildfläche verschwunden. Vom Winde verweht.

Vom Winde verweht. Das war ein Buch, dachte Pam, während sie nach einer weiteren Snapple-Flasche griff. Sie hatte einmal gelesen, daß Margaret Mitchell in ihrem ›Meisterwerk der Schundliteratur‹ mehr als fünfzig Charaktere vollständig ausgearbeitet hatte. Pam hatte den Roman als junges Mädchen gelesen – nein, verschlungen – und sich so sehr mit Scarlett identifiziert, daß sie zum Mißfallen des Priesters darum gebeten hatte, diesen Namen als Konfirmationsnamen tragen zu dürfen. Inzwischen konnte sie sich nur noch daran erinnern, daß Scarlett am Ende ungeliebt und besiegt zurückgeblieben war. Als junges Mädchen war Pam *fest* davon überzeugt gewesen, daß für Scarlett wieder alles gut werden, daß sie Rhett finden und ihn davon überzeugen würde, sie könnten noch einmal von vorn anfangen.

Erst jetzt, als sie zusammengekauert in ihrer Ecke saß, dämmerte es ihr langsam, daß Scarlett zu viele entscheidende Fehler gemacht hatte – sie würde sich nicht wie Phoenix aus der Asche erheben, sondern als einsame, alte Frau enden. Tränen des Mitleids mit Scarlett und sich selbst traten Pam in die Augen.

Das Telefon klingelte, aber sie rührte sich nicht. Das konnten nur noch mehr schlechte Nachrichten sein. Sie war vorhin zu einer Besprechung in Geralds Büro zitiert worden, aber nicht hingegangen. Dieser Bastard sollte sie noch einmal feuern. Nicht nach all den Jahren. Ihre Sekretärin hatte bereits mehrmals an ihre Tür gehämmert, aber Pam blieb stur. Das Telefon hörte auf zu klingeln. Sie lächelte und trank noch einen Schluck aus der Flasche. Eigentlich solltest du diese Anrufe genießen, Mädchen, sagte sich Pam verbittert, denn dein Telefon wird nun für lange Zeit schweigen.

Pams Beine schliefen ein, und sie verlagerte ihr Gewicht. Daß Susanns Buch ein Mißerfolg geworden war und Chad Weston zu einem Gegenschlag ausgeholt hatte, konnte sie ja noch verstehen. Und daß Geralds Buch ein Flop wurde, damit hatte man auch rechnen können. Aber was ihr überhaupt nicht in den Kopf wollte, war die Entwicklung von *Mit voller Absicht*. Alles hatte darauf hingedeutet, daß es ein voller Erfolg werden würde – die

Gerüchte, die Filmoption, das aktuelle Thema. Sogar der Stil des Buches war gut – aber das war heute ja sowieso zweitrangig. Aber *Mit voller Absicht* war nicht nur ein Flop geworden, sondern ein Riesenflop, und ihr gab man die Schuld. Nun schien es, als hätte sie Hunderttausende Dollar für Werbung verpulvert – Werbung für ein Buch, das sie billig gekauft hatte und mit dessen Autor sie ins Bett ging, wie jeder wußte. Obwohl sie immer betont hatte, daß sie dieses Geld im Grunde bei dem Kauf des Buches – aufgrund des Vertrages, den sie mit Alf Byron zusammen ausgetüftelt hatte – gespart hatte, dachten David Morton und seine Lakaien nun, sie habe einfach nur das Buch ihres Geliebten gefördert. Und das galt als unprofessionell *und* unmoralisch. Wie sollte sie David klarmachen, daß sie für dieses Buch eine Million Dollar hätten hinlegen müssen, wenn es zu einer Auktion gekommen wäre? Daß sie deshalb mit Alf unter der Hand einen Handel abgeschlossen hatte? Mantiss, die Jägerin, hatte wieder einmal zugeschlagen. Aber dieses Mal hatte sie sich selbst erwischt. Selbst wenn sie David dazu bringen konnte, ihr zu glauben – woran sie stark zweifelte –, würde sie immer noch als Hure dastehen. Auch Alf würde ihr nicht den Rücken stärken. Und die teure Werbekampagne für das Edmonds-Buch schien ebenfalls völlig für die Katz gewesen zu sein.

Während sie so auf dem Boden saß und vor und zurück schaukelte, bereiteten ihr allerdings nur zwei Dinge ernsthaft Probleme – nun, eigentlich drei. Erstens wußte Gerald, daß sie ihn mit David Morton hintergangen hatte; dadurch fiel er als Beschützer weg. Zweitens war David Morton zweifellos tief in seiner Ehre gekränkt und sah sie nun mit ganz anderen Augen. Und drittens mußte sie dringend aufs Klo, aber dazu konnte sie nicht ihr Büro verlassen.

Das Klopfen an ihrer Tür wurde heftiger. Nicht alle Bürotüren bei Davis & Dash hatten Schlösser, aber als Gerald ihr bei Übergabe des Büros eine kleine Summe zugestanden hatte, um das Zimmer neu einzurichten, hatte sie als erstes ein Schloß einbauen lassen. »Pam, mach endlich auf.« Das war Dickie Pointers Stimme.

»Verpiß dich, Dickie!« schrie sie zurück. Er würde es geradezu genießen, wenn sie mit wehenden Fahnen unterging. Sie nahm noch einen Schluck aus der Snapple-Flasche. Der Ausdruck ›mit wehenden Fahnen untergehen‹ erinnerte sie an einen schmutzigen Witz von Sophie Tucker, und sie lachte laut auf. Sie hätte sich wirklich äußerst wohl gefühlt – wenn dieser fürchterliche Druck auf ihrer Blase nicht gewesen wäre.

Alles wäre beim alten geblieben und Pam aus dem Schneider gewesen, wenn dieser kleine Dreckskerl, dieser Stewart, die Klappe gehalten und Edina nicht angerufen hätte. Aber hier war der Schneeballeffekt zum Tragen gekommen – Stewart hatte Edina angerufen, Edina David Morton und David Morton schließlich Gerald (und wahrscheinlich auch die Zeitungen). Pam dachte an die Kolumne von Doreen Carvajal in der *Times*:

Davis-&-Dash-Lektorin in heller Aufregung

Insider bei Davis & Dash behaupten, daß Pam Mantiss, Cheflektorin und bekannt für ihren guten Riecher für kommerzielle Bücher, einen Autor verloren hat. Nun ist es ja nichts Neues, wenn ein Autor den Verlag wechselt, aber daß ein toter Autor den Verlag wechselt, ist noch nie dagewesen. Der Nachlaß von Peet Trawley, dem verstorbenen Bestsellerautor von …

Pam haßte diese heuchlerische ›Wir-sind-Heilige-aber-du-ein-Sünder‹-Einstellung. Irgend jemand war immer der Ghostwriter von *irgendwem*. Sie war eben eine Lektorin und eine Ghostwriterin, die einen Ghostwriter angestellt hatte. Geschäft war Geschäft! Margaret Truman hatte die Bücher, die sie unter ihrem Namen veröffentlichte, noch nicht einmal *gelesen*, und Ivana Trump war vermutlich sogar Analphabetin.

Pam merkte plötzlich, daß sie ziemlich betrunken war, aber das war ihr egal. Das Telefon begann wieder zu klingeln, doch die Lektorin des Jahres würde nicht abheben. Und sie würde auch die Tür nicht aufmachen, egal wie viele darauf herumhämmerten. Was sie aber tun *mußte*, war pinkeln – ihre Blase platzte fast. Pam griff nach einer leeren Snapple-Flasche. Ohne ihre Ecke zu verlassen, zog sie ihren Rock hoch, streifte den Slip herunter und hockte sich über die Flasche.

Ihre Erleichterung war grenzenlos. Während sie ihre Blase leerte, fühlte Pam sich einen Augenblick lang richtig wohl. Aber nach einigen Sekunden merkte sie, daß die Flasche fast voll war, sie aber nicht aufhören konnte. Die Flasche lief über, der warme Urin quoll heraus und lief ihr über die Hände und auf den Teppich. Scheiße! Oder, fragte sie sich betrunken, sollte sie, um genauer zu sein, ›Pisse‹ sagen? Sie lachte, wobei sie noch mehr Urin verspritzte. Verdammt! Nun würde sie im Nassen sitzen müssen. Aber das war ja nichts Neues – schließlich war sie oft genug mit Männern zusammengewesen und hatte feuchte Höschen bekommen.

Mit hochgeschobenem Rock hockte Pam auf der Snapple-Flasche und streckte den Arm nach der *New-York-Times*-Kolumne aus. Die würde sie als Klopapier benutzen, denn zu mehr taugte diese Art von Journalismus sowieso nicht. Regenbogenpresse, dachte sie verächtlich und lachte wieder, als der Urin das Papier verfärbte. Was ist schwarz und weiß und gelb? Sie war wirklich sehr betrunken. Aber erst als die Tür aufflog und Dickie ins Zimmer stürmte, gefolgt von zwei Sicherheitsbeamten, Pams Sekretärin und einer ganzen Horde, wurde ihr klar, daß sie bei weitem nicht betrunken genug war.

36

›Versagt zu haben ist ein ekelhaftes Gefühl.‹

Nan Robinson

Alf konnte es einfach nicht glauben. *Mit voller Absicht* war nicht nur eine Enttäuschung gewesen, sondern ein Riesenflop. Er starrte auf die aktuelle Ausgabe von *Publishers Weekly*. In dem Artikel mit dem Titel ›Mißerfolge der Saison‹ stand *Mit voller Absicht* ganz oben auf der Liste. Nun würden jahrelang Exemplare davon auf den Ramschtischen zu finden sein. Alf wußte immer noch nicht genau, was eigentlich schiefgegangen war, aber es war mit Sicherheit gründlich schiefgegangen.

›Eine der größten Enttäuschungen in diesem Jahr war das vielgepriesene, aber kaum verkaufte Buch Mit voller Absicht. *Eine internationale Filmgesellschaft hatte bereits die Filmoption erworben, als es noch in Manuskriptform vorlag, und auf der ABA ging das Gerücht um, daß es der große Roman dieses Herbstes werden würde. In dem Glauben, einen neuen* Pferdeflüsterer *gefunden zu haben, ließ Davis & Dash eine riesige Erstauflage von 250 000 Exemplaren drucken. Aber es wurde ein Flop …‹*

Mist! Alf warf das Magazin auf den Boden und erhob sich von seinem Schreibtisch. Pam Mantiss würde seine Anrufe nicht entgegennehmen, geschweige denn mit ihm über einen zweiten Vertrag für den Professor verhandeln. Und das Interesse der anderen Verlage war nach diesem Fehlschlag bestimmt auch nicht sonderlich groß, vor allem, da jetzt überall darüber berichtet wurde. Was hatte Michael Cimino nach *Heaven's Gate* getan? Nein, viel wichtiger, was hatte sein Agent getan?

Bei dem Gedanken an Hollywood schüttelte sich Alf. Er erinnerte sich noch gut an den wütenden Anruf von April Irons, die ihm wenig schmeichelhafte Worte an den Kopf geworfen und ihn unter anderem auch einen ›dämlichen alten Idioten‹ genannt hatte. Einen Film würde es nun nicht geben, soviel stand jedenfalls fest. Alf wünschte, er hätte nicht mit ihr um den Preis gefeilscht, aber nun war es zu spät. Noch eine Brücke, die er hinter sich abgerissen hatte.

Jetzt war es fast für alles zu spät. Er hatte sich in der gesamten Branche lächerlich gemacht, sogar vor sich selbst. Und am schlimmsten war, daß Irons Kommentar ihm nicht mehr aus dem Kopf ging. Er *war* ein dummer alter Idiot. Er hatte sich selbst etwas vorgemacht. Er hatte nur einen einzigen Klienten – früher wie heute – gehabt, der etwas einbrachte, und das war Susann. Ihr letztes Buch war zwar nicht besonders gut gelaufen, aber es war längst nicht solch ein Wirbel darum gemacht worden wie um Jude Daniels Buch. Susann hatte immer noch ihren Vertrag, und Alf war fest davon überzeugt, daß er ihr zu einem Comeback verhelfen konnte. Vielleicht würde sie nie wieder so groß herauskommen wie früher; aber wenn er seine ganze Aufmerksamkeit ausschließlich ihr widmete, konnte er dafür sorgen, daß sie beide in den nächsten Jahren über mehr als genug Geld verfügten.

Er war ein Dummkopf gewesen. Nach all diesen Jahren hatte er einfach einen dummen Fehler begangen. Und dafür würde Susann sicherlich Verständnis aufbringen. Nun, eigentlich gab es überhaupt keinen Grund, warum er sich bei ihr entschuldigen sollte.

Alf drückte auf die Sprechanlage. »Rufen Sie den Blumenladen an«, sagte er zu seiner Sekretärin. »Ich hätte gern eine Schachtel mit Rosen, die ich heute abend mitnehmen kann.«

»Wie viele«, fragte sie. »Und welche Farbe?«

»Rot, und zwar zwei Dutzend.« Alf unterbrach sich und überlegte. Rosen waren teuer. »Nein«, verbesserte er sich dann, »nehmen Sie anderthalb Dutzend.«

»Alf wartet unten«, sagte Edith und zog die Augenbrauen hoch. »Ich wußte gar nicht, daß er vorbeikommen wollte.«

Susann sah auf. Sie räumte gerade die Bücherregale aus und sortierte die Bücher, damit sie eingepackt werden konnten. Das Apartment war schnell verkauft gewesen – schließlich hatte man von hier aus eine atemberaubende Aussicht –, und sie mußten es bis Ende des Monats räumen. Susann wußte, daß sie ziemlich unordentlich aussah, und seit dem Morgen hatte sie ihr Make-up nicht mehr überprüft. »Ich sollte etwas Lippenstift auftragen«, sagte sie und erhob sich.

Edith lächelte ihr vom anderen Ende des Raumes aus zu. »Ich werde ihn unterhalten, bis du fertig bist«, imitierte sie eine Kleinmädchenstimme und lachte dann. Sie setzte sich in den Ohrensessel und nahm ihr Strickzeug in die Hand. »Kann ich dabei bleiben?« fragte sie. »Ich fühle mich wie Madame Defarge.«

Susann ging durch ihr Schlafzimmer und ins Bad. Sie knipste das Licht an und warf einen Blick in den Spiegel. Sie war blaß, und die Tränensäcke unter den Augen traten sehr deutlich hervor. Aber sie hatte bei weitem kein übles Gesicht. Nein, wirklich kein übles Gesicht.

Sie sah sich in die Augen und ignorierte die Falten und die herabhängenden Lider. »Du bist achtundfünfzig Jahre alt«, sagte sie laut. »Du hast eine neunundzwanzigjährige Tochter. Du warst dreimal verheiratet und fast fünfzehn Jahre lang Alfs Geliebte. Kannst du dem ins Auge blicken? Es wird keine Männer mehr geben. Na ja, wenigstens ist es nicht sehr wahrscheinlich.« Sie beobachtete, wie sich die Augen im Spiegel mit Tränen füllten. Etwas tat weh in ihrer Brust und in ihrer Kehle. Aber sie blieb einfach stehen, beobachtete ihr Spiegelbild und ließ dem Schmerz freien Lauf.

»Du blöde Kuh«, sagte sie. »Sie machen einem sowieso nichts als Ärger.« Schnell – nun, so schnell es mit ihren Händen eben ging – legte sie Lippenstift und Puder auf und ging dann ins Wohnzimmer. Alf hatte es sich in seinem Sessel bequem gemacht, und in einer ihrer Lalique-Vasen stand ein Strauß roter Rosen. »Blumen«, sagte Susann. »Wie nett.«

»Ein Dutzend und ein *halbes*«, bemerkte Edith mit boshafter Betonung.

Susann hätte fast gelächelt. Alf würde sich nie ändern. Er kannte sie nun schon so lange, und immer noch brachte er ihr rote Rosen mit. Nun, vielleicht hatte sie ihm ja nie erzählt, daß sie Rosen haßte. Sie nahm ihm gegenüber auf dem Sofa Platz. »Das ist ja eine Überraschung. Wie komme ich zu der Ehre?«

Alf sah zu Edith hinüber und warf Susann dann einen bedeutungsvollen Blick zu. Sie ignorierte ihn. Was auch immer er ihr zu sagen hatte, er sollte es in ihrer beider Gegenwart tun. »Susann, ich ...« Er brach ab. »Was machst du mit den Büchern?« fragte er.

»Sie einpacken«, sagte Susann gelassen.

»Wieso?«

»Weil die neuen Besitzer dieser Wohnung kaum Interesse an einer Bibliothek haben dürften, die ausschließlich aus verschiedenen Auflagen *meiner* Romane besteht.«

»Die neuen Besitzer?« Alf machte eine Pause. »Schreibst du die Wohnung zum Verkauf aus?«

»Nein«, erwiderte Susann. »Sie ist bereits verkauft.«

Alf sprang auf. »Verkauft?« wiederholte er. »Willst du nach Frankreich ziehen?«

Susann schüttelte den Kopf. »Das Haus dort verkaufe ich auch«, sagte sie. »Vermutlich dauert das allerdings etwas länger.«

»Ich verstehe nicht«, sagte Alf.

»Das glaube ich dir gern«, entgegnete Susann gelassen.

Alf fuhr sich mit den Fingern durch seine weiße Mähne – er hatte immer noch wundervolles Haar. Doch dann bemerkte Susann, daß sein Gesicht rot anlief. Fast war sie versucht, ihm zu sagen, er solle aufpassen, auf seinen Blutdruck achten und eine Tablette nehmen, aber das war nun nicht mehr ihre Aufgabe. Alf warf wieder einen Blick auf Edith, die seelenruhig dasaß und strickte. »Susann, können wir uns allein unterhalten?«

»Nein«, sagte Susann zuckersüß. »Ich habe bereits so viel allein durchstehen müssen. Und niemand außer Edith hat mir geholfen.« Susann lächelte Edith zu, die nicht einmal den Kopf hob. »Ich mußte mich allein mit meiner Lektorin herumschlagen, ich mußte allein alle Signierstunden durchstehen, und ich bin allein in der Wüste zusammengebrochen.« Sie sah Alf an. »Nun, nicht ganz allein«, gab sie zu. »Edith war dabei. Und sie wird auch in Zukunft bei mir bleiben. Also war ich nicht ganz allein. Aber trotzdem – du warst nicht bei mir, Alf. Anfangs gefiel mir das überhaupt nicht, aber dann habe ich mich daran gewöhnt. Und jetzt, Alf, jetzt genieße ich es richtig. Ich genieße deine Abwesenheit.«

Alf stand auf, fuhr sich nochmals mit den Fingern durch die Haare, sah von seinem Bauch auf seine belgischen Slipper und dann auf Susann. Zu dumm, daß er nie ein freundliches Lächeln geübt hat, dachte Susann. Denn dann hätte er sich diese verzerrte Grimasse sparen können, die er für ein Lächeln hielt.

»Susann, ich weiß ja, daß du ein bißchen wütend auf mich bist«, sagte er. Aus Ediths Ecke kam ein Geräusch, das wie ein Schnauben klang. Alf schwieg, warf ihr einen finsteren Blick zu und fuhr fort: »Ich weiß, wie du dich fühlst.«

»Das bezweifle ich, Alf«, erwiderte Susann. »Denn ich glaube kaum, daß du dir in den letzten Jahren jemals Gedanken darüber gemacht hast, wie ich mich fühlte.« Sie sah zu den Blumen hinüber. »Falls doch, wüßtest du, daß ich rote Rosen hasse. Falls doch, hättest du dafür gesorgt, daß ich zur Hochzeit deines Sohnes eingeladen werde. Falls doch, hättest du nie darauf bestanden, daß ich Imogen verlasse und mich in die Hände dieser Verrückten Pam Mantiss begebe.« Sie machte eine Pause, damit ihre Worte wirken konnten. »Wenn du gewußt hättest, wie ich mich fühle, Alf, dann hättest du mich nicht quer durchs ganze Land von Stadt zu Stadt gescheucht, ohne bei mir zu sein. Und wenn du gewußt hättest, wie ich mich fühle, Alf, dann hättest du *mit Sicherheit* nicht dein Versprechen gebrochen, mich in San Francisco zu treffen und die Tour mit mir zusammen zu beenden. Alf, wir sind fertig miteinander. Und zwar endgültig.«

Alf ließ sich schwer auf das Sofa fallen. Seine Hände baumelten zwischen seinen Knien. »Ich bin blind gewesen«, sagte er. Einen Augenblick lang empfand Susann – aus reiner Gewohnheit – Mitleid mit ihm. Er war auch kein junger Mann mehr. Alf Byron war definitiv alt geworden. Dann hob er seinen aristokratischen Kopf und sah sie an. »Das soll doch nicht etwa heißen, daß ich auch nicht mehr dein Agent bin, oder?«

Susann spürte, wie ihr das Blut ins Gesicht schoß, als hätte er sie geschlagen. Das war's dann, endgültig. Die Summe, die unter dem Strich herauskam, war für Alf immer das Wichtigste gewesen – und war es immer noch. »Ich fürchte doch, Alf.«

Er stand auf. »Moment mal«, sagte er. »Ich denke, auf privater Ebene können wir mit der Zeit vielleicht eine Regelung finden, aber was das Geschäftliche betrifft – du bist vertraglich verpflichtet ...«

Susann versuchte zu verbergen, wie verletzt sie war. Sie mußte ruhig bleiben, wie bei einer Geschäftsverhandlung. Denn es war offensichtlich, daß sie Alf als Geldquelle mehr bedeutete denn als Person. »Nein, kein Bedarf«, sagte sie scharf.

Alfs Gesicht lief wieder rot an – ob aus Verlegenheit oder Wut, war für Susann nicht ersichtlich. Aber seine nächsten Worte machten das deutlich. »Ich werde rechtliche Schritte unternehmen müssen, Susann. Wir haben einen Vertrag. Davis & Dash hat Anweisung, deine Schecks an mich zu schicken. Ich schicke sie an dich weiter, nachdem ich meine Provision abgezogen habe. Aber ich bin verantwortlich.«

Susann schüttelte den Kopf. »Ich fürchte, der Vertrag mit Davis & Dash ist gestorben. Mein neuer Rechtsanwalt nimmt sich dieser Sache an.«

»Was?« fragte er ungläubig.

»Schluß und aus, Alf. Ich gebe den Vorschuß zurück. Das ist einer der Gründe, weswegen ich diese Wohnung verkauft habe.«

»Aber ... aber ...«

»Tja, Alf, manche Sünden rächen sich eben doch«, sagte Edith und sah mit einem strahlenden Lächeln auf. »Nun, und diesmal bist eben du dran.«

37

›Die durchschnittliche Verweildauer eines normalen Buches im Regal liegt irgendwo zwischen der von Milch und Joghurt.‹

Calvin Trillin

Daniel klingelte, aber nichts passierte. Er klopfte, und als wieder keine Reaktion kam, trat er mit dem Fuß gegen die Tür.

Er war verzweifelt. Er mußte unbedingt da hineinkommen. Noch eine Nacht im Hotel würde er nicht überstehen. Seit Wochen hatte er nicht mehr gut geschlafen. Das Geld rann ihm durch die Finger, und da er sich von seiner Frau getrennt hatte, konnte er auch nicht mehr zurück in die Wohnung in Fox Run. Aber ganz davon abgesehen wollte er zu Pam – sie sollte ihn mit ihrer Energie und ihrem Körper trösten. Er wollte getröstet werden, und er wollte wissen, warum seinem Buch der Erfolg versagt geblieben war. Er wollte, daß sie sein Buch verbesserte und auch alles andere wieder geradebog. Und er wollte heißen Sex und einmal eine Nacht durchschlafen. Daniel wollte nicht mehr und nicht weniger als ein neues Leben anfangen, und dazu brauchte er Pam. Deswegen war er hier. Endlich hörte er, wie sich Schritte der Tür näherten.

»Hau ab.«

»Ich bin's – Daniel!« schrie er, bevor sie wieder weggehen konnte.

»Daniel *wer?*«

Daniel schüttelte den Kopf. Er war sehr müde. Müde und verwirrt. »Jude! Jude Daniel«, fiel ihm gerade noch rechtzeitig ein.

Der Riegel wurde zurückgeschoben, und kurz darauf öffnete sich die Tür. Pams blonde Locken waren noch verfilzter und unordentlicher als sonst und wuchsen an den Wurzeln dunkel nach. Sie hatte nichts an außer einem fleckigen Männerhemd, das ihre schweren Brüste nur notdürftig bedeckte.

»Was, zum Teufel, machst *du* denn hier?« fragte sie.

»Ich will mit dir zusammensein«, sagte Daniel mit weinerlicher Stimme. Ihr Blick fiel auf die beiden Koffer.

»Mit mir zusammensein oder zusammenleben?« schnauzte sie. »Bist du völlig von Sinnen?«

Sie wollte die Tür schließen. Daniel konnte es nicht fassen. War sie betrunken? High? »Pam, ich bin's. Willst du nicht auch mit mir zusammenleben?« Sie schwieg und musterte ihn von oben bis unten.

»Ich würde dich am liebsten nicht einmal *kennen*«, sagte sie. »Du bist miserabel im Bett, und du bist ein Versager – das ist meiner Erfahrung nach eine absolut tödliche Kombination. Aber ob du's glaubst oder nicht, du bist im Moment das kleinste meiner Probleme, du Idiot.« Als sie die Tür zudrücken wollte, stemmte sich Daniel dagegen.

»Was stimmt denn nicht?«

»Was nicht stimmt? Was nicht *stimmt?* Das ist eine verteufelt lange Geschichte. Warum reden wir nicht darüber, was überhaupt noch stimmt? Nämlich gar nichts mehr. Absolut gar nichts. Ich habe meinen Job verloren, meinen Ruf in der Branche, und …« Sie unterbrach sich und warf einen Blick auf seine zerknitterte Kleidung und seine geröteten Augen, in denen sie Verzweiflung und Hoffnungslosigkeit erkannte. »… und du bist ein Arschloch«, beendete sie ihren Satz.

Daniels Magen krampfte sich zusammen. Was war denn nur plötzlich mit ihr los? »Ich dachte, du liebst mich«, platzte er heraus.

»Tja, und ich dachte, du hättest dieses verdammte Buch geschrieben. Offenbar waren wir beide falsch informiert. Also verpiß dich, Mr. Grünschnabel.« Daniel stand da wie versteinert. Sie schlug ihm die Tür vor der Nase zu und schob den Riegel vor. Nach einer Weile nahm er seine Koffer auf, aber er zögerte. Er wußte nicht, wo er hingehen sollte. An die Uni konnte er nicht zurückkehren, weil er gekündigt hatte. Zu Judith wollte er nicht, und in New York kannte er niemanden außer Alf Byron. Und so wie ihre letzte Begegnung verlaufen war, bezweifelte Daniel, daß Alf auch nur seinen Anruf entgegennehmen würde. Er stellte seine Koffer wieder ab. Er brauchte Pam, und sie brauchte ihn. Wieso war sie gefeuert worden? Und was hatte man ihr über sein Buch erzählt? Er würde ihr das Ganze erklären – daß er die Idee zu dem Buch gehabt und Judith nur seine Anweisungen ausgeführt hatte. Natürlich hätte er es Pam früher erzählen sollen, aber morgen würde er sich entschuldigen, und dann würden sie miteinander schlafen. Er würde bei ihr einziehen dürfen, und dann konnte er schreiben. Einen *echten* Bestseller.

Daniel zog seinen Mantel aus und legte ihn auf den Boden. Heute nacht würde er hier schlafen. Morgen konnte er dann mit Pam reden, und alles würde wieder gut werden.

38

›Nichts ist erfolgreicher als Erfolg.‹

Alexandre Dumas der Ältere

Camilla betrat die Räume von Citron Press. Der kleine Flur, der als Empfangsraum diente, war mit Luftballons und einem Spruchband dekoriert, auf dem HERZLICHEN GLÜCKWUNSCH, CAMILLA stand. »Sie ist da!« rief Emily den Flur hinunter. Susan, Jimmy O'Brien und die beiden studentischen Aushilfskräfte begannen sie mit Konfetti zu bewerfen. Sie bekam eine volle Ladung ab, bevor sie die Hände schützend vor ihr Gesicht legen konnte. Aber richtig verrückt wurde es erst, als Craig aus seinem Büro eilte, den Korken knallen ließ und sie alle mit Champagner bespritzte.

Alex Simmons kreischte und ging in Deckung. »Nicht auf mein Armani!« schrie sie und warf eine Handvoll Konfetti auf Camillas feuchte Haare.

»Wer ist die Nummer eins hier? Wer ist die Nummer eins hier?« sang Jimmy.

»Wer ist die Nummer eins hier?« stimmten die anderen ein, formierten sich zu einer Polonaise und tanzten den Flur hinunter bis in Craigs Büro.

Camilla war gerührt, als sie die Torte entdeckte, die mit ihrem Namen und einem Buch verziert war und in der eine Kerze in Form einer 1 steckte. Craig goß den Champagner in Sektflöten. Alle redeten durcheinander, doch Craig hob seine Stimme: »Ich weiß gar nicht, warum wir hier eigentlich feiern! Schließlich hast du dein Buch nicht bei Citron Press veröffentlicht«, bemerkte er, als er Camilla ein Glas in die Hand drückte.

Alex lächelte. »Das nicht. Aber vielleicht könnt ihr ja ihr *nächstes* veröffentlichen. Vorausgesetzt natürlich, daß der Preis stimmt«, sagte sie trocken.

Alle lachten, und Craig tat so, als schluckte er den Köder. »Wißt ihr was? Ich erhöhe ihren Stundenlohn.« Er lächelte Camilla über die Torte hinweg an. »Drei Mäuse mehr pro Stunde. Also, du kannst nicht behaupten, *das* sei nicht fair.«

»Das ist überhaupt nicht fair«, wandte Jimmy ein. »Ich bin schon länger da.«

»Nun, wenn *du* einen Bestseller schreibst, der die Nummer eins wird, bezahle ich dir auch drei Dollar mehr pro Stunde«, sagte Craig und imitierte dabei den typischen Tonfall einer Mutter.

Susan wollte die Torte anschneiden.

»Warte, noch nicht! Sie muß erst die Kerze ausblasen und sich etwas wünschen«, rief Emily.

»Aber das macht man doch nur an Geburtstagen«, widersprach Susan.

Während die anderen über diesen Punkt diskutierten, stand Camilla mit dem Glas in der Hand da und dachte daran, daß sie heute eigentlich nur gekommen war, um zu kündigen. Ihre Freude war getrübt, denn aufgrund ihres schlechten Gewissens konnte sie die kleine Feier, die ihr zu Ehren veranstaltet wurde, gar nicht richtig genießen. Wie sollte sie diesen netten Menschen nur klarmachen, daß sie aufhören mußte? Letzte Nacht in Fredericks Wohnung hatte sie keinen Schlaf gefunden, weil sie ständig daran gedacht hatte. Camilla war sich völlig im klaren darüber, daß wahre Freunde selten waren. Und Craig und die anderen waren für sie dagewesen, als sie sie am meisten gebraucht hatte. Sie wußte, was Craig für sie empfand, und erinnerte sich daran, wie freundlich er ihre Zurückweisung aufgenommen hatte. Vielleicht sollte sie doch bleiben. »Auf Camilla«, sagte Craig in diesem Moment. »Eine Frau, die – was für mich völlig unbegreiflich ist – lieber noch einen Topbestseller schreiben als mit mir eine Familie gründen will.«

»Das ist nur gesunder Menschenverstand«, kommentierte Susan. »Darauf trinke ich.« Alle hoben ihre Gläser.

»Eine Rede, eine Rede«, forderten Emily und Alex im Chor, und die anderen fielen ein.

Camilla errötete und leerte ihr Glas. »Ich danke euch«, sagte sie. »Wirklich. Ich danke euch von ganzem Herzen. Als ich neu in New York war und nur zwei Menschen kannte, habt ihr mir geholfen und seid alle meine Freunde geworden.«

»Das wußten wir schon damals«, sagte Craig.

Camilla traten Tränen in die Augen. »Ich will nicht undankbar sein«, fuhr sie fort. »Aber ... ich brauche mehr Zeit ... ich kann so nicht weitermachen ...«

Craig fing an zu lachen. »Camilla, versuchst du vielleicht gerade, deine Kündigung vorzubringen?« fragte er. Camilla nickte und spürte, wie eine Träne dicht an ihrer Nase vorbeikullerte. »Das enttäuscht uns aber sehr. Wir dachten schon, du seist eine jener gräßlichen Frauen, die im Lotto gewinnen und dann verkünden, sie würden trotzdem ihren Job als Rechtsanwaltsgehilfin beibehalten.«

»Hör auf, sie zu foppen«, mahnte ihn Susan. »Du siehst doch, daß sie sowieso schon ganz durcheinander ist.« Susan tätschelte Camillas Schulter und umarmte sie dann. »Es ist schon in Ordnung, Camilla. Wir wissen, daß du hier nicht mehr halbtags arbeitest.«

»Nein«, warf Jimmy ein, »wir dachten, du würdest das jetzt als Ganztagsjob machen.«

»Die große Frage ist: Werden wir dein nächstes Buch veröffentlichen?« fragte Craig.

»Ja, das wäre schön«, sagte Camilla.

»Moment mal! Nicht so schnell«, mischte sich Alex ein. »Das ist *keine* offizielle Zusicherung«, sagte sie zu Craig. »Ihr könnt, wie die anderen Verlage auch, an der Auktion teilnehmen.« Camilla sah in die Runde. Offenbar schien niemand wütend auf sie zu sein oder zu denken, sie wäre unloyal.

»Camilla, wir *wollen*, daß du aufhörst«, erklärte Craig. »Schreib so schnell wie möglich dein Buch fertig und bring es zu uns. Wir besorgen dir jeden Lektor, den du haben willst, und wir veröffentlichen es. Eigentlich«, sagte er und nahm ihr das Sektglas aus der Hand, »wäre es uns am liebsten, wenn du jetzt gleich nach Hause gingest. Was sollst du hier auch, wenn du zu Hause einen neuen Bestseller für Citron Press schreiben kannst?« Er wandte sich an die anderen. »Es sieht so aus, als könnten wir alle nächstes Jahr pünktlich unsere Mieten zahlen«, sagte er.

»Darauf sollten wir anstoßen«, fügte Susan hinzu.

»Wartet mal eine Minute«, fiel Alex ein. »Es hat noch kein offizielles …«

»Ach, Alex, entspannen Sie sich einfach«, unterbrach Camilla sie, die schließlich ihr Gleichgewicht und damit auch ihren Humor wiedergefunden hatte.

Craig, der seine Chance gekommen sah, strahlte vor Freude. »Wir werden alles für dein Buch tun. Und wir werden dich alle unterstützen. Vielleicht bekommst du nicht gleich einen riesigen Vorschuß, aber wenn erst einmal die Tantiemen anlaufen …«

»Sie braucht einen größeren Vorschuß, Craig«, sagte Alex.

»Ich bin sicher, dafür finden wir eine Regelung«, sagte Camilla, »wenn dabei *vielleicht* ein kleiner Canaletto eine Rolle spielt.« Craig stöhnte und wurde zum erstenmal an diesem Vormittag ernst.

»Nicht den Canaletto!« rief er. »Nein, Camilla, nicht den Canaletto.«

Camilla lächelte nur.

39

›Bleib stehen, sei ruhig und höre auf die Stimme deines Herzens. Dann, wenn sie spricht, geh und folge ihr.‹

Susanna Tamaro

Emma hing trüben Gedanken nach, und nicht nur das – sie *wollte* trüben Gedanken nachhängen, und zwar solange sie Lust dazu hatte. Sie konnte nicht glauben, daß sie gefeuert worden war. Nach allem, was sie aus Hingabe für ihre Arbeit, wenn nicht sogar aus Zuneigung zu Pam getan hatte. Und das war nun der Dank dafür.

Seit sie gefeuert worden war, hatte sie die meiste Zeit nur auf ihrer Couch herumgelegen. Sie hatte den Stecker des Telefons aus der Wand gezogen, weil sie es nicht ertragen hätte, wenn jemand angerufen hätte, um sein Mitleid zu bekunden. Nur gelegentlich stöpselte sie den Apparat ein, um sich Pizza oder chinesisches Essen zu bestellen. Auf dem ganzen Boden verstreut lagen leere Pappschachteln, aber das war ihr egal. Herrje, sie hatte keine Lust mehr, noch einmal ganz von vorn anzufangen, und sie hatte auch nicht vor, ihrer Mutter von der Katastrophe zu erzählen.

Ein Klopfen an der Wohnungstür riß sie aus ihren Gedanken. Emma erschrak, stand aber nicht auf. Als sich das Klopfen zu einem Hämmern steigerte, schrie sie: »Geh weg!« Erst als das Wummern die Tür aus den Angeln zu heben drohte, stand sie schließlich auf.

»Wer ist da?« brüllte sie.

»Mach die verdammte Tür auf, du Idiotin!« schrie Alex. »Du hast den Hörer nicht abgenommen. Ich dachte schon, du wärest tot.«

O Gott. Das konnte sie jetzt am allerwenigsten gebrauchen. Aber das Hämmern hörte nicht auf. Vorsichtig öffnete Emma die Tür einen Spaltbreit, aber Alex drückte sie weiter auf und zwängte sich an ihr vorbei.

»Ach, hältst du hier eine kleine Selbstbemitleidungsparty ab? Und hast mich nicht eingeladen? Hier sieht's ja aus wie in einer Opiumhöhle.«

Emma warf Alex einen wütenden Blick zu. Sie hatte ihr zwei wichtige Klientinnen vermittelt und war dafür gefeuert worden. Das war nicht fair. »Was suchst du hier, Alex? Und warum freust du dich so diebisch?«

Alex sah Emma nur an. Emma merkte, daß sie Alex mit ihrer Bemerkung verletzt hatte, aber es war ihr egal. Pech. Sie ging zum Sofa zurück und ließ sich darauf fallen.

»Mich diebisch freuen? Du bist diejenige, die sich hier diebisch freuen sollte. Ich sorge dafür, daß deine Arbeit endlich anerkannt wird, und ...«

Emma stützte sich auf einen Ellenbogen. »Du hast dafür gesorgt, daß ich Anerkennung bekomme?« Sie machte eine Pause. »Heißt das, du warst diejenige, die den *PW* mit Informationen versorgt hat?«

»Nun, ich denke, *versorgt* ist nicht der richtige Ausdruck dafür. Man könnte vielleicht sagen, ich habe ein paar Bemerkungen fallengelassen.«

Emma sprang auf. »Du hast dafür gesorgt, daß ich gefeuert wurde!« schrie sie.

»Gefeuert? Ich habe gehört, du seist erhobenen Hauptes hinausmarschiert.«

»Pam hat mich gefeuert«, sagte Emma etwas ruhiger.

»War das bevor oder nachdem David Morton sie gefeuert hat?«

»*Pam* wurde auch gefeuert?«

»Ja. Sie wurde von GOD gefeuert, bevor sein Vater ihn feuerte.«

»GOD, der Vater, feuert GOD, den Sohn!«

»Genau. Womit nur noch der Heilige Geist übrigbliebe. Aber wie ich schon sagte, auch Pam wurde entlassen. He, wach endlich auf und schnuppere mal an der Druckerschwärze«, munterte Alex sie auf. »Es gab ein richtiges Blutbad.«

»Meinst du das im Ernst? Ich wußte, daß es in der Management-Etage Ärger gegeben hat – aber ist Gerald wirklich gefeuert worden? Kein Davis & Dash mehr?«

»Ach, das ist doch jetzt völlig unwichtig. Aber *du* bist wichtig für mich.«

»Nein, das stimmt nicht. Für dich ist nur deine Arbeit wichtig.«

»Glaubst du das wirklich?« fragte Alex. Sie schwieg eine Zeitlang. Dann sagte sie: »Na ja, meine Arbeit ist mir wirklich sehr wichtig, und das wird auch so bleiben. Ich habe keinen Treuhandfonds, auf den ich im Notfall zurückgreifen kann; ich muß sehen, wo ich bleibe. Aber mir ist nicht *nur* die Arbeit wichtig.« Alex kam zu ihr herüber und setzte sich neben Emma auf das Sofa. »Emma«, sagte sie sanft, »ich liebe dich. Ich setze mich immer sehr für meine Klienten ein und versuche das Beste für sie herauszuholen; aber das heißt noch lange nicht, daß ich dich nicht liebe. Hattest du Angst, ich würde dich nur ausnutzen?«

Eine Träne rollte Emmas Wange hinunter. Sie nickte.

»Ach, Baby. Wie konntest du denn so was denken? Es tut mir leid. Meine Arbeit ist so wichtig für mich und macht mir so viel Freude, daß sie ständig präsent ist und ich kaum abschalten kann. Aber trotzdem habe ich Gefühle. Vielleicht sollten wir in Zukunft einfach nicht mehr zusammenarbeiten.«

»Keine Sorge. Wahrscheinlich finde ich sowieso nie wieder einen Arbeitsplatz.«

Alex sah sie an, als wäre sie plötzlich verrückt geworden. »Was redest du da?« fragte sie. »Alle reißen sich um dich. David Morton will dich wieder einstellen. Und Putnam will dich auch, soviel ich gehört habe. Aber meiner Meinung nach wäre es am besten, wenn du Cheflektorin bei Citron Press würdest.«

»Cheflektorin?«

»Craig Stevens ist ein Freund von mir. Natürlich kann ich dir nichts fest versprechen, aber er brennt darauf, dich kennenzulernen. Es ist ein kleiner Verlag, aber das macht auch seinen Charme aus. Du könntest mit Craig zusammen ein Programm aufbauen, so wie du es dir immer gewünscht hast.«

»Cheflektorin?« wiederholte Emma. »Er zieht mich in Erwägung? Als Cheflektorin?«

»Du hörst dich an wie ein debiler Papagei. ›Cheflektorin, Cheflektorin.‹ Ja, er will dich, da bin ich mir ganz sicher. So, und jetzt reiß dich zusammen und zieh dir ein paar anständige Klamotten an, falls du so etwas überhaupt besitzen solltest. Ich lade dich zum Mittagessen ein, damit du deinen neuen Chef kennenlernen kannst.«

40

›Dieser alte Mann hier behauptet, daß man heute, wohin man auch blickt, kaum noch einen Verlag findet, der sich auch nur einen Deut um gute Literatur schert.‹

Roger Straus

Gerald stand am Fenster seines Studierzimmers. Er hielt ein Exemplar von *Die Verlogenheit der Männer* in der Hand. Es war ein schweres Buch, in jeder Hinsicht. Gerade hatte er es zum zweitenmal gelesen und war noch mehr beeindruckt gewesen als beim erstenmal. Er dachte an die Autorin. Sie war nun bereits seit über einem Jahr tot, aber ihr Werk würde sie lange Zeit überleben. Was hatte er vollbracht, das nach seinem Tod fortleben würde?

Nichts. Absolut gar nichts. Die Auseinandersetzung mit David Morton war an sich schon demütigend genug gewesen, aber es waren die Worte seines Vaters, die ihm nicht mehr aus dem Kopf gingen: »Ich bin schwer enttäuscht von dir«, »Ich bin zutiefst entsetzt«, und am schlimmsten: »Ich halte zu Mr. Morton und den Aktionären, Gerald. Das sind wir ihnen schuldig.«

Nun merkte er – vielleicht zum erstenmal in seinem Leben –, was ›sich schämen‹ wirklich bedeutete. Es war alles andere als angenehm. Viele Leute in der Verlagsbranche hatten ihn als ›schamlos‹ bezeichnet, aber bis jetzt hatte er nie darüber nachgedacht, warum. Dann dachte er an den Selbstmord seines Onkels. Er konnte jetzt nachvollziehen, wie sich der alte Mann gefühlt haben mußte. Es war unerträglich, mit einem solchen Gefühl weiterzuleben.

Gerald zog Bilanz. Jedem Menschen war auf Erden nur eine kurze Zeitspanne vergönnt, aber er hatte vielfältige Möglichkeiten, um sie zu nutzen. Und er selbst hatte seine Zeit damit vergeudet, idiotische Bücher zu schreiben, die noch nicht einmal kommerziell erfolgreich gewesen waren. Er hatte seine erste Familie und seine älteren Kinder im Stich gelassen und anschließend wiederum die Frau verlassen, für die er seine Familie aufgegeben hatte. Terry O'Neal hätte genausogut über ihn schreiben können. Und in seiner jetzigen Ehe gab es keine Liebe. Trotz seines riesigen Einkommens besaß er keinen Pfennig mehr. Sein Leben war sinnentleert. Sein Vater hatte recht.

Er sah noch einmal auf das Buch in seinen Händen. Es war einfach herrlich geschrieben und aus tiefster Seele empfunden. Warum hatte er solch ein Werk nicht zustande gebracht? Warum hatte er nichts geschrieben, das den Tagiter verdient hatte? Der einzige Dienst, den er sich anrechnen konnte, war die Veröffentlichung dieses Buches.

Er legte das Buch auf die Fensterbank. Dann nahm er die kleine Pistole aus der Schublade in seinem Schreibtisch, sah nach unten, zupfte seine Manschetten zurecht und erschoß sich.

41

›In der Verlagsbranche bedeutet Erfolg eigentlich nur eine Art Gehaltsnachzahlung.‹

Molly Friedrich

Interviews, die Tagiter-Preisverleihung und das ganze Brimborium drum herum hatten Opal in letzter Zeit ziemlich auf Trab gehalten. Überraschenderweise hatte ihr letzteres kaum etwas ausgemacht, denn nun wurde Terry ihrer Ansicht nach so gewürdigt, wie sie es verdient hatte. Opal hatte ihr

Bestes gegeben, um Terrys Erwartungen zu erfüllen, und das war ihr gelungen. Eine Riesenüberraschung war das Preisgeld gewesen, das sich auf 173 000 Dollar belief, während der Pulitzer-Preis nur mit dreitausend Dollar dotiert war. Die zweite Überraschung war der Verkauf der Taschenbuchrechte gewesen und die Tatsache, daß noch sechzehn weitere Länder die Übersetzungsrechte für das Buch erwerben wollten. Nun hatte Opal nicht nur Bestätigung gefunden, sondern war zum erstenmal in ihrem Leben wohlhabend. Sie war sogar – auf Kosten von Paramount – nach Los Angeles geflogen, um mit den Verantwortlichen über eine Verfilmung von *Die Verlogenheit der Männer* zu sprechen. Opal hatte keine Ahnung, ob das Buch tatsächlich verfilmt werden konnte oder sollte und ob sie das überhaupt wollte; aber Miß Lansing, die Leiterin des Studios, war äußerst zuvorkommend, charmant und einfühlsam gewesen und hatte mit ihr in einem reizenden, ganz in Weiß gehaltenen Séparée zu Mittag gegessen. Es hatte Opal mit Genugtuung erfüllt, daß an der Spitze all dieser Männer eine Frau gestanden hatte.

Opal hatte sogar ein Glückwunschschreiben von der Bibliothek in Bloomington erhalten – von eben jenem Jungen, der es schroff abgelehnt hatte, ihren Urlaub zu verlängern. Auf Drängen des Leitung hatte er sich nun bei ihr entschuldigt und ihr den Job wieder angeboten.

In den letzten zwölf Monaten hatte sich so vieles verändert. Noch vor einem Jahr hatte Opal geglaubt, sie und ihre Tochter hätten ihr Leben vergeudet. Doch nun hatte sie die Bestätigung erhalten, daß ihre Tochter Großes geleistet hatte; noch wichtiger war, daß sie selbst etwas Frieden gefunden hatte, auch wenn sie Terrys Selbstmord nicht vergessen konnte. In ihrem Leben hatte sich fast alles immer nur ums Lesen gedreht, und letztes Jahr um diese Zeit hatte sie das ungute Gefühl beschlichen, ihr Leben sei jämmerlich, sinnlos und vergeudet, weil sie nichts Besonderes daraus gemacht hatte. Aber ihre Erlebnisse in New York hatten ihren Glauben an das Lesen wieder gefestigt. Lesen war keine Alternative zum Leben und auch keine Flucht. Nicht, wenn man richtig las, denn nur dann konnte man aus sich selbst heraustreten und in die Erfahrungen anderer eintauchen.

Opal hatte nie selbst ein Buch geschrieben, aber inzwischen wußte sie, daß dem Leser ebensoviel Bedeutung zugemessen werden mußte wie dem Schriftsteller. Sie, Opal O'Neal, hatte eine besondere Beziehung zur Literatur, und sie war eine talentierte Leserin, worauf sie stolz war. Wenn nur Terry ... Doch Opal verdrängte diesen Gedanken rasch wieder. Durch Selbstmord beraubte man sich selbst all der Dinge, die noch kommen mochten, und das war schade. Neugierig fragte sie sich, was ihre Zukunft noch für sie bereithielt.

Doch ihr hiesiges Abenteuer schien nun beendet zu sein. Obwohl es draußen kalt und naß war, ging Opal in den Garten. Die Zweige des japanischen Kirschbaums waren kahl, und dem Boden entströmte wieder der Geruch von Katzen. Aber als Opal eine der dünnen Zweigspitzen näher untersuchte, entdeckte sie winzige Knospen. Im Frühjahr würde nicht nur der Baum in weißer Blütenpracht erstrahlen, sondern der ganze Garten. Es wäre eine Schande, ihn verkommen zu lassen – irgendwie schien es ihr, als hätte Terry hier ihre letzte Ruhestätte gefunden. Doch die Bank war kalt, und Opal fröstelte. In Bloomington warteten ihr Job, ihre Freunde und ihr Haus auf sie. Sie mußte dorthin zurückkehren. Außerdem wollte sie die Asche ihrer Tochter beerdigen, und zwar in einem Grab neben dem ihren, auf dem Friedhof von Bloomington.

Diese Gedanken stimmten sie traurig und hinterließen ein ungutes Gefühl. Sie stand auf, verließ den Garten durch die Seitentür und ging den Broadway entlang bis zum Bookstall. Sie hatte Roberta seit zwei Wochen nicht mehr gesehen, und es war bereits über einen Monat her, daß sie das letztemal im Laden mitgeholfen hatte. Deshalb traute sie ihren Augen kaum, als sie in den Schaufenstern die großen Schilder entdeckte. Wie versteinert stand sie in der feuchten Kälte und sah immer wieder von einem Schaufenster zum anderen. Dann öffnete sie die Tür und trat in den warmen Laden.

Margaret stand völlig aufgelöst an der Kasse, weil jemand mit einer Kreditkarte bezahlen wollte. Herrje, Margaret hatte immer noch nicht begriffen, daß man einfach nur den Magnetstreifen durch das Lesegerät ziehen und den Kaufbetrag eingeben mußte, dachte Opal leicht verärgert. Aber Opal hatte jetzt keine Zeit, ihr zu helfen. »Wo ist Roberta?« fragte sie knapp. Margaret sah auf und machte eine wedelnde Handbewegung in Richtung Hinterzimmer.

Opal hielt sich nicht damit auf, an die Bürotür zu klopfen, sondern öffnete die Tür und trat ein. Roberta saß an dem Tisch, den sie als Schreibtisch benutzte, über einen Taschenrechner und Inventurlisten gebeugt.

»Was zum Teufel ist hier los?« fragte Opal.

Roberta schwang erschrocken in ihrem Drehstuhl herum. »Oh, hallo, Opal. Ich dachte mir schon, daß Sie heute vorbeikommen würden. Ich wollte Sie anrufen, aber dann war ich zu beschäftigt. Seit der Ausverkauf begonnen hat, geht es hier zu wie im Tollhaus. Es gibt so viel zu tun.«

»Sie schließen den Laden?« fragte Opal. »Und seitdem gibt es viel zu tun?«

Roberta zog ihre schmalen Schultern hoch. »Ich hätte es Ihnen sagen sollen, ich weiß. Aber für Sie lief gerade alles so gut, daß ich Ihnen keine schlechten Nachrichten bringen wollte. Sie dürfen nicht wütend sein.«

»Wütend? Ich habe einen Schock!«

»Ach, kommen Sie, Opal. Sie haben doch hier gearbeitet und wußten, daß das Geschäft schlecht lief. Und zwar schon lange. Der Ladenraum nebenan steht leer. Mein Vermieter will Ende dieses Jahres die Ladenmiete erhöhen, da der Pachtvertrag ausläuft, und wenn ich die höhere Miete nicht bezahlen kann, möchte er die beiden Geschäftsräume zusammenlegen. Und mit den großen Ladenketten kann ich nicht konkurrieren«, sagte Roberta entschuldigend. »Sie wissen ja: Es heißt immer, Konkurrenz belebe das Geschäft. Ich weiß es nicht genau, aber ich fühle mich weniger belebt als unglücklich. Ich hätte mein Geld in Immobilien anlegen sollen, nicht in Büchern.« Sie seufzte. »Wenn mein Penthouse mir gehören würde, wäre ich nun reich statt pleite.«

Opal ließ sich schwer auf den Plastikstuhl fallen, der auf der anderen Seite des Tisches stand. »Also geben Sie einfach auf?« fragte sie.

Roberta fühlte sich angegriffen. »Ich glaube kaum, daß man es als ›Aufgeben‹ bezeichnen kann. Ich habe diese Buchhandlung gegründet und einunddreißig Jahre lang geführt«, sagte sie scharf. »Aber wenn die Frage lauten sollte, ob ich mich aus dem Geschäft zurückziehe, dann lautet die Antwort: Ja.«

»Warum verkaufen Sie das Geschäft denn nicht einfach an eine andere Buchhandlung?«

Roberta schüttelte den Kopf. »Das wäre ziemlich schwierig, weil das Buchkaufhaus in der Nähe liegt. Und ohne die Verlängerung des Pachtvertrages wäre es sogar unmöglich. Ich habe es so lange hinausgezögert, wie es ging, Opal. Nun muß ich der Wahrheit ins Gesicht sehen. Es bleibt mir nichts anderes übrig, als den Laden zu schließen.« Erst da bemerkte Opal, daß Robertas Unterlippe zitterte, wenn auch nur ganz kurz. »Nur der Himmel weiß, was aus mir wird«, gab Roberta zu.

Opal war bestürzt. Das konnte doch wohl nicht wahr sein! Um die richtigen Bücher auswählen und verkaufen zu können, benötigte man ein gewisses Talent, und Roberta hatte es. Außerdem liebte Opal den Laden, wie schon Terry vor ihr.

»Es gibt noch eine andere Möglichkeit«, sagte Opal energisch. »Erweitern. Ein Café einbauen. Neue Titel mit hineinnehmen. Einige Bücher herabsetzen. Längere Öffnungszeiten. Mehr Leute einstellen. Mit den Großen konkurrieren. Das könnte durchaus klappen, denn hier kann man größere Veranstaltungen abhalten – wenn wir erst einmal die Wand zum Nachbarladen durchgebrochen haben.«

»Wir?« fragte Roberta und lachte bitter. »Ich fürchte, es geht hier nur um mich, und ich habe kein Geld. Banken haben für das Buchgeschäft nicht allzuviel übrig, also kann ich keine Hypothek auf mein Inventar aufnehmen wie andere Geschäfte. Für eine Erweiterung habe ich einfach nicht die Mittel.«

»Nein, aber *wir*.« Opal richtete sich in dem unbequemen Stuhl auf. »Ich besitze fast zweihunderttausend Dollar, den Verkauf meines Hauses in Bloomington noch nicht mitgerechnet. Nehmen Sie mich als Teilhaberin mit hinein. Margaret kann backen und die Kaffeemaschine bedienen. Sie und ich können den Rest erledigen, wenn wir einen guten Lagerverwalter bekommen«, sagte sie lächelnd. »Aber da wird uns vielleicht Aiello aushelfen.«

»Ich dachte, Sie wollten nach Indiana zurückkehren?« fragte Roberta.

»Wozu? Mein Platz ist jetzt hier.« Opal war selbst überrascht, als ihr plötzlich klar wurde, daß dies der Wahrheit entsprach. »New York gefällt mir. Für eine ältere Frau gibt es keinen besseren Ort. Hier habe ich Theater, Museen, Kinos, Buchläden, öffentliche Verkehrsmittel und die besten Ärzte der Welt. Ich wäre dumm, wenn ich dem allem den Rücken kehren würde«, sagte sie, und es war ihr plötzlich ernst damit. »Wieviel Geld brauche ich, um mich einzukaufen?«

»Ich … ich weiß nicht. Ich weiß es nicht genau.« Roberta verstummte. Nach einer Weile fragte sie: »Ach, Opal, wollen Sie das wirklich tun? Bitte, machen Sie mir keine falschen Hoffnungen. Ich habe mich gerade erst damit abgefunden, daß ich den Laden aufgeben muß.«

»Dann denken Sie eben wieder um, Roberta. Und geben Sie mir ihren Stuhl«, sagte Opal. »Als allererstes kaufen wir uns zwei bequeme Stühle.«

»Nein«, widersprach Roberta. »Als erstes bekommen Sie von mir einen dicken Kuß. Und dann rufe ich Paul Mahon an, damit er einige Dokumente für uns aufsetzt.«

42

›Wenn ich mit dem Schreiben gut vorankomme, fühle ich mich rundum wohl. Aber leider kostet es mich jeden Morgen erst einmal unglaubliche Überwindung, mich überhaupt an den Schreibtisch zu setzen und anzufangen. Man muß der Wahrheit ins Auge blicken: Schreiben ist die Hölle.‹

William Styron

Judith fiel das Gehen immer schwerer, aber das war im achten Monat wohl normal. Ihre Knöchel waren geschwollen, und ihre Füße schmerzten. Sie stolperte häufig, denn ihr taten nicht nur die Füße weh, auch ihr Gleichgewicht schien sich verändert zu haben, da nicht länger die Hüften den Körperschwerpunkt bildeten. Dieser Spaziergang auf dem rissigen New Yorker Gehweg war recht abenteuerlich. Als sie an einem Bordstein stolperte, ergriff Alex ihren Arm. »Alles in Ordnung?« fragte Alex.

»Sicher«, erwiderte Judith. »Das passiert mir ständig. Ich bin nur etwas nervös, weil ich meinen Verleger kennenlernen soll.«

Alex lächelte. »Sie brauchen überhaupt nicht nervös zu sein«, sagte sie. »Ich versichere Ihnen, daß das Manuskript Craig und der Cheflektorin wirklich *außerordentlich* gut gefällt. Besser jetzt?«

Judith seufzte. Das Straßenbild hatte sich verändert. Die obdachlosen Frauen waren verschwunden, aber nun spazierte ein junger Mann mit einem Dutzend Hunden – alles Dalmatiner – an ihnen vorbei. Es kam ihr irgendwie unwirklich vor. Vielleicht war dies alles nur ein Traum, aber falls dem so war, wollte sie nicht aufwachen. In den letzten Wochen hatte sie sehr seltsame Dinge geträumt. Das mußte daran liegen, daß ihr Roman nun endlich fertig war und die Geburt ihres Kindes kurz bevorstand. Mehr als einmal war sie schweißgebadet aufgewacht, fest davon überzeugt, sie hätte ein Kind zur Welt gebracht und man hätte es ihr weggenommen. Und dreimal hatte sie schon geträumt, ihr fertiges Manuskript sei verschwunden.

»Mir geht's gut«, versicherte sie Alex. Das Seltsame daran war, daß sie sich *tatsächlich* gut fühlte. Sie hatte ihre Schwangerschaft und ihren neuen Roman ganz allein bewältigt. Die Worte waren förmlich aus ihr herausgesprudelt, und sie hatte das Buch genau so schreiben können, wie sie es sich gewünscht hatte. Es war ein schwermütiges und hartes Buch geworden – aber so sollte es auch sein. Manchmal war das Leben eben so. Judith war nicht eigentlich glücklich, aber sie war zufrieden. Sie hatte viel Zeit zum Nachdenken gehabt und glaubte nun nicht mehr, daß Glück ein erstrebenswertes Ziel sei. Aber gute Arbeit war ein solches Ziel. Glück konnte sich zusätzlich einstellen – und falls nicht, war das auch in Ordnung.

»Sollen wir ein Taxi nehmen?« fragte Alex besorgt. »Es sind noch fünf oder sechs Blocks bis zu Citron Press.«

»Nein, mir geht's gut, wirklich.«

»Wie steht es mit Ihrer Scheidung?« fragte Alex. »Bei Diana sind Sie in guten Händen. Sie ist eine hervorragende Rechtsanwältin.«

Judith nickte. »Sie war großartig. Sie hat sogar mein Manuskript durchgelesen, zusammen mit ihrer Freundin Brenda. Und Emma Ashton war auch großartig. Ich weiß gar nicht, was ich getan hätte, wenn sie mich nicht zu Ihnen geschickt hätte.« Judith seufzte. »Mein künftiger Exmann scheint noch verrückter geworden zu sein, seit *Mit voller Absicht* den Bach hinuntergegangen ist. Er hat sogar gefragt, ob wir nicht zusammenbleiben könnten. Aber wahrscheinlich nur, weil er niemanden mehr hat, der ihm seine Wäsche wäscht, oder weil er die Kosten für den Rechtsanwalt sparen wollte.«

Alex lachte und nickte dann wissend. »Zwei triftige Gründe, um zusammenzubleiben«, sagte sie. »Oder vielleicht hat er läuten hören, daß Sie nun diejenige sind, die demnächst einen Bestseller veröffentlicht. Craig hält sehr viel von Ihrem Buch. Er glaubt, daß es einen Nerv der Zeit trifft und deswegen viele Leser finden wird. Er hat mit Macmillan einen neuen Vertriebsplan ausgehandelt, so daß das Buch überallhin geliefert werden kann. Ich könnte es natürlich auch einem größeren Verlag anbieten. Dann würden Sie einen höheren Vorschuß bekommen. Aber ich glaube schon, daß Craig ...«

»Keine großen Verlage«, sagte Judith und hob abwehrend die Hand, wodurch sie fast wieder das Gleichgewicht verloren hätte. »Ich glaube, mit den großen Verlagen bin ich fertig.« Sie lachte. »Außerdem würden sie mir dort nicht soviel Zeit widmen. Was macht Pam Mantiss eigentlich jetzt, da sie gefeuert worden ist?«

»Ich habe gehört, daß sie sich irgendwo im Mittelwesten einer Entziehungskur in einer Rehaklinik unterzogen hat«, sagte Alex. »Aber offenbar hat sie Drogen eingeschmuggelt und ein solches Theater veranstaltet, daß man sie hinausgeworfen hat. Jetzt ist sie wieder aufgetaucht – als Kinderbuchlektorin.« Alex zuckte die Achseln. »Tja, in unserer Welt heißt es fressen oder gefressen werden. Sie wird wieder auf die Beine kommen. Hören Sie, wie steht es mit Ihren Finanzen? Ich meine, wegen dem Baby und so. Wird Ihre Familie Ihnen unter die Arme greifen?«

Judith lachte. »Nicht, wenn sie *dieses* Buch gelesen hat«, sagte sie. »Aber Diana hat Daniel so eingeschüchtert, daß er einem schnellen Vergleich zugestimmt hat. Ich habe fünfzigtausend Dollar erhalten, steuerfrei. Und ich brauche kaum Geld. Flaubert frißt nicht viel, und ich zahle nur vierhundert Dollar Miete im Monat.« Sie bogen um eine Ecke und gingen am Hotel Chelsea vorbei. Drei äußerst seltsam aussehende, völlig abgemagerte Typen – ob männlich oder weiblich, war nicht ersichtlich – standen im Hoteleingang. New York City war wirklich eine verrückte Stadt.

»Nun, ich könnte bestimmt fünfzig aus Craig herausholen, aber ich kann das Manuskript auch versteigern. Dann müßten Sie allerdings mit dem Verlag vorliebnehmen, der am meisten Geld bietet.« Judith erinnerte sich wieder an die Feier, die damals nicht weit von hier stattgefunden hatte, und daran, wie die Leute von Davis & Dash ihren Mann hofiert hatten. Sie schüttelte sich.

»Nein, ich glaube, das will ich nicht«, antwortete sie. »Geld ist nicht die richtige Antwort.«

»Das hängt von der Frage ab«, sagte Alex trocken. »Wenn die Frage lautet: ›Mit was bestreitet man seinen Lebensunterhalt‹, dann lautete die Antwort hundertprozentig: ›Geld‹.« Alex hakte sich bei Judith ein und führte sie zum Eingang des Gebäudes. Die Eingangshalle war im Art-déco-Stil gehalten. Die Fenster waren sehr hoch und der Boden mit einem interessanten Fliesenmuster ausgelegt, aber alles wirkte bereits ein wenig heruntergekommen. Der Liftboy schlief auf einem Klappstuhl. Alex zuckte die Achseln. »Das hier ist natürlich nicht die Sixth Avenue«, sagte sie entschuldigend. Der Liftboy erwachte und fuhr sie in den fünften Stock hinauf.

Judith war von Citron Press angenehm überrascht – die Räume waren hell und sauber, und es ging sehr geschäftig zu. Ein junges Mädchen mit himbeerrotgefärbten Haaren begrüßte sie fröhlich. »Hi, Alex. Craig wartet schon auf Sie.« Alex führte Judith den Gang hinunter. Sie betraten einen großen Raum, in dem anstelle eines Schreibtischs ein Tisch stand, daneben mehrere bequeme Stühle und an den Wänden Bücherregale, die sich vom Boden bis zur Decke erstreckten. Ein äußerst gut aussehender Mann hob seinen Kopf und sah sie an.

»Alex!« rief er und erhob sich. »Und Sie müssen Judith Hunt sein.« Judith lächelte ihm zu und nickte. Sie hatte Daniels Nachnamen abgelegt – und sie würde ihn nie wieder tragen.

Die Frau, die Craig gegenüber mit dem Rücken zur Tür gesessen hatte, drehte sich nun um. Judith starrte sie an, und die Frau starrte zurück.

»Judith Hunt?« fragte Emma Ashton. Sie stand auf. »Lieber Himmel. Judith Gross. Sie sind das?« Judith blieb wie angewurzelt stehen. Warum war Emma Ashton hier? Sie streckte ihre Hand aus, um sie zu begrüßen, denn Emma war als einzige bei Davis & Dash nett zu ihr gewesen.

»Hi«, sagte sie.

Emma blinzelte. »Judith. Sie sind Judith Hunt?« Judith nickte. »Ich *liebe* Ihren Roman«, sagte Emma. Judith lächelte stolz, aber sie fragte sich, wie Emma an ihr Manuskript gekommen war.

»Ich bin so froh«, sagte Judith zu ihr und meinte es auch so. »Ich habe Ihren Rat befolgt.«

»Ich kann es einfach nicht glauben«, sagte Emma.

»Ich bin etwas verwirrt«, schaltete sich Craig ein. »Kann mir jemand erklären, was hier los ist?«

Alex räusperte sich. »Ich dachte, es wäre am besten, wenn ich es euch vorher nicht verrate. Ich wußte nicht genau, wie ihr zueinander steht. Aber wie es aussieht, mögt ihr euch«, fügte sie hinzu. Sie setzte sich und schlug ihre langen Beine übereinander. »Das erleichtert mich. Ich ziehe es nämlich vor, wenn meine Autoren ihre Lektoren mögen.«

»Mein Lektor?« fragte Judith.

Emma nickte. »Ich bin Cheflektorin bei Citron Press«, erklärte sie. »D&D haben mich rausgeworfen. Dann hat Craig mich adoptiert. Mir gefällt Ihr Roman sehr, Judith. Und Craig ebenfalls. Aber ich wußte nicht, daß Sie Judith Hunt sind.«

Judiths Gesicht verzog sich zu einem strahlenden Lächeln. »*Sie* sind hier die Cheflektorin?« fragte sie. »Sie sind meine Lektorin? Aber was ist denn bei Davis & Dash passiert?«

»Zu vieles, um Ihnen das jetzt alles zu erklären.« Emma lachte. »Na, jedenfalls bin ich nun hier, und ich freue mich sehr darauf, mit Ihnen zusammenzuarbeiten.« Judith spürte einen kräftigen Tritt in ihrem Bauch und legte schützend die Hand darüber. Ihr Baby mochte diese Frau. Vielleicht würde sie das Baby Emma taufen – wenn es ein Mädchen wurde.

»Sie haben mir geglaubt«, sagte sie. »Sie waren die einzige, die mir geglaubt hat.« Sie wandte sich an Alex. »Sie – als einzige von allen. Natürlich mag ich sie.«

Alex grinste und legte ihre Hand auf Emmas Schulter. »Das überrascht mich nicht. Diese Frau hat einen guten Riecher.«

»Also, wollen Sie mit uns und Citron Press zusammenarbeiten?« fragte Craig.

»Aber ja. Sehr gern«, antwortete Judith. »Mit Vergnügen.« Sie blinzelte. Das schien immer noch nicht ganz zu treffen, was sie empfand. »Von ganzem Herzen.«

»Ihr Roman ist großartig«, fuhr Craig fort. Er sah sehr attraktiv aus. »Sie sind *wirklich* gut. Wir können Sie als eine etwas sanftere Mary Gaitskill vermarkten. Ich denke, wir können mit dem Buch sehr viele Leser erreichen.«

»Wirklich?« fragte sie.

»Ich glaube schon.« Er sah auf ihren Bauch, wandte aber nicht, wie die meisten anderen Männer, peinlich berührt den Blick wieder ab. »Gehen wir was essen«, schlug er vor. »Wir müssen doch das Baby füttern, nicht wahr?«

»Sicher«, stimmte Alex zu und nahm Emma bei der Hand. Craig durchquerte den Raum, ergriff Judiths Hand und half ihr aufzustehen. Es war ein schönes Gefühl, seine Hand um ihre zu spüren. »Für dieses Buch haben wir jede Menge Aufhänger, mit denen es sich gut vermarkten läßt«, sagte Alex zu Emma, während sie den Flur hinuntergingen. Craig hielt Judiths Hand immer noch fest.

»Fang nicht schon jetzt damit an, mich wegen der Werbung vollzuquatschen«, warnte Emma sie.

»Nimm's doch nicht gleich wieder persönlich«, konterte Alex.

»Wann soll das Baby kommen?« fragte Craig ruhig.

»Nächsten Monat«, antwortete Judith.

Er drückte ihre Hand. »Ihr erstes?« fragte er, und Judith nickte. Vielleicht verkannte sie die Situation ja, aber dieser Mann schien sie wirklich anziehend zu finden. Oder er wollte nur freundlich zu ihr sein. Möglicherweise ging er so mit allen seinen Autoren um.

»Ihr Mann muß überglücklich sein«, sagte Craig.

»Ich bin nicht verheiratet – nicht mehr«, sagte sie und errötete. »Hat Ihnen Alex nichts erzählt?«

Craig sah sie an. Offensichtlich war er verwirrt. »Ich glaube nicht, daß es zu Alex' Gewohnheiten zählt, über das Privatleben von Autoren zu plaudern. Sie beschränkt sich meist auf das Geschäftliche.«

Als sie den Lift betraten, lachte Judith. »Hierbei *ging's* um das Geschäft.«

»Mein Gott, Craig, du wirst es nicht glauben«, sagte Emma, als sich die Lifttüren schlossen.

43

›Jeder kann mich in meinem Buch erkennen, und mein Buch in mir.‹

Michel Eyquem de Montaigne

Camilla riß den Umschlag auf und zog das Blatt heraus, an dem mit einer Büroklammer eine Notiz befestigt war. ›Ich dachte, das würde Ihnen gefallen‹, hatte Alex geschrieben. ›Mir gefällt es jedenfalls.‹ Camilla sah auf den Scheck, auf dem ›Davis & Dash: *Eine Woche in Firenze*, Tantiemen für Hardcover‹ stand. Der Scheck war auf sie ausgestellt, und der Betrag belief sich auf 811 653,97 Dollar. Camilla starrte auf den schmalen grauen Papierstreifen. Sie wußte nicht genau, wieviel das in Pfund war, aber mit Sicherheit mehr als genug. Sie strich mit ihrem Finger über ihren Namen, Camilla Clapfish, und den Betrag. So viel war sie wert, und sogar noch mehr. Es war wirklich erstaunlich. Unglaublich. Wie in dem Märchen, in dem die Tochter des Bauern Stroh zu Gold spann.

Alex Simmons hatte sich hervorragend um ihre Geschäfte gekümmert. Camillas Buch hatte siebenunddreißig Wochen lang auf Platz eins der Bestsellerliste gestanden. Und jetzt hatten Laura Ziskin und Kevin McCormick von Fox die Option auf die Filmrechte gekauft – offenbar kamen literarische Projekte dort tatsächlich an. Die Übersetzungsrechte waren bereits an achtzehn Länder verkauft worden – nun würde Camillas Buch bald in Thai, in Tagalog, ins Serbische und in sämtliche romanische Sprachen übersetzt werden. Sie fragte sich flüchtig, ob Gianfranco es wohl lesen würde, wenn es auf italienisch erschien.

Sie sah sich um. Die Wohnung war immer noch spärlich möbliert, aber ihr gefiel es so. Und die spartanische Einrichtung reduzierte die Zahl der Hindernisse, gegen die Frederick stoßen konnte. Es fiel ihm nicht leicht, alles immer wieder genau an seinen Platz zurückzustellen, damit er nicht stolperte oder sich verletzte. Aber wenn er Brailleschrift lernen konnte, und das mußte er, dann konnte sie auch lernen, Ordnung zu halten.

Es war schon seltsam: Nun, da sie über soviel Geld verfügte, schienen sich ihre Bedürfnisse stark verringert zu haben. Sie hatte einen riesigen Scheck an Schwester Agnus Dei geschickt und sich bei ihr noch einmal bedankt. Dann hatte sie sich einige wunderschöne Kleider gekauft. Aber darüber hinaus hatte sie nicht viel ausgegeben.

Sie hörte einen Schlüssel in der Tür. Frederick und Rosie kamen herein. Rosie war seine neue Liebe und sehr schön. Sie trottete langsam neben ihm her. Ihr dunkles Fell bildete einen schönen Kontrast zu seinem rötlichen Bart. »Hallo, mein Schatz«, sagte Camilla, damit Frederick wußte, wo sie stand. Er drehte sich zu ihr um und lächelte. »Hallo, Rosie.« Rosie wedelte mit dem Schwanz. Camilla hatte sorgfältig darauf geachtet, daß sie mit dem Hund nicht zu vertraut wurde, auch wenn sie den dunkelbraunen Labrador innig liebte. Aber sie durfte die enge Beziehung zwischen Frederick und seinem Blindenhund nicht stören. Er war von Rosie abhängig, und sie mußte von ihm abhängig bleiben, was Lob wie auch die Befriedigung ihrer Bedürfnisse anging. Rosie wurde nur von ihm gefüttert, und sie schlief auf dem Boden neben seinem Bett.

»Wie war's?« fragte sie.

»Nicht schlecht«, erwiderte Frederick. Er streckte seine Hand aus. Sie nahm sie und küßte ihn auf die Wange. Er drehte ihren Kopf, bis ihre Lippen auf den seinen lagen.

»Und was hast du heute nachmittag so getrieben?«

»Ach, ich habe nur ein paar Leute angerempelt«, sagte Frederick und lächelte kläglich.

Camilla stöhnte. Frederick machte immer noch Witze über seine Blindheit. Vielleicht würde er sich das ja eines Tages noch abgewöhnen.

»Und wie war *dein* Tag?« fragte er zurück.

»Das mußt du mir gleich verraten«, antwortete sie. Er ging zu seinem Sessel, legte seine Füße auf die Ottomane und wartete, bis Rosie sich neben ihm niedergelassen hatte.

Camilla holte das neue Kapitel ihres Buches und begann vorzulesen. Das war ein fester Bestandteil ihres Tagesablaufes geworden, seit sie versuchten, ihrer beider Lebensgewohnheiten miteinander zu vereinbaren. Wenn er am Nachmittag nach Hause kam, las sie ihm vor, was sie am Tag geschrieben hatte. Danach öffnete er eine Flasche Wein, sie nahmen einen Aperitif, und anschließend kochten sie zusammen. Heute abend kamen Emma und Alex zum Essen, außerdem Craig, der seine neue Freundin Judith mitbrachte. Mrs. Ashton hatte keine Zeit – sie war zu sehr mit den Hochzeitsvorbereitungen beschäftigt. Die Hochzeit würde wohl wesentlich pompöser ausfallen, als Frederick und sie es sich eigentlich vorgestellt hatten. »Da dies die einzige offizielle Trauung eines meiner Kinder sein wird, will ich auch meinen Willen haben«, hatte Mrs. Ashton gesagt. »Schließlich hat sich Emma geweigert, während ihrer Zeremonie mit Alex einen Brautschleier zu tragen. Also laß mich wenigstens einen für dich kaufen.«

Camilla begann vorzulesen, und Frederick hörte ihr aufmerksam zu. Wie üblich hielt er dabei seinen Kopf leicht zur Seite geneigt, und Camilla mußte lächeln, als sie sah, daß Rosie ihren Kopf genau in der gleichen Stellung hielt. Fredericks lange, schöne Hand baumelte an der Sessellehne herab, und er kraulte Rosie abwesend hinter einem Ohr. Camilla sah zuerst die beiden an, dann ließ sie ihren Blick durch den wunderschönen Raum schweifen, den Frederick entworfen hatte, bis er schließlich an dem Canaletto an der Wand hinter Frederick hängenblieb. Frederick hatte behauptet, daß sich in diesem Fall seine Blindheit wenigstens auszahlen würde – er hätte sonst nämlich dafür gesorgt, daß dieses Bild von seinen jungfräulichen Wänden verschwand. Aber da er es nicht sehen konnte, tat er einfach so, als wäre es nicht da. Craig allerdings konnte es sehr wohl sehen, und immer wenn er mit Judith vorbeikam, starrte er das Gemälde sehnsüchtig an.

Camilla sah erst auf das Bild und dann auf Fredericks aufmerksames

Gesicht. Sic besaß mehr, als sie sich jemals hätte träumen lassen. Tränen traten ihr in die Augen. Augenblicke des vollkommenen Glücks waren selten, und so kostete sie diesen aus. Halte sie alle fest, ermahnte sie sich, damit du sie beim Schreiben verarbeiten kannst. In letzter Zeit war sie so glücklich gewesen, daß sie fast Angst bekommen hatte. Vielleicht würde es einmal vorbeigehen, aber solange es andauerte, würde sie ihr Glück genießen. Und dann würde sie ein Buch darüber schreiben, denn aus unerfindlichen Gründen schien sie ein Talent dafür zu haben, das Leben auf dem Papier festzuhalten. Und das war es, was ihrer Existenz Bedeutung verlieh: Dieses Gottesgeschenk hatte ihr all die anderen wunderbaren Dinge beschert. Ihre Augen füllten sich mit Tränen, und sie konnte die getippte Seite nur noch verschwommen sehen.

Sie hatte offenbar ziemlich lange geschwiegen, denn Frederick fragte: »Ist das schon das Ende?«

»Nein, mein Schatz«, entgegnete Camilla. »Es kommt noch eine Menge mehr.«